杨武能译
德语文学经典

魔 山(上卷)

〔德〕托马斯·曼 著

杨武能 译

商务印书馆
The Commercial Press

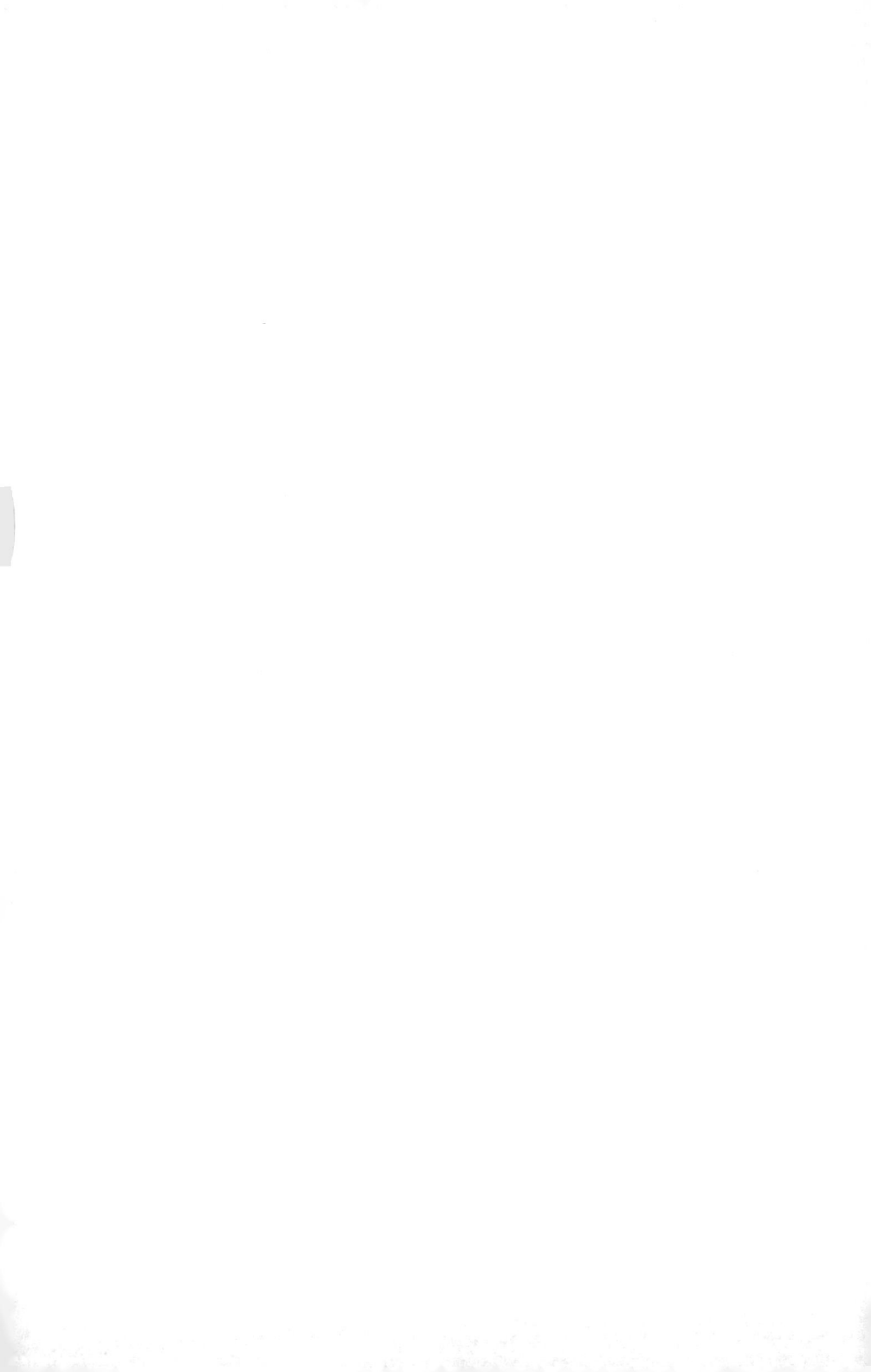

序一

《杨武能译德语文学经典》序

王　蒙

　　熟知杨武能的同行专家称誉他为学者、作家、翻译家"三位一体",眼前这二十多卷《杨武能译德语文学经典》收德语文学经典翻译,足以成为这一评价实实在在的证明。身为大学教授和博士生导师的杨武能,尽管他本人早就主张翻译家同时应该是学者和作家,并且身体力行,长期以来确实是研究、创作和翻译相得益彰,却仍然首先自视为一名文学翻译工作者,感到自豪的也主要是他的译作数十年来一直受到读者的喜爱和出版界的重视。搞文学工作的人一生能出版皇皇二十多卷的著作已属不多,翻译家能出二十多卷的个人文集在中国更是破天荒的事。首先就因为这件事意义非凡,我几经考虑权衡,同意替这套翻译家的文集作序。

　　至于杨教授为数众多的译著何以长久而广泛地受到喜爱和重视,专家和读者多有评说,无须我再发议论了。我只想讲自己也曾经做过些翻译,深知译事之难之苦,因此对翻译家始终心怀同情和敬意。

　　还得说说我与杨教授个人之间的交往或者讲情缘,它是我写这篇序的又一个原因,实际上还是更直接和具体的原因。

ii | 魔山

前排左一为中国作家协会副主席冯牧，左五为中宣部副部长周扬，左七为对外文委主任林林；二排左三为王蒙，左五为德国大诗人恩岑斯贝格；三排左二为杨武能

陪德国作家游览十三陵

1980年，我奉中国作家协会指派，全程陪同一个德国作家访问团，其时还在中国社会科学院跟冯至先生念研究生的杨武能正好被借调来当翻译。可能这是访问我国的第一个联邦德国作家代表团吧，所以受到了格外的重视。周扬、夏衍、巴金、曹禺等先后出面接待，我和当时的小杨则陪着一帮德国作家访问、交流、观光，从北京到上海，从上海到杭州；到了杭州，记得是住在毛主席下榻过的花家山宾馆里。

一路上，中德两国作家的交流内容广泛、深入，小杨翻译则不只称职，而且可以说出色，给德国作家和我们留下了深刻印象。我和他当时都还年轻，十多天下来接触和交谈不少，彼此便有所了解。后来尽管难得见面，却通过几次信，偶尔还互赠著作，也就是仍然彼此关注，始终未断联系。比如我就注意到他一度担任四川外语学院的副院长，在任期间发起和主持了我国外语

2018年，中国现代文学馆马识途百岁书法展，老哥儿俩最近的一次喜相逢

界的第一次大型国际学术研讨会；知道他因为对中德文化交流贡献卓著，获得过德国国家功勋奖章和歌德金质奖章等奖励；知道他前些年在广西师范大学出版社出版《杨武能译文集》，成为我国健在的翻译家出版十卷以上大型个人译文集的第一人，如此等等。不妨讲，我有幸见证了杨武能从一名研究生和小字辈成长为著名译家、学者、教授和博导的漫长过程。

杨教授说，像我这么对他知根知底且尚能提笔为文的"前辈"，可惜已经不多，所以一定要把为文集写序的重任托付给我。我呢，勉为其难，却不能负其所托，为了那数十年前我们还算年轻的时候结下的珍贵情谊！

序二

文学经典翻译与翻译文学经典

许 钧[*]

近读乔治·斯坦纳的《巴别塔之后——语言与翻译面面观》，书中有这么一段话："为了接近古人，得到精确的回响，每一代人都会出于这种强烈的冲动重译经典，所以每一代人都会用语言构筑起与自己相谐的过去。"[①]重译经典，在我看来，绝不仅仅是为了接近古人、构筑过去，而更是赋予古人以新的生命。文学经典的重译，就其根本意义而言，是文学经典重构与生成的过程。我一直认为，一部好的文学作品，一定呼唤翻译，呼唤着"被赋予生命的解读"。没有阐释与翻译，作品的生命便会枯萎。是翻译，不断拓展作品生命的空间，延续作品生命的时间。以此观照商务印书馆即将推出的《杨武能译德语文学经典》，我想向德语文学经典新生命在中国的创造者、杰出的翻译家杨武能先生致以崇高的敬意。

---

[*] 浙江大学文科资深教授，中华译学馆馆长。

[①] 斯坦纳.巴别塔之后——语言与翻译面面观［M］.孟醒，译.杭州：浙江大学出版社，2020：34.

一个杰出的翻译家,需要具有发现经典的眼光。我和杨武能先生相识已经快35个年头了。1987年,我在南京大学读研究生,主攻文学翻译与研究,那时杨武能先生因为重译了郭沫若先生翻译过的《少年维特之烦恼》,在国内文学翻译界声名鹊起,影响很大。时年5月,南京大学召开中国首届研究生翻译研讨会,南京大学研究生翻译学会让我与杨武能先生联系,我便向他发出了诚挚的邀请,恭请他出席研讨会做主旨报告,指导后学。那次报告的具体内容我已经记不清了,但我永远忘不了在会议期间的交谈中他叮嘱我的一句话:"做文学翻译,要选择经典作家。"选择,意味着目光与立场。梁启超曾在《变法通议》中专辟一章,详论翻译,把译书提高到"强国第一义"的地位。而就译书本

1985年,南京大学召开中国首届研究生翻译研讨会,我和杨先生及会议主办者合影于南京大学大门前。中间者为杨先生

身，他明确指出："故今日而言译书，当首立三义：一曰，择当译之本；二曰，定公译之例；三曰，养能译之才。"梁启超所言"择当译之本"，便是"译什么书"的问题。他把"择当译之本"列为译书三义之首义，可以说是抓住了译事之根本。回望杨武能先生60余个春秋的文学翻译历程，我们发现，从一开始他就把"择当译之本"当成其翻译人生的起点与基点。选择经典，首先要对何为经典有深刻的理解。文学经典，是靠阅读、阐释与翻译不断生成的。一个好的翻译家，不仅要对经典有自己独到的理解与领悟，更要在准确把握原文意义的基础上，把原文的精神与风貌生动地表现出来，让文学经典成为翻译经典。60余年来，杨武能先生翻译了近千万字的德语文学作品，无论是古典主义的《浮士德》、浪漫主义的《格林童话全集》、现实主义的《茵梦湖》，还是现代主义的《魔山》，每一部都堪称双重的经典：文学的经典与翻译的经典。首创性的翻译，是一种发现；成功的重译，是一种超越。我曾在多个场合说过，翻译，是历史的奇遇。一部好的作品，能遇到像杨先生这样好的译家，那是作家的幸运，也是读者的幸运。

一个杰出的翻译家，需要具有创造的能力。发现经典、选择经典是文学翻译的起点，而要让原作在异域获得新的生命，则需要译者付出创造性的劳动。莫言在诺贝尔奖颁奖典礼上发表感言时说："我还要感谢那些把我的作品翻译成世界很多语言的翻译家们，没有他们创造性的劳动，文学只是各种语言的文学，正是有了他们的劳动，文学才可以成为世界的文学。"创造性，是翻

1985年《译林》创刊5周年招待会上,与杨先生及诗人兼翻译家赵瑞蕻合影,左二为杨先生

译应具有的一种精神,也是历代译家所追求的一种境界。杨武能先生深谙翻译之道,他知道,一部文学佳作要在异域重生,需要翻译家发挥主体性,不仅译经典,更要还它以经典。早在1990年,他就撰写了《文学翻译与翻译文学:兼论翻译即阐释》一文,在文中明确区分了文学翻译与翻译文学的概念,指出:"要成为翻译文学,译本就必须和原著一样,具备文学一样的美质和特性,也即除了传递信息和完成交际任务,还要具备诸如审美功能、教育感化功能等多种功能,在可以实际把握的语言文字背后,还会有丰富的言外之意,弦外之音,以及意境、意象等难以言传、只可意会的玄妙的东西。"[①] 基于这样的认识,他对文

---

① 杨武能.译翁译话[M].杭州:浙江大学出版社,2020:279.

学翻译应达到的高度有着自觉和积极的追求。他认为,"面对复杂、繁难、意蕴丰富、情志流动变换的原文",译者不能"消极地、机械地转换和传达或者反映",应该主动"深入地发掘、发扬和揭示"。为此,他调遣各种可能,去创造性地重现《少年维特的烦恼》中蕴含的多重情致与格调,传达《魔山》独特的哲理性与思辨性,"再现大师所表达的丰富深刻的思想、精神,感受,再创杰作所散发的巨大强烈的艺术魅力"(见《译翁译话》第82页)。

一个优秀的翻译家,应该具有不懈求真的精神。杨武能先生译文学经典有一个明确的目标,就是要"创造传之久远的、能纳入本民族文学宝库的翻译文学,要创造美的翻译和美玉、美文"(见《译翁译话》第19页)。文学翻译,要具有文学性,具有审美特质,具有美的感染力。作为一个优秀的翻译家,杨武能先生清醒地知道,当下的文学翻译界对于"美"的认识存在着不少误区,甚至有的把翻译之"美"简单地等同于辞藻华丽。他强调说明:"我翻译理念中的'美',指的是尽可能充分、完美地再创原著所拥有的种种文学美质。而非译者随心所欲地想怎么美就怎么美,更不是眼下一些人津津乐道的所谓的'唯美'。"(见《译翁译话》第19页)换言之,追求翻译之美,在于追求翻译之真,需要有求真的精神。再现美,首先要把握原作的美学价值与审美特征,为此必须对原作有深刻的理解。杨武能先生在文学翻译中始终秉承科学求真的精神,对拟译的文本、作家有深入的研究、不懈的探索,坚持在把握原文的精神、风格与特质的基础上再现原作之美，以达到形神兼备。翻译与研究互动，求真与求美融通，构成了杨武能先生文学翻译的一大特色，也因此铸就了杨武能先生翻译的伦理品格。

发现经典、阐释经典、再创经典，这便是杨武能先生的文学翻译之道。杨武能先生的译文，数量之巨、涉及流派之多、品质之高、影响之广，难有与之比肩者。开风气之先，以翻译不断拓展思想疆域的商务印书馆陆续推出《杨武能译德语文学经典》，这在中国的文学翻译出版史上是件大事，可喜可贺。在《杨武能译德语文学经典》即将与读者见面之际，杨先生嘱我写序，我欣然从命。一是因为我们有特殊的校友之情，在南京大学建校110周年之际，我曾写过一篇文章，题目叫《一直引着我前行——我心中的杰出校友杨武能先生》，对这位前辈校友，我心存感激：

2018年，中国翻译史上的大事件：中华译学馆成立！照片中前排左一为唐闻生，左三为杨先生，左二为本人

在我的翻译与翻译研究之路上，在我前行的每一个重要的路段，在我收获的每一个重要的时刻，都有他留下的指引的闪光。南京大学有幸有杨武能先生这样杰出的校友，他的杰出不仅仅在于他卓越的学术建树、他在国际日耳曼学界广泛的影响，更在于他在与后学的交往中所体现出的一种榜样的力量。二是因为我深知这是一份重托：前辈的文学翻译之路，需要一代代新人继续走下去；前辈的翻译精神，需要后辈继承与发扬。让我们从阅读《杨武能译德语文学经典》开始，追随杨武能先生，以我们用心的细读和深刻的领悟，参与经典的重构，让外国文学经典在中国的新生命之花更加灿烂。

2021年8月1日于南京黄埔花园

自序

天时·地利·人和
成就译翁"一世书不尽的传奇"

我应约写过一篇《我的外语生涯》[①]，回顾自己半个多世纪学外语、教外语、担任外语学院领导，以及使用外语做学术研究和进行国际文化交流的点滴往事和心得，以庆祝中国共产党成立100周年。这回我再写一文介绍我的翻译生涯，作为即将面世的《杨武能译德语文学经典》的自序。

60多年以外语为生存手段，教书和学术研究是我的本职工作，说多重要有多重要；然而，我毕生心心念念的却是文学翻译，梦寐以求的是成为一名文学翻译家兼作家，文学翻译才是我真正的志趣、爱好和事业。眼前这套《杨武能译德语文学经典》，乃我60多年心血的结晶。它犹如一棵树冠如盖的巨树，树上结满了鲜艳夺目、滋味鲜美、营养丰富的果实；它长在一片土壤肥美、风调雨顺的大园子里。这座历史悠久的名园叫：商务印书馆！

---

① 选自：王定华，杨丹.人类命运的回响——中国共产党外语教育100年[M].北京：外语教学与研究出版社，2021.

开编新闻发布会上，巴蜀译翁杨武能分享从译60多年的经历与感悟

"译协影子会长"、译林出版社老社长李景端，一口气举出译翁创下的15项第一[1]

小子我从译之路漫长、曲折、坎坷，且不乏传奇色彩[2]。浙江

---

[1] 除了李景端，还有中国译协常务副会长黄友义先生和中华译学馆馆长许钧教授做了长篇视频致辞。

[2] 凤凰卫视2021年做了一期总题名为《译者人生》的专访，经"译协影子会长"李景端推荐，老朽被访了差不多一个星期，因为"他的故事多"。

大学出版社2020年出版的《译翁译话》、四川文艺出版社2017年出版的《译海逐梦录》和湖北教育出版社2000年出版的《圆梦初记》，都详述了我做文学翻译的经历和心路历程，这篇序文只摘取几个最奇异的片段，侧重说说我当文学搬运工一个多甲子的心得和感悟。一个多甲子啊，有几人熬得过……①

走投无路的选择

巴蜀译翁杨武能生于抗日战争全面爆发第二年的1938年，11年后新中国诞生时刚小学毕业。尽管当工人的父亲领着我跑遍山城重庆的包括教会学校在内的一所所中学，还是没能为他的儿子争取到升学的机会。失学了，12岁的小崽儿白天在大街上卷纸烟卖，晚上却步行几里路去人民公园的文化馆上夜校，混在一帮胡子拉碴的大叔大伯中学文化，学政治常识，学讲从猿到人道理的进化论。是父亲基因强大，我自幼便倾心于读书上学。

眼看我要跟父亲一样当学徒工

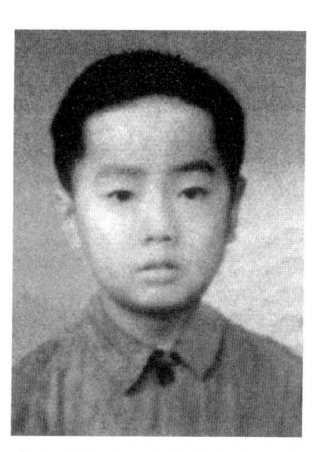

农民的孙子、工人的儿子，儿时的巴蜀译翁杨武能

---

① 一个多甲子从我得到李文俊、张佩芬提携，在《世界文学》发表译作算起，此前的小打小闹就不算啦。

重庆育才学校学生

了，突然喜从天降：第二年秋天，在父亲有幸成为其联络员的地下党帮助下，我"考取了"人民教育家陶行知创办的育才学校，进了重庆解放初唯一一所不收学费还管饭的学校！

在育才，我不仅圆了求学梦，还懂得了做人的道理。老师告诉我们要早日成才服务社会，还讲我们的目标就是实现电气化。于是我立志当一名电气工程师，梦想去建设想象中的三峡水电站。

毕业40年后回母校拜谒陶行知老校长

谁料，初中毕业时，一纸体检报告判定我先天色弱，不能学理工，只能学文，梦想随即破灭。1953年我转到重庆一中念高中，还苦闷彷徨了一年多,其间曾梦想学音乐当二胡演奏家或者歌唱家,结果也惨遭失败。后幸得语文老师王晓岑和俄语老师许文戎启迪、引导,才在走投无路的情况下选学外语,确立了先做翻译家再当作家的圆梦路线。

1956年秋天,一辆接新生的无篷卡车把我拉到北温泉背后的山坡上,进了

高中学生杨武能

西南俄文专科学校。凭着在育才、一中打下的坚实的俄语基础,我半年便学完一年的课程跳到了二年级。

重庆一中毕业照(前排右一为王晓岑老师,右二为潘作刚老师,右四为唐珣季老师,右五为甘道铭校长,右六为刘锡琨副校长,右七为张富文老师,右八为陈尊德老师,右九为团委书记方延惠,右十为许安本老师,三排右三为我)

西南俄专，1957年元旦

与同班同学刘扬体等游北温泉公园

因祸得福出夔门

眼看还有一年就要提前毕业，领工资孝敬父母，改善穷困的家庭生活，谁知天有不测风云：牢不可破的中苏友谊破裂了，学俄语的人面临"僧多粥少"的窘境。于是我被迫东出夔门，顺江而下，转到千里之外的南京大学读日耳曼学，也就是德国语言文学，从此跟德语和德国文化结下不解之缘。这一做梦也没想到的挫折，事后证明跟因视力缺陷不能学理工才学外语一样，又是因祸得福。

须知单科性的西南俄专，无论是硬件还是软件，都远远无法与老牌综合性

南京大学学子

大学南京大学相比。而今忆起在南大五年的学习生活，尽管远在异乡靠吃助学金过活的穷小子受了不少苦，仍感觉如鱼得水般地畅

同班同学秋游中山陵,前排左三为挚友舒雨

本人是那个穿破裤子的裁判,注意:补丁是自己一针一针缝上去的

快,因为有了实现理想的条件和可能嘛。

要说南大学习条件优越,仅举一个例子为证:

搞文学翻译,原文书籍的获得和从中挑选出有价值的作品,

实乃第一件大事；没有可供翻译的原文，真叫"巧妇难为无米之炊"。作为南大学子，我身在福中。师生加在一起不过百人的德语专业，拥有自己的原文图书馆不说，还对师生一律开架借阅。图书馆的藏书装满了西南大楼底层的两间大教室，整个一座敞着大门的知识宝库，我呢，好似不经意就走进了童话里的宝山。

更神奇的是，这宝山也有个"小矮人"守护！别看此人个头矮小，却神通广大，不仅对自己掌管的宝藏了如指掌，而且尽职尽责，开放时间总是坚守在自己的位置上，对师生的提问一一给予解答。从二年级下学期起，我几乎每周都得到这"小老头儿"的服务和帮助。起初我只是感叹、庆幸自己进入的这所大学真是个藏龙卧虎之地！日后才得知这位其貌不扬、言行谨慎的老先生，竟然是我国日耳曼学宗师之一的大学者、大作家陈铨。

不过我在南大的文学翻译领路人并非陈铨，而是叶逢植。20世纪五六十年代，叶老师

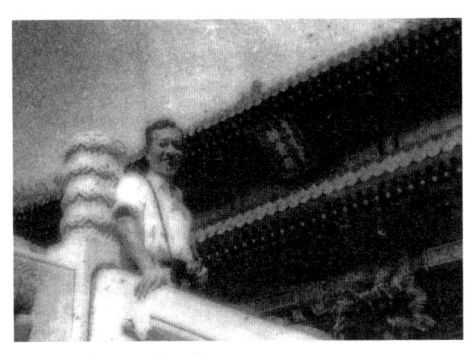

风华正茂的叶逢植老师

1982年陪叶老师走海德堡哲人之路

尚未跻身外文系学子崇拜的何如教授、张威廉教授等大翻译家之列。不过，我们班的同学仍十分钦慕他，对他在《世界文学》发表的译作，如席勒的叙事诗《伊璧库斯的仙鹤》和广播剧《人质》等津津乐道，引以为荣。

正是受叶老师影响，我才上二年级就尝试搞翻译，也就是当年为人所不齿的"种自留地"。1959年春天，《人民日报》发表了我翻译的非洲民间童话《为什么谁都有一丁点儿聪明？》，对我而言不啻翻译生涯中掘到的"第一桶金"。巴掌大的译文给了初试身手的小子我莫大鼓舞，以至一发而不可收，继续在小小的"自留地"上挖呀，挖呀，挖个不止，全然不顾有可能戴上"资产阶级名利思想严重"和"走白专道路"的帽子。

真叫幸运啊，才华横溢又循循善诱的叶老师在一、二年级教我德语和德语文学。在他手下，我不只打下了坚实的语言基础，还得到从事文学翻译的鼓励和指点，因此在那个物质和精神都极度匮乏的困难年代，我们之间建立起了相濡以沫的深厚情谊。

小译者发表习作的大刊物

可怜，待分配的肺痨书生！

《译翁译话》第一辑《译坛杂忆》，详述了鄙人"种自留地"拿稿费改善自己和父母经济生活，以及后来在叶老师指引下在《世界文学》刊发德语文学经典翻译习作的情况。想当年，中国发表文学翻译作品的期刊，仅有鲁迅创刊、茅盾主编的《世界文学》一家，未出茅庐的大学生杨武能竟一年三中标，实在不易。

南大德文专业1962年毕业照（前排右五为学生们敬爱的郭影秋校长，右四为系主任商承祖，右三为张威廉教授，右二为林尔康老师，右一为马君玉老师；二排右一为帅哥关群，右二为"痨病鬼"，右三为刘大方，右四为贾慧蝶，右五为张淑娴，右六为小三姐舒雨，右七为团支书曹志慕，右八为志愿军大哥何平谷，右九为王志清大哥，右十为"二胡"潘振亚，右十一为班长张复祥；后排左一为秦祖镒，左二为张春富，左三为杨明，左四为篮球健将陈达，左五为沈祖芳，左六为林尧清，左七为张至德，左八为马明远，左九为华宗德）

就这样，还在大学时代，我连跑带跳冲上了译坛，可也为此付出了沉重代价：毕业前一年，我患了肺结核，住进了郭影秋任校长的南大在金银街5号专为学生设立的疗养所。

1962年秋天毕业却因病不得分配，我寂寞、痛苦地在舒雨的陪伴下①等待了几个月，才勉强回到由西南俄专发展成的四川外语学院报到。

毕业后头两年我还在《世界文学》发表了《普劳图斯在修女院中》和《一片绿叶》等德语古典名著的翻译。

谁料好景不长，1965年中国唯一一家外国文学刊物《世界文学》停刊了，接着就是十年"文革"，我的文学翻译梦遂成泡影，身心堕入了黑暗而漫长的冬夜。

否极泰来说"文革"

译翁对"文革"深恶痛绝，它不但粉碎了我做文学翻译家的美梦，还给年纪轻轻的小教员我扣上"反动学术权威"的帽子，仅仅因为我译过几篇古典名作而已。我父亲更惨，莫名其妙地就从革命群众变成"历史反革命"，被勒令到长寿湖学习改造，儿子自然也被划入了"黑五类"另册。业务再好，教学再努力，我当个小小教研室主任前边也得加个"代"字，真是倒霉到了极

---

① 舒雨，我的南大同班同学。身为老舍先生的三女儿，她身份显赫，生活优裕，却偏偏青睐我这个四川"小瘪三"。《译海逐梦录》里有一篇《小三姐》，写她为什么会陪我待分配，以及我在长江边上与她洒泪分别的情景。

1978年冬天，在导师冯至温暖的书房

1982年秋第一次到德国出席学术会议，会后随恩师冯至、叶逢植游览慕尼黑

点，憋屈到了极点！

正是太憋气、太受气，我才忍无可忍，才在1978年以40岁的大龄破釜沉舟：已经获得的讲师头衔不要了，抛下即将生第二个孩子的弱妻和尚年幼的女儿，愤而投考中国社会科学院冯至教授的研究生！

结果呢，我鲤鱼跳龙门，摇身一变成了歌德学者，成了"翰林院黄埔一期"[①]的一员！

若不是"文革"逼我铤而走险，十有八九小子我还是一名德语教员，充其量也就能奋斗进黄永玉老爷子所谓"满街走"的教授队列。

"文化大革命"把偌大

[①] "翰林院"系中国社会科学院研究生院当年的谑称。1978年恢复研究生制度，在"人才难得的呼喊声中"，许多被"文革"耽误、埋没的知识精英蜂拥进了社科院研究生院，在温济泽老院长的操持下，它的"黄埔一期"真出了不少将帅之才。

一个中国生生变成了文化荒漠。浩劫过后接着是文化饥渴，小子我生逢其时，交了好运，在人民文学出版社孙绳武和绿原前辈帮助下翻译出版了《少年维特的烦恼》，恰如灾荒年推到市场上一大筐新烤出来的面包，"饥民"们一阵疯抢，借着前辈郭老的余威，小子暴得大名！随后译作、著作便一本接一本上市喽。

时也，命也！

《少年维特的烦恼》部分杨译本（包括捐赠了稿费的盲文本）

经过这场浩劫，党和政府毅然拨乱反正，实行改革开放，为中华腾飞打下了坚实基础，小平同志居功至伟。我家里摆着两尊伟人铜像：一尊为毛泽东，一尊为邓小平！

祸兮福兮忆抗战

——亲爱的"下江人"

我出生在抗日战争全面爆发的第二年，依稀记得大人抱着我躲警报的情景，刚懂一点点事就切齿痛恨日本鬼子狂轰滥炸我的家园，永世不忘国家民族的深仇大恨！

抗战期间，陪都重庆经济文化空前繁荣，小小年纪的我同样受益匪浅。这里我讲一个非亲历者体会不到的例子：

抗战时期逃难到大后方的有许多"下江人"，也就是江浙、京沪乃至东三省的上层人士和文化精英。抗战期间，难民们受到四川的庇护、款待，对包括重庆在内的第二故乡四川怀有深深的感恩之情。前不久我读到叶逢植老师的一部未刊德语回忆录，说他们从四川回南京后自然形成了一个讲四川话的小圈子，大家都以到过四川为荣，彼此格外亲切。我长大后浪迹南京、北京，涉足文坛遇到许多恩人贵人，从恩师冯至先生到挚友老舍的三女儿舒雨和她的丈夫潘武一，从亦师亦友的译坛领路人叶逢植到忘年之交英语兼德语翻译家傅惟慈，从高风亮节的诗人、翻译家兼编辑家绿原到作家、翻译家冯亦代，等等。这些在我从译和治学路上扶持、提携我，有恩于我的人，他们的一个

冯亦代三不老胡同听风楼中的座上客

鲁迅文学奖翻译奖评议组组长绿原和他的组员杨武能

共同点便是饮过川江水的"下江人"。我忍不住要述说自己这一特殊经历、感受,因为老头子不讲,再过一些年恐怕没有谁会再知道和再想起讲这些亲爱的"下江人"啦!

京城有巴蜀游子的两个落脚点:一个在舒雨、潘武一灯市西口的家中,一个在傅惟慈四根柏胡同的小院里。左一为傅教授的儿女亲家叶君健

人生路漫长曲折,祸福无常,祸福相倚。鄢翁60多年的译著生涯,每每印证此理。多有"山重水复疑无路"的困顿迷茫,绝望挣扎,接着总会"柳暗花明又一村",眼前豁然开朗,心中欣幸欢悦。此时此刻此情此景,每一个不惧艰险、不懈奋进的追求者,都会像浮士德博士一样喊出:你真美啊,请停一停!

鄢翁咬牙在从译之路上奔波、跋涉,一次次跌倒了再爬起来,方有今日之光景。但柳暗花明和跌倒了再爬起来,打拼出新的局面,没有幸逢一位位恩人、贵人,那是不可能的!

格林童话助我"返老还童"

回眸一个多甲子的文学翻译生涯,无论如何也不能不说说译林出版社和它1993年推出的《格林童话全集》。而今,杨译格林童话在读者中的影响,已经超过杨译《少年维特的烦恼》和《浮士德》,为我赢得的老少粉丝数以亿计。不仅如此,《格林童话全集》帮助我"返老还童",使我这棵翻译"老树"在风风雨雨半世纪之后又发出了"新枝"。这个情况,当然早已为业内注意到,于是我慢慢被视为译介少儿作品的好手,因此收到了各式各样的约请。

2007年,经儿童文学理论家王泉根教授推荐,我应邀担任湖南少年儿童出版社"全球儿童文学典藏书系"的"翻译专家委员会委员",不但接受组织德语作品翻译的委托,自己也承担和完成了《七个小矮人后传》和《胡桃夹子》等几本小书的翻译。书虽说单薄,跟我已出版的大多数译著相比微不足道,却是我进入新的年龄段即70岁后的第一批成果,不但使我重温了20年前翻译《格林童话》的美妙滋味,还认识到为孩子们干活儿的非凡意义。不再做翻译的决心动摇了,我开始考虑在保持健康的前提下,力所能及地再为孩子们做点事。

恩德此书被誉为德语文学的现代经典,貌似童书,却有点《浮士德》《西游记》的味道

天时・地利・人和　成就译翁"一世书不尽的传奇"　｜　xxix

2010年，以出版少儿读物享有盛誉的二十一世纪出版社找到远在德国的我，约我翻译德国当代著名儿童文学作家普罗斯勒的《大帽子小精灵霍柏》与《霍柏和他的朋友毛球儿》。为考验该社诚意，我提出相当高的签约条件，不想他们慨然应允，这就使我再也脱不了手。两本小书交稿后，他们又请我重译已故当代德国儿童文学大师米切尔·恩德的代表作《永远讲不完的故事》和Momo。我查了资料，发现这两本书的旧译不但广为流传，而且译者都是熟人，因此颇感为难。我把疑虑告诉了联系人，得到的回答却是请我重译一事已经过慎重考虑，决定系由社长张秋林本人做出，只因他喜欢我的译笔①。思考再三，几经踌躇，我终于决定接受约请，理由是应该以广大小读者的接受为重，以大师恩德杰作的传播为重，而不能太在乎个人的得或失②。

我为二十一世纪出版社翻译的童书很多，这里只展示《永远

如同Momo，此书是批判后工业社会的生态小说

---

① 前些年，秋林曾代表台湾地区某出版社约我译恩德的《如意潘趣酒》。
② Momo在20世纪八九十年代就有中译本，我印象最深的是译林出版社资深编辑赵燮生的《莫莫》，因为燮生邀我为它写过序。二十一世纪出版社的重译本《毛毛》也许译名取得巧，结果后来居上。我重译了Momo，尽管煞费苦心把译名变成了《嫫嫫》，还是未能免掉麻烦和困扰。不过这只是一点点不值一提的鸡毛蒜皮，革命航船仍然乘风破浪，也就是得大于失，反倒加快了"返老还童"的进程。

讲不完的故事》和《如意潘趣酒》的封面。

再说我的"返老还童",为此我由衷感谢在激烈的争夺中与我签订"格林兄弟"作品出版合同的李景端[①],还有责任编辑施梓云,没有这位称职"保姆"养育、呵护,"孩子"不会长得如此健壮可爱,这么有出息!很自然地,译林出版社和李、施两位都成了本翁的好朋友。

欣慰自豪一二三

我从译半个多世纪真没少经历痛苦磨难,但更多的是师友的教诲、帮助,恩人贵人的扶持、提携,因而有了一些可堪欣慰、自豪的成绩,在此略述一二。

其一,毕生所译几乎全是名著佳作,尤以古典杰作居多。翻译古典名著很难避免重译。重译亦称复译,复译之必要已为业界公认,问题只在质量和效果。重译者做到了推陈出新、更上层楼,有利于原著进一步传播,有利于读者更好地接受,价值就不容否认和低估,就不一定比新译或所谓"原创性翻译"来得差。具体说到我重译的歌德代表作《浮士德》《少年维特的烦恼》《迷娘曲——歌德诗选》《歌德谈话录》,以及《阴谋与爱情》《海涅抒情诗选》《茵梦湖》和《格林童话全集》等,事实

---

① 他一听说漓江出版社也属意我的《格林童话》译稿,立马从南京奔到我成都的家中,和我签了出版合同。

表明都得到了同行专家的赞赏，出版界和读书界的欢迎。例如《少年维特的烦恼》入选了人民文学出版社、作家出版社以及商务印书馆等权威大社"名著名译"丛书，《浮士德》被藏入国家领导人的书柜，《格林童话全集》成为教育部推荐的中学生"新课标"选本。

除了重译，译翁也有不少首译的作品，较重要的如托马斯·曼70多万字的巨著《魔山》，黑塞的长篇小说《纳尔齐斯与歌尔德蒙》，海泽的中篇集《特雷庇姑娘》，迈耶尔的中篇集《圣者》，以及霍夫曼、克莱斯特等的许多中短名篇，还有米切尔·恩德的现代经典童话《如意潘趣酒》等，加在一起不但数量可观，也同样受到读者欢迎、同行肯定。

《魔山》等经典名著部分译本

其二，鄙翁尽管痴迷于文学翻译实践，却不只顾埋头译述，做一个吭哧吭哧的"搬运工"，也对文学翻译做过不少理论思考，对它的性质、意义、标准以及从事此道的人必须具备的条件和修养等，形成了有个人见解且言之成理、立论有据的理念，或者勉强也算理论。老朽自视为译学研究舞台上的"票友",却有同行谬赞吾为"文学翻译家中的思想者"。

说起文学翻译理论,一言以蔽之,我特别重视"文学"二字。早在20世纪80年代,区区就强调优秀的译文必须富有与原著尽可能贴近的种种文学元素和美质,也就是在读者审美鉴赏的显微镜下,译文本身也必须是文学,即翻译文学。而这一点,即文学翻译除去正确和达意之外,还必须富有与原文近乎一样的文学美质,正是文学翻译的难点和据以区别于他种翻译的特质。

德国人称纯文学(即Belletristik)为"美的文学"(schöne Literatur),我想不妨也称文学翻译为"美的翻译",或曰"艺术的翻译"。使自己的译作成为"美的翻译",成为"美玉"、美文,成为翻译文学,是我半个多世纪翻译生涯的不变追求。

为避免误解,我必须强调:翻译理念中的"美",指的是尽可能充分、完美地再创原著所拥有的种种文学美质,而非译者随心所欲地想怎么美就怎么美,更不是眼下一些人津津乐道的所谓"唯美"和为美而美。

要创造传之久远的、能纳入本民族文学宝库的翻译文学,要创造美的翻译、美文、"美玉",必须充分发挥翻译家的主观能动性和创造精神。因此我赞成说文学翻译是艺术再创造;因此我认为,翻译家理所当然地应当是文学翻译的主体,也事实上是主体。

其三,我践行了早年提出的文学翻译家必须同时是学者和作家的理念，几十年来努力追寻季羡林、戈宝权、傅雷等译界前辈的足迹，把研究、翻译、创作紧密结合起来，让它们相辅相成、相得益彰，在完成教师本职工作之余，翻译、研究、创作齐头并进，在三个方面都取得了或大或小的成绩，出版的译著、论著和创作总计约40部。即使仅仅作为翻译家，我在学者和作家朋友面前当也不自惭形秽。其他理由不说了，只讲我译著的读者数量以千万计，而一部名著佳译流传数十年甚至更加长远，可以影响一代又一代人，这难道不值得自豪吗？

还值得一说的是，几十年来我积极参加国内外翻译界的活动，不甘于做一个把自己关在屋子里爬格子的书呆子和匠人。有机会向前辈和国内外同行学习，我获益匪浅。

社科院众多大儒中我最亲近戈宝权。1987年他应邀出席四川翻译文学学会成立大会，会后偕夫人梁培兰做客我在四川外语学院的寒舍，与我妻子王荫祺和次女杨熹合影。我受他影响，也涉猎中外文化关系研究

我读研时去北大听过田德望先生的课，他待我很好。我参评教授时，他写推荐多有美言，是我视为表率的德语和意大利语翻译大家

1985年，我参加了在烟台举行的全国中青年文学翻译经验交流会

也是1985年，出席《译林》杂志创刊五周年纪念会，我拜识了一大批前辈名家。

三排右一为周珏良，右二为毕朔望，右三为杨岂深，右四为吴富恒，右五为戈宝权，右六为汤永宽，右七为屠珍，右八为梅绍武；中排左一为吴富恒夫人陆凡，左二为董乐山；前排左一为东道主，左二为陈冠商，左三为杨武能，左四为郭继德，左五为施咸荣

1992年珠海白藤湖，我出席海峡两岸文学翻译研讨会，欣逢自称半个四川人的"下江人"余光中先生，与他一见如故。

乡愁诗人与我的忘年之交

在白藤湖，我还拜识了王佐良、齐邦媛和金圣华等译界名宿。

图为李文俊、方平、董衡巽和小杨（时年54岁）

2004年任欧洲译协驻会翻译家

1999年歌德诞辰250周年，我受聘赴魏玛"《浮士德》翻译工场"打工，作为唯一中国代表与来自全世界的《浮士德》翻译家切磋译艺。"工场"关门后又应邀赴艾尔福特开更大的世界歌德翻译家研讨会。

在欧洲译协与诺奖得主君特·格拉斯相谈甚欢

遗憾的是，当今中国，翻译家在文艺界和学术界没有受到足够的重视：即使是经典译著，在高校通常也不算科研成果，翻译的稿酬标准也远低于创作。对此，翻译家们心怀愤懑却无能为力，不少人因此失望、自卑。译翁却不但不自卑，心中还充满自豪，反倒为自己是一名有成就、有作为、有影响的文学翻译家自豪！

夫唱妇随，在欧洲译协会翻译家居住的小别墅门前

在艾尔福特的世界歌德翻译家研讨会做报告

2018年荣获"翻译文化终身成就奖",这是巴蜀译翁在国内得到的最高奖项

我不是傅雷，我是巴蜀译翁，巴蜀译翁！

近些年，有媒体报道称老朽为"德语界的傅雷"：

2013年6月27日，中国网河南频道报道"德语界傅雷"杨武能荣获歌德金质奖章；《成都商报》说什么"德语界的傅雷"川大教授杨武能获得了"翻译诺贝尔奖"；2018年，又有报道说80高龄的杨武能"拿下了"翻译文化终身成就奖，称誉他为"德语界的傅雷"，云云。不只某些媒体，严谨的学术界也偶有拿我跟傅雷相提并论者。

傅雷先生（1908—1966）是中国翻译文学史上的一座丰碑，我走上文学翻译道路就是中学时代受了先生和汝龙、丽尼等前辈的影响，傅雷更是我从译之路上的向导乃至偶像。我说我不是傅雷，没有丝毫贬低他的意思，相反我对先生十分崇敬和感激。我所以坚称自己不是傅雷，因为我就是我，我跟傅雷有太多的不同。多数的不同不言自明，只有一点必须要强调，因为影响大而深远：

傅雷比我早生30年，58岁不幸去世；同成长在新中国，虽也历经坎坷，却在和平环境里幸福地多劳作了数十年的译翁，不可同日而语！译翁施展的时间和空间远远大于傅雷前辈，能创造和贡献的自然应该更多更大。至于是不是真的更多更大，则有待评说。

感恩故乡，感恩祖国

2018年年届耄耋，我突发奇想，给自己取了个号或曰笔名：巴蜀译翁。

一辈子混迹文坛，我用过的笔名不少，大多随用随弃，但这"巴蜀译翁"将一直用下去。它不只蕴含着我对故乡无尽的感恩之情，还另有一层含义！

我出生在山城重庆较场口十八梯下厚慈街，从小爬坡上坎，忍受火炉炙烤熔炼，练就了强健的筋骨、刚毅的性格。天府四川的文学沃土养育我茁壮生长，我自幼崇拜李白、杜甫、苏东坡，尤其是苏东坡！我生而为重庆人，重庆人就是四川人；我一辈子都为自己是四川人而自豪，为自己是李白、杜甫、苏东坡、郭沫若、巴金的同乡、后辈而自豪。没想到行政区划的

苏东坡，译翁奉他为古代中国的歌德[①]

[①] 2000年法国《世界报》评选出1001—2000年间的"千年英雄"，全世界入选者12人，中国也是亚洲入选的唯一一位就是苏东坡。

变化，有一天我突然不是四川人了！我实在难过，想起杜甫草堂、武侯祠、三苏祠就难过！我取"巴蜀译翁"这个名号，是要表明自己对四川—重庆人这个身份的忠诚。

得意忘形　"引吭高歌"

杨武能著译文献馆（巴蜀译翁文献馆）开馆展。左一为四川大学文学院院长曹顺庆，左二为重庆市作协主席冉冉，左四为著名翻译家刘荣跃，左五为华裔德籍著名歌德研究家顾正祥

我2008年从川大退休旅居德国，2014年送重病的妻子回重庆就医；2015年，重庆图书馆成立了杨武能著译文献馆。三年后，我逮住建立成渝双城经济圈和巴蜀文旅走廊的机会，赶快将它正名为"巴蜀译翁文献馆"，以舒缓心中的伤痛！

据我所知还没有为一个"文化苦力"建有巴蜀译翁文献馆这般高规格、大体量的个人文献馆的先例。

重庆武隆的世界自然遗产地仙女山还建有一座巴蜀译翁亭，实属少见。

这一馆一亭的意义和未来，还活着的译翁本人不便说，也说不清楚，只感觉这是故乡对区区无尽的爱，厚重得不能承受的爱，所以，巴蜀译翁这个笔名对我之要紧、珍贵，胜过父亲按字辈给我取的本名！

再看巴蜀译翁亭的柱子上，有一副楹联：

上联　浮士德格林童话魔山　永远讲不完的故事

下联　翻译家歌德学者作家　一世书不尽的传奇

组成上联的是我四部代表译著的题名，下联是我的主要身份以及一生的重大建树。

戈宝权评郭沫若说：郭老即使只翻译了一部《浮士德》，就很了不起。巴蜀译翁成功译介的经典多得多！

说主要身份，意味着还有其他身份略而未表。说一说幸得冯至先生亲传的歌德学者吧，译翁是荣获国际歌德研究最高奖"歌德金质奖章"唯一中国学人，其他似乎不用再说。只有作家这个身份，译翁还须努力夯实它。

重庆武隆仙女山巴蜀译翁亭揭幕，出席仪式者除主持仪式的县委领导和川渝文化名流，还有来自德国、美国、澳大利亚、日本、马来西亚等国的华裔作家和文艺家。他们经由小女杨悦组织来世界自然遗产地武隆仙女山采风，其中不乏周励这样的大作家[①]，却自谦为译翁的粉丝（张晓辉 摄）

译翁信心满满，只要坚守"生命在于创造，创造为了奉献"这个座右铭，一旦得到缪斯女神眷顾，诗的闸门就会大开。他有翻译家超强的笔力和得自书里书外的人生体验，可以讲的故事多着呢！仔细想想，真是每一部重要译著背后都有精彩故事呢，也就难怪李景端在提议凤凰卫视来专访我时讲：他的故事多！

"一世书不尽的传奇"？好大一个牛皮！

不是牛皮是事实！

---

① 代表作为《曼哈顿的中国女人》《亲吻世界——曼哈顿手记》。更令译翁钦佩的是，她还是一位极地旅行家，著有多部旅游探险记。

新中国成立前四川有句民谚："养儿不用教，酉秀黔彭走一遭！"说的是四川这几个地方极度苦寒，娇生惯养的娃娃只要去那里走一走，看一看，就会知道生活艰难，不懂事的就会懂事。我祖父杨代金是彭水（现武隆）大娄山上的贫苦农民，他儿子我爸跑到重庆城当了电灯工人，他孙子我巴蜀译翁现如今成了享誉海内外的翻译家、学者、作家还有教授、博导、大学副校长，您说传奇不传奇？

若问哪个（怎么）会出现这样的传奇？回答：天时、地利、人和呗！

欲知究竟，劳驾到重庆沙坪坝凤天路106号，去逛逛重庆图书馆的巴蜀译翁文献馆。您一进文献馆大门，就会看见屏风上写着答案。

巴蜀译翁文献馆门厅处屏风

看样子传奇还不算完，尽管译翁已经八十有三。须知他的座右铭是"生命在于创造,创造为了奉献",在有生之年,他还要继续创造,继续奉献,也就是生命不息,奋斗不止!在光辉灿烂的新时代,译翁有一个梦:老头儿梦见自己"年富力强",变成了新的自己,正铆足劲儿,要创造一个个新的传奇……

民族复兴大业美好、光荣、伟大,本翁唧个能不参与,不投入其中呢?!

结语:没有共产党缔造新中国,就没有巴蜀译翁!没有父母养育、亲属支持①、师长教导、友朋帮衬、贵人提携,就没有巴蜀译翁!故而译翁在中国共产党成立100周年之际开始结集出版自己60余载心血的结晶《杨武能译德语文学经典》,把它献给我的人民、我的国家,把它献给我的亲戚朋友,献给我的母校育才、一中、俄专、南大、社科院研究生院,以及德国洪堡基金会(Alexander von Humboldt-Stiftung),献给我在中国和德国的老师、同学,最后,还献给支持、厚爱译翁的千万读者、粉丝,老的少的粉丝!

德国大文豪、大思想家歌德说:我们都是"集体性人物"!意即我们生命中包括父母、亲属、师长、同学、同事、同行的许许多多人有意无意地影响了我们,从正面或者反面帮助、促成我们的成长、发展,造就了我们,最终决定了我们成为什么样的人。不能不说明,写在纸上的都是美好、阳光、正面的人和事;

---

① 必须感谢我的家人,特别是我的妻子王荫祺。她与我志同道合、同甘共苦三十五载,精心养育两个女儿,多方面为我分劳分忧,不只生活中给我无微不至的照顾,还参与我多部作品的翻译工作。在《译翁情话》里,将对她述说很多很多。

可在现实生活中，译翁跟所有人一样也遭遇过阴暗和丑陋，但那些阴暗和丑陋也磨炼、激励了我，最终成就了我，同样是我的塑造者！

茫茫人海，天高地阔，万类霜天竞自由！少了哪一类都不行，少了哪一物种世界都不会如此多姿多彩，生活都不会如此美好、幸福，译翁都不会活得如此有滋有味！多谢啦，一切从正面或反面促成、造就我的人，译翁感激你们哟，爱你们哟！

2021年12月于山城重庆图书馆巴蜀译翁文献馆

目 录

上 卷

代译序

 《魔山》：一个阶级的没落 …………………………………1

引子……………………………………………………………………1

第一章………………………………………………………………3

 抵达……………………………………………………………3

 三十四号………………………………………………………14

 在餐厅里………………………………………………………19

第二章………………………………………………………………28

 洗礼钵和祖父的双重形象……………………………………28

 在迪纳倍尔舅公家——关于汉斯·卡斯托普的品性德行……42

第三章………………………………………………………………55

 一本正经………………………………………………………55

早餐 · · · · · · 59

　愚弄·最后的晚餐·中断了的快活 · · · · · · 69

　意大利撒旦 · · · · · · 81

　思想敏锐 · · · · · · 94

　多说了一句 · · · · · · 102

　当然，一位女士 · · · · · · 108

　阿尔宾先生 · · · · · · 114

　意大利撒旦不体面的建议 · · · · · · 118

第四章 · · · · · · 134

　必要的采购 · · · · · · 134

　顺便说说时间 · · · · · · 147

　他试着讲法语 · · · · · · 152

　政治上可疑 · · · · · · 158

　希培 · · · · · · 165

　心理分析 · · · · · · 179

　怀疑与思考 · · · · · · 187

　席间对话 · · · · · · 192

　不断加剧的忧虑——两位祖父荡舟在黄昏时分 · · · · · · 202

　体温表 · · · · · · 230

第五章 · · · · · · 263

　恒久不变的汤与恍然大悟 · · · · · · 263

"我的天，我看见啦！"……293
自由……317
喜怒无常的水银柱……326
百科全书……341
关于人体的学问……363
钻研……387
死的舞蹈……413
瓦普几斯之夜……466

下　卷

第六章……503
变迁……503
又来一位……537
关于上帝之国和恶的解脱……565
勃然大怒，再加一点令人十分难堪的情况……602
进攻失败了……620
神圣的事业……642
雪……682
好样儿的士兵……725

第七章……788
海滨漫步……788

荷兰绅士佩佩尔科恩 ················ 799
"二十一点" ······················· 811
荷兰绅士佩佩尔科恩（续）············ 840
荷兰绅士佩佩尔科恩（完）············ 899
麻木不仁 ························· 917
妙乐盈耳 ························· 933
疑窦重重 ························· 960
狂躁 ···························· 1004
晴天霹雳 ························ 1041

附录

我译《魔山》二十年 ················ 1058

补记 ························· 1072

代译序

《魔山》：一个阶级的没落

20世纪伊始，德语文学诞生了一部划时代的杰作：托马斯·曼的长篇小说《布登勃洛克一家》（1901）。这部仅用四年时间写成的"伟大小说"，不仅奠定了年方26岁的作者在德国乃至整个欧洲文坛的地位，还开启了德语文学的一个新时代，一批世界级的大师随之崛起，特别是原本薄弱的长篇小说创作园地里人才辈出，长篇小说的创作可谓硕果累累。于是在20世纪上半叶，德语文学出现了一个堪与歌德、席勒时代媲美的高峰，托马斯·曼本人则被誉为这一兴旺发达时期的"火车头"，并且于1929年当之无愧地获得诺贝尔文学奖。

托马斯·曼之所以戴上这项桂冠，一如诺贝尔文学奖（评奖）委员会的授奖词所宣示的，主要由于他那被称颂为"第一部也是迄今最卓越的德国现实主义小说[1]《布登勃洛克一家》"。但是，在获奖之前不久出版的又一部长篇小说《魔山》（1924），对

---

[1] 见《魔山》中译本第913页的诺贝尔文学奖授奖词，漓江出版社1998年版。

作者获此殊荣至少起了同样重要的作用，因为是它使托马斯·曼真正举世闻名。为证明此言不虚，可以举出两个事实：一是1927年《魔山》经Helen Tracy Lowe-Poters 翻译成英文 The Magic Mountain，很快便畅销美国，受欢迎的程度明显超过了《布登勃洛克一家》[1]；二是近年来在德国和世界范围内评选20世纪最佳德语长篇小说，托马斯·曼入选的多为《魔山》，而且总是名列前茅。

托马斯·曼创作的长篇小说在十部左右，几乎都是鸿篇巨制，如单单取材于《圣经》故事的《约瑟和他的兄弟们》（1933—1942）就是四部曲，和其他的大长篇加在一起，便构成了20世纪德语文学尤其是长篇小说一个可观的组成部分。这十部左右长篇小说的代表作，公认为上述《布登勃洛克一家》《魔山》再加上《浮士德博士》。这些作品尽管题材不同，风格、手法也有发展变化，但是都一样从精神、文化和哲学的高度，深刻而直率地提出了时代的根本问题，生动而多彩地描绘人生、社会和世态，恰如巴尔扎克所做的那样。也就难怪德国著名的评论家汉斯·马耶尔要将托马斯·曼的小说与《人间喜剧》相比拟。[2]

对《布登勃洛克一家》，外国文学界的同行已经谈得比较多了。《魔山》可以被视为《布登勃洛克一家》的后续之作，且对托马斯·曼小说创作的许多方面都明显地有所突破。因此，无论研究托马斯·曼个人还是研究20世纪的德语长篇小说，《魔山》

---

[1] 德国著名的托马斯·曼研究家Volker Hansen 即如此认为。参见 *Interpretationen: Romane des 20 Jahrhunderts*, Philipp Reclam jun. Stuttgart, Band 1, S. 55。

[2] 见 Hans Mayer: "Thomas Mann", Suhrkamp Verlag S.113-131。

都是一个很好的范例和着力点。

　　托马斯·曼1875年出生在德国吕贝克城一位富商家中。父亲曾做过这座享有自治权的北方海港城市的市议员。托马斯·曼中学未毕业父亲便去世了，家业随之衰败，全家迁到了南方的慕尼黑。托马斯·曼19岁即在当地一家保险公司做实习生，同年发表小说《沦落》获得好评，决心走文学道路，开始在慕尼黑大学旁听历史、文学和经济学课程，并参与编辑《二十世纪》和《辛卜里其斯木斯》这两本文学杂志。1895年至1898年随兄长亨利·曼旅居意大利，1897年着手创作《布登勃洛克一家》。这部小说于1901年问世后立刻在德语文坛引起轰动。

　　在随后的半个世纪里，作家经历了资本主义世界严重的社会经济危机，目睹了德国发动的空前残酷野蛮的两次世界大战并身受其害，被法西斯政权褫夺了国籍，不得不长期流亡国外。第二次世界大战结束后，他虽已成为美国公民，却感到这个盛行麦卡锡主义的国家窒息了自己的创作灵感，但是又不愿回到分裂成东、西德的祖国的任何一边去，只好在1952年移居瑞士，直至1955年客死苏黎世。

　　托马斯·曼可谓一生坎坷，经历丰富，思想发展的过程更充满了曲折、矛盾和痛苦。所有这些，都反映在他的作品特别是长篇小说里。《魔山》这部书则是作者对自己第一次世界大战前后的经历和思想的总结。具体讲，为了探望患病的妻子卡佳，托马斯·曼确曾于1912年去瑞士达沃斯地区的一家肺病疗养院住过一些时候。这段特殊的经历和见闻，加上妻子的书信，提供了他于1913年开始创作《魔山》的契机和素材。起初他只打算以生战胜死为主题，用幽默的笔调写一部中篇小说（Novelle），使之与《威尼斯之死》和《特利斯坦》形成对照；因为在这两篇旧作里，表现的都是艺术家在精神上对死亡的美化和渴望。

1914年爆发的第一次世界大战打断了他的写作，到了1919年战争结束后作家才重新提起笔来。大战中的痛苦经历和战后的深刻反思，不但使原本计划的中篇发展成了一部上下两卷的大长篇，思想内容更是大大地得到了深化和扩展。

堪称德语现代文学经典的《魔山》，其故事情节并不复杂：

出身富有资产者家庭的青年汉斯·卡斯托普，在大学毕业后离开故乡汉堡，前往瑞士阿尔卑斯山中一所名叫"山庄"的肺结核疗养院，探望在那里养病的表兄约阿希姆·齐姆逊。他原本打算三周之后便返回汉堡，接手一家造船厂的工程师职位，却不料在山上一住住了七年。原来他闯进了一座"魔山"！

在"魔山"中住着来自欧洲乃至世界各国的病人。他们代表着不同的民族、种族、文化传统、宗教信仰和政治态度，但有一个共同点，即都属于不必为生计担忧的有产有闲阶级。在与世隔绝的环境中，"山庄"的居民们自有一套独特的生活方式和人生哲学，都饱食终日，无所用心；都沉溺声色，饕餮成性；都精神空虚，却在尽情地"享受"疾病，同时又暗暗地等待着死神的来临。须知，拿一位"山庄"中人的话来说，这所谓疗养院"不会使患病的人恢复健康，却能让健康的人染上疾病"。因此，不断有年纪轻轻的疗养客不治身亡；因此，整个"山庄"及其所在的达沃斯地区，就跟中了魔魇一样，始终笼罩着病态和死亡的气氛。

除了上面那些行尸走肉的活人，"魔山"中还游荡着一些幽灵，过去时代的幽灵以及叔本华、尼采等的幽灵。这些幽灵附着在奥地利耶稣会士纳夫塔和意大利作家塞特姆布里尼等人身上，他们是那些活死人中的思想者。至于"魔山"的统领，则是"山庄"疗养院的院长、"宫廷顾问"贝伦斯医生。他和他的助理克洛可夫斯基博士，一个绰号叫"拉达曼提斯"，一个绰号叫"弥诺斯"，意思都是地狱中的鬼王。然而"魔山"的真正主宰，却并非鬼王贝伦斯医生，而是死神本身。这不仅因为这位医生自命为"侍奉死亡的老手"，而且他本人的身体和精神也染上了重病，即将成为死神的俘虏。

就这样，在死神的统领指挥下，经由贝伦斯这些鬼王精心安排和组织，风景如画的阿尔卑斯山就变成了妖魔聚会的布罗肯山，"山庄"的疗养客们便像瓦普几斯之夜的男女妖精似的纵情狂欢，夜以继日地跳着死之舞。①

主人公汉斯·卡斯托普是个性格和体质都很柔弱的资产阶级少爷，是塞特姆布里尼为之操心的"问题儿童"。他涉世不深，刚入"魔山"还有点儿不习惯，但马上被"鬼王"逮住，不多久就习惯了不习惯，就参加了死的舞蹈。这是因为"山庄"的独特生活方式自有其魅力。这魅力的表现之一就是使人忘记时间，忘

---

① 布罗肯山是德国中部名山哈尔茨山中的一座险峰，相传每年圣女瓦普几斯纪念日即5月1日的前夜，妖魔鬼怪都要在此聚会，纵情狂欢。

记过去和将来，同时也忘记人生的职责和使命，活着仅仅意味着眼前的及时行乐。因而"魔山"成了一个介乎生死之间的无时间境界，难怪年轻的卡斯托普在山上不知不觉一住便是七年，难怪他也很快学会了像其他疗养客一样怀着冷漠、闲静的心情，俯瞰和傲视平原上碌碌终日的芸芸众生。

不过，在"魔山"中的七年，汉斯·卡斯托普也并未虚度。他年轻、好奇、性格内向，有一个区别于一般疗养客的特点和优点，就是对周围的人和事乐于观察、倾听，勤于思索。他在跨出校门后遽然来到一个新的环境，日日目睹着疾病和死亡，倾听着塞特姆布里尼与纳夫塔的激烈争论，自己还对爱情的苦乐和生离死别有了切身的体验，思想活动更是异常活跃。而"山庄"无所事事的特殊生活方式，又提供了他去沉思默想的充裕时间，便对疾病与健康、欢乐与痛苦、生存与死亡、时间与空间以及音乐与时间的关系等问题进行了反复的思考，直至七年后"魔山"的梦魇终于为第一次世界大战的"晴天霹雳"所震醒。

然而，这位唯一在"山庄"康复的小说主人公，这位有头脑的资产阶级的苗裔，仍然没能逃脱死神的控制。因为这时整个欧洲和资本主义世界都着了魔，都跳起了疯狂可怖的死之舞，汉斯·卡斯托普自然也在劫难逃。小说结尾，年轻的主人公便在一颗大炮弹落到眼前爆炸后飞溅的尘土里，在战场的"混乱喧嚣中，在刷刷冷雨中，在朦胧晦暗中，他从我们的视线里消失了"。

从上面的故事梗概可以看出，《魔山》既无曲折跌宕的情节，也无惊心动魄的场面，但自始至终充满着离奇、紧张和神秘的气氛，却又不乏思想、精神范畴的激烈碰撞、交锋乃至你死我活的斗争。而不同的思想、精神及其相互斗争，又是通过一个个活生生的人物体现出来，这就赋予了小说引人入胜、摄人心魄的艺术魅力。也就是说，《魔山》并不重在描绘自由资产阶级没落的外在表现和过程——虽然这方面也有不少精彩之笔——而更多地着力于揭示其内在的历史和精神根源。而这，看来正是托马斯·曼这部杰作的最大特点和优点。这样的特点和优点，使《魔山》成为所谓"智性小说"（intellektueller Roman）或曰"形而上的哲理小说"（metaphysischer Roman）的典型。①

《魔山》除去这一涉及小说本质特征即故事情节的大看点，还有以下几个值得认真研究和极具欣赏价值的方面。

首先是小说不同凡响的风格和手法，也就是它讲述、展现其故事情节的方式和艺术手法。

《魔山》这部杰作之所以能跻身西方文学的现代经典之列，一个重要原因就在于它的艺术风格和手法既很好地继承了传统，又成功地进行了创新。

继承方面，《魔山》很容易令人想起德语文学中历史悠久的"教育小说"或"修养小说"（Bildungsroman）。这类以现实主义为基调的小说，其最著名的样板当推歌德的"威廉·迈斯特"系列和凯勒的《绿衣亨利》。它们写的差不多都是年轻主人公到社会上受教育、淘经验，以及在此过程中思想、性格得到发展和成

---

① *Kindlers Neues Literaturlexikon*, Kindler Verlag, München.

熟，借以表达作家自身的教育主张、人生哲学和社会理想。托马斯·曼的《魔山》无异于一部现代的"教育小说"：对于年轻的卡斯托普来说，那与世隔绝的"山庄"国际疗养院及其所在的达沃斯地区，不啻是一个对他进行强化训练的"教育特区"[①]。

在这个反面意义的"教育特区"里，不但集中了当时整个欧洲乃至世界的精神和思想，让卡斯托普接触到形形色色的代表人物，而且时间在这里浓缩起来，让他早早面对死亡，不得不对生与死、健康与疾病、肉体与精神、空间与精神、空间与时间等一系列问题进行认真的思索。同样，在"魔山"中也有一些"教育者"，那就是塞特姆布里尼和纳夫塔。两人都自觉而公开地以年轻主人公的导师自居，并为影响他、争夺他而无休止地进行辩论和争斗，虽然他们本身都已病入膏肓。除了他俩，"鬼王"贝伦斯医生以及他形形色色的病人，其中又特别是那位以长者和领袖自居的佩佩尔科恩，何尝又不曾以各自的方式充当着年轻主人公的教员——反面或正面的教员。这样，生活在"魔山"中的汉斯·卡斯托普，其思想和性格就加速地发展和成熟起来。

不错，这儿的确存在一些悖论，例如竟然称"魔山"为"教育特区"，或既说"魔山"是个"无时间境界"又说它浓缩了时间，等等。然而，不正是由于这许多悖论和矛盾的存在，才使《魔山》更加耐人寻味和富于哲理的深蕴吗？

[①] 此语出自歌德的著名教育小说《威廉·迈斯特的漫游时代》，原文 pädagogische Provinz 也可译作"教育省"，指的是一个乌托邦似的极重视教养和文明、礼仪的地方。这里只是从反面的意义上借用这个称呼。

至此已接触到《魔山》继承德语文学传统的另一个更深刻的方面，即它的富于哲理性和思辨性。如此讲很容易使人产生枯燥、沉闷的联想。其实，《魔山》提出的哲学问题既丰富多彩又紧贴现实，所用来进行思辨的手段也生动有趣，富于变化，因而读起来一点儿也不枯燥乏味。

除去生与死这个核心问题之外，小说对于时间这个构成生命的重要因素，特别做了精到、深入、全面、精彩的分析和论说。例如，仅仅为揭示时间因人因地而异的相对性，小说就自然而纯熟地使用了三种手段：一是主人公卡斯托普自己头脑里对这个问题的思考、探索（集中在第六章的"变迁"一节）；二是作者的直接插话、评说以及思辨（例如第七章的"海滨漫步"一节）；三是用故事情节本身进展的快慢直观地显现。且看第三种手段的明显例证：主人公住进"山庄"疗养院的第一天，觉得一切都异常新鲜，经历、感受遂十分丰富，时间也就相对增值，对这一天的描写便占了100多页的篇幅；相反，到了后来，日子过得千篇一律，枯燥乏味，几个月甚至几年便一笔带过。

此外，《魔山》还有一种用得特别多因而也特别引人注目的思辨手段，就是让书中的人物相互辩驳和争论。塞特姆布里尼和纳夫塔势不两立却相反相成，在无情的论争中几乎探讨了人类社会的所有重大问题，尽管两人如前文所述都不足取，都是言行不一的空谈家，其言论本身也经常自相矛盾，令他们的教育对象卡斯托普无所适从。

总之，《魔山》尽管思辨色彩浓郁，却因为手段多样而艺精湛，使读者尤其是爱好哲学的读者并不难以接受，相反倒会读得饶有兴味。

《魔山》也成功地继承了德国和欧洲的批判现实主义传统。世情的描写，人物的刻画，环境的点染，都做到了既细腻精致，又生动深刻，且富于典型意义，有关的例子不胜枚举。一句话，《魔山》同样证明托马斯·曼也当得起20世纪西方文学一位批判现实主义大师的称号。

然而，对于《魔山》这部巨著来说，更值得称道的不是它对传统的继承，而是它有所创新、有所突破，而是它还越出现实主义的常轨，采用了勃兴于20世纪初的现代主义的某些手法。

《魔山》使用得最多也最有趣的现代主义手法是象征。可以认为，小说的题名"魔山"本身便是一个象征，它所描写的"山庄"疗养院以及生活在里面的形形色色的人物，也都富有对于特定的时代和社会的象征意义。

首先一个十分具体的例子，就是《魔山》中充满着"数字象征"（Zahlsymbol）。一个"七"字贯穿着整个故事，反反复复地出现：全书一共七章，主人公迷失在"魔山"中长达七年，"山庄"的餐厅里不多不少摆着七张桌子，主人公的朋友圈子最终凑足了七个人，疗养院规定量体温的时间恰好是七分钟，等等。为什么正好是"七"呢？是因为上帝"创造世界"用了七天，因此"七"就意味着全部、整个，处处凑足了"七"的"山庄"，这座在"侍奉死亡的老手"贝伦斯医生经营下的肺病疗养院，似乎就不只是资本主义社会以营利为目的的医疗机构的典型，而成了作者心目中整个世界的象征？

小说里众多的典型人物也都有很强烈的象征意义。尤其值得注意的是塞特姆布里尼和纳夫塔这你死我活地相互对立，同时却相反相成的一对儿。塞特姆布里尼固守着前一两个世纪盛行的资产阶级人道、进步和理性的传统，梦想有朝一日会出现一个资产阶级的世界共和国，还身体力行地参加了共济会的活动，实际上却是一个过时人物，其形象、思想和行径，在作家笔下都像个摇风琴的行乞者一般寒碜、迂腐、可笑，活脱脱一个早已过时的资产阶级理想和价值观的化身。反之，纳夫塔则自视为"超人"，信奉精神至上主义和非理性主义，妄想世界有朝一日会恢复到教会享有绝对权力的上帝之国的原始状态，并为此而鼓吹暴力、奴役和恐怖。这个外貌丑陋矮小、言词尖酸刻薄、行事虚伪怪诞的耶稣会教士，不但继承了欧洲封建反动思想的衣钵，而且是德国军国主义乃至法西斯独裁专制的狂热信徒，则无疑是进入了帝国主义阶段晚期的资本主义的精神象征。

又如，与主人公卡斯托普这个"软弱的平民"形成强烈对比的，是他的表兄约阿希姆·齐姆逊。这位"好样儿的士兵"身上集中了"德国军人的所有美德"，是整座"魔山"中唯一一个有事业心和责任感的人。然而他病魔缠身，怎么也实现不了去军旗下效忠"皇上"的夙愿。他那描写得非常细腻的夭亡，不正象征着德国军国主义引以自豪的普鲁士精神业已过时和不再有生命力了吗？

再如荷兰绅士皮特·佩佩尔科恩。这位在殖民地爪哇发了大财的种植园主，像个王者似的颐指气使却语无伦次，生活放纵却缺少活下去的信心和乐趣，以至终于服毒自杀，是不是也象征着殖民时代的自由资本主义气数已尽呢？

就连仅仅出现在卡斯托普回忆中的祖父和舅公，也都刻画得活灵活现，既有鲜明的个性，也带着时代与阶级的共性和象征意义。类似这样一些次要人物的存在同样不容忽视，因为他们加强了小说内涵的历史纵深度，为一个阶级的没落做了必要的背景交代。

顺便说一下，小说的主要人物几乎个个都有生活中的原型，特别是主人公卡斯托普身上，便清楚地投下了作者自己的影子。他与作家本人出身、经历的相似之处就不细说了，更值得注意的是他们对一些重大问题的观点和思考。难怪当代著名作家马丁·瓦尔泽会说："故事越往下讲，小说的主人公便越来越不再是卡斯托普，而变成了托马斯·曼本身。"[①] 事实上，通过卡斯托普的观察、思考，通过塞特姆布里尼和纳夫塔相互争论、辩驳，托马斯·曼对自己早年的思想尤其是叔本华和尼采的思想影响，做了深刻而又全面的清算；同时，书中还明显反映出与德国文化历史哲学家奥斯瓦尔德·施本格勒在思想上的共鸣。[②] 因此，《魔山》一书对作家思想和创作的发展，具有划时代的意义。

至于作家的爱妻卡佳·曼，便为他塑造小说女主人公克拉芙

[①] 参见 *Kindlers Neues Literaturlexikon*, Kindler Verlag, München 所载有关《魔山》的词条。

[②] 施本格勒（Oswald Spengler, 1880—1936）认为文明如同有机体，都会经历繁衍、兴盛、成熟和衰亡的过程，而西方文明在他看来已走向衰落。他的代表作《西方的没落》(*Der Untergang des Abendlandes*, 1918—1922) 对当时的思想界影响巨大。

迪娅·舒舍夫人这个形象，提供了许多素材和灵感。那位有着口吃的毛病却行事落拓不羁的"大人物"佩佩尔科恩，其形象和性格则与同时代的德国剧作家格哈特·豪普特曼有太多的相似，以致小说问世后这位原本对作者多有提携的文学前辈怒不可遏，托马斯·曼不得不一再致函解释和道歉，才平息了这一震撼文坛的轩然大波。[①] 不过，更加令人想不到的是，出身犹太教拉比家庭的奥地利耶稣会士纳夫塔这个思想偏激、言语刁钻、行事残忍的怪物，竟是以著名的匈牙利哲学家和文艺理论家卢卡奇（Georg Lukács，1885—1971）为原型的。[②]

除去大量具有象征意义的人和事，《魔山》还显著地运用了精神分析这一现代主义手法。小说成书的十多年，正值弗洛伊德的精神分析学说在欧洲广泛传播的时候。托马斯·曼是弗洛伊德的景仰者，其创作自然难免反映出这一学说的影响。倒不是指贝伦斯院长的助手克洛可夫斯基博士这位形容萎靡、身穿黑大褂的"殡仪馆抬尸者"似的医生，也在对病人施行所谓心理分析；也不是因为他在"山庄"常年开着一个大谈情欲、疾病与死亡的微妙关系的讲座，害得男女疗养客们体温升高，老是降不下来——这些，都只能看作对迎合时尚的骗子医生的讥讽而已。作者自身使用精神分析手法的主要表现，是他深入人物的潜意识中去挖掘

[①] 参见宁瑛著《托马斯·曼》，华夏出版社2002年版，第80页。
[②] 托马斯·曼早年与卢卡奇有过交往。紧接在《魔山》之后出版的《托马斯·曼传》，即披露了卢卡奇是纳夫塔的原型这个秘密；卢卡奇本人在40多年后的1971年接受一次采访时也坦然证实："毫无疑问，《魔山》中的纳夫塔是以我为原型的。"

和揭示他们思想行为的内在因果。一个明显而突出的例子：年轻的主人公一开始很讨厌克拉芙迪娅·舒舍夫人，因为这个俄国女子不拘小节，缺少上流社会的教养，每次进出餐厅都把玻璃门摔得哐啷啷响。可是，随着时间的推移和对讨厌响声的渐渐习惯，他竟不知不觉地、狂热地爱上了这位并不漂亮的女病友。为什么？因为她也长着一双细眯眯的鞑靼人眼睛，而这双眼睛令他忆起了自己少年时代曾经恋慕过然而早已忘记的男同学希培——此人也在托马斯·曼的生活中有相应的原型。也就是说，隐藏在潜意识中未得到满足的恋慕之情，又固执地表现出来了，以至于俄国妇人和男同学的形象在卡斯托普心中老是叠印在一起，给他对异性的爱恋中加进少年时代的亲切回忆，使他对女病友克拉芙迪娅·舒舍更加着迷和神往。

另一个反映出弗洛伊德影响的著名片段，是小说第六章的一节"雪"。这一节所写的主人公在与风雪和死亡搏斗过程中的一个个梦境，也即卡斯托普潜意识中的理想和恐惧的折射与显露。这些一开始绚烂美丽、如诗如画，最后却变得阴森可怖的梦境，实际上表明了主人公（也包括作者）在生与死之间，在人道与非人道之间，在意大利作家塞特姆布里尼与奥地利耶稣会士纳夫塔之间，如何艰难地进行着抉择。年轻的卡斯托普最终选择了前者，虽然他对前者最终能否战胜后者还缺少信心。这缺少信心的表现，既合乎欧洲历史的真实，也合乎作家本人思想的实际。

附带说一句，题名"雪"的这个片段，文笔十分优美、精致，对严冬时节阿尔卑斯山中的冰雪世界的描写可谓出神入化，美不胜收，加之主人公的梦境又可称为整个小说思想内涵的结晶和浓缩，于全书起着升华和画龙点睛的作用，值得反复地咀嚼、品味。例如，主人公终于在冰天雪地中战胜了几乎置他于死地的睡魔，在即将苏醒时说出的"为了善和爱的缘故，人不应让死主宰和支配自己的思想"这句话，就点出了全书的意义精髓。

象征和精神分析，只是托马斯·曼使用现代主义手法的两个显著方面。与此同时，上述种种反映着作家个人思想和经历的内容，决定了《魔山》这部富有现代主义特色的杰作的现实主义基调。从总体上看，《魔山》同时也富有现实主义和时代批判精神，因此堪称德语文学乃至西方文学率先将现实主义和现代主义结合起来的典范之一。

最后，《魔山》还有一个同样值得注意的重要看点，那就是小说灵活多变的语言。以"语言魔术师"著称的托马斯·曼，尤其善于运用幽默、揶揄、嘲讽等语言手段，使自己与他描写的人物、习尚、事件之间保持必要的距离——"讽刺的距离"或曰"批判的距离"。这种距离一开始便出现在叙述故事的语气里，接着又渗透进描绘环境、人物、事态的措辞和笔调中，到最后更融合到故事的情节里。能说明这最后一点的典型例子，首推第七章的"麻木不仁"与"狂躁"这两节所描写的种种悖乎常理的行为，其中尤其是纳夫塔与塞特姆布里尼之间出人意表、荒唐透顶的决斗。由于作者对语言把握得十分准确、精细，"距离"的远近分寸便表现得十分明显，从而也就自然而然地流露出了作家的态度和爱憎。不，这儿谈不上爱，因为在书中没有一个真正可爱的正面人物。就连对主人公卡斯托普和他那位落拓不羁的意中人克拉芙迪娅·舒舍，作者充其量也只是理解和同情，对他们的思想、行为也始终予以不乏批评意味的幽默、讥讽和调侃。

《魔山》的看点和精彩之处当然不止上述，限于篇幅就不再饶舌；书中还有许许多多的宝藏，等待着不畏艰险的登山者去自行发现。在这个意义上，《魔山》不啻是一座"宝山"，只有不畏艰险的登山者，才会收获更多，才有可能寻幽、搜奇、览胜：寻西方精神思想之幽，搜欧洲人生世相之奇，览德语现代小说之胜。

综全文所述，《魔山》问世于1924年，故事则发生在第一次世界大战的前夕。书中所描写的"鬼王"统治的"山庄"国际疗养院，实际上是19世纪末与20世纪初精神空虚、道德沦丧、危机四伏的资本主义欧洲的缩影。整个"山庄"都未能逃脱死亡的厄运，这意味着"山庄"所象征的世界已经衰败、没落，欧洲战前代表自由资本主义的资产阶级整个在精神上已经衰败、没落。奠定托马斯·曼文坛地位的《布登勃洛克一家》原著有一个副标题，叫"一个家族的没落"；作为其后续之作的《魔山》，方方面面都前进了一大步，所反映的时代和社会生活更广、更深，所以也不妨给它加上一个副标题，是为"一个阶级的没落"或"一个时代的没落"。

杨武能

2018年盛夏时节

改订于重庆武隆凉爽宜人的仙女山

引　子

　　我们之所以想讲汉斯·卡斯托普的故事，原因不在他个人——读者会发现他只是个普普通通的青年，虽然并不乏味——而在故事本身，在我们看来它很值得一讲；不过对于汉斯·卡斯托普来说，强调一下这是他的故事，并非任何人都有个随便什么故事好讲，也算照顾了面子。故事发生在很久很久以前，可谓已经蒙上了历史的珍贵锈迹，绝对必须用过去时来加以讲述。

　　这种情况之于故事并非缺陷，倒是优点；故事嘛就必须是过去的事情，而且可以说过去得越久越好，对故事之为故事是如此，对讲故事的人——那悄声召唤动词过去式的魔术师亦然。不过，我们的故事跟时下人们尤其是那些讲故事者的情形一样：它看上去要比实际年岁老得多，它的岁数不能以天日计算，它的年龄不能按太阳旋转的周期计算。一句话，它过去的程度并非取决于时间——之所以这样讲，是想顺带暗示和指出这一神秘因素的可疑，以及它所特有的暧昧性质。

　　为了不人为地把一件清楚明白的事情弄得含混模糊，我们干脆讲：这个故事显得特别古老的原因在于，它发生在某个给我们的生活以及意识划下了深深鸿沟的转折点和界线之前……它发生在，或者让我们有意避免用动词现在式，说它曾经发生和已然发生在从前，在过去，在那些古老的日子里，在大战之前的那个世界上；随着这次大战的爆发，发生了许许多多可以说几乎从未停止发生的事情。也就是说，我们的故事发生在过去，虽然是不远的过去。但是，这样的"过去"越贴近我们，故事的往昔性质不是反倒会更深沉、更圆满、更富于童话色彩吗？除此而外还得说一说，我们这个故事依其内在特性而言，与童话尚有这样那样别的共通之处。

我们将详详细细地讲汉斯·卡斯托普的故事，讲得明确而又透彻——要知道，故事是精练有趣或是冗长乏味，从来都不决定于讲它花了多长时间。我们不担心讲细了令人难堪反感，倒认为只有讲透彻了才真正精彩有趣。

也就是说，我们不会在翻掌之间讲完汉斯·卡斯托普的故事。一星期的七天不够，七个月也不够。最好先别去弄清楚我们要花多少时间，才能冲破它缠在我们身上的魔网。上帝保佑，反正不一定非要七年！

让我们言归正传。

第一章

抵 达

一个普普通通的年轻人,在盛夏时节离开自己的故乡汉堡,前往格劳宾登①山区的达沃斯坪,准备在那儿进行为期三周的访问。

从汉堡上那儿去,可是一段很远的旅程,特别对于只待这么短短一点时间来说,就太远太远啦。途中要穿过几个国家,要越岭翻山,从南德高原下行,直抵史瓦本海滨②,然后再劈波斩浪,乘船横渡那些过去被认为不可测知的深渊。

到此为止还一路畅通,走的都是直线;接下去可就费周折了,走走停停,很是麻烦。到了瑞士境内的罗尔沙赫才重新乘上火车,但也只能乘到阿尔卑斯山中一个叫朗特夸特的小站,在那儿又不得不换车来着。小站上山风劲吹,周围也没有多少宜人的

---

① 格劳宾登是瑞士的一个邦,地处阿尔卑斯山区,境内有许多著名的疗养地,而今成为国际会议中心的达沃斯即其中之一。

② 史瓦本是德国巴伐利亚州的一个地区,所谓史瓦本海是指德国与瑞士之间的波顿湖。

景色，在百无聊赖地东站站西站站以后，才终于登上一列窄轨火车。等到它那小小的然而牵引力显然非同一般的机车头慢慢运动起来，才算开始了这次旅行中真正惊险的一部分：列车一个劲儿地只顾往上爬，就好像没个完似的。要知道朗特夸特车站所处的地势比较而言还不特别高。眼前这条从悬崖峭壁间穿过的荒凉而险峻的铁道，才算认认真真地通到山里去。

年轻人名叫汉斯·卡斯托普。他独自待在一间小小的软席车厢里，车厢内的沙发全是灰色的。他随身带着一只鳄鱼皮手提袋，这是他的舅公兼抚养人——让我就此交代一下他的大名——迪纳倍尔参议送给他的礼物；他的冬大衣挂在衣钩上，不住地摆来荡去；他腿上盖着一条苏格兰格子呢旅行毯。他坐在紧闭的车窗前，午后的气温渐渐变得凉爽，自幼在家里娇生惯养的他，已经竖起他那宽大而时髦的夏季绸外套的衣领。在他身边的座位上，躺着一本题名为《远洋船舶》①的小册子，是他刚踏上旅途时翻过几次的，眼下却已被扔在一边不加闻问了。火车头沉重地喘息着，浊气一股一股地灌进车厢，书皮上已布满微小的煤粒。

两天的旅程将把一个人，一个在生活中扎根未稳的年轻人远远地与他习以为常的世界分开，与他称之为自己的职责、兴趣、忧虑、前景等分开，其情况严重得远非他乘着出租马车上火车站去时所能够梦想。旋转着，飞驰着，在他和他土生土长的故土当

---

① 原为英文。本书中有不少原文为英文、法文、意大利文、西班牙文和拉丁文的词句。

中挤进来了一个空间，这空间显示出人们通常只以为时间才有的力量。一个小时接着一个小时，它在你内心引起种种的变化，其性质与时间引起的变化非常相似，但程度在一定情况下还有过之。它与时间一样造成遗忘，其方式是把人从他的各种关系中分离出来，放进一种自由的、原始的状态。可不是嘛，转瞬之间，它甚至能把一个循规蹈矩的小市民变得跟一个流浪汉差不多。人说时间是一条忘川，其实远方的空气也有同样的效力，你吸了它虽然还不像饮过这条忘川的水那样彻底忘记一切，但是忘记得更加迅速。

汉斯·卡斯托普的情形就是这样。一开始，他本无意特别重视这次旅行，没打算把心思花在它上面。他倒是想赶快去一趟就了事，原因是他不能不去，然后呢又跟动身时一模一样地回来，回到那个老地方，让暂时被迫中断的生活重新开始。就在昨天，他的思想还局限在已经习惯的范围内，考虑的还是刚刚过去的考试，以及即将到来的在通德尔与威尔姆斯公司——包括造船厂、机器制造厂和锅炉厂——的就职；对于面临的这三个星期，他是要有多么不耐烦就有多么不耐烦。然而眼下，情况似乎要求他付出全部的注意力，容不得他再掉以轻心。如此这般被突然抬高到一些他从未呼吸过的区域里，到一些据他了解生活条件完全不同而又简朴、艰苦的地方，他开始激动起来，内心里渐渐充满了某种忧惧。故乡和有条不紊的生活不只远远地留在了背后，更可虑的是还深深地落到了脚下，而且他仍在不断地升高、升高。如此悬浮在它们和陌生的异地之间，他禁不住问自己，他到那上边以后将生活得怎样呢？也许，像他这么个在仅仅高出海平面几米的地方出生和过惯了的人，突然来到一个条件如此极端恶劣的地区，甚至也没有先在某个高度适中的地方逗留几天，本身就是既不明智又对健康有害的吧？他希望快些抵达目的地，因为一到山上，他想就能和在其他任何地方一样正常生活，而不会像现在似的一个劲儿地向上爬呀、爬呀，老得想着自己是处在一种何等不寻常的境地。

他凭窗张望：列车正在狭窄的隘口上蜿蜒行驶，看得见前面的一些车厢，也看得见累得气喘吁吁的火车头，它吐出的褐色、绿色和黑色浓烟随风飘去。在右边的深谷中水声哗哗作响；在左边的峭壁间兀立着森森古松，直指青灰色的天穹。前边不断出现黑乎乎的隧道口，等到列车重见天光，巨大的山谷又展现在身旁，谷底里的村镇也历历在目。深谷慢慢合拢，紧接着又是新的隘口；在崖头的道道裂隙中，积雪尚未消融。列车一次次地停在寒碜的小站前，有时是到了顶头站，只好掉转方向开出去，以至于弄得人糊里糊涂，再也闹不清东南西北。举目眺望，群峰巍然耸峙，逶迤直至天际，眼前已经是人们盼望进入的神圣奇妙的高山世界。然而峰回路转，美景又从虔诚的眼睛前面消失了。

这时候，汉斯·卡斯托普想，阔叶林带已经抛在脚下，如果他估计得不错的话，鸣禽区也过完了。想到此，他怅然若失，有两秒钟之久，头脑竟微微发晕，心里也颇难受，情不自禁地举起手来蒙住了眼睛。不过这种情况转瞬即逝。汉斯·卡斯托普发现，攀登已到尽头，最高的一道隘口已被征服。在平坦的谷地上，列车眼下舒舒服服地朝前滚动。

已经快晚上8点，然而天仍不见黑。一片湖泊闪现在远方，湖水呈灰色，岸边黑森森的松林一直绵延到四周的山峰脚下，越往上越稀疏，最后完全绝了迹，只留下泛着白色的光秃秃的岩石。列车停在一个小站前，汉斯·卡斯托普听见车外呼叫"达沃斯村到喽！"，心想自己的目的地就在前面了。谁料突然之间，他耳畔响起了约阿希姆·齐姆逊的声音，只听见他表哥操着从容不迫的汉堡腔喊道：

"你好啊，我说。喏，就请下车吧。"

汉斯·卡斯托普往下一瞧，窗外月台上果真站着约阿希姆，只见他身穿一件褐色大衣，光着脑袋，气色是一生里头从来没有过的健康。他笑吟吟地又说：

"快下来呀，你，别忸忸怩怩的。"

"我还没到站呢。"汉斯·卡斯托普愕然地回答，仍旧坐着没动。

"到了到了，已经到了。这是达沃斯村。从这儿去疗养院更近。我带了辆车来。把行李递给我。"

于是欢笑着，在抵达目的地和再见到表哥的兴奋激动中，汉斯·卡斯托普急忙把手提袋、冬大衣、旅行毯以及手杖和雨伞，最后还有那本《远洋船舶》，一件件地递下去给约阿希姆。接着他便奔过窄窄的走廊，跳到月台上，与自己的表哥正式会面，互致问候。但这一切都进行得不特别热情、激动，就像那种冷静而拘谨的人们之间的情形一样。说来也怪，他们竟然都避免互相叫名字，仅仅怕的是显得过分亲热。可是又不好以姓氏相称，于是便限于互相称"你"。在表兄弟之间，这已经是根深蒂固的老习惯。

一个身着制服、头戴饰有金银丝带的制帽的男子，站在一旁观望，看表兄弟俩如何迅速而微显尴尬地——年轻的齐姆逊更摆出来军人的架势——相互握了握手，然后就走拢来请汉斯·卡斯托普给他行李单。要知道此人便是"山庄"国际疗养院的杂役。他表示乐意去达沃斯坪车站提取客人的大皮箱，以便先生们能驱车径直回去赶晚餐。这人明显地跛腿，所以汉斯·卡斯托普问约阿希姆·齐姆逊的第一个问题便是：

"是个打过仗的老兵吗？怎么瘸得这么厉害？"

"啊，敢情！"约阿希姆酸不溜秋地回答，"一位老兵！膝头挨了一下，或者后来竟不得不让人把膝盖取掉了，所以才落得眼下这副德性。"

汉斯·卡斯托普赶紧思考了一下。

"噢，这样！"他说，同时一边走一边转过头去瞅了瞅，"可你大概不准备让我相信，你身体还有什么问题吧？瞧你的模样就像已经当上了军官，刚从演习中归来似的。"他说着从侧面打量起自己的表哥来。

约阿希姆比他高大魁梧，看上去浑身都是青春的活力，就像生来是块当兵的料子。在他的故乡人们的头发多数为金黄，不过也有不少人跟他一样头发是深褐色，他脸上的肤色本来就偏暗，经日光一晒更变成近乎古铜色了。他一双眼睛又黑又大，饱满好看的嘴唇上蓄着两撇小黑胡儿，要不是长着一对招风耳，简直就是个美男子呢。一直到前不久的某个时候，这对耳朵还是他唯一的苦恼和不幸。现在他却有着另外的忧虑。汉斯·卡斯托普继续问：

"你跟我马上下山去，对吧？我看真的没有任何问题了。"

"跟你马上下山？"表兄反问，同时把自己的一双大眼睛转过来望着他。这双眼睛一直都是温柔的，但在最近五个月中，却增添了一些倦怠，是的，甚至是哀愁的神气。"什么叫马上？"

"喏，三个星期以后。"

"噢，这样，看来你在想象中已经又乘车回家去了吧，"约阿希姆回答，"喏，别着急，你这不是刚刚才到吗？三个星期对于我们这上边的人来说几乎微不足道，可是在原本只想来此看看并且总共不过待三个礼拜的你眼里，这段时间自然是非常长的。先适应适应气候吧，这可不那么容易哩，你会看见的。更何况气候还不是咱们这里唯一稀罕的东西。留点儿神，这里的新鲜事有的你瞧。至于说到我，情形并不像你想的那么美妙，你的什么'三个星期后回家'，那只是山下边的人的想法罢了。不错，我的皮肤是变黑了，但这主要是雪光照射的结果，说明不了多少问题，正如贝伦斯经常讲的，而且，他在最近一次大体检时还说过，几乎可以肯定，我大概还需要再疗养半年。"

"再疗养半年？你疯了吗？"汉斯·卡斯托普嚷起来。这时候，他俩正好是在比一座仓库好不了多少的车站建筑前，坐进了那辆等候在石块铺砌的广场上的黄色轻便马车。等两匹棕色的骏马开始走动，坐在硬椅垫上的汉斯·卡斯托普又猛地扭转身，带着满脸的怒容:"半年?你在上边可已经差不多半年啦!一个人才没这么多时间……!"

"是啊,时间,"约阿希姆接过话茬,频频点着头,压根儿没注意到表弟正当的愤怒,"你可能完全不相信,这儿的人对时间才不在乎哩。三个星期对于他们就像一天。你会看见的。你也会学会这一切。"说罢他又加上一句:"在山上,人的观念也得改变。"

汉斯·卡斯托普从旁边目不转睛地端详着他。

"可你确实疗养得挺好啊。"他摇着头说。

"真的?你这样认为?"约阿希姆应道,"可不是嘛,我自己也这样想哩!"他说着把身子靠回到椅背上,挺直了身子,但紧接着又身子一歪,取了个半躺的姿势。"我是好一些了,"他解释说,"可还不能说恢复了健康。在胸部上边,在过去听得见沙沙响的部位,眼下还是不怎么清晰,不过不怎么严重。可是下边就非常不清晰,而且在第二肋间也有许多杂音。"

"瞧你变得多有学问啦。"汉斯·卡斯托普说。

"是的,上帝知道这是一门多么可爱的学问,我真巴不得在艰苦的军旅生活中把它忘个一干二净,"约阿希姆回答,"可我还咳痰。"他一边说一边懒懒地耸了耸肩膀,那神气与他的模样很不相称,随后又让表弟看一件从他朝向表弟一边的大衣口袋里掏出来的东西。这东西只掏出一半,马上又被塞回去了:原来是一只扁平的椭圆形蓝玻璃瓶,有着金属制的瓶盖。"这玩意儿咱们山上的大多数人都随身携带着呢,"他道,"我们还给它取了个名字,取了个非常非常有意思的绰号。你是在观赏风景吗?"

汉斯·卡斯托普的确在观赏风景,一听表兄问就不由得感叹了一句:"真美啊!"

"你这么认为?"约阿希姆问。

他们沿着山谷的走向,在一条铺设得不怎么规则但与铁轨平行的公路上行驶了一段,然后向左穿过铁道,跨越一条小溪,到了缓缓上升的山路上,向着树林覆盖的山腰爬去。在那儿一片微微突出的草坪上,朝着东南方,坐落着一幢长条形的建筑以及附带的半圆顶的钟楼;建筑的正面全是些阳台,远远看上去就像一块海绵似的,有许多孔孔洞洞。那里这会儿刚开始上灯。暮色迅速降临,一抹曾一度使单调的天空显得有些生气的淡淡晚霞业已消散,整个自然界都处于那种没有色彩、没有生气的可悲的过渡状态,随后而来的就将是沉沉的暗夜了。在下边人们聚居的狭长而微微有些曲折的山谷里,不只在谷底而且在两边的坡地上也一样,如今已是处处灯火——特别是在右边比较凸出的缓坡上,房舍层层叠叠,更显得明亮。左边延伸着一条条通往山腰草坪的小路,最后全都隐没在了黑乎乎的针叶林中。在山谷出口背后的一带远山,呈现出冷幽幽的青灰色,相比之下,山谷又变得年轻了。这时吹来阵阵夜风,使人感觉到了山中的寒意。

"不,坦白地说,我并不觉得这儿的景色有多么迷人,"汉斯·卡斯托普回答,"冰川在哪儿?雪峰在哪儿?巍峨的崇山峻岭又在哪儿?我看这些玩意儿不见得有多高。"

"高,很高,"约阿希姆说,"你差不多到处都看得见树木的分界线，它们的标记太明显了。松树一停止生长，任何树木都不再长，就像你看见的只剩下了岩石。在对面，在那黑色的羊角形山岩右边，甚至就有一道冰川还在闪着蓝光，看见了吗？它不见得大，却是地地道道的冰川，名叫斯卡莱塔。还有米歇尔峰和廷岑霍尔恩峰在那边的缺口里，也是终年积雪。只不过你从这儿看不见。"

"终年积雪。"汉斯·卡斯托普重复着。

"是的，永不消融，你愿意这么讲的话。确确实实，这一切都已经很高了。而咱们自己也高得要命，你得考虑考虑，海拔1600米啊。正因为如此，那些山才不显得那么高。"

"不错，来的时候叫人爬得够呛！我简直胆战心惊，我可以告诉你。1600米！这可相当于5000英尺了，如果我换算得不错的话。我一辈子还没有到过这么高的地方哩。"

说罢，汉斯·卡斯托普好奇地做了一次深呼吸，想尝试尝试这陌生的空气的滋味。空气是清新的——除此以外毫无特色。它既不芬芳，也不滋润，什么内容都没有。它轻轻地流进体内，一点儿没使人产生心旷神怡的感觉。

"嗯，挺好！"出于礼貌，汉斯·卡斯托普表示。

"可不，这是一种有名的空气嘛。只不过今天傍晚此地的天气还不太有利。有时候，特别是在下雪天，它看起来还要美一些，但是老看老看也会非常厌烦。我们这上边所有的人，你可以相信，都对它讨厌透啦。"约阿希姆说着一咧嘴，做了个厌恶的表情，做得那样夸张而没有节制，又一次使他的容貌遭到了破坏。

"瞧你说起话来可真特别。"汉斯·卡斯托普说。

"我说得特别?"约阿希姆有些忧虑地问,转过脸来望着表弟……

"不,不,请原谅,我大概只有一会儿是这么感觉的!"汉斯·卡斯托普赶紧解释。他原本指的是"我们这上边的人"这种讲法;它已经被约阿希姆使用过三四次了,不知怎么总叫他听着觉得别扭和异样。

"我们的疗养院比村子更高,这你看见了,"约阿希姆接着说,"高50米。在广告上写着100米,但实际上只有50米。最高的要数那对面的'阿尔卑斯之宝'疗养院,我们现在看不见。冬天,那儿的人不得不用雪橇往下运他们的尸体,因为道路已完全不能走车。"

"他们的尸体?原来这样!你听喽,你听喽!"汉斯·卡斯托普嚷起来,嚷着嚷着突然爆发出一阵大笑,直笑得想忍也忍不住,直笑得胸部剧烈震动,直笑得被夜风吹僵了的面孔也扭曲起来,隐隐作痛。"用雪橇运尸体!而你对我讲起来竟能如此心情平和?想不到在这五个月中你已经完全变得玩世不恭了!"

"一点儿也说不上玩世不恭,"约阿希姆耸了耸肩膀,答道,"怎么叫玩世不恭呢?对于尸体来说那不是一个样么……?不过,在我们这儿人倒是容易变得玩世不恭的。贝伦斯本人就这么个德性——同时却又是个好样儿的男子汉,曾经加入过大学生社团,现在动起手术来也呱呱叫,看样子他是会叫你喜欢的。然后还有克洛可夫斯基,他的助手,一个挺讨厌的家伙。广告上专门提到了他的职能。也就是说，他对病员们进行灵魂分析。①"

"进行什么？灵魂分析？这可太讨厌了！"汉斯·卡斯托普嚷起来，但接着愉快的心情又占了上风，使他再也控制不住自己了。在其他种种可笑的事情之后，现在又来了灵魂分析术，这可真够他受用的啦，直笑得他前仰后合，泪水从蒙在眼睛上的手指间迸了出来。约阿希姆也开心地笑着，这似乎使他觉得很舒服。这时候，马车已放慢了速度，把两个年轻人送上了"山庄"国际疗养院大门前的一段迂缓的斜坡路，因此，他们走下车来时仍然高高兴兴的。

三十四号

紧靠右手边，在院门和前面的风门之间，就是传达室；一个法国派头的门房，刚才正坐在电话机旁读报，这时便迎了出来。他也穿着和火车站上那个瘸子一样的灰制服。由他领着，表兄弟俩穿过灯光明亮的大厅，大厅的左侧是一排谈话室。汉斯·卡斯托普边走边往里瞅了瞅，发现它们全都是空的。疗养的客人到哪儿去了呢，他问。他的表兄回答：

"在做静卧治疗。因为要接你，我今天请了假。平常吃过晚饭我也总是在阳台上躺着哩。"

汉斯·卡斯托普险些又忍不住笑起来。

---

① 此处显然指当时已经盛行的弗洛伊德式心理分析方法。

"什么，已经起了夜雾你们还躺在露台上？"他嗓音哆嗦地问。

"是的，规定如此。从八时至十时。现在走吧，看看你的房间去，并且洗一洗。"

他们走进由那个法国人操作的电梯。在电梯往上升的工夫，汉斯·卡斯托普擦干了自己的眼睛。

"真把我给笑坏啦，"他用嘴吸了一口气说，"你给我讲了那么多疯狂的事情……什么灵魂分析术啦，实在是太逗了，本来不讲更好。加上经过这一路旅行，我显然已经有些疲倦。你的脚也冷得非常厉害吗？可同时脸又这么烫，真不舒服。咱们马上可以吃饭吗？我感觉有些饿了。你们这上边的人吃得不错吧？"

他们穿过狭窄的走廊，无声地走在椰子皮编织的席毯上。从天花板的乳白色钟形灯罩里投射下来淡淡的光。墙壁上涂了一层清漆，显得白、冷而光亮。不知从什么地方出现了一个护士，头顶白头巾，戴着夹鼻眼镜，拴眼镜的细绳搭在耳朵背上。显而易见，她信奉的是新教，对自己的职业并无真正的热情，好奇心很重，因此坐立不安，无聊得要命。在走廊上的两处地方，在编了号的白漆房门前边的地板上，立着一种球形的容器，大大的，鼓着肚子，脖子却很短。一开始汉斯·卡斯托普忘记了打听它们的用途。

"你住这儿，"约阿希姆说，"三十四号。右边是我，左边是一对俄国夫妇——有点儿邋遢，还闹腾得厉害。我不能不这么讲，可是毫无办法。喏，你想讲什么？"

房门是双重的，在门内的墙凹里装着挂衣钩。约阿希姆扭亮了天花板上的灯，在它微微颤动的亮光中，房内显得明朗而宁静，一色雪白的实用家具，可以拆洗的大壁帷同样也是白色的，软木油布地毯干干净净，亚麻布窗帘上绣着简洁而愉快的时兴花样。阳台门敞开着，看得见山谷里的灯光，听得见远远飘来的舞曲声。好心的约阿希姆在五斗橱上摆了一只小花瓶，瓶内插着一些在草发第二茬时能够采到的鲜花，什么蓍草花呀，铃铛花呀，等等，全是他亲自去山崖上摘来的。

"真有你的，"汉斯·卡斯托普说，"好舒适的一间房间啊！在里边满可以住上几个星期哩。"

"前天这房里死了个美国女人，"约阿希姆说，"贝伦斯一开始就讲，在你到来之前她就会咽气，这样你就有房间住了。她的未婚夫一直守在她身边。这位老兄是个英国海军军官，可一点儿没表现出男子气。他过不了一会儿又跑到走廊上哭鼻子，活像个小娃娃似的，随后又用冷霜搽面孔，因为他新刮过脸，让泪水一渍就疼得火辣辣的。前天晚上美国女人还大咯血了两次，这下就完蛋啦。不过昨天一早已经把她运走，然后自然又彻底地用福尔马林把房间熏了一遍。福尔马林，这东西你知道用来干这种事是挺有效的。"

汉斯·卡斯托普漫不经心地听着这个故事。他挽起衣袖站在宽大的洗脸槽前，洗脸槽内的镀镍水龙头在电灯光下闪闪发亮。对于那张铺得干干净净的白铁管床铺，他几乎瞟也没瞟一眼。

"彻底熏过了，这很好，"他一边洗手，洗了又揩干，一边啰啰嗦嗦并且有些东拉西扯地说，"是的，甲醛，连生命力最强的细菌也受不了——CH_2O，挺刺鼻的，是吗？自然喽，最严格的卫生乃是一个基本条件……"他说的"自然喽"仍带着很重的乡音；而他表哥在念过大学以后，讲话已比较标准了。他口若悬河地接着往下讲："我还想说什么来着……很明显，那位海军军官是用保险刀刮脸的，我敢断定；比起用磨得飞快的普通剃刀来，用这玩意儿更容易受伤，至少我的经验是如此；要知道我是轮流着时而用这种，时而用那种的……喏，刚刮过的脸皮让盐水一刺激当然很痛，而他呢，可能是在服役时习惯了搽冷霜，所以一点儿不使我觉得奇怪……"他继续唠唠叨叨，说他在皮箱里带着两百支抽惯了的"玛利亚·曼齐尼"牌雪茄，因此清点行李将是一件极惬意的事。他还向表哥转达了故乡这个那个亲友的问候。

"难道这地方不烧暖气么？"他突然叫起来，并且奔过去摸那些管子。

"嗯，人家说我们冻一冻有好处，"约阿希姆回答，"直到八月份开始集中供暖，情形才会改变。"

"八月份，八月份！"汉斯·卡斯托普大声嚷嚷，"可是我冻得慌！我是说身上冷得不得了，面孔却显然在发烧——喏，你摸摸，瞧我有多烫！"

这个要人家摸自己脸的唐突要求与汉斯·卡斯托普的个性完全不符合，因此使他自己也感到很难堪。幸好约阿希姆并没真照他的要求做，而只是说：

"这不过是空气的作用，一点儿也不要紧。贝伦斯自己也成天面孔发紫。有的人永远不能适应。喏，走吧，否则我们什么都吃不上了。"

他们在走廊上又见到那个护士,她好奇地睁大一双近视眼朝着他们张望。可是在二楼,汉斯·卡斯托普却突然像着了魔似的一下子站住了。那魔力来自不远处的走廊转角后面,他听见从那儿传来一种可怕的怪声,虽然不怎么响,却非常令人恶心。汉斯·卡斯托普不由得做了个鬼脸,张大两眼瞪着自己的表兄。显然是有谁在咳嗽——是一个男人在咳嗽,但它与汉斯·卡斯托普曾经听见过的任何咳嗽都毫无相似之处。是的,与它相比,他所熟悉的其他任何咳嗽都悦耳动听,毋宁说是健康的生命力的表现——眼下的这种咳嗽却完全缺少生趣,完全缺少爱,也不是有规律地一声一声发出的,而是有气无力,含混沉浊,就像在搅动身体内的什么烂糨糊,叫人听得起鸡皮疙瘩。

"嗯,"约阿希姆说,"情况很糟糕。是个奥地利贵族,你知道,看上去仪表堂堂,简直像个天生的马术师。想不到眼下却这德性,可他仍然四处走来走去。"

两人继续往前走,汉斯·卡斯托普还是抓住马术师的咳嗽一事大谈不止。

"你得想想,"他说,"我还从来没听见过这样的咳嗽。这样个咳法,对我来说十分新鲜,自然就给我留下了深刻的印象。世界上的咳法多得很,有干咳和不紧不慢的咳,一般说来,不紧不慢的咳比狗吠那样咳得尖声尖气还轻一点儿,好一点儿。记得我在年轻的时候——他说'我在年轻的时候'[①]——患过咽喉痛,咳

[①] 他说话时刚大学毕业。

的那个阵势就像狼叫一样;后来渐渐地咳得疏松了,他们便全都高兴起来。可像这儿的这么个咳法却闻所未闻,至少对于我是如此——这压根儿不是活人的咳嗽。它不是干咳,但也不能称作疏松的咳,疏松这个词儿远远表现不出它的性质。是的,听见它你仿佛就看见了那人身体里的情况——那里边已经一塌糊涂,一团烂酱……"

"得了,"约阿希姆说,"我每天都听见来着,你不用向我描述。"

可是汉斯·卡斯托普根本安静不下来,他一而再、再而三地要表哥相信,他听见这样的咳嗽确乎就像真的看到马术师的内脏里去了,所以当他们俩走进餐厅时,他那双因长途旅行而显得疲倦的眼睛还闪着激动的光。

在餐厅里

餐厅布置得明亮、雅致而且舒适。它坐落在大厅的右手边,与谈话室正对着,据约阿希姆解释,主要是供新来没赶上开饭时间的病员以及临时性的访客用餐。不过也常常在这里举行宴会,庆祝这个生日、那个病愈出院以及全院性体检结果良好等。有时候这座餐厅里很是热闹,约阿希姆说,甚至还有香槟酒递来递去。可眼下却空空荡荡,唯有一位三十来岁的太太在里边读一本书。只见她嘴里念念有词,还不断地举起左手的中指来轻轻敲着铺有台布的桌子。年轻人坐下来后,她便换了个位子,以便拿背冲着他们。她怕与人交往,约阿希姆解释说,所以进餐厅吃饭总带着一本书。据人讲，她还是个小姑娘时就住进了肺结核疗养院，从此便再也没在外边生活过。

"喏，喏，和她比起来，你仅有五个月的住院史，还只能算是初来乍到哟；而且就算你再住上一年，也成不了老资格，是吧！"汉斯·卡斯托普对表兄说。约阿希姆听罢耸了耸肩——他过去没有这个习惯——然后便拿起菜单。

他们坐的是靠窗的一张桌子，地面略高于餐厅其他部分，最舒适不过。表兄弟俩在乳黄色的窗帷前相对而坐，面孔让装着红色灯罩的小台灯映得红彤彤的。汉斯·卡斯托普把两只刚洗过的手握在一起，惬意地、充满期待地慢慢搓着，就跟他每次坐下来等着吃饭时那样——也许，因为他的祖先在吃饭前都要祈祷吧。一个态度热情、说话卷舌音特重的姑娘招待他们，她在黑色的衣裙上罩着白围裙，一张大脸肤色健康到了极点。使汉斯·卡斯托普大为开心的是，约阿希姆告诉他，这儿的人都管女招待叫"餐厅的女儿"。他们向她要了一瓶格鲁德·拉罗塞酒，送来后汉斯·卡斯托普又叫她拿去温了一下。饮食非常丰美，有芦笋汤，灌肉番茄，一种配料丰富的烧肉，一道烧得特别可口的带甜味的菜，一块乳酪，以及水果等。汉斯·卡斯托普吃得挺带劲儿，虽说他的胃口还不如他原以为的那么好。但是他已经习惯了猛吃猛喝，尽管并不感到饿。他这样做是出于对自己的尊敬。

约阿希姆对汤和菜都没有怎么动。他说，他已经厌腻这儿的烹调，而咒骂伙食不好，乃是他们这上边所有人的习惯。要知道让你老是坐着，过不了三天就……反过来，他喝酒却喝得挺高兴,是的,甚至可以说津津有味。他一边喝,一边反反复复地表示满意,说终于有了一个可以认真谈谈的人;只不过他在做这种表示时力避使用太富感情的措辞。

"是的,你来了太好啦!"他说,和婉的嗓音中微微透着激动,"我大概可以说,这在我算得上一件大事。它给我的生活带来了某种变化——我是讲,你这一来,总算暂时中断了我们没完没了的永远单调的……"

"可你们在这儿时间本该过得很快呀。"汉斯·卡斯托普打断他。

"又快又慢,随你怎么讲,"约阿希姆回答,"可我想告诉你,它根本没有前进,根本就不是时间,生活也不成其为生活——是的,不是生活。"他边说边摇头,又伸手去端酒杯。

汉斯·卡斯托普也饮起酒来,尽管他的脸颊这时已烫得跟火一样,可是他身上仍然感觉冷,体内有着一种虽说愉快却又颇为烦人的特殊的不安。他说话变得十分急促,因此常常语无伦次。对此,他自己只是把手一甩,表示无可奈何。与此同时,约阿希姆也兴高采烈起来,两人的谈话便更加无所拘束,更加热烈兴奋。这当儿,那位手敲桌面、念念有词的女士突然站起身,离开了餐厅。他们捏着刀叉,一边吃一边比画,腮帮里包着食物,却又忙着要做表情。他们笑,他们点头,他们耸肩,不等食物真正咽下去,他们已经继续讲话了。约阿希姆想听汉堡的情况,把话题引到了计划中的易北河治理上。

"划时代的壮举!"汉斯·卡斯托普说,"对于我们航运事业的发展来说意义伟大——真是一点儿也不估计过高。我们马上便一下子投资1500万。你可以相信,我们对自己干的事是心中有数的。"

然而,不管他赋予易北河的治理以多么大的重要性,他还是立刻放弃了这个话题,要求约阿希姆再给他讲讲"这上边"的生活以及疗养客们的故事。约阿希姆乐于从命,他很高兴能以这样的方式吐吐闷气,使自己心里轻松一些。他忍不住又讲了一遍用雪橇往山下运尸体的情况,并且再次担保所述乃是事实。汉斯·卡斯托普又哈哈哈哈笑开了,他也跟着笑起来,看样子挺开心。他另外还讲了一些滑稽的事,以便将轻松愉快的气氛维持下去。有一位与他同桌吃饭的女士,他说,名字叫施托尔太太,是康施塔特一名乐师的老婆,病得已相当厉害——她是他所见过的最缺少教养的人。她把消毒念成"笑毒",而且念得一本正经。她管医助克洛可夫斯基叫"医猪",真令人哭笑不得。而且,跟这上边的多数人一样,她还好说长道短,比如对另一位叫伊尔蒂斯太太的女人,她就在背后说人家戴着个"绝育罩"。

"她管那叫'绝育罩'——真没治!"他们俩仰面靠在椅子背上,跟半躺着差不多,笑啊笑啊,直笑得身子打战,险些儿透不过气来。

笑完了,约阿希姆的脸色突然变得阴沉沉的,原来是想起了自己的命运。

"是啊,咱们现在倒可以坐在这儿笑,笑,笑,"他脸上现出沉痛的表情,横膈膜的震动常常叫他上气不接下气,说道,"可我什么时候才能出院呢？只有老天知道。要晓得贝伦斯说还有半年，那可是算得挺玄乎的，必须做更长的打算。这可真够呛啊，你自己说说，对于我来讲是不是很可悲呢？我早已经入伍了，下个月本来就该参加军官资格考试。可现在倒好，成天衔着根体温表游来荡去，计算着那位缺少教养的施托尔太太言谈中闹的笑话，白白地消磨掉光阴。在我们的一生中，一年的作用可不小，要在山下，就会带来许多的变化和进步。而我现在呢，却在这儿止步不前，恰似一潭死水——是的是的，完全像个臭水坑，这样的比喻一点儿也不过分……"

奇怪的是汉斯·卡斯托普对表哥的感慨没有反应，倒问起在山上能否喝到黑啤酒来。约阿希姆带着几分诧异地望着他，发现他原来已快睡着了——事实上他已经在睡。

"瞧你竟睡起觉来啦！"约阿希姆说，"走吧，对咱俩来说也是该上床的时间了。"

"根本还不到睡觉的时间。"汉斯·卡斯托普回答，舌头已有些搅不转。尽管如此他仍然跟着走，只是佝偻着腰，腿脚僵直，就像个疲倦得快要倒地的人似的——但是到了光线已经暗淡下来的正厅里，他立刻打起了精神，因为约阿希姆对他讲：

"瞧，克洛可夫斯基坐在那儿。我觉得，我必须马上把你介绍给他。"

在一间谈话室的壁炉跟前，紧挨着敞开的滑动门，克洛可夫斯基博士正坐在灯光下读报纸。当两个年轻人向他走来时，他站起身，约阿希姆于是摆出军人的架势说道：

"请允许我向你介绍我从汉堡来的表弟卡斯托普,博士先生。他刚刚才到。"

克洛可夫斯基博士立刻对这位大家庭的新成员表示欢迎,态度显得是那么轻松、大方、亲切,好像是想暗示,与他面对面站着,任何拘束的表现都属多余,唯有愉快的信赖才叫得体。他大约35岁,肩宽,体胖,个头比站在面前的两个小伙子矮得多,要斜仰着脑袋才望得到他们的脸——加上脸色异常苍白,白得仿佛能透过亮,白得甚至泛着磷光;与之相对照,他却生着一对火辣辣的黑眼睛和两撇黑眉毛,还有那一副已杂有几茎银丝的分成两股的相当长的大胡子,也是黑黑的。他穿着一件已经磨损得相当厉害的双排扣黑上装,脚蹬一双凉鞋似的镂空黑皮鞋,灰色的羊毛袜却又颇厚,上衣的大翻领更是软塌塌的。像这样子的衣领,汉斯·卡斯托普迄今只在但泽①的一个照相师的衣服上看见过,所以就给克洛可夫斯基博士的形象实实在在地增添了一点儿艺术家的味道。他亲切地微笑着,以致从胡子底下露出了一排黄牙,他使劲儿摇着年轻人的手,同时以他带着一点儿外国拖腔的男低音嗓子说道:

"我们欢迎你哟,卡斯托普先生!但愿你很快习惯这上边的生活,在我们当中过得愉快。要是允许我问的话,您是上我们这儿来疗养的吧?"

---

① 德国人说的但泽(Danzig,在波兰名叫Gdańsk,格但斯克),是波兰北部沿海最重要的海港城市。

汉斯·卡斯托普努力克制自己的睡意，想要表现得有礼貌一些，那模样实在是动人。他深怪自己竟这么不中用。以年轻人的敏感多疑，他从助理医生的微笑和带有勉励意味的态度中，已看到了宽容的嘲讽。他开始回答，说他只住三个星期，也提到他的考试，末了特别加了一句：感谢上帝，他还一点儿病都没有。

"真的吗？"克洛可夫斯基博士像是嘲弄他似的向前斜伸出脑袋，笑得更来劲儿了。他接着说："要真这样，您这个人倒是极其值得研究！因为我还从来没见过一个完完全全健康的人。您参加了什么考试，要是可以问的话？"

"我是个工程师，博士先生。"汉斯·卡斯托普不卑不亢地回答。

"噢，工——程——师！"克洛可夫斯基博士仿佛收起了笑容，亲热劲儿在一刹那间也跟着减退了，"这挺棒嘛。如此说来，您在这儿不需要接受任何治疗，不管是身体上还是心理上，全都不需要啰？"

"不，非常感谢！"汉斯·卡斯托普说时差一点儿往后退了一步。

这当口，克洛可夫斯基的微笑又胜利地浮现出来。他重新摇着年轻人的手，提高嗓门道：

"那么，就请您充分享受您那完美无缺的健康，好好睡一觉吧，卡斯托普先生！晚安，再见！"——克洛可夫斯基这么打发走年轻人，重新坐下去读自己的报纸。

电梯已经没有人开了，表兄弟俩只好自己爬楼梯。与克洛可夫斯基相遇弄得他们心烦意乱，因此谁也不说一句话。约阿希姆陪汉斯·卡斯托普回到三十四号房间，瘸腿工友已经准确无误地将行李送到了房里。他们俩又聊了一刻钟，与此同时汉斯·卡斯托普便把睡衣和盥洗用具从行李中取出来，并在嘴里衔了一支挺粗挺粗然而劲道并不大的雪茄。使他感到奇怪和不寻常的是，他今天就只抽了这么一支。

"他看起来挺了不起似的，"卡斯托普一边吐着烟圈一边说，"脸色苍白得跟蜡一样。而那身打扮，依我说实在叫人恶心。厚羊毛短袜，加上这么双凉皮鞋。末了儿他有些生气了吧？"

"他是有些小气，"约阿希姆回答，"你不应该那么一口拒绝接受治疗，尤其是心理方面的治疗。他不乐意看见人家对自己敬而远之。他对待我也不怎么友好，原因是我对他不够信赖。不过，我也不时地把自己做的梦告诉他，以便他有点儿什么可以分析。"

"这么说，我正好犯了他的讳喽。"汉斯·卡斯托普情绪沮丧地说。要知道，他要是什么时候得罪了别人，就会对自己不满意。这样，疲倦又重新向他袭来，而且更加厉害了。

"晚安，"他说，"我困得简直快倒了。"

"早上八点我来领你去吃早饭。"约阿希姆说罢便走了。

汉斯·卡斯托普草草地洗漱了一下。他刚把床头柜上的小灯捻灭，睡魔就已经战胜了他。只不过当他想起这张床上前天才死过一个人时，也吓得坐起来了一次。"这可并非头一回啊，"他自言自语地说，好像如此一来就可以心安理得似的，"不过是一张死过人的床铺罢了，没有什么稀奇。"想着想着，他便睡着了。

可是，他刚一入睡，便开始做起梦来，并且一直不停地做到了第二天早上。他主要梦见的是约阿希姆·齐姆逊直挺挺地仰卧在一架大雪橇上,顺着陡斜的山道往下滑,脸色苍白得像克洛可夫斯基那样泛着磷光;雪橇前面坐着那位"马术师",不过模样看不怎么真切,就跟某个你只听见过他咳嗽的人一样,"马术师"驾驶着雪橇。"对我们这上边的人而言,怎么运下山去全然无所谓。"僵卧在雪橇上的约阿希姆说,说完就像那个"马术师"一样咳嗽起来,咳得如同在搅一桶烂糨糊一般令人起鸡皮疙瘩。为此,汉斯·卡斯托普忍不住伤心地哭了一场,哭完却发现必须去药房一趟,以便要点儿冷霜。谁知他半道上又碰见了伊尔蒂斯太太。她坐在那儿,手里拿着一件东西,显然就是施托尔太太所谓的"绝育罩"了,仔细一瞅却又不过是一把安全剃须刀,搞得汉斯·卡斯托普又哈哈大笑起来。就这样,他一会儿悲,一会儿喜,一会儿哭,一会儿笑,直闹到曙光透过半掩着的阳台门射进屋来,才终于唤醒了他。

第二章

洗礼钵和祖父的双重形象

汉斯·卡斯托普对自己的家只保留着模糊的记忆。他几乎不真正认识自己的父亲和母亲。在他五岁至七岁之间的短短一两年内，他俩都相继去世了，先是母亲在等待分娩时突然患了由神经炎引起的血管堵塞，海德金特医生称之为血栓，使她的心脏立刻麻痹了——当时她正坐在床上笑，好像是笑得昏倒了，其实已经死去。这件事对于他父亲汉斯·赫尔曼·卡斯托普来说太不可思议，他衷心眷爱着自己的妻子，他本身又不是一个十分坚强的男子汉，便不知道如何度过眼前的危机。他的精神受了刺激，从此郁郁终日，做买卖净出差错，使卡斯托普父子公司在经营上蒙受了严重损失。隔年的春天，他在风很大的港口视察仓库时染上了肺炎。本已衰弱的心脏禁不住高烧，尽管海德金特医生悉心治疗，不出五天仍然跟着自己的爱妻去了。在有众多市民参加的隆重葬礼中被送进了卡斯托普家族祖传的墓地。这块墓地在圣卡塔琳娜教堂公墓内，从那里一眼就看得见植物园，地势真是非常之美。

他的父亲老参议比他活得长久，虽然只多活了不长的一段时间。在老头子死前的短时期里——他同样得的是肺炎，只不过挣扎得更久，痛苦也更大。因为跟自己的儿子不一样，汉斯·洛伦茨·卡斯托普是一株深深扎根在生活中的老树，是很难一下子砍倒的。这段时间说来只有一年半，在此期间，成了孤儿的汉斯·卡斯托普就生活在自己的祖父家里。那是19世纪初在城市与城外防御工事之间的狭长旷地上建起来的一幢住宅，北方古典主义风格，刷着暗淡的青灰色，大门两侧各有一列半露在墙外的圆柱；要先登上五级台阶才能走进住宅中，整个房子为三楼一底，二楼正面全部是落地长窗，外面则有铸铁的栏杆作为防护。

宅子里的房间全都布置得挺讲究，包括那间用石膏浇注了各种花饰的明亮的餐室，它那三扇临着屋后小花园的窗上都挂着紫红色的帘子。在这儿，祖孙两人有18个月之久天天下午四点在一起进餐，服侍他们俩的是一个叫菲特的老仆人。这老头儿戴着一对耳环，燕尾服上缀着锃亮的银纽扣，此外再加一条与自己主人一模一样的细麻布白领巾；还有那刮得光光的下巴藏在领巾中的派头，也与主人没有区别。祖父与他以"你"相称，和他讲话总操德国北部的土语；并不是为了打趣——他是没有幽默感的——而是为了方便，要知道对管仓库的工友、邮差、马夫和杂役一类的下人，他全都这样。汉斯·卡斯托普很喜欢听祖父讲土话，更喜欢老菲特同样用土话回答他。老菲特在服侍主人吃饭时，常常在他身后把脑袋从左边伸到右边，以便冲着他右耳讲话，因为参议的这只耳朵比左耳好使得多。要是老爷子听明白了，便一边继续吃一边点头。他身板笔直地坐在桃花心木做的高背椅和餐桌之间，连头也懒得向餐盆够一够。小孙子坐在对面静悄悄的，无意识地观察起自己的祖父来，注意力完全集中到了他那一双白皙、细瘦、好看的老手上，只见它们饱满的指甲修得溜尖，右手的食指上戴着一枚绿宝石的纹章戒指。它们动作简捷、文雅，用叉子尖一点一点地将肉、蔬菜和马铃薯调理好，头微微一低，就送进口里去了。汉斯·卡斯托普再瞅瞅自己还不灵活的小手，感到它们也已经被先天赋予了将来会同样像祖父似的把握和使用刀叉的能力。

另一个问题是：他将来什么时候能把自己的下巴也埋在那么大的领巾里呢？祖父的外衣领子式样奇特，硬挺挺地竖着，尖端一直擦到脸颊，那条领巾则完全填补了两片领子间巨大的空隙。而要想戴这样的领巾，必须像祖父一般的年纪才成，所以今天除了他和老菲特，远远近近就不再有任何人戴这样的领巾和穿这样的衣领了。这真是很可惜的呀，要知道小汉斯·卡斯托普特别喜欢祖父把下巴埋在高高的、雪白的领巾中的模样。甚至他在长成大人以后，对此仍保存着极为美好的记忆，他仿佛觉得，那里边包含着一点儿与他的秉性相投合，因而也为他由衷爱好的东西。

祖孙俩吃完了，便把各自的餐巾叠好，卷成圆筒，插进银制的环中。这件事当时由汉斯·卡斯托普完成起来并不容易，因为餐巾太大，简直就跟一块小台布似的。接着，身后的老菲特把靠椅拖开，参议在靠椅前站起来，脚步蹒跚地踱到对面的"斗室"里去，好抽他的雪茄烟。有时候，小孙孙也跟着他走到里边去。

"斗室"是这么产生的：人们当初为餐厅设计了三扇窗户，使它占据了住宅的整个宽度，这样一来，剩下的面积就不能像这种类型的房子通常那样再布置三间客厅，而只够两间了。但是两间中与餐厅垂直相对的一间仅有一扇窗户朝着街上，长与宽显得不成比例，于是乎就隔出长度约四分之一的一块来，正好成了这间"斗室"。"斗室"是一间从头顶采光的小房间，光线朦胧，陈设简单：一个多层木架，架上摆着参议的雪茄匣；一张牌桌，抽屉里存放着各种挺有趣的物件，诸如惠斯特牌呀，筹码呀，装有可以张开的卡齿的记分牌呀，石板和粉笔呀，抽雪茄的纸烟嘴呀，等等。最后，在屋角里立着一只螺钿式的玻璃橱，玻璃门后挂着黄绸帘子。

"爷爷，"小汉斯走进"斗室"后常常踮起脚尖，凑近祖父的耳朵说，"请给我看看那个洗礼钵，好吗？"

老参议本已撩起长而柔软的外套的下摆，从裤袋中掏出一大串钥匙，这时便打开玻璃橱，从橱内立刻扑面送来一股使小男孩觉得既好闻又奇异的特殊的香气。那里面存放着各种各样已经不再派得上用场而正因此就特别珍贵的东西：一对弯弯曲曲的枝形银烛台，一只装在雕花木架子里的破晴雨表，一本贴着达盖尔银板照片的影集，一只藏利口酒小瓶的杉木匣儿，一个穿着花绸衣的土耳其小偶人——这玩意儿肚子里装着发条，能够从桌子这边跑到桌子那边，不过早已经失灵不听使唤了——，一艘古里古气的帆船模型，临了儿，在最底下，甚至还有一只捕鼠器。可是，老头子从橱子的中间一格取出来的，却是一只光泽褪得很厉害的大银钵，以及托在下边的同样为银制的盘子；他拿这两件宝贝给孙子看，将它们一一地翻过来倒过去，同时进行着已重复过多次的讲解。

银钵和托盘原本不配套，这很容易看出来，小家伙也再一次从祖父口里得到了证实。但是，它们合在一起使用已经有将近一百年，也就是从购得这个银钵之时开始，老头子解释说。银钵很精美，造型简洁、高贵，严格遵循着19世纪初的艺术趣味。钵壁平匀结实，钵底为一圆脚，放起来平平稳稳，钵内镀着纯金，只是由于年代久远，已经磨损得只剩一圈淡黄色的光泽了。唯一的装饰，是上沿周围绕着一个由玫瑰和锯齿形叶片组成的高贵花环。至于下边的托盘，它的"年事"更高，在盘子里面可以读到"1650"这么几个弯弯扭扭的花体数字。在数字周围，还以当时的"摩登式样"虚夸地恣肆地镂着各式各样的装饰图案，例如，像族徽和半星半花形的阿拉伯花饰。反之，在托盘背面，却以变化多端的字体，点刻上了这件器物历来的主人的名字。他们加在一起已多达七位，而且在每个名字旁边还注有各自成为承继人的年代。戴大白领巾的老人用套着戒指的食指挨个儿点着它们，对自己的孙子讲解。这是他父亲的名字，这是祖父的名字，这是曾祖父的名字，再往上，在老头子的口中，这个加在前面的"曾"字就两次、三次、四次地重复着①；小家伙呢，则歪着脑袋，眼

---

① 在德语里，祖父之前加前缀Ur-即表示曾祖父，辈分再往上，前边加的Ur-相应递增。中文没有与Ur-完全相当的词，现勉强译作"曾"。

神凝定，嘴巴微微翕开，既像在沉思默想，又像在做白日梦，神不守舍，听着那一连串的"曾—曾—曾—曾—曾"，仿佛灵魂出了窍。这是一种从墓穴和时间的深渊中发出来的神秘声音，但是同时表示在现实、在他自己的生活与那久已湮没的一切之间，虔诚地维持着联系，因此对他产生了十分奇妙的影响，就像上面所说的他的模样所表现出来的那样。听见这声音，他就仿佛呼吸到了某种混合着霉臭味的冷森森的气息，卡塔琳娜教堂或米迦勒地下礼拜堂的气息，感觉到了那种人们拿着帽子、不敢穿带铁掌的皮靴、走起路来不由得前倾着身子以表示虔诚的地方的气氛。而且，他甚至还听到了这样一些回音很重的地方那与世隔绝似的宁静和幽寂；在"曾——曾——曾"的沉浊音响中，宗教的虔诚，死亡的神秘，历史的古老，所有这一切全都能叫你感受到。如此等等，在小男孩心中造成了一个愉快舒适的感觉，是的，可能就是那声音的缘故，为了能听见它和重复念它，他才一次又一次地要求祖父允许自己看这个洗礼钵吧。

末了儿，祖父把洗礼钵搁回到托盘上，让小孙子看那平匀的银钵内壁；在头顶上射来的光线映照下，残留的金膜熠熠闪光。

"转眼就快八年了，"老头子说，"自从我们把你捧在这钵子上边，让给你行洗礼的圣水流到里面去……圣水由圣雅可比教堂的执事拉森倒到我们好心的神父布根哈根捧着的手里，再从他手里淋到你的小脑瓜儿上，最后流进这钵子中。我们把水加了温，免得你惊得哭起来。你呢当时也没有哭，相反却在这之前就大嚷大叫，搞得布根哈根祷告起来好不费力气，而等圣水真淋下来时,你一下子就静悄悄的了。这是你懂得尊敬圣物啊,我们都想。再过几天就44周年啦。44年前,受洗的婴孩是你已故的父亲,圣水也是从他脑袋上流进这个钵子的。就在这所你父母亲后来居住的房子里,在对面餐厅中间那扇窗户前,给他施洗的是那位黑泽基尔老神父。他年轻时因为在布道时反对法国人抢掠勒索,差点儿没被人家枪毙掉——这老头儿自然也老早老早就见上帝去喽。可在75年前,那时受洗的便轮到我自己,也在对面的餐厅中,他们也是把我的脑袋捧在这个银钵上,瞧吧,就跟它眼下立在托盘上一模一样,还有神父所念的祈祷文,也与为你和你父亲念的完全相同;温暖、清亮的圣水同样从我的头发上——当时它不会比我现在脑袋上有的多多少——流进了这个银色的钵子里。"

小汉斯·卡斯托普仰起头来望着祖父干瘪的老脸,见它正好再一次埋到了洗礼钵上,恰似在重温他所讲的那些早已逝去的时光;这当儿,一种已经多次体验过的感觉突然向他袭来,如此奇异,既恍惚如在梦中,又令人忧心忡忡,好像同时让他感觉到了流逝和止息,感觉到了变幻无定的存在:这存在就是周而复始和令人晕眩的千篇一律——这是一种小汉斯·卡斯托普过去已有多次机会体验和熟悉的感觉。他常常期待着、渴望着再体验体验它;而部分地正是为了它,小家伙才那么急于想让祖父给他观看这件代代相传的宝物。

后来,长成了青年的汉斯·卡斯托普反躬自省,发现祖父留在他脑子里的形象比他父母亲的形象要清晰得多,深刻得多,重要得多。这可能与他俩心性相通、生理上表现出的血缘关系特别明显有关，真是一个面色红润的毛头小伙子与一位苍白干瘪的七旬老翁可能有多么相像，他与自己的祖父就有多么相像。不过，更主要的原因可能还是在老头子方面，要知道在这个家庭里，他毫无疑问是一位真正有个性的人，值得画家的彩笔细加描绘。

一般说来，汉斯·洛伦茨·卡斯托普的性格和思想，还在他去世之前很久就已经过时了。他是一位极虔诚的基督徒，属于改良教派，思想上的传统观念根深蒂固，一直死抱着只有贵族才能治理国家的狭隘观点不放，好像他还生活在14世纪，生活在手工业者阶层为在市议会争取席位和发言权而遭到古老的城市贵族顽强抵抗，新生力量成长起来十分艰难的久远年代。实际上呢，他活动的几十年正好是急剧发展和充满各种变革的几十年，正好是社会的迅猛前进不断对人们的牺牲精神和冒险勇气提出很高要求的几十年。如果说新时代的精神取得了众所周知的一个又一个辉煌胜利，那么上帝知道，这可并非他，并非老卡斯托普的功劳。他尊重祖上的规矩和古老的章程，鄙弃扩建港口这样的冒险行径以及种种亵渎上帝的现代大城市的愚蠢设施。只要可能，他就出来踩刹车和泼冷水，要是依了他，今天市议会中还会是一派古代的牧歌气氛，就跟当时在他自己的账房里一样。

老头子在生前和死后，给一般市民心目中留下的印象就是如此。而小汉斯·卡斯托普虽然对国家大事一窍不通，他那一双童稚的眼睛悄悄观察到的结果却也基本上一样——那是一些无言的，也就是说不加批判然而生动异常的观察。许多年后，作为有意识的回忆，它们仍然绝对地保持着敌视言语和分析的特性，但在他的脑海里留下了一个明确而肯定的形象。前面说过，这与祖孙俩心性相通有关。这种隔代之间的感情最为亲近、性情最为投合的现象并非罕见。孙儿们往往是观察为着崇拜，崇拜为着学习，于是乎，那些本已遗传到他们身上的品质就被造就了出来。

卡斯托普参议又瘦又高。岁月已经压得他弯腰曲颈，但他偏偏要努力把它们拉直。他嘴里已经没有牙齿撑持，嘴唇本来只好直接靠在空空的牙龈上——因为他只在吃东西时戴假牙，可是他还是拼命地将嘴往下沉，这样就既避免了脑袋摇晃不定，又使得脖颈挺直、下巴端正，在小汉斯·卡斯托普心中留下了一个极为可敬的印象。

老头子喜欢吸鼻烟——他用的是一只长方形的镶金玳瑁鼻烟盒，因此也就使用红色手帕。经常地，从他外套后面的一只口袋里，总有那么一点红红的手帕角耷拉下来，在他的形象中成为一个令人发噱的缺点。对于年事已高的人来说，这样的小缺点简直就是一种特权，不管是出于有意识的不修边幅，还是出于无意识的疏忽大意。总之，在祖父的外表中，小汉斯·卡斯托普以其儿童的敏锐目光，所发现的也就这一个缺点。可是，不论是对于年仅七岁的孙子，还是在他已成年后的回忆中，老人日常的形象都并非他的本来面目。他的本来面目完全是另一个样子，要漂亮得多，气派得多，就跟一张真人大小的油画上所画的那样。这张油画从前挂在汉斯·卡斯托普父母亲的起居室里，后来随小家伙一起迁到城外的祖父家来，在会客室里那张红绸套大沙发的上方找到了新的归宿。

画上的汉斯·洛伦茨·卡斯托普穿着市议员的制服——这是一个已经逝去的世纪的市民们曾经穿过的服装，看上去那样严肃甚至虔诚，跟随着一种既庄严又大胆的制度熬过了许多时代，渐渐演化成堂而皇之的装饰，以便在举行庆典时将往昔变为现实，将现实变为往昔，同时宣示出事物之间的稳定联系，表明他们的决断画押是庄重可靠的。画的是老卡斯托普的全身像，背景为浅红色，采用柱形与尖拱形结合的透视画法。只见他站在那儿，下巴低垂，嘴角下咧，蓝色的眼睛底下泪囊突出，望着远方的目光若有所思，身穿一袭法衣似的黑色外套，下摆长得盖过了膝头，前襟开着，上上下下都用宽宽的毛皮绳了边。从宽大的高高鼓起绲边的套袖中，伸出来用平呢缝成的细瘦的内袖，花边袖口一直盖到手腕。老人的两条瘦腿套在黑色长丝袜里，脚上的鞋子缀着银扣，脖子上是一圈宽宽的、厚厚的、打了许多道皱的褶领，前面压平了，两边隆起老高。从领圈下还伸出一条麻纱襞饰来垂在背心上，显得实在多余。手腕中抱着一顶老式宽边礼帽，帽顶往上逐渐变细起来。

这是一幅出自有名的大师之手的杰作，保持着古老风格的高雅情趣，对于所要表现的人物再合适不过，谁见了心里都会产生种种有关中世纪晚期的西班牙或者尼德兰的联想。小汉斯·卡斯托普经常观察这张肖像，自然并没有艺术鉴赏的能力，但不无某种一般的甚至深刻的理解。尽管只有一次，而且就么一晃便过去了，当祖父郑重其事地动身上市参议会去时，他看见他确实像画布上的样子。当时小汉斯便禁不住把他这画中人一般的形象——我们已经说过了——当作自己祖父真正的本来面目，而那他每天见到的祖父反倒成了所谓的临时替身，只能不尽如人意地勉强凑合着啦。须知，祖父日常形象中使人感觉离谱和可惊之处，显然就来自这种勉强的甚而至于有几分笨拙的凑合，就是他那本来面目中无法消除干净的某些残余和暗示，例如那俗称"捏死老子"的老式白色高领结。只不过，这个名称显然不配用来指老参议那件令人赞叹的衣饰。对于它，即那西班牙细褶领圈，领结充其量也只能是一个暗示。同样，祖父戴着上街的那顶翘得非同寻常的大礼帽，也是画上的宽边毡帽的替身，只不过更相像一些。还有那带褶子的长礼服，它的原型在小汉斯·卡斯托普看来就是画上绲着宽宽毛边的打了褶的袍子。

因此有一天，人家说他要与祖父永别了，小汉斯·卡斯托普便打心眼儿里赞成让他的遗容恢复成本来面目。遗体就停放在祖孙俩经常面对面坐着进餐的那间大厅里。在大厅的中央，汉斯·洛伦茨·卡斯托普眼下被花环围绕着，躺在一具包着银饰的棺柩上。他死于肺炎，死前和肺炎做了长时间顽强的斗争，虽说在实际生活中，他看起来只是个善于迁就妥协的人。眼下他躺在灵床上，谁也闹不清楚他是个胜利者抑或失败者，只不过表情极为安详。经过长期与肺炎斗争，他的模样已经大变，鼻子显得尤其瘦削；他的下半身被一条单子盖着，单子上放了一束棕榈枝，头被一个绸枕垫得高高的，使下巴再美不过地埋在胸前的高贵领圈中；双手让花边袖口遮去了一半，手指头被人为地安排成了自然的样子，却仍旧掩饰不住冷漠和缺少生气。人们在他的两手之间塞了一个象牙雕成的十字架,他仿佛低垂着眼睑,正一动不动地俯视着它。

祖父生病之初,小汉斯还见过他好几次,可待到临终前,他就再也没见着他了。家人完全不让他看那斗争的场面,何况它又主要是在夜里进行的。他只是间接地通过家中窒闷的气氛,通过老菲特红红的眼睛,通过接送医生的车来车去,才有所感触。可是,他如今在大厅里看到了结局,这个结局归纳起来就是:祖父已经庄严地从临时性的勉强凑合状态中超脱出来,一劳永逸地复归了自己天生的本来面目——这个结局值得赞赏,尽管老菲特一个劲儿地摇脑袋,抹泪水,尽管汉斯·卡斯托普自己也哭了,就跟当初他看见自己的母亲刚刚去世,紧接着又看见父亲同样静静地、陌生地躺在那儿时一样地哭了。

要知道在短短的时间里,对于如此年幼的小汉斯·卡斯托普来说,这已经是第三次,以致死亡这件事给他的精神乃至于知觉——实实在在地也包括知觉——都产生了影响。死的景象和他对此产生的印象不再新鲜,而是已经相当熟悉。就跟他头两次尽管自然地流露出悲伤但却挺了过来、丝毫未表现出神经虚弱一样,这次他也挺住了,而且显得更加坚强。由于不了解这一连串的事情对自己一生的实际意义,或者也有幼稚的漫不经心,确信世界总会这样那样地给他以关照,汉斯·卡斯托普在灵柩旁让人看见的一直是一种孩子气的冷漠和就事论事的专注。到了第三次,这冷漠与专注又混进一些过来人的情绪和表情,增添了一层特别老于世故的味道——由于心灵受到震撼而经常流泪,别人一哭也跟着哭起来,这样的情景在他已不可想象,他有的只是一种理所当然的反应而已。在父亲去世后的三四个月内,他已将死这事忘记了;眼下他又回忆起来,当时的印象又真切地、一股脑儿地、原原本本地重现在他的脑海里。

这些印象分解开来,化作语言,大致可做如下表述。死亡是一件圣洁的、有意义的和带着凄凉之美的事,也就是说与宗教或灵魂有关,但与此同时又是上述一切的反面,非常具体,只牵涉肉体和物质,既不美,也无意义,更不神圣,就连凄凉也说不上。那庄严的宗教气氛表现在停放尸体的排场上,表现在花团锦簇以及众所周知的象征天国安宁的棕榈枝上。除此之外,把这种气氛渲染得更加强烈的,还有已故祖父那僵死的手指间插着的那个十字架,那灵床挡头立着的托尔瓦德逊[①]雕制的给死者祝福的耶稣像,那立于灵床两侧、在眼下同样获得了宗教性质的枝形烛台。所有这些布置显然都有更确切和良好的意义,要是想到祖父就要永远地恢复他本来的形象的话。然而除去这点,小汉斯·卡斯托普肯定也注意到了,虽说自己并未明白地承认:那就是它们全部,特别是那大量的鲜花,其中尤为突出的又数那鲜花丛中触目皆是的晚香玉,都有另一种意义和现实的目的,就是想将死亡的另一个既不美丽也不凄凉,相反倒是不正常的肉体的低下方面加以美化,以便使人忘却,或者不为人所意识到。

故去的祖父显得那样陌生,仿佛不再是他本人,只是一具真

[①] 托尔瓦德逊(1770—1844),丹麦雕塑家。

人一般大的蜡像，死亡将它塞在灵床上取代祖父本身，而眼下一切庄严神圣的排场都是靠它来进行的——这，也属于死亡的第二个方面。也就是说，那儿躺着的人，或者更确切地讲，物体，已不是祖父自己，而只是他的躯壳——汉斯·卡斯托普知道，做成它的不是蜡，而是它本身的物质，只是物质。正是这物质处于不正常状态，一点儿也不值得悲哀，就像那些关系着身体，仅仅关系着躯体的事情，很少值得人悲哀一样。小汉斯·卡斯托普观察着那蜡黄色的、平均的、像乳酪一般凝固的物质。那真人般大小的偶像，还有他故祖父的脸和双手，就是由它做成的。这当口，一只苍蝇落在那不能动弹的额头上，开始用自己的长鼻子探来探去。老菲特小心翼翼地驱赶着苍蝇，生怕不小心碰着死者的额头；他的表情是那样一本正经，好似对自己正在做的事不该有任何了解，也不屑了解——这一庄重的表情显然跟祖父仅仅剩下一具躯壳的事实有关。然而，那苍蝇在盘旋了一阵之后，又在祖父的手指上，在紧挨着象牙十字架的地方，勉勉强强地着了陆。目睹这一幕，小汉斯·卡斯托普深信比以往任何一次都更加清楚地嗅到了那种早已熟悉的气息，虽然是淡淡的，却特别凝滞顽固，使他不好意思地想起一个患有讨厌的疾病，因此谁见谁躲的同学来。那晚香玉的芳香暗地里就担负着驱散这臭气的使命，然而事与愿违，尽管它们如此美丽繁茂，忠于职守。

小汉斯反复多次地参加守灵：第一次单独跟老菲特；第二次跟做酒商的舅公迪纳倍尔以及雅默斯舅舅和彼得舅舅；随后还有第三次，一群穿得干干净净的港口工人来到揭开了的灵柩前站上那么一会儿，表示向卡斯托普父子公司从前的老板告别。接着便是葬礼。那天大厅中挤满了人，圣米歇尔教堂的布根哈根神父，正是当初为小汉斯·卡斯托普施洗的那位，这时也戴着西班牙式的领圈，当着众人致了悼词。随后，在紧跟着灵车的第一辆马车里，他和小汉斯·卡斯托普异常亲切地闲聊起来，而在他们后边，还跟着一支长长、长长的队伍——接着，这一阶段的生活便结束了，汉斯·卡斯托普马上改换了住处和环境。尽管他还年纪轻轻，这样做已是第二次。

在迪纳倍尔舅公家
——关于汉斯·卡斯托普的品性德行

　　改换住处和环境对汉斯·卡斯托普并无坏处。因为他搬到了迪纳倍尔参议——他法定的监护人家中。在这里他什么也不会缺少：对于他个人眼前的成长肯定不缺少关心，同时还照顾着他目前尚一无所知的未来的利益。迪纳倍尔参议是他亡母的舅舅，眼下负责管理卡斯托普家族的遗产。他变卖了不动产部分，已着手对经营进出口业务的卡斯托普父子公司的账目进行清理，结果盈余了大约40万马克，这就是汉斯·卡斯托普可以得到的遗产。迪纳倍尔参议将它们全部买成绝对保险的证券，而每到一个季度的头上，他都从如期领取的利息中提出百分之二来给自己做佣金。这样做并未损害他跟外甥孙的亲情。

　　迪纳倍尔的住宅坐落在哈维尔施德胡德路旁边一座花园的

深处，邻近一片容不得哪怕一丝杂草混在里边的大草坪以及公共玫瑰花圃，再往前就可以看见易北河。每天清晨，尽管拥有一辆漂亮的马车，老参议仍步行去他在老城的商号，以便活动活动筋骨，因为他时不时地会发脑溢血。下午五点，他同样徒步而归，接着迪纳倍尔家便开始十分讲究地用午餐。老参议是个结实汉子，穿着上等英国呢料缝制的衣服，金丝眼镜背后眨动着一双淡蓝色的金鱼眼，鼻头像盛开的鲜花，水手式的胡子已经灰白，左手粗短的小指头上戴着一枚光灿灿的钻石戒指。他的妻子早已过世。他有两个儿子，即雅默斯和彼得。他俩一个在海军当差，很少待在家里，另一个在父亲的酒业中活动，是公司的既定继承人。多年来，操持家务的是萨勒恩，一位家住阿尔托纳的金匠的女儿；在她圆滚滚的手腕上，总是套着白色的浆得硬挺挺的绉边。她坚持家中的早餐和晚餐必须丰富，必须配有冷食，配有大虾和鲑鱼、鳗鱼、鹅胸脯以及番茄酱加烤牛排。每当迪纳倍尔参议请客的时候，她都把用人们盯得很紧，也就是她，尽心竭力地充当小汉斯·卡斯托普的母亲这个角色。

汉斯·卡斯托普就如此成长在恶劣的气候中，在海风和潮气中，成长在——如果可以这样讲的话——黄色的橡胶雨衣里，整体看，他感到心满意足。一开始，他确实有点儿贫血。海德金特医生说过，得让他每天上午放学以后额外多进一次早餐，饮上大大的一杯黑啤酒——一种谁都知道营养丰富的饮料，海德金特医生还确信它能够生血。不管怎么说吧，黑啤酒确实以一种对他来说可贵的方式起到了安神的作用，防止了汉斯·卡斯托普的一种怪毛病,即他经常会翕着嘴,神不守舍地在那儿发呆,让迪纳倍尔舅公讥笑他老"打盹儿"。除此之外他健康而正常,是位很不错的网球手和划桨手,虽然他不大情愿亲自去操桨,更喜欢在夏日的傍晚走到乌伦霍尔斯特租船俱乐部的露台上,坐在那儿一边听音乐,一边品美酒,一边观赏那些灯火明亮的船只,以及在船只间映着五色灯光的海面上来回游弋的白色天鹅。他说起话来也是那样从容、理智,虽然有一点儿空洞单调,还带着方言的味道。是的,只要注意看看他那无瑕可寻的金黄色的头发,看看他那修剪得很好但不知怎么总让人觉得是老古董的脑袋——这个脑袋以某种干巴巴的漫不经心的方式,表现出一种不自觉的世代相传的傲慢——那就谁都不会怀疑,这位汉斯·卡斯托普确系汉堡土地上生长出来的纯粹而地道的"产品",在这儿他是如鱼得水。至于他本人,设若他也试着问一问自己的话,对此同样不会有哪怕一瞬间的怀疑。

这种大海港城市的气息,这种由世界贸易和富裕生活造成的湿乎乎的气氛,曾是他的父辈维系生命的空气,汉斯·卡斯托普也心甘情愿、理所当然和舒舒服服地呼吸着。他鼻腔中充塞着海水、原煤和沥青散发出的蒸汽,充塞着堆积如山的殖民地咖啡和烟草产品的辛辣气味,眼睛却在观察码头上那些巨型的蒸汽旋臂式起重机,看它们如何模仿着公象的沉静、聪敏和强壮有力,把成吨重的货物一袋袋、一包包、一箱箱、一桶桶和一捆捆地从靠港船只的肚皮中拽出来,卸到火车的车皮和仓库里去。他看见那些跟他自己一样穿着黄色橡胶雨衣的商贾们,中午一到,立刻蜂拥进交易所。在那儿,他知道气氛紧张激烈,有的人一遇风吹草动就十万火急地散发请柬,举行大招待会,为的是能延期偿付自己的债务。他看见那挤挤挨挨的船坞——这儿也是他未来的主要利益所在,看见那停在船闸中的亚洲和非洲的远洋货轮高耸着庞然大物般的身躯,龙骨和螺旋桨裸露在外,由老树一般粗大的撑子支着,像一头头到了陆地上便一筹莫展的大水怪,浑身上下爬满了侏儒大军,那是在擦洗、捶打、涂漆的工人们。他看见在雾气包裹的天篷罩着的船台上,耸立着正在建造的船舶的骨架,手执设计图和舱位分布图的工程师们正在给造船工人发指示。这一切,对于汉斯·卡斯托普来说是从小就司空见惯,在他心中引起的只是种种故乡的亲切感和归属感。这样的亲切感和归属感,大致在如下的生活状态中最为强烈,那就是在星期天上午,当汉斯·卡斯托普跟雅默斯·迪纳倍尔舅舅,或者跟齐姆逊表兄——约阿希姆·齐姆逊——来到阿尔斯特湖畔的亭子中,就着一杯陈年波尔多酒吃一份夹着熏肉的热热的圆面包当早点,吃完了便身子往椅背上一靠,尽情地吸起他的雪茄来。因为只有这时候,他才是真正的他。他确实很喜欢过舒服的生活,是的,别看他文质彬彬,活像患着贫血,却是那样潜心而执着地沉湎于生活的本能的享受,就像一个不肯放开母亲乳房的婴儿。

他用自己的双肩舒适而不无尊严地托负着高度的文明,那种城市商业民主制度的统治阶层遗传给自己子孙的文明。他像一个乳婴似的被洗得干干净净,然后让那位深得他这个阶层的青年信赖的裁缝将自己穿戴包装起来。他收藏在英国式橱柜中的内衣不多，却是精心裁制的，由萨勒恩照管得妥妥帖帖。当汉斯·卡斯托斯还在外地念大学时，他总是定期将内衣送回来清洗和修补——因为他的信条是，出了汉堡，在整个德国便没有人会熨衣服。而只要他那漂亮的彩色衬衫的花边袖口起了一点点毛，他就会满心感到不舒服。他那双手虽然模样不特别高贵，却保养得很好，细皮嫩肉不说，还有一枚铂金链戒和祖父传给他的那枚印章戒指做装饰；他的牙齿软了点儿，已有几处缺损，但都一一用黄金镶好了。

他站立和行走时肚子微微凸前，给人一个不太精神的印象，可他在筵席上的举止优雅极了。他笔直的上体彬彬有礼地转向他的邻座，和人家闲谈——言语机智，略带方音。他在切鸡块、鸭块或者灵巧地操着专用餐具从蟹钳中拨出那玫瑰红的嫩肉来时，胳膊肘总是轻轻地贴着两肋。他饭后的第一需要是一个喷了香水的洗手盆，第二需要是一支未上税的俄国香烟。这种烟他总能暗中从一条方便的渠道搞到。抽完它再抽名叫玛利亚·曼齐尼的雪茄，这是一种味道很好的不来梅牌子——关于它将来还要谈到。它的香味和咖啡的香味合在一起美得叫人简直没的说。为了使自己贮备的烟草不被暖气熏坏，汉斯·卡斯托普把它们藏在地窖里，每天清晨他都得下地窖去，用盒子装上他一天消耗的分量。而摆在他面前餐桌上的那块充其量像个小圆球的黄油，他却是勉勉强强吃下去的。

读者看得出来，我们想把一切能使人对他产生良好印象的地方和盘托出，但又不夸大其词，既不将他说得更好，也不将他说得更坏。汉斯·卡斯托普既非天才，也非傻瓜；如果说我们在评价他时避免用"平平庸庸"这个词的话，那么，并不是出于对他的智力水准抑或整个人品有什么考虑，而是出于其他原因，特别是出于对他的命运的尊重；他这命运，我们总认为有着某种超出个人之外的意义。他的脑子足以满足实科中学①的种种要求而无须过分使劲儿——须知无论在何种情况下，无论为了什么目的，他都绝对不肯这样做。倒不是害怕吃苦，而是绝对看不到有任何必要，或者更加确切地说，没有绝对的必要。也许正因为如此，我们不愿意称他平平庸庸，要知道，他确实是以某种方式感觉到了缺少上面说的那种必要性。

人不仅仅过他作为个体生命的私生活，也自觉不自觉地生活在时代和同时代的人之中。要是他承认自己生存的一般非个人的基础也属必需，视它们为理所当然，那就怎么也想不到要对它们进行批判，一似好样儿的汉斯·卡斯托普的实际情况那样，那么很有可能，他就会隐约感到自己的品性受了时代弊端的影响。个人眼前会浮现着这样那样的目标、意图、希望、前景，激励着他去行动，去做更大的努力。但是，如果围绕着他的非个人因素——也就是时代本身——不管外力怎么推动都从根本上缺少希望和前景，让人暗暗感到是无望的、没有前途的、一筹莫展的，如果对于那个自觉不自觉地提出来的问题，那个反正会以某种方式提出来的问题：一切努力和行动到底有没有一个终极的、超个

---

① 德国一种重自然科学和现代语言的中学。

人的、绝对的意义？要是对这个问题只能以空空洞洞的沉默作为回答，那么正好在那些禀性比较诚实的人身上，这种情况几乎就不可避免地会产生使他们变得麻木不仁的效果，而且其影响将超越心灵、道德的界限，扩及个人的心理和生理。在时代对"为了什么"这个问题做不出满意回答的情况下，人却能努力进取，超凡脱俗，那就得要么具有孤高的秉性——这实不多见，还带有英雄气概，要么生命力特别旺盛。汉斯·卡斯托普既非前一种人，也非后一种人，所以就确实平平庸庸，虽然是那种体面意义的平平庸庸。

在上面我们不仅谈了这个年轻人学生时代的心理情况，也谈了后来他已经选定自己立身事业的那些年代。要问他上学的成绩怎么样，他甚至还留过不止一次级。可整个说来，他靠自己的出身，良好的品性，最后还靠了他那很可观却缺少热情的数学天赋，终于一级一级地升上去了。拿到了初中毕业证书，他又决定继续念高中，实事求是地讲，主要是想将一种已经习惯了的临时和未定的状态延长下去，以争取更多的考虑时间，考虑决定他汉斯·卡斯托普到底将来想干什么，因为他确实长时间心中无数，甚至到了高年级仍然不清楚。当事情后来终于决定了——说他终于决定似乎言过其实，他大概还感到，事情本来也完全可以是另一个样子。

不错，他确实一直对船舶很感兴趣。小时候，他曾用铅笔在自己的笔记本上画满了小渔轮、运蔬菜的平底帆船和五桅大帆船。十五岁那年，他站在来宾席上观看了双螺旋桨的波茨坦"汉莎"号新式船在布洛姆与伏斯造船厂下水以后，曾用水彩将这艘躯体修长的船惟妙惟肖地画到纸上。那幅画被迪纳倍尔参议拿去挂在了自己的私人写字间里。画上那汹涌的绿色玻晶般透明的大海处理得如此灵巧，如此喜人，有位熟人看了对迪纳倍尔参议说，这是个天才，将来可望成为一位出色的海洋画家。这个评论由老参议不动声色地转告了自己的被监护人，后者听罢只是快意地一笑，压根儿没考虑会去操那种紧张劳碌却填不饱肚子的营生。

"你所有不多，"迪纳倍尔舅公不时对他说，"我的钱将主要归雅默斯和彼得，也就是说将留在经营里，彼得只获得他应得的那份息金。属于你的财产管理得挺稳妥，将带给你可靠的收入。可是要靠利息过日子，这年头已不再轻松愉快，除非你有五倍于现在的资产。你要是想在汉堡这个地方混出个人样儿来，过你已经过惯的生活，就得老老实实挣钱，这点你最好记住，孩子。"

汉斯·卡斯托普记住了舅公的话，开始寻找一种不论对自己还是对他人都算过得去的职业。有那么一天，他终于找到了，那是在通德尔与威尔姆斯公司的老威尔姆斯的启发下实现的。这老头儿在周末的惠斯特牌桌上对迪纳倍尔参议说，汉斯·卡斯托普这孩子应该学习造船，对，这是个好主意，将来要是进了他的公司，他愿意对年轻人另眼关照。职业一经选定，汉斯·卡斯托普就把它看得很高，发现它虽然复杂和吃力得要命，却也真的挺不错，挺重要，挺了不起。以他平和的天性而言，这无论如何远远胜过了他表兄弟齐姆逊所选择的职业。他已故母亲的异父姐姐的这个儿子执意要当军官。再说呢，约阿希姆·齐姆逊肺部本来就不怎么健康，可也许正因此他才喜欢上了野外的差事。在那儿很难有什么真正动脑筋的活儿和让人神经紧张的事情，也许他就该如此吧，汉斯·卡斯托普略带轻蔑地下了结论。要知道，他本人虽说一干活儿就累，却对工作怀有极大的尊敬。

这样我们又回到了先前的一些提法，即我们曾推测说，时代对于个人生活的影响一直扩展到了他的生理机能。汉斯·卡斯托普怎能不尊敬工作呢？要是那样可就悖乎自然了。一切情况都使工作在他眼里无条件地值得尊敬，而且从根本上讲，除了工作，就再没有什么值得尊敬的东西了。工作就是原则，人都将经受或者经受不了它的考验，这就是时代的绝对意志，时代反正都得对自己做出回答。也就是说，汉斯·卡斯托普对工作的尊敬带有宗教信仰的性质，不容怀疑，这点他自己清楚。至于他爱不爱工作，却是另一个问题；他无法爱工作，虽然他很尊重它。不爱的原因很简单：工作使他受不了。繁重的工作令他神经紧张，使他很快精疲力竭。他坦白承认，他本来就更加喜欢自由自在、轻轻松松地打发光阴，不希望背着辛劳的沉重铅块。他更加喜欢那舒舒坦坦的时日，不愿它被咬紧牙关去克服的重重障碍割裂得支离破碎。汉斯·卡斯托普这种对工作的矛盾态度，还需要做仔细的分析。设若在心灵深处，在那个他自己也不甚了解的地方，他对作为绝对价值和自己会回报自己的原则的工作深信不疑，并且能从这种信念中获得安宁，那么，是不是可能出现这样的情况，就是无论他的身体或是精神——首先是精神，通过精神也影响身体——都会更高兴、更持久地愿意工作呢？如此一来又提出了他是否平平庸庸或者超乎平庸的问题。对这个问题，我们不想做三言两语的回答。因为，我们并不自视为汉斯·卡斯托普的赞美者，而愿意留下猜测的余地：在他的生活中，对于他无忧无虑地享用玛利亚·曼齐尼雪茄的乐趣来说，工作简直就成了某种妨碍。

他没有被召去服兵役。他打心眼儿里对当兵反感，有办法免除掉兵役。也可能是在闲谈中，从老参议迪纳倍尔口里，常来哈维尔施德胡德路走动的医官埃伯尔丁博士听说，年轻的卡斯托普很担心应征入伍会妨碍他刚刚在外地开始的学业吧。

卡斯托普工作起来本来就慢条斯理，到了外地仍旧保持着平心静气进早餐、喝黑啤酒的习惯，现在却开始塞进了解析几何、微积分、机械学、投影原理以及图解静力学等，还得计算负载和未负载的排水量、稳度、纵倾的转移及定倾中心，有时也觉得不是滋味儿。他绘的技术图纸，那些肋线、吃水线和纵视图等，虽不像他画的那艘行驶在大海上的"汉莎"号一般美，可是每当需要用视觉支撑想象，需要涂阴影，需要用欢快的原材料色调表示横断面时，汉斯·卡斯托普比他的大多数同学都要灵活能干。

假期里，卡斯托普回家来总是穿得干干净净、齐齐楚楚，带着贵族气的似醒非醒的年轻脸上还留着两撇金黄色的小胡子，一看就是在发迹的途中。城里那些主持公务，同时对许多家庭和个人的情况了如指掌的先生们——在一座实行自治的城市共和国里，大多数人都有此癖好——还有他的同乡们，都以审视的目光打量着他，心中暗暗问自己，这位年轻的卡斯托普有朝一日会在城里扮演什么角色呢？他有可资凭借的传统，姓氏古老而优越，将来有那么一天，几乎可以肯定，他这个人本身就将成为一种政治因素，不可等闲视之。将来他要么进市议会，要么进市政委员会，参加制定法律；他将担任荣誉职务，分担当局的重担；他将跻身行政部门，也许负责财政或者市政建设；他的声音将受到倾听，得到重视。人们可能感到好奇，他，年轻的卡斯托普，有朝一日会加入哪个党呢？外表常常会骗人，可他原本就完全像民主党人心目中不该像的那个样子，而且他与他祖父的相像之处也一目了然。也许他会继承他的衣钵，成为一块绊脚石，一个保守分子？这很可能，但相反的情况也同样可能。因为他到底是位工程师，是位正在崛起的造船家，是个与世界航运和科技打交道的人。这样，汉斯·卡斯托普就可能投奔激进党，成为一个莽撞汉，成为一个古代建筑和自然美景的粗鄙的破坏者，像犹太人一般肆无忌惮，像美国人一般目无尊长，不肯谨慎地创造符合自然的生活条件，而急于轻率地与珍贵的传统决裂，把国家推入冒险的试验之中——这些也可以想象。他的血统是否会使他相信，你们这些经常接受市政厅两边门岗敬礼的智者看一切问题确实高人一等，或者他已注定了要支持市议会中的反对派？使他的乡亲们感到好奇的这样一些问题，在他那金黄以至于微显淡红的眉毛底下的蓝眼睛里找不到答案，也许他自己也压根儿不知如何回答。汉斯·卡斯托普还是一张未曾书写的白纸。

当他踏上我们遇见他的旅途时，他正好二十三岁。其时他已在但泽综合技术学院读完四个学期，接下来的四个学期他是在布伦瑞克和卡尔斯鲁厄的技术大学度过的。前不久,他虽无辉煌的成绩和乐队的伴奏,却也体面地离开了第一阶段总考的考场,正准备去通德尔与威尔姆斯公司当见习工程师,在船台上接受实际的训练。就在这节骨眼儿上,他的道路突然来了下面的转折。

为了参加总考,他狠拼了一阵子,回到家来仍然无精打采,这与他的身份太不相称。海德金特医生见他一次就骂一次,要求他去换换空气,而且得彻底地换。医生说,去诺德尼岛或者浮尔岛上的威克浴场,这次已不能解决问题;要问他嘛,汉斯·卡斯托普在上船台之前就该进山里去住几个星期。

这倒挺好,迪纳倍尔参议对他的外甥孙及被监护人说,只不过今年夏天他俩得各奔东西,因为他,迪纳倍尔参议,是八匹马也拉不到山上去的。那地方不适合他,他需要适当的气压,否则就会发生意外。汉斯·卡斯托普嘛,可以自个儿高高兴兴地进山去,顺便看看约阿希姆·齐姆逊。

这样建议理所当然。因为约阿希姆·齐姆逊真的病了,不像汉斯·卡斯托普,而是确实病得很厉害,甚至发生过一次大的恐慌。老早老早前,他就经常容易感冒发烧,有一天还实实在在咯了血,于是慌慌张张地跑到了达沃斯山上,令他最遗憾和苦闷的是,他正处在快实现自己心愿的节骨眼儿上。有好几个学期,他不得不遵从家里人的意见开始攻读法律,但他终究还是抗拒不了内心的渴求,还是改弦易辙,报名去当候补军官,而且也被录取了。可他眼下却待在"山庄"国际疗养院里——主任医师是宫廷顾问贝伦斯博士——正如他在明信片上一再写的,真是无聊得要命。要是汉斯·卡斯托普在去通德尔与威尔姆斯公司就职之前愿为他略尽微力，那最好也上山来，在这儿陪一陪自己可怜的表哥——这对双方都是再美不过了。

时值盛夏，汉斯·卡斯托普下定了做这次旅行的决心。那已是七月里最后的日子。

他动身时打算在山上待三个星期。

第三章

一本正经

汉斯·卡斯托普担心会睡过头,因为他实在太疲倦,可结果起来得反倒早了些,有充裕的时间去仔细完成他的"晨课",那是些体现着高度文明的老习惯。除去其他东西不算,起主要作用的是一只橡胶盆、一个盛着绿色的拉文德尔牌香皂的木盘子,以及与之配成一套的须刷。他顺便从旅行箱中取出并整理了行装,与梳洗和保养皮肤的工作结合在一起。当镀银的剃须刀滑过他抹着香皂泡的脸颊时,他想起了夜里做的那些乱七八糟的梦,不禁摇了摇脑袋,脸上泛起宽容的微笑,心中油然生出一个在理性的阳光中刮脸的人所有的优越感。他并不觉得完全睡够了,只是随着新的一天的来到,感到神清气爽。

他在脸颊上扑好粉,一边将手揩干,一边穿着他的苏格兰毛线睡裤和精致山羊皮红拖鞋往阳台上走。阳台是拉通的,只是用不透明的玻璃给各个房间隔出了自己的范围,但在接近栏杆处还留着通行的豁口。早晨清凉而多云。长长的雾带凝定不动地挂在左右两侧的山峰前,远处的群山则罩着白色和灰色的浓云,可以看见一块块和一条条蓝天。每当太阳射出它的目光,谷底的市镇便白亮白亮的,与山坡上黑色的松林形成强烈反差。不知哪儿正演奏晨乐,多半是在昨天晚上也开过音乐会的那家旅馆里吧。赞美诗的和声隐隐传来,歇一会儿便是一支进行曲。汉斯·卡斯托普打心眼儿里喜欢音乐,因为音乐对于他,作用也和那每天早餐时饮的黑啤酒相似,即可以深深地安慰他,令他陶醉麻木,诱使他"打盹儿"。他眼下就听得很舒服,脑袋侧在肩上,张着嘴巴,两只眼睛也有点儿红了。

脚下,他昨天晚上走过的山路像条带子,蜿蜒曲折直通到疗养院前。短茎的星状龙胆花生长在斜坡的湿草丛中。一部分平地被篱笆围起来,成了花园,园中有碎石小径、花坛,在一株挺拔的良种枞树底下还有人工开掘出的岩洞。一间用白铁皮做顶棚的朝南的敞厅里,摆着许多躺椅,敞厅旁竖着一根漆成酱红色的旗杆,旗杆顶上有时飘扬着一面旗,一面随意想出的旗,绿白两色做底,中央绘着以一截蛇形棒表示的医学的徽号。

一个女人在花园中走来走去,形容忧伤——不,简直是上了年纪的悲哀贵妇。周身一色的黑衣,乱蓬蓬的灰黑色头发上扎着一条黑纱巾。她以同样的速度一口气不歇地在小径上走着,膝头是弯曲的,两条胳膊直直地垂在面前,额头刻着长长的皱纹,一双黑眸子死死地盯着前方,眼睛底下垂着松软的赘肉。她那衰老的像南方人一般苍白的脸上,配着一张忧虑憔悴向一侧咧下的大嘴,让卡斯托普想起曾经见过的一位著名悲剧女演员的画像。她自己虽然并不知道，但她那大大的满含恼恨的脚步正好合上了远远送来的进行曲的节拍，这光景让人瞧着心里直发怵。

汉斯·卡斯托普沉思着，同情地俯视着那位夫人，觉得她那悲哀的样子仿佛使晨光也黯淡了起来。可这当口儿，他的意识又捕捉到一点儿别的什么，一些清晰可闻的声音，不悦耳的声音，从左边贴邻的房间里传来。据约阿希姆介绍，那是一对俄国夫妇的房间。同样，那些声音也与愉快爽朗的早晨很不协调，而是黏糊糊的，仿佛亵渎了它。卡斯托普想起来，昨天晚上也曾听见同样的声音，只是自己当时太困了，没去注意。那是一种挣扎声、咻咻的笑声和喘息声，年轻人不会听不出它的猥亵性质，虽然由于心绪很好，一开始极力不把它当回事。人们自然可以给这好心绪种种别的称呼，诸如含糊其词的心地单纯，或者严肃动听的过分害羞，或者带有贬低意思的消极应付、逆来顺受，乃至可以称它为某种神秘的恐惧和虔诚。在卡斯托普面对那讨厌声音的态度中，上述种种心理都各有一定的分量。这心绪表现在面孔上却是一种一本正经的模样，好似他既不该也不屑去理睬他所听见的一切：这么种正派庄重的表情不完全属于他的秉性，但在一定的场合却为他所惯用。

他带着这样的表情，从阳台退回自己房中，不想继续去听那些在他觉得是严肃的——不，甚至是震动人心的事情，虽然它们在进行时伴着咻咻的笑声。然而在房间里，隔壁的举动听得反倒更加清楚。听上去像是在围着桌椅床铺进行追逐，桌子乒的一声倒了,人已经被抓住,一阵扑打和亲吻的响声;这看不见的一幕还加了伴奏,那是从外边传来的早已过时的低劣圆舞曲的曲调。汉斯·卡斯托普手里捏着毛巾,站在房中侧耳倾听,尽管心里非常不乐意。突然,他的脸红得连扑粉都遮不住了,原来他清楚地预料到会发生的事果然发生,隔壁的好戏毫无疑问已进入动物性阶段。上帝啊,真见鬼!他心里想着,一转身,以故意弄出响声的动作赶紧梳洗完。喏,人家是夫妇,上帝保佑,因此也就正常。可是在清早,这就过分了,而且我敢说,昨天晚上他们就没安安稳稳地睡觉。毕竟是病人嘛,既然来到这里,至少其中一位是这样,该休养生息才对。然而,真正丑陋之点却被当作了理所当然,他愤怒地想:墙壁这么薄,一切都听得清清楚楚,这样的情况怎么能容许!造价自然便宜,便宜得没了廉耻!待会儿他是不是还会见到那两个人,甚至被介绍给他们呢?那将是尴尬透顶的事啊。这当儿,汉斯·卡斯托普惊讶地发现,那适才泛起在他刚刮过的脸上的红潮,竟然不肯消退,甚至那伴着红潮出现的温热感也滞留在他脸上,跟他昨天夜里发烧时没有两样。他一觉醒来烧已退去,不想适才的一幕又将它唤了回来。这使他对隔壁那对夫妇更没好气,甚至嘟起嘴唇很难听地骂了他们一句,紧接着自己便犯下又一次用水去冰脸的错误,结果使得情况更糟。所以,当约阿希姆敲着墙壁叫他的时候,他便情绪不佳,爱搭不理的。当约阿希姆走进房来,他的样子自然也不会让表哥觉得神清气爽、朝气蓬勃了。

早　餐

"早上好，"约阿希姆说，"这是你在上边睡的第一夜。满意吗？"

表哥已做好外出的准备，穿着一身运动服，脚蹬一双缝制得很结实的皮靴，腕子上搭着他那件双排扣上衣，大衣侧面的口袋上隐隐可见装在里面的扁瓶的轮廓。今天他仍然没有戴帽子。

"谢谢，"汉斯·卡斯托普回答，"还行。我只能这么讲。夜里做了些乱七八糟的梦，再就是这房间很不隔音，实在是讨厌。外面花园中那个穿黑衣服的女的，她是什么人？"

"啊，那是'两个全都'……"他说，"咱们这儿的人都这么叫她，因为大伙儿从她嘴里听见的，就只有这几个字。墨西哥女人，你知道，一句德语不会，法语也几乎等于零，只能讲几个破碎的短句。来山上陪她的大儿子已五个星期了，他已经完全没有指望，很快就会咽气儿的。他全身都是病灶，彻头彻尾感染了，那情形到了晚期大致像斑疹伤寒，用贝伦斯的话来讲，对于相关的人无论如何是挺恶心的。十四天前，她的第二个儿子也上山来了，说是想再见一见哥哥。那小伙子长得很英俊，他哥哥也是，兄弟俩都是美男子，一双黑眼睛火辣辣的，女士们一见全得灵魂出窍。喏，小的一个在山下已经咳嗽过几声，可平常还挺精神。一上山来，你说怎么着？就发烧啦，而且一下子升到39.5℃，温度高得不能再高，你懂不懂？马上卧床休养，要是还能好起来，贝伦斯说，那多半是他运气，而不是他聪明。无论怎么讲，他说小伙子上山已经晚了……是的,从此那位母亲便会这么转悠起来,多会儿只要她不守在他们身边。大伙儿跟她讲话时她永远只是说'两个全都',因为别的她一点儿不会,而眼下此地谁都不懂西班牙语。"

"原来是这么回事儿,"汉斯·卡斯托普说,"如果我去结识她,她对我是否也会这么讲呢?真有些奇怪,我的意思是说,既滑稽又可怕。"他说话时,一双眼睛又有了昨天的神气。他感觉眼睛好像在发烧,眼皮沉甸甸的,跟哭了很久一样,昨天那位马术师的怪咳在他眼中点燃的火焰又烧了起来。一句话,他感到现在才与昨天的经历接上了头,好似重新进入了现实的情景之中,而一觉刚醒来时却不是这样。他对表兄讲,他已准备好。与此同时,他给手帕滴上几滴拉文德尔牌香水,在额头和眼睛下边揾了揾。"你要没意见,咱们就'两个全都'吃早饭去吧。"他开了这么句玩笑,感到得意之极;约阿希姆却瞪了瞪他,奇怪地一笑,像是既带着哀愁,又含有嘲讽。为什么?这只有他自己知道。

汉斯·卡斯托普弄清楚自己已经带上足够抽的烟,随后便拿起手杖、大衣和帽子。是的,还有帽子,在这点上他很固执,因为他对自己的生活方式和习惯都太清楚。仅仅三个礼拜,他不可能如此容易就适应一些陌生的新习惯。他们就这么出了房间,往楼下走去。在走廊上,约阿希姆指着这间那间房门,告诉他里面住的人的名字——德国名字和带着各式各样异国音调的名字,并且加上对他们的个性和病情的简单说明。

他们也碰见一些用完早点回来的人。约阿希姆对谁道早安,卡斯托普便礼貌地掀一掀帽子。他有些紧张而神经质，就像一个小伙子要去许多陌生人面前亮相，而恰恰又清楚地感觉到自己双目无光，脸红筋胀，因此深以为苦。这么讲当然只对了一部分，卡斯托普的脸并不通红，而是很苍白。

"我差点儿忘记了！"他突然急切地说，让听的人莫名其妙，"你可以把我介绍给花园里那位夫人，只要正好方便，我一点儿也不反对。让她尽管对我讲'两个全都'吧，我完全不在乎，做好准备了嘛，再说我也懂得它的意思，会用适当的表情去对付。相反，那对俄国夫妇我不想认识，你听见了吗？我坚决不愿意。这两个人太没教养，如果我一定得挨着他们住三个礼拜，没法做其他安排，那我也不想认识他们，这是我的权利，请你千万千万别……"

"好的，"约阿希姆回答，"他们已经这么讨厌了吗？不错，在一定意义上讲是些野蛮人，一句话，不懂文明，这我预先已经告诉你了。那男的经常穿着一件松垮垮的皮上衣来进餐——已经很旧。我一直奇怪贝伦斯怎么不出来干涉。还有那女的也不怎么讲究，别看她戴着顶羽毛帽子……不过你完全可以放心，他们坐得离我们很远，在那个差劲儿的俄国席上，要知道还有桌好样儿的俄国席，坐的都是些上等俄国人，你几乎不可能和他们聚在一块儿，即使你自己愿意。人们在这里很难结交，因为疗养客中外国人这么多，我自己也只认识很少几个人，尽管我来这里已有很长时间。"

"他们俩到底谁有病？"汉斯问，"他还是她？"

"他，我想。是的，只有他。"当表兄弟俩在餐厅门外的衣架前脱外套的时候，约阿希姆显得漫不经心地回答。随后他们便走进那拱顶平缓的大厅，只听得人声杂沓，餐具叮当，"餐厅的女儿"们端着冒气的咖啡壶四处奔忙。

餐厅中摆着七张桌子，多数顺放，只有两张打横，是每张能坐十个人的大餐桌，虽然并非所有座位上都放齐了餐具。往厅中斜插进去几步，汉斯·卡斯托普就到了自己的座位前：为他安排的位子是在餐桌的挡头，整个餐桌处于大厅中央靠前的部位，夹在两张横放的桌子之间。卡斯托普笔直地站在自己的椅子后边，向约阿希姆应有如仪地介绍给他的同桌的人鞠躬。他动作拘谨，态度却友善，眼睛几乎没有注视对方，更别说留心他们的名字了。唯有施托尔太太的样子和名字被他记住了，她有一张红通通的脸，一头灰黄色的浓发。她那表情显得如此固执而无知，可以认为她的教育中曾有过重大失误。接着，卡斯托普坐下来，同时高兴地发现，这儿的人对早晨第一餐是很重视的。

桌上备有一罐罐果酱和蜂蜜，一碗碗奶粥和燕麦糊，一碟碟炒鸡蛋和冷火腿；黄油摆在那儿听凭自取，有谁揭开已经流泪的瑞士乳酪上面的钟形玻璃罩，正要用刀子去切；桌子中央放着一盆新鲜水果和果干。一位白衣黑裙的"餐厅的女儿"询问卡斯托普愿意喝什么："可可，咖啡，还是茶？"她个子小得像个孩子，却长着一张长长的老脸——卡斯托普大吃一惊，原来是个侏儒。他望着自己的表哥，可这位只是无所谓地耸了耸肩膀，扬了扬眉毛，好像在说："是的，嗯，那又怎么样？"于是，他只好承认现实，以特别有礼貌的态度要了茶，就因为来问他的是个女侏儒。随后，他往奶粥里加了些肉桂粉和糖，便开始吃起来，眼睛却越过另外那些让他享用的食品，去打量坐在七张桌子前的食客们，他们都是约阿希姆的伙伴和命运相同的病友，身体内部都有问题，都在一边进早餐一边喋喋不休地交谈。

大厅的装潢符合新时代的口味，在简洁实用之中加上了一点儿想象的色彩。与其宽度相比，进深不见得很大，四面由一条回廊包着，回廊上摆着些上菜桌，通过一扇扇大拱门进入放餐桌的厅内。厅中的柱子下半部装了涂有檀香木色油漆的护板，上半部光光的，刷成了白色，跟整个墙壁的上半截和天花板一样。柱子上还嵌了一些彩条，都是些单调、滑稽的老样式，一直向上延伸，与平缓拱顶上远远辐射开去的装潢条连在一起。为大厅增辉的还有几个大吊灯，电气照明，白铜铸造，形状为上下重叠的三个圆圈，由一种精巧的编织物连成一体，在最底下的铜圈上装着一圈乳白灯泡，形同一个个小月亮。厅内有四扇玻璃门，两边相对的横头各一扇，出去便上了厅前的阳台；第三扇在左前部，直通前厅；最后就是汉斯从走廊上进来时经过的那扇，今天早晨约阿希姆领他下的又是另一道楼梯。

在他的右手边，坐着个穿黑衣服的女人，肤色微黄，两颊泛红，模样寒酸，一看就像缝纫工或上门服务的女裁缝，大概因为她只知道一个劲儿地就着咖啡吃黄油小面包吧，而在汉斯·卡斯托普的想象中，一个女裁缝总是跟咖啡和黄油小面包联系在一起的。他左手边坐着一位英国小姐，同样上了年纪，且面貌丑陋，手指干枯僵硬,正在一边读来自家乡的长信,一边喝一种血红色的茶水。她旁边是约阿希姆,再旁边就是穿着苏格兰呢上衣的施托尔太太。后者左手紧握着撑在脸颊旁边,一边吃东西一边讲话,显然想使自己的表情变得文雅一点儿,正努力用上嘴唇遮盖她那又细又长的门牙。一个年轻人长着两撇细长的小胡子,脸上的表情就像嘴里含着什么难吃的东西似的,一来就坐在她旁边,只顾闷声不响地进早餐。年轻人进餐厅时,汉斯·卡斯托普已坐好了,只见他走起路来下巴抵着胸脯,对谁也不理不睬,走到桌前便一屁股坐下,仿佛想表示坚决不愿跟新来的桌友认识。也许他病得太重,再也顾不上这些繁文缛节,对自己周围的事已不感兴趣。有那么一会儿工夫,卡斯托普正对面坐了个年轻女孩儿,她长着一头淡黄色的头发,非常瘦削。她把一瓶酸奶酪倒在自己碟子里,用勺舀着吃,吃完马上就走了。

席间的交谈并不热烈。约阿希姆应付着施托尔太太,问她病况怎样,听她说不够好便得体地道一声惋惜。她抱怨浑身无力。"唉,我真是软绵绵的啊!"说话时拖长了声调,想装文雅却弄巧成拙。还有,她刚起床体温即已高达37.3℃,到了下午可咋个得了。女裁缝宣称自己体温也这么高,不过声明说,她测量时倒是感觉有些激动,心里就像面临着什么特别和具有决定意义的事情时那样紧张不安,而实际情况并非如此,纯属一种没有心理原因的身体的激动。卡斯托普觉得她肯定不是真的裁缝,因为她说起话来非常准确,准确得近乎文雅。而且,对于这样一个其貌不扬的微不足道的人,那所谓的激动以及有关激动的一席话,在卡斯托普看来有些不相称，不，应该说几乎不成体统。他依次问女裁缝和施托尔太太，她们在山上已经住了多久。前者已住了五个多月，后者已住了七个多月。然后，卡斯托普搜索枯肠地操着英语向他右手边的女人打听她喝的是什么茶。答案是野蔷薇果茶。他问，味道还好吧？她几乎是急不可待地说"好，好，好"，说时望着人来人往的大厅。

第一次早餐并不严格要求病员一齐享用。

卡斯托普原本有些担心会见到种种可怕景象，结果却失望了。餐厅里气氛非常愉快，简直没有在一个充满痛苦所在的感觉。皮肤黝黑的青年男女哼着歌子走进来，和"餐厅的女儿"们拉着话，胃口绝佳地吃着喝着。也有一些中年人，一些夫妇，以及一个讲俄语的带着几个孩子的家庭，还有一些半大少年。女士们几乎全部穿着羊毛或丝织的紧身上衣，也就是白色的或者彩色的针织运动衫，烟囱领，两侧有口袋，站着交谈时把两手插在袋中，那模样很是潇洒。在有些桌上，大伙儿正在传看照片，毫无疑问是新拍摄并自行冲印的；另一桌在交换邮票。大家谈论着天气，睡得怎么样，早晨起来口腔的体温多高等。多数人都快快活活的，多半没有什么特别的原因，只是由于眼前无可担忧，而且又这么多人待在一起。自然也有那么几位手撑脑袋坐在桌边，望着面前发呆的。不过大伙儿都不去理睬他们，让他们发呆就是了。

突然，汉斯·卡斯托普身子猛地抽搐一下，像是受到了激怒和侮辱。原来是一扇门砰的一声关上了，正是左前方直通大厅的那扇门,有谁随手放开了它,或者甚至是出去以后有意用力一摔。那声音是卡斯托普宁死也不能忍受的,一直痛恨的。这恨也许生根了他的教育,也许是他与生俱来的一种特异反应。总之,他讨厌这么摔门,谁要以这样的罪过扰乱他的听觉,他就恨不得揍谁。加之这门的上部装着一小块一小块的玻璃,那响声就更加震耳:那是一种哗啦哗啦的噪声。见鬼,汉斯·卡斯托普愤怒地想,竟有如此该死的混账!由于那会儿正好是女裁缝在对他说话,他无暇弄清楚坏蛋是谁。然而,在他金黄色的眉宇间已添上了皱纹,在回答女裁缝的话时,脸也扭歪了,表情显得挺尴尬。

约阿希姆问:"医生们是否来巡视过了?""是的,第一次已经来过。"有人回答,差不多正好是在表兄弟俩进来的那一眨眼工夫,医生们出了餐厅。"既然这样,"约阿希姆说,"他们就不用等了。要介绍,这一整天还有的是机会。"谁知在门口他们竟和快步走进来的贝伦斯宫廷顾问险些撞在一起,他背后还跟着克洛可夫斯基医生。

"哦哟哟,小心点儿,先生们!"贝伦斯说,"闹不好你我脚上的鸡眼儿都可能遭殃。"他说话带着很重的下萨克森口音,好像总包着一大口东西在咀嚼。"哦,是您,"他冲着约阿希姆双脚立正向他介绍的卡斯托普说,"喏,非常高兴!"他向年轻人伸出手来,这是一只大如铁铲的巨手。他骨骼凸露,比克洛可夫斯基高出三个脑袋,头发已经全白,脖子前凸,一双充血的蓝色大眼睛鼓鼓的,眼里泪水汪汪,鼻子撅得很厉害,八字须修剪得很短,斜着往上翘起,那是上嘴唇老往一边抽动的结果。约阿希姆对他的脸颊发过的议论证明完全属实,它们的确发青。这样,在他那外科医生的白大褂映衬下,他的脑袋更显得色彩斑斓。他的大褂儿束着腰带,长得盖过了膝头,下边仅露出带条纹的裤子和一双大脚,脚上穿着一双系着黄色鞋带的旧皮靴。克洛可夫斯基也穿着工作服,只不过他的大褂儿是黑色的,质地为一种黑色的有光呢料,衬衫样式,袖口装了松紧带,同样衬托出他面色的苍白。他的举止完全符合助手的身份,压根儿没参加众人的寒暄,只是那张绷紧的嘴,使你看出他对自己的下属地位并不满意。

"表兄弟俩?"贝伦斯问,用手在两个年轻人之间来回指着,充血的蓝眼睛从脚到头打量着他们……"喏,难道他也想入伍当兵?"他问约阿希姆,同时脑袋朝卡斯托普一歪……"哎,上帝保佑——什么话?我可是一眼就看出,"这时他直接对卡斯托普说道,"您是个普通老百姓的样子,过的是舒适生活,一点儿也没有这位军官身上那种勇武气。您能成为一个比他更好的病人,我敢担保。我一眼便能断定谁能不能成为合格的病人,因为这也需要天才,干什么都需要天才;这儿这位阿喀琉斯①手下的勇士一点儿没有这种天才。出操训练也许有,这我不清楚,可病一点儿没得。他老吵着要走,您不肯相信吧?老是想走,老是来催我,折磨我,迫不及待地要去山下受那份罪。真叫性急得过了头!半年这么点儿时间都不肯给我们。再说,咱们山上不是挺美吗?您自己说说,齐姆逊,咱们这儿是不是挺美!喏,您的表

---

① 阿喀琉斯系荷马史诗《伊利亚特》中的英雄。

弟会给我们更多的面子，会好好乐一乐。而且女人也有的是，顶顶漂亮的女人。至少从外边看，有几位美得像画中人似的。不过您得给自己添几分血色，听我说，否则在女士们那儿身体会亏损的！生活的金树纵使可以常青①，脸色发青却不完全对。当然是严重贫血。"他说着，同时径直走到汉斯·卡斯托普面前，用食指和中指一下翻开了他的眼皮，"当然严重贫血，我说对了。您知道吗，您做得一点儿不笨，离开了汉堡一段时间？汉堡这座城市很值得我们好好感谢，它气候那么湿乎乎，不断给我们送来一批批可亲的客人。不过，如果允许我借此机会向您提个建议，不一定算数——完完全全免费，您待在山上的期间，最好您表兄干什么你也干什么。处在您的地位，最聪明的办法就是过一段像患了轻度肺炎似的生活，增加点儿蛋白质。在我们这儿，蛋白质的新陈代谢确乎不寻常……虽然消耗的总热量提高了，体内蛋白质却有增无减……您睡得挺好吧，齐姆逊？不错，是不是？好，现在开始散步了！不过别超过半个钟头！回来就去含'水银雪茄'！结果都得好好登记，齐姆逊！公事公办！一丝不苟！礼拜六我要查曲线的变化。您表弟也得一块儿量。量体温啥时候都不会有害处。再见，先生们！祝你们玩儿得开心！再见……再见……"说完，他就在克洛可夫斯基医生尾随下往餐厅里走，两条胳膊摇摇摆摆，掌心完全向后，同时不住地向左右两边问睡得是否"挺好"，而回答都不是否定的。

---

① "生活之金树常青"语出歌德的诗剧《浮士德》。

愚弄·最后的晚餐·中断了的快活

"一个很可亲的人。"汉斯·卡斯托普说。说时,他俩友好地点点头,跟正在门房里整理信件的跛脚看门人打招呼,随后便走出大门,来到疗养院外。大门在白色主楼的朝南一面,主楼的中部比两翼高出一层,而且当中还耸立着一座不怎么高的石板色铁皮盖顶的钟楼。从这道门出来,不会经过那篱笆围着的花园,直接便到了野外,面对着一片片倾斜的高山牧场;牧场上这儿那儿孤零零地立着高度适中的云杉,爬着低矮的卧藤松。他们踏上的那条路——实际上是除了通往谷底的车道以外唯一可走的路——引导他们往左边缓缓地向上爬,经过疗养院背面的厨房和生活服务设施;在一些地窖的铁钎子门前,立着好些铁垃圾桶;继续往前走一小段,就到了一个大转弯,他们向右上方爬去,直到那树木稀疏的陡壁前。这是一条坚硬的、淡红色的,还有些湿漉漉的小路,路边上这儿那儿躺着一些大石块。表兄弟俩在散步的途中并不孤单,一些后吃完早餐的疗养客接踵而至,还有一大群已走上归途的人们,脚步噔噔噔地迎面从山上走下来。

"一位很可亲的人!"汉斯·卡斯托普重复着,"说起话来口若悬河,听着叫人愉快。把温度表叫作'水银雪茄',真是太妙了,我一听就懂……可这会儿我真得点上一支。"他说着站住了,"我再也忍不住啦!从昨天中午起就没抽过一支像样的烟……请原谅!"他边说边从饰有自己银色签名的皮盒中抽出一支玛利亚·曼齐尼来，一支最上等的漂漂亮亮的货色，如他所喜欢的那样一端已经压平。他用挂在表链上的一把弯角小刀削去了头子，揿燃从衣袋里掏出的打火机，把那长长的、前头粗壮的雪茄凑上去，吧嗒吧嗒地吸燃，吸得陶然欲醉。"成！"他说，"现在我可以跟你一道继续散步啦。你自然是只喝啤酒不抽烟的？"

"我从来不抽烟，"约阿希姆回答，"干吗偏偏在这儿就得抽呢？"

"我真不明白，"卡斯托普说，"不明白一个人怎么能不抽烟。俗话说得好，不抽烟可就放弃了人生的精华部分，无论怎么讲也放弃了一种极可贵的享受！早上醒来，我心头高兴，就为了白天能抽烟；到吃饭时，我心头高兴，也是因为能抽烟。是的，我甚至可以说，我只是为了抽烟才吃饭的，虽然我这样讲有些夸大。但是，一个没烟抽的日子，对我来说乏味透顶，将十分无聊和失去魅力。要是清晨我不得不告诉自己今天没烟抽，我相信自己不会有勇气起床，真的，我会在床上一直躺下去。你瞧，一支点燃的雪茄在手，毫无疑问不得串味儿，或者吸起来不通畅，这是极叫人恼火的。我是说，有一支好雪茄在手，那你就算成了，就真的不怕再发生任何事情。这正如躺在海边一样，在海边躺着就够啦，不是吗？一切都不再需要，不需要工作，也不需要娱乐……感谢上帝，全世界都有人抽烟，是不是？据我所知，你不论漂泊到哪个天涯海角，没有什么地方的人不解此道。甚至北极考察队为克服疲惫也要带上充足的烟草，每读到这样的描写，我总是非常感动。须知，在北极没烟抽会多么难受。举个例子，我没烟抽就难受得要命，而多会儿我还有一支雪茄在手，我就能坚持，因为我了解它会帮我渡过难关。"

"可是，你这么嗜烟如命，总有些不对劲儿，"约阿希姆说，"贝伦斯的话完全对。你是个老百姓——他这话肯定不仅仅是赞扬，而是指你懒散得不可救药，事实正是这样。再则，你本来身体健康，想做什么事不好做？"他说到这里时眼里已露出倦意。

"可不，健康得已经贫血了，"卡斯托普回答，"贫血得还挺厉害，如他告诉我的，已经脸色发青。的确是这样，我自己也发现，和你们这些山上的人比起来，我果真面带青色，然而在家里，我却不怎么觉得。可就在这点上，他也很可亲，立刻给了我种种建议，而且完全免费，如他自己所说。我乐意遵照他的嘱咐做，完全按你的生活方式生活——和你们一起在山上，除此也没其他事好做。再说，以上帝的名义增加蛋白质，怎么也不会有坏处，虽然听起来不怎么是滋味，这你得向我承认。"

走着走着，约阿希姆已经咳嗽起来，一连两次——爬这样的坡，他似乎也吃力。到第三次发作时，他站住脚，拧起了眉毛。"你尽管先走。"他说。汉斯·卡斯托普赶紧往上爬，头也不回地爬了一会儿，便放开脚步，最后却几乎停住了，因为他觉得，他似乎已经把约阿希姆落下一大段。不过，他并没有回头看。

一队疗养客，有男的有女的，朝他迎面走来。适才他还看见他们走在半山腰的平路上，这会儿已经冲着他噔噔噔往下跑，又是说又是笑。一共是六七个人，有几个年轻得很，有几个已经上了点儿岁数。卡斯托普歪着脑袋打量他们，心里却想到约阿希姆。他们都没戴帽子，皮肤黝黑黝黑的。女士们穿着色彩鲜艳的毛衣，先生们多半既未穿外套，也未带手杖，就像一些在自己家门口随便溜达的人。因为他们是下山，根本不吃力，只需要稳住两条腿，不要它们跑起来和打趔趄就行。是的，只是让身子往下坠，所以步履显得轻飘飘的，因而表情和整个神态也显得轻松愉快，令卡斯托普也巴不得参加到他们中去。

眼下他们到了卡斯托普身边，他能看清他们的脸了。他们并非全都脸色黝黑，有两位女士就白得显眼：一位瘦得像根棍子，面孔呈象牙色；另一位又矮又胖，面孔长着难看的色斑。他们全都盯着他瞧，带着同样的放肆的微笑。一个穿绿毛衣的瘦高女孩儿，发式做得很糟糕，一双倒睁不闭的眼睛看上去挺愚蠢，在与卡斯托普擦身而过时胳膊肘差点儿碰着他，嘴里反倒嘘了一声口哨……真叫疯了！她是在嘘他，可嘴唇并未撮起，而是闭得很紧。但嘘声确实出自她，就在她愚蠢地用她那双倒睁不闭的眼睛紧紧盯着他的当口。那是一种令人极不舒服的嘘声，粗厉，尖锐，却空虚而拖长，到结尾音调还沉了下去，使他想起年市上那些橡皮小猪挤出的声音。它们像充满怨尤似的排放出吹进它们肚子里去的气息。可同样的声音怎么会从女孩儿的胸脯内迸出来，实在不可理解。随后，她追赶着她那一伙走远了。

汉斯·卡斯托普呆呆立着，目光凝视远方。接着他猛地转过身去，至少明白了那讨厌的嘘声是在开他的玩笑，是预先商量好来愚弄他的，因为从那伙远去的人的肩膀可以看出，他们在笑。其中有个厚嘴唇的矮胖男孩，两手插在裤兜中，上衣很不像样地耸了上去，竟然不加掩饰地扭头冲着他笑……约阿希姆赶上来了。他与那伙人打招呼，按他惯有的骑士风度差不多是退到了一边，立正向人家行鞠躬礼。随后，他目光温和地走到表弟跟前。

"你干吗脸色这么难看？"他问卡斯托普。

"她嘘我，"卡斯托普回答，"她从我身边走过的时候，从肚子里发出嘘声，这点你愿意给我解释一下吗？"

"哈哈，"约阿希姆把手一甩，笑道，"不是从肚子里，异想天开。她叫克勒费特，赫尔米娜·克勒费特。她是用她的气胸发出嘘声。"

"用什么？"卡斯托普问。他激动异常，但又不知道原因何在。他哭笑不得，接着道："你可不能要求我懂你们的黑话。"

"继续散步吧！"约阿希姆说，"我可以一边走一边给你解释。你那么站着像生了根似的！这是一种外科治疗法，你可以想象，一种手术，在这上边经常施行的手术。贝伦斯是这方面的行家……举例说，一边的肺坏得很厉害，另一边的肺却健康或比较健康，在这种情况下，就让有病的肺停止工作一段时间，以便得到调养……也就是说，病人将在这儿，这儿边上的什么部位开一刀。我说不出准确的位置，贝伦斯却清清楚楚。然后，把气，氧气，打进他身体里去，就这样使坏肺叶停止工作。气当然保持不久，差不多每半个月得换一次。病人就像被充气一样，你必定这么想。如果这么做一年或者更长时间，一切不出问题，坏肺就会通过休息得到痊愈。情况自然不总如此，有时甚至还是件冒险的事。不过据说这气胸疗法已取得许多漂亮成果。你刚才看见的那些人,他们全都有气胸。他们中有伊尔蒂丝太太,脸上长着色斑的那位;有莱薇小姐,那个瘦瘦的姑娘,你应该记得她曾经卧床很长一段时间。他们成群结队,是因为气胸这玩意儿自然地把人们联系了起来。他们自称'半边肺协会',并以此驰名全院。不过,协会的骄傲却是赫尔米娜·克勒费特小姐,因为她能用气胸发出嘘声,这是她的特殊天赋,绝非人人都会。至于她究竟是怎么弄的,我无法告诉你,连她自己也讲不清楚。只不过是她在快步走以后,就能从身体里发出嘘嘘的响声;这现象,她自然就能用来吓唬人,特别是吓唬新来的病员。而且我相信,她这么干会消耗氧气,因为她每八天就得充一回气。"

这么一讲卡斯托普也乐了,激动已经转变为愉快。他一边走一边用手蒙住眼睛,弯着身子,低声而急促地哧哧笑了起来,笑得肩膀都剧烈颤抖。

"他们也登记注册了吗?"他问,因为忍俊不禁,说起话来很吃力,声音既像哭,又像哀鸣,"他们有没有会章?可惜呀,你不是会员,否则他们就可以特邀我去参加他们协会的活动,作为贵宾,或者作为……名誉会员……你应该求求贝伦斯,让他也使你的半边肺停止工作。没准儿你也能从身体里发出嘘声,只要你下功夫,毕竟是学得会的嘛……这是我一生听见的最滑稽的事!"说完,他喘了口气,"嗯,请原谅,原谅我这么胡扯。可他们自己不也是高高兴兴的嘛,你那些气胸朋友!瞧他们下山那神气……想一想,这就是那个'半边肺协会'喽!嘘——她还冲我来这么一下,真是个疯子!然而,他们确实兴高采烈!他们为什么兴高采烈,你愿意给我讲讲吗?"

约阿希姆搜寻着答词儿。"上帝呀,"他说道,"他们那么自由……我是说,他们还年轻,时间对他们没有意义,过些时候他们说不定会死去。干吗他们要绷着脸呢?我有时想:生病和死本来就不严重,不过像散步罢了,细论起来只有山下的生活才存在严重问题。我相信,你只要在山上待得久一点儿,便会慢慢明白这个道理。"

"没问题,"汉斯·卡斯托普回答,"这一点坚信不疑。我已经对你们山上的人产生了很大兴趣,而只要感兴趣,自然而然地就会理解,不是吗?可我是怎么啦,它抽起来不对味儿!"说着,他仔细端详着手里的雪茄,"我一直在问自己哪儿出了毛病,现在才发现是玛利亚不好抽。味道同烧马粪纸一个样儿,我向你担保,真像胃上出了点儿毛病,但不可理解!我早餐吃得确实比往常多,可这也不成其为理由。要知道,吃得越多,雪茄的味儿应该越好才对。你想说,这是我睡得不够安稳的缘故吧?也许我因此有些不正常?不,我必须扔掉它!"他重新试着吸了一口,说:"每抽一口便失望一次,硬抽下去毫无意义。"他又犹豫了那么一刹那,就将雪茄扔向坡下潮湿的针叶林中。"你知道吗,根据我的认识这与什么有关系?"他说,"我确信,这跟那该死的脸孔发烧有关。今天一起床我就受它折磨,现在又开始了。鬼知道,我总觉得,我脸上一定像害羞似的通红……刚上山时,你是否也这样?"

"可不是嘛,"约阿希姆回道,"一开始,我也觉得异样。别担心！我不是告诉过你，要适应我们这儿的生活也不容易嘛。可你一定会恢复正常的。瞧，那儿的板凳多美。咱俩坐一会儿，然后往回走。我该去做静卧治疗了。"

道路朝着达沃斯坪的方向延伸，在山壁约三分之一的高度上，它变得平坦起来。放眼望去，透过长得瘦高瘦高、让风吹歪了的松树林，可以看见市镇在已经变得更好的光线中泛着白色。表兄弟俩坐的那条简单钉起来的板凳靠着倾斜的石壁。在他们身旁，一股山水咕噜咕噜地、扑哧扑哧地顺着木槽流下谷底。

约阿希姆告诉表弟那一座座云雾缭绕的阿尔卑斯山山峰的名字——它们似乎在南面封住了山谷，举着他的登山杖指指点点。卡斯托普只是用眼睛往那边瞟了瞟，然后躬着身子，用他那城里人的镶银文明手杖的铁尖头，在沙地上画了些小人儿，并且要求了解其他的事情。

"我想问的是，"他开口道，"在我那间房间，你说我来的时候刚刚发生过那样的事情。自从你到了山上，除此之外已经死过许多人了吗？"

"肯定已有好些，"约阿希姆回答，"不过处理得很秘密，你明白。大伙儿一无所知，或者只是事后才偶尔知道；若是谁快死了，就严格地将情况封锁起来，对其他病人，特别是对那些本来便容易发生意外的女士们。你旁边的人死了你也全然不会察觉。棺材一大早运了来，趁你还在睡觉；运走也选择在那样的时刻，例如正当开饭的时候。"

"哦，"卡斯托普应着，继续画他的小人儿，"正所谓发生在幕后。"

"是的，可以这样讲。不过最近……嗯，等等，离现在可能已有八个礼拜……"

"那你就不该再说是'最近'。"卡斯托普口气干巴巴地指出，带着警惕的神气。

"什么？噢，不算最近。你这人很认真。我只是随口说了这么个数字。就讲一些时候以前吧，完全出于偶然，我又窥见了幕后的秘密，那情况我今天还记忆犹新。当时，他们给小胡郁丝，芭尔芭拉·胡郁丝，一个信天主教的小姑娘送去最后的晚餐，你知道，说让她领临终圣体，行最后的涂油礼。我刚上山时，她还跑来跑去，快活得要命，调皮捣蛋得跟一般半大女孩没有差别。可没过多久，她的情况便急剧恶化，再也起不了床，成天躺在那间隔我三道门的屋子里，父母亲都来了。这会儿又来了神父。他来的时候正好大伙儿都在喝下午茶，走廊上没有一个人。可你想象一下，我睡过了头，在做主要的静卧治疗时我睡着了，没听见敲钟，晚起了半个小时。于是，在此关键时刻，我没能跟大伙儿待在一起，而是像你说的闯到了幕后。当我穿过走廊时，他们正迎面走来，都穿着花边衬衫，打头的是个十字架，一个带着灯的金色十字架，像土耳其军乐队中的铃杆一样，被举在前面开道。"

"不能这么比。"汉斯·卡斯托普口气颇有几分严肃地说。

"可我这么觉得。我情不自禁地产生了这样的联想。你就让我往下讲吧。我说他们朝我迎面走来，快步地走来，像行军一样，一溜三个人。如果我没记错的话，打头的是个举十字架的男子，随后跟着鼻梁上架着眼镜的神父，再后边是个拎着圣香炉的少年。神父将圣体钵捧在胸前，盖得严严实实的；他向右歪着脑袋，挺谦卑的样子，因为这是他们最神圣的圣礼嘛。"

"正因为如此，"汉斯·卡斯托普说，"正因为如此，我才奇怪你怎么能说'铃杆'。"

"是的，是的。不过等一等，要是你当时在场，你现在回想起来同样不会知道你脸上该做何表情。真是做梦也想不到……"

"什么意思？"

"我这就讲。我当时想，在那种情况下应该如何举动。我头上也没帽子可以摘下来表示表示……"

"你瞧是吧！"汉斯·卡斯托普再一次很快地打断他，"你瞧是吧，应该戴顶帽子！我早留意到，你们山上的人都是不戴帽子的。可是应该戴，以便能摘下来，在需要这么做的场合。不过你还是往下讲吧！"

"我靠在墙根上，"约阿希姆又说，"态度庄重，等他们到了我面前还微微地鞠了一躬，正好在小芭尔芭拉寝室的外边，二十八号房间的外边。我相信，那教士见我鞠躬很高兴；他很有礼貌地表示感谢，摘下了头上的小圆帽。与此同时，一行人已经停下来，拎圣香炉的辅祭少年走上去敲了敲门，随即便将门打开，站在一旁让他的上司先进去。现在请你想象和描绘一下我的恐惧，我的种种感觉吧！就在神父将脚跨进门去的一刹那，屋子里发出一声垂死者的惨叫，那么凄厉嘶哑，你从来也不会听见过，一声接一声地喊了三四声，再往后便是无休无止的叫喊，显然大张着嘴巴，唉，那里边有哀鸣，有恐怖，有挣扎，简直无法描述，其间还夹着一种叫人听了毛骨悚然的乞求，可是突然，声音变得空虚而沉浊了，活像落进了地底再从深深的地窖钻出来的一样。"

汉斯·卡斯托普身子猛地转过去对着表哥。"是芭尔芭拉吗？"他激动地问，"'从地窖钻出来'，怎么会呢？"

"她钻到被子底下去了！"约阿希姆说，"你试着想想我的感觉！神父站在门边说着安慰的话，我仿佛现在还看见他。他说话时总把脑袋伸出去，说完又缩回来。举十字架的男人和辅祭少年还站在门口。这样，从他们俩中间我便能看清屋里的情况。那也是一间跟你和我一样的房间，床靠着房门左面的墙壁，床前站着些人，自然是亲属，是父亲母亲，他们也在对床上说着安慰的话，可那儿除了一堆乱糟糟的被子外什么也看不见，只听见哀乞声和可怖的挣扎声，只见双脚在乱蹬乱踢。"

"你说她用双脚乱蹬乱踢？"

"拼命地乱蹬乱踢！然而没有用，她一定得领临终圣体。神父走上前去，同行的两位也走进屋，关上了房门。但在这之前我还看见：芭尔芭拉把脑袋伸出来了一下，满头金发乱蓬蓬的，睁大眼睛，一双完全没有颜色的白翻翻的眼睛定定地瞪着神父，随着一声惨叫她又钻到了被子底下。"

"可你现在才给我讲这些？"汉斯·卡斯托普停了半响说，"我不明白，你昨天晚上怎么没早些给我讲。不过，我的上帝，她必定还有很多力气，竟能这样挣扎。没有力气怎么能成？按道理，不该请神父来，除非到了人已虚弱不堪的地步。"

"她已经很虚弱，"约阿希姆回答，"……唉，说来话长，进行第一次选择是很困难的……她已经很虚弱，只是恐怖给了她力量。她确实害怕得要命，她发现自己快死了。她毕竟是个小女孩，因此可以原谅。不过有时候，成年男子的表现也这样，自然就是不可原谅的懦弱了。遇到这种情况，贝伦斯有办法对付，会采取一种恰当的语调和他们说话。"

"怎样的语调？"汉斯·卡斯托普眉毛拧在一起问。

"'别给我这样装相！'他说，"约阿希姆回答，"至少最近他对一个人这么说过。我们听护士长讲的，她当时也在帮助抓住病人。这老兄临终时闹得不像话，压根儿不乐意死。于是贝伦斯就对他吼起来。'劳驾您别给我这么装相！'他说。那病人马上就不再吱声，安安静静地死去了。"

汉斯·卡斯托普用手拍了一下大腿，身子往椅背上一靠，仰起头来望着天空。

"嗨，听我说，这可太过分了！"他嚷道，"对他大喊大叫，径直对他说：'别给我这么装相！'对一个即将死去的人！这可太过分了！从一定意义上讲，临终者是值得尊重的。怎么可以不分青红皂白地对他……临终者应该说是神圣的，我想讲！"

"这我不否认，"约阿希姆回答，"不过，如果他表现得如此懦弱……"

"不！"卡斯托普坚持自己的看法，态度激烈得和人家对他的反驳全然不相称，"我坚持认为，一个临终者是高贵的，任何一个四处奔波笑着挣钱填肚子的俗人都比不上他！怎么可以——"他的嗓音变幻不定，听上去极为异样，"怎么可以不分青红皂白地对他——"他突然忍俊不禁，大笑起来，话也说不下去了；跟昨天一样，他笑得身子颤抖，没完没了，笑得闭上了眼睛，从眼皮间笑出了眼泪。这是那种从深深的心底涌出来的笑。

"嘘——！"约阿希姆突然制止他。"快别闹了！"他低声说，并暗地碰了碰大笑不止的表弟的身子。汉斯·卡斯托普抬起泪水模糊的眼睛。

从左边的路上走来一个陌生人，一位身材矮小的褐发绅士。他穿着浅色格子裤，两撇小黑胡子卷曲得很好看。他走过来与约阿希姆互道了一声"早上好"。发音准确而又悦耳。只见他交叉着双脚，用手杖支撑着身体，姿态优美地站在了约阿希姆面前。

意大利撒旦

来人的年龄很难估计，想必在三十至四十岁之间，因为他整个样子虽然显得年轻，两鬓却已夹杂着银丝，往上去头发已明显地稀疏；窄窄的脑门上已突现出两大块空地，因此额头显得更高。他的衣着，那宽大的淡黄色格子裤，那双排扣上衣，那大翻领的粗呢长外套，所有这些都远远称不上华贵，还有翻下来的衬衫硬领也已经洗过多次，边上都起了毛。他的黑色领带同样破旧，而且显然根本没戴袖口——从衣袖缠在他手腕上那软塌塌的样子，汉斯·卡斯托普看了出来。尽管如此，他仍断定站在面前的是位绅士。陌生人那有教养的表情，那落落大方的、优雅的姿态，都不容对此有任何怀疑。可这寒碜与优雅的混合，再加一双黑眼睛和两撇卷曲的小胡子，都让卡斯托普想起某些外国乐师：圣诞节期间，他们来到汉堡的宅院中演出，演完以后便用黑幽幽的眼睛仰望着楼上的窗口，手举着软帽，等着人家给他们扔几个小钱。"摇风琴的流浪艺人！"他心里嘀咕。因此，当约阿希姆从凳子上站起来，有几分尴尬地介绍他们相识时，卡斯托普对此人的名字并不觉得奇怪。

"我表弟卡斯托普。——塞特姆布里尼先生。"

汉斯·卡斯托普也站起来致意，脸上还留着刚才高兴过度的痕迹。意大利人却以礼貌的措辞请他们两位别客气，硬叫他们坐回到位子上，自己则仍以优雅的姿势站着。他面带微笑，站在那儿打量着表兄弟俩特别是卡斯托普，在他丰满的八字胡下边，正好是它好看地向上卷起的地方，他的一边嘴角微微凹了下去，形成一个小小的涡儿，带着一丝丝的讥诮，特别显示出他的机敏和警惕，这顿时让仍然头脑昏昏的卡斯托普清醒过来，感觉到了惭愧的羞涩。塞特姆布里尼开口道：

"二位很开心——有道理，有道理。早晨这么美！蔚蓝色的天空，太阳发出欢笑——"他轻快地一扬胳膊，用淡黄色的小手指着天空，目光同时也快快活活地随着手斜着向上瞥去，"事实上我们已经快要忘记我们待在什么地方了。"

他说话不带口音，只是从吐字的特别准确，可以断定他是个外国人。他的嘴唇在组词造句时流露出某种快乐。听他讲话是件愉快的事。

"先生旅途很愉快吧？"他问卡斯托普，"是不是已经有了判决？我是讲：是不是已完成初查那可悲的入院仪式？"在这儿他本该停下来等着听人家讲话，因为他已提出了问题，卡斯托普呢，也准备回答。谁知意大利人却又往下问："很顺利吧？从您快活的笑声——"他又沉吟了一会儿，嘴角上的涡儿变得更深，"无法得出肯定的结论。我们的弥诺斯①和拉达曼提斯②判了您多少个月？"在他嘴里，那"判"字强调得特别滑稽。"要我猜一猜？六个月？要不九个月？他们可不小气……"

汉斯·卡斯托普讶然失笑，一边极力回忆弥诺斯和拉达曼提斯是何许人。他答道：

"怎么会？不，您错了，塞普吞先生……"

"塞特姆布里尼，"意大利人纠正他的错误，语音清晰而抑扬顿挫，同时还幽默地鞠了一躬。

"塞特姆布里尼先生，对不起。是的，我说您错了。我根本没有病。我只是来看望表哥齐姆逊，只住几个礼拜，趁此机会也休息休息。"

"真该死。您不是我们的人？您身体健康，来这里只是客串，就像俄底修斯下到冥府里一样？需要何等的勇气，才敢下到这深渊里来，来到这死人居住的空虚所在——"

---

① 希腊传说中的克里特岛国王，死后成为冥府三判官之一。
② 冥府三判官之一，另一个是埃阿科斯。

"下到深渊,塞特姆布里尼先生?请您别这么讲!我是爬了差不多足足5000英尺,才到了你们这上边。"

"那只是您的感觉!请相信我的话,那是一种错觉,"意大利人果断地一摆手说,"我们是些落进了深渊的人,不对吗,少尉?"他把脸转向约阿希姆。约阿希姆对称他"少尉"高兴得不得了,却极力掩饰着,沉吟地答道:

"不错,我们的情绪是有些低落,不过终究还可以振作起来嘛。"

"是的,我相信您可以,您是个好样儿的人,"塞特姆布里尼说,"是的,是的,是的。"他一连发了三个尖厉的S音,同时又把脸转过来对着汉斯·卡斯托普,然后用舌头顶着上腭轻轻地啧啧啧了三声。"瞧瞧瞧。"他目不转睛地望着这位新来者,同样来了三个尖厉的上腭音,目光慢慢定住了,一副茫然无所视的样子,一会儿才又回过神来,继续说:

"您完全是志愿到我们下界来的,愿意和我们做一段时间伴儿。喏,这很好。可您预计住多少时候呢?我问得不礼貌。可我感到好奇,想听听您给自己规定多长的期限,独立自主地,而不是听任拉达曼提斯摆布。"

"三个礼拜。"汉斯·卡斯托普故作轻松地回答。他发现人家对他挺羡慕。

"上帝啊,三个礼拜!听见了吗,少尉?说出来岂不是有些难为情?您上这儿来三个礼拜,随后就离开?我们可不知道礼拜怎么算,先生,如果我可以告诉您的话。我们最小的时间单位叫月。我们算起数来气派可大啦——这是我们下界居民的特权。我们还有其他一些特权,它们的性质全都差不多。请容我再问一句,您在山下从事什么职业,或者更确切地说,准备从事什么职业?您瞧,我们对自己的好奇心不加限制。好奇也同样被我们算作自己的特权。"

"没关系,没关系。"汉斯·卡斯托普说,随后讲了自己的打算。

"造船工程师!这可了不起!"塞特姆布里尼嚷起来,"请相信,我确实认为了不起,虽然我自己的才能在其他方面。"

"塞特姆布里尼先生是文学家,"约阿希姆略显尴尬地解释说,"他曾在德国的报刊上写过悼念卡尔杜齐[①]的文章——卡尔杜齐,你知道。"他的样子越发尴尬了,因为他表弟惊异地瞪着他,好像是说:你又知道什么卡尔杜齐喽?要我说,你跟我差不多。

"是这样,"意大利人点着头说,"我曾有幸向贵国同胞介绍这位伟大诗人和自由思想家的生平,在他结束自己一生的时候。我认识他,可以自称他的门生。在博洛尼亚[②],我曾坐在他的脚下听他的教诲。现在,我能称作教养和欢乐的一切,都得自他。不过咱们现在要谈的是您。一位造船专家?您可知道,在我眼中您看着看着就高大起来了吗?您坐在那儿,突然变成了整个劳动世界的代表,实业天才的代表!"

"可是塞特姆布里尼先生,我还在念大学,才刚刚开始。"

[①] 卡尔杜齐(1835—1907),意大利作家,1906年获诺贝尔文学奖。
[②] 博洛尼亚,意大利城市。

"不错，万事起头难。说到底，一切工作都困难，只要名副其实，对吗？"

"是的，连鬼都知道！"卡斯托普说。他说的是心里话。

塞特姆布里尼迅速一扬眉头。

"您甚至唤来了鬼，"他说，"就为了加强您的意思？唤来那地道实在的撒旦？您可了解，我伟大的导师就写过一首《撒旦颂》？"

"请原谅，"汉斯·卡斯托普说，"歌颂魔鬼？"

"正是歌颂他。在我的故乡，有时候过节要唱这首颂歌。啊，向你致敬，撒旦，你这叛逆者，你哲理性的反动力（原文为意大利语）……一首挺美妙的歌！不过，这位撒旦大概不会是您想象中的魔鬼，因为他对工作的态度很好。您想的那位却厌恶工作，因为他怕工作，多半就是人们常说的连边儿都最好莫沾的那位——"

这一切让单纯的卡斯托普听起来是那样奇怪。意大利语他不懂，即便能懂也令他不舒服。意大利语有那种神父礼拜天布道的味儿，尽管是用轻松、戏谑的闲谈口气说出来的。他望着自己的表兄，约阿希姆垂下了眼皮。随后，卡斯托普接上话茬儿：

"嗨，塞特姆布里尼先生，您把我的话太当真了。鬼不鬼的只是我的一句口头禅，我向您担保！"

"人总得有精神。"塞特姆布里尼伤感地凝视着空中说。可是，他马上又兴致勃勃地以优美的语调回到了本题上：

"无论如何，我从您的话里看出您选择了一种既艰辛又光荣的职业，这大概不会错。感谢上帝，我是个人文主义者，是个讲人道的人（原文为拉丁语），对非智力方面的事一窍不通，尽管对它们我真心诚意地敬重。不过，我也可以想象，您那职业的理论要求清醒敏锐的头脑，实践要求投入整个的身心——不是这样吗？"

"当然是这样，可不，我可以无条件地对您表示同意。"卡斯托普回答。不知不觉间，他努力使自己变得健谈起来。"当今之世，对人的要求这么高，可你别刨根问底，想弄清它们究竟多艰难，否则你就真正会失去勇气。不，这不是开玩笑。即使一个人不是最强者……我在这儿山上只是做客，但也并非一个多么强壮的人；我是在撒谎，如果我说工作非常非常如我的意。相反，我得说，它倒令我有些疲劳。只有在无所事事的时候，我才真正感觉自己健康——"

"比如眼下？"

"眼下？噢，我刚到山上——头脑还昏昏然，您可以想象。"

"啊——昏昏然。"

"是的，我睡得也不太好，再加第一顿早餐真的太丰盛……我习惯了正常的早餐。可今天早上的看起来对我太殷实了，太丰盛了，像英国人说的。一句话，我感到有些憋闷，特别是雪茄今天早晨也不对味儿——喏，今天我抽起雪茄来像烧牛皮。我不得不扔掉它，硬着头皮抽下去没有意义。您抽香烟吗，如果允许我问的话？不抽？那您很难设想，这对一个从小就特别喜欢抽烟的人来说是怎样令他气恼和失望，像我……"

"在这方面鄙人没有经验，"塞特姆布里尼回答，"但正因为没有这方面的经验,我才不至于结交不三不四的人。一系列思想高贵和明智的人都讨厌烟草。卡尔杜齐也不喜欢它。不过,您可以赢得拉达曼提斯的理解。他热衷您这种罪孽的人。"

"什么,罪孽,塞特姆布里尼先生?"

"怎么不是?对问题应该实事求是,把话讲透。这可以增强和提高生命的价值。而我自己也有罪孽。"

"连宫廷顾问贝伦斯也抽雪茄。一位富有魅力的人。"

"您这么认为?噢,您和他已经认识了?"

"是的,刚才,在我们出来的时候。他几乎等于给我看了一次病,不过是免费的,您知道。他立刻断定我贫血。然后就建议我在这里完全像我表哥那样生活,多在阳台上躺一躺,也同样要经常量体温,他说。"

"真的吗?"塞特姆布里尼嚷起来,"太妙啦!"他仰天大叫,同时笑起来,"在你们那位大师的歌剧中怎么说来着?'我是捕鸟人哟,永远快快活活,嗨莎,嗬卜莎莎!'①一句话,太有趣了。您将遵守他的嘱咐?毫无疑问。您怎么会不呢?好个魔鬼头儿,这位拉达曼提斯!果然'永远快快活活',尽管时不时地有些勉强。他爱犯抑郁症。他的罪孽不称他的心,否则也就不成其为罪孽啦,烟草使得他忧郁。也正因为如此,我们可敬的护士长太太把它们管了起来,每天只定量供应他一点点。要是他经不起诱惑去偷了,又会心情忧郁。一句话:一个灵魂迷乱的

---

① 指莫扎特和他的歌剧《魔笛》。引句为捕鸟者帕帕盖诺的唱词。

人。您已经认识护士长了么?不认识?这可是个错误!您不该不主动去结识她。她出自封·米伦冬克家族,知道吗!与专司医药的维纳斯女神的区别仅在于,她胸脯上老挂着个十字架,而女神却……"

"哈哈,太妙啦!"卡斯托普笑起来。

"她名叫阿德里亚迪卡。"

"真这样吗?"汉斯·卡斯托普叫起来,"听听,多有意思!姓封·米伦冬克,又叫阿德里亚迪卡。听起来好像她早已作古了似的。完全是中世纪的味道。"

"尊敬的先生,"塞特姆布里尼回答,"这里确有些'带着中世纪味道'的东西,像您喜欢形容的那样。反正我本人坚信,我们的拉达曼提斯纯粹是凭着艺术家的敏锐,才使这位活化石当上了他这魔宫中的女总管。他确实是位艺术家,您不知道?他画油画。您有什么办法呢,这又不违禁,对吗?人人都有自由……阿德里亚迪卡太太告诉每一个愿意听的人,也告诉别的许多人,在13世纪中叶,有位米伦冬克曾经当过莱茵河畔波恩地方的修道院女住持。她自己出世的时间离此也不可能久吧……"

"哈哈哈!我觉得您真会讽刺,塞特姆布里尼先生。"

"讽刺?您的意思是我是恶意的?不错,我是带着点儿恶意,"塞特姆布里尼说,"我的苦闷在于,我注定要把我的恶意浪费在这样可悲的对象身上。我希望您对讽刺一点儿不反感,工程师先生!在我的眼里,它是理性闪闪发光的武器,可以用来对付黑暗与丑恶的势力。先生,尖刻的讽刺是批判的灵魂,而批判又意味着进步和启蒙的开始。"话锋一转,他又谈起彼特拉克①来,称彼特拉克为"新时代之父"。

"咱们得去静卧了。"约阿希姆若有所思地说。

文学家讲话时一直伴以优雅的手势。现在他一指约阿希姆,作为他手势表演的结束,同时说道:"咱们少尉发布命令了。那就走呗,咱们同路。'向右转,朝山下的院子大步前进。'啊,维吉尔②,维吉尔!先生们,他已经被超过了。我相信进步,没错儿。不过维吉尔会用一些形容词,却没有哪个现代诗人也会……"他们踏上归途后,他便开始操着意大利腔调朗诵拉丁文诗句,念着念着却突然停住了,因为迎面走来一位年轻女郎,看样子是小镇上的居民,模样儿根本说不上特别漂亮,可他却马上露出殷勤的微笑,嘴里啦啦啦地哼起了歌子。"啧啧啧",他舌头顶着上腭,一叠连声。"哎,哎,哎!啦,啦,啦!你甜蜜的小姑娘,你可愿成为我的?瞧,'她的眼睛明又亮'。"他引用着诗句——天知道是谁写的,并且对尴尬地转过身去的姑娘送去一个飞吻。

一个轻浮透顶的家伙,汉斯·卡斯托普想,而且一直坚持这想法,即使塞特姆布里尼在卖弄风情的小插曲之后言归正传,又开始挖苦起人来。他的矛头主要对准宫廷顾问贝伦斯,讽刺他那双大脚,还抓住他的顾问头衔不放,说那是个患脑结核的亲王赐

---

① 彼特拉克(1304—1374),意大利诗人兼学者,人文主义先驱。
② 维吉尔(公元前70—前19),古罗马诗人。

给他的。这个亲王臭名昭著的生平今天还是整个地区的话柄,可拉达曼提斯却睁一只眼闭一只眼,不,两只眼全闭了起来,俨然百分之百的宫廷顾问啦。两位先生大概还不知道他就是夏季疗养的发明者吧?是的,正是他,不是任何其他人。真可谓丰功伟绩。从前,在夏天,只有最最忠实的信徒才坚持待在山谷里。我们的"幽默家"以明察秋毫的眼光发现了这个弊端,认为它只是对偏见的恐惧,因此创立一种学说,证明夏季疗养不仅同样值得提倡,甚至特别有效,简直就缺少不得,至少对于他的疗养院来讲是如此。他懂得如何向人们灌输这种理论,写了一些通俗文章登在报上。从此以后,他的营生在夏天就跟冬天一样兴旺起来。

"天才啊!"塞特姆布里尼叫道。"头——脑——灵——活——"他说。随后,他对达沃斯地区的疗养院逐一加以讥讽,对主事者们的生财之道进行貌似赞扬的挖苦。例如有位卡夫卡教授……每年到了化雪的关键时刻,当许多病人要求出院的当口,卡夫卡教授总会有急事不得不外出八天,答应一回来就给人办出院手续。谁料他一去就是六个星期,那些可怜虫只好等着,眼看账单越来越长。卡夫卡一直跑到阜姆城①,不稳稳当当赚他5000瑞士法郎②不回来,这样又拖过去十四天。一次,他头天回院,第二天就死了病人。沙尔兹曼在背后议论卡夫卡教授,说他用的注射剂不够干净,结果病人们都受了感染。他穿着橡胶底的鞋

---

① 阜姆城,原属南斯拉夫,现属克罗地亚。
② 本书中出现的法郎均为瑞士法郎,而不是法国法郎,下文不再一一加注。

子，就是不让他的死鬼们听见他的脚步声。——作为报复，卡夫卡反过来又讲沙尔兹曼曾强迫病人服用大量葡萄酒，让他们"快快活活"——目的同样是拉长账单——，结果病人像苍蝇似的一堆堆死去，不是死于肺痨病，而是死于肝硬化……

就这么没完没了。汉斯·卡斯托普听着这口若悬河般的讽刺挖苦话，笑得很开心。意大利人语音语调清纯流畅，滔滔不绝，没有半点儿土音，叫人听着本来就很舒服。他用的语调实在、入耳，就像都是他那两片灵活的嘴唇新创造的；他喜欢使用意义婉转尖刻的成语和句型，喜欢拿词儿做语法和形态的变化；他十分明显地炫示自己的快活和得意，似乎神志再清楚、再集中不过，压根儿不可能说错哪怕仅仅一个字。

"您讲得真滑稽，塞特姆布里尼先生，"汉斯·卡斯托普说，"真生动啊——我不知道该怎么形容才好。"

"形象鲜明，嗯？"意大利人应道。他用手巾当扇子扇着，虽然天气非常凉爽。"这就是您寻找的那个词儿。您想说，我讲起话来形象鲜明。可等一等！"他嚷起来，"我瞧见什么了！那边，咱们的冥府判官在散步呢！瞧瞧多有意思！"

三个人已经走完了弯道。不知是因为塞特姆布里尼在不停地讲话呢，还是因为下坡，或者他们实际上离开疗养院并不像汉斯·卡斯托普想象的那么远——须知我们第一次走的路，总显得比我们走熟了的同一条路长得多——，反正他们很快就下了山。塞特姆布里尼说得不错，在那下边的空地上，顺着疗养院的背面，走着的正是两位医生：穿着白大褂的宫廷顾问在头里，脖子往前伸得长长的,两只胳膊像划桨一样;跟他在一起的只有穿着黑罩衫的克洛可夫斯基博士,遵照医院的规矩在履行公务时一直跟在上司的身后,东张西望的目光显得颇有自知之明。

"唉,克洛可夫斯基!"塞特姆布里尼叹道,"他在那儿踱着,心里知道我们女士们的全部秘密。请注意他那穿着打扮的确切象征意义。他那黑外套暗示,他真正研究的领域是黑夜。此人头脑里只有一个想法,而且是肮脏的想法。怎么搞的,工程师,我们竟然还完全没有谈过他!您跟他认识了吗?"

汉斯·卡斯托普回答认识了。

"喏,怎么样?我猜想他也使您觉得不错。"

"我真的不知道,塞特姆布里尼先生。我跟他只匆匆见过一面。再说我也不善于很快地下判断。我和人见面时只是想:您原来就是这么样的吗?好吧。"

"这叫头脑迟钝!"意大利人回答,"下判断吧,您不是没长眼睛和脑子。您觉得我说话刻薄,对吗?可我之所以如此,也许不无教育的意图。我们人文主义者全部有教育家的天赋……先生们,人文主义与教育学的联系证明了它的心理学性质。不应该剥夺人文主义者的教育职能——谁也剥夺不了它,因为只有人文主义者才保持了人的美丽和尊严的传统。曾经有那么一天,狂妄地以黑暗和反人道时代的青年导师自居的教士被他们取代了。从此,先生们,就再没出现任何新型的教训者。人文中学[①]——您

[①] 人文中学,亦称古典文科中学。

会说我落伍守旧,工程师,可原则上讲,从理论上讲(原文为拉丁语),我请您理解我,我始终是它的拥护者……"

在电梯中他还一个劲儿地阐述他的理论,直到上了三楼,表兄弟俩离开电梯,他才闭住嘴。他自己上四楼去,在那儿,约阿希姆告诉表弟,意大利人住着一间朝后院的小屋。

"他大概没有钱?"陪约阿希姆回到房间后,卡斯托普问。表哥房中的陈设跟他那边完全一样。

"是的,"约阿希姆回答,"他想必没有。或者刚好只够住在这儿的开销。他父亲也是文学家。你知道,我甚至认为他祖父也是。"

"嗯,还有,"汉斯·卡斯托普问,"他真的病了吗?"

"据我所知不危险,但是很顽固,一犯再犯。许多年前他已经得了病,中间出去过一次,可没多久又不得不回来。"

"可怜的家伙!加之他看上去那么地迷恋工作!嘴巴太能讲了,从这个扯到那个,轻松得很。只是对女孩儿的态度有些轻浮,令我不舒服。可后来讲到人的尊严,听起来那么棒,简直跟发表节日演说一样。你和他经常在一块儿吗?"

思想敏锐

然而,约阿希姆的回答已经勉强而又含糊。桌上摆着个绒布衬里的红牛皮小盒子。他从盒里取出一支小小的体温表来,把灌着水银的下端塞进嘴里,将它含在紧靠里面的舌根底下,以致伸到口外的玻璃棍斜着翘了上去。随后,他开始换衣服,套上便鞋，穿了一件旧军装似的上衣。他从桌上取出一张印好的表格，一支铅笔，一本俄语语法——原来他在学俄语哩，因为他说，他希望将来在部队上用得着。——如此装备停当，他便在外边阳台上的躺椅里坐下来，把一条驼毛毡子轻轻搭在腿上。

毛毡差不多没有必要：在前一刻钟，云层已越来越薄，越来越薄，阳光直射下来，像夏天一般温暖、耀眼，约阿希姆只好用一顶白麻布阳伞遮住脑袋。借助一个小小的精巧的装置，伞拴在了躺椅的扶手上，可以根据太阳的位置随意调节。汉斯·卡斯托普对这发明表示赞赏。他想等着测量体温的结果，顺便看看一切都是怎么做的，还观察了倚在阳台角上的那只皮口袋——约阿希姆在寒冷的日子里才用它。汉斯·卡斯托普把胳膊肘支在栏杆上，俯瞰着花园。在那儿的公用静卧厅里，这时已伸脚伸手地躺着许多病人：有的在看书，有的在写字，有的在聊天。不过，能看清的只是厅内的一部分，大约五张躺椅。

"这样得多长时间呢？"汉斯·卡斯托普转过身来问。

约阿希姆竖起了七根手指。

"那也该够了——七分钟！"

约阿希姆摇摇头。过了一会儿，他从嘴里将体温表拔出来，一边观察，一边道：

"是的，你要是留意它，我说时间，它就走得很慢。一日四次，我都挺喜欢量体温，因为只有在量体温的时候，你才会发现一分钟或者甚至七分钟原本是怎么回事儿——在这儿山上，一个星期的七天咱们都得挨过去，可怕极了。"

"你说'原本'。你不能说'原本'。"汉斯·卡斯托普诘难道,他将一条腿跨在栏杆上坐着,眼白牵了红丝,"时间根本谈不上什么'原本'。它对你显得长,就长,使你觉得短,就短,可实际上多长多短,谁也不知道。"他不惯于谈论玄虚的哲学问题,却又感到想要谈的强烈欲望。

约阿希姆不同意他的话。

"什么话!不。咱们可是能够测量它的。咱们有钟表和日历;当一个月过去了,那它对你、对我、对咱们大家都同样过去了。"

"请注意,"汉斯·卡斯托普说,同时将右手食指举起来靠在失神的眼睛旁边,"当你在量体温的时候,一分钟就是你所感觉的那么长,对吗?"

"一分钟有这么长……就是它延续的时间正是秒针跑完一圈所需要的。"

"可它需要的时间却完全不一样……对于我们的感觉来说!实际上……我说,从实际情况看,"汉斯·卡斯托普重复着同样的意思,把食指用力地按在鼻子上,鼻尖完全歪了,"那是一种运动,一种空间运动,不对吗?好了,等一等!也就是说,咱们是用空间来度量时间。可这不正跟想依据时间来测量空间一样嘛,只有愚昧无知的人才如此干呢。从汉堡到达沃斯有二十个小时的路程——是的,乘火车,可步行呢?步行要多长时间呢?还有,用思想呢?一秒钟也要不了!"

"我说,"约阿希姆道,"你这是怎么啦?我想,在我们这儿你感到不对劲儿了吗?"

"别胡扯！我今天头脑很清醒。时间究竟是什么？"汉斯·卡斯托普问，同时使劲儿把鼻尖按到一边，使它苍白得完全失去了血色，"你乐意告诉我吗？空间我们可以用自己的器官，用视觉和触觉去判别。这很好。可我们判别时间的器官是什么？你愿意给我指出来吗？瞧，你稳稳地坐在那儿。可是，对于一种严格说来我们是一无所知也讲不出它的任何特性的东西，我们又该怎样去衡量呢！我们说：时间在流逝。好，就算它真能流逝吧。可为了测量它……等一等！为了能被测量，它必须流得均匀。然而，在哪儿又写明它是这样流的呢？对于我们的意识来说它并非这样；我们只是按照规定，假设它如此，我们的尺度仅仅是约定俗成。请原谅……"

"好，"约阿希姆抢过话头，"如此说来，在我的体温表上高了四个刻度，也不过是约定俗成吧！然而，就因为多这几道线，我必须在这儿磨磨蹭蹭地捱日子，不能去服役，这个事实真叫讨厌透顶！"

"你有37.5℃？"

"又已经降下来了。"约阿希姆在表上做记录，"昨天晚上差点儿38℃，因为你来了的缘故。所有人在来客时体温都升高。不过，这毕竟是好事。"

"那我现在就走吧，"汉斯·卡斯托普说，"关于时间，我脑子里还有一大堆想法呢——一整套的思想，我想说。不过，这会儿我不愿用它们使你激动，你的体温表上已经高了几条线。我将完全保留起来，待会儿再讲，也许是在早餐以后。到了吃早餐的时候叫我一声。我现在也去静卧,反正又不痛苦,赞美上帝。"说着,他便绕过玻璃隔墙,到了自己的阳台上;那儿靠着小茶几同样有一把打开的躺椅。从打扫得干干净净的卧室中,他取来那本《远洋船舶》和他漂亮的白、绿、暗红相间的格子呢旅行毡,然后便坐下了。

他也很快就不得不撑开阳伞;一旦人躺下来,太阳就烤得叫你受不了。可躺在那儿却异常舒服,汉斯·卡斯托普立刻满意地发现——他想不起来,他曾经在什么时候坐过这么安逸的躺椅,椅架是老古董样式——可这仅仅是口味问题,因为躺椅显然很新,用抛光的红棕色木料做成,卧垫罩着柔软的印花织物,从脚下一直到靠背顶端,里边实际上是由三块厚厚的垫褥拼接起来的。除此而外,还用细绳不松不紧地捆着一只绣花亚麻面枕头,你怎么靠上去怎么适合,叫人觉得特别惬意。汉斯·卡斯托普眯缝着眼,一条胳臂支在又宽又平的扶手上,静静待在那儿,没有读《远洋船舶》消遣。透过阳台的拱形墙隙看出去,外面的风景虽然荒凉,但在阳光映照下也跟画上一般美,而且像裱了框子。汉斯·卡斯托普欣赏着,心头思绪万千。突然他想起了什么,在周围的一片寂静中高声说:

"确实是个女侏儒,今儿早上侍候我们进第一次早餐的那位。"

"嘘——"约阿希姆来了一下,"小声点儿好不好。不错,是个女侏儒,那又怎么样?"

"不怎么样。只是我们压根儿还没谈过这事。"

随后,他继续胡思乱想。他坐下来时已经十点钟。现在又过去了一个钟头，一个平平常常的钟头，既不长，也不短。当它过完以后，疗养院和花园里便响起一阵锣声，先是很远，后来近了，最后又慢慢远去。

"早餐。"约阿希姆道。听得见他已经站起来。

汉斯·卡斯托普也结束眼前的静卧，回到房中稍微整饰一下外表。表兄弟俩在走廊里碰了头，一起下餐厅去。汉斯·卡斯托普首先开口："喏，躺得真是舒服极了。这到底是什么躺椅？如果这儿买得着，我就带一把回汉堡去；躺在上边就跟升了天堂一样。你或许认为，它们是贝伦斯让人按照他的设计定做的吧？"

约阿希姆不知究竟。他脱去外套，第二次跨进餐厅；里边的人已经吃喝得很带劲儿。

到处都泛着牛奶的白光，每个座位前都摆着一只大玻璃杯，盛了足足半升牛奶。

"不。"汉斯·卡斯托普道。第一次的早餐虽然对他还是个沉重的负担，他仍在女裁缝与英国女士之间自己的座位上坐下来，无可奈何地展开了餐巾。"不，"他说，"上帝保佑，我压根儿喝不了牛奶，特别是现在。也许有波尔特黑啤酒吧？"他先是礼貌而温和地问女侏儒。可惜没有。但她答应送杯库尔姆巴赫啤酒来，一会儿也确实送来了。黑色的，很稠，翻涌着棕色的泡沫，很好地替代了波尔特。汉斯·卡斯托普从一只半升的高玻璃杯中大口大口地喝着，一边吃着烤面包片夹冷肉。又端上来了燕麦糊和大量黄油以及水果。他只是盯着它们看了一会儿，因为实在没有能耐再消受。他也打量食客们——对他来说，他们已开始显出区别，这个或那个已给他留下了突出的印象。

他自己那席坐满了，只有正对他的上座还空着，一问才知道是留给医生的。原来一有时间，医生们就来参加大伙儿一块儿进餐，并且不断变换席位，所以每一桌的上席都空下来给他们。眼下两位医生谁都未到场，有人说正在做手术。那位蓄着八字须的年轻人又进来了，下巴垂在胸口上，满面愁容地坐着，旁若无人。那个淡黄色头发的瘦削少女又坐在自己的位子上，一勺一勺地吃着酸奶，好像这是她唯一的美味。她旁边这回坐了一位愉快的小老太婆，正操着俄国话，与沉默的年轻人搭讪，可对方只是忧心忡忡地瞪着她，除了点头毫无回答的表示，脸上却又出现了像是嘴里含着什么难吃的东西的怪模样。正对着他，在老太太的另一侧，还坐着一位年轻姑娘——模样挺漂亮，脸色鲜艳，乳峰高耸，栗色的头发卷成很悦目的波浪形，一双圆圆的褐色眼睛稚气未尽，美丽的手上戴着一枚小小的红宝石戒指。她很爱笑，也讲俄语，而且只能讲俄语。汉斯·卡斯托普听人叫她玛露霞。此外他还发现，就是每当她笑和讲话的时候，约阿希姆都绷着面孔，垂下眼睑。

塞特姆布里尼穿过一道侧门，一边捻着胡子一边走向他的座位，那是斜对着卡斯托普的一张桌子的挡头。当他坐下去时，同桌的人哄的一声全都笑起来；多半是他又讲了什么缺德话。汉斯·卡斯托普也认出了"半边肺协会"的会员们。赫尔米娜·克勒费特傻眉傻眼地踅到她在一扇通向露台的门前的席位旁，向那个适才笨拙地缩起上衣的小伙子打招呼。在那张横在汉斯·卡斯托普右边的餐桌上，除去皮肤呈象牙色的莱薇和紧挨着她的长色斑的胖太太伊尔蒂丝，还有一些人他不曾见过。

"瞧，你的邻居来了。"约阿希姆倾着身子，低声告诉表弟……那一对儿从卡斯托普旁边擦身而过，走向右面的最后一席，也就是"差劲儿的俄国人席"。那儿已坐着另一对儿带着个丑男孩的夫妇，正大肆吞燕麦片粥。男的身体虚弱，脸颊凹陷，面呈灰色。他上身穿件棕色皮外套，脚蹬一双带纽襻儿的大毡靴。他老婆同样瘦瘦小小，头上的羽毛帽子摇来晃去，穿着一双细巧的高跟皮靴，走起路来步履急促。在她的脖子上，围着条不甚干净的鸟毛披巾。汉斯·卡斯托普毫无顾忌地打量着他俩，这种情况在他还从未有过，自己也觉得有些粗鲁唐突。然而正是这粗鲁唐突，突然令他感到某种快意。他的眼神显得既呆滞又咄咄逼人。谁知就在这时，他左手边的玻璃门咣啷一声碰上了，情形跟第一次早餐时一样。可他只是脸孔扭一扭，没像早上那样浑身一震。他想转过头去看个究竟，却觉得过于困难，不值得花这个力气。如此一来，他又没能弄清楚，究竟是谁开门关门那么鲁莽。

原来问题出在早餐的啤酒上。平时啤酒只使他云里雾里地有点儿晕乎，今儿个却使年轻人完全醉了，麻木了——那后果就像他脑门儿上挨了一闷棍似的。眼皮沉得像挂了铅，舌头已不听使唤。他出于礼貌想与英国太太简单聊几句也不成功，甚至只是为了改变一下视线的方向，都要求他拿出巨大的自制力。还有那讨厌的脸孔发烧，现在完全达到了昨天的严重程度：他的两颊像热得肿了起来；他呼吸困难，心跳得像有只缠着布的榔头在捶打他。要说这一切他还能忍受的话,那只是因为他的脑袋已处于一种像吸了两三口氯气后的麻醉状态。克洛可夫斯基博士来共进早餐,并且在他对面入了座。汉斯·卡斯托普也只像梦里似的依稀看见了他,虽然医生一再地拿眼睛瞪年轻人,同时操着俄语与右手边的两位女士讲话——年轻的姑娘们,就是艳丽的玛露霞和瘦削的酸奶爱好者,在医生面前都谦卑而羞涩地低垂下了眼睑。整个说来,汉斯·卡斯托普的举止自然还是得体的。因为舌头不听使唤,他干脆静静待着一言不发,用起刀叉来甚至还特别文雅。当表兄向他点点头、站起身,他也就同样站起身来,茫然无所视地向同桌的人鞠躬告退,跟在约阿希姆身后,脚步稳当地走出去了。

"什么时候再做静卧?"在离开大楼时,他问表兄,"据我看,此地最好的就是这件事。我希望,我现在又已经睡在我那呱呱叫的躺椅上了。咱们要散很远的步吗?"

多说了一句

"不,"约阿希姆回答,"不允许我走远。这段时间我通常只往山下走一小段路,穿过村子,直到达沃斯坪,要是来得及的话。在那儿可以看看商店和各种人,买需要用的东西。午饭前还得静卧一小时,饭后再一直躺到四点钟,你完全不用操心。"

表兄弟俩沐浴着阳光,走下通向疗养院的山路,跨过小溪和那条窄窄的铁轨,眼前就出现了山谷右侧斜坡上那些形状奇特的山峰:小施雅角峰、绿色钟楼群峰、村前峰……约阿希姆一一说出它们的名字。在那边的半坡上，躺着达沃斯村由一圈围墙包围着的公墓——约阿希姆也同样用手杖指了指它。一会儿，他们已走上大道。大道比谷底高出一层楼光景，顺着梯形的斜坡向前延伸开去。

已经说不上还有一个村子。反正除了名字以外，便没留下任何东西。疗养地不断朝着谷口方向扩展，已经将它完全吞掉了；早先叫作达沃斯村的整个居住区合并到了所谓达沃斯坪里，已经看不出任何界限。旅馆、公寓——全都建有众多的敞厅、阳台和静卧室——以及出租房间的小小民宅，排列在大路两侧。这儿那儿还在增加新建筑，有的地方建了一半却停下来了。穿过大路，可以看见山谷中一片片开阔的草地……

汉斯·卡斯托普怀着获取他已习惯和迷恋的生活享受的渴望，又点着一支雪茄。多半该感谢他刚才喝的那杯啤酒，他现在时不时地又吸出了令他醉心的香味儿，真感到说不出的满足：自然它只是偶尔出现，而且也很微弱——需要相当聚精会神，才能获得一些隐隐约约的快感，那讨厌的牛皮味儿仍然强烈得多。他无法接受这无可奈何的事实。为获得那要么根本没有、要么只是像嘲讽似的远远向他致意的享受，他继续努力了好一会儿，到头来还是厌倦和反感地将雪茄扔掉了事。尽管如此，他仍感到有义务和表兄说说话，否则太不礼貌。为此目的，他开始回忆先前他准备讲的关于"时间"的精辟道理。然而，事实是他已将那一整套理论忘得干干净净，脑子里连一点儿想法也没剩下。不得已，他只好讲起身体方面的事情来，而且讲得颇为奇特。

"你什么时候再量温度?"他问,"午饭后吗?好,很好。饭后机体处于充分活动的状态,情况必定显示得更清楚。贝伦斯要求我也一样测体温,这多半只是开玩笑,你说呢?——塞特姆布里尼听了也哈哈大笑,根本没有意思。是的,我甚至连体温表都没有哩。"

"喏,"约阿希姆回答,"再简单不过,你买一支得啦。这儿到处都有温度表卖,几乎每家商店全一样。"

"可用得着吗!不,静卧嘛,我倒觉得不错,我愿一起做;量体温对于一个旁观者就太多余,还是留给你们山上的人自己去干吧。不过我真想弄明白,"汉斯·卡斯托普继续说,同时把双手扪在心口上,像一个热恋者在表白心迹,"为什么这段时间我的心跳得如此厉害?——它非常令人不安,我已经考虑很久。你想想,人面临着特别高兴的事情,或者担惊受怕,简言之,在种种心情激动的情况下,才会怦然心悸,是不是?可如果他的心完全自发地怦怦跳起来,无缘无故,所谓自作主张地跳,那就叫我觉得蹊跷,明白我的意思吧?这好像身体自行其是,与心灵不再有关联,在一定意义上已成为一个死的躯壳,虽然实际上并不曾死——这样的情形压根儿不存在,相反甚至异常活跃,只不过已完全独立:头发和指甲都继续在生长,其他体内的功能,我听说是物理的和化学的,也在愉快地起作用,毫无问题……"

"这算什么术语?"约阿希姆挑眼儿说,"愉快地起作用!"也许,他只是想报复一下汉斯·卡斯托普,因为早上他曾挑剔过约阿希姆的"铃杆"。

"可事实如此！就是在愉快地起作用！我不明白你干吗听不入耳？"汉斯·卡斯托普反问，"再说，我只不过顺便提到。我想讲的只是：如果身体独立地活着，不与心灵发生关系，自我突出，就像我这无缘无故的心悸一样，那就叫人觉得情况不妙，令人忧虑。你因此就得去寻找与此有关的意义，寻找心灵的激动，要么是欢乐，要么是忧惧，用它们来为上述情况做解释——至少我自己是这样，我只能讲我自己。"

"是啊，是啊，"约阿希姆连声叹道，"这大概跟发烧时的情况差不多。人发烧时，他体内的机能，让我借用你的话，也特别'愉快地起作用'，而且同样可能的是：人会情不自禁地去寻找心灵的激动，以便给你所谓的情况一个近乎合理的解释……可咱们干吗谈这不愉快的话题！"他嗓音颤抖，说不下去了。对此，汉斯·卡斯托普只好耸耸肩，跟昨天晚上他第一次看见约阿希姆耸肩的样子完全相同。

表兄弟俩默默无言地走了一段。随后约阿希姆问："喏，你觉得这儿的人怎么样？我指与我们同席的那几位。"

汉斯·卡斯托普东张张西望望，一副漫不经心的样子。

"上帝呀，"他说，"我不觉得他们多么有趣。在其他席上坐的人，我想更有意思，不过这只是一种印象。施托尔太太应该洗洗头倒是真的，她的头发那么油腻。还有那位玛祖卡，她或者叫别的什么来着，叫我觉得有些愚蠢。她总那么咻咻地笑，不得不拿手巾将自己的嘴堵住。"

约阿希姆听他胡乱安着名字，哈哈笑起来。

"'玛祖卡',太妙了!"他嚷道。"人家叫玛露霞,对不起,差不多相当于玛利亚。不错,她真的太轻浮了,"他说,"事实上她有充分理由放庄重点儿,要知道她病得不轻啊。"

"真想不到,"汉斯·卡斯托普说,"看上去那么健康。特别不会相信她胸脯里有毛病。"说到此,他企图与表兄交换一个轻松的眼色,不料却发现约阿希姆晒得黑黑的面孔上白一块青一块的,就像血色已经褪去,而且嘴巴咧着,现出一脸苦相。那模样如此特别,使年轻的卡斯托普惊诧莫名,不禁立刻更改了话题,打听起同桌的其他人来,心中努力要尽快忘掉玛露霞以及约阿希姆的奇怪表情,而且也成功了。

那喝野蔷薇茶的英国女人叫罗宾逊小姐。那女裁缝也并非女裁缝,而是柯尼斯堡一所国立女子中学的教师,这就是她措辞正确得体的原因。她叫恩格哈特小姐。至于那位快活的老太太,约阿希姆自己也不知道她姓什么,在山上已住了多久。反正她是酷好酸奶的年轻女子的姑妈,陪她一直生活在疗养院里。同桌的人中,病得最重的要数布鲁门科尔博士,列奥·布鲁门科尔,来自奥德萨,就是那个蓄着两撇小胡子的模样阴郁的青年。他住在山上已经好些年了……

眼下表兄弟俩已走在城里的人行道上——看得出来,这是不同国籍的人们聚会的主要地段。他们碰见一批悠闲地逛街的疗养客,多数年纪轻轻。男士们穿着运动服,不戴帽子;女士们穿着白色连衣裙,也没戴帽子。有的说俄语,有的说英语。街道左右两旁排列着商店,橱窗都装饰得挺漂亮。卡斯托普的好奇心跟他的疲惫发烧进行着激烈搏斗，强迫他的眼睛去看。在一家男子时装店门前，他流连了好长时间，想弄清楚它陈列出来的是否都是上等货色。

随后来到一座圆形建筑前。与它相连的是一条带顶的长廊，里边有乐队正在演奏。这儿是家疗养旅馆。在好几处网球场上，正进行着比赛。脸颊刮得光光的小伙子，长长的腿上穿着熨得笔挺的法兰绒运动短裤，脚蹬橡胶底鞋，赤裸着小臂，正在与皮肤黝黑的白衣少女对抗。只见他们奔跑着，为了击中高空里那粉白色的球儿，常常仰着身子纵身在阳光中。在修整得很好的球场上，散落着面粉似的白灰。表兄弟俩找一条空板凳坐下来，一边观看，一边评头品足。

"你大概不来这儿打球吧？"汉斯·卡斯托普问。

"不允许我打啊！"约阿希姆回答，"我们必须静卧，永远地静卧……塞特姆布里尼总说我们是'水平'地生活着，我们是'水平的人'。他这句笑话非常低劣。那边打网球的是健康的人，要不就是明知故犯。再说他们玩得也不怎么认真，主要为了那身穿着打扮……要说禁止，我们这里禁止玩儿的东西可多啦，例如扑克，你懂吗？还有这家那家旅馆里的小马驹①，我们院里明确禁止，说它害处再大不过，但是，在晚上查房以后，还是有些人跑下山来下注。据大伙儿讲，那位授予贝伦斯顾问头衔的亲王，就经常这么干。"

---

① 原文为法语，指一种赌博游戏。

汉斯·卡斯托普几乎充耳不闻。他的嘴傻张着，因为他光靠鼻子不能很好呼吸，尽管并未患感冒鼻塞。他的心和着隐隐传来的乐声怦怦乱跳，这乐声令他感到痛苦。在紊乱而矛盾的心情中，他进入了似睡非睡状态，直到约阿希姆提醒他该回去了。

归途上他俩几乎一言不发。道路虽然平坦，汉斯·卡斯托普却打了好几次趔趄，自己也禁不住苦笑了笑，摇了摇脑袋。开电梯的瘸子送他们上了各自的楼层。在三十四号房间门前，他们简短地道声"回见"便分手了。汉斯·卡斯托普穿过房间，径直来到阳台上，一屁股坐进躺椅里，连姿势都来不及调整，便坠入了沉沉的半睡眠状态。只是由于心跳太快，他睡得并不十分安稳。

当然，一位女士

他不知过了多久。时辰一到，锣又响了。不过还没马上喊吃午饭，只是要求做准备，汉斯·卡斯托普对此很清楚。因此，他仍躺着不动，直到那金属的轰鸣声第二次膨胀开来，慢慢远去。约阿希姆穿过房间来找他，他还想换换衣服，却已经得不到表兄的允许。约阿希姆最讨厌和鄙视不准时。他说，如果连吃饭的时间都不能遵守，都拖拖拉拉，哪儿还可能争取康复，去部队服役呢。他的话自然有道理，汉斯·卡斯托普只能回答，他本来就没病，只是困极了。他仅洗了洗手，两人随即走进楼下的餐厅。这已是今天的第三次啦。

疗养客们从两道入口涌进厅内。也有的从对面敞着的阳台门走进来,七张桌子边上立刻坐满了人,仿佛大伙儿从不曾离席一样。至少汉斯·卡斯托普的印象是如此,这自然纯粹是梦幻般的违背理性的印象,不过他那昏昏沉沉的脑袋有一会儿硬是驱赶不走它,甚至可以讲对它还有几分欣赏,因为在进餐的过程中他多次企图凭着成功地制造错觉,把这印象召唤回来。快活的老太太又操着她那含糊不清的语言,与坐在斜对面的布鲁门科尔博士搭讪,博士满面愁容地听她说着。她瘦削的侄女终于放过了酸奶,在吃一些别的什么,是"餐厅的女儿"们用碟子送上来的稠糊糊的大麦糊。不过,她只吃了几勺,便推开了。漂亮的玛露霞又把散发着橘子香味儿的手绢塞在嘴里,免得哧哧哧地笑出声来。罗宾逊小姐仍在读一些字体圆圆的信,那是她今天早餐已经读过的。显然她一句德语都不会,也不希望会。约阿希姆很有骑士风度地操着英语,对她讲了讲"今天天气"什么的。她一边咀嚼食物,一边干巴巴地应答,随即又一言不发。至于说到穿苏格兰羊毛衫的施托尔太太,她今天上午做了检查,眼下正在报告结果。她装模作样地显得极没有教养,把上嘴唇一次次地往回收,不断露出她那兔子般长长的门牙来。她抱怨右上部还有杂音,除此之外,左胁下还有短促的杂音。"老头子"讲啦,她还得在山上待五个月。她把贝伦斯宫廷顾问叫作"老头子",足见她缺少修养。而且,她表示很气愤,"老头子"今天没有坐到她这一桌来。按照"周年"——她显然是想说"周期"——今天中午该轮到她这桌了;可"老头子"偏又坐到了左边的桌子上。贝伦斯宫廷顾问果真坐在那儿,在碟子前捧着他那双大手。自然啦,那席有来自阿姆斯特丹的丰腴的萨洛蒙太太。她除去礼拜日,总是穿着袒胸露背的衣服来餐厅。"老头子"显然喜欢这个,尽管她施托尔太太没法子理解。要知道每一次体检,她本来不是可以让他爱看多久就看多久么?接下来,她压低声调激动地说,昨天晚上在上边的公共静卧厅里——也就是在屋顶上的那间——灯全被关掉了,而且是出于施托尔太太称为"一眼就可望穿的"原因。"老头子"发现后大发雷霆,吼声全院都可以听到。只不过罪犯他自然又没有抓着。其实呢,并不需要去专门念大学,也可以猜出是来自布达佩斯的米克洛齐希上尉,这家伙与女士们胡混从来就不加隐讳—— 一个完完全全没有教养的人,莫看穿着件紧身制服,从本质上看却是一头禽兽。是的,一头禽兽,施托尔太太压低了嗓门儿重复道,说话间额头和上嘴唇都渗出了汗水。维也纳来的伍尔穆勃朗特总领事夫人和他的关系怎样,达沃斯村和达沃斯坪的人没一个不清楚——几乎已经不好再讲什么关系暧昧啦。上尉先生常常一清早就跑到总领事夫人房间里去,不怕她还睡在床上;随后又陪着她梳洗打扮。而且在上星期二,他硬是到了清晨四点才离开伍尔穆勃朗特的房间。——住在十九号的小弗朗茨最近气胸出了毛病,他的护士亲眼看见了上尉,羞得她出来连门都找错了,突然发现自己已经站在来自多特蒙德的检察官房里……临了儿,施托尔太太又对山下镇上的一个"宇宙机构"①大

---

① 所谓"宇宙机构"(kosmische Anstalt)似为美容院或美容店(kosmetische Anstalt)之误。

讲一通，她的漱口水便是在那儿买的。约阿希姆低下头呆呆望着自己的盘子……

午餐既烹调精美，又极为丰盛。算上那富有营养的汤，总共不下六道菜。鱼之后是一份带配菜的结结实实的烧肉，肉之后是一盘蔬菜沙拉，然后又是烤鸡，还有一份味道不亚于昨晚的面食，最后才是乳酪和水果。每样都上了两次，而且服务并非徒劳。人们把自己的盘子装得满满的，在那七张桌子边吃着，真个是狼吞虎咽，胃口奇佳，叫人看着肯定是一大享受，要是与此同时不使你觉得有些不正常甚至恶心的话。不单那些说说笑笑、互相掷面包团的快活的人大吃特吃，就连那些不作声的阴郁的人也一样，他们只是在上菜的间隙才用手托着脑袋发呆。左手边的一桌上，有个看年龄还在上中学的半大孩子，上衣的袖子很短，戴着一副厚实的圆圆的眼镜，他把堆在自己盘子里的食物事先都切碎，混合成糊糊，然后埋头大口大口地吞咽，不时还用餐巾去眼镜背后擦眼睛，也不知他到底要擦什么，是汗水呢还是眼泪？

在进餐的过程中发生了两件事，汉斯·卡斯托普在身体状况允许的条件下都注意到了。一是上鱼的时候，那玻璃门又重重地碰上了。汉斯·卡斯托普猛吃一惊，悻悻地对自己说，这回非要逮住那坏家伙不可。他不只心里嘀咕，嘴里还嘟囔了出来。竟然认真到这个地步。"我必须弄个水落石出！"他激动万分地低声说，弄得罗宾逊小姐和女教师都抬头望着他，惊诧莫名。同时他把上身整个扭向左边，张大了眼睛。

这时走进大厅来的是一位女士，一位太太，不，多半还是个年轻姑娘；仅仅中等个儿，穿着白羊毛衫和花裙子，一头金黄色的头发梳成辫子随便地盘在脑袋顶上。汉斯·卡斯托普仅仅看见她一点儿侧面，或者说几乎完全看不清她的样子。她脚步轻轻，与她进门的气势形成奇怪的对照，简直可说是蹑手蹑足。她微微探着头，走到最靠左的正对阳台门的桌子前，也就是所谓的"好样儿的俄国人席"那里。行走间，她一只手插在紧身的羊毛衫口袋里，另一只手却伸到后脑勺，为的是托一托和整理整理发辫。汉斯·卡斯托普望着这只手。他对手很敏锐，很有研究，在结识新交时习惯于首先注意人家身体的这个部分。那只托发辫的手，它不特别具有贵夫人气派，不像年轻的卡斯托普周围的女士们的手那样总是修整、保养得很好。它相当宽，指头短短的，带有单纯幼稚的气息，跟一个女中学生的手差不多。它的指甲显然没让美容师碰过，只是凑凑合合地剪齐了，同样像个女中学生。它两侧的皮肤看上去有些粗糙，几乎让人猜想她还保持着咬手指的小小恶习。不过，这些只是汉斯·卡斯托普的印象，并非确确实实看清楚了——他们之间的距离实在太大。迟到的女士点点头，向同桌的人打招呼。她坐到桌子的内侧，背冲着大厅，紧靠占据了首席的克洛可夫斯基博士，同时扭过头来扫视大厅里的众人，手仍然托着脑后的头发。这当口，汉斯·卡斯托普匆匆瞥见她的颧骨是宽宽的，眼睛却只剩下两条细缝……一见之下，他蓦地像是想起了什么事或者什么人，但稍纵即逝，只是个淡淡的影子而已……

"当然，一位女士！"汉斯·卡斯托普心里想，并且又一次出了声，以至于恩格哈特小姐，也就是那位女教师，都听明白了他的意思。寒酸的老处女不由得会心地微微一笑。

"那是舒舍夫人，"她说，"太懒散啦。一位挺招人喜欢的太太。"话未说完，恩格哈特小姐脸上的红晕已加深一层。她每次一开口，都是这个样子。

"法国人？"汉斯·卡斯托普口气严肃地问。

"不，俄国人，"恩格哈特小姐回答，"也许她丈夫是法国人或者法国血统，我知道得不确切。"

"是否就是那个？"汉斯·卡斯托普仍然很激动，手指着"好样儿的俄国人席"上的一位溜肩膀男人问。

"噢，不，他不在这儿，"女教师回答，"他压根儿没来过，这儿的人都不认识他。"

"她应该好好地关门！"汉斯·卡斯托普说，"老那么顺手一摔，真没教养。"

女教师谦卑地微笑着，接受卡斯托普的指责，仿佛做错事的是她本人。这一来，关于舒舍夫人的谈话便没能继续下去。

第二个插曲是布鲁门科尔博士暂时离开了餐桌——别无其他。只见他那脸上的难受劲儿突然明显起来，目光更加充满忧郁地盯在一个点上，接着便轻轻地移开椅子，站起身来往外走。这当儿施托尔太太的粗鄙又得到充分的表现，因为她显然幸灾乐祸地感到自己病得不如布鲁门科尔重，于是便给他的离席加上一连串半含同情、半带鄙夷的注脚。"可怜虫！"她道，"他眼看就要玩儿完啦。这么一会儿又得出去放臭气。""放臭气"这样粗俗的语言，她竟然顺顺溜溜地木无表情地说出了口，汉斯·卡斯托普只能感到既骇异又好笑。几分钟后，布鲁门科尔博士又以出去时同样谦卑的姿态走了回来，坐下后继续开始吃。他也吃得很多很多，每道菜都取了双份，一声不吭地带着忧心忡忡的表情。

接下来午餐宣告结束。多亏菜上得迅速，特别是那位女侏儒，两条腿真叫快得出奇，午餐仅仅花了一个小时。汉斯·卡斯托普气喘吁吁，自己也不清楚怎么就上了楼，怎么就躺在了他自己阳台上那把顶呱呱的软椅里。须知，午饭后的静卧一直要持续到喝下午茶时，算得上一天里最重要的一次，必须严格实施。在那将他与俄国夫妇隔开来的、看不透的玻璃墙之间，他躺着，心怦怦直跳，张开嘴巴呼吸着，脑袋昏昏沉沉。他掏出手帕来用，发现被血染红了一团，却没力气想出个究竟，虽然他一向挺担心自己的身体，生就一种敏感多疑、无病找病的天性。他又点着一支玛利亚·曼齐尼雪茄，而且把它抽完了。这次跟往常一样，味道很不错。他昏昏欲睡，心情抑郁，恍惚地想着自己来到山上后的经历有多么奇特。有两三次，他想到施托尔太太那样的粗鄙，想到她用的可怕的词儿，便忍不住笑出声来，胸部受到了剧烈的震动。

阿尔宾先生

下面的花园里，不时微风吹来，那面饰着蛇形棒的想象出来的院旗便会随风飘扬。蓝天上均匀地铺满白云。太阳躲起来了，空气立刻变得凉浸浸的。公共静卧厅里看样子座无虚席，里边笑语杂沓,乱成一片。

"阿尔宾先生,求求你,拿开那把刀子,把它收起来吧,不然会出乱子的!"一个抑扬有致的女高音抱怨道。

"阿尔宾先生,好人!看在上帝分上,别把这可怕的凶器拿在眼前刺激我们的神经!"第二个女人的声音插了进来。

话音未落,坐在侧面最外边椅子上的黄发青年——他嘴里含着一支香烟——就以放肆的口气应道:"甭想!太太们怎么也该允许我玩玩我这把刀子!可不是嘛,它特别锋利。当年我在加尔各答从一个瞎眼魔术师手里买过来的……他可以把它吞下去,他的徒弟马上又从离他五十步的地下把它挖出来……你们不想瞧瞧?它比我的剃须刀还快呢。你只要摸摸这刀刃,它割进您的肉里就像切黄油一样。等一等,我拿近点儿给你们看……"说着阿尔宾先生站了起来。马上响起一片尖叫声。"那好,我现在去取我的手枪!"阿尔宾先生接着说,"它会使你们更感兴趣。一把要人老命的家伙,能射穿一切……我回房间去取。"

"阿尔宾先生,阿尔宾先生,求求你别去!"好几个嗓子尖叫着。可阿尔宾先生已经出了静卧厅,朝着自己房间走去。这是个毛头小伙子,高挑个儿,一张红通通的娃娃脸,耳畔蓄着两小溜连鬓胡子。

"阿尔宾先生,"一位女士在他背后喊,"您最好取来大衣穿上,看在我的面子上!您患肺炎躺了整整六个礼拜,这会儿坐在这里却不穿大衣,盖也不盖,还一支一支抽香烟!这叫试探上帝,阿尔宾先生,我老实告诉您!"

可阿尔宾先生仍一边走一边讪笑,几分钟后已提着枪走回来。这下子女士们叫得就更加没命啦,可以听见有几位想从躺椅上跳起来,却缠在毯子里跌倒了。

"你们瞧瞧,多么小巧,多么锃亮,"阿尔宾先生说,"可只要咱往这儿一按,它就会咬掉……"又是一片尖叫声。

"自然是装了弹药的,"阿尔宾先生继续说,"在这块铁板中间,上着六发子弹,每射一发铁板就转动一孔……再说,咱带着这家伙也不是为了闹着玩儿。"这时候,他发现效果已经减弱,便把枪插进胸前的衣袋里,又坐到椅子上,跷起二郎腿,点着一支新的香烟。"绝对不是闹着玩儿的。"他重复念叨着,然后闭紧了嘴巴。

"干吗?到底干吗哟?"几个嗓子颤抖着问,像是已有不祥的预感。"太可怕啦!"一个嗓子突然单独叫起来。阿尔宾先生听着直点头。

"我看,你们现在开始明白了,"他说,"确实,我带上它是为了这个。"他不顾自己肺炎刚好,又吸了许多烟雾进去,以便提起精神,好继续信口开河。"我准备着它,为的是有朝一日我这破玩意儿觉得太无聊了,我就可以自己为自己效劳。事情相当简单……我花了些工夫研究,清楚怎么处置最省劲儿。"

"处置"二字一出口,又响起一声尖叫。

"心脏部分排除在外……在这儿下手我感觉不怎么舒服……我宁愿立刻丧失意识,办法就是让一粒漂亮的小物体钻进这有趣的器官里去……"说这话时阿尔宾先生伸出食指,点了点他那黄头发剪得短短的脑袋。"要对准这儿……"说着,他又从衣袋里拔出那把镀镍手枪,用枪口敲了敲太阳穴,"这儿,血管上方……就算没有镜子也毫不困难。"

几个声音哀求着,一起发出抗议,其间甚至响起急促的抽泣。

"阿尔宾先生,阿尔宾先生,快把枪从您的太阳穴上拿开,叫人目不忍睹!阿尔宾先生,您还年轻,会恢复健康的,会回到生活中去,会赢得大家的喜爱,我担保!穿上您的大衣,躺下去,盖好毯子,好好休养!下次浴室的师傅来用酒精为您擦身子,您别再赶他走!把烟戒掉吧,阿尔宾先生,您听我说,我们求您保重生命,您年轻而宝贵的生命!"

可阿尔宾先生矢志不移。

"不,不,"他说,"别管我。你们的好意我心领了。我还从未拒绝过任何女士的哪怕一点儿请求。不过请您注意,抗拒命运没有用。我在山上已经是第三年……我够了,不想陪着玩儿下去了。您能怨我吗?不治之症,我的女士们,你们瞧我,瞧我坐在这儿,可是患了不治之症。宫廷顾问不管是好是歹,他本人几乎已经不加隐讳。对这个从事实得出的结论,你们难道还想让我产生一点点怀疑吗!就好像在中学里已经决定留级不再补考,那就什么也无须再做。眼下我已完全彻底地达到这样的幸运境地,什么也无须再做,无须再想。一切真叫我好笑。您要巧克力吗?请自取吧!不,您吃不穷我,我房间里还有的是。八大盒,五块加拉彼德牌,四磅林特牌,全在上边,通通是我患肺炎那会儿,疗养院的女士们让人给我送来的……"

什么地方有个男低音在要求安静。阿尔宾先生扑哧一笑,笑声像一条飘动的破布。接着静卧厅中便静了下来,静得跟一场梦破碎了,或者幽灵刚刚散去后一样。而刚才说出的那些话语,此刻还在静默中奇怪地回响。汉斯·卡斯托普倾听着,直至它们完全消失。纵然他还不能肯定阿尔宾先生是不是个花花公子,却已禁不住对他产生了某种嫉妒。具体地讲,那个学校生活的比喻给他留下了印象,因为他自己在初中也曾留过级。他清楚地回忆起那虽然有些丢人,却是一种富有幽默情趣的懒散状态。他曾享受过这样的状态,当学年临近结束,能"对一切都感到好笑"的时候,他放弃了拼命地复习应考。他的感想模糊而紊乱,没法很精确地说出来。他主要的印象是,荣誉自有许多好处,但耻辱同样好处不少,是的,后者带来的更加没有边界和限制。他试着把自己摆在阿尔宾先生的位置上,设想自己彻底摆脱了荣誉的压力,可以永远享受耻辱的无边好处,情况又必然会怎样。想着想着,一种甜蜜而迷茫的感觉突然袭来,令年轻人大吃一惊,一时间他心跳的节奏更加急促了。

意大利撒旦不体面的建议

后来他失去了知觉。当左边隔墙后的谈话声惊醒他时,怀表上正好三点半。这时候克洛可夫斯基博士没跟着宫廷顾问,而是单独来查房,正操着俄语跟那对不文明的夫妇谈话,像是在问丈夫的身体感觉,要他拿体温登记表出来给他看。然后,他继续执行任务，但不是通过阳台的隔墙，而是退到走廊上，绕过汉斯·卡斯托普的房间，从门外进了约阿希姆的屋子。人家如此围着他转了一圈，对他不理不睬，汉斯·卡斯托普觉得就像是一种侮辱，虽然他绝对没有与克洛可夫斯博士单独会谈的愿望。诚然，他正好健康，不被计算在内。须知这上边的人就是这么个情况，谁有幸身体健康，人家就对他不闻不问，不把他当作一回事。这，令年轻的卡斯托普感到气恼。

克洛可夫斯基博士在约阿希姆房里待了两三分钟，就顺着阳台继续走去。汉斯·卡斯托普听见表兄说，可以起来准备饮午茶啦。"好。"他回答，同时从躺椅中站起来。但是，他躺久了头晕得厉害，这么半睡半醒未能使他精神焕发，脸颊反倒又很不舒服地发起烧来，而平常他总是感觉冷——也许他盖得不够吧。

他洗洗眼睛和手，整理好头发和衣服，在走廊上与约阿希姆碰了头。

"你听说那位阿尔宾先生的事儿了吗？"他在下楼时问。

"当然，"约阿希姆回答，"这家伙真该管一管。唠唠叨叨的，把整个午休给搅了，让太太们激动得那么厉害，好几个星期也休想恢复过来。严重违反院规。可谁又乐意去当告密者呢！再说，那样的扯淡对于多数人来说还是值得欢迎的消遣呢。"

"你是否觉得可能，"汉斯·卡斯托普问，"他当真会去干他所谓'毫无困难的事'，让一个小小的物体钻进自己脑袋里去？"

"唉，可不，"约阿希姆回答，"并非完全不可能。这种事在咱们上边常发生。在我来之前两个月，一次大体检结束之后，那边的林子里就有个大学生上了吊。我到达后的头一些日子，大伙儿还经常谈论。"

汉斯·卡斯托普吃力地打了个哈欠。

"是的，在你们这儿我感到不舒服，"他解释说，"舒服我不能讲。我看我有可能不再待下去，告诉你，我必须离开——这你恐怕不会见怪吧？"

"离开？你这不是心血来潮吗！"约阿希姆嚷起来，"胡闹。你刚刚来，怎么能才住一天就下结论！"

"上帝啊，还是第一天？我真觉得在你们山上已经待了好久好久啦。"

"喏，别又开始胡思乱想时间的问题！"约阿希姆说，"今天早上我已经让你搞得头昏脑胀了。"

"不，别担心，我已经全忘了，"汉斯·卡斯托普回答，"通通忘了。这会儿我自己头脑也一点儿不清醒，事情已经过去……现在是该喝茶了吧。"

"是的，然后我们又可以走到今天早上那条板凳跟前去。"

"上帝保佑。不过，但愿别碰上塞特姆布里尼先生。今天我再也参加不了任何有学问的谈话，这点我得预先声明。"

餐厅里，凡是此刻能够端上的饮料通通端上来了。罗宾逊小姐又在喝她那血红的蔷薇花茶，她的侄女又在一勺一勺吃酸奶。除此之外还有牛奶、茶、咖啡、巧克力，是的，甚至肉汤。各桌都坐满了在那顿丰盛的午餐以后躺了两个钟头的客人。人人都在忙着把奶油抹到大片大片的葡萄干糕饼上去。

汉斯·卡斯托普要了茶，把重复烤过的面包浸进去。他也尝了尝果酱。葡萄干糕饼他仅仅仔细瞧了瞧，一想起要切来吃就着实打了个冷战。大厅有着朴素的彩色拱顶，安放了七张桌子，他又坐在其中一张自己的位子上——今天已经是第四次。再过一会儿，七点整，还将有第五次，为的是进晚餐。在短促而空虚的间隙时期，可以填进一次去山路边水管旁那条长凳的散步——到那时路上挤满了熙熙攘攘的疗养客，表兄弟俩得不停地打招呼，然后再到阳台上静卧微不足道的一个半小时。汉斯·卡斯托普躺在那儿感觉很冷。

晚餐前他认真地换了衣服，随后便去坐在罗宾逊小姐和女教师中间喝蔬菜汤，吃配菜的烤肉和烧肉，还吃了两片蛋糕。蛋糕里边无所不有：杏仁，奶油，巧克力，果脯，杏仁泥，还有很不错的乳酪夹黑面包。他又要了一瓶库尔姆巴赫啤酒。可是只喝完那高玻璃杯的一半，他就清楚地认识到他该上床了。他脑壳里嗡嗡响，眼皮沉得像铸了铅似的，心跳得像敲小锣。他痛苦地觉得，漂亮的玛露霞似乎用戴着小红宝石戒指的手掩着脸，身体朝前倾着，在偷偷地笑他，虽然他拼命努力，不让她有任何理由这样做。仿佛远远的，他听见施托尔太太在讲什么。她的话使他感觉如此荒唐绝顶，甚至他自己也闹不清楚施托尔太太真是那样讲了呢，还是只在他的头脑里施托尔太太的话发生了荒诞的变化。她声称，她会调制28种不同味道的鱼汁——她敢担这个保，虽然她丈夫告诫她别讲出来。"别去讲！"他说，"谁也不会相信你；即使相信，人家也会觉得可笑！"可今儿个她偏要讲一讲，公开承认她确实可以配出28种鱼的调料。这在可怜的卡斯托普听来很可怕。他猛然一惊,伸手去摸额头,完全忘了嘴里还有一块夹着切斯特乳酪的黑面包没有嚼,没有吞。直到从席上站起来,他还把面包含在嘴里。

他们穿过左边那道一再被摔得很响的玻璃门,直接到了前厅。几乎所有疗养客都走这同一条路;原来在吃过晚饭的这段时间里,前厅和紧邻着的沙龙里有一些娱乐活动。多数病人分成一小堆一小堆地站在旁边聊天。围着两张铺着绿色台布的可折叠的桌子,有些人正在玩牌,一张桌子玩的是多米诺,一张桌子玩的是桥牌,参加者全都是年轻人,阿尔宾先生和赫尔米娜·克勒费特也在里边。除此而外,在第一间客厅里还有几样光学玩意儿:一是一架立体西洋镜,通过透镜,可以看见竖在箱内的照片,例如一艘威尼斯小艇上的船夫什么的,实实在在,却不能动弹,也没有血色;二是一支单筒望远镜模样的万花筒,一只眼睛靠近透镜,只要轻轻转动一个轮子,筒里的星星和阿拉伯花饰便千姿百态,变幻莫测;最后是一面旋转的鼓,装上电影胶片,从一旁的开口望进去,就可看见要么是个磨房小工在和扫烟囱的人打架,要么是位小学教员在惩治学童,要么是戏子在走钢丝,要么是一对农村小青年在跳华尔兹舞。汉斯·卡斯托普用一双冰冷的手抚着膝盖,每一种玩意儿都看了很久。他还到桥牌桌旁去站了站,看不可救药的阿尔宾先生如何撇着嘴角,以老练的手法甩牌。在一个角落里,克洛可夫斯基博士与围成一个半圆形的女士们亲切交谈。她们中有施托尔太太、伊尔蒂丝太太和莱薇小姐。"好样儿的俄国人席"的成员退到了相邻的一间用门帘与游艺厅隔开的小沙龙里,组成一个亲密无间的小团体。除了舒舍夫人,还有一位黄胡须、凹胸脯、金鱼眼睛的形容萎靡的先生;一个皮肤黧黑、柔发蓬松、戴着一对金耳环的少女,一看就是那种富于个性的幽默的典型;还有就是从席外参加进去的布鲁门科尔博士以及另外两个溜肩膀青年。舒舍夫人面朝游艺厅,坐在小房间背面一张圆桌后边的沙发上,是小团体的核心。汉斯·卡斯托普不无鄙夷地看着这个没教养的女人,暗暗考虑:她似乎使我想起了什么,但要说又说不出来……一位三十岁光景、头发稀疏的高个子男人,在一台褐色小钢琴上把《仲夏夜之梦》里那首《婚礼进行曲》翻来覆去地已经弹了三次,现在又应一些女士的请求,开始第四次弹这支乐曲,而且在弹之前,还深情地、默默地用目光向每一位女士致意。

"请问贵体如何,工程师?"一直在大厅中转悠的塞特姆布里尼两只手插在裤兜里,这时候来到卡斯托普面前问。他仍然穿着灰色的粗绒布外套,浅色的格子花裤子。他在称他工程师时面带微笑。看着他那翘起的黑胡子,胡子底下讥诮地撇着的嘴角,汉斯·卡斯托普感觉头上像浇了凉水。他怔怔地望着意大利人,嘴唇翕着,眼睛布满红丝。

"啊,是您,"他说,"是早上散步时我们在山上那条长凳……在那水槽旁边……碰见过的……当然当然,我一眼就把您给认出来啦。您相信吗?"他明知不该讲,却仍然讲了出来:"当时乍一看我还当您是个摇风琴的街头艺人哩!……这自然纯属胡扯。"他添了一句，因为他发现塞特姆布里尼已对他换上了冷峻的审视眼神，"一句话，蠢透啦！我简直完全不能理解，天知道我怎么竟……"

"您别介意，一点儿也没有关系，"塞特姆布里尼又打量打量年轻人，然后说，"我想知道，您今天过得怎样——您在这乐园里的第一天？"

"非常感谢。完全按照规定，"汉斯·卡斯托普回答，"多半是'水平地'，用您喜欢的说法。"

塞特姆布里尼莞尔一笑。

"可能，我偶尔是这么说，"他道，"喏，这儿的生活方式您觉得有趣吗？"

"又有趣又无聊，全看您怎么讲，"汉斯·卡斯托普回答，"有时候真难分清楚。我根本没感到无聊——你们山上的生活太活跃了。可以听见、看见这么多新奇的东西……可另一方面，我又感觉仿佛来到山上已不止一天，而是已经很久——我简直觉得自己年岁增大了，头脑也更聪明。"

"更聪明？"塞特姆布里尼眉头一扬问，"请允许我问一下：您到底多大啦？"

您瞧，汉斯·卡斯托普竟不知道！他一下子说不清自己多大了，尽管他拼命地甚至绝望地努力要想起来。为了争取时间，他让人家将问题重复一遍，然后回答：

"……我……多大？当然是23。很快就要满24岁。请原谅，我累了！"他说，"可说累还不完全适合我的情况。您知道吗，就像在做梦,明明知道自己是在梦中,想醒来却又醒不过来?我的情况正是如此。想必在发高烧,除此不能做别的解释。您相信吗?我的脚一直冷到了膝头。如果允许这么讲的话,因为膝头已经不属于脚——请原谅,我头昏脑胀到了极点,归根到底也不奇怪,一大早就开始……就已经让人用气胸给嘘了一下,然后又听阿尔宾先生滔滔不绝的演说,而且是以水平的姿势。您想想,我老是觉得自己的五种知觉都已靠不住。我必须讲,这比面孔发烧和双脚发冷更令我头痛。请坦白告诉我,施托尔太太自称会做28种鱼汁,您认为可能吗?我不是指她是否真的能做——我认为绝对不可能——我只想搞清楚,是她方才在桌上真的这么讲过呢,还是只是我自己这么感觉——我仅仅想知道这个。"

塞特姆布里尼望着他,像根本没有听,两只眼睛定定的,一副茫然无所视的神气。"是的,是的,是的,"他像早上那样一连三下,"瞧瞧,瞧瞧,瞧瞧!"—— 他把齿音念得很尖锐,带着嘲讽的难以捉摸的意味。

"您说24……?"他问。

"不,28!"汉斯·卡斯托普答,"28种鱼汁!不是什么一般的卤水,而是专门的鱼卤,惊人就惊人在这里。"

"工程师!"塞特姆布里尼以生气的规劝口吻道,"请您清醒清醒,别再说这些无聊的傻话,我一点儿不知道,也不想知道。23岁,您说?唔……请允许我再提个问题或者给您一个您愿听就听的建议。既然您待在我们这儿难受,既然您身体,如果我没完全搞错的话,还有精神都感到不舒服——怎么样,您就别等着在这儿老起来,一句话,今天晚上就重新收拾好行李,明儿一早就搭定点的快车动身离去?"

"您认为我应该走?"汉斯·卡斯托普问,"在我刚刚抵达的时候?不,我怎么能才过一天就下结论呢!"

说这话时,他不经意地瞟了瞟隔壁房间,正好与舒舍夫人打了个照面,看见了她那细眯眯的眼睛和宽宽的颧骨。她到底让我想起了这世界上的什么东西或者什么人呢?汉斯·卡斯托普暗忖。然而,他那疲倦的脑袋不管怎么想,也想不出这个问题的答案来。

"自然,要适应你们上边的生活,对我也不十分容易,"他继续说,"这本该预见到的。因此,仅仅因为头几天有些脑袋发昏、面孔发热就马上偃旗息鼓,我必定会感到羞耻,甚至认为自己是个懦夫,再说也完全违反理性——不是吗,您自己说……"

一下子,他的言辞变得很恳切,肩膀也激动得直耸,像是一定要说服那个意大利人,无论如何都得将他的建议收回才好。

"向理性致敬,"塞特姆布里尼回答,"还要向您的勇气致敬!您刚才的话还中听,很难提出反驳的理由。而且我真的也观察到一些能很好适应的先例。例如去年的克乃弗小姐,奥蒂莉娅·克乃弗小姐,一位显宦家庭的千金。她在山上住了一年半,住得真是习惯极了,以至于完全康复以后——这儿有时也有恢复健康的——还说什么都不肯离开。她诚心诚意地恳求贝伦斯宫廷顾问同意她留下,说她不能走,不愿走,这儿就是她的家,她在这儿感到幸福;然而要入院的客人很多,她的房间必须腾出来,所以恳求没用，人家仍坚持让她康复出院。谁料奥蒂莉娅却发起烧来，曲线陡直上升。可是人家揭穿了她，拿走了她常用的温度表，给她换了支'哑大姐'——您还不知道这是什么，就是一支不带刻度的体温表，检查时医生自行用尺子量，自行登记结果。奥蒂莉娅，我说先生，只有36.9℃，奥蒂莉娅的烧退啦。这一来她就只好去湖里游泳——当时是五月初，夜里还上冻，湖水虽说冷得不像冰，准确地讲却只有零上几度。她在水里老泡着，想闹上这个那个毛病——可结果呢？她康复了就是康复了。告别时才叫伤心绝望哟，父母亲安慰的话全听不进去。'要我去下边干什么？'她不停地喊，'这儿就是我的家！'也不知她后来怎样了……可我觉得，您没听我讲，工程师？您站着挺吃力，如果我没完全弄错的话。少尉，您的表弟在这儿呐！"他转过脸去对正走过来的约阿希姆喊，"领他上床去吧！他既富有理性又很勇敢，只是今儿晚上有些站立不稳了！"

"不，真的，我全听懂了！"汉斯·卡斯托普要人家相信，"'哑大姐'只是根水银棍儿，完全没有刻度——您瞧，我不是完全理解了嘛！"不过，他随即还是由约阿希姆带进电梯，回到楼上，跟其他许多病人一样。当晚的娱乐已告结束，大伙儿各奔东西，回到大厅和阳台上做晚间的静卧去了。汉斯·卡斯托普跟着走进约阿希姆的房间。走廊上铺着椰子皮编织的席毯，脚一踩就微微拱起，但卡斯托普已不再觉得不舒服。他坐到约阿希姆的洒花大靠椅上——他房里也有一把同样的椅子——点着了一支玛利亚·曼齐尼。可雪茄的味道像黏土，像煤块，像很多东西，就是不像它应该像的那样。然而他坚持抽着，一边看约阿希姆做静卧的准备，看见他穿上件士兵便服式的上衣，再套一件旧外套，然后把床头柜上的小灯和他的俄语教程一齐搬进阳台，拧亮小灯，嘴里含着体温表坐到躺椅上，接着就灵巧得令人吃惊地开始用搭在躺椅上的两条驼毛毯子将身体裹起来。汉斯·卡斯托普打心眼儿里佩服表哥的熟练本领。约阿希姆把毯子一条接一条地展开，先是左，后是右，接着将自己从胳肢窝一直盖过脚，最后使整个身子变成一个绝对均匀平整的包裹，露在外面的只有头、两肩和双臂。

"干得真漂亮。"汉斯·卡斯托普说。

"全靠练习。"约阿希姆回答，说话时用牙将温度计咬在口里，"你也能学会的。赶明儿一定给你弄两条毯子来。你回到山下也用得着；而在我们这儿更必不可少，特别是你又没有毛皮睡袋。"

"夜间我不在阳台上静卧，"汉斯·卡斯托普解释说，"我不会这么做的，现在就告诉你，我觉得那太离奇了。一切总得有个限度。归根到底，我必须表明，我只是上你们这儿做客的。我准备再坐一会儿，抽抽雪茄，如此而已。味道糟极了。不过我清楚烟是好的。对我来说今天已经够了。马上就九点——真遗憾，连九点还没到。不过一到九点半，就是时候了，就可以心安理得上床睡觉。"

他打了个寒战，接着又一个，很快地一连好几个。汉斯·卡斯托普跳起来，飞快跑向墙上挂着的气温表，像是要当场拿获什么似的。室温雷氏九度①。他握住暖气管,发现是冷冰冰的。他语无伦次地嘀咕着,意思大概是虽然才八月间,但不生暖气仍旧叫缺德,因为不能看印在纸上的月份的名称,而要看实际的温度;眼下这气温不是叫人冻得像狗一样么?可同时他又脸孔发烧。他坐下去又站起来,语音含糊地求约阿希姆允许他从床上拿了条被子,坐在椅子上,将被子打开来盖住下半身。他就这么坐着,既冷又热,还受那味道讨厌的雪茄的罪。一种窝囊极了的感觉向他袭来,他觉得仿佛一生中从未这么难堪过。"真没劲儿!"他嘀咕道。可这当口,他又突然感到一种特别的想入非非的喜悦和希望。这感觉稍纵即逝,他只好坐在那儿,等着它也许还会再来。然而没再来,剩下的只有难受。临了儿,他只得站起身,把被子扔回床上,撇着嘴嘀咕了几句诸如"晚安!"或者"小心别冻着!"或者"吃早饭时还是叫我吧"什么的,便摇摇晃晃地经过走廊,回自己房间去了。

脱衣服时他哼起歌来,但不是因为高兴。他机械地、下意识地上了厕所,完成了临睡前的种种文明义务,从旅行小药瓶中将淡红色的漱口药水倒进玻璃杯,郑重其事地漱起口来,用他那软性的优质紫罗兰香皂洗了手,才穿上长长的上等亚麻布睡衣——睡衣胸前的口袋上绣着两个字母:HC②。随后,他躺上床,熄掉灯,把自己昏昏沉沉的发烧的脑袋倒在那个美国女人临死前睡过

---

① 以法国科学家勒内·雷奥缪尔(1683—1757)命名的温度计算法。
② 汉斯·卡斯托普的首字母缩写。

的枕头上。

他绝对相信马上会坠入梦乡,结果完全错了。刚才他几乎睁不开眼皮,这会儿却根本合不拢,一闭上马上又会不安地抽搐着张开来。现在还不到他习惯于上床睡觉的时间,他自言自语,再说白天也睡得太多。加之室外还有谁在敲打地毯——这显然与事实有出入,或者说压根儿没这回事。实际上是他自己的心在跳,跳得身体外边老远都听得见,声音就真像室外有人在用藤拍抽打地毯一样。

室内还不是一团漆黑。从两边的阳台上,从约阿希姆和"差劲儿的俄国人席"那对夫妇那儿,透过开着的阳台门投进来小灯的亮光。汉斯·卡斯托普眨动着眼皮,仰卧在床上,突然眼前重新显现出一个情景,一个他白天观察到但又怀着恐惧和温情试图立刻忘却的情景。那就是在谈到玛露霞和她的体态特征的一刹那,约阿希姆脸上表情的变化——嘴奇怪地扭歪了,黧黑的脸膛一块青一块白。汉斯·卡斯托普懂得并看出了个中奥妙。他领会得这么深刻,观察得这么真切,像从来还不曾有过,以致那敲地毯的拍儿既加快了速度,也增大了力量,几乎压倒了从达沃斯坪上传来的小夜曲的旋律。原来在山下的那家旅馆里,眼下正举行音乐会。一出轻歌剧结构对称平稳的、已经奏滥的曲调穿过夜空,飘送到了山上,汉斯·卡斯托普不禁用口哨跟着悄声吹起来——有人确实能像耳语似的悄声吹口哨——一边吹一边还用冰冷的双脚在鸭绒被子底下打拍子。

这样当然没法睡着,而汉斯·卡斯托普也完全不觉得有睡意。自从他以如此新鲜和生动的方式懂得了约阿希姆何以脸色大变,世界在他眼前就像更新了似的,他在内心深处又体验到了那种放纵的喜悦和希望,而且他还期待着什么;可究竟是什么,他却又没有认真考虑。但是,当他听见左右两边的邻人已经结束静卧回到房内,以在房内的水平姿势代替室外的水平姿势时,他不禁自言自语地道出了他的信念,也就是那对野蛮的夫妇今晚该会相安无事吧。我可以放心地入睡了,他想。他们今晚会保持安静的,我绝对肯定!谁料他们却并不安静,而汉斯·卡斯托普也不是诚心想说真话。是的,如果他们真的相安无事,那他自己岂不成了糊涂蛋么?对于他之亲耳所闻,他惊讶得忍不住不断发出无声的叹息。"不像话!"他哑然呼喊,"太不成体统!谁会相信有这种事?"与此同时,他又不时地撮起嘴唇低声吹口哨,去和那从山下连绵不断地送来的乏味老调。

他终于睡着了,但同时又开始做怪诞的梦,比昨天夜里的更加怪诞。他经常不是吓醒了就是梦见在拼命地奔跑,以致一下从床上跳了起来。他在梦中看见宫廷顾问贝伦斯迈着两条罗圈腿,摆动着两只僵直的胳臂,和着远处送来的进行曲,大步地、没精打采地在花园的小路上走着。他走到汉斯·卡斯托普面前便站定脚跟,戴着一副镜片很厚的圆眼镜,嘴里开始胡诌起来。"是个老百姓,当然是的。"他说。说着,也不征得同意就伸出他那大手,用食指和中指将卡斯托普的眼皮翻起来。"有身份的老百姓,我一眼就看出来了。可是不无天才,不无浑身发高烧的天才!会高高兴兴地在咱们山上住一些年头的!噢,先生们,快点儿,该去散步啦！"说着将两根粗大的食指塞在嘴里，异常悦耳地打了一个呼哨，立刻从不同方向飞出变得小小的罗宾逊太太和女教师来，在他左右两肩上一边坐一个，就跟她们在餐厅里吃饭时坐在汉斯·卡斯托普两边一样。接着，宫廷顾问又一蹦一跳地往前走，同时用一条餐巾在眼镜背后擦眼睛——也不知究竟要擦什么，是汗珠还是泪水呢？

接着他又梦见自己在校园里，在他多年来度过课间休息时间的地方，舒舍夫人同样也在。他正打算去向她借支铅笔。她拿了半截银色笔杆的红铅笔给他，用低沉悦耳的嗓音提醒他别忘记一下课就归还。当她瞪着宽大的颧骨上那对蓝不蓝、灰不灰、绿不绿的细眯眯眼盯着他瞧时，他猛地从梦中苏醒过来，因为他终于知道而且努力想记住舒舍夫人到底使他想起了谁。他赶紧将这个发现记牢，为的是保存到明天。他感到又被睡梦包围了，马上就发现自己必须躲避克洛可夫斯基博士的追逐。博士要抓他去进行灵魂分析，对此汉斯·卡斯托普真是怕得发疯，吓得要命。他不顾生命危险跳进花园里，情急中甚至去爬那根红棕色的旗杆。正当追赶他的医生伸手抓住他的裤腿那千钧一发的一刹那，他满头大汗地醒了过来。

可还没等他稍稍平静一下，他又睡着了，并且梦见了下面的情景。他正努力用肩膀把塞特姆布里尼挤开，意大利人却硬站在那儿，面带微笑——从那漂亮的往上翘起的丰满的小黑胡子下边露出的微笑，真叫汉斯·卡斯托普受不了。"真讨厌！"他清楚地听见自己说，"滚开！您只是个摇风琴的流浪汉，令人讨厌！"

然而塞特姆布里尼就是赖着不肯走。汉斯·卡斯托普仍站着考虑该怎么办，突然却悟出已经到了行动的时间，也就是该给那些打算弄虚作假的人送"哑大姐"去了，送那种完全没有刻度的水银棍儿去了。他醒来时，下定决心要把梦里的发现告诉表兄约阿希姆。

就在这样的奇遇和发现中，夜慢慢地流逝着。赫尔米娜·克勒费特小姐、阿尔宾先生、米克洛齐希上尉和施托尔太太等，都在卡斯托普的梦中扮演了乱七八糟的角色。例如米克洛齐希上尉嘴里含着施托尔太太在逃跑，被帕拉范特检察官用投枪刺穿了背脊。有个梦汉斯·卡斯托普一夜之间做了两遍，而且两遍完全一模一样——等做第二遍时已快天亮。他仿佛坐在摆着七张桌子的餐厅里，门咣啷一响，舒舍夫人走进来，一只手插在白色毛线衣的口袋里，另一只手托着后脑勺上的头发。这个没教养的妇人不去"好样儿的俄国人席"，却不声不响地踱到汉斯·卡斯托普身边，默默地伸过手来让他亲吻——可不是给他手背，而是给他手心。汉斯·卡斯托普吻了她的手，吻了两只未经保养、手掌嫌宽、指头粗短、指甲边的肉皮已经翘起的手。一刹那间，他从头到脚充满了一种甜蜜得令人心慌意乱的快意——那种他在尝试摆脱荣誉的重压去享受耻辱的无穷好处时已感受过的快意，眼下，在梦中，他又体验到了，不同的只是它还要强烈得多。

第四章

必要的采购

"你们的夏天就这么过完了吗？"第三天，汉斯·卡斯托普含讥带讽地问他表哥。

气温下降得令人害怕。

年轻的探访者在山上度过的第二天是一个非常美丽的夏日。在枪尖一样的柏树梢头，挂着碧蓝闪亮的天幕；谷底的小镇，在炙热的空气里熠熠生辉；牛群在山坡游荡，吃着温暖的浅草，叮当的牛铃声散布在四野的空中。吃第一次早点时，女士们已经穿上轻薄的上衣，有的甚至是镂空衣袖，这可并非对谁都合适，例如施托尔太太穿上就完全要不得，她的胳膊虚胖得像海绵似的，透气的衣服根本不适合。男士们也以各有特色的装束对美好的天气做出回应，可见各种棉毛便装和麻纱西服。约阿希姆·齐姆逊则以象牙色的薄绒长裤配他那蓝色上装，军人气派十足。至于塞特姆布里尼，他也一再地声称要换换衣服。"见鬼！"他在早点后与表兄弟俩一道去山下散步时说，"这太阳真厉害！我看来是该穿得薄一点儿啦。"可说是说,他仍旧一如既然往地穿那大翻领的外套和格子呢长裤。看样子,这多半就是他全部的行头喽。

第三天却出了大毛病,仿佛时序完全颠倒了过来,汉斯·卡斯托普简直不敢相信自己的眼睛。早饭后,大伙儿已经静卧了20多分钟,太阳却突然躲了起来,一堆难看的泥炭色浓云从东南方的山脊上升起,一股充满异味的狂风扫过山谷,冷得人骨头生痛,就像从不知哪儿的冰天雪地里刮来的一般。气温猛跌,天地间立刻完全是另一番景象。

"雪!"玻璃隔墙后面传来约阿希姆的声音。

"什么雪不雪?"汉斯·卡斯托普立即问,"你该不是讲现在就要下雪了吧?"

"肯定,"约阿希姆回答,"这样的风我们知道。它一刮就会有滑雪场啦。"

"胡扯!"汉斯·卡斯托普说,"我要是没记错,这会儿才八月初。"

然而约阿希姆是对的,他已经对此间的情况有所了解。没过多一会儿,在反复响起的雷声中,一场大雪纷纷扬扬地下了起来。雪那么大,那么密,天地万物都裹进了白茫茫的雪雾里,小镇和山谷全然没了踪影。

整个下午雪一直下着。暖气生上了。约阿希姆使用毛皮睡袋照常坚持静卧,汉斯·卡斯托普却逃进自己的房内,把椅子移到暖气管旁边,坐在那儿望着室外的怪现象,不住地摇脑袋。第二天早晨,雪不再下,室外的气温也回升了几度,然而积雪仍旧齐脚脖子深，展现在卡斯托普惊奇的眼前的，还是一派严冬景象。暖气又关了。室内气温为6℃。

"你们的夏天现在就过完了吗？"汉斯·卡斯托普问表兄，口气中含着辛辣的讽刺……

"还不能这么说，"约阿希姆就事论事地回答，"上帝要是愿意，还会有好些美妙的夏日。甚至到了九月都很有可能。不过问题是，在这儿季节的划分不那么明显。你知道，它们可以说混在了一起，跟日历不协调。冬天有时太阳大得叫人流汗，散步必须脱掉外套；夏天嘛，喏，你自己全看见了，就是这个样子。要说下雪——那更把一切全搞乱了套。一月份常下雪，五月份也不见得少，八月里还下，这你见到了。总的来讲，没哪个月不可能下雪，这是实话。简言之，咱们山上有冬日，有夏日，有春天和秋天，却没有真正的一年四季。"

"真叫乱得可以。"汉斯·卡斯托普说。他穿着套鞋和冬大衣，跟表哥一道下山去买静卧盖的毛毯。很明显，这样的天气他带来的格子呢旅行毯已不顶事。有一阵他甚至考虑是否该买条毛皮睡袋，后来作罢了，不，在一定程度上是被这想法吓得退了回去。

"不，不，"他说，"就买毯子吧！我回到山下肯定还用得着它们；什么地方的人都有毯子，它们没任何特别和令人大惊小怪的地方。毛皮睡袋却太特殊。你仔细想想，我要是买了它，就像是打算在此地安家落户了。这在一定程度上意味着我已是你们的同类……一句话，仅仅待几个礼拜就买条毛皮睡袋绝对不值得，除此以外我也不想再多讲什么。"

约阿希姆表示赞成。于是表兄弟俩就在英国人聚居区一家陈设美观、货物丰富的商店，选了两条像约阿希姆那样的驼毛毯子，也就是特别长特别宽的那种，质地柔软，色泽天然。他们让店家立刻将毯子送到院里去，送到"山庄"国际疗养院第三十四号房间。当天下午，汉斯·卡斯托普就准备第一次使用它们了。

这会儿自然是第二次早餐以后，因为按日程安排，其他时间完全没有下山的可能。天下起雨来，路上的积雪已变成飞溅的泥浆。在回院的途中，塞特姆布里尼赶上了他们。只见他撑着把雨伞，却仍然光着头，同样急急地往回走。他脸色发黄，心绪显然很凄楚。他以纯净的语调和讲究的措辞，抱怨这寒冷和潮湿令他吃够了苦头。至少把暖气开起来也好嘛！可那些混账的当权者，雪一停就让关暖气，真是条愚蠢的规定，完全没有道理！当汉斯·卡斯托普提出异议，说室内温度低点儿大概符合疗养的原则。是的，免得把病人都养娇了，塞特姆布里尼却狠狠地挖苦他。哎，确实，疗养原则。神圣不可侵犯的疗养原则！汉斯·卡斯托普先生谈到它们时的语气完全正确，那就是诚惶诚恐，虔诚谦卑。只有一点引人注意——虽说是在绝对使人愉快的意义上引人注意，那就是他们中能享受绝对优待的，正好是与当权者的经济利益完全一致者。反之，对那种并非完全如此的疗养客，人家总习惯于眼睁眼闭，漠不关心……表兄弟俩听得笑了。塞特姆布里尼却从他所渴望获得的温暖，一下子将话题扯到了自己已故的父亲身上。其间，自然也并非没有联系。

"我的先父，"他拉长声调动情地讲，"是位高雅的人，身体与心灵一样敏感!冬天里他多爱自己那小而温暖的书斋啊,他打心眼儿里爱它,总让它的室温保持在雷氏20度,为此把一只小暖炉烧得红红的。在阴冷潮湿的日子里,或者碰上刮刺骨的北风,你从住宅的走廊踏进他那房间,一股暖气便迎面扑来。你立刻像披上一件轻软的大衣,眼里也盈满了快活的泪水。小房中拥挤着书籍和手稿,其中不乏极为珍贵的善本真迹。他穿着蓝色法兰绒睡衣,置身于这些精神财宝之间。他站在窄窄的书写台前,潜心于文学创作。他身材小巧玲珑,比我矮一个头,请二位想象一下!可两鬓的灰白色头发却如此浓密,鼻子却那么长,那么精致……一位了不起的小说家,先生们!那个时代最杰出的几位之一,很少有人像他那么谙熟我们的语言,堪称绝无仅有的意大利语文体大师,合乎薄伽丘理想的文学家……学者们打老远来和他交谈,有的来自哈帕浪达①,有的来自克拉科夫。他们硬是来到我们居住的地方,向他表示敬意。他呢,也彬彬有礼地接待人家。他还是一位卓越的诗人,闲暇时刻,他也用托斯卡纳方言写短篇小说,文字漂亮极了——一位使用惯用语和成语的大师。"塞特姆布里尼让他家乡的语音在舌尖上慢慢融化,脑袋摇来晃去,感到极大的满足。"他的花园是按照维吉尔的式样建起来的,"他继续说,"他讲的话语动听而有教益。可是温暖,他那小小的书斋里必须温暖,不然他就会颤抖,就会气得流泪,因为人家竟让他挨冻。现在你想想,工程师,还有你,少尉,我作为他的儿子,

---

① 哈帕浪达,瑞典北部城市。

眼下却得在这该死的野蛮地方受怎样的罪。身体在盛夏季节冻得发抖,心灵不断被屈辱所折磨!啊,太残忍了!我们周围都是些什么东西!愚蠢的魔鬼奴仆,那个宫廷顾问的手下。克洛可夫斯基,"塞特姆布里尼真个咬牙切齿,"克洛可夫斯基,这无耻的'忏悔神父',他恨我,就因为我珍惜自己的人格,不愿拿自己去供他干那虚伪的勾当……还有我那席上……我被迫同席一块儿进餐的都是些什么人哟!右手边是哈勒来的'啤酒桶',名叫马格努斯,他蓄着一溜干草捆儿似的胡子。'别拿文学来烦我!'他竟然说,'它能给我什么?美好的性格!我拿美好的性格干得了啥?我是个讲求实际的人,美好的性格在生活中几乎不会出现。'瞧,这就是他想象中的文学!美好的性格……哦,圣母马利亚!他的老婆坐在他对面,渐渐地就发起愣来,口水流出来也不知道。真是个肮脏得要命的……"

约阿希姆与汉斯·卡斯托普没有交换意见,两人对塞特姆布里尼的演讲的看法却完全一致:太啰唆了,虽然听起来挺有趣,是的,措辞如此大胆、尖刻,给人留下了深刻的印象。汉斯·卡斯托普对他说的"干草捆儿",还有"美好的性格",特别是对他那无可奈何的滑稽口气,都报以好心的一笑。随后,他也说:"上帝,是的,在这种地方,人的确有点儿杂。你不能自己选择同桌进餐的人,但真要那样,也不堪设想。在我席上就有这么位女士……施托尔太太,我想你是认识她的?真是粗鄙得要命,我必须说。有时候,当她噼里啪啦说开来,我简直不知道眼睛该朝哪儿放。可她却叫苦连天,说她温度高了,周身无力,看样子病情不轻哩。这就太怪了,既有病又愚蠢,我不知道我表达得准确不,但总感觉非常稀罕:一个人既很愚蠢,同时又生着病,这两样碰在一起,大概是世界上最恼人的事情吧。你简直不知道,你该以怎样的表情去对待她的话;因为对一个病人你愿意肃然起敬,不是吗,生病差不多是件庄严的事,如果允许我这样讲的话。然而,一旦掺进愚蠢,竟讲出什么'Fomulus'①'宇宙机构'等莫名其妙的话来,让人哭笑不得,让人陷入进退维谷的窘境,其可悲的程度简直没法说。我是讲两者不协调,不和谐,人们不习惯于把它们联想在一起。在人们的印象中,一个蠢人必定是健壮而平常的,而疾病会将人变得敏感、聪明和特别。人们通常都这样想,不是吗?我说了许多,自己也不完全有把握,"他最后讲,"只是话已经谈到这儿,所以我也……"

他脑子里乱哄哄的。

约阿希姆也有些尴尬。塞特姆布里尼扬起眉头,一声没吭,做出很有礼貌地等着他把话讲完的样子。事实上,他是希望看见汉斯·卡斯托普完全没了辙,好将话茬接过去:"了不起,工程师,您竟表现出了哲学天才,这我完全没看出来!按照您的高论,您想必也不怎么健康,因为您给人的印象显然是不无智慧。但是,请容我告诉您,对您的推断鄙人不敢苟同。我反对它,是的,真正充满敌意地反对。如您所见,在思想方面我确实有些偏激,宁肯让人骂我古板,也绝不肯放过该批判的观点不予批判,

---

① 这是施托尔太太信口胡编的一个词,可能为拉丁语 *Famulus*(实习医生)之误。

就像您刚才所阐述的……"

"可是，塞特姆布里尼先生……"

"请……原谅……我知道您打算讲什么。您想说，您对自己的话并不多么认真，您刚才发表的看法并非不折不扣是您自己的观点，您只是从许多现存的观点中随手取来一种，试着讲一讲，并不负什么责任。对您这个年纪倒也是实情；您这样的青年还缺少男子汉的坚定，还乐于尝试各式各样的观点。乐于尝试。"他说。他把"试"这个音念得像意大利方言一样柔和。"一句名言。我感到惊讶的只是您的尝试方向单一。我怀疑会事出偶然，倒担心存在某种正要形成固定性格的倾向，要是不加防范的话。所以，我觉得有义务纠正您。您说，生病加上愚蠢是世界上最恼人的事。这我可以同意。我也宁可看见一位有头脑的病人，而不愿看见一个患肺痨的傻瓜。但我不满意您将生病加愚蠢差不多看作一种风格的错误，一种自然口味的混乱。或者如您喜欢说的，一种使人的感情进退维谷的状态。如果您把生病看成某种高尚的事情和——您怎么讲来着——对了，庄严的事情，那么，它跟愚蠢加在一起绝对不和谐。这同样是您自己用的词儿。无论怎样，不！疾病绝对不是高尚的，绝对不是庄严的——那么看本身就是一种病态，或者会造成病态。也许，我能激起您对这种看法产生厌恶的最有把握的办法，就是告诉您它是衰老而丑陋的。它产生自遭受迷信践踏的古代。那时候，人类的意识被扭曲了，被剥夺了尊严。它产生自充满恐怖的时代。那时候，和谐与幸福被怀疑、遭诅咒，残废病弱反成了进入天国的通行证。然而，理性与启蒙驱散了笼罩在人类心灵上的阴影——但是还不彻底,今天它们还相互进行着斗争。这斗争就意味着工作,先生,尘世的工作,为了尘世、为了荣誉和人类的利益而进行工作。每天都在这样的斗争中得到新的锻炼,人就会获得彻底解放,沿着进步与文明之路,向着越来越光明、温柔、纯洁的未来前进。"

见鬼!汉斯·卡斯托普又惊讶,又难为情,心里想,好一首咏叹调!我怎么会招惹出它来呢?在我耳里它显得枯燥乏味。他老是工作工作的,想说明什么?尽管不是地方,他却一个劲儿地扯什么工作。最后,汉斯·卡斯托普讲:

"太妙了,塞特姆布里尼先生。您的高论值得一听。我想,谁也不可能……根本不可能讲得更生动形象。"

"倒退倾向,"塞特姆布里尼又讲起来,与此同时,他举高雨伞,放一个路人过去,"倒退回那些黑暗、痛苦时代的观点的倾向,请相信我,工程师,就是一种疾病,一种已经研究得很充分的疾病。科学已为它取了各式各样的名称,有美学的和心理学的名称,有政治学的名称,还有与事情风马牛不相及的教科书的名称,您完全可以把它们忘记。只不过在精神生活中一切都有联系,都互为因果,只要您给魔鬼一个小拇指,他就会把您的整只手乃至整个人都拽去……再者,健康的原则永远只能表现出纯粹健康的品格,不管以什么作为开端。所以请您记住,疾病远远不是什么高贵的东西,不是什么太庄严的东西,说它难以与愚蠢联系在一起,反倒意味着对人的贬低。是的,一种造成人痛苦、损坏人意识的贬低。作为单个的肉体现象,疾病还可以调养和护理，可精神上予以尊重就错了。请记住！大错而特错了！您说的那个女人，我不打算回忆她的名字，噢，谢谢，施托尔太太。一句话，这个可笑的女人，据我看，如您所说，不是她的情况使人的感情陷入了进退维谷的窘境。生病而又愚蠢，上帝保佑，本来很可悲，不过事情也简单，只要怀着同情，耸耸肩膀就得啦。真正的窘境，先生，真正的悲剧，只是在自然残忍地破坏了人格的和谐时，或者事先已使其成为不可能时才出现。那时候，自然常常把一个高尚的乐于生活的心灵，与一个不适于生存的躯体结合在一起。您知道列奥帕尔迪吗，工程师，或者您，少尉？他是我们意大利一位不幸的诗人，一个体弱多病的驼子。他那原本伟大的心灵不断地为身体的病痛所累，不断遭受屈辱、讥讽和压抑，唱出来的怨歌真是令人心碎。请听这一首！"

说着，塞特姆布里尼开始用意大利语朗诵起来，用舌尖细细玩味着那美丽的音韵，一边还摇头晃脑，还不时闭上眼睛，全不顾他的两位同伴一个字都听不懂。看来他只是为了欣赏自己的记忆力和朗诵本领，并在听者前炫示一番。终于，他又说道："可你们不懂，听不出诗里的悲痛。先生们，你们完全可以体会到，驼背诗人列奥帕尔迪缺少的首先是女性的爱。这说明了他为什么无力抗拒自己心灵的枯萎。荣誉和德行的光辉在他慢慢变得黯淡了，大自然使他觉得暴戾。他确实也暴戾，又愚蠢又暴戾，我完全同意他的想法。他甚至绝望了，说来很可怕，对科学和进步绝望了！这儿，工程师，您才看到了真正的悲剧！才有了'人的感情进退维谷的窘境'，不是在那个女人身上，我不屑回忆她的名字……别说什么疾病会使人更富有灵性,看在上帝分上,别这么做!一个没有躯体的灵魂正如一个没有灵魂的躯体,都同样不算人,都同样可怕。而且,前一种情况只是少有的例外,后一种情况却比比皆是。通常,都是身体恣肆放纵,狂妄僭越,攫取了全部生命。一个生了病在休养的人,就只是躯体而已。这违反人性,贬低人格。在多数情况下,他充其量不过是行尸走肉……"

"滑稽,"约阿希姆突然冒出一句,同时弯下腰,望着走在塞特姆布里尼另一侧的表弟,"最近,你可是也说过一些非常相似的话哩。"

"是吗?"汉斯·卡斯托普应道,"嗯,很可能,我脑子里也可能产生过类似想法。"

塞特姆布里尼默默无语地走了几步,然后说:"那更好,先生们。那更好,要真是这样的话。我绝没有给二位上什么哲学课的意思,这不是我的任务。如果咱们工程师自己已经发表过与我一致的看法,那只是证实了我斗胆的猜测,即他是位喜欢思考的人,只不过按照有才青年的方式,对一切可能的观点都想做一番尝试罢了。有天赋的青年才不是一张白纸哩。在他们的纸上,倒像是用悦目的墨水写上了一切,既有对的也有错的。教育者的任务,是坚决发扬对的,错的呢,就通过切实有力的影响予以永远消除。二位去采购东西了吗?"他换成轻松的语气问。

"不,没什么,"汉斯·卡斯托普回答,"就是说……"

"只给表弟买了两条毛毯。"约阿希姆漫不经心地应道。

"静卧用的……天冷得要命……我却得跟着躺几个礼拜。"汉斯·卡斯托普苦笑着,眼睛盯着地上。

"啊,毛毯,静卧,"塞特姆布里尼说,"是,是,是。对,对,对。事实是乐于尝试!"他又用意大利腔调说了一遍,随后就与表兄弟俩告别。这时候,瘸腿看门人已经在招呼他们,他们已经走进疗养院。到了门厅,塞特姆布里尼自称要在午饭前读读报纸,便独自转进谈话室。看来,第二次静卧他是想开小差了。

"上帝保佑!"到了电梯里,汉斯·卡斯托普对约阿希姆说,"真是个教育家。他最近也说过,他有这方面的天才。对他可得好好留神,别多说一句话,否则就要听他慢慢给你上课。不过嘛,他讲的道理倒也值得一听,从他嘴里蹦出来的每个字都那么圆润,那么有味儿。听着他的话,我总会想起新鲜的小面包。"

约阿希姆笑起来。

"这你最好别对他讲。如果他知道你在听他教诲时竟想到小面包,我相信他准会失望的。"

"你这么认为?是的,完全没把握。我总有个印象,他并非完全为了教训人,也许教训人还是次要的,主要还是为了说话本身,为了让它们一字一句从他嘴里蹦出来,滚出来……像富有弹性的橡胶球……只要有人留心听他讲,他就心满意足了。'啤酒桶'马格努斯说那些关于'美好性格'的话诚然有些蠢,可塞特姆布里尼也应该明白,文学存在的目的到底是什么。我不打算问，免得自我暴露。我实际上懂得也不多，而且在此之前还从来没见过一位文学家。不过，文学要说不是为了创造美好的性格，那也显然是为了创造美丽的语言，这是我与塞特姆布里尼打交道的印象。他使用的是怎样一些词汇哟！他说'德行'时全然不带一点儿做作。请你注意！我一辈子还从没用过这个词儿，即使在学校里，当书里写着'德行'，让人解释的时候，我们也总回答'勇敢'。我必须说，我听见他说出'德行'二字，心头便为之一震。可随后，当他那么咒骂寒冷，咒骂贝伦斯，咒骂流口水的马格努斯，总之，咒骂所有一切时，又使我变得有些神经质。他是个持不同政见者，我马上就明白了。对现存的一切，他都攻击。这总有点儿狂妄，我禁不住要说。"

"你可以这么说，"约阿希姆郑重地回答，"可他的言行也有值得骄傲之处，完全不让人产生狂妄的印象，而是相反。他这个人很自重，或者说很重视整个人类。这就是他身上令我喜欢的地方，在我眼里显得光明正大的品格。"

"你讲得对，"汉斯·卡斯托普说，"他甚至有些严厉。这经常叫人不怎么舒服，因为你感觉老受到监视。是的，这样措辞一点儿不错。你相信吗，我总觉得他不赞成我买毯子来做静卧，他对此有反感，就这样那样地找碴儿。"

"不，"约阿希姆惊讶地、若有所思地回答，"这怎么可能？我没法想象。"说完，他嘴里含着温度表，搬上所有必需的东西，上阳台静卧去了。汉斯·卡斯托普则开始盥洗更衣，做好午餐的准备，因为离吃午饭的时间只剩下不到一个钟头。

顺便说说时间

等表兄弟俩吃完午饭回到楼上,毛毯包裹已经放在汉斯·卡斯托普房中的一把椅子上。今天,他就要第一次使用它们。经验老到的约阿希姆向他传授了像山上所有人那样用毛毯将自己包裹起来的技艺,这是每个新来者都必须立刻学会的。首先得将毯子一条一条铺在躺椅上,脚那头要垂到地上一大截,然后人才坐下去,开始裹里面的一条毯子。先直着从一侧一直裹到腋下,然后坐起来,弯下腰,将地上多余的一截卷到脚上;此时必须特别将叠起来的下边抓紧,然后再裹另一侧。如果要想裹得尽可能地均匀平整,就得注意使脚下的两个尖角与直着的椅子棱保持方向一致。这之后再以同样的方法,裹外面一条毯子。要掌握它可就更困难一些啦。汉斯·卡斯托普是个笨手笨脚的初学者,没少唉声叹气;他腰弯了又直,直了又弯,就为了练习人家教他的手法。约阿希姆说,只有少数几位老行家,能够三四下将两条毛毯同时裹得严严实实。这可是一项令人羡慕的罕见本领哦,不只需要多年练习,还需要天赋。"天赋"二字听得汉斯·卡斯托普笑起来,猛地倒回到椅背上,背都跌痛了。约阿希姆没马上弄懂有什么滑稽可笑之处,莫名其妙地望着表弟,可最后也跟着笑了。

"成啦。"当汉斯·卡斯托普"没有"了四肢,脑袋靠着柔软的枕头,被适才的功课搞得精疲力竭,像根圆筒似的躺在椅子上时，约阿希姆才说："即使现在到了零下20℃，你也不会有任何问题啦。"他说完就绕过玻璃隔墙，同样地包裹自己去了。

汉斯·卡斯托普怀疑所谓零下20℃也没问题的说法。因为他仍然冷得要命，身上一阵一阵地打寒战。同时，他透过阳台的拱形木框，望着外边淅淅沥沥下着的小雨出神。在他看来，这雨随时有可能变成雪花。真叫奇怪，天气这么潮湿，他脸孔却仍旧感到燥热，就像坐在一间暖气烧过了头的房间里一样。还有，刚才练习裹裹毯子就把他累倒了，也挺可笑不是。真的，他刚把《远洋船舶》捧到眼前时，两手立刻发抖。看来他也并非完全健康啊——极端贫血嘛，宫廷顾问贝伦斯早已说过，所以才总是发冷。不过，身体的不适之感被躺着的巨大快意抵消了，被那把躺椅难以解析的近乎神秘的优点抵消了。还是第一次试躺，这些优点就已被他体会出来，得到他高度的赞赏，后来又一而再，再而三，非常可喜地经受住了考验。不知是因为坐垫柔软，还是因为靠背倾斜适度，还是因为扶手高宽得当，还是因为枕头软硬恰到好处。总之，这把卓越的躺椅考虑得不可能再周到了，人躺上去真是再舒坦不过。因此，汉斯·卡斯托普心满意足，为了他面临的两个显然空虚但却肯定会是宁静的钟点，为了那便于打扫房间而规定的两个小时主要的静卧。尽管他自己只是来做客，但仍感觉这个规定完全合适。要晓得他生性好静，可以长时间无所事事地待着，喜欢享受那未被令人头脑发昏的活动所败坏、侵蚀，因而也被遗忘掉的自由自在的时光。四点整吃午茶和糕饼、蜜饯，然后外出走动走动。接着又是静卧，一直要到七点钟进晚餐。晚餐跟以往一样，总会带来某些令人高兴的紧张气氛和有趣场面。再往后就是瞧瞧立体西洋镜，瞧瞧万花筒，或者瞧瞧……汉斯·卡斯托普的日子过得顺顺溜溜。尽管听起来也许太夸张，但正如人们常说的，他已经生活得像在家里一样。

从根本上讲，这种以异地为家，这种也可能是艰难的对于新环境的适应和习惯，是一件奇怪的事情。人们几乎是为这么做而这么做，怀着一个既定的意图，就是还没完全做到或者刚刚做到又将它抛弃，以便回到原来的生活中去。人们将这类异地而居穿插在主要的生活联系里，作为间歇和插曲，目的就是"休养"，也就是使人的机体得到更新和调节，免得它遭遇因为生活单调而被娇惯、变松弛和迟钝的危险。那么，长期不变的有规则的生活，又怎么会造成机体的松弛和迟钝呢？生活负担造成身体及精神的疲劳和消耗倒不很重要，因为普通的休息，就是医治它们的药方，更重要的原因在心灵方面，在心灵对时间的体验。人觉得时间是以均匀的速度不断地逝去，而生命本身又与时间休戚相关，紧紧联系，一个削弱了，另一个便免不了受到影响。对于所谓无聊①的本质，人们普遍存在着多种错误的想法。总而言之，就是相信事情新鲜有趣，就能"驱赶"时间快跑，也就是使时间缩短；反之，单调空洞就会阻碍时间的行进，使行进变得艰

---

① 德语里，"无聊"是由"长"和"时间"二词复合而成的；反之，"消遣"则由"短"和"时间"合成。

难。这可不绝对正确。空洞单调固然可以将一瞬或一个钟头延伸，使它们变得"长而无聊"，但是使用大的乃至最大的时间单位，就可缩短它们，甚至将它们化为乌有。反之，内容丰富有趣，好似可以使一小时乃至一天缩短、加快，然而从大处着眼却赋予了时间的进程以宽度、重量和充实，以致事件频繁之年就比内容贫乏、空虚、风平浪静的年头过得慢得多，后者则稍纵即逝。所以，人们所谓时间长而无聊，实际上倒是由单调造成了时间病态的短促：由于不间断地老是一个样子，绵长的时间便萎缩了，以一种心灵惊惧得死去的方式萎缩了。如果一天像所有的天，那么所有的天也就只像一天。完全单调的生活，即使再长过起来也会十分短促，稍不注意便已逝去。习惯乃是时间意识的淡漠或者说入睡。如果青年时代我们过起来觉得很慢，往后的生活却好像越来越快，真叫步履匆匆，那想必也是习惯了的缘故。我们大概都了解，时不时地改变习惯和养成新的习惯，是我们唯一能保持生机和新鲜的时间意识的方法，是我们唯一能使时间感受减慢、增强和变年轻，从而也更新自己的整个生命感的途径。我们变换居留地和空气，到温泉旅行，目的均在于此。这也就是时时变些花样，加些调剂，能使人精力充沛的原因。到一个新地方的头几天——六至八天吧——时间的步履总显得年轻，也就是说长而有力；随后，随着人"习惯"的程度加大，它就明显地逐渐缩短了。那种执着于生活的人，或者说得更确切些，那种希望抓紧生活的人，他们便会发现日子又变得轻飘飘地开始往前溜去，心中于是感到恐惧；而最后一个星期——我们就说总共四个星期吧——更将快得吓人，一晃便逝去了。自然，时间意识更新的效果会超出在异地待的时间本身，人恢复常规的生活以后，还会显示出来，也就是回家后的头几天同样也会变得新鲜、实在和充满朝气，不过只有很少几天是如此罢了。人会很快重新习惯常规，要摒弃它却慢一些。人的时间意识要是因为年纪增大而疲倦，或者从来没得到过有力的发展——这是先天不足的表现，那它就会迅速入睡，只要24小时一过，人又觉得自己似乎从未离开家，旅行对于他只是夜里的一场梦而已。

为什么在此插进这番议论？是因为年轻的汉斯·卡斯托普也有相似的想法。几天以后，他就对他的表哥说，说时睁大布满血丝的眼睛瞪着约阿希姆："我老觉得滑稽，一个人初到异地，怎么会感到时间这么长。这就是……自然谈不上我感觉无聊，恰恰相反，我简直可以讲快活得像个国王。可是，当我掉转头看看，所谓回顾吧，你理解的，我又感觉自己像在这山上已经过了很长时间。回想起那会儿我没能马上明白自己已经到了，还等你说'就请下车吧！'，你想得起吗？那情景对我仿佛已是前辈子的事。这跟度量、跟整个理性都绝对没有一点儿关系，纯属感觉问题。听起来自然会很愚蠢，如果我说'我相信自己上山已经两个月'，那样就太荒唐了。我只能够讲'已经很久很久'。"

"不错，"约阿希姆嘴里含着温度表回答，"我也得到了好处。自从你来了，我差不多就可以随时跟你在一起。"汉斯·卡斯托普笑了，笑约阿希姆未做任何解释，笑他讲得这么简单。

他试着讲法语

不，他怎么都还不能说已经习惯。一方面是就他对此地十分特别的生活的了解而言——如他自己所说，他当着约阿希姆同样承认，自己不可能在短短几天里获得这种了解，甚至在三个星期里也不可能。另一方面是就他的机体适应"山上这些人"那种非常特殊的生活气氛而言，因为这种适应在他感觉不是滋味儿，极不是滋味儿。是啊，他仿佛根本没法适应似的。

正常的日子安排得条理清晰又周到，只要你顺应它的驱动，就会很快跑上轨道，感觉轻松自如。然而每隔一周或者更长时间，又会出现某些有规律的变化，对这些变化只能逐步适应。适应一种可能只要一次，适应另一种则要反复多次。至于每天会碰见的个别的人和事，卡斯托普还得随时留心学习，学习更加仔细地观察事物，以便用年轻人的敏锐吸收新的东西。

例如，走廊上有的门前放着的那些短颈球形瓶，汉斯·卡斯托普刚来那晚上就注意到了。当他问起时，约阿希姆便对他解释说，它们装着氧气。瓶里装的是纯氧，每瓶价值六法郎。这种提神的气体是拿来输给快死的人的，使他们最后兴奋一下，坚持多活一阵子。他们通过一根橡皮管将氧气吸进肺里。也就是说，在放着球形瓶的房间里，躺着的都是垂死者或如宫廷顾问贝伦斯所说的"痛得快死的人"。有一天，他穿着白大褂，脸色铁青地穿过走廊，碰见汉斯·卡斯托普，在两人一同下楼去时，他就对年轻人用了这个外来词。

"喏,您是位事不关己的旁观者!"贝伦斯说,"您怎么样,在您审视的目光中对我们可有些好感?可佩服我们?不错,我们夏天的疗养季节还可以,情况不坏。可为了搞得像个样子,我也付出了不少心血。只可惜您不肯在我们这儿过冬,我听说您只打算住八个星期?嗯,三个星期?那真叫来去匆匆,连脱下外套都不值得,您说是不是?真可惜,您不能和我们一块儿过冬。要知道,您真该瞧一瞧,什么是霍特福勒节,它会让您长见识。"他说这些话时,语气俏皮透顶。"这是下边坪上的一个国际性节日,可要等到冬天才过。小伙子们蹦蹦跳跳地玩地滚球。女士们呢,我的乖乖!一个个花枝招展,像天空里的鸟儿,都风流多情极啦……可这会儿我得去照顾咱那位濒死的病人啦,"他说,"在二十七号房间。已经奄奄一息,您知道。从中间给切掉了。昨天他已喝进去五大瓶,今天还得开,这个馋鬼。不过到中午大概就会回家去了。怎么样,亲爱的罗伊特呀,"他边说边跨进房间,"怎么样,要不要我们再开一瓶……"他的声音消失在了随手带上的门后。可在一瞬间,汉斯·卡斯托普来得及瞥见房间靠里边的床上,躺着一个脸色蜡黄的年轻人,下巴上稀稀疏疏长着几根胡须,头平放在枕上,只是慢慢地朝门口转过来他那对其大无比的眼睛。

这是汉斯·卡斯托普一生中看见的头一个垂死者,因为无论是他父母亲还是他的祖父,在临终时都是瞒着他的。那年轻人长着胡子的下巴冲着天,脑袋仰在枕上,显得多么庄严!他慢慢转向门口的特大眼球投射出的目光，又是何等意味深长！汉斯·卡斯托普还完全沉迷在那匆匆一瞥的印象中，下意识地也努力把眼睛慢慢地睁大、睁大，使目光显得意味深长，就像那位濒死的病人一样，同时继续往楼下走去。

他就这么瞪着眼睛，看见从他身后的门里出来一个妇女，她在楼梯口便赶上了他。他没有立刻认出那是舒舍夫人。她呢，对他那奇怪的眼神也只淡淡一笑，就用手托着后脑勺上的发辫，抢在他前面无声无息地、脚步灵活地、微微探着头走下楼去了。

头几天他几乎没有结交什么人，后来很长一段时间也没有。整个说来，院里的日程安排对此不利。加之汉斯·卡斯托普生性矜持，觉得自己在山上只是个客人，或者只是个如贝伦斯所说的"事不关己的旁观者"，有约阿希姆交谈和做伴，他大体上已感到满足。楼层的护士自然久已伸长脖子望着他们俩，一直到曾经也陪她说过话的约阿希姆，终于介绍她认识了他的表弟。她耳朵背后挂着夹鼻眼镜的带子，说起话来不仅做作，简直是让人难受。你仔细观察一下，就会得到一个印象，仿佛她已经被无聊折磨得有些丧失理智。要想摆脱她还挺困难，因为每当谈话快要结束，她就会表现出病态的恐惧；每当年轻人看样子要走了，她就用急促的话语和目光，用绝望的微笑将他们拽住，使表兄弟俩出于怜悯，只好留了下来。她东拉西扯地谈她的老爸，说他是位法学家，谈她的表哥，说他是位医生，显然为了标榜自己出自有教养的阶层，借以提高自己。至于那边房间里她照料的那个病人，他是科堡一位玩具制造商的儿子，名叫罗特拜恩。最近这年轻德国佬的病灶已经扩散到肠子上了。对于所有有关的人,这都很够呛,年轻的先生们该想象得出。特别是当你出身于知识分子家庭,有着上等阶层的敏感,就太够呛啦。你甚至背都不能转……最近,先生猜猜怎么着,她只是出去了一会儿,只是去买了点儿牙粉,回来就发现病人坐在床头上,面前摆着一大杯黑啤酒、一截意大利腊肠、一大块黑面包和一条黄瓜!所有这些家常美味,全是家里人送来给他补身子的。结果第二天自然是要死不活。他这叫作自己找死。但死了只对他个人意味着解脱,她可还是不成。顺便说说,她名叫白尔塔,实际上就是阿尔芙雷达·希尔德克涅希特,因为她反正又得去护理另一个病人,病情可能重些也可能轻些,可能在这儿也可能在另一家疗养院,这就是展现在她面前的未来,别的前景根本没有。

是啊,汉斯·卡斯托普说,她的职业无疑挺艰辛,不过嘛也令人满足,他是否可以这么认为?

当然,她回答,令人满足——令人满足,但非常艰辛。

喏,愿罗特拜恩先生诸事顺遂。表兄弟俩说着想溜。

可她赶紧用话语和目光制止他们。她那么拼命想拴住年轻人,让他们跟她多待一会儿的情景,看上去实在可怜。不再给她一点儿时间,似乎有些残忍。

"他睡了!"她说,"他不需要我。所以我才有几分钟到走廊上来……"她抱怨宫廷顾问贝伦斯,说他跟她讲话口气太随便,有损于她的出身。她更喜欢克洛可夫斯基博士——因为她称他很有良心。随后她又谈起自己的老爸和表哥,可脑子已想不出新的东西。为了再拴住表兄弟俩一会儿，她徒劳地挣扎着，以致突然提高嗓门儿，开始大声喊叫，因为他们真准备走了。终于，他们摆脱了她。可白尔塔护士呢，仍朝着他们的后背探出上半身，眼巴巴地盯着他们，好像要用目光将他们吸回去一般。末了儿，她从胸中吐出一声叹息，转过身去，走进了她照管的病人的房间。

除她之外，汉斯·卡斯托普在这些天里只认识了那个穿黑衣裙的脸色苍白的夫人，那个他在花园里看见的被称作"两个全都"的墨西哥女子。确实，他也听见她嘴里念叨那成了她绰号的可悲咒语，不过因为已有思想准备，就保持了落落大方的风度，事后他对自己挺满意。表兄弟俩是在第一次早餐后按规定出去遛弯儿时，在疗养院大门前碰见她的。只见她身上裹着黑色的喀什米尔披巾，膝头弯曲着，跨着长而急促的步子，不停地在那里踱来踱去。一条黑色的纱巾包裹着她已掺进银丝的头发，在下巴底下打了个结子，将她那生着一张愁苦的大嘴的老脸衬托得更加惨白。约阿希姆和往常一样没戴帽子，只好向她鞠躬致意。她慢慢回着礼，在看人的时候窄窄的额头上皱纹变得更深。她停下来，因为看见了陌生的面孔。她微微点着头，期待年轻人靠近。显而易见，她认为有必要听一听新来者是否已了解她的命运，并且让他发表一下自己的看法。约阿希姆介绍了自己的表弟。她便从披巾中向客人伸出手来——一只干瘦、泛黄、血管凸露的、戴着许多戒指的手。她一边继续向他点头，一边两眼死死盯着他。随后就是：

"先生，"她说，"我把情况全告诉您（法语，下同）……"

"我知道这件事,太太,"汉斯·卡斯托普压低嗓门回答,"对此我深感遗憾。"

在她那漆黑的眼睛底下,松垂的泪囊如此大,如此沉,汉斯·卡斯托普从未见过。从她身上散发出一股淡淡的枯叶的气息。年轻人的心软了下来,变得有些严肃了。

"谢谢。"她的发音尖锐,与她衰朽的形象形成奇怪的对照,同时,她那大嘴的嘴角凄惨地往下撇着。随后,她把手缩回到披巾底下,歪过头,继续踱她的步去了。汉斯·卡斯托普一边往前走,一边说:

"你瞧,我一点没事儿,把她对付得非常好。对付这类人我都会很在行,我相信,我生来就懂得怎样跟他们打交道——你说不是吗?我甚至以为,整个说来,我与悲伤的人能比与快活的人更好地相处,上帝知道原因在哪里,也许就在我也是个孤儿,早早地失去了父母吧。可是当人们严肃而悲哀地面对着死亡,死亡却不能使我心情抑郁,感到难堪,倒令我觉得适得其所,至少比处在热热闹闹的场合更好、更称心。最近,我曾想:这儿的女士们也太愚蠢了,竟如此惧怕死,惧怕与死有关的一切,以致院里什么都小心翼翼地瞒着她们,要等她们吃饭去了,才给快死的人送终。呸,太蠢了。你不挺乐意看见一具棺材吗?我可是挺乐意。我觉得,棺材是件非常美的家具,即使空着。而一当有谁躺在了里面,那它在我眼里就简直变得神圣了。至于葬礼,则有着感化心灵的作用——有时候我想,人不该进教堂,而应去参加葬礼,如果他想获得一点点启迪的话。人们都穿着规规矩矩的黑衣服，手里拿着帽子，眼睛凝视棺木，形容庄重肃穆，谁也不许像平时生活中那样开无聊的玩笑。我很高兴，人们终于表现出了一些虔诚。有时候我问我自己，我是不是该去当神父来着？——在一定程度上，我相信这挺适合我……但愿我刚才用法语讲的话没有什么错误？"

"没有，"约阿希姆回答，"至少'对此我深感遗憾'这句非常正确。"

政治上可疑

正常日子有规律的变化到来了：首先是一个星期天，一个在露天平台上演奏疗养音乐的星期天。这种事每两周一次，也就是作为双周结束的标志。汉斯·卡斯托普上山来正碰着个双周。他星期二抵达，第五天便碰上听音乐。这一天在那气温骤降、寒冬乍到之后又充满了春天的意味——空气柔和清新，淡蓝色的天空中飘着白云，阳光和煦地照在山坡和谷地上，刚积起的雪迅速融化了，四野又是一派夏日的葱绿。

很显然，人人都热诚地迎接这个星期天，都努力地想有所表现。院方和疗养客相互支持，相互勉励。还在早餐桌上，就增加供应了撒糖粉的蛋糕，每个座位前还摆上了一只插着几朵花的小玻璃瓶，野丁香甚至阿尔卑斯山玫瑰什么的。男士们把花摘下来插进衣襟的扣眼里——多特蒙德来的帕拉范特检察官甚至穿了一件黑色燕尾服，洒花坎肩；女士们的打扮更富节日气息——舒舍夫人穿着一身轻柔似水的敞袖花边晨衣走进餐厅,在玻璃门咣啷一声关住以后,她先转过身来,像是要在众人面前姿态优雅地亮亮相,然后才脚步轻轻地直趋自己座前。她穿得如此漂亮,以致汉斯·卡斯托普的邻座,那位柯尼斯堡来的女教师禁不住连声赞叹。——甚至连"差劲儿的俄国人席"上的那对野蛮夫妇,连他们俩也对主的日子表现出尊重,男的脱掉皮外套和毡靴,穿了件短大衣和皮鞋;女的呢,尽管今天仍然戴着那顶肮脏的羽毛帽子,下边却换了件绉领的绿绸上衣……看见他们俩,汉斯·卡斯托普皱了皱眉头,脸也红了。这是他上山后常有的情况,自己也已注意到。

第二次早点以后,疗养音乐就开始在露台上演奏起来。各式各样的铜管和木管乐器一应俱全,吹奏出来的曲调时而轻快,时而徐缓,几乎一直演奏到了吃午饭。在开音乐会的过程中,静卧的规定就不是非遵守不可了。虽然仍有些人躺在自己的阳台上享耳福,在花园敞厅中的三四把椅子上同样也坐着人,不过,多数疗养客还是坐在有顶棚的平台上一张张白色的小桌子前。至于活泼的青年们——他们也许觉得坐椅子太庄重了吧,干脆占据了通向花园的石台阶,在那儿制造着欢乐的气氛。这些年轻的病人有男有女,汉斯·卡斯托普要么已经见过大多数,要么已经听到过他们的名字。里边有赫尔米娜·克勒费特小姐,有阿尔宾先生。只见阿尔宾先生端着一个大大的花铁盒子走来走去,请所有人吃装在盒里的巧克力,自己却一点儿也不尝,而是含着个金烟嘴儿抽香烟,一副老爸爸神气。此外还有"半边肺协会"的厚嘴唇小伙子和面孔呈象牙色的瘦削的莱薇小姐；还有一个叫拉斯穆森的头发灰黄的年轻人，他的两只手鞠躬致意于胸前，看上去就像鱼的鳍。从阿姆斯特丹来的萨洛蒙太太，一位穿红衣服的大胖女人，也混在小青年中间。在她身后坐着那位头发稀疏的顾长男子，他会弹奏《仲夏夜之梦》中的乐曲，现在却双臂抱膝，目光忧郁地凝视着胖太太棕黑色的后颈窝。另有一个从希腊来的红发少女，以及一个少女长着一张貘[①]一般的脸孔，从什么地方来的还不知道。还有那个眼镜片极厚的饕餮小伙子，以及一个十五六岁光景的戴单眼镜的少年，他在干咳时总把小指头那长长的盐勺似的指甲伸到嘴巴里去，显然是头上等蠢驴，——以及其他形形色色的人。

约阿希姆低声告诉表弟，蓄着长指甲的小青年进来的时候原本没多少病——体温正常，只是出于小心，才被他做医生的父亲送到了山上，根据宫廷顾问的诊断大约只住三个月就该够了。现在三个月已过去，体温反倒上升为37.8℃至38℃，真的病啦。可他生活得仍旧那么荒唐，真该挨嘴巴。

表兄弟俩独自占了一张小桌子，与其他人离开一段距离。这时汉斯·卡斯托普一边喝早餐剩下来的黑啤酒，一边抽他的雪茄。现在，他觉得烟味儿有时好了一点儿。跟往常一样，啤酒和音乐使他陶醉了，以致张着嘴巴，歪着脑袋，睁大了红红的眼睛望着周围无忧无虑的人们。他尽管意识到所有这些人体内正经历着难以阻止的崩溃衰败，其中的大多数人都发着低烧，还是完全

[①] 貘的面貌特征之一是鼻子很长。

没有扫他的兴,相反倒使他觉得整个情景更有意思,甚至可以说还增添了某种特殊的精神魅力……人们在小桌旁饮着气泡儿翻涌的汽水。台阶上有谁在拍照。在那儿,另一些人正在交换邮票;从希腊来的红发少女正用一个本子为拉斯穆森先生画像,画好后却不给他看,而是张开大嘴笑着将身子转来转去,使他久久没能将本子抢到手。赫尔米娜·克勒费特小姐眼睛半睁不闭地坐在石阶上,拿一个报纸卷儿和着音乐打拍子,听凭阿尔宾先生将一束野花拴在她的衣襟上。厚嘴唇小伙子坐在萨洛蒙太太脚底下,仰着脑袋与她闲扯,头发稀疏的钢琴家则目不转睛地在背后死盯着她的颈项。

医生也深入疗养客中来了,宫廷顾问贝伦斯身穿白大褂,克洛可夫斯基博士穿着黑罩衫。他们一桌一桌地依次走过,宫廷顾问差不多对每个人都要开上句轻松的玩笑,以致走到哪儿,哪儿就会掀起一阵愉快的骚动,就像轮船行过总要带出长长的波痕一般。最后,他们走下台阶到了年轻人中间,在那里,克洛可夫斯基博士立刻陷入女士们热情相邀、频送飞眼的重围。宫廷顾问却表现出对男士们的尊重,向他们展示自己上靴带的艺术:他将大脚踏在高一级的台阶上,解开鞋带,用一种特别的熟巧把它们扯下来提在手上,然后又在无须另一只手帮忙的情况下,异常麻利地将带子还原好。好几个人都企图学他的样儿,结果全都徒劳。

过一会儿塞特姆布里尼也在露台上露了面。只见他拄着手杖从餐厅里踱出来,今天仍穿着他那平绒外套和淡黄色裤子,脸上带着不以为然的警惕表情环视了一下四周,然后慢慢走近表兄弟俩的桌前，请求允许他与他们同坐，同时说了句："啊，挺不错嘛！"

"啤酒、雪茄外加音乐，"他说，"这就是您的祖国！看得出，工程师，您富于民族情绪。您现在如鱼得水，我很高兴。让我也来分享分享这和谐的情趣吧！"

汉斯·卡斯托普紧抽了几口——他一看见意大利人就这么做了。他说：

"您可是迟到了，塞特姆布里尼先生，音乐会想必马上就要结束。您不喜欢听音乐吗？"

"不喜欢受人指挥，"塞特姆布里尼回答，"不喜欢按日历行事。不喜欢它带着药房的气味儿，不喜欢它出于卫生的考虑由上头指派给我们。我对自己的自由还相当重视，或者讲还相当重视那给我们留下的一点点自由，一点点人的尊严的残余。这样的活动我只来当当旁观者，就跟您在咱们疗养院整个儿也只是个旁观者一样——我来待上一刻钟，然后便走自己的路。这样做，可以让我产生独立不羁的幻觉……我不想说这比一个幻觉强，可只要它能给我某种满足感，你还好讲什么呢？您的表哥嘛，又是另一回事。对于他这就是执行任务。不是吗，少尉？您把它也看成任务的一部分。噢，我知道，您了解那种在做奴隶时保持自己骄傲的伎俩，一种令人头昏眼花的伎俩。在欧洲并非人人掌握了它。音乐呢？您不问我是否承认自己为音乐爱好者吗？喏，如果您说'爱好者'，"——汉斯·卡斯托普记不起自己说过，"那么这个词儿倒选得不错，有些个随随便便的味道。好吧，我同意。是的，我是个音乐爱好者——可这并不等于说，我特别重视它。——情况差不多就是这样，我看重和喜欢这个词儿，喜欢这个精神的载体，这个工具，这个时代进步的闪光的犁头……音乐……它含糊不清，暧昧可疑，不受约束，难以界定区别。想必您会反驳说，它可是清清楚楚的呀。可自然界也可以是清楚的，小溪也可以是清楚的，但对我们又有什么用？这不是真正的清楚，这只是一种梦幻般的清楚，不说明任何问题的清楚，不负任何责任的清楚，不做出任何结论的清楚，所以也是危险的，因为它诱使我们去它那儿寻找安宁……您可以说音乐会使心灵变得崇高。很好！它能使我们的感情燃烧起来。然而，现在的问题却是要激发我们的理性！音乐看样子像是行动——我却怀疑它会助长无所作为。让我把话说透吧：我对音乐怀有一种政治上的反感。"

听到这儿，汉斯·卡斯托普禁不住一拍大腿，高声喊道，如此高论他这一辈子真叫闻所未闻。

"就算这样，也请您思考思考！"塞特姆布里尼微笑着说，"音乐作为最后一种激励情感的手段，作为一种向上向前的推力，作用是不可估量的，如果听者的精神已预先受过训练的话。但文学必须走在前面。音乐单独不能使世界前进。单有音乐是危险的。对于您这个人来说，工程师，更绝对危险。在我进来的时候，我一眼就从您脸上的神色看出来了。"

汉斯·卡斯托普笑开了：

"哈哈，我的脸色您不能瞧，塞特姆布里尼先生。你们这上边的空气，我受不了，您不相信吗？我想到该适应它，就越发感觉难受。"

"我怕这是您的错觉。"

"不,怎么会!鬼才知道我怎么总这样疲倦,并且发烧。"

"我仍旧认为,我们必须感谢院方举办音乐会,"约阿希姆谨慎地说,"您嘛是从更高的出发点观察问题,塞特姆布里尼先生,所谓从作家的立场,所以我不想反驳您。不过我认为,能在这儿听听音乐,仍然值得感谢。我本人并不具有多少音乐修养,再说演奏的那些曲子也不见得怎么样——既非古典,也非现代,仅仅是铜管乐而已。但不论怎么讲,还是不失为一种可喜的调剂。它使几个钟头变得充实而有益,我是说:它把时间分成一段一段,分别将它们填满,使里边总算有了点儿什么。而往常,我们却得一小时一小时、一天一天甚至一周一周地消磨,真叫可怕极了……您瞧见了,眼下这支不起眼的普通曲子大约要奏七分钟,不是吗?这七分钟可就自成一体,有开端,有结束。它们将自己显露出来,避免了不知不觉就消失在永远一个样子的流逝的时间里。而且,它们本身又反反复复地被曲子的各种音符分得更小,然后变成一个个节拍,以致每一瞬间都有点儿什么发生,都获得了一定的意义——我们可以把握住的意义。而往常……我不知道说得对不对……"

"太好啦!"塞特姆布里尼叫起来,"太好啦,少尉!您很好地阐明了音乐本质中无疑是合乎道德的因素,即它能用一种十分特别而生动有趣的度量方式,赋予时间的流逝以清醒以精神和价值。音乐能唤醒时间,唤醒我们对时间的细腻感受,唤醒……

在这个意义上，音乐是合乎道德的。艺术合乎道德，只要它使人清醒。可是，如果它起着相反的作用，那又怎样呢？如果它麻痹人，使人昏昏欲眠，阻碍行动和进步呢？音乐也能起这样的作用，从本质上讲，也可像鸦片起的作用一样。这是一种罪恶的作用啊，先生们！鸦片是魔鬼创造的，因为它使人迟钝、麻木、怠惰，使人安于奴隶式的静止无为……音乐这东西很值得考虑，先生们。我坚持认为，它具有两重性。不把话扯远了，我干脆称它在政治上是可疑的。"

他还继续这么讲了一阵，汉斯·卡斯托普也仍然听他讲，只是已不很了然他讲的究竟是些什么意思，一则因为疲倦，再则那边石阶上一伙小青年的嘻哈打闹也分了他的心。他看清楚了吗？究竟是怎么回事？那个长着一张獏一般面孔的女孩子，正忙着为戴单眼镜的青年缝他运动裤膝头衩上的扣子！由于患有哮喘，她呼吸困难，脸颊发烧；他呢，也咳咳呛呛，同时把小指头那盐勺一样的长指甲伸进嘴里！他们病着呢，两人全一样。可这正好证明山上的年轻人中间，男女关系很是特别。

乐队正演奏波尔卡……

希　培

就这样，星期天显然有别于其他日子。除此而外，下午主要的活动是疗养客们乘车结伴出游。喝过茶以后，一辆辆双套马车盘山而上，停在了疗养院的大门前，等着接订车的主儿。主要是那些俄国佬，特别是俄国妇女。

"俄国人老爱乘车出去兜风，"约阿希姆对汉斯·卡斯托普说，——他们俩站在大门口看着人家出发，以此消磨时光，"他们要么去克拉瓦德尔，要么去湖滨，要么去弗吕拉谷，要么去修道院。能去的就是这些地方。你要有兴致，趁你在的时候我们也可去一次。不过我想为适应环境，你暂时还有的是事情，用不着往外跑。"

汉斯·卡斯托普表示赞成。他嘴里咬着根雪茄，两手插在裤兜里。他看见那位矮小而快活的老太太由自己瘦削的侄女陪着，同另外两位妇女一块儿坐上了一辆马车，她们是玛露霞和舒舍夫人。后者穿着件背后有带子的薄风衣，但仍未戴帽子。她和老太太坐的是后边脸朝前的位子，两个年轻姑娘则坐在对面。四个人都异常兴奋，不停地活动嘴皮子，说她们那柔软得几乎像没有骨头的语言。她们说说笑笑，笑车里那条毯子，她们好不容易才将它扯开来，把大家的腿全盖好；笑老太太带在路上塞嘴的俄国甜食，用一只有棉花和纸屑做衬垫的木匣子装着，现在已被她拿出来请大家享用……舒舍夫人沙哑的嗓音，卡斯托普听得特别留心。每当这个不拘小节的妇女出现在他眼前一次，他便更加觉得她和什么非常相像。他曾努力回忆到底像什么，后来在梦中才明白了过来……然而玛露霞的笑声，她那圆圆的褐色的眼睛在蒙着嘴的手绢上面稚气地张望的神情，她那高耸的据说里面病得不轻的胸脯，都让他想起别的什么，他最近才看见过的、令人震惊的什么。这当儿，他不由得瞟了身边的约阿希姆一眼，但只是小心翼翼地,连头也不曾动一动。没有,赞美上帝,约阿希姆没有像上次那样脸上红一块青一块,嘴角也不曾凄苦地咧着。不过他仍死盯着玛露霞,而且那姿态,那眼神,怎么也不能说够军人气派,相反倒如此忧郁,如此忘情,只能讲是个地地道道的老百姓。只是他很快警觉起来,转过脸来看着汉斯·卡斯托普;这位呢,刚好来得及收回目光,把它送到空中的什么地方去。与此同时,他却感到心脏怦怦地狂跳起来——无缘无故地,自动地狂跳起来。

礼拜日剩下的时间再没有任何特殊内容,也许除了吃饭以外。饮食虽然不大可能比平时搞得更丰富,至少菜肴却更精美。午餐已吃过用虾米和剖开的樱桃做花饰的果汁烧鸡,用糖丝编成的小篮子装着的冻糕和鲜菠萝。晚上在喝过啤酒以后,汉斯·卡斯托普就感到比前几天更疲倦、更冷,手脚更沉重,因此不到九点钟,他便向表哥道晚安,然后一头钻到鸭绒被子底下,像死人一般睡去。

可是第二天,也就是他上山后度过的第一个星期一,在疗养院的日程安排上仍有一点儿定期出现的新鲜事。那就是每隔十四天,在餐厅里,面对"山庄"所有成年的、听得懂德语的、尚不曾病入膏肓的疗养客,克洛可夫斯基博士要作报告。汉斯·卡斯托普听表兄讲,那是一系列内容连贯的科学普及性报告中的一次,总题目叫作"爱情作为致病的力量"。这有教益的谈话在第二次早餐后进行。逃避听讲,约阿希姆又说,是不允许的,至少会使主持者极不高兴。——正因为如此,塞特姆布里尼尽管德语比不少人都棒，却不仅从来不听，而且还说一些不三不四的话，自然就被认为是放肆无礼之极了。至于汉斯·卡斯托普，他立刻决定去听主要是出于礼貌，但同时也不掩饰自己的好奇。然而，在此之前，他干了一件极不合宜的事。他突然心血来潮，独自一人出去散了很久的步，效果之坏大大出乎他的预料。

"你听我说！"约阿希姆清早走进他的房间，汉斯·卡斯托普头一句话就说，"我看我不能再这么干下去了。我已经厌烦所谓'水平的生活方式'——老那么躺着血都快凝住了。你的情况自然不同，你是个病人，我完全不愿影响你。可我今天想吃完早餐马上去好好走一走，要是你不见怪的话。就那么随心所欲地去外边走那么几小时。我留了一个面包在袋里当第二次早餐，因此不受约束。咱们倒要瞧瞧，看我回来的时候是不是已成为另外一个人。"

"好吧，"约阿希姆回答，因为他看见表弟说得挺认真，显然主意已定，"不过别搞过分了，我劝你。山上与家里不同，再说还得准时回来听报告！"

其实，年轻的卡斯托普决心这么做，除去单纯的身体原因，还有其他一些缘故。他觉得，造成他头脑发烧、口里常常没有味道、心脏无故乱跳的罪魁祸首，似乎主要并非适应气候水土的困难，而是另一些事情，诸如隔壁那对俄国夫妇的行径，席间有病却愚蠢的施托尔太太的唠叨，每天他在走廊上听见的马术师搅烂糨糊似的咳嗽，阿尔宾先生的高谈阔论，以及养病的青年男女之间的暧昧关系对他的刺激，再加上约阿希姆在看见玛露霞时的神奇表情，诸如此类，等等等等。他想，哪怕是暂时跳出"山庄"这个魔圈，到野外去好好喘口气，使劲儿活动活动筋骨，就算晚上累倒了也知道为什么，想必不会坏吧。于是，早饭后，当约阿希姆例行公事地溜达到山上水槽边的那条长凳去时，他便与表兄分道扬镳，手里摇着手杖，大踏步地沿着马路往山下走去。

这是个清冷的云雾蔽天的早晨——八点半光景。如他所期望的，他深深地呼吸着清晨的纯净空气。这空气是那样新鲜，那样轻柔，没有潮腻的香味，没有任何内容，引不起任何回忆，顺顺当当地就流进了汉斯·卡斯托普的身体里……他跨过水渠和窄轨铁道，上了敷设得不怎么规则的大路，离开大路立刻转进草地上的小径，在平地上走了一小段，随即斜着向右边相当陡的山坡爬去。爬山令汉斯·卡斯托普高兴，他的胸部舒展开了，他用手杖将盖住额头的帽子顶到了后脑上。爬到了相当高的地方，他回首眺望，只见他初来时经过的那片湖泊美丽如镜子一般，禁不住唱起歌来。

他想起什么就唱什么，总之是各式各样民歌风的多情善感的歌子，像大学生酒歌集和体育协会歌曲集里搜集的那种，其中一首有两行是：

浴场应该有美酒和爱情，
更值得夸耀的却是德行。

他开始还是轻轻哼着，很快就放开喉咙拼命地唱。他那男中音原本沙哑，今天听在自己耳里却异常优美，因此便越唱越带劲儿。要是音起高了，他就改用假声；这在他听来同样挺美。要是忘记了词儿，他就用一些无意义的音节和字将曲调填起来，以歌唱家似的圆圆的口型，用浓重的大舌颤音r，把曲词送入空中。最后，不论是词句还是曲调，他都干脆随心所欲地幻想出来，而且还一边唱一边像歌剧演员似的挥动手臂。由于边爬山边唱歌很累，他不久就感到呼吸困难，越来越困难。可为了理想，为了歌唱艺术的美，他克服困难，一边不断喘气，一边坚持唱完了最后一支歌，直到呼吸急促，眼冒金星，脉搏跳得飞快，终于身子一沉，坐在了一棵粗壮的松树底下。——刚才还是那么得意扬扬，这时突然就心烦意乱，头昏脑胀，到了绝望的边缘。

当他勉勉强强重新稳定神经，站起来继续行进时，脖子却很厉害地抖动起来，脑壳直摇晃，虽然他还如此年轻，就跟当初他祖父汉斯·洛伦茨·卡斯托普一个样了。这种现象使他禁不住想起自己的先祖父，可他却不觉得讨厌，反倒乐于模仿老人将下巴顶在胸脯上的庄重模样。老祖父这种用来控制摆头风的办法，一直就让小孙儿的他喜欢。

他沿着蜿蜒的小路继续往上爬。叮当的牛铃吸引着他，他也找到了牛群。牛群正在一所小木屋附近吃草，木屋顶上压着石板。迎面走来两个蓄着胡子的男人，肩膀上扛着斧子，走近他跟前就分了手。"喏，回见，谢谢！"一个对另一个说，嗓门低沉，上腭音很重，说时将斧子换了换肩，也不择路，钻进枞树林就喊喊喳喳地向山下走去。在四周一片岑寂中，那一声"回见，谢谢"听起来煞是奇怪,使因为爬山和唱歌感到疲乏了的汉斯·卡斯托普恍然如在梦中。他轻声重复着,极力模仿山民那喉音很重的显得朴实敦厚的土话。他越过小木屋继续往前走了一段,想要一直走到树林边上。可他瞅了瞅表,便放弃了这个打算。

他向左走上一条回达沃斯坪的小径,先走一段平路,然后便下山。他进了一片树干很高的针叶林,在穿过林子时甚至又轻轻唱了几句歌,虽然脚步小心翼翼,虽然膝头在往下走时比先前颤抖得更加厉害。可是一走出林子,他就停住脚步,让突然展现在面前的一派美景给怔住了。好一个幽静、和平而又肃穆的小天地啊!

在平缓的石头溪涧里,一道山水从右边的山坡泻下,泡沫翻涌地漫过阶梯状的层层石岩,静静地向着谷底流去,溪上画一般地架着一座栏杆古朴的小木桥。一种灌木铃铛模样儿的小花四处蔓生着,使整个谷地变得蓝莹莹的。从谷地里一直到山脚下,这儿那儿耸立着一棵棵或一丛丛枞树,高大、匀称、端庄,有一棵扎根在山溪旁边的峭壁里,斜着伸展进图画中,看上去更是别有一番情趣。溪水潺潺,使这与世隔绝的所在显得格外美好、幽寂。在小溪的另一边,汉斯·卡斯托普发现了一条凳子。

他跨过木桥,在凳子上坐下来,观赏那瀑布似的溪水,那翻滚的泡沫,聆听那絮语般的、看似单调却富于内在变化的潺潺水声。须知汉斯·卡斯托普他如爱音乐一般爱这水的絮语,是的,也许尤有过之。谁知刚刚坐稳当,他却突然流起鼻血来,连衣服也弄脏了一点儿。血流得很急,止都止不住,足足折腾了他半个钟头,使他不得不在板凳与小溪间奔来跑去,用手帕去浸水,将湿手帕一次次搭在鼻子上，身子仰卧在板凳上面。他一直躺到血终于止住了。——他就那么静静地躺着，手抱在脑袋后面，蜷着膝头，闭紧两眼，耳中充满潺潺的水声，倒也没什么不舒服，相反浑身血液循环大大减缓，身体活动量骤然降低了，反倒令他感到心平气和。要知道，他在呼出一口气之后，竟然久久不感觉有吸进新鲜空气的必要，而是让心脏在他平静的体内慢慢跳上几下，才懒懒地马马虎虎吸口气了事。

仿佛突然之间，他又回复到了早年的那种生命状态，那种再现了他最新印象的梦里的典型情景，一场几天之前的那个晚上做过的梦中的情景……他是那么坚决、那么彻底地摒弃了空间与时间的距离，回到了彼时彼地。你完全可以说，躺在这山间溪水旁的板凳上的只是一具无生命的躯壳，真正的汉斯·卡斯托普已经离得远远的了，已经处于往昔的环境中，已经处于一种尽管极为平常但却富于冒险情趣的令人陶醉的状态。

当时他十三岁，念九年制中学的四年级，还是个穿短裤的小男孩。他站在学校的院子里，和别的班跟他年龄相仿的另一个男孩谈话。——谈话是汉斯·卡斯托普随便引起的。虽然谈的事情简单明了，不会持续多久，却也使他十分快活。时间是最后两节课当中的课间休息，汉斯·卡斯托普班上刚上完历史课，正要上图画课。院子的地面是用精致的砖块铺设起来的，一道木板盖顶的开有两扇门的围墙将它与校外的马路隔开来。学童们有的三五成群地站着，有的并排着走来走去，有的半坐半倚在教学楼涂了釉子的墙壁的凸棱上。院内一片嘈杂。一位戴宽边软帽的教员一边注视着学生们的活动，一边咬火腿面包。

跟汉斯·卡斯托普谈话的男孩姓希培，名字叫普里毕斯拉夫。奇怪的是，这名字中的"里"得念成"希"，因此他就叫"普希毕斯拉夫"。再者，这个稀罕的名字和他的模样还挺般配。他的长相也非同一般，可以讲很有些特别。希培是人文中学的历史教授的儿子，全校出名的模范学生，年龄几乎跟汉斯·卡斯托普一般大，却已比他高一个年级。他出生在梅克伦堡，瞧他的模样显然在血管中混合着不同民族的血液，要么日耳曼人的血液混进了文德斯拉夫人①的血液中——要么倒过来。他的头发虽说是黄的，却在头顶上剪得很短很短。他的眼睛呈蓝灰色，或者灰蓝色——一种不怎么好确定的有多种含义的颜色，一种近乎远山似的颜色——眼睛的形状只是窄窄的一条缝，仔细看去甚至还有些斜，眼睛底下马上就是大而突出的颧骨——一张以其类型而言绝不丑陋的面孔，甚至还有些讨人喜欢，但是却足以令同学们给他取了一个绰号：吉尔吉斯人。此外，希培已经穿长裤，在他那件背后开衩、扣子一直扣到脖子根儿的蓝上衣的衣领上，总是掉着好些头皮屑。

眼下的情况是，汉斯·卡斯托普长久以来就在注意这位普希毕斯拉夫。——从校园里熙熙攘攘的众多认识与不认识的同学里，他偏偏挑中了他，对他产生了兴趣，老盯着他看，也许应该讲是钦佩他吧？无论如何，卡斯托普对他是格外关心，在上学的路上

---

① 文德斯拉夫人，即德国境内的少数民族索本人。

一想到能观看他与同学交谈、说笑，能远远地听见他那微带沙哑但却悦耳的嗓音，心中便暗暗高兴。可以承认，汉斯·卡斯托普这种感情并无充分的理由，除非我们把他奇怪的名字，把他是个模范学生——这一点不可能起多大作用——或者连他那吉尔吉斯人的眼睛什么的，统统都给算上。这双眼睛有时茫然无所视地瞟着旁边，就像蒙上了夜幕似的变得幽暗起来。汉斯·卡斯托普也不大理会自己特别留意希培的理由，更没想在必要时如何将它表述出来。要知道还谈不上什么友谊，他压根儿就不"认识"人家嘛。首先，没考虑到可能会谈这件事，就丝毫不存在给它定一个名称的必要——汉斯·卡斯托普不善于也不乐意做这种事。其次，名称如果不意味着评价，那也意味着定性，即在已知和习惯的事物中为其明确一个位置。汉斯·卡斯托普呢，却无意识地怀着一种信念，认为像他眼下这样隐藏在内心中的热情，还是永远避免明确定性为好。

理由充分也罢，不充分也罢，他这种无以名之、难于述说的感情却充满生命力，以致汉斯·卡斯托普暗暗怀着它已经有一年了——大约一年吧，因为也说不确切它究竟开始于什么时候。这至少表明他性格的忠诚与坚定，如果我们考虑到在那个年纪，一年时间是何等漫长的话。遗憾的是一说起性格，通常就包含着某种道德评判，不管是褒还是贬，虽然常常两者俱有。汉斯·卡斯托普并不以自己的"忠诚"自豪，他这种性格——我们并非要给予评价——实际上是他心灵迟钝、缓慢和固执的表现，是他的一种持久的基本情绪的表现，即觉得生活中的某些状态和情况越稳定，越长期存在，就越有价值。他还倾向于相信，他正好生活于其中的状态和环境是无限绵长的，因此便珍惜它们，不希望发生变化。所以，他也习惯了内心中对希培那种隐秘的不声不响的感情，从根本上视它为自己生活里一个稳定的组成部分。他喜欢由它造成的心灵的激动，诸如希培今天是否会碰见他、会从他身旁走过、也许还会看他一眼之类想法引起的激动，喜欢他这个秘密赐予他的无声而温柔的充实感，甚至喜欢种种同时也会由此产生的失望，等等。对于汉斯·卡斯托普来说，最大的失望莫过于希培"不存在了"。这一来校园会一片荒凉，日子会索然无味，然而却依然存在着希望。

过了一年，事情出现了富于冒险情趣的高潮，然后靠着汉斯·卡斯托普的忠诚又维持了一年，再往后终于结束了——而且是在他没有察觉的情况下，将他与普希毕斯拉夫·希培联系起来的感情纽带终于慢慢松了，散了，正如当初他也未曾察觉到这纽带是怎么结起来的一样。后来，普希毕斯拉夫随着父亲工作调动而离开了学校和本城。这些，汉斯·卡斯托普几乎没再注意。在眼下之前，他已将希培遗忘。可以讲，"吉尔吉斯人"的形象好似从雾里走出来，不知不觉地进入了汉斯·卡斯托普的生活，慢慢地变得越来越清晰具体，直到终于出现那么亲近、实在的一刻，他站在校园中，一时间比其他一切都更加重要，随后又慢慢地退去，也没有分别的痛苦，便重新消失在了雾里，直至无踪无影。

眼下，汉斯·卡斯托普又回到了那富于冒险意味的情境，回到了那亲近、实在的一刻。当时的谈话，真正与普希毕斯拉夫·希培的谈话，是这么开始的：轮到上图画课了，汉斯·卡斯托普发现自己没带铅笔。他班上的同学谁都自己需要用笔；不过在其他班他也有这个那个熟人，他可以去向人家借呀。可他却觉得最熟的是普希毕斯拉夫；他感到与他最亲近，与他在心里边已经打过无数次交道。他心里一高兴就决定利用这个机会——他称之为机会，于是真的找普希毕斯拉夫借铅笔去了。他没有想到这个行径颇有些奇怪，因为他实际上并不认识希培；要么就是他有意不考虑这个，不顾一切地想亲近希培已经到昏了头。于是，在那砖块铺垫的闹闹嚷嚷的院子里，他便真的站在普希毕斯拉夫面前，对他说：

"对不起，可以借我一支铅笔吗？"

普希毕斯拉夫用他高颧骨上那对吉尔吉斯人眼睛瞅着他，嗓音低沉悦耳地和他讲话，一点儿也不大惊小怪，或者他也感到惊奇，只是没有表现出来。

"好的，"他回答，"可你上完课一定得还我。"说着便从衣袋里拔出自己的笔来，一支带箍的银色铅笔。必须把箍往上推，红色的笔尖才会从金属套里伸出来，希培解释着简单的原理。两个人都低着脑袋。

"可别掰断了！"他还讲。

瞧他想到哪儿去了？好像汉斯·卡斯托普存心借了不还，或者会粗心大意地将笔弄坏似的。

接下来两人相视笑了笑，因为再没什么话好说，便犹犹豫豫地背转身，各自走了。

这就是全部经过。但汉斯·卡斯托普在一生中,从没有像他紧接着上图画课时那么心情愉快过;因为他是用普希毕斯拉夫的铅笔在画画儿,而且还可望在下课后再将笔交还给它的主人。作为纯粹的归还必将自自然然,无拘无束。他感到那么自在,还将笔尖削了削。从削下来的红碎屑中,他拣了三四片保存在书桌里面的抽屉里,差不多保存了整整一年之久——大概谁见了也不会猜到它们包含着多么巨大的意义。结果归还的手续极为简单,却完全符合汉斯·卡斯托普的心愿,是的,他甚至还特别引以为自豪。——与希培的私下接触令他受宠若惊,陶然欲醉。

"这儿,"他说,"谢谢。"

普希毕斯拉夫一言不发,只是很快地检查一下弹簧,就把笔插进了衣袋里……

从此以后两人再没有讲过话。但这一次,多亏汉斯·卡斯托普的敢作敢为,事实到底成了事实……

他睁开眼,心中为自己走神走得这么厉害感到迷惘。"我相信,我做梦了!"他想,"是的,那是普希毕斯拉夫。我已很久没再想到他了。那些铅笔屑跑到哪儿去了呢?书桌在迪纳倍尔家的阁楼上。它们想必还在左边靠里那个小小的暗屉里吧。我没把它们拣出来,甚至也没心思去扔掉它们……完全是普希毕斯拉夫,活生生的普希毕斯拉夫。没想到什么时候还能如此清清楚楚地再看见他。他跟她是多么出奇地相像啊——他跟山上那个女人!因此我才对她很感兴趣?或者反过来:因此我才想起了他?胡思乱想!胡思乱想,但却美好。再说我得走了,而且赶快。"

可是他仍旧躺着,想来想去,回忆着往事。终于,他站起来。"喏,再见,谢谢!"他自言自语,泪水涌进了眼眶,脸上却带着微笑。他本已打算往回走,却又很快坐了下去,手里拿着帽子和手杖。他没法不注意到,他的两个膝头已支撑不住身体。"哎哟,"他想,"这可不成,我说!而且还要我十一点准时去餐厅听报告!到这儿来散步美倒挺美,看来又确实有它的难处。是的,是的,可我也不能这么待下去。我只是把腿躺麻木了,走起来就会好一些的。"于是他又试着站起来,由于鼓足了劲儿,他成功了。

无论怎么讲,在兴冲冲地爬了那么高之后,要回去是艰难的。沿途,他一再停下来休息,只觉得脸突然变白了,冷汗冒上了额头,心乱蹦蹦跳得呼吸都感到了困难。他咬着牙,顺着蜿蜒的山道往下走,可走到邻近疗养院的山谷,就清楚地看出再也没有力气自己走完上"山庄"去的长长的路了。然而没有电车,出租马车也见不着,他只好求一位驾着空车去达沃斯村的驿车夫带上自己。他与车夫背靠背坐着,双脚从车上垂下来,身子像快睡着了似的摇来晃去,脑袋一点一点的,让路人看了既同情又惊讶。他就这么让车子颠簸着往回赶,在过小铁道的地方下了车,付了钱,也没看一看给的是少是多,就没头没脑地往上山的环形公路走去。

"快点儿,先生!"法国门房说,"克洛可夫斯基的讲座刚刚开始。"汉斯·卡斯托普把帽子和手杖扔在存衣处,牙齿轻轻咬着舌头,既匆匆忙忙又蹑手蹑脚地挤进差不多是关着的玻璃门,只见疗养客们已经一排一排地坐在椅子上。在餐厅窄的一头,摆着一张铺了台布、蹲着只漂亮的磨光玻璃大肚瓶的桌子,桌子后站着穿礼服的克洛可夫斯基博士,正在作他的报告……

心理分析

幸好靠近门的角落上有把椅子空着。他悄悄坐到上面,装出一副始终就坐在那儿的神气。由于刚刚开始,听众的注意力全系在了克洛可夫斯基的两片嘴唇上,几乎没谁留心到迟来的他。这样很好,因为他样子看上去挺可怕。他的脸色白得像麻布,衣襟上带着血迹,活像个刚刚逃离作案现场的凶手。坐在前面的女士在他落座时自然转头过来,用一双细眯眯的眼睛打量着他。汉斯·卡斯托普认出她正是舒舍夫人,心中十分不悦。真见鬼!难道就不肯让他安静安静吗?他原想赶回来后可以坐下休息休息,没想坐在自己紧跟前的却偏偏是她。——真是巧合,一个在其他情况下有可能令他感到高兴的巧合。可眼下他这副疲倦而又狼狈的样子,谁知会有什么结果?这给他心脏增加了新的负担,使他在听报告的整个过程中呼吸困难。她用那完完全全是普希毕斯拉夫的眼睛瞅着他,瞅着他的脸,瞅着他身上的血迹。——她那么死死地瞅着他,颇有些唐突、放肆和无所顾忌,和这女人将玻璃门顺手一摔的作风很相称。瞧瞧她那姿势!才不像卡斯托普在家里交往的那些妇女哩!她们总是身子直直地将头转向同桌的男子,讲起话来嘴收得很小。舒舍夫人却缩着身子坐在那儿,软瘫无力,背弓成圆形,肩膀吊在前边,还远远地探着头,使得脊椎骨都从白衬衫在颈后开的衩子中凸露了出来。当初普希毕斯拉夫也差不多这么探着脑袋；可人家是个模范学生，一直享有荣誉，虽然这并非汉斯·卡斯托普乐于向他借铅笔的原因。——事情清清楚楚，舒舍夫人懒散的姿态、随手摔门的作风以及唐突无忌的目光，都与她生病有关。是的，它们表现了那种放纵恣肆，那种不光彩却不受限制的特权。年轻的阿尔宾先生就以享有这种特权而自豪……

汉斯·卡斯托普盯着舒舍夫人弯曲的脊背，思想纷乱如麻；它们不再是思想，而是变成了梦幻。克洛可夫斯基博士拖长的上中音和发得软软的"r"，都像从老远老远的什么地方传来的一样。然而大厅里注意力高度集中的寂静，不但似乎使周围的一切都着了魔，也对汉斯·卡斯托普产生了影响，仿佛将他从梦中唤醒转来了。他环顾四周……他身旁坐着那位头发稀疏的"钢琴家"。这老兄仰着脑袋，抱着双臂，张大嘴巴在倾听。再过去一点儿是女教师恩格哈特小姐，她目光流露出贪婪，双颊呈现出红斑。——汉斯·卡斯托普在他所见到的全体女士的脸上，都发现了同样的发烧的颜色，坐在阿尔宾先生旁边的萨洛蒙太太是如此，啤酒酿造商的老婆，即那个流涎的马格努斯太太也是如此。稍微靠后一点儿的施托尔太太脸孔带着痴呆入迷的神气，看着叫人难受；面部呈象牙色的莱薇姑娘半闭着眼，两手垂在怀中，身子倚着靠背，只有胸脯还在剧烈地一起一伏，不然就完全像具死尸。汉斯·卡斯托普看见莱薇，便想起曾经在蜡人馆中参观过的一尊女蜡像，它在胸脯里也装着驱动器。不少疗养客还把手凹着挡在耳朵背后，或者至少是做出个样子，让手似举非举的，与耳朵保持着一定的距离，仿佛由于听得太专心而僵在了半空中。帕拉范特检察官，一位棕色皮肤的显然很有力气的汉子，甚至用食指将耳朵弹了弹，以便使它听得更清晰，更全神贯注于克洛可夫斯基博士那滔滔不绝的讲演。

克洛可夫斯基博士到底讲些什么？他是循着怎样的思路在活动？汉斯·卡斯托普集中心思，想要跟着一起听，可是一开始不成功；因为没赶上开头，后来又只顾考虑舒舍夫人弓着的脊背又听漏了一些。讲的是一种力量……那种力量……简而言之，爱情的力量。当然当然！这正是系列报告的总题目；除此而外克洛可夫斯基博士还能讲什么呢？这可是他在行的领域呀！突然之间来听别人作关于爱情的报告，汉斯·卡斯托普颇觉着有几分奇怪；因为他平时听的只是关于船舶的传动装置一类题目。怎么好启齿哟，在光天化日之下，当着这么多女士先生的面来讨论那桩敏感而人人讳莫如深的事情？克洛可夫斯基博士使用的是一种混合语言，诗意美与学术性兼而有之，作为学术探讨可谓肆无忌惮，同时音调却抑扬顿挫，像唱歌一般动听，使年轻的卡斯托普觉得不成体统，虽然这可能恰恰是叫女士们脸颊发烧、令先生们洗耳恭听的原因。特别是报告人在使用"爱情"一词时，总那么含含糊糊，叫你永远弄不清楚他确指什么，是那神圣的激情呢还是肉欲的冲动。——这就使人产生了近似晕船的感觉。在他一生中，汉斯·卡斯托普从未听人像今天这儿似的反反复复地、接二连三地讲这个词儿；是的，他仔细想了想，觉得自己还压根儿一次也没听说过，或者从别人口中听见过它。这可能只是个错觉——但他无论如何也认为，这么一再地重复对这个词儿本身是不相宜的。再者，软绵绵的复合元音加上轻飘飘的上腭音再拼以单薄的元音"i"，听多了叫人腻味，令卡斯托普联想到掺了水的牛奶——某种白中泛青的寡淡乏味的东西，尤其在克洛可夫斯基博士那严格讲来是极力渲染的表演的衬托下，更加如此。因为有一点很清楚，就是他在那么开了头以后，便可以放开大讲，不必再担心听众会从厅里逃走。他压根儿不满足于只对那些人人知晓但却避而不谈的东西津津乐道。他摧毁幻想，无情地还事实以本来面目，不给敏感的心灵留下任何余地去相信白发老者的尊严、稚嫩孩童的纯洁。还有他穿的黑礼服配上了柔软的绉领，灰色的短袜与凉皮鞋相互映衬，也给人一个坚持原则、富于理想的印象，虽然汉斯·卡斯托普对他这身打扮大感愕然。在克洛可夫斯基博士面前的桌子上，放着一堆书和零散纸张；他就凭借它们，为支撑自己的论点而引用了各式各样的实例和逸闻，有不少次甚至朗诵了诗歌。他大谈爱情的种种可怕形式，大谈它的表现和威力的种种变态，诸如怪诞的、痛苦的和阴郁的等。在所有自然生成的欲望中，他说，爱欲是最摇摆不定和最易受到危害的一种，从根本上看倾向于迷惘和不可救药的非理性。这不值得大惊小怪。须知这一强烈的冲动并非任何单纯的情感，就其本质而言乃是情感的多重组合，并且不管它作为整体看上去多么合理，都纯粹是由种种非理性所构成。可是由于人们，克洛可夫斯基博士继续讲，由于人们有理由拒绝从组成部分的非理性得出整体的非理性这个结论，那就将不可避免地、迫不得已地用整体的部分合理性——设若不是用整体的合理性的话，去掩盖它个别的非理性。此乃逻辑的要求，克洛可夫斯基博士请他的听众牢牢记住。心灵的反抗和校正，正当地起调整作用的本能——博士差点儿没说守法公民的，在它们的平衡与限制下，各种非理性的组成部分融合成了合法的有益的整体。这是一个经常性的、值得欢迎的过程，可其最后结果如何，克洛可夫斯基博士像扔掉什么似的将手一甩，补充说，已跟医生和思想家没有任何关系啦。反之，在另一种情况下——这个过程不会出现，不愿也不该出现，谁能够说，克洛可夫斯基博士问，这是否可能意味着更高尚的、对心灵来讲更可贵的状态呢？就是说在这种状态下，两组力量，即爱欲的冲动和与之敌对的情感，其中特别应该提到羞耻与厌恶，它们都表现出一种非常的、超乎公民通常标准的紧张和激动，都在内心深处相互斗争。这种斗争将使迷乱的欲望受到限制、防范和驯化，因而也就不可能产生通常和谐的、符合规范的爱情生活。这节制与爱欲之间的力量较量——问题确实与此有关，它的结局如何呢？结局显然是节制取胜。恐惧、礼法、厌恶、战战兢兢的对于贞洁的要求，它们都压抑爱欲，把它锁闭在黑暗的潜意识之中，使它充其量只是部分，而远远不是以其全部的丰富和强度，为人所意识到并且化为行动。然而节制的胜利只是一种虚假的、得不偿失的胜利，因为爱情的冲动不可能被钳制、被征服，压抑着的爱情并未死亡，而是活着，而是在黑暗和隐秘的内心深处继续渴求着满足。它将突破节制的羁绊重新表现出来，哪怕是以无从辨认的、变异的形态……既然如此，被节制和压抑的爱情的再现形态与面具，又有哪一些呢？克洛可夫斯基博士提出这么个问题，目光同时一排一排地扫视过去，像是真的期待着他的听众做出回答似的。是啊，话还是得由他自己往下讲，在他已经讲了这么许多以后。除他之外谁也不知道答案，而他那样子已告诉人们，他本人肯定是知道的。再说，他那双火辣辣的眼睛，那张白腻腻的面孔，那两撇黑油油的胡子，还有与灰色的羊毛短袜搭配在一起的修士般的凉鞋，这一切加起来岂不是使他本人成了他所讲的节制与情欲之争的活脱脱的化身吗？至少汉斯·卡斯托普跟所有人一样，在极其紧张地期待着他回答被抑制的情欲以何种形态再现的问题时，对博士的印象是如此。女士们屏息凝神，帕拉范特检察官赶快弹了弹耳朵，使它在关键时刻到来时畅通无阻。这当口，克洛可夫斯基博士突然说：以疾病的形态！病症就是伪装起来了的性欲冲动，一切疾病都无非变态的情欲而已。

这下总算知道了，虽然还不是所有人都完全理解其中的奥义。大厅里响起一片叹息声，帕拉范特检察官意味深长地点着脑袋，表示赞许。这时候，博士已接着继续阐发他的论点。汉斯·卡斯托普却低下头考虑听到的内容，检查一下自己是否真的懂了。然而，他原本并未经受过这样的思考训练，加之那不适当的外出搞得他精神不佳，很容易分心，实际上也立刻分了心，注意力让前面的脊背和相联系的胳臂吸引去了，只看见这胳臂抬起来弯到脑后，伸开手掌在托发结，而且正好就在汉斯·卡斯托普眼睛跟前。

眼睛离那手这么近，令他心里怪别扭——不管愿不愿意，他都得瞅着它，观察它的一切缺点和毛病，就像在显微镜下一样分外清晰。不，它没有一点儿高贵气息，这只粗短的、指甲剪得马马虎虎的手，女学生似的手——甚至说不准它指关节背后是否完全清洁，而且毫无疑问，它指甲边上的皮肤还用嘴咬过。汉斯·卡斯托普撇了撇嘴，可眼睛仍然停在舒舍夫人手上。这当口，他意识中闪过一点模糊不清的回忆，回忆起克洛可夫斯基博士适才讲的市民心理对爱情的抗拒……那条胳膊倒是要美一些，它柔软地弯向脑后，几乎完全裸露着，因为袖管的料子比上衣更薄——那是一种极轻极薄的纱，覆在胳臂上只像一抹轻烟，一片柔光，显然反倒给胳臂增添了许多魅力。同时，这胳臂确也生得细嫩、丰满——而且估计极有可能是凉凉的。面对着它，简直不存在什么市民心理对爱情的抗拒可言。

汉斯·卡斯托普目光直射着舒舍夫人的胳臂，做起了白日梦。瞧这些女人在怎么穿衣服！她们将自己脖子和胸脯的这点儿那点儿裸露出来，还用透明的轻纱给自己的手膀儿增添韵味……全世界的女人都这么做，为了激起我们的欲望。我的上帝，生活真美！美就美在这样一些自然而然的事，比如像女士们诱人的穿着打扮。——是的，这是理所当然，人人都这么做，也得到了公认，以致几乎谁都不再去考虑它对不对，都无意识地欣然接受，听之任之。可人们应该考虑到，汉斯·卡斯托普心里想，这样才能真正享受生活，应该意识到，这么做能增进人的幸福，就其本质而言是件近乎童话般美妙的事。显然，为了达到某种既定的目的，女人们才可以穿得如童话里一般美妙，令你赏心悦目，却又不与社会风尚抵触；那目的就是下一代，就是人类的繁衍生殖，没错。可是，如果一个女人身体里已经有病，已经不宜生育，那又怎样呢？还有任何意义吗，她穿着薄纱衣袖的上衣，使男人们对她的身体产生好奇——对她内部有病的身体好奇？显然没有意义，不会不违背社会风尚，应该予以制止。因为要是男人对一个有病的女人发生兴趣，那肯定是丧失了理性，跟……喏，跟当初他汉斯·卡斯托普暗自对普希毕斯拉夫·希培发生过兴趣没什么两样。一个愚蠢的比喻，想起来有几分令人难堪。可它不招自来，未受他本人的影响。然而也正是在这一点上，他中断了非分之想，主要是因为克洛可夫斯基博士蓦地提高嗓门，又将他的注意力吸引去了。只见博士摊开双臂，歪着脑袋，站在他的小讲桌后边。尽管穿着礼服，那模样看上去就像钉在十字架上的主耶稣！

原来是报告即将结束，克洛可夫斯基博士正在大肆宣传他的心灵分析术，正摊开双臂要求人们都上他那儿去。你们都上我这儿来吧，他改换成另一种腔调，疲惫而身负重担的人们！他毫不怀疑地坚信，人无一例外都是疲惫而身负重担的。他大谈隐蔽的痛苦、耻辱和怨恨，大谈心灵分析术的解脱作用。他称赞对无意识的揭示，教导人们将疾病重新变作可意识到的热情，要大家信赖他，他保证使他们痊愈。说完，他放下双臂，摆正脑袋，收拾起他作报告使用过的印刷品，随后，完全跟个教师似的左手将小文书夹抱在胸口上，昂着头，穿过阳台门走了。

听众全部站起来，移开坐椅，开始慢慢地朝着博士出去的那道门挪动脚步。他们像是被吸引着,从四面八方跟着他涌去,虽说迟迟疑疑,却身不由己和没有例外,就像尾随在吹笛子的捕鼠人身后的那一大群孩子似的①。汉斯·卡斯托普站在人流中,手扶着椅子背。我只是来做客的,他想;我身体健康,不在考虑之列,下一次报告说不定根本不会再听。他看见舒舍夫人探着脑袋,轻手轻脚地走出去了。她是否也会接受分析呢,他暗忖,心脏开始狂跳起来……这当儿,他发现约阿希姆正从椅子间走向他;当表兄对他讲话时,他的身子猛地一震。

"你可是都快完了才来啊,"约阿希姆说,"走得太远了吧?怎么搞的?"

"呵,别生气,"汉斯·卡斯托普回答,"是的,走了相当远。可我得承认,这对我并不像预料的那么有好处。大概是操之过急,或者根本就不相宜,我短时期内不会再去走了。"

约阿希姆没问他是否喜欢刚刚听的报告,汉斯·卡斯托普也同样没发表任何意见。就像达成了默契似的,后来他们也只字未提听报告的事。

怀疑与思考

礼拜二,我们的主人公上山已经整整一个星期。早上散步回

---

① 根据德国民间传说,哈默尔城居民言而无信,不给帮助他们消灭了鼠患的吹笛人应得的报酬,吹笛人就像用笛声诱走老鼠一样诱走了全城的孩子。

来，他发现房里摆着一份账单，他第一周费用的账单，像商号文书似的制作得清清爽爽，装在一只淡绿色信封里，天头上印着图画——那是"山庄"疗养大楼的外观，很是使人产生向往之情，左边则以窄窄的直行摘印着宣传小册子中的一段话做装饰，并且用斜体字着重强调"按最现代的原则施行心理疗法"。账目本身系手书，不多不少，总共正好一百八十法郎，分别是伙食加治疗每天十二法郎，住宿每天八法郎，此外还有"入院费"一项为二十法郎，房间消毒费十法郎，再加上洗衣服、供应啤酒以及头天晚上喝的葡萄酒等零星费用，刚刚凑足那个整数。

汉斯·卡斯托普与表哥一块儿逐项加了一遍，提不出什么异议。

"是的，我没有接受治疗，"他说，"可那是我自己的问题。它反正包括在膳食费中，我不能要求退还，再说又如何退法呢？至于消毒嘛，他们确实捞了一把，因为要将那美国女人熏出去，不可能喷掉十法郎的福尔马林。不过整个说来，我得讲，我认为考虑到所提供服务的情况也并不昂贵，倒算是便宜。"于是，还在用第二次早点之前，他们就上"管理处"结账去了。

"管理处"在楼下。在餐厅另一边，沿着走廊经过存衣室、厨房和餐具间走去，就肯定会看见一道门，更何况门上还挂着块醒目的瓷牌。进门以后，汉斯·卡斯托普饶有兴味地将院里这个经营管理中枢窥视了一番。确实是间真正的小账房：女打字员正在工作，三位男职员也伏案写着什么。在里边一进房间中，一位有着主任或科长尊严的先生坐在一张不靠四壁的椭圆形办公桌前，对进门来的主顾只是从眼镜片上冷冷地、公事公办地瞅了一眼。人家在窗口前接待他们俩，换了单子，收了款，给了收据。在此过程中，表兄弟俩始终保持认真谨慎、一声不响乃至于顺从谦卑的态度，就像年轻的德国人把对当局和官厅的尊重扩大到了对任何写字、办公的场所一样。然后出了房间，在去进早餐的路上，以及随后一整天，他们俩谈了一些"山庄"的机构设置情况；约阿希姆作为常住客和知情人，回答了表弟提出的一个又一个问题。

宫廷顾问贝伦斯怎么也不是疗养院的所有者和主人——尽管人们很可能产生这样的印象。在他的头顶和身后存在着一些看不见的力量，这些力量以机构的形式出现，只在一定程度上显现出自身的面目：一个董事会，一个股东会，当它们的成员也许是不错的，约阿希姆以名誉担保。尽管付给医生们的工资很高，经济管理的原则也再自由不过，股东们每年仍可以分得丰厚的红利。也就是说，宫廷顾问并非一位独立不倚的汉子，只不过是个代理人，是个职员，是一些更强大的力量的亲信。诚然，他是这类人中的头号人物和最高代表，是全院的灵魂，对于整个组织都有着一定的影响，管理处也不例外，虽说他作为主任医师，对院里经营管理的具体事务自然是超脱的。他出生在德国西北部，据说多年前来任这个职位既违背他的心愿，也与他志趣不合：他是让他妻子硬拖上山来的，可她的遗骨早已安息在达沃斯村的公墓里——公墓风景如画，在右面山坡上紧靠谷口的地方。她是个很可爱的女人，尽管根据贝伦斯住宅中到处摆着的照片以及墙上挂的他这位业余画家亲手绘制的油画判断，她是高傲的，而且弱不禁风。她在为他生下一男一女两个小孩以后，柔弱的身子发起烧来，便来到山上，可是不出几个月便体力耗尽，一命呜呼。人们说，贝伦斯原本把她当作上帝，所受的打击就太沉重了，有一段时期不只郁郁寡欢，简直成了个怪人，常在路上哧哧哧地傻笑，一边手舞足蹈一边自言自语，引起了过往行人的注意。后来，他没回自己的老家，而是留在了此地；显然是因为不想与妻子的坟墓分开，但起决定作用的较为实际的原因却是他自己也染了点儿病，按照他的科学的观点，他干脆就属于这里。于是他便定居下来，作为一位医生，作为与那些他要照料的疗养客同病相怜的人；像他这样的医生并非置身事外，从健康人自由的立场与疾病作斗争，而是本身就带着它的征候——这是一种奇特的情况，但绝非个别，本身无疑既有它的许多优点，也有它的可虑之处。医生与病人亲密无间的伙伴关系显然值得欢迎，常言道只有受苦人才能成为受苦人的领袖和救主。可另一方面，一个本身就受到暴力奴役的人，他是否还可能具备战胜暴力所必需的真正精神力量呢？自己都不自由，还能解放他人吗？一位生病的医生以简单的直觉来判断已属悖论，已是一个矛盾现象。他关于疾病的专业知识，会通过切身的经验而得到丰富和提高呢，还是更多是被搅浑和扰乱了呢？他无法与疾病划清界限，受着它的牵制，不能坚决与它作斗争。即便再小心慎重，也不能问一个本身就属于病人的人，是否还真能专心为他人治愈疾病，或者至少是不让他们病情加重，就跟一个健康人那样……

在与约阿希姆东拉西扯地谈论"山庄"疗养院及其医务主管时，汉斯·卡斯托普以自己的方式提出了上述疑虑和部分思考。可约阿希姆却指出,压根儿没谁清楚贝伦斯自己今天是不是还有病——多半他早已经痊愈啦。他在此地开业已是很久以前的事——他自行开过一段时间诊所,并且很快就以敏锐的听诊师和可靠的气胸师出了名。后来,"山庄"将他弄到了手,从此他便很快与疗养院化为一体,难分彼此……那儿,在大楼西北翼的后边,是他的住宅——克洛可夫斯基博士的家离得也不远;那位老派贵妇人似的护士长,塞特姆布里尼狠狠挖苦过而汉斯·卡斯托普才只匆匆见过她一面的那位,就是她在操持老鳏夫小小的家务。此外宫廷顾问身边便没有任何人了。他的儿子在德意志帝国的大学里念书;女儿已经出嫁,嫁给了瑞士法语区的一位律师。小贝伦斯有时假期回来探望父亲,约阿希姆住院期间已见过一次。这下子可好,约阿希姆讲,院里的女士们大为激动,体温升高了不说,还因争风吃醋在静卧厅中酿成了许多的吵嚷和争斗,与此同时,克洛可夫斯基的心理分析室门前便特别拥挤……

  为了便于助理医生从事个人的治疗活动,专门为他安排有一个房间。这个房间跟大检查室、实验室、手术室以及透视室一起,都设在照明良好的大楼地下室中。说是地下室,因为从底楼通下去的石台阶确实使人产生这样的印象;但是这个印象的产生却几乎完全基于错觉。首先,底楼本身相当高;其次,大楼整个都是依山建在倾斜的地基上,"地下室"中的那些大房间朝着前面,可以看见花园和山谷,只是由于石台阶的作用和影响,这些情况才被人忽略了。因为人总以为下了台阶就到了低于地面的地方,不知道在下边仍处于地面上,或者准确地讲充其量也只低于地面一二英尺。——一天下午，汉斯·卡斯托普陪表哥到"那下边"去量体重，上述情况就使他产生了一个滑稽可笑的印象。地下室中像所有医院似的明亮而洁净，一切都包裹在白色之中，门全闪着白色的漆光。克洛可夫斯基博士诊室的房门也如此。门上面用图钉钉着这位学者的名片，要进去还得下两级台阶，因此使人觉得里边是间贮藏室什么的。门开在从上边下来的右侧的走廊尽头，汉斯·卡斯托普在过道上走来走去等候约阿希姆时，对这扇门特别地注意。他也真看见谁走了出来，是一位他最近碰见过但还不知道名字的女士，一个额前覆着一片发鬈、戴着副金耳环的玲珑娇小的女人。只见她低低地弯着腰爬那两级台阶，一只手拽着裙子，另一只戴着戒指的小手拿手绢捂着嘴，同时却抬起一双大而苍白的眼睛茫然凝视空中。她那么迈着急促的碎步，衣裙窸窣地奔向楼梯，可到了跟前又像想起什么似的突然停住，掉过头重新奔跑起来，一直弯着腰，捂着嘴，消失在了"贮藏室"里。

在她进去的一瞬间门敞开了，看得见里边比外面白色的走廊上暗得多，显然，这地下室内像医院一般的洁白明亮到不了里边去。汉斯·卡斯托普发现，在克洛可夫斯基博士的心灵分析室中，笼罩着一派半明不暗的神秘气氛。

席间对话

在那色彩鲜明的餐厅中用膳时，年轻的汉斯·卡斯托普颇感觉到几分狼狈：他那次独自外出散步时闹上了脑袋打战的毛病，现在还没有好，活像一个老态龙钟的人。这毛病偏偏一吃饭就差不多总要发作，一发作起来就不可收拾，无法掩饰。除去那不能总是保持硬挺的高贵的竖领之外，他还想出各式各样的办法来遮盖自己的弱点，例如适当地多活动脑袋，不断地转来转去与左右两边的人交谈，或者在送汤勺进嘴里时用左小臂顶着桌子，使身体坐得更稳，或者在休息时支起胳膊肘，用手掌托着下巴，虽然这在他自己眼中显得粗鲁无礼，只在不拘小节的病人中间才可以为之。不过，一切的一切都很讨厌，常常完全倒了他吃饭的胃口，而他本来却是挺重视这一日数餐的，特别为了席间紧张热烈的气氛，以及许多值得一观的场面。

这种他努力想克服的令他丢脸的现象——汉斯·卡斯托普也清楚——不只有其身体的原因，也不单单怪山上的空气特别和他适应气候水土的艰难，而且也表现出他内心的某种不安，还跟席间的紧张气氛以及那些值得一观的场面本身有着密切的关系。

舒舍夫人每次吃饭几乎总是迟到。在她来到之前，汉斯·卡斯托普会一直不停地挪动双脚，怎么也坐不安稳，因为他在等待那伴随着她进来而响起的那一下子玻璃门的咣啷声，并且预料到自己将因而浑身一震，脸孔冰凉——这已经成为规律。刚开始时，他每次都扭过头去，以愤怒的目光伴随那不拘小节的迟到者走向她在"好样儿的俄国人席"上的座位，甚而至于还会冲着她的脊梁骨，从牙齿缝中挤出一声低低的咒骂，一声愤怒与不满的呼喊。现在他不这么做了，而是脑袋更低地垂到汤盆上，甚至咬着嘴唇，或者有意识地、故作姿态地把头转到一边，好像他再也生不起气来，再也没有去进行指责的自由，而是自己对那讨厌的事情同样负有责任，因此也同样对不起其他人似的。——一句话，他感到羞耻，说他为舒舍夫人感到羞耻纵然不完全准确，但他在人前确实感到了自身的耻辱。——本来他可以免去这种感觉，因为全餐厅没谁注意舒舍夫人的劣迹，关心她，汉斯·卡斯托普由此而感到羞愧。大概只有一个人例外，她就是坐在年轻人右手边的女教师恩格哈特小姐。

这可怜巴巴的女人看出来，由于汉斯·卡斯托普对那摔门的声音格外敏感，与她挨着坐的这位年轻人对那俄国女子久而久之便产生了某种特殊的感情。可是，如果仅此而已，也谈不上他们之间有了那种关系。归根到底，倒是他那假装的——而且由于缺乏演员天才和训练而装得很蹩脚的无所谓的样子，才不但不能表明他跟人家没有多少关系，相反倒说明关系很大，说明他与她的关系已经进展到了相当高级的阶段。恩格哈特小姐常常不为自身抱任何的奢望，而是无私地对舒舍夫人一赞再赞。——可怪就怪在汉斯·卡斯托普虽然不是马上，但不久就完全看清和识透了她这火上加油的伎俩。是的，他对此甚为反感，但是却又并不因此就少受些影响，保持住自己头脑的清醒。

"咣啷！"老姑娘道，"就是她，您不用抬头便可断定谁进来啦。当然，她正在往里走——瞧她那姿态多么动人——简直就像只溜到牛奶盆子跟前去的小猫咪！我愿意和您调一调位子，使您能无拘无束地、舒舒坦坦地观察她，跟我现在一样。我才明白，您不乐意老是把头转向她——上帝知道，她要是看见您这样，会怎样得意哩……现在她在向她的那伙人问好……您真该往那边瞧瞧,看着她实在叫人高兴。当她像眼下似的说说笑笑,脸上便会出现一个酒窝儿,但并非每次都有,只是在她愿意的时候。是啊,真是个小宝贝儿,真是个娇生惯养的千金,所以才那么随随便便是不是?这样的人儿你就得爱,愿也罢不愿也罢;须知她们的随随便便令人恼恨,而这恼恨却只会更加激起你对她们的爱慕,如此禁不住地既是恨又是爱,那才叫幸福啊……"

女教师捂着嘴窃窃私语,不让其他人听见,同时她那老处女的脸颊上一片绯红,使人想到她的体温一定已大大地超出正常。她那一通富于挑逗性的说道,却硬是钻进了汉斯·卡斯托普这可怜虫的骨髓和血液里。有某种身不由己的感觉使他需要由第三者来为他证实,舒舍夫人端的是个迷人的女性。此外,年轻人还希望从外界得到勇气,去委身于那些使他的理性与良知都激烈反抗的感情。

至于这些谈话的实际效用,是微乎其微的。恩格哈特小姐不管多么卖力气,却并不知道舒舍夫人的任何详细情况,她对疗养院中每个人都不了解。她不认识人家,不便夸口她们彼此是熟人。唯一使她在汉斯·卡斯托普眼前面子上增光的,是她的家在柯尼斯堡[①],也就是说离俄国边境不远。再就是她能支离破碎地讲几句俄语——一点儿可怜巴巴的资本罢啦。可汉斯·卡斯托普准备把它们当作她与舒舍夫人个人之间的亲密关系。

---

① 柯尼斯堡,即今俄罗斯的加里宁格勒。

"她没戴戒指,"汉斯·卡斯托普说,"我看见她没戴结婚戒指。这是怎么回事?她可是一位已婚妇女,您告诉我?"

女教师陷入了窘境,好像不讲清楚就不行似的,面对着汉斯·卡斯托普,她仿佛成了舒舍夫人的发言人。

"这个请您别问得太仔细,"她说,"婚她肯定是结过了。对此不可能有任何怀疑。她自称夫人,并不像一些年纪稍大点儿的外国小姐似的只为提高身价,而是如我们大家所知道的,确确实实在俄国的什么地方已有个丈夫。这是此地尽人皆知的事实。她在娘家用的是另一个姓,一个俄国姓而不是法国姓,结尾叫什么阿诺夫或乌可夫来着,我已经听见过,只是又忘记了。您想知道,我再去打听就是。此地知道她娘家姓啥的人肯定不少。戒指?不,她是没戴戒指,这我也注意到了。我的天,也许它不适合她,也许它使她的手显得肥。或者她认为戴结婚戒指,戴那么个扁平的箍箍,是小市民习气……她才不会那么婆婆妈妈喽……不,她生性太豪爽……我清楚,俄国女人全都有那么点儿自由豪放的脾气。再说了,戴上戒指总显得有些个一本正经和拒人于千里之外的味道。它乃是身不由己的象征,我想说,它将女人变得像个修女,成为一朵摸不得、碰不得的贞洁的蒲公英。我毫不奇怪舒舍夫人不喜欢这样……一位如此妩媚的女性,正值青春年华……显然她没有理由和兴趣,让每个去向她表示爱慕的先生都立刻感到她已受着婚姻的约束……"

伟大的主啊,瞧女教师已经扯得多远!汉斯·卡斯托普盯着她的脸,吃惊不小;她呢,也不怕他看,只是显出来几分尴尬。

随后，两人都沉默了一会儿，以便喘口气。汉斯·卡斯托普一边吃东西，一边克制脑袋的颤动。他终于又问：

"那丈夫呢？难道他一点儿也不关心她吗？他从没上山来看过她？他究竟是干啥的？"

"公务员。俄国公务员，在一个异常偏远的省份，达吉斯坦，您知道吗，在最东部，在高加索的那一面，他奉派上那儿去了。是的，我可以告诉您，这山上的确还没任何人见过他。而她呢，住进来也已经两个多月了。"

"这么说，她在这儿已不是第一次？"

"哪儿的话，已经第三次了。其间她也是住在别处的类似地方。——反过来，她倒有时候去看他，但不经常，只是每年一次去住上一段时间。他们过着分居生活，可以这么讲。她有时候去看他。"

"是啊，是啊，她病了嘛……"

"不错，她是有病。然而还不那么严重，没严重到她必须经常住疗养院，没严重到必须与丈夫分居。必定还有其他一些原因。也许高加索后边的达吉斯坦，那个野蛮而又遥远的地方她不喜欢，说到底也不奇怪不是。可她那么一点儿也不喜欢与丈夫在一起，想必跟他本人也有些关系。他姓一个法国姓，却又是地地道道的俄国官吏，是那种很粗俗的角色，您可以相信我。这号子人我见过一个，长着一张红彤彤的脸，一副铁灰色的连鬓胡子……极端贪污腐化，而且全都有喝伏特加也就是烧酒的嗜好，您晓得……为了顾面子，他只要些小菜，几个盐渍蘑菇呀，一片鲽鱼呀什么的，可另一方面酒却无节制地灌，还美其名曰小吃哩……"

"您把一切全推到他身上，"汉斯·卡斯托普说，"可我们并不了解，他们夫妇不能生活在一起，是不是也有她的责任。咱们必须公平。依我看，她那么不懂礼貌地将门一摔……我不认为她就是个天使，请您别见怪。对她，我也不过分相信。可您呢，却有失偏颇。您彻头彻尾地向着她，对事情的看法充满成见……"

他时不时地这么来上几句，带着与他的本性格格不入的狡狯，想造成一种假象，仿佛恩格哈特小姐对舒舍夫人的崇拜，并非他清清楚楚知道的那么回事，倒成了一个与他无关的滑稽可笑的事实；而他，超然独立的汉斯·卡斯托普，反可以站得远远的，来对可怜的老处女进行嘲讽奚落。他心中有数，他的女帮手将容忍和喜欢他这样混淆是非，颠倒黑白，不会冒任何风险。

"早上好！"他有一次说，"睡得不错吧？我希望，您昨晚上梦见了您的小美人儿？……瞧，我一提到她您脸就红了！您简直让她给迷住了，这个嘛您还是别否认好些！"

女教师的脸确实红了，脑袋从茶杯上探过来，用左嘴角悄声道：

"呸！哪儿的话，卡斯托普先生！您这样用暗示的办法来出我的洋相可不好。谁不知道我们指的是她？再说请您讲讲，为哪门子事我非得脸红不可……"

同席的两人演的这出双簧够稀罕的。谁都知道自己是在撒谎又撒谎，汉斯·卡斯托普只是为了能够谈一谈舒舍夫人，用她来逗一逗女教师，戏弄戏弄这位老处女，从中却感觉到一种病态的间接的快意。另一位呢，原因则在于：首先是出自牵线搭桥的动机，再者由于她想讨好年轻人，也确实有些迷上了舒舍夫人，因此最后她真感到有点儿舒服——不管怎么样吧，能让他来挑逗她，使她的脸变得红红的也不错。这两人可谓都一样心照不宣，知己知彼；个中情况错综复杂，并非单纯而清白。尽管汉斯·卡斯托普整个讲来对复杂、暧昧的事情很反感，并且在眼下这件事情上也有同样的感觉，可他仍旧继续浑水摸鱼，为了安自己的心便说，他只不过是来山上做客的，很快就会离开喽。他装成实事求是的样子，对那"大大咧咧"的女人的外表作了一番在行的品评，说她正面比侧面看上去要年轻得多，漂亮得多，她的两只眼睛隔得太开，姿态也还有许多毛病，胳臂却挺美，"线条挺柔和的"。说到这儿，他极力掩饰脑袋在颤抖，可是却不得不看到，女教师已经察觉出他那徒劳的努力，还极其不悦地发现，她自己的脑袋同样在打战。还有，他称舒舍夫人为"小美人儿"也完全是出于策略和狡狯，因为接下去他便可以问：

"我称她'小美人儿'，可她到底叫什么？我是指名字。像您这样对她五体投地，绝对应该知道她叫什么才是。"

女教师绞尽脑汁。

"等等，我知道，"她说，"我曾经知道。该不会叫塔吉亚娜吧？不，不叫这个，也不叫娜塔莎。娜塔莎·舒舍？不，我听见的不是这样。等等，我有啦！她叫阿芙多吉亚。要不也跟这差不多。她肯定不会叫卡钦卡或者尼诺契卡什么的。真让我给忘记了。可我轻而易举便会弄清楚,如果您觉得必要的话。"

她真的第二天就打听到了人家的名字。吃午饭的时候,当那玻璃门咣啷一响,她刚好把它说出来。舒舍夫人的名字叫克拉芙迪娅。

汉斯·卡斯托普没马上听明白。他让人家重复一遍,给他一个一个音节拼出来,直至终于记住。他一再地学着念舒舍夫人的名字,同时睁大了布满血丝的两眼瞅着她,想使名字与人慢慢对上头。

"克拉芙迪娅,"他说,"嗯,这倒还差不多,听起来挺美。"他毫不掩饰自己了解内情后的喜悦,从此一提起舒舍夫人就只管她叫克拉芙迪娅,"您的克拉芙迪娅在搓面包球玩儿,我刚才看见了。这可不好啊。"——"问题看搓的人是谁,"女教师回答,"克拉芙迪娅倒蛮合适。"

是的,在这摆着七张餐桌的大厅里的一日数餐,对汉斯·卡斯托普有着莫大的吸引力。一餐将完,他总感到遗憾。但令人欣慰的是,一会儿以后,过两个或者两个半小时吧,他又会坐在这里,而坐下去便觉得似乎从未站起来过。是啊,在两餐之间有什么值得一提呢?什么也没有。一次去水槽或者英国人聚居区的短短的散步,在躺椅里静卧一会儿,这算不上真正的间隙,构不成难以克服的障碍。要是有工作,有什么操心事,有精神上不易忽视和克服的困难,那又当别论了。可在"山庄"安排得明智而又成功的生活里,这些都不存在。汉斯·卡斯托普跟大家一起吃完这餐还未离席,又会因下一餐即将到来而满心欢喜——用"满心欢喜"来形容他期待与有病的克拉芙迪娅·舒舍重新见面的心情是恰当的，而且这也是个并不太轻松愉快和简单平常的词儿。或许读者倾向于认为，只有那类愉快、平常的词，才适合于用来形容汉斯·卡斯托普其人和他的心境吧？可我想提醒大家，汉斯·卡斯托普是一个富有理性和良知的青年，不至于一看见和接近舒舍夫人便满心欢喜。我们既了解这点，便可以断定，如果有人把话传到他耳中，他一定会耸耸肩，表示不屑的。

是的，对某些修辞方式他不屑一顾——这个细节值得让大家知道。他四处溜达，脸颊烧得红红的，嘴里哼着歌子，自顾自地哼着歌子，因为他心中充满了音乐，充满了激情。从前，谁知道什么时候、什么地方，他在一次集会或募捐的音乐会上，听一位矮小的女高音唱过一支歌，他现在又把它想了起来——一支胡说八道的玩意儿，开头是：

> 常常地，你的一句话
> 就打动我，多么奇异——

他准备加上：

> 一句来自你唇间的话
> 深深地钻进了我心里！

他突然耸耸肩，说了句"可笑"，便停住不唱了。他觉得这首歌软绵绵的，故作多情，已经乏味和过时，只能对它嗤之以鼻。——这样做，他心情是既伤感又庄严。那种歌子，只能使另一些年轻人感到满足和愉快。例如，他能将我们习惯说的"他的心"，合法地、平静地、前景美好地"送给"山下平原上的某个健壮的小鸽子，同时心里充满合法的、前景美好的、合乎理性而从根本上讲也是愉快的感情。对于他汉斯·卡斯托普，对于他与舒舍夫人之间的关系——"关系"二字是他自己想的，我们对此毫不负责，这种歌子完全不适合。他躺在椅子上，有心从美学的角度来给它一个"愚蠢！"的评语，但半中间却停下来，皱了皱鼻子，虽然他没有能找到更加适合的词。

然而有一点令他满意，在他这么躺着，倾听着自己的心，倾听着自己实实在在的心在周围一片寂静之中迅速地怦怦跳动的时候——那是一种按照院规在主要的静卧时间里笼罩着整个"山庄"的寂静。他的心顽强而急促地狂跳着，跟他上山以来经常有过的那样。只是最近汉斯·卡斯托普已不再像头几天似的十分在乎它了。现在不好再讲它是自动地、无缘无故地乱跳，跟心情没有关系。关系存在着，也不难发现原委，心灵的激动自然地引起身体活动的加剧，这便是解释。汉斯·卡斯托普只要一想起舒舍夫人——他是经常想起她的，就会产生引起心跳的感情。

不断加剧的忧虑——两位祖父荡舟在黄昏时分

天气糟透了——在这点上，对于仅仅是暂住的汉斯·卡斯托普来说，可以讲运气很不好。雪倒没下，雨却一连几天落个不停,又大又讨厌。浓雾充满了山谷,还没完没了地闪电打雷,从山中引来一串串隆隆的回声。天本来已很冷,甚至连餐厅也烧了暖气。

"可惜,"约阿希姆说,"我原来想,我们可以带上午餐去登阿尔卑斯宝藏峰,或者上别的什么地方去。可是看样子不成了。但愿你最后那个礼拜好一些。"

谁知汉斯·卡斯托普回答:

"别说啦。我压根儿哪儿都不想去。第一次走了走就不特别舒服。我最好的休养就是这么混日子,不要有多少变化地混日子。只有长住的人需要变化。我可只待三个礼拜,干吗要那个。"

情况确实如此,他感觉在疗养院内就生活得挺充实,挺忙。因而怀着希望,在他眼前就开放着满足与失望之花,而无须上什么宝藏峰去寻觅。使他难受的不是无聊。相反,他已开始担心探访结束的日子来得太快。已是第二周的末尾,三分之二的时间即将过完,一等第三周开始,就该考虑收拾行装了。汉斯·卡斯托普刚上来时对时间的新鲜感早已消失。日子已开始飞逝,情况确乎如此,虽然每天都因总有新的期待而在延伸,都因许多默默无言的体验而充斥而膨胀……是啊,时间这东西真是个谜,要搞清它的真相谈何容易!

那些使汉斯·卡斯托普的日子过得既艰难又飞快的未曾言讲的体验,有必要进一步描述描述吗?可是,人人都了解它们,只不过是常见的多愁善感罢了。即便更合乎理性一些,前景更美好一些,像"就打动我,多么奇异"那首歌唱的似的,情形也不会有什么两样。

　　对于那些联结在另外某张桌子和她自己桌子之间的条条丝线，舒舍夫人不可能不同样有所察觉；而让她有所察觉，甚或尽可能地多察觉，也必然完全符合汉斯·卡斯托普本人的心意。我们说必然，是因为他自己对这事的违反理性极其清楚。他清楚自己是怎么回事，为什么会这样以及何时开始这样，同时希望那边那位也对他的情况有所了解，即便这么干毫无意义和缺少理智。人啊，就是这个德性。

　　于是，当舒舍夫人偶然地或者在磁力的作用下，两次三次地一边进餐一边转过头来，便每次都碰上了汉斯·卡斯托普的目光。她第四次便有意识往这边瞅，结果情形又一样。第五次，她虽然没有马上逮住他，他正好没有留神，但也立刻感觉出她在看自己，便急忙让目光迎上去；她呢，却嫣然一笑，把脸转向了旁边。这一笑看在汉斯·卡斯托普眼里，就使他既充满怅惘，又满怀欣喜。她要当他是个孩子，那就错了。他急不可待地希望进一步澄清事实。第六次，当他意识到、感觉到获得了从心灵传来的信息，知道她又在往这边瞅了，便装出很不高兴地在打量本桌上与老姑婆瞎聊的芬兰女人的样子，目不转睛地坚持往那边看了两三分钟，直至确信那双吉尔吉斯人一样的眼睛已经从自己身上移开，才肯罢休。——这一奇妙的表演舒舍夫人自然立马能够看透，而且他就是有意要给她看透，好让她对汉斯·卡斯托普的顽强精神和自制能力认真思考一下……接着又出现了下面这一幕：舒舍夫人吃着吃着停了下来，懒洋洋地转过身子扫视大厅。汉斯·卡斯托普早有准备，于是两人的目光又碰在了一起：舒舍夫人只是那么眼含讥诮地瞟着他，他却激动地将她盯住，甚而至于咬紧了牙关，为的是坚持正视她的眼睛。就在这四目对视的当口，她的餐巾脱落了，眼看就要从她怀里掉到地上。她神经质地身子一震，连忙伸手去抓，可这也传感到了汉斯·卡斯托普身上，使他差点儿猛地从椅子上站起来，不顾中间隔着八米的距离和一张桌子，没头没脑地就想冲过去进行抢救，仿佛餐巾落地意味着一场大的灾难似的……就在餐巾即将挨着地面的一瞬间，舒舍夫人将餐巾抓住了。她的身体弯得几乎扑在了地板上，手抓着餐巾角，脸色十分阴沉，显然对自己的张皇失措感到不快，而这一切的罪魁祸首，看来她只能认为是他了。——她再次把目光投向汉斯·卡斯托普，看见他那急着跳起来的姿势和高高竖起的双眉，不禁微微一笑，把脸又转了过去。

对这一幕，汉斯·卡斯托普得意得简直忘乎所以，然而却也不会没有波折。要知道接下来的两天，也就是在整整十次的进餐过程中，舒舍夫人压根儿没再转过脸来瞅一瞅大厅，是的，在进厅门时甚至放弃了在众人面前"展示"一下自己的老习惯。太严重了！而且毫无疑问，一切都是冲着他来的，也就说关系明摆着已经存在，虽然是以否定的形式。这也足以令年轻人感到欣慰。

他清楚地看出，约阿希姆说得完全对，在这儿很不容易结识人，除了同桌吃饭的以外。要知道，仅仅只有晚饭后那一个小时——可它还经常萎缩成了二十分钟，才按规定开展一些集体娱乐活动。这时舒舍夫人无例外地总是坐在那间好像是保留给"好样儿的俄国人席"的小沙龙里,被她的那群人包围着。他们就是那位凹胸脯的先生,那个富有幽默情趣的头发蓬松的小姐,还有默不作声的布鲁门科尔博士,以及几个溜肩膀的年轻人。再说约阿希姆也总是很快就催他离开,为了保证有足够的时间静卧。也许还有其他关系健康的原因吧,约阿希姆没有一一列举,可汉斯·卡斯托普却已意识到和留意到了。我们曾责备年轻的主人公已经失去自制力。但不管他心里渴望的是什么,行动所追求的仍然并非正式与舒舍夫人结识。对于种种妨碍他这样做的情况,他也打心眼儿里认啦。这靠着他与那位俄国夫人之间秋波频传建立起来的不确定关系,还不具备社交的性质,还没使他们承担任何义务,也不允许他们承担任何义务。因为在汉斯·卡斯托普一方,这些关系在很大程度上还将为他的社会地位所不容。一想到克拉芙迪娅心跳就加快的事实,还远远不足以动摇汉斯·洛伦茨·卡斯托普的孙子的信念,即相信这个陌生女人,这个与丈夫分居的不戴结婚戒指的女人,这个在四处的疗养院里混日子并且坐相难看、随手摔门、搓面包球和无疑还咬手指头的女人。实话实说吧,他和她除去那秘而不宣的关系之外,是不能再有任何瓜葛的,在他与她的生活之间存在着深深的鸿沟,他与她在一起,承受不了任何他视为合理的批评。显而易见,汉斯·卡斯托普完全没有个人的傲慢,但是,一种性质更深沉、更久远的傲慢,却书写在他的额头上,在他那目光慵懒的两只眼睛的周围。一见舒舍夫人的仪态举止,他心中就油然生出一种优越感,不可能克制住也不想克制住的优越感。真奇怪,他特别清楚地意识到它,也可能是平生破天荒第一次意识到它，意识到这种范围广泛的优越感，是在有一天他听见舒舍夫人讲德语的时候——当时她吃完饭，双手插在毛衣口袋里，站在大厅中与另一位女患者交谈。汉斯·卡斯托普从旁边走过，听见她正跟这位显然是静卧厅里的同伴吃力地讲德语，虽说声调倒不无动人的魅力。汉斯·卡斯托普突然感到从未有过的骄傲——她在讲他的母语，虽然与此同时，他还感到更大的欣喜：她的德语尽管结结巴巴，传到他耳里却优美极了。

一句话，汉斯·卡斯托普视自己与山上这个轻浮随便的女人之间秘而不宣的关系，为一次假期里的冒险。在理性的审判台前——在他自己富于理性的良知面前，这种关系是根本别想得到认可的。主要原因倒不在于舒舍夫人患有肺病，精神萎靡，经常发烧，身体里已经有许多虫子眼儿。这个情况与她整个生活状态不正常有关，也大大加强了汉斯·卡斯托普的戒备心理和跟她感情上的距离……不，他根本想不到要去真正结识她。再则，一个半星期之后，他在通德尔与威尔姆斯公司一开始实习，事情好歹都得结束，不会有任何结果的。

不过，目前他的情况仍然是，他已开始把自己与舒舍夫人的感情以及由此而产生的激动、紧张、满足、失望等，视为他度假生活的真正意义和内容，因而也就全心地感受体验它们，听任自己的情绪由它们摆布。生活的环境也给它们的维持以最有力的推动，因为大家都紧挨着生活在一个有限的空间里，按照谁都得遵守的同一个固定日程，虽然舒舍夫人住在另一层楼——二楼。此外，汉斯·卡斯托普还听女教师说，舒舍夫人是在一间公用静卧厅中静卧，也就是最近米克洛齐希上尉把灯关掉了的那间屋顶静卧厅。——虽然如此，仅仅那五次吃饭的时间，且不说还有这儿那儿，他们从早到晚仍旧可能碰面，免不了碰面。再者，无须操心和费劲就能满足自己的心愿，这使汉斯·卡斯托普也感到很惬意，尽管这么被关在疗养院里和心里不怎么踏实，都有点儿使人气闷。

他甚至还采取一点儿主动，盘算了一下如何成就好事，使本已有利的条件进一步改善。舒舍夫人吃饭时总爱迟到，他也就使自己同样迟一点儿去，以便半道上碰见她。他在梳洗时故意拖拖拉拉，使约阿希姆进房来约他时他还没准备好，他让表兄先走，说自己跟着就来。受着自己直觉的支配，他等到觉得是该走的那一刻，才急急忙忙赶下二楼去，但却不走紧接着他走过的上一道楼梯的那道楼梯，而是拐到离走廊尽头不远的另一道楼梯再下去，因为它就在汉斯·卡斯托普早已熟悉的那道房门——七号房间的房门——旁边。这样沿着走廊从一道楼梯走到另一道楼梯，真是每一步都提供了机会，因为在他想象中那扇门随时可能打开——而且它也总是在舒舍夫人身后乓的一声再关上。她自己呢，却无声地踱出房来，无声地走下楼梯……随后，要么她走在汉斯·卡斯托普前边，用手托着后脑勺上的头发。要么汉斯·卡斯托普走在她前边，感觉到她的目光射在他的脊背上，就像有一群蚂蚁在爬似的痒酥酥的，全身因此为之一紧，同时又怀着要在她眼前显示自己的愿望，装着压根儿不知道她在后边，极力表现出自由自在的样子,把双手深深插在外衣口袋里,毫无必要地转动肩关节,要不就大声清嗓子,同时用拳头捶打胸脯。——总之,为了表现自己的独立不羁。

有两次他更加狡猾。明明已在餐桌前坐好了,他却突然惊慌失措地两手在身上乱摸,一边不高兴地嚷嚷:"瞧,我把手巾给忘了!就是说又得爬上去。"他于是往回走,为了碰见克拉芙迪娅。这跟走在她前面或者后面可都不一样,要更加危险一些,也更富有刺激性。第一次实施这种伎俩时,她虽然远远地就用眼从头到脚打量他,毫无一点儿顾忌和害羞的样子,可到了跟前却满不在乎地将头一转,就擦身走过去了,令汉斯·卡斯托普对这次邂逅的成绩没法作太高的估计。第二次她却望着他,不是从老远,而是一直望着他,自始至终地以坚定甚至有些阴沉沉的目光望着他的脸,在擦身而过时甚至把头转向了他这一侧,搞得可怜的卡斯托普浑身都像通了电。不过我们不用为他惋惜,因为他希望的正是这个,而且一切全是他自作自受。然而,这样的碰面使他异常激动,既在事情发生的当时,也在事过之后。要晓得直到事情全过去了,他才能清醒地看出究竟发生了什么事。他还从未离舒舍夫人的脸这么近过,这么把所有细部都看得一清二楚。他已能分辨出随便盘在她头上的、近乎淡红的黄色发辫,以及从辫子中松脱出来的、不长的根根发丝。在他那奇异的但长久以来已为他熟悉的想象中,他的脸与她的脸近在咫尺。在这个世界上,再也没什么比这样的想象更使他觉得可亲的了:这是一种陌生而富于个性的想象——在我们看来,只有生疏的东西才显得有个性——它带着北方的异国情调，充满神秘色彩，特征与情况都不易确定，正因为如此就诱使他想去弄个水落石出。最关键的也许就是那突出的颧骨：它们压迫着那双生得异常平、隔得异常开的眼睛，使它们变得有些斜，同时它们又使脸颊显得微微下凹，让卡斯托普从近旁看过去更加觉得她的嘴唇厚了一点儿、翘了一点儿。可接下来，重要的就是她那双眼睛本身，一双窄窄的——在汉斯·卡斯托普看来——无论如何都是长得很有魅力的眼睛，吉尔吉斯人的眼睛，颜色像远山一般灰蓝灰蓝的或者蓝灰蓝灰的，有时在斜睨着并不看什么的时候就会溶解，就会加深，最后会完全化作幽幽的夜幕。——这双克拉芙迪娅的眼睛，从身旁放肆地、阴沉沉地盯着他的眼睛，它们的形状、颜色、神情都与普希毕斯拉夫·希培相像得出奇，相像得惊人啊！"相像"这个词压根儿不准确——简直就是同一双眼睛！此外还有那宽宽的脸盘，扁平的鼻子，一切一切，直至那白中带红的肤色——这健康的颜色，虽然它在舒舍夫人脸上只是一种假象，跟所有山上的人一样只是在室外静卧的表面效果。——总之，她的一切都极像普希毕斯拉夫，连那盯着卡斯托普瞧的眼神儿，也跟当年普希毕斯拉夫在校园里从他身旁走过时一模一样。

无论在什么意义上，这都令人震惊。汉斯·卡斯托普因他们俩的相遇既欢欣鼓舞，同时又感到某种日渐强烈的恐惧，某种压抑憋闷，就像一个人被关在小屋子里不知道如何是好那样。还有，久已忘却的普希毕斯拉夫变作舒舍夫人在山上与他重逢，用吉尔吉斯人眼睛望着他，也使他觉得像被关了起来，不可避免，无法逃脱——一种令人既感到幸福又感到恐惧的无法逃脱。它在充满希望的同时，也带着不祥之兆，是的，带着威胁。年轻的汉斯·卡斯托普心中油然生出一种孤独无援之感，他的内心出自本能地激动莫名，似乎想要环顾四周，想要摸索和寻找援助，想要恳求谁替他出主意，做他的支柱。为此，他挨个儿地想了各式各样的人，想了一切可以想得起的人。

这时好心而真诚的约阿希姆出现在他的眼前，近几个月来，约阿希姆脸上增加了一种忧郁的神情，有时还那么极为不屑地耸耸肩膀，过去他却从来不曾这个样子。——他衣袋里藏着"兰亨利"，施托尔太太总喜欢这么称呼吐痰的瓶子，而且总是老着一张脸皮，让汉斯·卡斯托普每次都惊愕不已……诚实的约阿希姆的确在他身边；他苦缠苦磨着宫廷顾问贝伦斯，要求放他回"平原"上去——山上的人带着轻微却明显的鄙弃口吻这么称呼健康人的世界，好去那儿履行他向往履行的职责。为了早日达到目的，少在山上白白地浪费光阴，他首先就得特别认真地完成疗养任务——毫无疑问，为的是尽快康复。可是，汉斯·卡斯托普有时却觉得，他在一定程度上也是在为完成疗养任务而完成疗养任务，这个任务跟那个任务没有什么两样，履行职责毕竟是履行职责。所以，晚饭后的娱乐活动才开始一刻钟，约阿希姆便催着他离开，以便回去静卧。这倒也好，他这军人的认真精神肯定有助于克服汉斯·卡斯托普的老百姓意识。否则，他会毫无意义和指望地久久待在娱乐厅中，眼睛瞅着小小的俄国人沙龙。不过，约阿希姆执意缩短参加晚上娱乐的时间这件事，还有另外一个没有说出的原因，汉斯·卡斯托普心中明白；自从他发现约阿希姆在某些时候面孔出现一块块红斑，嘴角也异样凄苦地扭歪了之后，他就懂得了个中的奥妙。因为玛露霞，那个美丽的小手上戴着红宝石戒指、身上散发出橘子香水味儿、总是咻咻咻地笑个没完、胸脯高耸但却让虫子蛀烂了的玛露霞，她也多半在娱乐厅里。汉斯·卡斯托普看出，是这个情况在赶约阿希姆走，因为它对于他的吸引力太强大了，令他感到害怕。就是说约阿希姆也被"关起来了"——关得甚至比他汉斯·卡斯托普更紧，更憋气。须知一日五餐，手绢散发出橘子香水味儿的玛露霞还与他坐在同一张餐桌上，这可不是太过分了吗？无论如何，约阿希姆自己的麻烦已经太多太多，哪儿还有心思来帮助汉斯·卡斯托普？他每日的逃避娱乐虽然令人钦佩，却一点儿也不能帮助卡斯托普恢复冷静。再说卡斯托普常常还产生一种感觉，仿佛表哥严格履行疗养任务的好榜样以及在这方面给予他的很在行的指导，都自有其可虑之处。

汉斯·卡斯托普来山上还不足两礼拜，可他已觉得过了很久。他身边的约阿希姆兢兢业业地、虔诚地遵循的生活日程，也开始在他眼里具有神圣而理所当然的不容侵犯性质，以致山下平原上的生活让他从这儿看去已几乎显得奇怪而又颠倒了。他已掌握摆弄那两条毛毯的漂亮技巧，在冷天静卧时可以用它们将自己包成一个平平整整的包裹，一个真正的木乃伊。以干净利落、准确正规而论，他已差不多赶上了约阿希姆，以至在想到下边平原上没谁懂得这些规矩和技巧时，他不禁感觉到惊异。是的，是令人惊异。——可与此同时，汉斯·卡斯托普又惊异自己竟然会认为这也值得惊异。最近,那种使他渴望在周围寻求指点和支持的不安,在他内心中更有增无减。

他禁不住想到贝伦斯宫廷顾问,想到那免费提供给他的劝告,就是要他完全像个患者一样地生活,甚至也测体温。他同时想到塞特姆布里尼,想到他如何对贝伦斯的免费劝告仰天大笑,随后还朗诵了一段歌剧《魔笛》的歌词。宫廷顾问贝伦斯是位白发老者,已够资格做他汉斯·卡斯托普的父亲,加之又是一院之长和最高权威——一种父亲般的权威。对这样的权威,年轻的汉斯·卡斯托普不安的心中已感到一种需要。然而,当他试图怀着孩子的依赖心理去想宫廷顾问时,他怎么也不能成功。贝伦斯在这里埋葬了自己的老婆,由于苦闷,一度变成个怪人。他后来留在此地,因为丢不下老婆的坟墓,而且自己也染上了病。这一切都成为过去了吗?他已恢复健康,并且也一心一意地想使其他人健康,以便他们能很快回到平原上去,履行自己的职责。他的面孔老是发青,看上去真像在发高烧的样子。不,这可能是错觉,只怪空气把他的脸色搞成了这样。汉斯·卡斯托普自己不是也一天到晚都觉得燥热,虽然并不发烧,这是他没用温度表也可以断定的。然而,当你听宫廷顾问讲起话来,你有时又会相信他在发高烧,他讲话的神情不完全对头啊。他嗓音虽说洪亮、愉快、悦耳,但有些奇异的味道,有些感情冲动的因素,特别是再考虑到那发青的面孔上那双老是泪汪汪的眼睛,就像他仍旧在哭他老婆一样不是吗?汉斯·卡斯托普忆起,塞特姆布里尼曾大谈宫廷顾问的"伤感"和"罪孽",称他是个"心灵迷乱的人"。这可能是恶意中伤和信口胡言。可尽管如此,汉斯·卡斯托普仍觉得一想起宫廷顾问贝伦斯,就有点儿丧气。

当然,这儿还可以考虑考虑塞特姆布里尼本身。这位愤世嫉俗者,这位吹牛大王,这位自诩的"人文主义者",他曾疾言厉色地指责汉斯·卡斯托普,说他误以为对于人的感情来讲,生病与愚蠢互相矛盾、势不两立。塞特姆布里尼他又怎样呢?可以对他抱有希望吗?汉斯·卡斯托普清楚记得,他上山后好几夜都明白无误地梦见了这个意大利人,对他那向上弯得很好看的八字胡底下的那张笑咧咧的嘴很讨厌,还骂他是个摇风琴的乞丐,曾努力想赶走他,不让他打搅自己。不过那只是梦,他汉斯·卡斯托普清醒时是另一个人,不会像梦中那样放肆。清醒时情况确实可能有些不同——尝试着理解理解塞特姆布里尼的新作风,理解理解他的不满和批评,也许并不坏,虽然他多愁善感,话又啰唆。他不是自称教育家吗?显然他想要影响别人,而年轻的汉斯·卡斯托普正渴望受人影响——当然,也不必搞得过分,他不至于让塞特姆布里尼来命令他收拾行装,提前离开,就像那意大利人最近郑重其事地建议的那样。

试试吧!他想着想着暗自笑了,要知道他尽管不能自称是位人文学者,却也懂得一些拉丁文。从此,他就比较注意观察塞特姆布里尼,留心地倾听和思考他的言论,只要碰见他,不管是在慢慢散步去山岩边的长凳时,还是在去达沃斯坪的路上,或者是在其他场合。例如塞特姆布里尼有时第一个吃完饭站起来,穿着他的花格子裤,嘴里咬着牙签,在一共有七张桌子的餐厅里慢慢踱着，不顾院里明令禁止，到表兄弟俩的席上来客串客串。只见他交叉着双脚，摆出一副悠悠闲闲的姿势站定了，便手里挥动着牙签高谈阔论。要不他也拖过一把椅子，或者坐在汉斯·卡斯托普与女教师之间的拐角上，或者坐在他和罗宾逊小姐之间，从旁观看这些新桌友消受自己的饭后甜品，他自己却是不愿吃甜食的。

"我申请加入诸位这高雅的集体，"说时他握着表兄弟俩的手，并以鞠躬向其余的所有人致意，"那边那个啤酒商，啧啧……更别提他那老婆啦，一见她的样子就要人命。可这位马格努斯先生呢——他刚才居然做了一个民族心理学的报告。诸位愿意听听吗？'咱们亲爱的德意志帝国是座大军营，没错儿。可那里边却包含着许多踏踏实实的东西，咱们才不肯以踏实去换别人的礼貌什么的呢。礼貌来礼貌去对咱们又有啥用，要是咱们明里暗里都受骗的话？'就这么个德性！我快受不了啦。除了他们我对面还坐着个可怜虫，一位从齐本毕尔根来的老处女，脸颊红得像公墓里的玫瑰，嘴里不断地念叨她的'妹夫'，一个谁都一点儿不了解的人。够了，我不能再忍受，只好溜之大吉。"

"您是仓皇逃窜，"施托尔太太说，"我可以想象。"

"太对了！"塞特姆布里尼嚷起来，"仓皇逃窜！看得出来，这儿刮的是另外的风——毫无疑问，我找对了地方。听听，仓皇逃窜……谁能如此讲究措辞！——施托尔太太，请允许我问问您贵体怎样？"

施托尔太太忸忸怩怩，看着叫人害怕。"我的老天爷，"她说，"还不是老样子，先生知道的。进两步，退三步，四五个月住下来，老头子一检查又给你加半年。唉，真像坦塔罗斯那样受不尽的罪。你推呀推呀，以为已经推到了山上……"

"嘿，太妙啦！您到底让可怜的坦塔罗斯换了换口味！您让他改行去推那有名的大理石！①我只能说您的心肠太好了。可那又是怎么搞的，夫人，您好像有些神秘莫测。有人讲了个分身术的故事……我本来不相信的，可您的情况又把我弄糊涂了……"

"先生看样子是想取笑我。"

"绝对不是！连想都不敢想！请先给我解开一些有关您的生活的疑团，然后我们还有的是说说笑笑的机会！昨晚上九点半至十点之间，我在花园里活动活动，边走边看一个个的阳台，只见您阳台上那盏小电灯在黑暗的包围中特别明亮。依此推之，您该在静卧，按照义务，谨遵理性和院规。'那儿躺着咱们生病的美人儿，'我自言自语，'她忠诚地执行规章，为的是很快回到家里施托尔先生的怀抱中去。'可就在前几分钟，我听见什么来着？她怎么可能同时在游乐场的电影院里——"塞特姆布里尼用了一个意大利词，重音落在第四个音节上——"并且随后又去点心店喝甜葡萄酒，吃奶油蛋糕，而且还……"

施托尔太太肩膀直扭，用餐巾捂着嘴咪咪咪地笑起来，拿胳膊肘捅约阿希姆·齐姆逊和闷声不响的布鲁门科尔的腰杆，还狡黠地挤眉毛弄眼睛，总之，用一切方式让人看她是多么愚蠢而又

---

① 被天神处罚推一次次自动往下滚的巨石上山者为西绪福斯；坦塔罗斯受的是饥渴之苦。二典均出自希腊神话。施托尔太太附庸风雅，结果张冠李戴。

得意。晚上为了骗院里检查的人,她总把开着的小台灯搬到阳台上,自己却悄悄地溜下山去,在英国人聚居区消遣作乐。她丈夫则在康施塔特等她。再说,疗养院里采取同样策略的病人又何止她一个哩。

"而且……"塞特姆布里尼继续说,"那些奶油蛋糕,您是和谁在一块儿享用?和布达佩斯来的米克洛齐希上尉!有人要我相信,他穿着件女式上衣,可我的上帝,这跟事情有多大关系!我恳求您,夫人,告诉我您究竟在哪儿,您怎么变成了两个!无论如何您是睡着了吧,当您的躯壳独自在那儿静卧时,您的灵魂却在米克洛齐希上尉陪伴下寻欢作乐,享用他的……"

施托尔太太身子扭来扭去,就像有谁在挠她痒痒似的。

"我不知道是否应该让情况倒个个儿,"塞特姆布里尼说,"也就是让您独自享用奶油蛋糕,而在静卧时却由上尉与您做伴儿……"

"嘻嘻嘻嘻嘻……"

"女士先生们知道前天那件事吗?"意大利人紧接着又问,"有谁给接走了——让魔鬼接走了,或者确切地说,让他的老母亲——一位挺让我喜欢的敢作敢为的太太。那就是施涅尔曼,安东·施涅尔曼,曾经坐在前边克勒费特小姐桌上那个。——各位瞧,现在他的位子空了。位子很快又有人坐,这我不担心,可安东却像一阵风似的忽然走了,连他自己也没想到。他在山上已经住了一年半——他才十六岁,刚刚又给他加了半年。可结果怎么样?我不知道是谁向施涅尔曼夫人传了话,反正她得到了风声,知道了她儿子在这令人迷醉的场所的变化。也未事先通报,她便登场了——一位高贵的老太太——比鄙人高出三个脑袋,满头银丝,怒气冲冲,二话没讲先抽了安东先生几个耳光,然后便揪住他的衣领,把他塞进了火车。'他如果该死,'她说,'也可以死在山下。'说完就回家去了。"

塞特姆布里尼讲得挺滑稽,周围凡能听见的人都笑了起来。他显然对院里的新闻了如指掌,虽说对山上人们的集体生活抱批评和嘲讽的态度。他无所不知。他了解新来者的名字以及他们的大致生活状况,他向你报告昨天谁谁谁摘除了几根肋骨,他从可靠的方面得知,从秋天起就不再收38.5℃以上的病人了。他讲,昨天夜里,来自米蒂利尼①的卡帕乔里亚斯夫人的小狗蹲在急救呼叫灯的开关上,搞得院里手忙脚乱,特别是人家发现床上不止她一个人,而且还有来自弗利德里希斯哈根的陪审官迪斯特蒙德做伴。这段逸事甚至让布鲁门科尔博士露出了笑容;漂亮的玛露霞更是用橘黄色手绢捂着嘴,笑得上气不接下气;施托尔太太则双手按着左边胸部,大声尖叫起来。

不过,罗多维柯·塞特姆布里尼也对表兄弟俩讲他自己和他的出身,有时在散步的途中,有时在傍晚的娱乐时间里,还有也在吃完了饭,多数病人已离开餐厅,女服务员开始清扫的时候。三位先生继续坐在他们桌子一端的座位上,汉斯·卡斯托普又抽起了他的"玛利亚·曼齐尼",从第三周起,他又开始抽出点儿

---

① 米蒂利尼,希腊城市名。

滋味儿来了。他留心地审视着，也感到有些陌生，但却乐于从中吸收些影响。他因此认真听着意大利人的讲述，感到眼前展现出一个奇特的崭新的世界。

塞特姆布里尼讲自己的祖父。老人家曾在米兰当律师，但主要还是位伟大的爱国者，是政治鼓动家、演说家和杂志编辑什么的——跟孙子一样也是个不满现状者，但所作所为都更加大度，更加勇敢。因为，如他自己悲哀地指出的，他罗多维柯注定只能在"山庄"国际疗养院对人们的所作所为吹毛求疵，尖酸刻薄地讽刺，以美好的乐于行动的人性的名义与之进行抗争，如此而已；反之，他祖父却令一届届政府感到头痛：他密谋反叛当时奴役着他四分五裂的祖国的奥地利和神圣同盟，是某些组织遍及整个意大利的秘密社团的活跃分子——一个烧炭党人。塞特姆布里尼突然压低嗓门，仿佛提起这个称号眼下还有危险似的。总之，通过他孙子的叙述，这位乔西普·塞特姆布里尼在两位听众心目中是个面貌不清的狂热鼓动家，是个反叛领袖和阴谋分子。尽管出于礼貌，他们努力表现得对他十分尊敬，但却没法从自己脸上将反感、不信任甚至厌恶的表情完全驱走。诚然，事情颇有些奇特：他们现在听见的，照说已经过去很久了，已过去差不多一百年，已经成为历史；从历史中，从古老的历史中，他们已熟悉这里听说的那种人，那种绝望地追求自由和不屈地反抗暴君的人，虽然他们从未想到会直接和这样的人发生关系。再者，他们也听明白了，塞特姆布里尼祖父的密谋反叛还与他对自己祖国伟大的爱相关联，他希望祖国自由而统一嘛。所以，他们也不得不暗自承认，彼时彼地的情形完全不同，造反与公民的高尚品德，忠诚守法与逆来顺受，可能曾经是一个意思——是的，老人的反叛行径乃是上述值得敬重的联系的产物和结果，尽管在表兄弟俩的心里，总觉得将反叛与爱国混为一谈有些特别，因为他们自己习惯把爱国与维护现存秩序等同起来。

然而塞特姆布里尼的祖父不只是位意大利爱国者，还是一切渴望自由的人民的兄弟和战友。在他以言论和行动参与的都灵起义失败后，他险些儿没逃脱梅特涅侯爵的刽子手们的追捕。后来，他将自己流亡的时间用于在西班牙为宪政而战，在希腊为希腊人民的独立自由而战，而流血牺牲。塞特姆布里尼的父亲就出生在希腊，所以才成了一位伟大的人文主义者，才那么爱好古典文学艺术。而且，他的母亲有着德意志血统，因为乔西普在瑞士娶了一位少女，然后带着她走南闯北。经过了十年的颠沛流离，他才重归故里，在米兰做律师，然而绝对没有放弃号召民众为争取自由和实现祖国统一而斗争，不管是用文字还是言语，不管是用散文还是诗。他热情激昂地起草了推翻暴政的纲领，明确地宣告要联合一切争得了自由的民族，共同创造人类的幸福。孙子塞特姆布里尼讲到的一个细节，给年轻的卡斯托普留下了特别深刻的印象，就是祖父乔西普一辈子在公共场合都只穿黑色的丧服，因为他在志哀。他自己说：为意大利志哀，为他在苦难和奴役中奄奄一息的祖国志哀。听到这儿，汉斯·卡斯托普不由得想到他自己的祖父——而在此之前，他已好几次将两位老人做过对比，因为在他所见到的一段时间里，他祖父也同样只穿黑衣服，只不过与这儿这位祖父的动机根本不一样。汉斯·卡斯托普回忆起那老式的黑衣服，穿着它，本来已经属于过去时代的祖父勉勉强强地适应着新时代，同时又暗示出自己与它格格不入。他直到去世，才庄严地恢复更适合于他的本来面目——戴上了圆形的绉领。真是两位大不相同的祖父啊！汉斯·卡斯托普沉思起来，目光凝定，脑袋轻轻地摇动，既像是在对乔西普·塞特姆布里尼表示赞赏，又像表示诧异和不赞成。实际上呢，他也存心避免对陌生的事物贸然下判断，而只满足于作比较和确认事实。他仿佛又看见祖父在客厅里，正若有所思地将瘦削的脑袋伸在镀金的圆形洗礼钵上，观察着这件代代相传的宝贝——他噘圆了嘴，因为唇间正吐出那带 Ur 的音节①，它那沉浊、神圣的发音，令人想起那些人们都弯着腰毕恭毕敬地往前走的所在。他也看见了乔西普·塞特姆布里尼，看见他胳膊上戴着三色臂章，手舞着军刀，目光阴沉地望着天空发誓，身后率领着一群自由战士，正要向专制政权的军队的方阵冲去。两位祖父都各有自己的美和尊严，他想，为了不觉得自己个人或者不一定是个人有任何偏袒，而是尽可能地公平合理。塞特姆布里尼的祖父确曾为争取政治权利而战；他自己的祖父呢，或者说他自己的祖先呢，却本来就拥有一切权利，只是在四百年中，民众已用暴力和花言巧语给他们慢慢夺走了……这样他们两位都总是穿黑衣服，北方的祖父和南方的祖父一样，目的都是要使自己和恶劣的现实严格地保持距离。只不过

---

① 在德语中，前缀 Ur 用于表示祖父母以上的辈分。

一位是出于虔诚，出于对他所归属的往昔和死亡的尊重；另一位则出于反叛，出于对敌视虔诚信仰的进步的追求。是的，这是两个不同的世界或者叫作立场，汉斯·卡斯托普想。在塞特姆布里尼先生讲述的过程中，他仿佛站在了两个世界之间，一会儿审视审视这边，一会儿观望观望那边。这样的情景，他觉得自己已经经历过。他想起了，那是一天黄昏时分他在阿尔斯特某处的湖上独自一人荡舟，时间为几年前的一个夏末。七点钟光景，红日已经西沉，一轮差不多的满月正从东方长满芦苇丛的河岸冉冉升起。汉斯·卡斯托普在静静的湖上划着桨，有十分钟之久，天地之间的景象令他心醉神迷，恍如置身梦境。在西方，天更亮了，光线明晰如同白昼；可回过头去看东方，又分明已是雾霭迷蒙的极其美妙的月夜。这奇异的景象保持了差不多一刻钟，最后终于让夜色和月亮占了上风。怀着惊喜，他将迷茫的眼睛一会儿望着这种光景，一会儿望着另一种光景，反复转换，由白昼而黑夜，又由黑夜而白昼。汉斯·卡斯托普不由得想起了当年的这个经历。

以他的生活方式和广泛的社会活动，汉斯·卡斯托普继续想，塞特姆布里尼律师不大可能成为一位伟大的法学家。可是，法律的基本准则从小到死都一直铭记在他心中，他的孙子要人相信。汉斯·卡斯托普呢，他虽然眼下头脑不大清醒，刚才那六道菜的午饭够他受的，却努力想理解塞特姆布里尼所谓这一准则是"自由与进步的源泉"是什么意思。至于进步嘛，他过去理解的就不外乎像19世纪不断改进起重机械一类的事，而且他发现，塞特姆布里尼先生也并不轻视这类事情，还有他的祖父显然也一样。意大利人对两位听讲者的祖国表示敬意,一是因为它发明了将封建主义的盔甲轰得稀巴烂的火药,二是它发明了使民主传播其思想,也即传播民主思想成为可能的印刷术①。这就是说,他称赞德国,也相信应该公正地给自己的祖国以荣誉,但只是在谈到它的往昔的时候,因为其他民族尚处于迷信与奴役的蒙昧之中,他的祖国已经第一个举起了启蒙、教育和自由的旗帜。如果说,像他第一次与表兄弟俩在山上的长凳旁邂逅时所表明的,他对汉斯·卡斯托普的专业即技术与交通事业表现得很尊重的话,那么,看来并非因为他认为技术与交通事业本身具有强大的力量,而是考虑到了它们促进人类道德完善的作用——塞特姆布里尼先生乐于承认技术与交通事业有这样的作用。他说,技术渐渐地征服自然,通过扩大公路网和电信网建立各地之间的联系,战胜气候的差异,从而证明它是使各民族接近,增进他们的相互了解,协调他们的关系,消除他们的偏见,最终实现世界大同的可靠手段。人类将走出黑暗、恐惧和仇恨,将沿着光辉灿烂的大道向前、向上,向着友爱、光明、善良和幸福的最终目标前进。在这条大道上,科学技术就是最快捷的车辆,他说。如此激昂慷慨地讲着,他竟一下子将汉斯·卡斯托普迄今一贯认为是风马牛不相及的两个范畴拉到了一起。科学技术与政治道德!他说。接着,他真的讲到了首先宣示平等与大同原则的基督教信仰的救世主。这种原则后来的传播得到印刷术大大的推动,最后伟大的法

---

① 在欧洲范围内,这两项技术确系德国人领先。

国大革命又将它提高为法律。不知是什么原因，这些话在年轻的汉斯·卡斯托普听起来真是莫名其妙，虽然塞特姆布里尼先生的用语非常简单明了。有一次，他继续讲，他祖父一生中就这么一次，那是在刚好进入壮年的时候：当时他打心眼儿里感到幸福，因为巴黎爆发了七月革命。他祖父大声地公开宣称，有朝一日，所有人都将把巴黎的那三天与上帝创造世界的六天相提并论。听到这儿，汉斯·卡斯托普忍不住拍了一下桌子，内心深处大为惊异。须知在1830年夏天的那三天里，巴黎人只是制定了一部新宪法，上帝却在六天中分开陆地和海洋，创造了日月星辰以及花、树、鸟、鱼和一切生命，将两者相提并论在他看来实在太荒唐。过后，他单独与表兄约阿希姆谈起这事，仍认为它过于唐突，是的，简直是对上帝的亵渎。

然而，他是诚心诚意来接受人家的影响，理当高高兴兴地试着接受不同的看法，便控制住了按他的信仰和口味本当对塞特姆布里尼的言论表示的不满。他考虑，那种在他听来是亵渎上帝的说法，在当时可能被称作勇敢直言；那种他觉得唐突的行事，至少在彼时彼地可能被视为心灵高尚、激昂慷慨：例如，塞特姆布里尼祖父曾把街垒叫作"民众的王座"，曾宣称已到了"在人类的祭坛前使市民的枪矛成为圣物"的时刻什么什么的。

他为什么这么耐心地倾听塞特姆布里尼先生讲话，汉斯·卡斯托普虽然说不确切，但的确知道个中缘由。除了一位旅游者和客人那种逢场作戏的应付心理以外，还存在一点儿像是尽义务似的感觉。本来嘛，他对任何印象都可接受，对任何事情都不排斥，因为老想着自己不是明天就是后天便要重新振翅高飞，回到已经习惯的秩序中去。——也就是说良心上的某种要求，确切地讲是良心上的某种内疚，决定了他要耐心倾听意大利人发议论，要么是在餐厅里跷着二郎腿，抽着他的"玛利亚·曼齐尼"，要么是三个人从山下的英国人聚居区爬回"山庄"的途中。

依照塞特姆布里尼的说法，世界正处于两大原则的争夺之中，即强权和正义，暴政和自由，迷信和知识，顽固、停滞和运动、进步。一个可以称为亚洲原则，另一个可以称为欧洲原则，因为欧洲大地时兴反抗、批判和变革，东方的大陆却体现着静止、停滞和无为。两种力量中哪种终将取胜，是毫无疑问的——就是启蒙的力量，不断合理地趋于完善的力量。因为人道精神正带动着越来越多的民族在它光辉的大道上迅跑，已经在欧洲本身征服了越来越广阔的地域，并且开始向亚洲推进。但是，它还远远未取得完全的胜利，为此，那些心中保留着启蒙之光的善良的人们，还须进行巨大而高贵的努力，直至有一天，我们地球上那些既未经历18世纪也未出现1789年革命的国家里，王朝统治和宗教信仰将全部崩溃。这一天定会到来，塞特姆布里尼说，说时在他那两撇小胡子底下露出优美的微笑。——那一天如果不是拴在鸽子的脚爪上到来，就将驾着雄鹰的翅膀到来；它将作为世界各民族友爱和睦的朝霞升起在空中，闪射出理性、科学和正义的光彩；它将迎来市民民主的神圣同盟，与那蒙着三重耻辱的君主和内阁的同盟形成鲜明对照——他的祖父乔西普本人便是后一种同盟的死敌，一句话，迎来的将是世界共和国。为实现这最后的目的，首先需要打击那顽固停滞的亚洲奴役原则的中枢和反抗神经，打击维也纳。必须狠狠打击奥地利的脑袋，摧毁它，一则为了替历史复仇，再则为了给正义与幸福降临人世开辟道路。

塞特姆布里尼这高谈阔论的最后转折和结论，一点儿不再令汉斯·卡斯托普感兴趣。它令他讨厌，是的，甚至难堪，就像是把某个个人或者民族的执拗反复强加于他。——更别提约阿希姆·齐姆逊，每当意大利人话锋转到这个方向，他便拧紧眉头，转开脑袋，压根儿不肯再听。他这样做，也可能为了提醒大家静卧时间已到，或者企图改换话题。同样，汉斯·卡斯托普也不觉得有必要去注意听这样的怪论邪说，它们显然已经超出他可以尝试着接受其影响的范围。本来嘛，是一种心灵的需要明确地要求他这么做，所以当塞特姆布里尼坐到他们桌上来，或者在野外碰见他们，汉斯·卡斯托普才主动要求他谈谈自己的见解。

那些思想，那些理想和追求，塞特姆布里尼指出，在他家里代代相传。因为祖父、父亲、孙子三代人，都以各自不同的方式将生命和心力奉献给了它们。他的父亲也不逊色于祖父乔西普，尽管不是个政治鼓动家和自由战士，而是一位沉静而文弱的学究，一位伏案劳作的人文主义者。什么是人文主义呢？它就是对人的爱，如此而已，因此也就是政治，也就是对一切玷污人的思想、剥夺其尊严的人和事的反抗。有人指责它过分重视形式；但它注重形式也是为维护人的尊严，在这点上与中世纪恰成鲜明的对照。中世纪之堕落不仅表现在敌视人和迷信，也表现在可耻地失去了形式。人文主义首先是为着捍卫人的事业、人的尘世幸福以及思想自由和生活欢乐而斗争，因此认为，天空可以公平合理地让给麻雀。普罗米修斯！他就是第一位人文主义者，他跟卡尔杜齐写颂歌颂扬的撒旦原本是一回事……啊，我的上帝，二位要能听听博洛尼亚那位教会的宿敌如何讽刺和咒骂浪漫主义者的基督教热情，那就好啦！讽刺和咒骂曼佐尼①的圣歌！讽刺和咒骂浪漫派的阴影诗和月光诗！浪漫派被他比作"天空中苍白的月亮"！我的天，那真是个巨大的享受啊！此外，他们应该听听卡尔杜齐怎么分析但丁——他尊但丁为大城市的公民，说他反对禁欲和否定现世，捍卫变革和改善世界的力量。须知他以"女性的高贵与善良"称颂的并不是那位贝亚特丽丝②病弱、神秘的影子，而是他的妻子就叫这个名字。在诗里，他体现了现世的认识原则，生活的实践原则……

汉斯·卡斯托普还听他这样那样地谈论但丁，而且据说全都有最可靠的来源。可是年轻人并不完全相信，因为塞特姆布里尼太喜欢吹牛。只不过他认为但丁是位觉醒的大城市公民的说法，倒值得一听。接着，他继续倾听塞特姆布里尼谈他自己，宣称在他这位孙子罗多维柯身上，集中地继承了两位先辈的思想精神倾向，即他祖父的共和思想和他父亲的人文主义思想，因此成为一位文学家，一位自由主义作家。须知文学不是别的什么，正是人文主义与政治的结合；这一结合必不可免，势在必行。特别因为

---

① 曼佐尼（1785—1873），意大利著名诗人。
② 贝亚特丽丝是但丁代表作《神曲》中的女主人公，其原型为他早年恋爱的对象。

人文主义即是政治，政治即是人文主义，二者不可分割……这时汉斯·卡斯托普听得特别留神，努力想理解得更透彻；他希望借以认清啤酒酿造商马格努斯的不学无术，明白文学何以只是"美丽的性格"。塞特姆布里尼问表兄弟俩听没听说过布鲁涅托——布鲁涅托·拉蒂尼，1250年前后做过佛罗伦萨市的书记官，曾撰写过一本论德行与罪孽的著作。这位大师第一个使佛罗伦萨人变得文雅起来，教会了他们语言，教会了他们按政治原理治国的艺术。"你们这下该明白了，先生们！"塞特姆布里尼提高嗓门道，"这下你们该明白了吧！"他随即又大谈"语言"，大谈佛罗伦萨的语言崇拜，称佛罗伦萨是语言的胜利。因为语言是人类的荣耀，只有它，才能使生活富有人的尊严。不只人文主义乃至人道精神本身，一切人的高贵、尊严和自尊，都跟语言、跟文学有着不可分割的联系。——"你瞧见了吧，"汉斯·卡斯托普事后对表兄说，"你瞧见了吧，文学重要的就是得有漂亮的语言！这我可马上就看出来了。"——还有政治也和文学联系在一起，或者甚至可以讲：政治就产生于人道精神与文学的结合和统一之中，因为美好的言语能造就美好的行动。"两百年前，"塞特姆布里尼说，"贵国有过一位诗人，一位卓越的健谈者，他十分重视书法，认为美好的书法能导致美好的风格。我认为他还该前进一小步，再讲美好的风格能导致美好的行为。"美好的书写差不多意味着美好的思想，离美好的行动已经相去不远。行为的文雅和道德的完善全都源于文学精神——人类尊严的精神，这种精神同时就是人道主义精神和政治精神。是的，这一切全是一回事，全是同一种力量和思想，全可以归结在一个名义之下。这个名义叫什么？喏，组成它的都是一些熟悉的音节，不过，它们的含义和庄严二位肯定从来不曾如此深刻地理解过——它叫作文明！塞特姆布里尼从嘴里吐出这个词儿的同时，将小小的黄黄的右手猛地向上一扬，就像在举杯祝酒似的。

上述一切，年轻的汉斯·卡斯托普都认为值得一听，虽然不是出于义务，而是更多地为了尝试。但无论如何，他都认为值得一听。正是在这点上，他反驳了表兄的看法。当时约阿希姆口含体温表，只能含含糊糊地回答他的话，接着又忙着读刻度，往表上作记录，顾不上对塞特姆布里尼的宏论发表多少意见。汉斯·卡斯托普呢，我们说过他是诚心地听取意大利人的观点，并敞开心扉，接受它们的检验。由此，他首先明白了一个道理：一个清醒的人较之一个糊里糊涂地做梦的人，情况是多么不同，多么有利。在梦中，他曾不止一次盯着塞特姆布里尼的脸，骂人家是个"摇风琴的乞丐"，拼命想挤走他，因为他"在这儿碍事"，可是作为一个清醒的人，他就能有礼貌地、留心地听人家讲话，真心诚意地排除和克服自己内心对意大利人的论述可能产生的种种反感。因为不可否认，他心中确实怀有许多反感，既有在这之前遗留下来的、一直存在的，也有从眼前的情况里新产生的，还有由他上山以后那些未曾言说的切身体验所造成的。

人是什么，他的良心怎么如此容易欺骗自己！他怎么能从恪尽职责的呼声中，听出放纵感情的许诺！出于责任感，也为了公平合理，保持平衡，汉斯·卡斯托普认真地倾听塞特姆布里尼先生谈话，善意地思考他关于理性、共和国和美好的风格的高谈阔论，准备着从中接受影响。唯其如此，在这之后他就认为更可以在另一个相反的方向上自由驰骋自己的思想和幻想。——是的，要是我们将全部的怀疑或者观察所得都和盘托出，那么，他之所以倾听塞特姆布里尼先生高谈阔论，说到底只为一个目的，就是从自己的良心获得它本来不愿给予他的自由行动的特许。可是，汉斯·卡斯托普自认为又可以自由思想和行动的另一个方面，一个与爱国主义、人类尊严和文学相对立的方面，它又是以什么或什么人为体现呢？那就是……克拉芙迪娅·舒舍。她那么懒散拖沓，体内烂了许多蜂窝眼儿，还长着一双吉尔吉斯人的眼睛。汉斯·卡斯托普一想起她——用"想起"这个词儿，说明他内心对她的向往之情，显得太拘谨了，就仿佛又坐在阿尔斯特湖上的那只小船上，正使迷茫恍惚的眼睛离开西边湖岸上明晰的白昼，回过头去眺望东边天空中雾气朦胧的月夜。

体温表

汉斯·卡斯托普在山上的每一周都是从星期二到星期二计算，因为他抵达的那一天恰好是星期二。从他在管理处结清第二周的账起，已经过了好几天——每周费用约为一百六十法郎，依他的判断是公道而便宜的。即使不计那些无法用钱购买的享受——正因为无法购买，所以才不计吧，以及另外某些本可以计算却不愿意计入的服务项目，例如两周一次的音乐会和克洛可夫斯基博士的报告什么的，而只算日常招待、住宿、舒适的设备和一日五餐丰盛有余的饮食，也是如此。

"与其讲贵，不如说便宜，你不能抱怨人家在这儿要你付的钱太多，"做客的表弟对常住的表兄说，"一个月的住宿和伙食你才需要六百五十法郎，连治疗费也包括在内了。好，就算你每月还付三十法郎小费——要是你慷慨大方，希望人家对你笑脸相迎的话，那加起来也只有六百八十法郎。好，你会说还有各种零星费用，要付饮料费、理发费、雪茄费，如果你愿意，还可以出去游览和乘车兜风，还可以在鞋铺和裁缝铺花些钱。好的，全包括在内，可你再怎么穷花，也花不了一千法郎！甚至花不了八百法郎！也就是说一年充其量不过一千马克。绝对不会再多。靠这些你就可以生活了。"

"心算的本领值得称赞，"约阿希姆回答，"我完全不知道你有这么灵敏。你一下子算出一年的费用，我觉得挺不简单，证明你在山上确实学到了点儿东西。而且，你算得还太多。我一不抽雪茄，二不希望在这儿做什么衣服，对不起！"

"如此说来甚至还算多喽。"汉斯·卡斯托普有些心神恍惚地应着。怎么搞的，他竟把抽雪茄和做新衣服考虑到了表兄的账上！至于敏捷的心算本领嘛，纯粹不过是个假象，对他实际的天赋起到了掩盖作用。正如对所有事情，他对计算也是迟钝而缺少热情的，这次迅速地归纳结算并非即席表演，乃是有准备的结果，而且做的是笔头准备。原来，有一天晚上在静卧的时候——他现在晚上也到外边静卧了，因为大家都这样做，他突然心血来潮，特意从他那呱呱叫的躺椅上站起来，回房去取来了纸和铅笔，开始计算。他算出的结果是，他的表兄或者更确切地说每一位疗养客，在山上一年的花销统统加在一起为一万二千法郎，而且，他还闹着玩儿似的在心里对自己说，他自己作为一个每年可望有一万八九千法郎利息收入的人，经济上完全可以在山上这么过下去而绰绰有余。

刚才说过了，汉斯·卡斯托普在三天前结清了自己第二周的账，得到了收据和一声"谢谢"。这意味着，他在山上逗留的第三周也是计划中的最后一周，已经过去一半。在眼前的那个星期天，他将再欣赏那每十四天举行一次的疗养音乐会。在下星期一，他将再听听克洛可夫斯基博士同样是每两周作一次的报告——他对自己说，也对表兄说。到了星期二或者星期三，他就该动身离开了，重新丢下约阿希姆一个人。可怜的约阿希姆，谁知道拉达曼提斯还会判他多少个月呢？一谈起表弟即将到来的归期，他那双黑色的眼睛每次都显得凄楚而阴郁。是啊，伟大的主，那假期的时光而今却在何处！流走了，飞走了，匆匆消失了——简直说不清楚是怎样稍纵即逝的。毕竟曾有二十一天给他们一块儿度过，开始时那简直是很难望到头的长长一大串。可现在一下子只剩下微不足道的三四天，只剩下一点点不起眼的残余，虽然有两项与平日不同的安排使它们增加一些分量，但毕竟已经充满着离情别绪。三个星期在这山上简直等于零——他们一开始不就这么告诉他嘛。这里最小的计时单位是月份，塞特姆布里尼也说过。他汉斯·卡斯托普逗留的时间既然小于这个单位，那他就可以说完全没在山上待过，或者只是宫廷顾问贝伦斯所谓的来去匆匆。是不是生命的燃烧在这儿整个都加快了呢，时间竟翻掌即逝？仓促的生活对约阿希姆倒也是一种安慰，因为他考虑到眼前还要待五个月，倘若到那时他能痊愈的话。不过，在这三个星期里，他俩都比平常更留心时间，就正如在量体温的时候，那规定的七分钟也变得很长一样……

在约阿希姆眼里明显地流露出即将失去亲近伙伴的悲哀，使汉斯·卡斯托普打心眼儿里同情他。——事实上，他对表兄感到尤为强烈的同情，当他想到这可怜人将孤零零地在这里待下去，他自己却要重新生活在平原上，并且开始从事联系各民族的交通技术事业。那是一种在某些瞬间令他胸部感到灼痛的热烈同情，简单地讲，他有时甚至认真怀疑起来，他是不是真能狠下心将约阿希姆单独扔在山上。也就是说，他自己常常因为同情表兄而十分难过。这大概就是为什么他主动提到要走的次数越来越少，越来越少。倒是约阿希姆不时地将话头引到这上面；而汉斯·卡斯托普呢，我们说过，看来由于天生的敏感、知礼，却直至最后一刻也不肯那样做。

"喏，至少让我们希望你在山上得到了休息，在下山去时精神抖擞。"约阿希姆说。

"是的，我会向所有的人问好，"汉斯·卡斯托普回答，"并且告诉大家，你最多再过五个月也会回来。休息吗？你是问我在这些日子里有没有得到休息吗？我想我得到了休息。即使时间这么短，到头来必定还是会得到了一定的休息。无论怎么讲，在山上我获得了许多极为新鲜的印象，从任何方面看都是新鲜的，很能启发思想，但同时也使精神和身体都感觉吃力。我不觉得已经消化了它们，已经适应了这儿的环境气候。可适应大概又是得到休息的前提条件。感谢上帝，'玛利亚·曼齐尼'又恢复了本来面目，最近几天我重新抽出了真正的味道。可时不时地，我用过的手巾上还沾着血，加上那该死的脸孔发烧和无缘无故的心悸，这些毛病看来我到最后也别想再甩掉喽。不，不，我谈不上适应了气候和环境。时间这么短，又怎么能谈。要想适应环境，消化新鲜印象，需要更长时间。这之后才能开始休养，才能开始增加蛋白质。可惜！我说'可惜'，是因为一开始没准备住更长时间，犯了一个大错误。——时间本来有的是嘛。现在我的心情仿佛是回家以后为消除这休养的疲劳，首先得再休息三个星期，睡三个星期；有时候，我觉得自己真给累垮了。而且，现在又加上这个可恶的黏膜炎……"

确实，汉斯·卡斯托普看来很像要带着严重的伤风回到平原上去。他感冒了，很可能是在静卧的时候，而且估计是在晚上。差不多一周来，尽管天气潮湿阴冷，他都参加了晚间的静卧。在他走之前，气候看样子不会再变好。人家告诉他，这样的天气也不能认为就坏；对于山上的人来说，压根儿不存在坏天气这个说法。人们不怕任何天气，对气候几乎漠不关心。以年轻人灵活好学和乐于适应新环境的思想、习俗和脾气，汉斯·卡斯托普也开始养成这种满不在乎的习惯。即便空气像从水壶里头斟出来的，你也不该觉得它因此有点儿潮湿。实际上也可能不潮湿，因为他的脸跟往常一样仍在发烧，就像待在一间暖气热过了头的房间里或者酒喝多了一样。至于说到冷嘛，那倒确实冷得够厉害的；不过躲进房间里去也并不明智。因为没有下雪，所以便没生暖气，坐在房间里绝不比穿上冬大衣，用两条厚毛毯将自己结结实实地裹起来躺在阳台上来得舒服。恰恰相反，在外边静卧舒服得不知多少倍；甚至可以断定，这是汉斯·卡斯托普记忆中尝试过的最舒适宜人的生活方式。——他对自己的这一判断坚信不疑，尽管有那么一位作家和烧炭党人曾经不怀好意，称之为"水平的"生活方式。尤其是晚上的静卧他更感觉惬意：他把自己暖暖地包裹在毛毯里，身旁的小桌上亮着盏小灯，嘴里含着重新对了口味的雪茄，身体尽量享受着这儿的躺椅所具有的那些很难说清楚的优点，自然是鼻尖冰凉，捧着书——仍旧是那本《远洋船舶》——双手也僵硬、发红。透过阳台外墙的拱形圆洞，可以眺望夜幕笼罩的山谷，只见这儿灯光稀疏，那儿却似繁星密集，景象煞是迷人。几乎每天晚上，至少也长达一小时，从谷底里总有音乐传来，那么隐隐约约的，多半是悦耳而熟悉的曲调：一些歌剧的片段，诸如《卡门》《行吟诗人》或者《自由射手》的选曲，还有流畅动人的华尔兹，还有听得他脑袋也随着节拍摇来摆去的进行曲，还有愉快活泼的玛祖卡舞曲。玛祖卡？那个手上戴着小红宝石戒指的姑娘的名字叫玛露霞，发音有些相似。紧挨着的阳台上，在乳白色玻璃隔墙后边，躺着约阿希姆——汉斯·卡斯托普不时地和他低声谈两句话，生怕打扰其他平躺着的人。约阿希姆在自己的阳台上感觉与表弟一样，虽然他缺少音乐细胞，不能像表弟那样欣赏音乐演奏。真是非常可惜，他这会儿大概在念他的俄语语法吧。汉斯·卡斯托普却将《远洋船舶》放在毛毯上，诚心诚意地聆听着音乐，愉快地透视着乐曲明快而深邃的结构，对每一部富有个性和情绪的作品都感到由衷的喜悦，同时想起塞特姆布里尼对音乐发的那些议论来，心中只能是对他充满着敌意。那些议论非常恶劣，诸如说什么音乐在政治上是可疑的等等，其性质事实上并不比他祖父乔西普关于七月革命和《创世记》那六天的说法好多少……

我们说过约阿希姆不会欣赏音乐，还有抽烟的乐趣他也不曾享受过。但尽管如此，他仍然舒舒服服地躺在自己的阳台上，舒舒服服而又踏踏实实。又一天过去了，一切都过去了，可以放心，今天不会再出任何事情，不会再发生任何震撼心灵的事，不会让心脏肌肉组织再承受额外的负担。同时也可以放心的是，明天一切仍会一个样，又将从头开始；环境和条件的狭小、优裕及有条不紊，决定了只可能这样。这双重的放心和笃定惬意极啦，它与那美妙的音乐和可口的雪茄加在一起，将晚间的静卧变成了汉斯·卡斯托普真正幸福美满的生活方式。

然而，这一切都没能防止一件事：娇生惯养的新来者和客人在静卧时认认真真地感冒了——或者在其他可能的时候。总之，已出现严重伤风咳嗽的征兆，额头里晕乎乎而且沉闷，扁桃体发痛，空气已不能自如地流进气管，感到呼吸艰难；冷空气一刺激喉头，便连连咳嗽不止，嗓音一夜之间就变得沙哑了，活像个酗酒烧坏了嗓子的男低音歌手。据汉斯·卡斯托普自述，正是在这一夜，他完全未能合眼，因为喉咙又干又涩，他不得不一次次从床上爬起来。

"真糟糕，"约阿希姆说，"简直叫人一筹莫展。感冒，你得知道，在这儿可不适用；人家不承认感冒，说空气这么干燥，理论上不存在患感冒的可能；哪个病人要敢于去报告自己感冒了，就休想在贝伦斯那儿讨到便宜。只不过你的情况不一样，你毕竟有这个权利。然而，最好的办法还是割掉扁桃体，平原上可以做一些手术，只是在这儿——我怀疑他们对此没有足够的兴趣。在这儿还是别生病的好，病了没谁来管你。这是一个古老的教训，你在最后一刻总算知道了。我刚来时有位太太，她蒙住耳朵嚷痛已经整整一星期，终于，贝伦斯来瞧了。'您大可放心，'他说，'患的不是淋巴结核。'如此这般，事情就算了结啦。好，我们现在来看看有没有什么办法。明天一早等浴室管理员上我这儿来，我就向他说。这是规定的程序，他会继续往上报告，最后也许会对你采取点儿医疗措施。"

约阿希姆如是说，而规定的程序也果然灵。星期五早上，汉斯·卡斯托普刚刚外出活动归来，就有谁来敲他的门了。这给了他一个机会，使他能直接认识米伦冬克小姐，或者如大家所称呼的"护士长太太"。——在此之前，他只能远远地见到这位显然的大忙人，看见她总是从这间房间跨出来，横过走廊，又马上走进对面房间，要不就看见她身影在餐厅中匆匆闪现，听到她那尖厉的嗓音。喏，这会儿她来看他本人了；受到他的感冒的召唤，她现在正以坚硬的手指节在他的房门上叩击出响亮短促的声音，腿随即便跨了进来，几乎没等到汉斯·卡斯托普说"请进"，已经站在门框中，却又将身子扭回去，想再确定一下房间号数。

"三十四号，"她敞开嗓门喊，"没错儿。乖乖，我听说您着凉了（法语），我听说您着凉了（英语），我听讲，您感冒儿了（不伦不类的俄语）？我怎么和您讲才好呢？用德语，我已经看出来啦。噢，齐姆逊先生的客人，我已经看出来我得上手术室去。那儿有个人吃了青豆沙拉，需要灌肠。只要我什么地方没留意……而您，小伙子，您想说在我们这里患了感冒吗？"

她这种老贵族夫人式的说话方式，令汉斯·卡斯托普瞠目结舌。她上句没完，下句就来了，同时像在嗅什么似的高高抬着鼻子，脑袋不安地转来转去，活像一头关在笼子里的猛兽，一边还伸出长满雀斑的右手来轻轻握成拳头，向上翘着拇指，在腕关节处急速弹动，好似在说："快，快，快！您不要听我在讲什么，而是该您自己讲，让我走吧！"她四十岁光景，瘦瘦小小，没有任何曲线，穿着一件束腰带的护士白褂子，胸前印着个红十字。从她的护士头巾下，露出稀稀疏疏的淡红色头发，淡蓝色的发炎的双眼里目光游移不定，一只眼睛的眼皮上还多余地长着一颗长长的疣子，鼻孔上翻，嘴像青蛙，加之下嘴唇又歪又长，说起话来就跟挥舞铁铲差不多。汉斯·卡斯托普打量着她，把自己天生待人和蔼真诚与耐心谦逊的性情充分表现了出来。

"怎么个感冒法，嗯？"护士长又问，同时想拿眼睛盯紧他，但没有成功，因为她的目光又游移开了，"咱们可不喜欢这样的感冒。您经常患感冒吗？您的表兄过去同样经常患感冒吗？究竟您多大啦？二十四？这个年龄可是有问题。您说您上山来，接着就感冒啦？我们这儿不允许谈'感冒'，尊敬的小伙子，只有山下才有这样的胡说八道。"——"胡说八道"几个字从她那下嘴唇像铁铲般翻动的口中吐出来，听着既叫人恶心又叫人惊诧。——"您的呼吸道上有个漂亮极了的炎块儿，这个我承认，从您眼睛上立刻就可以看出来……"说时她又做出异常的努力，想使目光直盯着年轻人的眼睛，结果仍不十分成功。——"可炎症不是因为感冒，而是因为受了感染，而人是很容易感染的。现在的问题在于，是良性的感染呢还是恶性的感染，其他通通是胡说八道。"——又一个令人寒栗的"胡说八道"！——"是的，有可能您比较容易接受良性的感染。"边说边将她那长长的疣子伸过来盯着他；他不知这样她怎么能看见。"这儿给您一包不会有副作用的杀菌片，可能对您有好处。"说着，她从挂在腰带上的黑皮包中掏出个小纸袋来放在桌子上。那是一包润喉片。"还有，您看上去挺激动，好像在发烧。"她一再地企图盯着他的脸，可目光总是斜到了旁边，"您量过体温吗？"

他答没有。

"为什么不量？"她问，让那斜伸着的下嘴唇停留在空中，像是等着……

他闷声不响。好心的汉斯·卡斯托普到底还年轻，还改不掉那个从座位上站起来答不上问题就默不作声的学童的闷脾气。

"这么说您从来没量过体温？"

"不，量过，护士长太太。当我发烧的时候。"

"小伙子,量体温首先是为了知道是不是发烧。现在,您认为您不发烧吗?"

"我不清楚,护士长太太;我自己不能肯定。自从上山以后,我就有点儿时冷时热。"

"这样!那您的体温表呢?"

"我没带体温表,护士长太太。带它干什么,我只是上这儿看表兄,又没有病。"

"胡说八道!您把我叫来,就因为您没有病吗?"

"不是的,"他有礼貌地笑了笑,"而是因为我有点儿——"

"——感冒了!这样的感冒我们经常领教。在这儿!"说着,她又从腰间的皮包里掏出两支长长的小皮套来,一黑一红,全摆在桌子上,"这支三法郎,这支五法郎。自然您最好选五法郎的。只要您使用得当,对延年益寿会有些好处。"

汉斯·卡斯托普笑嘻嘻地拿起红皮套,打开来。在红绒衬里不大不小的凹槽中,扎扎实实地躺着一根玻璃管,那讲究劲儿不亚于装着一颗宝石。玻璃管上的刻度线除去逢十为黑色外,其余全涂成了红色。数目字也是红色的。在下边较小的一端,装着镜子般发亮的水银。眼下水银柱很低,大大低于动物的正常体温。

汉斯·卡斯托普知道怎样才不丢面子。

"我要这支,"他说,对另外那支不屑一顾,"这支五法郎的。请允许我马上给您……"

"没问题!"护士长尖声怪叫,"只是重要的东西该买就买!别着急,会记到账上。拿过来,让我把它弄得低低的,弄到低得不能再低——这么样。"她从他手里接过体温表,在空中不断地甩,使水银柱渐渐下沉,直沉到35℃以下,"会升起来的,会升起来的,这水银柱!"她说,"这儿,把您的宝贝儿拿去!您大概已经知道,在我们院里怎么个量法?插在您高贵的舌头底下,七分钟,每日四次,并且好好用嘴唇包住。再见,小伙子!但愿结果不错!"话刚出口,人已离开房间。

汉斯·卡斯托普鞠完躬直起腰来,站在桌旁望着她身影从中消失了的房门,然后把目光投到她留下来的体温表上。"噢,这就是米伦冬克护士长,"他想,"塞特姆布里尼不喜欢她,确实也是,她有她讨厌的地方。眼皮上那颗疣子是难看,大概也并非一直就有的吧。可她干吗老叫我'小伙子',而且加上一个不必要的哒音?真是荒唐而又奇怪。还有,这是她卖给我的体温表,她皮包里总是装着几支。这玩意儿山上到处都有的是,所有的商店里,甚至在那些你根本想不到会看见它的地方也有,约阿希姆说过。可我用不着费任何力气,它自动掉到了我的怀里。"他从皮套中取出那纤细的棍儿来,拿着它在房间里不安地踱来踱去。他的心怦怦狂跳。他回过头瞅了瞅开着的阳台门,身子朝房门转了一下,想去找约阿希姆,但中途又改变了主意,仍然站在桌边,只是清了清喉咙,看嗓音还沙哑不沙哑。随后他咳嗽起来。"是啊,我得看看是否真的发烧。"说着,他迅速将体温表塞进口中,将装水银的一端压在舌根底下,使玻璃管从嘴里斜着向上翘起,他用嘴唇包紧了它,免得冷空气进入口中。随后他看了看手表:九点三十六分。他开始等待那七分钟过去。

"既不会多一秒,也不会少一秒,"他想,"对我完全可以放心,高也罢,低也罢。用不着拿'哑大姐'来替换它,像塞特姆布里尼讲的那个奥蒂莉娅·克乃弗一样。"他一边想,一边在房里来回走着,舌头下紧紧压着体温表。

时间走得慢悠悠的,七分钟似乎没完没了。当他瞅着表上的指针,已经开始担心会错过准确时间的时候,发现才过去两分半钟。他做这又做那,拿起各种各样的东西来又放下去,最后在未让表兄发现的情况下轻轻走到了阳台上,去俯览山谷中的风景,看那些他已烂熟于心的形形色色的景物:那些如角尖似的山峰,那些如梳子般起伏有致的山脊以及道道峭壁。构成左前方背景的是布莱姆山,它的背面倾斜着直落进谷底,侧面盖满了茂密的高山灌木林;右边是密集的小山,它们的名字他同样也很熟悉;最后还有那老山岩,从这儿看去,它仿佛封住了南方的谷口。——谷中,他看见了一条条大道,看见了花园平地上的花坛、岩洞、枞树;近旁,他听见了静卧厅中传来的窃窃私语……他转身回到房中,同时调整一下嘴里体温表的位置,然后伸直手臂,使衣袖从手腕子上退开,再将下臂弯曲到面前。他磨磨蹭蹭,推推这儿,碰碰那儿,费了好大的劲儿,终于打发掉了六分钟。可这时他站在房间中间却做起梦来,任凭脑子胡思乱想,致使剩下的最后一分钟像猫儿一样,在他不知不觉中便溜掉了;等他再抬起手腕来才发现,可已经迟了点儿:第八分钟已过去三分之一。没关系,他想,对结果不会有一点儿影响,同时将体温表从嘴里拔出来,低下头去久久地查看,目光显得有些迷茫。

他未能马上弄清楚结果,水银的亮光和玻璃管的反光混在一起,使他觉得水银柱一会儿很高,一会儿又根本没有了。他把体温表举到眼睛跟前,转过来又转过去,还是未看出所以然。终于,在碰巧侥幸地那么一转之后,图像变得清楚了。他保持住位置,赶忙运用起思维来。确确实实,水银膨胀了,大大地膨胀了;水银柱已经升得相当高,已经比正常的体温高出好几条小刻度:汉斯·卡斯托普的温度为37.6℃。

还在上午九点半至十点之间就37.6℃——这可太严重了,这就叫"发烧"①,由于感染引起的发烧,而他本来是容易受感染的。现在的问题只是他受了什么样的感染。37.6℃——约阿希姆甚至也不比他高,院里没有任何人比他高,除非已经病入膏肓,或者奄奄一息地躺在床上。他的体温既超过了装着气胸的克勒费特小姐,也超过了……也超过了舒舍夫人。诚然,他的情形不完全一样——他只是感冒发烧,如山下的人们常说的。可是也没办法绝对分清楚,汉斯·卡斯托普怀疑他是在感冒之后才开始发烧的。他不能不遗憾没有早一点儿量体温,没有一听到贝伦斯的劝告就开始量。现在看来,他那个建议十分明智;塞特姆布里尼那么挖苦嘲笑他完全没有道理。——这个侈谈共和国和美妙文体的塞特姆布里尼!汉斯·卡斯托普怀着对共和国和美妙文体的鄙视,一次又一次地读体温表上的结果。由于反光,他经常看不见,于是就拼命转动体温表,直到结果又显现出来:37.6℃,而且是在上午。

---

① 结核病患者一般在下午发低烧。

汉斯·卡斯托普激动得非同一般。他一圈一圈地绕室狂走，手里拿着体温表，而且力图使它保持水平，生怕直着一抖动会造成误差，接着便小心翼翼地将它放在洗脸台上，拿起冬大衣和毛毯先静卧去了。他坐下来，按照所学的规矩，先侧边，后下边，以熟练的手法一条一条地将毛毯裹到身上，然后就静静地躺着，等待着第二次早餐的时间和约阿希姆的到来。他不时地莞尔一笑，仿佛面前有什么人。他不时地用力舒张肺部，接着胸脯就剧烈痉挛，忍不住咳嗽起来。

十一点，第二次早餐的钟声响过以后，约阿希姆走过来约他一块儿去餐厅，发现他仍然躺在椅子上。

"喏？"约阿希姆走到椅子跟前，惊奇地问……

汉斯·卡斯托普继续沉默了一会儿，眼睛凝视着前方。过后，他才回答道：

"是啊，最新消息，我有点儿发烧。"

"什么意思？"约阿希姆问，"你是感觉发烧吗？"

汉斯·卡斯托普又一次迟迟不答，过了好久才懒洋洋地说道：

"发烧嘛我是早就感觉到了，一开始就感觉到了，亲爱的。不过，现在不是讲自己的感觉，而是讲精确的判断。我刚才量过体温了。"

"你量过体温了？用什么？"约阿希姆惊讶地问。

"自然用体温表呗，"汉斯·卡斯托普回答，口气中不无热讽冷嘲之意，"护士长卖了一支给我。她怎么老叫人'小伙子'，我不明白；这欠准确嘛。不过，她在急急忙忙之中倒卖给我了一支很好的体温表，你若想确切知道它显示的是多少度，它就在里边的洗脸台上，体温稍微高了一点点。"

约阿希姆一个向后转，马上走进盥洗间。他回到房里来时有些迟疑地说：

"是的，37.55℃。"

"那就是说已经退下去了一丁点儿！"汉斯·卡斯托普迅速回答，"原来是37.6℃。"

"在上午绝不能说只是稍微高了一点点，"约阿希姆指出，"真是好运气，"说着他走到表弟的躺椅旁，叉着腰，垂着头，活像真是碰上"好运气"了，"你必须躺到床上去。"

汉斯·卡斯托普已准备好了回答。

"我不明白，"他说，"干吗我37.6℃就该卧床休息，你和其他许多人温度并不见得低，却可以自由自在地跑来跑去。"

"那是另外一码事，"约阿希姆回答，"你的病不严重，没什么关系。你只是感冒发烧。"

"这我就更不明白了，第一，"汉斯·卡斯托普说，说时甚至将自己要讲的话分出了第一和第二，"第一，为什么发烧不严重——就算我确实在发烧——也必须卧床休息，相反其他人却无此必要？第二，我要告诉你，感冒并没有使我比以前烧得更厉害。我坚持自己的看法：我37.6℃跟你37.6℃不会有两样，"他下结论道，"既然你们这么高的体温都可以跑来跑去，我也一样可以。"

"可我刚来时不得不躺了整整四个礼拜，"约阿希姆反驳道，

"一直等到事实表明卧床静养降低不了体温,才允许我起的床。"

汉斯·卡斯托普微微一笑。

"那又怎么样?"他问,"我想,你的情况有些不同。依我看,你的话自相矛盾。一开始你想区别我和你们,现在又将我和你混为一谈。真是糊里糊涂……"

约阿希姆用脚后跟转过身去,当他再转回来对着表弟时,黧黑的面孔更增添了一片阴影。

"不,"他说,"我没有混为一谈,糊涂的倒是你自己。我只是认为,你感冒得够呛,从你的嗓音就可以听出来;你应该躺在床上,为了早些好,你不是下个星期就想回家去吗?可你要是不想——我是说:要是你不想卧床休息,那也就算了。我不规定你做这做那。不过呢,现在无论如何该吃饭去了。快,已经开始了一会儿!"

"对。走吧!"汉斯·卡斯托普应道,同时掀掉身上的毯子。

他走回房间,用刷子刷头发,与此同时,约阿希姆又一次观察了躺在洗脸台上的体温表,汉斯·卡斯托普却远远地打量着他。随后,两人默默地走下楼去,又一次坐在自己的位子上。这时候,餐厅里一如往常,到处都泛着牛奶的白光。

女侏儒为汉斯·卡斯托普送来库尔姆巴赫啤酒,他坚决拒绝了。他说今天他最好别喝啤酒,他什么都不想喝,不,非常感谢,他最多只喝一口水。这可就引起了好奇。怎么回事?太新鲜!干吗不喝啤酒?——我有点儿发烧,汉斯·卡斯托普不耐烦地回答。37.6℃。就高一点点。

这下大伙儿都举起食指来告诫他——情况十分异常。一个个都露出狡黠的神气,歪着脑袋,眯缝着眼,食指在耳朵旁边的空中指指点点,仿佛谁一贯装成正人君子,现在却一下子爆出了许多耐人寻味的隐私似的。"喏,喏,瞧瞧您,"女教师说,脸上的绒毛泛着红光,警告的语气包含着笑意,"精彩的还在后头哩,等着吧,等着吧,等着吧。"——"哎呀呀,"施托尔太太也感叹不已,把她那又短又粗的红通通的食指举到鼻子旁边,表示威胁,"真有两下子,客人先生。我看您差不离——您就该是这个样子,搞笑大王!"——连坐在上首的老姑婆听了他的情况,也狡狯地半打趣他,半告诫他。美丽的玛露霞一向不把他放在眼里,这时却探过身子来,一双褐色的眼睛睁得圆溜溜地瞪着他,用散发着橘子香味的手绢捂着嘴,说着恐吓他的话。施托尔太太给布鲁门科尔博士讲了情况,甚至他也忍不住伙同大家一块儿指指点点,只是没有正眼瞧汉斯·卡斯托普罢了。唯有罗宾逊小姐显得漠不关心,仍如一贯似的一副旁若无人的样子。约阿希姆低垂着眼睑,表情严肃。

一下子受到这么多的人挑逗,汉斯·卡斯托普真个受宠若惊,感到必须解释解释、谦虚谦虚才好。"不,不,"他说,"诸位想错了,我的情况毫无问题,我只是感冒了。你们瞧瞧:我眼睛老是流泪,胸口憋闷,一咳就咳半夜,很不舒服啊……"众人根本不理会他的解释,哄堂大笑,挥动拳头制止他往下讲,高声呼喊:"对,对,对,撒谎,扯淡,感冒发烧,我们明白,我们明白!"然后又异口同声地要求汉斯·卡斯托普马上去登记体检。大家都为听到他发烧的消息而兴奋异常，在早餐的整个过程里，七张餐桌中就数他们这张最热闹。特别是施托尔太太，一张埋在花边绉领中的蠢脸涨得通红，面部肌肉一阵阵跳动，话多得就像开了闸门的洪水，尽情地谈着咳嗽带给人的快感。——是的，当胸脯底儿上痒痒得越来越厉害，你就狠狠憋住气猛地震动它一下，以便消除身体内部的刺激，那滋味儿绝对很惬意，很值得享受：这跟打喷嚏差不多，是生活中一大乐事。当你很想打喷嚏了，想忍都忍不住了，你就干脆痛痛快快来他几次爆炸式的呼气与吸气，让自己沉醉在轻松的快感中，幸福得将世界上的一切通通忘记。有时候你还可以接连着来他两三次。这都是生活中不花钱的享受。再举个例子就是春天搔冻疮，那搔痒的滋味儿也美极了——要那么一个心眼儿地狠狠搔，死劲儿搔，直抓得流出血来。这个时候若是碰巧有面镜子在面前，你就会瞅见魔鬼他长得像啥子模样。

粗鄙的施托尔太太讲得绘声绘色，让人身上起鸡皮疙瘩，直讲到时间不长然而也很丰盛的早餐结束了才住了嘴。随后，表兄弟俩又出去散第二次步，方向是山下的达沃斯坪。一路上，约阿希姆陷入了沉思，汉斯·卡斯托普则为感冒而唉声叹气，不时地还咳嗽几下。归途中，约阿希姆开了口：

"我给你建个议。今儿个是礼拜五——明天午饭后进行每月例行的体检。不是全面的检查，只是贝伦斯在我身上敲一敲，让克洛可夫斯基做点儿记录。你不妨也一块儿去，请他顺便为你听一听。如果你回到家才请海德金特来给你看，那不挺可笑吗？守着这院里有两位专家,你却东跑西跑,不清楚自己身体究竟怎么样,病根儿有多深,是否躺下休息更好些。"

"好的,"汉斯·卡斯托普回答,"依你的意见办。当然我可以这么做。再说能参加一次检查,对我也挺有趣。"

就这样,两人取得了一致意见。他们走到疗养院门前,碰巧遇见宫廷顾问贝伦斯本人,于是停下来,抓住有利时机,提出了自己的请求。

其时贝伦斯刚跨出院门。只见他高挑儿的身材,脖子瘦长,后脑勺上戴顶硬挺挺的礼帽,嘴里咬着雪茄,一张脸孔铁青,两眼泪水汪汪;他解释说,他刚在手术室中干完了工作,眼下正准备办点儿私事,到山下去看几个朋友。

"先生们好!"他说,"还在轧马路?在这大世界里敢情挺不错?我刚进行了一次决斗,用刀和截骨头的锯子。——大手术,您知道,摘除肋骨。从前动这种手术的人百分之五十下不来手术台。现在我们取得了更好的结果,不过有时候还是导致死亡,不得不提前收拾家伙。嘿,今天这位倒挺懂事,整个手术过程中都直直地躺着一动不动……绝了,竟有这样的胸腔,简直不像样。软组织已经撑不住,您知道,所谓一塌糊涂。哦,您怎么样?贵恙如何?两个人一起肯定更快活吧,您说,齐姆逊,您这个机灵鬼?可您为什么泪汪汪的,旅行家?"他突然把话锋对准汉斯·卡斯托普,"要知道,这儿不允许当众哭鼻子。违反院规。不然谁都会来一下。"

"我是感冒了,宫廷顾问先生,"汉斯·卡斯托普回答,"我不知道怎么会感冒，可扁桃体发炎得厉害。我还咳嗽，胸口上就像压着重重的东西。"

"是这样吗？"贝伦斯说，"那就该找位在行的医生来给您瞧瞧。"

表兄弟俩一齐笑起来。齐姆逊立正站好，答道：

"我们正准备这样，宫廷顾问先生。我明天不是要检查身体吗，所以我们想问问，可否劳驾您顺便也替我表弟检查一下。我们想弄清楚的是他星期二能不能动身。"

"噢，唔！"贝伦斯应道，"噢，唔，这个嘛！我们很乐意！我们早就应该。他既然住在院里，总该顺便检查一下。不过我们自然也不便勉强。这样吧，明天两点，您一吃完午饭就来！"

"也就是说我有点儿发烧。"汉斯·卡斯托普解释。

"您说什么！"贝伦斯惊呼，"您大概想给我报告新闻吧？您以为我脑袋上没长眼睛是不是？"说着，他伸出粗大的手指头，指了指他那充血的、发青的、泪水汪汪的眼睛，"那么到底多少度呢？"

汉斯·卡斯托普礼貌地报了数字。

"上午？唔，不坏。对一开始来说甚至挺够意思。喏，说定了，明天两点二位一起来，对此我深感荣幸。祝二位多多吸取营养。"说完，贝伦斯便膝头弯弯地，像划桨似的摇摆着双臂，顺着倾斜的山路往下走去，身后飘起来一片雪茄的烟雾。

"喏，按你的意思讲了，"汉斯·卡斯托普说，"真叫再凑巧不过，我这就算登了记了。不过，他充其量也只能给我开点儿甘草露或止咳茶什么的,除此帮不了多少忙。当然喽,像我这种情况能听听医生的劝告,毕竟要放心些。可他为什么讲话老是那么随便!"汉斯·卡斯托普道,"他开始时跟我开开玩笑倒可以,但总是这样我就不高兴。'祝二位多多吸取营养',这叫什么话!他完全可以这样说:'祝二位好口福!'因为'口福'是个文雅字眼儿,像'用餐'一样,而与'祝愿'配搭起来也挺好。'吸取营养'呢,是个纯粹的生理学术语,再搭配上'祝愿',就像是在挖苦人。还有,我也看不惯他抽雪茄那副德性,它叫我觉得有点儿可怕,因为我知道他抽不出滋味儿来,越抽心情反倒越抑郁。塞特姆布里尼说,他那高兴劲儿是硬装出来的。塞特姆布里尼是位批评家,善于知人论事,你不得不承认。他劝我要多动动脑筋,不可事事随人意,他讲得完全正确。可有时候他一开始批评这、指责那,带着应有的义愤,讲着讲着却插进来一些完全不同的东西,跟他的批判风马牛不相及的东西,这下子道义的严肃性就完啦,像他的什么共和国呀,美妙的文体呀,只能令人大倒胃口……"

他含糊不清地喃喃着,好像自己也不知道在说些什么。约阿希姆同样只是从旁边瞅着表弟,道了一声再见,就各自回到房间,走上阳台去了。

"多少度?"约阿希姆过了一会儿压低嗓门问,虽然他并未看见汉斯·卡斯托普又拿起了体温表……汉斯·卡斯托普以漫不经心的口气回答:

"老样子。"

真的，他一进房间又将今天早上买到的那个精巧玩意儿从洗脸台上拿起来，竖着抖了几下，使已经完成任务的37.6℃消失掉，然后完全像个老资格似的把这玻璃雪茄往嘴里一含，就上阳台静卧去了。可是，尽管他把体温表压在舌头底下整整八分钟，却仍然大失所望，水银柱并未继续膨胀，还是只有37.6℃。——这也算发烧，虽然不比早上烧得厉害些。午饭后，那熠熠生辉的小柱子升到了37.7℃；晚上，病人经历了一天的紧张兴奋已经很累，它却保持在37.5℃上；第二天早上竟然只有37℃，但接近中午时又恢复到了前一天的高度。就在这样的情况下午餐的时间到了，而午餐一结束就该去赴那个约会。

汉斯·卡斯托普事后想起，那天午餐时舒舍夫人穿着一件纽扣很大、口袋卷了边的金黄色羊毛衫。这是件新衣服，或者至少在汉斯·卡斯托普眼里是新的。只见她照旧是姗姗来迟，进门后又以汉斯·卡斯托普熟悉的姿态冲着大厅亮了亮相。然后，跟每天五次一样，她款步走到自己桌前，动作柔和地落了座，开始边吃边聊起来。汉斯·卡斯托普一如既往，但却以更大的注意力观察着她讲话时脑袋的动作，再次发现她拱着后颈，伛着腰背，一副懒洋洋的神气。汉斯·卡斯托普必须从坐在中间横着那张桌子上的塞特姆布里尼背后望过去，才能看清"好样儿的俄国人席"。舒舍夫人呢，在整个午餐时间里一次也没转过脸来。然而用完饭后甜点，当餐厅窄头在"差劲儿的俄国人席"附近那只由链条挂着摆锤的大钟敲响两点的一刹那，想不到却出现了一个情况，令汉斯·卡斯托普心里奇妙地震动起来：正当时钟敲响两点时——一！二！那富有魅力的女人将头连上半身慢慢地转了过来，目光越过肩膀，清清楚楚地、毫不含糊地望着汉斯·卡斯托普的这一桌——哦不，不是整个儿地望着他这一桌，而是毫无疑义地、紧紧地盯着他个人，紧闭的嘴唇周围和细眯眯的普希毕斯拉夫式的眼睛里都带着笑意，好像想说："喏，是时候了。你该去了吧？"——当她以一双明眸讲话的时候，她是亲切地称他为"你"的，尽管她的嘴连"您"也不曾对他说过。——这段小插曲使汉斯·卡斯托普内心深处既迷惘又骇异，等神志稍微清醒了一点儿，他便抬起眼来，望着舒舍夫人的脸，然后又越过她的额头和发髻，凝视着远方。难道她了解他预约好两点钟去体检吗？看样子就是了解哦。但是不了解的可能性也几乎同样存在；何况刚才，就在刚刚过去的那一分钟，他还问过自己是否应该让约阿希姆去转告宫廷顾问，说他的感冒已经好些了，他觉得检查已成为多余。这样一个想法的种种优点，经那含笑询问的目光一瞥，自然就迅速萎靡下去，只剩下一点儿可厌的无聊况味啦。紧接着，约阿希姆已将卷好的餐巾放在桌子上，冲他扬了扬眉头，一边向同桌的人鞠躬告退，一边离开了座位。——汉斯·卡斯托普跟着表兄往餐厅外走，尽管脚步沉稳，内心却七颠八倒。他仿佛觉得，那目光、那微笑都仍然压迫着他。

打昨天上午起，表兄弟俩就没再谈过今天打算做的事，今天他们仍然默默地走着，心照不宣。约阿希姆脚步匆匆，约定的时刻已经过了，宫廷顾问贝伦斯又一向守时。出得餐厅，顺着同样是在底层的走廊前行，经过管理处，走下铺着打过蜡的软木地板干干净净的楼梯，他们终于来到了"地下室"中。正对着楼梯有一道房门，门上的瓷牌告诉人这就是诊疗室。约阿希姆在门上敲了敲。

"进来！"贝伦斯高声应答，他将第一个字念得特别重。他站在屋子中间，身穿白大褂儿，右手拿着黑色的听诊器在自己的腿上不断地敲打。

"抓紧！抓紧！"他说，同时把一双泪水汪汪的眼睛转过去对着墙上的挂钟，"先生们，请快一点儿！我们要伺候的不止你们两位贵人。"

在窗前的双面写字台一侧，坐着克洛可夫斯基博士，在黑色丝光纺的衬衫映衬下脸色更加苍白。他胳膊肘支在桌面上，一只手握着笔，一只手捋着胡子，面前放着些显然是病历的纸张，表情木然地望着进屋来的表兄弟俩，整个神气跟一个只能在这儿当下手的角色十分协调。

"喂，给我病历！"宫廷顾问回答约阿希姆表示歉意的就是这句话。他接过病历去很快浏览，病人已开始赶紧脱去上身的衣服，挂在门边的衣架上。对汉斯·卡斯托普没有任何人理睬。他这么站着旁观了一会儿，便自动在一把扶手上有装饰的老式圈椅中坐下来。圈椅靠着张小几，几上蹲着个磨光玻璃大胜瓶。墙边上立着几只书柜，柜子里藏着些书脊宽宽的医学典籍和成捆的病历。除去这些家具，房里就只有一张铺着白色蜡布的长榻，高矮可用摇柄调节，枕头上盖着一张纸巾。

"点七，点九，点八，"贝伦斯一边翻约阿希姆每日五次忠实记录体温结果的表册,一边念念有词,"仍然有点儿烧,亲爱的齐姆逊,我不能说您最近健康些了。"——"最近"的意思乃是四个星期。——"病毒还在,还在,还在,"他说,"当然了,也不是从今儿个到明天就好得了的,除非我们会巫术。"

约阿希姆点点头,耸耸赤裸的肩膀;他本来可以顶上贝伦斯一句:他可不是昨天才到山上来的呀。

"右肺门下边,那敲着特别响的地方,还一抽一抽地痛得厉害吗?好些了?喏,请过来!让我们给您好好儿敲一敲。"这样,便开始了叩诊。

宫廷顾问贝伦斯叉开腿,身子往后仰,听诊器夹在胳臂底下。他首先敲约阿希姆右肩最上边,敲时用腕关节发力,拿右手粗壮的中指当锤子,以左手为支撑。接着,他敲到了肩胛骨下边,敲到了脊背的中部和下部;随后,约阿希姆配合默契地抬起胳臂来,以便他也敲敲胳肢窝底下。接着,再到左边整个重复一遍,完事后便一声命令"转!"又开始敲起胸前来。宫廷顾问从紧连脖子的锁骨敲起,从胸部上边敲到胸部下边,先在右边敲,后在左边敲。等到着着实实敲够了,他才换成听,耳朵贴着送音嘴儿,听筒摁在约阿希姆的胸脯上、脊背上,摁在所有刚才他敲打过的地方。约阿希姆则不得不一会儿深呼吸,一会儿干咳几声,看起来很使他感觉吃力;只见他上气不接下气的样子,眼里已噙着泪水。与此同时,宫廷顾问贝伦斯却以简短有力的词语,把听见的一切通报给写字台对面的助手,那光景让卡斯托普不由得想起了裁缝铺:在裁缝铺里,衣着合身的师傅为顾客量体裁衣，也是遵循传统的程序，把皮尺围在人家的身体上，贴在人家胳膊腿儿上，这儿那儿地比来量去，把量得的数字口授给低头坐在旁边的助手记下来。"短，更短，"宫廷顾问口授着，"小泡状，"他说，接着又重复一次，"小泡状。"——这还不错，显然——"不清晰，"他拉长了面孔，"很不清晰。噪声。"克洛可夫斯基博士也像裁缝铺的伙计似的，将一切全记了下来。

汉斯·卡斯托普歪着脑袋，从旁边观察着体检的全过程，眼睛盯住约阿希姆的上身，渐渐陷入了沉思。他看见约阿希姆的肋骨——谢天谢地，他还有肋骨——深呼吸时在紧绷绷的皮肤下高高鼓起来，相形之下肚腹就瘪了下去。约阿希姆的上身跟一般小伙子似的显得瘦长，呈黄褐色，胸膛和腋下长着黑毛，胳膊粗壮有力，一只手腕上戴着根金链子。这是一双体操运动员的胳膊，汉斯·卡斯托普想。他一直都喜欢做体操，而我却不当那是回事儿；这爱好跟他想服役有关。他一直很注意身体健康，比我注意得多，或者至少是以不同的方式。因为我一直是个老百姓，对我来说更重要的是洗热水澡，吃可口的饭菜，饮美酒佳酿；他呢，却注重培养自己男子汉的品格和能耐。现在可好，他的身体以另外的方式呈现在眼前，独自大出风头，就因为病了。它发着低烧，病灶依然存在，不能恢复健壮，不管可怜的约阿希姆多么渴望回到平原上去当一名军人。瞧，他已经完全发育成了个书里描写的男子汉，简直跟美景宫中的阿波罗塑像没有什么两样。可是他体内有病，体外也因为有病而发烧发热；病使人的身体更受重视，把人完全变成了仅仅只是身体……他想到这儿不觉一惊，迅速将审视的目光从约阿希姆赤裸的上身抬起来，移向他的眼睛——他那双又大又黑又柔和的眼睛。只见它们由于使劲儿呼吸和咳嗽而泪水盈眶，带着忧伤的神情越过在一旁观看的汉斯·卡斯托普的头顶，凝视着空中。

这时候，宫廷顾问贝伦斯工作完了。

"喏，挺好，齐姆逊，"他说，"在可能的限度内，一切正常。下一次，"——那是四个礼拜以后——"下一次肯定所有地方都会更好一点儿。"

"还得多久，宫廷顾问先生您认为……"

"又想催了吗？即便在情绪好的时候，您也不能这么虐待您的士兵！我最近说过就那么半年——我希望您从最近算起，您得知道这是再短不过的了。这地方生活得还不错嘛，您可不该要求太苛刻。我们这儿又不是监狱，或者……西伯利亚矿坑！或者您是想讲我们真有些像那种地方？好啦，齐姆逊，开步走！下一个，谁还想检查！"他眼睛望着天，高声说。他伸长胳臂，把听筒递给欠起身来的克洛可夫斯基博士，让他再给约阿希姆简单复查一下。

汉斯·卡斯托普跳了起来，眼睛盯着叉开腿站着的宫廷顾问贝伦斯，见他张着嘴若有所思的样子，同时慌慌张张开始做接受检查的准备。他由于太急躁，点子花的绉袖衬衫缠在头上老是脱不下来。终于，他站到了宫廷顾问面前，皮肤白净，头发金黄，身材瘦长——一看就比约阿希姆·齐姆逊更像是个平民。

可宫廷顾问让他站着，自己却继续想自己的心事。克洛可夫斯基博士已重新落了座，约阿希姆已在穿衣服，贝伦斯才下决心来搭理面前这个还想检查的年轻人。

"哎哟，原来是您！"他说，同时用粗大的手抓住卡斯托普的上臂，将他推远点儿，目光犀利地打量着他。可他不像一般打量人那样看着卡斯托普的脸，而是盯住他的身体，将他转了过去，就像转动什么东西一般，以便观察他的背部。"嗯，"他说，"喏，让咱们瞧瞧，看您的情况怎么样。"说着，又像刚才一样敲击起来。

他敲了所有对约阿希姆也敲过的地方，有的部位还多次反复。为了比较，他交替着在左边锁骨顶上和往下一些的地方敲了老长时间。

"听见了吗？"他问对面的克洛可夫斯基博士，坐在五步之外的克洛可夫斯基博士点点头，表示听见了。他表情严肃地将下巴垂在胸口上，胡子尖儿被挤得向上翘了起来。

"深呼吸！咳！"宫廷顾问发着命令，手上拧着听筒。汉斯·卡斯托普被苦苦折腾了八至十分钟，让宫廷顾问听了个遍。宫廷顾问一言不发，只是将听筒摁过来移过去，在那些刚才就敲得比较久的部位同样反复了许多遍。终于，他将听筒夹在腋下，倒背着双手，眼睛盯着他与汉斯·卡斯托普之间的地上，说：

"是的，卡斯托普，"——这是他破天荒第一次仅仅用姓称呼这个年轻人——"事情有些不对劲儿，正如我一直预料的。我老为您担心，卡斯托普，现在就可以对您明说了。——从一开始，自打我第一次有幸见到阁下以后——我早已相当有把握地断定，您是属于这个院里的人，而且您也将会认识到这个事实。从前就有过好些跟您一样上山来玩儿的游客，鼻子翘得高高地东张西望，结果有一天也明白过来，最好还是别再当好奇的旁观者，而是老老实实长住下去为妙。——不是'妙不妙'的问题，请您正确理解我的意思。"

汉斯·卡斯托普脸色大变，正在扣吊裤带的约阿希姆也呆住了，侧着耳朵细听……

"您有一位殷勤和蔼、相亲相爱的表兄在这儿，"宫廷顾问继续说，同时把头朝约阿希姆歪了歪，并以脚掌和脚跟轮流着地，使身子前仰后倾，"但愿他能马上说，他早就有病，或者让我们讲，他在发现之前已经病了好长时间，您的这位好表兄。这样，就像学者们说的，您先天就得到了某种关照，①亲爱的卡斯托普……"

"可他只是我的非同胞表兄，宫廷顾问先生。"

"喏喏，喏喏。您大概不至于不承认自己的表兄吧。同胞或者非同胞，他总归还是您的亲戚。是姑表或是姨表？"

"姨表，宫廷顾问先生。他母亲是我母亲的一位异……"

"您母亲健在吗？"

"不，她过世了。她死的时候我还很小。"

"噢，怎么死的？"

"患脑血栓，宫廷顾问先生。"

"脑血栓？好，那已经是很久以前的事了。可您的父亲呢？"

---

① 意即他早已被患肺结核的表兄传染。

"他患肺炎死了,"汉斯·卡斯托普回答,"还有我祖父也是。"他补充道。

"是吗,他也死于肺炎?瞧,您的长辈中已有这么多人。而您嘛,一直都很贫血,是不是?您干体力和脑力活儿并不那么容易累吗?容易?而且还经常心跳得很厉害?最近才这样的?好,好,还有就是呼吸道很容易发个炎什么的。您知道您已经染上病了吗?"

"我?"

"是的,正是您。您听不出差别吗?"宫廷顾问一边讲,一边交替着敲他左胸上部和稍微往下一些的地方。

"这儿声音要沉闷一点儿。"汉斯·卡斯托普回答。

"很好。您可以当个专家。也就是说有些沉闷。沉闷的响声意味着病灶已经老化,已经出现钙点,或者您愿意讲的话已在硬结。您早就染上病啦,卡斯托普。可您不知道,这我们也不怪任何人。早期诊断是困难的,尤其对于我那些平原上的可敬的同行们。我并不想说,我们的耳朵更敏锐,尽管专门训练也有些作用。但是,空气使我们听得更清楚,您懂吗?这山上稀薄而干燥的空气。"

"懂,当然。"汉斯·卡斯托普回答。

"那好,卡斯托普。现在您听我说,我的孩子,我愿意奉上几句金玉良言。如果您没有其他问题,您懂吗,仅仅只是身体里气管旁的病灶硬结、钙化就万事大吉的话,我会马上打发您回老家去,丝毫不再过问您的事。您该明白吧?但事情并非如此,还有您的实际情况,加之您既然已在山上——回去不合算,汉斯·卡斯托普,过不多久您又不得不再上山来的。"

汉斯·卡斯托普重新感到血液一齐涌向了心脏似的,胸口里像有榔头在敲击。约阿希姆仍然站着,手捏着后边的纽扣,眼睛望着地上。

"要知道除去一些浊音,"宫廷顾问说,"您在左胸上方还有一个部位声音不清,已近乎是噪声了,无疑有了新病灶——我还不想说它正在扩散,但可以肯定是处于浸润期,而您要是让它继续往下边发展,亲爱的,您那整叶肺都只好见鬼去,不管您有多大的能耐。"

汉斯·卡斯托普愣住了,只有嘴角周围在奇怪地抽搐;可以看清楚他的心脏在肋下有力地搏动。他向约阿希姆望去,却捕捉不住表兄的目光,只好又望着宫廷顾问铁青色的脸;这脸上生着一双同样是铁青色的泪水汪汪的眼睛,单独有一边向上翘起的胡子。

"作为客观依据,"贝伦斯说,"我们还有您早上十点钟的体温37.6℃,这与听诊的结论相当吻合。"

"只是我想,"汉斯·卡斯托普说,"发烧是因为我患了感冒。"

"感冒?"宫廷顾问应道,"怎么会感冒?让我给您讲讲吧,卡斯托普,您听好了,我知道您脑子里弯弯拐拐是够多的。我想说的是我们山上的空气对治病有好处,您认为是不是?情况确实如此。可它同时也对疾病有好处,您明白我的意思吗?也能促使你生病,加紧身体的新陈代谢,使潜伏的病灶发出来;发出来并非坏事,您的情况正是如此。我不知道您在平原上是否就常发烧,反正您是刚上山头一天就已经这样子,不是因为感冒了才开始的——这就是我的看法。"

"嗯,"汉斯·卡斯托普回答,"是的,我相信也确实是这样。"

"您显然一上山就晕乎乎的,"宫廷顾问进一步强化自己的论点,"那是细菌制造的病毒在扩散的结果;它们对中枢神经有麻痹作用,您懂的,这一下面孔也发起红来。您现在首先躺到床上去,卡斯托普;我们必须观察观察,看能不能让您卧床休息几个礼拜就把热度降下来。其他等以后再说。我们将为您漂漂亮亮地拍张片子——能看见自己体内的情况,会使您高兴的。不过嘛,我得有言在先:像您这样的病情不可能一两天就治好;这儿没有广告上吹的灵丹妙方,能够立马见效。不过我也立刻感觉到,您会是位好病号的,有更多养病的天赋,不会像这儿这位将军,每次温度稍微下降一点点,就急着要出院。好像只有'立正'才是命令,'静卧'就不是似的!保持安静是公民的头号义务,急躁只有坏处。我请求您,卡斯托普,别令我失望,别让事实证明我看错了人!去吧,去透视室!"

这样,宫廷顾问贝伦斯便结束了诊断,像个大忙人似的又坐到写字台前,抓紧利用下一个检查者到来之前的空隙填填写写。克洛可夫斯基博士却站了起来,走到汉斯·卡斯托普面前。他斜仰着脑袋,脸上笑呵呵的,胡子底下露出了黄黄的牙齿。他左手搭着年轻人的肩膀,右手与他的手相握,一副挺亲热的样子。

第五章

恒久不变的汤与恍然大悟

眼下即将出现一个现象,我这个讲故事的人最好自己先对它表示惊讶,免得读者们会过分地惊讶。就是对汉斯·卡斯托普来到这山上的人们中度过的头三个星期——那根据预测而限定逗留的二十一个盛夏的日子,我们的总结汇报花掉了大量的时间和篇幅,也完全符合我们本身并不完全想要掩饰的期望;可是与此相反,他停留此间的随后三个礼拜,就压根儿用不着花多少行、多少字和多少个瞬间去讲啦,跟前边的旷日持久、连篇累牍完全不可同日而语:我们将会看见,这随后的三个星期一晃就已过去,就已置之脑后。

这种情况确实令人惊讶;不过呢,它又正常并且符合讲故事和听讲故事的规律。要知道,时间之于我们的长或短,让我们觉着是延伸了或是萎缩了,都会完全跟出其不意地遭到命运捉弄的主人公的感觉一样,跟年轻的汉斯·卡斯托普感觉一样,也就正常并符合这些规律。再就是,于注意到了时间的奥秘的同时,也让读者做好思想准备，在他的周围我们还将碰到另外一些完全不同的怪异现象，应该讲一样是有益处的。至于眼下嘛，只要每个人都想一想，他在生病时一连串甚至一"长串"的日子如何飞逝而过，就够了：那是不断重复的同样的日子；可是既然同样，从根本上看讲"重复"便不怎么对了；正确的说法应该是千篇一律，是一个停滞的现在，是不变的永恒。今天中午给你上的汤，和昨天给你上过的，以及明天将给你上的，完全一个样。于是一到点你就闻到同样的气味——也不知从哪儿来的和如何来的；于是你一见上汤就脑袋发晕，以致不同的时态在你便混合纠缠到一起，生存的真正形态对于你只是恒久不变地给你上同一味汤的、全然没有了维度的现在时。不过结合着永恒来谈无聊，很是有些荒谬；而荒谬的事情我们情愿避而不谈，特别是涉及与故事主人公的共同生活的时候。

话说自打星期六下午起，汉斯·卡斯托普就卧床静养啦，因为宫廷顾问贝伦斯，这位统领着包括我们在内的世人的最高权威，如此发出了指示。他就这么躺在自己那张干净、洁白的床上，那张曾经死过一个美国女人、也很可能还死过其他一些人的床上，睡衣胸前的口袋上绣着他姓名的缩写字母，双手交叠在后脑勺下面，睁着一双单纯无邪、让伤风感冒弄得浑浊了的蓝眼睛，死死盯着房内的天花板，思考着自己眼下的离奇处境。即使不曾感冒吧，也没法想象他那双眼睛目光会是清晰、明亮和纯洁的，因为他的内心看来并非如此，即使它再多么单纯，事实是他心里非常地阴郁、迷茫、暧昧，并且疑虑重重。他就那么躺在那里,一会儿猛然间心血来潮,狂笑不止,直笑得胸腔剧烈地震动,心脏也由于从来没过的亢奋和大喜过望而几乎停止跳动并且感觉疼痛;一会儿又忧惧、害怕得脸色苍白,心脏也随不断感觉到的内疚而飞速跳动,而对肋腔进行怦怦怦的捶击。

卧床静养第一天,约阿希姆完全不打搅表弟,避免与他进行任何讨论。他曾几次脚步轻轻地走进病房,对躺着的表弟点点头,为表示礼貌还问他缺什么不。再说,发现汉斯·卡斯托普害怕争论并尊重他的选择,也让约阿希姆轻松多了,不然的话他也会忧心忡忡,处境照他看甚至会更加尴尬。

可到了礼拜天上午,在独自一人去做过早上的散步以后,他就没法再往后推,只好来面对面地跟表弟谈必须谈的事情啦。他站到他的窗前,叹了口气说:

"唉,一点儿办法没有,必须马上采取步骤。他们在家里等着你呢。"

"现在还不用。"汉斯·卡斯托普回答。

"不用?可在接下来的几天,在星期三或者星期四吧?"

"嗨,"汉斯·卡斯托普说,"他们等我回去的期限压根儿不会精确到天。他们有的是其他事情,不会掐着指头算日子,一直等到我回去。我要是回去也就回去了,迪纳倍尔舅公只会说一句:'瞧你又回来啦!'雅默斯舅舅也不过问问:'哎,不错吧?'我要不回去呢,你放心,得过很长一段时间他们才会发现。自然喽,过些时候还是必须给他们报个信……"

"你可以想象这让我多尴尬!"约阿希姆说时又叹了口气,

"现在怎么办？自然我不会不感到负有责任，就像人们通常说的。你来山上看望我，我带你熟悉这儿的情况，现在你却走不了啦，而且谁也不知道你啥时候才能离开，才能去报到就职。这叫我难堪到了极点啊，你肯定明白。"

"请原谅！"汉斯·卡斯托普说，双手仍旧叠放在后脑勺下面，"你干吗伤脑筋呢？简直是胡扯。我是上山来看你吗？就算也是吧；不过归根到底，我首先是来休养的，遵照海德金特医生的嘱咐。噢，现在事实表明我的确非常需要休养，需要的程度是他和我们大家连做梦都想不到的。再说呢，我也不是头一个打算来这里做闪电式的探访，结果情况却发生了变化的人。例如，你只要想想那位'两个全都'的小儿子，想想他在此地的意外遭遇就够了——我不知他眼下是否还活着，也许在某一次进餐的时候，人家已把他运走了吧。我真感到意外自己也有点儿病了；我首先必须适应这个情况，必须感觉自己是一个病人，是你们中真正的一分子，而不能像以前似的仅仅以客人自居。如此一来我就再也不会大惊小怪啦，要知道我的健康状况从来没有多么好过，我只要考虑一下自己的父母亲都死得那么早——我可又到底怎么健壮得起来呢！你身体不是也有点儿小毛病嘛，如果它现在已算治好了，我们就谁也不会有什么想法；可问题是，我们这个家族确实有点儿问题，至少贝伦斯是如此认为的。反正从昨天起我就躺在这儿了，并且一直在考虑自己过去的心境到底怎么样，对整个的生活，你知道，以及对生活提出的要求到底抱着怎样的态度。我生性相当严肃，对粗鲁和喧闹的事物一直抱有某种反感——最近我们还谈过这个话题，还说起有几次我差点儿希望去当教士，由于我对哀伤的和虔诚的事物感兴趣……例如一条黑丝巾，你知道，上面绣着银色的十字架，或者'愿死者安息'这几个拉丁文字……这在我看来乃是世间最美好的话语，比什么'万岁，万万岁'可亲得多，那不过是瞎起哄罢了。这一切的一切，我想根源都在我自己也有点儿毛病，都在我打小儿对疾病就感觉亲切——眼下在这儿可不就表现出来了吗？情况既然如此，我到山上来并且接受了体检，那就可以讲乃是幸运；你根本用不着有一丝一毫的自责喽。要知道你已经听说了：我如果在平原上继续那么混下去，没准儿整个肺叶都一下子会全报废。"

"这谁知道呢！"约阿希姆回答，"这样的事情，真是没谁会知道！看来呀你肺上已经有过一些病灶，尽管也没人管就自行痊愈了，结果现在只是有些地方敲起来声音沉浊一点儿，并没有什么关系。你眼下被诊断出的几个浸润点多半也会如此，要是你没有偶然来我这里的话——谁个知道呢！"

"是啊，简直没法知道，"汉斯·卡斯托普回答，"因此嘛也就没理由过分担忧，例如也包括对我疗养期限的预测。你说过没谁知道我几时能出院，能去造船厂上班；可你的意思听起来挺悲观，我觉得操之过急啦，到底谁都还不知道嘛。贝伦斯没有讲期限，他是个谨慎的人，不肯充当预言家。再说透视和照片都还没做呢，只有它们能客观地说明情况；谁知道会不会真查出什么问题来，谁知道我会不会还没查烧就退了，就立马可以对你们说'再会'。我主张咱们别时间没到就出牌，别急着给家里人讲海上遇盗的可怕故事。即使很快要写信回去——我自己会写的，用这儿的自来水笔，等我稍微坐得起来，那也只写'严重伤风感冒，发烧卧床休息，暂时不宜旅行'就够啦。往后是怎么样便怎么样。"

"好的，"约阿希姆应道，"暂时可以这么办。其他事情也等等再说吧。"

"什么其他事情？"

"别不长脑子啦！你的手提箱不是只准备了三个星期的东西吗？你可需要更多的换洗衣服，更多的内衣、外衣和冬衣，更多的鞋子呀。最后，你还得再让家里汇些钱来是不是？"

"对，"汉斯·卡斯托普回答，"我是需要所有这一切。"

"那好，咱们就等着瞧。不过人家叫咱们……不，咱们最好自己别抱幻想！"约阿希姆说，同时激动得在房里走来走去，"我在这里待得太久，不会不清楚情况。如果贝伦斯说什么地方声音欠清晰，那差不多就是有了杂音……当然喽当然喽，咱们是可以等着瞧！"

这次的谈话就此打住。接下来，平平常常的日子又按八天和十四天的周期进行着调剂变换——尽管是以他目前的状态，汉斯·卡斯托普仍然置身其中，虽说不能直接地参与分享，却能通过来看他的表兄的口述得到弥补。每一次来，约阿希姆总要在他床沿上坐个一刻钟光景。

那只用于礼拜天早上送早餐的托盘上，现在放了一小瓶花作为装饰；还有今早餐厅里上的精美糕点，也没忘记送上一份给他品尝。过了一会儿，下边花园里和露台上热闹了起来，随着喇叭和黑管的奏响,两周一次的星期音乐会便开始了。这时约阿希姆也来到表弟房中,坐在敞着门的阳台外边看演出;汉斯·卡斯托普则半躺半坐在床上,侧靠着脑袋,目光中流溢着愉悦和虔诚的神情,聆听着从下边飘送上来的和谐悠扬的音乐,听着听着想起塞特姆布里尼所谓对音乐"政治上的反感"的论调,内心里也不禁耸了耸肩膀。

除此而外,这些天发生的其他事情和活动,如我们说过的就由约阿希姆给他报告。汉斯·卡斯托普刨根问底,想知道星期天女士们是否穿上了节日的盛装,也就是带花边的长裙什么的——这时节穿带花边的裙子可是太冷啦,还有下午是不是驱车出去郊游了——确实有一帮子人出去了:"半边肺协会"的全体成员去游览了克拉瓦德尔;到了星期一,约阿希姆从克洛可夫斯基的报告会上回来,在做中午的静卧之前来他房里看他,汉斯·卡斯托普又要求听他转述报告的内容。约阿希姆显得懒于开口,不乐意转述那个报告——对了,对上一次的报告,表兄弟俩之间也再没有提起过。然而这次汉斯·卡斯托普坚持要知道个究竟。他道:"我躺在这里,付了全部的费用,因此对提供的服务也应该有份。"说时他想起十四天前的那个星期一,想起那次给他造成了不小麻烦的独自外出散步,便讲出自己的如下推断:正是这次散步,对他的身体产生了革命性的影响,让潜伏着的疾病暴发出来啦。

"此地讲话的方式真有意思啊,"汉斯·卡斯托普嚷起来,"那些普通老百姓——那么庄重、文雅,有时听起来简直像朗诵诗。'喏,多谢您,请保重!'"他复述并模仿当地一位樵夫的说话,"我在树林里听见的,一辈子恐怕都不会再忘记啦。这样的话语和别的印象以及记忆结合在一起,你知道,将至死还回响在你的耳畔。——这么说,克洛可夫斯基又讲了'爱欲'什么的?"他问,并在说出那个词儿时扮了个鬼脸。

"自然是喽,"约阿希姆回答,"不讲这还能讲啥。它原本就是他的题目嘛。"

"今儿个他到底怎么讲来着?"

"嗨,没什么特别。你上次听过,自己也知道就那些玩意儿。"

"可终归得拿出点儿新鲜东西吧?"

"没啥新鲜的……对了,今天他扯的纯粹是化学。"约阿希姆勉勉强强开始讲起来。据他转述,克洛可夫斯基博士认为"爱情"产生于中毒,产生于人机体的自我毒化,而这毒化的起因又是一种遍布在人体内的不明物质发生了分解;这一分解的生成物又对人的某些脊椎神经中枢起着麻醉作用,那情形完全跟吸毒成瘾的人服用吗啡或者可卡因一个样。

"结果呢,听众便一个个脸蛋儿绯红!"汉斯·卡斯托普接过话头,"你瞧,不是值得一听嘛。他真个叫无所不知——学识渊博。等着吧,有朝一日他终归会发现那种遍布我们全身的不明物质,将它制成种种可溶解的、麻醉人中枢神经的毒剂,然后便可以用一种特殊的方式蒙骗病人啦。也许从前已经有人取得过这样的成就。听他的报告不禁想到,过去传说中讲的那些春药什么什么的,倒真有那么回事儿哩……你要走了吗?"

"是的,"约阿希姆回答,"我无论如何还得静卧一会儿。昨天我的体温曲线又升高了。你的事可对我也有些影响啊。"

这就是星期天,星期一。再过一个晚上又一个早晨,就到了汉斯·卡斯托普单独禁闭在房里的第三天,也即为星期二,一个在疗养院里没啥特别的日子了。不过呢,正好是这一天他来到了山上,在这个地方已经整整度过了三周,所以也就促使他给家里写一封信,至少向他的舅公和舅舅们报告报告旅途经过和目前的状况吧。他在背后垫着条小绒毯,用院里印制的信笺写道:他原计划的归期不得不推迟了。眼下他感冒发烧卧床不起,按照贝伦斯宫廷顾问的诊断显然不可掉以轻心,因为医生甚至已把他本身的体质整个儿联系了起来。要知道刚刚一认识,这位医学权威就断言他严重贫血;总之一句话,他汉斯·卡斯托普自己定的疗养期限,在权威方面看来是远远不够的了。其他容后再禀。——这就成了,汉斯·卡斯托普想。话虽一句不多,却绝对够对付一阵子。——信没有投邮箱,而是交给院里的杂役,直接送上了最近那趟邮政班车。

信送走以后,咱们的冒险家就差不多感到万事大吉,尽管还受到咳嗽、鼻塞和头昏脑胀的困扰,却已不妨心安理得继续过日子,以静待形势发展;这日子呢平常仍分割成了许多小段,永远刻板而又单调,既说不上快活也谈不上无聊。清早,在一阵嘭嘭嘭的捶门声之后,推拿师跨进房来;这精力旺盛的老兄外号叫"体操健将",衬衫袖子卷得高高的,小臂上青筋凸露,说起话来颇为艰难,声音咕噜咕噜的,只是在喉咙管里打转。跟喊所有病员一样,他也用房号称呼汉斯·卡斯托普,并涂上酒精替他进行按摩。推拿师离开没多久,约阿希姆就来了,已经穿戴齐整,来是为了向表弟道早安,询问他清晨七时量的温度,同时报告自己的测量结果。随后他到楼下进早餐;汉斯·卡斯托普则背靠小绒毯坐在床头,以开始了新生活的好胃口完成着同样的事情——尽管这时医生们已巡视完餐厅,脚步匆匆地穿行于卧床静养的客人以及垂死者的房间,他仍照吃不误,没受这例行的营业活动干扰。嘴里塞满罐头食品,他嘟囔了一句"睡得不错",眼睛越过咖啡盏的边沿望去,看见贝伦斯宫廷顾问正两个拳头撑着屋子中央的桌子面,迅速地审视上边摆着的体温记录;接着,汉斯·卡斯托普拖长声调,漫不经心地回应了医生们离开时道的早上好。随后他点上一支雪茄,瞅着已经做完晨课回来的约阿希姆,好像根本没有想过他曾离开似的。他俩又东聊西聊,从这会儿至第二次早餐——其间约阿希姆还要静卧——间隙时间如此之短,即使是个没脑子的人或者傻瓜白痴吧,也都不至于百无聊赖——何况汉斯·卡斯托普还有来山上头三周的印象够得他咀嚼,再加上眼前的处境以及可能产生的结果也值得好好地思考思考,至于那两大本从院图书馆借来的画报杂志嘛,根本就轮不上翻阅,只好晾在床头柜上啦。

接下来的差不多一个小时,汉斯·卡斯托普没任何别的事,约阿希姆则去达沃斯坪做了第二次散步。他回来后又走进表弟的房间,给他讲散步途中留意到的这个那个,在病床边上一会儿站一会儿坐,临了儿又去做午间静卧去了——你问午间静卧多长时间?又只有差不多一个小时吧!把双手叠放在后脑勺底下,你瞅着天花板还没想多一会儿心事,锣声已经哐哐哐敲响,要求卧床的客人和垂死的病号坐好姿势,准备享用正餐。

约阿希姆走了,送来了"中午的汤",对于随即端上的饮食而言,这只是一个单纯的、象征性的名字!须知汉斯·卡斯托普订的不是病号饭——又干吗要他吃病号饭呢?病号饭,可怜巴巴的一点儿吃喝,压根儿不适合他的情况。他躺在这儿,交的是全额费用,在这雷打不动的时刻供应给他的就并非"中午的汤",而是不折不扣、应有尽有、菜品多达六道的"山庄大餐"——在平常日子已属丰盛,在礼拜天更是一桌豪华、排场、奢侈的筵席,只有一个在欧洲培训的高级宾馆大厨师才能做得出来。负责伺候卧床客人的"餐厅的女儿"送来食物,食物盛在讲究的小锅里,上面盖着镀镍的盖子;那本已存在的独腿食几——一个能自动保持平衡的奇迹——让她横着推到了汉斯·卡斯托普面前,他于是开始享用满桌的美味佳肴,快活惬意得就跟那个裁缝儿子坐在一张自动上菜的小桌前大吃大嚼一样①。

汉斯·卡斯托普刚刚吃完,约阿希姆也回来了;接着这位又去到自己的阳台上,整个"山庄"疗养院也因开始了主要的静卧而笼罩在寂静之中,时间就差不多两点半啦。准确地讲是两点过一刻。只不过呢,这整点之间的一时半会儿是忽略不计的;这就正像在旅行途中,火车一坐几个小时,或者处于空虚的等待状

---

① 裁缝的儿子得到一张自动上菜的小桌子的故事出自格林兄弟搜集的童话,可参阅杨武能、杨悦译《格林童话全集》。

态，人们一门心思就是如何把时间过掉，消磨掉，眼下人们也如此慷慨大度地消费时间，十分一刻的便被吞掉啦。两点过一刻——干脆算三点差三十；以上帝的名义，既然已说出了三，就讲三点得啦。那差的三十分作为三至四之间的整点的准备，可以内部消化掉：在类似情况下，大伙儿就这么干。如此一来，那主要的静卧的长度，最终和事实上又限定在了一个钟头——这一个钟头到头来也贬值了，削减了，就像加上了省略号。这省略号呢，正是克洛可夫斯基博士。

是的，克洛可夫斯基博士独自来查房了；他不再画一个圆圈绕开汉斯·卡斯托普。他而今已算院里的人，不再是短暂停留的匆匆过客，而成了真的疗养员，得过问他的病情，不能把他晾在一边，像在此之前他每天都曾经历并因而心生隐痛那样。那是个星期一，克洛可夫斯基博士第一次现形在他房间里——我们说"现形"，是因为用这个词儿来描述当时汉斯·卡斯托普不禁产生的印象，一种感觉奇怪的甚至有些可怕的印象，可谓恰到好处。他正躺在床上进行半小时或者一刻钟的假寐，突然惊醒过来，发现医助已站在自己房中，但并非从门进来的，而是从房间的外侧走向他。也就是他没有经过走廊，而是穿越外边的阳台，通过敞开的阳台门径直蹽到房里，让汉斯·卡斯托普不禁生出一个他是从天而降的印象。反正他没头没脑地站在了他的床边，脸色黑里泛白，肩膀挺宽，矮矮墩墩；他挺有男子气地微笑着，露出了两撇胡子中间泛黄的牙齿。

"见到我您好像感到意外，卡斯托普先生，"他绝对做作地拖长了声调说,嗓音柔和,介乎男低音和男中音之间,发 r 这个上腭音时舌尖不颤动,只是在门牙的背后那么点了点,平添了一些异国情调,"可我来只是完成一项愉快的使命,就是来瞧瞧您好不好。您与我们的关系已经进入一个新的阶段,一夜之间,您已从一位客人变成我们的同志啦……"——"同志"这个词着实吓了汉斯·卡斯托普一跳——"谁想得到啊!"克洛可夫斯基博士同志式地说笑着……"那天晚上我第一次欢迎您,您可以您完全健康的声明反驳我的错误观点——当时它确实是错误,那个晚上谁想得到啊!我相信,当时我只是表示了一点儿怀疑什么的,我向您担保,我所指并非那么回事!我不想装得比实际上更有远见之明,我当时并未想到有浸润点,我是另外的意思,更一般的意思,更哲学的意思,我只是表示怀疑:'人'和'完全健康'能凑合在一起。即使今天,即使在您接受检查之后,我依然故我,与我可敬的上司仍旧保持着距离,并不把这儿这个浸润点——说时伸手用指尖轻轻触了触汉斯·卡斯托普的肩膀——看得有多么值得大惊小怪。它对于我是第二位的……机体永远是第二位的……"

汉斯·卡斯托普打了个冷战。

"……至于您的重感冒嘛,我看就更加次要啦,"克洛可夫斯基博士轻描淡写地补充道,"现在怎么样?卧床静养肯定很快产生了效果。今天测体温结果如何?"从现在开始,助理医生的访问有了寻常的查房的性质,在随后的一些天和一些周,情况始终如此:克洛可夫斯基博士三点三刻或者甚至更早一点儿越过阳台走进来，以男子汉的快活方式问候问候卧床的病员，提几个再简单不过的医疗问题，间或也插入一小段私人之间的闲扯，再同志式地说上几句笑话——尽管这一切也不无一点点可虑之处，可汉斯·卡斯托普终于还是会习以为常，如果这可虑仍然停留在自己的界限以内；他很快就不再对克洛可夫斯基博士的例行访问有任何反感，他已属于日常的内容，已成了主要静卧时间的省略删节。

话说助理医生再退回到阳台上去时已经四点——也就是讲真正到了午后啦！突然之间，还没等回过神来，就到了真正的午后——继续这么着，没的说的，一会儿已是傍晚；须知等到喝完下午茶，下边餐厅和三十四号房间里一样逼近了五点，再等到约阿希姆散完第三次步回来看他表弟，离六点已差不多，只须稍稍整算一下，晚饭前的静卧仅仅剩下了一小时——要打发一个小时真好比儿戏，如果你脑子里有想法，床头柜上又摆着一大沓画报。

约阿希姆离开表弟去进餐。晚饭送到房里来了。山谷中早就暮霭沉沉；汉斯·卡斯托普吃喝着，眼见白色的房间里迅速黑了下来。吃完了背靠绒毯坐在那里，坐在那张杯盘狼藉的自动上菜的小桌前，凝视着迅速加深的暮色，心想这今天的暮色与昨天的、前天的或者一周以前的，真是难以区分呢。眼下已是晚上——可刚刚还是早晨。汉斯·卡斯托普惊喜地，或者也不无疑虑地发现：这分割了的、人为地弄得好过的日子，在他看来真真正正是被手捻成了碎末，化为了乌有啊！须知在他这个年龄，还不知道对此感觉恐惧。他只是觉得，他"自始至终"都还在观察。

一天，可能在汉斯·卡斯托普卧床静养了有十天或十二天之后，也在这个时间，即是说在约阿希姆去进晚餐和参加娱乐活动回来之前，突然有谁敲起他的房门来；随着他的一声带着疑问的"请进"，罗多维柯·塞特姆布里尼的身影出现在了门槛上——与此同时，房间里一下子变得雪亮了。因为来访者顾不得关门，第一个动作就是揿亮室内的顶灯；经过雪白的天花板和家具反射，霎时充满房间的亮光似乎在微微地颤动。这些天，在所有疗养客中，这意大利人可算汉斯·卡斯托普向约阿希姆真正指名道姓打听过的唯一一个人。约阿希姆每天来他房里十次，每次都在表弟的床边坐上或者站上个十分钟，问不问反正都要向他报告院里平平淡淡的一天可能发生的小事以及变化，汉斯·卡斯托普设若提出问题，那性质也是一般的和非个人的。离群独处的年轻人的好奇局限于打听是不是又来了新的疗养客啦，在熟面孔中是否又有谁出院啦；但看来真正能满足他的，只是前一种情况。"新人"倒真来了一个，一个面色青绿、脸颊凹陷的青年，吃饭时座位分在皮肤呈象牙色的莱薇小姐和伊尔蒂丝太太旁边，紧挨着表兄弟俩的右首。喏，汉斯·卡斯托普可望见到他啦。至于有没有谁出院嘛，约阿希姆眼睑一沉，干干脆脆地否定了。可是他不得不一再回答这个问题，也就是每隔一天就重复一次，尽管他终于有些不耐烦地说，据他所知"没有任何人即将出院，想从这儿出去可没有那么简单"，企图来个一劳永逸。

至于塞特姆布里尼嘛，汉斯·卡斯托普确实是指名道姓地专门问过，想要知道他"对这件事"说了些什么。对哪件事？"喏，就是我卧床静养，被认为有病。"塞特姆布里尼对此确实说过什么，尽管话没两句。就在汉斯·卡斯托普人不见了的当天，他就凑过来向约阿希姆打听客人的下落，显然是等着人家告诉他，年轻人已经走啦。听罢约阿希姆的解释，他只回应了两个意大利词儿：先是Ecco，后为Poveretto。译成德语意思就是："我说是吧"和"可怜的小家伙"——要想明白这两个短语的意思，也无须比两位年轻人懂更多的意大利语。

"怎么就'可怜'了呢？"汉斯·卡斯托普道，"他自己不也待在这山上，连同他那由人道主义和政治构成的文学，对社会现实一点儿促进作用都没有吗！他少这么居高临下地同情我，我无论怎样也会比他早些下山哩。"

话说塞特姆布里尼先生这时突然站在了他灯光明亮的房中——汉斯·卡斯托普用胳膊肘支持着身子，头转向房门，眯缝着眼睛瞧着客人，在认出他来时脸不禁红了。塞特姆布里尼先生一如既往地穿着他那大翻领的厚呢外套，格子花的裤子，翻出来的领口已有相当的磨损。他来时刚吃完晚饭，嘴上习惯性地还叼着一根木头牙签。在他卷曲得很漂亮的两撇胡子底下，嘴角咧着，露出了他那已为人熟悉的笑容，那文雅的、冷静的、愤世嫉俗的微笑。

"晚上好啊，工程师！可允许我来瞧一瞧您？要允许，那就需要光明不是——请原谅我不请自来！"他说，说时朝天花板上的顶灯一挥他那小手，"您正沉思默想——我压根儿不愿打扰您。处在您的地位，喜欢思考我完全可以理解，再说聊天嘛，毕竟还有您的表哥。您瞧，我完全明白自己纯属多余。可尽管如此，咱们共同生活在一个这么狭小的空间,人与人也就难免相互同情,精神上的同情,心灵中的同情……不见您已经整整一个礼拜。望着底下斋堂中您空空的位子,我真的已开始想象您已经走了。少尉却纠正了我,往坏的方面,哦,如果这样讲不是不礼貌……干脆说吧,情况如何?您干些什么?感觉怎样?不会太垂头丧气吧?"

"原来是您,塞特姆布里尼先生!这太好啦。哈哈,好个'斋堂'!您这又说了个笑话。别客气,请坐这把椅子。您一点儿不打扰我。我刚在这里并且思考——'思考'一词太言过其实。我干脆懒得连灯都不愿意开。非常感谢,我自我感觉不错,也就是差不多正常吧。经过静卧我感冒基本好了,只不过呢我听大家讲,那仅仅是次要现象。体温反正仍旧是不正常,一会儿37.5℃,一会儿37.7℃,这些天还老是这个样子。"

"您定时测量了吗?"

"是的,一天六次,跟你们山上所有的人一样。哈哈,请原谅,对您称我们的餐厅为'斋堂',我还忍不住想笑。在修道院里才有这个叫法,可不是吗?咱们这儿确实也有点儿那种味道——我尽管还从来没去过修道院,但在想象中也差不多就这德性。'清规戒律'我也已背得溜溜熟,并且严格遵行。"

"好个虔诚的修道士。可以讲您的试修期已告结束,已宣完了誓。我衷心祝贺。您确确实实已经在讲'咱们的餐厅'。再说呢,您让我觉得不像一位年轻修士——希望这样讲不致伤及您男子汉的尊严,而更像一位小修女,一位委身于基督的天真女孩,她刚刚才削了发,一对大眼睛流露着献身的决心。过去我曾在这里那里见过这样的小羔羊,每一次见到……每一次见到总不由得心生恻隐。唉,是的是的,令表兄已经把一切都告诉我了。在最后一刻,您到底还是接受了体检。"

"我发烧来着——我请问您,塞特姆布里尼先生,患了这样的重感冒,就在平原上我也会看医生不是。而在这儿,守着院里的两位专家,正所谓近水楼台先得月是不是——这似乎也有些荒唐,如果……"

"当然喽,当然喽。那就是说还在他们叫您量以前,您自己已经开始测体温。还有呢也立刻向您提出了这个建议。体温表是米伦冬克护士长塞给您的吧?"

"塞给我的?是因为情况需要,我从她那里买了一支来着。"

"我懂了。公平交易,没的说的。还有呢,头儿判了您多少个月?……我的天,这我已经问过您一次了!您还记得吗?当时您初来乍到。当时您回答得那么干脆……"

"我自然记得,塞特姆布里尼先生。在那以后我经历了许多新鲜事,可仍然记得当时说的话,就像那是在今天。当时您就如此幽默风趣,称贝伦斯宫廷顾问为地狱的判官……为拉达麦斯……不,请等等,是另一个称呼法……"

"拉达曼提斯?可能我顺便这么叫过他。我记不住所有偶尔从自己脑子里蹦出来的东西喽。"

"拉达曼提斯,不错!弥诺斯和拉达曼提斯!当时您也立刻给我们讲了卡尔杜齐……"

"请原谅,亲爱的朋友,让我们把他先放在一边。此刻从您嘴里说出这个名字来,叫人觉得不是滋味儿!"

"也好,"汉斯·卡斯托普笑了笑,"不过通过您,我可是学到了许多有关他的知识。是啊,当时我茫然无知,会对您说只来三个礼拜,别的什么都不知道。刚好克勒费特小姐用气胸嘘了一下招呼我,我因此确实有些失态。不过当时我也真的觉得发烧,因为山上的空气不只是有利于治病,也有利于发病,有些时候啊,疾病是通过它才真正暴发出来;这个嘛,归根到底也是必要的,如果打算治疗疾病的话。"

"一个动听的假说。贝伦斯宫廷顾问也给您讲过那个德国血统的俄国妇人吗,她去年——不,前年在这里住过五个月?没讲过?他真该给您讲讲。这位和蔼可亲的年轻女士,论出身为德国血统的俄国人,已婚,有小孩。她来自东方,患有淋巴结核和贫血,病情看来也颇严重。喏,她在这儿住了一个月,抱怨感觉不好。可得有耐心啊!第二个月过去了,她继续抱怨并没见好,相反却更加糟糕。于是向她解释,她身体情况到底如何,唯有医生能下判断;她只能讲自己的感觉——而这没有多少意义。对她的肺部医生是满意的。好,她沉默了,接受了治疗,于是体重一个个礼拜都在减轻。到了第四个月,她在体检时晕倒了。这没关系,贝伦斯解释说,他对她的肺部非常满意呀。可到了第五个月,她连路都不能走啦,便写信告诉她在东边的丈夫;于是贝伦斯收到了她丈夫的来信——信封上用遒劲的笔触写着'亲收'和'急件'字样,我亲眼看见的。是啊,贝伦斯说,说时耸了耸肩膀,看来情况很明显,她不适应这里的气候呗。德裔俄国妇人给气疯了。贝伦斯早该告诉她呀,她大叫,她一直感觉,她完完全全给毁了!……让我们希望,她回到自己东方的丈夫身边以后,重新恢复了体力。"

"真精彩!您讲得太好啦,塞特姆布里尼先生,您用的每一个词儿都那么生动。还有那个在湖里洗澡的小姐的故事,说是院里因此发了她一支'哑大姐',也常常还令我忍俊不禁。是啊,无奇不有。真得活到老学到老才是。至于我本身的情况嘛,还完全没有数。宫廷顾问说什么在我身体里发现了一点儿小问题——我自己不知道一些早先的老病灶,在叩诊时我是听出来了的;现在据说在这儿又听出了一块新鲜的——哈,'新鲜',在这儿搭配着说出来怪特别。不过目前还仅仅是根据声音作的推断,要想确诊,还得等我下了床去透视和拍片以后。到那会儿,我们就会知道正确的结论了。"

"您认为?——可您知道吗,X光片呈现的斑点常常被诊断为空洞,其实呢却只是一些阴影;反之,真有毛病的地方有时倒显不出斑点来,圣母保佑,如此X光片!这里曾经来过一位发烧的钱币学家;正由于发烧,在X光片上就清楚地看见了空洞。医生们甚至声称听见了空洞的声音!于是就当他是肺痨病人施治,一治便治死啦。尸体解剖表明,他的肺一点儿毛病没有,他的死是某种球菌引起的。"

"喏,您听着,塞特姆布里尼先生,刚才您说到了尸体解剖!可我的情况还不至于此啊。"

"工程师,您真是个滑头。"

"可您是个彻头彻尾的吹毛求疵者和怀疑主义者，我不得不讲！甚至对精密的科学您都不相信。您的片子上是不是有斑点呢？"

"有，有一些斑点。"

"而您是否也真有点儿病呢？"

"是的，遗憾我还病得相当厉害。"塞特姆布里尼先生回答，并且垂下了脑袋。谈话停顿了一会儿，他清了清嗓子。汉斯·卡斯托普保持着舒适的半躺卧姿态，拿眼睛打量缄默不言的客人。他似乎觉得，他这么简单地提两个问题，就驳倒了塞特姆布里尼所有可能的怪论，甚至包括他关于共和国和美好文体的说道，使他终于哑口无言了。为把谈话继续下去，他不肯采取任何主动。

过了一阵，塞特姆布里尼先生又微笑着，重新提起兴致来。

"现在请告诉我，工程师，"他说，"对您的这个消息他们怎么看？"

"什么消息，您指？我推迟回去的消息吗？嗨，我家里的人，您知道，我家里的人仅仅是三位亲戚，一位舅公，两位表舅，即舅公的两个儿子；我和表舅相处得更像是表兄弟。除此我再没有其他亲人，我是很小便父母双亡，成了孤儿。家里怎么看？家里了解的情况还不多，不比我多。一开始，我不得不躺下时给他们写了一封信，说我患了重感冒，不能旅行。到了昨天，看来要待长一点儿啦，我又写了一封信，说贝伦斯宫廷顾问由感冒注意到了我肺部的情况，坚持要我延长疗养时间，直到查清我的健康状况为止。这个消息他们会很冷静地看待的。"

"那您的职位呢?您讲过您打算进入的实际工作的行业。"

"是的,当实习工程师。我已在造船厂暂时请了假。您可千万别以为人家会因此大失所望。再长时间没有见习工程师,他们照样能干下去。"

"很好!从这方面看,也就是说万事大吉,全线保持冷静喽。在你们全国,人们都头脑冷静,不是吗?然而也精力旺盛!"

"哦,当然,也精力旺盛,非常旺盛,"汉斯·卡斯托普说,他从远方审视着家乡的人情世态,发现他的对话者判断很准确,"头脑冷静而又精力旺盛,他们确实是如此。"

"喏,"塞特姆布里尼先生继续说,"您要待得久一些,那就不可避免:我们将在这山上结识令舅大人——我指的是您的舅公。无疑他会上山来看您的。"

"根本不可能!"汉斯·卡斯托普大声回答,"在任何情况下都不可能!用十匹马也拖不上来他!我舅公很容易中风,您知道,人胖得几乎没了脖子。不行,他需要适当的气压,到了山上健康会比您那位东边来的女士更糟,什么情况都可能发生。"

"真叫我失望。容易中风是吗?在此情况下头脑冷静和精力旺盛又有何用!——您的舅公大人该很富有?您也富有?您家乡的人都富有。"

对于塞特姆布里尼先生作家式的以偏概全,汉斯·卡斯托普微微一笑,随后便姿态舒适地凝视远方,心神已经回到故乡的环境氛围中。他回忆着,极力不带个人的成见,与故乡的距离鼓励他这样做,也使他能这样做。

"那里人是富有,对——或者也并不富有。如果是不富有——就更糟糕啦。我吗?我不是百万富翁,不过经济倒有保障,可以不依靠别人,自己过得下去。就别谈我了吧。您要是说:那边的人肯定富有——那我同意您。因为假使人不富有,或者只是曾经富有过——那就惨啦。'这家伙吗?他到底还有没有钱?'人家会问……话就是如此,嘴脸也完全如此。我常听见这样的问话,并且记住了,深深铭刻在了心里。尽管我早已习惯听这样的话,但我感觉还是有些特别——不然便不会铭记住了。或者您怎么看?不,我不相信,例如您作为一位人文主义者会喜欢我们那里的情况;甚至土生土长的我,我事后发现也常常感到不痛快,尽管我本人并没有吃过什么苦头。谁家里的餐桌上端不出最好、最贵的酒,别人就根本不登他家的门,他的闺女们也就嫁不出去。世风如此。我躺在这里从远方观察,心里就感觉不是滋味儿。您怎么说好呢——头脑冷静?以及精力旺盛?好,可这意味着什么?意味着狠心,冷漠。狠心和冷漠又意味着什么?意味着残忍。那下边的空气就是残忍的,无情的。这么躺着从远处观察,心里不由得感到害怕哟。"

塞特姆布里尼先生专心听着,不断地点头。他一直如此,直到汉斯·卡斯托普的批判暂时告一段落,不再言语。随后他舒了一口气,说道:

"人生自然是残酷的,在您的故乡却有了一些特殊的表现形式,对它们我不想加以美化。反正一个样,对于残忍的指责,归根到底还是带了一些感情色彩。在彼时彼地您不会做出这样的批判,是害怕在自己眼里也显得可笑。您有权把它让给那些愤世嫉俗的人去干。您现在批判了,表明您已与过去有某种程度的疏远;这样的疏远我不乐意看着它越来越严重,因为谁习惯了进行批判,谁就很容易脱离生活,脱离他生来就注定过的生活方式。'脱离生活'意味着什么,工程师,您知道吗?我却知道,并且每天在这儿都目睹它发生。最多只需半年,一个上山来疗养的年轻人——而上山来疗养的几乎全是年轻人,头脑里除去谈情说爱和量体温就不会再有任何别的想法。而至迟一年以后,他也再不能容忍任何别的想法,而会认为任何别的想法都是'残忍'的,或者说得好听一点儿,都是错误的和无知的。您喜欢听故事——我乐于效劳,可以给您讲讲一个儿子兼丈夫的年轻人的故事。他在山上住了十一个月,我认识他。他比您大一点儿,我相信——甚至大得相当多。人家认为他好了,试着让他出了院,他回到了家里亲人的怀抱中,不是他的舅公和舅舅,而是母亲和妻子。从此他整天躺着,嘴里含着支体温表,其他任何事情都不知道。'你们不懂,'他说,'要在山上生活过,才知道必须这样。山下的人缺少基本常识。'事情的结局是他母亲做出决定:'再给我滚回山上去,你已无可救药。'于是他又上了山,又回到了他的'故乡'——您知道,人只要在这里生活过一次,就会称它为'故乡'。他完全疏远了自己年轻的妻子,因为她缺少'基本常识'便一脚踢开了她。他妻子看出来,他在'故乡'会找到一个'基本观念'一样、志同而又道合的女人,和她永远待在一起。"

汉斯·卡斯托普像是只用一只耳朵在听,眼睛一直死盯着房

间里灯光照得雪亮的墙壁,像是凝视着远方。对塞特姆布里尼的话他迟迟地才笑了一笑说:

"他称这儿为故乡?那可真带了点儿感情色彩,如您所说。是啊,您的故事多得数不清。我刚才还在想我们说的关于冷酷和残忍的话,这些天我已考虑过它许多次。您瞧,人必须相当麻木不仁,才会生来便完全同意平原上人们的思维方式,同意那些类似'这家伙到底还有没有钱?'的问题,以及与此相适应的嘴脸。我感觉这根本就从来不自然,尽管我连一个人文主义者也称不上——而事后,我更觉得那太离谱啦。我觉得它不自然,也许跟我不自觉的疾病倾向有关——我自己听见了那些老病灶,贝伦斯声称在我体内又查出了一个新的小问题。这是有点儿出乎我的意料,但归根结底并不令我惊讶。我实在从来不觉得自己坚如磐石;加之我的双亲又死得那么早——我从小就完全是个孤儿,您知道……"

塞特姆布里尼先生头、肩、手一起协调动作,得体而快意地以形象表示他的诘问:"那又怎样?还有什么?"

"您是一位作家,"汉斯·卡斯托普说,"——一位文学家。您一定明白这个道理,知道在此情况下不能那么麻木不仁,称人们的残忍是完全自然的——您知道那是些普普通通的人,他们到处走来走去,在那里笑和挣钱,在那里大吃大喝……我不知道,我是否正确地……"

塞特姆布里尼鞠了一躬,解释道:

"您是想说,早早地、反复地接触死亡,造成了您某种根深蒂固的心境，就是对轻率的尘世生活的粗暴、严酷，我们说玩世不恭吧，特别厌恶和反感。"

"正是正是！"汉斯·卡斯托普兴高采烈地叫着，"完美无缺的表达啊，塞特姆布里尼先生！与死亡接触——我知道嘛，您作为文学家……"

塞特姆布里尼朝他伸出一只手，脑袋歪在一边，眯起了眼睛——这是一个非常优美的姿态，含义是请对方打住，继续洗耳恭听。他那么坚持了几秒钟之久，即便汉斯·卡斯托普早已住嘴，有几分尴尬地等着他下面的演说。他终于又睁开他那双黑色的眼睛——摇风琴的艺人的眼睛，继续说：

"请允许，工程师，请允许我对您讲，并希望牢记在心，看待死亡唯一健康、高尚，再说也——我想明确地补充——也唯一虔诚的方式，就是把它理解并感觉为生的组成部分和附带现象乃至于生的神圣条件，而不是在精神上将它分开，使之对立，甚或相对地将它否定和贬低——这样的方式是健康、高尚、理性和虔诚的反面。古代人往往用生命和生殖的图像装饰他们的石棺——对于古希腊罗马的宗教而言，神圣事物与淫秽事物常常是一码子事。那时的人懂得尊重死亡。死亡是生命的摇篮，复活的母体，因此也就尊贵。与生分割开来，死便成了幽灵，成了鬼脸——甚至更坏的东西。因为作为独立的精神力量，死这种力量极端轻浮，它那邪恶的诱惑力无疑会造成人精神极为可怕的迷乱。"

说到这里塞特姆布里尼先生缄默不语了。他一直是泛泛而谈，结论却十分肯定。他是认真的；并非聊天似的随便说说，也不屑于给他的对手以接嘴和反驳的机会,而是在论述终了时压低调门儿,打上一个句号。他抿紧嘴坐着,两手交叉在怀中,穿着格子花呢裤的双腿一只叠在另一只上面,眼睛死死盯住那只在空中微微摇摆的脚。

汉斯·卡斯托普也闷声不响。他围着鸭绒毯坐在那里,脑袋冲着墙壁,指头在被子上敲打着鼓点。他感到自己受到了教训、指摘和责骂,在一声不吭中多有孩子似的桀骜不驯。谈话冷场得相当久。

终于,塞特姆布里尼先生又抬起头来,笑了笑道:

"您大概记得,工程师,我们已经进行过一次类似的讨论——也可以说同样的讨论?我们当时——我想是在一次散步途中——谈到了疾病和愚蠢,您声称把两者结合在一起实乃荒谬,而且是出于对疾病的高度尊重。我称这种尊重为阴郁的怪念头,它会玷污人类的思维;我很高兴,您似乎并不完全反感,愿意考虑我的不同看法。我们也谈到了青年中立态度和精神摇摆,谈到了他们的选择自由,以及他们对什么立场观点都想试上一试的倾向,还有就是不应该、也无必要把这种尝试看作已经是最后定性,将终身严格遵行。请您允许我——"塞特姆布里尼先生微笑着从椅子上向前弓着身子,双脚并排站在地上,两手握在膝盖之间,稍稍朝前探着脑袋,说道,"请您允许我在将来,"说时嗓音微微显出激动,"将来在您历练和试验的过程中稍稍施以援手,在一旦面临得出有害结论的危险时予以纠正。"

"当然可以,塞特姆布里尼先生!"汉斯·卡斯托普急忙改变拘谨、执拗的拒绝态度,不再用手指头叩击被子,仓皇而友善地转脸望着客人,"您这真是用心良苦,一片好意……我真的问自己,我是不是……也就是讲,我这样是否……"

"您是想是否也完全免费,"塞特姆布里尼先生模仿贝伦斯用拉丁文说,同时站起身来,"谁愿意让别人当作穷光蛋呢。"说完两人都笑了起来。这时外边的一扇门开了,接着里边的门也拧开了。是约阿希姆参加完晚间的娱乐节目回到了房间。跟汉斯·卡斯托普早些时候一样,他也一见意大利人脸就红了;这使他本已让阳光晒红的面孔显得更黑一些。

"噢,你有客人。我给耽搁了,对你却再好不过。他们硬逼着我玩儿了一盘桥牌——说桥牌是敷衍外人,"他摇着头说,"归根到底完全是另一码子事。我就赢了五个马克……"

"但愿别使你上瘾才好,"汉斯·卡斯托普说,"嗯,嗯。这段时间塞特姆布里尼先生帮我过得非常之美好……美好得无以言表。你们那称作桥牌的玩意儿怎么说呢,可是塞特姆布里尼先生使我这段时间过得充实而有意义……一个正正当当的人,必须千方百计离开这个地方——在你们中间竟有人已经开始玩所谓的桥牌。然而为了经常能聆听塞特姆布里尼先生的高论,在与他的交谈中获得帮助,我几乎已在希望无限期地发烧下去,以便在你们这里坐稳位置……临了儿人家还不得不给我一支'哑大姐',免得我再耍花招。"

"我再说一遍,工程师,您是个滑头。"意大利人说,说罢便以极其优雅的姿态告了辞。终于与表兄单独留下后,汉斯·卡斯托普长长地舒了一口气。

"不愧是位教育家！"他说，"一位人文主义教育家，你必须承认。他总在给你教训，而且教训的方式随时变化，要么给你讲故事，要么对你发议论。和他一起总能找到话题——有一些是你自己永远想不到能谈，或者能够理解的。设若我是在下边平原上遇见他，这些问题我也可能仍然不理解。"他补充道。

约阿希姆在他房里待了一会儿，牺牲了两三刻钟的晚间静卧。有一会儿，他俩在汉斯·卡斯托普的食几上下象棋——约阿希姆从山下带了一副棋上山来。随后他嘴里含着体温表，带着自己的全部行头上阳台静卧去了；汉斯·卡斯托普呢，也量了最后一次体温。这时候，从底下夜色迷蒙的山谷里，远远近近地飘来了轻柔徐缓的音乐。十点整，静卧结束，听见了约阿希姆的响动，也听得见"差劲儿的俄国人席"弄出的响声……汉斯·卡斯托普取了一个侧卧的姿势，期待着进入梦乡。

夜晚是一天里比较麻烦的一半，汉斯·卡斯托普经常醒来，不少时间是一连几个小时地醒着躺在那里，也不知是体温不完全正常，因此特别兴奋呢，还是睡眠的欲望和能力，全让水平的生活方式给消耗掉了。代之而来的是似睡非睡的迷蒙状态，伴以如此千奇百怪、如此鲜活真切的梦境，以致他醒了躺在床上仍能流连其中。如果说各式各样的分割和穿插，使白昼变得短促好过了的话，夜里时间前进的步伐就单调而含糊，而且总是朝着一个方向。早晨终于临近啦，瞅着房里渐渐发灰变白，家具什物慢慢褪去纱幔，显露出来，室外的天空也由晓雾迷茫而变得晨光朗照，倒是很好的消遣。这么瞅着想着,突然之间那位按摩师已乒乒乓乓地打起门来,宣告已经开始新的一天的日程。

汉斯·卡斯托普来疗养没带日历,所以并不总是弄得清楚日子。时不时地他得向表兄打听,这位对此也并非随时都有把握。好在还有那些个星期日,特别是那些隔周也即每十四天开一次音乐会的星期日,能够成为汉斯·卡斯托普的依靠。现在差不多可以肯定,九月已经过去相当长时间,差不多到了月中啦。他开始静卧的时候,外边的山谷中还晦暗而寒冷,可如今阴冷的天气已让位给一连串数不清的明媚夏日。这样,每天早上约阿希姆穿着白色长裤出现在表弟房中,都忍不住要真诚地表示他青春的心灵和肌体感到的遗憾,遗憾汉斯·卡斯托普白白地错过了这大好的季节。有一次,他甚至嗓音低沉地说了一声"可耻",竟让他这样子失去了机会——可随后又为安慰表弟而补充道,就算他能够自由活动吧,也干不了比眼下多多少少的事情,因为根据经验,此地是严禁大活动量的。再说呢,躺到外边宽敞的阳台上,也可分享夏日的温暖、明媚来着。

然而,在汉斯·卡斯托普遵命离群独处行将结束之时,天气又变了。入夜都多雾而又寒冷,山谷整个笼罩在湿乎乎的风雪里,室内则充满暖气干燥的气息。白天依然如此,汉斯·卡斯托普禁不住在医生们早上查房时提醒贝伦斯顾问,到今天他已躺满三个礼拜,请允许他下床吧。

"真见鬼,您已经到时候啦?"贝伦斯说,"让我瞧瞧。真的哩,到了。上帝啊,人怎么会不老呢?这期间您的情况变化不大吧。什么,昨天是正常的?是吗,在六点钟下午测体温之前。喏,卡斯托普,那我也不想说什么,同意打发您返回人类社会就是了。下床去走走呗,伙计!当然是在许可的范围和强度里。过几天给您做透视。请预先记住!"说毕用自己肥硕的大拇指按了按汉斯·卡斯托普的肩头,然后就朝外边的克洛可夫斯基博士走去,一双充血的、泪汪汪的蓝眼睛紧紧盯着他那苍白的助手……汉斯·卡斯托普离开了"单马栏"。

身裹竖起高领的大衣,脚穿橡胶雨鞋,他第一次陪着表哥走了个来回,一直去到了水槽边的长凳旁。途中,他忍不住提问道,如果他不主动指出已经到期,宫廷顾问大概还会让他躺多久。约阿希姆呢,目光迷茫,张着嘴,像是无望地想叹一声"唉",冲着空中做了一个"天晓得喽"的手势。

"我的天,我看见啦!"

一个星期过去了,汉斯·卡斯托普终于被封·米伦冬克护士长叫到了透视室里。她可不好催啊。"山庄"疗养院里大家都忙,显然喽,医生和员工都有干不完的活儿。最近几天又到了新的疗养客:两位鬈发浓密的俄国大学生,穿着扣得严严实实的黑上装,一点儿不露出内衣白花花的痕迹;一对荷兰夫妇,座位安排在了塞特姆布里尼那一席;一个墨西哥驼背儿,频频地以呼吸急促的哮喘让同桌的人饱受惊吓。他用铁爪一般的长手抓住他的邻座,不管是男是女,都抓得牢牢的,就像两把铁扳钳,吓得人家拼命挣扎、呼救。简单讲，餐厅差不多已经满座，尽管冬天的疗养旺季要到十月才开始。汉斯·卡斯托普呢，他的难处在于病的等级几乎不可能使他有要求得到重视的权利。例如施托尔太太尽管又蠢又没教养，病却无疑比他重得多，更别提布鲁门科尔博士啦。要想对待汉斯·卡斯托普没有一些个保留，那就得完全缺少等级观念和处事的分寸——而这样的观念和分寸，又正是院里特有的精神财富。轻病号不算一回事，他时常从交谈中听出来。人们不屑地谈到他们，按照此间奉行的尺度，他们受到藐视，藐视他们的不只是病重些和病很重的人，还有自己的病同样"轻微"的人：后者甘愿服从山上的尺度并明确地表现出自我藐视，以此维持他们视为更有价值的自尊。人啊，生性如此。"嗨，这家伙！"他们相互在背后说，"这家伙一点儿病没有，根本没资格待在这里。连个空洞都没得……"这就是精神啊；这种精神，它就是某种具有意义的贵族气派，汉斯·卡斯托普呢，生来尊重一切形式的法规和秩序，所以也欢迎这种精神。常言道，入乡随俗。外来者如果取消本地居民的风尚习俗和价值观，那就表现出缺少教养，何况为人敬重的品德既可这样也可那样。即使对于约阿希姆本人，汉斯·卡斯托普也怀着某种尊敬和爱惜之情——并非因为这位资格比较老，是他在这个陌生世界里的向导和依靠——倒恰恰因为他无疑是个"病更重的人"。既然总的形势如此，便不难理解人们干吗喜欢在自己病情许可的范围内尽量夸大事实，以提高自己的身份，好挤进"贵族"的行列。汉斯·卡斯托普也一样，席间有谁问到他的病况，他便来个添枝加叶，而且禁不住沾沾自喜，如果别人用食指指点着警告他，把他当作一个重病在身的人。不过他尽管添油加醋，说实在的仍旧身份微贱，忍耐和收敛显然最适合他的行为举止准则。

他又恢复了前三周在约阿希姆身边已经过惯了的生活方式。它不紧不慢，井井有条，从第一天开始就顺溜得像穿在绳子上往下滑一样，似乎从来未曾中断。事实上那中断也形同乌有，这他第一次在进餐时重新露面就清楚地感到了。虽说约阿希姆挺看重这类事件的里程碑意义，细心地让人在这位归来者的座位前装饰了几朵鲜花，但是桌友们的欢迎并不怎么隆重热烈，与以前不是三周而是三个钟头的别后重逢没多少区别。原因不在他们把这个单纯而殷勤的小年轻不当回事，也并非这些人过分关心自己，关心自己有趣的身体，而由于根本不曾意识到这段间隔时间。而在这一点上，汉斯·卡斯托普也毫无困难地追赶上了他们；要知道，他一如往常地坐在自己桌子挡头的位子上，在女教师和罗宾逊小姐之间，仿佛昨天还最后一次在这里坐过。

连本桌的人对他结束隔离都不怎么在意——还指望同一餐厅的病友有什么表现？可以讲，真真正正是谁都漠不关心——唯一的例外只有塞特姆布里尼，他吃晚饭时踅了过来，以快活而友善的口吻与他打招呼。当然，除此而外，汉斯·卡斯托普自然还有一点儿想头，至于是否有道理暂且不讲。那就是他自以为克拉芙迪娅·舒舍夫人也注意到了他的归来——她跟往常一样姗姗来迟，进来后一摔玻璃门，眯缝着的目光就落在了他身上，他呢，也把目光迎了上去。随后刚一落座又扭过头来，再一次越过肩头冲着他微笑：笑得跟三周前他即将去体检时一个样子。她这一举动是如此公开坦然、毫无顾忌——既不顾忌汉斯·卡斯托普本人，也不在乎整座餐厅的其他疗养客——令他不知道是应该感到惊喜呢，还是将其当作轻蔑的表示而动肝火。无论如何，在那目光注视下他的心一下子收紧了，这在那位女病友和他之间传递的目光，以一种照他看来是非同寻常和令人陶醉的方式，否定了他俩貌似陌生的做作矜持，揭穿了它虚伪的性质——当那玻璃门咣啷一响，他的心便不无痛楚地收紧了，要知道他早已呼吸急促地期待着这一瞬的到来啊。

需要再交代一下：汉斯·卡斯托普内心对这位女病友的牵挂，他的感官和单纯的心胸对这个中等身材、步履轻飘、眼睛像吉尔吉斯人的女性的同情关注，一句话，他对她的迷恋——这个词可谓恰如其分，尽管它是"下边"平原上用的词；它可以唤起你的想象，一如那首小曲《多奇妙啊，你让我动心》也适合用在此地——在他独自静卧期间，已大大地增强了。清晨，他早早醒来，凝视着雾幔渐渐褪去的房间，或者傍晚，凝视着暮霭渐渐浓重的空际——还有塞特姆布里尼先生突然出现在他大放光明的房中那一刻，她的倩影都浮现在眼前，清清楚楚地浮现在眼前。这就是为什么，一看见那位人文主义者他脸就红了。在一天中切得零碎了的个别时段，他便会想起她的嘴唇，她的颧骨，她的眼睛——这眼睛的颜色、形状和位置都已深深铭刻在他心中，还有她松软的脊背，她脑袋的姿态，她裸露在上衣背后开口处的颈椎骨，以及她在薄纱底下隐约可见的臂膀。这啊，就是汉斯·卡斯托普能够轻轻松松打发掉时光的秘诀,如果我们对它秘而不宣,那仅仅因为在想着这些形象时他尽管幸福得要命,但幸福里却混杂着心灵的不安,而我们呢对此深感同情。是的,混杂其间的还有恐惧、震惊、悬望,以及总是游移于不确定、无边际和历险状态的内心空虚,还有无名的忧虑和喜悦,有时竟一齐突然压迫着年轻人的心——本来意义的和肉体的心——使他下意识地一只手扣着胸口这一器官所在部位,另一只手则举到额头——像搭凉棚似的遮在眼睛上方,声音低低地说:

"我的主啊!"

须知在额头后面藏着思想抑或似是而非的幻想,是它们赋予了那些倩影和形象过分甜美的性质。是它们咀嚼着舒舍夫人的慵懒随便、不拘小节,咀嚼着她的病态,以及由于病态而显肥胖丰腴的身体,和通过疾病显现出来的气质。这样的疾病,根据医生的说法,他汉斯·卡斯托普眼下已经染上啦。在这额头后面,他理解了舒舍夫人随心所欲地冒险的自由,她只是转过头来嫣然一笑,就消除了他俩之间存在的互不相识状态,好似他们根本不是社会生物,连腔也不必搭就已经彼此……正是这点叫汉斯·卡斯托普吓了一跳:吓的性质与当时他在体检室内猛一抬头,从约阿希姆的上肢突然看见了他的眼睛时一样——不同只是当时的惊吓乃基于同情与担忧,眼下在暗中作祟的却是性质全然不同的东西。

喏,话说在一个狭小的空间里,"山庄"的生活,一种实惠多多、条理分明的生活,又迈开了它均匀的步子——汉斯·卡斯托普一边期待着透视拍片,一边与好心的约阿希姆分享生活,和他一样严格地一个小时一个小时过下去。对于年轻的卡斯托普来讲,有这样的人相邻做伴大概很是不错。要知道,尽管只是病友关系,其中却饱含军人的真诚:这种真诚无须明言,自然就会促使他俩努力圆满完成疗养任务,视之为履行自己在平原上的义务的替代手段,为无形中加之于自己的职责——汉斯·卡斯托普够聪明了,对这个情况心知肚明。只不过呢,他也感觉到了自己那颗平民的心受到了它的节制和约束。——甚至也可能归之于这种相邻为伴关系,归之于约阿希姆的监督和示范作用,他确实放弃了一些过激和盲目的举动。因为他看得清清楚楚,勇敢的约阿希姆日复一日地抗拒着一种散发着橘子香味的氛围的侵袭;在这香氛之中,有一双圆圆的褐色明眸,两片小小、红红的嘴唇,阵阵无缘无故的嬉笑,一对丰满健美的乳峰;这一切一切和这氛围的影响侵袭,都令理性而自尊的约阿希姆惧怕和逃避;那份英勇悲壮不只感动汉斯·卡斯托普,也使他本身规矩和检点了不少,制止了他去向那位眼睛细长的女士比如"借一支铅笔"什么什么的——根据经验,要没有他那邻居兼伙伴的纪律约束,他很可能就这么干啦。

约阿希姆从来不谈爱笑的玛露霞,这也就等于禁止了汉斯·卡斯托普跟他提起克拉芙迪娅·舒舍。为了弥补自己的损失,他偷偷与坐在右手边的女教师交换情报,趁机拿她对那位女病友的溺爱挑逗这老姑娘,搞得她面红耳赤,自己呢却正经八百,俨然他那戴着西班牙硬领圈的祖父的样子。他还逼着她讲克拉芙迪娅·舒舍的个人情况,讲她的来历、她的丈夫、她病的性质，总之，告诉他一切新鲜的、值得知道的东西。她有没有孩子呢，他想了解。——哦不，她哪里有。像她似的女人拿孩子来干什么？很可能是严格禁止她生孩子——而另一方面：真要有，那些孩子又会怎么样？汉斯·卡斯托普不得不随声附和。即使打算生吧也太晚喽，他极为实事求是地揣度。有时候，从侧面看，克拉芙迪娅·舒舍的面部让他觉得有些瘦削。难道她已年过三十了吗？——恩格哈特小姐激烈反驳。克拉芙迪娅有三十岁？她充其量二十八。至于讲到她的侧面，汉斯·卡斯托普也完全是胡说八道。克拉芙迪娅侧着脸的小模样儿也柔和甜美，耐人寻味，没有任何健壮娘儿们的肥脸可比。而为了惩罚年轻人，恩格哈特小姐一口气不歇地接着讲：据她了解，克拉芙迪娅·舒舍夫人经常接待男士的来访，一位常客就是她住在达沃斯坪的俄国老乡；她总是下午在自己房里进行接待。

　　真个一枪射中要害。汉斯·卡斯托普脸都急歪了，尽管他想方设法控制，尽管他极力用"不至于吧""可瞧瞧"之类的废话进行搪塞。一开始他想对这样一位老乡的存在表现满不在乎，可是却办不到，便只好哆嗦着嘴唇把话题一次次引回到此人身上。年纪不太大吧？——年轻而又体面哩，根据她得到的所有情报，恩格哈特小姐回答；须知，仅仅依照自己个人的观感，她还不能下判断。——有病吗？——充其量有一点儿！——但愿呢，汉斯·卡斯托普挖苦道，他身上的衬衫比"差劲儿的俄国人席"那帮家伙干净点儿——恩格哈特小姐表示自己没有异议，以便继续惩罚年轻人。他呢只好承认，事情确实值得关注，接着就慎重认真地托付她，一定要搞清楚这个常来常往的老乡是怎么回事。几天以后，恩格哈特小姐没能给他带来进一步的消息，却打听到了一点儿全新的情况。

她了解到，克拉芙迪娅·舒舍正在让人画她，画她的肖像来着——并且问汉斯·卡斯托普，他是不是也知道呢。就算不知道，也可以深信不疑，她的情报来源可靠之极。就在这院里边，一段时间以来她便坐着给某人当画肖像的模特——具体给谁呢？给宫廷顾问！贝伦斯宫廷顾问！为办这件事，她几乎每天都去他的私人住宅。

这个消息比前一个更令汉斯·卡斯托普激动。接下来他说了一连串的蹩脚笑话。说什么：喏，肯定肯定，谁不知道宫廷顾问有那么两把刷子呢！——女教师想怎么着，谁都有这个自由，她管得着吗？至于在一个鳏夫家里嘛，至少要有米伦冬克护士长在场就好啦。——她多半没有时间。——"贝伦斯据说比护士长时间还更少。"汉斯·卡斯托普毫不让步。话说到这份儿上似乎事情已可了结，然而汉斯·卡斯托普远远不肯罢休，继续在那里刨根问底，非弄清真相不可：那画尺寸多大；只是头像，或是大半身像；还有都是在什么时候画的；——对这进一步的情况，恩格哈特小姐真的也无可奉告，只能安慰年轻人说，她愿意去进一步打探。

听到这个消息以后，一量体温，汉斯·卡斯托普又到了37.7℃。比起克拉芙迪娅·舒舍之接待访客来，她的频频造访鳏夫私宅更令他痛苦和不安。甚至也不管内容如何，克拉芙迪娅的私生活本身就已开始造成他的不安和痛苦；现在耳朵里又灌进这些意味暧昧的传言，他就更加心潮难平，苦不堪言啦！尽管那位时常来访的俄国老乡与她的关系，看来大致可能是理性的、纯洁的；但是随着时间的推移，汉斯·卡斯托普已逐渐倾向视这理性与纯洁为胡扯淡——同样，他也禁不住要生疑心，或者设法说服自己，使自己相信画油画肖像乃是一件正常的事情，而非在一位夸夸其谈的鳏夫跟一个眼睛细长、步履轻飘的少妇之间，有什么特殊的关系。宫廷顾问在挑选绘画模特时表现出来的审美趣味，跟他汉斯·卡斯托普自己的口味太一致了，他没法相信它的纯洁无邪，特别是当他想起贝伦斯那发青的脸颊，想起他那对布满血丝的金鱼眼。

最近几天，汉斯·卡斯托普独立地、偶然地发现一个新情况，虽然又再一次证实他口味不俗，却对他的心情产生了不同的影响。说的是在萨洛蒙太太和那个戴眼镜的饕餮学生那一桌，紧靠着侧面的玻璃门坐着一个病友，三十岁光景，头发稀疏，满口烂牙，说起话来吞吞吐吐。汉斯·卡斯托普听说是从曼海姆[①]来的——也就是在晚上的娱乐时间偶尔弹弹钢琴，而且是十有八九都在弹《仲夏夜之梦》里的《婚礼进行曲》的那位。据说这位老兄非常虔诚，而在山上的人们当中，可以理解，他这样的情况很不少，有谁告诉过汉斯·卡斯托普。还讲他每个礼拜天都去下面"坪"上赶弥撒，在静卧时读的都是经书，书封上总装饰着圣

---

① 曼海姆，德国城市。

杯和棕榈叶的那种。有一天，汉斯·卡斯托普突然发现，这家伙的目光不知怎的竟和他自己的目光射向了同一个地方，也系挂在了克拉芙迪娅·舒舍夫人那柔软婀娜的身体上，而且神情是那样的急切、卑怯、可怜巴巴的，就像一只小狗。自打汉斯·卡斯托普发现了这情况，就忍不住一次又一次地想去证实。每晚他都看见这人站在娱乐室的疗养客中间，神不守舍地盯住那位尽管毛病很多却挺可爱的女人；她呢坐在对面小客厅中长沙发上，和鬈发蓬松的塔马拉小姐——一位富有幽默感的姑娘，还有布鲁门科尔博士以及同桌那个弓背溜肩的男士闲聊；只见曼海姆人时不时地转过身去，东站站西走走，最后又慢慢地扭回头来，斜着一双苹果似的大眼睛，惨兮兮地低垂着兔子似的上嘴唇，在那里偷觑着小客厅里的人。每当餐厅的玻璃门哐啷一声响过，舒舍夫人溜到了她的座位上，汉斯·卡斯托普便看见他脸红筋胀，眼睑低垂，可紧接着却抬起眼来，贪婪地窥视。卡斯托普还多次发现，这可怜虫吃完了饭站在餐厅出口和"好样儿的俄国人席"之间的过道上，为的是等舒舍夫人从他身边经过，尽管人家对他视而不见，他却几乎用眼把近在身旁的尤物吞下去，目光里含着无尽悲伤。

这个发现，说来给年轻的汉斯·卡斯托普震撼也很不小，尽管曼海姆人可怜而贪婪的盯视，并不像克拉芙迪娅与贝伦斯顾问私下来往那样叫他不安；因为这一位的年龄、身份、地位等都比他优越得多。克拉芙迪娅压根儿不关心有没有这个曼海姆人——如果有这个问题，以汉斯·卡斯托普的精细聪明不会不察觉；也就是讲，在这一次他心灵感受到的并非嫉妒的酸楚刺痛。可是他心里仍五味俱全，刚刚体验的则是激情和陶醉，当其在外界也发现了自身存在的时候；那真是一种古怪之极的情感杂烩啊，既有恶心反感，又有同病相怜。为了继续往下讲，我们不可能刨根问底，条分缕析。反正，对于汉斯·卡斯托普来说，一股脑儿发生的事情实在太多，即使只发现了一个曼海姆人的情况吧，也够这可怜的小伙子好好咀嚼一阵的。

就这样，汉斯·卡斯托普等着透视拍片的八天过去了。日子倏忽即逝，他完全不曾察觉；可是有一天早上，在第一次进餐的时候，他就接到米伦冬克护士长的指令——这女人脸上又长了一颗疣子，不可能是原来那颗，显然属于良性，但对她的尊容起了不小的破坏作用——要他下午前去透视室，他才感到期限确实到了。医生要他和表兄一块儿去，在喝茶前半小时；因为趁此机会也要为约阿希姆重新拍张片子——前边那张必定给认定已经过时喽。

如此一来，今天中午的主要静卧就缩短了三十分钟，钟一敲三点半表兄弟俩就已走下石台阶，"下到"了名不副实的地下层，一块儿坐在那将透视室与诊疗室隔开的小候诊室里。约阿希姆心气平和，觉得眼前不会有什么新情况；汉斯·卡斯托普满怀期待，微微发烧，因为从来还没人窥视过他身体的内部。也不止他们两人：他们一跨进候诊室，就发现已有些人坐在里边等着，膝头上摊开一本本扯破了的画报杂志。早来的病友中有个体格魁梧的瑞典青年，在餐厅里跟塞特姆布里尼先生同桌，人说他四月份来的时候病重得人家都差点儿不想收了，谁知一下子体重增加八十磅，眼看就要痊愈出院喽。还有"差劲儿的俄国人席"的一个女的，一位母亲，本身就可怜兮兮的样子，带着个更加可怜兮兮的小儿子名叫萨沙，鼻子长长的丑东西一个。就是说这几位比表兄弟俩等得更久，显然是排在他们前面；看来旁边的透视室里出现了延误，多半要坐冷板凳啦。

透视室内很是忙碌，可以听见宫廷顾问下达指示的声音。时间到了三点半或者多一点儿，透视室的门终于开了——一个在这下面工作的助理技师拉开了它，一开始被放进去的幸运儿只是那位瑞典壮汉；前一位接受透视的病号，显然已经从另一扇门给请出去了。现在检查进行得更加迅速。十分钟后，就听见那位完全康复了的斯堪的纳维亚人，那块达沃斯和"山庄"疗养院的活动广告，迈着雄健的步伐穿过走廊走远了；于是轮到了那位带着儿子萨沙的俄国母亲。就像方才瑞典人进去时一样，汉斯·卡斯托普又窥见透视室中光线晦暝，也就是说处于一种人为的半明不暗状态，情形与在另一边的克洛可夫斯基博士的心理分析室完全一样。窗户全挂着帘子，遮挡住了阳光，亮着的只是几盏电灯。正当汉斯·卡斯托普目送着被放进去的萨沙和他母亲——谁知就在这时，通走廊的门开了，下一个奉命透视的病号跨进了候诊室，由于存在延误而显得早了点儿，可来者偏偏是克拉芙迪娅·舒舍夫人。

突然出现在小屋中的正是克拉芙迪娅·舒舍；汉斯·卡斯托普一认出她就睁大了眼睛，同时清楚地感觉到血液正从脸颊上消退，下巴又变得松弛无力，嘴不由得便张开来了。适才房里克拉芙迪娅根本连影子都没有，却不经意似的突然就闯进来啦，一下子就跟表兄弟俩同处于一个小小的空间中。约阿希姆迅速抬眼望了望汉斯·卡斯托普，接着很快又垂下眼睑，还将本已放下的画报再从桌子上抓起来，用它遮挡住面孔。汉斯·卡斯托普缺少如法炮制的决断能力，脸白过之后又变得绯红，心脏怦怦怦地跳动。

舒舍夫人在一把圆形的小靠椅里落了座；椅子挨着通透视室的门，两只扶手残损严重，活像退化了的动物肢体。只见她身躯后仰，稍稍地跷着二郎腿，两眼凝视前方，还是那双普希毕斯拉夫的眼睛，只不过意识到有人在端详自己，目光就神经质地偏转了一点儿，有些个斜睨的味道。她身穿白色高领绒线衫和蓝色裙子，怀里摊着一本看样子是从图书馆借来的书，用鞋后跟在地板上轻轻敲击出啵啵啵的响声。

如此坚持大约一分半钟，她就改变了姿态。她环顾室内，站起身来，一副仿佛不知如何是好和无所适从的样子——同时开始说话。她是在问什么，提问的对象为约阿希姆，尽管这位装出在专心看画报，而汉斯·卡斯托普却坐在那儿无所事事。她嚅动着嘴，声音从喉管里发出来。这嗓音并不低沉而略显尖厉、沙哑，听上去颇为悦耳。汉斯·卡斯托普他了解——老早以前就了解，有一次甚至近在眼前听到过。曾经，就是这个声音对他本人说过："很乐意，只是下了课你一定得还给我。"只不过当时说得要流利一些，肯定一些；眼下话却有点儿拖沓、破碎，说话的人不拥有天然的权利，有也只是临时借来的，汉斯·卡斯托普已经多次怀着某种优越感听她这么说话，尽管包围着这优越感的是倾倒陶醉。只见克拉芙迪娅·舒舍一只手插在绒线上衣的口袋里，一只手托着后脑勺的发结，问：

"对不起，您预约的是几点钟？"

约阿希姆迅速地瞅了表弟一眼，尽管坐着仍一并脚跟，回答：

"三点半。"

克拉芙迪娅又开了腔：

"我约的是三点三刻。怎么搞的？马上就四点了。刚才还有两个病人，不是吗？"

"是的，有两位，"约阿希姆回答，"他们排在我们前边。工作出现了拖延。整个进度看来给推迟了半小时。"

"真讨厌！"她说，手神经质地抚摩着头发。

"可不，"约阿希姆应道，"我们也等了快半个钟头啦。"

他俩就这么一问一答，听得汉斯·卡斯托普仿佛在做梦似的。约阿希姆跟克拉芙迪娅·舒舍之间对话，几乎就等于他自己与她在你一言我一语——尽管这自然又有那么一点点显著的不同。约阿希姆的那个"可不"令汉斯·卡斯托普不快，在当时的情境中让他觉得放肆无礼，至少是轻浮了点儿。然而归根到底他约阿希姆可以跟她如此说话——他可以跟她说话这件事本身，也许再加上那放肆的"可不"，都在汉斯·卡斯托普面前表现了他的优越——差不多就像他在被问到准备待多久时回答"三个礼拜"，他汉斯·卡斯托普也同样在约阿希姆和塞特姆布里尼面前显出过自己的优越。尽管约阿希姆用画报遮住了脸，克拉芙迪娅还是与他搭腔——肯定因为他是个老病号,他的模样人家更熟悉;不过可能还另有原因:在眼前的情境中,他俩之间一般应有如仪的交际,顺理成章的对答,是压根儿不存在什么狂野、深沉、可怕和隐秘性质的。要是和他们一起在这里候诊的换成另一个人,换成一位褐色眸子、手上戴着红宝石钻戒、身上散发出橘子香味的某某,那轮到说那一声"可不"的可就是他汉斯·卡斯托普啦——说得既坦然又无拘无束,一如他面对着她总是坦然和毫无拘束。"可不是嘛,真的很讨厌,可爱的小姐!"他没准儿会讲,没准儿还呼地一下从胸前的口袋里扯出手巾,用它来擤鼻涕呢。"请您耐心点儿。咱们处境就这样啊。"约阿希姆呢,会惊讶他的轻浮——不过多半不会真正希望与表弟交换角色。不,事情明摆着的,他汉斯·卡斯托普才不嫉妒约阿希姆呢,尽管眼下可以与克拉芙迪娅·舒舍交谈的是他。她跟表哥搭腔的事实他已经认啦;她这么做是顾及眼前的处境,同时也表现出来,她清楚意识到了这样的处境……汉斯·卡斯托普的心狂跳不止。

约阿希姆对舒舍夫人的态度随便自然,由此汉斯·卡斯托普甚至感觉出了表兄暗中对这位女病友所怀的些许敌意。这尽管让他极为震惊,却仍旧忍俊不禁——克拉芙迪娅试图在房里转一转,然而没有地方,只好也从桌上拿起一本画报,回去坐在那把扶手残损的小圈椅里。汉斯·卡斯托普坐在一旁盯着她,按照祖父的榜样挺直了脖子,学得像是很像,但有点儿可笑。舒舍夫人又一条腿架在另一条腿上,以致膝头,不,整条腿修长的曲线都从蓝色呢料裙子下边凸显了出来。她不过中等身材,也是汉斯·卡斯托普心目中女性最理想和适当的身材，然而腿却长长的，髋部也不太宽。她没有仰靠在那里，而是前倾着身子，下臂交叉着撑在上面的大腿上，曲着背垂着肩，因此颈椎凸露，不，甚至背脊骨也差不多从紧身的绒线衫底下显现了出来；她的乳房不像玛露霞似的丰满和高耸，而是小小的，从两边向中间收紧了，如同一个处女。突然之间汉斯·卡斯托普想起来，她也是在这儿等着透视哩。宫廷顾问替她画像，用油和颜料把她的外形再现在麻布上。现在呢，他将在半明不暗的光线中窥视她，她呢则将自己身体的内部裸露在他面前。想到这儿，他表情庄重而阴沉地扭开了脑袋；在当前的情况下，他似乎觉得选择这样一个带保留并合乎道德的表情，即使面对自己也是适宜的。

在小小候诊室里三人共处的时间不长。里边医生看来没跟萨沙和他母亲多啰唆，而是铆足了劲儿，要把延误的时间追上。门又由穿白大褂的助理技师拉开了，约阿希姆一边站起来，一边把画报扔回到桌上；卡斯托普跟着朝门口走去，内心却不无犹豫踌躇。他脑子里倏然闪过一串颇有骑士风度的考虑：是不是应礼貌地跟人家招呼一声？是不是该把轮位让给她呢？如果要这样做，也许甚至使用法语，于是急忙搜寻肚子里的法语单词和句型。可是他不清楚，此地是否时兴这样的礼貌，遵守既定排序的意义是否超乎骑士风度之上。约阿希姆想必是清楚的；既然如此，他却毫无让在场这位女士占先的样子，尽管汉斯·卡斯托普急切地给他递眼色他仍不为所动，这一位也就只好跟上表兄，穿过候诊室的门进了透视室。在他经过舒舍夫人跟前的时候，她连腰都没直起来，只是眼睛匆匆向上瞥了一瞥。

刚刚过去的经历，那最后十分钟的历险，令汉斯·卡斯托普心神恍惚，他的内心状态不是一跨过门槛进入透视室，就调整得过来的啦。在室内人造的昏暗中，他什么也看不见，或者说眼前一片模糊。只听见身后舒舍夫人以沙哑却悦耳的声音讲："怎么搞的……刚才还放了人进去……真讨厌……"这嗓音令他背脊发凉，给他以甜蜜的刺激。他看见她凸显在蓝色呢子裙下的膝头，看见她从发结中松脱出来的金色而略偏淡红的鬈发，看见她鬈发底下弯曲的脖颈，以及与之相连的凸露脊椎，想到所有这些，汉斯·卡斯托普禁不住又一次不寒而栗。贝伦斯宫廷顾问背冲着走进来的表兄弟俩，站在一个柜子或者一面壁架前边，朝天花板上微弱的灯光举起手臂，在那儿仔细观看手里拿着的一张黑乎乎的胶片。他俩经过他身边往里走，助理技师赶了上来，忙着为他们做检查和透视的准备。室内气味异常特别。空气中充斥着残留的臭氧味道。在两扇挂着黑帘子的窗户之间，一道隔板将房间分成了大小不等的两半。可以辨认出物理实验仪器、各种玻璃器皿、一面面开关板、耸立着的测试仪，可还有一架装着滑动底座的照相机似的大箱子，以及成排地嵌在墙上看底片的玻璃板框——真叫人摸不清是在一位照相师的工作室即暗房中呢，还是在一位发明家的实验室里，或是在一个巫师的丹房里。

约阿希姆二话没说，便开始脱掉身上的衣服。那个助理，一位身材矮胖、面颊红润、身着白大褂的本地青年，要求汉斯·卡斯托普也做同样的事。透视快着哩，马上就会轮到他……汉斯·卡斯托普正在脱马甲，贝伦斯已从刚才站的小间过大间来了。

"哈啰！"他道，"这可不是咱们的狄俄斯库里吗！卡斯托耳和波吕丢刻斯①……拜托拜托，别唉声叹气啦！请等一等，马上就给二位透视。我相信，卡斯托普，您害怕我们看您的内部？放心好了，完全无伤大雅。这儿，您不是参观过我的私人画廊了吗？"说时已抓住汉斯·卡斯托普的胳臂，把他拽到了那一排黑色玻璃板前边，在后面啪地一下揿亮了电灯。玻璃板亮起来，显现出它们的图像。汉斯·卡斯托普看见了各种肢体：手、脚、膝盖、大腿和小腿，以及胳臂和骨盆。不过只是人身体各个部分图解式的轮廓，缺少清晰和丰满，仿佛为雾霭和白色的光影围绕，清楚显现出来的仅为一具尸骨而已。

"挺有意思。"汉斯·卡斯托普说。

"绝对有意思！"贝伦斯应道，"是有益于青年人的直观形象教育。这光电解剖图，您懂吗，乃新时代的一个胜利。这是只女人的胳臂，显得秀气可爱。在幽会时她们曾用以拥抱情人喽，您明白。"说时他笑开了，笑得胡髭修得短短的上嘴唇翘向了一边。图形消失了。汉斯·卡斯托普转到旁边，来到约阿希姆做拍片准备的地方。

那是在宫廷顾问曾经挨着站过的壁板另一面。约阿希姆坐在一张像是理发室的椅子上，胸部紧贴着一块板子，双臂还把板

---

① 都叫狄俄斯库里的卡斯托耳和波吕丢刻斯是希腊神话中著名的两兄弟，前者善骑马，后者善战斗。

子抱住；助理技师则扳着他的身体，帮他调整姿势，或把他的双肩继续往前推，或按一按他的背。然后他转到摄影机背后，跟个照相师似的躬起腰，叉开腿，检查机器里的形象，满意了才向旁边挪动挪动身体，要求约阿希姆深深吸一口气，并且把气憋住一直坚持到透视完全结束。约阿希姆滚圆的脊背膨胀开来，停住在那里。就在这一瞬间，技师在开关板上进行着必要的操作。为了穿透物质而不得不耗费巨大的能量，也即上万伏或是十万伏的电能，汉斯·卡斯托普相信自己没记错。有两秒钟之久，这些能量显示出了可怕的威力。它们尚未完全驯服和派上用场，已通过其他路径发泄不满。放电的声音像打枪一样尖锐刺耳。测量仪咔嗒咔嗒闪着蓝光。长长的电火叽叽喳喳地蹿上墙壁。不知何处还有一只眼睛似的红灯监视着室内，无声而具威胁；而在约阿希姆背后，一个长颈玻璃瓶则在慢慢地变绿、变绿。最后一切全平静下来：形形色色的闪光消失了，约阿希姆随着一声叹息也呼出了气。拍片成功。

"下一个！"贝伦斯道，同时用胳膊肘顶了一下汉斯·卡斯托普，"只是别装模作样！您可以免费得到一张片子，卡斯托普。将来您还可以把它投影到墙上，让儿孙们窥见你胸部里的秘密呢！"

约阿希姆退下来；技师换了一张片子。贝伦斯宫廷顾问亲自指导新来的人，教他如何坐，如何摆架势。

"搂住！"他指示卡斯托普，"搂住这块板子！要我说啊，您不妨想象搂的是别的什么！胸口贴紧，好像能得到甜蜜幸福的感觉！这就对啦。吸气！停！"他命令，"劳驾，别愁眉苦脸好不好！"

汉斯·卡斯托普眨巴眨巴眼睛，紧张地等待着，肺里充满了空气。接着他背后便开始电闪雷鸣，乒乒乓乓、吱吱咝咝、咔嗒咔嗒，好一会儿才安静下来。那机器的镜头已观察完他的内部。

他下了座位，刚才发生的事情仍叫他心神恍惚，脑袋发晕，尽管一点儿也没感觉到有什么透过了身体。"好样儿的，"贝伦斯宫廷顾问说，"现在就让咱们亲眼瞧瞧吧。"这时同样还晕乎乎的约阿希姆已经往前走，站在了靠近门边的一个三脚架跟前，背冲着一台构造庞杂的大机器，在相当于人背部高度的地方，看得见一只插着蒸馏管的蒸馏瓶，瓶里装了一半的水；在他面前齐胸高的地方，一条带滑轨的绳子上悬着块装了框子的荧光屏。在他的左手边，有一个开关板和一大堆仪器，中间则耸立着一个红色的警示灯。宫廷顾问跨坐在悬吊着的荧光屏前的圆凳上，打开了警示的红灯。室内的顶灯灭了，只剩下红光照明。随后大师一下子把红灯也关掉了，透视室里便一片漆黑。

"眼睛先得习惯一下，"黑暗中传来宫廷顾问的声音，"为了看清想看的东西，咱们必须先把瞳孔放得很大很大，就像猫儿们一样。这道理您肯定明白，不先适应，用我们白天习惯了的眼睛什么也看不清楚。首先咱们必须从意识中赶走白天那些快活景象。"

"当然当然，"站在宫廷顾问身后的汉斯·卡斯托普应道，同时闭上了双眼，睁着闭着反正一样嘛，黑得跟在夜里似的，"咱们必须先用黑暗洗洗眼睛，才能看清这玩意儿；事情明摆着。我甚至觉得这样更好，先可以定定神，也就是所谓静静地祷告一下。我站在这里,闭上了双眼,觉着跟快入睡似的舒服哩。可是,这儿有点儿什么气味儿?"

"氧气味道,"宫廷顾问回答,"您在空气里嗅到的正是氧气来着。室内放电引起的大气反应,您明白我的……睁眼!"他道,"这会儿开始作法啦!"汉斯·卡斯托普立即遵命。

听得见扳动手柄的响声。一只马达开动起来,对空中发出狂叫,可再一扳手柄就驯服、规矩了,地板随之开始均匀地震颤。那长长的、竖直的红灯一闪一闪,从对面送来无声的警示。不知何处响起了放电的噼里啪啦声。慢慢地,那四方形的荧光屏闪着乳白色的微光,像一扇透光的窗户似的从黑暗中显现了出来;贝伦斯宫廷顾问骑坐在屏幕前那张鞋匠坐的圆凳上,叉开两腿,拳头撑在腿上,扁平的鼻头紧贴着荧光屏,在那里窥视着一个人的五脏六腑。

"瞧见了吗,小伙子?"他问……汉斯·卡斯托普把上身探过他的肩膀,伸出脑袋,到了估计是约阿希姆眼睛的地方——这双眼睛可能又目光温柔而且忧郁,像上次体检时那样,问:

"你允许吗?"

"请吧,请吧。"约阿希姆在黑暗中语气随和地回答。

于是,脚下感觉着地板的震颤,耳里充斥着各种机器发出的噼啪声和嗡嗡声,躬身探头的卡斯托普就透过乳白的荧光屏,窥见了约阿希姆·齐姆逊空空如也的躯干。胸腔和脊椎连在一起,变成了暗淡、松软的骨骼。前后肋骨交错、覆盖,背后的肋骨颜色显得淡一些。两片锁骨往旁边翻得挺厉害;由明亮的肌肉软组织包裹着，凸显出来约阿希姆细瘦的肩胛骨和上臂的尺骨。胸腔内挺明亮，但仍区分得出一组血管，几点暗斑，还有一团黑乎乎的什么。

"图像清晰，"宫廷顾问说，"挺精瘦的，标准的青年军人。我曾碰见些大胖子——穿透不过去，几乎一无所见。看来还得发明一种射线，能透过厚脂肪层的射线……眼下这活儿可干净喽。这儿是横膈膜，瞧见啦？"他边说边指点荧光屏下边的一道暗黑弧线，只见它不停地一胀一缩……"您瞧左边这儿这些结节，这些隆块？它们是他十五岁时患胸膜炎的结果。深呼吸！"他命令，"再深一点儿！我说再深点儿！"但见约阿希姆的横膈膜颤抖着膨胀起来，胀大到了不能再胀，两边肺的上半部分随之显得明亮，可是宫廷顾问仍不满意，"还不够！"他说，"您看见肺门淋巴腺了吗？您看见粘连了吗？这儿，您看见空洞了吗？就是这些地方产生的病毒，弄得他头昏脑胀的。"然而汉斯·卡斯托普的注意力却让一个袋状物——一个形象丑陋的活动的物体——给吸引去了；它隐隐约约显现在中间那条胸骨的后面，从观察者的方向看去则大部分处于右侧；它均匀地一胀一缩，有点儿像只游动的水母的样子。

"您在看他的心脏？"贝伦斯宫廷顾问问卡斯托普，说时再次将一只巨手从大腿上举起来，用食指点了点那搏动着的悬垂物……伟大的主啊，他汉斯·卡斯托普看见的原来是心脏，约阿希姆那可亲可敬的心脏啊！

"我看见你的心啦！"汉斯·卡斯托普压低嗓音说。

"请吧,请吧。"约阿希姆仍旧回答,看样子多半会谦逊地微笑着,在那边的黑暗中。然而宫廷顾问禁止表兄弟俩开口讲话,禁止他们交换任何感受。他自己研究着那些斑点线条,还有那胸腔内黑乎乎的乱线团子;与此同时,一旁的窥视者也不知疲倦地在观察约阿希姆将来死后的形象,也就是一具冷冰冰、光秃秃、时时警醒着世人的骷髅。汉斯·卡斯托普顿生敬畏。"是的,是的,我看见了,"他一再重复,"我的上帝,我看见了!"他想起曾经听说过一位夫人,迪纳倍尔舅公那边早已过世的一位远亲——据说她天生有一种成为她沉重负担的本领,一种令她痛苦的天赋,就是在她的眼里,那些行将就木的人都会变成为骷髅。眼下汉斯·卡斯托普看善良的约阿希姆就是这个样子,尽管是借助物理学和光学的仪器来看的,尽管这没有任何意义,尽管也一切正常,还明确征得了约阿希姆本人的同意。可话虽如此,对于那位具有特异功能的老长亲,对于她那悲惨的命运,他心里仍旧油然而生出了同情理解。汉斯·卡斯托普激动不安,因为刚才见到的景象,或者确切地说因为它们竟被他所看见;他感到心灵正遭受一些隐秘的怀疑刺痛,怀疑这里的所作所为是不是合理正常,怀疑他在震颤、喧嚣的黑暗中窥视是不是真的允许。此刻,在他胸间,窥探到秘密的畸形快意与感动和虔诚的情绪杂糅在了一起。

可没过几分钟,他自己已绑在风雨雷电中的耻辱柱上,约阿希姆则全身而退,在一旁穿起衣服来了。贝伦斯宫廷顾问再次透过荧光屏进行窥视,这次看到的却是汉斯·卡斯托普的内脏。他压低嗓音在那里嘀咕，不时地咒骂两句，来上一串俗语，由此可以听出，透视的情况与他的期望相符。他还相当友好，经过汉斯·卡斯托普的恳求，竟同意了患者透过荧光屏看一看自己的手。如此一来，年轻人就看见了他必定期望看到，然而不是人本该看到，他呢也从来做梦都想不到可能看到的东西：他自己的死亡和坟墓。借助光学的力量，他提前见到了日后肌体的腐烂朽坏，他凭借着行走的肉皮囊分离剥落了，化成了虚无缥缈的雾霭，里面包裹着他右手那可怜巴巴的细骨头，在无名指的根部悬着一圈黑色的箍箍，就是那枚从祖父手上遗传给他的印章戒指：这是世人用来装饰自己肉体的硬东西，戴着它的肉体注定要瓦解，它却会获得自由，并转到另一个肉体身上再戴一阵子。他卡斯托普用那位迪纳倍尔家族老长亲的眼睛，能够远观未来的、有穿透力的眼睛，看见了自己身体最熟悉的一部分，并有生以来第一次懂得了他将来会死。想到此他扮了个鬼脸，就跟他每次听见山下飘来乐声时一样——就是半傻不傻、昏昏欲睡再加上虔诚的模样，微微翕张嘴巴，脑袋耷拉在肩膀上。宫廷顾问道：

"怎么样，怪邪乎的吧？是的，不能不承认有些个邪乎。"

说完，他制止了那些作祟的力量。地板平稳了，灯火消失不见，那扇魔法小窗重新隐没在了黑暗中。室内的顶灯亮了。利用汉斯·卡斯托普穿衣服的时间，贝伦斯院长给年轻人略略讲解了一下观察结果，内容和难度都在他们这两个外行所能理解的范围之内。尤其是汉斯·卡斯托普，透视确凿无疑地证实了听诊的结论，完全可以用科学的名誉担保。既看见了老病灶，又发现了新鲜的；条状阴影从气管延伸到了肺里边——"带有结节的条条"，汉斯·卡斯托普自己可以在片子上再检查检查，片子会马上送到他手里，已经说过了。也就是说要冷静、耐心并表现出男人的自制力，要量体温、吃饭、静卧并且平心静气地等待。他说罢背转了身。表兄弟俩离开透视室。汉斯·卡斯托普跟着约阿希姆往外走，目光却越过了他的肩头。但见助理技师拉开了门，克拉芙迪娅·舒舍夫人正走进透视室。

自　由

年轻的汉斯·卡斯托普究竟感觉如何？而今他已实实在在地、确凿无疑地在这山上的人们中度过了七个礼拜，他是不是会感觉好像才只七天呢？或者他感觉正好相反，他在这个地方生活的时间似乎已经很长，比实际的长得多？他既在内心问自己，也实际上向约阿希姆提出了这个问题，只是呢都没有得到明确的解答。也许两者都对吧：那些在此地度过了的时日，他回顾起来既觉着短得不自然，也觉着长得不自然，就是不肯让他产生合乎现实情况的感觉——产生这种感觉得有个前提：时间原本即是自然，因此把现实的概念与时间联系起来才是可行的。

无论怎么说吧，十月已经站在门口，任何一天可能跨进门来。对于汉斯·卡斯托普来说，要计算出这个也非难事，何况他还常常旁听病友们的谈话，并从中获得了启示。"您知道吗，再过五天又是一号啦！"她听见赫尔米娜·克勒费特在对他们协会的两位年轻先生说。两人中的一个是大学生拉斯穆森,另一个是名叫根泽的厚嘴唇青年。午餐过后,食堂里还满是饭菜气味,他们闲侃着在桌子之间东走走,西站站,就是不肯回去静卧。"十月一日,我看见管理处的日历上标出来了。它将是我在这座乐园里度过的第二个这样的日子。真美啊,夏天已经过去,要是真有过夏天的话;就像生活已在骗人,夏天也在骗人,一切一切统统在骗人喽。"说完她用自己的半边肺叹口气,摇了摇头,一双迷茫、愚蠢的眼睛盯住天花板。"好玩着呢,拉斯穆森!"她接着说,同时拍了拍同伴的溜肩膀,"您可以随便讲笑话!"——"我知道的笑话很少,"拉斯穆森回答,两只手像鱼的鳍似的垂在胸前,"而且也讲不出笑话来啊,我一直困得要命。"——"这样或类似这样活下去,"根泽咬咬牙说,"连狗都不乐意,对吧?"大伙儿耸耸肩膀,一齐笑了起来。

可还有塞特姆布里尼,也嘴里含着牙签,站在离他们不远的地方。在走出餐厅的当口,他对汉斯·卡斯托普说:

"别相信他们,工程师,永远别相信他们,在他们诅咒人生的时候!他们无一例外地都在那里诅咒,实际上呢在此地感觉比在家里还舒服。生活懒散放荡却要求得到同情,自以为有权利叫苦连天,有权利冷嘲热讽,玩世不恭!'在这座乐园里!'难道这不真是一座乐园吗?我想说是,而且是座意义暧昧的乐园!那女的说'骗人',说'这座乐园骗走了她的生活'。可您让她回平原上去好了,她在那里生活方式一变,结果无疑是又拼着命要赶快再到山上来。哎呀呀,好个冷嘲热讽,怨天尤人!您可得当心啊，工程师，当心这种此地正时兴的生活态度！当心这样一种精神状态！从前，嘲讽作为一种直率和经典的修辞手法，是一刻也不会被健康的意识误解的；没有了这个前提，它就会蜕变为轻浮油滑，蜕变为文明的障碍，蜕变为不干不净的打情骂俏，而这些又是与停滞、愚昧和罪恶连在一起的。我生活于其中的气氛，显然很有利于这一沼泽植物的生长，因此我有理由希望，或者说又不得不担心，您能够理解我的意思。"

意大利人的这一席话，如果在七周之前在平原上对汉斯·卡斯托普讲，那可真只能是对牛弹琴；可现在在山上待了一段时间，他的精神已做好准备，能接受其中的意义了：接受在此意味着智性的理解，同时还必然有感性的同情，后者也许更有意义。因为尽管他从心底里感到高兴，塞特姆布里尼现在——虽然在他们之间发生了那许多事情——仍旧愿意继续和他讲话，继续教导他、警告他，继续企图对他产生影响，他自己的理解力却已得到大大的发展，已经可以对塞特姆布里尼的话做出自己的判断，至少是可以在一定的程度保留对它们的赞同了。"你瞧，"卡斯托普想，"他谈起嘲讽来也跟谈音乐一样，只差没有称它'政治上的反感'，自从它不再是'直率的、经典的修辞手段'那一刻起。然而一种'没有任何时候会被误解'的嘲讽，它又是怎么样的呢？如果也允许我发言，我就要以上帝的名义提出疑问。那多半会是干巴巴的教条喽！"——年轻人在接受教育时就如此忘恩负义。他们接受你赠送的礼品，为的只是拿过去以后好吹毛求疵。

将自己的不满形诸言语，在汉斯·卡斯托普看来毕竟还是太冒险。再说，他对塞特姆布里尼持有异议，还局限在后者对赫尔米娜·克勒费特小姐的批判上；这批判在他看来有失公正，或者说由于特定的原因他主观上喜欢认为它不公正。

"她可是有病哩！"他说，"她的的确确病得很严重，完全有理由对生活感到绝望嘛！对她您还想要求什么？"

"有病和绝望，"塞特姆布里尼回答，"经常也只是放浪形骸的形式罢了。"

那莱奥帕尔迪呢，汉斯·卡斯托普暗想，他不是甚至对科学和进步都感到绝望吗？还有他自己，这位教育家先生呢？他不是自己也有病，并经常来山上养病，卡尔杜齐看来是不会喜欢他的。卡斯托普说出口来的只是：

"您倒好哦。克勒费特小姐随时都可能一命呜呼，您却称她放浪形骸！想必您对自己能解释得更清楚吧。要是您对我说：疾病有时是放荡的结果，那倒还可信……"

"非常可信，"塞特姆布里尼抢过话头，"人格担保，我以后坚持这么讲，您满意了吧？"

"您或者也可以讲：有病必然不时地成为放荡的借口——这个说法我也能够接受。"

"不胜感激！"

"然而疾病是放荡的一种形式吗？就是说：它并非产生自放荡，而本身就是放荡？这可就荒唐啦！"

"噢，工程师，我请您别节外生枝！我藐视荒唐的奇谈怪论，也恨它们！我刚才对您说的关于嘲讽的话，您不妨全都视为我也是针对它们说的,而且这里还有些补充!荒唐的奇谈怪论是游手好闲开出的罂粟,腐朽的精神闪烁的磷光,放荡中最大的放荡!再说我可以断言,您又在替疾病作辩护……"

"不,我是对您的话感兴趣。它正好让我想起了克洛可夫斯基博士在礼拜一作报告时的某些论点。他也宣称,机体的疾病乃是一种从属现象。"

"一个不彻底的唯心主义者。"

"您不赞成他什么?"

"就是不赞成这个。"

"您讨厌分析吗?"

"不总是讨厌。——既很讨厌,也很赞成,因时而异,两者交替,工程师。"

"这叫我怎么理解呢?"

"分析作为启蒙和文明的工具是好的,可取的;之所以好,是因为它动摇愚昧的固执想法,瓦解原始的成见,葬送虚假的权威,换一种讲法,好就好在它解放、纯化思想,使人变得像人,让奴隶成长为自由人。分析又坏,很坏很坏,如果它妨碍行动,侵蚀生活的根基,无力塑造生活。分析可能是一件很乏味的事情,乏味得就像死亡,事实上它本来也可能属于死亡——与坟墓挺亲近,与尸体解剖挺亲近……"

咆哮得好,雄狮!汉斯·卡斯托普忍不住想;他已习惯如此,每当塞特姆布里尼先生说教的时候。不过他说出来的只是:

"最近我们在地下室里接受了光学解剖。贝伦斯在给我们做透视时这么称呼。"

"噢,这个台阶您也上啦。喏,结果呢?"

"我看见了自己手的骨架,"汉斯·卡斯托普回答,同时努力想唤回那一刻心中涌起的感觉,"您有没有啥时候也要求看一看?"

"没有,我对自己的尸骨丝毫不感兴趣。医生结论如何?"

"他看见了条状阴影,带结节的条状阴影。"

"魔鬼的奴仆!"

"您有次也这么称呼贝伦斯顾问。您这是什么意思?"

"请您相信,这个称呼太适合他啦!"

"不,您不公平,塞特姆布里尼先生!我承认,这人有他的缺点。他那个说话方式,我自己听久了也感觉不舒服,经常有些个霸道;特别是当你想到,他曾经历过巨大的苦闷,在这山上失去了自己的妻子。可是总的看来,他却是一位何等劳苦功高的、可敬的男子,一位受苦受难的人们的恩人哦!最近我碰见他做完手术出来,做的是一个摘除肋骨的手术,那可是又得掰又得锯的啊!他刚完成了一件艰难而有益的工作,一件他十分在行的工作,他当时的样子给我留下了深刻的印象。当时他还满头大汗,为酬劳自己而点上了一支雪茄。我真是羡慕他呀。"

"您说得很好。可您的刑期呢?"

"他没给我定期限。"

"也不错。那咱们静卧去吧,工程师。各就各位。"

他俩在三十四号房间门前准备分手。

"喏,上您的屋顶去吧,塞特姆布里尼先生。大家在一起比单独一个人静卧，肯定有意思些。你们交谈吗？和您一块儿静卧的，是不是些有趣的人？"

"唉，净是些巴息人和徐西亚人！①"

"您指俄国人？"

"还有俄国女人，"塞特姆布里尼先生说，说时嘴角绷得很紧，"回见，工程师！"

他的话定有所指，毫无疑问。汉斯·卡斯托普心神迷乱，跨进房间。难道塞特姆布里尼已经知道他的情况？看样子他以其教导者的本能感觉出了他的心态，追踪到了他目光的路线。汉斯·卡斯托普很恼火意大利人，也恼火他自己，恼火他竟如此沉不住气，自己撞到了枪口上。他一边收捡纸笔，准备带着去静卧——因为再不能犹豫，该给家里写信，写第三封信了，一边还继续在生气，嘴里嘟嘟囔囔地诅咒那个牛皮匠，那个好为人师的家伙。这家伙无端干预与他一点儿关系没有的事情，自己却在街上向姑娘们送秋波；这个摇风琴的流浪汉含沙射影，彻底破坏了他汉斯·卡斯托普的情绪，他感到再没有心情来完成这笔头工作啦。可是无论如何，他也得有过冬的东西啊，钱、内衣、鞋子，一句话，他肯定会带上的所有一切，如果早知道来这里不是度过盛夏的三个礼拜，而是……而是还不知要待多久，不过反正要过一段冬天，是啊，按照咱们这里既定的时间观念和计算方式，整个冬天甚至也得搭进去。正是这个情况，哪怕作为一种可能性

---

① 巴息人和徐西亚人都是古代的游牧民族，意即野蛮人。

吧，他想给家里通报。这一回得对下边的家人和盘托出了，不管是对自己还是对他们都不应有什么遮掩……

他就按照这样的精神给家里写信，学着他多次从约阿希姆那里观察得来的技巧和方法，即人坐在躺椅里，手持自来水钢笔，拱起的膝头上摆着块夹板。他用的是院里印的信笺，这样的信笺在写字台抽屉里多的是。信写给与他最亲近的雅默斯·迪纳倍尔舅舅，请他再把情况转告舅公迪纳倍尔参议。信里谈到突然出现意外的症候，担心的情况已经得到确诊，医生宣称冬天有必要在这里住上一段时间，说不定会在上面度过整个冬季，因为他这样的病情据说比那些急性患者还来得顽固，必须采取果断措施，及时予以根治才好。从这个角度看，他这次偶然来到了山上，自觉自愿地接受了检查，他以为真是幸运的巧合；否则他对自己的病情会长期懵然无知，直到有一天不得不正视更加可怕的现实。至于估计要疗养多久吧，那就请不要大惊小怪，如果他多半要待完整个冬天，几乎没可能比约阿希姆更早回到平原上来。这儿的时间概念，与别的疗养地诸如温泉疗养院之类旅游点不一样：月是所谓最小的时间单位，仅仅一两个月根本不顶事……

天气挺冷，汉斯·卡斯托普写信时穿着双排扣的长大衣，裹着毛毯，手仍冻得通红。信纸上已密密麻麻地满是理性而有说服力的字句，他时不时地抬起头来，凝视眼前这熟悉而又陌生的风景；他从未见过它现在这个样子：长长的山谷，谷口上绵延的群峰今天呈现出玻璃一般的灰白；谷底里，一座座村落不时地在阳光中闪亮；山谷两边的斜坡一部分为茂密的树林覆盖，一部分铺满了绿草，从草地上不断地飘送来牛铃声。汉斯·卡斯托普越写越觉得轻松，不解自己为什么曾经畏惧写信。在书写的过程中，他自然就明白了，他自己阐述比什么都有说服力，因此在家里也当然会获得充分的理解。像他这个阶级和家境的年轻人，觉得应该做什么就不妨做什么；他便利用了专为他这样的人准备的优越条件。事情就这么简单。他要是早回去了——一讲情况他们又会送他上山来。他请求寄给他需要的东西。最后，还有定期汇来必需的款子：每月八百马克足以支付全部费用。

他签上名。大功告成。第三封给家里的信内容丰富，他有所保留——不是按照下边的标准估计时间，而是按上边通行的标注；这封信确保了他汉斯·卡斯托普的自由。他不是在字面意义上使用"自由"这个词，不，甚至心里也不曾一个音节一个音节地拼出它，可却感受到了它最最广泛的含义，一如他待在这山上期间已经学会了的那样——这个含义与塞特姆布里尼赋予"自由"一词的含义关系不大——想到此，突然袭来一股他已经熟悉的恐惧和激动情绪，使他在叹气的时候胸脯也颤抖起来。

专心书写使汉斯·卡斯托普脑部充血，脸颊发烧。他从灯柜上拿起温度计来测量，仿佛机会难得，不能够放过。体温升到了37.8℃。

你们瞧见啦？他想。接着又在信尾的附言中补充道：

"写信还是让我挺费劲。我一量体温：37.8℃。我看，我眼下必须完全静养。你们必须谅解，如果我不常写信。"

随后他躺在那儿，把手举向天空，手心朝着上面，就跟当初把它伸在荧光屏后边的时候一样。可是阳光一点儿没改变他手的自然形态，它的物质在亮光面前甚至变得更暗，更不透明了，只有外延的轮廓泛红而且明亮。这是那只他经常看见的、习惯了清洗和使用的生命之手，不是那个在荧光屏中窥见的陌生骨架，不是那个当时张开在他眼前、接着又合上了的坟墓——分析解剖的坟墓。

喜怒无常的水银柱

十月到来了。就像所有新的月份到来时一样，它的到来温文尔雅，安安静静，事先没有任何的征兆和迹象，而是悄无声息地就溜了进来，如果不是遵循着严格的顺序，很容易让人注意不到。事实上时间并没有刻度，一个新的月份抑或新的年度开始时并不一定有狂风暴雨，电闪雷鸣，甚至一个新的世纪开始时亦复如此；只有我们人类，才会在这些时候又敲钟又放礼炮。

对于汉斯·卡斯托普来说，这十月的第一天跟九月的最后一天毫无任何差别；它同样的寒冷，同样的阴沉，接下来的一些天也仍旧是如此。在静卧的时候用上了冬季穿的大衣和两床驼绒毛毯，不只在晚上，甚至白天也是；捧着书的手指头潮湿而僵硬，脸颊却发干烧；约阿希姆真巴不得把毛皮睡袋取出来用上，只是不愿意过早娇惯自己，才作罢了。

谁知几天以后，已经到上旬和中旬之间，一切全变了；接着出现的是一个晚来的夏天，一个光彩夺目得令人惊喜无比的夏天。汉斯·卡斯托普曾听见人们盛赞这儿的十月，看来所言不虚啊。大约有两周半光景,群山和山谷上空总是天清气爽,一天比一天更加蔚蓝明净,阳光热辣辣地直射大地,人人都有了理由翻找出本已扔到一边的夏天轻薄衣裙,诸如薄纱线的上衣和亚麻布的裤子等等;甚至那些无柄的大帆布伞也借助某种精巧的装置即一条钻有很多孔的木条,固定在躺椅的扶手上撑起来了,虽然在静卧的正午时分,只能是勉勉强强抵抗一下炎炎烈日。

"太好啦,我总算赶上了这里的好时光,"汉斯·卡斯托普对表兄说,"有不少时候真叫惨透了——这会儿完全像冬天已经过去,好日子就要到来。"他说得不错。不多的迹象表明了实际情形,即使是它们也不显眼。要是不计下边"坪"上人工种植的那几株槭树——它们早已没精打采地掉了叶子,只是在那里苟延残喘喽——此地就再没有生长状况可以给景物打上季节印记的阔叶树种了,唯有雌雄同株、如在换叶似的更换着柔软松针的阿尔卑斯山赤杨,才让景色平添了几分萧瑟的秋意。除此而外,本地的树木不管是高耸入云的抑或匍匐在地的,统统是常绿的针叶植物,能够抵抗寒冬;而这里的冬天却界限模糊,一年四季都是可能有暴风雪的;唯有罩在树林上那层次多而分明的褐红色调,让人尚在烈日炎炎的时候已看出年终将至。自然,定睛细看还有草地上的野花,它们同样也在悄悄地透露着季节的消息。汉斯·卡斯托普刚来时开满山坡的红门兰和耧斗菜都没有了,野丁香也没有了;剩下的只有龙胆和低矮的秋水仙,说明灼热的地表空气内仍包含着一些清凉,可以从静止的、外表几乎烤焦了的大地里散发出来,就像发高烧的病人也会一阵阵发冷似的。

一个经营时间的人须监视它的进程,把它分割成许多的单位,计算它们并给它们命名;汉斯·卡斯托普呢,内心中可不理会这个规矩。他没有留意十月已经悄悄到来;触及他的只是感性的东西,也就是炽热的阳光以及隐含其中和表面底下的清凉寒冷——这感觉强烈而又新鲜,让他生出一个与烹调艺术有关的联想:他想起曾经对约阿希姆提到一种"出人意表的蛋卷",就是表面蛋沫滚烫,底下却是冰激凌。他常讲这类的事情,讲得快而流利,嗓音激动,就像一个正在发寒热的病人。其间他自然也会沉默寡言,如果不能讲专注内心,沉思默想;因为他的注意力显然针对的是外界,但只是外界的一个点;其余的一切,人也好事也好,对于他都统统游移、模糊,如在迷雾之中。是汉斯·卡斯托普自己的脑子制造了这种迷雾,贝伦斯宫廷顾问和克洛可夫斯基博士却无疑会解释为溶解性病毒的产物。受病毒影响而云里雾里的年轻人自己也承认这一点,但并未因此就有了能力,更远远谈不上产生了愿望,去摆脱这样的迷醉状态。

须知这是一种自我迷醉,看来它最不希望的莫过于清醒,最厌恶的莫过于清醒。它也抗拒一切起缓解作用的印象,为了保持自己不产生这样的印象。汉斯·卡斯托普知道而且对自己说过,舒舍夫人从侧面看并不咋样,有些个瘦削,也不再富有青春气息。结果呢?他就避免看她的侧面,偶尔她侧着身子出现在他面前或者近旁,他就硬是闭上眼睛,免得感觉心痛。为什么呢?他的理性原本该乐于利用这个机会,以表现自己的力量啊!可人心的欲望……

在这些明丽的日子里,每当第二次进早餐时,克拉芙迪娅又穿着天气暖和时常穿的白色花边衣裙出现在餐厅里,模样格外的妩媚动人,汉斯·卡斯托普一见惊喜得脸都白了——她姗姗来迟,将门摔得哐啷啷响,脸上带着笑意,胳膊一高一低地微微举起,为的是冲着厅里的众人亮一亮相。然而年轻人惊喜的不只这个,不只是她眼下形象如此动人,还有他头脑里甜美的迷蒙状态,他的自我陶醉因此得到了加强;它可是正好需要理由,需要加油打气啊。

一个有着罗多维柯·塞特姆布里尼式的思维逻辑的鉴定家,面对如此缺乏意志力的情况简直会称之为放荡,称之为"一种放荡的形式"。汉斯·卡斯托普有时会想起这位文学家的话,想起他有关"文学与绝望"的论述,觉得它们不可理解,或者自己故意装得不能理解。他望着克拉芙迪娅·舒舍夫人,望着她松弛的脊背,前倾的脑袋;他看见她吃饭总是迟到,从来不说明理由和表示歉意,纯粹由于缺乏守时观念和道德约束力;看见她出于同样的原因在进进出出的时候老是随手将门一摔,还搓面包球玩儿,并时不时地咬指甲边儿——汉斯·卡斯托普心中涌起一种无言的预感:如果她是有病——她的确有病啊,病得几乎没有了希望,她已在山上住了这么久,已不得不经常来山上疗养,如果不是全部,她的病至少已构成她自然秉性的很大一部分,而且真是像塞特姆布里尼说的,这病还不是她"懒散随便"的原因或者后果,而跟它原本是一回事。汉斯·卡斯托普还想起塞特姆布里尼那个表示不屑的手势。当他谈到不得不与他们在一起静卧的巴息人和徐西亚人便把手那么一甩，自然而直接地流露出了藐视和拒绝，无须事先讲明道理的藐视和拒绝；有着过去的生活基础，汉斯·卡斯托普很理解它们——过去教会他进餐时总是坐得笔直，打心眼儿里痛恨把门摔得哐啷响，做梦也想不到咬自己的手指甲——原因至少有他可用"玛利亚·曼齐尼"来代替不是——还教他对舒舍夫人种种缺少教养的表现深为反感，并在听见这位眼睛细长的外国女人试图操他的母语讲话时，心中油然生起一股子优越感。

而今汉斯·卡斯托普已从内心深处几乎完全摈弃了这些感情，相反意大利人却更加令他厌恶，因为他竟傲慢地说什么"巴息人和徐西亚人"——而且指的不只是"差劲儿的俄国人席"上的那些家伙，例如那两个鬈发蓬松、也不见穿白衬衣的大学生，他俩在那儿争论不休，显然不会其他任何语言，只能用自己那粗野而陌生的俄语；这种语言似乎柔软得没有骨头，让人想起贝伦斯宫廷顾问最近形容的取掉了肋骨的胸腔。这样一些人的作风会引起一位人文主义者的强烈反感，也是正常的。他们用餐刀戳食物吃，把洗手间弄得脏得没法子形容。塞特姆布里尼声称，他们中有个高年级的医学院学生，竟然完全不懂得拉丁文，例如连Vacuum[①]都不知道；而根据汉斯·卡斯托普的日常经验，施托尔太太看来也多半没有撒谎，她在餐桌上告诉大家，一清早按摩师上他们房间服务，三十二号那对俄国夫妇竟然还双双躺在床上。

---

① 意即真空。

就算这一切都对,那"好样儿的"和"差劲儿的"的显著区分却仍然存在呀;汉斯·卡斯托普向自己担保,他不以为然的只是共和国和优美文体的某个吹鼓手,只是某个傲慢和清醒的人——名义上清醒罢了,他本身也在发高烧,也晕头转向是不是,这人竟把"好样儿的"和"差劲儿的"混为一谈,把两桌人统统称作巴息人和徐西亚人。这是什么意思,年轻的汉斯·卡斯托普可太清楚啦;他不是也开始理解舒舍夫人的病跟她的"懒散"之间,存在着种种联系了吗。然而正如他自己有一天对约阿希姆说过的,实际情况却是:你一开始的确厌恶和反感,可突然发觉"身陷其中,心情完全变了",根本"与辨别能力不相干",严厉的道德规范已失去约束力——共和主义的、雄辩有力的谆谆教诲几乎不再能听进去。究竟怎么回事啊,我们问。看样子在罗多维柯·塞特姆布里尼的脑子里也在问:这成问题的突发事件到底是什么,竟瘫痪和消除了人的判断力,夺去了他的是非感,或者甚至是令他为了非理性的惊喜陶醉而抛弃了是非感?我们不是问它叫什么,谁都知道它的名字。我们想弄清楚它的道德状况——老实说,我们并不期望令人愉快的回答。在汉斯·卡斯托普的问题上,这状况已得到充分显示,他不仅不再有辨别好坏的能力,而且已开始尝试人家传染给他的生活方式。不管怎么讲,在进餐时他也试着缩起身子坐在那里,松弛了原本挺直的脊背,并觉得这样子很好地放松了髋部的肌肉。除此他还尝试进门后不再小心翼翼地关上它,而是随手一摔了事;而这同样叫他感觉既方便,又得体:这表现颇像当初约阿希姆到车站接到他时他那么莫名其妙地耸了耸肩膀，而打那以后，他在山上的人们中就经常发现这样耸肩膀。

简而言之，而今我们的来访者完全迷上了克拉芙迪娅·舒舍夫人，已经对她五体投地——我们又一次用"迷上"这个词，是因为我们觉得已做过足够的交代，不可能再引起误解了。也就是讲，他对她的迷恋的本质，已不是那首小曲不无快意的多愁善感。它更多的倒是一种变态的迷狂陶醉，既相当冒险又没有归宿，既发冷又发热，就跟高烧病人的感觉一样，就跟高山地区的十月天气一样；所缺少的正是一种可以起抚慰作用，能把两个极端联结起来的中和心态啦。这样的情形一方面具体而直接——直接得来使年轻人面色苍白，脸孔扭曲，直接地涉及舒舍夫人的膝头和小腿曲线，涉及她的脊背、颈椎骨和臂膀儿，以及被紧紧挤压到了中间的小小乳房———句话，涉及了她那懒散松弛的、由于生病而得到强调和突现的、实实在在得不能再实在的身体。另一方面，它又像是一种极难把握的和宽泛的东西，犹如一个思想，不，一个梦，一个年轻人做的梦；这梦既可怕又有着无限的诱惑力，对于他的某些即使是无意识提出的问题，它仅仅以空洞的沉默做了回答。

正如每一个讲故事的人都有权做出自己的推测判断一样，我们也有自己的思考，自己的揣想：要是从时间的深渊中，对自己的职业生涯意义和目的何在这个问题，他那纯朴的心灵得到了稍微满意的答案，那么汉斯·卡斯托普很可能根本就不会逾期不归，至今还滞留在山上的这些人中间。

再说呢，他的热恋相思也必然带来说不完的痛苦和欢乐，这在任何地方和任何情况下全都一个样。那真是痛彻心肺啊，因为它如同任何痛苦一样也包含着屈辱，这意味着对他神经系统的剧烈震撼，使他不仅呼吸急促，甚至逼得他一个成年男儿流出了悲苦的眼泪。欢乐嘛，也相应地同样很多很多，虽说产生诱因往往不怎么显眼，但强烈的程度并不亚于痛苦。几乎"山庄"日程安排里的每时每刻，都提供着欢乐的机会。例如准备去餐厅吃饭，汉斯·卡斯托普可能发觉自己的梦中情人正跟在身后。结果不说自明，简单得没法再简单，然而内心惊喜的强度仍足以催人泪下。还有四目相对，他自己的眼睛与对方那双布局和模样都微带亚洲味道的褐色眼睛，也直令年轻人骨软筋酥，灵魂出窍。可是即使失去了灵魂，他仍会退避到一边，让人家先进门去。她呢，则微露笑意，用法语轻道一声"谢谢"，就领受了他不再是出于礼貌的殷勤，从他身边走过去，先进了餐厅。汉斯·卡斯托普傻乎乎地伫立在人家留下的香氛中，为这不期而遇，为她亲口直接对他本人说的话亦即那一声"谢谢"，幸福得忘乎所以。他跟着也进了门，脚步摇晃地走到右边自己的席上，在落座的一瞬间竟然发现，那边正坐下去的"克拉芙迪娅"也向他转过头来了——样子像是正在琢磨适才与他的邂逅，他觉得。真是难以置信的奇遇啊！哦，欢呼雀跃吧，热烈庆祝吧，兴高采烈吧！不不不，要是在平原上，要是由一个健康结实的女孩给他这样送一个秋波，亦即如那小曲所唱的"把心送给你"，合乎礼仪地、平和冷静地、结果也肯定理想地"送给你"，那他汉斯·卡斯托普绝不会品尝到如此这般幻想得到满足的幸福陶醉！他欢快热烈地招呼邻座的女教员；她呢早把一切看在了眼里，因此面孔绯红——接着，他操着英语对罗宾逊小姐胡扯一通，把没有品尝过这等狂喜滋味的老姑娘吓蒙了，只能目光怯生生地从旁打量着他。

另一次在晚餐的时候，落日的余晖正好照着"好样儿的俄国人席"。通露台的门和窗户本来已拉上帘子，可有个地方却隙开一道缝，一道红色霞光正好射了进来，虽说不再炽热却仍旧耀眼，偏偏落在了克拉芙迪娅·舒舍夫人的头上，让她一边与右手旁的凹胸脯老乡谈话，一边不得不举起手来遮挡亮光。这可烦人，虽说不严重；没有谁注意这个情况，连当事人本身也未必意识到。然而坐得老远的汉斯·卡斯托普却已发现 他也静观了好一会儿。他斟酌情势，追寻光线的路径，最后确定了漏光的地点。是右边后面的那扇落地玻璃窗，在"差劲儿的俄国人席"和一道露台门之间的角落里，离舒舍夫人的座位挺远，离他汉斯·卡斯托普的座位几乎同样远。接着他便做出决定，二话没说已站起来，开步走，手里提着自己的餐巾，从一些桌子中间斜穿着整个餐厅，到了后边才将那乳白色的窗帘仔细地重叠拢来，并掉头瞅了瞅，确信霞光已被挡住，舒舍夫人终于获得了解放，他才极力装出没事人的样子，走回自己的座位。一个细心的年轻人做了必须做的事情，其他没有谁想到要做嘛。只有极个别人留意到他的义举，不过舒舍夫人立刻感觉到轻松，并且转过了头来——她一直保持着这个姿态，直至汉斯·卡斯托普回到自己的座位上重新坐下，再把目光投向她这边；她则面带惊喜而友善的微笑，向他表示感激，这就是说：不只是身体向他倾斜，而且探出了头。他呢也一鞠躬作为回答。此时汉斯·卡斯托普的心一点儿不激动，似乎根本不再跳了，只是等到一切都过去以后，才开始怦怦怦地捶击起他的胸腔来；也是到了这时他才发现，约阿希姆一直用眼睛死死地盯着自己面前的汤盆——他事后了解到，施托尔太太曾撞过布鲁门科尔博士的腰杆，并且强忍住了笑，在同桌和别桌四处搜寻同样是知情者的目光……

我们描写的都是日常琐事；可日常琐事如果发生在特殊的背景下，也同样具有特殊意义。他俩之间就像存在着电压和电压的释放；如果说还不能讲他俩之间——因为舒舍夫人到底涉及程度如何，我们暂时还不想探究，那也反映出了汉斯·卡斯托普的想象和情感。在这些美好的日子里，有相当大一部分疗养客在午饭后都要去到餐厅外面的露台上，三五成群地站在那儿晒上一刻钟的太阳。于是就出现了类似于隔周开一次音乐会的场面：年轻的人们绝对悠闲自得，肚子给肉汤和甜品填得饱得不能更饱，而且全都发着低烧，自然便会在那里闲聊胡侃，嘻哈打闹，眉来眼去。来自阿姆斯特丹的萨洛蒙太太喜欢坐在栏杆上——一边是厚嘴唇的根泽，另一边是痊愈后仍留下进行巩固治疗的瑞典壮汉，两个男人都用膝头紧紧把她顶住。伊尔蒂丝太太看样子是个寡妇，因此不久前拥有了一位"未婚夫"，一个神情忧伤、俯首帖耳的男人；可尽管有此人存在，仍不妨碍她同时又接受米克洛齐希上尉献殷勤；上尉长着个鹰钩鼻子，两撇胡子上了蜡，挺着高高的胸脯，目光杀气腾腾。还有就是来自大静卧厅的各民族的妇女，其中夹杂着一些十月一日以后才露面的新人，汉斯·卡斯托普还完全叫不上名字，随侍在她们左右的是几名阿尔宾先生之流的骑士：一个戴单眼镜的十七岁小年轻，一个面色红润、热衷于交换邮票、戴着普通眼镜的荷兰小伙子，还有形形色色的希腊人，一个个都头发油亮，眼睛圆圆的像杏仁，吃饭总是会过量；再就是一对形影不离的花花公子，人称"马克斯和莫里兹"①，据认为是两位极富离经叛道精神的人物……那个墨西哥驼背对此地通用的语言一窍不通，模样完全像个聋人，只知道不停地在那儿拍照，动作十分敏捷地在露台上把摄影脚架拖过来移过去。有时候贝伦斯宫廷顾问也会来到大伙儿中间，表演他那快速穿靴带的绝活儿。可人群中还出没着一个影只形单的伙计，就是那位笃信宗教的曼海姆人，一双忧郁到了底的眼睛老是偷偷盯住一个方向，叫汉斯·卡斯托普看着感到恶心。

再举另外一个例子说明所谓的"电压和放电"吧。一次借着同样的时机，汉斯·卡斯托普坐在露台靠墙一张油漆过的椅子上，跟让他硬拉出来的约阿希姆聊天，舒舍夫人则口衔一支香烟，和他同桌的伙伴站在栏杆边上。卡斯托普大声聊着，目的是让她听见。她却背转了身子……瞧吧，好戏开场了。与表兄谈话已经不足以让汉斯·卡斯托普施展他的口才，他于是刻意结识了一个人——谁呢？赫尔米娜·克勒费特小姐呗！——出于偶然似

---

① 马克斯和莫里兹是德国19世纪讽刺作家兼漫画家威廉·布施笔下一对著名的滑稽形象。

的他跟她搭了一句腔，把自己和表兄介绍给了这位小姐，还拖了一把椅子过来请她坐，以便上演三方会谈的好戏。他问小姐可否记得，在他第一次早上外出散步的途中，她把他吓得多么够呛。是的，她当时快活地"嘘"了一声表示欢迎的人，正是他卡斯托普！他愿意坦白承认，不信也可以问他表兄：她的目的达到了，他当时感觉就像当头挨了一棒。哈哈，用气胸发出嘘声，以此吓唬无辜的过路人！也就难怪他当时会义愤填膺，称这是刁钻古怪的勾当，是亵渎神圣的恶劣行径……约阿希姆自知不过是只电灯泡，便低眉顺眼地坐在那里；克勒费特呢，也从汉斯·卡斯托普无神而游移的目光中悟出她扮演的角色，也就是仅仅被当作工具使使罢了，颇有受到了侮辱的感觉；唯有汉斯·卡斯托普花言巧语，口若悬河，还尽量使声调悦耳，直至真正达到了理想：舒舍夫人朝口才惊人的演说家转过身来，眼睛盯住他的脸——不过只有那么一瞬。具体过程是，她那普希毕斯拉夫似的眼睛从跷着二郎腿的他身上迅速往下滑，带着近乎鄙夷的满不在乎的神气——确实是鄙夷啊，停在了他的黄皮靴上。随后，也许只在内心深处微微一笑，她又恢复了冷漠的常态。

一次极为不幸的挫折啊！汉斯·卡斯托普正讲到兴头上，突然发现停在自己皮靴上的目光并悟出了它的含义，一句话未说完就差点儿哑巴了，心中顿生气恼。克勒费特既无聊又屈辱，已自己走自己的路。约阿希姆也有些不耐烦地说，现在他们该可以静卧去啦。惨遭挫败的年轻人嘴唇发白，回答说可以。

有两天之久，汉斯·卡斯托普痛不欲生，一蹶不振；因为两天里没有发生任何事情,足以抚慰他伤痛的心。为什么会有这样的目光?她干吗要以三位一体的上帝的名义对他表示鄙视?她那么看他,不是把他当成平原上某个身强力壮的愣小子了吗?也就是当成了那里一个单纯无知即所谓平平庸庸、游手好闲、乐乐呵呵、吃饱了肚子就知道挣钱的家伙——也就是一个生活中的模范生,一个除了对名利的无聊追求就什么都不懂的俗物吗?好像他仅仅来客串三个礼拜,与她无关痛痒;殊不知他凭借自己的一块浸润性病灶,已经完成了进入修道院的宣誓!——难道他不是已正式编入队列,成了咱们山上这些人中的一员,经受磨炼的时间已足足有两个月之久,昨天晚上的体温不是又升到37.8℃了吗?……可正是这体温,正是它令汉斯·卡斯托普苦上加苦啊!不知何故水银柱不再上升了!两天来的心情抑郁,恰恰让汉斯·卡斯托普冷静了下来,头脑清醒了,电压得到了释放;这使他的测量体温的结果几近正常,令他深深感到羞耻。看见自己的苦闷和烦恼毫无结果,反倒令他更加远离了克拉芙迪娅·舒舍夫人的存在和内心,对汉斯·卡斯托普实在是残忍。

第三天带来了温柔的解脱,而且是在一大早。那是一个明媚的秋天的早晨,阳光朗照,空气清新,草地上银光闪亮。在明净的天空中,高度也差不多,同时悬挂着东升的太阳和西沉的月亮。表兄弟俩起得比往常早一些,为了不负这美好的秋日,早晨的散步也加长距离,没有沿着林中小路走到水槽边的长凳为止,而是往前延伸了一点儿。约阿希姆的体温曲线正好也同样下降了,因此主张打破常规多走一走;汉斯·卡斯托普呢,也没有说不。

"我们都是康复了的人，"他说，"烧退了，病毒已经消除，完全可以回平原上去了；干吗不可以像小马驹子似的欢蹦乱跳呢！"

他俩就这么光着脑袋继续散步——要知道，自从完成了入院宣誓，汉斯·卡斯托普便入乡随俗，外出不再戴帽子了，尽管刚一开始他还忠于自己的生活方式和习惯，不肯随大流——并且各自拄着一条游杖。可是还没有爬上红土小路的那道缓坡，也就是在初来乍到的年轻人当初碰着"半边肺协会"那儿，他们突然看见在前面不远的地方有一个人在慢慢往上走，不是别个，正是舒舍夫人！舒舍夫人完全一身白，白色的绒线衫，白色的法兰绒裙子，连鞋也是白的，淡红色的发结在朝阳中闪闪发亮。说得确切一点儿：是汉斯·卡斯托普认出了她；在旁边的约阿希姆只是由他脸孔抽搐扭曲的不快感觉，注意到了眼前的情况——引起这种感觉的，是他游伴的步履突然变得轻快有力起来，而在此之前的一刹那，他曾一下迈不开步子，几乎完全站住了。现在这样拼命往前赶，叫约阿希姆极其难受，极为气愤；他呼吸急促，咳嗽起来。谁知目标明确的汉斯·卡斯托普却劲头十足往前赶，顾不上关心表哥的情况；他表哥呢也心中有数了，只是默默地皱皱眉头，跟上步伐，到底不好让他一个人往前冲啊。

明媚的早晨令年轻的汉斯·卡斯托普生气勃勃。在抑郁的日子里，他的心灵也暗暗恢复了元气；他眼前闪耀着自信的光芒：时候到了，即将打破压在他身上的梦魇。他勇往直前，拖着气喘吁吁、原本也并不乐意的约阿希姆，已经快到小路转弯的地方；在这儿路面平坦了，顺着一座长满树的小丘向右转去，他们眼看就要追上舒舍夫人。这当口汉斯·卡斯托普重新放慢速度;他既要实现自己的图谋,却又不愿显出慌里慌张、气急败坏的样子。于是,在转过弯以后,在斜坡与山壁之间,在一片褐红色的杉树林里,在透过枝干投射下来的阳光中,便出现和上演了奇妙的一幕:汉斯·卡斯托普走在约阿希姆左边,迈着雄赳赳的步伐,终于赶上那可爱的女病友,打她身边超了过去;当走在她右边的一刹那,他光着脑袋微微一鞠躬,轻声说了一声"早上好",声音充满着敬重——为什么偏偏是"敬重",并得到了她的回应:她不再显出惊异,而是亲切地点头答谢,还用他的语言道了声"早上好",同时眼里含着笑意——与那停留在他皮靴上的目光相比,这一切都挺异样,彻彻底底而又令人欣喜的异样;这是一次幸遇,一个好的转变,一个好得不能再好的转折,完全没有先例,几乎已超出想象:他汉斯·卡斯托普得救啦!

拥有这声问候、这句话语、这个笑意的他两脚生风,由于狂喜而变得飘飘然,一个劲儿只顾往前奔,害得约阿希姆也跟在一旁疲于奔命,只是默默地扭开了脑袋,眼睛一直望着坡下。真是一次大胆行动,一次无所顾忌的冒险,在约阿希姆眼中甚至不无阴谋和背叛的味道,这他汉斯·卡斯托普心里很清楚。这跟向某个完全不相干的人借铅笔可不一样了啊——一位在同一座屋顶下生活了好几个月的夫人,你打她身边经过却板起面孔,连好也不问一声,那可是太失体统;最近在透视室的候诊处,克拉芙迪娅·舒舍夫人不是还跟他们交谈过吗?因此约阿希姆也说不出话来。不过汉斯·卡斯托普明白,好面子的表哥除此而外还有什么原因不说话，只顾扭着头往前走；他自己呢却因为事情得手而心花怒放，无比幸福。

是的，一个在平原上合理合法、前景乐观、快快活活地向一位健康的小母鹅"献出了他的心"的情郎，一个在追求爱情时大获成功的男子，他的幸福确实无法与此相比——不，那种人不可能像他似的幸福，虽说他趁现在这大好时机攫取到并保持住的东西很少很少……因此过了一会儿，他重重地一拍表兄的肩膀，说：

"哈啰，我说你，你是怎么啦？天气这么好！一会儿咱们回院里去，多半又有音乐会听哩，你想想！没准儿还会演奏《卡门》里的《你瞧，这心里还珍藏着你那天早晨摘的鲜花》。你干吗不高兴？"

"没什么，"约阿希姆说，"不过，你看样子烧得挺厉害，我担心你体温降不下来了。"

体温确实不再下降。由于他与克拉芙迪娅·舒舍夫人互致了问候，汉斯·卡斯托普的抑郁和屈辱心情一扫而空；或者确切地讲，就因为意识到了这种情况而感到心满意足。是的，约阿希姆说对了：水银柱又重新上升！汉斯·卡斯托普散步回来一量，体温已升到38℃。

百科全书

如果说塞特姆布里尼先生的某些影射暗示着实令汉斯·卡斯托普气愤，那他对此不该大惊小怪，也没理由责备这位人文主义者好为人师，爱管闲事。就算是个盲人，也会对年轻人的情况一目了然：他自己毫不收敛、隐讳，既心高气傲又生性单纯，干脆不懂得瞻前顾后、藏藏掖掖，在这一点上——要说也是他的优势——就跟那位头发稀疏的曼海姆情郎，那个缩头缩脑的可怜虫有了天壤之别啦。不妨再提醒一下，在汉斯·卡斯托普当前的处境里，人通常都有表白内心的强烈欲望，有袒露胸怀的急迫冲动，甚至有想让世界也跟着自己发痴发狂的癖好和偏执。——这件事情越显得缺少意义，缺少理性，缺少希望，我们头脑清醒的人就越感到惊愕诧异。很难说清楚这种人到底是怎么开始暴露自己的；看样子啊，他们的所作所为，无不都在暴露自己——特别是在眼下这样一个集体里，有位敏锐的批评家说过，他们整个脑子只装着两件事，即一是量体温，二嘛——还是量体温，这就好比问：轻浮的米克洛齐希上尉另寻新欢了，来自维也纳的伍尔穆勃朗特总领事夫人为了补偿损失，是选择业已痊愈的瑞典壮汉呢，还是选择来自多特蒙德的帕拉范特检察官，还是两个同时都要呢？因为几个月来将检察官与来自阿姆斯特丹的萨洛蒙太太联系在一起的纽带，以友好协商的方式解开了，萨洛蒙太太依照自己的年龄段，把目光转向低一些的班级，把与克勒费特小姐同桌的厚嘴唇根泽接收到了自己卵翼之下，或者如施托尔太太以她官场上的语言，但却不失生动形象地说的"接纳兼并了"——结果必然如众所周知，检察官成了自由人，可以腾出手来为争夺总领事夫人要么跟瑞典人打架，要么与他和平共处，携手共进啦。

这样的事情，在"山庄"疗养院的疗养客特别是身体还发烧的年轻人中，实在司空见惯；而阳台上的那些通道——穿过玻璃隔断，沿着栏杆溜将过去——显然又在推波助澜。这种事情整天盘旋在人们的脑子里，成了此间的主要生活内容——也由于此，有些明摆着的事就只好意会，不能言传。具体讲就是汉斯·卡斯托普产生了一个奇特的印象，就是有一种在世界上任何地方都以或庄或谐的形式赋予了足够重要性的人生大事，在此地却有了另外的声调、价值和意义表现，它们显得是那样沉重，而由于沉重又显得新异，结果事情本身获得了全新的样子，虽说本身还并不可怕，但却异样得叫人害怕。谈到这个情况，我们也变了表情，同时还要指出，在此之前如果我们是以一种轻松、戏谑的口吻谈论那类暧昧关系的话，那是由于有一些常常都有的秘而不宣的原因，可是这丝毫也不表明，事情本身具有轻松和戏谑的性质；这种情况，在我们所处的环境氛围里，事实上比起其他地方来尤有过之。汉斯·卡斯托普曾经认为，可以用通常的方式理解这一人们常常喜欢拿来说笑的人生大事；他当时可能也有理由这么认为。他现在认识到了，他在平原上对它的理解非常不够，简直还处于懵懂无知的状态。他上山后一连串我们已一再企图对其性质有所暗示的亲身经历，使他在某些时刻失声叫出了"我的天啊！"——是这些经历让他内心多少成熟了一些，能够听清楚并且弄明白那桩他闻所未闻、类似历险而又没有名称的事情重要意义何在；在山上的人们当中，这事对于大家和人人全都有重要意义。但并不意味着此地不一样也拿它说笑。只不过比起平原上来，这样的做派更少了些实事求是。说笑是说笑，却有些口齿不灵，呼吸急促，结果往往欲盖弥彰，露出了本想掩盖却难以掩盖的真相。汉斯·卡斯托普想起他第一次也是唯一一次以平原上毫无恶意的方式，拿玛露霞的身体曲线开玩笑时，约阿希姆长着雀斑的脸孔竟一下子变得刷白。他也想起自己，想起他替舒舍夫人消除了夕阳照射的困扰，自己的整个脸却白了冷了。——还有呢，在那前后，在不同的场合和一些陌生的脸上，他也发现过同样的情形：通常是同时在两个人的脸上，例如在萨洛蒙太太和小年轻根泽的脸上，而且正好是在施托尔太太所谓两人开始那个的头几天里。我们说汉斯·卡斯托普想起了这些经历，并且理解了在当时的情况下不仅很难"不露声色"，而且真的努了力也只会得不偿失。换句话说：汉斯·卡斯托普不屑于克制自己的感情，掩饰自己的心态，还不仅仅是生性高傲和胸怀坦荡所致，也是受了环境氛围的激励鼓舞。

汉斯·卡斯托普心高气傲，自由不羁，原本还有更多机会在病友中流露宣泄自己的情感，如果约阿希姆不是一开始就对他强调在此地交友很困难的话。可这困难的原因，主要得归结为：表兄弟俩在疗养客中可以讲独标一格，自然形成了一个封闭的小团体，还有身为军人的约阿希姆一心想的只是赶快康复，原则上讨厌跟别的病友亲近和交际。可尽管如此，有一天晚上在沙龙娱乐活动的时间里，约阿希姆还是撞上了汉斯·卡斯托普，看见他跟赫尔米娜·克勒费特小姐与她的两位桌友根泽和拉斯穆森以及一个戴单眼镜的、指甲长长的青年站在一起，正眉飞色舞地、嗓音激动地在那儿发表即兴演说，而演说的内容则是克拉芙迪娅·舒舍夫人那独特而富有异国情调的长相；这时他的几位听众却在旁边挤眉弄眼，相互挤撞和哧哧窃笑。

这情景令约阿希姆尴尬难受；可出洋相者本人却麻木迟钝，满不在乎，可能是认为，谁藏藏掖掖，不为人注意，谁就得不到自己的权利。他需要得到公众理解的保证。其中夹杂的幸灾乐祸他决定认了。每次开饭，当玻璃门哐啷一声碰上，他的脸便一阵红一阵白，不但引起了同桌桌友的注视，邻近一些桌上也向他脸上投射来兴味盎然的目光；可他呢，也因此颇有些洋洋自得，仿佛这样丢人现眼倒是外界对他狂热恋情的某种承认和肯定，可以促成他的好事，给他那虚幻的、失去理性的想入非非加油打气——他甚至飘飘然了。情况进一步发展，人们真可谓专门聚集在一起，只为观察这个神魂颠倒的家伙。聚会多半是饭后在露台上，或者礼拜天下午在院传达室的旁边，因为这一天信不分到房间里，疗养客们都自己来取信。更主要是大家都知道，在那里将看见一个大活宝，一个不怕把自己所有隐私暴露在光天化日之下的傻瓜蛋。诸如施托尔太太、恩格哈特小姐、克勒费特小姐以及她那位脸长得像貘一样的女友，还有病入膏肓的阿尔宾先生、那个指甲长长的年轻人以及他们病友中的这位那位，他们全都站在那里，张着嘴巴，鼻孔喘着粗气，眼睛紧盯住汉斯·卡斯托普。他呢，一副失魂落魄的样子，带着热情的微笑，脸颊像上山后头一个晚上似的绯烫，眼里燃烧着乍听见那位"马术师"咳嗽时一般的烈焰，目光死死盯住一个方向……

在这种情况下，塞特姆布里尼先生走过去和他交谈，对他嘘寒问暖，原本是很不错的；但是值得怀疑的是，人家这样做的一片善意以及所表现的毫无成见之心，他汉斯·卡斯托普是否知道领情，并心怀感激呢？

那是一个礼拜天的下午，在疗养院大楼的前边。疗养客们拥挤在传达室前，伸着手等着领取邮件。约阿希姆也站在前面，他表弟却落在了后头，神态跟刚才描述的一个样，正巴望着克拉芙迪娅·舒舍夫人能够瞅他一眼。她呢跟自己的一些桌友站在附近，等着传达室前的拥挤缓和下来。这是一个疗养客们彼此掺和、相互交流的时刻，一个有机会谈情说爱的时刻，因此也是年轻的汉斯·卡斯托普渴望的时刻。一周之前，他曾在那窗口前与舒舍夫人有过极近距离的接触，她甚至碰了一下他，并微微把头一歪对他道了声"对不起"——他呢，则精神高度集中甚至亢奋，立即就用法语回答：

"没关系的，夫人！"

汉斯·卡斯托普暗想，如此每个星期天下午都肯定会在传达室前等待分信，是何等的生活享受啊！我们可以讲，他就这么以等待七天后同一时刻的到来，来消费那一周的光阴；而等待意味着超前，意味着不把时间和眼下当成礼物，而是视为障碍，而是要否定和消灭它们本身的价值，要在精神上超越它们。人说等待乏味无聊。就算无聊吧，可另一方面甚至又很有味，因为时间大段大段地被吞噬掉了，不为了时间本身而生活，也不必充分利用时间。完全可以讲，一个纯粹的等待者就像饕餮者，只需让食物大量通过肠胃，而不必用消化系统加工食物有益的营养成分。还可以进一步讲：就像未经消化的食物不会使人变得肥胖，以等待消耗掉的时间也不会催人衰老。当然喽，为等待而等待，未掺进其他杂质的等待，实际生活中并不存在。

话说一个星期被吞噬掉了，礼拜天下午分邮件的时刻又已经到来，跟七天前的那次一点儿没有什么两样。它照样是极为激动人心地创造着机会，每分每秒都隐含和提供着与舒舍夫人接触和交际的可能性：汉斯·卡斯托普任随这可能性压迫自己的心脏，驱赶着它疯狂跳动，却又没有让可能性转变成现实。因为转变面临着障碍，一半是军人性质的障碍，一半是平民性质的障碍：前者与正派的约阿希姆在场和汉斯·卡斯托普本身的荣誉感和责任心有关，而后者的根源也在他本人的感觉，也就是汉斯·卡斯托普觉着他跟舒舍夫人的关系将会合乎社交礼仪的，即相互都彬彬有礼和以"您"相称，而且还尽可能地讲法语来着——不必要，不希望，也不适合……他站在那儿，看着她说说笑笑，就像当年普希毕斯拉夫在校园中又说又笑一个样：笑得嘴巴张得大大的，颧骨上面一双斜长着的灰褐色眼睛眯成了两条缝。这样子根本就不"美"；可事实仍旧是事实，冷静理性的审美判断一如道德准则，在情人眼里一钱不值喽。

"您也在等信件吗，工程师？"

如此讲话的只有一个人，只有一个捣蛋鬼。汉斯·卡斯托普蓦地一怔，转过身去望着笑嘻嘻地站在面前的塞特姆布里尼。那是一种文雅的、富有人文主义精神的微笑，当他第一次在水槽边的长凳旁招呼新来者的时候，也是带着这样的微笑；一看见这样的微笑，汉斯·卡斯托普也跟他一样感到羞耻。可是，尽管他在梦中已经常想赶走这个"摇风琴的乞讨者"，因为他"在这儿捣乱"——可人清醒的时候毕竟比做梦的时候善良，汉斯·卡斯托普又见着他那微笑不仅感到羞耻和头脑清醒，而且觉着有必要表示表示感谢。他说：

"您讲信件，塞特姆布里尼先生，上帝保佑。我可不是什么外交官！像我这种人也许有张明信片什么的。我表哥倒是在盼信呢。"

"我的一小扎信函前面那个跛脚魔鬼已交给我了，"塞特姆布里尼先生说，说着手就伸向他那件从不离身的厚绒外套侧面的口袋，"一些挺有意思的东西，我不否认，涉及广泛的文学和社会内容。关系着一部百科全书，我深感荣幸，一家文学机构力邀我参加……一句话，关系着一件意义重大的工作。"塞特姆布里尼先生停住了，"您的事怎么样？"他问，"情况如何？例如气候水土适应到了什么程度？您整个算在一起在我们中间待的时间仍然不够长，不可能不再提这个问题。"

"谢谢，塞特姆布里尼先生。困难一如既往地存在。我以为直到最后一天仍然会有问题。有的人永远习惯不了，我一上山表哥就告诉我喽。不过呢，人总归会习惯不习惯。"

"这过程挺复杂，"意大利人笑道，"一种特殊的归化入籍呗。自然，年轻没什么办不到的。您习惯不了，但却会扎下根子。"

"这里毕竟还不是西伯利亚的矿坑嘛。"

"不是。哦，您喜欢用东方的比喻。可以理解，可以理解。

亚洲正在吞噬掉我们，举目望去，到处是鞑靼人的面孔。"塞特姆布里尼悄悄掉头瞅了瞅，接着说，"成吉思汗，荒原狼的眼睛，风雪和烧酒，马鞭子，要塞和基督教信仰。应该在这前厅里塑一尊帕拉斯·雅典娜的神像——意在请这位希腊女战神来保护我们。您瞧，那前面有个不穿白衬衣的伊万·伊万诺维奇跟帕拉范特检察官争执起来了，谁都想抢先去拿信。我不知谁个有理，但凭直觉，检察官会受到女神的庇护。他尽管是头驴子，可至少懂拉丁文不是。"

汉斯·卡斯托普哈哈笑了——塞特姆布里尼先生从来不这样笑。简直不可能想象他会开怀大笑；他的嘴角线条纤细而紧绷，是迸不出这样的笑来的。他观察过了年轻人的笑，然后问道：

"您的片子——您拿到了吗？"

"我拿到了！"汉斯·卡斯托普煞有介事地回答，"刚拿到不久，这儿就是。"说着就伸手掏胸前的口袋。

"啊，您放在皮夹里，就像证件，就像护照或者会员证。很好！让我瞧瞧！"塞特姆布里尼先生用左手的拇指和食指夹拈着那小小的、用黑纸板框着的玻璃片，把它举起来对着阳光——此乃这儿山上一个常常见到的惯用动作。在审视那张浑浊的底片时，他生就一双黑色杏仁眼的面孔微微有些扭曲——让人不完全明白他这只是想看得更清楚呢，或是另有原因。

"是啊，是啊，"他接着说，"您在这儿就有了合法身份啦。非常感谢！"说着便把玻璃底片还给它的所有者。在一定意义上他是越过自己的另一条手臂，侧着身子，背转了脸，把底片递给汉斯·卡斯托普的。

"您看见条状阴影了吗？"汉斯·卡斯托普问，"还有小的结节？"

"对于这类产品的价值，"塞特姆布里尼先生回答，"您了解我的看法。您也知道，身体内部的这些斑点和阴影，绝大部分是生理性的。我看过成百张这样的片子，跟您的差不多；至于它们是否可以成为此间的合法身份证嘛，那最后在一定程度上还是取决于看片医生的心情。我这么讲看似外行，不过毕竟是个有着多年经验的外行。"

"您自己的身份证更糟糕吗？"

"是的，糟糕一点点。——不过据我所知，咱们的主子和大师们并非单单依据这玩意儿做出诊断。——这么讲您现在打算在我们这儿过冬喽？"

"是的，上帝保佑……我正开始适应新的想法，就是到时候要跟表哥一起下山去。"

"这就是说，您正习惯您不再……您的讲法挺有意思。我希望您已收到您的东西——暖和的衣服，结实的鞋子？"

"全收到了。万事大吉喽，塞特姆布里尼先生。我通知了我的亲属，咱们的女管家用快件寄来了所有东西。现在我好坚持下来啦。"

"这我就放心了。可是等一等，您还需要一只袋子，一只毛皮睡袋——咱们想到哪儿啦！这夏末秋初难以捉摸，一小时后可能就是严冬了。您将在这里度过最寒冷的几个月……"

"是啊，一只睡袋，"汉斯·卡斯托普应道，"肯定是少不了的。我也略微想到过，在最近几天，咱们就是说表哥和我，要去坪上买一只。这玩意儿以后永远用不着，不过能用上四至六个月终归还是合算。"

"合算，合算——工程师！"塞特姆布里尼先生低声说，说时靠到了年轻人身边，"您不知道吧，可怕哦，您将如何消磨掉这几个月的时间？可怕哦，因为这违反自然，不符合您的本性，只有您年轻好学才使之成为可能。唉，年轻人好学得过分啦！——教育者因此感到绝望，因为青年们最乐于用来自我显示的，偏偏是那类坏的作风习气。年轻人啊，别像周围的人那么讲话，而要坚持您的欧洲生活方式！这儿的空气里首先是亚洲的气味太重了——也就难怪到处拥挤着莫斯科来的蒙古人！这号人……"说着塞特姆布里尼先生一甩脑袋，用下巴示意了一下身后，"您在内心中千万别学他们的样儿，别让他们的观念毒害了您，相反要以您的本性，您的更高贵的本性，去对抗他们的本性；您是西方的儿子，上帝的西方的儿子，文明世界的儿子，要使一切因您的本性和出身而成为神圣的事物在您心中保持神圣，例如时间！这地方对时间的慷慨大度、野蛮挥霍，是亚洲的作风；东方的孩子们在此地感觉惬意，可能这就是一个原因吧。您从来没发现俄国人说'四个小时'，给人的感觉不比咱们说'一小时'长？不难想象，这号人对时间漫不经心的态度，与他们国土的蛮荒广袤有关系。那儿空间多，时间也就多——不是说嘛，他们是有时间和能等待的民族。咱们欧洲人，咱们可不行。咱们时间很少,一如咱们的空间很珍贵,也分割得挺精致;咱们必须精打细算地利用空间和时间,充分地利用空间和时间,工程师!您就以咱们的大都市当模型吧,它们是文明的中心和焦点,是融汇升华思想的坩埚!在那里地皮价格不断猛涨,浪费空间已不可能,同样地,您发觉了,时间在那里也越来越宝贵。'及时行乐啊!'大城市的歌手唱道。时间是借给人使用的上帝造物——利用它吧,工程师,为了人类进步。"

就连最后这句德语,尽管它给意大利人的地中海舌头制造了许多障碍,塞特姆布里尼先生还是以愉快的方式,清晰地,悦耳地,甚至可以讲是形象生动地,送到了对方的耳朵里。汉斯·卡斯托普呢,就像一个领受教诲的学生似的,只有用短促、僵硬、拘谨的频频鞠躬,做出自己的回应。他又有什么好反驳的呢?纯粹的私下交谈,塞特姆布里尼先生是背冲着所有其他疗养客,压低了嗓子,几乎像耳语似的悄悄对他个人讲的,内容实事求是,毫无面对公众的意思,也缺少对话的性质,因此他即使只是喝喝彩也有失分寸。学生毕竟不便对老师来一句:"嗯,您讲得不错。"尽管汉斯·卡斯托普过去有时也这么干过,但一定程度上只是为了维护社交身份的对等;只是这位人文主义者从来没像今天似的语重心长,以致除了接受指教,年轻人便什么都不好再做了——也就当个循规蹈矩的好学生呗。

从塞特姆布里尼先生的神气可以看出,他尽管沉默不语,思绪仍然继续活跃。他仍然脸对脸站在汉斯·卡斯托普面前,近得人家甚至不得不身子略微往后仰;一双黑眼睛还茫然而又若有所思地，死盯住年轻人的脸。

"您感到痛苦，工程师！"他继续说，"您痛苦得如同一只迷途的羔羊——这谁看不出来呢？不过就连您对待痛苦的态度，也应该是欧洲人的态度——不能是东方式的；东方人体弱多病，所以这个地方来了不少……同情和无限的忍耐，这就是他们对待痛苦的态度。咱们的态度，您的态度，不能也不允许是这个样子！……刚才谈到我的邮件……在这里，您瞧……要不您跟我来——这样更好！这儿不可能……我们避开吧，我们上那边去。我让您开开眼界，让您……来吧来吧！"说着就转过身，拽着汉斯·卡斯托普离开了大楼前的院子，跨进了距院门最近的一间交谊室；室内布置得如同写字间兼阅览室，眼下一个人都没有。在明亮的天花板底下，四周的墙上装着橡木护壁板，摆放着一个个书架；屋子中央，立着一张桌子，四周由一些椅子围着，桌上放着几叠报夹夹住的报纸；往外凹陷的拱形窗户底下，准备了写字台和文具。塞特姆布里尼先生径直走到一扇窗户跟前，汉斯·卡斯托普紧随其后。房门仍旧敞开着。

"这些文件，"意大利人边说边从他那绒外套侧面的巨大衣袋里飞快掏出一个纸卷，一个已经拆开了的、内容丰富的大信封；里边装的是各式各样的印刷品和一纸信函，塞特姆布里尼一一地拿它们打年轻人眼前晃过，"这些文件都印有法语的抬头：'促进进步国际联盟'。是从联盟的分部所在地洛加诺给我寄来的。您问我联盟的章程，联盟的宗旨？我用两句话回答您。促进进步联盟的哲学观点源于达尔文的进化论，相信人类的天职在于实现自我完善。由此进一步衍生出的结论是，任何一个愿意尽其天职的人都有责任促进人类进步。许许多多的人响应了联盟的召唤，它的会员在法国、意大利、西班牙、土耳其甚至还有德国都为数巨大。本人不才也有幸名列其中。已经科学地制定出一部宏伟的改革纲领，把目前所有完善人类机体的现实可能性统统包含在了里面。正在研究我们人种的健康问题，并且检验认证所有防止退化的办法；毫无疑问，退化是工业化加剧可悲地带来的伴生现象。此外联盟还致力于创建一些民众大学，通过种种适当的社会改良克服阶级斗争以至于最终消灭阶级斗争，通过制定国际公法消灭战争。您瞧，联盟的追求高尚而又全面。有多家国际性的刊物随时反映它的动态——用三四种世界性语言出版的几本每月评论，不断报道文明人类的进步发展，十分令人振奋。在不同的国家建立了无数的地方分部，它们组织各种讨论晚会和周末活动，进行人类进步理想的启蒙教育，成效十分喜人。联盟最最积极的是向世界各国的进步政治党团提供有关资料……您还在听吗，工程师？"

"绝对！"汉斯·卡斯托普急忙回答，说这话时心里慌乱得像人打了个趔趄，幸亏最终还站住了似的。

塞特姆布里尼先生看样子满意了。

"我估计，您这是破天荒第一遭，新鲜又意外吧？"

"是的，我必须承认，是第一次听说……联盟的追求。"

"您只要稍微早点儿，"塞特姆布里尼轻声嚷道，"早点儿听说就好啦！不过现在也许还不太迟。喏，这些印刷品……您愿意了解它们的内容……请听我继续讲！今年春天，在巴塞罗那隆重召开了联盟的代表大会——您知道，这座城市与进步政治理想有着特殊的关系，足以自豪啊。大会开了一周，其间举行了许多宴会和庆典。仁慈的主啊，我本打算去开会，想参加那些讨论想得要命。谁知宫廷顾问这恶棍禁止我去，对我发出了死亡威胁——结果，您说有啥法子，我怕死嘛，就没去成。我绝望了，您可以想象，我的破身体竟给我来这么一招！还有什么更令人心痛吗，我们的肉体，我们的动物部分，妨碍了我们效力于理性！也正因此，洛加诺分部寄来的杂志，对我更是雪中送炭……对它们的内容您感到好奇？这我很乐于相信！下面是几则简讯……'促进进步国际联盟'秉承一贯的宗旨，致力于增进人类的幸福，换句话说：通过目标明确的社会工作减轻人类的痛苦，直至最终完全根除人类的痛苦——鉴于这一极为崇高的使命必须借助社会学来完成，其最终目标乃是建立一个完满无缺的国家——故而联盟在巴塞罗那决定编纂一部多卷本的巨著，其题名叫作《痛苦的社会学》，书中将把人类的所有痛苦分级分类、立纲立目，进行详尽无遗的、系统科学的梳理研究。您会提出异议：等级、纲目、系统有什么用！我回答您：条理化和系统化是掌握一门科学的基础，须知，最可怕的敌人是还不知道的敌人。必须把人类从原始发展阶段，即只知道恐惧的、得过且过的麻木状态中领出来，带着他们过渡到有明确目标的自觉行动阶段。必须进行启蒙，让人明白痛苦是可以消除的，但要消除得先认清根源；个人的一切痛苦病根几乎全在社会肌体。好！这就是《社会病理学》的主旨。

它将编成百科全书规格的大约二十大卷，详尽地列举和探讨我们所能想象的一切人类痛苦，从最个人的和最隐秘的直至大规模的集团矛盾，还有由阶级仇恨和国际冲突衍生出来的大灾大难等等等等，简言之，它将阐明种种混合或者化合成所有人类痛苦的化学元素；它将以人类的尊严和幸福为准绳，无论如何也把它觉得适合的手段和措施交到人手里，以便人类消灭痛苦的根源。欧洲学术界将有一批精英，医学家、国民经济学家和心理学家等等分工合作，一道编纂这套《痛苦百科全书》；总编辑室设在洛加诺，已完成的条目将像一条条溪水似的汇聚到那个大湖泊里。您的眼睛在问，任务这么多，我本人又分配到了什么角色？请让我把话讲完！既然以人类的痛苦为题目，这部巨著也就不能忽视审美的心灵。文学作品涉及人的种种痛苦，也给予受苦的人以抚慰和教益，所以便定了一个分卷专门汇编上述的所有世界文学名著，并予以简单的评论；而这——就是在您看见的这封信里，他们给予在下的信托。"

"您讲什么，塞特姆布里尼先生！那就请您允许我，对您表示衷心的祝贺！这个任务可太伟大啦，而且我觉得对您再适合不过。我一秒钟都没感到惊讶，联盟想到了您。您呢想必高兴坏了吧，现在就能够帮助根除人类的痛苦！"

"这是件涉及面很广的工作，"塞特姆布里尼先生若有所思地说，"需要照顾方方面面，需要大量阅读。再者，"他补充道，目光好似已迷失在他所肩负任务的纷繁复杂中，"再者，审美的心灵事实上几乎总以痛苦为关注对象，甚至二三流的作品吧，也全都在表现痛苦。事情真是太庞杂啦，可尽管如此，我还是会勉为其难，力争在这该死的地方做好它，虽说我并不希望强迫自己，一定在这里将它最后完成。这可是不能，"他继续说，说时又靠近汉斯·卡斯托普，把嗓音压低到近乎耳语，"这可是不能跟您肩负的使命同日而语啊，工程师！这就是我与您谈话的目的，这就是我对您的告诫。您知道，我是多么赞赏您的职业，但它是一种实际工作，而不是心智活动，所以您和我不一样，只能到下边的世界上去从事您的职业。只有在平原上，您才能成为一个欧洲人，才能以您的方式与痛苦作斗争，促进人类进步，充分利用时间。我给您讲了我承担的任务，只是为了提醒您，为了帮您找到自我，为了纠正您的观念；显然，在环境气氛的影响下，您的观念已开始混乱。我给您谆谆告诫：您要坚持自我！要感到自豪，千万别迷恋外来的东西！避开这片沼泽，避开这魔女喀耳刻盘踞的小岛，您没有俄底修斯的能耐，待在岛上不可能像他似的最后安然无恙。①您将用四肢爬行，您已经开始喜欢用前肢支撑身体，您很快就会像猪似的打响鼻——当心啊，您！"

人文主义者低声发着告诫，恳切地不停摇脑袋。他终于缄默不语了，垂下了眼睑，蹙紧了眉头。不可能以玩笑回答他，也不可能对他规避应付；汉斯·卡斯托普惯于这么干，这次有一会儿也考虑过这种可能。他也垂下眼睑站在那儿，然后耸了一下肩膀，同样低声地说：

---

① 俄底修斯漂泊到喀耳刻魔女岛的故事见荷马史诗《奥德赛》。受到魔女蛊惑的人将变成猪或其他动物。

"我该做什么？"

"做我给您说的。"

"也就是：离开？"

塞特姆布里尼不言语。

"您是想说：我应该回家去？"

"第一天晚上我已经这么劝您，工程师。"

"是的，当时我还有自由，可以这么做，只是我觉得不理智，仅仅因为此地空气对我有点儿不利就打退堂鼓。可后来情况变了。后来体检出了结果，贝伦斯宫廷顾问根据它明明白白对我讲，回去不合适，回去了不久又得再上来；要是我坚持待在山下，那我的整个肺叶都会见鬼去，反正一点儿办法没有。"

"我知道，您现在口袋里揣着身份证明。"

"是的，您是这么讥讽……自然是正当的讥讽喽，一秒钟也不会被误解，而是修辞艺术直截了当外加经典的手段——您瞧，我已经记住您的话。可是，在看过这张片子，在有了检查结果和宫廷顾问的诊断以后还劝我回家，您这样做能负责任吗？"

塞特姆布里尼先生犹豫了片刻。随后他挺直身子，抬起头来，眼睛黑黑地、定定地盯住卡斯托普，以抑扬顿挫的、不无戏剧效果的腔调回答道：

"是的，工程师，我准备负这个责任。"

然而汉斯·卡斯托普也挺直了身子。他并拢了脚后跟，目光同样直视着塞特姆布里尼先生。这回可是一场战斗。他汉斯·卡斯托普守住了阵地。来自附近的影响使他"强硬"起来。这儿是位教育家，那儿外边有个眼睛细长的女人。他甚至不想再为自己说的话表示抱歉，也不再加上一句"请别见怪"。他干脆回答：

"那就是说，您关心自己胜于关心他人啰！您也并未无视医生的禁令，执意去巴塞罗那参加进步代表大会嘛。您怕死，所以留在了这里。"

这番话无疑在一定程度上破坏了塞特姆布里尼先生的心绪。他不无勉强地笑了笑说：

"我欣赏您机智敏捷的回答，虽说您的逻辑近乎诡辩。我讨厌以此间令人恶心的通行方式与您争论，不然我就会回答您：我比您病得厉害——可惜我事实上病得是如此严重，只好把也许有朝一日还可能出院和回到山下世界去的希望，仅仅是自欺欺人地往后推到了遥遥无期。到了维持这个希望显得完全荒谬的时刻，我就会一转背离开这医院，到底下山谷某地的公寓里去度过自己的残生。那将是悲惨的，可我的工作氛围却极其自由，极其有益于心智，不会妨碍我为人类的事业服务，与病魔顽强抗争，直至生命的最后一息。这就是我们之间存在的区别，我已经提醒过您了。工程师啊，您不是一个可以在这里坚持自己优秀品质的人，我第一次遇见您就看出来了。您指责我不曾去巴塞罗那。我之所以屈从那个禁令，是因为不想提前把自己毁掉。不过我这么做有着极大的保留，对我可怜的躯体的专横，我的精神提出了最自尊和最沉痛的抗议。您在遵从此地强权的种种规章制度时，心里是不是也涌动着这样的抗议情绪——是不是恰恰相反，您的身体惰性严重，您也就心甘情愿地跟着……"

"您干吗这么讨厌身体啊？"汉斯·卡斯托普迅速打断塞特姆布里尼，睁大一双蓝眼睛将他盯着，白眼仁上牵着血丝。看得出来，他大胆得自己都有些晕晕乎乎的了。"你说什么呀？"他暗忖，"这可不得了。不过既然已跟他宣战，只要还挺得住，就不能够认输。当然，他最终会取胜，不过一点儿没关系，我反正只有好处。我要激怒他。"于是他又反驳道：

"您不是人文主义者吗？您怎么能这样讲身体的坏话？"

塞特姆布里尼莞尔一笑，这次笑得充满自信，毫不勉强。

"'您怎么会反对分析呢？'"他把脑袋歪在一边，借用汉斯·卡斯托普说过的话，"'您这不是在责怪分析法吗？'——您会发现，您讲什么我都时刻准备奉陪，工程师，"说着他一鞠躬，冲地上做了个致敬的手势，"特别是您的反驳表现出智慧的时候。您的招架姿势蛮优美。人文主义者——当然，我是个人文主义者。您永远休想指责我有禁欲主义倾向。我肯定身体，敬重身体，热爱身体，就像我肯定、敬重并热爱形式、美色、自由、快乐和享受——正像我主张'世界'和生命的权利，反对愁眉苦脸的厌世情绪——主张古典风格，反对浪漫主义。我想，我的立场极为鲜明。可也有一种伟力、一种原则，我要对它表示最大的肯定，最崇高、最无保留的敬仰和热爱；这种伟力、这种原则就是精神。真叫我恶心透了，看见有人把某种在月光下编造的幽灵似的可疑物，也即人们所谓的'灵魂'，拿来跟肉体对抗——在这肉体与精神的矛盾当中，肉体意味着恶和魔鬼的原则，因为肉体乃是本能；而本能——在与精神和理性的对立中，我重复一遍！——本是恶的，神秘的和恶的。'您可是人文主义者啊！'我当然是人文主义者，因为我是人类的朋友，和普罗米修斯一个样，是一个热爱人类及其高贵品质的人。这高贵可是包含在精神中，包含在理性中；因此，您完全是无的放矢，如果您拿基督教的蒙昧主义来指责……"

汉斯·卡斯托普想要反驳。

"……完全是无的放矢，"塞特姆布里尼坚持往下说，"因为高贵、自尊的人文主义，视精神对肉体的依附，对世俗本能的依附为堕落，为耻辱。您知道吗，从伟大的普罗提诺①流传下来这么一句话：他耻于有一个身体。"塞特姆布里尼问，并认真地等着卡斯托普回答，被逼得没办法的他只好承认，这话他第一次听见。

"它经波菲利②之口传了下来。您要愿意，可称它荒谬。可这荒谬意味着精神高尚，没有什么比那荒谬的指责更可怜了；在这里，精神面对本能坚持自己的高贵，拒绝向本能让步……您听说过里斯本发生的地震吗？"

"没有。——发生地震？我在这里没看报纸……"

"您误解了我的意思。顺便说说，很可惜啊——这地方的典型现象，您在这儿耽误了看报。不过您误解了我，我讲的自然灾害并非眼前的事，它发生在大约一百五十年前……"

"是吗，这样！噢，您等等——对了！我曾经在书里读到过，

---

① 普罗提诺（约204—270），古罗马时期的希腊哲学家，新柏拉图主义的重要代表。

② 波菲利（约234—305），希腊唯心主义哲学家，普罗提诺的弟子。

歌德有天夜里在魏玛的卧室中对他的仆人说……"

"哎——我想说的不是这个,"塞特姆布里尼打断他,同时闭上了眼睛,一只棕色的小手不住地在空中摆着,"再说您也把两次地震搞混了。您想的是墨西拿的那次,我指的却是1755年里斯本遭受的地震。"

"对不起。"

"喏,伏尔泰可是怒不可遏。"

"您的意思……什么?他怒不可遏?"

"是的,他勃然大怒啦。他不愿接受这残酷的灾难现实,拒绝在它面前认输。一座欣欣向荣的大都会的四分之三和千万人的生命如此毁于一旦,他以精神和理性的名义对自然的恣意妄为提出了抗议……您感到惊讶?您在微笑?您尽管惊讶好了,至于微笑嘛,我却要剥夺您的自由,禁止您微笑!古代的高卢人敢于用箭射天,伏尔泰的态度表明他不愧为高卢人真正的后代……您瞧,这就是精神对抗自然的范例,显示了精神对自然的怀疑和高傲,以及精神庄严地坚持自己批判自然的权利,批判它邪恶的、反理性的暴力的权利。须知它确系暴力,而接受它,容忍它——记好了,在内心里容忍它,乃是奴性的表现。在此您可也见到了这种意义的人文主义,就是它绝不纠缠于个别的矛盾,也不会倒退为基督教的逆来顺受,而是决心视身体为邪恶的对立原则。您自认为见到的矛盾,归根到底永远是同一个。'您干吗反对分析啊?'我一点儿不反对……如果它有利于启蒙,有利于解放和进步事业。但又绝对反对……如果它带有腐朽的坟墓的气息。对身体也是如此。必须尊重和捍卫身体，如果涉及它的解放和优美，涉及感官的自由，涉及幸福和欢乐。反之得蔑视它，只要它成了妨碍人类走向光明的沉重怠惰的原则，得厌恶它，只要它体现的是疾病与死亡的原则，它特有的精神是黑白颠倒的精神，是淫欲和耻辱的精神……"

塞特姆布里尼脸对脸站在汉斯·卡斯托普跟前，为了终于结束自己的演说，他最后这几句话讲得既轻且快。这时汉斯·卡斯托普也即将获得解救：约阿希姆手拿着两张明信片跨进阅览室，打断了塞特姆布里尼的谈话；他呢却随机应变，表情立马显得轻松随意，给他的弟子——要是能这样称呼汉斯·卡斯托普的话——留下了深刻的印象。

"是您啊，少尉！您肯定找您表弟啦——对不起！我和他在这里谈得起了劲儿——我们感觉不错，甚至发生了小小的分歧哩。他是个不坏的辩论对手，您的表弟，只要他感觉合适，争辩起来也够咄咄逼人的不是。"

关于人体的学问

汉斯·卡斯托普和约阿希姆·齐姆逊午饭后坐在花园里，身上穿着白裤子和蓝上衣。仍然是深受赞誉的十月里的一天，既温暖又轻松，同时充满着节日气氛却又不无形势即将严峻的预感：山谷南面的天空一片蔚蓝，山谷里道路交叉纵横，村舍错落有致，一块块牧场依旧泛着青绿，从山壁上稀疏的林间则飘来阵阵牛铃声——这由金属撞击出的、平和单纯的乐音，在稀薄、宁静、空漠的氛围中回荡，是那样的清脆，那样的无所干扰，自然加重了这高山地区的肃穆气氛。

表兄弟俩坐在花园尽头的一条长凳上，面对着一片栽满枞树苗的半圆形苗圃。——这地方位于一块用栅栏围起来的平台的西北边沿；平台高出谷地十多米，构成了"山庄"所占用地皮的底座。两人缄默无语。汉斯·卡斯托普抽着雪茄。他正与表兄打肚皮官司呢，因为这位饭后不肯去参加露台上的社交活动，而硬逼着他来到这静悄悄的花园里，消磨掉去完成静卧任务之前的时间。约阿希姆真太霸道啦。严格地讲，哪里还是什么不分彼此的好表兄弟俩。既然志趣不同，他们就可以分开。汉斯·卡斯托普可不是专门来这里陪他约阿希姆的，他自己同样是疗养员。他心里恼火，也可以坚持只在心里恼火，反正还有"玛利亚·曼齐尼"抽嘛。他双手插在上衣侧面的口袋里，向前伸出穿着棕色皮鞋的双脚，嘴里含着长长的、淡灰色的雪茄。这雪茄的消费尚处于最初阶段，就是说：平齐的头儿上烟灰还没抖掉，烟卷儿尚含在嘴唇的中间，因而斜吊在那儿，在结结实实吃了一顿午饭之后烟味儿正好着喽，而眼下他刚好又重新完全抽出了它的滋味儿。如果说他对此间环境的适应只要求他习惯自己的不习惯——其中涉及他胃部的化学机理，他干燥而易于充血的黏膜神经，那么这适应过程显然已圆满结束：不知不觉地，也未能跟踪到逐渐的进展，在这五六十或者七十天里就出现了变化，对那精工烤制的、起刺激或者麻醉作用的烟草，他又恢复了全身心受用的惬意感觉。他庆幸自己又有了这份能耐。心理的满足增强了生理的享受。在卧床静养期间，原已带来的两百支雪茄有了节余，剩下来的部分眼下仍旧在那里。与此同时，在寄冬衣的时候，他又让萨勒恩大娘顺便寄来五百支不来梅产的同一牌子的雪茄，以满足长期需要。雪茄装在一些漂亮的描金小漆盒里，盒子上画着一只地球仪、许多勋章和一座四周飘扬着旗帜的展览馆。

表兄弟俩正这么坐着，瞧吧，贝伦斯宫廷顾问就穿过花园走来了。他今天在餐厅里与病员们共进了午餐。在萨洛蒙太太的桌上，人们看见他在汤盆前面合上了一双大手。随后大概又在露台上待了一会儿现了现身，看样子又表演了快速穿靴带的技巧，为某个还无缘看他表演的病人。眼下他正踩着花园里的碎石小径，没披白大褂而是穿着一件小方格子的燕尾服，慢悠悠地走来了。头上的硬礼帽推到了后脑勺上，嘴里也斜叼着支黑乎乎的雪茄，他猛力地吸着，随即喷吐出一串串白色的大烟圈儿。他的脑袋，他脸颊烧得青紫的面孔，他粗短的鼻子，他那双湿漉漉的蓝眼睛，那一撮小胡子，所有这一切和他那高长细瘦、伛偻曲折的身材相比，和他那硕大的手和脚相比，都显得太小气啦。他有些神经质，见着表兄弟俩显然吓了一跳，因为又偏偏正好走向他们，所以甚至尴尬地停了一停。他以惯用的方式招呼他们，快活而又健谈的样子，"瞧啊，瞧啊，提摩修斯[①]！"他道，同时祝他们新

[①] 提摩修斯为席勒著名叙事谣曲《伊毕库斯的仙鹤》中的人物，他被视为对朋友忠贞不渝的一个典范。

陈代谢旺盛,并用手按住他们,不准他们站起来向他表示敬意。

"免了,免了。跟我这么干脆的人还客气个啥。对我完全用不着,二位都是病人不是。你们不必这样子。有病就是有病嘛,没任何说的。"

他仍站在表兄弟俩面前,巨大的右手在食指跟中指之间夹着雪茄。

"这卷卷儿味道咋样,卡斯托普?让我瞧瞧,我可是行家兼爱家哩。嗯,烟灰不错。这褐皮肤的'美女儿'是啥牌子?"

"'玛利亚·曼齐尼'牌,不来梅产的餐后抽起来特棒的雪茄,宫廷顾问阁下。价钱不贵,也可以讲极贱,一色的烟叶才十九芬尼一支,却带着同一价位其他品牌绝对没有的葡萄酒香。叶子原来自苏门答腊和哈瓦那,您看见了。我已经很习惯抽它。中和适度的混合型,香味十足,可舌尖感觉清淡。要是您让烟灰长久保持着,那它就更好;我抽一支充其量抖两次灰。自然它也有些小脾气,所以监制必须特别严格,这样'玛利亚'的品质才非常可靠,啥时候抽起来都一个样。请允许我给您奉上一支?"

"谢谢,咱们就交换一下吧。"说着,各自都掏出了烟盒。

"这种雪茄别有滋味儿,"宫廷顾问递过他那种牌子的,说,"您知道,有冲力,有劲道。'圣菲利克斯·巴西'牌,我一直喜欢这样的风味。真真正正消愁解闷的开心果,跟烧酒似的辣得不得了,尤其到最后更火辣辣的。人家劝我要悠着点儿,不可一支接着一支烧,这样人受不了。然而宁可一次抽个痛快,也不要整天吸水蒸气……"

他们把互赠的礼品夹在指头中间转来转去，用行家的求实眼光观察检验，但见那细长的躯体上裹在最外面的叶子这儿那儿卷了边儿，像一些个斜着的肋条均匀地向上伸展。凹凸不平的表面则好似皮肤，仿佛有微细血管在上面搏动，再让光线在平面和棱角上一照射，更叫人觉得它整个儿活了似的。汉斯·卡斯托普说出了自己的感想：

"这样的雪茄有生命啦。它得正常呼吸。在家时我有一次心血来潮，把'玛利亚'保存在一只密闭的白铁匣子里，免得它受潮。您信吗？结果它死了，它完蛋了，一个星期全完蛋了——剩下的尸体硬得牛皮似的。"

接下来他们交流保存雪茄的最佳办法，那就是不断地进口。宫廷顾问喜欢抽进口雪茄，特别是劲道十足的哈瓦那产品。遗憾的只是他受不了它，一次在社交场合他只抽了两支小小的"亨利·克莱"，据他讲险些儿就要了他的命。"我是在喝咖啡时抽的它，"他道，"一支接着一支，抽的时候很少想什么。可抽完以后就产生一个问题，我到底感觉怎样啊。反正很不一样，完全别有一番天地，一生中从未有过的啊。好不容易回到家，到家后才想起，糟了糟了。双脚冰凉，您知道，头冒冷汗，您看看，脸色刷白，心脏胡蹦乱跳，脉搏——一会儿微弱得几乎摸不着，一会儿又跳得怦怦怦的像敲鼓，而脑子里一片乱糟糟……我深信不疑，这下我玩儿完了。我说：玩儿完，因为当时正好想起这个词儿，而且也适合用来形容我的境况。不是吗，当时确实极为快活，真正是兴高采烈，尽管我又害怕得要命，或者说得更准确点儿，我整个儿生命就只剩下了恐惧。不过话说回来，恐惧与快活并非相互排斥，这谁都知道。小伙子头一次想去泡妞儿，不也害怕，被泡的呢同样害怕，可两人却都其乐融融，忘乎所以。唉，我反正差不多也是乐在其中，玩儿完就他妈玩儿完吧。谁知米伦冬克却拉住了我，给我又是冰敷，又是毛刷子搓背，又是注射樟脑，结果我仍旧留在了人世间。"

汉斯·卡斯托普静静坐着，谨守着自己患者的本分，抬头仰望着贝伦斯，装出一副听得很用心的样子。这位呢，讲得一双蓝色的金鱼眼里充满了泪水。

"您可有时还画油画哩，宫廷顾问先生。"卡斯托普没头没脑地说。

贝伦斯一脸的狐疑，像走路撞到了墙上。

"那又怎样？年轻人，您怎么知道的？"

"请原谅。我偶尔听人提起过，这会儿正好想起来。"

"既然如此，我也不想再花力气否认。咱们人嘛，总是有自己的弱点。不错，有那么回事。像那位西班牙人喜欢说的：咱也是个画家。"

"也画画风景吗？"汉斯·卡斯托普问得简单，口气却有点儿居高临下。眼前的情况诱使他禁不住用了这种口气。

"就算是吧！"宫廷顾问回答，既尴尬又得意，"风景啊，静物啊，还有动物啊——是男子汉，就该无所畏惧。"

"还画肖像是吧？"

"碰上机会自然有时也画肖像。怎么，您想来我这里订一幅吗？"

"哈哈，不。可是宫廷顾问先生要是啥时候能允许我们饱饱眼福，那就太感谢啦！"

约阿希姆惊异地瞅了瞅表弟，接着也赶紧跟着恭维，那可真是大饱眼福呀。

贝伦斯既感到惊讶，又觉得受用，以至于欢欣鼓舞，喜形于色，不只脸孔绯红，眼里的泪水也好像快流出来了。

"好啊好啊！"他朗声道，"真是荣幸之至！如果二位高兴，马上就可以去！请吧请吧，我要在舍下好好儿给咱们煮一壶土耳其咖啡！"说着就抓住年轻人的手臂，把他俩从长凳上拽起来，一边挽住一个，拖着他们沿碎石小径朝自己住宅走去。他们知道他住得不远，就在"山庄"疗养院大楼的西北角上。

"从前，我自己也曾不时地尝试过画画。"汉斯·卡斯托普解释说。

"瞧您说的。扎扎实实地学画油画？"

"不，不，偶尔画一画水彩罢了，如此而已。有时画一艘船，有时画一片海，纯属小孩子游戏。不过我很爱欣赏画，所以才不揣冒昧……"

其实真有几分不安的是约阿希姆，通过汉斯·卡斯托普的这番表白，他算明白自己表弟何以如此令人惊异地对贝伦斯的画感到好奇——汉斯·卡斯托普提起自己学画的经历，也更多是为了他，而不是为了宫廷顾问。

他们到了。眼前的宅门一点儿也不华丽气派，不像大楼正门入口似的两边全装饰着路灯。走上几级圆形的石阶，便站在一扇橡木门前，宫廷顾问从一大串钥匙中挑出来一把带柄的，用它开了门。开门时他的手微微颤抖，像是挺神经质。迎接他们的是布置成衣帽间的过厅，贝伦斯摘下硬礼帽来挂在钉子上。往里走是一段用玻璃门与大楼公用部分隔开的短走廊，走廊两侧就是小小私宅的几间房间了。贝伦斯站在走廊上呼唤来女用人，对她吩咐了一番。随后他兴致勃勃地说着客套话，邀请客人们进了右手边一道门。

里面是几个家具陈设显得小市民气的房间，透过正面的窗户望得见下边的山谷，房间套着房间，没有房门相互隔开，有的仅只是门帘：一间古德意志风格的餐室；一间起居室兼工作室，正中央摆着写字台，写字台上方挂着顶大学生制帽以及两把十字交叉的长剑，地上铺着羊毛地毯，立着一些书柜和一套沙发；还有一间布置成"土耳其风格"的吸烟室。到处挂着油画，宫廷顾问的油画——来访者立刻用眼睛有礼貌地从上面扫过，已做好了发出赞叹的准备。宫廷顾问的亡妻一再进入他俩的视线：办公桌上摆着她的油画遗像，也有她生前的照片。这是一位谜一般的金发女子，衣着轻薄而飘逸，两只手捧在左肩的前面——也就是并非相互握紧，而只是将前端的指节松松地交叉在一起，她的双眼隐藏在斜伸着的长长睫毛底下，目光要么是望着天，要么是瞅着地，这位已故的美人就是永远不肯正眼瞧一瞧观画的人。此外绘画的题材主要是高山风物，一座座山峰耸立在白色的雪野或绿色的枞林间，峰巅云雾缭绕，刀削似的轮廓干硬、峭拔，直插入蔚蓝的天际；最后这点显系受了意大利画家塞冈迪尼的影响。再就画的是一些高山牧人小屋，一群站在或躺在草地上晒太阳的肥壮母牛，还有在桌面上的各种蔬菜中间，一只拔过毛的鸡歪搭着扭断了的脖子，以及一束束的鲜花，各种类型的山民，等等。一切看来都出自某个轻松愉快的业余作者之手，用色之大胆，常常让人觉得是直接将颜料从锡管挤到了画布上，因此需要很长时间才能够干——尽管毛病多而且严重，却也看得过去。

表兄弟俩像参观展览会似的沿着墙往前走，陪在一旁的主人时不时地道出某幅画的题名，不过多数时候都默不作声，但却暗自得意，就像一位矜持的艺术家在陪别人浏览自己的作品时一样。克拉芙迪娅·舒舍夫人的肖像挂在起居室窗边的墙上——汉斯·卡斯托普进屋时一眼就瞅见了，虽说画像与本人只是大致相像。他故意避开那儿，把他的两位同伴久久拖延在餐厅中，装着在那里欣赏以淡蓝色冰川为背景的塞尔基绿色峡谷的样子，随后又自作主张地先进了对面的土耳其吸烟室，同样在室内慢走细瞧，赞不绝口，过后再去观看起居室门旁边墙上的作品，时不时地还要求约阿希姆也像他一样喝彩鼓掌。最后，他终于转过身来，一边端详那肖像一边傻愣愣地问：

"这面孔不是挺熟的吗？"

"您认得出她？"贝伦斯希望听见肯定的回答。

"可不，怎么可能认错呢！是'好样儿的俄国人席'那位夫人，法国名字叫什么……"

"不错，舒舍夫人。我很高兴您觉得像。"

"太像喽！"汉斯·卡斯托普睁着眼瞎说，倒不是出于虚伪，而是意识到如果真的实话实说,那他又怎么可能认出画像的模特呢?很难喽,难得就像约阿希姆凭自己的眼力永远也认不出她来。这位上当受骗了的好好先生刚才完全被汉斯·卡斯托普给蒙了,这下自然也就恍然大悟。"真是哩。"他低声道,同时起劲地帮着寻找相像的证据。他的表弟呢,终于不再为没能去参加露台上的聚会遗憾,因为感觉得到了补偿。

这是一幅小侧面的半身像,比真人略小一点儿,袒胸露肩,裸露的肩膀和胸脯上盖着纱巾,画像装在一只宽大厚实、往中间凹陷的黑色框子里,画框里边紧挨画布装饰了一圈金线。舒舍夫人看上去比实际年龄大了十岁,这在业余作者画的肖像中十分常见。整个脸上红色太多,鼻子画糟了,头发颜色不对,太像稻草,嘴也歪了,看不见本人面貌特有的那种妩媚,或者说由于对一个个优点缺少细致表现,整个的魅力便没有表现出来,因此总体上讲只是一件拆烂污的产品,画像与她本人充其量只能是远亲。然而汉斯·卡斯托普不怎么在乎像还是不像,这张画布与舒舍夫人的关系在他看来够紧密啦,它上面画的无疑就是她。她本人坐在这些房间里做过模特,这对汉斯·卡斯托普来说已经足够,所以他反复激动地强调:

"太像她啦,真叫活灵活现!"

"可别这么说,"宫廷顾问推辞道,"这是一件很粗糙的作品,我可没幻想能画得多么成功,尽管咱俩在一起坐了二十来次——像这样一张极其特别的面孔,您怎么才画得好哟。有人也许想,要抓住她的特征一定很容易,不就北极爱斯基摩人似的高颧骨,发过酵的干面团裂缝似的细眯眯眼睛！是的，说得不错。可细节画对了，整体却弄糟啦。结果晕头转向，简直跟转迷宫一样。您认识她？可能的话最好别画她，而只在脑子里玩味。您到底认识她不？"

"噢，不，只是面熟而已，跟这儿的所有人都是……"

"喏，我认识的更多是里面也就是皮下，您明白，诸如动脉的血压，软组织的弹性，淋巴的运动，可以说我都了如指掌——事出有因喽。可是表面更难认识。您常看见她走路吗？她走路的样子就像她的面孔。静悄悄的，像只猫儿。例如那眼睛吧——我不是指颜色，当然颜色也有问题。我是指布局，还有形状。您看，那上下眼皮之间的开口，是不是又窄又斜。可那只是假象。叫您上了当的是内眦的赘皮，也就是一种为某些民族所特有的眼变异体也即赘皮。它从这些人种扁平的鼻梁经过眼睑皱襞进入眼内一角，如果把他们鼻根上的皮肤绷紧，那这眼睛就跟我们欧洲人的一样啦。一种富于诱惑力的假象，除此别无光彩。因为究其实质，内眦赘皮只是一种有碍视力的返祖现象罢了。"

"原来如此，"汉斯·卡斯托普应道，"这个我不了解，但却早对这样的眼睛究竟怎么回事感兴趣。"

"自寻烦恼啊，骗人的假象，"宫廷顾问强调，"您要干脆画成斜睨的细眯眯眼，那您就完了。您在表现这斜跟细时要顺乎自然，所谓在想象之中再进行想象，而这当然就必须对内眦赘皮有清楚的认识啦。学识总不会有害。您瞧这皮肤，这身上的皮肤。您认为画得生动，还是不特别生动？"

"生动极了,"汉斯·卡斯托普回答,"画得生动极了,这皮肤。我相信,我从来没画这么好过。简直觉得连毛孔都看清楚了哩。"说着用手掌的边儿轻轻抚过画上遮掩着肩和胸的纱巾。这纱巾叫红过分了的面庞衬托得雪白,一如那通常不会暴露在光天化日之下的身体部位。就这样,不知有意或是无意,这裸露的印象得到了突出强调——反正效果差强人意。

尽管如此,汉斯·卡斯托普的称赞也有道理。那娇嫩但不瘦削的胸脯隐现在淡蓝色的纱巾底下,微微地泛着白光,反而显得栩栩如生。显然画家在画的时候带着感情,但同时又懂得在无损于由此产生的妩媚的情况下,赋予它一种科学的真实性和生活的准确性。他利用画布的颗粒状态,以其涂上颜料来表现皮肤表面自然的坑坑洼洼,具体讲就是可爱地突现出来的肩胛部位。在胸脯开始一分为二的地方,偏左一点儿有块小小胎记,也未被画家忽视;而在两座乳峰之间,叫人似乎隐约看见了皮肤底下细细的、淡青色的血管。也许是敏锐地感觉到了参观者的注目吧,这裸露的躯体仿佛轻轻抽搐了一下,轻得几乎无从察觉——大胆讲一句:观画者甚至可以想象嗅到了一股汗味,一股由那肉体发出的看不见的体香,要是你忍不住把嘴唇贴上去的话,那感觉到的将不再是颜料和油脂的气味,而将是人身体的味道。我们讲这一切只是为传达汉斯·卡斯托普的感受,可是即使他本来就希望有这样的感觉,仍旧不妨实事求是地讲,在这房里陈列的所有画作中,袒胸露肩的克拉芙迪娅·舒舍夫人仍鹤立鸡群,是最值得注意的一件。

宫廷顾问贝伦斯身子摇摇晃晃，双手插在裤袋里，陪同客人一起观画，踮着脚尖慢慢地往前走。

"我很高兴，"他说，"很高兴您作为同行明白了个中况味。确实，如果您对表皮下看不见的情形有些个了解，并能一道画出来，那就只有好处，没有任何坏处。换句话说：如果除了艺术的关系以外您与自然还有另外的关系，我们就说您同时是医生、生理学家、解剖学家，因此还对其内部的秘密有所掌握，那就更具有了优势；不管您怎么讲，优势就是优势啊。科学界正在研究人体的皮肤，您可以借助显微镜，检验对它做出的结论是否正确。您看见的将不只是表面的黏液和角质层，还有下面的真皮组织。而真皮又是由皮脂腺、汗腺、血管和乳腺构成的——真皮下面则为脂膜，脂膜即衬垫或底层，正是脂膜上面有许多脂肪细胞，使得女性的皮肤显得柔软细嫩，您知道吗？不过呢，多知道一些多想到一些，也总有好处。这虽说看不见，却总是存在，总会使您得心应手，叫您画出的人物栩栩如生。"

一席话听得汉斯·卡斯托普热血沸腾，额头绯红，目光闪亮，想要回答的话太多太多，反倒不知道该说什么了。首先他希望把那画像从窗户旁阴影笼罩的墙上取下来，换到一处光线好一些的位置去；其次宫廷顾问有关皮肤自然肌理的论述他很感兴趣，因此也想谈谈自己的看法；再次他可是还打算发表发表自己的一般感想和哲学上的想法，最后这点他同样非常重视。他一边已伸手去墙上取画，一边急急忙忙地说：

"是的，是的！这非常好，这非常重要！我想要讲……这就是说，宫廷顾问阁下您讲了：'还有另外的关系。'那好啊，如果在诗意的关系之外——我相信您是这么讲的，在艺术的关系之外，还存在另外一种关系。简言之，如果还能从另外的视角来观察事物，例如医学的视角。这真是一语中的啊——请原谅，顾问先生！我的意思是太正确不过了，因为它们原本不是什么有根本区别的关系和视角，严格地讲本来就是一码子事——差异仅在形式，我是说不同的层次，也就是讲同一兴趣爱好的不同表现形式。要是允许我讲，绘画嘛不过其中的一部分和一种表现形式罢了。对啦，请原谅，我想把画取下来，这儿完全没有光线，您会看到我把它移到对面的沙发上方效果是否完全不一样……我想问：医学到底干些什么？自然呢，对它我一窍不通，不过呢，它打交道的还是人。那法学呢，立法和司法呢？也是人。还有语言学，作为教师职业主要内容的语言研究呢？还有神学，亦即拯救灵魂的牧师职业呢？一切全都跟人有关，全都是同一种重要的……主要的关注的不同层面和形式，即对于人的关注。这些都是人道的职业，一句话，如果想学习它们，首先就得打好古典语言的基础，不是吗，完成形式上的修养，如人们常说的。我这么讲也许使您感到惊讶，我只是个重现实的人，一个技术人员。不过最近我在静卧时还思考过：要是世界上有这样一种机构就太好啦，在那里可以给每一种人道的职业打下形式的基础，您知道，就是明确形式的意义美的形式的意义——这就将锦上添花，使事情变得高尚，此外还带上一些感情色彩，还……彬彬有礼——一般的关注因此会提升到近乎于殷勤的关怀……这就是说，我很可能表达得欠准确，不过事情明摆着，精神跟美融合在了一起，本来也总是一个东西，换句话说：科学与艺术本为一体。也就是讲，艺术活动也无条件属于科学研究范畴，在一定意义上就是第五大学科①，也完全应该算作人道的职业，乃是人道关怀的一个层次，因为它的题材或它所关心的也是人嘛，这您得向我承认。小时候我尝试绘画时只画过船和海水，不过在我眼中，绘画最吸引人的样式始终是肖像画，因为它直接以人为表现对象，所以我才一开口就问，顾问阁下您是不是也在这个领域……眼下挂在这地方是不是要好得多？"

贝伦斯和约阿希姆两人一样地注视着他，看他这么信口开河是不是也有些害臊。谁知汉斯·卡斯托普讲得如此起劲，压根儿没有工夫害臊。他把画像举到沙发上边的墙上，等着他俩回答光线是否好了一些。这当儿，使女端了一个托盘进来，托盘上摆着热水杯、酒精灯和咖啡盏。宫廷顾问对她指了指吸烟室，然后道：

"那您对绘画一定不是特别有兴趣，您最感兴趣的是雕塑……真的，这里光线自然更好，如果您认为受到了这样强的光……我是说雕塑，因为一般讲来，雕塑纯粹与人打交道，只表现人体。但愿别给咱们把水煮没了才好。"

"完全正确，是雕塑，"汉斯·卡斯托普应道，同时一起朝吸烟室走去，可却忘记了把画像挂回墙上或者放下，而是拎在手里

---

① 欧洲中世纪有所谓四大学科：神学、哲学、医学和语言学。

进了相邻的吸烟室,"肯定嘛,一尊古希腊的维纳斯或者一个健美男子,在他们身上人性的特点无疑得到了最鲜明的表现。说到底这可能才叫真实,才是真正人道的艺术,如果我们好好想想。"

"喏,至于这位小女人舒舍嘛,"宫廷顾问指出,"她无论怎么讲都更适合绘画而不适合雕塑,我相信菲迪亚斯或者另外一位什么亚斯见了她这副长相,准会嗤之以鼻……噢,您这是怎么啦,怎么把画框也给拖过来了?"

"谢谢,我先把它靠在椅子腿儿上,暂时这么立着挺好的。不过呢,古希腊的雕塑家不大在乎脑袋,他们更注意的是身体,而这也许正好是人性的……至于女性人体的雕塑,不就是表现脂肪了吗?"

"是脂肪!"宫廷顾问一锤定音。说着他打开一个壁橱,从里边取出一些煮咖啡的其他器皿,一台管状的土耳其咖啡磨,一只带长柄的煮咖啡杯,一个装白糖和咖啡粉的中间间隔开的罐子,所有器皿都是黄铜质地。"软脂、硬脂加上油酸酯!"他道,说着从一只白铁罐中倒了些咖啡豆在磨子里,开始摇动磨柄,"先生们看见了,我一切亲自动手,从一开始便这样,这样味道美得多——二位意下如何?难道不会美得像琼浆玉液吗?"

"不会的,我早已经知道啦。不过听您这么讲也觉得有意思。"汉斯·卡斯托普回答。

他们坐在门与窗户之间的一个角落里,面前是一张竹子做的茶几,茶几上摆着块带阿拉伯花饰的铜盘,盘里是一些烟具,烟具中间立着咖啡壶。约阿希姆跟贝伦斯坐在一张垫子很厚的土耳其长沙发上,汉斯·卡斯托普则坐在一把带轮子的安乐椅里,舒舍夫人的肖像被他靠在了面前。脚下铺着一块彩色大地毯。贝伦斯顾问用勺子舀了些咖啡和糖在带柄的杯子里,倒了点儿水进去,然后放在酒精灯上煮。煮好了的咖啡在洋葱头形状的咖啡盏里翻着褐色的泡沫,呷上一口那味道是既香又甜。

"你们的情况也是一样,"贝伦斯说,"你们的雕塑,要说的话,自然同样是脂肪,尽管程度不像女性们那样厉害。咱们这样的人脂肪通常只占体重的二十分之一,女性则占十六分之一。如果去掉了皮下脂肪组织,我们大家都会干瘪得像羊肚菌。是啊,随着年岁的增长,皮下脂肪组织逐渐消失,就出现了谁都知道不雅观的皱纹。脂肪最厚实的部位是妇女的胸部、腹部、大腿,一句话,对咱们的心和手都有些个诱惑力的地方。还有脚心脂肪也多,所以怕痒。"

汉斯·卡斯托普在手里把玩着那管状的咖啡磨。它和整套器皿一样,都更可能产自印度或者波斯而非土耳其:那些黄铜刻出的花纹鲜明地突现在暗淡的底板上,表明了它们的来源。汉斯·卡斯托普观看着这些花饰,却一下子说不出个所以然。当他终于明白过来,脸不禁红了。

"是的,这是专为单身汉准备的,"贝伦斯说,"所以我才锁起来了嘛,您知道。不然我的年轻厨娘会看得傻了眼,而你们看看却没什么要紧。是我从一位女病人手里收到的礼物,一位埃及公主,她给咱们赏光了将近一年。您瞧,同样的图案重复出现在每一件东西上,多有意思,是吧?"

"是的,是有意思,"汉斯·卡斯托普回答,"哈,不,我自然是无所谓。要是您愿意,您甚至还可以把它当作严肃和庄重的事情——不过,归根到底,弄在咖啡具上也不完全合适就是了。据说古代人倒是经常在石棺上雕刻这样的玩意儿。在他们看来,淫秽跟神圣在一定意义上乃是一码子事。"

"喏,至于那位公主嘛,"贝伦斯说,"她感兴趣的,我相信,更多是前者。她还送给我一些很棒的香烟,只有在上流社交场合才可能拿出来显摆显摆的极品。"说着从壁橱里拿出一只花花绿绿的烟盒来,准备散烟给客人。约阿希姆脚跟一并,谢绝了好意。汉斯·卡斯托普取过一支点上。这烟卷又粗又长,上面还印着一头金色的斯芬克斯,味道确实棒极了。

"您行行好吧,顾问阁下,"他请求说,"劳驾再给咱们讲一点有关皮肤的知识!"他又把克拉芙迪娅·舒舍夫人的画像抱了起来,立在自己的膝头上,身子仰靠着安乐椅背,嘴里叼着香烟,不慌不忙地进行着观赏,"不一定讲脂肪层,它我们已知道是怎么回事了。而是一般讲讲人的皮肤,您那皮肤真是画得太好啦。"

"讲讲皮肤?您对生理学感兴趣吗?"

"很感兴趣!是的,对此我一直感兴趣极了。人的身体,我对它一直很是敏感,因此有时便问自己,我是不是该当医生呀?——在一定程度上,我相信,当医生真有些适合我哩。要知道,谁对身体感兴趣,谁也就会对疾病感兴趣——尤其对疾病感兴趣——不是这样吗?不过也不说明太多问题,我当什么都可以。例如我也可以成为牧师不是。"

"还有呢？"

"是的，我偶尔产生过这样的想法，好像那真的完全适合我。"

"您为什么又成了工程师呢？"

"纯属偶然。或多或少是外部情况起了决定作用。"

"好，讲讲皮肤？关于皮肤的感官层，看我能给您讲点儿什么不。它是您的外脑，您懂吗？——从发育的角度看，它与您头颅里的所谓高级感觉器官，来源完全一样：中枢神经系统，您必须明白，只不过是稍微有所变化的外皮肤层，在低等动物，根本不存在中枢神经与外层皮肤神经之间的区别，它们都是通过皮肤产生嗅觉和味觉，您必须设想，它们整个肌体唯有皮肤具备感知的功能——人要能变成它们那个样子，想必是挺惬意的呢。反之如您和我这样的高等动物，皮肤就没这么大能耐，还有的只是一点儿瘙痒感，仅仅能起保护和报警的作用，有任何东西想过分靠近您的身体，它立马会发脾气——它甚至还向外长出一些触须，也就是毛发或者说细细的体毛；体毛不过是角质化了的皮细胞，它们还不等皮肤本身被触及已能感觉到靠近的东西。咱们私下讲吧，皮肤的保护和警戒功能，甚至不局限于身体接触……为什么您的脸一会儿红一会儿白，您知道吗？"

"不大清楚。"

"是啊，坦白说，咱们也不完全清楚，至少不清楚为什么一害臊就会脸红。这个问题尚未得到彻底澄清，因为至今在血管里没有发现能够受运动神经支配的可扩张肌肉。雄鸡的冠子怎么会膨胀——除此以外还有不少人所共识的例子，这也是个谜，特别是涉及心理的影响，就更加神秘莫测啦。我们假设，在大脑皮层和延髓的神经中枢之间，存在着种种联系。因此一受到刺激，比如说您非常之害臊，这种联系就会起作用，结果血管神经立刻影响到您的面孔，使那里的血管膨胀并且充血，您于是变得像只红彤彤的火鸡，头昏脑涨得眼睛什么都看不见了。相反在其他一些情况下，天知道您可能面临着怎样的危险——这时皮肤的血管会收缩，脸皮就随之变白变冷并且凹陷下去，这时您看起来活像具死尸，眼窝呈铅灰色，鼻子惨白而又尖峭。只不过在交感神经的作用下，心脏仍在怦怦怦跳动。"

"原来如此哦。"汉斯·卡斯托普说。

"大概就如此。这就是反应，您知道。可是一切反应和反射原本都有自己的目的，所以我们生理学家几乎做出推论，这类心理作用的伴生现象实际上也是一些目的明确的保护性手段，也像皮肤起鸡皮疙瘩一样是身体的防御反射。明白了，您为什么起鸡皮疙瘩？"

"还不完全明白。"

"也即是讲，这是皮脂腺的一种功能：皮脂腺分泌出皮脂，就是一种含蛋白质的脂肪性分泌液，您知道，尽管味道不怎么样，却能保持皮肤的滋润，防止它干燥皱裂，摸起来感觉舒服愉快——是的，真是很难设想，要是没有这层胆固醇油脂的呵护，人的皮肤摸着会是什么样感觉。这种皮脂腺里有一些细微的肌肉，它们能让皮脂腺竖立起来。一旦出现这样的情况，您就会感觉自己变成个傻小子，让那位公主劈头盖脸倒了一桶梭子鱼在身上，皮肤顿时粗糙得像锉刀一样①。要是刺激过于强烈，您的毛囊也会立起来——您于是怒发冲冠，汗毛倒竖，变得像只准备自卫的豪猪。这下您可以讲，您算尝到恐惧的滋味儿喽。"

"哦，这种滋味儿，"汉斯·卡斯托普说，"这种滋味儿我早就尝过许多次。我甚至很容易不寒而栗，在各式各样的场合不寒而栗。我奇怪的只是，这皮脂腺在大不相同的情况下都会竖起来。我听见有人用钢笔划过玻璃板，会起鸡皮疙瘩；听到特别优美动人的音乐，也会突然起鸡皮疙瘩；记得在我行坚信礼领圣体的时候，也一而再再而三地起鸡皮疙瘩，皮肤感觉一会儿凉一会儿痒，直至没完没了。也真叫特别，那些细微的肌肉会动不动就竖立起来。"

"是啊，"贝伦斯宫廷顾问回答，"刺激就是刺激。至于内容是什么，才不关身体的屁事。梭子鱼也罢，圣体也罢，皮脂腺反正一样竖起来。"

"顾问阁下，"汉斯·卡斯托普说，同时眼睛却盯住膝头上的画像，"我还想回过头去问一句：您刚才谈到人体内部的情形，谈到淋巴系统的运动什么什么的……那是什么意思？对此我很感兴趣，如果能再劳您驾的话，我很想再听您讲讲例如关于淋巴系统的运动。"

"这我相信，"贝伦斯回答，"淋巴，它在整个人体机制中，

---

① 故事出自格林兄弟的童话"傻大胆学害怕"，可参阅杨武能、杨悦译《格林童话全集》。

是最纤细、最隐秘也最柔弱的部分——您如此提出问题，估计也有这样的想象和感觉。人们常常讲到血液和它的神秘性，称之为一种特殊的体液。然而，淋巴更是体液的体液，是血液的精华，您可知道，也就是血乳，是一种异常珍贵的液体——在摄取到脂肪性养料之后，看上去确实像奶汁。"接下来，他便兴致勃勃地，口若悬河地，大讲特讲血液这种由脂肪、蛋白质、铁、糖和盐组成的鲜红液汁如何通过呼吸和消化得到生成，如何饱含着气泡和代谢残余物，如何由心脏挤压到血管里并且促成全身的新陈代谢，如何使动物保持38℃的体温，一句话，也就是维持可爱的生命——也就是血液如何不直接进入细胞，而是被挤压成某种精髓和乳液渗过血管壁，再进入肌体组织，以至于无孔不入，流贯全身，使得有弹性的细胞组织扩张、绷紧。这即所谓肌体组织紧张，而又通过这肌体组织的紧张，淋巴在完成细胞的冲洗和物质交换以后便被挤压进淋巴管里，即为拉丁文的vasa lymphatica，然后再流回血液中，每天约一点五升。贝伦斯继续大讲淋巴管的管道系统和吸管系统，谈到了胸部乳管的作用在于收集腿、腹、胸、手臂和头部一侧的淋巴液，谈到了淋巴管里到处都形成了纤细的过滤器官，它们叫作淋巴腺，位置都在脖子、腋窝、肘关节、膝弯之类身体的隐秘和敏感部位。"这些地方常出现淋巴肿大，"贝伦斯解释说，"我们就从此讲起——淋巴腺肿大，例如说在膝弯和肘关节吧，这儿那儿发现水肿似的包块，那总有原因，尽管不是多么愉快的原因。在一定情况下，就让人怀疑你很可能患了结核性淋巴管阻塞喽。"

汉斯·卡斯托普默然无语。"是啊,"过了一会儿他轻声说,"是这样,我真该当医生。胸部乳管……腿部淋巴……这一切我都很感兴趣。——人体啊人体!"他突然大声疾呼,"什么是肉体!什么是身躯!它以什么构成!请您今天下午告诉我们吧,宫廷顾问阁下!请您给我们仔细讲讲,让我们一下子弄个明白!"

"身体由水构成,"贝伦斯回答,"对有机化学您也感兴趣?构成人体的绝大部分是水,说好也罢,说坏也罢,反正用不着激动。固体成分只占二十五分之一,其中百分之二是极普通的鸡蛋白,说得文雅一点儿就是蛋白质。此外再加上一些脂肪和盐分,就差不多是全部了。"

"那么鸡蛋白呢,这又是什么?"

"是各种各样的元素。碳元素,氢元素,氮元素,氧元素,以及硫。有时还有磷。您的求知欲真是无限强啊。有的蛋白质也与碳水化合物结合在一起,成为葡萄糖和淀粉。人上了年纪皮肉变硬,是因为联结组织中胶原增加,也就是胶质,您知道,胶质乃骨头和软骨的最重要成分。还要我给您讲什么呢?对了,在肌肉中还有一种特殊的蛋白即纤维蛋白,人死了就凝成肌肉纤维素,如此一来尸体就硬邦邦的啦。"

"原来这样,尸体僵硬,"汉斯·卡斯托普兴冲冲地说,"很好,很好。接下来就该讲全身分解,讲尸体的解剖喽。"

"那是当然。您说得很不错。事情还远远没有完哩。正所谓,我们将流向四方。您想想看,全都是水呀!失去了生命,其他成分也不牢靠了,便腐朽成更简单的化合物,变成无机物。"

"腐朽？糜烂？"汉斯·卡斯托普应道，"那可是燃烧喽，氧化物的燃烧，据我所知。"

"对极了。氧化现象。"

"那生命呢？"

"也一样。也一样，年轻人。也是氧化现象。生命主要也不过是细胞蛋白的氧化燃烧过程，由此产生出美好的体温，只不过呢有时候偏高了点儿。是啊，生命即死亡，没有多少好美化的——有机体的朽坏，有某个法国人这么讲过，以他天生的轻浮。生命呢，确实也散发着腐朽的气味。如果我们不这么想，那就是我们的判断出问题啦。"

"那么谁如果对生命感兴趣，"汉斯·卡斯托普说，"那他也就会对死亡感兴趣。难道您不是这样吗？"

"哦，毕竟区别还是有的。生命意味着，在物质的转换过程中，形式仍然保留了下来。"

"保留形式干什么？"汉斯·卡斯托普问。

"干什么？您听听，您这话一点儿也没人道主义啊。"

"形式原本无聊。"

"您今天真叫敢想敢说啊。简直是无所顾忌。我呢只好认输，"贝伦斯说，同时举起他那大手来遮住眼睛，"您瞧，我受不了啦。我刚才和你们喝过咖啡，也觉得味道不错，可不知怎么一下子感到伤感。二位一定得原谅我啊。这次我真特别荣幸，真是能有多快乐就有多快乐……"

表兄弟俩一听就跳起来，说真是怪自己不该耽误顾问阁下这么久……贝伦斯则安慰他们，要他们相信正好相反。汉斯·卡斯托普赶紧把舒舍夫人的肖像抱到紧邻着的起居室，重新挂回墙上。表兄弟俩没再走花园回病房，贝伦斯领他们走了一条穿过大楼的路，一直陪他们来到将大楼隔开的便门边上。由于突如其来的伤感吧，他脑袋往前伸得比平时还要远些，眨巴着一双金鱼眼，八字须斜挂在一侧往下掉的嘴唇上，更显得一脸的忧郁。

他俩穿过走廊，登上楼梯，这时汉斯·卡斯托普说了：

"承认吧，我的点子不错。"

"反正算个调剂，"约阿希姆回答，"借此机会，你们两个总算讲出了不少东西，必须承认。我呢，甚至已有些晕头转向。喏，是时候了，在喝下午茶之前咱们至少还该去静卧上二十分钟。我这么坚持，你没准儿也认为无聊——你现在可是无所顾忌喽。再说呢，你到底不是我，没必要这么加紧养病。"

钻　研

话说必然发生的事情很快发生了，也是不久前，汉斯·卡斯托普连做梦也没想到会经历的事情，很快发生了：冬天已经降临，此地的冬天。这样的冬天约阿希姆已经领教过，因为他来到这里时正是上一个隆冬季节；可是对它，汉斯·卡斯托普却心存畏惧，尽管已经做好充分的过冬准备。他的表哥努力安慰他。

"千万别想得太可怕啦，"他说，"这儿还不是北极。因为空气干燥，又没有风，不觉得多冷。只要裹得严严实实，在阳台上一直躺到深夜也不会冻着。而且还有在雾线以上气温逆转的现象，就是地势越高反倒越暖和，这是咱们以前不知道的。只是下雨的时候，天气会更冷。不过你现在已有了睡袋，真有必要了，还可以烧烧暖气哩。"

再说还谈不上气温骤降，寒气逼人，冬天来得缓慢平和，暂时跟盛夏里的一些寒冷天气没什么两样。刮了几天南风，日头离地面近了，山谷显得短了些也窄了些，谷口上的阿尔卑斯山背景也变得近而清晰。接着云升起来了，从米歇尔峰和廷岑霍尔恩峰涌向东北方向，山谷里便幽暗了下来。继而大雨如注。随即雨水不再明净，变作了灰白色，已经夹杂着雪花，到后来只剩下了雪，于是整个山谷风雪弥漫。如此持续了相当长时间，气温就明显下降了。这一来雪便没法全部化去，湿湿的，但却残留在地面上，给山谷裹上一身单薄、湿润和破损的白衣，把两边山坡上的黑色针叶林映衬得更加显眼。这时候，餐厅里的暖气管也已经微微发热。时间是11月初，在万圣节①的前后，这已不是什么新鲜事。八月里已有过这么一回，人们早已改变了习惯，不再视下雪为冬天的特权专利啦。而且不管气候如何，人们眼前随时都能看见，即使只是远远地看见一些雪，因为在仿佛是挡在谷口前的勒蒂孔山脉的巉崖峭壁间，有许多的裂隙和坑坑洼洼，里边残留的积雪总在闪闪发亮，而南边天际还有一些终年积雪的大山，在遥遥地向人们致意。下雪和降温，眼下两者都持续着。灰白色的

---

① 也称万灵节，天主教纪念死者的节日，在每年的11月1日。

天幕低低垂挂在山谷上空,不断地分解成片片白色的雪花,无声地、不住地往下飘落,飘得是那样的大度、密集,叫人稍稍有些不安。气温一个小时比一个小时更低了。到了早晨,汉斯·卡斯托普房里的室温为7℃,而第二天早上更只有5℃。已是他能忍受的最低限度了,但是他仍忍着。夜里冷得要命,眼下整天都如此,而且从早到晚如此,雪一直不停地下下下,只在第四、第五和第七天有过短暂的间隙。雪厚厚地堆积起来,差不多已经造成了出行不便。在通往水槽旁那条长凳的公路上,在下到山谷里去的车道上,人们已经铲除掉了积雪。可是铲出来的通道很窄,碰上对面有车来便无从避让,人只好退到一边的雪堆上,齐膝陷进积雪里。一只碾雪的石碌子,由一个汉子牵的一匹马拉着,整天在疗养院下边的大道上滚来碾去;还有一架样子像弗兰克地区老式驿车的黄色雪橇,前面推着一张雪犁,来往行驶于疗养区和下边叫作"村子"的住宅区之间,同样在执行铲除积雪的任务。这山上的人们的世界,这狭窄、高峻、闭塞的世界,眼下好似都穿上了厚厚的皮袍,铺上了软软的绒毯。没有一处柱顶和杆头不戴着白色的便帽,疗养大楼前的石台阶不见了,变成了一道斜坡。各处的松树枝干上,无不压着沉甸甸的、形状滑稽的白枕头。这儿那儿听见有积雪滑落下来,摔碎成一片白雾,在树干间冉冉飘去。周围的群山全大雪覆盖,林带以下区域还斑斑驳驳,耸峙在林梢之上的峰巅虽形态各异,却都让雪盖得严严实实。天色黯淡下来了,让雪幕遮掩着,天空中的太阳只剩下一团淡淡的白影。然而雪却反射出乳白色柔光,把自然界和人映照得煞是美丽,虽然在白色或者彩色的皮毛帽子底下，人们一个个鼻子冻得通红。

冬天是此地的主要季节。冬天的降临，在"山庄"疗养院的餐厅里成了七张桌子上的主要话题。大家讲旅行者和运动员已经蜂拥而至，住满了"坪"上和"村"里的所有旅馆。估计积雪厚达六十厘米，对于滑雪者来说很是理想。正在抓紧整理宝藏峰西北坡那条通向山谷的雪橇滑道，准备过不几天就向游客开放，只要不意外地刮起热风使计划吹掉。大家伙儿很高兴又有了大批山下的来客，因为这些健康人将开展滑雪比赛之类的各式各样体育活动；尽管是违反院方规定的，他们仍要在静卧的时候偷偷跑去参观。汉斯·卡斯托普听说又多了一个新玩意儿，一个来自北方的新发明，就是雪地滑橇，即参加者各自站在一副雪橇上，由马拉着往前飞驰。这可一定得去瞧瞧啊。——席间也谈到了过圣诞节。

过圣诞节！不，汉斯·卡斯托普还没想到这个。他只是说写起来轻松，什么根据医生的意见，他得与约阿希姆一起，在这里度过整个冬季啦。可这不已包含着，他事实上要在这里过圣诞节了吗？然而这对于他的心灵来说，无疑是有些可怕的呀，单单因为他一生还从来没在故乡以外的任何地方过过圣诞节，没在离开家庭温暖怀抱的情况下过过圣诞节，就已经可怕，更何况原因还不止于此。看在上帝分上，现在这也得认啦。他已经不是孩子，约阿希姆似乎也不再对此反感，而是无所抱怨地接受了命运安排。再说呢，世界上什么地方不能过圣诞节，什么环境下不能过圣诞节！

不过说一千道一万，在第一个耶稣降临日之前就谈过圣诞节，仍然为时太早，距耶稣降生日还有整整六个礼拜啊。餐桌旁的人们可是跨越和吞掉了这段时间——内心中的跨越和吞噬，对此汉斯·卡斯托普已经自行学会了适应，尽管他还没有习惯像他那些老资格的病友那样，如此大手笔地挥霍掉光阴。对于这些人来讲，一年中圣诞节之类的阶段划分，正好充当体操器械和助跳板，可以让他们支撑着一跃而起，飞过各个节日之间空虚的时间。他们全都在发烧，全都新陈代谢旺盛，全都肌体运动亢奋并且加快——归根到底，这可能都与他们如此匆忙和大量地挥霍时间有关。即使他们现在就视圣诞节为已经过去，并立刻开始谈论怎么庆祝元旦和狂欢节，他汉斯·卡斯托普也不会感到惊讶。只不过呢，在"山庄"疗养院的餐厅里，目前人们并不见得如此轻松愉快。提起过圣诞节还得停顿停顿，还有的是叫人操心和伤脑筋的问题。例如就得讨论集体送礼的事，也就是按照院里的成例，大伙儿得在平安夜给院长贝伦斯宫廷顾问献上一份礼物，而在此之前就须组织全体病员一起凑份子。去年送的是一只旅行箱，据那些留院时间超过一年的人讲。今年大伙儿提到了一张新的手术台，一副油画架，一件毛皮短大衣，一把逍遥椅，一只象牙雕刻并经过特别镶嵌的听诊器，等等。当征求到塞特姆布里尼先生意见的时候，他则建议赠送一套据说正在编纂的百科全书，书名叫作《痛苦社会学》；只不过支持他的唯有一位书商，此君前不久才开始与克勒费特小姐同桌。意见一时还没法达成一致。跟俄国人席的沟通最为困难。结果分开了凑份子。来自莫斯科的人们宣布，要独自送礼给贝伦斯。施托尔太太一连多少天寝食难安，为的是在凑份子时她代伊尔蒂丝太太垫付过一笔为数十个法郎的款项，这一位呢竟然"忘记"了归还。她"忘记"啦——"忘记"这个词儿让施托尔太太说得抑扬顿挫，轻重分明，全在于表明自己死也不信她竟如此健忘。可是不管如何指桑骂槐，暗示提醒——施托尔太太保证说自己绝对没少暗示和提醒，但健忘者仍旧是健忘。不少次施托尔太太已经绝望了，声言那笔欠款嘛就算送给伊尔蒂丝太太了。"也就是说我既为自己出了，也为她出了，"她讲，"很好，反正不是我丢人喽！"可是，她终于想出了一个解决办法，并在讲解这办法时引发出满桌的欢笑：她到管理处去冒名支取了十个法郎，让债务落在了伊尔蒂丝太太账上——正所谓强中自有强中手，能人自有能人收，最低限度也打了个平手不是。

雪停了。天空部分亮了开来，灰蓝色的云层散去，漏下来一束束阳光，下面的景物染上了淡蓝的色彩。随后天地全部明亮了。空气纤尘不染，明净寒冽，十一月中旬地道的冬季美景啰！从阳台上的拱形窗户望出去，整个山景尽收眼底，座座树林披上了银装，道道溪涧盖上了棉被，蓝天丽日之下，整个山谷雪白明亮，真叫美不胜收。甚至夜晚，一当差不多已经圆了的月亮升起在空中，整个世界又换上别样的神奇美妙，令人惊叹不已。远远近近闪烁着水晶和宝石的光芒。树林雪地黑白分明。远离月亮的夜空一片漆黑，但见一颗颗星儿闪闪。房舍、树木、电线杆把影子投在光明的雪地上，影子轮廓分明锐利、深沉凝重，显得比物体本身还更加实在，更能引发人的想象。日落以后的几个小时，气温降到了零下7℃或零下8℃。世界像已经着魔，变成了一座水晶宫殿，原有的肮脏污秽统统给遮掩起来了，一切全凝定在了死亡的梦幻里。

汉斯·卡斯托普鸟瞰着中了魔法的冬之谷，在他的阳台上坚持待到了深夜，比大约十点或十点过一会儿就回屋去了的约阿希姆久得多。他那张顶呱呱的躺椅上边有一个圆筒形靠枕，铺着一条由三块垫子连起来的椅垫，他把它拖到了阳台的木头栏杆旁边，栏杆顶上横亘着一条长长的雪枕，一旁的白色小桌子上亮着电灯，灯旁摆着一堆书，书旁有一杯牛奶，晚上喝的是全脂牛奶。还在大约九点钟的时候，这奶就送到了每个"山庄"居民的房间里，汉斯·卡斯托普给它掺了一点儿烧酒，使它喝起来更对口味。他动用了所有的防寒装备，也就是已经全副武装。他把自己齐胸装在了那只及时从疗养地一家专卖店买来的毛皮睡袋里，扣严实了扣子，外面再按照"山庄"的规矩裹了两床驼毛绒毯。此外身上在冬衣之上再加了一件短皮毛夹克，头上戴着一顶羊毛软帽，脚上穿着毡靴，手上戴着厚厚的棉手套，可就这样仍然没能避免手指给冻僵。

他在室外待了这么久，快待到了午夜甚或超过了午夜——那对讨厌的俄国夫妇早已离开紧邻着的阳台回屋去了，固然也因为受了美丽的冬夜的诱惑，更何况直到十一点，还远远近近地从山谷中有音乐飘送上来呢。但是，主要原因还在他的怠惰和兴奋，还在怠惰和兴奋两者加在了一起：其一是他本身便有惰性，加之身体疲乏，就更不愿动弹；其二则为精神亢奋，也就是年轻人已对研究某些新问题着了迷，一开始思考便再也放不下了。气候也跟着添乱,严寒消耗了他的体力,影响他的健康。他吃得很多,充分享用着"山庄"丰盛的饮食,吃完了加有配菜的牛排再来一份烤鹅,胃口好得出奇,好得超过了夏季,而这,事实表明,在"山庄"乃是司空见惯。亢奋是亢奋,他同时却又嗜睡,在大白天或是月光明亮的夜晚,他常常翻着翻着书就睡着了——关于这些书,我们后面还要讲,糊里糊涂地过了几分钟才又醒过来,继续进行他的研究。他在踏着雪的例行散步途中与约阿希姆热烈交谈——他多半是比在平原时更偏向于一个人自说自话,快速地、无所顾忌地、旁若无人地自说自话。这样的谈话搞得他精疲力竭,搞得他脑袋发晕,手脚颤抖,有一种喝醉了酒的麻木感觉,脑袋则热乎乎的。入冬以来,他的体温曲线明显上升了,贝伦斯宫廷顾问给他开了点儿什么针剂,通常碰见长时间高烧不退的情况,他十之六七都要让病人注射这种针剂,约阿希姆也是其中一位。可引起自己体温升高的,汉斯·卡斯托普私下考虑,必定是他精神的激动兴奋,他因此才在那个熠熠闪光的寒夜里,在他的躺椅上一躺躺到了后半夜嘛。眼下让他着迷的那些书,使卡斯托普更加坚信自己的这些解释。

在国际"山庄"疗养院的静卧厅和疗养客的个人专用阳台上,读书倒是并不少见——不过那主要是些新毛头和短期客人。住了几个月甚至几年的老病号早已学会一套消磨时间的办法,根本用不着靠动脑筋消遣,只凭自己老资格内心的气定神闲就成了。是啊,整天抱着一本书在那里啃,他们说只有那些傻瓜笨蛋。充其量只需在怀里或者旁边的茶几上摆他一本书,就足以让人心安理得。院图书馆收藏的各语种图书画报可谓丰富,丰富得超过了牙科诊所候诊室供消遣的报章杂志,病员们可以自由借阅。此外还可以从"村"里的公共图书馆借小说来看。时不时地也出现众人争读某部小说或某篇文章的盛况,连那些原本已不再读书的人也伸出手来抢,虽说脸上装着不在乎的样子。就在我们讲的这段时间,有本印装粗劣的小册子正在流传,是阿尔宾先生带来的,书名叫作《诱惑的艺术》。是一个原著为法语的逐字逐句翻译本,甚至连原文的句法也保留了下来,因此念起来就既优雅又刺激。阐明的是肉体之爱和淫欲的哲学,富有乐天玩世兼享乐主义的离经叛道精神。施托尔太太一口气读完了,认为"令人陶醉"。马格努斯太太,就是缺乏蛋白质那位,立刻无条件赞成。她的啤酒酿造商丈夫呢,则以人格担保读后获益匪浅,但却遗憾他老婆囫囵吞枣,因为这种读物会"惯坏"了妇女,让她们产生种种非分之想。他这番言论使得小册子更加抢手,以致午饭以后,在下边静卧厅两位十月份新来的太太之间,上演了不只不愉快、简直可以讲是剑拔弩张的一幕。她俩一个是勒蒂斯太太,一位波兰工业家的夫人,一个名叫黑森费尔特,一位来自柏林的寡妇;大伙儿都讲她比另一位更早报名排队。汉斯·卡斯托普在阳台上就已听见底下在吵架,两位太太中的一位歇斯底里地大喊大叫——可能是勒蒂斯,也可能是黑森费尔特,直到狂怒的一位被劝回了房间,战斗才告结束。年轻人比上年岁的人更快吃透小册子的内容。晚饭后,他们常常聚在不同的房间里一部分一部分地集体研读。汉斯·卡斯托普看见,那个指甲长长的小伙子在餐厅里把书给了新来的姑娘；这个金发姑娘梳着中分头，病不重，名叫芙棱茨欣·奥伯尔丹克，是位前不久才由母亲送上山来的娇小姐。

也许还是有些例外，也许还是有这样的人，他们以某种严肃的精神活动，以某种有益的学习研究，来填满照章静卧的那几个小时，即使这样做只是为了保持与平原上的生活的联系，或者为了赋予时间一些个分量和深度，以避免它由于纯粹而化作虚无。也许除了努力想根除痛苦的塞特姆布里尼先生，除了在那儿学俄语的自尊心极强的约阿希姆，还有这个那个病人是这个样子吧。这样的人如果在餐厅里的食客中没有——那里面确实不大像有这样的人，那在卧床不起的和生命垂危的病友里边很可能会有，汉斯·卡斯托普倾向于相信。至于他自己，《远洋船舶》什么的已经一点儿也不感兴趣，因此再让家里寄过冬衣物的时候，还要求寄来一些与他终生职业有关的专业书籍，诸如工程物理学、实用造船技术之类。然而这些书籍又已经被扔到一边，让位给了一些完全是不同学科领域的读本，对这类书籍年轻的汉斯·卡斯托普眼下极为热衷。它们是用各种语言，也即用德语、法语和英语编写的解剖学、生理学和生物学读本。前些天，疗养地的一位书店老板亲自给他送书上来，显然是他自己曾经预订了的，也即借某次撇下约阿希姆——趁着他给叫去注射或者称体重——独自散步去"村"里的机会，一个人悄悄进行了预订。看见表弟捧着这些书，约阿希姆大为惊异。如同所有学术著作一样，它们也都很贵，价格还贴在内封和护封上，一看就明白。他问汉斯·卡斯托普，如果想读这种书，为什么不找贝伦斯宫廷顾问借，他这类书籍肯定不少，有的是可以挑选。然而汉斯·卡斯托普回答，他想自己拥有这些书，读自己拥有的书味道全然不同；再说，他还喜欢用铅笔在书里勾勾画画。一连几个小时，约阿希姆在自己的阳台上，都听见隔壁传来用裁纸刀划开连在一起的书页的唰唰声。

这些书很重，不便捧读。汉斯·卡斯托普静卧时把它的下边抵在胸口上，或是肚皮上。它压迫着他，但他认了。他半张着嘴，眼睛一行一行扫过那饱含学术的书页。立在一旁的小台灯其实是多余地在纸上投下淡淡的红光，因为月色朗照着，差不多已经可以阅读——他的脑袋随着向下转动，直至下巴顶到了胸脯，随后便保持着这种姿势，既像是在沉思，又像是在打盹，或者是既沉思又打盹，直至再抬起头来读下面一页。他深入钻研、阅读，与此同时在水晶般熠熠闪烁的高山峡谷的上空，月亮却徐缓均匀地运行。他读到了有机物质，读到了原生质的种种特性，读到了那奇异的飘浮在合成与分解之间的敏感物质，读到了它由原初的但却至今犹存的基本形态开始的发展形成过程。他读得如此专注、急切，急切地想了解生命以及它那既神圣又肮脏的秘密。

生命是什么？人们不知道。一旦出现生命，它肯定就能意识到自己，毫无疑问；但是它却不明白，它是什么。一是作为对刺激的敏感，无疑还在它出现的最低级、最不成熟的阶段，就已经有了一定程度的觉醒，不可能把意识过程的最初产生，与其普遍的或者个别的历史的某一个点联系在一起，也不可能以神经系统的存在，作为意识的条件。最低等的动物形态没有神经系统，更别说大脑了，可是又有谁敢于否认，它们也有感知刺激的能力呢？也不妨麻醉生命，麻醉生命本身，而不只是它所衍生出的特殊感觉器官，比如神经。也可以从植物界和动物界任何有生命力的物质中去掉感受能力，可以用氯仿、水合氯醛或者吗啡，将卵子和精子麻醉。也就是说，自我意识反正是富有生命力的物质的一种功能，这种功能增强到了相当程度就会反诸其自身的载体，将力图探究和索解其自身呈现的生命现象。这是生命自身一种既充满希望又全然无望的追求，目的是认识自身，是本性的自行挖掘，结果呢劳而无功，因为本性将因认识而消失，生命的终极不容窥探。

生命是什么？谁也不知道。谁也不知道产生生命的那个原点，燃起生命之火的那个原点。没有什么直接来自这个原点，或者只是差强人意地在生的范畴内与这个点相连接。然而，生命本身却显得直接。如果对此可以讲些什么的话，那就是：生命的形式必定已经发展得十分高级，高级到了在无生命的世界里根本没有什么可与之相比。在有伪足的阿米巴原虫和脊椎动物之间，进化的差距微乎其微，比起最简单的生命现象与那些连死都不配称的自然物之间的差距来，真叫微不足道。之所以讲"连死都不配称"，是因为它们乃无机物。须知死只是生的逻辑否定；可在生命与无生命自然界之间张开着一个巨大的深渊，科学界努力想在上面架起一座桥梁，结果只是徒劳。人们设法用各种理论来弥合这一鸿沟，结果鸿沟吞没了这些理论，鸿沟本身的深度和宽度却丝毫未因此而减少。为了找到中间起联结作用的环节，人们不惜荒谬地假设有一种无结构的生命物质，有一些未获得生机的有机体，它们可以在蛋白溶液中自行凝结成有机物质，就像水晶在母液中结晶一样——可实际上，有机的差异始终同时是一切生命的准备和表现，还找不出任何生物，其存在不归功于双亲的生育。有人因从海洋深处打捞起来了所谓的原液而欣喜若狂，最后还是出乖露丑了事。事实表明，是把石膏沉淀物当作原生物质了。可是为了避免在一个奇迹面前止步不前——须知所谓构成生命的物质跟无生命自然界相同，并且最后也分解为同样的物质，算得上是个奇迹喽。人们就不得不进一步相信另一个奇迹，即有机物产生于无机物的原初生殖理论。如此继续下去，就得想出一些中间环节和过渡阶段，就得假定存在一些比已知所有生物都更低级的生物，而这样的低等生物本身又还有自然生命冲动的先驱，即谁也见不到的所谓原虫；因为它在多么高倍数的显微镜下也不显现出来，而其假想的产生的前提，是必须完成蛋白质的合成……

生命到底是什么？是温暖，是某种无定型的不稳定状态的热产物，是物质在发热发烧，是由此而来的不停分解和再生的复杂过程，以及伴随着不断产生结构精巧的蛋白分子的过程。这就是那原本不可能存在的东西的存在，这就是那在分解与再生的既复杂又热烈的过程中，甜蜜、痛苦而又艰难地在生存之点上保持着平衡的东西的存在。它既不具有物质性，也不是精神。它是介乎两者之间的某种东西，是一种现象，一种以物质为依托的现象，就像瀑布上的彩虹，就像火焰。可它尽管不具物质性，却富于感性，以至于有所欲求，有所厌恶，是变得敏感而易受刺激的物质的不知羞耻，是存在的放纵状态。这是宇宙的贞洁冷漠中一点点隐秘而易感的悸动，是来自养料吸收和排泄的淫秽不洁的隐私，是来源和构成不明的碳酸气及其他有害污物的排放。这是通过其非稳定性而成为可能，并注定要按其形成法则进行的滋生漫长现象，也即要从水、蛋白质、盐和脂肪的某种蒸发物不断地衍生、成形，变成所谓的肉；而这肉不但会有形，而且会形象高贵，美丽动人，然而同时又是感性和欲望的化身。因为这形象和美丽与文学和音乐作品里不一样，没有精神作为依托，也没有中性的、消耗掉了精神、以无害的方式使精神感性化了的材料作为依托，如同雕塑中的形象和美那样。它们的依托和成形，主要靠的是那种不知怎么便有肉欲觉醒了的物质，是那种有机的、不断在腐朽和再生的物质本身，是发出臭气的肉……

在熠熠闪光的山谷上边，年轻的汉斯·卡斯托普身上包裹着皮毛和羊绒，暖暖和和地静卧在那里。此时，在静穆的星空的照耀下，他眼前呈现出了生命的形象。它飘浮在他面前，飘浮在太空中的某处，它飘得很远但却近得足以感知，它是一个物体，一个身躯，模模糊糊的一片白色，散发着气味和气体，黏黏糊糊的样子，表皮天生肮里肮脏，毛病很多，满是黑斑、黄斑、疹子、疖子、裂纹裂口以及颗粒状和鳞片状的皮垢皮屑，还密布着平直的和卷曲的原发性汗毛。它从无生物的冷漠中分离了出来，懒懒地倚靠在自身散发的气体形成的氛围里，头戴一顶蓬松的、角质的、凉凉的有色花冠——这是皮肤的产物：手抱在脑后，眼睑低垂，眼睛由于眼皮构造特殊而显得有些斜视，嘴微微张着，嘴皮上翘，身体重心全部支撑在一条腿上，以致髋骨明显地从肉中凸显了出来；另一条腿则松弛地弯曲着，脚尖点着地面，膝盖贴着那条承重的腿内侧。它就这么站在那里，转过头时嫣然含笑，上身优雅地微微后仰，两只胳膊肘白生生地向前叉开，整个显得四肢匀称，体态婀娜。两边腋窝里影影憧憧，与那神秘三角地带的迷茫夜色正好对应，正如那微启朱唇正好与眼睛对应，那桃红色的乳晕正好与横着的肚脐对应。在中枢器官和连着脊髓的运动神经推动下，腹部和胸部开始动起来，胸腔、腹腔和横膈膜便一会儿膨胀，一会儿收缩，吸入的空气经呼吸道的黏膜加热和润湿之后进入肺泡，其所含的氧气在那里与血液所含的血红蛋白结合以完成体内呼吸，然后余下的气体再饱含着废弃物经过嘴唇呼出来。汉斯·卡斯托普知道，他面前这有生命力的躯体处于神秘的均衡之中，它得到血液的滋养，全身布满了神经、静脉、动脉和毛孔以及贯穿肢体的淋巴，而内部则有骨骼，包括充满骨髓的管骨以及肩胛骨、脊椎骨和盆骨，它们产生于一种原生黏性织物状支撑物质，并借助石灰质和胶质相互连接在一起，以支持整个身体；此外还有无数的关节及其各式各样的囊胞、润滑的窝穴、韧带和软骨；还有两百多块肌肉，还有负责营养、呼吸、感受刺激和传递刺激的各种器官，还有起保护作用的皮肤，还有分泌血清的腔，还有饱含分泌液的腺体，以及通过身体的孔穴与外界发生联系的复杂的内部管道和裂隙系统。汉斯·卡斯托普明白，眼前的这个"我"是一个高级的生命个体，远远不再像那些最简单的生物那样，以整个的身体表面完成呼吸、进食甚至思考。这个"我"是由亿万个这样的小机体组织结合而成，这些小组织有着唯一的、相同的起源，由于不断地分裂而数量无限增加，并以各自的方式结合成不同的职能单位和集体，也塑造和产生出各自不同的形式，从而创造生长的条件，完成生长的职能。

也就是说，这个飘浮在汉斯·卡斯托普眼前的躯体，这个个体和富有生命力的"我"，乃是由无数个能呼吸、能吸收营养的小个体组成。这些小的个体通过有机的结构和特定的用途安排，失去了那大个体才有的自我存在以及高度自由和直接的生活，在很大程度上沦为解剖的单位，以致有的职能仅仅局限于感受光、声、接触和热的刺激，有的只知道通过收缩改变自己的形态或者制造消化液，还有的就只能单纯地起保护、支撑、输送体液或者繁殖的作用。结合成高级的"我"的众多小的有机体也可能松散开来，如果无数的低等机体只是轻易而成问题地聚合而成了较高级的生命体的话。汉斯·卡斯托普苦思冥索着这一细胞群体现象，想到曾听说过所谓的"准生物"也即是海藻，想到它单个的细胞只是一个胶质的衣胞拢合在一起，常常相互远离，不过仍然是多细胞的生物。只是如果问起它到底该视为群居的单细胞体呢，还是独立的个体呢，它本身应该称"我"还是"我们"呢，对这个奇妙的问题那就真叫莫衷一是啦。一是无数原始个体高度社会化地结合成一个高级"自我"的肌体组织和器官，一是这些单纯个体自由的独立存在，在这两者之间大自然来了一下调和折中：那多细胞的有机体仅仅是一种周而复始的过程的表现形式，其包含的实质是生命在不断完成，生殖繁衍是一个循环运动。交配行为即两个细胞体的性融合，乃任何多细胞体形成的开端，正如每一个原始单细胞体的传宗接代也以交配行为为开端，而最后又会返回到交配行为。因为交配行为将持续好几代，一直到不再需要了的时候，也即到了初级生物通过不断分裂进行繁殖的一刻；可再往后，它们无形产生的后代又重新产生了交配的要求，至此一个循环即告完结。这样，就不仅存在一个由双亲细胞的核融合产生的多样化生命王国，还存在一个多代无性繁殖产生的单细胞个体的共生现象。后者的生长即是繁殖，当它们中出现专门用于繁殖后代的性细胞，也即找到了新的生命融合的途径，生殖的循环便完结了。

年轻的冒险家把一部胚胎学顶在胸口上，钻研着生命的繁衍生长过程，从卵子受精的瞬间开始：一条精虫从无数精虫中脱颖而出，摇摆着尾部的鞭毛向前游动，以头部的尖端撞向卵子的胶质膜囊，钻进此时已受卵细胞外原生质的影响而拱起来了的受胎丘内。大自然不怎么喜欢这一过程千篇一律，想出来了种种千奇百怪的花样。有一些生物，雄性寄生在雌性的肠道内进行繁殖；还有一些，雄性把手臂伸进雌性的咽喉，在雌性体内播下种子，随后手指被咬断了吐出来，可这些断指不知怎么却游走了，令科学界大惑不解，长期以为必须视它们为独立的生物，并为其取了拉丁文的学名。汉斯·卡斯托普也读了精源论和卵源论两派学术争论的文章。后一派认为，卵子本身就已经是一只完整的青蛙，或者一只狗、一个人，等等，精子的进入只是起到了促使它生长发育的作用；前一派则坚持，精虫本身有脑袋、有手臂，也有双腿，亦可视为一个生物，卵子不过是它的培养基罢了——直至很久以后两派才认识一致：卵子也罢精子也罢，统统都是原本并无差异的生殖细胞演变而成，作用同样不可否认。汉斯·卡斯托普读到了受精卵的单细胞体如何分裂和演变成多细胞体，读到了多个细胞体如何聚集成为黏膜叶，读到了这胚包卷起边沿，变成一个杯状的空腔，开始吸收和消化养料。这就是肠蛹即原初动物，也即原肠胚，是所有动物的基本形态，所有以肉身为载体的美的基本形态。它的两个表皮层，也即外胚层和内胚层，都不外乎一些原始器官；在这些器官内陷和外翻的地方，形成了各种腺体、组织、原始器官以及身体的延伸部分。外胚层有一长条地方增厚并褶皱成沟槽模样，闭合起来就成了神经管，再变为脊椎，变为脑子。他还读到，当胎膜黏液开始凝固成纤维状联结组织和软骨，胚胎也就不再产生胶质而是黏性蛋白，这时候联结组织便从液浆中吸收石灰盐和脂肪，变成了骨头。人的胎儿在母体的胎盘内蜷曲着，长着尾巴，跟母猪胎盘里的小猪毫无差别，脐带又粗又长，四肢残缺、怪样，不成形状的小脸紧贴着鼓胀的肚皮，其发展前景在坚持真理的科学界看来实在不容乐观，整个过程则为活脱脱的一部生物进化简史。在一段时间内它可能像鱼类一样用鳃呼吸。看来还可以或者说也有必要从它经历的一个个发展阶段，推论联想出远古时代人类不怎么合乎人文精神的形象。它的皮肤有着抽搐肌肉以防虫子叮咬，毛发厚且茂密，嗅觉黏膜层宽大、灵敏，不但长着两只招风耳而且还会动，不但丰富了表情，而且比现代人捕捉声音的能力要强得多。那时候人的眼睛长在脑袋侧面,由下垂着的眼睑保护着,例外的是长在脑门儿上的第三只眼,它后来退化成了脑袋里的松果腺,当初却能够监控头顶上的天空。那时候人的肠管长得出奇,还生着许多乳牙;喉头带有声囊,很便于嚎叫;男子的性腺则长在腹腔内。

解剖学给我们的研究家剖开了人体的四肢,把它们制成了标本,向他展示了它们的表皮,以及深藏在内部和背后的肌肉、筋腱和韧带,包括大腿、小腿、脚掌,以及上臂、前臂和手掌,还把作为人文精神重要表现的医学用来文质彬彬地称呼和区分它们的拉丁文学名,统统教给了他,一直给他讲到了骷髅骨架,并由骷髅的结构为他引导出新的视角,从这些视角可以更好认识人的一切乃是一个统一体,各门学科息息相关,紧密相连。因为这时候,他竟很是奇怪地想到了自己——必须说是他早先的——职业,也就是自己从事的那门学科;刚上山时碰见陌生人例如克洛可夫斯基博士和塞特姆布里尼先生,他就自我介绍过自己从事的职业。为了学到一些东西——至于究竟是些什么,则相当无所谓,他曾在好几所高等学府学习过静力学、可弯曲的支柱、负荷以及结构等等合理利用机械材料方面的知识。他从中得知,认为工程学和机械学的法则可以用于生物界的想法是很幼稚的。同样反过来也不能够讲,这些法则是从生物界推导出来的。它们干脆只是得到了重复和印证罢了。例如中空圆柱体的原理便体现在了长长的管骨的构造中,因为同样以尽可能少的固体材料满足了静力学的要求。汉斯·卡斯托普学到了,一件条材和带材构成的物件，只要符合拉与压的静力学要求，就能承受同类实心材料的物件所能承受的相同负荷。在管骨的构造中也可观察到同样的情形，发现它在形成坚固表面的同时，机械原理上不再必需的中心部分就变成了脂肪，变成了黄色的骨髓。人的大腿骨结构如像起重机，仿佛后者在设计梁架的走向时，毫发不爽地使用了前者的拉力和压力曲线；从前，汉斯·卡斯托普在制图的时候，就曾准确地绘制过一台起重机的同类曲线。他高兴自己的这一发现，因为他觉得自己现在与大腿骨，不，与整个有机自然界有了三重关系：一、文艺的关系；二、医学的关系；三、机械的关系。——他是如此激动，觉得这三种关系在人的身上乃一码事，三者都是人们急切关心的同一个事物的不同变体而已，都是人道主义的学科……

然而尽管如此，原生质的作用照旧不清不楚，仿佛生命还是拒绝揭开谜底。大量的生物化学过程不只尚属未知领域，而且似乎生来就是不准备让人知道。在对称作"细胞"的生命单位的构成和结构几乎完全无知的情况下，能指示出死肌肉的一个个组成部分又有何益？对活人是无法做化学分析的；但仅仅那些让死尸变得僵硬的化学变化吧，就足以让所有化学实验变得毫无意义。没谁明白新陈代谢是咋回事，没谁了解神经作用的实质。何来味觉器官的味觉？不同气味会引起某些感官性质不同的兴奋，原因何在？嗅觉的实质是什么？动物和人的特殊气味，产生于特定物质的蒸发，谁又说得出这究竟是些什么物质？称为汗水的分泌液的构成，也没有得到多少解释。产生汗液的腺体能制造香味，这对哺乳动物无疑作用巨大,但对人的作用却未解说清楚。人体一些显然很重要的部位,其生理意义一直还茫茫然。一直还是个谜的盲肠暂且不说,只是在兔子身上,人们发现它通常都装满了稀糊状的东西,但又不知道它怎么排出,排出后怎么重新补充。还有脑髓的灰白色物质是怎么回事?与视觉神经相联系的视丘是怎么回事?"脑桥"的那些个灰质沉淀是怎么回事?脑髓和脊髓中的物质看来很不易分解,要弄清它们各自的构成似乎没有希望。是什么在入睡时使大脑皮层停止活动?胃的自行消化功能有时确实在死尸身上仍然存在,又是什么妨碍它在活人身上起作用?人们回答:生命,一种富有生命力的原生质的特殊抵抗力——好像没有发现这样的解释神秘莫测。就连关于发烧这样一个日常现象的理论,也是矛盾百出。说什么代偿加快引起体温增高。可为什么没像往常一样相应加大热量的支出,以实现平衡呢?停止排汗归因于皮肤的收缩吗?然而只有在发寒热时能观察到这种现象,其他情况下皮肤反倒热乎乎的。所谓"热刺痛"表明了中枢神经系统是代偿提高的原因所在,是一种我们说不出个所以然,而仅仅只能称为皮肤状态反常的原因所在。

可是所有这些个茫然无知,与我们面对另一些现象的束手无策相比较,又算得了什么呢?例如面对记忆现象,或者那更进一步也更加惊人的记忆遗传现象!对于细胞物质的这类功能,哪怕只是做一种机械性解释的揣想,也完完全全不可能啊。精子能把父亲无数千差万别的个性特征传递给卵子,可本身只能在显微镜下才看得见,然而放大的倍数不管多么大,它们看上去全都同一个样子，因此也不可能确定其各自的来源；因为一种动物的精子跟另一种动物的精子看起来没有什么差别。这样的组织状况使人不得不猜想，细胞的情形跟由它们组成的高级生物的情形，也不会两样；也就是说，细胞也是一个比较高级的机体，本身也是由一些更小的生命体或者生命单元组成。也就是说从据说是最小的走向更小的，必然就得把基本的分解成更基本的。毫无疑问，动物王国由形形色色特殊的动物组成，动物和人的肌体又由整个的细胞王国组成，同样，细胞有机体又再由一个更原始的生命单元的王国组成；这些最原始的生命单元，它们的大小远在显微镜的可视范围之下，它们自行生长，依照只产生同类生命单元的法则自行繁衍增多，并按不同的分工为上一个生命体服务。

这就是基因、原生子和生源体。汉斯·卡斯托普很是兴奋，能在寒夜里认识这些个名词。兴奋之余，他却问自己，这些东西的原始性质又有多可靠呢？既然它们有生命，就应当是有机的，因为生命有赖于有机组织；可如果它们是有机体，那就不可能是原生的了，因为有机体不是单体，而是复合体。它们只是比细胞生命单元更小的生命单元，虽然小到了似乎无以分割，难以想象，但本身仍然是"组成"的，而且是有机地作为一个生命单元"组成"的；因为生命单元的意义，等同于一个由多个更小、更低级的生命组成的生命，也就是说，它们注定成为仍然是高级一点儿的生命单元。只要有机的生命单元还能分裂，也就是说还保持同化、繁衍、生长的能力，那它们的增殖就永无止境。所以只要一讲生命单元，再讲原始生命单元就是个错误，因为单元一词本身就意味着还有组成它们的更低级的单元。所谓原始生命，意即某种既是生命同时却原始的东西，实际上并不存在。

不过这样的东西尽管逻辑上不存在，归根到底却必然又是现实存在的，因为原生的思想，也就是生命从无生命中产生出来的思想，没法简单干脆地予以否定；人们徒劳地企图弥合横亘在生命与无生命之间的那条鸿沟，这条鸿沟只能在自然界有机的内部，以某种方式进行填补或者跨越。不断分解结果必定在某个时候会导致这样的"单元"，它们尽管仍系"组成"，但还不是有机的，只是在生命与无生命之间起着中介作用，只是一些在生命序列与纯化学之间完成过渡任务的分子群。

然而一谈到化学分子，又临近了另一个深渊，一个比有机物与无机物之间的深渊更加神秘、口也张得更大的深渊，也就是已经临近物质与非物质之间的深渊了。众所周知，分子乃是原子组成，可是原子已经远远不够小，连称作异常之小的资格都没有啦。原子是如此之小，是一种非物质也即尚不是物质却又近似于物质的聚积，一种十分细微的、早期的和过渡性的聚积，一种能量的聚积。它几乎还不能，或者说几乎已不能想象成是物质的，而必须想象成物质与非物质的中介质和临界点。比起有机物的原生问题来，这里就提出了另一个更加神秘、更加险恶的原生问题，即从非物质中产生出物质的问题。事实上，物质与非物质之间的鸿沟同样急迫地，不，比有机界与无机界之间的鸿沟更加急迫地，要求填补弥合。必须创立一门非物质化学学科，由它找出一种非物质的化合物，从这种非物质化合物中能像无机物产生有机物似的产生出物质来；而原子可以视为物质的原虫和单体细胞——究其性质而言既是物质的，可又还不是物质。不过讲什么就失去了尺度，"甚至不能再小"差不多已经意味着"大得不得了"。毫不夸张地说，这样看待原子的结果是极大的灾难，因为物质继续分解细化下去，我们面前会出现一个气象万千的宇宙！

原子是一个负载着能量的宇宙体系。在这个体系里，一些个天体环绕着一个太阳一般的中心运行，有不少的彗星以光年的速度划过太空，是那个核心体的吸引力强迫它们留在了自己的离心轨道上。如果把多细胞生命体称作"细胞王国"，那充其量只是个比喻。人类的城市和国家这种按照分工合作的原则组成的社会集团，不只可以与有机体的组织相比，简直就是它的重现。同样，在大自然的内核，也最广远地反映出宏观宇宙的万千景象，一如在我们身子裹得像木乃伊似的研究者头顶上一样：无数的星星成团成群，形象各异，月亮泛着银光，全都飘浮在寒光闪闪的山谷上空。难道就不允许设想，那原子太阳系里也存在着某些行星——犹如大宇宙太阳系里的星系跟银河，是它们组成了物质，而这些内宇宙的天体中又有这个或者那个，它正好处在跟适合生命存活的地球相当的状态？这一设想，对于一位头脑昏昏、皮肤异常的年轻研究者，对于一个并非全然缺乏闯入禁区的经验的探险家来说，不只一点儿都不荒唐，而且甚至是一个极近情理、明白豁然并且带有逻辑真实性的推论。微观宇宙天体的"小"，真是个过分外行的理由；须知一旦"最微小"物质单位的宇宙性质得到揭示，大与小的尺度便不再管用；还有外与内的概念也几乎同样不再站得住脚。原子的宇宙是一个"外",一如我们居住的地球以有机的观点来观察,是一个深深藏着的"内"。不是有一位研究家已经大胆梦想过"银河系的动物",即那些以太阳系构成其皮肉、骨头和脑子的宇宙庞然大物了吗?可是果真如此,汉斯·卡斯托普考虑,那在人相信已走到尽头的一瞬,一切又从头开始啦!这以后,年轻的他本人还会身子裹得暖暖的,在阳台上俯瞰着寒夜里月色朗朗的高山深谷,再一次甚至成百次地探索自己的内心,探索自己内心的深处吗?尽管手指冻僵了,面孔也在发烧,他还会带着人道主义和医学的关怀,研究人体的奥秘吗?

他拿起一本病理解剖学,就着从侧面小几上投射来的红色灯光,读到了带有许多插图的一节,内容讲的是细菌的细胞结合体,以及受其感染而形成的肿瘤的实质。肿瘤是一些肌肉组织形式,而且是特别旺盛的肌肉组织形式,由异类细胞侵入肌体而引起,因为这个肌体表现得乐于接受这样的细胞,并为其发育繁殖以某种方式——不过必须声明是奢靡的方式——提供了一些有利条件。但并非细菌从周围的组织吸取了养料,而是它在像任何细胞一样完成新陈代谢之时,制造出了一种有机化合物。这种化合物对于宿主肌体的细胞表现出惊人的毒性,必然会造成伤害。早已有办法从微生物中分离出这类毒素并加以浓缩。随后的惊人发现是,只要以极小的剂量把这属于蛋白化合物序列的物质注射进动物的血管,即可引发极其危险的中毒症状,造成可怕的伤害。这种腐蚀作用的外部特征就是肌肉组织肿胀,病理学称为肿瘤,也即细菌的侵入引发的宿主细胞过敏反应。皮肤上形成了小米一般大小的疖子，成分为其间或其中寄生着细菌的黏膜组织似的细胞；它们中有的原生质特别丰富，也特别大，还满是硬核。这情形看上去可笑，但马上会引起严重后果；因为这些巨型细胞的硬核很快开始萎缩、分解，原生质也开始流溢、毁灭；周围更多的肌体组织便受到外来刺激的感染，炎症向四周蔓延，殃及了邻近的一些血管；受到患处的吸引，白细胞随之游动过来，流溢的趋势继续加剧；而这时候，已分解的病毒早已麻痹了神经，肌体处于高烧状态，胸口急促喘息，也就是讲，已经脚步踉跄，解体在即啦。

这就是病理学，就是疾病的学问，强调肉体痛苦的学问，但也是强调肉体同时强调快乐的学问，因为疾病原本就是生命放纵的形式嘛。那生命本身呢？它也许原本只是物质感染了病毒的结果吧——就像所谓的物质原生现象，也许就是一种疾病，一种由非物质的刺激引起的肿瘤吧？那迈向邪恶、淫欲和死亡的第一步，无疑发生在这样的时候：由于受到某种人们不甚了了的病毒的刺激，精神初次过度地密集，肌体组织发生病变，出现脓肿现象；这种现象——既表现出肌体的自我防卫，也令其感到快乐——就形成物质化的最初阶段，也即非物质向物质的过渡。这也可谓"天使的堕落"。而第二次的原生，即从无机物产生出有机物，结果只是更加恶劣地从肉体提高到了意识，就如肌体的疾病只是肉体的陶醉程度提高，生命的肉体性质得到了不道德的过分强调一样——只要再跨前一步，生命就处在了已失去名誉的精神险象环生的小径上，就处在了感性已被唤醒的物质的羞耻性热反射之中，这种物质，它的唤醒者原本就乐于接受……

在放台灯的小几上书籍成堆，还有一本躺在躺椅旁边的地上即阳台的垫子上，汉斯·卡斯托普最后研读的那本则压着他的肚子，令他呼吸困难，然而仍未从他的大脑皮层向相应的肌肉发出指令，让它们把书拿开。他从上往下阅读，最后下巴抵到了胸部，眼皮也搭下来盖住了单纯的蓝眼睛。他眼前浮现出生命的形象，四肢是那样匀称健美，体态是那样丰腴迷人。她松开握在颈后的双手，张开了手臂，在臂膀内侧靠近臂弯的细嫩皮肤下面，现出了两条粗大的淡蓝色动脉血管——这臂膀真叫说不出的迷人啊。她俯过身来，朝着他俯下身子，把身子扑到了他身上，他感觉到了她的体香，感觉到了她心的跳动。一股温软舒适之感围绕着他的脖子，他把手抚在她微觉粗糙的臂膀两侧，也就是抚在紧绷的三角肌给人以凉飕飕快感的皮肤上，嘴唇感觉到她湿漉漉的热吻，心里既快乐又恐惧，人整个儿销魂陶醉了。

死的舞蹈

圣诞节过后不久，那位奥地利"马术师"死了……不过在此之前的圣诞节照样过。那是两天或者三天——如果连平安夜的那一天也一起算上，汉斯·卡斯托普曾经怀着几分恐惧和担忧期待着它们的到来，不知道这里的圣诞节将是什么样子。随后到来的日子却平平常常，有白天，有中午，有晚上，其间偶尔变了变天——积雪已有点儿融化；除此也有始有终，跟其他日子没有什么两样。只是通过外表的一些修饰打扮，让人们头脑里和心理上意识到它们于一定期限内的特殊地位，在迟早也成为过去之后仍留下一点儿不同于寻常日子的印象……

贝伦斯宫廷顾问的儿子名叫克努特，他来山上度假期，眼下正与父亲一起住在侧翼的大楼里——小伙子漂漂亮亮，可惜脑袋已经一样有些往前探。疗养院的气氛已让人感觉到小贝伦斯的存在，女士们显得更爱笑，更爱打扮，也更容易激动了。她们谈话的内容多涉及与院长公子的邂逅，要么在花园里，要么在树林中，要么在疗养区里。同时他还接待很多客人：大批大学同学来山上拜访他，六七个大学生一块儿住在"村子"里，却在宫廷顾问家中用餐；常常成群结队在疗养区内游来逛去。汉斯·卡斯托普避免和他们打交道。他和约阿希姆一起躲着这帮年轻先生，不得已碰了面也感觉不痛快。这帮哼着歌、游游荡荡、挥舞着手杖的哥儿们，他们令作为疗养院一员的他格格不入。他恨不得根本不知道他们的存在。再说，这些人大部分像是从北方来的，没准儿其中还有些是他老乡，而他汉斯·卡斯托普又对自己的老乡怀有巨大的恐惧，因此经常一考虑到"山庄"疗养院可能再来一些汉堡人，心里就会产生反感，特别是贝伦斯又曾经说过，这座城市一直源源不断地在给院里输送后备大军。也许在重病号和见不着的垂死者当中，就有他的一些老乡吧。见着了的只有一位脸颊凹陷的商人，几个星期来一直与伊尔蒂丝太太同席，据说来自库克斯哈芬港。说到此人，汉斯·卡斯托普庆幸的是此间人们很难与不同桌的病友接触，还有就是他的故乡地域广大，辖区异常之多。这个商人的存在对他来说无所谓，也极大地缓解了他会与来这里的汉堡人发生瓜葛的忧虑。

话说平安夜渐渐临近，终于有一天站在了门口，第二天就变成了现实……想当初，也就是离耶稣圣诞日到来还有整整六个礼拜，汉斯·卡斯托普曾经对此地的人早早就开始谈论过节，颇有些感觉奇怪：时间这么长，仔细算起来也就是他原本打算待的时间，再加上后来卧床静养的全部时间。不管怎么讲，这在当时确实是够长的，特别是汉斯·卡斯托普上山后度过的前三个礼拜，看来更是这样——相反，计算起来完全相同的时间，而今却已微不足道，几乎等于乌有。他现在觉得：餐厅里的人们那么藐视时间，也有道理。六个星期，数目甚至还不如一星期包含的天数多，再深入想想，一个星期只不过是从周一到周六再到周一的小小循环，六个星期又算得了什么呢？只需如此不断追问下一级时间单位的价值和意义，就会明白它们相加也不会有多少结果，何况其作用反正已经给严重地削减、模糊、缩水和瓦解了呢。一天是什么，就从人们坐在餐厅里进餐的此刻算起吧，那不就是再到二十四小时后这同一个时刻吗？形同虚无啊——尽管仍然有二十四个小时。而一个小时又将怎样，如果是在静卧，是在散步，或是在吃饭，以及用种种其他可能的方式来打发这一个单位时间？仍旧是形同虚无。不过就其性质来说，以虚无做加法，有些个不严肃。最严肃莫过于深入考察最细微的东西：那用七来乘六十秒吧，在这些个时间里病员们坚持把温度计含在口中，以监测体温曲线，这些个时间是异常顽强，异常有分量的。它伸展为一个小小的永恒，在影子般倏忽而逝的时间巨流中打下一根根坚如磐石的桩子……

节日的到来，几乎没有打乱"山庄"居民的生活日程。早在几天之前，一株长相不错的枞树就已立在餐厅窄一点儿的右边，紧邻着"差劲儿的俄国人席"。它透过一道道丰盛的菜肴散发的热气，时时给食客们送来树脂的芳香，似乎从在七张餐桌旁坐着的某几位眼里诱发出了一点儿若有所思的神气。十二月二十四日进晚餐时，这株圣诞树更是装扮得五光十色的喽：从上到下挂满了丝带、玻璃球、包裹上金箔的松果、用丝网兜着的小苹果以及各式各样的糖食；在开饭时间及饭后，树上的彩色蜡烛一直都大放光明。据说在卧床不起者的病房里，也点亮了圣诞树，每人房里都单独有一株。最近几天邮政包裹业务不少。约阿希姆·齐姆逊和汉斯·卡斯托普也收到了从山下遥远的故乡寄来的邮包，收到了精心包扎起来的礼物。他们在自己房里把包裹拆开来，里面装着含义特殊的衣服、领带、皮鞋和镍制的小饰物以及精美的糕点、坚果、杏仁糖和苹果等——数量之多叫表兄弟俩看得傻了眼，不禁暗自问道，在这里什么时候才有机会来消受享用呢？据汉斯·卡斯托普所知，给他的包裹是萨勒恩大娘备办的，事先还跟他的舅公舅舅们切切实实地商量过，礼品也是她所选购。包裹里附有一封雅默斯·迪纳倍尔舅舅的信，用的是自家印制的专用厚信笺，只不过内文是打字机打的。舅舅在信中对他表示舅公和他自己的节日问候，祝他早日康复，并切合实际地顺带对即将到来的新年表示了美好祝愿。汉斯·卡斯托普在及时给舅公迪纳倍尔参议发出附有体检报告的圣诞贺信时，自己也是这么做的。

餐厅里的圣诞树光芒四射,芳香四溢,发出噼噼啪啪的爆裂声,让人头脑里和心里始终意识到这是个不平常的时刻。人们进行了梳妆打扮,男士们身着社交礼服,太太们更是珠光宝气,首饰可能都是亲爱的丈夫在平原上亲手挑选并寄来的。克拉芙迪娅·舒舍夫人也一反往常,把此间流行的羊绒衫换成了晚礼服,不过是带着些许随意或者说更多是民族的特点:那是一条配有腰带的浅色绣花长裙,俄罗斯农民风格,或者巴尔干风格,也许以保加利亚风格为基调,点缀着许多金色亮片,褶皱使得她的身姿更显婀娜丰腴,与塞特姆布里尼喜欢说的"鞑靼人面相",特别是与那双"草原狼的眼睛"搭配起来,真正叫奇妙无比啊。"好样儿的俄国人席"情绪高昂,首先发出了开香槟酒瓶的乒乓声,其他各桌都跟着喝将起来。表兄弟俩这一桌的香槟,是老姑妈为她侄女和玛露霞点的,她用它招待所有的桌友。菜单经过了特别的挑选,最后一道是乳酪烤饼加上糖果,结束时又喝了咖啡和利口酒。这时不时地有这根那根枞树枝燃了起来,吓得人们赶紧去扑灭,结果引起一片惊呼和慌乱。塞特姆布里尼仍旧是那副老行头,嘴里叼着牙签,聚餐快结束的时候来到表兄弟俩的桌上坐了一会儿,时而挑逗挑逗施托尔太太,时而讲讲那个木匠儿子兼人类的拉比的事情[①];今儿个,人们想象在庆祝他的诞生。他是不是真的降生过,谁个知道!不过呢,当时诞生了并且至今仍不断胜利前进的,是每个人都有自己的价值和与此相联的平等意识——

---

① 指耶稣基督。相传耶稣的义父约瑟是个木匠。拉比为犹太教的牧师。

一句话，是个人至上的民主思想。为了这种思想，他干掉了人家推到他面前的那杯酒。施托尔太太认为他的说法"模棱两可，没有人情味儿"。为表示抗议，她起身离席。反正也该去娱乐交际厅了，桌友们便都跟她走了。

今晚的活动安排有向宫廷顾问献礼，因此增加了分量和生气。顾问阁下率领公子克努特和米伦冬克护士长，来会场上待了半小时。献礼仪式在摆放光学玩意儿的大厅里进行，俄国人单独送的礼物是个有些像银质的大圆盘，盘中央镌刻着受礼人姓名缩写的花体字母，一看就知是件全然派不了用场的劳什子。其他病人送的那把躺椅嘛至少可以坐坐，尽管它现在还没有坐垫和枕头，只绷了一块帆布。不过它靠脑袋的挡头是可以调节的。贝伦斯想尝试一下它的舒适程度，便腋下夹着那毫无用处的盘子，身子直直地躺了上去，还立刻闭上眼睛，开始像台锯木机似的打鼾，并且自喻为镇守宝藏的法夫尼尔①。众人欢呼雀跃。连舒舍夫人也为宫廷顾问的表演大开笑颜，笑得眯起了眼睛，张大了嘴巴，两者合起来，汉斯·卡斯托普觉得，恰好是当初普希毕斯拉夫·希培笑的样子。

一等院长离开，大伙儿立刻分别坐到不同的桌子上玩起牌来。一帮俄国人照常占据的是小客厅。有几位疗养客围在大厅中的圣诞树四周，凝视着蜡烛的尾子在小小的白铁盒里慢慢地熄灭，同时悄悄地取食树上挂着的糖果。在那些已摆好明晨第一次

---

① 法夫尼尔是古日耳曼史诗《尼伯龙根之歌》里镇守宝藏的巨龙。

早餐餐具的桌子旁边，一个个离得老远地坐着几位孤独者，可都闷声不响地各人想着各人的心事，各人取着支撑各人身体的坐姿。

圣诞节的第一天潮湿而多雾。那是云，贝伦斯顾问说，我们是坐在云中；这上边没有雾。不过云也好，雾也好，反正感觉湿乎乎的。积雪表面开始融化，变得稀松而黏滑。在静卧时，脸和手冻得比出太阳干冷那会儿厉害得多得多。

这一天可取之处在于晚上开了场音乐会，开了一场真真正正的音乐会，因为不但排了座位，还印发了节目单，完全是专门为"山庄"疗养院的病员们安排的。音乐会的内容是歌曲演唱，演唱者是一位住在本地并且公开教学的职业女歌唱家。只见她袒胸露臂的演出服前面一侧，悬挂着两枚勋章；两条臂膀却细瘦如同木头棍子；还有她的嗓音奇特而喑哑，也透露了她定居在这高山地区令人伤心的原委。但听她唱道：

我唱着我的情歌，
漂泊四方……

伴奏的钢琴家同样是本地的……舒舍夫人坐在第一排，可却利用休息的机会撤退到后面去了，自此卡斯托普才能静下心来欣赏音乐——不管怎么讲音乐还是音乐嘛，静心的表现是他一边听唱，一边跟着读印在节目单上的歌词。塞特姆布里尼先生在他旁边坐了一会儿，可在对本地歌唱家的美声唱法抨击挖苦一番以后，也同样逃之夭夭啦，临走还打趣了一句：今儿晚上也跟在家里似的踏实、亲切哩。说老实话吧，这个好为人师的意大利撒旦和那个细眯眯眼的女人，当他们两个都走了以后，汉斯·卡斯托普心里感到一阵轻松，因为终于可以自在而专注地听歌啦。他觉得真是不错，在全世界和在任何特殊情境下，看样子多半甚至在极地考察站里，都可以演奏音乐和唱歌。

圣诞节的第二天毫无特点，唯独脑子里还存在一点儿模模糊糊的意识：这可不是一个平常的礼拜日或者工作日啊。等到这一天也过去后，圣诞节便成了往昔——或者同样正确地说：它又成了遥远的未来，远在一年之后的未来。因为从现在到下一次重新轮到它，还有十二个月哩——归根结底，比他汉斯·卡斯托普已经在此地度过的时间，只多七个月罢了。

可是紧接在这个圣诞节之后，也就是还没到新年，如前面说过的那位奥地利"马术师"就死了。在走廊上向表兄弟俩透露这一绝密消息的是阿尔芙雷达·希尔德克涅希特，人称白尔塔小姐，也就是专管可怜的弗利茨·罗特拜恩的护士。对他的去世汉斯·卡斯托普深为同情，一则因为这位"马术师"生命力的表现即那怪异的咳嗽声，属于他上山后获得的最初印象——就是它们，他似乎觉得，引起了他面部皮肤的热反应，至今潮红未退；二则出于道义原因，也可以讲是精神原因。他拖住约阿希姆，使表哥不得不陪着他跟那位女管事一直聊下去。这位呢，有人搭理并且对她感激不尽，心里真是喜滋滋的。真是个奇迹呀，她说，老头子竟活过了圣诞节！已经很久了，他表现出骑士一般的非凡韧劲儿，可他临了儿咋个还能喘气儿，真是没法理解。好多天以来，自然他还只是靠着大量输氧撑持着，单单昨儿个一天就消费了四十袋氧气，每袋可是七法郎啊。这下可是花了老鼻子的钱，二位先生自己算得出来，而更可虑的是他的太太，他最后死在了她怀里，却一个子儿也没落下，也就是一文不名啊。约阿希姆认为不该那么浪费。既然毫无希望，干吗还花钱受罪，人为地强撑着呢？自然不能怪那位死者，人家硬是要他吸这么贵的氧，他也就闭着眼吸了。倒是负责治疗的院方思想应开通一些，看在上帝分上，既然非走不可就让他走好了，其他情况根本甭管，更何况还要替这位未亡人着想。作为活下来的家属，他们毕竟也有自己的权利喽，等等等等。汉斯·卡斯托普激烈反对表哥的意见。他这么讲已经跟塞特姆布里尼差不多，对痛苦完全无所敬畏。那位"马术师"终究已经死了，玩笑到此结束，要表现自己一本正经也再没啥好干，只有对死者老老实实地致哀和表示敬意，汉斯·卡斯托普坚持认为。他说他只是希望，临终前贝伦斯不曾吼死者，不曾肆无忌惮地谩骂他！哪儿会呢？希尔德克涅希特小姐解释说。"马术师"尽管最后还贸然做了个逃脱的小尝试，想要从床上跳起来，可是只要稍微暗示一下他这么干毫无意义，就足以叫他死了心啦。

　　汉斯·卡斯托普去见了死者。他不顾院里的保密规定这样干，因为他鄙视其他人那全然不知也全然不愿闻问的冷血自私，想以自己的行动表示反抗。进餐的时候，他企图把话题引到一位病友死了这件事情上，结果遭到一致的断然拒绝，令他既羞愧又恼火。施托尔太太简直是态度粗暴。这种事他怎么想得出来,她质问道,难道还在上幼稚园吗!院方的规定悉心地保护大伙儿,尽量避免这种事情搞得大家情绪激动,这下倒好,钻出来个愣头青,乌鸦嘴,竟大声傻气地讲了起来,而且是在上烤肉的当口儿,而且当着布鲁门科尔博士的面——这时用手掌挡住了嘴巴——不知道这小子随时都可能翘辫子吗!要再发生这样的事,她非去告发不可。就是此刻,挨骂的这位下定决心并且说干就干:他要自己去探视那位病友的遗体,站在他的床前默哀片刻以示悼念,还有约阿希姆也让他硬拖着一块儿去了。

死者的房间在他们自己病房底下的二楼,阿尔芙雷达·希尔德克涅希特小姐把他俩领了进去。死者的未亡人接待了他们。她身材矮小,头发金黄,形容憔悴,守了一夜灵十分疲倦,用手绢捂着嘴,鼻子冻得通红,穿着厚厚的格子呢大衣,领子竖了起来,因为屋子里很冷。暖气关掉了,阳台门又敞开着。年轻人压低嗓门说了必须说的话,然后寡妇沉痛地挥挥手表示邀请,他俩就穿过房间去到床前——为表示敬意而身子微微前倾,踮起了脚尖,最后站在了灵床边上,目光注视着死者,各人以各人的姿势:约阿希姆像军人立正敬礼似的手脚并拢,身子微微前倾;卡斯托普则放松而随便,两手交叉在身子前面,脑袋歪在肩膀上,神情跟听音乐的时候差不多。"马术师"的脑袋高高地枕了起来,使他瘦长的身体,使这一生命多重循环系统之所在盖在被子底下显得更加单薄,单薄得除去最后拱起的脚尖,其余几乎就只剩一块板了。一双蜡黄、枯瘦的大手交叉在凹陷的胸口上,在膝盖的部位放着一束花,从花束中伸出来的棕榈枝碰着了他的手。秃了顶的脑袋也枯瘦、蜡黄,鹰钩鼻子,颧骨高耸,橘红色的八字胡蓬松茂密,茂密得把胡子拉碴的灰色脸颊衬托得更加干瘪了。两眼死死地闭着——不是自然合上的,而是使劲儿硬按拢的,汉斯·卡斯托普想。院里称这为最后的效劳,虽则这效劳更多是为给活人看,而对死者没有多少用处。而且还必须在死后马上及时进行,否则肌肉一形成肌球蛋白,想效劳也没法子效,他就只能睁着眼僵在那里,也没法再唤起所谓"长眠"的想象啦。

汉斯·卡斯托普不止一次给亲人送终,对干这种事情已经娴熟而在行,可尽管如此仍虔诚地站在床前。"他真像睡着了。"他同情地道,虽说明知两者差别极大。随后他压低嗓音,得体地开始与"马术师"的寡妇交谈,谈到了她丈夫的病史,谈到了死者最后的日子以及临终时刻,谈到了运送遗体返回故乡喀恩滕的问题等等,既从医学也从精神伦理的角度表现对死者的关怀,也显示了自己见多识广。未亡人呢说话带着拖腔和鼻音很重的奥地利口音,时不时地还抽泣两下,说她奇怪的是两位年轻先生竟如此关心他人的痛苦,难得难得。汉斯·卡斯托普回答,他表兄和他,他俩自己也身患肺病,特别是他本人,小小年纪就曾站立在最亲的亲人临终的床前,后来完全成了孤儿,正所谓跟死神早已打上交道了不是。寡妇问他选择了什么职业。他回答,曾经是个搞技术的。——"曾经?"——"曾经"的意思是现在有了病,这中间不知还得在山上待多长时间,结果肯定大有影响甚至可能成为他人生的转折,谁知道哦?——约阿希姆注视着他,带着不解的恐惧。——那他的表兄呢？——这位嘛想在平原上当兵，是个见习军官。——噢，她说，打仗这手艺自然也是规规矩矩的职业，只是得考虑到有时候会离死亡很近，所以嘛早些习惯死亡的景象好些。她送年轻人离开时道了谢，言辞举止亲切和蔼。这不能不赢得表兄弟俩的敬重，在她当前的巨大悲痛中，尤其是还面对着她男人留下的那一大堆氧债。他们回到了楼上。汉斯·卡斯托普看上去挺满意这次吊唁活动，所得到的印象令他精神振奋。

"愿灵魂安息，"卡斯托普说，"愿你轻松长眠地下。主啊，请赐给他永久的安宁。你瞧，一涉及死亡，一对死人讲话或者讲到死人，拉丁文就派上了用场，这种场合的正式语言嘛，只要一讲这种语言，你立刻感到死亡是一桩何等特殊的事。不过以讲拉丁文对死者表示敬意，并非出于人文主义的礼仪，因为对死者讲的拉丁文不是有教养的拉丁文，你懂吗，而精神完全是不同的，甚至也可以说，完全相反的。它是教会的拉丁文，修道士习用的拉丁文，中世纪的拉丁口头语，在一定程度上有如地狱中低沉、单调的哼哼唧唧——塞特姆布里尼不会欣赏这种拉丁文，对于人文主义者、共和主义者以及诸如此类的教育家，它一钱不值。它体现另外一种精神倾向，是另外一些人说的语言。我觉得，必须分清不同的精神倾向，或者说得更准确一点儿，精神情绪，即宗教的精神情绪和自由的精神情绪。两者各有所长，而我心中之所以不满自由的——我指塞特姆布里尼似的——精神情绪，仅仅因为它自以为包办了人类的尊严，这就太过分啦。另一种精神情绪也以其特有的方式体现着许多人类尊严，在许多方面与场合促使人行为端正、有礼有节、仪态高尚,甚至比自由的精神情绪还要强一些,尽管它特别注意到了人类的弱点和惰性,时时想到死亡和腐朽,并以有关的思想作为自己的重要组成部分。你可看过《唐·卡洛斯》①的演出?可记得西班牙宫廷里的那个场面?当时菲利普国王穿着一身黑色衣服走进来,胸前佩戴着嘉德勋章和金羊毛勋章;他慢慢摘下样子差不多像南瓜的大圆礼帽——他那么向上把它一提,说道:'各位大人,请戴上帽子吧!'或者类似的别的什么。——那么从容得体,根本谈不上什么繁文缛节,而恰恰相反。谁知王后却讲:'我们法国不是这个样子。'当然了,国王的举止在她看来过分烦琐、迂阔,她更喜欢活跃一些,更有人情味一些。可什么叫有人情味?人情味可以包含一切。西班牙式的虔诚谦恭、彬彬有礼和一丝不苟,要我说乃是人情味的一种高贵范式;反之,也可以用人情味这个词涵盖任何的懒懒散散和马马虎虎。你看我说的可对?"

"你说的对,"约阿希姆回答,"马虎和懒散我自然也不能容忍,必须有纪律才是。"

"是啊,你作为军人这么讲,而我得承认,在军队里是注重这些事的。那位寡妇称你的行当为手艺,她完全正确;一样地要求认真严谨,时刻估计到出现极端严重的事态,时刻准备与死神打交道。你们要穿笔挺和贴身的制服,要戴浆硬了的领子,以便显得精神和威武。你们还等级森严,服从上司,相互之间礼节

---

① 德国诗人兼剧作家席勒的著名悲剧。

周到，这就符合源自宗教信仰的西班牙精神，对它我打心眼儿里赞成。我们平民也应该多一些这样的精神才好，我们的习尚举止也要多一些这样的精神我就高兴了，我认为这挺合适。我认为世界和现实生活的趋势是，人们都将普遍穿黑色的衣服，戴浆硬了的折叠领圈而不是你们的制服领子，头脑里时时想着死亡，彼此交往也文质彬彬、细声细气——我就喜欢这个样子，这符合道德。你瞧见了，这也是塞特姆布里尼的一个失误一点自负，又一个失误又一点自负。很好啊，咱们谈到了这个问题。就是说他自以为不只包办了人类的尊严，也包办了人类的德行——用他的什么'服务于实际生活'呀，什么'促进进步—周日庆祝'呀——仿佛星期天别的事情都不好想，只能想到进步似的，什么'系统地根除痛苦'呀，等等。所谓'系统地根除痛苦'，你不知道这是啥意思，他为了教育我却给我讲了，所采取的手段是编一部百科全书。可要是我现在才觉得这不道德呢，那又怎么办？我当然不能告诉他，他肯定会操起自己圆滑的土语，彻彻底底数落我一顿：'我警告您啊，工程师！'但他的道理也可以想象——长官，请给我思想自由，我还有些话想对你讲。"汉斯·卡斯托普道。

这时他俩已在楼上约阿希姆的房间里，约阿希姆呢，正做着静卧的准备。汉斯·卡斯托普继续说：

"我要告诉你我决心干什么。在这里，咱们跟那些垂死的人门挨门地生活，跟最深重的痛苦和悲哀门挨门地生活。可不仅如此，还得装着与自己毫不相干，还得相信自己进了保险箱，绝不会接触到和看到哪怕是一点点迹象。那位'马术师'，眼下人家又已经悄悄把他弄走了,趁着我们进晚餐或者吃早饭的时候。我觉得这不道德。我只是提了提死人的事,施托尔太太就气急败坏,在我看来真太愚蠢。就算她已经没有教养,新近在吃饭时竟来了一句'安静,安静,各位贤哲',却以为它出自《唐豪塞》①,那她听见死人的事时也该道德一点儿,感到点儿同情吧;还有其他人也是。我现在决定,今后多关心生活在同一座楼里的垂死者和重病人,这将使我心里好受些——刚才的探视已经让我感觉很好。当时住在二十七号的罗伊特,我刚来的时候透过门缝见过这可怜人一次,现在肯定早已翘了辫子,也给悄悄处置掉了——那时候,他那双眼睛就大得像鸡蛋。可没了他又新来了其他人,院里仍住得满满的,从来不缺少后备军不是。阿尔芙雷达护士,或者还有米伦冬克护士长,或者甚至贝伦斯院长本人都肯定可以帮助我,使我建立起这个那个关系,这不会成问题。设想有某个濒死的病友过生日了,我们呢知道了这个情况——这是允许知道的。好,我们就给寿星老儿——或者是寿星婆——也即是给他或者她——送一束花到病房里去,以表示'两位匿名病友'的祝福,祝他或她早日康复——而'康复'二字,无论何时都是礼貌得体的。随后受祝福的人自然会问我们姓甚名谁,他或者她甚至会不顾自己的虚弱,让人对门外的我们传达一声友好的问候,也许还会邀请我们进房间去待上一小会儿;咱们呢,在他辞世之前,还可以跟他谈几句充满人间温暖的话语。我就这么设想。你

---

① 德国19世纪作曲家理夏特·瓦格纳的著名歌剧。

不同意吗？我本人反正是已经下定决心。"

　　对这些想法，约阿希姆也提不出多少意见。他只是提醒说：

　　"这可是违反院规哦，你这么做在一定意义上就打破了它。不过呢凡事都存在例外，你既然有这个愿望，我想，贝伦斯没准儿就会同意你。你可以推说，你是出自医学方面的兴趣。"

　　"是啊，也可以这么说。"汉斯·卡斯托普回答。要知道，他产生这个愿望的动机确实很是错综复杂。抗议那盛行此间的冷血自私，只是其中之一而已。还有就是他希望认真对待痛苦和死亡，尊重痛苦和死亡的精神需要——这一精神需要，他希望通过接近危重病人和濒死的病友而得到满足和加强，以平衡和抵消他随时随处、每时每刻都发现的对人的侮慢，各种各样的侮慢。通过折中它们，塞特姆布里尼的某些说法，得到了令他卡斯托普感到侮辱的确认。例子举不胜举。设若问到汉斯·卡斯托普，他也许首先就会讲到"山庄"疗养院里的那样一些人，这些人毫不讳言自己压根儿没有病，是完全自愿地住在这里，冠冕堂皇的借口是身体有点儿不适，其实只是为了享乐，因为病人的生活方式对他们的口味。如已经顺便提到过的那位寡妇黑森费尔特吧，一位活泼好动的女士，十分地热衷于打赌：她和先生们赌，赌的内容包括一切的一切，赌天气会怎样，赌将上什么菜，赌年终体检的结果，赌某人又加判了多少个月，赌体育竞赛的输赢，赌雪橇比赛、滑雪或者滑冰比赛谁得冠军，赌疗养客中的这对儿那对儿关系暧昧及其发展程度，赌成百上千常常完全是微不足道、毫无意义的事情。赌的筹码呢，有巧克力、香槟酒和鱼子酱，这些东西跟着就会在餐厅里被兴高采烈地吃掉；有现金，有电影票，甚至也有亲吻，也即吻别人和让别人吻——一句话，她用自己这一爱好，给餐厅里带来了许多的紧张气氛和生气。只不过在年轻的汉斯·卡斯托普眼里，她的行径自然是过分轻浮，是的，单单这种人的存在，在他看来就足以侮辱这痛苦之地的尊严。

要知道，这尊严需要维护和自我保持，他本人就在内心里忠诚地追求这一目标，不管在这山上生活了将近半年之后，他感到要达到目的是多么困难。他逐渐洞悉了这地方日常生活、习俗风尚和思想观念的秘密，但是对实现他良好的愿望帮助很小。例如还有那一对瘦骨嶙峋的花花公子，一个十七岁一个十八岁，外号人称"马克斯和莫利兹"，两人晚上溜号出去为的只是在女人堆中打牌喝酒，也给大伙儿提供了许多谈资。简单讲，大概在过了新年的一周以后——必须明确指出，在我们讲故事的时候，时光的河流照样不停地在静静流逝，进早餐那会儿消息就传开了：一清早俩小家伙穿着皱皱巴巴的晚礼服躺在床上，让按摩师撞个正着。汉斯·卡斯托普听后也笑了起来，不过这尽管对他良好的愿望也构成了侮慢，但与来自郁特波克的艾因胡夫律师的故事相比又小巫见大巫。这位律师年约四十，蓄着山羊胡子，手上满是黑毛，一些时候以来顶替已经痊愈出院的瑞典人，坐在塞特姆布里尼的桌上，不只是每天夜里喝得醉醺醺地回院来，最近竟然根本不回来了，而是让人发现睡在外边的草地上。这家伙据说是一个危险的色鬼，施托尔太太指得出具体人来，就是山谷中有一位已经订婚的年轻女子，让人看见在某个时刻溜进了艾因胡夫的房间，据说身上只穿了件皮大衣，大衣里面除了一条改良内裤竟什么都没穿。简直不知羞耻——不只是一般道德意义上的不知羞耻，而且也是对汉斯·卡斯托普个人的侮辱，对他的精神追求的侮辱。还有呢，在想到艾因胡夫律师这号人时，他不能不想到芙棱茨欣·奥伯尔丹克这个头发梳得光光的小姑娘；几个礼拜前，这娇生惯养的小闺女由她母亲，一位举止端庄的外省太太，亲自送到了山上。芙棱茨欣·奥伯尔丹克刚来和体检以后都被认为病得很轻，可是，也许她犯了什么错误，也许是这里的空气不仅不利于她治病，反倒促使她病情发展，或者这小东西可能落入了什么令她激动不已的圈套，损害了她的健康，总之入院四个星期以后出问题啦，她重新去检查了回来，一进餐厅就把手提袋抛到空中，扯开嗓子欢呼起来："哇噻！我必须待上一年啦！"引得众病友哄堂大笑，笑声一波一波传开，淹没了整个餐厅。谁知十四天后就闹得满城风雨：艾因胡夫律师对芙棱茨欣·奥伯尔丹克小姑娘耍了流氓。不过耍流氓这个说法得算在咱们账上，或者说无论如何得算在汉斯·卡斯托普账上；因为在传播消息的人们看来，这样的事从本质上看已没啥稀罕，耍流氓一说实在是夸大其词。说时他们还耸了耸肩膀，那意思是干那种事得两个人呀，估计也一点儿都不违反另外一个人的意愿。对眼下这件公案，至少施托尔太太是抱这样的态度，作这样的道德判断。

卡洛琳娜·施托尔太太就这么讨厌得要命。如果说有什么经常干扰汉斯·卡斯托普真诚的精神追求的话，那就是这个女人的存在和举止德性。单单她那没教养的谈吐就够他受啦。她形容临终的痛苦不用现成的德语词，而要不伦不类地来一下Agoje[①]；在骂什么人放肆无理的时候却讲Insolvent[②]；在解释一些天文现象例如日食的成因时，更是胡说八道，令人喷饭。一次谈起雪积得很厚，她讲，"储量可真惊人"；有一天，塞特姆布里尼先生更让她搞得半天回不过神来，因为她说她正在读一本从图书馆借的书，这本书跟他有关，就是《席勒翻译的贝内德托·切内利》[③]！她说话喜欢赶时髦，实际上满嘴陈词滥调，叫年轻的汉斯·卡斯托普差点儿没精神崩溃，例如总爱讲什么"盖了帽儿啦！"，什么"超乎想象！"。还有，口语里长期用作"出色""优异"等等意思的"精彩"这个词，由于她觉得已经褪了色、贬了值，太通俗和太陈旧了，于是便追赶时髦，换成了最新的"酷毙啦"什么的，这一下不管是认真讲还是说着玩儿，反正是一切全"酷毙啦"，冰橇比赛也好，面糊糊汤也好，她自己的体温也好，统统全都"酷毙啦"，同样叫人恶心。加之她饶舌的劲头儿大得不得了。而且她反正有的好讲，什么萨洛蒙太太今儿个穿上了最名贵的花边内衣啊，因为安排了她体检，里边得好好修饰修饰去见医生们呗。——这么讲倒有些道理，汉斯·卡斯托普自己也产生了这样的印象，就是不管检查结果如何，体检的过程本身就令太太

[①] Agoje疑为法语Agonie或英语Agony之误，含垂死挣扎之意。
[②] 英语词insolvent为"无偿付能力"之意，放肆、狂妄应是insolent。
[③] 在这个所谓的书名中包含两个常识性错误：一、16世纪意大利著名雕塑家切里尼全名为Benvenuto Cellini而非Benedetto Ceneli；二、翻译他传记的不是席勒，而是歌德。

们喜欢，所以都愿意打扮得俊俏可人。然而，施托尔太太还打保票，说什么来自波森并怀疑患了脊髓结核的勒蒂斯太太，每周一次肯定是完全光着身子，要当着贝伦斯的面在房里来来回回走上十分钟，这又该作何解释呢？这种说法的悖乎常理同样令人反感，可施托尔太太偏偏赌咒发誓说绝对是真的——这就怪了，这可怜的女人对这类事情竟如此劲头儿十足，津津乐道，而且还义正词严，虽说她自己的麻烦就已经够多的了。因为最近她就碰上了一些讨厌而可悲的情况，据她讲她的"四肢无力"更加严重，她的体温曲线又在上升。她抽泣着坐到餐桌边，干裂的红脸颊上满是泪水，捂着手绢边嚎边讲。贝伦斯想叫她卧床，她却想知道医生背着自己说了些什么，说她病在何处，有多么严重。她要正视现实嘛！有一天，她大惊失色地发现，她的病床竟然是脚的一头冲着房门；这一发现气得她浑身哆嗦。一开始大伙儿不明白她干吗这么生气，这么害怕。特别是汉斯·卡斯托普，一下子更莫名其妙。怎么啦？怎么回事？床为什么不能怎么摆着就让它摆着？——上帝保佑，难道这也不明白！"脚朝前……"说着她大声号哭起来。于是床只得马上掉转方向，尽管从此靠在枕头上就看见影响睡眠的亮光。

这一切全都说不上严重，但也很少能符合汉斯·卡斯托普的精神需要。不过在此期间却发生了一桩可怕的事情，给年轻人留下了特别的印象。那是在吃饭的时候，一个还算是新来的病友，一位名叫波波夫的教师，人长得瘦瘦的，而且寡言少语，带着他同样瘦瘦的、寡言少语的未婚妻坐在"好样儿的俄国人席"，正当大家伙儿吃喝到了兴头上，他突然发出一声经常被形容为魔鬼似的、非人的尖叫，身子一歪倒在地上，躺在椅子旁边手脚开始可怕地抽搐和乱打乱蹬，原来是他患的羊角风急性发作！更麻烦的是刚刚上完一道鱼做的菜，不能不担心波波夫那么激烈抽搐痉挛，会让鱼刺给卡伤。整个餐厅顿时乱作一团。女人们，以施托尔太太为首，其他还有诸如萨洛蒙太太、勒蒂斯太太、黑森费尔特小姐、马格努斯太太、伊尔蒂丝小姐、莱薇小姐等等等等也不甘落后，也出于各式各样的原因而惊恐万状，有几位模样之可怕几乎赶上了发羊角风的波波夫。她们发出阵阵尖厉的叫声。只见她们痉挛地紧紧闭住双眼，张大嘴巴，扭曲着身子。个别人干脆一声不响，晕倒了事。因为突如其来的惊厥刚好发生在大嚼大咽的当口儿，就没少出现给噎得死去活来的惨状。一部分食客企图尽可能地离现场远一些，有的甚至冲出边门到了露台上，尽管外面又湿又冷。然而整个事件除了可怕，还有个令人恶心的特点，也就是可能让大家禁不住产生联想，联想到克洛可夫斯基博士最近作的那次报告。具体情况是这样：正好在最后那个星期一，这位精神分析学家在进一步阐述爱情作为致病的力量的论断时候，联系到了羊角风，并且说在出现精神分析学说之前的时代，人类把这种疾病有时视为先知显灵，有时又看作魔鬼附体。他以半是诗意的热情语言，半是科学的冰冷术语，大讲羊角风实乃爱情和大脑性欲亢奋的等值现象，一句话，因此便产生了怀疑，听他报告的听众联想到他的报告，必然把波波夫老师的表现理解为他那理论的图解，乃是一个人肮脏内心的暴露和神秘可怕的丑剧，也就难怪女士们要掩面而逃,原来是有些个害臊哩。出事的当口贝伦斯宫廷顾问正好在场,是他亲自带领米伦冬克护士长外加几个有手劲儿的桌友,把脸色发青、口吐白沫、四肢僵硬扭曲的羊角风病人架出餐厅,到了游艺室里,在那儿由一些医生、护士长以及其他员工包围着,进行了长时间的救治,随后让担架给抬走了。不大一会儿,没事人似的波波夫教员又由他同样没事人似的未婚妻陪着,坐在"好样儿的俄国人席"上,不声不响地享用完了自己那份午餐!在经历这个事件时,汉斯·卡斯托普外表上流露着敬畏,可内心中却无此感觉,上帝保佑他。波波夫呢,自然在吃鱼时是可能被卡住的,但事实上还是没给卡着,因为不管是在失去了意识的愤怒中也好享乐中也好,他大概仍然暗暗留了一点儿神。而今他高高兴兴地坐在那儿,吃完了饭,好像从来不是一个癫痫患者,好像根本没跟个酒疯子似的大出洋相,肯定也不曾回忆过这件事情。而且他那个神气,也不能增强汉斯·卡斯托普对于痛苦的敬畏,还有那女的,她的样子也增加了他在这山上时时遭遇也极为反感的轻浮印象。正是为了克服它们,他才一反此地的习尚,希望去接近那些危重病人和垂死的人。

在表兄弟俩住的那层楼,离他们的房间不远,躺着一位年纪轻轻的小姑娘,名叫莱拉·格尔恩格罗斯。据阿尔芙雷达护士讲,她已经快死了。十天之内,她四次严重咯血,父母亲已经上山来,也许准备把女儿活着接回家去。可是看来不行:贝伦斯顾问否定了运走可怜的格尔恩格罗斯小姑娘的可能。她才十六七岁。汉斯·卡斯托普发现机会来了,可以实现自己送一束花祝愿病友康复的计划啦。尽管现在莱拉不过生日,以凡人的预见也没生日可过了,因为汉斯·卡斯托普已打听清楚,她的生日在春季;但是按照他的判断,这也不妨碍他们去表示一点儿恻隐之心加上敬意。一天中午,他和表哥到疗养地散步,走进了一家花店。店里的空气充满湿润的泥土味儿和馥郁的花香,他深呼吸了几口,然后订购了一盆漂亮的绣球花,没有透露自己的姓名,仅仅附了一张写着"两个同楼病友愿你早日康复"的卡片,就吩咐店里直接送到濒死的小病友房间里去。他干得挺痛快,加之花草的气息和店内暖洋洋的空气令他感觉舒坦,使他刚挨过冻的眼睛流出了眼泪,心也怦怦直跳。这当儿,一种勇敢冒险、不事声张地做好事的感觉便油然而生。暗暗地,他赋予了自己行为以巨大的象征意义。

莱拉·格尔恩格罗斯不享受专人护理,而是直接处于米伦冬克护士长和医生们的监护之下。不过阿尔芙雷达护士经常进出她的病房,也就能给两位年轻人通风报信,让他们了解自己的义举效果如何。小姑娘原本处于孤单无助的绝望状态,对来自陌生人的殷勤问候高兴得跟个孩子似的。鲜花摆在她床边上,不断受到她目光和手的爱抚,她老是提醒给它浇水,自己呢经常咳嗽,可即使咳得死去活来,充满痛苦的目光仍然离不开那些花朵。她的父母,也就是已退役的格尔恩格罗斯少校和太太,也同样感动和欣慰,加之他俩在疗养院一个熟人都没有,连试着猜一猜送花者是何许人都不可能,所以嘛她阿尔芙雷达也自己承认,她便忍不住透露了一点儿送花者的秘密,把表兄弟俩的姓名告诉人家了。

喏，她现在带来了三位格尔恩格罗斯的请求，求他俩去露露面并接受他们的感谢；这样，在隔了一天之后，表兄弟俩就在这位女总管的带领下，蹑手蹑脚走进了莱拉姑娘受苦受难的房间。

濒死者是一个可爱极了的金发美人儿，一双明眸真的蓝得跟勿忘我花一个样，尽管失血严重，呼吸勉强靠着所剩不多的一点点健康肺叶支撑，因此形容憔悴娇弱，但却一点儿不使人觉得窝囊可怜。她表示了谢意，然后用微弱但却优美的嗓音与他们交谈。这使她双颊出现了桃红，而且久久不肯消失。对她在场的父母和她本人，汉斯·卡斯托普得体地解释了自己的行为，并且请他们原谅自己的冒昧；他说话时嗓音低沉而激动，流露着对病友温柔的敬意。他差不多就快跪倒在她床前啦——他内心中确实有这样的冲动，他久久地紧握住莱拉的手不放，尽管这只发烫的小手不只湿润，简直就是汗水淋淋的，因为这孩子的汗液分泌过度，所以也经常会脱水，如果不是不断地饮用大量汽水以大致保持平衡的话——她的床头柜上始终摆着大瓶的果汁汽水应急，她的皮肤早就干缩起皱啦。她的父母尽管伤心，仍应有如仪地与客人进行了简短的交谈，询问他俩的个人情况，作了其他一些通常有的寒暄。少校是个宽肩膀的男子，额头低低的，小胡子往上翘——身体壮得像个大力士，显而易见，女儿的染上结核病压根儿怪不着他，罪过多半在他老婆身上。这女的个子瘦小，一副典型的肺痨坯子，看来也因女儿染上了病而感到内疚。谈了十分钟，莱拉姑娘已显得体力不支，或者准确地说兴奋过度——她的脸颊红得更厉害了，蓝得跟勿忘我似的眼睛闪耀着令人不安的光辉——于是经阿尔芙雷达护士用眼色提醒，表兄弟俩便告了辞，由格尔恩格罗斯太太陪着走到了门外。她一路上不断自责，特别令汉斯·卡斯托普感动。怪她，完全怪她，她咬牙切齿地说，这孩子只可能从她身上得的病，跟她丈夫一点儿不相干，他和女儿生病完全没有关系。不过就是她吧，她可以担保，也只是很短暂地跟这病有过关系，还是在她当姑娘的时候。后来她就好了，彻彻底底好了，医院给她出了证明，因为她想结婚，非常希望结婚过家庭生活。她成功了，病治好了，得到了完全康复，于是就嫁给了这个自己心爱的、壮得跟牛似的男人。他那方面可是做梦也没想到会出这种事啊。可他这么老实，这么健壮——却仍旧没能防止住不幸的发生。因为在女儿身上，那已被埋葬、已被遗忘的魔鬼又复活了；她摆脱不了它，将被它毁掉，相反她这个做母亲的倒过了这一关，进入了保险的年龄。那可怜的小东西却要死了，医生们已叫家属别再心存希望。这是她的过去造的孽啊。

两个年轻人极力安慰她，说什么也不是没有好转的可能。然而少校太太只顾大声抽泣，不过还是再次感谢他们送来了鲜花，感谢他们来看她女儿，让这孩子分了分心，高兴了一会儿。小可怜虫痛苦又孤单地躺在那儿，别的同龄人却享受着自己的青春，跟英俊的小伙子在一块儿跳舞，疾病可也扼杀不了追求享乐的欲望不是。他们却给她带来了一些个阳光，上帝啊，可能就是最后的阳光啦。对于小可怜儿来说，收到那一盆绣球花好比在舞会上出了一次风头，和两位殷勤的骑士聊天好比经历了一次甜蜜的谈情说爱，作为母亲的格尔恩格罗斯太太，她可是看得出来呀。

这一席话令汉斯·卡斯托普既感动，又尴尬，特别是少校太太的谈情说爱一词用得很不是地方，叫他极不自在。再说呢，他可不是什么殷勤的骑士，他之所以来看莱拉姑娘，是出于医学和精神的关怀，是为对此间盛行的自私冷酷表示抗议。简单讲，最后这么一转折叫汉斯·卡斯托普颇有些不快，不过好在只是局限于对少校太太的观点，整个事情的经过仍使他很是兴奋，很是感动。特别是有两件事，一为下边山谷里那花店内的泥土芳香，一为莱拉那只汗水淋淋的小手，都牢牢留在了他的心灵和意识里。既然开了头，就得做下去，还在当天他就和阿尔芙雷达护士谈妥了，要去拜访她护理的病人弗利茨·罗特拜恩。据说他跟他的护士都感觉日子无聊难过，其实呢，所有迹象表明，这小伙子已经没剩下几天好过。

老实善良的约阿希姆毫无办法，只得跟着去。汉斯·卡斯托普的冲动和善心，战胜了表哥的反感。他充其量只能以沉默和垂下眼睑，来表示一下异议，因为他想不出任何反对的理由，以免同时表现出缺少基督精神。汉斯·卡斯托普看得很清楚，因此也加以利用。他也充分理解表哥是个军人，所以不乐意做那样的事。可是既然他自己做了觉得快乐、幸福，觉得于人于己都有好处呢？那他就必须不顾表哥无言的抗拒，把事情做下去。他拉着约阿希姆一起考虑，给年轻的濒死者弗利茨·罗特拜恩，虽然他是个男的，好不好也请人送花去，或者干脆自己带花去。他自己很希望这样做，觉得花嘛就适合用来做这个，尤其是紫色的绣球花，花形那么完美，他更是喜欢。于是他就断然认为，罗特拜恩的性别已让他的临终状态给抵消了，他也不一定非要过生日，才能接受别人送的鲜花，因为人都快死了，顺理成章地自然啥时候都可以当作过生日的孩子对待。如此想通以后，他就和表哥再次光顾了那散发着温暖泥土香味的花店，捧着一束刚喷过水的、芳香扑鼻的玫瑰、丁香和紫罗兰，在提前通报过他们到来的阿尔芙雷达小姐带领下，走进了罗特拜恩先生的房间。

病入膏肓的受访者年龄还不到二十岁，可是头发已经脱落了，灰白了，面色蜡黄蜡黄，皮包骨头，两只手很大，鼻子和耳朵也很大，对两位病友来慰问他、陪伴他，感激得几乎掉下眼泪——他在招呼他们，从他们手里接过鲜花的时候，却是虚弱得哭了，可是在这之后，虽说声音低得几乎像是耳语，却急急忙忙地谈起了欧洲的鲜花贸易来，谈到它日益地发达兴旺，谈到尼斯和戛纳花卉的巨额出口，既有车皮运输，也有快邮寄送，每天都从这些法国城市向四面八方发货，既发向巴黎和柏林的批发市场，也供应广大的俄罗斯。要知道他是个商人，只要人还活着，他的兴趣就在这方面。他的父亲，一位科堡①的玩偶制造商，送他到英国求学，他嘎声哑气地说，他在那边就病了。可是人家把他发烧当成了伤寒，并给以相应治疗，也就是让他吃素喝清水汤，结果身体完全搞垮啦。这儿山上倒允许他吃了，他也尽量地吃，尽量地吸收营养，常常坐在床上吃得满头大汗。然而为时已晚，他的肠胃已受到连累，家里白白寄来了牛舌头和熏鳗鱼，可

---

① 科堡是德国图林根州的城市。

他什么也消化不了喽。眼下他父亲正从科堡赶来，贝伦斯院长用电话对他发出了召唤。因为须对他采取坚决的措施，也就是要取掉他的肋骨。无论如何都要试一试嘛，尽管希望已很渺茫。罗特拜恩嗓音低沉，讲得很是实事求是，把开刀取肋骨纯粹看成了一桩交易——多久他还活着，多久看问题都会抱这样的观点。就说费用吧，他悄声道，算上背部脊髓麻醉，因为涉及了整个胸腔，再取六至八根肋骨，肯定在一千法郎左右，所以他就问自己，这样一大笔投资合算吗？贝伦斯劝他做这个手术，这家伙反正有利可图，他自己可就拿不准了，没办法知道是否保全了肋骨静静死去，来得更加明智些。

很难给他出主意。表兄弟俩认为，在权衡利弊时必须把宫廷顾问手术的精湛也考虑进去。最后取得一致，将以正在赶来的老罗特拜恩的意见为准。在客人告辞的时候，年轻的罗特拜恩又哭了鼻子。尽管只是由于虚弱，他那么哭天抹泪，却也跟想法和言谈的干硬与实事求是，形成了强烈的对比。他请求二位先生再去看他，他们嘴上应允了，却再没有去。要知道当晚玩偶制造商赶到了，第二天上午便动了手术，手术之后年轻的弗利茨·罗特拜恩已不再能接待客人。又过了两天，汉斯·卡斯托普跟约阿希姆从走廊上经过，发现罗特拜恩的房间已进行过清扫。阿尔芙雷达护士带着自己小小的行李箱离开了"山庄"疗养院，因为已应聘去另一家疗养院照看垂死的病人。系夹鼻眼镜的带子飘在耳朵背后，她叹着气去新病人那里了，因为这是展现在她面前的唯一前景。

一间"人去室空"的病房，在打扫的时候家具堆放在一起，门都大大敞开着，在上餐厅或去楼外时一目了然——这可是个意味深长然而又习以为常的景象，以致引不起人多少想法，特别是当你正好也住在一间同样地"空出来"、同样地清扫过的房间里，并且已经以其为自己的归宿。有时候知道了是谁曾经在眼前这间房间住过，也总会产生一些想法，比如眼下和在八天以后，汉斯·卡斯托普在经过时看见格尔恩格罗斯小姑娘的房间也处于清扫状态，就是这个情况。一见之下心里就对房里的忙碌景象产生反感，他站住了脚，惶惶然沉思起来。这当口儿，贝伦斯宫廷顾问正巧经过。

"我站在这里看打扫房间，"汉斯·卡斯托普说，"早上好，顾问阁下。莱拉小姑娘她……"

"噢——"贝伦斯回答，同时耸了耸肩膀。随即缄默片刻，让他这姿态充分发挥效用，然后才补充道：

"您不是在她玩儿完前还像模像样地对她献过一次殷勤吗？您自己身强力壮，还这样关心我这些关在笼子里用气胸吹口哨的小鸟儿，我实在高兴。从您这方面看真是一个美德啊，别，别，咱们就先肯定它的正确性，肯定它是您性格中的一个大优点。让我时不时地给您引见引见，您看怎么样？咱还有的是各式各样的金翅鸟儿——要是您感兴趣。例如眼下我正要去看那只'灌得太饱'的小雀儿，您一块儿去吗？我将开门见山地作介绍，称您是她同病相怜的病友。"

汉斯·卡斯托普连忙回答，宫廷顾问讲出了他的心里话，所提的建议正中他的下怀。他感激顾问阁下允许他一块儿去探望所说的那位病友。不过那"灌得太饱"的是个什么人,他该怎么理解这个雅号?

"按字面理解,"宫廷顾问回答,"完全准确,毫无比喻之意。让她自己给您解释得啦。"

没走几步,就到了那位"灌得太饱"的房门前。贝伦斯穿过两道门走进屋去,让陪着他的汉斯·卡斯托普等在门外。贝伦斯进屋的当儿,从屋里传出来急促而艰难、但同时又是快活而清脆的说说笑笑声,门一关上就听不见了。可几分钟后卡斯托普被放了进去,又迎面向他送来了这样的说笑声,接着贝伦斯就把他这位充满同情心的来访者,介绍给了那个躺在床上好奇地打量着他的金发夫人。只见她用枕头垫在背后半躺半坐着,怎么也安静不下来,老是一个劲儿地笑,笑声高而清脆,就像摇动银铃一样。她呼吸困难急促,像是一直受到了什么刺激和挤压。对贝伦斯介绍来访者时说的俏皮话,她也笑得够呛;对即将离去的医生不断地道"再见""非常感谢""明儿个见",一边冲着他的背影挥手,一边却唉声叹气,同时仍发出阵阵银铃般的笑声,两手则按着夏布衬衣底下波动起伏的胸部,脚也禁不住动来动去。她的名字叫齐默尔曼夫人。

对她汉斯·卡斯托普有点儿面熟。她与萨洛蒙太太以及那个饕餮的中学生同桌了几个星期,动不动就喜欢笑。后来,还没等年轻人进一步弄清情况,她就消失了。可能是出院了吧,他想,如果他对她的消失也有过想法的话。现在却在这里看见了她,名字叫"灌得太饱"的女人,他倒真盼着她给他解释这个雅号的含义哩。

"哈哈哈哈，"她又是银铃般的一串哈哈，胸部随之剧烈起伏动荡，"真叫滑稽得要死，这个贝伦斯，又滑稽又有趣，逗得你笑破肚子，笑得死去活来。您坐啊，卡斯腾先生，卡尔斯腾先生，或者您叫什么来着？您的名字真可笑，哈哈，嘻嘻，实在对不起！您就坐我脚边那张椅子吧，不过得允许我伸伸腿儿，我真是——哈……啊，"她张开嘴叹了口气，再哈哈两声道，"真是没有法子。"

她几乎称得上漂亮，五官清秀而稍显突兀，但看起来还算顺眼，长着个小小的双下巴。只不过嘴唇青紫，鼻子也是这个颜色，无疑是缺氧的表现。双手瘦得叫人可怜，好在有睡衣的花边袖口遮掩着，也跟她的脚一样很难得安静安静。脖子秀气得如同少女，纤细的锁骨上面长了几颗湿疹，胸脯由于大笑和呼吸困难而不停地颤动、起伏，看上去同样显得娇媚而富青春气息。汉斯·卡斯托普决定同样让人给她送或者亲自带鲜花，而且要从尼斯和戛纳进口的品种，要同样喷上水，散发着扑鼻的香气。他尽管有些忧虑，仍禁不住被齐默尔曼夫人清脆而急促的笑声感染，也跟着她乐了起来。

"如此说，您是专门走访院里的重病号喽？"她问，"您真逗，您真有趣，哈，哈，哈！可您想想，我根本就不重，也就是说，我压根儿就不算，直到不久之前，还一点儿都不……直到不久之前出了这件事……您听好了，看是不是挺滑稽，您在整个的一生中……"她上气不接下气，一边却嘻嘻哈哈，就这么断断续续给汉斯·卡斯托普讲了自己发生的事。

初上山时她病很轻微——病还是病了，不然不会上山来，也许甚至病得还不太轻，不过与其讲重还是讲轻更好些。作为外科技术虽说年轻但却迅速得到喜爱的新成就，气胸在她身上也取得了辉煌的胜利。手术圆满成功，齐默尔曼夫人的健康状况有了可喜的改善，她的丈夫——须知她已经结婚了，尽管没有小孩——可望在三四个月后接她回家去。谁知这时她想要乐一乐，便长途旅游去了趟苏黎世——去的理由除了乐还是乐。她确实也尽情地开心地乐了一回，可在这时却发现必须给气胸加气，就只好请一位当地的医生来干这事。一个挺可爱、挺滑稽的年轻人，哈哈哈，哈哈哈，可结果怎样呢？他把她灌得过饱啦！没有其他合适的叫法，这个词儿说明了一切。他本意是对她好来着，业务却可能不怎么精通，干脆讲吧：出现了过饱状态，也就是说心口憋闷，呼吸困难——哈！嘻嘻嘻！——回到山上挨了贝伦斯一顿臭骂，马上被要求卧床休养。这一下她就成了重病号啦——虽说不是病入膏肓，情况却挺糟糕，糟糕得一塌糊涂——哈哈哈，瞧他那副样子哟，他那副样子真是滑稽！说时她用手指指点着胸部，拼命取笑贝伦斯的模样，笑得自己额头也开始变得青紫。然而最最滑稽的是，她讲，贝伦斯竟大发雷霆，粗言恶语——而在这之前，当她发现自己灌得过饱了，就已经忍不住好笑！"'您简直是自己找死！'"她说他冲着她喊，一点儿不转弯抹角，一点儿不隐讳含蓄，"真是一头狗熊，哈哈哈，嘻嘻嘻，您请原谅！"

叫汉斯·卡斯托普莫名其妙的是，到底为什么她要对贝伦斯的声明发出如此清脆爽朗的笑声？是仅仅为了他的粗鲁无礼并且她也不相信他说的话,还是她尽管相信他的话——她必须相信他的话呀,但却认为她有生命危险这件事情本身就可笑得要命呢?汉斯·卡斯托普凭印象判断是后者,她笑得那么像银铃般地清脆,那么鸟鸣莺啭般地悦耳快活,真正只是由于孩子似的幼稚和鸟儿似的缺少脑子;汉斯·卡斯托普对此颇看不惯。尽管如此,他还是请人给她送去了鲜花,只不过自己再也没见着这位特喜欢笑的齐默尔曼太太。要知道,她在氧气袋的支撑下也只多活了几天,真的很快就死在了让电报催着赶来的丈夫怀里——十足的蠢婆娘!贝伦斯宫廷顾问自顾自地加上了一句。正是从他口里,汉斯·卡斯托普得到了她的死讯。

不过在此之前,在贝伦斯院长和护士们的帮助下,富有爱心的汉斯·卡斯托普发挥积极肯干的精神,又已经与另外一些危重病友建立了联系。约阿希姆没有法子,只好跟着他去。他们去看了"两个全都"活下来的第二个儿子,另一个儿子在隔壁的房间早已经进行了清扫,熏蒸过了甲醛。另外还去看了一个叫特迪的男孩,他是不久前才从那所"腓特烈儿童保育院"送上山来的。对于这所学校来说,他的病是太重了。再就是去探访那位德裔俄籍的保险公司职员,他名叫安东·卡尔洛维奇·费尔格,一位好性情的受苦受难者。最后还有自己非常不幸,但却急于博取别人欢心的封·玛琳克罗特夫人,她也和前边提到的那些病友一样得到了鲜花,而且汉斯·卡斯托普甚至还当着约阿希姆的面,多次亲手喂过她流质……如此一来二去,他们表兄弟俩就出名了,成了一对儿全院尽人皆知的富于悲悯心肠的大善人。因此有一天,塞特姆布里尼便叫住了汉斯·卡斯托普。

"哎哟哟,工程师,听说您发生了了不起的转变。您干起慈善事业来啦?您想做些个好事,证明自己人不坏,对吗?"

"不值一提,塞特姆布里尼先生。一点儿没什么,根本不值得宣扬。我表哥和我……"

"可别牵扯进您的表哥!如果您二位引起了人们议论,那牵涉到的实际上只是您,可以肯定。少尉这个人虽然可敬,却生性单纯、理智,不需要教育者操多少心。您别打算让我相信他是领头羊。更重要但也更危险的是您自己。恕我直言吧,您才是生活里的'问题儿童'呢——我必须关心您。再说呢,您也已经允许过我关心您啊。"

"不错,塞特姆布里尼先生。一次承诺,永久算数。您真是太好啦。再说'问题儿童'也挺有意思!一位作家有啥想不出来呀!我不知道对这称号是不是可以感到一些个自豪,但无论如何听上去是很美的,我得承认。好吧,我就来谈谈那些所谓'死神的孩子',您问的大概就是这个吧。当我有了工夫,就在完全顺便和一点儿也不影响自己疗养的情况下,去这儿那儿探视探视病情危险、严重的病友,您明白,就是那些并非来此寻欢作乐、放浪形骸的人,而是一些濒临死亡者。"

"然而书上明明写着:让死者埋葬掉他们的死者吧。"意大利人道。

汉斯·卡斯托普举起双臂,脸上的表情似乎说,书上写的可多着哩,一会儿写这,一会儿写那,实在是难以选择,实在是无所适从。自然如所预料，这位摇风琴的老兄又发表了一通酸腐之论。可是尽管如此，尽管卡斯托普仍一如既往地洗耳恭听其教诲，并连声称有道理有道理，值得考虑值得考虑，实际上却远远不会为迎合某些个教育主张而放弃自己的事业。因为这个事业在他看来毕竟要有益得多，意义要深广得多，虽说格尔恩格罗斯小姐的母亲说过"一次甜蜜的谈情说爱"，可怜的罗特拜恩死到临头还忙着打小算盘，"灌得过饱"的清脆笑声实在愚蠢。

"两个全都"的儿子名叫劳洛。他同样收到了鲜花，从尼斯进口的散发着泥土香味的紫罗兰，"敬献者：两位关心您、盼您早日康复的病友"。由于匿名的做法已经成了纯粹的形式，谁都知道好事是什么人做的，所以"两个全都"，也就是那位穿黑衣服的、面色苍白的墨西哥母亲，在过道上碰见表兄弟俩时就径直向他们道了谢，同时还语音急促地，不，主要还是通过她那充满哀痛的肢体动作，请求他俩去当面接受她——唯一的，最后的，就快死去的——儿子的感激。他们立刻满足了她的请求。劳洛原来竟是个漂亮得令人惊讶的小伙子，一双眼睛炯炯有神，长着个鹰钩鼻子，两边的鼻翼不停地颤动，丰满的嘴唇十分好看，上方已长出一片黑色的唇髭——可讲话时神情狂热，动作夸张，活像在演戏，弄得两个客人巴不得赶快离开病房回到外面去，而比起约阿希姆·齐姆逊来，汉斯·卡斯托普真的更加着急。要知道，"两个全都"太太身着开司米的黑绸袍，黑色的纱巾在下巴底下打了一个结子，窄窄的额头上横着道道皱纹，煤精一般黑亮的眸子下边吊着两个巨大的眼袋，弯着膝头在屋子里踱过来踱过去，大嘴的一边嘴角悲苦地下垂着，时不时地踱到坐在床边的客人跟前来一下，像鹦鹉似的不厌其烦地用法语述说自己的不幸遭遇："先生们，你们知道，我有两个儿子，一个先死了，现在轮到另一个了。"英俊的劳洛同样也说法语，语音急促、尖厉，神情狂热夸张，意思是他决心像个英雄似的死去，是的，就像他的哥哥，他哥哥费尔南多就是像一位西班牙英雄那样死去的——他边说边打手势，并且突然撕开衬衫露出黄色的胸部，表示对死神的攻击无所畏惧，他如此折腾到了咳嗽起来，咳得他嘴唇上浮起来一层淡红色的泡沫，咳得他的夸夸其谈再也继续不下去，表兄弟俩才抓住机会，踮着脚尖逃出了他的房间。

两人没再谈对劳洛的访问，各自也都避免在内心里对他的举止做出评判。不过探视来自彼得堡的安东·卡尔洛维奇·费尔格的结果令两人都比较满意。只见他躺在病床上，蓄着一副叫人觉得脾气挺好的大胡子，突出的喉结同样显示出他的好脾气。他曾要求打气胸，结果差点儿要了他费尔格先生的命，现在好不容易才慢慢恢复过来。可因此忍受了剧烈的震动休克之苦，也就是经历了胸膜震荡。众所周知，在做打气胸这种时髦手术的时候，这种事故在所难免。只不过他的情况格外危险，人完全虚脱了，昏厥了，情况严重得不能不终止手术，宣告了暂时取消。

一谈起当初打气胸的情况，费尔格先生就瞪大了他那好脾气的灰色眼睛，脸颊也失去了光泽。对于他来讲，那次手术必定异常可怕。

"没做麻醉啊，先生们。好，就算我们这样的人经不起全身麻醉,在这种情况下禁止做全身麻醉,一个理智的人能够理解和适应这种规定。可是局部麻醉达不到深度,只是表面的皮肉麻木了,还能感觉出开了胸,尽管那只是一种遭受挤和压的感觉。我蒙住了脸躺在那儿,为的是什么也看不见,医生的助手在右边按住我,护士长在左边按住我。我好像遭到了推挤和压迫,其实是我的皮肉给割开了,给翻转去用夹子夹住了。可这时突然听见宫廷顾问先生的声音:'瞧!'而与此同时,先生们,他就开始用一件钝器——必定是钝器,否则就会提前刺破喽——探触我的胸膜。他这么探来探去,想找出适合于穿刺和灌气的部位,他就这么探着,就这么用器械在我的胸膜上东触触西碰碰——我的先生们啊,我的先生们啊!突然我就不成了,突然我就完了蛋,突然我就说不出地难受。胸膜可是碰不得的哟,先生们,它不让你碰,也不能够碰,它是用肉遮掩起来的禁区,处于孤立和不可接近的状态,永远永远。可现在贝伦斯把它揭开了,还探触它。我的先生们,我感到了恶心。难受得要命啊,我的先生们——我做梦也想不到,除了在地狱里,在地球上竟会有如此痛苦不堪、如此可悲可耻的感受!我昏厥了——一连昏厥了三次,一次眼前一片绿色,一次眼前一片棕色,一次又变成一片紫色。在昏厥之中还嗅到一股臭气,因为胸膜震动影响到了我的嗅觉神经,我的先生们,我嗅到了一股无比强烈的硫黄气味,就像真到了地狱中一样。但是就在发生这一切的时候,我却听见自己笑了,一边呼吸艰难一边却笑了。不过那不像是人在笑,而是一种极其下作、极其令人恶心的笑。这样的笑我一辈子也没听见过。要知道哟,我的先生们，胸膜给人探触，那味道就像有人极其卑鄙、极其放肆、极不人道地搔你的痒处。我呢，就得忍受到这样该死的羞辱，这样该死的折磨！这就是胸膜震动，先生们，愿仁慈的上帝别让你们吃这个苦。"

每次谈起那"可悲可耻"的经历，安东·卡尔洛维奇·费尔格都总会痛苦得脸青面黑，也非常害怕再回顾当时的情况。再说，他一开始就承认自己是个普普通通的人，与所有"高深"的东西完全不沾边儿，希望大家别对他提任何精神和心灵的特殊要求，他呢，也同样不会对任何人提出这样的要求。在达成共识以后，其实他对自己过去的经历反倒讲出了一些挺有意思的故事。在让肺结核撂倒之前，他一直干着火灾保险旅行推销员这档子营生。从彼得堡出发，他东跑西颠、走南闯北，足迹踏遍了整个俄罗斯，目的是访问保了险的工厂，勘察经营已出现隐忧的企业，因为统计表明，火灾多数发生在那些经营正好有问题的厂矿里。因此他就被派出去，以这样那样的借口摸清楚一家企业的底细，然后向自己的银行打报告，以便及时通过增加再保险或者重新分摊保费来避免重大损失。他讲在广袤的俄罗斯帝国进行冬季旅行，说他乘着雪橇，盖着老羊皮被子，整夜整夜地在严寒刺骨的冰天雪地里赶路，有时候半夜醒来突然看见有星星在远处的雪野上忽闪忽闪，原来啊，那是成群的野狼的眼睛。旅途中随身用木箱带着冻起来了的给养，例如冻得像白面包似的白菜汤什么的，到了驿站趁换马的工夫赶紧化开来食用，那味道吃起来跟刚烧好的一样新鲜。可倒霉的是半路上突然碰上融雪天气，这时候原本是一块一块的白菜汤就流泻出来啦。

费尔格先生就这么讲述自己的故事，讲着讲着就叹一口气，最后却说，一切原本都挺美好，只是希望千万别再来给他做什么气胸。他讲的没有任何高深莫测的内容，可却实事求是，异常中听，对于汉斯·卡斯托普尤其如此，似乎能听听俄罗斯帝国及其生活方式，听听它的大铜茶炊、它的鱼肉馅饼、它的哥萨克人，听听它那些洋葱头塔楼多得像一排排蘑菇的木头教堂，他觉得真是带劲儿。他还让费尔格先生讲当地的人种，因为他们属于北方的种族，在他眼里就更增添了异国的情趣，因此便讲到了他们血统里的亚洲成分，他们高而突出的颧骨，他们如芬兰人或蒙古人一般细眯眯的眼睛。汉斯·卡斯托普活像一名人种学家似的专心听着，不时还要求人家用俄语讲述——只听那柔滑无骨、富于异国情味的东方口头语，从费尔格那好脾气的胡须底下，从他那好脾气的大喉结中，快速、利落地啵啰啵啰涌流出来，小伙子更是听得如醉如痴，仿佛他又一次偷食禁果，悄悄闯进了教育的禁地。

表兄弟俩常常去安东·卡尔洛维奇·费尔格病房里待个一刻钟。其间也去探视来自"腓特烈保育院"的小男孩特迪。这孩子十四岁，长着一头金发，外表文雅、讲究，穿着一套系腰带的白绸睡衣，有一名护士单独陪护。他自己讲是个孤儿，而且挺富有。他正等待动大手术，医生试图摘除他已让虫子蛀蚀的部分肺叶。有时候他自我感觉良好，便会下床一个钟头，为的是能穿上他那漂亮的运动装，去楼下参加参加娱乐活动。女士们爱逗他玩儿，他则喜欢听她们闲聊，例如聊艾因胡夫律师和穿改良裤子的那位小姐以及芙棱茨欣·奥伯尔丹克的事。然后他又躺到床上。就这么着，小男孩特迪漂漂亮亮地打发着时光，像是要明白地宣告，他别无他求，对生活指望的永远只有这么多。

可是在五十号病房，躺着的却是封·玛琳克罗特夫人，名字叫纳塔莉娅。她生着一双黑眼睛，戴着金耳环，模样风骚，酷爱打扮，但却浑身都是上帝的惩罚，一个活脱脱的女性拉撒路外加约伯①。她的肌体仿佛整个儿浸泡在毒汁里，所有可能的病患都要么交替着，要么同时来侵袭她。她的皮肤组织受到严重伤害，身体大部分长满奇痒难熬的湿疹，有的地方已经破了，连口腔里也有，因此伸调羹进去都困难。她体内的炎症更是不少，诸如肋膜炎、肾炎、肺炎、骨膜炎乃至脑炎等，都交替光顾封·玛琳克罗特夫人，搞得她经常不省人事，特别是由高烧和疼痛引起的心力衰竭，更令她怕得要命，例如在吃饭的时候竟使她不能好好吞咽，结果食物便卡在了上边的食管里。简单讲，这女人活得真是够呛，而且还孤苦伶仃的一个人。因为她抛弃了自己的丈夫和孩子，跟着另一个男人，据她自己讲，实际上只是个半大小子跑啦，结果反过来她的亲人们也抛弃了她，现在落得个无家可归，虽说还不是不名一文，毕竟她丈夫仍旧还供给她一些钱。她也不撑什么不实际的面子啦，而是老老实实地利用了他的大度正派，或者说利用了他对她仍然炽热的爱。她反正已不再把自己当真，她反正只是个没有廉耻的、罪孽深重的女人嘛。就是在这样的思

---

① 拉撒路和约伯都是《圣经》中的人物，也即都是受苦受难的典型。

想基础上，她以可敬的耐心和韧劲，以女性这个种族所固有的承受力抵抗力，忍受着约伯曾经忍受的所有折磨，战胜了她那黄褐色肉体的痛苦，甚至那条由于某种难言之隐而缠在头上的白纱布绷带，她也把它变成了一件合体的装饰。她不断更换身上的饰物，早上以珊瑚开头，晚上用珍珠结尾。收到汉斯·卡斯托普赠送的鲜花她高兴极了，显然认为这更多是有所图谋的献殷勤，而非仅只表示表示善意，于是便请两位年轻的先生坐到她床边去喝茶。她自己呢则喝的是一只小茶壶。包括大拇指在内，她的所有指头直至关节上面，都戴满了镶有蛋白石、紫水晶和绿宝石的戒指。不一会儿，她一边摇动着耳朵上的大金耳环，一边开始讲述自己的身世：讲她那位正派但却乏味的丈夫，讲她那些同样正派也同样乏味的孩子，他们的性格完全像父亲，她对他们从来也燃不起热情来；也讲了那个她跟着私奔的半大小子，说她自己真是好珍视好珍视他那如诗一般的柔情蜜意哦。然而他的亲属用诡计和暴力迫使他离开了她，这一下她身上的种种疾病就急性暴发出来啦，那小东西后来也可能对此感到恶心了吧。先生们是不是也有些感到恶心呢，她卖弄风情地问。毕竟还是她女人的天性更加强大，胜过了那布满她半个面孔的湿疹。

汉斯·卡斯托普打心眼儿里瞧不起那小子，瞧不起他竟厌弃了自己有病的情人，因此也就耸了耸肩，表示自己的态度。至于他本人嘛，却反过来以那个诗人一般的半大小子的软弱表现鞭策自己，抓住反复去探视可怜的封·玛琳克罗特夫人的机会，对她做一些不需要事先经过训练的护理，例如：正好碰上午餐时间，就小心翼翼地喂她进食流质；当她被噎住了的时候，就赶紧把小茶壶递过去；或者帮助她在床上翻翻身，因为除了其他病痛，还有一处开刀的伤口也令她躺卧困难。每当去餐厅的路上或是散步归来时，他去作短暂探视时都要练习这几个动作，这时候他总是要求约阿希姆先走，说自己只是去五十号简单看看情况——而在做那些事时心中却感觉充实，感觉快乐。这充实与快乐的基础固然是觉得自己帮助了别人，是觉得自己悄悄做了意义深远的好事，但除此而外也夹杂着某种窃喜，那就是感到自己的作为还带有无可指责的基督精神。这种精神事实上是如此虔诚，如此慈爱，如此值得赞扬，不管是从军人的立场出发也罢，或是从人道主义者和教育家的立场出发也罢，都没有什么可以指责的。

咱们还没有谈过卡琳·卡尔斯特德，不过汉斯·卡斯托普和约阿希姆却对她特别关心。她是宫廷顾问私下接收的院外病人，是顾问本人把她介绍给了他们。在山上已经四年了，这一文不名的女人全靠狠心的亲戚们接济，因为反正要死嘛，他们已经把她接下山去过一次，只是由于顾问阁下的反对，才又把她重新送上了山来。她住在达沃斯"村"一家供食宿的便宜公寓里——年方十九，身板儿羸弱，头发油亮平滑，目光躲躲闪闪，与她因为病灶而烧得绯红的两颊刚好配合在一起，嗓音有一点儿沙哑，但却反倒招人同情爱怜。她几乎是不停地咳嗽，所有的手指尖都贴着胶布，原因是中毒后全裂了口。

就是她，经过宫廷顾问的请托，表兄弟俩给予了极为特殊的关照，谁叫他们是两个富有爱心的家伙呢！一开始是送了鲜花，接着就去"村"里那小小的阳台上看望可怜的卡琳，再下来就三人一道参加这样那样特别的活动：欣赏滑冰表演啊，观看双联雪橇比赛啊，等等。因为眼下正值咱们这高山深谷地区的冬季运动高潮季节，要热热闹闹地庆祝整整一个礼拜，又联欢又演戏，真是一个活动接着一个活动。只是在此之前，表兄弟俩只是偶尔参与一下，实际上并不大在意。约阿希姆对这山上的所有消遣更是反感，他来这里可不是为了玩儿的——也根本不是为了来适应这里的环境，习惯这里的生活，因此就把它安排得舒舒服服，丰富多彩，而唯一的目的乃是尽快地祛除掉体内的病毒，以便回到平原上去服役，真正完成自己的使命，而不是完成疗养任务。疗养对他是暂时和迫不得已的事情，他勉为其难罢了。他禁止自己参加冬季的娱乐，也讨厌傻站着看。至于汉斯·卡斯托普就不一样了，他私底下里努力养成自己是这山上的一员的感觉，以便用当地人同样的意识和眼光去观察他们的活动，和他们一样把这个山谷看作一处滑雪胜地。

而今又加上对可怜的卡琳小姐的同情关怀，情况就有了一些变化——约阿希姆不好再提出任何异议，否则就显得缺少基督精神喽。他俩把女病友从她"村"中寒碜的住处接出来，在阳光明媚温暖的冬日领着她穿过以丹格勒特雷旅馆命名的英吉利区，来到两旁净是豪华商店的正街。只见街上雪橇叮叮当当地驶来驶去，云集着来自世界各国的追求享乐的富翁以及扒手小偷，"山庄"疗养院和其他一些大宾馆的客人悠闲地漫步其间，大都光着脑袋，穿着料子华贵的时髦运动装，一张张面孔全让冬天的烈日和雪光照射成了古铜色。三个人来到了谷底离疗养院不远的滑冰场上,这儿在夏季是一片可用来踢足球的草地。音乐响起来了:疗养院的乐队集中坐在一座木结构亭子的高台上,台子底下伸展着四方形的滑冰场;亭子背后则远远耸立着暗蓝色的雪山。他们买了入场券,挤过从三个方向拥进场来的观众,在围绕着冰场逐渐升高的看台上找到座位,随即坐下来观看。花样滑冰运动员们一个个衣着单薄,黑色的针织紧身衣上饰着金丝银线和毛皮。只见他们轻盈飘逸地奔跑飞驰,跳跃旋转,做出各种优雅的造型和姿势。有一对男女双人滑的选手是职业运动员,不参加争名次,但出色的表演却博得阵阵的喝彩和掌声。六名来自不同国家的男选手参加了速滑锦标的角逐,但见他们弓着身子,手背在背上,绕着那巨大的四方形冰道奋力滑了六圈,只是时不时地用手帕揩了揩嘴。这时候和着乐队的演奏敲响了铜锣,在观众席上则海潮似的腾起一阵接一阵的加油声和鼓掌声。

三个病人,也就是表兄弟俩加上他们的保护对象,环视周围,发现观众真可谓三教九流,形形色色。一群英国人戴着苏格兰鸭舌帽,露出雪白的牙齿,操着法语跟一些香水味儿熏鼻的女士搭讪。她们则从上到下一身彩色羊毛衣裙,也有几个穿的是长裤。一些个美国人脑袋瓜儿挺小,头发却平平地贴在脑顶上,嘴里衔着抽烟丝的大烟斗,穿着毛露在外边的皮大衣。俄国人胡子拉碴,衣着讲究,可却一身暴发户的土气。一些个荷兰人坐在德国人和瑞士人的中间,看样子是与马来人种混血产生的后代。此外还到处混坐着一些杂七杂八的操法语的观众,既可能来自巴尔干，也可能来自中东和近东，亦即那个充满冒险情趣和异域风情的世界；对这个世界，汉斯·卡斯托普表现出情有独钟，约阿希姆相反予以排斥，认为它性质暧昧，面目不清，缺乏鲜明的个性。比赛的间隙，有孩子们进行各种滑稽表演，他们一只脚穿着冰鞋，一只脚踏着滑雪板，跌跌撞撞地溜过跑道，男孩们还用冰铲推着自己的小太太前进。随后孩子们又举着燃烧的火把滑行，谁滑到终点火把还没有灭，谁就是胜利者。在滑行中他们必须翻越重重障碍，或者用锡勺子把土豆舀起来装入浇花壶中。广大观众欢呼雀跃，有的还指指点点，说孩子们中这个家里最富有，那个家里最有名，那几个表现最优雅，等等。他们里边确实有荷兰首富的千金，有普鲁士亲王的公子，还有一个十二岁男孩，他的姓氏就是一家举世闻名的香槟酒厂的名字。可怜的卡琳也跟着大声欢呼，结果咳得很厉害。她还拼命拍手，不顾指尖开了裂。她就是这样知道感谢哦。

　　他们也领她去看了雪橇比赛。不管是从"山庄"疗养院出发，还是从卡琳在"村"里的公寓出发，离目的地都不远，因为滑道从阿尔卑斯宝藏峰通下来，在西侧山坡下的住宅区之间就已经是终点。终点处建了一间监控室，每次向下滑行都会从起点发来电话通知。弯曲的滑道闪烁着金属光泽，滑道两边竖立着冻成了冰的护墙，扁平的橇车从山上飞驰而下，车与车之间保持着相当距离，进行操控的是穿着白毛衣的男男女女，他们胸前都佩戴着代表自己国家的不同颜色饰带。雪花扑向一张张由于使劲而涨得红扑扑的面孔。车迅速下滑，有的在拐弯处卡住了，有的打了翻滚，运动员们全给甩了出来，这时观众便抢着拍照。这里同样在奏乐。观众们坐在小小的看台上，或者拥挤在滑道旁边铲出来的小径上。小径穿过一道横跨滑道的木桥，桥上也站满了观众，桥下则一会儿驰过一辆橇车，一会儿驰过一辆橇车。上边疗养院的尸体也走的是同一条路，也是穿过桥底，转着急弯，嗖嗖嗖地蹿下一道山谷，再下一道山谷吧，汉斯·卡斯托普不由得想起，也说了出来。

一天下午，表兄弟俩甚至把卡琳·卡尔斯特德小姐领进了达沃斯坪上一家兼映无声影片的戏院，因为她对一切都太喜欢啦。戏园子里空气污浊，让这三个习惯了呼吸清新空气的疗养员很是难受，不但胸部憋闷，脑袋也迷迷怔怔，只觉面前的银幕上忽闪忽闪，光怪陆离，仿佛生活被撕扯成了碎屑，人们忙碌喧嚣，指手画脚，奔来窜去，一刻也不止息，看得他们眼睛都痛了。伴奏的音乐很是轻柔，加深了观众时光流逝的感觉，尽管表现手段有限，却也将庄严、豪华、热烈、狂野等情绪宣泄得淋漓尽致。他们看的是一部激动人心的情杀片，故事无声地发生在阿拉伯东方一个暴君的宫廷里，场面豪华奢侈，穿着大胆裸露，显贵们满怀政治野心和宗教狂热，同时又卑鄙无耻，贪婪凶残，还养着一帮胳臂粗大、满身横肉的刽子手，一个个嗜杀成性——一句话，制片人深谙并成功迎合了此间带有国际性的文明观众的心理。塞特姆布里尼先生这么一位富有批判精神的人如果看了这部影片，一定会严厉抨击它的非人道主义表现，一针见血地讽刺和揭露它滥用科技手段，以张扬那些蔑视人类尊严的观念。汉斯·卡斯托普心里想，同时也把类似的看法悄悄告诉了表哥。施托尔太太也在看电影，而且坐得离他们三人不远，她的感觉恰恰相反，好像是完全入了迷，一张红扑扑的蠢脸激动得都变了样。

再看看周围所有观众的面孔，神情却也跟她差不多。不过等到最后一组镜头闪过去了，大厅里一下子亮起灯光，那幻象奔逐的银幕又在观众眼前变成了一块白板，却一点儿掌声没有。在场没有谁来接受掌声感谢啊，没有谁因为取得艺术成就而被请出来接受欢呼。曾经聚在一起拍摄这部大家欣赏的电影的演员们，如今已然各奔东西，观众看见的只是他们制造的影子，他们的表演被切成了数百万个图像，数百万个凝定的瞬间，以便事后能随便多少次地在银幕上快速闪烁掠过，从而还给时间这个基本元素以本相。观众在幻象消失后的沉默，带有一点儿不知所措和厌烦的意味。他们的手无力地垂在面前的空虚中。接着则揉揉眼睛，凝视着前方，似乎羞于正视光明，而要求返回黑暗中去，以便再看看已经成为过去的事情，将其重新移植到现实里，并用音乐修饰起来，在眼前又一次上演。

那暴君死在了铡刀之下，张开大口发出一声狂叫，只是观众无从听见。随后放映了世界各地的镜头：法兰西共和国总统头戴高礼帽，身上披挂着大勋章绶带，站在一辆四轮马车上向欢迎的人们致答词，印度总督参加一场王宫的婚礼，德国王太子视察波茨坦的军营；还放映了新梅克伦堡土著村子里的生活情况，婆罗洲的斗鸡比赛场面，赤身裸体的土人用鼻孔吹笛子，捕捉野生的大象，暹罗王宫廷的仪式，日本的一条妓院街，一些个艺伎坐在木笼子的栅栏后面。再就是萨摩耶特人严严实实地裹着皮袍子，驾着驯鹿拉的雪橇，飞驰在亚洲北部荒凉的雪原上；俄罗斯的朝圣者在耶路撒冷旁边的希布伦祈祷；在波斯，一个犯人正在接受笞刑。观众全都像身临其境，空间距离消失了，时间已经倒转，倏忽之间，彼时彼地已变成虚假的、由音乐环绕着的此时此地。一名摩洛哥少妇身着条纹花绸袍，戴着无数的项链、镯子和戒指，高耸着半裸的胸脯，突然如真人般大小逼近到眼前。她的鼻翼开阔，两眼充满野性，面部表情活跃灵动。她一笑一口白牙，举起一只手挡住刺目的光线，指甲比皮肤更亮，另一只手却在招呼观众。观众尴尬地盯住这一魔影的面孔，她似乎在看你却视而不见，也完全不会让你的目光碰着；她的笑容和招手并非冲着眼前的现实，而是发生在彼时彼地的家里，因而给予回答没有丝毫意义。这种情况，如上所述就使愉悦的情绪混杂进了无能为力的感觉。接着，幻象消失了。银幕白亮一片，仅只打着"放映终了"几个字。全套剧目到此结束，观众默默离场，同时新的观众就拥了进来，急切地盼望着享受又一场的演出。

受了已经凑过来的施托尔太太怂恿，也为使可怜的卡琳再高兴高兴，表兄弟俩又带她上了疗养地的咖啡馆。她双手握在一起，一副感激不尽的样子。那里同样有音乐。一支穿着红色燕尾服的小乐队，由一位捷克或是匈牙利的提琴手带领着演奏。只见他脱离了乐队，站在一对对男女舞客中间，把他的琴拉得激情澎湃，身子不住地猛烈摇动。席间气氛十分热烈。不断端上来平时不多见的酒水。表兄弟俩要了橙汁给自己和他们的保护对象解渴，因为咖啡馆里闷热而多灰尘；施托尔太太则饮用甜烧酒。这个时候，她说，咖啡馆还不算真正红火喽。要等到夜深以后，那舞才叫跳得带劲儿。不但有无数疗养客从各家疗养院纷至沓来，本地宾馆和疗养地本身生活放荡的病号也蜂拥而至，人数比现在多得多，而且一跳就跳到半夜，有些个危重病人甚而至于跳死在了舞池中。谁叫他们只顾纵情狂欢①，撞翻了自己生命的欢乐之杯，最后来了个大咯血呢！施托尔太太的这个"纵情狂欢"，把她的缺少教养真是暴露无遗。前一个词估计是从她丈夫的意大利语音乐词典里搬来的，原本为柔和吧；第二个词则让人想起焰火，狂欢之夜或者天晓得的别的什么。在听见这句拉丁妙语的时候，表兄弟俩都不约而同地低下头去用麦秆吸吮橙汁。可是施托尔太太不为所动，相反倒露出长长的兔牙，继续拼命地影射、挑逗，想要探出三个年轻人关系深浅的底细。至于说到卡琳小姐嘛，施托尔太太自作聪明道，当然是明摆着的喽，出门散步有两位殷勤的骑士护驾，真是再合适不过。只是对于表兄弟俩方面，她就更摸不着头脑了。然而不管多么愚蠢，多么没有教养，女性的直觉还是使她多少看出来一点儿端倪，虽说还只是隐隐约约地，庸俗下流地。因为她明白而且也含沙射影地暗示了，在这出戏里真正扮演骑士的是汉斯·卡斯托普，约阿希姆·齐姆逊嘛，不过敲敲边鼓罢啦；而且她也知道他汉斯·卡斯托普的真正目标是舒舍夫人，可怜的卡琳·卡尔斯特德只是临时用

---

① 原文为似是而非的拉丁语。

来当当替身呗，因为那一位显然他是可望不可即呀——这只是施托尔太太仅凭其低下的直觉得出的看法，没有充足的事实依据和道义深度，她自己尽管颇为得意，在用低俗的挑逗口吻暗示出来时，却只换得汉斯·卡斯托普懒得搭理的一个白眼。要知道，与可怜的卡琳交往，在他看来诚然也是某种替代，某种虽不确定但却不无益处的治疗辅助手段，就像他做的其他所有类似的好事一样。不过与此同时，这一切一切本身也就是自己的目的，所有这些虔诚的行动，他去喂满身恶疾的玛琳克罗特夫人稀粥也好，去倾听受尽气胸折磨的费尔格先生诉苦也好，或者看见可怜的卡琳快乐和感激得使劲儿拍她指尖开裂的小手也好，都令他感到满足。这种满足感的性质尽管迂回委婉，复杂错综，但同时又是直接而纯粹的。它源于一种教养精神，与塞特姆布里尼先生的教育主张可谓南辕北辙。但在年轻的卡斯托普看来，具体实践一下这样的精神还是值得的。

卡琳·卡尔斯特德住的公寓离那条水槽不远，也就是挨着铁轨，在通向"村子"的大路旁边，这样，表兄弟俩早餐后例行公事似的下山散步，去接她出来一块儿走走就很便当。他们朝着"村子"的方向走上主要的漫步大道，便在正前方看见了小施雅角峰；继续前行，右边又出现了三个锯齿形的山峰，名叫绿色钟楼，只不过眼下都一样为日光耀眼的白雪所覆盖；再往前一些，右边便出现了达沃斯村主要山峰的圆形山包。在山坡四分之一的高度上，坐落着"村"里的公墓；公墓四周建有围墙，显然是个风景如画的好去处，估计能够俯瞰湖面，因此成了人所瞩目的散步目的地。他们，也就是他们仨，也已去过一次，在一个美好的早上——而今所有的日子都挺美好：风和日丽，天空蔚蓝，空气寒冽却又温暖，雪峰闪闪发亮。表兄弟俩一个脸膛紫红，一个面孔棕黑，都一身的短打扮，因为觉得在阳光朗照下穿大衣实在累赘——年轻的齐姆逊身着运动装，脚蹬橡胶雪地靴，汉斯·卡斯托普一个样，只是把扎脚短裤换成了长裤，因为自觉不够精干。这是新一年的二月上中旬之间。完全正确，从汉斯·卡斯托普上山至今，已经翻了年啦。而今已经写另一个年份，下一个年份。宇宙时间之钟的巨大指针又下移了一格，但并非最大的一格，既不是以千年为单位的一格——只有很少在世的人，能活着经历千年的更迭，也不是以百年为单位的一大格，或者以十年为单位的一格。只不过在不久前，表示一年更迭的指针已往下掉啦，虽说汉斯·卡斯托普自己上山来还不足一年，只是比半年稍微多一些。现在那年针稳稳地站在原地，就跟有些大钟五分钟一跳的分针一样，要等到下一次跳动才向下移。可在这之前，那月针还得向前跳动十次，也就是比汉斯·卡斯托普上山后它已跳的次数还多几次哩——他不再数二月的日子，既然已经开始便肯定会结束，就像换成了零钱就等于已花出去。

话说三人已经到"村"前山坡的公墓去散过步——为了把事情交代得更清楚一点儿，这里就再说说这次散步的详细情形。散步的动议出自汉斯·卡斯托普，约阿希姆一开始担心可怜的卡琳吃不消，提出了疑虑。可随即看出并且也承认这没有用，不必跟她玩捉迷藏，也用不着像胆小的施托尔太太似的，对任何让人联想到死的东西都在她面前遮遮掩掩。卡琳·卡尔斯特德虽病已至晚期，却还没虚弱到需要自我欺骗的地步，她清楚自己的情况，清楚她的指尖裂口是怎么回事。她还知道，狠心的亲人们绝不会考虑破费把她的遗体运回故乡去，而只会在上边的公墓里指定一小块地方作她最后的归宿。简言之，人们会发现，以公墓作为散步的目的地，对她在道义上比一些其他目的地，比如滑雪场或者电影院，还更加适合——而且，设若把那公墓不仅仅当作一般名胜和散步场所看待，而是去瞻仰瞻仰那上边的长眠者，这个举动不就更富有人情味儿了吗！

他们一个跟着一个慢慢往上爬，刚铲掉雪的小径只容得下单人行走。渐渐地，建在山坡最高处的一幢幢别墅已落在身后和脚下，他们于行进中又看见了熟悉的山谷风景，只不过角度变了，显得开阔一些，而且在冬天格外漂亮。朝着东北谷口的方向视野越加开阔，眼前果然展现出一大片湖水，围在湖岸四周的树林都结了冻，覆盖着白雪，在最远的湖岸后面，倾斜的山脊好像快要与平地相互连在一起，然而山外有山，也都白雪皑皑，在蓝色的苍穹下似乎一座比一座更高。他们伫立在积雪中极目远眺，背对着构成公墓入口的那道石门；然后转过身，透过门柱之间虚掩着的铁栅栏，观察公墓里的情况。

只见里面排列着一座座积着厚厚白雪的坟丘，全都得到了精心的平整、维护，外边大多围着护栏，前面竖立着或者石刻或者铁铸的十字架，并装饰有雕嵌着徽记和铭文的小小墓碑。一条条穿行其间的小径同样铲去了积雪，只是看不着听不见一个人走动。这地方的静谧、孤寂和与世隔绝显得深沉而神秘；在某处的灌木丛中站着一个石头雕凿的小天使，或者一个头上歪着顶雪帽、食指按住嘴唇的小爱神，他也许就是守护它的精灵吧——我想说守护这神秘深沉的无声静寂。这无声静寂呢，很大程度上被视为言说的对立面和反动，而不是聋哑，更绝非虚无和空虚。对于两位男性访客来说，这该是彬彬有礼地脱下帽子的好机会，如果他们戴着帽子的话。遗憾他们并没戴帽子，汉斯·卡斯托普也一样，所以就只能毕恭毕敬地尾随着卡琳·卡尔斯特德鱼贯而行，把身体重心前移到脚掌上，就像在不断向左右两边微微鞠躬似的。

整个墓地的形状并不规则，开始处呈狭窄的长方形向南延伸，然后又同样向两侧伸展。看得出来不得不多次扩大，为此兼并进来了一些耕地。尽管这样，眼下又给挤得满满的了，而且不管是沿着围墙，还是不大受欢迎的中间地带，都几乎再也看不见或者说不出哪儿还有可供死者栖身之地。三位外来者默默地在墓碑间的通道和小径上转来转去走了很久，不时地停下来念一念碑上的姓名和生卒年月。墓碑和十字架朴实无华，很少有奢侈讲究。至于碑文上刻的名字，则提供了不同国家不同民族不同地域的信息。有用英语的、俄语的或者统称为斯拉夫语的，也有德语、葡萄牙语和其他语言；至于生卒年龄，就显得稚嫩啦，整个说来，生年与卒年的跨度出奇地小，生与死的距离往往都只二十来岁，要多也多不到哪儿去，几乎都是青年，没有一个成熟的中年人，更别提德高望重的老者。这些人从全世界聚集到这里，一劳永逸地进入了水平的存在形式。

在这拥挤的墓地里，在靠近中心地带的草地里边，尚有一小块跟人差不多长的空地，平平整整的并且未被占用，两侧的坟墓都在石碑上刻着花环；三位漫步者全情不自禁地在碑前停住了脚步。他们久久伫立，卡琳小姐比她的陪伴者稍微靠前一点儿，都在念碑上温情脉脉的铭文——汉斯·卡斯托普神态松弛，两手交叉在身前，微微张着嘴，目光带着睡意；年轻的齐姆逊神情庄重，身子不只是笔挺，甚至有一点儿往后仰——接着，表兄弟俩同时好奇地从两侧偷偷窥视卡琳·卡尔斯特德，想看她脸上做何表情。她到底还是察觉了，但只羞涩而谦卑地低头站在那里，然后撮起嘴唇微微一笑，同时目光飞快地闪了两闪。

瓦普几斯之夜

再过几天，汉斯·卡斯托普在山上就要待满七个月了，他的表哥约阿希姆呢，在他上山来时已经疗养了五个月，到现在回头一看总共十二个月，也就是快一年啦——整整的一个年头，从宇宙的意义上讲，就是自打那个小小的、牵引力惊人的火车头把约阿希姆·齐姆逊拖上了山，地球已经绕着太阳完完整整地运行一周，又回到了当初轨道的那个点上啦。眼下已是狂欢节期间，狂欢之夜转瞬即至。汉斯·卡斯托普向疗养院的老资格打听，此间过狂欢节是什么样子。

"精彩极了！"塞特姆布里尼回答。表兄弟俩在上午例行外出散步的途中，又碰见了他。"真是妙不可言！"他补充道，"热闹得简直跟普拉特①一个样，您会看见的，工程师。到时候咱们也会跟着风度翩翩地跳起舞来喽，"他继续摇唇鼓舌，冷嘲热讽，一边不住地挥臂、摇头、耸肩膀，真是好不得意，"您还想怎么样，据我从书里得知，就连精神病院也时不时地要为呆子傻瓜开舞会，这儿为什么就不行呢！节目中包括各式各样死的舞蹈，您尽管想象好了。只可惜去年的某些舞客今年出席不了啦，因为九点半钟就得散场……"

"您是讲……噢，这样，真有意思！"汉斯·卡斯托普笑起来，"您真会开玩笑……'九点半钟'——您听见了，您？太早了嘛，早得去年的'某些舞客'一会儿都参加不了，塞特姆布里尼先生的意思是……哈，哈，不吉利，不吉利。这'某些'可就是永远跟肉体'拜拜'了的那些不是！我这文字游戏您懂吗？不过我仍然急切地期待着，"卡斯托普道，"我觉得，我们这里一遇节日就庆祝也对，这样就以普遍通行的方式给时间做了记号，画上刻度，也就不至于笼而统之地显得单调了；否则就太特别。圣诞节过去后就知道新年将至，现在又快到狂欢节啦。随后则是复活节前的星期日——这里吃饼圈吗？以及节前的一周和复活节本身，然后再过六周又是圣灵降临节，而再往后便到了一年中最长的一天即是夏至，眼看着快要入秋啦，您明白吗……"

"打住！打住！打住！"塞特姆布里尼先生大叫起来，同时

---

① 普拉特是维也纳著名的游乐场。

仰面朝天，手掌按着两边的太阳穴，"别扯了！我禁止您像这个样子耍贫嘴！"

"请原谅，我只是在说反话……再说呢，贝伦斯到头来终于还是下了决心，用注射的办法来为我祛毒啦，因为我老是37.4℃，37.5℃，37.6℃，甚至于37.7℃，一点儿辙都没有。现在我真成了，并且将继续是生活的问题儿童。我到底不是老病号，拉达曼提斯从来没有对我肯定过什么，但却讲，提前中断疗养不明智哦，既然已经在山上待了这么久，也就是所谓投资了这么多的时间。他要是给我定个期限，那又有什么用？就算他假如对我讲：就半年得啦，那意义也不大，反正是算得挺紧的，得做更长的思想准备。看看咱表哥就会明白，他原本该这个月初就完事——完事的意思是痊愈，谁知上次检查贝伦斯又加判了他四个月，以便将他彻底治愈——唉，这叫咱们又有什么办法？可这样一来，如我刚才说的——我丝毫不想惹您生气，就是夏至了，而接下来又会进入冬季。不过眼下嘛，我们自然才正要过狂欢节——您听我说，我觉得咱们这样依照日历的顺序，一个节气一个节气地往下过，确实是挺好，确实是挺美哩。施托尔太太讲，在门房可以买到儿童吹的喇叭？"

不错。狂欢节星期二进第一次早餐的时候就在卖；这一天说到就到，还没等你远远地把它打量一下——一大早，疗养客们就在餐厅里胡乱吹奏各种各样的玩具喇叭，嘟嘟嗒嗒的声音混响成一片。吃午饭的时候，从根泽、拉斯穆森和克勒费特等人的餐桌边，已见一条条纸蛇在飞来飞去；有的人，比如眼睛圆圆的玛露霞，头上还戴着纸制的帽子，这种帽子同样在院前门房的瘸子那里有卖的；只不过真正的庆祝狂欢，要到晚上才在餐厅和游艺室里展开……只有我们预先知道，在敢作敢为的汉斯·卡斯托普影响下，庆祝活动最后将发展到什么方向。不过咱们可别因为知道得早就失去审慎，操之过急，而应按部就班，尊重时间的权利——年轻的汉斯·卡斯托普由于在道义上心存羞涩，一直拖延事件的发生，我们既然同情他，也许就跟着拖一下更好些。

下午几乎全院都去了达沃斯坪，以亲眼看见节日街头的热闹场面。一路上都碰见戴面具的人，以及白衣白裤白鼻头的小丑和挥舞着响鞭的滑稽角色；装饰得花花绿绿的雪橇响着铃铛驶过，坐在上面的人同样戴着面具，他们与步行者之间互掷纸屑。回到院里，大伙儿坐到七张餐桌前用晚餐，这时情绪已经十分高涨，都决心要把在大庭广众中培养成的精神，在内部的小范围里保持发扬下去似的。门房里的纸帽子、小喇叭和小笛子大为畅销，帕拉范特检察官带头大出洋相，他身穿女士和服，在众人的喝彩声中，再给头上加一条伍尔穆勃朗特总领事夫人的假辫子，原本翘着的胡子也用烙铁烫得往下吊，看上去就活脱脱一个中国人。院方也不落后，给每一张餐桌都装饰了一只灯笼，一个中间点着支蜡烛的彩色圆月亮，以致塞特姆布里尼步入餐厅，在经过汉斯·卡斯托普桌边的时候，脱口念出了跟这些灯笼有关的诗句：

看哪，灯火明亮，色彩鲜艳！

魔男魔女在此聚会狂欢。①

他面带文雅的冷笑，不慌不忙地踱向自己的座位，去接受劈头盖脑地扔来的小炮弹；炮弹薄薄的纸壁一碰就破，里边灌满的香水随之就喷洒了他一身。

长话短说，节日的情绪一开始就很高涨。笑声此起彼伏，从枝形吊灯上垂挂下来的纸蛇在气流中摇摇荡荡，不一会儿烧肉的汤汁中就漂浮着纸屑。这时候，那位个子小小的女服务员已经匆匆送来第一只装着第一瓶香槟的冰桶，一经艾因胡夫律师发出信号，大伙儿就用法国布尔贡德省产的红葡萄酒兑着香槟喝将起来。聚餐快要结束的时候，天花板上的顶灯灭了，餐厅里只剩下彩色灯笼摇曳朦胧的光线照明，十足地烘托出一派意大利狂欢之夜的气氛，人们的情绪也随之达到了最高点。这当口儿，塞特姆布里尼递了一张字条给坐得离他最近的玛露霞——她头上戴着一顶绿绸纸做的骑士帽，得到了汉斯·卡斯托普那一桌的大力支持。只见字条上写着：

想想吧！今儿个这山可是着了魔，
如果你想让一团鬼火给你把路领，

----

① 这两句诗出自歌德的诗剧《浮士德》第一部"瓦普几斯之夜"一场，出自魔鬼靡非斯托之口；这里正好由称为"意大利撒旦"的塞特姆布里尼念出来，更加强了讽喻的意味。

那你可就别这么认真啰。①

这时布鲁门科尔博士偏巧又感觉不舒服了，正以其固有的嘴脸，或者说十分怪异地努着嘴唇在那里嘟嘟囔囔，让大伙儿从他的话里了解了这几句诗的出处。汉斯·卡斯托普却觉得没必要予以回应，相反倒心血来潮，感到有义务在字条上加一条批注，一条自然将会是极其无关紧要的批注。他在自己口袋里摸索铅笔，没摸着就找约阿希姆和同桌的女教员要，也没有要着。于是他牵着红丝的眼睛开始向东搜索，射到了餐厅左边靠后的一个角落里，这时我们才发现他眼前的一闪念如何化作深远的联想，以至于突然间脸色苍白，忘乎所以了。

脸色苍白的诱因不止一端。在那个角落里坐着精心打扮过的克拉芙迪娅·舒舍夫人，她换了一身新衣服，无论如何这套衣服汉斯·卡斯托普没见她穿过——轻薄的深色绸料子，不，简直就是黑色的，只不过这儿那儿闪烁着一点点棕黄色的金丝；式样为少女似的小圆领，前胸露出来的仅仅是喉头和肩胛骨的顶部，后背只在稍稍伸出头时才看得见藏在鬈发底下的颈椎，不过整个臂膀儿却齐肩全亮在外面——她这两条臂膀儿，那可是既细嫩又丰腴——完全可以想象还冰凉冰凉的，让黑色绸料一衬托更加觉得白皙，结果整个儿产生了震撼人心的效果，汉斯·卡斯托普不由得闭上了眼睛，心中暗道："我的主啊！"——他从未见过剪裁

---

① 引诗出处同上，语出跟靡菲斯托对话的鬼火之口。

成这个样子的服装。庄重高雅的舞会盛装,甚至比这更加裸露但却中规中矩的晚礼服,他也见得多了,但是却没有哪种比它更引人注目。过去他已经隔着一层薄纱,领教过这两条臂膀儿,曾揣想是那神秘纱幕的遮掩增添了它们的诱惑力,现在看来可怜的汉斯·卡斯托普可是错啦。当时他称这遮掩为"美化",大错特错!自欺欺人!后果难以设想!须知眼下的充分裸露,一个病人的优美躯体大胆而令人目眩的裸露,比起当时的遮遮掩掩来效果真是强烈得多,一见之下他汉斯·卡斯托普简直目瞪口呆,只得低下头去,无声地反复念叨:"我的主啊!我的主啊!"

过一会儿又传来一张字条:

高朋满座,济济一堂。
女娃们漂亮得像新娘!
小伙子真一个顶一个,
都是前程远大少年郎!①

"好啊!好啊!"只听得阵阵喝彩。这时已经用土褐色的小瓷壶上麦加咖啡,也有的人在喝利口酒,例如施托尔太太,她一辈子都喜欢吸食这种甜丝丝的饮料。大伙儿开始散场并分别组合,于是你找我我找你,相互交换座位。一部分客人已转移到游艺室去了,剩下的则继续坐着,跟混合酒进行交谈。塞特姆布里

---

① 参见《浮士德》第一部"瓦普几斯之夜的梦"一场。引诗出自"风信旗"之口。

尼手上托着咖啡壶，嘴里衔着牙签，踱过来坐在卡斯托普和女教员之间的桌子犄角上，算是客串。

"哈尔茨山区，"他道，"位于希尔德和厄伦德之间①。我对您太夸口吧，工程师？我说了热闹得像开博览会！不过等着瞧吧，咱们的智慧不会这么快枯竭，离高潮还远着哩，更甭提结束啦。据我所知还会有更多假面具。某些人士已经回去梳妆打扮——好戏多的是，您就瞧好儿吧！"

果然出现了许多新的装扮：女士们穿着男装，衣服裤子都鼓鼓囊囊的，活像轻歌剧里的滑稽角色，还用烧焦了的软木瓶塞在脸上画了黑黑的胡子；男士们则反过来装扮成了女人，穿着裙子走起来扭扭怩怩，例如大学生拉斯穆森就穿着一条袒胸露背的黑色长裙，裙子上缀满闪闪发光的亮片，还摇着一把纸扇子，而且既扇脸孔也扇背脊，真是风头十足。一个瘸腿乞丐拄着一条单拐，一跛一跛地走来。有谁身穿白色内衣，头戴女士毡帽，装成了一个小丑，脸上扑着白粉，因此眼睛变得怪模怪样，嘴唇也用口红涂抹得像喝了血似的。他就是那个指甲长长的年轻人。"差劲儿的俄国人席"有位腿杆长得挺漂亮的希腊人，他穿着一条淡紫色的紧身裤，披着一件短斗篷，脖子上戴着纸做的折叠领圈，腰系宝剑，趾高气扬的，活像一位西班牙贵族或童话里的王子。所有这些面具和服装都是吃过饭以后匆匆临时赶制成的。施托尔太太也在餐厅里坐不住了，她消失了一会儿之后再回来时已变成

---

① 这儿是讲《浮士德》中群魔聚会狂欢的布罗肯峰的位置。

一名清洁工。只见她穿着围裙,挽起衣袖,还把纸帽子的飘带在下巴底下打上了结,还带着提桶和扫帚,一上来就把那湿漉漉的扫帚伸到桌子下面,在人家的腿中间扫来拖去。

保婆老母独自赶路。①

塞特姆布里尼一见她就脱口而出,接着还清脆而生动地念完了与之押韵的下面一句。施托尔太太听在了耳里,因此骂他"威尔斯骚鸡公"②,要他有屁带回被窝里去一个人自己放,并且趁着狂欢一口一个"你"地叫他;要知道还在吃饭的时候,这样不拘礼节的交往方式已被普遍接受了。塞特姆布里尼正待回敬她几句,餐厅门外传来喧闹声和笑声,打断了他的话,吸引走了众人的注意。

在娱乐室的众多疗养客簇拥下,两个看样子是刚化好装的特殊角色走进餐厅来了。其中一个穿着教会的黑色教士服,只不过从领子到下摆,都横着缝上了些白条子,短的条子相互挨得比较近,突出在短条子之外的长条子则稀少一些,就跟温度计上的刻度一模一样。她用左手的食指压着苍白的嘴唇,右手则举着一张体温统计表。另一个角色则彻彻底底的一身青蓝,嘴唇和眉毛

---

① 这也是《浮士德》的"瓦普几斯之夜"一场中魔女的台词。保婆这个形象原出自希腊神话,在《浮士德》剧中是个淫秽的魔女。施托尔太太的打扮确实让人想起德国民间传说中的巫婆。

② 威尔斯是德国人对意大利等南欧民族带贬义的别称。

是蓝色的，脸上的其他部位和脖子也涂成了蓝色，一顶蓝色的羊绒帽斜压在耳朵上，身上的内外衣裤也是蓝得发亮的整块亚麻布连缀成的，脚踝处用带子系着，腰间塞成了一个大肚子。大伙儿认出来了是伊尔蒂丝太太和阿尔宾先生。两人胸前都挂着硬纸牌子，上面分别写着"哑大姐"和"蓝亨利"。两人联袂而行，歪歪倒倒地在餐厅里转了一圈。

人们鼓掌喝彩，喊声震耳欲聋！施托尔太太腋下夹着扫帚，手撑在膝盖上，放开了喉咙开怀大笑，充分享受她所扮角色的权利。只有塞特姆布里尼先生表现得不近人情：他斜眼瞥了瞥那大出风头的一对儿，在两撇翘得很好看的胡子底下，那薄薄的嘴唇闭得紧得不能再紧了。

在尾随着"蓝亨利"和"哑大姐"从娱乐室回到餐厅来的人群中，也有克拉芙迪娅·舒舍夫人。和她在一起的还有头发毛茸茸的塔马拉小姐，以及与她同桌的那个胸部凹陷的青年，他穿着一身晚礼服，名字好像叫布尔津。舒舍夫人穿着她的新装，擦身打汉斯·卡斯托普的桌边走过，斜插到了年轻的根泽和克勒费特小姐那边去；在那儿她停了下来，双手背着，笑眯眯地站在那里和人聊天。她的陪同却继续跟随着那两个寓意人物，离开了餐厅。舒舍夫人也在头上戴了顶狂欢节的帽子，但并非买的，而是随随便便用白纸叠成的三角帽，跟平时拿来哄孩子的差不多，只是那么横着扣在脑瓜儿上，却好看极了。她的双脚从深棕色带亮片的衣裙中露了出来，裙子有些向外鼓起。她的臂膀儿咱们就什么都别说啦，它们一直裸露到了肩膀。

"仔细观察她！"汉斯·卡斯托普像是听见塞特姆布里尼先生在很远的地方说，这时他正目送着她，看着她继续往前走向玻璃门，眼看就要出餐厅去。"真就是莉丽啊！"

"是谁？"

文学家得意了，解释说：

"亚当的第一个妻子呗。你可当心……"

除了他俩，餐厅里只剩下布鲁门科尔博士坐在自己远远的座位上，其他所有人包括约阿希姆，都转移到娱乐室里去了。

"你今儿个真叫诗兴大发，现在又来了个什么莉丽？难道亚当真结过两次婚？我可是一点儿不……"

"希伯来的传说就这样。这个莉丽后来变成了鬼魅，特别是她那漂亮的秀发，对年轻男子可危险啦。"

"呸，去你的！鬼魅还有漂亮的头发。这样的鬼叫你受不了，是吧？所以你来开亮了电灯，为的是把年轻的男子们领上所谓正路——难道不是吗？"汉斯·卡斯托普恍恍惚惚地说。那香槟兑葡萄酒的混合酒，他着实是喝多了一点儿。

"听我说，工程师，别这样！"塞特姆布里尼皱起眉头，要求道，"如果允许我请求您，那就请您还是用咱们西方文明世界习惯的方式，也就是用'您'称呼我！刚才那个样子可是不适合您的身份。"

"怎么啦？咱们不是过狂欢节吗！大家今晚上可都同意……"

"不错，为了逗着好玩儿。对不熟识的人，就是对按理讲应该称'您'的人称'你'，是一种无礼表现，是一种令我讨厌的放荡游戏，因为它与人类的文明进步根本背道而驰——放肆和无耻地背道而驰。我可也没有管您叫'你'呀，您别想有这种事！我只是从贵国的文学名著中引用了点儿什么。我只是用了文学的语言……"

"我也是！我这在一定意义上也是文学语言——因为我觉得眼下这么讲有文学味儿，所以就讲了。我绝对不是说，这么用'你'称你我感觉完全自然和轻松；相反，为了这么做我得克服自我，得狠下决心，不过呢决心到底还是下了，愉快地打心眼儿里……"

"打心眼儿里？"

"打心眼儿里，是的，你可以相信我。我们一块儿待在山上已经这么久啦——七个月，你算算吧，对于我们此地山上的人们来说，这还不算很久，可是以平原上的标准回顾回顾，就已经很长时间了啊。喏，咱俩一块儿共同度过了这么长的时间，就因为生活让你我相聚在这里，我们几乎每天见面，经常进行有意思的交谈，谈的部分话题是我在山下时做梦也不会想到的。可在这里完全相反，它们对我不但重要，还有切身的关系，因此我们每次一谈起来，精力都高度集中。或者这么讲更好，每当你给我阐述人道主义什么的，我都全神贯注。因为自己过去对这个问题完全无知，我自然发表不了什么意见，只是每次都觉得你讲的有意思极了。通过你我知道了许多，懂得了许多……有关卡尔杜齐的谈话只是其中一点点，可是联系着共和国思想讲美好的文体风格，或者结合着人类进步阐明时间的本质，意义就大啦——反过来说,没有时间也就不可能有人类进步,世界将只是一潭死水,一个臭水坑——如果不是你,我哪会知道这些!我简单称你'你',而不再用尊称,请原谅,我实在不知道该怎么办——不知道怎么好。你坐在这儿,我干脆叫你'你',这就够啦。你不是一个有名有姓的随便什么人,你是一位代表人物,塞特姆布里尼先生,你是这个地方的代表,是我的代表——你就是嘛,"汉斯·卡斯托普拍了一下桌子,以示强调,"现在我要谢谢你!"他继续说,说着把自己盛香槟和葡萄酒混合酒的杯子,推到塞特姆布里尼的小咖啡壶跟前,像是要在桌子上跟他碰杯似的——"感谢你,为了这七个月来你对我的友好关照;感谢你,给了少不更事、对许多事情都还陌生的我以帮助启迪,努力地影响我,纠正我在立身行事方面的种种失误,完全不图报偿,有时以典故进行讽喻,有时进行抽象的说理分析。我清楚感到是时候了,该为此,该为这一切,向你表示感谢。如果我是个坏学生,是个你所谓'生活中的问题儿童',也该请求你原谅。你这么讲的时候,我很感动,而且每次想起也很感动。一个问题儿童,确确实实,对于你和你的教师天职而言,我确实是个问题儿童,正如你在咱们见面第一天就说的——自然,这也是你教给我的事物之联系之一,即人道主义和教育学的联系——随着时间的推移,我肯定还会想起更多的联系。请你原谅我,别往坏处想我好吗!我祝你健康,塞特姆布里尼先生!为了你消除人类苦难的文学追求,让我干了这一杯!"他说完一仰头,咕噜咕噜几口喝完了混合酒,然后站起身来,"现在咱俩到其他人那边去吧。"

"听我说,工程师,您这是怎么啦?"意大利人满眼惊疑地问,同样站起了身来,"您的话听起来像诀别……"

"不,干吗诀别?"汉斯·卡斯托普避免正面回答。他不仅言语回避,行动也回避,只见他上身转了一个弯儿,靠向了正好来请他们的女教师恩格哈特小姐。她报告说,宫廷顾问在钢琴室里亲手开了一桶潘趣酒,以院方的名义招待大家。二位先生请赶快过去,如果他们还想喝一杯的话,她说。于是他们就过去了。

果然,贝伦斯顾问站在钢琴室中间铺了白桌布的圆桌边上,举着一把勺子,正从一只大斗碗里舀热气腾腾的酒浆;围在四周的疗养客们则纷纷把擎在手里的高脚杯伸向他。今天贝伦斯院长的外表也添上了些许狂欢节的色彩,尽管仍穿着白大褂——医生的职责他一刻也不能放下嘛——但头上却戴了一顶货真价实的土耳其圆筒帽,鲜红的颜色,黑黑的流苏,流苏在他耳朵上摆来摆去——这样的打扮,这帽子和流苏搭配在一起,对他来说就够了,就足以把他那本来就非凡的外表提升到放纵无度,惊世骇俗。长长的白大褂使宫廷顾问的身材显得异常高大,如果再把他弯曲的脖子拉直了一起算上,那他简直高得像个巨人,然而与此同时那色彩斑驳、形状怪异的脑袋却偏偏很小很小。至少在汉斯·卡斯托普看来,顾问的模样还从来不曾像今天戴着这顶傻瓜帽子一样稀奇古怪:短而扁平的鼻子,面孔红中泛青,淡黄色的眉毛底下鼓突着一双蓝色泪眼,在向上噘得跟弯弓似的嘴巴上面,斜吊着两撇淡黄色的八字胡须。只见他既想扭头避开从大斗碗里升腾起来的蒸汽,又得用勺子从大碗里舀酒,并让这甜滋滋的褐色酒浆画着弧线注入伸到面前的一只只杯子里去,他一边舀一边嘟嘟囔囔地为自己鼓劲加油,引得桌子周围发出阵阵笑声。

"鬼王乌里安登台啦。"塞特姆布里尼指了指贝伦斯顾问,轻声评论说,随后他让汉斯·卡斯托普拽走了。

克洛可夫斯基博士也已到场。他矮小、粗壮、结实,随意地披着一袭闪光的黑色袍子,手却不套进袖管里,于是就有了化装的效果。他正高高举着酒杯,兴致勃勃地在和一群化了装的男女聊天。音乐响起来了。面孔长得像貘的女病人演奏小提琴,那个曼海姆人担任钢琴伴奏,演奏的曲目先是亨德尔[①]的《广板》,然后是格里格[②]的一支奏鸣曲,都各具民族特色,也适合在沙龙里演奏。奏毕,人们报以友善的掌声,连围坐在两张桥牌桌上的人也一样;他们有的化了装,有的没化,旁边则放着镇有一瓶瓶酒的冰桶。活动室的门都敞开着,在外面大厅里也有许多人。一群疗养客围在摆放大酒碗的圆桌四周,注意看贝伦斯顾问带领人们做集体游戏。只见他闭紧了眼睛,站着向桌子俯下身去,同时脑袋却往后仰,为的是让大伙儿看清楚他确实是闭上了眼的,一边则用手握着一支铅笔,瞎着眼在一张名片的背面画了个图形——那是一头小猪的轮廓,也就是用他的大手在没有眼睛帮助的情况下,画了一头猪的侧影——跟一头活猪比较确实简单了点儿,多半只是出自想象,然而一眼仍可以看出,在如此困难的情况下画

---

① 亨德尔(1685—1759),德国作曲家。
② 格里格(1843—1907),挪威作曲家。

成功的，基本上还是头猪。这就叫艺术绝活儿，而他，就会这一手儿。那一只小眼睛差不多也长在了它该长的地方，虽说朝前太靠鼻子了点儿，但大致位置没有错。那尖尖的耳朵长在猪头上的情形也一样；还有两只小猪蹄儿也吊挂在圆滚滚的肚皮底下，而集其艺术大成的是在同样滚圆的背部曲线后面，真还有模有样地蜷曲着一条细细的猪尾巴。"啊——"一画成功观众便齐声惊叹，并在虚荣心的激励下争先恐后想去尝试一下大师的绝技。然而只有极少数人能够睁着眼睛画成功一头小猪，更别提把双眼闭起来了。瞧他们画出来的是一些什么怪物哦！脑袋、身子和脚完全分了家。小眼睛生在脑袋外面，小脚却钻进了肚子里，肚子呢本身根本就没有长拢，蜷曲的小猪尾巴更好，完全跟乱七八糟的身躯没有任何关联，成了一圈儿独立于一旁的阿拉伯花饰。看的人笑得前仰后合。笑声引来更多的疗养客。坐在桥牌桌边的人也注意到了，纷纷把牌像折扇似的攥在手里，走过来瞧新奇。围观的人都盯住大胆尝试者的眼睑，看他是否隙开眼在偷觑，见他那么样瞎着眼胡画乱画，有几个人实在控制不住自己，一个劲儿地在那里笑得或嘻嘻嘻嘻，或扑哧扑哧。一当作画者睁开眼来，低下头观赏自己那荒诞杰作的一刹那，立刻引起了满堂的欢呼雀跃。可在盲目自信的驱赶下，人人都想去比试比试。名片尽管不小，两面仍很快画满了，一个个怪模怪样的猪便出现了重叠。不过宫廷顾问不惜牺牲，又从皮夹中贡献出来了一张名片。在这张名片上，经过深思熟虑的帕拉范特检察官企图来个一气呵成，结果失败得比以前所有的失败更惨：他画的那玩意儿不只没有一点儿猪的样子，甚至全世界也找不着任何与它相像的东西。好啦，这下便惊叫声、笑声、道贺声响成一片！有谁赶紧去餐厅拿来菜单——现在就可以男男女女多人同时作画了，而每一个参赛者又各有自己的裁判和观众，各有等在旁边想接着使用他手里那铅笔的候补选手。大伙儿争相使用的铅笔一共三支，全都是疗养客们自己的。贝伦斯顾问看见自己引进的这个新游戏已经成功，客人们已经一个个玩儿得如醉如痴，便领着他的助手悄然隐退了。

　　汉斯·卡斯托普挤在人群中，越过约阿希姆的肩头注视着作画者，一只手肘倚靠在表哥肩上，伸开的五指托着下巴，另一只手叉在腰间。他有说有笑，同样想去画画猪看，于是大声要求得到铅笔。他拿到的铅笔已经很短，只能用拇指和食指捏着。他一面诅咒这铅笔尾巴，一面闭起眼睛仰脸冲着天花板。他嘴里大声咒骂铅笔不中用，手却飞快地在那厚纸上涂抹出一个怪模怪样的东西，而且连这也失误了，因为他的笔画到了桌布上。"这次不算！这次不算！"在理所应得的哄笑声中，他使劲喊着，"用这该死的——见鬼去吧！"说着就把那罪魁祸首扔进了盛潘趣酒的大碗里，"哪位有支像样儿的铅笔？谁借支铅笔给我？我必须再画一次！一支铅笔！一支铅笔！谁还有一支铅笔？"他高声向两边发出呼喊，左手的小臂仍支撑在圆桌上，右手则高举在空中摇摆着。没有铅笔给他。于是他转过身，一边继续呼喊，一边走进一间谈话室——径直向着克拉芙迪娅·舒舍夫人走去。他早已发现，她正站在离小沙龙不远的门边上，含笑注视着满是酒碗的圆桌旁的热闹场面。

突然卡斯托普听见身后有人叫他，用听着挺悦耳的外语：

"喂！工程师，等一等！别这么当真，工程师！理智一点儿，明白吗！真是疯啦，这小伙子！"

可汉斯·卡斯托普用自己的声音压过了那人的声音。我们一看原来不是别人，正是塞特姆布里尼先生。原来他离开了狂欢的人们，正大声喂喂喂地叫喊着，同时朝头顶上甩起一条胳臂——这个手势在他家乡很普通，但却没法用一句话说清楚它的含义。然而汉斯·卡斯托普仿佛又站在用砖块铺砌的院坝中，从近在跟前的距离，盯着突出的颧骨上边那双混合着蓝灰绿三种色泽的细眯眯眼睛，对那人说道：

"你也许有支铅笔吧？"

他脸色惨白，惨白得就跟那次独自散步后满身血污地回到报告厅时一样。由于面部血管神经的影响而供血不足，年轻人失血的脸颊苍白、冰凉地凹陷了下去，鼻子因此显得更尖削，眼睛底下的面部呈铅灰色，看上去简直跟死尸一个样。可是受交感神经的支配，汉斯·卡斯托普的心却狂跳不已，因此根本别想均匀地正常呼吸，而且由于体内皮脂腺作怪，年轻人全身感到一阵阵寒栗，连毛发也直竖起来了。

面前这个头戴纸制三角帽的女人从上到下打量着他，脸上挂着微笑，只是在这笑容里面，对他丧魂落魄的样子不含有任何的同情，没流露任何的担忧。说到底，对一个爱她爱得发狂的追求者，女人是压根儿不知道什么叫同情，什么叫担忧的——在爱情问题上她显然比男人更加成熟老练，而男人永远不可能精于此道，也就永远只能忍受她的讥讽，使她幸灾乐祸。设若能够得到她的同情和体贴，他自然也就会感激不尽喽。

"问我吗？"光膀子的女病友回答道，"是的，也许。"在保持了长时间心照不宣、相对无言的关系之后，第一次搭话无论如何还是让她的微笑和嗓音里出现了激动——那是一种狡猾的激动，已经过去的一切一切，全被它悄悄地包容进眼前的一刻了，"你很好胜……你这人……真……性急。"她继续说，发音富有异国情调，尤其是带弹音的r很特别，发元音e嘴也张得太开，整个语调含着讥讽，特别是"好胜"这个词儿，由她那微显沙哑但却悦耳的嗓音加重语气说出来，就更是异国情调十足——这时她的手开始在皮包里翻找，眼睛也在里面搜寻，终于从一块先露头的手绢底下拈出来一支银色小铅笔，这笔如此纤细、脆弱，完全是女人家当装饰的物件儿，根本派不上什么用场的。当年的那支，那第一支才真正合手好用，地道实在啊。

"这儿呢。"她操着法语说①，说时把小铅笔削过的一头夹在拇指与食指之间，轻轻摇晃着递到卡斯托普眼前。

由于她是爱给不给的样子，他呢同样也欲接不接，也就是把手举到离铅笔很近的相应高度，伸开了指头像是要抓但并没真去抓，从铅灰色的眸子中射出来的目光则游移不定，一会儿盯着铅笔，一会儿盯着克拉芙迪娅那鞑靼人似的面孔。他张着失血的嘴唇，而且一直是这么张着没有闭拢，好像说话也无须动嘴似的。

---

① 从现在开始，两人对话用的多为法语。

他道：

"你瞧，我就知道你会有铅笔。"

"不过请小心点儿，它很容易折断，"她说，"用时得这么旋开它，你知道。"

说时两人的脑袋已凑到铅笔上方，由她告诉他使用方法，也就是通常都使用的机械原理，即一拧动螺丝，一根细如针尖的笔芯就会从笔管中伸出来，看样子多半是根写起来不怎么清晰的硬铅笔芯。

他们靠得很近地面对面站着，身体都微微前倾。今晚上由于他穿着社交的礼服，所以戴上了僵硬的衣领，下巴可以支撑在上面了。

"细尽管细，不过却是你的。"卡斯托普望着铅笔说，额头几乎碰着对方额头，嘴唇却一动不动，结果"不"字只得敷衍了事。

"哦，你还挺逗。"她笑了笑回答，说罢挺直身子，把笔交给了他——上帝知道，他脑子里显然一片空白，哪儿还逗得起来哟——"去吧，加加油，好好地画一画，画出你自个儿的风格来！"在打发卡斯托普离开时，她那方面似乎也想逗他一逗。

"不，你还没有画过哩。你也须画画。"说时吞掉了必须的必字，一边还后退一步做出准备走的样子。

"我？"在重复他的话时她显得又很吃惊，不过似乎主要不是对他提出的这个要求，而是因为别的什么。她仍旧站在那儿，微笑中带着一些个迷惘，随后像受到他那后退动作的磁力吸引一样，也跟着朝摆酒碗的桌子移动了几步。

然而情况变了，那边的闭眼画猪比赛已近尾声，尽管还有人在画，却不再有观众了。名片都给涂抹得乌七八糟，谁都上去检验了一下自己的无能，桌边眼下人很稀少，另一种时髦消遣开场了。有人发现医生都已经走了，便突然喊一声该跳舞喽，于是立马拖开了桌子。在书写室和钢琴室的门边上安排了观察哨，目的是一旦发现"老头子"、克洛可夫斯基或者护士长又回来了，好马上发出信号，让舞会及时停下来。一位年轻的斯拉夫疗养客富有表情地敲击着胡桃木钢琴的键盘，在由圈椅和靠椅围成的不规则圆圈中央，带头的几对儿已经翩翩起舞，还有些人却坐在椅子上当观众。

汉斯·卡斯托普离开摆酒碗的圆桌，一摆手表示"去你的吧！"。他瞅见小沙龙里空着位子，便用下巴点了点，然后坐到了右手靠门边的那个隐蔽角落里。他一言不发，兴许是觉得音乐太吵了吧。他替舒舍夫人拖过来一把椅子，一把所谓的凯旋椅，木头框架，绷着割毛绒的靠背和坐垫。他把椅子替她安放到适才指点的位置上，自己却弄来一把吱嘎作响、扶手活动的藤椅坐下。他与她面对面坐着，身子探向她，胳臂撑着扶手，手里拿着她那支铅笔，双脚却缩回到了椅子底下。克拉芙迪娅却深深埋在软椅里，以致膝头高高地拱了起来，可就这样仍一条腿搭在另一条腿上跷起二郎腿，让一只脚在空中摇来晃去。她脚上穿着紧绷绷的黑色丝袜，踝骨突出在漆皮鞋的边沿外面。在他们前面，有些坐着的疗养客站起来准备跳舞，把位置让给站累跳累了的客人。眼前于是人来人往。

"你穿着一件新衣服啊。"为了找借口欣赏她,卡斯托普说。但她却回答:

"那又怎么样?你对我的穿戴倒挺熟悉哩?"

"我说得不对吗?"

"对。它是我新近才叫人缝的,在村里的卢卡切克师傅那里。他替山上的女士们做了许多衣服。你喜欢吗?"

"很喜欢。"他回答,说着再一次盯着她看,然后才垂下眼睛,"想跳舞吗?"他还问了一句。

"你想跳吗?"她眉毛一扬,笑嘻嘻地反问。他却回答:

"乐意奉陪,如果你也乐意。"

"你可不像我想象的那么老实喽,"她说,他以笑声进行反驳,她便进一步讲,"你表兄已经规规矩矩地走了。"

"是的,他是我的表兄,"卡斯托普毫无必要地证实道,"我也早看见他走了。肯定已经上床了吧。"

"他为人一丝不苟,品行端正,是个标准德国青年。"

"一丝不苟?品行端正?"他重复道。"我听法语比说法语好。你是想讲他严肃古板。你认为我们德国人严肃古板吗——德国人一般都这样?"

"我是说你那位表兄。不过说句老实话,你们是有些小市民气。你们爱秩序胜过了爱自由,全欧洲的人都知道这点。"

"爱……爱……什么叫爱?这个词儿太花哨,意义太不确定。'因为是别人的,所以就最可爱。'正像我们的一句俗语说的。"卡斯托普回答,"最近我有时思考自由这个问题,"他继续说,

"就是讲，我常常听见这个词儿，于是就进行思考。我想用法语谈谈我的想法。所有欧洲人所谓的自由，比起我们对秩序的需要来，不是更加庸俗，更加小市民气吧——我想说！"

"天哪！真有意思。你在发这通奇谈怪论的时候，真正想到了你的表哥吗？"

"不，你知道他确实是个正派人，生性淳朴善良，不叫人担心。但他不是小市民，而是一位军人。"

"不叫人担心？"克拉芙迪娅吃力地重复着……"你的意思是，他身心健全，没有什么毛病？可我听说他病得很重哩，你这可怜的表兄。"

"这是谁说的？"

"这儿的人都传遍啦。"

"贝伦斯顾问告诉你的吗？"

"也许是叫我去看他的画时对我讲的。"

"也就是说：在给你画肖像的时候？"

"可能吧。你觉得那张像画得怎么样？"

"很好嘛。贝伦斯把你的皮肤的色调画得跟真人一样，确实十分逼真，害得我也想当一名肖像画家，以便有机会琢磨你的皮肤来着——像他那样！"

"明明白白地说德语好吗！"

"噢，我说德语，也说法语。这是一项既涉及艺术又涉及医学的研究——总之，你肯定明白，是有关人的学问的研究啊。怎么样，你想跳舞吗？"

"不想，这样做太幼稚。背着医生跳舞。一旦贝伦斯回来，大家又急急忙忙坐到椅子上，不是太可笑了吗，这！"

"你真这么尊重他？"

"尊重谁？"她的问话短促而又异样。

"贝伦斯呗。"

"去你的贝伦斯吧！再说这儿跳舞也嫌窄。何况在地毯上……咱们还是看跳舞得了。"

"好，看就看。"卡斯托普附和道。他脸色仍然苍白，用他那双像祖父一样富有思想的蓝眼睛，从克拉芙迪娅的身旁望过去，看着一帮子戴上了假面的肺结核病人，在这边的大厅和那边书写室中蹦来跳去。其中有搂着蓝亨利的哑大姐，有身着燕尾服和白马甲、装扮成了舞会先生的萨洛蒙太太。只见穿衬衫的胸部高高隆起，却画着胡须，戴着单眼镜，由一双从极不协调的男式黑长裤下伸出来的漆皮高跟鞋支撑着，在那儿进行旋转。她搂着的舞伴是个小丑，一张白脸上嘴唇涂得血红，目光畏畏缩缩的，跟患白化病的兔子一样。披小斗篷的希腊人穿着淡紫色的紧身裤，迈着均匀的步子，围着穿袒胸露背深色闪光长裙的拉斯穆森跳来跳去。身着和服的帕拉范特检察官以及伍尔穆勃朗特总领事夫人和小青年根泽，他们甚至臂膀挽着臂膀，跳起了三人舞。至于施托尔太太嘛，她则跟自己紧抱在心口上的扫帚在跳。她亲昵地抚摩着扫帚的鬃毛，好像那是一个站在面前的男人的头发。

"看就看吧。"汉斯·卡斯托普机械地重复着，在钢琴声中，他们嗓音很低，"咱们就坐在这里旁观，像在梦里一样。这对我就像做梦，你必须知道，我们这么坐着就像做梦——一场深沉、迷茫的梦。要做这样的梦，必须睡得很沉很沉才行啊……我是想说，这是一个我熟悉的梦，一个我曾长久追求的梦，一个漫长、永恒的梦。是啊，像现在这样与你促膝而坐——就有永恒的意义啊。"

"好一位诗人！"克拉芙迪娅道，"小市民、人文主义者再加上诗人——这就等于标准、地道的德国人了！"

"我担心，我们根本谈不上是标准、地道的德国人，"卡斯托普回答，"不，我们也许只是——生活中的问题儿童罢了，仅此而已。"

"说得很好。那么你再说说……早一些做这个梦，是不是也不太困难呢。阁下您下定决心来跟您的女仆我搭话，是不是嫌晚了点儿呢？"

"有什么必要谈话？"卡斯托普问，"干吗谈话？谈话呀，讨论呀什么什么的，我承认，是共和主义者的事。不过我猜想，同样也是作家诗人们的事。咱们疗养院有一位病人，我跟他甚至已经交上朋友，就是塞特姆布里尼先生……"

"他刚才还对你咬了一阵耳朵来着。"

"算是吧。他无疑十分健谈，能说会道，有些个过分热衷此道，动不动就给你朗诵几句诗文什么的——不过他能算诗人吗，这老兄？"

"真是抱歉！我还无缘进一步结识这位高贵的骑士。"

"这我相信。"

"噢！你相信。"

"怎么啦？我刚才不过是随便说说罢了。你肯定发现了，我是不常讲法语的。不过跟你在一起，我就宁愿讲法语而不讲自己的母语德语了，因为对我来说，讲法语在一定程度上可以模棱两可，不负责任，就像说梦话一样。你明白我的意思吗？"

"好像明白一点儿。"

"这就够啦……讲话是件难受的事，"卡斯托普继续说，"人进入了永恒的境界，就什么也不用讲了。在永恒的境界里，人可以率性而为，你知道，如果想画一只猪就只管仰头闭眼画得了。"

"说得真好！无疑你已经置身永恒，看来你对永恒已经认识得十分清楚。你真是个好动脑筋的幻想家，我得承认。"

"是啊，"汉斯·卡斯托普说，"要是我再早点儿有机会和你谈话，那我就会称你作'您'了！"

"那也好。可那你是不是一直想称我为'你'呢？"

"是的。在此之前我一直以'你'称呼你，今后也将永远以'你'称呼你。"

"这可是有些过分，我必须说！不过呢，你再也没有多少机会称我为'你'喽，我就要离开了。"

"离开"这个词好久才真正钻进了汉斯·卡斯托普的意识，使得他一跃而起，茫然四顾，像个刚刚让人从迷梦中惊醒的人一样。他们刚才的交谈进行得很慢，汉斯·卡斯托普讲法语有困难，需要反复思索。钢琴声沉寂了片刻，现在又响起来了，而今是曼海姆人在那里弹奏，他顶替那个斯拉夫小伙子，换上了自己的乐谱。恩格哈特小姐坐在他身旁，帮助他翻谱纸。多数的疗养客看来已进入了水平状态。他俩前面已经没再坐任何人。阅览室里有些人在玩儿牌。

"你要干什么?"汉斯·卡斯托普失魂落魄地问……

"我就要离开了。"她微笑着重说一遍,看样子对他的惊慌失措感到意外。

"不可能,"他说,"你只是开玩笑。"

"绝不开玩笑,完完全全是当真的。我就要动身啦。"

"什么时候?"

"就在明天呀。午饭以后。"

卡斯托普心里一下子完全空落落的,忙问:

"去哪里?"

"去一个遥远的地方。"

"去达吉斯坦吗?"

"你消息倒灵通哩。有可能——暂时先……"

"难道你好了?"

"这个嘛……不。只是贝伦斯认为,待在这儿暂时不会对我有更多效果。所以就可以去别的地方换换空气。"

"也就是说你还回来啰?"

"这可说不准。尤其是啥时候说不准。至于我本人,你知道我这个人喜欢自由胜于一切,尤其是爱待在哪儿就待在哪儿,也就是完全的随心所欲。我醉心自由不羁的生活,这意味着什么你恐怕根本无法理解。这也许是我本性如此喽。"

"你在达吉斯坦的丈夫,他就这么干干脆脆地给了你——这样的自由吗?"

"是疾病还给了我自由。我来这里已经是第三次了。这次我在上边住了一年。没准儿还会再来哩。可到那时,你一定早就远走高飞啦。"

"你这么认为吗,克拉芙迪娅?"

"你对我直呼其名——竟然这样!看来你对狂欢节的习俗真是很当真啰!"

"难道你了解我的病情?"

"了解——也不了解,山上的情况都是这样。你肺上有个浸润点,发低烧,是不是?"

"下午体温37.8℃或者37.9℃。"汉斯·卡斯托普说,"你呢?"

"噢,我的情况稍微复杂一点儿,你知道……没那么简单。"

"在关于人的学问里边有一种学科叫医学,"汉斯·卡斯托普说,"这个学科有个术语叫'淋巴腺结核性栓塞'。"

"啊,你原来在做密探,亲爱的,这再清楚不过!"

"你……请原谅!允许我现在就问你个问题,急切而直截了当地问你个问题!六个月前,当时我从餐厅径直去做体检……你转过头来看着我,还想得起吗?"

"这叫什么问题?还六个月前?"

"你知道我去了哪儿吗?"

"知道,完全是偶然的。"

"是贝伦斯告诉你的吧?"

"怎么又提贝伦斯!"

"噢，他把你的皮肤的色调画得那么真切……而且，他是个脸颊仍烧得通红的鳏夫，有一套造型实在值得玩味的咖啡具……他对你的身体，我相信不仅像个医生似的一清二楚，还像别的人文学科专家一样饶有兴趣。"

"你说得太对了，因为你是在讲梦话，我的朋友……"

"是怎样就怎样吧……可是，你要离开的消息却像闹钟无情地从梦中惊醒了我，让我还是继续糊里糊涂地做梦好些。七个月来，只能用目光与你交流……现在刚刚真正结识了，你却马上说你要走了！"

"我对你再说一遍，我们原本可以早些聊聊啊。"

"你真的曾经这么希望？"

"我？你不该那么躲着我嘛，小兄弟！是你自己窝囊！眼前这个你对着说梦话的女人，你就这么害怕接近她吗？还有谁妨碍你，使你没有胆量走近她？"

"我已经对你说过了，我不愿对你称呼'您'。"

"撒谎。老老实实回答吧。——中途离开晚会的那个意大利人，那位惯于说漂亮话的先生，他刚才对你讲了些什么？"

"他的话我一句听不进。只要我一见到你，那位先生就让我全忘了。可是你不记得……在这里要结交你真是不容易。何况我身边还有一位时刻关心的表哥，他可不想在这里找乐子喽。他一心只盼回平原上服役去。"

"可怜虫！实际上他自己不知道，他病得可厉害啦。还有你那位意大利朋友，他病得同样不轻。"

"他自己也这么说。可是我的表哥……他病真的很重吗？你可吓了我一跳！"

"他要是下山回德国当兵去，就很可能会完蛋。"

"会完蛋？会死？这个词很可怕，不是吗？不过很奇怪，今天听见这个字眼，我内心震动并不大，说到底就像听见一句口头禅，正如'可吓了我一跳'也只是口头禅一样。想到死亡我并不害怕，心里反倒平静了。我不会悲痛欲绝，不论是我善良的约阿希姆死了，还是我自己死了。现在呢，我却听说，他快死了。要真是这样，那他的情况跟我也差不了多少，我认为也没有什么大不了。他已经得到死神的青睐，我却为得不到青睐而痛苦，真是有意思！——在拍X光片的候诊室里，你曾跟我表兄聊过，也许还记得吧。"

"是的，记得一点点。"

"也正好在那天，贝伦斯给你做了透视！"

"是啊，那又怎样？"

"天哪！片子在身边吗？"

"不，当然在房里。"

"噢，在你房里。我的却总是放在身上的皮夹中。要我给你看看吗？"

"谢谢了。我没好奇得那么厉害，再说也就那么回事。"

"不过我已经见过你外在的肖像了，所以更想看看你内在的肖像，它让你放在了房间里……那让我另外提个问题！一位住在'村'里的俄国绅士常来看你，他是谁呀？这个人来找你干什么？"

"我必须承认，你是位干练的密探。好吧，我来回答你这个问题。不错，是有一位身体有病的老乡，他是我的朋友。几年前我在另一家温泉疗养院认识的。我俩的关系吗？喏，告诉你，关系就是一块儿喝茶，一块儿吸两三支俄国香烟，还一块儿谈天说地，关于人呀，上帝呀，人生呀，道德呀，以及诸如此类的种种问题。我能汇报的就这些，该满意了吧！"

"还谈过道德！——那么，就道德问题，你们二位有何高见？"

"道德？对此你也感兴趣？好吧，我们以为，不应该从德行中寻找道德，也就是说在理性、在自律、在良好的风尚以及举止端正中，是见不出道德的；而是恰恰相反，我以为只有在罪孽中，只有当自己陷入了危险、有害乃至可能招致毁灭的境地，才可能寻找到道德。在我们看来，失去自己和毁灭自己，比起保全自己要道德得多。一些名声很大的道德家根本不是真有德行的人，而是作恶多端的坏蛋、冒险家和罪犯，可他们却来叫我们谨遵基督教义，对罪恶和苦难逆来顺受。这一切叫你听得很不入耳吧，是不是？"

汉斯·卡斯托普缄默不语。他仍然像一开始似的坐着，两只腿交叉在吱嘎作响的破藤椅下面，身子俯向躺在跟前的这个头戴三角帽、指头间夹着铅笔的女人，用他祖父汉斯·洛伦茨·卡斯托普那双蓝眼睛仰视房里，发现房间已经空了。狂欢的疗养客们全都散了。斜搁在对面大厅角落里的钢琴旁边，曼海姆来的病友还仅用一只手在弹奏，琴音低沉轻柔而且断断续续。坐在他身旁的女教师则翻着放在膝上的谱纸。当汉斯·卡斯托普与克拉芙迪娅·舒舍中断了谈话，钢琴手也完全停止了弹奏，把那只刚才轻触琴键的手垂到了怀里。恩格哈特小姐呢，却继续盯住乐谱出神。从狂欢的客人中仅剩下来的这四位一动不动地坐着。静默持续了好几分钟。在它的压迫下，坐在钢琴旁的一对儿脑袋越来越沉，越来越低，曼海姆人的头快碰到钢琴的键盘，恩格哈特小姐则几乎俯在乐谱上。终于，像达成了默契似的，两人同时小心翼翼地站起身来，然后踮起脚尖，有意避免转过头去瞅那还有人坐着的角落，缩着脑袋，向前平伸出手臂，轻手轻脚地穿过书写室和阅览室，最后，曼海姆人同恩格哈特小姐双双销声匿迹了。

"一个接一个地走啦，"舒舍夫人说，"这是最后两位，夜已经深了。是啊，节已经过完，狂欢节，它已经结束了！"说着她举起双臂，用两只手同时从自己淡红色的头发上端下那纸制的三角帽，露出了像花环一样盘在头上的发辫，"您知道，这以后又是什么吗，我的先生？"

谁知卡斯托普只是闭着眼睛作了否定，连坐着的姿势都一点儿也未变。他道：

"绝对不，克拉芙迪娅。绝对不会再以'您'称呼你，活着也好，死了也好，如果可以这么讲的话——应该可以这么讲。在我们文明的西方，在人道主义盛行的西方，'培育'成了这样一种称呼自己亲近的人的形式，'培育'成了这样一种礼节，我感觉的是太小市民气，太迂腐刻板了。'形式'在此究竟有什么意义？'形式'，纯粹文化意义上的迂腐刻板！你们两个，你和你的老乡兼病友，你们有关道德的那些说法——你真以为叫我出乎意料吗？难道你真当我是个大傻瓜？你说，你究竟怎么想我的？"

"这是另外一个问题，这个问题没有多少值得考虑的。你是一个循规蹈矩的中产阶级青年，出身优越，举止得体，是家长们堪造就的好子弟，只是他马上就要回到平原上去喽，到了那儿就会把在这山上曾经说过的所有梦话统统忘记，以便全身心地投入帮助自己祖国强大起来的事业。这就是你内心的肖像，尽管我压根儿没法给你拍X光片。你觉得是不是跟实际的你惟妙惟肖，不爽毫发呢，如我所希望？"

"只是比起贝伦斯拍的片子来，你的还有些细节的欠缺。"

"嗨，这些医学家总能节外生枝，他们的特长就在这里呗……"

"你说起话来跟塞特姆布里尼先生一样。那我发烧呢？我怎么会发烧？"

"去去！这只是偶然现象，不会有什么后果，很快就会过去了。"

"不，克拉芙迪娅，你知道得很清楚，你的话不可能是真的，你所讲的缺少内在的说服力，我完全肯定。我体温偏高，心脏剧烈跳动以至于难受，四肢颤抖，所有这些，都不只是个自己会过去的小问题，而根本就是——"卡斯托普脸色惨白，嘴唇抽搐，面孔凑近了克拉芙迪娅的面孔——"就是我对你的爱，是的是的，就是从我眼睛看见你的一刻起，我就爱上了你，或者更准确地说，从我认清你的一刻起，从我认出你的一刻起——是你，把我领到了这山上……"

"你简直疯了！"

"哦，没有疯狂哪儿还有什么爱情！爱情就是疯狂，就是偷食禁果，就是罪恶的冒险勾当！不然的话，就只剩下愉快舒服地干点儿傻事，就只剩下无聊的消磨时光，最后结果呢，充其量只是在故乡的原野上吟唱几支无伤大雅的田园牧歌罢了。可是我清清楚楚地感觉到了你，重新感觉到了我对你的爱——是的，我真正是早已认识了你，认识了你和你那双迷人地斜睨的眼睛，认识了你的嘴，以及你眼下用来跟我讲话的嗓音——当时，我还是个中学生，我就曾经想向你借铅笔，为的是终于能在这个世界上结识你，我真是爱你爱得发疯啊。这已成往昔的、长期的爱恋，在我体内肯定留下了痕迹。贝伦斯在照X光时发现了它们，它们表明我当时就病了……"

他的牙齿禁不住相互磕碰。一边说着胡话，他一边从吱嘎作响的藤椅下拖出一条腿，把它伸向前面，另一条腿的膝头随之挨着了地板，也就是说他跪在了克拉芙迪娅的身旁，低垂着头，浑身不住地战栗。"我爱你，"他喃喃道，"我早已爱上你，因为你就是我生命中那个'你'，就是我的梦想，我的命运，我的全部追求，我永永远远的渴慕……"

"起来！起来！"她说，"要是你的导师们瞧见你这个德性……"
可是卡斯托普绝望地摇摇头，脸伏在地毯上，嘴里回答道：

"他们对我一钱不值，所有这些只会说漂亮话的家伙，所有这些卡尔杜齐似的诗人，连同他们的全部共和主义的修辞学，连同他们一切时代的人类进步，对我统统一钱不值，原因是我爱你！"

克拉芙迪娅用手轻轻抚摩着他脑后剪得短短的头发。

"我的小市民哦!"她说,"我漂亮的、肺上有个浸润点的小市民哦!真的吗,你这么爱我?"受到她抚摩的鼓舞,他现在更用两条腿跪着,仰起脑袋,闭着眼睛,继续说道:

"哦,爱情,你知道……身体,爱情,死亡,这三者原本只是一回事。要知道身体即意味着疾病和欲望,而它,而身体又派生出死亡,哈,它们都带有肉体的性质,爱情和死亡,两者全带有肉体的性质,而由此便产生出它们的巨大魔力和对它们的恐惧!可是死亡呢,从这个出发点观察,你懂吗,就成了某种声名狼藉的、该诅咒的、叫人恶心的东西,某种叫人觉得可耻因而脸红的东西;可是从另一方面看,死亡又变得崇高、庄严、神圣——比起只知道追求享乐、聚敛财富、填饱肚皮的尘世生活来,又是某种高尚得多的东西——比起喋喋不休地吹嘘了几个世纪的人类进步来,又是某种庄严得多的东西——因为死亡无比强大,包罗万象:它既是历史,又是人类的伟大,既是虔诚,又是永恒;因为它是神圣的事物,对我们影响巨大强烈,我们在它面前得脱下帽子,蹑手蹑脚……肉体和肉体之爱同样包含着某种无耻和令人难堪的性质,所以出于恐惧和自惭形秽,肉体的表面会时而变得绯红,时而变得苍白。不过尽管如此,肉体仍是有机生命一个值得尊重和欣赏的杰作和奇迹,仍是形式和美感的神圣创造,因而对它的爱,对人体的爱,同样富有极大的人道主义意义,仍比这个世界所有的教育学更具教育感召的力量!……肉体之美是何等地令人心醉神迷哦!这是活生生的肉体,不是靠人工用颜料画成或用石头刻成，而是由永远变异着，永远鲜活着，永远为生命和腐朽所燃烧的秘密搏动着的物质构成的哦！你看看人体的构造是何等匀称，你看看她双边的肩膀和髋部以及丰满的乳房和排列有序的肋骨，是完全对称，还有在浑圆的下半身中间的肚脐呢，还有在两腿之间隐秘处的阴部呢！你再看看吧，在绸缎般柔软的背部皮肤底下，两片肩胛骨如何动来动去，脊椎如何缓慢而柔和地，演变成一对圆润饱满的丰臀，两条胳膊的血管和神经如何从腋窝直至手指尖，衍生发展出复杂却又有序的庞大分支，还有两边胳膊的构造，如何刚好与下边那一双大腿的结构相呼应！哦，这手肘和膝头的曲线多么圆匀，皮肤底下的关节活动多么自如！哦，这肌肉包裹着的有机体多么充实，多么细腻！对人体所有这些美妙之处进行爱抚玩味，无异于过一个永无休止的欢乐节日！在尽情享受过这节日的欢乐之后，死亡就不再痛苦可怕了！哦，上帝啊，让我呼吸呼吸从你膝头皮肤透出的馨香吧，在它底下，有精巧的关节囊分泌润滑的油脂！让我用嘴唇虔诚地触一触你大腿上的动脉吧，它在你大腿的根部搏动，为的是一分为二，把血液向下边两条胫骨上的动脉输送！让我吸吮你毛孔渗出气息，轻抚你柔软纤细的汗毛。你的由水和蛋白质构成的人体，它被创造出来为的就是重新化作尘土，让我生命——让我的嘴唇紧挨着你的嘴唇——从人世间消失吧！"

卡斯托普说完了，可眼睛仍未张开，他仍保持着刚才的姿势，仰着头，握着铅笔的手伸向前方，双膝跪在地上颤抖、哆嗦。克拉芙迪娅·舒舍说：

"你真是个好样儿的'疗养者',善于用德国的方式,以低矮的姿态博取女人青睐啊。"

说罢她把纸制的三角帽戴在了卡斯托普头上。

"再见吧,狂欢节王子!今晚上你的体温曲线肯定会升高,现在我就可以给你预言。"

说着她便把身体滑下椅子,双脚无声地踩过地毯,溜到了门边,站在门框中却稍稍有些犹豫,一只手握着门把,举起另一条赤裸的手臂半转过身来,越过肩膀轻轻说道:

"别忘了把铅笔还给我哟。"

说完便出了房门。

杨武能译
德语文学经典

魔 山（下卷）

〔德〕托马斯·曼 著

杨武能 译

商务印书馆
The Commercial Press

第六章

变　迁

时间是什么？是一个谜——看不见摸不着，却又威力无比，是现象世界存在的一个条件，是一种运动，一种与物体的空间存在和运动紧紧结合在一起的运动。那么，没有运动，就没有时间？没有时间，也没有运动？只管问吧！时间是空间的一种功能？抑或相反？抑或两者原本是一回事？这可走得太远了！时间在行动，具有活动性，能够"产生效果"。什么样的效果？变异！这时不再是那时，此地不再是彼地，因为在它们中间有了运动。然而，由于人们用来计量时间的运动又是循环往复的、自我封闭的，这样的运动和变异差不多同样可以称为静止不动；因为那时不断地在这时重现，彼地不断地在此地重现。再者，人们不管怎么拼命动脑子，也想象不出一个有尽的时间和有限的空间，便只好下决心将时间和空间都"想成"是永恒的和无穷的。人们显然认为，这么想尽管并不真的很好，却也差强人意。可是，确定了时间和空间的永恒与无穷，是否意味着在逻辑和计量上否一切有限和有穷尽呢？相对而言把它们贬低成了零呢？在永恒中可能有先后吗？在无穷中可能有并存吗？就算不得不承认永恒和无限这个前提，那么距离、运动、变化乃至仅仅是宇宙中有限物体的存在等等概念，又如何才能与之协调起来呢？诸如此类的问题，你可以一个劲儿地问下去！

汉斯·卡斯托普也正为类似的问题绞尽脑汁；还在上山之初，他的脑子便已处于一种亢奋状态，对这些玄妙的问题似乎格外敏感，一度非常爱发牢骚和钻牛角尖。他问自己，问好性子的约阿希姆，问老早已让厚厚的积雪盖住了的山谷，尽管从任何方面，他都看不出可以得到近乎答案的希望——至于哪一方面让他最失望，却很难讲。他之所以向自己提出问题，正是因为他不知道该如何解答这些问题。约阿希姆呢，他更是对这些问题全然不感兴趣，诚如汉斯·卡斯托普那天晚上操着法语所说的，他一心只想着下山当兵去；为了实现这个时而向他靠近又时而愚弄他、疏远他的愿望，约阿希姆作着可谓艰苦卓绝的斗争。最近他好像已打定主意，要最后决一死战。可不是嘛，这位善良的、耐心的、诚实的、心中只想着报效国家和遵守纪律的约阿希姆，他近来真叫怒不可遏，恨透了那个所谓的"加夫基[①]等级体系"；就是按照这个体系所定的标准，下边的化验室测定并标明患者带菌的等级，也就是根据化验物中是只有少量的细菌还是非常非常多，来确定"加夫基指数"，一切的一切全看这个数字的高低。因为

[①] 加夫基（1850—1918），德国细胞学家。

它准确地表示出了患者康复的希望有多大；根据它，也不难断定他在山上还要待的月数或年数，从为期半年的短暂访问直至大伙儿爱讲的"无期徒刑"。后面这个讲法，从严格的时间意义来判断，其实又经常没有什么意义。上面说了，约阿希姆对"加夫基等级体系"气愤之极，公然宣称不相信它的权威——不是完全公开的，不是直接地冲着上边的人，但是却当着他表弟的面，甚至在进餐的时候。

"我烦透了，我不让人继续把我当傻瓜，"他大声说，黝黑的面孔涨得通红，"十四天前我的加夫基指数为二，小事一桩；今儿个变成了九，细菌简直挤都挤不下了，甭再提下山。鬼才明白是怎么搞的，真叫人受不了。顶上那所'阿尔卑斯之宝'疗养院躺着个家伙，一个希腊农民，被人从阿卡狄亚送来的——论病情已毫无指望，害的是奔马痨，每日每时都可能进太平间，可他一辈子在痰里从来没查出过细菌。相反那位胖胖的比利时上尉——他已经康复出院——他在刚来时加夫基指数倒是十，细菌简直成群成堆，虽说他只有一个小小的空洞。让加夫基见鬼去吧！我不干了，我要回家，即便这样做我会死！"约阿希姆真的这么说了；而看着一个温和、稳重的年轻人竟然如此激动，大伙儿都感到痛心。约阿希姆扬言要不顾一切地下山去，使汉斯·卡斯托普禁不住想起他听见谁用法语说过的一席话。不过他没有吭声；他难道也能以自己的忍耐给表兄树一个榜样，就像施托尔太太似的？施托尔太太确实告诫约阿希姆别那样犯上抗命，劝他不如逆来顺受，学习学习她的忠诚；她卡洛琳娜·施托尔就是靠这种忠诚坚持住在山上，忍痛放弃了在康施塔特的家中做家庭主妇的职责和权利，为的只是有朝一日变成一个完完全全健康的妻子，重新回到丈夫的怀抱里去。不，汉斯·卡斯托普不能，何况在过了狂欢节以后，他对约阿希姆老感到内疚——也就是他的良心老对他说：尽管他们从未提及，可约阿希姆肯定知道那件事，肯定将它看作是跟背叛、怯懦和不忠差不多的，尤其是面对那一双圆圆的褐色眼睛，听见那动辄便爆发出来的咻咻笑声，闻到那橘子味儿的香水气息的时候。一日五次，约阿希姆处于这种香味儿的冲击之中，但每次都是规规矩矩地垂下眼睑去死死盯住面前的汤盆……可不是嘛，就在约阿希姆对他的那些关于"时间"的思考和观点的无言拒斥中，汉斯·卡斯托普也感觉出了他作为军人的庄重，因而自己的良心受到了责备。

至于那积雪很深的冬天的山谷，汉斯·卡斯托普同样也躺在他那舒舒服服的靠椅上，向它提出了他那些超验玄虚的问题；只不过它的山坳、山色、山脊连同褐绿与浅红混杂在一起的重重森林，都默默无声地立在时间里，让世间的静静流逝的时间包裹着、缠绕着，在深蓝色的天穹下时而闪闪发光，时而云雾弥漫，时而让落日映得通红，时而让月华照得发出蓝幽幽的光，如同金刚石一般——不过一切全在雪中，从长长的然而又是倏忽即逝的六个月以来就是如此，以致所有的疗养客都声称，他们不能再看雪，已经对雪产生了反感，因为夏天就已经满足了他们的要求。而眼下日日夜夜还是只看见雪，雪堆、雪山、雪原，已经非常人所能忍受，已经窒息着精神与心灵。于是，人人都戴上了有色眼镜，绿的、黄的、红的，与其说是保护眼睛，不如说是保护心脏。

山谷和群峰埋在雪中已经六个月了吗？已经七个月了！在我们讲故事的时候，时间正继续前进——这是指我们的时间，我们花来讲故事的时间，可也指汉斯·卡斯托普和他的病友们在山上的冰天雪地里度过的早已成为往昔的时间；时间带来了种种变异。一切都顺顺当当地在完成、在实现，就像狂欢节那天在从达沃斯坪返回疗养院的路上，汉斯·卡斯托普快嘴快舌地作了预言，招来塞特姆布里尼先生不快一样。他当时说：夏至尽管还不是近在眼前，可复活节毕竟已穿过白皑皑的山谷，四月正在行进，圣灵降临节已经在望，春天很快就会到来，融雪天——不是所有的雪都会融化，南边的北峰上，北边的岩隙深涧里，不用说总会有雪残留下来；不过也不会没有变化，而是在夏季里每个月都会少掉一些。只不过这新的一年的开始，预示着卡斯托普的生活在短时间里会出现一系列具有决定意义的变化。在狂欢节的晚上，他从舒舍夫人手里借了一支铅笔，随后在原物奉还时又接受了人家送的另一件东西作为留念，并将这件纪念品时时揣在怀里，从那会儿到现在已经过了六个星期——也就是比汉斯·卡斯托普原来打算来山上待的时间还多一倍。

的确，从卡斯托普结识舒舍夫人，从他比忠于职守的表兄晚了许多才回自己房间去的那个晚上到现在，已经过去了六个星期；从紧接着舒舍夫人就离开了疗养院的第二天到现在，已经过去了六个星期。她这次离开是暂时的，只是要到高加索以东极边远的达吉斯坦去待一段时间。舒舍夫人的离去只是一次暂别，只是临时性的,她还打算回来——不论迟早,她还愿意回来或者也必须回来,对此汉斯·卡斯托普已经吃了定心丸;不是在我们已转述的法语交谈中作了直接的口头许诺,而是接下来我们保持缄默,中断了我们讲述的时间之流,让纯粹的时间成为主宰的那段间歇,使卡斯托普心中有了底儿。总之,年轻人在回到第三十四号房间之前,确实已得到保证和放了心;因为他第二天没再和舒舍夫人搭一句腔,甚至几乎没再见她,除了两次离得远远的以外:一次是吃午饭的时候,她穿着蓝呢裙和白色羊毛衫,在餐厅的玻璃门哐啷一声响过以后,步履轻盈地最后一次走到自己的桌边,叫卡斯托普看得心都快从喉咙里跳出来了,要不是恩格哈特小姐在旁边严密监视,他肯定会用双手将脸蒙起来;另一次,是下午三点在舒舍夫人启程的时候,他没有去大门口参加送行,而只是站在走廊的窗前,远远地目送着她离去。

类似的送别场面,汉斯·卡斯托普在住进疗养院以后自然经历过几次了:楼门前的平台边上停着雪橇或者马车,车夫和用人正将旅行箱捆到车上,一群疗养客——都是那位已经康复或者未曾康复而准备回到平原上去生活或者等死的患者的朋友——甚或也有一些仅仅是趁机丢下工作出来闲散闲散的疗养院员工,聚集在大门前;临了儿出现了一位穿着礼服的院方代表,有时候医生们也亲自露露面,往后才轮到被送别的疗养客本人出场。此人在多数情况下都兴高采烈、和蔼可亲,一个劲儿地向好奇地围着他的人和送别的朋友们挥手致意,为开始冒险之行而处于精神高度亢奋状态……眼下走出来的却是舒舍夫人。只见她怀抱鲜花，满脸堆笑，身着长长的、绲着毛皮边饰的粗呢旅行外套，头戴大皮帽，由她那位瘦削的同胞布尔津陪伴着；这位先生打算送她一程。她看上去也满面春风，跟所有出院者一样——只因为生活方式的转变，全然不管是经过医生同意才离开的，或者仅仅是厌烦了、绝望了，因此甘冒风险；也不怕问心有愧，擅自中断了住院疗养。她双颊绯红，不停地讲话，看样子多半讲的是俄语；与此同时，她的双膝已让人用毛皮毯子紧紧裹了起来……在场的不仅有舒舍夫人的同胞和同桌进餐的熟人，还有其他许多疗养客，克洛可夫斯基博士憨笑着，露出了胡子背后的大黄牙；送给她的花束更多了，老姑妈献上了她习惯于称作"小茶点"的俄罗斯果酱；女教员也挤在送行的人群中，还有那位曼海姆来的乐师——这老兄站得远远的，眼里充满了哀愁。当他那阴郁的目光顺着大楼往上扫视，在走廊的窗口里发现卡斯托普时，就痴痴地停在了他身上……宫廷顾问贝伦斯没有露面；显然他已借其他机会，私下与离去的美人儿话了别……终于，在周围挥着手的人们的呼叫声中，马群拉动了雪橇；舒舍夫人的上身因为惯性往后一沉，靠到了软垫上，却再一次微笑着，拿她那一双斜眼飞快地扫视着"山庄"大楼，就在这一刹那，她看见了汉斯·卡斯托普的脸……卡斯托普面色苍白，急急奔回房中，跪到阳台上，为的是从那儿再看一眼响着铃铛、沿着山路向着谷底的"村子"驶去的雪橇。随后他倒在椅子里，从胸前的衣袋中掏出那件纪念品，那件信物。它这次不是一根棕红色的小木棍儿，而是一块镶了框的薄薄的玻璃片；你得把它对着亮光，才能发现其中的奥妙——原来里边藏着一帧克拉芙迪娅的透视片,虽然没有面孔,但上身那纤细的骨骼,那柔软莹洁的肌肤,还有那乳峰,都表现得出神入化,历历可见……

从那以后又流逝了一些时光,产生了一些变化;而在这段时间里,卡斯托普曾无数次地注视这小小的透视片,把它按在嘴唇上亲吻。举例讲变化之一,就是习惯了克拉芙迪娅·舒舍远远离开之后在山上开始的新生活,而且习惯得比人们想象的还要快:山上的时间原本就是这么安排的,就特别适合于习惯的培养,哪怕仅仅是对于不习惯的习惯。一日五次进餐时哐啷哐啷的摔门声再也听不见了,也没有人应声走进餐厅里来;而今,舒舍夫人已到千里之外的不知什么地方摔门去了——这样一个癖性与她的存在、她的疾病紧密地融合在一起,就跟时间与空间里的物体融合起来了一样:那也许就是她的病,除此没有别的意义……她是见不到了,不在了;但对于汉斯·卡斯托普的意识来说,她同时又是个看不见的存在——这个疗养院的精灵。他在那放纵的甜蜜的时刻——平原上没有任何歌曲能配上它,怎样都显得平淡无奇——认识了她,占有了她。九个月来,他的心是多么不平静,她的那帧由光影幻化成的小像无时无刻不珍藏在他心中。

那天晚上,他颤抖的嘴唇一会儿操着法语,一会儿操着德语,既像神魂颠倒又似碍难启齿,总算结结巴巴地说出了一些大胆越轨的想法:有建议,有劝诱,有疯狂的计划和决心,然而都理所当然地统统遭到了拒绝——说什么他要陪她去高加索,要跟踪她,在她随心所欲地选定的下一个居留地等候着自己的守护神，以便再也不与她分离，诸如此类的信口雌黄，想入非非。从那个大胆越轨的时刻，头脑简单的小伙子实际得到的只是那帧小小的透视片，以及一种近乎实在的可能性而已：舒舍夫人可能第四次回到疗养院来，或迟或早，全看给予了她行动自由的病情做出决定。可是，迟也罢，早也罢——汉斯·卡斯托普到时候必定"早已远走高飞"。这在告别的当儿又一次被提了出来；须知，类似的预言本无多少意义，反倒叫人更加难堪，要是他认识不到，对某些事做出预言并非真的为了这些事发生，倒是想让它们别发生，就像人们在念咒语时想的一样。这类预言家告诉未来应该变成什么模样，实际上以此对未来进行嘲讽，令未来羞于真的变成那个样子。在那次我们已转述的交谈中以及事后，如果说汉斯·卡斯托普的守护天使曾称他是一个"（肺上）有浸润点的柔弱的资产者"——意思跟塞特姆布里尼常常挂在嘴边的"生活中的问题儿童"差不多——那么问题就在于：这个混合体内哪一种成分更强有力，是资产阶级少爷呢或是别的什么……守护天使也不曾考虑到，她自己已多次去而复来，汉斯·卡斯托普同样可能适时地重新住进疗养院，尽管他仍然待在山上毫无疑问是为了不必再来：跟许多别的人一样，汉斯·卡斯托普留在院里的意义仅在于此，明白无误。

狂欢之夜的一个讥讽性的预言倒是应验了：汉斯·卡斯托普的体温曲线很不妙；它猛地凸起来一个高峰——在画这高峰时卡斯托普尚带着过节的感觉——随即又稍稍落下去了一点儿，最后又向前延伸，形成一片只呈现微小起伏、远远超出通常水平的高原。这是在发高烧,其程度之严重和时间之持久,按照贝伦斯顾问的说法完全与院里早先的诊断对不上号。

"看来您的病比我们估计的要重得多,朋友,"他说,"喏,打打针吧!会对您有效的。三四个月后,只要按照院里吩咐的去做,您就会健康得跟水中的鱼儿一样。"

于是乎一周两次,即星期三和星期六,汉斯·卡斯托普早上一散完步就去楼下的诊疗室,接受注射。

两位医生亲自替他打针,一会儿是这位,一会儿是那位。贝伦斯顾问更显得手法老练,即在进针的同时已开始挤压药水,而且根本不管针扎在什么部位,所以有时候卡斯托普痛得要死,针眼周围还淤成一个硬块,火辣辣的久久不肯消退。这且不算,注射还严重影响他的整个肌体,动摇他的神经系统,每次都像进行完一场剧烈运动一样。这,据贝伦斯顾问说正好证明了注射的药力。这药力甚至还表现在暂时会增高患者的体温;情况也确实如此,而且在药典中明文规定着,没有什么意见好提。注射进行得倒是很快,只要触到你的身子,反掌之间药水就灌到了你的皮下,不管是大腿或是手臂。有几次,贝伦斯顾问正好情绪没让烟草破坏,心情开朗,在注射的时候卡斯托普也有意提起话头,和他闲聊上那么几句:

"我还清楚地记得我们上次和您一起喝咖啡是多么愉快,宫廷顾问先生。那是去年秋天,一个偶然的机会。就在昨天,或者稍微早一点儿,我还对表哥提到……"

"加夫基指数是七,"贝伦斯顾问却说,"最后测定结果。可小伙子却硬是不肯彻底根治。他还从来不曾像最近这么使我困惑，令我痛苦，竟然要求马上下山回部队去，这个小毛头。他冲我嚷什么'一年零三个月'，活像在山上已熬过了几千几万年似的。他要出院，等等等等——他对您是否也讲过？您该好好开导开导他，从您的地位出发着实劝劝他！他要是早早地下山去吞咽包围着府上的雾气，那就肯定完蛋。这样一个丘八不需要多少脑子，可您却要稳重一些。您是位受过良好教育的平民；您该使他头脑清醒起来，在他做傻事之前。"

"好的，顾问先生。"汉斯·卡斯托普回答，同时抓住话头不肯放松，"只要他一发牢骚，我就会劝他；我以为他会恢复理智的。不过，他所看见的那些例子，并非总是很好的，相反倒有害。老是有人出院，有人回到平原上去，我行我素，未得到院方真正的同意，却都那么高高兴兴，就像真的康复了似的，这对意志薄弱者不能不说是一种诱惑。例如前不久……还有谁最近走了呢？一位太太，'好样儿的俄国人席'的舒舍夫人呗。据说上达吉斯坦去了。噢，达吉斯坦，我不知道那儿气候怎样，总归比北方海边上好一些吧。不过在我们看来那儿仍然是平原，尽管照地理书上讲也有许多山；在这方面我的知识说不上渊博。一个尚未痊愈的人，在那样的地方怎么活下去呢？那儿的人缺少起码的常识，谁也不了解我们山上的规矩，不懂该怎么静卧、怎么监测体温。另外，她顺便向我提起过，她反正还会回来的——您问我们怎么会谈起她？——是的，当时我们在花园里遇见了您，顾问先生，如果您还记得的话；确切地说是您遇见了我们，因为我们坐在一条长凳上,我还知道并且能向您描绘出我们当时坐着抽烟的是怎样一条长凳。我想讲的是我在抽烟,因为我的表兄是不抽的,真不可理解。而您当时也正好在抽烟,于是我们便用自己的牌子相互敬了一支,据我这会儿回忆起来——您的巴西烟我觉得味道挺好,只是在抽时必须像对付小马驹似的有耐性,我想,否则就会够受的,就像您当初一连抽掉两支进口货,胸口憋得简直想跳舞一样——情况就这么好,让人忍不住发笑。附带说一下,最近我又让人从不来梅给我寄来几百支'玛利亚·曼齐尼';我抽这种牌子已经上了瘾,它在所有方面很对我的胃口。只不过一加上关税和寄费,价格贵得实在可观。要是您过些时候能对我提出点儿有力的论据,顾问先生,我便可能下决心终于改抽本地烟。在商店的橱窗里,我已看见有些牌子很不错——后来,您允许我们参观您的画,我还记得清清楚楚,就像今天的事情。对于我来说,那真是一次莫大的享受——我简直惊叹莫名。您竟用色彩做那样的冒险,要我是永远也不会有这种胆量的。可不,我们也看到舒舍夫人的肖像,看到了那处理得绝妙的肌肤——请允许我说,我为之倾倒了。当时,我还不认识画上的人,只听说过她的名字,见过她的样子。在那以后,临到她就要离开疗养院,我才总算结识了她本人。"

"您说什么!"贝伦斯顾问应道。那惊愕的样子,要是允许我回顾一下过去的话,就跟汉斯·卡斯托普在第一次体检前对他讲,他也有点儿发烧一样。除此而外,贝伦斯没再说什么。

"是的,确实如此,"卡斯托普肯定地说,"根据经验,在这儿山上人们要相互结识也实在不容易。然而天赐良机，舒舍夫人和我在最后时刻走到了一起，交谈了……"汉斯·卡斯托普透过牙齿缝吸了一口气；药水注射进了他的皮下。"呼——！"他把气吐出来。"您肯定是不注意扎着一根主神经啦，顾问先生。噢，是的，是的，简直痛得要命。谢谢，按摩一下好多了……我们在一起谈了起来。"

"是嘛！——嗯？"顾问点了点脑袋，问道。他那表情就像等待着对方给他一个赞许的回答，同时又颇有经验、满怀信心，相信一定会得到对方的赞许似的。

"我估计，我的法语有点蹩脚。"汉斯·卡斯托普有意回避，"我哪能说那么地道的法语呢？不过事到临头人总会有点儿办法，我们后来总算谈得还可以。"

"我想也是。嗯？"贝伦斯顾问继续追问，接着又自己补充了一句，"挺可爱的，对吧？"

汉斯·卡斯托普扣好衬衫领子，叉开双脚和胳膊肘站起来，脸孔朝着天花板。

"后来没有什么新情况。"他说，"在疗养地，两个人甚或家庭可以生活在同一座屋顶下好几个星期仍然敬而远之。终于有一天他们认识了，相互产生了真诚的好感，然而同时却发现一方已经准备离去。这样的憾事屡见不鲜，我能够想象。于是人们希望至少能保持联系，互通音信，也就是说依靠邮局。可舒舍夫人她……"

"喏，她不愿意？"贝伦斯顾问舒心地笑了。

"不,她压根儿不让提这事。她也从来不从现在住的地方给您写信,对吗?"

"唔,上帝保佑,"贝伦斯回答,"她才想不到哩。首先是由于懒惰,再说,再说叫她怎么写?俄文我读不懂——法语嘛在万不得已时倒可以诌上几句,却一个字儿也不识。您不是也一样嘛。喏,那小猫咪嗲声嗲气地讲起法语和德国官话来确实很动听,可一要她写,就太难堪啦。那拼写规则,亲爱的!别说了,我们可以心安理得,小伙子。她毕竟还要来,迟早而已。技术问题,性格问题,我说过了。有的人来而复去,去而复来;有的人一待就待到底,出院后不需要再来。您的表兄如果现在走了,您只管告诉他,他很可能还会再来,而且不等您出院。"

"可顾问先生,您到底认为还要多久我才能……"

"您?他!我是说他到山下去还待不了他在山上这么久。这一点我以人格担保,因此委托您去劝劝他,要是您肯做做好事的话。"

在汉斯·卡斯托普狡猾的诱导下,他们俩的闲聊大致就是这个样子,虽然结论并非不明确。不明确的只有一点,就是不知需要做些什么,需要待多久,才能等到一个提前出院的人再回来;至于说到那位远走高飞的夫人,那更是一点儿也不明确。汉斯·卡斯托普休想得到她的任何消息,只要时间和空间的秘密还横亘在他们中间;她不会写信,也不给他任何写信的机会……要是他认真考虑一下,就像现在这样子又有什么不好呢?必须相互写信,那不是一个挺小市民气的斤斤计较的想法吗?他过去不是一度觉得连与她谈话的必要都没有，也不值得与她一谈吗？拿有教养的西方人的标准来衡量，在那狂欢之夜坐在她身边，他难道可以算真的和她"谈"过吗？或者说仅仅是像在梦里似的胡诌了几句外语，以不那么文明的方式？既然如此，现在干吗还写信或明信片，就像他时不时地写给平原上的家里人那样呢？不过报告报告体检结果时好时坏罢了！克拉芙迪娅用疾病赋予的自由解除了写信的责任，她这么做难道不对吗？谈话呀，写信呀——事实上都是杰出的人文主义者和共和主义者的事情，布鲁涅托·拉蒂尼①先生的事情；他写了那本关于德行和罪孽的书，使佛罗伦萨人变得文质彬彬，学会谈吐和按政治法则治理共和国的艺术……

这时候，汉斯·卡斯托普想起了罗多维柯·塞特姆布里尼，脸不禁一红，就像那一次作家突然走进他的房间，使房里豁然明亮起来，卡斯托普的脸也红了一样。对塞特姆布里尼先生，他不是同样也可以提出那种种超验之谜的问题么？即便这样做只是为了挑衅和抬杠，而不当真期望从这位人文主义者那儿得到解答，因为他关心的乃是现世人生。不过嘛，自打狂欢节晚上塞特姆布里尼激动地退出钢琴室以来，在汉斯·卡斯托普与意大利人之间便出现了隔膜，使得他们俩相互回避，彼此几个星期之久不讲一句话——造成这个局面的原因，在一方是问心有愧，在另一方是因教育失败而大失所望。在塞特姆布里尼眼里，难道他卡斯托普

---

① 拉蒂尼（1220—1294），意大利诗人、学者和政治家。

依然是个"生活中的问题儿童"吗?不,在试图从理性和德行中寻求教益的意大利人看来,大概他已是个不可救药的浪子……对于塞特姆布里尼先生,卡斯托普确实表现得很固执;每当两人碰在一起,他就会拧紧眉毛,噘起嘴唇,塞特姆布里尼先生呢,也拿黑黝黝的目光瞪着他,对他无声地表示谴责。然而,在几个礼拜之后,当作家第一次又和他搭腔时,隔膜马上就消除了,尽管他只是在擦身而过时,借神话典故作了一些暗示,没受过西方教育的人压根儿听不明白。那是在一天午饭后,两人不期而遇在不再哐啷作响的餐厅门旁。塞特姆布里尼赶上卡斯托普,但事先已做好马上又分手的准备,同时说道:

"怎么样,工程师,那石榴还可以吧?"

汉斯·卡斯托普笑了笑,既欣喜又迷惑不解。

"您是说……您的意思是,塞特姆布里尼先生?石榴?可没有石榴啊?我一辈子还从来没……不,也有一次喝过兑了石榴汁的塞尔脱矿泉水。觉得那味道太甜。"

意大利人已经赶到前面去了,却扭过头来解释道:

"神和人们有时候造访冥府,还能找到回来的路。可地狱里的魔鬼知道,谁要是尝过他们那儿的果子,就再也逃不出他们的掌心啦。"

他说完就继续往前走,永远穿着他那条浅色的花格子裤,把他以为已让他那意味深长的说道刺得浑身是窟窿的卡斯托普丢在了身后。卡斯托普在一定程度上也确实如此,虽然他由于气恼而显得兴奋起来,自顾自地嘟囔着:

"拉蒂尼，卡尔杜齐，拉齐—毛西—法里①，别再来烦我！"

看上去他对第一次与意大利作家的交锋异常兴奋。尽管他心里罩着阴影，留下了一个不愉快的疙瘩，却仍然离不开塞特姆布里尼先生，对他的存在极为重视。一想到会被他彻底地、永远地抛弃，被他视为不可救药，卡斯托普心里就更难受、更害怕，其程度胜过一个在学校里老被忽视、老遭羞辱的孩子，就像阿尔宾先生……然而，他又没勇气主动找那位严师诤友讲话；塞特姆布里尼呢，有意地又拖了好几个礼拜，才再一次来到令他操心的小青年身边。

那是在永远以单调的节奏涌动的时间之海上，复活节又让波浪推送到我们面前而在"山庄"疗养院得到认真庆祝的时候。通常，这儿对所有节日都是煞有介事地加以庆祝，以避免生活千篇一律的单调。第一次早餐，所有客人在自己的餐具旁都发现了一束紫罗兰；第二次早餐，每人又得到一只彩蛋；在中午会餐的时候，桌子上更是摆了许多用糖和巧克力做的小兔子，煞是好看。

"请问您可曾做过海上旅行，少尉，或者您，工程师？"吃完饭，塞特姆布里尼先生嘴里叼着牙签，踱到了表兄弟俩的桌前……像大多数客人一样，他们也将中午主要的静卧时间缩短了一刻钟，用来坐在一块儿喝喝兑了白兰地的咖啡。"这些小兔、这些彩蛋令我想起在一艘大船上的生活：几个礼拜远方一无所

---

① 均为塞特姆布里尼奉为楷模的意大利文学家，主人公在愤怒之下喊出他们的名字，实为讥讽并指代塞特姆布里尼。

有，空漠之中充满着盐碱味儿，应有尽有的舒适和享受只是使你表面上忘记危险，可心灵深处仍有恐怖意识在悄悄地将你咬噬，不停地咬噬……今天我又体验到了在方舟中虔诚地纪念陆地上的节日的那种心情。也就是多愁善感的世外之人按照日历进行的纪念……在陆地上今天该是复活节，是吧？在陆地上今天为国王祝寿——我们照样办理，而且尽可能办好，我们也是人……是不是这样呢？"

表兄弟俩认为他的话有道理。的确，情况就是这样。汉斯·卡斯托普被意大利人主动前来交谈感动了，心里感到内疚，更是提高嗓门对他的意见大加称赞，认为他富于睿智，见解卓越，不愧是位作家，一口一个"塞特姆布里尼先生"，亲切无比。可不是嘛，正如塞特姆布里尼先生生动地描绘的那样，远洋客轮上的舒适享受只在表面上使人忘记了所处的环境和危险；如果允许他也补充一点儿自己的看法的话，在那应有尽有的舒适享受中还包含着某种轻浮与挑逗，跟古代贤哲们所谓的妄自尊大、亵渎神灵相似——为了讨好，他甚至搬来了古人——或者就像"朕乃巴比伦之王"！总之，罪孽深重。可是另一方面，船上的奢侈享乐还昭示（"昭示"！）人的精神和人的尊严的巨大胜利——他们把奢侈享乐带到波涛汹涌的大海上，无所畏惧地继续进行，差不多就意味着将脚踏上了大海，踏上了那狂暴的元素的脖子，意味着人类文明战胜了混沌，如果允许他卡斯托普用这个词的话……

塞特姆布里尼留心地听着他，脚和手臂都交叉成十字，同时拿牙签慢条斯理地在弯曲向上的小胡子上抹来抹去。

"真有意思,"他说,"人只要稍微发表发表议论,就不可能不露出本相,于不经意间将自己整个摆进去,通过这样那样的事例道出他生活的基本主题和最原始的问题。您刚才正是如此,工程师。您所说的话,事实上都发自您这个人的内心深处;您的话还富有诗意地表现出了您这个人的尘世状态:它仍旧是一种实验状态……"

"实验状态。"汉斯·卡斯托普一边说,一边点头并且笑了起来,笑声里带着意大利语的C音。

"诚然——您所有的是一种要体验世界人生的可敬的热情,而非玩世不恭。您刚才提到'妄自尊大、亵渎神灵',您用了这个词儿。您可知道,理性反对黑暗势力的妄自尊大、亵渎神灵,乃是最崇高的人类品质;即使它招来嫉妒的众神的报复,例如,享乐的方舟倾覆了、沉没了,那也是一次光荣的沉沦。还有普罗米修斯的行为同样是傲慢不逊;他在斯堪特山受到的苦刑,对于我们来说堪与殉教之举相比拟。反之,另一种类的傲慢不逊情形又怎样呢?例如,冒险尝试与那些反理性、反人类的力量苟且结合?这是光荣的吗?能是光荣的吗?是或不!"

汉斯·卡斯托普在咖啡杯中搅来搅去,虽然杯子早已经空了。

"工程师啊,工程师,"意大利人边说边点脑袋,黑色的眸子在沉思中"定住了","你难道不怕第二重地狱中的龙卷风吗?它将把那些耽于肉欲的罪人摔来打去;这些不幸的家伙,他们为追求淫乐牺牲了理性。上帝啊,我只要一想到您也会被刮得四处乱飞,头一会儿朝上一会儿朝下,我就痛苦得快要晕倒,像具死尸似的晕倒……"

表兄弟俩笑了起来,都很欣赏他风趣而富有诗意的谈吐。谁料塞特姆布里尼又说道:

"在狂欢节晚上喝酒那会儿,您大概回忆得起来,工程师,您可以说已经向我告了别,反正差不多是那么回事儿吧。喏,今儿个轮到我了。就像你们见到的,先生们,我现在正要对你们说'多加保重'。我准备离开这家疗养院了。"

表兄弟俩惊讶到了极点。

"不可能!开玩笑!"汉斯·卡斯托普脱口叫了出来;类似的情形他已有过一次①。眼下,他差不多跟那次一样大吃一惊。可是塞特姆布里尼照样回答:

"绝对不假。我说的是真话。再说,你们也不该感到这个消息突如其来。我早就对你们宣布过,一旦我那在可望的将来重归尘世、重操旧业的心愿被证明是虚妄的,我就会毅然拔掉这儿的营寨,到另一个地方去找永久的归宿。你们有什么好说呢——这一刻已经到来。我好不了啦,已经肯定。我可以苟延残喘,但只能在此地。判决,最后的判决,是无期徒刑——是生性乐天快活的贝伦斯顾问向我宣布的。倒也好,我可以作进一步打算。房子租好了,我这就将自己的一点点身外之物,将我写作的文具纸张搬过去……离这儿一点儿也不远,就在'村'里,我们还会见面,肯定,我不会对您漠不关心,可作为病友和邻居,请允许我

---

① 指舒舍夫人告诉他快要离开那次。

这就向您道别。"

这就是塞特姆布里尼在复活节那个礼拜天所作的声明。表兄弟俩对此事表现得格外激动。他们一个劲儿地反反复复地和文学家讨论着他的决定，讨论着诸如他出院后一个人如何才能继续施行治疗，如何将他已承担的编写百科全书的浩大工程带走并继续做下去——这项工程应成为所有社会科学杰作的总览，同时还得考虑到他的疾病和治疗——最后还谈了他未来的宿舍，照塞特姆布里尼自己的说法，那是一位"香料商人"的家里。他讲，香料商把自己住宅的楼上租给一个专做女服的波希米亚裁缝，裁缝又招了他这个二房客……

如今，这些谈话已成为过去。时间继续向前推移，带来了不止一个变化。塞特姆布里尼果真已不住在"山庄"国际疗养院，而是住到了卢卡切克，住到了那个女装裁缝家已经好几个星期。他出院时没有雪橇出发的盛况；他穿着一件领口和袖头绲了一小溜毛皮的短大衣，由一个推小车的人运送他生活和写作的必需之物，徒步下山去了。有人看见他一边走一边玩着手杖，在大门口还反着手用两根指头拧了拧一个站在那儿送他的餐厅女服务员的脸蛋……四月如我们所说已有大部分、已经有四分之三蒙上了往昔的阴影，然而毫无疑问，仍旧是严冬。早上在房间里勉强达到了零上6℃，可是户外仍为零下9℃；你要把墨水瓶放在阳台上，一夜之间准会冻成一块冰，冻成一块煤炭。可是春天正在靠拢，大伙儿都知道。白天，阳光照耀下，空气中这儿那儿地已能感觉出一点儿非常非常轻微的、非常非常柔弱的春意。融雪期已然在望，随之而来的将是在"山庄"疗养院里必然出现的一系列变化——甚至连贝伦斯顾问的权威，连他那动听的言辞也阻挡不住它们，哪怕在病房，在餐厅，在体检的时候，在查房的时候，在每一次进餐的时候，他都要批驳对于融雪季节普遍抱有的成见。

我们要讲的是从事冬季运动的健康人，还是病号和患者呢？他问。这些人要雪干什么？要冰干什么？融雪天——不利的时期？其实啊是最有利不过的季节！一个明证就是这时候整个山谷中卧床的病人比全年里的任何季节都要少！在广大的世界上，有哪个地方冬天的条件对于肺痨患者能比这儿更优越！谁只要还有一丁点儿理智，他就会坚持下去，用这儿的严冬来锻炼自己的身体。以后他便会棒棒的，经得住世界上任何气候的考验。当然了，前提是必须耐心地等待着痊愈，如此这般，等等。可贝伦斯顾问只管讲他的，对于融雪时期的成见仍然顽固地盘踞在人们的头脑里。也许是日渐临近的春天在人们身体内引起了骚动，使本来安于现状者也变得烦躁不安、渴望变迁了吧——反正，"山庄"疗养院里提前出院和"疯狂"告别的场面日渐增多，到了令人忧虑的程度。例如从阿姆斯特丹来的萨洛蒙太太，尽管每次体检以及与此相结合的展示她身上那些最精美的花边小内衣都带给她莫大的乐趣，她还是不顾一切地、疯狂地走了，没有得到任何允许；并非因为她病情在好转，相反，倒是越来越坏。她远在卡斯托普上山之前已住在院里好久；她来了已经一年多——开始病情极轻，要求她只疗养三个月。四个月后，人家告诉她"再过四个星期准好"；可是过了六个星期，就压根儿没谁再提痊愈的事。

据说，她至少必须再住四个月。就这么一延再延；好在这儿既非监狱，也不是西伯利亚矿坑——萨洛蒙夫人留了下来，继续展示她那些精美无比的花边。现在可好，在最近一次检查之后，面临着融雪天，她又被加判了五个月，为的是左胸上半部出现了嘘嘘声和左腋下也有了无从辨别的杂音，这一来她的耐性全完了。带着对达沃斯"村"和达沃斯"坪"以及它们著名的空气，对"山庄"国际疗养院和院里医生们的蔑视，为了表示自己的抗议，萨洛蒙太太径直回她的家，回阿姆斯特丹，回那座经常刮风的水城去了。

这样做明智吗？贝伦斯顾问耸起肩膀，举着双臂，随后让两手落下来，很响地拍打在大腿上。最迟秋天，他断言，萨洛蒙太太又得回到这儿来——那就得住一辈子喽。他的话会应验吗？咱们会瞧见的，咱们还得待在这个享乐场，消磨一段对于尘世来说比较长的时光。不过嘛，萨洛蒙太太这样的情况并非绝无仅有。时间带来种种变化——它永远如此，只是慢慢慢慢地变，不那么显眼。餐厅空了一些位子，所有七张桌子全一样，"好样儿的俄国人席"如此，"差劲儿的俄国人席"也如此，横着放的桌子如此，竖着放的桌子也如此。这并不是疗养院业务有季节性的可靠证明，像任何季节一样仍然有新客人到来。房间可能还有人住，而且住的恰恰就是些病入膏肓、行动已经受到限制的患者。我们已经说过了，餐厅里已经不见了这个那个仍然能够跑来跑去的人；可也有人是以一种特别深沉、特别沉重的方式消失掉的，例如布鲁门科尔博士，他已经死了。最后一些日子他脸上的表情越来越特别,活像嘴里老含着什么难吃的东西似的。再往后他就卧床不起,最后死了——谁也说不确切是在什么时候,一切后事都悄悄处理掉了,按照惯例。又出现一个空缺;施托尔太太正好坐在旁边,心里老是发怵,因此迁移到了年轻的约阿希姆旁边,占据了已经康复出院的罗宾逊小姐的座位,正对着女教员——卡斯托普右手边那个固守着自己阵地的女邻座。眼下她一个人孤零零地坐在一方,另外三个座位全部空着。大学生拉斯穆森一天比一天更加消瘦无力,如今已卧床静养,被认为不再有希望;老姑妈带着她侄女和那位胸脯丰满的玛露霞一块儿旅行去了——我们说"旅行",跟大家用的词一样,是因为已经谈妥了她们很快就回来。不用等到秋天,她们又会在这里,难道能说她们已经出院了吗?既然圣灵降临节已到门边,夏至也不会远了;一年里最长的一天来到以后,日子就会像下山似的,一溜烟便冲向冬天去啦——总之,老姑妈和玛露霞几乎可以说已经回来。这很好,因为爱笑的姑娘玛露霞完全说不上病已经根治,身上已经没有病毒。女教员自称对她丰满的胸脯里的结核病灶有些了解,她已开过好多次刀,不是吗?女教员说这些话的时候,汉斯·卡斯托普迅速地瞟了表兄约阿希姆一眼,只见他把头埋在汤盘里,脸上红一块白一块的。

  快活的老姑妈临走前在餐厅里搞了一次告别晚餐,招待同桌的病友们,也就是表兄弟俩、女教员以及施托尔太太;请他们吃鱼子酱,喝利口酒和香槟酒。席间,约阿希姆寡言少语,是的,仅仅说的两三句话也有声无气,以致秉性善良的老姑妈不得不对他进行鼓励,并且打破文明社会的礼仪规范,径直称呼他"你"。

"没关系,小兄弟,不要放在心上,只管照样地吃、喝、聊天好啦,我们马上就会回来的!"她说,"让我们大家都吃吧、喝吧、聊吧,把烦恼——把烦恼统统丢掉,不等我们转过脑筋来,上帝又会把秋天给咱们,你自己看,是不是有理由苦闷!"第二天,她送给到餐厅吃饭的人每个人一盒用彩色纸裹起来的"小茶点"作为纪念,随后就带着两位年轻姑娘踏上了旅程。

那么,约阿希姆的情况究竟怎样呢?在这以后他是解放了、轻松了,还是面对着那个空座位怅然若失呢?他烦躁不安,怒气冲冲,扬言人家要是再牵着他鼻子走,他就不顾一切地冲下山去;他这反常的表现,跟玛露霞的离开是否有关呢?或者说,他没有下山,倒听信贝伦斯顾问为融雪季节所唱的赞歌,这个事实该不该主要归因于另一个事实,即乳峰高耸的玛露霞并非当真出院了,而只是去旅行旅行,按照院里的计算,只过短短五个单位的时间又会回来呢?唉,说来说去,这才是问题之所在,这才是事情的症结;汉斯·卡斯托普即使不与约阿希姆交换思想,也完全想得出来。须知,卡斯托普严格地禁止自己问约阿希姆关于玛露霞的想法,正如约阿希姆也绝对避免提起另一位也暂时离开了的女士一样。

这期间,在塞特姆布里尼坐过的那一桌,有人占据了意大利人的位置,成了那帮荷兰老饕们的新伙伴;他们胃口大得怕人,每一位在本来已有五道菜的午餐上汤之前,还额外地要别人给他们煎三只荷包蛋。新客人叫安东·卡尔洛维奇·费尔格,他刚刚尝过胸膜炎的可怕滋味儿！费尔格先生没有卧床，也没有打气胸就挺过来了，几乎成天东走西走，衣冠楚楚，蓄着两撇让人一见就觉得脾气好的八字胡，吃饭时硕大的喉结一动一动，也给人一个好心肠的印象。表兄弟俩不止一次跟他在餐厅和游艺室里闲聊，碰巧了还偶尔一道进行院里规定的散步；他们俩打心眼儿里喜欢这朴实的和善佬。他自认对高深的事理一窍不通，却能津津有味地给你讲胶鞋生产的过程，讲俄罗斯帝国遥远的边区，讲萨马拉和乔治亚。此时，三个人冒着浓雾，踏着稠乎乎的融雪。

说实在的，眼下道路还几乎下不了脚，完全让雪水给泡涨了，雾也十分浓重。尽管贝伦斯口口声声"这不是雾，是云"，但是依汉斯·卡斯托普看，那是纯属骗人的鬼话。春天进行着艰难的斗争；它经受上百次的挫折，让气温又回复到严冬时节，斗争好几个月之久，一直斗到六月里。可是，还在三月份，即使穿得再少并且躲在阳伞下，一出太阳坐在阳台上的躺椅里已热得受不了；甚至有些女士那时节便过上了夏天，进早餐时已将她们的薄纱衣裙展示出来了。在一定程度上，她们是可以拿山上气候的反常作理由的；这地方的春夏秋冬完全乱了套，自然会造成心理上的混乱。只不过在女士们自认为的先见之明中，也多有短视和缺少想象力的成分；还有就是愚蠢地只看眼前，想不到情况还可能是另一个样子；特别是她们追求花样翻新，恨不能吞食掉一些时间。话说三月里，春天到了，气温却高得几乎跟夏天一样，女士们都穿上了薄纱裙，以便在秋天降临之前露一露自己的身段。谁料秋天果真来报到啦。四月里一连好多天既阴冷又潮湿，淫雨变成了飞雪,还加上阵阵旋风,刮得疗养客们坐在阳台上手指也被冻僵。卡斯托普的两条驼绒毯子又派上了用场;要是再冷一点儿,就得取皮筒子才是。院方决定重新开放暖气;人人都在抱怨,这个春天算是泡汤啦。到月底,满山遍野全埋在了厚厚的雪中。可紧接着,却刮起热风来;这情况,早已为某些既有经验又感觉敏锐的疗养客预言和预感到了:施托尔太太如此,皮肤呈象牙色的莱薇小姐如此,黑森费尔特寡妇也如此;还在南边花岗岩山的峰顶出现一小朵云彩之前,她们便异口同声说已经感到要刮热风了。话才出口,黑森费尔特太太一把鼻涕一把泪,痉挛症便发作起来;莱薇小姐马上卧了床;门牙暴突的施托尔太太也跟着满面愁容,担心自己会咯血,因为根据当地的迷信,刮热风必定会引起这类后果。天一下子暖和得难以置信,暖气关闭了,人们整夜都敞着阳台门,就这样房里早上的气温还高达11℃;雪迅速融化,变成冰的颜色,出现了孔孔洞洞,积得厚的地方便崩塌了,像是要钻进地里去似的。到处都在融化、流动和渗透,树林里更是传来滴滴答答和轰然垮塌的声音,用锹铲出来的道辙和原野上的白色绒毯已经消失,虽然雪的量实在太大,并未马上绝迹。这当儿,在山谷中的大道上,便出现了一些奇景,一些疗养客见所未见的童话般的景象——春天突如其来,让人大吃一惊。眼前展现着一片绿野,背景上耸峙着的黑角峰还完全裹在雪里,右手边不远处是同样积雪深深的斯卡莱塔冰川,田畴也还蒙着雪被,尽管这儿那儿的干草堆顶上雪已变得稀薄、疏松,时不时地还有黑色的土包突兀其间,冲破雪被直立起来的干草随处可见。然而，散步的人们发现，这只是原野呈现出来的例外现象——远方，靠近一条条林带，雪积得便要深些，只有最前面的地段，细心的观察者方可看出，在那些仍像冬天里一般枯瘦难看的蒿草上，所剩下的不过只是些白色的星星点点……他们惊奇地弯下身子，定睛细看——原来不是雪，是花，像雪一般的花，雪之花，短短的茎，小小的蕊，白颜色，白里泛蓝，确确实实是番红花，从浸润着雪水的原野中滋生出来，成千成万，密密麻麻，让人很容易把它们当成雪，实际上也和残雪混杂在一起，很难分清楚。

他们笑了起来，既笑自己的错误，也因为发现奇迹而高兴得发笑：这些在解冻之初首先破土而出的小生命，竟有如此强的适应模仿能力，真叫人又怜又爱。他们摘下一些杯状的娇嫩小花来，先进行观察和研究，然后或插在衣襟扣眼里，或带回去插在房里盛着水的玻璃瓶中；须知山谷中长久以来死气沉沉，缺少生气——虽然并非没有消遣。

然而，这雪花又被真正的雪盖起来了，比它们晚一点儿长出来的蓝色的阿尔卑斯雪钟花和黄红二色的樱草花也遭到了同样的命运。是啊，要突破严冬封锁，将它战胜，对于这地方的春天来讲真是太困难啦！它为了在山上站住脚，会被打退十来次——等到下一个冬天降临，又会是风雪交加，冰墙耸峙，人们只好靠着暖气挨日子。五月初——须知我们在讲那些像雪似的小花时，已经到了五月——五月初简直叫受罪，在向阳的小房里只能给平原上的家人写张明信片，指头冻得就像在阴冷的十一月似的发痛；

空地上的五六棵阔叶树全都光秃秃的，跟平原上一月份的情形一样。雨一天接一天地下个不停，其中一个星期更是大雨如注；好在院里的躺椅品质优良，对人起着安抚作用，不然，周围云雾弥漫，面孔又潮又僵，要在户外静卧那么几个小时真够呛。然而，这雾骨子里却是一场春雨，渐渐地，久而久之地，它的真正品质便显露了出来。所有的雪都在它的冲刷下融化了，消失了；四野再也看不见白颜色，只是这儿那儿还有残冰的肮脏灰色，于是，草地真正泛青了。

在无尽的白色之后，这草地的青绿是何等的赏心悦目啊！除此而外，还有另一种绿，它的柔嫩可爱远远胜过了绿色的春草哩。那是落叶松新发出来的一束束针叶——汉斯·卡斯托普在散步途中总忍不住去抚摩它们，用它们来拂自己的脸颊，它们真是柔嫩清新得太诱人啦。

"当个植物学家有多美！"年轻的卡斯托普对他的伙伴说，"眼看这山上的大自然在严冬后慢慢复苏，你真会爱上这门学科的！那不是龙胆草吗？瞧，老兄，在那边山岩上；而这儿是一种特别的黄色紫罗兰，我从未见过。还有这儿的毛茛，跟咱们平原上长的也没什么两样，同属于毛茛家族呗，引起我注意的只是它更加丰腴一点儿，一种特别可爱的植物，而且雌雄同蕊，你瞧那么许多花粉包，那么许多子房，也就是说有一个雄蕊就有一个雌蕊，据我所知。我相信，我肯定会翻出一本旧植物学来熟读，以便对这一门生命科学有更好的了解。是啊，世界眼下又是何等的五彩斑斓！"

"到了六月还会更美,"约阿希姆吭声了,"这儿草地上的野花是有名的。不过,我不认为我还能等到它们开放——你肯定是受了克洛可夫斯基的影响吧,竟想研究植物学?"

克洛可夫斯基?这话从何说起?啊,明白了,约阿希姆想起他,是因为前不久这位博士在他的一次报告会上指手画脚地大谈过植物学。谁要是认为时光的流逝引起的变化竟这样大,以致克洛可夫斯基博士都不再举行报告会,那他就错啦!一如既往,每十四天他就要举行一次,仍然穿着长外套,虽然凉鞋不见了;凉鞋他要夏天才穿,而眼下也快了——每隔一个星期的星期一,在餐厅里,就跟汉斯·卡斯托普初来乍到时手上糊着血姗姗来迟的那次一个样。这位精神分析学家讲爱情与疾病的关系,一讲讲了三个季度之久——没有一次讲得很多,而是一小份一小份地,每回聊上半小时至三刻钟。他就如此把自己的知识和思想宝藏慢慢地向人们抖搂出来,谁的印象都是他没有停止的必要,他能永远地讲下去,讲下去。这无异于一部半月一讲的《一千零一夜》,可以一次一次地想讲多久便讲多久,也同美女谢赫拉查德的故事一样,可以满足一位君王的好奇心,阻止他的残暴行为。在题材的广泛无边这点上,克洛可夫斯基的报告令人想起塞特姆布里尼参加编纂的《痛苦百科全书》;只要想想报告人甚至在最近大谈植物学,确切地说讲到了蘑菇等等,你就知道内容多么富于变化……是的,他也许真的把内容作了些许改变;眼下的话题更多地涉及爱情与死亡的关系,这就使他有可能既抒发缠绵的诗情,又作冷酷的科学分析。正是在此节骨眼儿上,博士以带东方味道的拖长声调和舌头只在口里转动一下的r音，谈起了植物学，谈起了蘑菇，说这是一种有机生命，喜欢长在阴影里，茂盛而又奇妙，生来就肉墩墩的，跟动物界很接近——在它的身上可以得到动物新陈代谢的产品：蛋白质和肝淀粉——也就是动物性淀粉。克洛可夫斯基博士特别提到一种远在古代就以其形状和魔力而闻名的菌类——一种羊肚菌，在它的拉丁语学名前有"淫荡的"这么个形容词，它的形状让人想起爱情，它的气味却让人想到死亡。因为一旦有绿色的黏液从钟形菌冠也就是芽孢托中滴下来，淫荡菌就会发出一股刺鼻的尸臭。而时至今日，那些未开化的人还把这种菌类用来做春药。

喏，对太太们讲这些，有点儿太出格。帕拉范特检察官认为：他是得到了贝伦斯顾问所作宣传的道义支持，才熬过了融雪季节的。还有施托尔太太也是顽强地抗拒了种种诱惑，坚持留在院里没有强行出院；她在进餐时同样宣称，今天克洛可夫斯基博士讲的那些关于羊肚菌的话，实在有些那个。"有些那个"，不幸的女人说，然后又以一些莫名其妙的似是而非的话，将自己的病亵渎了一通。

令卡斯托普惊讶的是，约阿希姆竟主动提到克洛可夫斯基博士和他的植物学；须知，他们俩之间本来是从不谈论这位精神分析家的，就像从不谈起舒舍夫人和玛露霞小姐一样——他们从不提他的名字，对他的为人和行事也宁肯保持缄默。可是今儿个，约阿希姆却指名道姓地谈到了助理医生——以一种不高兴的声调，就跟他说不愿等到看见草原百花盛开时那很不愉快的声一样。善良的约阿希姆,他看上去已快失去心理平衡了;由于烦躁,他说话时嗓音都在颤动;他已完全不再是往日性情温和、言行谨慎的约阿希姆。他是在渴念那橘子味儿的香水?是加夫基指数的鬼把戏使他绝望了吗?抑或是他自己思想矛盾,不知该等到秋天还是现在强行出院好呢?

事实上,还有一点儿别的什么事,使得约阿希姆说起话来嗓音激动得颤抖,使得他几乎是以嘲讽的语调,提起了新近的植物学报告。汉斯·卡斯托普不了解这件事,或者讲得更确切一些,他不知道约阿希姆竟了解这件事;因为他自己,他这个冒失鬼,这个生活与教育的问题儿童,对此事了解得真太清楚了。一句话,约阿希姆发现了表弟的秘密,他在无意间偷听到了卡斯托普对他的背叛,那情形跟狂欢节的晚上相似——而使问题更加严重的是,毫无疑问,汉斯·卡斯托普是经常一贯地在骗他。

时间运行的节奏永远是单调的,为使平常的日子不那么无聊而做的日程安排永远是一个样,一个样的今天可能被误认为是昨天,可能引起混乱,使人觉得反正是一码事,反正是静止的永恒,因而也就很难理解,时间怎么又会造成变迁——在雷打不动的每天的日程安排中,正如谁都不会忘记的,还包括克洛可夫斯基博士在下午三点半至四点之间来查房;届时,他总是穿过所有的阳台,从一把躺椅走向另一把躺椅。入院之初,汉斯·卡斯托普曾对水平的生活方式表示过不满,因为助理医生总是绕过他的躺椅,好像他这个人压根儿就不存在似的。从那以后,"山庄"的正常日程出了多少新鲜事啊!他卡斯托普早已从客人变成了病友——克洛可夫斯基博士在查房时就常常这么称呼他;这个原本由军队的"战友"变来的词儿,他在发其中的r音时虽然只是用舌头在上腭碰了那么一下,但听上去带着异国情调,正如卡斯托普对约阿希姆所说的,跟克洛可夫斯基博士的长相很不相称,但却与他那强壮的快活男子汉作风挺般配。这样的作风能让病人心悦诚服地信赖他,虽然他那黑里透着苍白的脸色,在一定程度上揭穿了强壮的快活男子汉的假象,时时叫人产生疑虑。

"噢,病友,怎么样?还好吗?"克洛可夫斯基博士离开那对俄国野蛮人,来到卡斯托普躺椅靠头的一侧问。被这么新鲜地称呼的年轻人双手叠在胸前,打量着博士那两排从黑胡子下边露出来的黄牙,像每天那样苦笑了笑:他讨厌极了那个称呼。"休息得不错吧?"博士往下说,"温度降了?今天又升了些?哦,没什么关系,到您结婚那天肯定会恢复正常。我祝贺您。"这句话被他说成了"我组合您",听起来同样叫人恶心;一边说,他就一边往前走,到约阿希姆那边去了——这原本不过是简单的巡视,匆匆看一眼罢了,没有任何别的意思。

自然,有时候,克洛可夫斯基博士也待得久一点儿,雄赳赳地站在那儿,脸上永远挂着快活男子汉的微笑,与"病友"聊这聊那,气候的变化啦,出院和入院啦,患者的心情啦,他的好脾气抑或坏脾气啦,甚至也谈他个人的情况,诸如他的出身、他的未来等等,直至道一声"我组合您",继续往前走去。遇上这种时候,卡斯托普便换个姿势,将双手垫在脑后,同样也面带微笑地回答他所提的一切问题——虽说感到恶心透顶,毕竟还是有问必答。他们聊的时候压低了嗓门——阳台的玻璃墙尽管不完全隔音，旁边的约阿希姆仍听不清他们的谈话，再说也压根儿没打算听。这时，他听见表弟竟然从躺椅中站了起来，领着克洛可夫斯基博士进房间去了，没准儿是请他看体温记录吧。在房中谈话又继续了好一会儿，而经过这一迁延，助理医生看来会从走廊上进约阿希姆的房里去了。

"病友们"在谈什么呢？约阿希姆没问；可我们中间要是有谁不以他为榜样，而是把问题提了出来，那么就可以总的指出一点：在基本思想观念都带有唯心主义特征的两个男人和"病友"之间，可以进行精神交流的材料和因由是很多的。他们一个在受教育的过程中获得了这样的认识，视物质为精神的罪恶之果，视前者为后者可怕的衍生物；另一个身为医生，却老在宣扬机体的病患的第二性。是啊，所谓物质是非物质不足为训的变态，生命是物质的荒唐，疾病是生命的越轨，对所有这些命题，有多少话可以说，有多少思想可以交换哟！联系到不断举行的报告会，就可能谈到爱情的致病力，谈到病症的超验性质，谈到"老的"和"新鲜的"病灶，谈到浸润性病毒和春药，谈到潜意识的彻悟，谈到精神分析术的福音，谈到病症的消退，谈到我们知道的一切——当然，所有这些，都只是当克洛可夫斯基博士和年轻的卡斯托普究竟在谈什么这个问题被提出来时，我们单方面所作的推测或者建议！

再说嘛，眼下他们已不再一起谈了；谈，已是往事，时间也不长，只那么几个礼拜罢了。最近以来，克洛可夫斯基博士在这位病友处逗留的时间不再比在其他患者那儿更长了——"哦，怎么样？"以及"我组合您！"他的巡视多半又只剩下了这么一点点内容。可是，约阿希姆却另有发现，发现了正好是他觉得汉斯·卡斯托普背叛了他的东西。他完全出乎无意，以他作为军人的坦荡胸怀，全然未干盯梢偷听的勾当，读者请相信好了。那是在一个普普通通的星期三，他在第一次静卧之后被叫到地下室里去，让浴室管理员替他称体重——就在那儿，他看见了什么。他走下台阶；台阶上铺着干干净净的亚麻油毡，正好对着诊疗室的房门；诊疗室两边是透视室，生理透视室在左，"精神透视室"还要向下走一级台阶，在右边的角落里，门上挂着克洛可夫斯基博士的名牌。约阿希姆在台阶的半中间突然愣住了，看见汉斯·卡斯托普打完了针，正从诊疗室中出来。他用双手关上迅速穿过的房门，也没回头看一看，就转身向右边那扇挂着名牌的门蹑手蹑脚地走去。他几步赶到门口，敲敲门，同时侧着脑袋，把耳朵贴近敲门的手指。随着房间主人一声低沉的"进来"——那r音弹得富有异国情调，双元音ei也变了味儿——约阿希姆瞅见，他表弟的身影消失在了精神分析家克洛可夫斯基博士那半明半暗的地下室内。

又来一位

长长的日子，说得确切一些，以其有日光的小时数来计算，是一年中最长的日子；尽管如此，它们却容易打发，一点儿不受天文时间延伸的影响，每一天都是如此，整个季节亦如此。春分过去已差不多三个月，夏天到了。不过，我们山上的自然节令要比日历落后：直到眼下，直到最近几天，春天才终于来了；一个全然没有夏之烦恼的春天，花香馥郁，轻风徐徐，蔚蓝色的天空闪着银光，五色斑斓的草地上生机盎然。

汉斯·卡斯托普在山坡上又找到了那种花。去年，约阿希姆曾采下它们中的最后几朵，送到刚上山不久的表弟的房间里来，对他表示欢迎：欧蓍草和铃铛花——对他来说，它们就意味着一年已经过完。在这绿油油的坡地和平坦的原野里，什么生命不能繁衍，什么花长不出来哟！星形的，漏斗形的，钟形的，或者不规则的，全都在灼热的阳光下争芳斗艳；捕蝇草和野三色堇一片一片的，雏菊、春白菊、高报春黄红相间，都比卡斯托普在平原上曾经见过和留心到的要大得多、美得多。他说。还有不住地点着小脑袋的睫毛长长的高山钟，蓝的蓝，紫的紫，粉的粉，是这一地区的特产。

年轻人将可爱的花儿每种都采几枝，神情严肃地抱回家去，不是用来装点房间，而是打定主意做一番研究。已经准备好了几件工具：一册普通植物学读本，一把短柄小花锄，一个标本夹，一具高倍数的放大镜。而眼下，小伙子正在向阳的小隔间里忙乎着——重又穿得很单薄，具体地讲，重又穿上了他当初带上山来的一套衣服——这也是一年已经过去的标志。

房间里的桌子上蹲着一只只盛满水的玻璃瓶，瓶内插着鲜花，在主人那舒适的躺椅旁的小茶几上也是如此陈设。还有一些半已枯萎和失去色泽但并未完全干死的花枝，或搭在阳台的栏杆上，或散放在室内的地板上；与此同时，还有一些被细心地摊开来，有的夹在吸水纸中间，有的压在石板底下，以便在压干和展平之后作为标本，让卡斯托普用胶纸粘到簿子里去。这当儿他仰卧在地板上，架在一起的膝头高高耸起，打开的植物学读本扣在他胸口上像个屋脊。只见他将那用厚玻璃研磨成的圆形放大镜举到他蓝色的眼睛和一个花朵之间，为了更好地观察花的子房，花冠已用小刀削去一部分，现在透过高倍数的放大镜，子房膨胀成了肉乎乎的一大堆。花丝尖儿上的花蕊颤动着，黄色的花粉抖落下来，从子房上伸出来带疤痕的花柱，卡斯托普用刀将它削去一截，就看见那条纤柔的管子；通过这管子，颤动分离出来的花粉粒或囊就可以游进子房巢里去。卡斯托普数着，观察着，比较着；他仔细研究花萼、花瓣以及花的雄性和雌性生殖器官的构造与布局，将观察所得与书上的插图相对照，欣喜地发现了科学结论的正确性，并按照林奈①的体系，确定那些他尚不认识的植物的门、类、种、属、目、科等等。由于他时间充裕，他以比较形态学为基础的植物系统研究取得了不小进展。在每一件标本下边，他都漂漂亮亮地写上它的拉丁文学名——这些风雅的名字都是富于人情味的科学家赋予它们的——再注上各自特有的习性，临了儿再拿给好心眼儿的约阿希姆瞧，叫他赞叹不止。

入夜，卡斯托普观察星空。他突然产生了对那周而复始的

---

① 林奈（1707—1778），瑞典生物学家。

一年四季的兴趣——他在地球上已经历了环绕太阳的二十多次旋转,却还从来不曾关心过这档子事。要说我们不知不觉也用起了"春分"之类的词儿,那也是符合他目前的精神状态。因为近来他就很喜欢卖弄这一类术语;凭着他在这方面新学来的知识,他又让他的表兄大为惊叹。

"现在太阳快靠拢巨蟹座了。"在某次散步途中,他可能这么提起话题,"你明白这是什么意思吗?这是黄道带上夏天的第一个标志,懂不懂?它将越过狮子座和室女座,靠近两个昼夜平分点之一的秋分点,在九月底,当太阳的位置又正好落在天球赤道上,就跟最近三月份太阳曾进入白羊座一样。"

"我已经昏了头。"约阿希姆有些不快地说,"瞧你在那儿唠叨些什么呀!白羊座?黄道带?"

"可不,黄道带,黄道带。远古传下来的星象标志——天蝎座、猎户座、摩羯座、宝瓶座,要什么有什么,叫你不能不感兴趣!总共十二个,你至少该知道,每一个季节三个,它们有的上升,有的下沉,太阳穿行在围成一圈的星座中间——依我看真是太奇妙了!你想想,在埃及一座教堂的穹顶上甚至将它们画了出来,而且是座供奉美神的教堂,离太拜不远。恰尔德人已经认识它们——请你记住,恰尔德人,一个古老而神奇的阿拉伯—犹太民族,在星象和占卜方面有着高深的造诣。他们已研究过行星运行的黄道带,将它分成十二个星座,即所谓的Dodekatemoria,并一直通行到我们现代。这真叫了不起。这就是人类!"

"瞧你也讲'人类'了,就像塞特姆布里尼!"

"是的，像他，但不完全。人类是怎么样，就该承认它怎么样；不过那确实已经了不起。每当我躺在那儿仰望着那些恰尔德人已经认识的行星时，我总对他们怀着深深的敬意；要知道他们还不是所有的星都认识，尽管他们很有学问。不过他们不认识的，我也看不见，例如天王星吧，就是新近借助望远镜发现的，在一百二十年以前。"

"新近？"

"我是说'新近'，要是你允许我与此前三千年作比较的话。不过，当我那么躺着观察天上的行星时，这三千年也同样变成'新近'了，在我脑子里对恰尔德人自然生出一种亲切的想法，因为他们同样见过这些星星，并且写了有关的诗句。这就是人类啊！"

"哦，是的，你脑子里有些想法挺了不起。"

"你说'了不起'，我说'亲切'，——各有所好，愿怎么讲就怎么讲好啦。不过，差不多三个月后，当太阳进入天秤座，日子便会越来越短，直至昼与夜一般长，然后再继续变短变短，圣诞节便到了，这你清楚。可是请你考虑考虑，当太阳穿过冬天的星座即摩羯座、宝瓶座和双鱼座时，日子又开始变长了！因为紧接着便是新的春分点，从恰尔德人开始已经是第三千次，日子往后越来越长，越来越长，夏天又开始了。"

"自然是这样。"

"才不哩，是骗人的把戏！事实上，冬天里日子在变长，而到了六月二十一日这一年当中最长的一天，也就是夏季开始的时候，便开始走下坡路，日子又越来越短，直到冬天。你说'自然是这样',可你只要不这么看,你马上就会担心害怕,就会六神无主,抓不着定准。就好像是厄伦施皮格尔①在搞恶作剧,春天竟然在冬至开始,秋天竟然在夏至……人似乎总是被牵着鼻子转圈圈,眼睛能看见的老是转折点……圆圈中的转折点。须知这些点全没有延伸线,由它们组成的是一个圆,圆的弧度是不可测知的;不存在方向的持续性,所谓永恒并非'一直向前,一直向前',而是'不断旋转,不断旋转'。"

"够啦!"

"夏至!"汉斯·卡斯托普继续说,"夏至节!满山篝火,人们牵着手,围着熊熊的火焰跳舞!我从未见过,但我听说原始人就这么狂欢,就这么庆祝秋天开始的仲夏之夜,庆祝这一年中的正午和顶尖,从此它便开始走下坡路了。原始人就那么跳啊,转啊,吆喝啊。他们究竟吆喝什么,以他们的纯朴无知——你能够弄明白吗?他们为什么那么兴高采烈,狂欢纵乐?因为又慢慢走向黑暗,或是因为在此之前越来越光明,现在又到了转折点,到了留不住的转折点,到了仲夏之夜,到了十足的高峰,所以在狂喜里夹着伤感?我这么说,用我心血来潮突然想出的词儿。那是一种伤感的狂喜,一种狂喜的伤感,正因为如此,原始人在那儿吆喝,在那儿围着篝火舞蹈;他们这样做,是出于乐观的绝望,如果你乐意这么讲的话,还有,也是对没有定向性、只有无休止重复的圆圈和永恒的恶作剧表示敬意。"

---

① 德国民间传说中的人物,恶作剧大王,相传生活在14世纪。

"我不想这么讲，"约阿希姆低声说，"对不起，别加在我头上。这些事情太玄乎，晚上你躺在床上的时候，尽管去想好啦。"

"是啊，我不想否认，你钻研的俄语语法更有用。你必须很快地熟练地掌握这种语言，伙计，一旦战争爆发，上帝保佑，它对你会很有好处的。"

"上帝保佑？这是你老百姓的观点。战争有必要。若没战争，世界马上会腐烂，毛奇①说过。"

"不错，世界是有这种倾向。我赞成你的就这么多了。"汉斯·卡斯托普接过话头，正准备又回到恰尔德人那儿去，说恰尔德人也进行过战争，在战争中征服了巴比伦帝国，虽然他们是闪米特人②，也就是说差不多是犹太人——这当口，他们同时发现前边走着两个男人，因为留心到他们俩的谈话而中止了自己的交谈，正扭过头来看着他们。

那是在疗养院与"美景"旅社之间的一段公路上，朝着回达沃斯"村"的方向。谷地穿着节日的盛装，处处呈现的是鲜嫩、明亮和愉快的色调。空气沁人心脾。一曲由草原繁花吐放的芬芳馥郁汇成的交响乐，充溢在清纯、干燥和阳光明媚的氛围之中。

他们认出是罗多维柯·塞特姆布里尼和一个不认识的人。然而，看样子塞特姆布里尼没认出他们俩，或者不希望和他们俩碰头，因为他旋即就转过头去，又起劲地打着手势和自己的同伴专

---

① 疑为H.J.L.von毛奇（Helmuth Johannes Ludwig von Moltke，1848—1916），德国将领，第一次世界大战初期任德军总参谋长。

② 亦简称"闪族人"。

心聊起来，还加快步伐往前走去。自然，等表兄弟俩从右手边赶上他，高高兴兴地向他点头致意的时候，他还是装出大感意外和惊喜的样子，一连迭声地说"老天爷！"和"真见鬼！"，可是仍旧有所保留，想让表兄弟俩走过去算了。这两位呢，却不解其意，也就是说，他们认为那样做没有道理。相反，久别重逢，他们俩真的满心欢喜，便停下来和意大利人握手，问他过得怎么样，同时望着他的同伴表示有所期待。这就逼着意大利作家做了显然并不乐意做，但在表兄弟俩看来却是天底下再理所当然不过的事，即介绍他们与那位还不认识的人认识——在走走停停之中，塞特姆布里尼打着惯用的手势，措辞幽默地帮助他们彼此了解，让他们在他胸前握了握手。

原来，与塞特姆布里尼年龄相仿的陌生人正是他现在的邻居，那个二房东和女装裁缝卢卡切克的另一位房客，姓纳夫塔，表兄弟俩听懂的就这些。纳夫塔矮小瘦削，脸刮得光光的，模样丑得可以说尖酸刻薄，简直让表兄弟俩感到惊奇。在他脸上的一切无不尖锐锋利：那成为面孔主宰的拱得高高的鼻梁，那闭成了一条缝的嘴，那架在他浅灰色眼睛前边、镜片老厚框子却格外纤巧的眼镜，都概莫能外；甚而至于他那一直谨守着的缄默，也让人感到只要他一说话，必定同样是尖刻锐利和逻辑谨严无疑。他理所当然地没戴帽子，只穿着一套西装——但却穿得挺讲究，深蓝色的套装带白条，按照表兄弟俩见过世面的眼光审视和判断，是很能跟上时髦的。与此同时，他们也留意到从纳夫塔方面射来同样的目光，在从头到脚地打量他们俩，而且更加迅速，更加锐利。要是塞特姆布里尼不是那么有风度,那么有气质,知道怎么去穿他那已经露出经纬的粗呢上衣和花格子裤,他让这位漂亮的伙伴一衬托,必然十分寒碜。不,并不如此,特别是他的花格子裤还熨得挺挺括括,你一眼看上去还可能当它是新的哩——这无疑是那位二房东的功劳,年轻人不过是顺便想到。如果说丑陋的纳夫塔以其穿着的讲究入时更接近两位年轻人而不是他的同伴的话,那么,使他与塞特姆布里尼靠近的就不仅仅是他也上了几分年纪,而且还有些更具决定意义的什么。说得简单一点儿,可以归结到他们两人不同的面孔的颜色上,也就是讲这两位的脸呈褐色和棕红色,那两位则显得苍白:一个冬天过下来,约阿希姆的面孔更是黑得像古铜一般,汉斯·卡斯托普的脸在满头金发的衬映下却显得红彤彤的;可对于塞特姆布里尼那与他的黑胡子配在一起甚至透着高贵的威尔斯人的苍白,日光的照射却一点儿也不起作用;还有他那位伙伴,尽管头发也是黄色——一种近乎灰白的淡黄,头发全部被他从低低的额头往后梳,平平地贴在头顶上——他的脸却同样白生生的。四个人中两个带着手杖,即汉斯·卡斯托普和塞特姆布里尼;约阿希姆身为军人,没这玩意儿;纳夫塔呢一等介绍完,双手就背到背后去了。他那双手又瘦又小,像他的两只脚也小小的一样,都和他的身材十分般配。他感冒了,不时有气无力地轻咳几声,却没引起表兄弟俩的注意。

刚被年轻人认出时的那一点儿惊愕或者不快,很快让塞特姆布里尼漂漂亮亮地遮掩了过去。他显得兴致极佳,在介绍三人认识时不住地开玩笑——例如,他称纳夫塔作"玄学大师"。他说,欢乐"在他胸中过着奢侈的生活",就像阿莱迪诺[①]说过的;这是春天的功劳,这样的春天他要赞美。三位先生都清楚,对山上的这个世界他心里不无反感,也从来不曾隐讳过自己的反感。可山上的春天却光荣伟大!——它甚至使他能暂时地容忍这地方的种种可憎可怕。它丝毫没有平原上的春天那种令人烦躁和心慌意乱的特性。没有心灵深处的沸腾!没有腻人的香气,没有窒息胸怀的烟雾!只有清朗、干燥、欢快、明媚!这正合他的意,真是太好太好啦!

四个人不那么整齐地并排走着,只有迎面来人的时候,作为右翼的塞特姆布里尼才让到车道上去;还有,就是个别成员落后了再赶上来,例如走在左边的纳夫塔或夹在作家和表兄约阿希姆之间的卡斯托普,队形也会暂时被打乱。纳夫塔的笑总是很短促,嗓音因为鼻塞而沉浊沙哑,说起话来让人想到利用啃剩的骨头敲破汤盆的声音。这当口儿他把脑袋朝意大利人歪了歪,拖长调子说:

"听听这位伏尔泰的高徒,这位理性主义者吧。他赞美自然,因为它甚至在最生气蓬勃的季节也不用神秘的雾气来扰乱我们的心境,而是保持着古典的干燥乏味。请问潮湿用拉丁语怎么讲来着?"

"幽默,"塞特姆布里尼把脑袋扭向左边大声道,"我们的教授谈论自然时的幽默就在于,他也像西奈半岛的圣女卡塔琳娜一样,一看见红色的樱草花就想起了耶稣基督的创伤。"

[①] 阿莱迪诺(1492—1556),意大利文艺复兴时期的作家。

纳夫塔反驳：

"这与其叫幽默，不如叫诙谐。无论如何，这都叫将精神注入自然中。自然必须有精神。"

"不，"塞特姆布里尼压低嗓门，没再完全扭过头，只是把嘴靠近左肩，答道，"自然绝对不需要您的精神。它本身就是精神。"

"难道您的一元论还不让您感到乏味吗？"

"啊，您不打自招，您之所以敌意地分裂世界，硬将上帝和自然拆散，原来是为了寻找乐子！"

"有意思，您竟把我谈到激情和精神时想到的东西，称之为寻找乐子。"

"想想吧，您这位不惜用那么伟大的词语来指称那么卑微的欲望的学者，有时候也称我为演说家是不是？"

"您仍然坚持说精神是微不足道的。可它并不因此就丝毫改变它生就的二元性。二元论，二律背反，这是能动的、满怀激情的、辩证的、富有智慧的原则。一分为二地看世界，这就是精神。所有一元论都乏味无聊。亚里士多德总喜欢挑起争端。"

"亚里士多德？亚里士多德把普通的理念存在，移到了多数个体之中。这是泛神论。"

"错啦。您这不是亚里士多德，您这是托马斯和波纳文图拉，您赋予个体以物质性，把事物的本质从一般中分裂出来，变成单个现象，从而使世界脱离与最高理念任何形式的融为一体，世界便排除了上帝，对于上帝成了超验的存在。这是经典的中世纪，我的先生。"

"经典的中世纪，好个有趣的搭配！"

"请原谅，经典这个词我用得恰到好处，意思就是一种思想发展到了它的极致。古典的并不总是经典的。我发现您……喜欢随意变换范畴，对绝对的东西有一种反感。您也不喜欢绝对精神。您希望，精神，那不过是民主的进步。"

"我希望咱们俩有一个共同的信念，那就是精神不管多么绝对，它都永远不能成为反动势力的辩护士。"

"然而它永远是自由的辩护士！"

"然而？自由是人类之爱的法则，不是虚无主义、心怀恶意。"

"显然您害怕什么来着。"

塞特姆布里尼把胳膊往脑袋上一甩。争论戛然而止。约阿希姆惊奇地瞅瞅这个，看看那个；汉斯·卡斯托普则扬起眉毛，盯着脚下的路。纳夫塔说起话来果然词锋犀利，有根有据，而且保留了继续攻击的自由。特别是他在反驳对方时的那一声"错啦！"，先是撮起嘴唇，然后嘴紧紧地一闭，着实叫人不舒服。塞特姆布里尼与他争论时多半表现得轻松愉快，但在他强调基本观念的一致性时，措辞也有几分激烈。眼下纳夫塔不吭声了，他便趁机向表兄弟俩讲述他对手的身世；在与纳夫塔的一番论争之后，他认为给表兄弟俩一些解释是必要的。纳夫塔也随他讲去，做出漠不关心的样子。他是"腓特烈文科中学"高年级的古典语言教授，塞特姆布里尼解释道，接着又以意大利人惯有的作风，把被介绍人的境况大肆地作了一番渲染。他说，他的命运跟他自己的、跟塞特姆布里尼的一个样。五年前，他也因健康原因来到山上，后来确信不得不长期待下去，便离开他的疗养院，自行找房子住了下来，也就是住在女装裁缝卢卡切克家里。这位杰出的拉丁语学者，一所教会学院的毕业生，正如他自己不那么肯定地表述的，被本地一家高级中学的慧眼发现了，硬请他去当讲师，为学校增光添彩……简言之，塞特姆布里尼为吹捧丑陋的纳夫塔没少卖力气，尽管他们俩刚刚才有过一场玄虚的争论，尽管这场近乎于论战的你一言我一语马上还会继续下去。

现在，塞特姆布里尼转而对纳夫塔介绍起表兄弟俩的情况来。事实表明，他在此之前已向他谈到过他们。这位嘛，就是原本打算只住三个星期的年轻工程师，贝伦斯顾问在他肺上发现了一个浸润点，他说；而这位，是他提起过的普鲁士军队未来的希望，齐姆逊少尉。他还特别谈到约阿希姆的愤懑及提前出院计划，以便补充说，和工程师无疑可以更密切地交往，因为他不急于下山去工作。

纳夫塔将脸抽动了一下，说：

"二位有一个能说会道的代言人。我不愿怀疑，他准确地转达了你们的想法和愿望。工作，工作——请原谅，如果我斗胆提起另一些时代，提起那些他的花言巧语绝对达不到通常有的效果，而恰好是他的理想的反面受到高得多的推崇的时代，那么，他可能马上就会骂我是人类的敌人，是一个人类之敌。例如伯恩哈特·封·克赖福克斯[①]曾经提出过另一种贵贱等级，那是罗多

[①] 克赖福克斯（1091—1153），德国神学家和经院神秘主义者。

维柯先生做梦也提不出的。二位想知道是怎样的吗?他最低贱的一级在'水磨'里,第二级在'田野'中,第三级也最值得称赞的一级——你听清了,塞特姆布里尼——却在'卧榻'上。水磨是世俗生活的象征——选得真不差。田野意味着凡夫俗子的灵魂,任传教士和牧师在上面耕作。这一级已经高尚一点儿。可是在床上——"

"够了!咱们知道!"塞特姆布里尼叫起来,"先生们,现在他将给你们展示放荡者的床铺的功用!"

"我不了解您原来这么害臊,罗多维柯。可是我却常见您对姑娘们挤眉弄眼……您那离经叛道的放浪不羁到哪儿去了呢?不错,床铺是恋爱者与意中人的交欢所在,也象征与世与人的隔绝,因此,同样可用来在沉思默想中与上帝结合。"

"呸!罪过,罪过!"意大利人几乎哭了起来。大伙儿忍俊不禁。塞特姆布里尼却庄重地继续说:

"啊,不,我是欧洲人,是西方人。您的等级排列纯粹是东方式的。东方鄙弃行动。老子的说教是,天地万物唯无为最有益。要是人人都停止行动,世界就会绝对安宁、幸福。那时候,您就好交欢结合喽。"

"瞧您说的。还有西方的神秘主义呢?还有西方的清寂主义呢?费涅龙[①]大概可以算一位清寂主义者吧。他说,任何行动都是错误的,因为想要行动就意味着亵渎上帝,上帝只希望独自行

---

① 费涅龙(1651—1715),法国神学家和作家。

动。我这是在引述他的《莫里诺斯建议》。看起来，想在清净无为中求幸福，乃是人类的一种普遍精神倾向。"

这当口，汉斯·卡斯托普插了进来，以他单纯的勇气参加了争论，眼睛望着空中说道：

"沉思默想，与世隔绝。有点儿意思，值得考虑。我们的生活不是高度地与世隔绝吗？我们这山上，可以这么讲吧。海拔五千英尺，我们高卧在舒舒服服的躺椅上，俯瞰着山下的世界和芸芸众生，随意驰骋自己的思想。要是考虑考虑并且实话实说，那我就得承认，床铺——你们清楚我指的是躺椅——在这十个月中给我帮助之大，使我产生的思想之多，超过了过去关在平原上的'水磨'里的所有那些年，这是不可否认的事实。"

塞特姆布里尼望着他，黑眼睛里闪动着忧伤。"工程师，"他抑郁地说道，"工程师啊！"随后抓住卡斯托普的胳膊，把他拽后一点儿，像是要背着其他人悄悄开导他。

"我常告诉您，应该有自知之明，时刻想到自己的职责！西方人应有的，不管这样建议、那样建议，都该是理性、是分析、是行动和进步，而不是修行者的无所事事的卧榻！"

纳夫塔也听见了。他扭过头说：

"修行者吗？多亏了修行者，我们才有了欧洲大地的文明！多亏了僧侣和修士们，德国、法国和意大利才不再为原始森林和蛮荒沼泽所覆盖，才长出了谷物、水果和葡萄！修行者们，我的先生，工作得很不错哇……"

"完了吗？还有呢！"

"请别急。修行者们不是为劳动而劳动,目的也不在于造福世人或获取功利。它纯属一种苦行功课,是赎罪行动的组成部分,是寻求拯救的手段。它帮助他们抵御肉欲,窒息他们的感官需求。也就是说——请允许我下这个断语——它带有完全非社会的性质。它是一种毫不含糊的宗教利己主义。"

"对您的不吝赐教,本人十分感激,同时也很高兴看到,工作还是不以人的意志为转移,实实在在地造福于人类。"

"是的,不以人的意志为转移。正是在这儿,我有了一个重大发现,那就是有益的并不等于人道的。"

"我首先发现的却是您又在搞世界一分为二论了,心里觉得别扭。"

"本人对引起您不快感到遗憾,不过不得不把事物分门别类,从人道思想中剔去种种不纯的成分。你们意大利人发明了钱币兑换业和银行,愿上帝原谅你们。可英国人发明了社会经济学,人类的守护神却永远不会原谅他们。"

"哎,人类的守护神可也生活在那个岛国的大经济学家当中!——您准备发表意见,工程师?"

汉斯·卡斯托普想否认,可还是开了口,纳夫塔也好,塞特姆布里尼也好,都听着他,带着几分紧张:

"对我表兄的职业,纳夫塔先生,听您的意思您想必是喜欢的,并且同意他急不可耐地要去从事它的热情……我却是个地地道道的老百姓,我表兄常常因此责备我。我连兵役都不曾服过,纯然是个和平的孩子,有时候甚至想,我也可以很好地当一名教士——您问我的表兄吧，我曾不止一次这么说过。然而，撇开我个人的喜好不谈——或者确切地说，也许我并不需要完全避开——我却相当理解和同情当兵这一行。它有一种极为庄严的性质，一种'禁欲苦修'的性质——如果您同意我用这个您适才用过的词的话——并且时时得准备着与死亡打交道；教士们归根到底不是也要和死亡打交道吗——除此别无他途。军人因此有他们的礼仪和阶级，注重服从，爱惜名誉，如果允许我这么讲的话；至于一个军人戴的是普通硬领章，还是浆得挺挺的褶子领圈，那没多少差别，到头来全为的是'苦修'，就跟您刚才巧妙地讲的一样……我不知道，我是否把我的意思给您……"

"当然当然。"纳夫塔说，同时瞟了塞特姆布里尼一眼，只见他转动着手杖，眼望蓝天。

"因此我认为，"卡斯托普继续讲，"根据您说的所有那些话，您是必定同情我表兄齐姆逊的想法的。我这么讲并没联想到'王位即圣坛'一类的比喻；只有某些爱好秩序和思想纯正的人，有时会用它们来证明两者之间的联系。我倒是想，士兵的工作，也就是服役——在这种场合叫作服役——绝对不为追求功利，与您所说的'社会经济学'没有丝毫的关系；这也就是为什么英国人只有很少的士兵，一些在印度，一些留在家里供检阅用……"

"您别再讲下去了，工程师，这没有意义。"塞特姆布里尼打断了他，"士兵的存在本身——我这么说不是想开罪咱们的少尉先生——不是一个值得一提的精神问题，因为它纯粹是一个没有任何内容的形式。士兵的雏形是雇佣兵，可以招募来干这件事，也可以招募来干那件事——简言之,有西班牙反宗教改革的士兵,有革命的士兵,有拿破仑的士兵,有加里波第①的士兵,还有普鲁士的士兵。您要我谈士兵,就得先让我知道,他为什么而战!"

"他在战斗这个事实,"纳夫塔反驳道,"总归是士兵阶层摸得着的本质特征,这就够啦。照您的意思,它可能还不足以使士兵阶层成为'一个值得一提的精神问题',却足以将其提高到一个领域;对这个领域,资产阶级的入世观是不可能有任何认识的。"

"您习惯于讲的资产阶级入世观,"塞特姆布里尼针锋相对,说话时撮着嘴唇,翘胡子下边的嘴角紧紧地咧向两边,脖子异样地歪扭着,一下一下地从领子里伸出来,"它会无时无刻不做好准备,去捍卫理性与德行的思想,去正当地影响年轻动摇的心灵,以任何一种形式。"

接下来是一片沉默。两个小伙子目光呆痴痴的。又走了几步,塞特姆布里尼的脑袋跟脖子恢复了正常状态,说:

"您俩不要见怪,这位先生和我,咱们经常这么斗嘴,但是都非常友好,在达成了某种默契的基础上。"

这一讲就好了,就显示了塞特姆布里尼先生大度和人道的本色。谁料约阿希姆——他本意同样也不错,也想把谈话友好地继续下去——却开了腔,好像他处于某种压力之下,不愿讲也非得讲不可:

"我们偶然谈到了战争,我的表弟和我,刚才走在你们背后

---

① 加里波第(1807—1882),意大利统一运动领袖。

那会儿。"

"这我听见了,"纳夫塔接过话头,"我注意到了那个词儿,所以转过头来。二位在谈政治?在讨论世界形势?"

"啊,哪里,"汉斯·卡斯托普笑起来,"我们怎么会谈政治呢?从职业的观点看,我表兄正好不宜过问政治,我呢也自愿放弃这么做,对政治一窍不通。自从来到山上,我甚至连报纸都没摸过……"

塞特姆布里尼马上指出这样做不对,在此以前他已指出过一次。同时,他让人知道他对世界大事了如指掌,顺便还下了一个判断,好像形势正朝着有利于文明的方向发展似的。他认为,欧洲总的来说充满了和平和裁军的气氛。民主思潮正大步前进。他声称掌握了可靠的情报,青年土耳其运动不久前已经完成一系列采取决定性步骤的准备。土耳其将成为一个民族和立宪的国家,这是人类的一个何等伟大的胜利!

"伊斯兰教的自由化,"纳夫塔讥讽道,"真了不起。开明的信仰狂热——很好很好。而且,这与您有关。"他转过脸来对着约阿希姆,"要是阿布杜拉·哈米德垮了台,你们在土耳其的影响也就完了,英国将一跃成为保护国……你们必须认认真真地看待塞特姆布里尼的联想和情报才是。"他对表兄弟俩说,说时语调颇不好听,似乎他已认定他们不肯把塞特姆布里尼先生当回事儿。"对民族和革命一类事情他了如指掌。在他家里人们与英国的巴尔干委员会保持着很好的联系。可是,您的进步土耳其人一旦侥幸取胜,罗多维柯,《雷瓦尔协议》又将如何执行?爱德华七世不可能再对俄国人开放鞑靼海峡,而奥地利尽管如此仍会振作起来,执行一项积极的巴尔干政策,于是……"

"收起您凶险的预言吧!"塞特姆布里尼反击道,"尼古拉爱好和平。多亏他,海牙会议才得以召开,并将作为头等大事永留史册。"

"哎,俄国在远东受挫后,是得喘息喘息哟!"

"我说先生,对人类渴求社会完善的心情,可不容您冷嘲热讽。想破坏这种努力的民族,毫无疑问将给自己招来道德的谴责。"

"但政治之所以存在,原本就是为了相互提供使对手丢人现眼的机会嘛!"

"您是热衷于泛日耳曼主义的吧?"

纳夫塔耸了耸他那不一般高的肩膀。也就是说,他除去一般的丑陋,肩膀还是歪的。他不屑于回答塞特姆布里尼的问题,意大利人便自行做出结论:

"您刚才说那些话反正没安好心。您把在国际范围内实现民主化的高尚努力,视为政治阴谋……"

"您难道要求我把它看作理想主义或者甚至宗教虔诚吗?它不过是自保本能残余的最后挣扎。凭借它,一种注定灭亡的世界体系勉强得以维持。灾难应该到来,必定到来,通过所有的道路,用一切的方式。您不妨以英国的政治术为例。英国稳固其在印度的前沿阵地的需要,是合理的。可是后来呢?爱德华跟您和我一样知道得很清楚,彼得堡的当权者必须补上在满洲的亏空,渴望引出一场革命就像渴望得到面包一样。尽管如此,他却把俄国的扩张野心引向欧洲——他必须这样！——使一度沉睡的彼得堡和维也纳之间宿怨复苏，争端……"

"啊哈，维也纳！您为这世界的累赘操起心来了，大概因为您发现以它为首的腐朽帝国，正是德意志民族的神圣罗马帝国的木乃伊吧！"

"我发现您是个俄国迷，大概因为您对独裁的政权统治怀有人道主义的同情吧。"

"我说先生，民主甚至对彼得堡也比对霍夫堡①抱着更多的期望，这在路德和古登堡②的国家是一个耻辱……"

"此外，这显而易见也是件蠢事。但这愚蠢同样是宿命的工具之一……"

"哎，收起您的宿命论吧！人类的理性渴望得到的是它自身，而不是宿命，它正在这样做！"

"可能得到的永远只有命运。资本主义的欧洲希望得到的不过如此。"

"人们如果不表现出对战争足够的厌恶，就等于相信战争必然爆发！"

"您的厌恶在逻辑上并非始终如一，要是您不从国家本身厌恶起的话。"

"民族的国家是现世的原则，您却企图把这个原则出卖给魔

---

① 霍夫堡，维也纳的皇宫所在地。
② 古登堡（Gutenberg，1397—1468），德国活字印刷术发明者。

鬼。让各民族自由、平等，保护弱小民族不受压迫，创造公理、正义，设立民族的边界，要这样您就……"

"我知道，布伦纳尔边界①。解散奥地利②。不过我不清楚，不打仗您怎么办得到！"

"我也真想知道，我什么时候反对过民族解放战争。"

"可我听说……"

"不，我得证实塞特姆布里尼先生讲的是真话。"汉斯·卡斯托普插了进来。他一直边走边留心听两人的争论，总是歪着脑袋打量着正在发言的那一位。"我表哥和我常常与他探讨这些以及类似的问题，说探讨其实不过是我们听他发表和阐明他自己的观点而已。在这儿我可以证实，我的表哥也会回忆起来，塞特姆布里尼先生曾不止一次满怀激情，谈到了民族独立运动和起义以及改造世界的原则问题。我得说，这原本不是个完全和平的原则，它要想普遍取得胜利，建立起一个幸福的世界共和国，还面临着艰苦的斗争。这就是他的话，虽然他比我讲的生动得多，有文采得多，毫无疑问。而我知道得格外清楚并且一句不差地记下来了的是——因为我作为地道的平民，简直吓了一跳——他说过，但愿这一天到来，如果不能由鸽子嘴里衔来，就让老鹰的翅膀托来——我记得，听见老鹰的翅膀我吃惊不小——必须给维也纳以迎头痛击，为了迎来人类的幸福。因此不能认为，塞特姆布里尼

---

① 布伦纳尔边界，位于奥地利与意大利之间。
② 指奥匈帝国。意大利一度处于其统治之下。

先生笼统地反对战争。我说得对吗,塞特姆布里尼先生?"

"差不多。"意大利人就回答这么三个字,头转到了一边,挥动着手杖。

"真是糟糕透了,"纳夫塔丑陋地笑了笑,"让自己的学生揭发出您好战的倾向。他们将有老鹰一样的翅膀……"

"可伏尔泰自己也赞成文明对野蛮的战争,并且建议腓特烈二世向土耳其宣战。"

"他竟与您结成了联盟,嘿嘿。还有世界共和国!我暂不追问,在实现了幸福和大同之后,民族运动和起义原则又将如何。眼下此刻,造反将会是犯罪……"

"您知道得很清楚,两位年轻的先生也了解,人类将会无止境地进步。"

"可所有运动都是环形的,"汉斯·卡斯托普说,"时间运动如此,空间运动也如此,质量守恒和周期性定律都这么说。我表兄和我前些时讨论过这个问题。在封闭性的运动中,没有方向的持续性能谈得上什么进步吗?当我晚上躺在那儿观察黄道带,也就是说能够看见的那一半,想到古代那些聪明智慧的种族……"

"您最好别冥思苦想,白日做梦,工程师,"塞特姆布里尼打断他,"而是要下定决心,信赖您的年龄和您的种族,它们肯定都在催促着您快快行动起来。还有您受的自然科学教育,也必然使您接受进步的观念。您看见经过不知多少万年的时间,生命从纤毛虫不断进化成了人;您不可能怀疑,人还面临无尽的发展可能。可您要是钻数学的牛角尖,您就只能做从圆到圆的循环运动，只能去赞赏我们18世纪的学说，相信人本来是好的、幸福的、完美的，只是让社会的失误给扭曲了、败坏了，据说通过批判社会结构的工作，它又会变得好起来、幸福起来、完美起来，将会……"

"塞特姆布里尼先生忘了补充，"纳夫塔抢过话头，"卢梭的田园牧歌，只是曾有过的某一教会信条的理性主义变种；按这个信条，人没有国家也就没有罪孽，人应该回复到与上帝亲密无间、做上帝子民的原始境界中去。可是上帝之国在解散一切尘世组织形式后的重建，只有在天与地、感性与超感性相接触的地方才存在，拯救是超验的。至于说到您的资产阶级世界共和国，亲爱的博士，在这个上下文中听见您讲什么'本能'，那真是叫人觉得太奇怪。本能绝对站在民族一边；上帝自己将自然本能赋予了人，使各民族彼此区别，建立了各自的国家。战争……"

"战争，"塞特姆布里尼提高嗓门，"甚至战争，我的先生，也曾经不得不服务于进步，要是您回忆一下您所偏爱的那个时代的一些事件，我是指十字军的一次次东征，您就会承认我有道理！这些文明之战十分幸运地促进了各国人民之间的经济和贸易及政治关系，把西方的人类结合在了一个统一的思想旗帜之下。"

"对这个思想您非常宽容。因此我要更加礼貌地纠正您的错误，向您指出：十字军东征即使活跃了交通，却丝毫未能起到国际协调的作用；恰恰相反，它教会了各国人民分庭抗礼，有力地促进了民族国家思想的产生。"

"一针见血，单就各国人民与教会势力的关系而言。是的！

那时候，国家民族的荣誉感开始在对抗教会的专横中逐渐加强……"

"但您这儿所谓的教会专断不恰恰是在精神的旗帜下统一人类的思想吗！"

"咱们了解这个精神，多谢多谢。"

"明白了，您的民族狂热，不能容忍教会超国界的世界主义。我只是不知道，您打算怎样将它与对战争的厌恶联系起来呢？您的仿古式的国家崇拜，必须使您成为法治的卫士，而作为法治……"

"咱们要谈法治吗？在国际法中，我说先生，仍活跃着天赋人权和人类理性的思想……"

"呸，您的国际法恰恰又是上帝的法律的卢梭式变种，跟自然和理性毫无关系，相反却基于启示的……"

"咱们争论的不是名称，教授！请您干脆举一种我所尊为自然法和国际法的上帝的法律来吧。问题的关键是：在一切民族国家的法规之上，还存在着一条普遍适用的总的法则，那就是出现了争端，得由法庭解决。"

"由法庭解决！我没听错吧！由一个资产阶级法庭，由它决定生死问题，传达上帝的意旨，规定历史进程！好，这就是您的鸽子的嘴。可老鹰的翅膀在何处呢？"

"国民教育……"

"得，国民教育自己也不知所措！他们一会儿大叫要防止生育衰退，一会儿又要求降低儿童教养和职业培训经费。同时城里却挤得要死，所有职业都人满为患，抢面包的斗争之残酷可怕令历史上所有的战争黯然失色。留出空地建造花园城！增强民族体质！可增强干吗，如果文明和进步都不愿意再有战争？战争作为手段，本来就既可反对一切，也可维护一切，可以促进增强体质，甚至防止生育衰退。"

"您在说笑语。这当不得真。我们的谈话结束了，而且正是时候。我们已经到了。"塞特姆布里尼说，同时举起手杖，指着他们站在篱笆门跟前的那幢小房子。它坐落在"村"口的路边上，与大路之间只隔一溜窄窄的园子，其貌不扬。野葡萄从凸露的根里长出来，缠绕在房门上，并且贴着围墙，向右边的底楼窗户弯弯扭扭地伸出去一条手臂；那儿是小杂货店的橱窗。底楼是杂货商住，塞特姆布里尼解释说。纳夫塔的房间在二楼的裁缝作坊里，他本人则独占着阁楼，一个挺幽静的书斋。

以出乎意料的殷勤姿态，纳夫塔表示希望这一次之后能经常再见面。"来咱们这儿走走吧。"他说，"要是塞特姆布里尼博士不打算独享老朋友的特权，我就想说，来看看我吧。随时欢迎你们来，只要你们乐意，只要你们有兴趣聚谈聚谈。我重视与青年人交流思想，也许同样是有一点儿教育传统……要是我们的'讲座主持人'，"他指了指塞特姆布里尼，"要是他认为只有资产阶级人文主义才热心教育，以教育为天职，我就必须予以驳斥。也就是说，不久后再见吧！"

塞特姆布里尼不以为然，说恐怕有困难，少尉住在山上的日子不多了，工程师将会加倍认真地疗养，以便也跟在他后边很快回平原上去。

年轻人一一表示同意，先对这位，后对那位。对纳夫塔的邀请，他们一鞠躬再鞠躬，表示领情；可紧接着，他们又耸肩摇头，承认塞特姆布里尼的疑虑不无道理。这样看来，剩下的全是未知数。

"他叫他什么来着？"约阿希姆问，当他们爬到了通往"山庄"的拐弯处……

"我听见的是'讲座主持人'，"卡斯托普回答，"我自己也正好在考虑这是什么意思。多半是打趣吧，他们相互给对方都取了一个奇特的名字。塞特姆布里尼管纳夫塔叫'头号繁琐哲学家'——也不赖。玄学家们，他们是中世纪的经院学者，古板教条的哲学家，如果你要想知道的话。唔，对于中世纪也有各种不同的理解——我正好想起，塞特姆布里尼在见面第一天就说，咱们这山上颇有些中世纪的气味儿。话头是从阿德里亚迪卡·封·米伦冬克引出来的，从她这名字。——对于他，你的印象如何？"

"那小个子吗？不好。不过他讲的有些话还中听。法庭自然是虚伪的。只是他本人我不怎么喜欢，随他讲多少好听的话，自己显得不三不四，我也没办法。这家伙确实不三不四，你无法否认。单是他那'交欢所在'的说法，就十分值得考虑。而且他还长着个犹太人鼻子，你没发现？身材那么瘦小，也只有犹太人才可能。难道你当真打算去拜访他？"

"咱们当然要去拜访他！"汉斯·卡斯托普回答，"所谓身材瘦小嘛，那只是你军人观点的不自觉反应。不过，恰尔德人也同样长着这种鼻子，同样固执己见，不只在研究那些神秘的科学时才如此。纳夫塔可能也在搞什么神秘的学问，这使我对他产生了不小的兴趣。我倒并不认为，我今天已经了解他了，可只要咱们经常和他碰头，将来也许会的。我完全不排除我们这样做会变得更聪明的可能性。"

"唉，老兄，你在这山上会越来越聪明，通过你的生物学、植物学，还有你那抓不住的春分、夏至。而且，上山的第一天，你就已经在为'时间'伤脑筋了。可咱们住在这儿是为了变得更健康，而不是为了变得更机灵——越来越健康，直至痊愈，以便人家终于恢复咱们的自由，放咱们回到平原上去！"

"在山上多么自由自在！"汉斯·卡斯托普心血来潮，唱道。接着，他又恢复了说话的调子，问："你讲讲，自由是什么？刚才纳夫塔跟塞特姆布里尼也争论过这个问题，没能取得一致意见。'自由是博爱的准则！'塞特姆布里尼说，这跟他先祖卡尔波纳洛是一个调子。然而，不管卡尔波纳洛有多么勇敢，不管塞特姆布里尼本人有多么勇敢……"

"是的，谈到个人的勇气时，他就显得很不自在。"

"……所以，我以为，他对有些事情怀着顾忌。矮小的纳夫塔却不是，懂吗？所以，他的自由和勇气就有些勉勉强强。你认为，他有足够的勇气衰弱或者任其衰弱下去吗？"

"干吗说起法语来了？"

"只因为……这儿有着浓厚的国际气氛。我不知道，这种情况更适合谁的口味，是主张资产阶级世界共和国的塞特姆布里尼呢，还是热衷于宗教世界主义的纳夫塔？我很注意他们的争论，你看见了，却没听出个所以然，相反倒觉得越听越糊涂。"

"情况总是这样。你总是会发现，讨论争辩只会造成思想混乱。所以我告诉你，问题根本不在谁有怎样的意见和观点，而在他是否是个好样儿的人。最好干脆什么观点都没有，而只管干他该干的事。"

"对，你可以这么说，作为军人，作为纯形式的存在，你就是这个样子。我的情况不同，我是平民，在一定程度上有责任对问题做出回答。他们一个宣扬资产阶级世界共和国，从根本上厌恶战争，可同时又那么爱国，坚决要求恢复布伦纳尔边界，并不惜为此打一场文明的战争；另一位却诅咒国家，把远在天边的人类大同吹得美妙无比，可紧跟着又捍卫起自然的直觉的权利来，对缔结和约大肆奚落——面对着这样的杂乱无章，自相矛盾，我不能不激动。无论如何，咱们必须去拜访他们，以便弄个水落石出。你尽管讲，咱们在这儿不是为变得更聪明，而是为变得更健康，可我以为两者必须结合起来，伙计。你要不相信，你就是搞二元论；而这永远是个大错误，我可要告诉你。"

关于上帝之国和恶的解脱

汉斯·卡斯托普在他的朝阳小房间里鉴定一种植物；眼下，天文学家规定的夏季开始了，日子变得越来越短，这种植物便在许多地方茂盛地生长开来。它名叫耧斗菜，属毛茛科，丛生高茎，花有蓝色、紫色以及红褐色数种，叶宽似草状。这种植物到处都有，可长得最茂密的地方却要数差不多一年前他第一次发现它们的那个幽静所在——那道与世隔绝的溪水潺潺的林间幽谷，那儿有小路，有长凳。自那次他过早地散步去到那儿引起身体不适以来，他又不止一次去造访过。

去那地方原本不太远，要是他不像当初似的性急乱闯的话。从"村"里雪橇跑道的终点出发，往山脊方向走不多会儿，就上了风景如画的林间小路，再跨过几座与"阿尔卑斯之宝"通下来的雪橇滑道互相交叉的木桥，不绕弯子，二十分钟后就到了曾让卡斯托普仿佛听见美妙的歌声和精疲力竭时休息的地方。最近，只要约阿希姆不得不留在家里"执行勤务"，即去体检、透视、验血、注射和称体重等等，汉斯·卡斯托普就会趁着好天气，再进去第二次。有时甚至才进完第一次早餐，他就一个人漫步前往。还有喝下午茶和进晚餐之间的几个钟头，他同样常利用去踏访那个心爱的所在，到它的长凳上去坐一坐。在这儿，他曾突然很厉害地流起鼻血来，曾歪着脑袋，倾听潺潺的溪水絮语，曾细细观赏周围这个美丽的小天地，观赏眼下又怒放在幽谷中的一片片一丛丛的蓝色花儿。

他仅仅为此而来吗？不，他坐在那儿，为了独自待一会儿，为了回忆，为了重温整理这么多个月来的印象和冒险经历，为了好好地考虑一切。印象和经历又多又杂，整理起来很不容易，加之它们还相互纠缠和渗透，几乎没法把实在可捉摸的与仅仅想到的、梦见的和想象中的加以区别。只不过一切全带着冒险的性质，而且程度相当严重，一想起它们来，卡斯托普从上山第一天就激动难平的心要么不跳了，要么跳得怦怦响。或者只需要冷静理智地想一下，在这个他曾于恍惚迷蒙状态下活生生地见到了普希毕斯拉夫·希培的地方，并非蓝色的楼斗菜花常开不败，而是重新又开放啦，也就是说再过"三个星期"，他已经上山整整一年了，这不也足以使他激动得怦然心悸吗？

他坐在溪水旁的老位子上，不过，没再流鼻血。一开始约阿希姆就断言他适应气候有困难，困难也确实出现了。不过，他还是取得了进步，过了十一个月已完全适应，也看不出将来还会有什么问题。他胃里的化学反应已经协调和适应，"玛利亚·曼齐尼"又抽出滋味儿来，他干枯的黏膜神经早已重新敏感地品出了这种价廉物美的产品的芬芳。跟往常一样，当雪茄所剩无多，他就每每带着一种近乎虔敬的心情，写信到不来梅去订购新货，尽管在国际疗养地的商店橱窗中，也有很富诱惑力的牌子陈列着。"玛利亚"不是代表着他与平原之间、一个游子与故乡之间的某种联系吗？举例说，比起他时不时地寄给自己舅舅们的那些明信片来，它不是将这样的联系维持和保护得更有效吗？在他接受此地的时间概念，学会更加大度地掌握运用时间以后，他写明信片的次数渐渐地少了。为了更讨人喜欢，明信片上多半印着山谷中美丽的雪景或者夏天的景致，留着写字的空白仅仅够报告医生的最新诊断，报告一月一次的或者总的体检结果而已，诸如什么从听诊和透视两方面都有了明显好转，但身上的病毒尚未完全清除，他还有些发低烧，造成这种情况的原因是还有一些小病灶存在,不过它们会彻底消失,只要他耐心疗养,就绝对不需要再回医院来,等等。他有把握,人家也不要求和指望他在信里写更多的内容。他与之通信的不是一个有文学修养的家庭,他所收到的回信同样也是干巴巴的。在收到信的同时往往也收到家里汇来的生活费,那是他父亲留下的遗产的利息,与本地货币兑换起来非常合算。他从来都是旧的还未花光,新的已经寄来。信本身只是打的几行字,由雅默斯·迪纳倍尔舅舅签名,并附带转达着舅公,有时也包括常在海上航行的彼得舅舅的问候和祝愿。

汉斯·卡斯托普最近向家里报告,贝伦斯顾问停止了给他打针。注射对这位年轻病人没有效,反而引起他头痛、食欲不振、体重下降和周身乏力,使他的体温升高了下不来。他的脸颊一直烧得红彤彤的,像是提醒人们,这棵在平原上温暖湿润的气候条件下生长出来的苗儿,他想服山上的水土气候就必须慢慢习惯,而目前尚未习惯——连贝伦斯顾问本人不是都还没有习惯,一张脸都老是发青嘛。"有些人永远习惯不了。"约阿希姆早就说过,而汉斯·卡斯托普看来正是这种人。还有那脖子打战的毛病,他一上山就犯了,再也没有好过。不论走路也好,谈话也好,甚至眼下他在这遍地开满蓝色小花的地方沉思默想,回顾着几个月来的冒险经历,都免不了突然发作起来,以致他差不多像祖父汉斯·洛伦茨·卡斯托普一样,也养成了戴讲究的硬衬领的习惯——每当使用它,卡斯托普总不免想起祖父的那些名叫"弑父者"的花边硬领圈,想起那个泛着金光的圆形洗礼钵,想起那一大串神圣的"曾……曾……曾……"以及类似的神秘血统关系,并且进而想到自己近一年来的生存状态。

普希毕斯拉夫·希培不再有血有肉地出现在他眼前，像十二个月以前那样。他已适应环境，不再产生幻觉，不再身子木无感觉地躺在长凳上，自我却滞留在遥远的过去——再没有那样的偶然遇合了。即便希培的模样还清晰生动地浮现在他眼前，也不会越出正常和健康的规范。在这之后，他多半会从胸前的口袋里拽出那块珍藏在钱包里并且用一个软信封裹着的信物来：一块薄薄的玻璃片。将它与地面平行地拿着，便黑黝黝的不透明，可是举起它对着阳光，它就会变得明亮起来，让你看见一个人影。那是一张人体透视片：肋骨、心脏、弧形的横膈膜、肺泡，还有肩胛骨和上臂骨，全裹在白色烟雾似的肉中。汉斯·卡斯托普曾经品过这肉的滋味，在那个失去理智的狂欢之夜。他端详着这件信物，然后把身子倚在那简单粗糙的长凳的扶手上，双臂交叉在胸前，头垂在肩上，耳里响着潺潺的溪水声，眼前盛开着蓝花一片，回味思想着过去的"一切"。这当儿，他敏感的心像突然停止跳动，突然向下沉落，又有什么奇怪呢？

在他眼前，浮现着有机生命的最高创造——人的形体，就像那个繁星满天的夜里，他在钻研深奥的学问后一个样。对于年轻的卡斯托普来说，与人体的内部观察相联系，还存在一些个问题和差异。好心的约阿希姆可以认为自己没必要管它们，他作为一个平民却感到有责任搞清楚。即使他在平原上从来不曾碰见过它们，将来也不会再碰见，但是在这儿都碰见了，不得不加以正视。因为在这海拔五千英尺的与世隔绝的山上，他可以俯视大千世界、芸芸众生，可以沉思默想——还有浸润性的病毒使他的生命处于一种亢奋状态，脸上的燥热发烧正是这亢奋的表现。这么思索着，他想起了塞特姆布里尼，想起了这位像街头摇风琴的穷艺人似的教育家。他的父亲出生在希腊，他把对人类之爱解释为政治、造反和争论，在人性的圣坛上为市民祭祀戈矛。他还想起了克洛可夫斯基"病友"，想起了近来博士在那暗室里为他做的事，思考着精神分析的两重性，想弄清它是更加靠近真理有助于科学进步呢，还是与坟墓及其发臭的解剖学更加亲密。他把祖父和外祖父的形象从记忆里召唤出来，将他们摆在一起进行对比：他们一个富于反叛精神，一个忠于皇帝，出于不同的原因，两人都穿着黑衣服；汉斯·卡斯托普掂量着他们各自的尊严。接着，他又开始思索那些涵盖广泛的概念群，诸如形式与自由，精神与肉体，荣誉与耻辱，时间与永恒——然而，当想到耧斗菜又已经开花，一年快过去了，他突然感觉头晕得很厉害，虽然持续时间不长。

汉斯·卡斯托普想出一个很特别的词儿，用来称呼他在这风景优雅的隐退之所进行的严肃的思维活动：他管它叫"执政"——这个男孩子们在游戏时使用的词儿，他用来称呼他所喜欢的一种消遣，虽然在进行这样的消遣时，总有恐惧、晕眩以及种种内心的骚动随之产生，而且使他面孔更加火烧火燎。由此还造成了他必须戴硬衬领的后果，他同样不以为然，反倒觉得这挺适合他"执政"的身份。"执政"这个词儿使他面对生命的最高创造，在内心深处生出了荣誉感。

丑陋的纳夫塔在驳斥英国的经济社会学时，称生命的最高创造为"主的人"。有什么奇怪呢，汉斯·卡斯托普拖着约阿希姆去拜访这位小个子，并认为这样做是在履行自己平民的职责，符合他"执政"的利益？塞特姆布里尼不乐意见到这个情况——汉斯·卡斯托普够机灵敏锐的，能清楚地感觉出来。第一次见面已令作家不舒服，他明明白白地力图阻止；出于教育的考虑，他不想让年轻人，具体地讲特别是他卡斯托普——狡猾的"问题儿童"自忖——与纳夫塔结识，尽管他自己却和此人打交道、谈问题。那些教育者正是如此。他们允许自己接触有趣的事物，自称已具备承受能力，对年轻人却禁之唯恐不严，并要求他们自己感到没有承受能力。幸运的是，摇风琴的街头艺人并不当真拥有禁止年轻的卡斯托普干什么的权力，也不曾试图这样做。"问题儿童"只需将自己的机敏掩饰起来，佯装天真无邪，就不会有任何障碍阻挡他友好地接受矮小的纳夫塔的邀请——事实上，第一次见面后不几天，他就好歹拖着约阿希姆一道这么做了，那是在一个礼拜日的下午，于主要的静卧结束以后。

顺着大路从"山庄"疗养院往下走，没几分钟就到了那幢篱门上缠绕着野葡萄藤的小屋前。他们走进院子，避开右边通小商店的入口，爬上一道窄窄的褐色楼梯，来到楼上的一扇门前，在门铃旁边只钉着女装裁缝卢卡切克的名牌。来替他们开门的是一个穿着挺像号衣的半大男孩，他的上衣戴着条饰，脚上打着绑腿，头发剪得短短的，红扑扑的面孔，一个标准的小听差。他们问纳夫塔教授先生可在府上，并再三告诉小听差他们叫什么——

因为他们没有名片——让他去向纳夫塔先生——他自己不爱用头衔——通报。与楼门正对着的房门敞开着,可以看见裁缝作坊的里边。只见卢卡切克盘腿坐在一张台子上,礼拜天还在那儿赶活儿。他面色苍白,头顶光秃,长着一个特大的塌鼻子,黑色的八字胡一直拖到两边的嘴角底下,给人一个有苦难言的印象。

"您好!"汉斯·卡斯托普招呼道。

"好咧。"裁缝带着瑞士当地口音回答,虽然这跟他的名字和外表都不相称,听起来只觉得做作和怪异。

"这么勤快!"汉斯·卡斯托普边点头,边往下说……"今儿个可是星期天呀!"

"一件急活儿。"卢卡切克没多余话,手仍不停地飞针走线。

"准是什么高贵行头吧,"汉斯·卡斯托普推测,"舞会上急等着穿还是怎么的?"

裁缝半天没回答,用嘴咬断线头,穿上新的线,然后才点了点脑袋。

"准会很漂亮?"汉斯·卡斯托普仍不住口,"您在上衣袖吗?"

"是的,上衣袖,替一位老夫人赶的。"卢卡切克说,带着浓重的波希米亚口音。这时候,小听差回来打断了门里门外的对话,说纳夫塔先生有请,并为年轻的先生推开右边两三步之外的另一道房门,同时托起了垂在他们面前的门帘。一进去,他们就看见纳夫塔穿着拖鞋,站在苔藓绿的地毯上迎候客人。

表兄弟俩对这间两扇窗户的工作室的豪华装修和陈设深感意外,或者说大吃一惊;整幢房子及其楼梯、过道是如此简陋、寒碜，让人万万估计不到里边会是这种景象。强烈的反差使纳夫塔室内的华丽装修带上一些原本不具有的童话色彩，在表兄弟俩眼中同样如此。总之，他的房间很讲究，甚至辉煌耀眼，只不过里边尽管有办公桌和不少书橱，却缺少男人的工作室的气质。房里绸子太多，桃红的，紫红的，比比皆是：用来替破门遮丑的门帘是绸子的，窗帷和整套软家具的罩子也是绸子的；这些家具分散在房内较窄的一头，正对着第二扇门，在一块几乎占据整堵墙壁的挂毯前面。它们是一些巴洛克式的靠背椅，旁边的扶手上也装了小小的软衬；椅子围着一张镶嵌了金属饰件的圆桌摆成一圈；桌子背后还有一张同样款式的沙发，沙发上配了丝绒靠枕。书柜占据了两扇门旁边的墙面。它们和办公桌，或者确切地讲和那个摆在两扇窗户之间、装着拱形滑动顶盖的老式写字台，都是用硬质桃花心木精制而成的；柜门镶着玻璃，玻璃里边绷着绿绸子。可是在沙发左边的屋角里，在一个蒙着红绸的基座上，可以看见一件艺术品，一件彩绘木雕——一座震撼人心的圣母马利亚怀抱耶稣尸体的雕像，造型单纯、强烈以至于夸张：圣母披着盖头巾，紧皱双眉，嘴悲苦地微微张着，嘴角下斜，怀中抱着受难者，一个在比例掌握上原始蹩脚、在解剖学方面则显出无知牵强的男人形象，他那低垂的头上戴着刺冠，脸和身上血迹斑斑，在肋骨的伤口和手脚被钉子洞穿的地方，鲜血更像葡萄般大颗大颗地挂着。这件可怖的装饰，自然给纳夫塔裹在绸子里的房间平添了一分特殊情调。还有挂在书柜顶头靠窗那面墙上的壁毯，也显然是客户的功劳：它的纵向的条纹也是绿的，跟铺在红漆木头地板上的柔软的地毯完全一样。只有那低矮的天花板他毫无办法，光秃秃的，已开了一道道裂口，不过仍垂下来一盏威尼斯枝形吊灯。窗户被落地的淡黄色纱幔虚掩着。

"我们这就来赴约会啦。"汉斯·卡斯托普高声说，一双眼睛却紧紧盯住屋角里可怕的雕像，而不是望着这间出人意料的屋子的主人。纳夫塔称赞表兄弟俩说话算话，客气地伸出小小的右手来，意思是请他们在罩着绸套子的靠椅上就座。可汉斯·卡斯托普却着了迷似的一径朝那木头雕像走去，双手叉腰，歪着脑袋，站在像前。

"瞧，您这是什么！"他低声嘀咕着，"太棒啦！从来没见过更生动的苦难！一件老古董，自然啦！"

"14世纪，"纳夫塔回答，"显然产生于莱茵河地区。给您留下很深的印象？"

"太深啦，"汉斯·卡斯托普说，"这样的作品不会不给观看的人留下印象。我从未想到，有什么东西能像这样既如此丑——请原谅——又如此美。"

"一个心灵与表象的世界的作品，"纳夫塔说，"总是在美的面前显得丑，在丑的面前显得美，规律如此。它表现的是精神美，而非肉体美；肉体美是绝对愚蠢的。而且它也抽象，"纳夫塔补充道，"肉体之美是抽象的。只有内在的美，虔诚的表现之美，才是实际存在。"

"您的区分与归类非常正确，谢谢。"汉斯·卡斯托普说，"14世纪？"他希望证实一下……"13××年？不错，照书本里讲那还是中世纪。在一定程度上，这座雕像也印证了我最近取得的对中世纪的认识。我本来对此全然无知，从本质上讲，我是个搞技术的人。但到了山上，中世纪由于各式各样的原因在我脑子里变得形象了，不再遥远了。那时候还没有经济社会学，很显然。他叫什么来着，那位雕刻家？"

纳夫塔耸了耸肩。

"这有什么要紧？"他反问，"我们用不着提这样的问题，因为当初在它产生的时候，人家也不曾问过。回答只能是作者系某位先生，仅此而已，于是就成了佚名的和大家共同的作品。此外可以断定是中世纪后期的风格，哥特式，富于苦行主义的特征。您再不会发现有丝毫的掩饰和美化，而罗马时代在表现钉上十字架的耶稣时，还相信必须那样；没有王冠，没有对于尘世和殉道之死的庄严肃穆的胜利。只剩下苦难和肉体软弱的强烈表现。只有哥特式的趣味，才是地道的悲观和苦行主义的。您大概不知道伊诺曾三世那篇叫作《人生的苦难》的文章吧——一篇极富睿智的杰作，产生于12世纪末，但直到出现这样的艺术作品，才算获得了形象的阐发。"

"纳夫塔先生，"卡斯托普舒了一口气说，"您刚才强调的每一句话都令我感兴趣。'富于苦行主义的特征'，您说？我一定将它牢牢记住。先前您还讲什么'佚名的和大家共同的'，看来也值得好好考虑。您猜得对，很遗憾，我确实不知道那位教皇的著作——我猜想，伊诺曾三世是位教皇。他那作品是苦行主义和充满睿智的，我理解得对吗？我必须承认，我从来不曾想象，这两者可以并行不悖。但是,一旦认真审视,我马上豁然开朗,当然了,一篇探讨人间苦难的论文,它已为表现睿智提供了机会,以牺牲肉体为代价。这篇文章还找得着吗?我将我的拉丁文拼拼凑凑,没准儿也还啃得动。"

"这本书我有,"纳夫塔回答,同时脑袋冲书柜那边歪了歪,"您想读就拿去。不过,让咱们坐下来好不好?从沙发上您一样看得见雕像。再说咱们的茶点也正好送来了……"

送茶点的是那个小听差。他端着个包银的漂亮筐儿,里边盛着切成一片一片的蛋糕。可跟在身后穿过敞开的门敏捷地闪进来的是谁啊?那么文雅地微笑着,那么连声地高叫着:"天哪!""天哪!"原来是住在楼上的塞特姆布里尼先生,他是准备来陪陪客人的。他说他从小窗户看见表兄弟俩来了,便赶紧写完正在写的那一页百科全书的稿子,以便也下来坐一坐。他来是再自然不过的事。与表兄弟俩在"山庄"的老交情使他有权这样做,再加上他与纳夫塔的过从和交流显然也挺来劲儿,虽说他们俩之间存在着深刻的意见分歧——纳夫塔呢也漫不经心地招呼他,毫不感到意外的样子,把他当作理所当然的与会者。可尽管如此,他的到来仍清清楚楚地使卡斯托普产生了两个印象。第一,他感觉,塞特姆布里尼插进来是为了不让他和约阿希姆,或者干脆讲是为了不让他跟那个小丑八怪单独待在一块儿,是为了以其自身的存在来达到某种教育作用的平衡;第二,显而易见,他也完全不反对,而是十分乐意利用这个机会离开自己的小阁楼,到纳夫塔用绸子包裹着的雅室中来待一待,并且共进那精美的茶点。这时他搓了搓自己那双皮色发黄、手背靠小指一侧长着黑毛的手掌，然后便取过一片蛋糕吃起来。在这切得窄窄的卷曲的蛋糕片上，布满了网络状的巧克力。塞特姆布里尼赞不绝口，显然十分受用。

谈话继续以那个雕像为内容，因为汉斯·卡斯托普一直望着它，不断提起它，而且是冲着塞特姆布里尼，显然想让他也参加关于这件艺术品的讨论。塞特姆布里尼却背冲那个屋角坐着，在转过身去看木雕的时候，脸上露出的鄙夷之情再清楚不过。出于礼貌，他不便把想法和盘托出，只限于指出作品在人物造型和比例方面的缺点，指出其违反自然真实因而也就根本不能感动他的种种失当之处；须知它们并非产生于早期艺术的能力低下，而是产生于一种恶意的与艺术为敌的基本原则——在这一点上，纳夫塔狡黠地表示支持他的意见。纳夫塔说，可以肯定，远远谈不上什么技巧低下的问题。倒是精神自觉地摆脱自然的束缚，以拒绝对自然的任何屈就遵从，将其蔑视之情虔诚地表现了出来。可塞特姆布里尼却宣称蔑视自然和对自然的研究对于人类来说是错误的，并开始言辞激烈地批判起中世纪及追随其后的时代所沉溺的否定形式的谬见来，同时还抬出希腊罗马的艺术遗产、古典主义、美、形式、理性和唯一能促进人类事业的崇尚自然的乐观精神等，与之对抗。这当口，汉斯·卡斯托普抢过话头，质问他柏拉图蔑视自己身体的说法有根有据，伏尔泰以理性的名义对里斯本丑恶的地震表示愤怒抗议，这些情况又作何解释。荒谬吗？也可以说荒谬，但将一切仔细考虑考虑，依他的看法也完全可以将荒谬的称为精神卓越的，因此，哥特艺术反自然的荒谬，到头来也和柏拉图、伏尔泰的行为一样，也是卓越的，也表现了精神的解放，表现了人不向愚顽的强力、不向自然俯首称臣的自尊……

纳夫塔大笑起来，笑得让人以为是在敲打盘子，临了儿又让咳嗽取而代之。塞特姆布里尼正色道：

"您害苦了咱们的主人家，您的话太可笑啦，您这样子真对不起那美味的蛋糕。难道您全然不知感激吗？我设想，感激应表现在对馈赠之物的好好享用上……"

汉斯·卡斯托普面露羞愧之色，意大利人又殷勤地往下讲：

"我知道您是个机灵鬼，工程师。您友善地嘲弄善良的方式，一点儿也不使我怀疑您对善良的爱。您不用问也知道，只有那种珍视人的尊严和美的精神对自然的反抗，才称得上卓越；反之，那种虽不以贬低和侮辱人类为目的，但必然引出这种后果的精神对自然的抗拒，却不是如此。您还知道，产生我背后这个东西的时代，它曾经造成何等样的消灭人类尊严的恐怖和嗜杀成性的仇恨吧。我只需请您想想那些可怕的异教徒审判官，想想那个双手沾满鲜血的马尔堡的康拉德，想想他对一切敢于与超自然力量的统治相抗衡者所怀抱的祭师式的怨毒和仇恨吧。您远不至于承认剑和火刑堆是维护人类之爱的工具吧……"

"但修士团这种用来清除世界上的害群之马的机构，"纳夫塔说，"却服务于人类之爱啊。教会的一切惩罚，包括火刑堆，也包括逐出教门，它们的施行都是为了拯救灵魂免遭永劫；而对于雅各宾党人的酷好斩尽杀绝，能够这样讲吗？请容我指出，一切并非源于对彼岸世界信仰的酷刑和血腥司法,都是兽性的胡来。至于说到贬低人类的尊严,它的历史恰恰与资产阶级的精神思想史同步。文艺复兴、启蒙运动以及19世纪的自然科学和经济学,用尽了而且不放过任何机会教人用一切只要有点儿用处的手段,来贬低人类的尊严。从现代天文学开始,它就把宇宙的中心,把上帝与魔鬼这争夺的双方都渴望占有的生物的庄严格斗场,变成一个微不足道的小小星球,从而也就暂时结束了人在宇宙中的崇高地位,而古代的星象学是以人的这种地位为基础建立起来的。"

"暂时?"塞特姆布里尼先生心怀叵测地诘问,表情与一个等待着被审判者露出破绽、自投法网的异教徒审判官和宗教裁判所的所长不无相似。

"可以这么讲。几百年吧,"纳夫塔冷冷地做了肯定,"只要并非一切都是假象,经院哲学也将在这个过程中重新发扬光大,势所必然,势在必行。哥白尼将被托勒密[①]打倒。日心说将终于遭到精神的抗拒,后者的事业无疑将获得成功。科学将在哲学的逼迫下恢复教义曾经想要维护的地球的所有荣誉。"

"什么?什么?精神的抗拒?在哲学的逼迫下获得成功?好个唯意志论!研究能不要前提?认识能够纯粹是精神?真理,真理与自由有着紧密的内在联系,我说先生,您企图把它们的殉道者打成地球的侮辱者,可事实上他们不恰恰成了我们这个星球永远的光荣吗?"

---

① 托勒密(Claudius Ptolemaeus,100—170),古埃及天文学家,地心说的倡导者。

塞特姆布里尼先生提问的样子挺吓人的。他昂首挺胸，义正词严，对矮小的纳夫塔大有居高临下之势，结尾时更猛地拔高调门儿，让人听出来他是蛮有把握的，相信对手必然无言以对，只好羞愧地闭起嘴巴了事。说话时，他把在两个指头之间的蛋糕放回到盘子上，因为他在提问以后不便马上就吃。

纳夫塔却回答得异常平静：

"我说朋友，没有纯粹的知识。宗教学说的合理性就包含在圣·奥古斯丁的'我信即我知'这句名言中，是完全驳不倒的。信是知的器官，知解力乃第二性的。您的没有前提的科学是一个神话。信仰、世界观、观念，简言之，意志系正常的存在，理性当以讨论它、证明它为己任。无论何时，在任何情况下，结论都只会是'被表示的东西'。从心理学上看，证明的含义本身已包含着很强的唯意志论因素。12、13世纪的伟大经院学者一致坚信，在神学面前错误的东西，在哲学中不可能是真理。要是您愿意，我们可以把神学放到一边。可是，一种人道主义，它要是不承认在哲学面前错误的东西在自然科学中也不可能正确，就不是真正的人道主义。最高主教会议批驳伽利略的论据就着眼于他的观点在哲学上实属荒谬。比这更有力的论据，根本不会有了。"

"得，得，咱们那既可怜又伟大的伽利略的论点却更站得住脚！行啦，让咱们认认真真地来谈一谈吧，教授先生！请您当着这两位洗耳恭听的年轻人的面，回答我这个问题：您相信一种真理，一种客观的科学的真理吗？追寻它，乃是一切道德的最高准则，它对权威的一次次胜利将构成人类精神的光荣历史！"

汉斯·卡斯托普和约阿希姆都把头从塞特姆布里尼转向纳夫塔，只是表弟比表兄转得快一些。纳夫塔回答：

"这样的胜利不可能，因为权威就是人本身，就是他的利益、他的尊严、他的幸福，在权威和真理之间不可能存在不和。它们将合而为一。"

"这么讲，真理不就……"

"真理就是对人有用的东西。在人身上集中着自然，在一切自然中都只创造了人，一切自然只为人而创造。人是万物的尺度，人的幸福即真理的标准。要是缺少与为人谋幸福的思想的实际联系，理论认识只会索然寡味，以至失去任何一点儿真理价值，活该被取缔。基督的世纪在轻视自然科学对于人的价值这点上，是完全一致的。曾被君士坦丁大帝选作他儿子太傅的拉克坦提乌斯直截了当地问过，就算他知道尼罗河发源于何处，知道物理学家们关于天空胡诌些什么，他又会得到什么益处呢？现在请您来回答回答他这个问题吧！如果说我们重视柏拉图哲学超过了其他任何哲学，那是因为它不以认识自然，而以认识上帝为务。我向您担保，人类正准备回归这种观点，正在认清真正的科学，其任务并不在于追求那些无益的知识，而在于根除那些有害的东西或者在思想上无意义的东西，并且一句话，显示出直觉、分寸和选择力来。认为教会维护黑暗、反对光明的看法是幼稚的。它只是一而再、再而三地宣告过，那种对于认识的'缺少前提的'追求，也就是不顾及精神、不顾及争取幸福的目标的追求，应该受到惩罚；而真正将人类引向了黑暗，并将越来越深地引向黑暗的,恰恰是那'缺少前提的'、直接违反哲学真理的自然科学。"

"您这是在宣传实用主义,"塞特姆布里尼反驳道,"您只需将它运用到政治中去,就可以看出它的全部危害性。只要有益于国家,就好,就正确,就合理。国家的利益,国家的尊严,国家的权力,就是道德的准绳。太美啦!这一来,对任何罪行都大开了方便之门;至于人间的真理,还有正义、民主——它们只好自找存身之处……"

"请容我为咱们的讨论增添一点儿逻辑性吧。"纳夫塔道,"一种可能是:托勒密和经院学者们所言不虚,世界在时空两个方面都有穷尽。这样,神便是超验的,上帝与世界的矛盾将永远保持,而人也同样是二元的存在。他的灵魂的问题在于感性与超感性的矛盾,一切社会性的问题都远远地落在后面,沦为第二等的。但也存在着另一种可能:您那些文艺复兴的天文学家找到了真理,宇宙是无限的。这样,就不存在超验的世界,不存在二元论;彼岸被此岸所容纳,上帝与自然的矛盾将会消失,因为在这种情况下人格也不再是两种敌对原则的战场,而将和谐与统一;于是乎人间的矛盾只会产生于个人或大众的利害冲突,国家的目的,按纯粹的异教观点,就会成为道德的准则。要么是这种可能,要么是那种可能。"

"我抗议!"塞特姆布里尼大声疾呼,同时胳膊一伸,把他的茶杯塞到了纳夫塔面前,"我抗议您肆意诋毁现代国家,把它说成是对个人的奴役!我还要抗议,抗议您企图置我们于进退维谷的境地,在普鲁士主义与哥特式反动思想之间做出选择!民主除去以个人主义修正国家专制主义之外,别无其他含义。真理和正义是个人德性的王冠宝石;在与国家利益发生冲突的情况下,它们甚至可能看上去变成与国家敌对的力量,实际上呢,它们注意的却是国家更高的、让我们说是超现世的福祉。说什么文艺复兴是神化国家之源!好一个放屁逻辑!文艺复兴和启蒙运动的功绩——我要强调这个词的本来意义:功——绩——那就是个性,人权,自由!"

两位旁听者在塞特姆布里尼先生据理力争时都屏住呼吸,这时才舒了一口气。汉斯·卡斯托普甚至忍不住在桌子边上击了一掌,虽然相当节制。"太棒啦!"他透过牙齿缝轻声叫起来。连约阿希姆也露出极为满意的神色,尽管塞特姆布里尼顺带抨击了普鲁士主义。可随后两人又都把脸转向刚刚被打退的玄学大师,汉斯·卡斯托普更显得急不可耐,竟像狂欢节晚上看人家玩"瞎子画猪"那样,用胳膊肘撑着桌面,用拳头托着下巴,眼睛盯着纳夫塔先生的脸,神情异常紧张。

纳夫塔却双手垂在怀中,静静地、不露锋芒地坐在那里。他说:

"我试图给咱们的讨论引进一点儿逻辑,您却以慷慨激昂的大道理作为回答。文艺复兴使世界上产生了自由主义、个人主义和资产阶级人道主义等玩意儿,这事实鄙人多少有些了解。不过,您那'本来意义的'强调我却不以为然,因为您理想中的'战斗的'、英雄的世纪已成为过去。这些理想早就死了,充其量今天还在做最后的挣扎,将最后给予它们致命打击的拳头已经攥起。您自称革命者,如果我理解不错的话。可是,如果您相信未来革命的结果是——自由，那您就错啦。自由的原则早在15世纪已经实现和过时。今天，一种教育学如果仍以启蒙的女儿自居，仍视自我的批判、解放、修养以及某些特定生活方式的瓦解为其教育手段，这样的教育学即使还能暂时取得论争的胜利，它落后于时代的事实则是明眼人不会有任何怀疑的。一切真正的教育团体历来都清楚，任何教育学实际上追求的无论何时都只有一个东西，那就是绝对命令，就是铁一般的约束，就是纪律、牺牲、自我否定，就是个性的泯灭。归根到底，以为青年喜欢自由意味着对青年缺少爱心，意味着对他们不理解。实际上，青年内心深处渴望着服从。"

约阿希姆听得挺直了身板。汉斯·卡斯托普面孔绯红。塞特姆布里尼先生激动得直捻他那漂亮的八字胡。

"不！"纳夫塔接着说，"时代的秘密和要求并非自我的解放和张扬。时代需要的、要求的和即将为自己创造的是——恐怖。"

最后这个词儿，他说得比先前的所有词儿都轻，身子也一动不动；只有他的眼镜片闪闪发光。三位听者全都打了个寒噤，塞特姆布里尼也不例外，只不过他很快就镇定下来，脸上露出了微笑。

"可我得请教请教，"他问，"有谁或者什么——您瞧瞧，我疑问太多，简直不晓得如何问起啦——您想让谁或者什么——我很不乐意说出您这个词儿——来支撑您的恐怖呢？"

"鄙人乐意效劳。我想我不会错吧，如果我假定咱们俩都一致认为，人类曾经有过一个理想的原始状态，一个不存在国家和强权、人人都直接做上帝的孩子的状态；那儿不存在统治者和服役者,不存在法律和刑罚,没有不义,没有肉欲的结合,没有阶级差别,没有劳动,没有财产,只有平等、友爱和道德的完美。"

"太好啦。我完全赞成,"塞特姆布里尼宣布,"我完全同意只除去'肉欲的结合'那一点。它显然任何时候都会有的,因为人是最发达的脊椎动物,不可能与其他生物有什么两样,也……"

"说得对。不过,我这儿是想肯定咱们对那个原始乐园,对那种不存在司法和直接受上帝控制的状态的原则一致的意见;这种状态因为出现原罪才消失了。我相信咱们俩还能肩并肩地再往前走一段,因为咱们俩都认为国家归根到底只是一个为了防止罪孽、反对不义而缔结的社会契约,并且视它为暴力统治的根源。"

"太好了,"塞特姆布里尼叫起来,"社会契约……这是启蒙思想,这是卢梭。没想到……"

"请别急。咱们在这儿也就要分道扬镳了。统治权和强权原本在民众手中,民众把立法权和整个强权委托给了国家,给了君主,从这个事实,您的学派得出的结论首先是民众有对君权革命的权利。而我们相反……"

"'我们'?"汉斯·卡斯托普紧张地思索起来……"谁是'我们'?待会儿我一定得找塞特姆布里尼问清楚,他这'我们'是指谁。"

"我们在这方面也许革命性并不比您差,"纳夫塔说,"我们得出的结论首先是给教会比世俗国家优先的地位。即使国家的反上帝性质不曾明摆着写在它的额头上,但只要指出一个历史事实,即国家乃顺应民众的意志所建立,而不像教会系神的创造,就足以表明它尽管还不完全属于作孽之举,却也是为了应急和弥补罪恶的缺陷才有的措施。"

"国家,我的先生……"

"我清楚,您对民族的想法是什么。'祖国之爱和无限地追求荣誉高于一切。'维吉尔说过。您只不过用一点儿自由个人主义来修正他,这就叫民主;可您对国家的根本态度完全没变。它的灵魂——金钱,您显然不愿触动。或者您想否认,是吗?古代社会是资本主义性质的,因为它也笃信国家权力。基督的中世纪清楚地认识到了世俗国家固有的资本主义性质。'金钱将成为帝王'——这是11世纪的一则预言。您能否认它字字应验了,生活也随之彻底遭到了败坏吗?"

"朋友,请说下去。我等着您告诉我什么是那人所不知的伟力,是那恐怖的实施者,已经等得不耐烦了。"

"一位资产阶级代言人的大胆好奇。若要问,就问问那已将世界置于绝境的自由的实施者,是不是这个阶级吧。出于无奈,我只能拒绝对你做出回答,因为对资产阶级的政治观念我不熟悉。您的目标是建立一个民主帝国,是民族国家原则的自行提高,实现全球化,成为一个世界国家。这个帝国的帝王呢?我们知道他是谁。你们的空想令人害怕,然而——在这一点上咱们之间又达到了某种一致。因为你们的资产阶级共和国有某些超验的性质,真的,世界国家确实是世俗国家的超越,而咱们俩在相信与人类完美的初期状态相对应,在遥远的未来有一个完美的终结状态这点上,又一致起来了。自从上帝之国的创建者格里高利大帝①时代起,教会就以使人类重新回到上帝的领导下为己任。教皇并非为他自己要求得到统治权,他所代行的专制,只是达到拯救目的的手段和途径,只是从世俗国家到天堂之国的过渡形式。您对这里的两位好学青年讲过教会的血腥暴行,讲过它残忍无情的刑罚——真是太愚蠢,须知上帝的激情自然不会是和平温婉的,格里高利就说过这样的话:'那个在血面前收回宝剑的人,应该遭到诅咒!'权力是邪恶的,我们知道。可一旦天国到来,善与恶、彼岸与此岸、精神与权力的二元论,就必然暂时化解为一个将苦行与统治统一起来的原则。这就是我所说的恐怖的必然性。"

"实施者呢?实施者呢?"

"您一定要问吗?从您那自由贸易主义中,是不是产生了一种社会学说,它意味着人类克服了经济主义,它的原则和宗旨跟基督的上帝之国的原则和宗旨恰好吻合呢?教会的长老们早已称'我的'和'你的'为堕落的词语,称财产私有为篡夺和盗窃。他们谴责土地占有,因为根据上帝的天赋人权,地球属于全人类共有,生产的果实也就应该为所有人共同享用。他们教人懂得,只有贪欲这个原罪之果代表着占有权,制造出了特殊的财产所有制。他们富于人道,坚决反对贸易主义,干脆称经济活动是对灵魂得救的威胁,是对人性的威胁。他们仇恨金钱和敛财的活动,称资本主义的财富是炼狱之火的助燃剂。他们打整个心眼儿里鄙视经济主义那个供求关系决定价格的根本法则,谴责利用繁

---

① 格里高利大帝,罗马教皇,公元590—604年在位,死后被尊为圣者。

荣时期是乘人之危的疯狂剥削行径。在他们看来,还有一种剥削更加罪孽深重:剥削时间!让人仅仅因为时光的流逝付给自己钱财也就是利息,这样,就把时间这上帝的创造滥用来使这个人得益,使另一个人受害。"

"好极啦!"汉斯·卡斯托普情不自禁地喊了起来,而且用的是塞特姆布里尼惯用的词儿,"时间……上帝的创造……这太重要啦……!"

"确实如此,"纳夫塔继续说,"人类的这些智者,他们对让金钱自行增殖的思想深感厌恶,把一切取息和投机的营生统称为盘剥,并且宣布,每一个富人都要么自己是贼,要么是贼的后代。他们还不罢休。跟托马斯·封·阿奎那①一样,他们视整个商业,视不对产品加工、完善而纯粹靠买和卖牟利为一种该诅咒的行业。他们对劳动本身也不倾向于做很高的评价,因为劳动只是一种伦理行为,而非信仰行为,只服务于生存,不服务于上帝。要是只讨论生存,只讨论经济,他们便要求以生产性劳动作为谋取经济利益的前提,作为衡量可敬可鄙的标尺。他们敬重的是农夫,是工匠,而非商贾和工厂主。因为他们希望生产适应需要,讨厌大规模地成批制造。说到底——所有这些经济原则和标尺,在经受了几个世纪的埋没之后,今天又在现代共产主义运动中复活了。两者完全一致,就连国际劳动阶级向国际商业投机阶级夺取统治权这一点也毫无差别。今天,世界无产阶级已提出人

---

① 阿奎那(1225—1274),西欧中世纪经院哲学最重要的代表人物之一。

道和上帝之国的准则来与资产阶级、资本主义的腐朽没落相对抗。无产阶级专政是拯救时代的政治和经济需要，专政本身并非目的也不会永恒，而只是为了在十字架的引领下暂时地消除精神与权力的矛盾，为了以统治世界为手段来战胜世界，为了过渡，为了超越，为了重建天国。无产阶级继承了格里高利的事业，他对上帝的热诚已附于无产者体内；和他一样，他们也绝不容许一见着血就缩回手去。他们的任务是以恐怖医治世界，争取获得拯救，重创一个没有国家、没有阶级、人人都是上帝的孩子的完美境界。"

纳夫塔的一席话就是如此尖锐。小小的聚会沉默下来。年轻人都望着塞特姆布里尼先生。不管怎样，他总该表个态才对。终于，他说了：

"惊人之谈。是的，我承认我感到震惊，连做梦也想不到。众所周知的罗马。真叫说得——说得太绝啦！他让我们眼睁睁看着他翻了三个富于宗教精神的大筋斗——如果在前边的形容词中包含着矛盾，那么，他也将它'暂时化解'啦，嗯，是不是！我重申一下：惊人之谈。您认为还可能提出异议吗，教授——仅仅从前后一贯的角度提出的异议？您先是煞费苦心，帮助我们理解一种建立在上帝与世界二元论基础上的基督教的个人主义，并对我们证明，它是优越于一切为政治所决定的伦理观的。可几分钟之后，您又逼着社会主义去实行专政和恐怖统治。这怎么对得起头呢？"

"矛盾，"纳夫塔回答，"会得到协调。不协调的只是半拉子货而已。我想我已斗胆指出过,您的个人主义就是半拉子货,就是勉强妥协。为了弥补其国家伦理观的不足,它采用了一些基督精神,一些个'个人权利',一些所谓自由,全部就这么多。反之,那种以承认个体在宇宙和星象学中的重要地位为出发点的个人主义,那种非社会意义而是宗教意义的个人主义——它不是从自我与社会的矛盾中体验到人性,而是从自我与上帝、肉体与灵魂的矛盾中体验到人性——这样一种真正的个人主义,它与最富约束力的集体也会是十分协调的……"

"它是无名的和属于大众的。"汉斯·卡斯托普说。

塞特姆布里尼睁大眼睛瞪着他。

"您别搭腔,工程师!"他口气严厉地喝道。由此可见,他已非常神经质,已非常紧张。"您只管了解情况,可别发明创造!——那是一个回答,"他又把脸转向纳夫塔说,"它不令我信服,可仍算一个回答。让咱们来仔细研究一下所有的结论吧……您在否定工业的同时,就否定了科学技术,否定了机器,否定了进步;在否定您所谓的商业的同时,在否定金钱和远比古时候农业、手工业受重视的金融业的同时,就否定了自由。因为很明显,这明显到了触目惊心的地步:那样一来,正如在中世纪所有公私关系都依附于土地一样,包括人格在内——这话我很难出口——人格也曾依附于土地。只有土地能养活你,因此也唯有它可以赋予你自由。工匠和农民,不管他们如何受尊重,反正不占有土地,便只能是土地占有者的农奴。事实上,直到中世纪后期,甚至连城市的大部分居民也仍然由农奴组成。在辩解的过程中您是说过这样那样标榜人类尊严的话,可与此同时,您却维护一种必将使个人丧失自由和尊严的经济道德。"

"尊严和失去尊严的问题是可以谈清楚的,"纳夫塔应道,"可暂时我会感到满足,要是在这个地方您能够不把自由当作一种非常美好的姿态,而是作为一个问题来理解的话。您刚才断言,基督教的经济道德美固然美,人道固然人道,却造就了失去人身自由的农奴。我相反却要指出,自由问题,更确切地说城市的问题——这个问题总是极富于伦理性质,从历史发展看则是与经济道德的非人化蜕变,与现代商业和投机业的种种恶行,与金钱的魔鬼统治紧紧纠缠在一起的。"

"我必须始终坚持一点,就是请您别老是模棱两可,闪烁其词。我请您清楚地、明白无误地表明一下您对那个最黑暗反动的学说的态度!"

"走向真正的自由和人道的第一步,应该是克服在'反动'这个词面前感到的胆战心惊的恐惧。"

"得,这就够了。"塞特姆布里尼声音微微有些颤抖地宣布,同时把本来已经空了的杯盘从面前推开,从套着绸罩子的沙发上站起身,"今天就算够了,对于一天来说我看够了。谢谢您美味可口的款待,教授,谢谢您富于启迪的谈话。我这两位'山庄'的朋友该回去接受治疗啦。我希望,在他们走之前能再领他们上去看看寒舍。请吧,先生们!再见,神父!"

现在他甚至管纳夫塔叫"神父"!汉斯·卡斯托普眉毛一扬,注意到了这个插曲。塞特姆布里尼提出散会,想拉走表兄弟俩,根本不问一问纳夫塔是否也乐意跟着大伙儿上楼去——对这一切谁都未提出异议。年轻人同样向纳夫塔告别和表示感谢，接受了再来的邀请，随后便跟着意大利人走去；但在此之前，汉斯·卡斯托普还得到了那本他准备借回去看的书，即已有些朽烂的硬面精装的《人生的苦难》。长着两撇给人一种酸楚印象的八字胡的卢卡切克仍然坐在工作台前，为那位老太太赶制带袖的裙子。塞特姆布里尼一行经过他敞开的门前，攀着简易的梯子向顶楼爬去。仔细一瞧，这哪儿算什么楼，简直就是个屋顶架；房盖内侧的下边，立着光秃秃的撑子，弥漫着夏天库房中的气息和木料晒热后发出的味儿。不过面积倒容得下两间小斗室，咱们共和主义的资本家便住在这里。小斗室一间作为《苦难社会学》撰稿者从事精神活动的场所，一间供他栖息。他兴致勃勃地向客人介绍着它们，称这个套房自成格局，清静舒适，为的是把恰当的词汇送到来客嘴边，以免他们在称赞起来时词不达意——两位年轻人异口同声地这么做了。真不错哩，表兄弟俩赞叹道，自成格局，清静舒适，完全跟他讲的一样。他们先去瞅了瞅卧室，只见在阁楼角上摆着一张又窄又短的小床，床前铺着块拼镶小地毯；随后他们回到工作室，那儿的陈设同样寒碜，但却像接受检阅似的整整齐齐，甚至使人产生一种冷冰冰的感觉。笨重的老古董式样的椅子，数一下一共四把，坐垫是用草织的，对称整齐地摆在门的两边；还有一张长沙发也紧贴着墙，使得铺着绿台布的小圆桌独自占据房间中央的位置，显得孤零零的；桌上放着一个在颈口处点缀着玻璃卷花的水瓶，要么当作装饰，要么提供饮水，反正挺实际的。一些书籍，精装的和简装的，倾斜地彼此倚着靠着，摆在一个小小的挂在墙上的书架里。临着小窗，耸着一个台面可折叠的写字几，几腿又细又长；几前铺着一块小而厚的地毯，刚好够一个人站上去。汉斯·卡斯托普真站在上面试了试——这就是塞特姆布里尼先生的办公桌，就是他从研究人类苦难的角度撰写和润饰他的百科全书的地方——还将胳膊肘支在倾斜的几面上，得出结论说，站在这儿还真是自成格局，清静舒适。他相信，当年塞特姆布里尼先生的父亲在帕图亚可能就这么站在他的写字几前工作过，鼻子也如此长，如此美——他得到回答，这确实是已故老学者的遗物，他确实在那面前站过。是的，还有那草垫、圆桌连同桌上的水瓶，全都属于他的财产，而且还不止于此：那些带草垫的椅子甚至曾经为他的祖父卡尔波纳洛所拥有，曾经装饰过他在米兰的律师事务所的墙壁哩。真太了不起啦！在两位年轻客人的眼里，那些椅子的造型开始显出某种令人不安的政治意味来；本来还漫不经心地架着腿坐在上面的约阿希姆赶紧站起身，用怀疑的目光打量他坐过的那把椅子，再没有坐上去。而汉斯·卡斯托普则仍留在老塞特姆布里尼的写字几前，考虑着如今他的儿子怎样继续在那上面写作，怎样将乃祖的政治和乃父的人文主义结合起来，变成优美动人的文学。后来，三人一起离开了阁楼。作家主动提出送表兄弟俩回去。

　　他们默不作声地走了一段，不过沉默的原因却在纳夫塔。汉斯·卡斯托普可以等待：肯定的是，塞特姆布里尼先生一定会谈他那位邻居，是的，他正是为了这个目的才来送他们的。卡斯托普想得不错。在像助跑似的长长吁了一口气之后，意大利人开腔了：

"先生们——我想给你们一个警告。"

说完，他有意停住了，于是汉斯·卡斯托普自然地故作惊讶，问："警告我们提防什么？"他原本可以问："提防谁？"可他下意识地忍住了，以便表现得单纯无知，事实上连约阿希姆都心中有数。

"提防刚才我们拜访的那个人，"塞特姆布里尼回答，"我本来没打算也不希望介绍你们和他认识的。你们知道，事出偶然，我没有办法；可我仍觉得有责任，责任很重。我不能不向你们青年人指出与这个人接近所冒的精神风险，并且请你们把与他的交往控制在明智的范围内。他貌似一位逻辑专家，骨子里却要使人头脑混乱。"

嗯，不过嘛，汉斯·卡斯托普认为，这个纳夫塔未必真就这么危险，他讲的话某些时候听上去确实有点儿古怪，仿佛他真的相信太阳围着地球旋转似的。可是话又说回来，他们表兄弟俩又怎么想得到与他的，即塞特姆布里尼的一位朋友交往，会有不妥呢？他自己说了，他们是通过他认识纳夫塔的；他们曾碰见他与他在一起，他跟他一块儿散步，他无所拘束地到他房里去喝茶。这些不都证明……？

"不错，工程师，不错，"塞特姆布里尼的语气温和、克制，但嗓音却微微有点儿颤抖，"可以这么反问我，因此您也反问了。好的，我乐意做出解释。我与这位先生生活在同一屋顶下，碰头难以避免，说了一句话就有第二句话，于是认识了。纳夫塔先生是个聪明人——聪明人不多。他生来好争论问题，我也一样。随人家怎么批评我吧，我反正利用与一位水平相当的对手交锋的机会，磨砺自己的思维之剑。在这附近一带，我找不到其他人……总之，是真的，我常去找他，他也常来找我，我们还一块儿散步。我们争论，争论得你死我活，几乎天天如此；可我承认，他思想的不一致和敌意，对我有着更多的魅力，使我去找他。我需要摩擦激励。思想观念没有机会战斗，就会失去生命力，而我——思想观念已经坚定。你们又怎么能这样讲呢——您，少尉，还有您，工程师？对于惑人心智的玩意儿，你们缺少武装，你们受到他那既狂热又险恶的诡辩影响的危险，在精神和心灵方面招致损害。"

是啊，是啊。汉斯·卡斯托普说，可能真是这样，他的表兄和他，他们生来就可能比较容易受坏影响。生活中的"问题儿童"呗，他懂。不过，在这儿倒可以恰到好处地引用彼特拉克的那句名言，塞特姆布里尼先生肯定清楚；而且，在任何情况下，纳夫塔所讲的话也值得一听。必须公正地说，他关于共产主义时代的论述——他认为这个时代过去后就又会人人平等——是很精辟的。再者，那些除了从纳夫塔口中恐怕永远也听不见的对于教育的看法，也令他卡斯托普很感兴趣……

塞特姆布里尼紧闭双唇。汉斯·卡斯托普赶紧补充道，他本人当然是超脱于任何党派和立场的。他只不过认为，纳夫塔讲的有关青年的喜好的一席话，确实有些意思。"请您先给我解释一个问题,好吧!"他继续说,"刚才这位纳夫塔先生——我称他'这位先生',就是为了暗示,我并非绝对无条件地同情他的观点,而是相反,内心深处对他怀着极大的保留……"

"您这样做很对!"塞特姆布里尼嚷起来,语气带着感激。

"……刚才他讲了一大堆反对金钱的话,称金钱是现代国家的灵魂;他反对私有制,视它为盗窃;总之,他反对资本主义的财富,说它是炼狱之火的助燃剂——我想我没记错,他差不多就是这么说的,并且对中世纪禁止放贷取息大唱赞歌。可另一方面,他自己却……请原谅,他自己必定……当你跨进他的房间,简直惊讶极了。什么都是绸子……"

"嗨,可不,"塞特姆布里尼微微笑一笑,"那是一种特殊爱好啊。"

"……那些精美的老古董家具,"汉斯·卡斯托普继续回忆着,"那尊14世纪的木雕像……那挂威尼斯枝形吊灯……那个穿漂亮号衣的小听差……还有巧克力蛋糕,要多少有多少……他本人想必……"

"纳夫塔先生本人并非资本家,"塞特姆布里尼回答,"跟我一样。"

"可是?"汉斯·卡斯托普问,"在您的话里包含着一个'可是'哩,塞特姆布里尼先生。"

"噢,那帮家伙才不会让他们中的任何人饿着呐。"

"谁?'那帮家伙'?"

"那些神父。"

"神父？神父？！"

"不过我指的是那些耶稣会教士，工程师！"

接着是片刻的沉默。表兄弟俩看上去十分惊愕。汉斯·卡斯托普大呼：

"什么，老天，十字架，见他的鬼——这家伙是个耶稣会教士？！"

"您猜着了。"塞特姆布里尼文质彬彬地说。

"不，我一辈子也不会……谁能想得到呢！怪不得您刚才管他叫神父？"

"那只是一点点过分的礼貌，"塞特姆布里尼回答，"纳夫塔先生还没当上神父。他的病暂时挡住了他的前程。但他已完成试修阶段，已许过头几个愿。疾病迫使他中断了神学的学习。后来，他在他那所教会学校里还当过几年级长，也就是当年幼的学生的监督、辅导员和见习教师。这很符合他对教育的爱好。眼下在山上，他到腓特烈文科中学教授拉丁文，也出于同样的考虑。五年前，他来到了山上。他失去了信心，不知什么时候或者压根儿还能不能再离开这个地方。不过，他肯定是耶稣会的成员。尽管他与教团本身联系并不十分紧密，却到哪儿也不会改变观念。我告诉你们，他本人是贫穷的，我是说，没有财产。当然了，规定就得这样。但是，耶稣会却拥有数不清的财富，会关心它会中的人，这你们看见了。"

"真叫见鬼，"汉斯·卡斯托普嘟囔着，"真的压根儿不知道，也想不到，天底下确确实实有这样的事！耶稣会分子。可不是吗!……可有一点请您告诉我:既然那帮神父如此关心他、照顾他,他干吗发了疯似的还住在……我自然不想对府上说这道那;您在卢卡切克那儿是住得挺美的,那么自成格局,外加清静舒适。我只是讲:纳夫塔他既然那么肥——用我习惯的说法——干吗他不另外找个住处,舒服一点儿的,楼梯像样子的,房间更大,房子外观更雅致?他让那么个小窝里到处是绸子,真有些神秘蹊跷的味道……"

塞特姆布里尼耸了耸肩。

"他之所以这样,"意大利人说,"想必自有分寸和口味方面的原因。我猜想,他企图安抚一下自己那因反资本主义而负疚的良心吧,方法是住进一个穷人才会住的房间,但又为了不亏待自己,便采取那样的居住方式。这也有掩人耳目的考虑。一个人在暗中得到魔鬼多大的好处,不会拿到人前去吹嘘。所以他给人看的门面很不起眼,背后却兴致勃勃,追求他那酷爱绸子的教士趣味……"

"太奇怪啦!"汉斯·卡斯托普说,"对我真是绝对新鲜,甚至激动人心,我得承认。不,我们真的该感谢您才对,塞特姆布里尼先生,感谢您使我们认识了这样一个人。您乐意相信吗,我们还会不时地去拜访他?这已说定了。与这样一个人交往将在意想不到的程度上扩大我们的眼界,让我们窥见一个做梦也不相信其存在的世界。一个真正的耶稣会士!我说'真正的',只是因为脑子里刚好闪过这个词儿,我必须说明。我脑子里问:他可是真的吗?我清楚,您认为一个暗中受魔鬼支持的人,绝无什么真正可言。不过，我提出问题的意向是：他作为一名耶稣会教士，可谓真正吗？——这问题老在我心里打转。他说了一些话——您知道我指哪些。总之，他说了一些我不愿再重复哪怕一点点的话，而您那位手执资产者戈矛的先祖父，与之相比只不过是只纯善的小羊羔而已——原谅我打这个比方。他这样对吗？他的上司会同意他如此讲吗？这与罗马的说教协调一致吗？据我所知，全世界的教会都应宣传罗马的主张才是。这叫不叫——怎么讲来着——异端邪说，离经叛道呢？对纳夫塔的言论我这么考虑，并且很乐于听听您的想法。"

塞特姆布里尼莞尔一笑。

"很简单。纳夫塔首先肯定是耶稣会士，地地道道，百分之百。其次，他可也是个聪明人——否则我就不会和他打交道——而作为聪明人，他总力求有新的联想，适应新的形势，提出新的问题，做到随时代的变化而变换说法。你们看见我自己也常对他的理论感到意外。在此以前，他还没向我这么彻底地亮过自己的观点。你们在场显然使他很兴奋，我就利用这个机会挑逗他，让他把话兜底儿倒出来。听起来够古怪的，够吓人的……"

"可不，正是，但他干吗没当上神父？他年龄不是挺合适吗？"

"我已经对你说过：疾病暂时妨碍了他。"

"对。可您是否认为，如果第一他是个耶稣会士，第二他是位富于想象力的聪明人——那么这第二点，这加上的一点，是否跟疾病有关系呢？"

"您这话什么意思？"

"不，不，塞特姆布里尼先生。我只是想说：他有一个浸润性病灶，这妨碍他当上神父。但他那些联想力恐怕同样也妨碍了他，在一定程度上，因为联想力和病灶原本就有些关系。他差不多同样是个生活中的'问题儿童'，特殊类型的，一个（肺上）有小浸润点的病弱的耶稣会士。"

他们已经走到疗养院。在大楼前的平台上，他们在分手之前还站在一块儿聊了一会儿。几个在大门口无所事事地东张西望的疗养客都好奇地望着他们。塞特姆布里尼先生说：

"我再次警告你们，我年轻的朋友。我阻止不了你们与这个刚结识的人交往，要是好奇心驱使着你们非去不可的话！不过要心存戒备，任何时候也不可不加分析批判就听信他的话。这个人，我要用一句话给你们讲清楚：他是个放荡家伙。"

表兄弟俩的脸变了样子。过了一会儿，卡斯托普问：

"一个……怎么会？对不起，他不是教士吗？当教士必须起誓，据我所知，再加上他又那么皮包骨头，身体虚弱……"

"您说傻话，工程师，"塞特姆布里尼打断他，"这跟是否体弱多病完全没有关系；至于说到起誓嘛，那也有保留。不过，我是在更广和更高的意义上那样讲，相信您具有必需的理解力。还记得起来吧，有一天我上您房间看您——很久以前，很久很久以前——您刚照过片子，在房里静卧……"

"当然记得！您在黄昏时分走进我的房里来，拧开了灯，我记得清楚得像今天……"

"好。当时我们聊到一些较高深的话题，感谢上帝，我们经常如此。我甚至相信，我们谈到死与生，谈到作为生的条件和附属的死的尊严，谈到死会变得丑恶，如果精神厌弃它，将它作为原则孤立起来的话。我的先生！"塞特姆布里尼先生继续滔滔不绝，同时朝两个年轻人跟前逼近一步，并将左手的拇指和中指伸直成叉子状对准他们，像是想以此钳制住他们俩的注意力。他还举起右手食指发出告诫："请牢牢记住，精神是独立的，有着自由的意志，道德世界由它来决定。如果它将死孤立起来，分裂开去，死就会通过精神的自由意志变成为实在，事实上——你们懂我的意思，就会变成一股与生抗衡的自在力量，变成一个敌对原则，变成巨大的诱惑，而它的王国就是淫欲之国。你们问我：为什么正好是淫欲？我回答你们：因为淫欲能使人获得解脱，因为它也是一种拯救，只不过不是将人从恶中解脱拯救出来，而是一种恶的解脱。它瓦解道德和伦理，使人摆脱礼仪与自持，变得放荡而无拘束。我现在警告你们提防我本不愿意介绍你们认识的这个人，要求你们在与他交往和谈话时心存戒备，戒备再戒备，就是因为他所有的想法都有淫荡的性质，都受着死的庇护——死是一种极为放荡的力量，我当时对您讲过，工程师——我还清楚记得我用过的这个词儿；那些我有机会发表的中肯而精辟的意见，我始终保存在我的记忆里——是一种对抗道德、进步、工作和生的力量；保护年轻的心灵不受这种力量毒害侵蚀，是一个教育者最崇高的责任。"

塞特姆布里尼先生讲得再好不过了，再清楚、再周到不过了。汉斯·卡斯托普和约阿希姆·齐姆逊对他表示衷心感谢，然后向他道别，走进了"山庄"的大门。他呢，又回到纳夫塔那绸子小窝顶上的阁楼中，站在写字几前做他的作家去了。

这儿记录了表兄弟俩第一次造访纳夫塔的经过。接下来他们又去过两三次，有一次甚至连塞特姆布里尼先生也不在场。这几次访问同样引起年轻的卡斯托普许多思考。当他独自坐在那开满蓝色小花的隐退之所"执政"时，眼前又浮现出那个叫作"神人（Homo Dei）"的崇高形象。

勃然大怒，再加一点令人十分难堪的情况

转眼到了八月。幸运的是，随着月初几天的过去，我们的主人公上山来一周年的日子也悄悄溜过去了。过去了倒好——临到它到来时，年轻的汉斯·卡斯托普曾感到几分不快。这是规律。谁都不喜欢这样的日子，所以，长年住在山上的老病号们也不进行纪念；反之，其他任何可以庆祝碰杯的机会却绝不放过。除去一年一度的公众大节日和周年纪念之外，还尽量加上一些私人的非常规的纪念日，诸如每个人的生日，全院性的体检，即将痊愈出院甚或私自强行出院等，都可以成为聚在餐厅大吃大喝的借口——只有入院的周年纪念日，人们讳莫如深，能混就混，常常就真的忘记了它。再说也可以放心，别的人根本不会把它当回事儿。不错，大伙儿重视将时间化整为零，注意观察日历，观察可见的周期和循环。但是，去量去数自己与山上的空间联系在一起的时间，这种事只有初来乍到的新病号才会去干；住油了的老

病号喜欢的是心中无数，漫不经心，每天一个样，而且都感情细腻，相互之间善于将心比心。所以，对某个人说"今天是你上山三周年了"什么的，就定会被视为最不得体和最残忍的举动——这样的事也从未发生过。就连施托尔太太，不管她在其他方面多么缺少修养，在这一点上也很有节制和老练，犯规动作还没有过。她的生病，她的发烧，显然跟她的极无教养关系密切。就在最近一次进餐的时候，她还大谈她肺尖"发蔫儿"。当话题转到历史事件时，她便宣布，记历史年代算得上她的"玻利克拉特指环"①，同样引得举座愕然。不过，仍然无法想象她二月份会提醒约阿希姆，住院已经一年了，尽管她并非没有想到这件事。须知她那可怜的脑袋自然塞满了没用的日期和事情，加上她又有替别人计算的爱好，只不过山上的规矩约束着她罢了。

汉斯·卡斯托普那一天的情况亦然。是的，她在餐桌上也曾试图冲汉斯·卡斯托普意味深长地挤挤眼睛，但当对方回敬她一个"木无表情"时，她便赶紧收敛了。约阿希姆同样对表弟一声未吭；他当然想起了这个日子，想起了他在达沃斯"村"火车站接这位"来探病的人"的情景。但是约阿希姆生来就不爱讲话，比起汉斯·卡斯托普到了山上以后变成的这个样子差得很远，更甭提与他们认识的作家和玄学家相比了——近些时候以来，约阿希姆更加引人注目地默不作声，紧闭的唇间只偶尔挤出几个音

---

① 玻利克拉特，生活于公元前6世纪的希腊萨莫斯岛，暴君兼建筑家。"玻利克拉特指环"意为"逃避不掉的噩运"；施托尔太太此处系附庸风雅，使用不当。席勒著有叙事诗《玻利克拉特的指环》，可参考。

来，可脸上的表情却变化不定。很明显，达沃斯"村"车站使他想到的已不再是到达和迎接……他与平原上频繁通信。他心中的决定已经成熟。他做的种种准备正接近尾声。

七月曾经暖和而又爽朗。可八月一到天气就变坏了，阴郁、潮湿，开始是雨夹雪，随后就毫不含糊地下起雪来；除了间或还插进来一两个像样的夏日，坏天气一直持续到月底，进入了九月。一开始，房间受惠于刚刚过去的夏季，还暖和；房里的气温为10℃，可以说还算舒服。但很快就越来越冷，越来越冷；大伙儿高兴的是雪已盖住山谷，因为这个景象——只有这个景象，单单温度低没有作用——促使院方打开了暖气，先在餐厅里，后在卧室中。这样，在静卧以后揭掉裹在身上的两床毛毯，从阳台上回到房里，病员们就可以把又僵又潮的手伸过去拍拍那些使人复苏的白铁管，虽然它们放出的干燥热气让脸颊烧得更厉害。

已经到冬天了吗？人们的感官逃避不了这个印象，于是纷纷抱怨受骗上当，"夏天被偷走了"；殊不知正是他们在种种自然的和人为的情况支持下，用一种内在和外在都堪称浪费奢靡的消磨光阴的方式，自己欺骗自己，自己偷走了自己的夏天。只有理性乐于相信，还有美丽的秋日跟着到来，甚至可能是一连串的许多天，又暖和又明媚，就算把它们称作夏日也不算过誉，当然前提是你别去管太阳升起得已经不那么高，隐没到地平线下也早一些。然而，窗外的冬景给人心灵的影响远强于这样一些安慰。病员们站在紧闭的阳台门边，目光痴呆地望着飞雪，心里都挺烦闷——约阿希姆眼下正是如此，他嗓音压抑地说：

"这算又开始了吗？"

汉斯·卡斯托普在他背后的房里回答：

"还早了点儿，还没有真正开始，不过确实已经板着面孔，叫人害怕。如果说冬天就意味着阴暗、飞雪、寒冷和暖气管的话，那又真是冬天了，无可否认。加之考虑到不久前也是冬天，融雪季节才刚过去——反正咱们觉得是这样，对吗？仿佛刚刚还是春光明媚——这就可能暂时败坏人的心绪，我承认。这将危害人的生活乐趣——让我给你解释我说这话的意思。我认为，在正常情况下，世界被安排得正好符合人的需要，有利于增加人的生活乐趣，这点必须承认。可我不想走得太远，竟然声称自然的秩序，例如地球的大小，它自转和绕着太阳旋转一周所需的时间，昼夜和四季的更迭，宇宙的节奏，你要是愿意说的话——竟然声称它们都是按我们的需要来测定的。这样讲太放肆，太简单；这叫神学，拿思想家的话来说。不过事实确乎是：我们的需要跟自然总的、基本的现象，赞美上帝，相互正好协调一致——赞美上帝，我说，因为这情况真该让人赞美赞美他才是——你瞧，平原上夏天或者冬天来了，那么前一个夏天或冬天恰好已经过去那么久，使你感觉刚来到的夏天或冬天又是新的和值得欢迎的，于是便产生了生活的乐趣。可我们这山上呢，上述秩序和协调被破坏了，一则因为这儿如你自己有一次指出的，几乎没有真正的四季，而只有夏天和冬天，并且乱七八糟地搅和在一起。再则，人在这儿过的时间也不对，以致新的冬天到来一点儿也不新，让人觉得又是老样子。这就是为什么你在那儿望着这窗外会心生烦闷。"

"非常感谢，"约阿希姆说，"现在你找到了解释，因此，我相信，你可以心满意足了，以至于你对事情本身也不再感到不满，虽然它……不！"约阿希姆喊道，"够了！真是卑鄙无耻。整个都卑鄙无耻得叫人害怕，令人恶心；你可以随你自己的便……我，我可……"说着，他冲出房间，砰地带上了门。如果并非一切都是假象，那么，在他美丽、温柔的眼中，确实饱含着泪水。

另一位凄凄然地留了下来。他从未把表兄的一些决断当真，只要它们还被约阿希姆大声地宣布着。可眼下，他沉默寡言，脸上表情一会儿一变，加之还有刚才的表现，汉斯·卡斯托普着实吓了一跳；因为他意识到，这个当兵的真个要采取行动了——他吓得脸色发白，而且是为他们两个，为了约阿希姆和他自己。很可能他会死去，他想，因为这显然是从第三者口里掏来的学问，过去那从未消除的疑心又涌上心头，令他觉得很不是滋味儿。他同时还想：可能吗，他把我一人扔在山上——我可原本只是来看他的呀？！又想：这可真是既荒唐又可怕——荒唐可怕得我感觉自己面孔发冷，心跳也失去了规律，因为要是我独自留在山上……可他要真走了就得这样，和他一块儿走压根儿不可能——那一来不就……可这会儿我的心完全停止跳动了——那一来就将是一辈子，因为我独自一人永远也别想再回到平原上去……

汉斯·卡斯托普的可怕思路就是如此。但他没想到，当天下午事情就有了眉目：约阿希姆宣布，决心已经下了，就等采取最后行动。

喝过茶以后，他们来到亮着灯的地下室，接受每月例行的检查。时间是九月初。跨进那让暖气烘干了的诊疗室,他们便看见克洛可夫斯基博士坐在他写字台前的位子上,贝伦斯顾问却铁青着脸,交叉着双臂,身子倚靠在墙上,一只手拿着听诊器敲打自己的肩膀。他脸冲着天花板直打哈欠。"你们好,孩子们!"他没精打采地说,一看就没情绪,像是患了抑郁症,对什么都不感兴趣。他显然刚抽过烟。但除此之外也有一些表兄弟俩已经耳闻的实际原因,令贝伦斯顾问恼火不快。说来也不过是疗养院内司空见惯的那档子事情:一个名叫阿米·诺尔婷的年轻姑娘,前年秋天第一次入院,十个月后的八月份便痊愈出院了,可不到九月底又重新上山来,说是在家里住着"感觉不得劲";二月份她的肺部又完全没一点儿杂音了,回到了山下,谁料到,从七月中旬起她又出现在餐厅里,坐在伊尔蒂丝的边上。这位阿米小姐半夜一点钟的时候跟一个名叫玻里普拉修斯的男患者在她的房里当场被人拿获。男方正是狂欢节上以他漂亮的双腿理所当然地引起大伙儿注意的那个希腊人,一位年轻的化学家,父亲在庇洛伊斯①拥有一些染料厂。而且,抓住他俩的据说是一位争风吃醋的女友,她走与玻里普拉修斯一样的路线经过阳台溜到了阿米小姐房中,对眼前的一幕又心痛又恼怒,禁不住发出一声撕心裂肺的可怕尖叫,把全院的人都惊动了,事情便闹得满城风雨。贝伦斯顾问方才和自己的助手讨论过这件讨厌的事情。他不得不请三位统统走路,雅典少年、诺尔婷小姐以及她的感情冲动得连自己的名

---

① 庇洛伊斯,雅典城的一个区。

誉也不顾的女友。顺便说一下，阿米小姐和那位女叛徒一样，都曾私下接受过精神分析家的治疗。甚至在为表兄弟俩做检查的过程中，贝伦斯顾问还在唉声叹气地发牢骚。须知他是位听诊大师，尽可以一边扯淡，一边听人的五脏六腑，并且将结果口授给助手记录下来。

"是的，是的，绅士们，该死的性欲①！"他说，"对这种丑事你们自然可以寻开心，你们可以不在乎——小气泡——可我这个当院长的，我就会Neese plein②，请你们——浊音——请你们相信我。肺痨患者偏偏性欲都特别旺盛，叫我有什么办法——轻微的杂音？我没有做那样的安排，可稍不留神，你就出乖露丑，变成了窑子老板——左腋下气促。我们设了精神分析科，我们开了讲座——嗯，你好！可这帮野小子越听讲越不像话，越是来劲。我主张搞数学——这边好些啦，杂音已消除——搞数学，我说，是治胡思乱想的特效药。帕拉范特检察官病得很重却一心扑在数学上，现在已在求圆的积分③，感觉病也轻了很多。但大多数人都太蠢、太懒，上帝可怜他们！——小气泡——您瞧，我完全清楚，年轻人在这儿并非就那么容易变坏、堕落；从前，我还常常试图管一管那种事。但是，我却碰见这位表哥或那位未婚夫出来指着我鼻子问，这到底与我有什么相干。从此我就只当医生——右上肺有微弱的沙沙声。"

---

① 在弗洛伊德的学说中，用"力比多"（libido）称性欲。
② 拉丁文，意为"倒霉了"或"麻烦了"。
③ 这是一道数学上原本无解的题。

他替约阿希姆检查完了，把听诊器插在白大褂口袋里，用他那巨大的左手揉着双眼，就跟他每次情绪低落和感伤时一样。他一边懒心无肠地打着哈欠，一边机械地念念有词：

"喏，齐姆逊，别愁眉苦脸。是的，仍然没有全像生理教科书上写的那样，这儿那儿还有点儿毛病，再说您的加夫基指数问题也没彻底解决，最近甚至还往上升了一个数字——这一次的结果是六，不过也不要因此就悲观绝望。您来的时候病更重一些，我可以给您看文字记载；您只需再住五六个月——您可知道，从前月不叫'Monat'，而叫'Manot'？听起来可是响亮得多。我因此下决心，只讲'Manot'……"

"顾问先生。"约阿希姆憋不住了……他光着上身，胸脯挺得高高的，脚跟并得紧紧的，摆出一副坚定严肃的架势。他脸上白一块青一块，就像当初一个特殊的原因他也曾激动万分，让汉斯·卡斯托普破天荒发现，原来皮肤黝黑的人在脸色苍白时是这个样子。

"如果您，"贝伦斯不理会他那架势，只顾说下去，"如果您再扎扎实实养上半年光景，您就会成为一个棒小伙子，然后随便您去征服君士坦丁堡，去当将军里边的大将军……"

谁知道他在心绪恶劣时还会胡诌些什么，如果不是约阿希姆坚定不移的态度和急欲发言而且是大胆地发言的神气，引起他注意，打断了他的思路的话。

"顾问先生，"年轻人开了口，"我谨向您报告，我下决心出院了。"

"什么什么？您打算去旅行？我想，您原本不是准备晚些时候棒棒儿地回部队去的吗？"

"不，我必须现在走，顾问先生，八天以后。"

"告诉我，我没听错吧？您将扔下枪，您打算开小差。您知道这是当逃兵吗？"

"不，我不这么想，顾问先生。我得马上回团里去。"

"尽管我告诉您，半年后我肯定让您出院，而在半年之前我不能放您走！"

约阿希姆的姿势越来越像个军人。他收腹挺胸，语气斩钉截铁地说道：

"我待在山上已经一年半，顾问先生。我不能再等下去。顾问先生原本只说三个月。后来我的疗养却一季半年地一延再延，可我仍旧没恢复健康。"

"难道是我的错？"

"不，顾问先生。可我不能再待下去了。我要是不想完全失去机会，就不能在山上一直等到真正康复。我这就必须下山去。我还需要点儿时间治装和做别的准备。"

"您这样做得到家里同意了吗？"

"我母亲同意了。一切都已谈妥。十月一日，我便进七十六团做候补军官。"

"甘冒任何危险？"贝伦斯拿充血的眼睛瞪着年轻人问。

"是的，顾问先生。"约阿希姆嘴唇颤抖着回答。

"哦，行啊，齐姆逊，"宫廷顾问换了表情，态度缓和下来，整个人都显得随和了,"好吧,齐姆逊。稍息!让上帝陪您走吧。我看得出来,您清楚您打算干什么,您准备对自己负责。应该肯定,从您自作主张的一刻起,责任就是您的了,而不再是我的。您成了自立的男子汉。您走没有保险,我不负任何责任。可我希望情况很好。您将从事一种空气新鲜的职业。完全可能对您健康有好处,您完全可能咬紧牙关挺过来。"

"是的,顾问先生。"

"喏,还有您,来自平民中的年轻人?您大概打算一起走吧?"

应该回答的是汉斯·卡斯托普。他站在那儿,站在一年前使他长住下来的那次检查的同一位置上,脸色同样的苍白,而且他又清楚地看见自己的心脏在撞击肋骨,在搏动。他回答:

"我听候您的安排,顾问先生。"

"听我安排。太好啦!"他抓住卡斯托普的胳臂,将他拽到跟前,听了听,敲了敲。他未作口授。检查进行得相当迅速。

完事后,他说:

"您可以走了。"

汉斯·卡斯托普结巴起来:

"这个……怎么?我健康了,是吗?"

"是的,您健康了。左胸上边那点儿病灶已不值一提。您发烧与它无关。至于怎么引起的,我没法告诉您。我估计,别的也不会有什么。叫我说,您可以出院了。"

"可……顾问先生……这在目前,也许不完全是您的老实话吧?"

"不是我的老实话？为什么呢？您怎么会这样看我？我想知道，您到底是怎么看我的？您把我当成什么人了？当成一个窑子老板？"

他勃然大怒。熊熊燃烧的怒火使贝伦斯宫廷顾问的脸色由青而紫，一边往上噘的嘴唇连同着半撇小胡子噘得更加厉害，以至半拉子上牙也露了出来。他跟一头公牛似的伸着脑袋，鼓凸的双眼里充满泪水，血红血红。

"我可不准谁这么诽谤我！"他吼道，"第一，本人根本不是什么老板！我是院里的雇员！我是医生！我仅仅是医生，您明白吗？我不是拉皮条的！我不是美丽的那不勒斯城托勒多街的阿莫洛索先生[①]，您懂不懂？我是患者的仆人！要是您对鄙人心存其他想法，我就请你们二位滚他妈的蛋，见鬼去也好，活也好死也好，悉听尊便！请吧，一路顺风！"

说着，他大步流星地冲向房门，穿过门跑进透视室前面的隔间，砰的一声顺手将门带上。

表兄弟俩不知所措，眼巴巴地望着克洛可夫斯基博士。博士却连头都不抬，一副专心写病历的样子。表兄弟俩一咬牙，赶紧穿衣服。到了楼梯上，汉斯·卡斯托普说：

"真吓人。你见过他这样子吗？"

"没有，还没见过。这就是所谓的'上司德性'吧。唯一的正确对策是，你就规规矩矩地听着，让他发泄个够。是的，他对

[①] 意大利语，原义为"情爱先生"，即指拉皮条的。

玻里普拉修斯跟阿米小姐那档子事自然有一肚子气。不过，你看见了——"约阿希姆继续说，并显出一副对自己的成功显然志得意满的神气，"你看见了，他怎么让步，怎么投降，当他发现咱动真格的啦？必须拿出勇气来，不能躲躲藏藏。这下我算获准出院了——他自己说过，我没准儿能咬咬牙挺过去——再过八天动身……三个星期以后咱就在团里喽。"约阿希姆干脆不让卡斯托普再插嘴，兴高采烈地一个劲儿只谈他自己。

汉斯·卡斯托普沉默无语。对于约阿希姆的获准，他没说一句话，对于本来可以谈谈的他自己的获准亦然。他换上准备静卧的衣服，把体温表插在嘴里，三叠两卷就熟练而又艺术地把两条驼毛毯子裹在了身上，整个手法完全符合那平原上的人们一无所知的神圣规范，随后就像个均匀的圆滚筒似的静静躺在他那舒服的椅子上，躺在初秋午后湿冷的空气中。

雨云低垂，下边那面图案富于幻想的旗子收起来了。枞树潮湿的枝丫上留着残雪。整整一年前，从楼下的静卧厅，阿尔宾先生的声音曾经传到他的耳畔，现在又传来轻轻的交谈声。没过一会儿，静卧着的年轻人的手指跟脸都冻僵了。但他已经习惯并且心怀感激，感谢这儿这种早已成为他唯一可以想象的生活方式给予他的恩惠，让他这么安安稳稳地躺着，思考可以思考的一切。

约阿希姆肯定要走了。贝伦斯顾问已放他出院——不是按照规定，不是康复了，但勉勉强强给了他同意，基于他态度的坚定，基于对他坚定的承认。他将乘坐窄轨火车下山去，下到朗特夸特的深渊中，下到罗曼斯角，然后越过在诗里骑士曾越过的那片山谷中的大湖，穿过整个德国回到家里去。他将生活在那儿，生活在平原上的世界，生活在一些对山上的生活、对体温表、对裹毯子的艺术、对毛皮睡袋、对一日三次的散步等都全然无知的人们中……很难说清楚，很难一一列举，有多少事物是山下的人完全不知道的。但是，一想到约阿希姆在山上已过了不止一年半之后又得生活在那些无知的人们中——这个想象仅仅关系到约阿希姆；如果说与他卡斯托普也有牵连，那只不过是一种相隔遥远的尝试——他就已经心烦意乱，禁不住闭上眼睛，同时摆一摆手，像要驱赶走什么似的。"不可能，不可能！"他喃喃自语。

可正因为不可能，他便不得不在没有约阿希姆的情况下继续生活在山上，独自一个人？是的。那么这会多久呢？直到贝伦斯认为他康复了，让他出院去，而且是认真的，不像今天这样。可是第一，这将是一个无法预期的时间，正像有一次约阿希姆在不知怎么谈到这个问题时对着空中把手一扬所想表示的一样；而且第二，到那时不可能的事就会变得可能一些了吗？完全相反。说句老实话吧，现在毕竟还有人对他伸出一只手，现在，不可能的事也许还没变得完全不可能，像将来有朝一日那样——约阿希姆不顾一切地出院，对他来说是回到平原之路上去的支撑和向导，要是他一个人，将永远也别想再找回到那条路上去。那位人文主义的教育家会努力劝他抓住这只手，接受这个向导，要是他知道这件事的话！但塞特姆布里尼先生只是某些值得一听的事物和力量的代表，而不是孤立的无条件的存在；还有，约阿希姆的情况也一样。他是个军人，是的。他要走了——差不多在那位乳峰高高的玛露霞就快回来的时刻——全院都知道她十月一日回来——可对于他汉斯·卡斯托普这个平民来说，走却是不可能的，原因嘛，直截了当地说，正是他必须等克拉芙迪娅·舒舍夫人，虽然这一位还归期遥遥，全然没有消息。"那不是我的想法。"约阿希姆回答贝伦斯，在顾问指出他是开小差的时候。对于约阿希姆来说，心情烦躁的顾问大人讲什么无疑都是废话，可以不加理睬。然而对于汉斯·卡斯托普——是的，毫无疑问就是这样！今天，他之所以躺在这湿冷的空气中，正是要将这个关键问题不带感情地想清楚——对于他来讲，如果借此机会非法地或者半合法地动身回平原上去，那就确确实实是当逃兵，逃避他在山上从观察所谓"主的人"的崇高形象中承担的多而且广的责任，逃避繁重恼人甚至超过他自己的力量，然而给人一种冒险的喜悦的"执政"职责——在这儿的阳台上，在那开满蓝色花朵的地方，他得经常完成它们。

汉斯·卡斯托普从嘴里使劲拔出体温表，先前只有过一次这样的情况。那是当护士长刚刚卖给他这支精致的玩意儿，他在第一次使用之后。眼下他也带着同样的急切心情，看那表上的结果。水银柱大大地升高了，37.8℃，几乎到了37.9℃。

他猛地推开毛毯，跳将起来，快步冲进房间，冲到通走廊的门边又走了回来，在重新躺下以后，才压低嗓门儿叫约阿希姆，问他的体温曲线。

"我不再量啦。"约阿希姆回答。

"哦，我却烧上了。"他学着施托尔太太的构词法说道。可在玻璃墙另一边，约阿希姆一声未吭。

后来他还是什么也没讲，当天如此，第二天也如此，他没有用话去探究表弟的打算和决定；它们肯定会自行变得清楚起来，而且在短时间内，通过行动或者是放弃行动，而事实上他们选择了后者，即无所行动。看样子他在搞无为哲学，认为有所为便意味着亵渎上帝，因为上帝愿意独自行动。反正在这几天，汉斯·卡斯托普所做的也仅限于去找过一次贝伦斯顾问，去给医生回一个话；约阿希姆知道他去了，而且谈话的情况和结果也掐着指头就能算出来。他的表弟对贝伦斯表示：他更重视顾问以前要他在这儿彻底养好病以便再也不回院里来的多次劝告，而不在意顾问在不高兴的时刻匆匆忙忙说了什么；他的体温还有38.8℃，不可能觉得是康复出院；只要顾问最近说的那些话不意味着"勒令退学"什么的，他汉斯·卡斯托普没意识到怎么会引起顾问采取这一严厉措施——他在经过冷静考虑以后便自觉地做了与约阿希姆·齐姆逊相反的决定，准备继续留在山上，直到病完全治愈。对此，贝伦斯顾问回答的原话差不多是："好，好！"以及"就该这样！"并且讲：这才像个有理智的人说的话；他早就看出来，汉斯·卡斯托普和那个莽撞的大兵相比，更有天分当一个病人，云云。

根据约阿希姆近乎准确的推算，谈话的情况大致如此。他什么话也没说，默默地断定汉斯·卡斯托普不会与他一起做出院的准备了。然而，善良的约阿希姆内心又有多么矛盾啊！他真的不能再关心自己表弟未来的命运了。他胸中很不平静，可以想象。好在也许他不用再量体温,故意让他的体温表掉到地上摔碎了。量来量去结果反使人更糊涂——他是如此激动,脸色一会儿发紫,一会儿发白,一会儿兴奋,一会儿紧张,跟他一贯的那样。他再也躺不安稳,汉斯·卡斯托普听见他不停地在房间里走来走去:一日四次,每当"山庄"整个儿都在实行静卧的时候。一年半啦! 终于可以下山去,回家去,终于真正去团里啦,尽管只获得了一半的准许! 这是个小问题,没有关系——汉斯·卡斯托普体会着坐立不安的表哥的心情。十八个月,地球绕太阳转整整一圈又加半圈的时间都在山上度过了,已完全习惯了这儿的环境,已进入这儿的秩序轨道和牢不可破的生活程序,春夏秋冬全都挨过来了——现在却要回到陌生的家里去,到那些无知的人们中去! 将面临何等巨大的适应气候和环境的困难啊? 还有什么可奇怪呢,如果约阿希姆的激动不安不只是出于喜悦,而且也出于恐惧? 如果他在与彻底习惯了的生活告别时心情沉痛,绕室狂奔? ——至于玛露霞,这儿就完全不用提了。

然而,喜悦还是更多。它已从善良的约阿希姆的心中和嘴里满溢出来;他只谈他自己,他对表弟的未来听其自然。他说,一切都会焕然一新,生活、他本身以及时间——每一天,每一小时。他的时间将重新变得充实,他将慢慢度过宝贵的青春年华。他谈到他的母亲,汉斯·卡斯托普的姨妈。她跟约阿希姆一样,也有一对温柔的黑眼睛,他上山以后就再也没见着她了,因为她也像他似的,拖了一个月又一个月,半年又半年,一直下不了决心来探望自己的儿子。在谈起即将完成的入伍宣誓时,约阿希姆兴奋地笑了：宣誓将在军旗下庄严地进行；他将发誓忠于它，忠于骑兵团的旗帜。"什么？"汉斯·卡斯托普问，"真的吗？忠于那木杆？忠于那布片？"——是的，怎么不是；正如在炮兵团忠于大炮，那样象征性地——纯属虚妄的习俗，平民卡斯托普认为，也可以称作多情善感乃至狂热。约阿希姆却点点头，显得自豪而又幸福。

他着手做出院准备，到管理处结了账，提前在自己选定的动身日期前一天就开始打点行装。他把夏季和冬季的衣物装进衣箱中，让用人将皮睡袋和驼毛毯缝进麻布包：也许，他在某次演习中还用得上它们。他开始与人们道别。他去向纳夫塔和塞特姆布里尼告了别——独自去的，因为他表弟这次没有一块儿去，也没有问他塞特姆布里尼对他即将出院以及对汉斯·卡斯托普不打算出院看法如何，发表了什么高见，是不是一连迭声地"哧，哧，哧"或者"嗟，嗟，嗟"，或者同时发出两种声音，或者说"可怜的"。总之，一切他想必都无所谓。

到了动身的前夜，约阿希姆最后一次参加了所有的活动，包括每一次进餐，每一次静卧，每一次散步；然后，他向医生们和护士长告了假。动身的早晨终于降临了。约阿希姆跑进餐厅时双眼血红，两手冰凉，因为他通宵没睡觉。一口面包尚未咽完，他又腾地一下从椅子上跳起来，急着去与同桌的病友告别，因为矮个子女服务员来报告，行李已经捆在车上了。施托尔太太说着说着就流出了惜别的眼泪，这个没教养的女人，她的泪水原本寡淡少盐；等约阿希姆刚一转过身，她就直摇脑袋，把叉开五指的手掌翻来转去，冲一旁的女教师挤眉弄眼，表示对约阿希姆出院的合法性以及健康状况大为怀疑。汉斯·卡斯托普在站着喝完咖啡准备去追赶表哥的当儿，把一切全看在眼里了。接下来还需要向用人分发小费，对院方派到门厅里来送行的代表表示感谢。跟往常一样，不少疗养客已候在那儿观看出发的一幕。他们中有戴着"环"的伊尔蒂丝太太，有肤色如同象牙的莱薇小姐，有放荡不羁的波波夫及其未婚妻。当后轮的制动闸夹紧的马车从门前的斜坡上往下滑动的顷刻间，大伙儿都挥动起手帕来。有人给约阿希姆送去玫瑰花。他头上戴着礼帽，而汉斯·卡斯托普没有戴。

他们俩身子笔挺地坐着，背撞着轻便马车坚硬的靠垫，驶过水渠，驶过窄窄的轨道，驶上与铁路平行的铺得高低不平的公路，最后停在了达沃斯"村"火车站前的石坝上。所谓车站大楼，只不过是一幢棚房而已。汉斯·卡斯托普重新认出了一切，不禁一惊。十三个月前的一个暮色初降的傍晚，他抵达这里，从此就再没看见过这火车站。"我来时也是在这儿下的车。"他无话找话，约阿希姆也只回答："噢，你是。"说着已去给车夫付钱了。

那个好动的瘸腿张罗着一切，例如买票、托运行李等。表兄弟俩肩并肩站在月台上，在一列小火车前边，在那节灰色的软席车厢旁。车厢里，约阿希姆已用大衣、花格子旅行毯和玫瑰花占了一个座位。"喏，你剩下的就是去狂热地宣誓啦！"汉斯·卡斯托普说。约阿希姆回答："我会的。"还有什么呢？最后再相互带好儿，问候那山下的亲友和这山上的熟人。再往后，就只剩下汉斯·卡斯托普拿手杖在沥青地上画画儿了。突然一声"上车啦",他抬起头来望着约阿希姆,约阿希姆也望着他。他们握了握手。汉斯·卡斯托普不知所措地微笑着,约阿希姆的眼神却既严肃又忧伤。"汉斯!"他叫道。——万能的上帝啊!世界上什么时候曾有过如此令人难堪的事情吗?他竟然喊起卡斯托普的大名来啦!不像他们俩一辈子从来都是以"你"或者"喂"相称呼,而是一本正经地喊他的名字,真叫别扭尴尬极了!"汉斯!"约阿希姆紧紧握着表弟的手,对他十分放心不下的样子。卡斯托普也肯定发现,他这位处于远行前的亢奋状态而一夜未眠的表哥,心情激动得脖子都颤抖起来了,那情形就跟他自己在"执政"时一样。——"汉斯,"他像恳求似的说,"你也快回来吧!"说罢,他跑上踏板。车门关了,汽笛发出尖叫,车厢彼此碰撞着,小小的车头开始牵引,列车滑行出去。旅行者在窗口挥动帽子,留在月台上的卡斯托普挥着手。他心烦意乱,在原地站了有好一会儿,一个人。然后,他才慢慢往回走,沿着一年多以前约阿希姆领他走过的同一条路。

进攻失败了

斗转星移,光阴荏苒。红门兰和耧斗菜的花都谢了,野丁香也一样。在潮湿的草地上,又长出了龙胆草紫色的星形花朵以及那苍白而有毒的秋水仙;林梢也泛着红光,一片一片。秋分已过,万灵节在望,对于那些消磨时光的老手来说,基督降临节的第一个礼拜日，一年中最短的一天乃至圣诞节同样也不远了[①]。不过，十月里美好的日子还是一个接着一个；这些日子跟和表兄去参观贝伦斯顾问的油画那天的情况几乎一个样。

自打约阿希姆走后，汉斯·卡斯托普便不再与施托尔太太坐同一张桌子。在那一桌，布鲁门科尔博士已经死去；在那一桌，玛露霞常常无缘无故地用带着橘子味的手绢蒙着嘴傻笑。现在那儿坐的是新客人，谁都还不认识。我们的主人公在过完第二年的两个半月以后，便获得院方准许换了一个座位，坐到了原来那桌斜对面更靠近左边露台门的地方，夹在原来那桌和"好样儿的俄国人席"中间，简言之，坐到了塞特姆布里尼坐过的那一桌上。是的，汉斯·卡斯托普眼下坐着意大利作家空出来的位置，坐在桌子头上，正对着"医生的座位"。在七席中的每一席，都保留着这么一个座位，供贝伦斯顾问或他的助手来观察时坐。

那边上首，在医生席位的左侧，在重叠起来的几个坐垫上面，蹲坐着来自墨西哥的驼背业余摄影师。他不苟言笑，脸上的表情活像只鸽子。他旁边的座位属于一位来自七堡地[②]的老处女，正如塞特姆布里尼曾经抱怨的，她开口闭口都是她的姐夫怎样怎样，虽然谁都不了解也不想了解这位老兄为何许人。她在例行的散步中挂着一根饰有图拉产的银柄的小手杖；每天在一定的时候，人们可以发现她立在阳台的栏杆边，把小手杖横担在脖子

[①] 万灵节在11月2日。基督降临节从圣诞节（12月25日）前的第4个星期日开始直至圣诞节。

[②] 七堡地，地名，现在罗马尼亚境内。

上做深呼吸，为的是扩张她那扁平得像盘子似的胸脯。她对面坐着个大伙儿称为文泽尔先生的捷克人，因为谁都没办法念清楚他的那个姓。塞特姆布里尼先生在的时候尝试过，看能不能把他那由一串乱七八糟的辅音凑成的姓氏拼出来——虽然没打算认真努力，而只是想让自己娇生惯养的拉丁化拼读法去那语音的丛莽里探探险、逗逗乐而已。这个捷克佬尽管肥得像獾子，饕餮的本领就是在此地山上的人当中也非常突出，四年来却口口声声他病得快死了。晚会上，他常弹着装有饰带的曼陀铃，唱他故乡的民歌，讲他自己的甜菜种植园，说在那儿干活儿的净是些漂亮娘儿们。然后，紧靠着汉斯·卡斯托普，面对面坐在桌子两边的是马格努斯先生和太太，一对来自哈勒城的酿造啤酒的夫妇。悲凉的气氛包围着这一对儿，因为两人正在失去对于维持生命极端重要的新陈代谢物质，马格努斯先生失去的是糖，马格努斯太太是蛋白质。他们俩的心绪，尤其是脸色惨白的马格努斯太太的心绪，叫人感觉到已经不存在哪怕一点点希望；精神的贫瘠就像地窖里的霉气一样从她身上往外散发，她兼有一身疾病和愚蠢，其讨厌程度比缺少教养的施托尔太太尤有过之。汉斯·卡斯托普对这样的人极为反感，也正因此受过塞特姆布里尼的责备。马格努斯先生要开朗和健谈一点儿，不过谈起话来却常常使塞特姆布里尼这位文学家不耐烦。此外他还喜欢动不动就发脾气，时常因为政治和其他原因跟文泽尔先生发生冲突。这位波希米亚[①]人不仅以其

---

① 波希米亚是捷克的旧称。

民族情绪令他恼怒，还公然承认自己反对殖民主义，并且发表一些从道德上贬低酿酒业的言论。对此，马格努斯先生总是通红着脸予以驳斥，说什么这种与他切身利益密切相关的饮料在卫生方面无懈可击。在这种场合，从前都是塞特姆布里尼先生出来以幽默调侃的方式和稀泥；眼下坐在他位子上的汉斯·卡斯托普自觉缺少这份机灵，也没有足够的威信可以凭借，无法扮演同样的角色。

同席的只有两个人跟汉斯·卡斯托普有来往：一个是来自圣彼得堡的安·卡·费尔格，他左手边的邻座，这位心肠好性子也好的俄国人留着两丛茂密的棕红色八字胡，津津乐道地讲胶鞋生产程序，讲俄罗斯的边区和北极圈里的风物以及极地永恒的冬天。有时候，汉斯·卡斯托普甚至和他一块儿去散步。另一个坐在桌子上端正对着墨西哥驼背的座位上，名字叫魏萨尔，斐迪南·魏萨尔。他头发稀疏，牙齿有毛病，来自曼海姆城，职业是商人，一双忧伤而饥渴的眼睛经常死盯着舒舍夫人那富有魅力的身段，自打狂欢节起就很愿意接近汉斯·卡斯托普。只要情况碰得巧，他现在也总来跟他们一块儿散步。

魏萨尔在这样做时表现得耐心而又谦卑，甚至带着一种五体投地似的忠诚，这对当事者卡斯托普来说很不舒服，因为他完全理解其中复杂的含义，却又不能不本着人道的精神加以对待。他不露声色，他知道只要把眉头轻轻一皱，就足以将那自惭形秽的人羞辱和吓跑。他忍受着魏萨尔对他奴颜婢膝，这老兄一有机会就向他鞠躬致敬，就讨他的好儿；他甚至容忍这人有时散步时替他拿外套——他把外套抱在臂弯里，显得那么毕恭毕敬——临了儿，他还容忍曼海姆人与自己交谈，谈的内容总是令人感到忧郁。魏萨尔热衷于提出一些诸如向一位自己一厢情愿地爱着的女士表白爱情是否有意义、是否理智之类的问题——所谓无望的爱情，不知先生们怎样看待。他自己则看得极为重要，认为其中也包含着无穷的幸福。因为即使表白的一幕会引起反感，包含着许多屈辱，但却造成了与自己渴慕的心上人紧紧靠拢的幸福的一刻，强使她进入亲切的氛围中，受到他自身的热情的感染；自然，除此之外不能再存别的奢望，但短暂的绝望的欢乐，不也多少可以补偿那长久的损失吗？须知，表白是一种强暴的力量，它引起的反感越多，带来的乐趣也越大……这时候，汉斯·卡斯托普脸色一沉，魏萨尔就吓得不作声了。卡斯托普之所以如此主要是考虑费尔格在旁边；他经常强调，这位好好先生对所有高深一些、艰难一些的问题都一窍不通，而不是因为我们主人公的道德观已经僵化。要知道，我们一如既往地坚持既不美化他，也不丑化他，所以也就在这儿告诉大家，有一天晚上，当可怜的魏萨尔见到旁边没人，便苦苦哀求他，希望他看在上帝的分上详细讲一讲狂欢之夜他和她后来单独在一起的经历和经验。他确实是和和气气地满足了魏萨尔的愿望，但却没有像读者可能认为的那样，让那克制的一幕带上任何低级轻浮的味道。我们有种种理由不让他和我们受到这样的猜疑，只想再附带说一说：从此以后，魏萨尔替和蔼的汉斯·卡斯托普抱外套时更加忠心耿耿了。

关于卡斯托普的新桌友们就讲这么多。他右手边的位子只被人暂时坐了几天，现在又空了：坐过它的人也是一位像他原来那样的探病者,一位家属,一位平原来客和大伙儿所谓的来自山下的使者——一句话,汉斯的舅舅雅默斯·迪纳倍尔占据了它。

突然之间,在身边坐着一位来自故乡的代表和使者,从使者身上英国式套装的呢料中,还散发着一股处于深谷中的"上流社会"、一种已经沉沦的古老生活方式的新鲜气息,这对于汉斯·卡斯托普来说够刺激的。不过事情必然发生。汉斯·卡斯托普早已估计到平原上的这样一次行动,并且对将会派谁来完成使命都猜得半点儿不差。说来也并不困难:彼得舅舅常在海上,可能性很小;迪纳倍尔舅公自己肯定更是十匹马也拉不出来,这山上的气压情况叫他完全不放心。不,只能是雅默斯舅舅,只有他在处理完家乡的事务后可能来这儿看看,因为他以前就曾经讲过他要来。只不过约阿希姆一个人回去,把山上的情形在亲戚中一讲开,进攻便势在必行,迫在眉睫。因此,约阿希姆走后不到两周,看门人给汉斯·卡斯托普送来一封电报,他充满预感地拆开一看,丝毫也未感到惊讶:雅默斯·迪纳倍尔舅舅快到了。舅舅在瑞士办事,决定顺便到汉斯·卡斯托普的山上看一看。电报说他后天到。

"好。"汉斯·卡斯托普想。"很好。"他想。"请吧请吧!"他甚至在心里说。"但愿你已经有点儿思想准备!"他在心里对即将抵达的人说道。一句话,他对舅舅到来的消息处之泰然,并把它转给贝伦斯顾问和院方,让院里准备一间房间——约阿希姆的房间还空着。第三天,在他自己当初到达的差不多时间,也就是晚上八点钟光景,天已经黑了,他便乘坐送走约阿希姆的同一辆硬垫子马车，赶到达沃斯"村"火车站，迎接从平原上派来视察的使者。

没戴帽子的脑袋冻得红彤彤的，也没穿外套，他站在月台边上，等着小火车进站。站在舅舅的车窗下，他叫舅舅只管下来，他已接他来了。迪纳倍尔参议——实际是副参议，他满怀感激将老爷子的荣誉职务也接下来了——冷得缩在他的冬大衣里。十月份的夜晚确实让人感到挺冷，差不多已经可以说冻得很厉害，是的，凌晨肯定真会上冻的。参议从车厢里下来，情绪高得出乎意料，并以一位德国西北方的上等人的文明而简单的方式，将自己的高兴用声音表达了出来。他问自己的外甥好不好，对他满面红光的气色表示非常非常满意。他在一旁看着瘸子把行李打点妥帖了，才在站前跟着汉斯·卡斯托普爬上马车又高又硬的座位。舅甥二人行驶在繁星万点的夜空下，汉斯·卡斯托普仰着脑袋，伸着食指，给舅舅解释那高高的星空，连说带比画地将这个那个星座的特征归纳出来，并说出一些行星的名字——舅舅呢，注意力集中到了宇宙而不是坐在他旁边的年轻人身上，心里不禁暗想：虽然这样一到山上马上就谈星座也不是不可以，也不叫人觉得是发了疯，可毕竟还有一些别的事情更重要吧。从什么时候起他对那上边的情况了如指掌的，舅舅问汉斯·卡斯托普；外甥答，此乃春夏秋冬四季不懈地坚持晚上在阳台静卧的收获。——什么？夜里躺在阳台上？——噢，没错儿。参议您也可以试试。您非试不可。

"肯定。当——当然。"雅默斯·迪纳倍尔既想迎合又有点儿胆怯地说。他的"被监护人"却语气平和而单调。他坐在雅默斯旁边，尽管秋夜的空气清凉得近乎寒冷，却没戴帽子，不穿外套。

"你一点儿也不冷吗？"雅默斯问他。他自己裹在一寸厚的呢大衣里还冻得哆哆嗦嗦，说起话来既急又慢，因为上下牙齿总打架。

"我们不冷。"汉斯·卡斯托普回答得平淡而简短。

参议从一旁将他打量个没完没了。他不问家里的亲戚和熟人们好不好，对舅舅从那儿捎来的问候，也包括已到团里春风得意的约阿希姆的问候，只淡淡地表示感谢，对故乡的情况也不做进一步打听。雅默斯参议感到不安起来，但又说不清楚不安的原因是什么，是出在他这外甥身上还是在他自己身上——出在他经过长途旅行后的身体状况上。他东瞅瞅，西望望，却看不见多少高山峡谷景色，只好深呼吸，然后长长地舒了口气说，这儿的空气真不错。那是当然，汉斯·卡斯托普回答，要不怎么会远近闻名。它有一些奇异的功效。尽管它加快肌体内的整个燃烧过程，处于这种空气里的人身上的蛋白质却会增加。它能治愈每个人身上都可能潜伏着的多种疾病，或者说首先大大地加重它们，借助一种普遍的有机的推动力或驱动力，促使它们痛痛快快地暴发出来。——请原谅，痛痛快快地？——没错儿。不知参议是否从未发现，疾病在发出来时能给人一种痛快的感觉，一种肉体的欢娱之感。——"是的，当——当然。"雅默斯舅舅尽管下巴不大听招呼，仍急急地回答，然后告诉外甥，他可能待八天，也就是说一个星期零一天，或者也许只有六天。因为他已说过，多亏这出乎所有人预料的拖得长长的疗养，汉斯·卡斯托普的身体在他看来已经非常不错，已经身强力壮了。他估计，外甥马上就会跟他一道下山回家了吧。

"得，得，别想怎么干就怎么干。"汉斯·卡斯托普说。雅默斯舅舅讲的纯粹是山下人的话。他应该在我们这儿好好看一看，住一住再说，到那时他的想法就变了。问题在彻底治好，彻底是关键。最近，贝伦斯医生又给他加了半年。这时候，舅舅开始叫他"小伙子"，问他是不是疯了。"你难道完全病了吗？"他问。一个暑假竟拖长到一年零三个月，现在又加上半年，能不叫疯！以全能的上帝的名义，他哪儿有那么多时间！——这当儿，汉斯·卡斯托普仰望星空，微微一笑。好，时间！正好对它，对人类的时间，雅默斯首先必须把自己带来的观念改一改，然后才好在山上谈论它。——为了汉斯，他明天就要跟贝伦斯医生认真谈一谈，雅默斯舅舅声称。——"谈去吧！"汉斯·卡斯托普应道，"他会让你满意的。一个挺有意思的人，既快乐，又忧郁。"随后，他便指着"阿尔卑斯之宝"疗养院的灯光，顺便告诉舅舅冬天怎么顺着冰橇道将尸体运下山去。

汉斯·卡斯托普将客人领进约阿希姆的房间，等他梳洗一下，两人便到餐厅去吃饭。房间已用福尔马林熏过，汉斯·卡斯托普说——熏得很彻底，就像不是违章硬跑掉的，不是出走，那是两码事，是死亡。舅舅问是什么意思。——"行话！"外甥回答。"这儿的一种说法！"他说，"约阿希姆是开小差——开小差去当兵，这种情况也有。不过快一些，好让你吃到热东西！"于是舅甥二人便相对而坐，在供着暖气的舒适餐厅里，在比地面高一点儿的台子上，矮个子服务员敏捷地侍候着，把雅默斯要的一瓶勃艮第葡萄酒装在小筐子里送来放在桌子上。舅甥二人碰杯畅饮，让温暖的酒浆在体内流动。外甥讲着山上一年四季生活的变化，讲餐厅里的这个那个食客，讲气胸及其原理，并拿好性子的费尔格先生作为实例，说明往胸膜内充气是多么可怕，费尔格先生自称曾脸青面黑地昏厥过三次，而且气味也怪极了，还讲到突然把气憋住时发出的咪咪笑声。汉斯·卡斯托普付了餐费。雅默斯胃口一贯不错，经过旅行和呼吸新鲜空气更是食欲大增，吃喝起来挺带劲儿。可吃着喝着他仍不时地停下来——他坐在那儿，吃到嘴里的食物忘记了咀嚼，刀叉在盘子上摆成一个钝角，两眼一转不转地瞪着汉斯·卡斯托普，看样子已经忘乎所以，而一来二去，他外甥也不在乎他这神气了。在迪纳倍尔参议被稀疏的金发遮掩着的太阳穴上，凸显出道道涨粗的血管。

没有谈到故乡的任何事情，既未谈到个人的和家庭的，也未谈到市里的和商务上的，既没谈通德尔与威廉姆斯公司、船坞、机器制造厂，也没谈至今还等着年轻的卡斯托普去实习的锅炉厂；自然，这并非他唯一的出路，所以也用不着问人家是否还在等他去。这些事雅默斯舅舅坐在马车上和后来无疑都提出过，但让汉斯·卡斯托普的全然无所谓一碰，都掉在地上了，死了——他那无所谓的神气是如此冷静、坚定、自然，简直凛然不可侵犯，令人想到他对秋夜的寒冷也毫无感觉，想到他那句"我们不冷"，而这恐怕就是舅舅要一阵一阵目不转睛地瞪着他的原因吧。谈话还涉及护士长和医生们,涉及克洛可夫斯基博士的报告会——事有凑巧,雅默斯舅舅要是待满八天,还有幸参加一次报告会。谁告诉外甥他舅舅愿意听报告来着?谁也没有。他估计会愿意,因此用平静而坚定的口气说了出来,像是已经谈妥似的,以至舅舅觉得哪怕只是想一想可能不参加听,都必定显得不合情理,于是赶紧抢先说出"肯定,当——当然",以避免产生他曾在一闪念间另有打算的嫌疑。就是这样一种模模糊糊的、然而又强迫你不能不感觉到的力量,使迪纳倍尔参议不自觉地盯着自己的外甥瞧个没够——不过眼下是张着嘴巴,因为他鼻子的呼吸道给堵住了,虽然参议自己知道他并没伤风感冒。他听他外甥讲成为山上所有人的职业兴趣的疾病,讲得了这种病的人高涨的食欲,讲汉斯·卡斯托普自己并不严重却旷日持久的病况,讲细菌对气管分支系统和肺泡组织细胞的刺激,讲结核的形成和浸润病毒的产生,讲细胞的互解和干酪化过程。说到干酪化,就要看病灶是通过石灰质的硬结而成为疤块以至停止活动和痊愈,还是继续扩大,在周围造成空洞并使整个肺坏掉。他讲这个过程快得跟跑马似的,不出几个月,是的,甚至几个礼拜,就会使人Exitus①。讲做气胸,说贝伦斯顾问是精于此道的行家里手;讲肺切除,说明天就要为一位新来的重病号,一位原来漂亮迷人的苏格兰女士施行这种手术,因为她得了肺坏疽,身体里装满了墨绿色的臭水,成天只有往嘴里喷雾化石碳酸,不然自己也会恶

---

① 系拉丁文,意即"完蛋""死掉"等。

心得失去理智……突然，参议忍俊不禁，扑哧一声笑了出来。他自己大感意外，羞愧之极。他笑得气喘吁吁，一想不对便立刻控制住自己，又不禁咳嗽起来，拼命想法将这不体面的情况掩饰过去——使他安下心来但同时又在他心里引起新的不安的是，汉斯·卡斯托普虽说不可能没注意到刚才发生的意外，却对其漠不关心，或者可以讲不屑一顾，可并非出于分寸、照顾和礼貌，而纯粹是没关系和无所谓的意思，是一种叫人不舒服的宽容，好像他早就失去了对类似情况感到惊讶的本能。这时候，不知参议是想亡羊补牢，给刚才自己的忍俊不禁披上一件理性和节制的外套呢，还是另有所图，总之，他突然话题一转，扯起家乡男士俱乐部的近况来，脑袋上的筋涨得粗粗的，开始讲一个时下在圣保莉①做营生的所谓小姐，一个唱小曲的歌女，一个狂极了的小姐儿。舅舅给外甥描述，她如何以自己富有个性的魅力倾倒了家乡这座帝国城市的一班男人。他讲的时候舌头有些打结，不过不需要因此而责难自己；他发现，对方那令他不再感到诧异的宽容，显然也对这个现象适用。话虽如此，他所经受的旅途的极度疲劳渐渐表现出来，难怪才十点半钟他就提出要结束谈话，对后来还在大厅里碰见已多次提到的克洛可夫斯基博士也不怎么高兴。博士当时正坐在厅门内读报，外甥把舅舅介绍给他。对于博士兴致勃勃的寒暄，他无以为对，只能"肯定，当——当然"了事。他很高兴，当外甥终于向他宣布，明天八点来接他去进早餐，说完

---

① 圣保莉，汉堡的红灯区。

就离开约阿希姆消过毒的房间，穿过阳台走回自己的房间去了。而他自己呢，则可以如往常一样衔着根"安寝"香烟，倒在那位当兵去了的"逃兵"的床上。差一丁点儿他就成为纵火犯；他竟衔着燃得红红的烟卷儿，两次睡了过去。

雅默斯·迪纳倍尔，汉斯·卡斯托普一会儿管他叫"雅默斯舅舅"，一会儿只简单地叫他"雅默斯"。他是一位双腿修长、年近四旬的绅士，穿着讲究的英国呢料套服和洁白的衬衣，头发稀疏、金黄，一双蓝眼睛长得几乎挨在一起，上髭修得短短的，像收割后的麦秸，双手保养得很好。几年前他就结婚生儿育女，可仍旧没搬出老参议在哈维尔施德胡德路宽敞的别墅。他娶的是自己社交圈内的一位女子，同样高雅而有教养，说起话来声音很低、很快、文质彬彬，跟他本人一样。在家里，雅默斯是一位干练、谨慎，尽管很爱漂亮却冷静而实在的生意人；但在陌生的习俗环境里，例如旅行到了南方，他又极善于迁就迎合，随时准备入乡随俗，做一个克己知礼的客人。这一点也不表明他对自己的文明信心不足，相反倒显示他对其坚实和强大的自觉，显示他修正自己贵族局限性的愿望，表明他即使处在自认为糟糕透了的生活环境中，仍能处之泰然，见惯不惊。"肯定，当——当然！"他总是赶紧说，以免任何人想入非非。雅默斯虽说文雅，却迂阔狭隘。来到山上他自然负有一定的实际使命，即受了委托要好好视察一下这儿的情况，把这个他心里称为被误了的年轻后生"弄走"，带回家去交给亲人们；不过，他仍旧心中有数，知道自己是在陌生的土地上行动——一开头他就隐隐地有所感触，他是来到一个有着自己独特习俗文明的世界里做客；这种习俗文明的坚实性不仅不比他自己的逊色，相反倒有过之。于是乎他办事的热情立刻与他良好的教养发生了矛盾，而且非常激烈尖锐；须知，这客居之地的自信笃定，确确实实已开始使他感到压抑。

这种情况，外甥在收到舅舅的电报时心里不慌不忙地答以"请吧请吧！"那会儿，就已经预料到了。不过请千万别以为，汉斯·卡斯托普是有意识地利用他所处环境的强大个性，来对付他的舅舅。不，他不可能这样做，因为他早已成为环境的一部分；不是他利用环境来对付进攻者，而是相反，一切都实实在在，简简单单，自然而然地就发生了：从一开始，雅默斯就从外甥身上莫名其妙地隐隐感到自己的行动会遭到失败。直到最后，汉斯·卡斯托普自然仍不免带着苦笑，陪着舅舅把戏演到收场。

上山的第一天早上，卡斯托普在早餐时把舅舅介绍给同桌的病友们。这时候，个子瘦长、穿着花哨的贝伦斯顾问在脸色黑中泛白的助手尾随下，晃晃悠悠地巡视到餐厅中来了。他匆匆地转了两圈，像顺口溜似的道着早安："睡得挺好？"——他告诉迪纳倍尔参议，我们或者讲迪纳倍尔从宫廷顾问口中听见的，不只是他上山来陪一陪自己寂寞的外甥的想法好极了，而且还有什么这样做即使从他自己的切身利益考虑也实在正确，因为他显然严重贫血。——贫血，他，迪纳倍尔？——嘿，还用问！贝伦斯说着就伸过食指去掰开他的下眼皮。高度贫血啊！他说。舅舅要是在这儿的阳台上舒舒服服躺上几个礼拜，做什么都好好拿自己的外甥当榜样，那就算他真正聪明。在他这种状况下，最明智的莫过于像个轻度肺结核患者似的生活一些时候；附带说一下，轻度的肺结核每个人随时都会有。——"肯定，当——当然！"迪纳倍尔迅速回答，并且张着嘴巴，很讲礼貌地目送着昂着脖子摇摇摆摆走去的贝伦斯，好久好久。相反，他的外甥站在一旁无动于衷，一副老经验的样子。随后舅甥二人去做规定的散步，一直走到水渠边的长凳处。再往后，雅默斯·迪纳倍尔就在外甥指导下，完成了他平生的第一次静卧。除了他带来的格子呢旅行毯之外，汉斯·卡斯托普还将自己的驼毛毯借了一床给舅舅——由于是一个晴朗的秋日，年轻人盖一床已经足够——外甥还手把手地教他用毯子将自己裹起来的传统艺术，做到一丝不苟——是的，不仅如此，他在参议已被裹成个圆圆滚滚、严严实实的木乃伊之后，又将他一下子完全解放出来，为的是让舅舅自己重裹一遍，他本人只在发现错误时才插一插手。除此而外，他还教会舅舅将麻布阳伞固定在躺椅上，以防日光暴晒。

雅默斯参议说起俏皮话来。他身上的平原精神还很强烈。他现在讥讽他所学到的本领就像刚才已经拿早餐后的定量散步当笑柄一样。可是，当外甥对他这些玩笑报之以不以为然的淡淡一笑，从而表现出眼前这个世界全部坚实的自信时，他却害怕起来了：他担心自己行动的能力，急忙决定立刻找贝伦斯顾问做那次关系着汉斯·卡斯托普命运的谈话，越快越好，最好就在当天下午，也就是说趁他还有平原的精神和力量可资凭借的时候。因为他感到，它们正在消失，眼前这个世界的精神正与他自身的良好教养结成一个危险的联盟，与他为敌。

他还感到，贝伦斯顾问建议他参加山上患者们的疗养活动，治他自己的贫血，也完全是多此一举。因为事情自然会是这样，看起来根本不存在其他可能。至于是凭借着汉斯·卡斯托普的泰然自若和坚定自信，情况才会在多大程度上看上去是如此，在多大程度上实际和绝对不可能想象有任何其他情况，这对一位受过良好教育的人来说，一开始是无法判断的。第一次静卧之后是丰盛的第二次早餐，早餐之后又是散步去山下的达沃斯坪，这一切都使上面的问题更加清楚，更富有说服力。——散完步之后，汉斯·卡斯托普重新将舅舅裹了起来。他将他裹了起来，这个词用得准确。他让他躺在秋天的阳光中，躺在一张其舒适是毫无疑问甚至极其值得赞叹的椅子上，跟他自己一样，直至一声动人心魄的锣响在疗养院内传开，召唤病人们去进午餐。午餐是一流的，没的说，且极为丰盛，使紧接着的主要的长时间静卧不再仅仅是外在的习惯，而成了内心的需要；人人施行它都是出于自身的信念。就这样，又到了同样丰盛的晚餐，到了晚餐后的娱乐活动，在沙龙里看那架光学玩意儿。——对于这样一个温和地、自然而然地逼着你只得遵循的生活日程，简直想不出什么理由可以反对；就算雅默斯参议的批判能力没有被他的身体状况所削弱，它也不会让他有提出异议的可能。他不愿简单地称自己身体不适，但却既感到疲劳，又因时冷时热而觉得烦躁，两者加起来真够他受的。

在等待与贝伦斯顾问会谈的不安中，时间到了星期二。汉斯·卡斯托普请浴室管理员转达舅舅的愿望，浴室管理员又转托护士长，而正是由于此，迪纳倍尔参议有机会认识了她本人。她来到他阳台上的时候，发现参议刚好在静卧，就将这个裹得圆滚滚的弱者的良好教养狠狠利用了一下。她对他讲：尊敬的好人儿，很对不起，得耐心地等上几天啦，顾问忙着呢，要开许多次刀，要进行全院体检；根据基督的原则，受苦受难的人该得到优先照顾，参议嘛自称是健康的，所以必须习惯在这儿不当头号人物，而是得学会谦让、等候。然而，要是他愿意申请做体检什么的，又是另一回事喽——对此，她，阿德里亚迪卡·封·米伦冬克，将不会再觉得奇怪，请他看着她好不好，像这样，眼睛对着眼睛。他的眼睛有点儿浑浊，有些不安，像他躺在她面前这个模样，总的看来十有九成都不会完全没有问题，都完全干干净净，希望他正确理解她的意思——现在该弄弄清楚，他申请的到底是检查身体，还是私人会谈呢？——是后者，当然是私人会谈！躺着的人坚决回答。——那他只好等着人家通知喽。顾问先生难得有时间做私人交谈。

简单讲，一切情形和雅默斯想象的都两样，跟护士长的谈话令他久久无法平静。他太文明了，太有礼貌了，没法直接对外甥讲，那个女人怎样傲慢无礼地吓唬他，因为从外甥不可侵犯的泰然自若中，已表现出他与山上这一切的和谐一致。雅默斯敲了敲隔墙，小心翼翼地问道，护士长大概是位挺怪僻的女士吧，对不对？——汉斯·卡斯托普沉吟地望了望空中，说差不多可以这么讲，然后反问，米伦冬克是不是卖了一支温度计给他。——"给我？不。她是干这行的？"舅舅又反问……可事情糟就糟在外甥的表情明明在说，即使他问的情况发生了，他也不会感到奇怪。在他脸上像是清清楚楚地写着："我们不冷。"可参议却冷，却一直感到冷，同时还发烧。他想，要是护士长真的卖体温表给他，他准会拒绝买；可是这样做也未必正确，因为用别人的，例如用外甥的体温表，不能说是文明行为。

就这样一天天地过去了四五天。平原来的使者生活已上了轨道——但这轨道是人家给他铺就的，要想越出它去运行看来不可想象。参议已经历了一些事情，获得了不少印象——咱们不想再更多地偷听他内心的声音了。一天，在汉斯·卡斯托普的房间里，从房主人用来装饰他那简朴卧室的一些私人的小玩意儿中，舅舅看见立在橱子上的一个小小的木雕相框，框中嵌着块黑色玻璃片，就把它拿起来，对着日光一照，发现是张相片的底片。"这是什么？"他一边细看，一边问……他怎么能不问！那照片没有脑袋，只是一个人上身的骷髅，周围被云雾状的肉包着——而且是一个女人残缺的躯体，可以看得出来。"这个吗？一件纪念品。"汉斯·卡斯托普回答。——"对不起！"舅舅马上说，把底片放回到相架上，很快地离开了。这就是在四五天里他所经历和印象的一个例子。他也参加过克洛可夫斯基博士的一个报告会，因为很难设想他可以不参加。至于跟贝伦斯顾问做私下交谈嘛，他到第六天总算如愿以偿。他接到通知，准时在早餐后去了地下室，带着要跟那人严肃认真地谈一谈的决心，谈他的外甥，谈这年轻人如何虚度光阴。

当他再走上来的时候，嗓门变低了，问：

"你听见过这种事吗？！"

然而事情明摆着，汉斯·卡斯托普肯定也已经听见过了，而且在听见的时候不觉得冷。于是他打断外甥，对外甥并不显得紧张的反问只是回答："没什么，没什么！"可从此就表现出来另一种习惯，即皱着眉毛，噘起嘴唇，眼睛向斜上方瞅着，可突然猛地一扭脑袋，又把同样的目光射向相反的方向……难道与贝伦斯的会谈也跟他设想的不一样？难道并非一直是只谈汉斯·卡斯托普，也谈到了他自己，谈到了雅默斯·迪纳倍尔参议本人，以致谈话失去了私人交谈的性质？他的表现使人得出这样的结论。他一下子变得非常快活开朗，说起话来滔滔不绝，常常无缘无故地笑，还用拳头戳着外甥的肋巴骨喊："喂，老伙计！"目光也变成方才说过的那样子，一会儿瞅着东，一会儿瞅着西。不过，他的眼睛尽管如此仍遵循着一定的路线，吃饭时如此，散步时如此，傍晚参加娱乐活动时也如此。

在暂时缺席的萨洛蒙太太和那个胃口奇大、戴着副圆眼镜的中学生的桌上，坐着勒蒂斯太太，一位波兰工业家的夫人。开始时，参议对她并不特别在意。事实上，她不过是静卧厅中众多女士中平平常常的一位，又矮又胖，长着褐色的头发，且已徐娘半老，鬓角已开始发白，只不过双下巴倒纤巧可爱，一对褐色的眼睛也挺活泼。以文明教养而论，根本别想拿她去比山下那位迪纳倍尔参议夫人喽。可是礼拜天晚上，吃过晚饭，在游艺厅中，多亏一件饰着闪光片的袒胸露肩的黑色晚礼服，迪纳倍尔参议先生竟有了一个发现：勒蒂斯太太原来长着一对白生生的乳房，一对紧紧束到一起的富于女性特征的乳房，峰壑分明得让人老远就一目了然。这一发现从内心深处震撼和鼓舞了老练成熟的绅士，仿佛那是什么崭新的、闻所未闻的甚至连想都不曾想到过的宝贝儿似的。他设法结识了勒蒂斯太太，和她聊个没完，先是站着，然后坐着，到回房睡觉的时候竟至哼起歌来。第二天，勒蒂斯太太不再穿袒胸的黑色晚礼服了，而是将身子裹得严严实实，可参议仍然心中有数，忠实于自己已有的印象。在散步的路上，他尽可能去碰这位女士，以便与她边走边聊，脸冲着她，向她弯下腰，态度友善殷勤到了极点。在餐桌上，他则举杯对她祝酒，她也微笑着回敬他，笑口中露出光闪闪的几颗金牙。在跟自己外甥闲聊的时候，参议简直把勒蒂斯太太夸得像"一位仙女"，而且说着说着又哼起歌来。这一切，汉斯·卡斯托普看在眼里全不当回事儿，那表情仿佛说本来就该如此。话虽这么讲，雅默斯舅舅作为长辈的威信毕竟不会因此提高多少，再说他上山来的使命也与此相抵触。

一次进餐时，勒蒂斯太太两度举起杯来——先是在上五香鱼片的当口，随后是在喝冰冻果汁的时候——向迪纳倍尔参议致意，正巧赶上贝伦斯顾问就坐在他和汉斯·卡斯托普的桌上——贝伦斯顾问轮流坐七张桌子中的每一桌，所以每张桌子较窄的上席总替他保留一份餐具，这已成了规矩。这一回他将握在一起的大手搁在汤盆前，胡子翘翘地坐在魏萨尔先生和墨西哥驼背之间；跟驼背讲西班牙语——因为他会所有的语言，包括土耳其语和匈牙利语。他鼓着一双充血的蓝眼睛，观察着迪纳倍尔参议如何举起斟满波尔多葡萄酒的酒杯,向旁边的勒蒂斯太太致敬。后来,在桌子另一头的参议远远地向顾问即席提出一个问题,问他人腐朽起来是个什么情况,使他受到鼓舞,便趁大家还没吃完饭的机会做了一个小小的报告。贝伦斯顾问做的当然是肉体方面的研究,肉体应该讲完完全全是他的本行,他称得上一位肉体的君主,如果大伙儿允许他这么讲的话;现在,就让他告诉大家,肉体腐朽瓦解是怎样一个过程吧。

"首先,您的肚皮会爆开,"贝伦斯顾问说,说时把胳膊肘撑在桌面上,把仍然握着的手收了回去,"您躺在刨花和锯屑上,肚子里的气体,您明白,使您膨胀起来,把您吹得鼓鼓的,就像那些调皮鬼拿青蛙恶作剧,往它身体内打气一样。临了儿,您完全成了一个气球;再过一会儿,您的腹壁已承受不住高压,就爆开啦。砰的一声,您感到轻松多了,就像叛徒犹大从吊着他的树上掉下来时一样。随后,您就将内脏倾倒出来。是啦,这时候您确实又体体面面的了。您要能请准假,不妨去探望一下您的遗族而不必再担心会令人讨厌。这种情况就叫臭气已经放完。再往后,如果您到空气流通的地方去待着,就会越发变得漂亮,漂亮得跟吊在努沃瓦门前的方济各会托钵僧修道院地窖走廊里的巴勒莫市民一个样。您干干地、体体面面地吊在那儿,享受着众人的尊敬。问题只在于,得把臭气彻底放干净。"

"当——当然!"参议说,"我对您太感谢啦!"第二天早上,就再没见到迪纳倍尔的人影。

他走了,动身了,乘坐第一班下山去的小火车——自然先办理了所有手续。谁会产生其他想法呢！他结清了自己的账，对做过的体检也缴了费，然后悄悄地，对他的外甥不曾提起一个字，就准备好了自己的两只手提箱——多半是夜里或者凌晨趁大伙儿还在睡懒觉的时候整理的吧——等到第二天早上进第一次早餐时汉斯·卡斯托普走进舅舅的房间，发现已是人去屋空。

汉斯·卡斯托普双手叉腰站在房里，口中不住地说着"这样，这样"。此时他的脸上现出苦笑。"嗨，原来如此。"他一边点头，一边说。有人溜掉了，仓皇逃窜，话都来不及留一句，仿佛再过一会儿就会没了决心和毅力，千万不可放过这千钧一发的机会，于是乎将东西胡乱扔进箱子里，溜之大吉。不过，就一个人，不是两个，也未能完成他那神圣的使命；但仅只一个人走掉了也谢天谢地，这位绅士，奔向平原的逃亡者。雅默斯舅舅，喏，愿你一路顺风！

汉斯·卡斯托普不让任何人察觉，他对来探望自己的亲戚的离去事先竟一无所知；他尤其想瞒住那个送参议去火车站的瘸子。他后来收到一张印着波顿湖风景的明信片，内容是：雅默斯接到电报，要他火速回家处理商务上的事情。他不愿打搅自己的外甥——明摆着的谎言——"我祝你继续好好疗养！"——莫大的讽刺！但也是一个很别扭的讽刺，汉斯·卡斯托普认为。因为舅舅在仓皇启程的时候，肯定没有心情进行讽刺和说俏皮话，相反他认识到，在内心深处惊恐地认识到，他这么在山上生活了八天之后回到平原上去，将会有好长一段时间都感觉是完全错误的、不自然的、不允许的，如果他早餐后不是照例散散步，散完步不是严肃认真地用毯子将自己裹起来在室外躺一躺，而是马上就去事务所的话。这样一个令人惊恐的认识，才是他仓皇出逃的直接原因。

平原企图将滞留不归的汉斯·卡斯托普抓回去的努力，就这么告终了。年轻人早料到它会彻底失败。他也不隐讳，这一结果对他与平原上那些人的关系有着决定性的意义。对于他们来说，这意味着轻蔑的彻底决裂；对于汉斯·卡斯托普本人来说，则意味着充分完全的自由。在这自由面前，他从此再也不会怦然心悸了。

神圣的事业

列奥·纳夫塔出生在离加里西亚与佛尔西尼亚交界处①不远的一个小地方。他父亲是当地的一名schochet，一名犹太教屠夫。列奥在谈起他父亲时总是怀着尊敬，显然是感到自己与他出身的世界之间已经拉开了足够的距离，说一点儿好话也没有什么不可以。何况，犹太屠夫跟作为手艺人和商贩的基督教屠夫之间，还存在着天壤之别哩。至于列奥的父亲，情况更加特殊。他是一位公职人员，而且系教会性质。是拉比在考察了他信仰的坚定性之后，才赋予他全权去按照摩西的法规，遵循犹太法典的章程，杀掉那些可以宰杀的畜生。据他儿子的描述，艾利亚·纳夫塔长着一对像星星一般明亮的炯炯有神的蓝眼睛，本身就有某种庄重的

---

① 加里西亚属波兰，佛尔西尼亚在乌克兰境内。

祭师气质，使人不由得想到在远古时代，屠宰牲口这一行当事实上就是祭师们在干。列奥，小时候叫莱布，曾得到许可看他父亲如何在院子里完成其神圣的使命：他有一个壮实的仆人，一个年轻的犹太大力士做帮手；站在此人旁边，蓄着金黄色络腮胡子的瘦削的艾利亚更显得文弱纤细；牲口被捆住脚，钳住嘴，却没有失去知觉。但见他父亲挥起长长的屠刀，一下子深深刺进牲口的颈椎部位，仆人赶紧拿盆子去接喷涌而出的血，很快就接满一盆又一盆。列奥在孩提时代目睹的这一幕，透过感性深入他的本质，化作了生着一双星眼的艾利亚的儿子的某种特有的禀赋。他知道，基督教的屠夫总是按要求用木棒或斧头先将牲口击晕，然后再杀它们。他知道，之所以做出这样的规定，是为了避免牲口受罪，避免太残忍。他的父亲呢，虽然比那些蠢驴斯文得多，还长着他们谁也没有的星星般的蓝眼睛，却坚决按教规行事，给那仍然神志清醒的畜生狠狠一刀，让它流尽鲜血，直至倒下。小莱布觉得，那些蠢笨的异教徒的方法只是出于心肠软，带有可饶恕的世俗的性质，不像他父亲习用的方法那样庄严无情，能表现出对于神的敬畏。这一来，他想象中的虔诚便总与残忍联系在一起，正像他目睹着喷涌的鲜血，鼻子嗅到血腥味儿，脑袋里却萦绕着神圣的宗教精神一般。因为他看得很清楚，他父亲之所以选择这个血腥的职业，不像那些身强力壮的基督教小伙子或者甚至他自己的犹太伙计那样，是嗜杀成癖的缘故，相反，以他文弱的体质，完全是由于精神方面的原因，并且和他那双星星般的蓝眼睛有密切关系。

艾利亚·纳夫塔确实是位思想者,喜欢沉思默想,不只研究一般学问,而且还做经典的诠释,因而常与拉比讨论其中的字句,发生争论的情况也不在少数。在当地,而且不只在他的教友中间,他算得上一位见多识广的特殊人物——在宗教问题方面是这样,在其他问题上亦如此,虽说还没有达到十分使人疑惧的程度,却已经超乎寻常。他身上带着某个特异的教派的味道,像获得了神的信赖,跟巴尔-谢姆或查迪克一样,是位异人,事实上他也真的治好了一个满身脓疮的妇女和一个疯癫少年,仅用血和咒语。然而,正是他身上这一与他职业的血腥味不无关系的神秘色彩,使艾利亚·纳夫塔遭了殃。在一次民众暴动的狂潮中——起因是两个基督教儿童不明不白地被杀害——他让人残酷地处死了:他被钉上十字架,然后吊在自家被纵火焚烧的房子的大门上。他的妻子尽管害肺痨病卧床不起,还是带着孩子,莱布和四个弟妹,哭天喊地地远走他乡,逃命去了。

多亏艾利亚未雨绸缪,早有打算,遭到不幸的一家人还不是一贫如洗,得以到福拉尔贝格①的一个小镇上落脚安身。在那儿的一家毛纺厂中,纳夫塔太太找到了工作,直干到筋疲力尽,而大一点儿的孩子们则上了国民学校。可是,这样的学校提供的精神食粮,只满足得了列奥的弟妹们的水平和需要,而对于他这个老大却远远不够。从自己母亲身上,他得到了肺痨病的胚芽;从父亲身上,除去纤弱的体态,他却承继了超乎寻常的聪颖和其他

---

① 福拉尔贝格,奥地利的一个州。

一些精神品质，使他心中早早地滋生出自命不凡的抱负，执着地追求着更高贵的生活方式，热烈地渴望着摆脱贫贱的出身环境，渴望着出人头地。放学以后，十四五岁的列奥自己找来许多书读，无定规地、急不可耐地增长学识，提高领悟力。他所想所说的事情，常常令他病弱的母亲惊吓得仰起脑袋，把两只瘦骨嶙嶙的手向老天伸去。在上宗教课时，他的气质和他的答问引起了县里拉比的注意，这位虔诚而博学的人收他做了私塾弟子，教他希伯来语和古典语言，教他逻辑学，领他入数学之门，以满足其求知欲。然而，这位好心人却没得到好报；时间越往后事情就越清楚，他在自己怀中养着一条毒蛇。就跟当年老子艾利亚·纳夫塔一样，列奥和他的拉比也合不来了：师生之间常常发生神学或哲学争论，而且越来越尖锐。年轻的列奥是如此固执倔强，吹毛求疵，动辄抬杠，而且诡辩起来咄咄逼人，诚实忠厚的老学究真是苦不堪言。更有甚者，最近，列奥好钻牛角尖和抬杠的德性又带上了一点儿革命的色彩：他结识了一位社会民主党国会议员的儿子以及这位群众领袖本人，使他对政治热衷起来，在他的逻辑学爱好中增添了一种社会批判倾向。他最近发表的一些言论，足以令珍视自己保皇立场的好拉比毛发倒竖，使得师生二人的关系彻底破裂。简单讲，事情发展到列奥·纳夫塔被他师傅赶了出来，从此不准再跨进他书房的门槛。这个时候，他的母亲拉赫尔·纳夫塔正好已躺在床上奄奄一息。

也是那个时候，就在他母亲刚去世后不久，列奥认识了翁特尔佩廷格神父。十六岁的列奥坐在所谓玛格莱特卡普园林中的一条长凳上，一个人孤零零的。那地方是镇子西边的一个山丘，在伊尔河畔，可以饱览开阔的莱茵河谷的明媚风光。——列奥坐在那儿，堕入了对自己命运和前途的冥思苦想，这时碰巧有一位叫作"晨星会"的耶稣会寄宿学校的教师来散步，坐到少年的旁边，把帽子放到自己边上，并在修士袍子底下跷起二郎腿，开始读他的祈祷书。读了一会儿，两人便交谈起来，越谈越投机；这样就决定了列奥的命运。这位耶稣会士是个曾经云游四海、见多识广的人，是位善于识人和抓人的热心教育家，寒酸的犹太少年在回答他的问题时虽怨天尤人却思路清晰，没说几句就让他留意起来。他感觉出其中有一股受到压抑的逼人的灵气，进一步发现了渊博的知识和敏锐而邪恶的思维；这一切，跟年轻人寒碜的外表加在一起，只会叫人更加惊异。他们谈马克思，列奥读过他的《资本论》普及本。他们从马克思谈到黑格尔，列奥也读过足够多的介绍黑格尔的书和他自己写的书，要发表几点关于黑格尔的独到见解并非难事。不知是原本好发怪论呢，还是出于讨好的动机，他称黑格尔是一位"天主教的"思想家。神父笑吟吟地问这话怎么解释，须知，黑格尔作为普鲁士的国家哲学家，应该算作地地道道的新教思想家才是啊。列奥·纳夫塔答道，正是"国家哲学家"这个头衔，有力地证明他讲黑格尔是天主教的思想家没有错，尽管他这讲法是信仰意义上的，而非教会教条意义上的。须知——纳夫塔极喜欢用这个连接词；这个词在他嘴里获得了某种不容抗辩的置敌于死地的气势；每当用得上这个词，他的眼睛总会在镜片后边放出光彩——须知，政治的概念与天主教的概念在心理学上是联系在一起的，它们构成同一个范畴，这个范畴包含着客观的、实存的、行动的、有实现力的、影响着外在之物的一切。与其相对立的是静观的产生自神秘主义的新教范畴。在耶稣会的理论中，天主教的政治精神和教育精神非常显著；统治术和教育，它们始终被这个教派视为自己的领地。他还提到歌德，说歌德扎根于虔信主义，无疑是个新教徒，但却有着强烈的天主教的一面；这多亏他的客观主义精神和有为哲学。他说歌德曾为秘密忏悔辩解，作为教育者，差不多也是位耶稣会士。

纳夫塔讲这些话，可能因为他真相信它们，也可能是觉得它们有意思，还可能是顺着听者的意思说。他作为一个穷光蛋，必须讨好人家，必须多长心眼儿，知道怎样对自己有利，怎样对自己有害。可是，神父倒不怎么关心他的话有多少真理价值，而是更注意它们表现的才智。谈话继续进行，列奥·纳夫塔的身世很快就让耶稣会教士有了了解。这次邂逅结束时，翁特尔佩廷格对列奥·纳夫塔发出了邀请，让列奥去"晨星会"的寄宿学校找他。

这样，纳夫塔便得到允许，踏上了"晨星"的领地，那儿非凡的学术和社交气氛，可以想象，早已使他心驰神往。不仅如此，事情的转折带给他一位新的老师和保护人，比起前一位来，他更器重纳夫塔的品格，善于发挥他的长处。他是一位大师，由于见过世面，他的善良就其本质而言是冷漠的；纳夫塔极其渴望能深入到这样一位长者的生活圈子里去。跟许多富有灵气的犹太人一样，纳夫塔由本能所决定，既是革命者又是贵族，既赞成社会主义，又做着也能过上足以自豪的、高贵的、少数人才能过的和有意义的生活的迷梦。在一位天主教的神学家面前,他情不自禁地做的第一番表白,虽说纯粹是以分析比较的方式说了出来,却是向罗马教会献媚。在他的感觉中,罗马教会是一个既高贵又颇为精神化的力量,也就是反物质、反现实、反世俗的,归根到底是革命的巨大力量。而且,他对罗马教会的这种崇拜是真诚的,产生于他人格禀性的核心。正如他自己所分析的,犹太民族以其现世的务实的精神,以其社会主义的和政治智慧的倾向,自然地亲近天主教精神,而对追求沉思默想和神秘主义的主观感受的新教要疏远得多——正因为如此,一个犹太教徒可以皈依天主教而不在精神上感到勉强,反之,一个新教徒要走这条路却更加艰难。

和自己先前教会的牧人决裂以后,纳夫塔成了孤儿和失群的羔羊,心中充满着对更加纯净的空气、对他天生的禀赋使他有权去过的生活方式的向往。其时,他早达到自立的年龄,急不可待地准备好改变信仰,这就省去了他的"发现者"所有的麻烦,不费吹灰之力便替自己的教会争取到了这个灵魂,不,应该说这个非凡的头脑。还在接受洗礼之前,纳夫塔已通过神父的促成,在寄宿学校找到了临时的栖身之所,得到了滋养身心的食粮。他搬了过去,在离开他的弟妹时表现得一如精神贵族似的冷漠和无动于衷,任随这些智力低下的人去承担他们活该承担的命运,去靠贫民救济聊以为生。

寄宿学校占地广阔,房舍众多,有在校学生近四百名。整个校园包括了几片树林,一块牧场,六个运动场,一幢幢农场建筑，一间间养奶牛的厩舍。学校在供给学生食宿的同时，还兼为模范农场、体育学校、研究院和缪斯神殿，因为在校内经常要演戏、开音乐会。这儿的生活同时是寺院性的和贵族化的。它既严谨又华贵，既快活又克制，既重精神又讲究起居饮食，日程安排丰富多彩、一丝不苟，这一切都使纳夫塔称心如意，深感幸福。一日三餐，他都在宽敞的斋堂中享用着精致的饭菜。在那儿，规定了保持肃静，就跟在校内的所有走廊上一样；只不过在斋堂中央有一个高高的诵经台，一位年轻的高年级学生坐在上面朗读经文，替进餐者解闷。纳夫塔在课堂学习时热情似火，尽管肺上不好，下午在运动和游戏时仍拼命充好汉。每天望早弥撒和礼拜日参加做神功，他的虔诚样子必定都叫那些神父兼教师高兴。还有纳夫塔的社交情况，同样令他们十分满意。每逢节假日的下午，在享用了蛋糕和葡萄酒之后，他总穿着灰色和绿色的校服，衬着硬领，扎紧裤脚口，头戴阔边小帽，跟大伙儿一起排着整整齐齐的队伍散步去。

鉴于校方对他的出身，对他是个新改宗的基督徒，对他个人的整个境况都给予宽容和照顾，纳夫塔真是感激不尽。似乎没任何人知道，他是免费进这所学校的。学校的规定让同学们察觉不到，他事实上既没有家，也没有故乡。一般说来，不允许让家里寄食品和零食来。要是仍旧有寄的，就拿出来分，纳夫塔同样得到一份。学校的世界主义性质，使得他的种族特征一点儿也未显露。这儿有些年轻的外国人，葡属殖民地的拉丁美洲人，看上去比他还更像"犹太佬"，于是乎这个观念便压根儿不复存在。还有一位与纳夫塔同时进校的埃塞俄比亚王子，甚至是个长着一头黑色鬈发的摩尔人，只不过气质非常高贵。

在讲演课上，他委婉地表达出学神学的心愿，为了取得有朝一日被吸收入教士团的资格。这样做有了效果：他获准从费用较低和生活较简朴的"二等宿舍"搬到一等宿舍，仍然免费。从此，他吃饭有人伺候，住的寝室也一边挨着西里西亚的封·哈布瓦尔与夏马雷伯爵，另一边挨着从摩德纳①来的迪·朗果尼-桑塔克罗西侯爵。纳夫塔以优异成绩毕了业，谨守自己的誓言，学生生活一结束就迁进毗邻的修道院，开始过试修士的生活，谦卑地伺候上帝，默默无声地服从，潜心虔诚地修炼。从这样的生活中，纳夫塔获得了无数与他狂热的初衷相符的精神乐趣。

在此期间，纳夫塔的健康却遭到了损害。倒不直接是试修士生活严格之故，因为身体并不缺乏营养，更主要在于心理精神因素。以他的聪明和机敏，试修士的课业对于他的天赋秉性正好适合，并且激励它们更好地发挥。他将整个白昼和一部分夜晚都花在做神功上；他审视自己的良知，沉思默想，静观求索，不知不觉被自己吹毛求疵、怨天尤人的狂热所左右，卷进了千万个难题、矛盾和论争之中无法解脱。纳夫塔令自己的导师失望，虽然同时也使他怀着巨大的期望；他用自己诡辩的狂热，用他缺少简单明晰的推理的言辞，日复一日地折磨苦恼着他的导师。"那么你又怎么样？"他眼镜片闪闪发光地诘问。……神父被逼得没法

---

① 摩德纳，意大利城市。

子,只好叫他去祈祷,以恢复内心的宁静:"无论如何,你得静下心来。"然而,他如果办到了,这样的"宁静"就表现为彻底窒息他个人的生活,变他为一个纯粹无生命的工具,一片精神墓园般的死寂,其可怕的外表特征是纳夫塔本人双目失神,对周围一切都视而不见地瞅来瞅去。这样的"宁静"他还是永远别达到才好,它将毁掉纳夫塔的身体。

这些讨厌的情况并没影响指导者们对他的器重,说明他们确实是精神品格非凡的人。两年试修届满,住持神父把纳夫塔叫去,和他谈话,批准他加入教士团。年轻的经院学者于是在隆重的典礼上被授予四个低等圣职,即看门者、辅祭者、诵经者和驱魔者的职司,并完成"普通的"宣誓仪式,将自己永远许给了教会。随后,他便被遣往荷兰法尔肯堡的神学院深造。

其时,纳夫塔刚好二十岁;三年后,由于受对他有害的气候的影响,加之用功过度,他从母亲那儿遗传来的肺病大大加重了,再待下去定有生命危险。一次咯血让院方警觉起来,在熬过生死未卜的几个礼拜以后,纳夫塔马马虎虎算痊愈了,就被学院遣返回到原来的地方。在他曾经做学生的同一所学校里,他当上了年级主任,当上了人文学科和哲学学科学生以及教师的监视者。这原本也是照章办事;只不过,一般人在干这差事几年后还得重新回神学院去,以便继续完成长达七年之久的神学研究。可纳夫塔兄弟不能这样做了,他一直病体欠佳。医生和校领导判定,当地空气很好,管管学生,干点农活儿,对他来说暂时是适合的。这期间,纳夫塔修士得到了第一个比较高的圣职,有权在礼拜天望弥撒时参加唱《使徒行传》中的圣诗了——可这个权利他却无法行使，一则因为他完全是个音盲，再则他那病得喑哑的嗓音，也不大适合去唱歌。他呢，也就只停留在辅祭的职位上，没有授副主祭的圣职，更别提主祭啦。这时，他又咯起血来，体温也降不下去，只好由教团出钱让他到山上长期疗养，一养便拖了六年——疗养差不多已说不上，勉强过着修士的清贫生活，收入微薄得很，只好在病童中学里教教拉丁文，聊作补贴……

这段身世以及其他进一步和详细的情况，汉斯·卡斯托普都是在交谈中听纳夫塔亲口讲的。他常去那用绸子包裹起来的小房间拜访他，有时一个人，有时在同桌的费尔格和魏萨尔陪伴下；这两位也被他引见给了纳夫塔修士。除此而外，他在散步时也偶尔碰见纳夫塔，便与他边走边聊，一直送他回到"村"里。——也就是说，他了解纳夫塔的身世全凭偶尔的机会，或者零零碎碎，一星半点，或者听他前后连贯地讲述。他认为他们不只对他本人有意思极了，还鼓励费尔格和魏萨尔也好好注意听，这两位自然照办。不过费尔格提了一下，对他来讲一切高深的问题他都摸不着边，因为只有这次患了肺病，才使他破天荒头一回超出了人生的平庸常规；相反，魏萨尔却喜形于色，他对一个贫贱出身的人交上好运感到欣喜，虽然此人看来暂时受了挫——总不能让树枝一直长到天上去呀——染上了和他一样的疾病。

汉斯·卡斯托普自己对纳夫塔的停滞不前则感到惋惜，不禁想起酷爱荣誉的约阿希姆来，既为他骄傲，又为他担心。约阿希姆以他的英雄气概和艰苦努力，终于挣脱了贝伦斯顾问的坚韧罗网，逃奔到军旗下去了。在汉斯·卡斯托普的想象中，他这会儿没准儿左手正握着军旗柄，举着右手的三个指头在宣誓吧。就像纳夫塔在向汉斯·卡斯托普介绍他的教团时自己所说的，他也曾对一面军旗宣誓效忠，也被接纳到了这面军旗之下。不过，他显然不如约阿希姆忠于自己的旗帜，他的言谈中有那么多离经叛道的联想发挥——自然，在听这位从前的或者说未来的耶稣会神父谈话时，作为平民与和平之子的汉斯·卡斯托普更坚定了自己的看法，那就是教士和少尉彼此都欣赏对方的职业和地位，因而引为知己。要知道他们都属于战士等级，这个是，那个也是，而且在多重意义上是如此：都既要求"苦行"又重视等级，既要求服从又重视荣誉。后者在纳夫塔的教团中十分盛行，因为它也起源于西班牙，它的教规跟普鲁士的腓特烈后来在自己步兵中颁布的军规一样，原本都是用西班牙语拟定的，难怪纳夫塔在讲述和说教时常常用一些西班牙语词汇。例如他谈到"两面旗帜"，谈到所谓"两面旗帜"，在这两面旗帜下聚集着两支大军，准备决一死战：一面是地狱之旗，一面是教会之旗；在耶路撒冷，一切善良人的"总指挥"耶稣基督统率着教会大军——而在巴比伦平原，鬼王撒旦则是另一支大军的"主将"或者说首领……

"晨星会"的寄宿学校不俨然是一所军官学校吗？学生们被编成了团和连，严格要求施行教会加军队的礼仪，可以说就是"硬衬领"与"西班牙花边领圈"的中和吧。在约阿希姆那一行中发挥着巨大作用的荣誉和出人头地的观念，在纳夫塔的教团里同样显得多么突出啊，汉斯·卡斯托普想，只可惜生了病，纳夫塔不可能有大出息罢了！听他讲，他那教团全部由一些极有抱负的军官组成，人人只有一个心愿，就是恪尽职守，出人头地，用拉丁文讲就叫"insignes esse"。根据耶稣会创始人和第一位将军、西班牙神父罗耀拉定的教义和教规，他们比那些仅凭健康的理智行动的人要更多地也更卓越地完成自己的职责。而且还不止于此，他们要完成超过自己份额的工作，也就是说，他们不仅要像每个具有健康理智的凡人都可以做到的那样，好歹抵抗住肉体的暴动，而且要与感官享乐，与爱自己和爱尘世的倾向作斗争，即便在那些被允许做的事情上也如此。因为向敌人作斗争，亦即进攻，比只是自卫，比"抵抗"来得更有意义，更加光荣。削弱敌人，摧毁敌人！战斗规程中写着。在这一点上，它的作者，西班牙教士罗耀拉，又和约阿希姆的上帝即普鲁士的腓特烈的意见完全一致。腓特烈的战斗规程也是："进攻！进攻！打得敌人屁滚尿流！进攻！"

然而，在纳夫塔的世界与约阿希姆的世界之间，最根本的共同点却是它们对流血的态度。这是它们一致的看法，即认为在鲜血面前，不应该将手缩回去。在这一点上，它们作为世界、团体和等级，真是难分轩轾，完全一样。对于一个平民来说，值得听一听纳夫塔如何讲述中世纪那些好战黩武的僧侣，讲他们苦修禁欲，骨立形销，然而却满怀对教会的权力的贪婪，为了迎接上帝之国，迎接超自然力的世界统治的到来，不惜让人类流血。纳夫塔讲到好斗成性的教士，说他们认为在对异教徒的战斗中牺牲比在床榻上寿终正寝更有价值，认为为了基督而被杀或者杀人不是罪行，倒是至高无上的光荣。很好，塞特姆布里尼不在场！他要听见这些言论必定又会扮演街头摇风琴艺人的角色，唱起和平老调来的——虽然对于反维也纳的争取民族独立和文明的圣战，他绝对不说一个不字。另一方面，正是对他这种偏颇的热情，纳夫塔自然不免给予蔑视和嘲讽。至少，只要意大利人还热衷于宣扬这样的情感，纳夫塔便会搬出基督教的世界主义来对抗，说他乐意称世界的每一个而不是单单某一个国家为祖国，并斩钉截铁地重复一位叫尼克尔的教团将军的话：对祖国的爱是"一场瘟疫，将确定无疑地导致基督之爱的死亡"。

很显然，是从禁欲苦行的观点着眼，纳夫塔才称对祖国的爱是"一场瘟疫"——因为，苦行这个概念对他来说有着无所不包的含义；在他看来，与苦行和上帝之国背道而驰的事物真叫比比皆是！不只对家庭和故乡的眷恋是这样，对健康和生命的珍惜也属此列。当意大利人文主义者侈谈和平与幸福的时候，他正是以上面的理由对他进行指责。对肉体的珍爱，喜欢肉体的舒适，都遭到他大肆非难。他不留情面地对塞特姆布里尼指出，哪怕对生命和健康有一丁点儿重视，都是市民地道的反宗教行为。

一天，已经临近圣诞节，在踏雪散步去到"村"里和返回的途中，由这样一些分歧衍生出了一场关于健康和疾病的大论战，而且所有的人都参加了：塞特姆布里尼，纳夫塔，汉斯·卡斯托普，费尔格和魏萨尔——全都有点儿头昏脑热，都因在严寒中行走和谈话而激动，而麻木不仁；没有例外，全都有点儿哆嗦颤抖，不管他们是像塞特姆布里尼和纳夫塔似的积极参加辩论，还是多半在旁听，只是偶尔插那么一两句话。总之，所有人全兴致勃勃，以致忘乎所以，常常走着走着就停下来，形成又比又画、七嘴八舌地忙忙乎乎的一群，挡住了去路，对其他行人全不在意，有的行人只好兜着圈子绕过他们，有的则同样停住脚，竖起耳朵，惊奇地听着他们天南地北地争个没完。

论战原本是由卡琳引起的，这位手指尖开了口的可怜的姑娘，前不久死了。汉斯·卡斯托普对她病情的突然恶化和死一点儿也不知道；否则，他便会以病友的身份去参加她的葬礼——何况他原本是喜欢葬礼的，他自己也承认。只是院里的保密规定，使他知道卡琳的去世太晚，等他得到消息，她已经在那个有一座顶着歪歪的雪帽子的小石膏像的园子里，被放平身体，永远地安息了……汉斯·卡斯托普说了几句表示哀悼的话，就引起了塞特姆布里尼先生的谈兴，开始对他扶贫济困的活动，对他去看莱拉·格尔恩格罗斯小姐，看无事忙罗特拜恩先生，看肥胖的齐默尔曼太太，看那位"两个全都"夫人好吹牛皮的儿子，看死得很痛苦的纳塔莉娅太太等等，大肆加以讽刺，最后还加上一句，说他很可惜那些珍贵的花，汉斯·卡斯托普竟然拿它们去讨好这帮既无希望又可笑的混蛋。汉斯·卡斯托普却指出，这些受到他关照的人，除去纳塔莉娅太太和男孩特迪暂时不算以外，不全都死得很严肃吗？塞特姆布里尼随即反问，难道这就使他们变得可敬些了吗？可汉斯·卡斯托普回答，除去塞特姆布里尼所指的以外，还有所谓对苦难的基督徒的敬重哩。不等塞特姆布里尼驳斥他，纳夫塔便开始谈起中世纪那些治病救人的非常之举，那些令人瞠目结舌的狂热行径来：国王的女儿们亲吻麻风病人恶臭的伤口，故意让自己染上这种病，并称自己身上长出的脓疮为她们的玫瑰，还饮洗脓血的水，饮完后说从来没什么饮料比这水更好喝。

塞特姆布里尼装出要呕吐的样子。不是那些情景和联想在生理上引起他恶心，他解释说，更多的是在这种对于仁爱行为的理解中表现出来的变态狂悖逆心理，使他反胃。接着，他挺直身板，恢复乐天和庄重的神态，大谈新时代人道主义的扶病济困的先进方式，谈到战胜瘟疫，谈到以讲卫生、进行社会改良以及发展医药科学等实际行动，去对抗人类的可怕灾难。

这类资产阶级的可敬举动，纳夫塔回答，对他刚才提到的事迹都甚少补益，而且对两部分人都如此：病人和受苦人得不到什么，健康人和幸福的人也一样；后者之所以对前者表现温柔敦厚，不是出于对他人的同情，而是为了自己灵魂得救。须知，通过成功的社会改良，健康人失去了为自己灵魂辩护的最重要手段，病人则被剥夺了神圣的地位。因此，为了两部分人的利益，贫困和疾病应该长久存在；这样的观点将一直是正确的，只要可能坚持纯宗教的立场。

那是肮脏的立场，塞特姆布里尼宣布，是愚蠢的观点，对这样的观点他几乎不屑于驳斥。因为"神圣的地位"也罢，工程师跟别人讲的"基督教对苦难的敬重"也罢，统统都是谎言，都建立在欺骗、妄断和心理错觉上面。健康人同情生病的人，并将同情提高为敬重，是因为他简直无法设想，要是换上自己该如何才能忍受那样的苦难——这同情被严重地夸大了，跟病人毫无关系，只是一个思维和幻想的错误结果，表现在健康人把自己的体验方式强加给了生病的人，仿佛后者也是一个不得不承受病人的痛苦的健康人似的——这完完全全是个错觉。病人就是病人，有着病人的脾性和改变了的感受方式；疾病造就了病人，使他与它相安无事，谁也离不开谁；还有感知力的减弱、丧失、麻痹，以及自然的种种精神和道德的适应与缓解措施，都被健康人天真地忽略了。最好的例子就是这儿山上的一帮肺病患者，都那么轻浮，那么愚蠢，那么放荡，那么缺少恢复健康的诚意。简单地讲，只有那个敬重疾病的健康人自己病了，丧失了健康，他才会认识到，原来病人们自成一个等级，但绝不是体面的等级，而过去他自己对它是太认真了。

这当口，安·卡·费尔格跳了出来，反对塞特姆布里尼对肺结核病的诽谤和污蔑。怎么，什么话，对肺结核太认真了？感谢之至！请多原谅！他巨大的喉结和浓密的胡子一上一下地蠕动着，表示不允许人家对他忍受的病痛做任何蔑视。他只是普通人，一个保险公司的旅行推销员，一切高深的思想他都摸不着边际——这样的谈话已经超出他的水平。可是，如果塞特姆布里尼先生把肺结核也扯进他所说的范围里——这是个弥漫着硫黄味儿的把灵魂折腾得脸青面黑、死去活来的地狱——那他必须请塞特姆布里尼先生多多包涵了。因为这里丝毫谈不上感受力的减弱、麻痹和想象的错误；那样讲是天底下最大最无耻的谎言，谁要不曾像他一样亲耳听见，谁就不可能对它的卑鄙无耻有一个……

哎哟哟，哎哟哟！塞特姆布里尼说。费尔格先生生病的时间越久，他的病痛也将越加了不起，最后简直成了绕在他头上的灵光。他塞特姆布里尼确实不大尊重那种要求得到赞赏的病人。他自己也生着病，而且不轻；但老实说，他反倒为此感到耻辱。再者，他讲的话不是针对个人，而是做一般性的哲学探讨；至于对病人和健康人在天性和感受方式上的不同，他发表的那些见解也有根有据，各位只要想想精神病，想想幻想狂，比如说吧，在他的同行者中如果有一位，就算是工程师或者魏萨尔先生吧，他如果今天傍晚在一个屋角上看见自己已经过世的父亲，看见老人家目不转睛地望着他、和他说话，这对作为当事者的先生来讲无论如何是件可怖的事，是一次极度令人震惊以至于神经错乱的经历，准保会使他马上离开房间，去要求接受精神治疗。难道不是这样吗？然而好笑就好笑在，你们两位根本不可能出这种事儿，因为你们是精神健康的人。可要是你们碰见了，那你们就不健康，就有了病，就不会像健康人似的做出反应，就是说不会惊恐不安地逃出房间，而会处之泰然，好像一切都很正常，并且跟那幻影交谈起来，就像幻想狂患者常做的一样；认为他们这时也会产生健康人似的恐惧，正是没患病的人容易产生的想当然的错误。

塞特姆布里尼先生在讲屋角上的父亲时既滑稽又绘声绘色，大伙儿都忍不住笑了起来，连费尔格也不例外，虽然塞特姆布里尼先生对他的可怕病痛表现轻蔑，使他觉得深受侮辱。意大利作家呢却利用大家的好情绪，继续探讨和阐述幻想狂患者以及诸如此类的所有病人都不值得尊重的论点。这种人，他说，放任自己到了不可容忍的程度，据他有时候去参观疯人院所见，他们常常原本有能力控制自己的行为。每当有一位医生或生人出现在门口,幻想狂患者多半马上会停止装鬼脸,停止自言自语和嘟嘟囔囔,而是表现得规规矩矩,一直要等到不再有人观察他了,才又发作起来。要知道,在很多情况下,他无疑是在装疯卖傻,以此要么逃避巨大的苦闷,要么作为软弱的天性抵御过分沉重的命运打击的保护措施;像这样一个弱者,是不会有勇气神志清醒地承受命运的打击的。如上所说,任何人都可以去试一试;他,塞特姆布里尼,仅仅用他的目光,仅仅通过以毫不含糊的理性的姿态去对付他们的胡言乱语,就使好些疯人至少是暂时神志清醒了……

汉斯·卡斯托普发誓说,刚才塞特姆布里尼讲的情况他一字一句都相信。这时,纳夫塔冷笑一声道,如果他能想象出塞特姆布里尼是怎么笑嘻嘻地以不屈不挠的理性去正视那些疯子,那么他也能理解,这些可怜虫将如何不得不振作起来,乖乖儿恢复神志,因为他们自然会感到塞特姆布里尼先生的出现是个极值得欢迎的消遣……不过,纳夫塔也参观过一些疯人院,能想起曾在疯人院的一座"重患者楼"里待过。在那儿,他见到了一些场面和情景,对它们,我亲爱的主啊,塞特姆布里尼先生充满理性的目光和富有震慑力的影响恐怕是毫无作用的:但丁《地狱篇》中描写的场景,令人恐怖而又难受的荒诞画面,疯人们精赤条条地蹲在水里,摆着各式各样恐怖和僵硬麻木的姿势,有的大哭大叫,有的高举着胳膊、大张着嘴巴,发出一阵阵狂笑,全都掺和着地狱的气味……

"啊哈。"费尔格先生说道，随后又突然闭住嘴巴，险些笑了起来。

简言之，塞特姆布里尼先生面对那"不安之楼"里的情景，只好把他无情的教育理论统统收拾起来，纳夫塔继续说，倒是基督教对它们表现的敬畏，是一种更合乎人道的反应，而傲慢的理性道德说教则不然，只有我们这儿这位天马行空的太阳骑士和所罗门王的摄政才爱用它去对付癫狂。

汉斯·卡斯托普没工夫细想纳夫塔加给塞特姆布里尼的新头衔是什么意思。他匆匆决定，一有机会就提出带根本性的问题。可是，眼下进行着的讨论把他的注意力全部吸引住了；因为纳夫塔正在深刻地分析人文主义者的一般倾向，认为是这些倾向决定了他们推崇健康，而尽可能地贬低和诽谤疾病——不过在塞特姆布里尼先生采取的同一立场中，却表现出了某种值得注意乃至赞赏的忘我精神，因为他自己也是位肺病患者。但是，他的态度尽管光明磊落，却并不因此变得正确了一点儿。它产生的根源在于对肉体的尊重和崇拜；这种尊重和崇拜，只有在肉体尚处于上帝创造世界时的原始状态，才可能是正确的，可现在事实上肉体已经处于堕落状态——堕落状态。须知，肉体初创时是不朽的，后来因犯原罪而败坏了天性，终致遭受唾弃和厌恶，成为一具会死亡和腐烂的躯壳，不啻是灵魂的监狱和囚笼，正如圣伊格纳提乌斯说的，只能唤起我们的羞愧和迷惘之情罢了，羞愧和迷惘之情。

人文主义者普罗提努斯也曾表达过这种感情，众所周知，汉斯·卡斯托普高声插话道。可塞特姆布里尼将胳膊往头顶上一甩，要求他别混淆不同的观点，最好还是悄悄待着听人家讲。

接着，纳夫塔指出，基督教中世纪对肉体苦难表示的敬畏，乃产生于对肉体疾患的外在表现的肯定。因为身体的脓疮不只使人对其本身的败坏沉沦一目了然，而且也以一种令人头脑清醒和精神满足的方式，暗示着灵魂一样会腐败沦落——反之，身强力壮却是一个使人误入歧途的欺侮良知的假象，人最好用推崇病痛的办法将这假象消除。谁能拯救我，使我脱离这死亡的躯体？这是神灵的呼声，也永远是人类的呼声。

不，这是黑夜的呼声，塞特姆布里尼先生激动地指出，是一个理性和人性的太阳不曾照临的世界的呼声。是的，他本人尽管体弱多病，却保持着精神的健康和纯洁，以便在肉体问题上好好地给纳夫塔教士以驳斥，并且拿灵魂开开心。说到兴头上，他竟至将人的身体抬高为上帝的真正的庙堂。纳夫塔反唇相讥，称这肌体只不过是隔在我们人类与永恒之间的一道帘子而已。这又引起塞特姆布里尼的异议，要求纳夫塔从此永远别再滥用"人类"这个词，等等。

一行人冻得脸上木无表情，露着脑袋，穿着橡胶套鞋一会儿踩在撒了炭灰、使人行道比平时高出一截的雪壳子上嚓嚓作响，一会儿又像犁地一样，行进在车道上疏松而厚实的积雪里，在身后留下道道深沟。塞特姆布里尼穿着冬大衣，海狸皮的领子和袖口有些地方脱了毛，显得挺寒碜，好在他知道怎样穿它而不失体面。纳夫塔的黑大衣长及脚背，扣子一直扣到脖根下，只是以皮毛做衬里而外边丝毫不露痕迹。两人争论着那些原则，大有誓不两立之势，但讲话时面孔常常不是朝着对手，而是朝着汉斯·卡斯托普，正在发言的一位总是向他阐明自己的看法，朝真正的对手充其量不过歪一歪脑袋，或者用拇指指一指。他们把卡斯托普夹在中间，使他脑袋不住地转来转去，一会儿对这个表示赞成，一会儿对那个表示同意，或者停下来仰面朝天，用戴着山羊皮手套的手比画着，发表一点儿自己的自然还极不成熟的观点。至于费尔格和魏萨尔，他们俩则总是围着三个人转，时而在他们前边，时而在他们后边，时而又和他们走成一排，直至过往行人再次将他们的阵线打乱。

受了插话的影响，争论一下子转到更实在的题目上，众人的情绪也随之高涨起来，先后谈到了火葬、体罚、刑讯和死刑的问题。提出体罚来谈的是斐迪南·魏萨尔；照汉斯·卡斯托普看，由他来做这个动议再合适不过。一点儿不使人感到意外。塞特姆布里尼先生提高嗓门，以维护人的尊严为理由，从教育的观点乃至司法的观点等两个方面，反对体罚这种野蛮行径——同样不使人感到意外，却由于冷酷放肆过了分而令人惊讶。纳夫塔又出来替体罚涂脂抹粉，依他的看法，在这儿胡诌什么人类的尊严实属荒谬，因为我们真正的尊严存在于精神中，而不存在于肉体里；人的心灵太过分倾向于从肉体中去吸取整个生命之乐，给肉体一些疼痛因而就成了绝对值得提倡的手段，用它可以败坏感官享乐的胃口，就像将乐趣从肉体中赶出来，让它回到精神中去，以便精神重新取得统治地位。把笞刑指责为尤其可鄙的手段，是很愚蠢的。圣女伊丽莎白就被她的忏悔神父——马尔堡的康拉德抽打得鲜血淋漓，结果"她的灵魂"便如传说中讲的"兴奋起来，一直到开始第三次合唱"；她自己也鞭打过一个穷老婆子，就因老人在忏悔时打瞌睡。还有一些教团和教派的成员乃至一般的信仰诚笃者，他们为增加内心对精神原则的信念而自己对自己施以鞭笞，你当真敢讲这是野蛮的、不人道的吗？一些自诩高贵的国家以立法的形式取缔了体罚，有人相信这是真正的进步；其实这信念越是坚定不移，就越加滑稽可笑。

嗯，汉斯·卡斯托普认为，到此已绝对可以肯定，在肉体与精神这一对矛盾中，肉体无疑体现着邪恶的、魔鬼的方面……哈哈，只是体现，因为当肉体还保持着自然本性——自然的本性时，它也不坏！——而当其本性与精神和理性相反，彻底变坏了以后，肉体就是邪恶的了，要是容许他不揣自己教养和知识的浅鄙斗胆地说的话。基于这个观点，给肉体以相应的对待，对它实行纪律的强制，就顺理成章。这种强制手段，要是容许他斗胆地讲，也同样可以称为邪恶的。塞特姆布里尼先生不是由于身体虚弱而未能去巴塞罗那出席世界进步大会吗？要是当时他身边有一位圣女伊丽莎白就好啦……

大伙儿一齐笑了起来。意大利作家眼看就要发火，汉斯·卡斯托普赶紧开始讲他自己挨打的故事：在他念的那所人文中学里，低年级还部分地施行体罚，因此班上总备有马鞭在那里；尽管考虑到他的社会出身，老师没亲自动手，让班上一个有力气的大个子同学把他揍了一顿；那有弹性的棍儿抽在他大腿和仅仅穿着薄袜子的小腿肚上，痛得钻心、要命，叫人永远忘不了，简直难以想象。一阵剧烈的抽泣和愤怒之后,屈辱的眼泪——请魏萨尔先生千万原谅我用这个词①——便夺眶而出。难怪汉斯·卡斯托普曾在书上读到过,在监狱中受笞刑时,就连最强壮死硬的杀人越货的盗匪也会号啕大哭,跟小孩儿似的。

当塞特姆布里尼先生用套在脱毛的皮袖筒中的双手蒙住脸,纳夫塔却以一位政治家的冷峻问道,除了用鞭子和棍子,用这些与监狱绝对般配的东西,还能用别的什么办法去制服那些桀骜不驯的罪犯呢?一所施行人道主义的监狱从美学上讲不伦不类,是妥协折中;塞特姆布里尼先生尽管口口声声讲美,却根本不懂得美,至于说到学校教育嘛,纳夫塔讲,那些想把体罚排除出去的人所谓的人类尊严这个概念,实际上是植根于资产阶级人文主义时代的自由个人主义,植根于自我的开明专制主义,这种专制主义正趋于灭亡,正让位于一些新兴的更坚强的社会思想,让位于约束、制服、强迫和服从的思想。遵循这些思想,没有神圣的残忍精神不行;而对于体罚,人们便得另眼相看。

"于是便有了死尸般的盲从一说!"塞特姆布里尼讥讽道。纳夫塔马上回敬他,说既然上帝为了惩罚肉体的罪孽而让它可耻地腐烂,那么对同一个肉体施以鞭笞,最终也算不上大逆不道吧。——由此,话头马上转到了尸体火化问题上。

塞特姆布里尼赞成火化。这样可以免除腐烂的耻辱,他高兴地说。人类出于功利目的和其他理念的动机,正打算消除它。他

---

① 魏萨尔的名字与"屈辱"一词同音。

声称正参加筹备一个讨论火葬问题的国际会议，会址看来多半会选在瑞典。计划要展出一座参照以往所有经验设计的模范火葬场，连带着还有骨灰陈放馆；届时可望受到多方面的启发和鼓舞，毫无疑问。土葬这种办法真是太陈旧、太过时了——在现代的环境条件下！城市扩张！大量吞食土地的墓园！飞涨的地价！不得不使用现代交通手段使葬礼合理化！塞特姆布里尼先生对这一切都知之甚详，言之凿凿。他特别嘲笑那种老鳏夫，还学他们弯腰驼背地每天去亡妻坟前的样子，说是去那儿和她谈谈知心话。这样的老古董该首先享用可贵的生命财富，好好度过自己所剩无多的光阴才是。再说，现代化大公墓里人挨着人，对于他们思念故旧的悠悠情怀，不也很煞风景吗？让烈焰来消灭尸体，这是多么干净卫生，多么庄严高尚，比起任它自行腐烂和蛆虫咬噬的可悲结局来，简直可以讲富有英雄气概！是啊，使用这种新的方法，心灵——人对永久存在的需要——也可以得到满足。因为在火中消失了的，原本就是那些变化着的东西，那些人体里尚在出生前就处于新陈代谢状态的成分；至于另一些很少参加新陈代谢而不变地陪伴着人一辈子的成分，也就能经住火烧，也就变成了骨灰。因此，活着的人收集收藏骨灰，就等于将故去亲人身体里永不泯灭的一部分珍藏起来了。

"妙！"纳夫塔道。啊，太好了，太好了。人身上永不泯灭的一部分，骨灰！

噢，那还用说。塞特姆布里尼打算抓住人类对生物学事实的非理性态度不放。他指的是那些原始信仰的阶段，那时候死是一种恐怖，始终被令人战栗的神秘气氛包围着，因此人不能用理性的清醒目光去审视这一自然现象。有多野蛮啊！对死的恐惧发源于文明程度极低的时代，那时人通常都死于暴力；而事实上这样的横死总带着可怖的性质，久而久之，人一想到死，自然就感到害怕。可是，随着整个健康科学的越来越发达，个人的安全越来越有保障，自然死亡便成为常事；而对于一个劳动者来说，在辛勤一生之后想到永久地安息更一点儿不觉可怕，倒认为是正常的、值得欢迎的了。不，死既非可怖的事，也非殉难牺牲；死纯粹是一种合乎理性的、生理学上必然的和值得欢迎的现象。不过再没完没了地讨论这个问题，将是对生命的剥夺。也正因为如此，在那座模范火化场和附属的骨灰馆也即"死亡馆"的旁边，还计划建一座"生命馆"，在其中将熔建筑、绘画、雕塑、音乐和诗歌艺术于一炉，以便引导继续活下去的人们的意识离开死的体验，离开默默无声的忧伤和无所作为的哀怨，回到生的享受中去……

"迫不及待地！"纳夫塔挖苦道，"不然，他们对死就殷勤过了分，对那个简单事实的敬畏就过了头。当然了，没有这个简单的事实，恐怕压根儿就既不存在建筑，也不存在绘画，既不存在雕塑，也不存在音乐以及诗歌吧！"

"他为入伍而当了逃兵。"汉斯·卡斯托普像在梦里似的说。

"您的话叫人莫名其妙，工程师，"塞特姆布里尼回敬卡斯托普，"暴露出您脑子有毛病。对死的体验归根到底必须是对生的体验，不然就活见鬼。"

"在'生命馆'里是否会装饰一些淫乐的象征,像古时候的棺柩上那样?"汉斯·卡斯托普问得一本正经。

"反正得有肥美的食物供感官享用。"纳夫塔语气肯定地说。要以古典主义的口味在大理石和油彩中炫耀和表现人体这罪恶之躯。人家已使它免于腐烂,毫不足怪,因为人家纯粹出于温柔体贴,甚至连用鞭子抽它也不让……

这时魏萨尔又突然提出刑讯来,他那尊容就活像一个在受刑的人。令人难堪的审讯——不知道几位对它怎么想。他,斐迪南·魏萨尔,总是喜欢利用去各地办事的机会,到那些古迹名胜中参观曾经以审讯方式研究人的良知的隐秘角落。他见过纽伦堡的刑讯室和雷根斯堡的刑讯室,为了长见识在室内很好地进行过观察。确实,为了灵魂的缘故,在这些地方对肉体很不客气,而且用了些别出心裁的方法。甚至于叫也不让叫,硬把一只梨子塞进犯人张大的嘴里;这只闻名遐迩的梨子自然已不是什么美味——所以接下来再怎么干怎么使劲儿都静静的……

"卑鄙。"塞特姆布里尼喃喃着。

费尔格也发表了意见,既称赞梨子,也称赞静静的干劲儿。他认为,至少那时候还没谁想出比摸他的胸膜更卑劣的玩意儿。

这是替他治病!

灵魂麻痹了,正义遭到破坏,一样容许人暂时抛开同情心。再说,刑讯还是理性进步的结果。

纳夫塔先生大概神经不正常吧。

谁说!他正常得很。塞特姆布里尼先生是位文学家,所以对中世纪的司法史显然不甚了了。事实上，那是个不断地理性化的过程，也就是讲，渐渐地，基于理性考虑，上帝被排斥到了司法之外。上帝的法庭坍塌了，因为人们发现，强者总是获胜，即使他并不在理。塞特姆布里尼先生式的怀疑者和批评家利用了这一发现，努力使古老的简单的司法程序为宗教裁判所所取代；为了捍卫真理，宗教裁判所不再依靠上帝的干预，而是想方设法使被告吐露真情。没有口供，不能判决——即使到了今天，你在老百姓中间都听得见：本能根深蒂固，取证的链条即使再严密，缺少自供的判决仍然使人觉得是不合法的。可如何取供？如何在有了种种单纯的迹象、种种纯粹的嫌疑之后，再查出真情？一个隐讳和拒绝吐露真情的被告，你该如何洞察他的心、他的脑？他的灵魂既然是邪恶的，你就别无他法，只得转而对付他的肉体，肉体实实在在地摸得着。于是乎，刑讯作为取得不可缺少的供词的手段，便合乎理性地被采用了。若问要求实行并且真的开始使用重视口供的司法程序的人是谁，那便是塞特姆布里尼先生，如此说来，他也是刑讯逼供的倡导者。

意大利作家请其他先生千万别相信纳夫塔的话。那纯属魔鬼开的玩笑。要是情况真的完全像纳夫塔胡诌的那样，要是理性真是刑讯逼供的始作俑者，那也只是证明，它在所有时代都是多么苦于缺少支持，多么迫切需要启蒙，自然本能的崇拜者们没理由担心地球上什么时候理性会太多！只不过适才发言的那位说错了。恐怖司法的发明权算不到理性的账上，只需考虑它的根子乃是对地狱的迷信这个事实就够了。先生们最好去参观一下博物馆和刑讯室:那些夹、押、绞、烧等种种刑罚,显然都出自一种幼稚而痴迷的幻想,出自一种诚惶诚恐地模仿彼岸世界的地狱情状的愿望。这且不说,人们这样做还自以为是要帮助犯罪者,猜想此人可怜的灵魂是拼命要忏悔的,就是肉体作为恶的原则极力违抗他的意愿。于是人们自信为了他好,就必须用酷刑来迫使肉体屈服。苦行主义的愚妄……

那些古罗马人是否也沉溺于此呢?

古罗马人?鬼话!

当初,他们不也知道以刑讯作为司法手段了吗?

逻辑上的尴尬……为了打圆场,汉斯·卡斯托普便自作主张,好像引导谈话的方向是他的职责所在,提出了死刑问题来讨论。刑讯尽管废除了,法官仍然自有一套办法叫被告人服输认罪。但死刑看来将永垂不朽,不可缺少。最文明开化的那些民族仍坚持保留着它。法国人企图以放逐取而代之,受到了惨痛的教训。当局干脆不知道除去砍掉他们的脑袋,还有什么别的办法能有效地处置那些"人形动物"。

他们不是"人形动物",塞特姆布里尼先生纠正说;那是些人,跟他、工程师以及发言者本身一样的人——只是这些人意志薄弱,成了不健全的社会的牺牲品。他讲到一个重罪犯人,一个杀死多人的凶手,属于检察官们在最后的公诉状中习惯地称之为"兽性的"或"人形禽兽"一类。这个人却在牢房的四壁写满了诗句,而且写得不是很坏;这些诗句——比起他的检察官们偶尔心血来潮的创作来,不知要好多少倍。

这说明文艺是件有点儿特殊的事,纳夫塔反驳道。除去这点,塞特姆布里尼先生讲的情况毫无任何意义。

汉斯·卡斯托普说他估计对了,纳夫塔先生赞成保留死刑。在他看来,纳夫塔跟塞特姆布里尼先生一样也是革命者,只不过是保守意义上的革命者,保守的革命者。

塞特姆布里尼自信地微微一笑说,世界将会认真对待这种反人道的革命。纳夫塔先生在对文艺表示过怀疑之后,该坦率谈谈他这革命是连最可鄙的反人道手段也不怕采用的吧。用这样的极端主义,不可能争取到追求光明的青年。一个以在所有文明国家取缔死刑为目标的国际联盟不久前刚刚成立。他塞特姆布里尼有幸也是该联盟成员。第一次代表大会的会址尚待确定;不过人类可以相信,届时大会的发言者都会有足够的论据武装自己!他当即便引了几条论据,诸如误判误杀的可能性总是存在,永远也不应放弃犯人会改恶从善的希望,等等。他甚至引经据典,论证一个国家若不是旨在炫示暴力,而是着眼于使人变得高贵善良的话,那就不该以恶对恶。他先从科学的决定论出发抨击了"罪"的概念,然后否定了"惩罚"这个概念的合理性。

紧接着,"追求光明的青年"看见,纳夫塔如何一条一条地扭断塞特姆布里尼的论据的脖子。他嘲笑这位人道主义朋友对鲜血的恐惧和对生命的尊重,认为对个体生命的尊重只属于那些最平静无风的资产阶级时代,而在感情稍稍激动的情况下一旦有某种超出"安全"考虑的考虑,也就是非个人和超个人的思想起了作用——这本是唯一符合人类尊严,在更高的意义上讲因而也是正常的状态——那就任何时候都不但会毫不犹豫地为更高的思想牺牲个体生命,而且还将要求个人自愿地为这种思想铤而走险。塞特姆布里尼先生的仁慈嘛,他说,只会导致生命失去一切沉重的和严峻的因素,只会阉割生命,连他那所谓科学的决定论也只能起这样的作用。可真实的情况是,"罪"这个概念并未因为有了决定论而被取消,相反倒增加了分量,并且变得更令人不寒而栗。

说得不坏。他是不是要求社会的不幸牺牲者老老实实地感觉自己有罪,相信自己走上刑场并非无辜呢?

不错。罪犯自然会全身心渗透着犯罪意识。因为罪犯就是罪犯,不可能也愿意成为别样的人;而这正是罪恶的本性。纳夫塔先生将罪恶与功勋的概念从经验范畴提升到了形而上的范畴。他说,在行为和行动中自然是前定的因素起决定作用,无所谓自由可言,但存在中显然有自由。人正好是他想要成为的那个样子,而且至死不会改变;他正是"为他的生"而乐于杀人,因此也就以他的生命作为偿还,这并不过分。他希望死,因为他已得到了最大的满足。

最大的满足?

最大的。

大伙儿全都无言以对。汉斯·卡斯托普轻声咳嗽两声。魏萨尔把嘴撇到一边。费尔格先生连声叹息。

塞特姆布里尼先生温文尔雅地指出:

"大家看见了,有人就是这样拿他个人的情况去推论世人。请问,您能从杀人中得到满足吧?"

"这与您毫不相干。不过,我真要这么干了,我将当面嗤笑那个无知的人道主义者,他竟愿意喂我豆子汤直至我死。让杀人者比被杀者活得更久,这毫无意义。他们两人分享和共同保守着一个秘密,这个秘密将他俩联系在一起;换一种类似的情况,两人还一样,只不过一个忍耐,另一个行动罢了。他俩应该走到一起去。"

塞特姆布里尼冷漠地承认,他缺少理解这种死亡与凶杀的神秘主义的器官,也不稀罕有这样的器官。他毫不怀疑纳夫塔先生的神学天才——在这方面他无疑望尘莫及,不过却声明自己并不羡慕。一种无法克服的洁癖,使他远远避开刚才探索真理的青年所说的那种敬重苦难的环境。在那儿,显然不只对肉体的苦难是如此,对灵魂的也一样,简单地讲,德行、理性、健康都一钱不值,相反罪孽和疾病倒荣耀无比。

纳夫塔证实,德行和健康确实不是虔诚的状态。如果弄清楚了信仰与理性和道德根本没任何关系,他说,那就收获不小。须知,他补充说,信仰与生活毫无牵连。生活所依赖的条件和基础,一部分属于认识的范畴,一部分属于道德的范畴。前者系时间、空间和目的,后者指伦理和理性。所有这一切对于信仰来说不只是异己的和无意义的,而且是敌对的;须知正是它们构成了生命存在,构成了所谓健康,也就是市民的本性和庸俗平凡。而信仰世界,肯定是其绝对的反面,而且是绝对天才的反面。说到天才,他纳夫塔也不想完全否认天才在生活领域中存在的可能。有一种乐天知命的资产者,他们气魄宏大的市侩之风,他们出类拔萃的庸人习气,不可否认,也值得受到我等尊重。因为我们发现，他们那么倒背着手，挺胸凸肚，一副神气活现的样子，活脱脱成了无信仰的化身。

汉斯·卡斯托普像位教书先生似的举起食指。他说，他原本哪一方面都不想开罪；不过这儿显然谈到了进步，谈到了人类的进步，也就是在一定意义上谈到了有教养的西方的政治、共和制度和文明。对此他认为，生活与信仰之间的差异抑或如纳夫塔先生可能想说的矛盾，都可以归结到时间与永恒的矛盾上去。因为进步只存在于时间之中；在永恒里不存在进步，也不存在政治和辩论。在永恒里，人可以闭着眼睛不动脑筋，一切全凭上帝安排。这就是信仰和道德的区分，说得笼统一点儿。

他表达方式的幼稚还不十分堪虑，塞特姆布里尼说，更可虑的是他害怕冲突，因而向魔鬼让步妥协。

喏，关于魔鬼，一年多以前，他们——塞特姆布里尼先生和他汉斯·卡斯托普，已经讨论过了。"噢，撒旦，噢，叛逆！"他又到底向怎样的魔鬼让步妥协了呢？是那个反叛者、劳动者和批判者呢，还是另外一个？真是危险到了极点——右边是一个魔鬼，左边也是一个魔鬼，叫他鬼知道怎么穿过去呢！

以这样的方式，纳夫塔讲，并没有将事情如塞特姆布里尼先生所企盼的那样讲清楚。他世界观中至关重要的一点是将上帝和魔鬼说成两个不同的人或者原则，把"生活"摆到他们中间去作为争论的对象，而且严格按照中世纪的模式。实际上呢，两者对待生活，对待市民的庸庸碌碌，对待伦理、理性和德行，都是完全一致地反对的——作为一种由他们共同体现的原则。

"好一盘令人作呕的大杂烩!"塞特姆布里尼大声呵斥。善与恶,光明与黑暗,一切全搅和在一起!没有判断!没有意志!但有谴责该受谴责的东西的能力!纳夫塔先生是否知道,他在青年耳边将上帝与魔鬼混为一谈,并假杂乱无章的二位一体之名否定伦理的原则,他这么做结果到底否定了什么?他否定了价值——否定了任何价值判断本身——说来叫人恶心!太妙啦,不再有善恶之分,只有一个伦理上混混沌沌的宇宙!也不存在各有其批判价值的个体,只存在包容一切、平衡一切的整体,只存在整体里神秘的沉沦。个人……

有意思,塞特姆布里尼先生又自诩为个人主义者!真要这样,他就必须了解道德与幸福之间的区别;可遗憾的是,我们的光明派信徒和一元论者先生并非这样。只要生活被愚蠢地当作目的本身,不再追问除此还有没有意义和目的,那起主导作用的就只是种属伦理学和社会伦理学,就只是脊椎动物的道德观,而并非个人主义——个人主义单单寓于信仰和神秘的范畴内,寓于塞特姆布里尼先生所谓的"伦理上混混沌沌的宇宙"中。塞特姆布里尼先生的道德究竟是什么,企图是什么呢?它与生活紧紧相联,也就是说仅仅有用罢了,连可怜巴巴的一点儿英雄气概都没有。它之存在只为了人能长寿、多福、富贵、健康,如此而已。这种理性和劳动的庸人哲学就是他所谓的伦理道德。相反,纳夫塔却要大胆地坚持称之为粗鄙庸碌的资产者习气。

塞特姆布里尼想缓和一下气氛,无奈他的嗓音仍激动得很厉害,因为他说,纳夫塔先生,上帝知道为什么,老是以一种目空一切的贵族老爷口吻谈什么"庸碌的资产者习气",好像那反面——谁都知道生活的那个反面是什么——真的就是更高贵的一面似的,叫他实在受不了!

多么时髦新鲜的词汇!现在他们谈到了高贵不高贵以及贵族的问题!由于寒冷和问题的尖锐,汉斯·卡斯托普脸红筋胀、气衰力竭,一直在想自己刚才的表达方式是否明白易懂,是否太过冒失,脑子已经晕乎乎的。这时他却又笨嘴拙舌地表白,死在他的想象中历来就像一个装得挺挺的西班牙领圈,或者说与礼服配套的"弑父者",端庄气派;而生却相反,只是现代那种平平常常的小硬领……说到这里,他自己大吃一惊,他怎么竟像吃醉了酒或在做梦似的,讲起话来如此不得要领,于是赶快声明,他要讲的不是这个。不过,在生活中是不是确实也有一种人,一种特别的人,你简直就不能想象他们会死,原因就在他们太平庸了!这意思是:他们太能干,活得太带劲儿,让人觉得他们永远不会死似的,仿佛他们就不配受到死的庄严祝福似的。

塞特姆布里尼希望自己没有估计错,汉斯·卡斯托普讲这种话只是想让他去纠正他。他讲,在抵御这类精神传染病时,年轻人会发现他塞特姆布里尼永远准备向自己伸出援助之手。汉斯·卡斯托普讲"活得带劲儿"?并且用一种轻蔑的口气?如果换成另一个词儿:"活得有价值!"①——把这两个概念结合在一

---

① 德语"活得有价值",是作者自创的形容词,与"可爱的"发音相近且构词方式相同,所以易于使人联想。

起，对他就会构成真正的、美好的秩序。"活得有价值"，自然而然地稍稍加以联想，就会想到"值得爱的""可爱可亲""友好和睦"这些词，因为它们的意义太相近了，简直可以说只有对于生活真正有价值的才是值得爱的。对生活真正有价值的和值得爱的，这两者加在一起，才构成我们称之为高贵的东西。

汉斯·卡斯托普认为有意思，很值得一听。塞特姆布里尼先生生动形象的理念，他说完全让他服了。因为你想怎么讲，就可以怎么讲，例如，可以讲生病是一种提高了的生命状态，有了实在的可以琢磨的东西。至少可以肯定，疾病强调和突出了肉体的重要性，好像突然让人退回或者退化为肉体，从而大大降低乃至于消灭了人的尊严，因为它把人贬低成了单纯的物体。因此，疾病是非人性的。

疾病是极符合人性的，纳夫塔立即反驳；须知是人就会生病。不错，人从本质上讲就是病态的，正是他的病态使他成其为人；谁想使他变得健康，让他与自然和解，让他"返归自然"——事实上他却从来也不是自然的——以及今日形形色色的卢梭信徒，诸如再生论者、生食素食者、露天生活者和日光浴者在那儿一个劲儿搞的那些名堂，结果都只能变人为非人，变人为野兽……什么叫人性？什么叫高贵？精神，是精神使人高度地脱离自然，使这种自觉与自然对立的造物明显地优越于其他所有的有机生命。也就是说，人的尊严和高贵存在于精神之中、疾病之中。一句话，他越是病得厉害，就在越高的程度上是人；比之健康的守护神，疾病的守护神更加富于人性，令人不解的是，有位自称为人类之友的先生竟然闭眼不看这些基本的真理。塞特姆布里尼先生侈谈进步，可又仿佛不知道，进步如果存在，就该归功于疾病，也就是说归功于天才——天才正是疾病，而不是任何别的什么东西！他仿佛不知道，在所有时代，健康人都是靠着病人取得的成果活着的！有那么一些人，他们自觉自愿地生病和发疯，以便为人类获取知识；这些通过疯狂获取的知识变成了健康，在当初的英勇牺牲之后，占有和享用知识与健康就不再以疾病和疯狂为前提了。这真正是伟大的献身，就像耶稣被钉死在十字架上……

"啊哈，"汉斯·卡斯托普暗忖，"你原来并非正统的耶稣会教士，瞧你这些推论，瞧你对耶稣上十字架的诠释！现在清楚了，你为什么没当上神父，（肺上）有浸润点的病弱的耶稣会士！喏，咆哮吧，雄狮！"他心里想的是塞特姆布里尼。这一位也真的"咆哮"起来，称纳夫塔所主张的一切全是欺人之谈，全是诡辩，只会造成世人头脑的混乱。"您可敢讲，"他冲着对手大声吼道，"您可敢讲，可敢以一个教育者认真负责的态度，对着富于可塑性的青年的耳朵直言不讳地讲：精神即是疾病！真的，您这样子将鼓起他们投奔精神的勇气，争取他们信仰精神！另一方面，您宣布疾病和死亡为高贵，健康和生存为鄙俗，——这也是您敦促您的学生造福于人类最稳妥的方法！确实，罪过呀！"塞特姆布里尼像位骑士似的捍卫着健康和生命的尊严，自然所赋予的尊严，不需要为精神担心的尊严。他喊出：形态！纳夫塔便趾高气扬地对之以逻各斯①！可塞特姆布里尼不屑于知道什么逻各斯，便说："理性。"这时，逻各斯的崇奉者又以"激情"与之抗衡。真是乱七八糟，东拉西扯。"客体！"这个说；那个讲："自我！"临了儿，甚至一方大谈"文艺"，一方大讲"批判"，不过翻来覆去谈得最多的还是"自然"和"精神"，还是哪一个更高贵的问题，"更有贵族气派的问题"。

然而，谈过来争过去，却未理出任何头绪，澄清任何问题，就连争论双方本身也是如此。因为一切不仅相互反对，还相互搅和；不只是对手之间彼此批驳，他们也经常自相矛盾。塞特姆布里尼对"批判"发出礼赞的次数够多的了，但最后却又将其反面——这就该是"文艺"啦——当作高贵原则加以肯定。纳夫塔呢，不止一次充当"自然自觉"的捍卫者，反对塞特姆布里尼将自然贬斥为"愚蠢的力量"，纯粹的既定事实；在它面前，理性和人类尊严不该自惭形秽，但同时又站在精神和"疾病"一边，认为只有这儿才找得到高贵和人性。反之，塞特姆布里尼又一变而为自然和健康的辩护士，压根儿想不到什么解放。是的，在"客体"与"自我"的问题上也不见得好一点儿，简直是同样的杂乱无章，而且程度更严重，以至谁也弄不清楚两人中哪个是虔诚的教士，哪个是自由主义者。纳夫塔正言厉色地禁止塞特姆布里尼先生自诩为"个人主义者"，因为塞特姆布里尼否认上帝

---

① 逻各斯的意义甚多，哲学上既可指理念、世界理性、上帝的理性，也可指造物主、上帝、神秘的精神实质，在基督教教义中还意味着耶稣基督和"道"。

与自然之间存在矛盾，把人的问题，把个人内心的冲突，单单理解为个体与集体利益的冲突，坚持一种与生活紧密联系的资产者的道德观。这种道德观认为生活本身就是目的，最终只是平平庸庸地追求有用、有利，视道德立法为国家的要义。反之，他纳夫塔则认为人自身的问题更多是在于感觉与超感觉之间的矛盾，只有那自由的和主体的人才代表真正的个人主义，神秘的个人主义。情况若确实如此，汉斯·卡斯托普想，那么他对"匿名和集体性"又将如何解释？——这只是一个自相矛盾的例子。此外，他在寄宿学校曾与翁特尔佩廷格神父就黑格尔这位国家哲学家的天主教倾向，就"政治的"与"天主教的"这两个概念的内在联系，就它们共同形成的客观的范畴，都发表过一些惊人的见解，它们又做何解释呢？统治术和教育，这不历来都是纳夫塔的教团之所长吗？这是怎样一种教育啊！塞特姆布里尼先生无疑也算得上一位热心的教育家，热心得到了碍事和讨厌的程度；可是，在苦行主义的蔑视自我的务实精神方面，他的那些原则简直不可和纳夫塔的同日而语。纳夫塔相信绝对命令！铁的纪律！强制！服从！恐怖！这可能不失其荣耀，可是对个人的尊严、价值却毫不顾及。这就是普鲁士的腓特烈和西班牙的罗耀拉的训练规范，虔诚和严格得让人流血。只存在一个问题：纳夫塔究竟是如何认识到这血腥的必要性的呢，他不是自称不相信任何纯粹的知识和缺少前提的研究，简言之，不相信真理，不相信客观的、科学的真理吗！对于塞特姆布里尼来说，追求真理却意味着一切人性的最高准则。在这点上，塞特姆布里尼先生虔诚而又严谨。相反，纳夫塔却马虎而无原则,把真理拉回到人自己身上,宣称凡是对人有益的都是真理。这不简直就是庸碌的资产者习气和庸俗功利哲学,竟如此使真理服从人的利益?严格地讲,铁一般的客观务实精神不多了,已掺和进更多的自由和主观性,只是纳夫塔不肯承认罢了。——与此情况完全一样,塞特姆布里尼先生也发过有关"政治"的高论,说什么自由就是仁爱的法则。这显然意味着让自由受到约束,就像纳夫塔让真理也受到约束,受到人的约束一样。于是乎虔诚有余,自由不足。可是就连这也仅只是一个暂时的区别,它在争论过程中随时都可能消失。唉,这位塞特姆布里尼先生!他并不枉为一位文学家,也是一位政治家的孙子和一位人文主义者的儿子。他对批判和妇女解放怀着崇高的信念,常在路上对年轻姑娘们哼歌子;反之,尖刻、矮小的纳夫塔却受到严格的誓言的束缚。然而,纳夫塔恰恰思想放肆,生活奢靡;另一位相反倒是位老道学,汉斯·卡斯托普想说。塞特姆布里尼先生害怕"绝对精神",却企图把精神绝对地固定于民主进步;他惊讶像军人一般的纳夫塔信仰的随意性,竟然将上帝与魔鬼、光明与恶行、天才与疾病混为一谈,没有价值定规,没有理性批判,没有意志。噢,究竟谁自由,谁虔诚,究竟什么决定人真正的地位和国籍?是沉沦于吞噬和平衡一切的集团里,同时放荡无羁和奉行苦修禁欲的这一位呢,还是自命为"批判的主体",但在其身上轻浮放荡与严格的资产者道德却相互不断干扰的那一位?唉,原则和侧重确实不断相互干扰,自相矛盾的情况多的是,这样就使一个有教养和责任心的人感到异常困难,不只是难于在矛盾双方之间判明是非，也难于分辨和理清各自的观点，以致出现一个巨大的诱惑：干脆一头栽进纳夫塔那"伦理上混混沌沌的宇宙"中去算了。普遍的阵线交叉，敌我模糊，极大的思维紊乱，言语含混；汉斯·卡斯托普自认为看出来，争论双方因此都心里感到压抑，不然就不会表现得如此誓不两立。

一行人已走到上面的"山庄"。接着，三个住在里面的人又送另外两位到他们的小屋前，站在那儿的雪里，任纳夫塔跟塞特姆布里尼继续争论——从教育目的出发，汉斯·卡斯托普心里明白，为了影响追求光明的青年的可塑性。对于费尔格先生来说，这一切，如他自己一再声明的，都太高深了；而魏萨尔呢，自从结束了体罚和刑讯的话题以后，就表现得对讨论漠不关心。汉斯·卡斯托普用手杖戳着雪地，思考着整个讨论杂乱无章的问题。

终于，大伙儿分了手。总不能永远站着，讨论的内容无边无涯。"山庄"的三位疗养客重新踏上归途，两位誓不两立的教育家却不得不走进同一所小房，一个回他绸子包裹的安乐窝，一个回他有着写字几和水瓶的作家书斋。到家后，汉斯·卡斯托普跑到阳台上，耳朵里还充满着两军对垒时响成一片的呐喊声和兵器撞击声。这两支大军一支来自耶路撒冷，一支来自巴比伦，在两面旗帜的指引下遭遇在一起，混战一场。

雪

一日五次，对于今年冬天的气候不佳，在那七张餐桌上都异口同声地发着抱怨。大家断定,这高原之冬太不负责,绝对没有充分提供本地区赖以远近驰名的、广告上明白写着使长住客人已经习惯、新来者也已幻想过的宜于疗养的气候条件。出太阳的日子太少,日照太少;而日照是一个重要治疗因素,缺少了它的帮助,痊愈就会推迟,毫无疑问……不管塞特姆布里尼先生对他们——对这些或者继续坚持疗养、或者离开"故乡"下山去的人们的真诚有何想法,他们反正要求获得自己的权利,反正希望享受他们的父母或者丈夫为他们花的钱理应带来的利益,因此在餐桌上、在电梯里、在游艺厅中,大家都嘀嘀咕咕,抱怨连声。院方也充分认识到自己进行弥补和减少损失的责任。一台新的"高山人造太阳仪"买来了,因为原有的两台已满足不了那些渴望通过电气化的途径变得黝黑起来的人们的需要。须知,黝黑的肤色可以使年轻的小姐和女士更迷人,可以使男士们更健美,即使是静卧时平躺着,模样也像一位征服者。是的,这模样事实上已结出硕果:女士们尽管对他们男性魅力的技术和美容根源一清二楚,却够愚蠢或者说够狡猾的,竟然心甘情愿地一而再、再而三地受蒙骗,以便陶醉在幻觉中,同时也做出自己女性的回报。

"我的上帝啊!"薛菲尔德太太,一位从柏林来的红头发、红眼睛的女病人,傍晚在游艺厅中对一位长腿、凹胸的男伴叹道。这位殷勤"骑士"的名片上自称为"获有文凭的飞行员和德军少尉",带着气胸,午餐时总穿常礼服,到晚上反而脱了,说什么海军里有这条规定。"我的上帝啊,"她两眼贪婪地盯住那位少尉叹道,"瞧,他让高山的阳光晒得多黑,多漂亮!样子像个猎鹰者，这鬼！"——"等着瞧！妖精！"在电梯里，他凑着她耳朵嘀咕了一句，叫她浑身起鸡皮疙瘩，"您对我挤眉弄眼，我一定叫您赔偿损失！"可不，绕过阳台上的玻璃隔墙，那鬼和猎鹰者摸到了去妖精房间的路……

然而，人造太阳毕竟还是远远补偿不了今年损失的真正日光。一个月里头，纯粹出太阳的日子只有两三天——在这样的日子里，白皑皑的山峰背后，天鹅绒一般的天幕湛蓝湛蓝，日光金刚石一般地熠熠闪烁，从厚厚的游动的灰色云雾中投射下来，热辣辣地直射在人们的脖子上和脸上，真叫舒服极啦。可好几个礼拜才有两三天这样的日子，这对于命运坎坷、特别需要抚慰的心灵来说真是太少太少；加之他们离开了平原，放弃了那儿的人们的乐和苦，就是指望着能过上契约上许诺给他们的虽然缺少生气却轻松愉快的生活：无忧无虑，连时间也被取消了，绝对的舒适安逸。因此，尽管贝伦斯顾问提醒大家，就算天气不行，住在"山庄"毕竟还不等于蹲西伯利亚矿坑或者别的某座监狱，山上的空气稀薄、质轻，差不多跟太空里的以太一般纯净，极少地球上的杂质，不管是好是坏，就算没太阳，仍可免遭平原的烟尘、蒸汽的侵害，优点真是太多，却仍然没有用。恶劣的情绪和抱怨迅速蔓延，每天都有人威胁说要提前出院，而且有的真的付诸实施，对萨洛蒙太太的教训在所不顾。萨洛蒙太太新近很凄惨地回来了；她原本病得不重，只是因为耐不住寂寞，硬倔着回到潮湿而多风的阿姆斯特丹去住了一阵子，结果弄出了生命危险……

没有太阳却有的是雪，成堆成片的雪，无边无涯的雪。这么多的雪，汉斯·卡斯托普一辈子还未曾见过。去年冬天确实也下过大雪，但与今年相比，又有些差劲儿了。今年，它们是那样的无穷无尽，铺天盖地，让人心里一下子充满此地原来就这么古怪反常的意识。雪一天一天地下着，整夜整夜地下着，时而稀稀疏疏，时而风雪交加，但总是在下着，下着。少数仍保持可以行走的道路坑坑洼洼，路两边立着比人还高的雪墙，一些被抹平压实了的小方块闪着水晶般的悦目光泽，供游山的客人写写画画，或传递这样那样的信息，或开几句玩笑，或说说讽刺话。在两面雪墙之间，也可碰见高高凸起的地方，那底下刚好挖空了，这可以从一些疏松处和空洞看出来，不小心一踩就会陷下去，一直陷到膝盖，可得好好留神，不然很容易折断腿。路旁休息用的长凳消失了，沉没了；偶尔还有一截靠背从白色的墓穴中凸露出来。山下"村"里，街面也有奇异的变动，底楼的一家家商店全变成了"地下室"，顾客只能从人行道走下雪踩成的台阶，才能进得去。

雪继续没日没夜地下个不停，在无垠的雪原上再添加新雪，悄没声儿地，在天气并不太冷，也就是零下10℃—零下15℃，人还不感到寒彻骨髓的时候——人们甚至可能感觉才零下5℃乃至零下2℃，因为没有一丝风，空气又干燥，寒冷失去了锋芒。早上很黑，只好打开从呆板可笑的嵌线穹顶上垂下来的枝形吊灯，让客人们在非自然光线下进餐，厅外一片混沌迷茫，世界一直到窗前全裹在灰白色的棉絮里，裹在纷飞的大雪和厚重的雾霭中。群山隐去了，近旁的针叶林也只偶尔微露端倪：负荷是那么多，它们很快就失去了本来面目，不时地有一棵松树实在受不了了，才抖落身上的白沫，使其掉进灰色的空漠中。上午十点，太阳终于爬上山顶，但不过是一团惨白的光晕，一个缺少生气的幽灵，能带给苍茫大地的只是虚幻的感觉。万物仍融在幽冥柔曼的苍白中，没有任何可以让眼睛大胆地追寻的线条。山峰的轮廓模糊了，雾化了，消失了。白皑皑的雪野层层叠叠，将人的目光引向空蒙。最后，也许才飘来一片亮云，炊烟似的，久久地挂在岩壁前，不改原来的形态。

正午，太阳勉强冲破云层，努力将雾障消解到蓝空中。然而它的企图远远未能实现；只不过在很短的时间里，蓝色的天光毕竟闪现出来，足以使雪盖冰封下变了形的大地又像金刚石一般熠熠生辉。这时候，通常雪也停了，仿佛是要对已取得的成绩做个总结；是的，那穿插着的少数几个出太阳的日子好像也有同样的作用。风雪停了，直射下来的日光则努力将新铺上的积雪洁白无瑕的表面融化掉。世界的模样像在童话里一般，天真纯朴而又滑稽可笑。树枝上叠着厚厚的、松松的垫子，地面长出驼背，驼背下匍伏着灌木和岩石，蹲着的、蜷伏着的、像小丑一般打扮起来的，周遭全是奇形怪状，恰如童话中的精灵世界，看着令人忍俊不禁。可是，如果说人们艰难地活动于其中的近景令您觉得奇幻怪诞的话，那么，它那远远地逼视着您的背景，那高耸入云的阿尔卑斯山的雪峰，却将唤起您庄严和神圣的感情。

午后两点至四点之间，汉斯·卡斯托普躺在阳台上，头枕着他那呱呱叫的躺椅上调得既不过陡也不过平的靠板，目光越过装上了软垫的栏杆，眺望丛林和远山。托负着沉甸甸雪被的墨绿色枞林一直逶迤到山梁上,树与树之间的空地全铺上了松软的雪枕。枞林之上,群峰直插灰白色的天空,无边的雪被之间或被这个那个突兀的峭岩刺破,锯齿状的峰脊则化作一条柔曼的迷蒙曲线。雪无声地下着。万物的轮廓渐趋模糊。目光进入空茫一片,很容易打起盹儿来的。伴随着似醒非睡的一刹那会产生寒冷之感,但接下来,在这儿的严寒中,睡眠却清纯得再清纯不过,没有梦,也不受有机生命的任何潜意识的干扰;因为呼吸着眼前这没有任何杂质的明净的空气,肌体的感觉轻松得就跟死者不呼吸差不多。汉斯·卡斯托普醒来时,群山已完全消失在雪雾里,只有一些局部,时而一个山头,时而一道凸岩,转换着呈现出来几分钟,随后又被遮裹住。这神出鬼没的静静的变化很有意思,可必须全神贯注,方可窥探出那变幻莫测的雪雾纱幕的启闭规律。一群山峰,在雪雾开处,既无峰尖也无山脚,突兀地横亘在前方,但等他一分钟后转过眼来一看,却已踪影杳然。

　　接着来的是暴风雪,阳台上根本无法待了,雪花被风卷进来,在地上和家具上盖了厚厚的一层。是的,在宁静的深谷中也起了风暴,眼前只有纷纷扬扬的雪片在飞舞,一步开外便什么也看不见,死寂的氛围一下子充满不安和躁动。阵阵狂风吹得人连气都喘不过来,雪暴变得更加野性、倔强,更加咄咄逼人,从下往上回旋着,把谷底的积雪卷到空中,让它跳起疯狂的死之舞——这已不再是下雪。这是一场白色的混沌,一个非常地域里的大自然的狂暴肆虐,只有此时突然成群出现的雪雀才自由自在,如鱼得水。

然而，汉斯·卡斯托普却喜爱冰天雪地里的生活。他觉得在许多方面，它都跟海边上的生活相似：自然景象的单调是两者共同的；雪，这种深深的、松软的、毫无瑕疵的白色粉末，在此地就扮演着海滩上那些黄沙一样的角色；两者让你摸着都一样干净，你将干雪粉从鞋中和衣服里抖落，就像在海边抖掉那没有灰尘的石头和贝壳碎末一样，不会留下丝毫痕迹；人在雪地里行进和在沙丘上走同样困难，除非它的表面让太阳烤化了又在夜里被冻硬，要这样走起来便轻松舒适，宛如踩在光滑的镶拼地板上——确切地讲，轻松舒适得跟走在海滨被水冲刷着的平整、坚实而又富有弹性的沙滩上一样。

只是今年的雪暴和积雪使得大伙儿很少可能在户外活动，唯有那些滑雪运动员例外。铲雪车在工作，但要勉强保持疗养地最常走人的几条大小路径的通畅，已感困难。这几条仍然通行的路也走不多远就封住了，因此，能走的一段上行人格外多，健康人和病人，本地居民和来自世界各国的疗养客，全挤在一起；可这一来，玩橇车的人就常撞着步行者的腿。橇车上的先生女士们脚冲前，头仰后，大声吆喝着发出警告，那声调表明他们自信其活动真是最重要不过。其实呢，他们只是那么躺在本是孩子们玩儿的小雪橇上，曲曲折折、歪歪倒倒地顺着山坡向谷底冲去，到了目的地又用绳子拴着将那些时髦玩具重新拽上山。

这样的漫步溜达已令汉斯·卡斯托普厌烦。他现在只有两个愿望：最强烈的愿望是单独一个人静静地思考和"执政"，他的阳台满足了这个愿望，虽然还是表面地满足；另一个愿望与这一个有联系，就是渴望与他关心的让大雪封闭着的群山有更亲密而自由的接触。这个愿望对一位怀抱着它的未经训练的步行者来说，是无法实现的，除非他长上翅膀；因为只要企图在任何一条铲出来的道路的尽头再往前闯，立刻便会陷进雪里，一直陷到胸部。

于是有一天，汉斯·卡斯托普下决心去买了一副滑雪板，并学着使用，以应实际的需要。他不是运动员，由于缺少必要的身体素质从来都不是也不装着是的样子，不像"山庄"的某些疗养客为适应本地风气和赶时髦，硬将自己打扮成那个模样——特别是女士们，例如那位赫尔米娜·克勒费特小姐，她虽然已是上气不接下气，以致鼻尖、嘴唇总是青的，却喜欢在午餐时穿羊毛健美裤，饭后叉开双腿往静卧厅中的藤椅里一倒，懒洋洋的，够风骚的。汉斯·卡斯托普没去征求贝伦斯顾问同意，去了必定也是碰一鼻子灰。对于这儿山上的人们来说，"山庄"也罢，其他疗养院也罢，体育活动都绝对禁止。因为这儿的气氛看上去轻松愉快，对心肌却提出了极严厉的要求；至于汉斯·卡斯托普本人，他那句很明智的话"习惯你尚未习惯这个事实吧"，仍然是完全没错的。贝伦斯顾问归因于一处浸润点的低烧，在他身上仍顽固地持续着。否则，他还待在这山上做什么？所以，他的愿望和打算也就充满矛盾和不现实。只是我们必须充分理解他，他并非受虚荣心的刺激，要学学那些公子哥儿和滑雪者的样子，去户外的新鲜空气中活动一番。其实，这些人一经提议，在空气憋闷的房间里玩起牌来同样也认真积极。汉斯·卡斯托普感到对自己更具吸引力的是另一个集体，不是这一小群游客。从一个更广、更新的角度看，基于一种令他惊异的尊严感、一种使他压抑的责任感，他觉得不问青红皂白地跟那些人一样去雪地上狂欢、打滚，活像小丑一样，这不是他该做的事。他绝无放荡放荡的意思，愿意有所节制；他计划干的事贝伦斯顾问本来完全可以同意，但囿于院规，他还是会禁止。汉斯·卡斯托普只好决定背着他行事。

他偶然地对塞特姆布里尼先生谈到了自己的打算。塞特姆布里尼先生高兴得差点儿拥抱他。"可不是，可不是，工程师，看在上帝的分儿上，您就干吧！别去问任何人，您自己只管干好啦——这是您的守护天使给您的暗示！马上就去干，别等到这好兴致再次离开您！我跟您一块儿去，我陪您去商店，一会儿工夫咱们就会得到那可爱的器材！然后，我还要陪您进山，和您一道滑，脚上穿着飞行鞋，跟天上的使者墨丘利一样，可我却不允许……唉，不允许！只要不是'不允许'，我一定这么做了。可我不能啊，我这个人已经没指望。相反您……您却不会有什么问题，绝对不会，只要您保持理智，不做任何过分的事。嗨，什么，就算出点儿小问题，您的守护天使总会来的，他一定……我不用再讲什么了。一个多么出色的计划！在山上待了两年才能想出来——啊，不，您的本质是好的，没有任何根据对您绝望。妙，妙极啦！您嘲弄你们那上边的鬼王，您买一副滑雪板，让店里送到我这里或者卢卡切克处，或者底下的香料商店里。您要练习就来取，然后，您就踏着它滑去，滑去……"

完全照他说的办了。塞特姆布里尼先生对体育原本一窍不通，却硬充行家，由他亲眼瞧着，汉斯·卡斯托普在"村"里正街的一家专业商店中挑选了一副漂亮的滑雪板：上等橡木制造，漆成浅绿色，皮件配得很精致，板头尖尖地向上翘着；同时他还买了两支带铁尖和轮盘的滑雪杆。汉斯·卡斯托普说什么都要亲自将器材搬回塞特姆布里尼的住处去，到了那儿很快就取得香料商的同意，让汉斯·卡斯托普每天存放滑雪用具。在反复观察弄清使用方法以后，卡斯托普便自己开始尝试，不过远远避开练习场上众多的初学者，而是独自在"山庄"疗养院背后一处几乎没有树木的斜坡上摔摔跌跌。塞特姆布里尼先生也不时地站在旁边做指导，那么手撑着拐杖，两脚优美地交叉着，对卡斯托普在灵巧性方面的进步报以喝彩。一切进展顺利，直至有一天，汉斯·卡斯托普为了将器材送回香料店去，正顺着铲过雪的大道小心翼翼地向山下"村"里滑去的时候，不期然碰见了贝伦斯顾问。好在顾问没认出他来，虽说是大白天，而且初学者险些就撞他个正着。顾问被香烟的浓雾包裹着，脚步沉重地从年轻人身边走了过去。

　　汉斯·卡斯托普听说，一个人内心渴望的技巧要学会是很快的。他并不要求自己成为能手。他所需要的那点儿本领，果然几天之内就不慌不忙地没费太大力气就学会了。他坚持将双脚摆正，使留在雪地里的是两道整齐平行的辙印；他尝试着在下滑时用滑雪杆控制方向，学着张开双臂飞越障碍，飞越小土包，那么一起一落的就像一只波涛汹涌的海上的船儿。经过二十次尝试，他在变向或急停旋转时一条腿伸出去，一条腿跪下，已经稳当得不再倾倒了。他逐步扩大着练习范围。一天，塞特姆布里尼先生眼看着他消失在白色的雾障中，用手做成话筒在背后大声告诫了他一下，然后就怀着对自己的教育成果的满意心情回家去了。

冬天在山里很美——但不是文静温柔的美，而是像刮强劲的西风时北海海面上那种粗犷、野性的美——尽管没有海涛的轰鸣，而是死一般沉寂，却引起完全一样的敬畏之情。汉斯·卡斯托普长而富有弹性的"大脚"托着他时东时西，或沿着左边的山梁去克拉瓦德尔峰，或向右经圣母教堂和格拉利斯村往前滑，在那儿看得见乌鸦崖在雾中若隐若现，影影绰绰；他还去过迪施马谷，或者在"山庄"疗养院背后一直往上走，登上密林覆盖的海角峰，它只有一点点披着白雪的峰顶突出在林梢之上；他还去过德鲁萨查密林，在林后可以看见白雪皑皑的勒蒂孔山脉淡淡的剪影。他还跟着伐木人乘索道车登上阿尔卑斯宝藏峰，在海拔两千米的高山雪原闪闪发亮的斜坡上徐徐滑行，赶上天气晴朗的日子，还可从上边远眺瑰奇壮丽的山区风景。

他满意自己的学习成绩；现在，条条道路对他都已敞开，重重障碍也几乎化为乌有。他经常处于所渴望的岑寂包围中，而且是一种可以想象出来最深沉的岑寂，足以令人感到陌生和疑惧的岑寂。在他的一边，可能是一片倾斜向下直至化作一团团雪雾的枞林；在另一边，可能是一道拔地而起的陡壁，壁上积雪多、厚而又形状怪异，有穹庐般的窟窿，有驼峰般的凸包。如果他自己站住不动，自己不出一点儿声音，那就绝对、完全安静，好像什么都裹上了棉胎似的声息全无。这样的寂静真是闻所未闻，在其他任何地方都不会有。听不见哪怕一丝丝风拂过林梢的沙沙响声，听不见溪水潺潺，也不闻一声鸟语。当汉斯·卡斯托普停止滑行，身子倚靠着滑雪杆，仰起脑袋，竖起耳朵在那儿倾听时，他所听到的乃是原初那纯而又纯的寂静。在这寂静之中，雪仍不停地下着，悄悄地下着，不出一点儿声息。

不，这个以它无底深渊般的沉寂对着年轻人的世界一点儿也不殷勤好客，它接待他的条件是他自己对自己负责，自己承担风险。它根本谈不上接纳他、招待他，只是以一种令人不快的没来由的恶劣方式，容忍他的侵入和存在而已。它让人感到的只是一种静得可怕的原初情绪，连敌意都说不上，而仅是一种死气沉沉的冷漠。然而，汉斯·卡斯托普，这个从小就对大自然感到疏远、陌生的文明之子，却比自幼便不得不在山野里与这个世界亲密相处的自然之子更能发现它的伟大。后者几乎不感到前者在扬起眉毛走近它时怀有的那种敬畏；就是这种敬畏，决定着汉斯·卡斯托普内心深处对这个世界的感情基调，使他灵魂中经常保持某种虔诚的震慑，某种畏葸的激动。汉斯·卡斯托普身穿驼毛长袖短外套，缠着绑腿，脚踏着豪华的滑雪板。他在倾听这冬天荒野里死一般的沉寂的时候，骨子里感觉到自己是够勇敢的了。而随后，在往回走的路上，当第一批住房重新在雾障中显现出来，一种油然产生的轻松释然之感更增强了他对自己刚才的境况的意识，提醒他，有好几个钟头之久，他的心灵曾被一种既神秘又神圣的恐惧所控制。在西尔特岛，自然是穿着白色的裤子，他曾漂亮而又威严地站在海潮汹涌的海岸边，像面对着一个狮子笼；在笼子的铁栏后面，就是一头张开血盆大口、露出可怕的獠牙的巨兽。随后他跳下海去游泳，海滩看守人却吹起自己的小号角，警告这放肆的企图冲击第一个潮头的人别与大海过于亲近，谨防海潮的下一次冲击就像折断粗大的防浪木似的扭断他的脖子。从那以后，年轻人体会到了与狂暴的自然力亲近带来的振奋和欣喜，但是完全与它拥抱在一起却会要人的命。不过他并不了解，人身上有一种总想不断增强与致人死命的自然力亲近程度的倾向，致使完全的拥抱变成迫在眉睫的危险——他，一个尽管由文明差强人意地装备和武装起来但却仍然孱弱的人，就这么冒冒失失往前闯，久久不知道逃遁，一直到擦着危险的衣裤，再也划不清彼此的界限，一直到再不是玩玩潮头的泡沫，让潮水轻轻拍打拍打身体，而是已面对着巨浪、血盆大口和大海。

一句话，在这山上，汉斯·卡斯托普是一个有勇气的人，如果在自然力面前表现的勇气不意味着对它们冷漠，而意味着有意识的倾心，意味着由于同情而克制住了对死亡的恐惧的话。——同情？——不错，汉斯·卡斯托普在他细瘦文明的胸中，是怀着对自然力的同情。而且，这种同情与他在滑雪场上看见那一群摔摔跌跌的人时所意识到的尊严感，也是联系在一起的。这种尊严感，使他渴望享受比他在阳台上所能得到的更深、更大、更少世俗气的孤寂。从阳台上他能眺望云雾缭绕的群山，观察暴风雪的舞蹈，但却为自己只能在安全舒适的防御工事内看着外面发呆而内心感觉羞耻。正因为如此，他既不着迷于体育，也不生来好动，却学会了滑雪。如果说，在山顶的大自然中，在大雪纷飞的死一般的沉寂里，他曾觉得阴森可怖的话——实际上我们的文明之子完全不是这样——那么他在这儿的疗养院中，早已用精神和感官尝够了阴森可怖的滋味。就说与纳夫塔和塞特姆布里尼的讨论吧，它离阴森可怕也并非很遥远；它同样引人进入无路可通的极其危险的绝境。就汉斯·卡斯托普方面而言，他之所以对冬天的高山雪野产生好感，是因为他尽管心怀敬畏，却仍觉得那儿是个适合他沉思默想的所在，是个很好的避难所，可以让他这个自己也不知怎么一来就担负了"执政"的重担、这个必须想清楚主的人的地位和尊严的人去静静待一待。

这儿没谁来对冒险者吹小号角发出警告，除非把塞特姆布里尼先生当成这个人。在汉斯·卡斯托普滑出他视野时，他不是把手握成话筒冲着年轻人喊叫过吗？可卡斯托普有的是勇气和同情，不再在乎背后的喊叫声，虽然当这同样的声音在狂欢节之夜从他身后传来时，他曾经是注意过的。"喂，工程师，请理智一点儿！"嗨，你张口闭口理智和反叛，你这热衷于教育的撒旦，年轻人想。除此而外，我是喜欢你的。你尽管是个吹牛大王，是个街头摇风琴的艺人似的穷酸相，但你心眼儿不坏，心眼儿好得很，因此我也更喜欢你；而不喜欢那个尖刻而矮小的耶稣会修士和恐怖主义者、那个眼睛闪闪发光的西班牙酷吏和施刑人，虽然你们俩每次争论他几乎总是在理……就像中世纪上帝与魔鬼争夺人一样，你们俩争着教育我的心灵……

他腿上扑打着雪粉，拄着滑雪杆一步步登上像梯田似的一级级升上去的雪坡，越来越高，越来越高，却不知最终去向何处。看来，这雪坡不通向任何地方，它上端与同样是乳白色的天空融为一体,已看不清天边在何处,也看不见峰巅,看不见山脊,突兀在汉斯·卡斯托普眼前的是雾蒙蒙的一片虚无;还有他背后的那个世界,那居住着人的山谷,很快也关闭了,从他视野里消失了,连一点儿声音也不再从那儿传到他耳畔。于是,不等他意识到,已经出现了他的岑寂,是的,一无所有的空虚,那么深沉,正合他的心意,深沉得令人感到恐怖,而恐怖是勇敢的前提。"Praeterit figura hujus mundi."①他自顾自地念叨着,可这不是一句富于人文主义精神的拉丁文成语——他是从纳夫塔口中听来的。他停下来,环顾四周。哪儿都看不见任何东西,都一无所见;只有零零落落的小小的雪花从白茫茫的空中降下来,落在同样是白茫茫的大地上。四周的寂静不发出任何一点儿声音,却包蕴着巨大的力量。白茫茫的雪地迷了他的眼,他暂时收回目光,只觉得心由于爬坡而跳得很厉害——整个心肌器官的动物构造和跳动情况,他曾在透视室里咔嗒咔嗒的闪光下,也许是罪恶地偷看过。他不禁动了感情,对他自己的心脏,对人的跳动着的心脏,油然生出一种单纯而又虔诚的同情来,而且偏偏是在这山顶上,在这似谜一般令人疑惑不解的冷冰冰的虚无境界。

他用滑雪杆推着自己继续向上走,向着天空逼近。有时候,他几乎将滑雪杆整个儿戳进了雪中,并发现在抽出来时有一道蓝光从洞底随着滑雪杆往外冒。他觉得很有意思,常常停下来观察这小小的光学现象,久久地,反复地。这是一种特殊的高山和深

---

① 拉丁语,意为"虚无缥缈,世事无常"。

谷之光，绿中泛蓝，冰一般莹洁，却又影影绰绰，那么柔和，那么富于神秘的吸引力。它使汉斯·卡斯托普想起某些眼睛的目光和颜色，一些与他命运紧密相关的斜斜的眼睛，塞特姆布里尼先生从人道主义的立场出发轻蔑地称之为"鞑靼人的眯眯眼"和"荒原狼之光"——使他想起早年见过，后来又未能避免再见的眼睛，希培的眼睛和舒舍夫人的眼睛。"很高兴，"他无声地自言自语，"可是别把它弄折了，得把它拧好了，你知道。"同时，他的心灵听见了从身后传来理性的告诫之声。

在右边不远处隐隐约约看得见一片森林。他转向那儿，以便眼前有一个尘世的目标，而不是一片超验的白色。他突然开始下行，虽然一点儿也没看出地势在降低。雪光耀眼，使他完全辨不清地形。他什么都看不清；眼前模糊一片。脚下的障碍一次又一次完全出乎意料地使他腾起来。他任凭自己顺势而下，连用眼睛估量一下坡度都来不及。

他不经意地朝深涧中滑去，而适才见到的森林则在深涧的另一边。他在滑了一段之后才发现，脚下由疏松的雪铺盖着的地面向着群山的一侧斜了下去。他继续下滑，两侧的坡度越来越大。他像是顺着一条狭路，向山腹中滑去。终于，他滑雪板的尖头又朝上了；地势在慢慢升高，很快旁边就没有了可以攀登的陡壁。汉斯·卡斯托普又滑到了无路可循的开阔的坡顶上，头顶着蓝天。

他看见旁边和脚下全是针叶林，便向下滑去，很快就到了一些披着雪的枞树跟前。这些树排列得像一个个尖尖的楔子，从森林里凸出来，插进空旷的雪地中。他在树下边休息边抽雪茄，心上老觉得有点儿紧张、压抑、憋闷：真是太静了，太孤单了，简直叫人害怕。然而，他又为征服了它们而感到骄傲，并且因为觉得自己配享受这个环境而充满勇气。

时间是下午三点。午饭后他立刻上了路，以便在外边消磨下午静卧的一部分以及喝下午茶的全部时间，然后赶在天黑之前返回"山庄"。当时一想到马上可以到野外，可以到大自然中去自由自在游游荡荡几个小时，心中就充满了快意。他在马裤口袋里装了一点儿巧克力，在马甲口袋里装了一小瓶波尔多葡萄酒。

看不出太阳现在何处，周围的雾太重了。在背后的山谷出口处，在山坳里，云变得越来越黑，雾气变得越来越重，像是要压过来似的。看样子要下雪了，要下更多的雪，要来一场真正的雪暴。果然，山坡上纷纷扬扬的小雪花已经下得密了。

汉斯·卡斯托普伸出手臂，用衣袖接住雪花，以便拿一个业余科学家的内行眼光对它们进行观察。雪花像是些无定形的小碎片，不过，他曾不止一次地把它们放在自己挺不错的放大镜下观察过，清楚地知道它们是由一些多么小巧、精致、规则的图形所组成，像宝石，像星星一样的勋章，像金刚钻，哪怕就连最忠心耿耿的首饰匠也休想制造得更多姿多彩，更精确细致。——是的，这些积压着森林、铺盖着原野、托负着他在上面滑行的又轻又松软的白色粉末，它们同汉斯·卡斯托普家乡海滩上的沙相比，却有着一种不同的品质：众所周知，构成它们的不是石头的小颗粒，而是无数的、同时形态也千变万化的小小水滴的结晶——也正是这种无机体的微粒，使得生命的原浆，使得植物的以及人的躯体得以膨胀成形。——这无数的神奇结晶星星般美妙极了，小得肉眼分辨不出它们之间的差距，可事实上它们没有一粒雷同于另一粒。它们以相同数量的面、相同数量的六角形为基本模式，显示着无穷无尽的变化乐趣和创造才能，但每一粒本身又绝对规则和严整。是的，这正是它们的非有机性，它们与生命格格不入的可怕表现。它们太规则了，规则到了任何有生命之物怎么也达不到的程度。在它们的一丝不苟面前，生命不寒而栗，因为感到它们就是死亡本身的秘密，也会致人死命。现在，汉斯·卡斯托普相信自己终于懂了，为什么古代神庙的建筑师们在对称地排列庙中的圆柱时，总要有意识地暗中留下一些小小的偏差。

他撑着滑雪杆继续向前滑行，顺着林边雪积得厚厚的斜坡向雾蒙蒙的低处滑去。他一会儿上坡，一会儿下滑，无目的地、悠闲地继续游荡在死寂无声的原野上，周围是空空的、像波浪一般起伏的雪坡，只是间或有一丛丛干枯的矮松。极目望去，平缓起伏的地貌与沙丘连绵的大漠异常相像。汉斯·卡斯托普站在那儿欣赏着自己的这个发现，满意地点了点头。就连他面部的燥热，他动不动就手脚颤抖，他那混合着激动与紧张的特殊的陶醉感觉，他也好意地容忍了。因为所有这一切，都使他亲切地回忆起既振奋人又饱含着某种令人昏昏欲睡的物质的海风，回忆起它极其相似的影响。现在他感到自己独立不倚，自由自在，心里非常满足。他面前没有必须走的路，背后也没有路让他严格地循着返回原处。一开始，他还插了些棍子，在雪地上画了些记号，作为路标。但很快他便故意不理睬它们的管束，因为他想起了那个吹小号角的海滩管理员。他觉得它们都跟他的内心,跟他与这冬天的茫茫原野的亲密关系格格不入。

他一会儿左一会儿右地迂回着,从一些雪蒙住的山丘之间穿过。山丘背后是一面斜坡,然后是一片平野,再往后是一群大山;大山之间铺着厚厚雪垫的峡谷和隘口似乎在引诱他,让他去走。是的,那远方和高处,那不断展开在面前的新的岑寂,对汉斯·卡斯托普的心灵有着巨大的吸引力;他甘冒回去可能太晚的危险,仍奋力深入那旷野的沉默,深入那阴郁可怖、岌岌可危的境界。——他也不顾内心的紧张和压抑由于灰色的雾幕降临使天空提前暗下来,已经变成了真正的恐怖。这恐怖使他意识到,他在此之前恰好是在努力使自己不辨方向,使自己忘记疗养院所在山谷的位置,眼下他完全如愿以偿,完全做到了。他还可以告诉自己,只要马上转过身一个劲儿往下滑,他很快就可以回到那道山谷,尽管现在可能离得已经很远——岂止很快,也许太快了;他会回去得太早,不能充分利用他的时间。当然了,要是暴风雪突然袭来,他也可能一时间根本找不到归途。可是因此就提前逃跑,不,他不愿这样做。——恐惧,他对大自然的真挚的恐惧,尽可以来压抑他的心。这差不多完全不是运动员的作为;因为运动员与自然力打交道的前提是他有把握成为它们的主宰,同时又细心和更加明智,知道迁就与让步。汉斯·卡斯托普的心里却只需用一个词说明:挑衅。尽管这个词包含着责难的意思,尽管——要说特别是尽管——他心中由此而生的内疚还混含着那么多真挚的恐惧,但只要我们稍稍考虑一下便大致可以理解,在他这么一个长年过惯了优裕生活的年轻人和男子汉的内心深处，是会有某些积郁的，或者拿作为工程师的汉斯·卡斯托普本人的话来说，是"蓄满了能量"，有朝一日便不得不施放出来，化作一句极不耐烦的"嗨，什么！"或者"爱怎么着怎么着吧！"。简言之，化作挑衅和对谨慎明智的厌弃。正因为如此，汉斯·卡斯托普仍踩着长长的雪板一个劲儿往前滑，滑下斜坡，滑过新的山丘。在丘顶上，他看见不远处立着一所木头房子和一个草垛，或者只是一间顶上压着石板的供牧人在高山上歇息的小草屋。房子面向着另一座山，山梁上长着猪鬃毛一般的枞树，山背后耸峙着座座高峰，在云雾缭绕之中时隐时现。他面前稀稀拉拉长着一些树木的雪坡太陡峻，往右斜插过去却有一道缓坡可以绕到它的后面，看清那儿的究竟。汉斯·卡斯托普先在那小屋的平地前再下了一道相当深的从右向左倾斜的山涧，然后便着手去完成那个考察。

当他正要重新开始往上爬时，一场早已预料到的暴风雪就袭来了，而且是——一场真正的雪暴。它早就威胁着要来，如果对盲目无知觉的自然力也可以说"威胁"这个词的话。虽然它像是那个样子，却无意毁灭我们；它对随带着会发生什么事倒是漠不关心到了阴森可怖的程度。当第一股劲风窜进雪中，径直向汉斯·卡斯托普扑来时，他不禁停住脚，暗自叫了一声："嘿！"真叫不赖，直刮进骨髓里去啦，他想。这样的风的确够凶险的：事实上山顶经常都保持着近乎零下20℃的严寒，只是通常空气干燥而凝定，才未让人感到可怕，才显得温和。可每当起了风，它就叫你冷得像刀子割一样，尤其是现在这个样子——须知刚才那第一股劲风还只是个预告——你即使穿上七件皮袄，也难保不寒气彻骨，冻个半死。汉斯·卡斯托普没穿七件皮袄，只穿着一件羊毛短袄，这在平时倒也完全够了，而且一出太阳反成累赘。现在，风差不多是从后侧吹来，要转过脸去直接顶着风，看来不合适。这个考虑与它的执拗以及发自内心的那一声"嗨，什么！"掺和在一起，使得狂暴的年轻人仍一个劲儿奋力前行，穿过一株株立着的枞树，要到他已打算去的山背后去。

然而，这完全不是件开心的事儿；眼前只有漫天飞舞的雪花，好像在那儿飘卷回旋，密密麻麻地挤满了所有空间，压根儿不落下地似的。照直吹来的寒风刮得他耳朵火辣辣地生痛，冻僵了他的胳臂和腿，冻木了他的双手，使他不再知道滑雪杆是否还握着。雪花从背后灌进他的衣领，融化后流进他的背心，厚厚地积压在他肩上，盖满他右侧身子。他仿佛要在这儿被冻成雪人，手中僵直地握着根棍子。而这一切一切的讨厌难受，还是在相对有利的情况下才有的；他要是转过身，情况更糟糕。但是，往回走是非做不可的工作，他该毫不犹豫地踏上归途才是。

想到此，他停住脚，耸耸肩，掉转了滑雪板。迎面吹刮的劲风立刻叫他喘不过气来，他只好再做一次讨厌的转身动作，以便吸足气，用更大的决心去面对面接受那冷漠的敌人的挑战。他低着头，小心地屏住气，到底还是成功地开始了向反方向运动。尽管做了极坏的估计，他仍然对前进的困难，特别是由视线模糊和呼吸急促引起的困难，大感惊异。他每时每刻都可能被迫停下来，首先为了在阵风之后吸吸气，其次由于他低着头向上睨视，在那白色的昏暗中什么也看不见，必须时时留神别撞在树干上或者让脚下的障碍绊翻。雪片大量飞到他脸上，在那儿融化后结成冰。它们还飞进他嘴里，化作一点淡淡的水味儿，又扑打着他的眼睑，令它们赶紧闭上，而且淹没他的两眼，妨碍他观看——不过，观看反正也没用，视野之内只有茫茫雪幕，加之四处白皑皑的雪光迷眼，汉斯·卡斯托普本来已差不多完全丧失了视觉。即使他勉强着看，也只看见一片虚无，一片白色的、飞卷回旋着的虚无。只是偶尔才在这虚无之中浮现出一点儿憧憧鬼影似的什么：一丛矮松，几棵云杉，还有他刚才经过的那个草垛依稀模糊的影子。

他顾不上看那草垛，企图翻过山坡，在立着一间仓房的地方寻找回去的路。然而，压根儿就不存在什么路。要想确定回家去的方向，大致的方向，没有什么理智的办法，多半靠碰运气，因为他虽然还能看见举在面前的手，却连脚下滑雪板的尖头都已看不清了。就算能见度好一点儿吧，老天还采取了足够的措施，使往前走变得极端艰难：脸上扑满了雪，狂风顶着他猛吹，妨碍着呼吸，使他吐气跟吸气一样困难，不得不时时地转过身去喘息——在这种情况下还得前进，汉斯·卡斯托普或者另一位更强壮的人——他不时地停下来，喘喘气，眨眨眼睛挤掉睫毛上的雾水，拍打掉面前雪结成的铠甲，终于感觉到在这种条件还要前进，简直是失去理性的妄想。

尽管如此，汉斯·卡斯托普仍然前进了。这就是说，他离开了原来的位置。至于这是不是有意义的前进，是不是在正确方向上的前进，或者干脆站在原地不动还正确一点儿——当然这也是不行的——只有鬼知道。甚至从理论上推断，汉斯·卡斯托普看来多半是走错路了，而事实是他马上便发觉，他站的地方不完全对劲儿，不是他打算找的那座平缓的山坡；他适才费老大的劲儿从涧中爬了上来，现在看来最好再走下去。平地太少，他又得往上爬。从山谷出口处的东南方刮来的暴风，显然以其强劲的顶推力迫使他偏离了方向。已经有好长一段时间，他是在错误的方向上前进，而且为此弄得精疲力竭。在翻卷回旋着的白夜的包围中，他只是盲目地使自己陷进冷漠可怖的自然力手里，越来越深，越来越深。

"嗨，什么呀！"他从牙缝中挤出这么一句，停住了脚。他没有表现得更加激昂慷慨，虽然有一刹那，他觉得仿佛有只冷冰冰的手攫住了他的心，令它猛地悸动一下，接着就更快地跳起来，撞在肋骨上怦怦直响。整个情形与当初贝伦斯顾问刚宣布他有一个浸润点时一样，他心情真是够激动的。因为他看出，他没权利再说大话、装样子。是他自己提出的挑战，情况再可虑、再危险都得他自己承担。"也不坏嘛。"他说，同时却感到他脸上的表情，感到他负责表情的脸部肌肉已不听心灵的使唤，不能再反映任何情绪，害怕也好，愤怒也好，轻蔑也好，因为它们完全僵住了。"怎么办？从这儿斜插下去，然后照直向前，对准那片林子一个劲儿地走。虽然说着容易做起来难，可总还得做点儿什么。"他气喘吁吁地、断断续续地但确实是声音不大地往下说，同时脚下又开始移动。"我不能坐下来等，除非我愿意让那些规整的六角形将自己埋起来,当塞特姆布里尼带着他的小号角来寻找我的时候,发现我的眼珠子已成了玻璃球,脑袋上歪戴着一顶雪便帽……"他发现他在自言自语,而且声调怪异。他强使自己不要这样,但一会儿又小声而富于表情地嘀咕开了,尽管嘴唇已冻麻木,已不听使唤,他只好不用唇辅音;这样勉强地说着,使他忆起了早年情况类似的一段生活。"闭上嘴,瞧你又前进了。"他说,接着又补充道,"看起来你是在胡言乱语,脑袋瓜儿已有些不清醒。从一定的意义上讲,这挺糟糕。"

然而,"这挺糟糕",从他想脱离困境的角度看,却纯粹是那有控制力的理性的判断,在一定意义上讲可以说是一个陌生的、置身事外的、虽然也并非漠不关心的人的判断。就其本性而言,他倒宁肯让自己不清醒,要知道随着身体越来越疲倦,他的脑子也慢慢糊涂了。不过,他仍注意到了自己的偏颇,对它进行了思考。"对于一个在深山里的暴风雪中迷失归途的人来讲,这是一种有意识的体验方式。"他边走边想,急促喘息着,说出只言片语,但避免使用那种慎重而更准确的词汇。"谁事后听见了,定然想象得很可怕,却忘了疾病——要说嘛,我现在的处境也是一种疾病——已经造就了生病的人,使他与它相安无事。自然也有减轻患者痛苦的措施,也有削弱感应神经的办法,也有麻醉术,不错……但是,人必须反抗它们,因为它们有两面性,好坏难分。如何评价它们,全看人的出发点。可以说它们心怀好意,是所谓善举,倘若人自己不打算回去的话;也可以讲它们居心险恶,必须坚决加以反对,要是人还考虑回去,比如像我这样的话。我可不想，我这颗怦然狂跳着的心可不想让这些规则得近乎愚蠢的小晶体给埋在深山老林里……"

事实上他已经很累了，在与自己的感应神经开始出现的麻痹状态作斗争时也糊里糊涂，心急火燎。当他发现自己又从山坡上下来时，已经不像在正常状态本该感到的那样惊恐：这次他显然是从另一个方向，从山坡更陡的一侧，下到了坡底。因为他现在是迎着侧面刮来的风在滑，虽然这样做暂时再舒服不过，在眼下却并非良策。"没问题，"他想，"再下去一点儿就可以转到原来的方向。"他于是这么做或者相信在这么做，或者自己也不完全相信，或者更糟糕，他已经开始无所谓：能转回原来的方向或是不能，都一个样。他有气无力地反抗着的好坏难分的镇痛措施已产生明显效果。那种疲乏加激动的混合状态像个已长住下来的客人，他的问题仅在习惯与不习惯。渐渐地，疲乏和激动已增强到再也谈不上以理智去对付那些镇痛措施的程度。汉斯·卡斯托普恍恍惚惚，跟跟跄跄，浑身哆嗦，跟喝醉了似的，情形和那次听完纳夫塔与塞特姆布里尼的大辩论后相似，只是严重得没法比。这样，就提供了可能，让他以对那些辩论的缅怀回顾来为自己懒于反抗麻醉措施做解释，使他尽管讨厌被规则的六角形晶体埋住却自言自语，说出些理智的或非理智的话来。要求他抗拒麻痹的责任感纯粹是一种道德观，一种资产者贪恋生存的庸碌习气和非宗教的庸人哲学。就以这样的形态，他的意识中潜入了想躺下去永远安息的愿望和诱惑，以致他告诉自己，这就好像沙漠中的风暴，一遇上它阿拉伯人不是都匍匐在地并将斗篷扯起来盖住脑袋吗？只是因为他没披斗篷，羊毛短袄的领子又扯不起来，没法盖住头，才给了他一个借口不那样做，虽然他不是小孩，从一些传说中也清楚知道，人会怎样冻死。

在较快地下滑一段和滑完一片平地之后，现在又开始向上爬，而且坡度很陡。这未必不对，因为在返回"山庄"那道峡谷的路上，也必须再上一座山不是吗？至于风，那大概也是一时兴起变了方向，现在吹在汉斯·卡斯托普背上，在他真叫求之不得。不过，他的身子之所以往前倾，是狂风刮得他直不起腰，还是面前那罩在昏暗的雪帘中的斜坡又软又白，对他的身体有吸引力呢？只要将身子往上靠一靠就一切都结束啦，让他这样做的诱惑力很大——大得就跟书上写着并称之为典型的危险状态一个样。但这么写这么称，却也一点儿不能减弱它活生生的现实的威力。它坚持自己的特权，不愿被归于众所周知的范畴，让人一下子认出来，而要在急迫强劲方面表现得独一无二和无与伦比——自然不必否认，这种诱惑也来自某一个方面的窃窃私语，也是某一位穿着西班牙黑礼服、戴雪白打皱的大领圈的人物的灵感表现。与这个人物的观念和原则联系在一起的，是形形色色的阴暗思想，诸如耶稣会尖刻的和反人类的思想，是形形色色的刑讯、体罚、奴役，所有这一切令塞特姆布里尼先生恐怖、厌恶，却只能以他的手摇风琴和理性与之对抗，白白成为人家的笑柄而已……

然而，汉斯·卡斯托普是好样儿的，抗拒住了想靠一靠的诱惑。他什么也看不见，却仍然挣扎着，前进着——不管是否真的前进，他反正在做他该做的事，反正在动弹，为此就得挣脱严寒和风暴加在他身上的越来越沉重的锁链。由于坡度对他来说太陡了，他没多加考虑便马上调整方向，顺着坡腰向旁边滑了一会儿。要睁开痉挛的眼皮朝前瞅一瞅是很困难的，加之经验表明没有用，他也就没多花心思去费这个劲儿。可尽管如此，他有时还是看见点儿什么：几棵凑在一起的云杉，一条小溪或者沟壑，那是白茫茫雪地上的一道黑线。当情况再一次发生变化，他又往下滑行而且是逆着风的时候，突然在前方不太远处，好像是被飞卷的风雪刮到了空中，飘飘摇摇的，他发现了一点儿人类建筑物的影子。

　　令人高兴、给人欣慰的发现！他到底精神抖擞地挺过来啦，尽管有那么多讨厌的情况。这会儿甚至出现了人的建筑，表明那住着人的山谷已经近了。也许这儿就有人，也许可以走进他们的房子里去歇歇脚，等暴风雪过去再上路，必要时还可以请人护送和当向导，要是到时候天晚了的话。于是，他死死盯住那在风雪中显得虚幻、常常会完全消失不见的影子，又顶着风爬上一座很要命的高坡，好不容易到达了目的地。可在那儿仔细一瞧，真叫他又气、又惊、又怕，脑袋一晕差点儿摔倒；确切无疑，这就是方才已见过的那间小屋和那个顶上压着石板的草垛。他绕了许多弯子，经过认认真真的努力，又将它们找回来啦！

　　真见鬼！一连串凶狠的诅咒，在省去唇辅音的情况下，从汉斯·卡斯托普冻木了的嘴唇间吐出来。为了辨明方向，他绕着小屋一戳一步地走了一圈,最后确信他是从背后再见到它的,也就是说,有整整一个小时之久——按照他的估计——他都纯粹在瞎忙活。是的是的,书上就这么写着。人完全在兜圈子,拼命地走啊走啊,心里以为是在前进,实际却愚蠢地大大转上一圈,然后又回到原地,就像那令人困扰的四季轮回一样。人就这么胡乱地东奔西跑,就这样迷失了归途。汉斯·卡斯托普认识到这个司空见惯的现象,心里感到一些安慰,虽然也不无害怕。想不到自己亲身经历的现实竟与书上描写的一般情况毫发不差,他不禁又惊又恼,猛地拍了一下大腿。

孤零零的仓房不接待客人,门锁着,汉斯·卡斯托普从哪儿也进不去。不过他仍决定暂时留下来,因为前边的屋檐引起他可能会受到一点儿礼遇的妄想,而小屋朝向群山的一面呢,确实也给汉斯·卡斯托普提供了一点儿抗拒暴风雪的保护,如果他把肩靠到用树干拼成的墙壁上的话。因为雪板太长,背心却靠不拢去。他把滑雪杆插在旁边的雪地上,竖起羊毛短袄的领子,手插在衣袋里,一条腿伸出去作为支撑,就这么斜靠着墙站在那儿。他闭上眼,让昏昏沉沉的脑袋也靠到木头墙壁上休息休息,只是时不时地眯缝着眼,顺着肩膀瞟一瞟山涧对面在漫天飞雪中偶尔可见的岩壁。

眼下,他的景况比较舒服。"必要时我就这么站一通宵。"他想,"只要我不时地换换脚,就等于躺在床上翻一翻身;自然了,还得穿插一些必不可少的运动。即使外边冻僵了吧,我身体内通过运动仍然积蓄着热量。这样,尽管我倒了霉,离开小屋又回到小屋，出来转悠一趟也并非完全没意义……'倒了霉[①]'，这算个什么词儿？完全用不着这么讲，它对我的情况不合适。我明明白白使用了它，因为我头脑不十分清醒。也不，照我看来它本身还算是恰当的……好啦，我可以挺过去的，就算这鬼天气，这暴风雪，就算它能一直闹腾到明天早上。明天早上？！只要到天黑下来就够呛，夜里跟在暴风雪中倒霉的危险一般大，跟瞎兜圈子的危险一般大……多半已经是傍晚了吧，大约六点钟——我转来转去已经浪费掉那么多时间。可到底多晚了呢？"虽然他手指麻木，掏起来很不容易，他还是从衣袋里掏出了表。他看了看这只镌有他签名的弹簧盖金表，见它在这寂静的雪野之中仍欢快地、忠于职守地嘀嗒嘀嗒走着，就像他的心脏，就像他温暖的胸腔中那颗令他感动的人类的心……

四点半。鬼知道怎么回事，当暴风雪起来时不已经差不多这光景了吗？难道要他相信，他兜来兜去仅仅花了一刻钟？"时间对我变长了。"他想，"老转圈子无聊，时间显得长。不过，五点或五点半一般会天黑，这是不会变的。会在这之前停下来，及时停下来，保证我别再倒霉吗？让我为此喝上一口波尔多葡萄酒，提提神儿吧。"

他之所以带上这种冒牌饮料，只是因为院里有用小而扁的瓶子装好的现成货，原本准备卖给外出郊游的患者，自然没考虑

[①] 原文 umkommen 只有"丧命"一类意思，主人公用它来表示"走弯路"显然不恰当。这表明他头脑已不清醒，潜意识中想到了死。译者姑且将其译作"倒霉"。

到有谁会私自跑进山里,在风雪严寒中迷失方向,被迫在野外过夜。只要他神志稍微清醒一点儿,考虑到还要回家去,他就会告诉自己,眼下喝这样的酒真是大错特错。事实上他在喝了几口之后,也对自己这么说了;因为马上显示出来的效果,就跟他上山第一天晚上喝库尔姆巴赫啤酒后差不多一个样。当时他大谈烧鱼的佐料之类不大成体统的事,惹恼了塞特姆布里尼——罗多维柯·塞特姆布里尼,这位教育家,他甚至单单用目光便可以使疯子理智起来;他响亮的号角声已经从空中传到汉斯·卡斯托普耳畔,宣告这位雄辩滔滔的教育家正大步向他走来,将他伤脑筋的学生,将生活中的问题儿童从眼前的困境中解救出去,领他回家去……

这当然纯属想入非非,只是他误饮了劣质波尔多酒造成的妄想。首先,塞特姆布里尼先生没有什么号角,有的只是手摇风琴,他只能用一支独木腿把琴稳住在人行道上,为了显示自己已演奏得很熟练,便用一双人道主义的眼睛在居民楼的窗前瞅来瞅去。其次,他对眼下发生的事情毫无察觉,一无所知,因为他不再住在"山庄"疗养院,而住在女装裁缝卢卡切克原本当库房的阁楼里,写字几上放着一只清水瓶,在纳夫塔那绸子小窝的头顶上——他压根儿没有权利和可能来干预卡斯托普的事,就跟狂欢节那天夜里他陷入窘境、困境时差不多。当时他把她的铅笔,"他的"铅笔,普希毕斯拉夫·希培的铅笔,还给了女病友克拉芙迪娅·舒舍夫人……再说,什么叫"困境"?所谓处于困境,就必须是"困",就必须倒下,而不能站着,这样才名实相符，而不仅仅是比喻。也就是说身体要呈水平，呈一种山上的老住客都习以为常的水平姿势。他汉斯·卡斯托普不是也习惯了躺在室外的风雪严寒中，白天黑夜一个样吗？于是，他做好准备往下倒，幸好脑子里突然闪过一个念头，就像提着他的衣领一样使他站住了：难道他这些关于"困境"的胡诌不也是冒牌波尔多酒的影响，不也出自他那身不由己地想躺下去睡一觉的欲望吗？那些诡辩，那些文字把戏，都不过是书里称作典型危险的欲望用来诳骗他的伎俩。

"糟糕，搞坏了。"他忽然意识到，"这波尔多酒不地道，才喝上几口就懵懵懂懂，脑袋沉得抬都抬不起来，净产生些糊涂想法，叫我自己都不敢相信——不仅是最初的那些胡思乱想，甚至连后来对它们的批判也一个样，而不幸也就在这里。'他的铅笔'！这意思是她的铅笔，而不是他的，在这种情况下只能讲'他的'，因为'铅笔'是个阳性名词，其他全是胡闹。嗨，我怎么净纠缠这些事！还有些情况可要急迫得多，例如，我这条支撑着身体的左腿，不是麻木得跟塞特姆布里尼撑他手摇风琴的木脚差不多了吗。他总是用膝头一顶一顶地使木脚在地面上移动，如果他想凑到窗下去，伸出毡帽接住上边的小妞们扔给他的东西的话。与此同时，好像还有一双非人的手在拽我，要我躺到雪里去。对付的办法只有运动。我必须活动活动身体，惩罚那库尔姆巴赫啤酒，使自己的木腿灵活起来。"

他肩头一使劲便离开了墙壁。可是才往仓房前面迈出一步，狂风就像刀一样砍在他的脸上，逼着他又回去寻求墙壁的庇护。

毫无疑问，他注定了待在这儿，暂时只得以此为满足。他可以自由选择的只是换换姿势，将左肩靠上墙，将右腿伸出去支撑身体，同时摆动摆动左腿，使它灵活起来。像这样的天气还是别离开房子为好，汉斯·卡斯托普想。稍微变变姿势是容许的，绝不可玩什么新花样，去跟暴风雪套近乎。静静地待着吧，垂下你的脑袋，它本来就够沉的。墙壁挺不错，粗木头拼成的，仿佛有温暖往外排放，当然只是眼下此地谈得上的温暖，木头自身潜藏的温暖，可能更多的是情绪问题，主观的……啊，这么多树木！啊，有生命的物体和有生命的气候！多么馥郁芬芳哟！……

汉斯·卡斯托普站在阳台上。阳台下边是一片花园，一片宽广的、葱绿繁茂的花园。园里生长着各种阔叶树：榆树、梧桐、山毛榉、槭树和白桦；叶簇的色调略略分出不同的层次，但一样肥大、光鲜、悦人眼目，树冠都轻轻摇曳着，发出簌簌的声响。一阵和风吹来，带着树木呼出的宜人气息，滋润甜美。空中突然牵起了雨丝，透明而又温暖。抬头仰望，长空中无处不光闪闪的。太美啦！啊，你故乡的呼吸，平原上的繁茂丰盈和芬芳馥郁，久违了！空中充满鸟鸣，充满纤柔甜美的歌唱、鸣啭、啁啾、叽喳和咕叽，却见不着任何一只小鸟小虫。汉斯·卡斯托普脸上露出笑容，满怀感激地吸了口气。可是，这期间，四周景象变得更加美丽迷人起来。一道虹桥斜架在园子的上空，饱满而又实在，纯净而又鲜亮，七色分明醒目，一齐像油彩般稠稠地注入下边的苍翠浓绿中。这就如同音乐，如同长笛声和小提琴声烘托着的叮咚的竖琴声。特别是那蓝色和紫色流动得更加奇妙。一切色彩都在神奇地融溶、幻化和重新创造，使那彩虹越来越美，越来越美。汉斯·卡斯托普记得曾经有一次听音乐会也有同样的感受：那是一些年以前，他有幸听一位世界知名的男高音演唱，体验到了悦耳动人的歌声如何从艺术家的喉咙中涌流出来，注入人们的心田。他的音调一直很高，一开始就非常美。但是渐渐地，从一个瞬间到一个瞬间，他的嗓音越来越富于激情，越来越洪亮，越来越辉煌。好似一重又一重为人所看不见的帷幕，依次自动地打开了，直至最后一重人们相信是遮掩着最纯净圣洁的光的帷幕也升上去，这才唱出令人难以置信的最最激越、灿烂和感人肺腑的结尾，致使听众中发出不寻常的低沉的惊叹声，听上去几乎跟有异议和不满似的，而他，年轻的汉斯·卡斯托普竟忍不住抽泣起来。眼下他的热情也在不断地变化，不断地升华。彩虹中的蓝色弥漫着……闪亮的雨帘在下沉：那是平明的海面——是海，是南方的海，湛蓝湛蓝的，闪着银光，一半被淡青色的群山环抱着，形成一片开阔、美丽、烟波浩渺的海湾，湾内有几座小岛，岛上长着高高的棕榈，可以看见白色的小屋掩映在柏树林中。啊，啊，够啦，够啦，多么圣洁的阳光，多么蔚蓝的天空，多么明净的海水，真叫他无福消受！汉斯·卡斯托普从未见过这样的仙境，从未见过任何类似的景象。他没尝过南方旅行的滋味，见过的海都是粗暴的、晦暗的，总与他儿时的阴郁感觉联系在一起；而地中海、那不勒斯、西西里和希腊他都没有到过。可尽管这样，他却"回忆"起来了。他现在沉湎于其中的，是一种特殊的重逢。"啊，是的，就是这样！"他在心里喊道——仿佛这展现在眼前的阳光明媚的幸福美景，他早就藏在心中，只不过是暗暗地，就连对自己也讳莫如深罢了。可这个"早就"很遥远，遥远得目不可及，就像辽阔的大海，在左边远远地已和淡紫色的天空相接在一起。

海平线挺高，宽阔的海面像还在变宽，这是因为汉斯·卡斯托普从相当高处俯瞰着海湾。山脉延伸着，突出到海中，形成长满树丛的海角，到了海湾中心又折回来形成一个半圆，逶迤直至他坐的地方并继续向前。这是一道岩岸，他蹲在让太阳晒热了的石级上。在他面前，由长满苔藓和灌木丛的巨岩构成从高到低的陡坡，渐渐演变为平缓的海滩。在那儿，在芦苇丛中，被海潮冲洗圆滑了的石头再围成无数蓝色的湾仔、小港和水塘。这块阳光灿烂的土地，这道高峻的岩岸，这片活泼愉快的滩头，还有大海、小岛以及岛与岛之间往来穿梭的船儿，真是远远近近无处不住着人，无处没有南国的阳光和大海养育的孩子们在活动和休息，一个聪明、愉快、美丽、年轻的人类，望着他们真是件美事——汉斯·卡斯托普为领受这美妙的感觉，大大地敞开心扉，痛苦而爱慕地敞开了心扉。

小伙子们嬉闹着骑马狂奔，马嘶鸣着，扬鬃奋蹄。有几匹烈马，他们只好放长缰绳拽住，要不就骑在光光的马背上，用赤脚夹击马腹，赶着它们向大海冲去。阳光中，小伙子们背部的肌肉在古铜色的皮肤下颤动，他们对牲口或者彼此发出的吆喝声，不知怎的听起来异常迷人。在一片像山间湖泊似的倒映着岩岸的小海湾前，有一群年轻姑娘在跳舞。一位将颈后的头发特别富于魅力地在头上绾成髻子的少女,坐在一旁吹奏牧笛伴舞;她眼睛不看手指,而望着她的女友。舞女们长裙飘飘,或笑盈盈地舒展着双臂独舞,或耳鬓厮磨,成对成双,舞步翩跹。坐在她们背后吹牧笛的少女白皙而苗条,由于手臂弯着,侧面看上去较丰满。另一些女友或坐着,或相互搂着站在一起,边看边轻声交谈。还有一伙青年男子在练习射箭。汉斯·卡斯托普心中油然生起幸福、快慰的感情,他看见年长者如何指导初学的小毛头张弓、搭箭,和他们一块儿瞄准目标,如何笑呵呵地去扶持被弓的反弹力弄得站立不稳的后生学子,而在前一个瞬间,箭矢已嗖的一声射出去了。还有些人在钓鱼。他们有的趴在岸边的石板上,一条小腿在空中晃来晃去,让鱼线垂在海水中,歪着脑袋,悠悠闲闲地与旁边的钓友答话;这一位呢,则仰着身子坐着,将钓饵甩得老远。还有一些人在干活儿,正拉的拉、顶的顶、推的推,把一艘船舷高高的带桅杆的大船送下海去。孩子们在防浪木中间跑跳着,欢叫着。一个少妇摊开四肢仰卧在沙滩上,眼睛望着后方,一只手撩开胸前的花衣服,一只手去抓头顶上带叶的果子;那是一个健壮男人伸长胳膊悬在她头上逗她的,叫她可望而不可即。人们或倚靠在岩隙缝中;或迟疑着是不是下海游泳,用手臂交叉抱着自己的肩,伸出脚尖去试水温。成对的情侣漫步海滩,男的把嘴凑到女的耳朵边上,悄悄说着情话。白毛长长的羊群在石坡山上跳来跳去。年轻牧人一手叉腰,一手扶着牧杖站在高处,他生有一头棕色鬈发,戴着一顶后面的边沿卷起来的小毡帽。

"真太美啦!"汉斯·卡斯托普打心眼儿里发出赞叹,"看着就叫人高兴，令人心醉！多么漂亮、健康、聪明、幸福啊，他们！是的，不只是体格健美，也生性聪敏，和蔼可亲。这就是使我感动、使我入迷的原因：作为他们人格基础的精神和感官，我想讲，在他们身上是紧密联系、和谐一致的！"他指的是这些太阳下的孩子在交往中表现的殷勤和蔼，以及很有分寸的彼此关怀照顾：他们相互敬重，只是以微笑掩饰着使这一情感藏而不露，但又因人人心性相通、思想一致而使你时时处处都体会得到。他们行事端庄、严肃，但寓庄于谐，所表现出来的仅仅是一种难以言表的乐观、机敏的虔诚精神——虽然并非一点儿不重礼仪形式。例如，在那边一块长着苔藓的圆石板上，坐着一位穿褐色衣裙的女子，一位敞开前襟在奶孩子的年轻母亲。每一个打她跟前经过的人，都以一种特定的方式向她致意，集中地表现了人们通常只是以含蓄的沉默清楚流露出来的所有感情：小伙子们面向年轻母亲，文质彬彬地、迅速地把双臂在胸前抱成个十字，微笑着点点头；姑娘们朝着她微微屈一屈膝，就像她们在教堂里从祭坛前经过时那样子，只不过同时还快活而又亲切地不住点头，在谦卑礼貌之中融会着和悦的友情。再说那位母亲，她一边用食指按压乳房，让她的宝贝儿吮得更舒服，一边和蔼地抬起头来，面带笑容，以目光向招呼她的人答礼——这情景使汉斯·卡斯托普心里充满了惊叹。他怎么看也看不够，只是纳闷地问自己，人家允不允许他这样做；他，一个卑劣、丑陋、穿着一双破靴子的外来者，这么偷窥阳光之国富于德行的幸福，是不是罪大恶极、该当受罚呢？

看来不必担心。就在他坐的地方下面,有一位美少年,浓密的鬈发从额前梳向一边,双臂抱在胸前,离开了同伴站在一旁,既不显得悲哀也不显得孤傲,而是随便自然地独自站着罢了。这位少年发现了汉斯·卡斯托普,从下边仰望着他,目光在窥视者与海滩的人群之间来回移动,想看他究竟在偷看什么。可突然,少年的目光越过他的头顶,射向了他背后的远方,同时从他那俊美、刚毅却又稚气未脱的脸上,那人人皆有、和蔼有礼的笑容也遽然消失——是的,他连眉头也没皱一皱,脸色便严肃得跟石头刻的一样;他毫无表情,思想深不可测,样子冷漠得跟死人一样,令刚刚定下心来的汉斯·卡斯托普大惊失色,心里产生了不祥的预感。

他也扭回头一看……他身后耸立着粗大的圆柱,没有基座,直立在长长的圆筒形石墩子上,接缝里已长出苔藓——是一座神庙大门的门柱,汉斯·卡斯托普正坐在门内中央的石阶上。他心情沉重地站起来,从侧面走下石阶,进入深深的门道,穿过门道之后又走在一条花砖铺成的路上,很快站在了一座新的拱门前。穿过拱门,神庙便赫然出现在眼前,庞大雄伟,已风吹雨打成了灰绿色。门前有很陡的台阶,宽宽的门楣是雕花柱冠,柱冠下才是下粗上细的圆柱,在圆柱的接缝处不时地突出来一个开了槽的圆盘。吃力地连脚带手地爬着,由于心里憋得慌而连声叹息着,汉斯·卡斯托普总算登上高高的台阶,进了庙堂内如林的圆柱之中。庙堂很深,他在里边转来转去,就像在灰暗的海岸边的榉树林间一样;他故意避免走到中央去,可终于他还是回到中间,在圆柱退开的地方发现了一座雕像。那是在一个基座上用石头刻成的两尊女像，看样子系一母一女：母亲坐着，端庄、慈祥、神圣，只是双眉流露着哀怨，目光茫然失神，内穿短袖束腰的绉纱长袍，外边罩着件短上衣，在波纹般卷曲的发结上披着条纱巾；女儿站着，被母亲慈爱地搂在怀中，脸庞圆圆的，焕发着青春，臂膀和手全都隐没在外套的皱褶里。

端详着这座雕像，汉斯·卡斯托普的内心更感沉重，更充满了忧惧和不祥预感。他几乎不敢，却又忍不住绕到雕像背后，继续向排列在两侧的圆柱走去，不想蓦然站在了正殿敞开着的铁门前；往门里一瞅，可怜的青年惊得膝盖差不多软了。只见两个半裸体的灰色女人，头发一绺一绺地披着，乳房跟妖精似的吊在胸前，单单乳头就有一指长，在殿内悠悠忽忽的灯盏间干着极其丑恶可怕的勾当。她们正用一个盆子接着，在那儿撕扯一个小孩，一声不吭地疯狂地用手撕着扯着——汉斯·卡斯托普看见柔软的金黄色头发上血糊糊的——然后一块一块地吞食，只听见酥脆的小骨头在她们嘴里咔咔直响，鲜血便从她们凶恶的唇间滴落下来。汉斯·卡斯托普感到一阵战栗，人完全傻了。他想用手抹抹眼睛，手却抬不起来。他想逃跑，腿也迈不开。这当口，她们没停止干自己可怕的勾当，可眼睛却看见了他，冲他挥动着血淋淋的拳头，对他发出詈骂，虽然没有声音，却极尽鄙俗污秽之能事，而且用的是汉斯·卡斯托普家乡的民间土话。他感到异常恶心，从未有过的恶心。他绝望挣扎着，想要逃开——就这样，他似乎一只肩膀靠在背后的圆柱上，耳中还嗡嗡响着女妖们无声的詈骂，身上还感到阵阵战栗，却发现自己原来仍旧倚着仓房站在风雪里，脑袋耷拉在一边胳膊上，绑着滑雪板的腿向前伸得老远。

不过，他还不是真正完全苏醒。他眯缝着眼，心里因摆脱了那两个可怕的女人而感到轻松，可是却不十分清楚——虽然很重要——他究竟是靠着一根神庙的圆柱呢，还是靠着仓房的墙壁。在一定程度上，他继续在做梦——不是以生动的形象，而是以思维，但并不因此就不那么惊险离奇，紊乱无序。

"我想，我是在做梦吧，"他自言自语地喃喃着，"梦得美妙极了，可怕极了。从根本上讲，我一直清楚这是个梦，一切都是我自己想出来的——那树木繁茂的园子和滋润的空气，以及接下去的美好景象与可怕情景，我几乎全都预先知道。我怎么会知道这些，想出这些，使自己感到幸福，感到恐怖呢？我从哪儿弄来那迷人的海湾，还有那由一个美少年的目光引导我走进去的神庙群呢？我想说，一个人不单单靠自己的心灵做梦，也代替匿名的集体做梦，只不过以个人的方式。你只是那巨大心灵的一个微小分子，它通过你做梦，以你的方式，梦见一些它永远悄悄在梦想着的事物——梦见它的青春，它的希望，它的幸福，它的安宁……它的人肉宴。眼下我倚靠着自己的圆柱，头脑里实际还留着我的梦的残余，留着对人肉宴的冰冷的恐惧，以及对先前美景的由衷的喜悦——为那光明人类的幸福和高尚情操而感到的喜悦。这是属于我的，我坚持认为，我有不可剥夺的权利靠在这儿，做这样的梦。我从此地山上的人们那里知道了许多乱七八糟的东西以及理性的东西。我跟着纳夫塔和塞特姆布里尼，在极其危险的崇山峻岭中转来转去。我了解人的一切。我认识人的肉和血,我把普希毕斯拉夫·希培的铅笔还给了有病的克拉芙迪娅·舒舍。可是谁认识肉体,认识生命,他也就认识死。不过,这并非全部——多半还只是个开端,如果从教育的角度看问题的话。还必须加上另外一半,相对的一半。要知道,一切对疾病和死亡的兴趣,不过是对生命的兴趣的一种表现方式而已,正如人道主义的医学科学所证明的那样。这种学科总在彬彬有礼地用拉丁文谈论生命及其病患,仅仅是那个巨大而急迫的问题的一方面;我现在要直呼其名,怀着无比的好感和同情:那就是生活的问题儿童的问题,就是人和人的地位与尊严问题……我对此懂得不少,从此地山上的人那儿学到了许多。我从平原被赶上高山,可怜我几乎喘不过气来;然而,从我的圆柱脚下,我这会儿看见了全貌……我梦见人的地位,梦见他们那个明达知礼、互敬互爱的群体,但在这个群体背后的神庙中,却上演着吃小孩的可怕一幕。他们,太阳的孩子们,在静静地观看那可怕的情景时,相互还会一样文质彬彬、殷勤友善吗?他们要是能这样,那可真叫风雅、大度!我从心眼儿里同情他们,而不同情纳夫塔,也不同情塞特姆布里尼,他们俩都是空谈家。一个放荡而邪恶,一个只会吹理性的小号角,还自以为用目光能慑住疯子,真叫人倒胃口。说来说去,不过是庸人哲学,纯粹的道德说教,非宗教思想。同样,我对纳夫塔,对他的宗教,也不怀好感。他的宗教只是把上帝与魔鬼、善与恶搅混成一个大杂烩,正好让人一头栽进去,以达到神秘地沉沦在一般之中的目的。这两位教育家!他们的争论和矛盾本身也不过是个大杂烩，是一片乱糟糟的厮杀声，谁只要脑子稍稍自由一点儿，心灵稍稍虔诚一点儿，就不至于被蒙蔽。谈什么贵族化问题！什么高贵不高贵！什么死与生，疾病与健康，精神与自然！难道它们是矛盾？我要问：难道它们是问题？不，这不成问题。还有高贵不高贵也不成问题。死必然寓于生之中，没有必然的死也便没有生；主的人的地位正处于中央、处于混乱与理性之间，正像他的国度也处于神秘的集团与不稳定的个体之间。从我的圆柱往下看去，情形就是这样。处在这个地位上，他应该彬彬有礼，自己对自己表现得友善谦恭——因为只有他是高贵的，而非矛盾冲突。人应主宰矛盾冲突，而不是相反。也就是说，人比矛盾冲突更加高贵，比死也更高贵，对于死来说太高贵了——这便是他头脑的自由思想；比生更高贵，对于生来说太高贵了——这便是心灵的虔诚信仰。这就是我作的诗，一首关于人的梦幻之诗。我愿铭记着它。我愿做个善良人。我不容许死亡统治我的思想！因为善良与仁爱存在于我的思想中，不存在于任何其他地方。死是巨大的威力。人摘下帽子对它表示敬畏，然后便踮起脚尖擦过它身边，继续前进。死戴着往昔的庄严领圈，人们为了对它表示敬意，也穿着黑色的丧衣。理性在它面前显得一副蠢相，因为理性仅仅是道德，死却是自由、混乱、无定形和欲。欲，我的梦说，不是爱。死与爱——这是差劲儿的一对儿，乏味的一对儿，很不和谐的一对儿！爱是死的对头，只有爱，而非理性，能战胜死。还有形式，也只产生于爱与善：一个明智友善的团体，一个美好的人类之国的形式和礼仪——在静观着人肉宴时也不改变。啊，我就这么清楚地梦见了，就这么很好地'执了政'！我要铭记着它。我要在心中对死保持忠诚，然而又牢记不忘：对死和往昔的忠诚只会造成邪恶、淫欲和对人类的敌视，要是任凭它支配我们的思想和'执政'的话。为了善和爱的缘故，人不应让死主宰和支配自己的思想。到这儿我该醒了……因为我的梦已做完，已到达目的地。我早就在寻找这个词：到达目的地，在希培出现的地方，在我的阳台上，在随便哪儿。也是为了寻找这个目的地，我身不由己来到了风雪山野中。现在我找到了它。我的梦将它再清楚不过地铭刻在我心中，我将永远牢记。是的，我欢欣鼓舞，热血沸腾。我的心有力地跳着，我知道为什么。它这样跳不仅仅出于身体的原因，不像尸体还会长指甲似的；它跳得更富人情味，更多是因为心灵幸福的缘故。心灵的幸福是一种佳酿——我梦里的词儿——比波尔多葡萄酒和英国啤酒都醇美，像爱和生命一般流贯我周身的血管，使我猛然从睡梦里苏醒过来。我自然知道得很清楚，我年轻的生命在睡梦中处于极度的危险……醒一醒，醒一醒！睁开眼睛！在雪地里，是你的脚，是你的腿！将它们收拢，站直！快瞧——天气好了！"

要想从缠绕着他、压迫着他的睡梦的绳索中挣脱，实在是艰难；然而，他知道如何去获取更为强大的动力。汉斯·卡斯托普用一个胳膊肘撑住墙壁，勇敢地并拢膝头，然后猛地一挺身，人终于站直了。他用穿着滑雪板的脚踏踏雪，用手臂拍打拍打腰，摆动几下肩膀，同时努力睁大眼睛激动地上下左右四处瞧。他发现在头顶稀薄的青灰色云朵之间，现出了一片片淡蓝色的天空，云朵慢慢地飘动，一钩镰刀样的新月已升起在天边。四野光线朦胧。风暴住了，雪也停了。对面，脊背上长着枞树的山岩已完全看得清楚，显得十分宁静。它的下半截阴影笼罩，上半截却沐浴在柔和的玫瑰色光线中。怎么回事？世界怎么样了？已经是早晨？难道他在雪地里待了一整夜，却没有像书里讲的那样冻死吗？手脚也没完全失去知觉，在他踏、摆、拍的时候，也没有哪儿咔嚓一声折断。他一边继续加紧活动肢体，一边动脑筋，极力要想探个究竟。耳朵、指尖和脚趾头确实麻木了，不过仅此而已，跟冬天夜间在阳台上静卧时差不多。他终于把表掏了出来。表还在走。没有像他晚上忘记上发条常常都免不了的那样停掉。还不到五点——远远没到五点。差十二三分钟。好奇怪啊！可能吗？他在这儿的雪地里才待了十分钟多一点儿，却梦见了那么多幸福的和可怕的景象，走完了那么一条大胆离奇的思路。与此同时，那六角形的怪物却消失得无影无踪，快得就跟它来的时候一样？真算他有运气，感谢上帝，现在他能回家啦。多亏他的梦和胡思乱想出现过两次转折，使他惊醒过来：第一次是因为恐惧，第二次是因为兴奋。看起来，生活待自己这个迷了路的问题儿童可不薄……

但是不管怎么样，是清晨也罢，是下午也罢——毫无疑问仍然是傍晚时分——反正，无论是天气还是他个人的身体状况，都不再有什么妨碍汉斯·卡斯托普赶快回家去了。他呢，也毫不迟疑，以最快的速度即选择直线朝疗养院所在的山谷滑去，赶到那儿时已经亮灯了。虽然在途中，雪地反映着残余的天光，也足够为他照明了。他从林牧场边上的布莱门比尔插下去，五点半到了"村"里，在香料铺存好器材，到塞特姆布里尼先生的库房小阁楼上歇口气，让他知道他汉斯·卡斯托普已经遭遇过暴风雪了。人文主义作家惊诧莫名，胳膊往头顶上一甩，狠狠骂起他不该如此轻率冒险。他立刻点燃酒精炉，为精疲力竭的小伙子煮了一杯浓浓的咖啡。尽管喝了咖啡，汉斯·卡斯托普还是马上就坐在椅子上睡着了。

一小时后，他又置身于"山庄"高度文明的氛围中，非常适意。晚餐桌上，他胃口大开。他在梦中见到的情景，已经淡漠。他有过的种种思考，当天晚上他觉得已不再那么合情理。

好样儿的士兵

汉斯·卡斯托普经常得到表哥发来的简短信息，一开始是好的、兴高采烈的，后来便不太好，以至终于隐隐约约地透露出一些挺可悲的情况。那一沓子明信片是以报告约阿希姆的入伍经过和激动人心的宣誓仪式开始的。在回信中，汉斯·卡斯托普开玩笑地称他已发了安于贫穷、谨守贞操和唯命是从的教士誓愿。接下来约阿希姆情绪仍然很高：由于本人热爱事业，上司也有好感，前程看来平坦而远大，步步高升有望。他念过几个学期大学，所以免了上军校和当军士的程序。过新年时他已晋升准尉，寄来了一张穿着漂亮军官制服的照片。他如今已成为一个珍视荣誉、组织严密，但却不乏人情味和幽默感的教会之一分子。从他每一篇简短的报告中，都洋溢着对这种集体精神的欣喜。他还讲了他那位上士，一个粗鲁而狂热的丘八的好些笑话，讲他对待年轻的新毛头，对待他今天的下属明天注定的上司不尴不尬的态度；事实上，约阿希姆早已在军官食堂进进出出。那情形真叫绝，真叫逗哟。随后，又讲起考军官资格。四月初，约阿希姆果真当上了少尉。

看那样子，没有谁会比约阿希姆更幸福，没有谁在那特殊的生活环境中能像他似的如鱼得水、心满意足。他既得意又难为情地讲自己如何第一次英姿焕发地打市政厅前走过，哨兵立正向他致敬，他却远远地便挥手让人家稍息。他还讲执行勤务中小小的满足和不快，讲同事间融洽的关系，讲他的勤务兵调皮而忠诚，讲演习和训练、视察和聚餐以及种种有趣的小插曲。有时也讲社交方面的事情，拜访、晚宴、舞会等等。可就是绝口不提他自己的健康状况。

直到夏天之前都是这样。接着就讲他病倒了，不得不请假休息，很遗憾，一连发了好多天高烧。六月初恢复执勤，中旬却又一次叫"不行了"，大肆抱怨自己"晦气"，不禁担心起八月初仍归不了位；到那时，他全心全意期待着的大演习可就开始了。胡扯，七月份他不又完全健康了吗？这么坚持了几个星期，便不得不接受体检；原因是他的体温鬼知道为什么老不稳定；这对于约阿希姆可叫关系重大。然而，汉斯·卡斯托普却许久得不到任何一点儿体检结果的消息。过后消息有了，却不是来自约阿希姆本人写的信——不知他是不能写还是羞于写——而是来自他母亲齐姆逊夫人发的一封电报。电文曰：医嘱约阿希姆告假数周，赴高山疗养，动身在即，请订房两间。回电款已付。署名：露易丝姨妈。

汉斯·卡斯托普在自己阳台上读到这封电报的时间是七月底。他第一遍读得飞快，接着又反复地读，一边轻轻点着头，不只是头，并且晃动着整个身子，而且透过牙齿缝发出："是，是，是！啧，啧，啧！"——"约阿希姆回来啦！"他突然感到一阵欣喜。但马上他便安静下来，想："唔，唔，一个非同小可的新闻。也可称作天赐良机。可是见鬼，竟这么快——已经非回来不可了！而且由母亲陪着……"——他讲"母亲"，不讲"露易丝姨妈"，说明他的家庭观念、亲戚感情已经不知不觉变得淡漠。——"这可够意思。而且刚巧在那好人热切期待着的演习之前！哼，哼，真可恶，可恶得要命，一个反理想主义的事实。肉体胜利了，它不肯与灵魂保持一致，而且达到了目的，叫那班夸夸其谈的人丢了脸，竟宣扬什么肉体是灵魂的奴仆。看来他们不知道自己在胡诌些什么，因为如果他们说得对，那就会让人怀疑灵魂出了毛病，像眼前这个情况。是够精明的，我清楚，我为什么如此讲。因为，我所提的问题正好是：把它们俩对立起来是不是大错特错；是不是讲它们串通一气、彼此彼此更好些——那些夸夸其谈的人，算他们幸运，竟没想到这个问题。好心的约阿希姆，谁忍心让你失望，给你燃烧的热情泼冷水哟！你那样诚心诚意——可还有什么诚意可言，我问，当肉体和良心狼狈为奸的时候？是不是也有这种可能：你忘不了某种特别的香水味儿，忘不了高高的胸脯和它随时会发出的笑声,以为它们还在施托尔太太旁边等着你呢?……约阿希姆要回来了!"汉斯·卡斯托普再一次兴奋起来,想道:"他是情况不妙才回来的,显然,不过我们又可以两人在一起,我在这山上不必再一个人无依无靠了。这样挺好。一切不可能跟从前完全一样,他隔壁的房间被人占了:麦克唐纳太太,她又在那儿嘎声哑气地咳嗽,身旁的小桌子上自然又立着或是在手里拿着她小儿子的相片……已经是晚期,如果还没人预订她的房间,那也就……暂时可只能住另一间了。二十八号还空着,据我所知。我马上去管理处,找贝伦斯本人。这是个新闻——从一方面看是可悲的,从另一方面看又再好不过,但总之是个大新闻!我希望等来的是个可以共享人生的伙伴,他想必快到了。我看时间已经三点半了。我想问他,在眼前的情况下他是否仍坚持认为,肉体必须被看成第二性的……"

还在喝下午茶之前他便去了管理处。他想的那间与他同一条走廊的房间已安排给了约阿希姆。为齐姆逊夫人也找好了住处。他赶去见贝伦斯,在化验室中碰到了顾问,见他一手夹着支雪茄,一手拎着张模模糊糊的 X 光玻璃底片。

"顾问先生,有件事您知道吗?"汉斯·卡斯托普先开口。

"嗯,头疼事没个完,"他中气十足地回道,"乌特莱希特的罗森海姆,"他用雪茄指了指玻璃片说,"加夫基指数是十。前不久施密茨厂长来了,大吵大闹一通,搞得罗森海姆在散步的路上咯了血——加夫基指数是十啊。人家让我批评他。可我要批评他,他准出问题,因为他这个人太不克制,一家人占了三间病房。我无法撵他走,否则他会找总管理处麻烦。您瞧,随时都可能卷入这样那样的纠葛,哪怕我再息事宁人,自己走自己的路,什么也不想招惹。"

"是够讨厌的,"汉斯·卡斯托普以知情人和老资格的口吻说,"这两位先生咱知道。施密茨正正派派,又有事业心,罗森海姆却相当糟糕。也许除去养病以外,还发生了其他方面的摩擦,我想说。施密茨和罗森海姆,两个人都跟巴塞罗那来的佩雷斯太太要好,就是坐在克勒费特小姐座位上的那位,这个说法基本不会错。我想建议您再一般地重申重申院规,然后便睁一只眼闭一只眼。"

"我当然睁一只眼闭一只眼。我眼睛老闭老闭已经得了眼睑炎。对了,您来这儿有何贵干?"

于是,汉斯·卡斯托普讲出了他那既可悲又再好不过的消息。

不,宫廷顾问没有感到意外。一点儿也没有,因为汉斯·卡斯托普不管他问起还是没问起,都一直把约阿希姆的情况随时向他通报,而且在五月份,已预先告诉他表哥起不了床了。

"啊哈,"贝伦斯说,"怎么样?我早对你们说过。我对他和您清清楚楚地说过不是十遍,而是一二百遍。您现在看见啦。他偏着去他的天国就八九个月。可那天国没彻底消过毒,他找不到幸福;这位逃兵偏就不肯相信我老贝伦斯的话。任何时候都该相信老贝伦斯才是,不然自己吃亏,悔之晚矣。不错,他当上了少尉,没的说。可顶个屁用!上帝只看你的心,不管你的军衔和地位;在他面前咱们全得精赤条条站着,将军也罢,士兵也罢……"贝伦斯越说越来劲儿。临了儿,他用夹着雪茄的手指揉揉眼睛,告诉汉斯·卡斯托普,今天就别再烦他了吧。给齐姆逊少尉一间房子总不成问题,他来了他表弟应该马上让他上床躺着去。至于他贝伦斯嘛,是不会记住谁的过错的;他将像父亲一般张开双臂拥抱回头的浪子,宰只小牛欢迎归来的逃兵。

汉斯·卡斯托普发了电报。他说来说去,一句话:表哥请尽管回来。他讲,所有认识约阿希姆的人都既难受又高兴,而且两种感情全是真诚的,因为他漂亮、豪爽的人品赢得了普遍的青睐。还有些评价和感情没明白讲出来,意向却很清楚:他是我们山上所有人中最好的一位。我们则不指具体哪一个人,但是相信确实有一些人是感到满意的:约阿希姆不得不又来躺着养病,不能站着当兵了;他尽管那么气派漂亮,还是得成为咱们中的一个。施托尔太太,大家知道,曾经是有自己的想法的。如今,她发现自己的疑虑得到了证实,她在约阿希姆执意回平原去后一直坚持自己的看法,眼下自然是洋洋得意。"坏喽,坏喽。"她说。她早就看出事情坏喽,只希望齐姆逊不要一意孤行,把事情搞得坏过了头。——"坏过了头"这个词从她口里说出来粗俗得没法形容。——人嘛应该有坚持性,这样会好得多。像她,在平原上,在康施塔特,不也有自己的生活乐趣,有自己的丈夫和两个孩子吗?可她却知道克制自己……约阿希姆和齐姆逊夫人都再没回音。汉斯·卡斯托普不知道他们哪天到、几时到,因此也无法去车站迎接。谁知在汉斯·卡斯托普发出电报三天后,母子俩就突然出现在疗养院,约阿希姆·齐姆逊少尉激动地微笑着,径直来到表弟的营寨前。

晚间的静卧刚刚开始。约阿希姆他们是乘两年前卡斯托普坐过的同一趟车上山来的,而且时间也相同,即在八月初的某一天,准确地讲。这两年既不算短,也不算长,而根本不像正常的时间,经历应该说极度丰富,却又空虚得跟零一样。已经说过,约阿希姆高高兴兴地——是的,眼下无疑是又高兴又激动地走进了卡斯托普的房间,或者说得确切一些,大步穿过他的房间,来到外面的阳台上,微笑着,呼吸急促,嗓音沉浊而断断续续地向表弟打招呼。他又一次经历了漫长的旅行,途经好几个国家,越过像海一般广阔的湖泊,然后在崎岖的山路上一个劲儿地爬向高处。而今他又站在这儿,好似压根儿不曾离开一样;平躺着的年轻人也欠起身来,以连声的"喂"和"怎么样"迎接自己的表哥。约阿希姆脸色红红的,不知是过户外生活还是旅行激动的缘故。他没去看自己的住房,便一径赶到三十四号来了,为的是与昔日的伙伴相聚寒暄。他母亲则自己梳洗打扮去了。再过十分钟就要吃晚饭,自然是在餐厅里。汉斯·卡斯托普可以陪着再吃点儿什么,或者至少喝杯葡萄酒。说着约阿希姆便拉表弟去二十八号房间,在那儿又演出了两年前的一幕,只不过角色调换了一下:约阿希姆一边在光洁的洗脸槽边洗手,一边兴致勃勃地讲这讲那;汉斯·卡斯托普只是从旁观察着他,——看见表哥穿着便服,他既惊讶又有几分失望。他说,简直看不出约阿希姆曾经历过戎马生涯。在他的想象中,表哥还是位制服笔挺的军官,不料眼下却穿得平平常常,跟任何人没有两样。约阿希姆笑表弟太幼稚。哈，不，军服他整整齐齐地保存在家里了。汉斯·卡斯托普必须知道，军服非同一般服装，不是上任何地方都好穿的；"原来如此，多谢指教。"汉斯·卡斯托普说。可约阿希姆似乎一点儿没意识到自己的解释有什么轻蔑的含义，只顾打听"山庄"所有的人和事的近况，不仅态度毫不倨傲，而且像个久别归家的人似的非常动情。一会儿齐姆逊夫人进来了。她以一般人在这种场合都喜欢选取的方式问候自己的外甥，也就是装出好像是意外地与他喜相逢似的，仅仅因为疲劳和显然对约阿希姆的情况怀有隐忧，喜悦才有所节制并渗进了悲凉气氛。接着，他们一道下楼到餐厅去。

露易丝·齐姆逊跟约阿希姆一样，生着一对很好看的温柔的黑眼睛。她的头发同样是黑的，不过已掺着不少的银丝，用一副几乎看不见的纱网定了型，与她整个沉静、慈祥、端庄的外貌很般配，给她显然是单纯平和的气质平添了一种令人愉快的尊严。很显然，约阿希姆这么兴致勃勃，气喘吁吁，急急忙忙地说东道西，一反在家里和旅途中的常态，使她颇不理解，甚至有几分反感。可汉斯·卡斯托普却不觉得奇怪。在做母亲的看来，这么住进疗养院是可悲的，他的表现应该与此相适应。约阿希姆却因归来而感情冲动得忘乎所以，像喝醉了酒一样，加上重新呼吸到山上的空气，咱们这清纯和温暖得无与伦比的空气，就更是情热如火了。这样的情绪她无法体会，无法理解。"我可怜的孩子。"她心里叹息道，看着可怜的小伙子跟自己表弟一起纵情欢笑，回忆不完这件那件往事，提出成百的问题，在得到回答时笑得前仰后合。她已不止一次地提醒："唉，孩子们！"终于，她说了，本想使语气显得快活,却还是隐隐地透着不解与责备:"约阿希姆,说老实话,我已好久没见过你这样子了。看起来我们必须到这山上,才能使你快活得跟你晋升的那天似的。"这一讲,约阿希姆自然再也高兴不起来了。他的情绪完全变了,变得心事重重,沉默无语,饭后的甜品沾也不沾,虽然上的是十分美味可口的巧克力蛋奶酥——汉斯·卡斯托普却把他的那份都吃了,尽管一小时以前刚刚用完极其丰盛的晚餐——约阿希姆再也没有抬起头来,显然眼里噙着泪水。

齐姆逊夫人的本意无疑并非如此。她原本指望很得体地使年轻人变得稍微庄重一点儿,却不了解这山上正好忌讳的是中庸和节制,只喜欢在极端之间做出选择。看着儿子被自己搞得垂头丧气,她本人也差点儿流出泪来,因此对极力设法使难过颓丧的小伙子再快活起来的外甥心怀感激。是的,讲到他个人的情况嘛,汉斯·卡斯托普说,表哥会发现某些改变和新鲜之处;反之,在他离开的这段时间,另外一些情况却恢复了先前的老样子。举例说,老姑妈带着小姐们早就回来了,一如既往地仍坐在施托尔太太那一桌。玛露霞还是喜欢笑,还是笑得挺开心。

约阿希姆不吱声;齐姆逊夫人听了卡斯托普的话却想起一次邂逅,想起一些她得赶在忘记之前转达给外甥的问候。那是一位太太,样子并非不招人喜欢,显然孤零零一个人显得不怎么开心。在慕尼黑的一家餐厅里——他们坐夜车在那儿度过了一整天——那位太太来到她和约阿希姆的桌前,向他致意。一位他从前的病友——她请约阿希姆帮她……

"舒舍夫人。"约阿希姆低声说。她目前住在阿尔果伊的一所疗养院里，秋天准备去西班牙，然后多半再上这儿来过冬。她让多多问候卡斯托普先生。

汉斯·卡斯托普已不是孩子，有能力控制住血管神经，没有让自己脸红脸白。他说：

"噢，是她？瞧，她又从高加索跑出来啦。秋天又准备上西班牙去？"

那位太太讲了比利牛斯山中一个地方的名字。"一位漂亮或者甚至迷人的女士。嗓音悦耳，举止优雅。不过有些懒散随便的样子。"

齐姆逊夫人说："招呼我们就跟老朋友似的，不停地讲着、问着，虽然我听说，约阿希姆从来就没与她结识。真少见。"

"那是因为她来自东方并且有病。"汉斯·卡斯托普应道。不能用人文主义的道德尺度去衡量，地方不对。他已经在考虑，舒舍夫人打算去西班牙。嗯，西班牙，同样远离人文主义的中心，不过在另一面——不是偏软的一面，而是偏硬的一面；不是不拘形式，而是形式太严格，所谓死也成了形式，不是死而化解，而是死一般严酷，黑色的，高贵的，血腥的，宗教裁判所，硬领圈，罗耀拉教主，埃斯科里亚尔①……真有意思，不知舒舍夫人在西班牙会过得怎样。在那儿她大概不会再摔门吧；两个人文主义以外的营垒在她身上也许会综合起来，形成合乎人道的品质。但也可

---

① 埃斯科里亚尔，马德里的皇宫兼寺院。

能产生某种邪恶可怖的东西,当东方与西班牙走到一起……

不,汉斯·卡斯托普没有脸红脸白;但突如其来的关于舒舍夫人近况的消息,影响了他,使他说了一席话,让听的人只能惊讶得无言以对。约阿希姆好一些,他知道表弟来山上以后便爱想入非非。齐姆逊夫人却诧异得睁大眼睛,整个表现就像汉斯·卡斯托普发表了什么有失体统的言论似的。在难堪地沉默了一会儿以后,她找到一个很得体的托词,结束了晚餐。分手之前,汉斯·卡斯托普传达贝伦斯顾问给他表哥的指示,让他明天早上别起床,等着医生看他去。其他一切自有安排。不多会儿,三位亲戚都在自己敞开门窗的房里躺下了,躺在高山夏夜清新的氛围中——各人想着各人的心事,汉斯·卡斯托普自然主要在想:不出半年,舒舍夫人便要回来了。

就这样,可怜的约阿希姆又回归"故里",来做短期的补充调养。短期补充调养,这显然是平原上提出的口号;对它,山上也表示尊重。甚至贝伦斯顾问本人都采用了这个短语,虽然他一上来就安排约阿希姆首先卧床四个礼拜:四个礼拜必不可少,为了修理损坏严重的部件,为了重新适应气候,为了调整他身体内的温度。只是贝伦斯知道如何避免说定短期调养究竟多长多短。齐姆逊夫人通情达理,一点儿也不天真乐观,在远离约阿希姆病榻的地方,向贝伦斯顾问建议以秋天,大约十月份吧,作为约阿希姆出院的期限。贝伦斯附和着她,嘴上却只讲什么过了这段时间情况肯定会比眼下前进一步。总的说来,她对他的印象极好。他有骑士的风度,称她"我尊敬的夫人",一双充血的鼓眼睛一直忠实地望着她，操一口近乎大学生口语的大白话，她心绪不管多恶劣仍忍不住想笑。"我知道，有最可靠的人关照他。"齐姆逊夫人说。在上山后的第八天，她便动身回汉堡；根本谈不上必须她在这儿照顾护理的问题，何况约阿希姆还有个表弟做伴。

"如此说，你可以高兴啦，秋天。"汉斯·卡斯托普坐在二十八号房他表哥的床边上说，"老头子多少答应了；你可以这么安排和打算。十月份——这是个好时间。到时候有的人要去西班牙；你则可以回到你的军旗下，让人家大大地嘉奖你……"

他现在每天的任务就是去安慰约阿希姆，特别是叫他对不得不待在山上而误了参加正好是这几天开始的战争游戏不必在意；因为约阿希姆老是耿耿于怀，一个劲儿骂自己窝囊废，鬼知道为什么偏偏在紧要关头身体垮了。

"肉体反叛，"汉斯·卡斯托普说，"你有什么办法呢？碰上这事连最勇敢的军官也一筹莫展，甚至连圣安东尼都未可免俗。感谢上帝，演习年年都有，而且你知道在这儿是怎么混时间的！那根本算不了一回事；你离开的日子不多，很容易就会跟上速度，不等你一翻掌，短期调养就过去了。"

然而，约阿希姆生活在平原上重新获得的时间观念，毕竟比他四个星期前担心的还强得多。好在大伙儿用各种方式帮助他打发光阴，从近到远都有人来探病，表明他豁达的性格赢得了普遍的好感：塞特姆布里尼来了，对他既同情又殷勤，因为原来就叫他"少尉"，现在干脆称呼他"上尉"；纳夫塔同样也来过；院里的熟人都陆陆续续露了面，都是趁静卧散步这些规定任务之间的空隙，来约阿希姆床沿上坐个一刻钟，反反复复讲"短期补充调养没啥大不了"，也让约阿希姆谈自己的经历。他们是施托尔太太、莱薇小姐、伊尔蒂丝太太、克勒费特小姐、费尔格先生、魏萨尔先生以及其他病友。有几位甚至带来了鲜花。四个星期过去后，约阿希姆起了床，因为烧已退下去，可以四处走走了。他在餐厅里与表弟同桌，坐在表弟与酿酒商的妻子马格努斯太太之间，面对着马格努斯先生，也就是当初雅默斯舅舅曾经坐过、齐姆逊夫人也坐了一些日子的那个角落上的位置。

这样，两个年轻人又肩并肩生活在一起，跟从前一样。是的，为了一切圆满如初，约阿希姆又得到他过去那间紧靠汉斯·卡斯托普的房间，自然在用福尔马林彻底消毒以后：麦克唐纳太太捧着自己小儿子的照片，终于叹完了最后一口气。实事求是地讲也好，从感觉的角度讲也好，现在都是约阿希姆生活在汉斯·卡斯托普身边，而非反过来。因为后一位已住惯了，前一位只是来短期与他搭伴，只是探访探访他罢了。因为约阿希姆努力用眼睛盯紧十月这个期限，虽然中枢神经系统的某些点支配着他的行动，使其不合人道主义的规范，也妨碍他的皮肤排放热量，实现代偿平衡。

他们同样恢复了对塞特姆布里尼和纳夫塔的拜访，恢复了跟这两位相互敌视的盟友一道散步；安·卡·费尔格和斐迪南·魏萨尔也经常参加进来，于是又形成了六人行的格局。两位精神上的仇敌当着为数不少的观众，不断地表演着殊死的格斗，虽然汉斯·卡斯托普发现，他自己可怜的灵魂，成了人家辩论争夺的主要对象。对于他们那唇枪舌剑的争战场面，我们无法做任何尽述其详的尝试，否则，我们也会和他们每天一样被没完没了地卷进去，毫无脱身希望。纳夫塔告诉汉斯·卡斯托普，塞特姆布里尼是个共济会会员——这跟意大利人向他揭纳夫塔是耶稣会教士并受该会供养的老底一样，都给他留下了深刻印象。他尤其感到惊讶的是听见了，在现实生活中确确实实还存在共济会一类团体，于是缠住恐怖主义者刨根问底，一直到他讲清楚这个很快要纪念成立两百周年的稀罕组织的来龙去脉和本质，才算罢休。如果说，塞特姆布里尼在背后揭露纳夫塔的精神嘴脸时用的是严厉警告的语气，像谈论着什么妖魔鬼怪一样，那么，纳夫塔背地里议论起他的精神倾向来却漫不经心，调侃打趣，仿佛在讲什么可笑的老古董：属于昨天的昨天的资产阶级启蒙思想和自由精神，时至今日仅仅剩下了可怜的精神幽灵而已，但是却滑稽地自我欺骗、自我陶醉，以为仍然充满革命活力。他说："您还想怎么着，他爷爷就是个Carbonaro，用德语讲就是烧炭党人。他从爷爷那儿继承了烧炭党人对理性、对自由、对人类进步以及整个资产阶级传统道德观的陈年旧货的信念……您瞧，造成世界混乱的根源，就在于精神的迅速进步与物质的惰性和发展极其迟缓之间的不协调。必须承认，这种不协调足以用来为精神对现实的漠不关心做辩护；须知，通常的情况都是精神早已对那些引起革命的酵素讨厌到了作呕的程度。事实上，对于鲜活的精神来说，死去了的精神比某些玄武岩还可恶，因为玄武岩至少并不要求人家承认它们为精神和生命。可往昔的现实残余结成的玄武岩，它们远远被精神抛在了背后，失去了与现实这个概念的任何联系，却凭借惰性继续存在着、维持着，乏味到了不自觉其乏味的程度。我只是一般言之，您却可以用我的话去观察那种人道主义的自由思想，它自以为在当今反对统治与权威的斗争中还可以充作英雄气概。唉，还有那些它借以证明自己的生命力的种种灾难，那些它准备有朝一日庆祝的迟到而虚幻的种种胜利！一想到这些，鲜活的精神便无聊得要死，岂知事实上恰恰只有它，将在这些灾难中成为唯一的胜利者和受益者——它，将融会过去的因素与远大的未来于一身，成为真正的革命……您表哥怎么样，汉斯·卡斯托普？您知道，我对他是很有好感的。"

"谢谢，纳夫塔先生。对他几乎所有人都抱着好感，是的，显然他是个挺出色的年轻人。塞特姆布里尼先生也同样喜欢他，没的说的，虽然对约阿希姆作为军人总有些迷恋暴力，他必定不会赞成。眼下我听说他是秘密团体成员，我的天，我就得好好考虑考虑啦，我必须讲。这使我重新认识他这个人，帮助我搞清楚了某些东西。他有时是否也把脚并拢成直角，用握手表示某种特定的意思呢？我可真还从来没发现什么……"

"这样的小孩子把戏，"纳夫塔认为，"咱们好样儿的共济会会员早已不玩了。我估计，该会的仪式适应时代务实的清醒的国民精神，已残存无几。会员们羞于再拘守过去的礼节，就像那是一种不文明的胡闹——也不无道理，因为把无神论的共和主义打扮成殉道行为，到头来实在不伦不类。我不知道，人家曾经以何种可怕的安排，来考验塞特姆布里尼先生信仰的坚定性——会不会蒙上他的眼睛，牵着他走过曲曲弯弯的通道，让他待在漆黑的穹庐里等着，直至终于在他眼前出现那间充满镜子反光的神秘会所。不知是不是也给他庄严地宣讲过会规，并在一个骷髅头和三支烛光面前，拿剑对准他赤裸的胸膛，对他发出威胁。您应该问他本人。不过，我担心他不会乐意和您谈，因为尽管据说仪式已经大大地市民化，但无论如何他毕竟宣了誓要保守秘密。"

"宣了誓？保守秘密？真的吗？"

"当然。保守秘密，服从命令。"

"还有服从命令！听我说，教授，现在我觉得他完全不必再对我表兄的狂热和崇尚暴力说三道四了，保守秘密和服从命令！我永远想不到，一个像塞特姆布里尼这样标榜思想自由的人，竟甘心受地道的西班牙似的会规和宣誓的束缚。在共济会中，我真是感觉到了某种军队与耶稣会的味道……"

"您的感觉完全正确，"纳夫塔回答，"您的探宝杖反应灵敏。共济会的总的思想与绝对主义思想有着根深蒂固的联系，因此，也是恐怖主义的，也就是说，反对自由主义。它让个人不讲良心，以绝对目标的名义使一切手段变得神圣，不论是血腥的还是犯罪的。有证据表明，从前在共济会里也有歃血为盟的规矩。这个团体从来不是什么静观无为的清谈馆，而受其性质所决定，一直就是以绝对精神组织起来的行动集体。您不知道吧，基督教光明派的创始人曾经也是耶稣会的一员，他一度与共济会差不多是水乳交融地搅在了一起？"

"不，这对我自然是个新闻。"

"亚当·魏斯豪普特完全按耶稣会的模式改组了他那人文主义的秘密社团。他本人是共济会会员，而当时该会所有的头面人物又都参加了光明派。我是讲18世纪后半叶；塞特姆布里尼会毫不犹豫地对你说，这是他那兄弟会不景气的时代。事实上，它正处于鼎盛时期，跟所有秘密结社一样。那时候，共济会确实获得了较多的生命力，后来却走了下坡路，只因为咱们人类之友这号人多了。要在当时，他是绝对会参加攻击该会的耶稣会倾向和蒙昧主义的。"

"有什么理由吗？"

"有——只要您愿意听。浅薄的自由思想家们自有其理由。当时，我们的神父们力图使该会充满天主教的高级精神活力，而在法兰西的克莱蒙地方，有个耶稣会性质的共济会社团正兴旺发达。除此而外，所谓玫瑰十字派也在向共济会渗透——这是个很奇特的兄弟会组织，关于它您可以记住，它把改造社会、为人造福的纯理性的政治社会目标，与对东方的神秘学说、印度和阿拉伯的智慧以及调遣自然力的魔法的狂信结合在了一起。当时，许多共济会正进行着自我改造和完善，朝着严格规章的方向——也就是绝对的非理性化、神秘化和魔幻化的方向。正是由于实行这样的改革，后来苏格兰的共济会才产生了高等级——骑士等级，作为学徒、伙计、师父这些古老的等级的补充。大师父等级，与教士等级已相去不远，充满了玫瑰十字派的神秘色彩。这意味着恢复中世纪某些宗教骑士团的传统，特别是神庙骑士的传统。这种骑士，您知道，都曾在耶路撒冷的教主面前许下了安贫、守节、服从的誓愿。时至今日，共济会高级系统中还有一个高等级的称号仍叫作'耶路撒冷的大侯爵'哩。"

"我没听说过，我完全没听说过，纳夫塔先生。这下我算抓住咱们的塞特姆布里尼的把柄啦……'耶路撒冷的大侯爵'，这名儿不坏。有时候，您不妨也这么叫叫他，和他开个玩笑。他最近给您取了个绰号叫'天使博士'，您该报复才是。"

"嗨，对于神庙骑士和其他高级共济会会员，类似的称号还多着呢！有所谓'圆满大师''东方骑士''大祭师长'，第三十一级甚至叫作'皇家玄秘至上侯'什么的。您注意到了，所有这些称号全表明与东方神秘主义有关系。神庙骑士的重新出现这个事实本身，恰恰意味着共济会继承了这种关系，意味着非理性的酵母事实上已渗进它改造社会的理性和实用思想体系。共济会由此获得新的魅力和光辉，在当时为它吸引了大量的投奔者。他们中许多人厌倦了那个世纪的理性说教，厌倦了人的启蒙或曰蒙昧，渴望啜饮更强烈的生命醇醪。共济会取得了如此巨大的成功，致使庸俗市民纷纷抱怨它使男人们抛弃了家庭幸福和贤德的妻子。"

"噢，我说，教授，这下谁都会理解，塞特姆布里尼先生是不乐意提起他那团伙的兴旺发达时期的。"

"不，他不愿意回忆曾经有过那样一些时代。当时，他的团体对一切相反的思想兼容并包，让自由思想、无神论、百科全书理性与教会的、天主教的、僧侣的、中世纪的种种思想同时存在。我刚才讲过，有人曾指责共济会的蒙昧主义……"

"为什么？我想知道详细一点儿，怎么……"

"我乐意告诉您。执行严格的教规，就意味着加深和扩展团体的传说，将其历史渊源回溯到中世纪的秘密世界和所谓的蒙昧中去。共济会的大师父们都通晓神秘化学，都掌握了神秘的自然知识，他们主要是些了不起的神秘化学家……"

"现在我可得拼命动脑筋，弄清楚这神秘化学大体上是什么玩意儿。神秘化学，这不就是炼金术，不就是智者之石、炼金术吗……"

"是的，通俗地讲是这样。讲得科学一点儿叫提纯，叫物质的转化和精化，犹如面包和酒会变成耶稣的肉和血，也就是转化为更高贵的东西，就是升华提高——智慧之石，硫和汞化合而成的阴阳同体物，两种物质，双性的原始物质，也不外乎如此，就是在外力影响下出现的升华和提高而已——您如果乐意，不妨称之为神秘的教育学。"

汉斯·卡斯托普沉默无语，歪着脑袋，眼睛望着天空不住地眨巴。

"对于神秘化学的这种转换，"纳夫塔继续说，"最好的象征是墓穴。"

"坟墓？"

"是的，那尸体腐烂的所在。墓穴意味着密封起来与外界隔绝，无异于一个容器，一个结晶蒸馏罐，物质在里边被强制着完成自身的最后的转化和净化。"

"'密封起来'，说得好，纳夫塔先生。'密封'——这个词儿我很喜欢。它像真正的咒语，可以引起人无限广阔的联想。请原谅，我可是老想起我在汉堡家里的那些个'韦克瓶'；它们被我们的女管家——她叫萨勒恩，既不附加上'太太'，也不附加上'小姐'，就叫萨勒恩——成排地放在食品间的架子上——一些密封起来的玻璃瓶，里边要么藏着水果，要么藏着肉类和一切可能的东西。它们长年累月地摆在那儿，需要时才打开，里边的东西还新鲜如故，仿佛岁月丝毫未对它产生影响，人可以马上享用。不过这并非神秘化学，并非纯化，而仅仅是保存，所以就产生了罐头①这个名字。然而，怪就怪在装在瓶里的东西逃脱了时间的影响；它被密封着，与时间完全隔绝开来；时间打旁边流逝过去，它没有时间，而是立在搁架上，置身于时间之外。喏，关于'韦克瓶'的想法就这么多。没有多少意思。对不起。我想您大概还想给我一些教诲吧。"

"只要您愿意。共济会的学徒，就咱们现在这个话题往下讲，必须是乐于求知和勇敢无畏的。墓穴，坟墓总是入会仪式的主要象征。学徒也就是渴望了解团体秘密的新入会者，得无所畏惧地经受住恐怖的考验。按照会中的习惯，他要被带进墓穴里去，在那下边待一段时间，然后才由一位不认识的兄弟牵出来。就因为这个缘故，新入会者要穿过那么多迷宫般的通道和幽暗的穹庐，传授教规的会场本身要用黑布披挂起来，在入会仪式以及团体聚会的仪式中，对灵柩的顶礼膜拜竟会起那么大的作用。神秘和净

---

① 原文意为：保存，保守。

化之路处于危险的包围之中，得穿过死亡的恐怖，穿过腐朽的国度。新入会的学徒是渴望见到生活的奇迹和获得非凡生命力的青年，他们在蒙面的长者引导下在黑暗中向前走，这些人仅仅是秘密本身的影子而已。"

"非常感谢，纳夫塔教授。太有意思了。这大概就是封闭式的教育原则吧。能听一听这种事，对我不会有害处。"

"是的，特别因为这是引导学徒走向终极目标，引导他对超验存在表示绝对的信赖。神秘化学的团体章程在往后的几个世纪里引导着众多高尚的、求索的心灵达到了这个目标——用不着我讲您也不会注意不到，苏格兰共济会的那种高层次的等级顺序和基督教的等级没有多少差异，共济会大师父的炼金术在酒和面包变成血肉的神秘信仰里得到了体现，新入会的青年被领着穿行迷宫暗道的规定同样清楚地反映在我们祈祷、忏悔的方式中，正如团体聚会仪式的象征性把戏也在我们神圣天主教的弥撒仪式里有所反映一样。"

"原来如此！"

"请注意，这还不是问题的全部。我已向您暗示过，共济会从那些诚实可敬的泥水匠的行会衍生而成，只不过是一个历史的表面现象。那严格的教规，至少给了这个团体远为深刻的人性基础。共济会的秘密性质和咱们教会的某些神秘之处有一个共同点，就是都显示出与早期人类的信仰狂热和庄严地保持缄默有着清楚的关系……说到咱们的教会，我眼前就出现了领圣餐享用主耶稣的血和肉的情景，可在共济会里……"

"请等一等。请让我顺便做个说明。那就是在我表兄参与的无条件的集体化的生活中,也有所谓聚餐。他常在信里给我谈起。自然是循规蹈矩的,除去喝得醉醺醺这点以外,不过还不像在大学生团体的酒馆里那么厉害……"

"——在共济会里我则想到对墓穴和灵柩的崇拜,刚才我已让您注意这方面的情况。两者都是最后的终极状态的象征,都是非宗教的狂热表现,都是夜里向死与变,向死亡、转化和再生所做的神秘供奉和牺牲……您想一想,那些敬奉埃西①的神秘仪式,还有埃琉西斯②的神秘祭礼,不也都是在夜里和幽暗的山洞中进行的吗?噢,在共济会的活动中确实过去存在、现在仍然存在大量古埃及的遗风;还有一些秘密公社,它们干脆自称为埃琉西斯团什么的。除此之外,共济会规定了一些节日,一些举行埃琉西斯式的神秘仪式和祭祀阿佛洛狄忒③的节日,这样,女性便终于登场了——那就是玫瑰节,共济会会员围裙上的三枝紫色玫瑰即暗示着它们;情况表明,它们到最后多半演化成了敬奉巴克科斯④的狂欢节……"

"喏,喏,您说什么,纳夫塔教授!共济会能干出所有这一切?叫我怎么能想象,我们理智清明的塞特姆布里尼先生竟与这一切……"

---

① 埃西,古埃及神话中的女神。
② 埃琉西斯,古希腊地名。
③ 阿佛洛狄忒,希腊神话中的爱与美女神。
④ 巴克科斯,罗马神话中的酒神。

"不，您大大地冤枉他了！他完全不可能再知道这一切。我告诉过您，正是通过他这样的人，共济会又清除掉了神秘的因素。它已经人文主义化了、现代化了，亲爱的上帝明鉴。它已经走出迷宫，回到了实用、理性、进步的道路上，回到了反对王侯和牧师的斗争中，一句话，回到了造福社会的正轨里；现在聚会时又谈的是自然、德行、节制和祖国。我估计：也会谈到买卖。一句话，共济会已蜕变成资产者鄙俗的俱乐部……"

"真可惜。可惜了那些玫瑰节，我要问塞特姆布里尼，他是否真的压根儿不了解共济会的过去。"

"我们端方正直的量角器骑士啊！"纳夫塔挖苦意大利人道，"您得考虑考虑，能被允许去参加建造人类的庙堂，在他已是多么不容易；须知，他穷得像只教堂中的老鼠，而在那种俱乐部里，我请您注意，不只要求会员接受过较高等的教育，人文主义的教育，而且还必须属于有产阶级，以便缴得起不算很少的入会金和每年的会费。教养和财产——具备这两个条件才算得上资产者！才有了自由的世界共和国的基础！"

"可不是嘛，"汉斯·卡斯托普笑道，"这下咱们算是看清楚它了。"

"不过，"纳夫塔停了一下补充说，"我想劝您别太小看这个人和他的事业，甚至想请您，既然话已谈到这儿，请您自己多加小心。乏味还不等于天真无邪。浅薄也未必就无害。这些人给自己曾经是烈性的酒里掺了许多水，然而团体的思想本身依然很强大，足以承受许多的水分；它仍旧保持着富有成效的神秘性的残余。同样毫无疑问的是这些秘密会社都插手世俗的斗争,待人殷勤的塞特姆布里尼先生让我们在他身上看见的不仅仅是他自己,还看见了他背后的一些势力;他不过是它们的一个成员和密使……"

"一个密使?"

"不错,一个征募新会员的说客,一个灵魂捕猎者。"

那你又是谁的密使呢?汉斯·卡斯托普心里暗暗问,嘴上却说:

"谢谢,纳夫塔教授。非常诚恳地感谢您的指点和劝告。您猜怎么着?我这会儿想再上一层楼,如果那上头也称得起是楼的话,想去试探试探那位伪装着的共济会会员。一个学徒应该乐于求知和勇敢无畏嘛……自然还要谨慎小心……和密使们打交道,不用说就该小心谨慎才是。"

他可以毫无顾忌地让塞特姆布里尼给他进一步讲共济会的情况,因为意大利人一点儿也没有责怪纳夫塔多嘴多舌,而且从来也不特别注意要对自己参加那个和谐的团体一事保守秘密。一本《意大利共济会月刊》就摊开在写字台上,只怪汉斯·卡斯托普自己不曾留意。经过纳夫塔点拨,现在卡斯托普把话题引到了共济会的神秘活动上,口气仿佛谈论一件他确信无疑地知道跟塞特姆布里尼有关的事情似的。而这一位也对他很少保留。虽然有那么几点,作家不曾发表自己的看法,而是一接触到就明显地闭口不谈,显然受着纳夫塔所说的恐怖主义誓言的约束,例如,关于那个奇怪的组织的秘密仪式,关于它的习俗,关于他本人在会内的地位。除此而外,他甚至可以讲是大谈特谈,使好奇的年轻人对他的组织的广泛传播有了极为深刻的印象：共济会计有大约两万个地方分会，一百五十个总会，几乎遍布全世界，甚至延伸到了海地和利比里亚黑人共和国这样待开化的地方。他也知道许许多多已故的或健在的声名显赫的共济会会员，随口就叫出了伏尔泰、拉法耶特和拿破仑，富兰克林和华盛顿，马志尼和加里波第，健在的甚至有英国国王和一大批掌握着欧洲各国命脉的人物，一大批政府和议会的成员。

汉斯·卡斯托普表示钦佩，但不惊异。大学生团体的情况也是这样，他认为。他们也是终生抱成一团，善于安插自己的人，以致谁要不是团体的哥们儿，谁就几乎不可能在仕途上和教会中真正有所作为。因此，塞特姆布里尼先生拿那些显要是共济会会员的事实作为该会的荣耀，也许并不完全恰当；可以反过来认为，有那么多会员身居高位恰恰证明共济会的巨大力量，证明它显然比塞特姆布里尼先生乐于承认的更多地操纵着世界事务。

塞特姆布里尼莞尔一笑。他甚至将拿在手里的一册《共济会》当扇子扇起来。卡斯托普自以为给他设了个圈套吧？他问。或者甚至指望引诱他，使他不慎将团体的基本政治精神和政治本质说出来吧？"枉费心机啊，工程师！我们公开地、毫无保留地认同于政治。对于一些傻瓜眼里含着的敌意，我们根本不在乎——这种人在贵国有的是，工程师，别的地方几乎没有——他们听不得政治这个词儿。人类的朋友却压根儿不承认政治和非政治的区别。不存在非政治。一切都是政治。"

"绝对的？"

"我清楚，有些人以为挺不错，可以指出共济会的思想原本并不带政治性。可这些人是在玩文字游戏，他们划的界限早已被认定是虚幻的和没意义的了。首先，至少西班牙的共济会打一开始就显示出某种政治色彩——"

"我能够想象。"

"您很难想象，工程师。您别以为生来就能够想象许多东西，而是要努力吸收和消化——我请您这样做，为了您自己的利益，为了您的国家的利益和欧洲的利益——再者，我还要请您牢记，共济会的思想从来都不是，任何时候都不是非政治的。它不可能如此，即使自以为如此，那也意味着自己欺骗自己，有意模糊本身的性质。咱们是什么人？是建设者和他们的帮手。一切的一切只有一个目的，让人类成为兄弟这个基本原则是全部理想的精华。最美好的理想像什么样？未来的建筑是怎样的？那将是合理的社会，完美的人类，新型的耶路撒冷。在整个世界还有什么政治或非政治可言？社会的问题，人类的共存问题，本身就是政治，彻头彻尾的政治，也仅仅是政治。谁献身于解决这个问题——不肯做这种献身者就不配称为人——他也就献身于政治，内在的和外在的政治，他也会理解，共济会的艺术就是执政的艺术……"

"执政……"

"……光明派共济会确实懂得为政之道……"

"太棒啦！塞特姆布里尼先生。执政的艺术，为政之道，都叫我喜欢。不过，该回答我一个问题：您是基督徒吗，你们会里所有的人都是吗？"

"为什么？"

"请原谅，我愿意用另一个问法，一个较一般的简单问法。你们信仰上帝吗？"

"我会回答您的。可您干吗问这个？"

"我原不想诱惑您，可是在《圣经》里有一个故事，说的是某人用一枚罗马钱币去诱惑上帝，结果得到的回答是：把属于皇帝的给皇帝，把属于上帝的给上帝。我觉得，这样的区分方式也划清了政治与非政治的界限。要是上帝存在，政治与非政治的区别也就存在。共济会会员信仰上帝吗？"

"我保证给您回答。您谈的是一个统一的共济会；可是令所有善良的人感到遗憾，今天还不存在这样的统一，还只是在为实现统一而努力。还不存在共济会的世界联盟。这样的联盟要是建立起来了——我再说一下，目前正不事声张地尽一切努力在完成这一伟大事业——那么，毫无疑问也会有统一的宗教信仰，而且将是：消灭下流的宗教信仰。"

"必须是吗？那可不符合宽容精神喽。"

"宽容的问题您几乎没资格谈，工程师。牢牢记住吧，宽容将是犯罪，如果对象是恶的话。"

"上帝是恶吗？"

"可形而上学是恶。因为它没有任何益处，只会使我们放松建造社会庙堂的努力，消极怠惰。早在三十多年前，法兰西的'东方大师'已率先将上帝的名字从他的全部文件中勾销掉了。

咱们意大利共济会会员紧跟着他……"

"够天主教气派！"

"您的意思是……"

"我是认为，将上帝的名字画掉是非常有天主教气派的！"

"您想说……"

"没什么值得一听的，塞特姆布里尼先生。请别对我的胡说八道太认真！我只是突然觉得，似乎无神论就是某种超级的天主教理论，似乎将上帝的名字画去，只是为了天主教的信仰更坚定。"

塞特姆布里尼先生歇了一口气，显然仅仅出于对教育效果的考虑。在适当的缄默之后，他回答说：

"工程师，我远远谈不上有动摇您的新教信仰的奢望，也不愿侮辱您。我们谈到了宽容……没有必要再强调，我对于新教不仅仅是宽容；作为受良知钳制的历史反对派，它始终受到我深深的敬仰。印刷术的发明和宗教改革，现在是将来也仍然是中欧对人类做出的两大杰出贡献。没有疑问。不过，听了您刚才的一席话，我不怀疑您会完全理解我的意思，如果我向您指出，那只是事情的一个方面，它还有第二个方面。新教思想掩藏着某些因素……您的宗教改革家的人格本身也掩藏着某些因素……我指的是宁静和沉潜于内心，这些都是非欧洲的，都有着与这个崇尚行动的大陆的生活准则相异甚至敌对的性质。您好好瞧瞧他，瞧瞧这位路德！您仔细观察观察他的画像，早年的和后期的！他有怎样一个头颅，怎样的颧骨，眼睛的位置多么罕见啊！我的朋友，那是亚洲啊！要说那里头没有索本人、斯拉夫人、萨马喜阿人的血统在起作用,我才会奇怪,才会奇怪得要死哩。本来,贵国的天平岌岌可危地保持着平衡,而这个人的强大影响——谁愿意否认呢——却给其中一个秤盘增添了不幸的重量,一个可怕的砝码落在东方的秤盘,致使西方的秤盘今天还在空中摇摇晃晃……"

说着,塞特姆布里尼先生离开立在小窗前的可折叠写字几,踱到摆着饮水瓶的圆桌旁边,以便靠他的学生近一些。汉斯·卡斯托普呢,则坐在紧挨着墙的床沿上,没有靠背,只好一只胳膊肘支着膝头,手托着腮帮。

"亲爱的!"塞特姆布里尼先生道,"亲爱的朋友!即将做出决断——对欧洲的幸福和未来有着不可估量的影响的决断,而命运注定您的国家来完成这一任务,在它的灵魂的深处。它在东方和西方之间,必须一劳永逸地自觉做出选择,在争夺它的灵魂的两个世界之间做出选择。您年纪轻轻,将参加这一抉择,时代赋予您影响它的使命。因此,命运赐福于咱们,是命运使您身不由己来到这可怕的地区,但却给了我机会,让我以并非未经训练和完全无力的言辞,对年轻的富于可塑性的您施加影响,让您感觉到自己的责任——它也是您的国家肩负的对文明的责任……"

汉斯·卡斯托普用拳头支着腮帮子坐在那儿,目光穿过阁楼的小窗朝外望去,在他那单纯的蓝眼睛里看得出某种抵触情绪。他默不作声。

"您沉默无言,"塞特姆布里尼先生激动地说,"您和您的国家,你们完全一声不吭,叫人看不透,判断不了它的深浅。你们不爱言语,或者不具有言语能力,或者以一种令人不快的方式使言语变得神圣——与你们联系在一起的世界不知道，也不会知道，它与你们有什么问题。朋友，这很危险。语言就是文明本身……言语，即使是表示异议，也将人们联系在一起……而无言却只能使人孤独。别人会猜想，你们将企图用行动来打破这种孤独。你们将让您的表兄乔科莫——"塞特姆布里尼先生图省事，总爱用意大利名字"乔科莫"来称呼约阿希姆——"你们将让您的表兄乔科莫来代你们发言，'猛地将两人打倒在地，其他人全逃之夭夭'……"

汉斯·卡斯托普忍俊不禁，塞特姆布里尼先生也微微笑了，暂时对自己生动形象的谈吐的效果感到满意。

"好，咱们笑一笑！"他说，"您会发现，我是时刻准备着开心开心的。'笑是心灵的闪光'，一位先哲说。现在咱们已接触到一些问题——一些，我承认，与我们初期为建立共济会世界联盟的工作所遇到的困难相联系的问题；这些困难，具体地讲，正是欧洲的新教界给我们造成的……"随后，塞特姆布里尼先生继续热情地谈着共济会世界联盟的设想。这个思想诞生在匈牙利，它的实现注定会赋予共济会以左右世界的权力。意大利作家还展示了一些大人物从外边写来的谈这个问题的信，其中一封系瑞士的"大师父"——"三十三营地的兄长"的亲笔信；信中讨论了宣布人造语言世界语[①]为共济会的世界通用语的计划。塞特姆布里尼热情激荡，称这个计划有很大的政治意义，目光射来射去，估量

---

① 原文为世界语。

着这一革命的共和思想实现的前景,在他的祖国、在西班牙、在葡萄牙。他自称与等级森严的共济会总会的一些高层人士也保持着书信联系。毫无疑问,在高层做出决断的时机已经成熟。要是不久之后在平原上事变迭起,那么请汉斯·卡斯托普想到他。年轻人答应一定这样做。

需要说明一下,年轻人分别与他的两位导师进行的上述有关共济会的交谈,都发生在约阿希姆回到山上来之前。可马上我们要讲到的争论,却是在他回来后才进行的,而且当着他的面。那是十月初,约阿希姆重新住院已经九个星期,大伙儿聚在"坪"上的疗养院前,一边享受秋天的阳光,一边喝咖啡。这次聚会之所以让汉斯·卡斯托普一直记得清清楚楚,是因为他当时暗暗感到忧虑——由约阿希姆的体检结果和身体状况引起的忧虑。本来也不值得大惊小怪,只是喉咙痛和嗓音沙哑,算不上什么大毛病;然而在年轻的卡斯托普眼里却显得有些不一般——原因正是,我们可以说,他在约阿希姆的眼睛深处发现了某种不一般的光辉。这双平时大而温柔的眼睛,今天,恰恰今天,不知怎么显得更大、更深了,带着沉思的——必须加上一个特殊的形容词——咄咄逼人的神气,并且还有那种刚才已说过的发自内心的异样光辉。要讲约阿希姆的眼睛现在令表弟不喜欢,那就错了——相反,它们使他觉得很可爱,但却仍然叫他担忧。总而言之,它们给他造成的是一些说不清楚的迷茫的印象,这样讲才符合事情的本质。

谈话,不,争论——自然是纳夫塔与塞特姆布里尼之间的争论——一开始没有什么特别，跟上述有关共济会的讨论也没有多少紧密的联系。除去表兄弟俩之外，还有费尔格和魏萨尔在场。大伙儿都全神贯注，虽说并非每一个人都理解所谈的事情——例如费尔格先生就根本不理解。然而，争论之激烈似乎生死攸关，可同时又进行得机智而文雅，似乎与生死无关，只是在玩一种高雅的赌赛——在塞特姆布里尼与纳夫塔之间的所有争论全都如此——一次这样的交锋自然听起来很有意思，即使听的人并不懂得多少，也看不清楚它的深远意义。是的，甚至就连坐在四周不属于他们圈子的其他客人，同样为争论的热烈和文雅所吸引，扬起眉头倾听着他们俩你一言我一语。

已经说过，那是下午喝过茶以后，在疗养院的前边。"山庄"的四位住院者在那儿碰见塞特姆布里尼，过一会儿纳夫塔又偶然地参加了进来。大伙儿围坐在一张金属小桌四周，各人喝着用苏打水稀释过的不同的饮料，大茴香酒和苦艾酒什么的。纳夫塔是专程来吃茶点的，还要了葡萄酒和糕饼，这显然表现了他对寄宿学校生活的怀念。约阿希姆不断用天然柠檬汁滋润自己疼痛的咽喉，而且喝得又酸又浓，因为这使他喉头紧缩和感受好一些。塞特姆布里尼只能要点儿糖水，但却用麦秆津津有味地吸着，就像在品尝琼浆玉液。他打趣道：

"您猜我听见了什么，工程师？您猜什么传到了我的耳朵里？您的贝亚特丽丝回来啦！您的女向导，她将带领您游历环绕天堂的所有九重天！噢，我希望，到时候您也别完全鄙弃曾经牵着您的朋友之手，您的维吉尔之手！我们这儿这位教士可以向您证实,如果弗朗西斯派的神秘主义缺少托马斯·阿奎那的学说这相反的一极,中世纪的世界也不会是完整的。"

如此富有学识的玩笑调侃,令大伙儿笑逐颜开,并一齐望着汉斯·卡斯托普。他呢,同样笑嘻嘻地冲着"他的维吉尔"举起盛着苦艾酒的杯子。简直没法相信,在接下去的一小时里,会从塞特姆布里尼先生那虽然矫揉造作但却毫无恶意的话里,引出一连串含义深远的争论来。因为纳夫塔觉得受到了挑衅,马上转入进攻,对那位被塞特姆布里尼崇拜得像神,是的,甚至置于荷马之上的拉丁诗人大肆嘲笑了一番。他过去已不止一次地表示极端蔑视那位诗人乃至整个拉丁文学,眼下又毫不犹豫地抓住机会,恶狠狠地发泄了一通。对伟大的但丁可算一个非常善意的时代局限,他说,他竟如此郑重其事地看待这位平庸的罗马诗人,硬加给了他的诗歌如此重大的作用,虽然塞特姆布里尼先生无疑从这些诗中发现了共济会的意义。这个宫廷文人和朱利亚家族豢养的食客,这个都市作家和花言巧语者,他没有一星半点儿创造性,没有灵魂;如果说有,那也是第二手的。他不值一提,根本说不上是诗人,而只是一个头戴奥古斯都时代长而卷曲的假发的法国佬!

塞特姆布里尼先生表示不怀疑他的对手会找到手段和办法,将他对罗马的高度文明的蔑视与自己作为拉丁语教师的职责协调起来。不过,看来有必要请他注意另一个更严重的矛盾;他在发表上述议论时就陷入了与他自己最钟爱的那几个世纪的矛盾中,因为这些世纪不仅不蔑视维吉尔,而且明白无误地承认他的伟大,把他看作一位富有魅力的智者。

纳夫塔反驳说，塞特姆布里尼先生呼唤那些黎明时代的单纯来为自己助战是白费力气——那不过是一个以被战胜者的着魔来证实自身的力量的胜利。再说，年轻的教会的导师们曾不倦地告诫人们，别听信古时候那些哲学家和诗人的谎言，特别是别让维吉尔喋喋不休的花言巧语给弄迷糊了。今天，当又一个世纪即将进入坟墓，当一个无产者的黎明开始的时候，确实给我们提供了一个重温导师们告诫的大好机会！因此，为了索性把话讲完，塞特姆布里尼先生也可以确信，他纳夫塔在从事自己那点儿世俗职业时——有劳塞特姆布里尼先生刚才提到了它——是完全适当地有所保留的。他参加古典修辞教学同样不无嘲讽之意；一个乐观主义者无论如何应知道，这样的教学还会几十年地存在下去。

"你们学过它，"塞特姆布里尼嚷道，"学过古典修辞学，所以你们嘴尖舌利。那些古代的诗人和哲学家，你们努力将他们的衣钵继承下来，就像你们利用古代建筑的砖石建造你们的教堂一样！因为你们感到，你们无法靠自己的力量创造新的艺术形式，满足你们无产者心灵的需要。你们希望用古代自己的武器将古代打倒。将一再如此，永远如此！你们的黎明粗陋、笨拙，不得不去向你们劝说自己和别人加以轻视的东西学习。因为没有教育，你们没法面对人类生存下去；而教育只有一种，那就是你们所谓的资产阶级教育，也即人文主义的教育！"人文主义教育原则的终结——就那么几十年的问题？只是出于礼貌，塞特姆布里尼先生才没有放开喉咙，尽情地嘲笑。欧洲知道如何珍惜自己永恒的财富，会无视这儿那儿总有人喜欢梦见的无产者的启示录，会内心平静地将古典理性的实现提上日程。

既然说到日程,纳夫塔就尖刻地指出,塞特姆布里尼先生看样子对情况了解得并不完全清楚。那在日程上还是一个问题,并非像意大利作家乐于相信的那样已成定论。而即产生于地中海岸的古典人文主义传统,它到底是具有全人类的性质因而与人类永远共存呢,或者仅仅是附属于某一个时代的过时的精神形式,因而也会和这个时代一道死去呢?回答这个问题是历史的任务,不过,尽管如此还是奉劝塞特姆布里尼先生别太心安理得,以为历史将按照他那拉丁保守主义的意愿做出决断。

竟然把自命为进步的仆人的塞特姆布里尼先生称作保守主义者,矮小的纳夫塔真太厚颜无耻。大伙儿都这么感觉,当事者自然尤为痛切。只见他激动地捻着上翘的八字胡,寻思着如何反击敌人;这就给了纳夫塔时间继续攻击古典的教育理想,攻击欧洲学校教育重视修辞和文学的精神,攻击它烦冗的语法形式,说它们不过是资产阶级统治者利益的附属物,早已成为民众的笑柄。是的,你简直想不到民众如何拿咱们的博士头衔,拿咱们整个的教育官僚体系,拿国立的民众学校尽情地取笑开心;这种学校实为资产阶级专政的工具,我们却妄想使它成为掺了水的培养人才的机构。民众早已知道,它在摧毁腐朽的资产阶级王国的斗争中需要的那种教育,只有在这种唯上司之命是从的所谓学校之外去获得。而且几乎谁心里都有数,咱们这类从中世纪的修道院演变成的学校,只是旧时代遗留下来的一条可笑的辫子,世界上没有任何人再从学校里获得真正的教育;报告会、展览、电影等等自由而公开的教学形式，比任何学校课程都远为优越。

塞特姆布里尼回答，纳夫塔给他的听众送上了一个革命加反动的拼盘，只可惜愚民政策的佐料加得太多，所以吃起来很不是味道。他关心民众的启蒙令人产生好感，可这好感所剩不多，因为听众担心这儿起作用更多的是一种本能的倾向，即老想使民众和世界永远笼罩在文盲似的蒙昧中。

纳夫塔微微一笑。文盲！哈，塞特姆布里尼先生一定以为终于说出了一个真正可怕的字眼儿，就像让人看见蛇发女怪的脑袋一样，确信谁都会吓得脸色苍白了吧。他，纳夫塔，却感到遗憾，不得不叫他的对手失望，因为人文主义者对文盲这个概念的恐惧只令他好笑。事实上，只有文艺复兴时期的文人，只有咬文嚼字的作家，只有矫饰的修辞学者，只有崇拜形式的小丑，才会赋予读和写这些科目以如此夸大的教育作用和紧迫意义，才会相信精神缺少这些知识便会为黑夜所统治。不知塞特姆布里尼先生是否记得，中世纪最伟大的诗人沃尔夫拉姆·封·埃申巴赫[①]就是个文盲？那时候，在德国认为送男孩子去上学是可耻的，除非他正好许了愿准备当教士。贵族以及民众对书写技艺的这种轻视，始终是身份高贵的标志——文人学士作为人文主义和资产阶级的嫡子，能读又会写，贵族、武士和民众都不会，或者只马马虎虎会——但除此之外，文人学士对世界上的其他任何东西都不会，都不懂，一辈子只知道夸夸其谈，只会几句拉丁语，而把生

[①] 埃申巴赫（1170—1220），中古德语诗人，以写史诗著称。

活让给了正常人——这就是为什么他们把政治变成一只灌满风的口袋，也就是装满修辞学和文学的口袋，拿党派术语来说叫作激进主义和民主主义，等等。

现在，又看塞特姆布里尼先生的吧！他高声道，纳夫塔讥讽对于文学形式的爱好，以显示自己对过去某些时代的野蛮狂热的推崇，是太冒险了。因为，没有这种爱好，就不可能想象有任何人性，绝对和永远不会有！还说什么高贵？只有人类的敌人，才会把这个形容词加之于无言的粗鲁的事物。真正高贵的，恰恰唯有某种慷慨大度，大度，它表现在赋予形式以独立于内容的自身价值，人的价值——把言语当作纯粹的艺术加以崇拜，这是希腊罗马文明的遗产，人文主义者，人文主义作家，至少应该在通行罗马语族的地区和国家将它恢复振兴起来；它同时也是一切后来的理想主义，包括政治上的理想主义的根源。"不错，我的先生！您企图污蔑为言语与生活脱离的东西，恰恰是美的圆满的更高一级的统一。在一场以文学和野蛮为分界线的论战中，我不担心心性高卓的年轻人会站在哪一边。"

塞特姆布里尼先生最后一句话使汉斯·卡斯托普感到是向他发出的呼吁，不由一怔；因为他只用了一半的注意力听争论，在座那位武士和高贵职业的代表或者说尤其是武士眼里异样的神情，更令他操心。这当儿，又像塞特姆布里尼先生前些时郑重其事地强迫他在"东方和西方"之间做出选择一样，他也是满脸的不情愿和保留，同时一声不吭。这两位老兄，他们把一切全推向极端，他们既然愿意争论，大概有此必要吧。他们硬要争个你死我活；而在他卡斯托普看来，似乎在他们的誓不两立之间，在雄辩的人文主义和目不识丁的野蛮之间，必定还存在着某种可以被宽容地称作为人性或人道的东西。不过，他没有把自己的看法讲出来，以免得罪两位思想家，只是冷眼旁观，让他们继续争下去，眼看着他们如何以敌意相互激励着把话越说越远，越说越绝；而一切一切的起因，只是塞特姆布里尼说了一句有关古罗马诗人维吉尔的笑话。

眼下，塞特姆布里尼先生不肯把想说的话马上说出来，而是先玩味一番，炫耀一番。他以文学的保护神自居，大谈文字发明和发展的历史，而且是从初民第一次在石头上刻象形文字，以便将自己的知识和感觉长久保存下来的一刻谈起。他谈到埃及的神叨忒[1]，说他与希腊神话里的赫尔墨斯是一回事，都被尊为文字的发明者，尊为图书馆的守护者和一切精神创造的激励者。对这位比赫尔墨斯大三倍的神灵，对这位人道的赫尔墨斯，对这位古代剑术和摔跤学校的大师父，塞特姆布里尼先生五体投地，说人类之有文学和演讲术，都是他的恩赐。汉斯·卡斯托普受了感染，也说道：这位埃及神灵显然还是位政治家吧，他以更大的气魄做了布鲁涅托·拉蒂尼先生所做的事情，后者仅仅赐给佛罗伦萨人以文雅的举止和谈吐，教会了他们按政治原理治理自己的共和国的艺术。接着，纳夫塔又出来反驳道，塞特姆布里尼先生撒了一点儿谎，他给人看的叨忒神的形象是大大地修饰过了的。须知，

---

[1] 叨忒，埃及传说中的月神和文化教育之神。

那原本不过是猴神、月神和亡灵之神，是个头上顶着月牙儿的猥狍，之所以被称作赫尔墨斯，主要因为他也是死亡和死者之神罢了；作为亡灵的管制者和引导者，他在古代已变成大巫师，在盛行犹太神秘哲学的中世纪已变成炼金术之父。

什么，什么？在汉斯·卡斯托普思维和想象的作坊里，一切都乱七八糟，漫无头绪：披着青衣长袍的死神成了人文主义的雄辩家；朝那位文教之神和人类之友定睛看去，他竟长着一张獦狙丑脸，额头上还带着黑夜和巫术的标记……他反抗着，想挥手赶跑幻象，然后用手蒙住双眼。然而在他避难的黑暗中，仍响着塞特姆布里尼继续一个劲儿地赞美文学的声音。他提高嗓门儿说，不仅是静观的思想家，就连行动的伟人，也始终和文学关系密切。在此，他列举出亚历山大、恺撒、拿破仑，列举出普鲁士的腓特烈二世和其他叱咤风云的人物，甚至举出了拉萨尔和毛奇[①]的名字。纳夫塔提醒他还可以回溯到中国的历史上，说在那里曾经把对文字的崇拜搞到了滑稽得无以复加的程度，谁要能涂写出全部四万个汉字，谁就将当上大元帅——这肯定很合一位人文主义者的心意。塞特姆布里尼不以为意，反驳说，嗨，纳夫塔非常明白，这儿谈的不是涂写，而是谈作为激励人类的力量的文学，谈文学的精神，可怜的讥讽者！文学精神就是精神本身，就是内容分析与形式相结合的奇迹。它将唤起对一切符合人性的事物的

[①] H.毛奇（1800—1891）和他的侄儿H.J.L.毛奇（1848—1916）都是德国的著名将领。

理解，削弱和消除愚蠢的价值观和妄念，使人类变得更文明、善良和高贵。它造成道德的高度精细和敏锐，同时又培养怀疑、正义和容忍精神，但却远远不会引起狂热。文学的净化和治疗作用，它用认识和言语抑制热情的功能，它作为通向理解、宽容和仁爱之路，语言的拯救力量，文学精神作为人类精神最高尚的体现，文学家作为完人，作为圣者……塞特姆布里尼先生的辩护词和赞美诗，就以如此辉煌的音调讲下去、唱下去。可是啊，他那位对手也不示弱；他知道用恶劣而光辉的驳词破坏天使的歌唱，自称是生活的维护者，反对隐藏在赞美诗中的破坏精神。刚才塞特姆布里尼先生炫耀的什么结合的奇迹，他认为说到底不过是魔术和欺骗；须知，那种文学精神自诩与分析观察的原则统一起来了的形式，只是一种虚假的骗人的形式，而非真实的、成熟的、自然的形式，而非生活的形式。所谓人的改造者只是口头上挂着纯净化和圣洁化这些词儿，事实上所干的只是阉割生活，抽取生活的血液；是的，精神，理论的狂热，确实对生活有害，谁企图破坏热情，谁就想造成虚无——纯粹的虚无，确实纯粹，因为事实上"纯粹的"是唯一一个形容词，只有它还可以与虚无搭配。在这一点上，咱们的文学家塞特姆布里尼先生可算真正露出了本相，也就是说他作为进步、自由主义和资产阶级革命的拥护者。须知进步是纯粹的虚无主义，自由主义资产者原本是虚无和恶魔的崇拜者，是的，他否定上帝的存在，否定保守积极的绝对精神的存在，信奉恶魔的反绝对精神，信奉死亡和平主义，却仍然自以为奇妙而又虔诚。他实际上半点儿也不虔诚，而是对生活犯下了滔天大罪，活该受到生活的宗教法庭和秘密裁判所最严厉的惩处，等等。

纳夫塔知道强调什么，才能把赞美诗变成魔鬼的怪叫，才能使自己成为严格的仁爱原则的化身；结果，要区分上帝与恶魔，生命和死亡，又完全不可能了。请读者绝对相信我们，纳夫塔的对手也是好样的，不会来而无往，而是给了一个很漂亮的回答。接着又是纳夫塔反驳，也同样漂亮。如此又继续了一会儿，谈话就进入到早先已提到过的讨论中去了。只是汉斯·卡斯托普无心再听，因为约阿希姆已经说了，他相信自己肯定感冒发烧了，不知道该怎么办，要知道在这儿的疗养院中感冒可不"允许"。两位决斗者却顾不上这些，汉斯·卡斯托普，如我们说过早已在为他的表哥担心，只好和约阿希姆中途起身告退，把辩论能否进行下去交给了剩下的听众来决定，交给了费尔格和魏萨尔：问题的关键就在于他们俩能否表现出足够的求教的热情。

半道上，汉斯·卡斯托普和表兄商量好，要通过正式的渠道解决后者感冒和咽喉痛的问题，也就是说让浴室管理员去报告护士长，然后兴许便会对患者采取点儿什么措施。后来也按商量的办了。果然，当天晚饭后不久，米伦冬克护士长就来敲约阿希姆的门，当时汉斯·卡斯托普正好在表兄房中。她尖着嗓子问年轻的军官哪儿不舒服，有什么愿望。"脖子痛？嗓音沙哑？"她重复病人的话，"乖乖，瞧您是怎么搞起的？"随后，她企图盯住约阿希姆的眼睛，但是失败了，两人的目光不肯碰到一起，但原因不在约阿希姆，是她自己的目光向旁边游移。要不是经验告诉她，这样的事她永远也不会成功，她定然会反复地尝试！她从腰带的包里抽出一根金属鞋拔子似的家伙，硬在病人嘴里看他的喉咙，汉斯·卡斯托普不得不用床头柜上的灯为她照亮。她踮起脚尖，观察着约阿希姆的小舌，说道：

"回答我，可敬的朋友——您是否曾经噎着过？"

这话叫他怎么回答呢！在她还在瞅他嗓子眼儿的当口，约阿希姆根本就不可能讲话；就算她放开了他，他也不知如何回答是好。在一生中，自然他有这次那次被噎着，她问的不可能真是这个意思。约阿希姆只好说：怎么？他已记不起最近一次是在啥时候了。

好，没什么，她只是随便问问。看起来，约阿希姆是感冒啦。她的话令表兄弟俩大吃一惊，因为在这儿疗养院里，感冒一词向来是个禁忌。她还讲，根据现在的情况，有必要请顾问用喉镜做进一步检查。临走，她留下一些润喉片和一条敷有马来树胶的带子，后者可以在夜里打湿了缠在病人脖子上。约阿希姆把两样全用起来，也明显地感到好多了，便一个劲儿地用下去，因为他的嗓音还不见清亮，是的，到后几天甚至沙哑得更厉害，虽然喉痛有一阵几乎完全消失了。

再者，他的发烧纯属想象。客观的测量结果一如往常——正是这个加上贝伦斯顾问的检查结论，把诚实的约阿希姆留在山上再小住几日，然后他才好赶回队伍上去。十月的限期不声不响地过去了。谁都没讲一句话，贝伦斯顾问没讲，表兄弟俩相互也没讲。大家都耷拉着眼皮，静悄悄的，像没那回事。根据每月例行体检时贝伦斯口授给他长于精神分析的助手做的记录，根据X光片显示的结果,情况再清楚不过:要说出院,充其量只能不顾一切地跑掉。可这次约阿希姆却得表现出铁一般的自制力,坚守在山上的岗位上,直至身体恢复得结结实实,经受得起风吹雨打,才好回平原上去服役,去履行自己的誓言。

这就是唯一可行的策略。对它大伙儿心照不宣,似乎都没有异议。可实际上呢,他们相互并不摸底儿,不知道人家在内心深处是否真相信它。正因为存在这样的猜疑,表兄弟俩面对面时总奄拉下眼皮;而每次发生这种情况之前,他们的目光又一定会碰在一起。在上次讨论文学的聚会过程中,汉斯·卡斯托普第一次发现约阿希姆眼睛深处有一种异样的光,有一种特殊的令人担忧的神情;自此,上述情形发生得就更经常了。特别是最近在进餐时又发生过一次:嗓音沙哑的约阿希姆不知怎的被噎住了,噎得差点儿喘不过气来。约阿希姆用餐巾蒙着嘴喘息不止,邻座的马格努斯太太则按老法子替他捶背,这当儿,表兄弟俩的目光又碰到一起,结果令汉斯·卡斯托普大为骇异,其程度胜过那自然是人人都可能出的岔子本身。随后,约阿希姆闭住眼睛,用餐巾捂住嘴脸,离开餐桌和餐厅,准备在外边咳个痛快。

十分钟后,他回到桌旁,脸色虽然还有些苍白,却带着微笑,嘴里说着对刚才引起的麻烦表示歉意的话,马上又重新参加享用那丰富过了头的午餐。事过之后,他们甚至完全忘记了哪怕提一提这平凡生活中的小插曲。可是没几天,同样的情况又重演了一次,但这次不是吃午餐,而是在用第二次丰富的早餐的时候。他们的目光也没有碰到一起,至少表兄弟俩的目光没有,因为汉斯·卡斯托普仍把脑袋埋在餐盘里继续吃他的，似乎对什么都不留意。然而离席以后，他们却忍不住提起了这件事：约阿希姆大骂米伦冬克那该死的婆子，是她以唐突的问题给他耳朵里塞进了一只跳蚤，使他像中了邪似的老觉得嗓子眼儿有什么东西，真该让魔鬼把她逮去才好。是的，显然是心理作用，汉斯·卡斯托普说——这么确认一下，他极不愉快的心情也轻松了一点儿。自打把事情挑明以后，约阿希姆便成功地抵御住了那邪术，进餐时格外小心，最后，被噎着的次数再不比一般没中邪的人多了。直至过了九天或十天，他才又被噎住，但并没有什么值得特别说道的。

然而，约阿希姆却被拉达曼提斯破例地召去了。护士长告发了他，而这么做不能讲是愚蠢的。因为，既然院内的柜子里备有喉镜，就该把这想得很聪明的器械拿出来用一用，何况他的嗓音一直不肯恢复，有时甚至完全哑了，再加上咽喉还不时地疼痛，只要是约阿希姆忘了服生津润喉片，比如等等，又确实使她这样做有了足够的道理——更不用讲，约阿希姆现在只是进餐时格外小心，才没有经常被噎着，但这样一来，他离席几乎总是落在其他人后边。

于是乎，贝伦斯拿着镜子朝约阿希姆的嗓子眼儿里反反复复地照，眯缝着眼睛往那深处瞅了好久好久。过后，应汉斯·卡斯托普特别要求，病人马上去到了他的阳台上，向他报告情况。真是够呛，又痒又难受，约阿希姆几乎像在耳语；因为正是午间静卧的时候，必须保持安静。贝伦斯到底还是做出了咽喉炎的诊断，说每天都必须敷药，而且明天马上开始，只是他先得把药备好。原来不过是发发炎和涂点儿紫药水罢啦。可汉斯·卡斯托普的脑子里却充满联想，想得很宽很远，想到了院里的瘸腿门房，想到了那位一个礼拜都捂着耳朵却没叫一声痛的女人。虽然一连串的问题已涌到嘴边，他却忍住没说出来，决定单独去向贝伦斯提。对约阿希姆，他只限于表示满意；毛病终于处于监控之下，贝伦斯顾问亲自来关心过问了，他身为一院之长，会解决问题的。约阿希姆只是点点头，没有抬起眼来看着表弟，然后就转过身，向自己的阳台走去。

诚实的约阿希姆到底是怎么了？最近几天，他的目光老是游移不定和怯生生的。前不久，面对着他柔和而幽暗的目光，米伦冬克护士长想要盯着他瞅的企图失败了；可要是她现在再来尝试一次，就真叫人说不准结局会怎样。不过，约阿希姆反正避免这种四目相遇的情况；要是这种情况毕竟发生了——要知道汉斯·卡斯托普经常在盯着他——那又着实叫人不怎么好受。汉斯·卡斯托普心情抑郁地留在自己的阳台上，他恨不得马上去找院长谈话。然而不行，约阿希姆会听见他起床的声音，他必须推迟到下午再去找贝伦斯。

可是没有成功。真叫奇怪！反正总是找不到贝伦斯，不仅当天晚上，而且第二天、第三天也如此。约阿希姆自然有点儿碍事，因为完全不能让他察觉。但仅仅这个还不足以解释为什么老是谈不成话，拉达曼提斯为何怎么也抓不住。汉斯·卡斯托普在全院四处找他，打听他，被指到东又指到西，说在那儿准能把他碰上，可真到那儿他偏又刚刚走了。一次吃饭的时候贝伦斯露了面，但坐在离得远远的"差劲儿的俄国人席"上，不等上饭后的甜品就没了人影儿。还有几次，汉斯·卡斯托普以为已十拿九稳，明明瞧见他在楼梯和走廊上要么和克洛可夫斯基，要么和护士长，要么和某个病人谈话，便盯紧他。可没想到汉斯·卡斯托普只要眨一眨眼睛，贝伦斯顾问又不知去向。

直到第四天，他才达到了目的。他躺在阳台上，刚好看见被追踪的人正在花园里向园丁发指示，便迅速从毯子里溜出来，赶到楼下去。贝伦斯顾问已经勾着脑袋，两条胳臂一划一划地朝自己的住宅踱去。汉斯·卡斯托普快马加鞭，甚至斗胆地喊起来，可是却没被听到。终于，他气喘吁吁地跑到跟前，才把他要逮的人逮住。

"您这是干吗呀！"顾问气势汹汹地鼓着两只眼，"难道要我让人专门送一份院规到您手中吗？据我所知现在是静卧时间。您的体温曲线和X光片子压根儿没给您特权，让您游游荡荡当老爷。看来有必要在院里竖一个惩戒强盗的十字架，吓唬吓唬这种两点至四点之间还在院子里胡乱逛的人！您到底找我干什么？"

"顾问先生，我必须和您谈谈！"

"这我早就发现了，发现您一直在打这个主意。您老是盯着我，好像我是个女人或者别的什么好玩的东西似的。您到底要我干啥？"

"只是想谈谈我的表哥，顾问先生，请原谅！他现在开始敷药……我相信，情况从此就会好转。问题并不严重——我只是想请您允许我问一问。"

"您总是认为一切都不严重，卡斯托普，您生性如此。您压根儿不乐意正视有时问题并不是不严重，而采取了它仿佛不严重的态度，这样，您便以为不论对神或是对人，都万事大吉了。其实您是个胆小鬼，是个伪君子，朋友；您的表哥称您为老百姓，算是非常客气的了。"

"完全可能，顾问先生。当然，我的个性的种种缺点，并不是眼下要谈的问题。确实如此，眼下不是谈它们。三天来我想请求您的，只是……"

"只是让我给您斟点儿甜蜜蜜的混合酒！您这么来搅扰我，烦我，只是为了让我增强您伪善的信心，以便您心安理得地睡大觉，在其他人忧心忡忡地失眠的时候。"

"可是，顾问先生，您对我太严厉了。我相反倒是想要……"

"对，严厉，这可刚好不是您的事。您的表哥却是另一种人，地地道道的另一种人。他心里明白，一言不发却心里明白，您懂我的意思？他不倒在别人怀里便幻想问题还不严重。他知道他做什么，有怎样的危险。他是个男子汉，知道怎么挺住，怎么一声不吭，而这些都是男子汉的本领；很可惜，像您一样娇生惯养的人完全学不会。我可是告诉您，卡斯托普，您要是在这儿大喊大叫地演戏，凭着您那老百姓的性子胡来，我就撵您出院。要知道，只有男子汉能相互容忍，懂吗！"

汉斯·卡斯托普默不作声。他现在脸上也变得青一块红一块的；他的皮肤已晒成古铜色，不可能完全苍白。终于，他嘴唇颤抖地说道：

"非常感谢您，顾问先生，现在我也完全明白了，因为我推想，您不会如此——叫我怎么说呢——不会如此庄重地对我讲话，要是约阿希姆的情况并不严重的话。我也根本不喜欢大喊大叫和演戏，这一点您是冤枉我了。如果有必要保持缄默，我也一定会做到的，我想我可以保证。"

"您舍不得您表哥吗，汉斯·卡斯托普？"贝伦斯突然抓住年轻人的手问，同时用他那睫毛灰白的充血的蓝色鼓眼睛定定地仰望着卡斯托普……

"有什么好讲呢，顾问先生？一位如此近的亲戚和如此好的朋友，再加上还是山上的伙伴。"汉斯·卡斯托普啜泣几声，一只脚跷了起来，脚尖朝向外面。

顾问赶紧丢开他的手。

"噢，往后的七八个星期您得对他殷勤些，"他说，"您仍旧像您生就的那样无忧无虑吧，这对他再好不过。还有我呢，也将尽可能把事情办得体面又舒适。"

"喉结核，对吗？"汉斯·卡斯托普冲顾问点点头问。

"喉结核，"贝伦斯肯定地回答，"病情恶化得很迅速。气管黏膜的状况也已经很糟。可能是在队伍上喊口令引起了一些反作用。我们本来应该随时防备这样的病灶扩散转移。没多少指望了，孩子；说实话，压根儿没有。当然啦，还要尽一切努力，不惜任何代价。"

"他母亲……"汉斯·卡斯托普说。

"等一等，等一等。还不用着急。您要做得得体而漂亮，让她慢慢慢慢地明白事情的真相。现在回您的岗位上去吧。他会察觉的。知道人家这么在背后谈他，心里必定很不是滋味儿。"

约阿希姆每天都去敷药。时值秋高气爽，他穿着雪白的法兰绒长裤配天蓝色上衣，吃饭时经常因为治疗而来迟，但却总是那么整洁和富有军人气派，那么和蔼大方地向大家点点头，请大家原谅他来迟了，然后就坐下去吃自己的饭。现在为他特别准备了饮食，因为吃普通饭菜他可能噎着，吃起来太慢：他现在得到的是各种汤、肉末和糊糊。很快，同桌的人便明白是怎么回事了。他们在反过来招呼他时特别有礼貌，特别热情，一口一个"少尉先生"。当他不在时，他们便盘问汉斯·卡斯托普；就连其他桌上的人也跑过来问这问那。例如，施托尔太太就一边绞着手一边凑上来，喋喋不休，大惊小怪。汉斯·卡斯托普答话总是很简单，让人觉得情况严重，但却不超过一定的限度。他是真心诚意地感觉到，不应该过早地对约阿希姆绝望。

他们俩一块儿去散步，一块儿去走一日三次规定得走的路。眼下，贝伦斯顾问严格限制了约阿希姆走的距离，免得他不必要地消耗体力。汉斯·卡斯托普走在表哥的左边——他们从前可是时左时右，怎么走怎么好；现在，汉斯·卡斯托普大多坚持走左边。他们话不多，除去疗养院里通常送到嘴边的话题外，什么也不讲。至于那件他们俩心照不宣的事，完全没啥好谈的，特别是在极少直呼其名的、对礼仪极为敏感的人们之间，更是如此。不过，尽管这样，有时在汉斯·卡斯托普那老百姓的胸中也激荡不已，使他感到憋得慌，恨不能一吐为快。然而不可能啊。涌到喉咙口的话只得吞回去，他哑然无声了。

约阿希姆低着头走在他旁边，眼睛盯着地上，活像在研究观察大地似的。真叫奇怪：他在这儿走着，穿戴整齐大方，和碰见的人礼貌得体地打招呼，如一贯那样很注重自己的外表和风度——然而他已经属于大地。不错，我们大家或迟或早都要属于大地。不过这么年纪轻轻，带着无法实现的去军旗下短暂地服役效忠的美好夙愿，毕竟可悲。但感到更加可悲、更加不可理解的，却是那位知道一切的走在旁边的汉斯·卡斯托普，而不是这位行将以大地为归宿的人自己。他也知道，却保持着缄默；他这很得体的态度原本富有学者气派，事情对他本人似乎已没多少现实性，从根本上看更多地关系着其他人，而非他自己。确实，我们的死主要给继续活着的人添了麻烦，而不是给我们本身。因为不管我们引用不引用，那位机智的哲人的话都千真万确：我们在，死亡便不在；死亡在，我们便不在。也就是说，在我们与死亡之间不存在现实的关系；死亡这东西跟我们毫不相干，只跟世界和自然有些牵连。正因为如此，一切创造物面对死亡都心安理得，漠不关心，自私自利，毫无责任感和负疚感。近几个礼拜以来，汉斯·卡斯托普在约阿希姆身上就发现有这种缺少责任感和负疚感的情况，明白了他虽然知道自己不会由于死亡而难受，但却很得体地保持着沉默，或者因为他与它的内在关系还不十分紧密，还是理论性的，或者在实际考虑这些关系时，他健全的分寸感还起着节制作用，同样使他不便谈论那件心照不宣的事。类似的心照不宣的讨厌事在生活里还有许许多多，它们是生存的必需条件，但并不妨碍人保持礼仪和风度。

他们俩就这么走着，绝口不提那些纯属自然但却与生活大相径庭的事情。开初，约阿希姆还又激动又愤怒，对误了参加大演习和在平原上服役抱怨不止，现在却一样地不声不响了。可是为什么，他尽管既不抱怨又无内疚，柔和的眼睛里却老是出现那种忧郁而畏葸的神情呢？那么怯生生的，要是米伦冬克护士长想起什么时候再来和他较量一下子，她多半会取胜了吧？难道只是他知道自己眼窝塌陷、面颊消瘦的缘故吗？——要晓得，近几个礼拜，他一天一天地明显瘦下去，比他刚从平原上回来时还瘦得多，棕红的脸色也越变越蜡黄。还有周围的环境，似乎也使他有理由自惭形秽，自己瞧不起自己；因为像阿尔宾先生一类的人，可以讲别无心眼儿，想的只是尽可能地以别人的耻辱来美化自己；他那曾经多么开朗的目光，现在完全收敛了，藏匿起来了，为什么？对谁？有些动物在临死前也自行藏匿起来，羞于苟活下去，那情形非常稀罕——它们相信自己因为衰弱了、快死了，在外面的大自然中已不能再受到任何尊重和孝敬。它们是对的，因为志在翱翔的群鸟，不仅不会尊敬伤病的同伴，还会愤怒而轻蔑地让它饱受铁喙的教训。不过那是冷酷的自然界；在汉斯·卡斯托普的胸中，每当他在可怜的约阿希姆眼里发现那出自本能的深沉的羞愧时，却总是涌起人道的温情和怜悯。他走在约阿希姆左边，有意识地这么做；表哥眼下脚步已不那么稳，在爬草地上的小坡坎时他总是搀扶他，用胳臂搂着他的肩膀，再顾不得什么礼

仪不礼仪了。是的,他上了坡还挽着表哥走一段,忘记把胳臂从他肩上放下来,直到约阿希姆有些不高兴地扭动身子说:

"干吗呀,你!我们这个样子往前走,就像醉鬼似的。"

后来,有一次,约阿希姆忧郁的目光对于汉斯·卡斯托普又多了一层含义。那是在十一月初,约阿希姆已得到卧床静养的指示——当时积雪已经很深。他的病情急剧恶化,仅仅吃碎肉和软食都十分困难,吞一两口就会噎着。遵医嘱只得全用流质代替;同时,贝伦斯规定他长期卧床静养,以节省体力。也就是在此之前的最后一个晚上,在他还能自由走动的时候,汉斯·卡斯托普撞见了他——撞见了他和那位动辄用散发出橘子香味儿的手绢捂着嘴咪咪地笑的少女,和那位乳峰迷人的玛露霞在一起。事情发生在晚饭后的游艺厅中。汉斯·卡斯托普在音乐沙龙中待了一会儿,然后出来找约阿希姆,不想发现他正站在壁炉前的玛露霞的椅子边上——那是一张摇椅,姑娘坐在上面,约阿希姆用左手按着椅背使椅子向后倾,玛露霞只能躺着用她那双褐色的圆圆的眼睛仰视他的脸,他则俯下身子,轻轻地结结巴巴地诉说着什么。她呢,却只是偶尔笑一笑,还轻蔑地耸耸肩。

汉斯·卡斯托普赶紧退回去,却发现还有其他疗养客也注意到了这一幕,并像通常似的在挤眉弄眼。——约阿希姆不曾察觉,不,或者只是不在乎。然而,这个场面使汉斯·卡斯托普受到的震动,比近几周来他在表哥身上发现的任何其他虚弱的迹象都要强烈:约阿希姆竟神魂颠倒地找乳峰高耸的玛露霞表白了,他从前长期与她同坐一桌却没搭过一句腔,在她面前总是严肃、理智和自尊地垂下眼睑，虽然在听见人家谈到她时脸上也红一块紫一块。"是啊，他不行了！"汉斯·卡斯托普想，然后静悄悄地坐到音乐沙龙里的一张椅子上，任凭他表哥在这最后一个晚上去干他还渴望干的事。

从第二天开始，约阿希姆就一直躺着了。汉斯·卡斯托普向露易丝·齐姆逊姨妈报告了情况，坐在他那舒适的躺椅里给她写了一封信。信里除去以前常谈的一般病情，还特别讲到约阿希姆已经起不来了，他虽然口里没有任何表示，可眼睛却明显地流露出想自己的母亲来待在他身边的愿望，而且，贝伦斯顾问也认为应该满足约阿希姆这个不曾表白的心愿。后面这一点，信中同样婉转而明确地加上了。所以，毫不奇怪，齐姆逊夫人立刻使用最快捷的交通工具，急急忙忙赶到她儿子这儿来：汉斯·卡斯托普的告急信发出才三天，她已抵达目的地。她的外甥冒着风雪，乘着雪橇到达沃斯"村"火车站去接她。他站在月台上，不待小火车进站，便先将自己脸上的表情调整好，既不想让做母亲的一下车便承受过分的惊吓，也不想让她第一眼获得任何错误的愉快的印象。

在这个山中小火车站，不知已经演出过多少这样的迎接场面：双方都迅速向前跑，下车的人总是急切而忧惧地研究着来迎接的人的眼神！齐姆逊夫人活像是从汉堡一直步行到了这里。她绯红着脸，把汉斯·卡斯托普的手拉到自己胸前，目光显得有些惊恐地四处游移，急急忙忙而又有几分隐秘地提出一个又一个问题。汉斯·卡斯托普避而不答，办法是只讲他感谢她这么快就赶来了——太好不过了，她的约阿希姆一定会喜出望外。不错，他现在遗憾地只能躺着，因为吃流质的缘故，他的体力自然不会不受影响。但是，必要时还有一些其他的办法，例如输入人造营养品。是的，整个情况她会亲眼看见的。

她看见了，站在她身边的汉斯·卡斯托普也看见了。在这一刻之前，约阿希姆身上最近几周来所出现的种种变化，他从未觉得有现在这样显著——年轻人不大容易留心这类事情。可眼下，在这位刚从山下赶来的母亲身边，他仿佛改用她的眼睛来观察情况了，他仿佛已经很久没有看见自己的表哥似的。眼下，他立刻看得清清楚楚，齐姆逊夫人无疑也看清楚了，而三个人当中最最清楚的肯定又莫过于约阿希姆自己。那就是：他已经是个垂死的人。他把母亲的手握在自己手里。他的手像他的脸一样又黄又瘦。正是由于瘦，那两只在健康的年月里已令他有些苦闷的招风耳分得更开，也更难看。但除去这个缺点，尽管有这个缺点，他的脸因为病痛的影响，因为表情庄重、严肃，是的，甚至带着骄傲，反倒显得更富于男子气和更英俊——虽然他蓄着小黑胡的嘴唇对那沉陷发黑的脸颊来说，显得太过于丰满了。在他发黄的额头上，在他的两眼之间，深深地刻下了两道竖直的皱纹。他的眼睛虽然陷进了眼窝中，却变得比任何时候要大要美，足以令汉斯·卡斯托普高兴起来。要知道，自从卧床以后，约阿希姆眼里的忧郁和困扰不安便消失了，剩下的唯有他前些时在表哥幽深的眼球背后发现的异样光彩——自然还有那"咄咄逼人"的神情。他在握着母亲的手低声问候她和欢迎她时，脸上没有笑容。甚至当她进房来的一刹那,他也不曾笑一笑。这样的无动于衷,这样的木无表情,已经说明一切。

露易丝·齐姆逊是位勇敢的女性。她面对着自己好样儿的儿子的情景没有大呼小叫。她冷静而富于自制,就像她那用几乎看不见的丝网约束着的头发一样。她家乡的人们以沉着、干练著称于世,她也同样如此地担起了护理约阿希姆的任务;看着他,正好激起了她作为母亲的斗志,使她充满信心,相信如果儿子还有一点儿救的话,那就只能依靠她的力量和耐性。肯定不是贪图安逸,而只是考虑到身份,几天后她才同意再请一位护士来照顾重病号。她就是白尔塔,原名阿尔芙雷达·希尔德克涅希特;她进约阿希姆房间时拎着个黑色手提箱。可是不管白天还是黑夜,精力旺盛又嫉妒心重的齐姆逊夫人都不让她有用武之地。因此,白尔塔护士时间充裕,可以常常站在走廊上,透过夹鼻眼镜好奇地东张西望。

这位信奉新教的看护妇是个讲求实际的人。单独跟汉斯·卡斯托普和病人在房间里,尽管病人压根儿没睡觉,而是睁着眼睛仰卧在床上,她都能够说:

"我连做梦也想不到,我还会照料先生中的一位,直到他死掉。"

汉斯·卡斯托普大惊失色,狠狠地冲她扬拳头,可她全然不明白是什么意思——她远远想不到应该体谅约阿希姆——其实她也并没错——而是想法要实际得多,考虑不到对事情的性质和结局有谁还会存心误解,尤其是那位当事者本人。她在手绢上洒了些科隆香水，塞到约阿希姆鼻子下说："这，您再享受享受吧，少尉先生！"的确，到了这个时候，还对诚实的约阿希姆指鹿为马，已经没多大意思——除非像齐姆逊夫人认为的可以使他精神振作起来，因此提高嗓门儿，激动地谈他就会痊愈什么的。须知，有两点清清楚楚，谁也不会看不见：一是约阿希姆正神志清醒地走向死亡，二是他这样做内心并不存在矛盾，相反对自己挺满意。只是到了十一月末的最后一个礼拜，他的心力明显地衰竭了，才一阵一阵地忘乎所以，处于希望的迷雾包围之中，说起他马上就会康复，就要回到团里去参加他以为还在进行的大演习云云。就是在这种时刻，贝伦斯顾问仍不肯给家属留下希望，而是宣布戏的收场仅仅是几个小时的问题。

当破坏的过程真正接近最后毁灭的终结时，连男子汉的心灵也堕入了自欺欺人的迷惘，这个现象真是既令人伤感又符合规律啊——符合规律和不因人而异，超乎一切个人的意识之上，就像人在雪地里快冻僵时忍不住想睡觉，就像迷路者不由自主地老是兜圈子一样。尽管苦闷又心痛，仍不妨碍汉斯·卡斯托普冷静地观察这一现象，并在与纳夫塔和塞特姆布里尼谈起来时得出一些虽然敏锐但却笨拙的结论。他是去向他们报告表哥的病况的。塞特姆布里尼则批驳他说，当地人普遍认为乐观恋生是健康的表现，悲观厌世是疾病的标志，这显然错了。否则，不会恰好是无望的最后结局带给人乐观的希望；在这虚幻的粉红色的希望之光映衬下，先出现的神志模糊倒显得是一种顽强而健康的生命力的流露。感谢上帝，汉斯·卡斯托普可以同时向他们报告，拉达曼提斯于绝望之中还是留下了一点儿希望的余地；他预言，约阿希姆尽管年轻，却会死得安详而无痛苦。

"他心中将充满田园诗一般的宁静，尊贵的夫人！"贝伦斯顾问说。说时，他将露易丝·齐姆逊的手握在自己那两只铁铲一般的巨手里，鼓起一双充血的蓝色风泪眼死死地望着她。"我很高兴，非常非常高兴，他将获得善终，无须等到出现嗓门水肿和其他讨厌的症状，这样就减轻了他许多痛苦。心脏会迅速失去功能，这对他好，对我们也好。我们自然将尽职尽责地抢救，给他打樟脑针，不过作用看来不大。临终前他将昏睡很长时间，做一些愉快的梦，我想我能够向您保证。要是临终时他不是正好睡着了的话，那也只会有一个短暂而不明显的转换过程，对他来说是无所谓的，您可以放心。这件事从根本上讲总是如此。我了解死亡，是一名侍奉死亡的老手；一般人总是过高地估计了它，请相信我！我可以告诉您，它几乎一点儿也不可怕。因为在死亡之前有时得经受的种种折磨和痛苦，可不能算到它的账上；痛苦意味着生机，会导致生命和健康。但是没人能够死而复生，向您报告死的真实情况；死无法体验。我们来自黑暗混沌，又走向黑暗混沌，其间经历了许多事情，可开端与结束，诞生与死亡，却不能为我们所经历体验。它们没有主观性，它们作为过程完全落入了客观的领域，情况就是如此。"

这便是贝伦斯顾问施予安慰的特殊方式。我们希望，它能使明白事理的齐姆逊夫人真的好受一点点，因为贝伦斯的预言在很大程度上确是应验了。最后几天，虚弱的约阿希姆常常一睡几个钟头，而且做了对他来说确实是愉快的梦，也就是梦见在平原上执行军务什么的，我们猜想。当他醒来时如果问他感觉如何，他总是回答"很好""很幸福"，虽然语音已不清楚——他几乎不再有脉搏，打针已根本无疼痛感觉，浑身麻木无知，你尽可以烧他、拧他，都没关系，似乎身体已不再属于善良的约阿希姆。

不过，自从母亲来到以后，他身上也发生了重大变化。由于行动不便，已经有八天或十天没刮脸了，而他的胡子长得又快。这样，他那生着一对温柔的眼睛的蜡黄色脸孔如今已让一副黑色的大胡子圈起来了——一副"战争胡子"，就像士兵在战场上蓄的一个样。大家倒觉得，这胡子使约阿希姆显得更英俊，更有男子汉气概。是的，他突然从一个年轻小伙子变成了成熟的男子汉，由于这胡子，可能还不仅仅由于这胡子。他的生命脚步匆匆，像时钟不断地咔嗒咔嗒响着的机芯。他快马加鞭，眨眼间便跑完了不同的年龄阶段，他没机会按通常的时间去达到和度过它们；在最后的二十四小时里，他已变成一个老者。心力衰弱引起他脸部肿胀，使汉斯·卡斯托普产生一个印象，觉得死至少也是一件挺费事儿的事；虽然约阿希姆由于知觉麻木，神志不清，自己看上去并不知道。肿胀得最厉害的是嘴唇周围，再加上口内的唾液枯竭或机能丧失，显然造成了言语障碍，使他说起话来像个老糊涂似的叽叽哝哝，令他自己十分恼火。只要这个毛病丢掉，他喃喃地说，一切都会好起来，它是魔鬼在他身上作祟的结果。

他说的"一切都会好起来"是啥意思，不完全清楚——他的情况越来越暧昧不清，他不止一次地讲一些模棱两可的话，心里像是明白，又像不明白。有一次，他显然为毁灭感所震惊，摇了摇头，绝望地说，他的情况从来还没像这么糟糕透顶。

这以后，他的个性变了，变得严厉冷漠，甚至粗鲁无礼。他不再容忍编造好听的话去安慰他，对人不答不理，目光茫然地瞪着前方。齐姆逊夫人请来了个牧师。令汉斯·卡斯托普遗憾的是，这位年轻的神职人员没戴浆得硬挺挺的西班牙领圈，只结着条普通的领带。甚至就在牧师领着约阿希姆祈祷之后，他的态度仍带着军人的生硬冷漠，只是以短短的口令式的语言说出了几点愿望。

下午六点光景，他开始出现异样的举动：他一再地将腕子上戴着金手链的右手伸到髋部，然后抬起一点儿在被盖上边往回扒拉，往回刮动，活像在聚敛和收集着什么。

七点整，他咽了气——护士白尔塔到走廊上去了，只有母亲和表弟守在他身边。他突然往床里一沉，只命令家人把他的头枕高一点儿。齐姆逊夫人按他的要求马上用胳臂搂住他的肩膀，他却急急忙忙地说，他得立刻递一张延长休假的申请，话犹未了，业已完成"短暂的转变"。——汉斯·卡斯托普怀着庄严的心情，目睹着在台灯的红光中发生的变化：约阿希姆的目光失去了光泽，脸部的紧张表情舒解了，嘴唇明显地消了肿。在我们毫无声息的约阿希姆的面孔上，渐渐又恢复了青年男子的英俊，这就是他死时的情况。

露易丝·齐姆逊抽泣着转开脸，只好由汉斯·卡斯托普伸出右手的食指，用指尖轻轻将死者的眼睑合上，然后又小心地使他的两只手在被盖上合拢在一起。事毕，他也站在床前哭泣，任热泪顺着脸颊往下流——这清亮的液体，如此丰盈而又苦涩，世界上无时无地不在流淌着、流淌着，因此，诗歌就把人世间称为"泪之谷"。这种带咸碱味的泪腺分泌物，是钻心的痛楚——肌体的和心灵的疼痛——震撼我们的神经，从我们体内挤压出来的。泪水中还含有一点儿黏蛋白和普通蛋白质，汉斯·卡斯托普知道。

得到护士白尔塔送去的消息，贝伦斯顾问赶来了。半小时前他还在这儿，还给约阿希姆注射过樟脑水，只是错过了那"短暂的转变"的一刹那。"他过去了。"他从约阿希姆无声无息的胸口拿开听诊器，直起腰，冷静地说。随后，他依次握了两位亲属的手，冲他们点了点脑袋。他和他们一起在床边站了一会儿，注视着约阿希姆那纹丝不动的战地士兵的胡子。"好样儿的，好小伙子。"贝伦斯将脑袋向死者歪了歪，嘴巴对着肩膀说。"太好强了，你们知道——诚然，他在平原上服役就带有强迫性质，就得勉力为之——而他呢，干起来竟不顾一切，像得了热病一样。这个莽撞小伙子就这样离开了我们，遁逃到荣誉的战场上去了——荣誉的战场，懂吗？不过，荣誉对于他就是死亡，而死亡——您也可以随心所欲地倒过来讲——反正，他说过：'我很荣幸！'真是好样儿的，真是个好小伙子！"说完，高个儿的贝伦斯顾问弯着腰，探着脖子，退了场。

已经决定将约阿希姆的遗体运回家乡去，"山庄"疗养院料理着必需的一切，并且还要安排得既适宜又体面——死者的母亲和表弟几乎用不着做什么。第二天，约阿希姆穿上了绸衬衫，被盖上放着鲜花，在柔和的雪光映照中显得比"转变"刚完成时还更加英俊。脸上再没半点儿勉强的痕迹，它被冷凝成了极为纯洁的无声的形态。一绺黑色的短短的鬈发垂在静止不动的额头上；额头黄黄的，像是用某种介乎蜡和大理石之间既高贵却又无以名之的材料塑成的；在同样有些卷曲的胡子丛中，嘴唇鼓着，既丰满又骄傲。在这颗头颅上，要是戴一顶古时候的战士头盔就好了，好些来吊唁的人都这么认为。

看见约阿希姆恢复了军人的仪态，施托尔太太激动得流出了眼泪。"英雄啊！英雄啊！"她连声地喊，并且要求在他下葬时奏贝多芬的《英雄交响曲》。

"快住嘴！"塞特姆布里尼在旁边呵斥施托尔太太。他连同纳夫塔与她同时在房里，心情很激动。他用两只手给在场的人指了指约阿希姆，要他们表示哀悼之意。"一位多么讨人喜欢的、可敬的小伙子啊！"他反复地高声道。

纳夫塔忍不住放弃了吊唁者拘谨的举止，也不正眼瞧塞特姆布里尼，就压低嗓门儿挖苦他：

"很高兴，能看见您除了对自由和进步感兴趣，也还留心严肃的事情。"

塞特姆布里尼却忍气吞声。他也许觉得，目前的情况使纳夫塔暂时处于比自己优越的地位。也许正是敌人这暂时的优势，使得他缄口不言，并力图以有声有色的哀悼来抵消它的影响——甚至听凭纳夫塔得寸进尺，刻薄地指出：

"作家先生的错误就在于相信只有精神能造成文雅高尚。殊不知事实恰好相反。仅只在没有精神的地方,才有文雅高尚。"

喏,汉斯·卡斯托普心里嘀咕,这又是一句玄妙的话!这样的话说出来,人们就只好闭紧嘴巴,一时间变得诚惶诚恐……

午后送来了金属棺材。送棺材来的男人,自以为将死者从床上转移进这个漂亮的饰着铜环和狮子头的匣子,是他一个人的专利。他是接受委托的殡仪馆的执事,穿着一身黑衣,一件庄重的短外套,粗俗的手上戴着一只结婚戒指,手指肥胖得使那黄色的箍儿完全陷在肉中,让肉给掩埋了。旁边的人总觉得他的外套散发出一股尸臭味儿,实际上只是出于成见。这位老兄却表现出行家的傲慢,宣称他的全部工作必须在幕后完成,能让遗属们检阅的只是他工作的庄严结果——这恰恰引起了汉斯·卡斯托普的不信任,完全不能为他所接受。他虽然主张齐姆逊夫人离开房间,自己却不肯出去,而是留下来帮助搬尸体:他用手托着约阿希姆的腋下,将他从床上转移到棺材中,使得他的躯壳庄严地高卧在带流苏的垫子和麻布罩单上,夹在院方提供的落地烛台之间。

然而再过一天却出现一个情况,使得汉斯·卡斯托普从心中开始对约阿希姆的躯壳敬而远之,不再去侵犯那位职业守尸者的特权和领地了。原来,表情一直很严肃庄重的约阿希姆似乎开始透过大胡子露出笑意。汉斯·卡斯托普不得不承认,这笑容意味着肌体已开始腐烂——他因此心里十分着急。谢天谢地,马上就要起运了,棺材已经合拢,并且拧紧了螺丝。在这之前,汉斯·卡斯托普抛开天生的矜持,用嘴唇在约阿希姆遗体石头一般冷凉的前额上吻了一下,和露易丝·齐姆逊一块儿离开了房间,尽管对那个阴沉的男人怀着满心的不信任。

  让我们降下帷幕吧，在它最后一次升起和降下之前。不过，趁它还在哗哗往下落的一瞬间，我们不妨跟随着留在山上的汉斯·卡斯托普，用心灵远远地瞅一瞅和听一听平原上的一片潮湿的墓地。在那儿，一柄光闪闪的指挥刀举起又沉下，几声口令和齐射的步枪声划过长空：人们鸣枪三响，向长眠在树根缠绕的士兵之墓中的约阿希姆·齐姆逊表示敬意。

第七章

海滨漫步

时间可以讲述吗？那本原的、纯粹的时间本身，可以讲述吗？不能，确实不能，要讲就真是犯傻！就只能讲什么"时间流动着，它在流逝，像江水似的流逝"。如此这般地一个劲儿往下讲，恐怕没有一个精神健全的人会称这是在讲述故事。这好有一比，正如把同一个音符或者和弦拼命拖长到一小时，却称自己是在——演奏音乐一样。因为这"故事"和这"音乐"，两者之间有一个共同点，就是都消磨了时间，都"实实在在地填补了时间的空虚"，都对时间进行了"分割"，都使它"有了内容"，都让它"发挥了作用"，——在此我们怀着在引述死者遗言时应有的沉痛而虔诚的心情，引述已故的约阿希姆偶尔说过的这些话，这些早已音沉响绝的话，——我们不知道读者是不是清楚，他说完这些话已经过去了多久。时间是故事的要素，正如它也是生命的要素，——故事和生命，它们都与时间密不可分，正如物体与空间密不可分。时间也是音乐的要素；音乐度量时间、分割时间，在使时间显得短促的同时变得可贵。如前所述，故事的情况也类似于此，同样只能循序渐进地、一点一点地进行展现，即使企图在任何一个瞬间得到充分的表现，也仍然须耗费时间。这与一劳永逸地呈现出来的造型艺术不同，造型艺术作品只是作为物体与时间发生联系。

事情一目了然。不过两者的区别也显而易见。音乐的时间因素只是一码事，只是人类地球时间的一个断面，音乐注入这个断面，就使其变得具有说不出的高贵。故事相反有两种时间：一为其本身的时间，亦即构成其讲述和表现条件的音乐性实际时间；二为其内容所表现的时间，即透视性的时间，也就是故事的想象时间，它与实际时间的量度差异极大，既几乎可以甚至完全可以与音乐性实际时间相吻合，也可以与其相差十万八千里。一首名为《五分钟华尔兹》的乐曲确实演奏五分钟，——它与时间的关系仅止于此，别无其他。一则故事可就不同了，它的想象时间跨度仅为五分钟，可由于讲述得格外认真仔细，实际讲述时间就可以拖长一千倍——这时，时间显得短而容易度过，尽管对于故事的想象时间而言，它是很长很长的了。反过来故事的想象时间也可以用"浓缩法"将其自身无限扩展，——我们所谓的"浓缩法"，指的就是某种幻觉的或者干脆讲病态的因素，它显然适用于我们这里的情况；也就是故事的讲述采用神秘的魔法和时间的超透视法，它们让人想起了实际生活中的某些异常现象，以及明白无误的超感知状态。有一些吸食鸦片者的笔记表明，一个处于麻醉状态的瘾君子在短时间里体验到的迷幻情景，常常相当于十年、三十年甚至六十年或者超过了人所能设定的任何时间界限，——说的当然只是幻觉，只是其幻想时间大大超过了实际时间的长度；处于这样的迷幻状态，人对时间的体验浓缩到了难以置信的程度，幻象的情景急速地拥挤到一起，用一个吸食大麻者的话说，脑子已变得仿佛"像一块取走弹簧后不再有用的破表"。

故事中的时间关系跟这里说的罪恶迷幻状态类似，也可以用类似的方式对它进行处理。不过既然能够"处理"，那就明摆着，时间这一故事要素也可变成故事处理的对象；这样一来，如果说"讲述时间的故事"还嫌过分的话，那么说想要讲讲有关时间的故事，就不显得像本章开始时我们感觉的那样完全荒谬了；——结果是"时间小说"这个名称，就有了奇特的梦幻般的双重含义。事实上我们最先提出时间是否可以讲述这个问题，只是为了承认我们讲述故事实际上也是要讲述时间。接着我们又问，那些聚集在我们周围的人是否清楚，自从已故的约阿希姆发表了那一通关于音乐与时间的议论——这样的议论原本不合他的天性，只能证明他体内的化学反应大大地增强了——至今已经过去多少时间，如果得到的回答是他们眼下真的不十分清楚，那我们也不会怎么生气；是的，不怎么生气，甚至还心满意足。之所以这样，原因很简单：大家都关注小说主人公本身的境遇体验，自然符合我们的利益；对现在讲到的这个时刻，汉斯·卡斯托普本人绝非完全心中有数，而且早就已经不再有数了。这种情况，也是他的故事亦即一部时间小说的内容之一；过去如此——现在仍然如此。

到约阿希姆不顾一切地自行出院为止,或者前前后后整个算起来,汉斯·卡斯托普和他一起在这山上到底生活了多长时间?按照日历,约阿希姆犟着出院是在什么时候,离开了多久,什么时候又重新入的院?他回来以后又从时间中彻底消失了,在此之前汉斯·卡斯托普已在山上住了多久?约阿希姆就不讲了,舒舍夫人离开了疗养院有多长时间,她又是什么时候或者什么季节回来的?——是的,她真的回院来了。——克拉芙迪娅·舒舍夫人回来的时候,他汉斯·卡斯托普按照地球时间计算,在这"山庄"疗养院里,已住了多少时间等这些问题,如果有人向卡斯托普提出来——可事实上没有任何人提出来,连他自己也不曾提,因为他害怕对自己提这些问题,他就会用手指头像敲鼓似的敲击额头,犹豫不决,不知道如何回答是好。——这个情况令他严重不安,程度甚至超过了他来这里的第一个晚上,当时塞特姆布里尼先生询问他的年龄,他竟一时间失去了应答的能力。是啊,这种无能为力的状态更加严重了,因为现在卡斯托普已经压根儿不再搞得清楚,自己到底多大年纪啦!

这听起来可能荒诞离奇,但却远远并非闻所未闻或者绝无可能,而是在一定的条件下,我们每个人任何时候都可能发生:条件摆在了那儿,就没任何办法能保证我们不堕入对时间的茫然无知状态,也就是说连自己的年龄都不再知道。产生这种现象可能是由于我们体内缺少某种时间器官,也就是我们完全没有能力不依靠任何外在的参照物,仅凭自身的感觉就可以哪怕只是大致准确地确定时间的进程。不幸被埋在井下的矿工,失去了任何观察夜与昼更替的可能，在侥幸获救时猜想自己在黑暗的地底下，在希望与绝望的交替中，熬过了三天时间。可事实上却是十天之久。有人也许会想，他们身陷绝境，必定感觉时间变长了。事实上呢，反而收缩到了不足实际长度的三分之一。由此可见，在促使其神智迷乱的条件下，人的软弱无助更倾向于感觉时间极度地浓缩了，而不会拖长时间。

当然，现在没有任何人否认，汉斯·卡斯托普只要愿意，他也可以计算计算，使自己毫不困难地脱离对时间的无知状态，恢复头脑的清醒；同样，要是读者您健全的意识也讨厌含含糊糊，那也只需要稍稍下点儿功夫，就能做到这件事情。至于具体讲到汉斯·卡斯托普，他对此似乎并不特别有兴趣；仅仅得花些力气来摆脱迷茫懵懂状态，弄清楚自己在山上又长了几岁，就已不合他的口味；何况还有一种良心上的恐惧妨碍着他，——虽说显而易见的是对时间漠不关心，乃缺少良知的最恶劣表现。

如果还不能说环境令他存心不良，那也严重影响了他，使他缺少良好的意愿；这样一种情况，我们不清楚可不可以作为原谅他的理由。舒舍夫人已经回来了，只是回来时的情况汉斯·卡斯托普连做梦都想不到——但却又是在他梦想她回来的地方。时间又到了充满节日气氛的圣诞节前的一个月，一年中白昼最短的一天，即天文学所谓冬季的开始，已指日可待了。可实际上呢，如果不照搬理论教条，而是着眼于是否下雪和寒冷，那么只有上帝知道冬天已经开始多久了，是的，这地方的冬天一年到头确实只有短暂的间歇，只是间或让一些骄阳似火、天空蔚蓝得近乎发黑的夏日代替；也就是一些在冬天里也让人觉得是夏天的日子，只要你不在意那原本在夏季的任何月份也一样会下的雪。关于这样的大混沌，汉斯·卡斯托普和已故的约阿希姆曾经聊过多次，说它模糊混淆了四季，剥夺了一年的月份和时序划分，从而将漫长无聊变得快活短暂，将短暂快活变得无聊漫长，以致拿约阿希姆曾经怀着厌恶说过的一句话来讲，时间就根本不值一提了。让这大混沌给模糊混淆了的，说到底不过是"仍然"和"又是"这样一些感觉或者意识；——这就造成了那些最令人晕头转向、莫名其妙和迷惑不解的体验之一种，卡斯托普上山第一天感觉到自己有不道德的倾向时，就尝到了这种体验：当时，在热热闹闹的餐厅里一日五餐地大吃大喝，他第一次无缘无故地感到了眩晕。

自此以后，卡斯托普这种知觉和精神的混乱更加严重了。尽管他对时间的主观体验已经削弱，或者已经消失，时间自身却仍有其客观现实性，只要它还在"活动"，还在"显现"。职业的思想家才会考虑他墙边搁板上的那只密封罐，是否不受时间影响；卡斯托普呢只是由于年少气盛，也一度思考过这样的问题。然而我们却知道，即使是传说中一睡七年的那个人，时间也没有放弃对他做工作。相传有个十二岁的小姑娘一天睡觉，一睡便睡了整整十三年；可是一位医生对她的身体状况做出判断：她不再是个十二岁的小女孩，而已经发育成为成年的女子。事情也只能是这样。死者已经死了，故人确已故去；他将有的是时间，就其个人而言，也就是完全没有了时间。不过这却不妨碍他的头发和指甲继续生长，不妨碍一切的一切……不过，我们不想再重复约阿希姆对此有过的武断说法；对这样的说法，当时未改平原习气的汉斯·卡斯托普曾产生了反感。他的头发和指甲也在长喽，看来长得还很快；经常地在"村子"正街那家理发店里，他就系着白围裙坐在活动自如的椅子里修剪头发，免得它们垂下来盖在耳朵上。他就经常这么坐着，或者说坐着就为跟那手脚灵巧、善于奉迎的理发师聊天，同时让他跟时间一起做自己的工作；要不他就倚着阳台门站在那里，从他那漂亮的丝绒套子里取出小剪刀、小锉子来，精心修剪自己的指甲，——蓦然间他又感觉到曾经有过的晕眩，而且还夹杂着某种恐惧，某种好奇的惊喜：晕眩这个词在此意义摇摆，一语双关，同时有着飘飘然和迷迷糊糊的意思，就是已不再能够区分"仍然"和"又是"，已经把两者搅和、混淆在一起，结果剩下的只有失去了时间意义的永远和永恒。

我们多次保证过，我们既不希望美化他，也不希望丑化他，而想他是怎样就说他怎样；因此我们就不愿避而不谈，他有对神秘玄虚的现象作沉思默想的癖好，甚至于乐此不疲，还有意识地诱发这样的思考，虽然经常也作相反的努力，企图克服自己的恶癖。他可以静静坐在那儿，手里摆着他的怀表——一只薄而光滑的金表，镌刻着他花体字姓名的表盖儿已经被揿开，低头望着那圆形的细瓷表盘，只见围绕表盘刻画着两圈黑红两色的阿拉伯数字，表盘上两枚精细而扭曲的金质指针各有所指示，只有那纤细的秒针孜孜不倦，在嘀嘀嘀地一个小格儿一个小格儿往前奔。汉斯·卡斯托普目不转睛地盯着这枚秒针，想要阻止、拖延它几分钟，好让时光滞留在黑色的数字上。然而这针仍自顾自地一点一点迈步向前，根本不理那些数目字，只管走近它们、触及它们、越过它们、再抛开它们，与它们越抛越远、越抛越远，随后又重新开始，重新走近。这指针对时间、对分秒划分、对表盘刻度，统统麻木不仁。真希望它跳到了六十下能稍微停一停，或者至少发出一丝丝信息，让人知道这里有点儿事已经完成。然而，它那匆匆忙忙地、不加区别地越过一条条未标明数字的细线的神气，让人看出它路途上的所有数字和划线，对它来说统统不过是陪衬，因此它就只管走啊，走啊……就这样，汉斯·卡斯托普又把他这由玻璃表面罩着的玩意儿藏进背心口袋，任随时间自己流逝它的去。

年轻冒险家心理上发生的变化，叫我们怎样才能给平原上的正派人解释明白呢？他对时间的迷茫懵懂与日俱增。如果稍许宽容一些讲，要把现在与昨天、前天和大前天分开，把这些相互像鸡蛋一样的时间分开，已经让他觉得有些困难的话，那么现在和眼下，就同样容易和可能跟一个月或者一年之前的那个"现在"，混淆不清以致模糊地成为"永远"了。不过呢，只要对于"已经"和"还是"的理性意识，还和"未来"泾渭分明，那就不知不觉会出现一种诱惑，就是把那些原本用于区分"今日"与过去和将来的关系名词，也即"昨天"和"明天"的含义加以扩展，并且适用于更大的范围。也许不难想象在一些更小的行星上面，存在着某种生物，遵循着更加细微的时间划分；对于它们"短暂"的生命来说，咱们秒针细碎、灵敏的跳动，已相当于时针的拖拉、迟钝。可是也可以设想有这样一些生物，在其广阔的空间领域中时间不得不相应地迈开大步,于是乎"刚才""过一会儿""昨天"和"明天"这样一些表示距离的时间概念,意义就获得了极大的扩展。我们讲,这不仅是可能的,而且以一种宽容的相对主义精神进行评判,或者遵循所谓"不同的地方,不同的习俗"的说法,甚至应该称之为合法的、健康的,也值得尊重。然而,一个年龄与卡斯托普相仿的地球之子,一天、一周、一个月、一学期原本都应该还起巨大作用,还会在生活中带来许多的变化和进步,——可是有一天,他却沾染上恶习,或者说有时候竟随波逐流,不再讲"一年以前",而是用"昨天"和"明天"代替"过去了一整年"的说法,对他我们又该作何感想呢?这里毫无疑问适合用上"迷惘与混乱"这个评语,以表示我们极大的忧虑。

　　地球上存在一种生活状态,存在一些地域环境——以我们眼前所处的情况,使用"地域"一词无妨,在这样的状态和环境下,上述模糊、混淆时空距离以至于昏头昏脑到了不见差异的情况,在一定意义上是自然和理所当然地会发生的,所以嘛,假期里让自己来沉溺于如此迷人的状态几个小时,应该讲无论如何都合乎情理。我们说的是海滨漫步来着,——对这样的境况,汉斯·卡斯托普没有什么时候不满怀热烈的向往,——我们知道喽,生活在这儿的冰天雪地里,使他喜欢回忆故乡柔软的沙滩,在回忆时心存感激。我们相信,我们提起这一美妙的失落之感,读者也会凭经验和回忆给我们响应。你在沙滩上走啊,走啊……这么走着,你将永远不会及时转身往回走,因为你已失落了时间,你已失落了自己。哦，大海，我们坐得远远儿地谈论着你，我们对你献上我们的思念、我们的爱恋，你呢，也该进入我们的故事，明明白白地，大声疾呼地，进入我们的故事，就像你永远静静地躺在我们的心中，过去这样，现在这样，将来还是这样……汹涌呼啸的无垠荒漠，顶上撑着灰白色的大幕，湿乎乎的空气侵袭人的皮肤，让我们嘴唇上老有盐碱味儿。我们走啊，走啊，走在富有弹性的沙地上，但见四处散乱着海草和小小的贝壳，耳边却被海风环绕。这博大、广袤而又柔和的风哦，它自由自在，无拘无束，坦坦荡荡，在辽阔的天地间刮来拂去，造成我们头脑里微微的迷醉，——我们继续漫步，漫步，看着海潮涌过来又退开去，任随它用泡沫翻卷的舌头，舔舐我们赤裸的双脚。潮水像煮沸了，色泽既明亮又幽暗，一浪高过一浪地喧嚣着，像绸缎一般摔打在平缓的岸边上，——极目望去，哪儿都如此，远方的浪峰上也如此，都是此起彼伏、沉浊持久的汹涌咆哮，搞得人的耳朵再也听不见世界的任何其他声音。深沉的快慰，有意的遗忘……让我们闭上眼睛，投进永恒的怀抱！可是不，你瞧啊，在那灰绿色的汹涌的远方，在那海面急速缩减成地平线的所在，浮着一只帆船。哪里？什么地方？有多远？有多近？你不知道了。你恍惚迷茫地失去了判断。要说出那帆船离岸边有多远，你必须知道船本身的体积有多大。是小而且近呢，还是大而且远？你的目光迷失在了无知之中，因为你本身没有任何器官和感官给你提供空间的信息……我们走啊，走啊，——走了已经多久？已经多远？这也不明不白。我们的脚步始终没有任何变化，这儿如同那儿，刚才如同现在和以后；时间溺死在了空间没有量度的单调中，从一个点移动到另一个点不再成为运动，如果周围全一个样的话；既然运动不再成为运动，那这里便不存在时间。

中世纪的经院学家企图证明，时间只是幻觉，它的运行归根到底只是我们各种感官的产物，事物的真实存在只限定于恒定不变的现在。那位首先产生这种感想的博士，他可曾漫步海滨，——他的嘴唇是否尝到了永恒的淡淡苦涩滋味儿？我们无论如何得重申一下，我们这儿讲的只是度假的权利，只是闲暇时光的胡思乱想，它们很快就会让富有德行的智者厌烦，就像一个健壮的人会厌烦一动不动地躺在温暖的沙里。批评人的认识手段和形式，质疑它们的纯粹有效性，恐怕是荒唐、过分、心怀叵测的吧，要是其中夹杂了任何其他意念，而不是仅仅想给理想划出它不可逾越的界限，指明越过了界限，必然懈怠其本身的任务。像塞特姆布里尼先生这么一个人，我们只能心存感激，因为他告诉那个我们关心其命运的年轻人，那个遇上机会就让他优雅地称作"生活中的问题儿童"的青年，他以教育者的坚定口吻告诉他：形而上学乃是"邪恶的"东西。而我们呢，为了最好地缅怀一位受我们爱戴的死者，却要指出，批判原则的意义、意图和目的，只能是一个，也只允许是一个，这就是责任感，就是生活赋予的使命。是的，立法的智慧给理性划定了严格的界线，可同时也在这界线边上竖起了生活的旗帜，并且发出宣告，投身于这面旗帜之下，乃是人作为战士必须尽的职责。能把这算作原谅年轻的卡斯托普的理由吗？能设想是这使他更加沉溺于那些有关时间和永恒的胡思乱想，以致他那忧郁的军人表兄要喋喋不休地说他"狂热过度"，结果堪忧呢？

荷兰绅士佩佩尔科恩

荷兰绅士佩佩尔科恩，一位上了几分年纪的体面人，在理所当然地以"国际"作标榜的"山庄"疗养院里，已经住了相当时候。佩佩尔科恩是一个荷兰殖民者，一个来自爪哇的咖啡种植园主，因此微微带有一点儿有色人种的味道；他的名字叫皮特·佩佩尔科恩——他就这么称呼自己，例如当他说什么："现在皮特·佩佩尔科恩要来瓶烧酒润润喉咙了。"就习惯这么讲，不过他所有这些个人的特点，都不足以引起我们的注意，都不成其为到了晚上十一点我们还来讲他的故事的原因：在贝伦斯医生操着五花八门的语言领导的这所疗养院里，伟大的主啊，真是太丰富多彩，太斑驳陆离啦！眼下院里甚至住着一位埃及公主，也就是曾经送给贝伦斯顾问一套很值得玩味的咖啡具和斯芬克斯的那位；她的形象举止异常引人注目，让尼古丁熏得黄黄的手指上戴满戒指，头发剪得很短很短，除了吃正餐的时候一身巴黎时装，平时却穿着男人的休闲西服和笔挺的裤子游来荡去，对一帮男士似乎视而不见，偏偏只对一位犹太裔的罗马尼亚女人大献殷勤；这犹太女人让人家称她为兰道埃尔太太。与此同时，公主殿下却让帕拉范特检察官爱得失魂落魄，以致忘掉了自己原本醉心的数学。不仅公主本人令人目不转睛，在她为数不多的随从中还有一名骗过的摩尔黑人;这家伙一副病弱坏子,尽管是施托尔太太喜欢拿来戏耍嘲弄的阉鸡公,却好像比谁都更加贪生怕死,自打见了透过自己的黑皮肤拍下来的片子,就一直垂头丧气……

与这摩尔人比起来,荷兰绅士佩佩尔科恩的皮肤几乎算不上有颜色。设若我们像前面一样,给小说的这一节也冠上"又来一位"这么个小标题,那么谁都不用担心在此又多了个引起精神混乱的角色,又多了个夸夸其谈的说教者。不,荷兰绅士佩佩尔科恩其人绝不是要叫世界产生逻辑混乱。我们会看见他完全属于另一类型。至于这样一个人怎么同样会令我们的主人公意乱心烦,下面自有分晓。

荷兰绅士佩佩尔科恩抵达达沃斯车站乘的是舒舍夫人同一班夜车,上"山庄"疗养院来坐的是她同一辆雪橇,然后又同她一起在餐厅里吃了晚饭。他们不只同时到来,而且一块儿到来;这种一块儿并未到此为止,例如在餐厅里安排座位时便继续了下来:荷兰绅士与回归原位的女病友一起,也坐在了"好样儿的俄国人席",正对着那个给医生预留的座位,也就是教员波波夫曾经做过疯狂而含义暧昧的表演的那个位置。这种一块儿叫善良的汉斯·卡斯托普乱了方寸,因为完完全全出乎他的意料。宫廷顾问曾以自己的方式给予暗示,让他知道了克拉芙迪娅归来的日期和时辰。贝伦斯提前对他说:

"哎,卡斯托普,小老弟,忠诚的等待即将得到回报。明儿傍晚小猫咪就要溜回来喽,我收到电报了。"

不过他只字未提舒舍夫人并非独自归来,也许连他本人也一无所知,不知道她是跟佩佩尔科恩一起回来,而且还是一对儿。至少第二天汉斯·卡斯托普对他提到这个情况,他显得惊讶和意外。

"我也不能告诉您,她在哪里钓到他的,"贝伦斯解释说,"显然是旅途中的相识,我猜想在从比利牛斯山那边过来的时候吧。是啊,您这失意的情郎,您暂时得容忍一下这老兄,一点儿别的法子都没有。关系非同一般喽,您明白。看样子,他俩甚至旅途花销都合在一起了。根据我听到的所有情况,那男的有钱得要命。退了休的咖啡大王啊,您得知道,带着个马来仆人,够排场不是。再说呢,他肯定不是来玩玩儿的,看来除了酗酒引起的痰滞塞,还有染上已经很久的恶性疟疾症状,您懂吗?一种顽固的隔日疟。对他您必须有耐心。"

"没什么,没什么。"汉斯·卡斯托普一副居高临下的架势,同时心里想:"那你呢?你心情怎么样?你也不会完全无动于衷吧,你这个脸颊发青的老鳏夫,我要没有搞错的话,你早就对人家心怀鬼胎,用画油画当幌子。你话里充满幸灾乐祸,我感到,可实际上咱俩只能同病相怜,在佩佩尔科恩问题上是一定意义上的难兄难弟。"

"一个怪人呗,确实与众不同啊,"卡斯托普打着手势形容说,"身体壮实,须发稀疏,这是我对他的印象,至少是今天早餐时我获得的印象。身体壮实却又头发稀疏,我的意见是必须用这两点来形容他,尽管两者通常似乎统一不到一起。他却是高大、魁梧,喜欢叉开腿站在那儿,双手插在前面垂直的裤子口袋中；他那裤袋，我必须指出，确实是直着缝在前面的，而不像您、像我或像其他上流人士那样缝在侧边。当他那么叉开腿站着，按荷兰人的习惯上腭音很重地说着话，确实是给人一个十分壮实的印象。只不过呢，他下巴上的胡须稀稀落落，就是既长又稀疏，叫人觉得数也数得过来；还有他的眼睛也又小又黯淡，简直叫我怎么都辨不清是什么颜色；他总是拼命睁大眼睛，然而毫无用处，反倒只是使前额上的皱纹更深更显；这些皱纹一直从他的鬓角牵上来，到了上边则横贯整个额头。您知道，他的额头又高又红，立在周围的头发虽说长长的，却很稀疏；眼睛呢小而黯淡，不管他怎么睁大。还有他那紧身马甲，叫他看上去有了点儿教士的味道，虽说他那套礼服是格子花的。这就是今早上我对他的印象来着。"

"我看呐，您真是盯上他了，"贝伦斯应道，"不过，好好研究一下此人的特点，我觉得也是对的，因为您毕竟得接受和适应他的存在嘛。"

"是啊，我们是得好好注意他。"汉斯·卡斯托普说。——这样，给那位新来的不速之客绘制一张大致不差的像，就成了他的任务；事实上，这任务他完成得不坏，要让我们来完成，结果未必会好多少。无论如何吧，他进行观察的位置有利之极：我们知道，克拉芙迪娅不在期间，他的座位移到了与"好样儿的俄国人席"相邻的一席，两张桌子并排着，只是人家的那桌更靠近露台的门罢了；而且汉斯·卡斯托普和佩佩尔科恩一样，都面向餐厅窄的一头坐在那儿，也就是所谓肩并肩坐成一排，只是汉斯·卡斯托普还稍稍靠后一点儿,这样观察起来既轻松又不易被发现;——至于斜对面的克拉芙迪娅·舒舍夫人,他则将她侧影的四分之三,收入了眼底。对于他那天才般的素描,可以补充完善的大概是:佩佩尔科恩的上嘴唇胡子刮光了,鼻头大而多肉,嘴巴同样挺大,嘴唇线条却不规整,像是给皲裂开了。还有,他的手虽然也挺宽大,却蓄着尖尖长长的指甲,说话时很喜欢打手势。他说起话来滔滔不绝,尽管汉斯·卡斯托普听不清楚他说些什么。就像一位乐队指挥似的,他的手势漂亮、精准、细腻、娴熟而富有吸引力、感染力,有时将拇指跟食指弯成一个圆圈,有时又慢慢地平伸出宽阔的、指甲尖长的手掌,像是要平息什么,像是要引起重视,但在别人重视了并且含笑聆听之后,他却又令人失望地大发一通莫名其妙的议论;莫名其妙得不只是令人失望,——或者说也不真令人失望,更多的是叫你又惊又喜;要知道,他的手势如此细腻、有力并且意味深长,已在很大程度上弥补了言语的缺失,并引起听者精神上的满足感、娱乐感和丰富感。有时候他根本不再发议论。他只把手轻轻抚在左边的邻座即一位年轻的保加利亚学者的小臂上,或者是抚着右边的舒舍夫人的手臂,然后再把这只手斜着向上抬起来,要求人家保持沉默和神经紧张,一边听他准备说的话;同时他眉毛扬得高高的,致使额头上的皱褶变得深而又深,而且直至弯向了外眼角,脸上活像戴了个面具——坐在一旁的人已经屏住呼吸,随后他低头瞅着面前的桌布,张开嘴唇干裂了的大嘴,像即将发表什么惊天动地的宏论似的。这么坚持了一小会儿,他却吐出一口长气,然而什么也不讲,像是示意大伙儿可以"稍息"了似的又开始喝咖啡;他喝的咖啡特别浓,因此也就用一只他个人专用的咖啡机烹制。

喝完咖啡,他又开始行动。俨然如同一名指挥家,他手一挥大伙儿就停止休息闲谈,恢复了安静,正在乱糟糟地奏响的各种乐器也不再出声,只待他姿态优雅地发出指令,整个乐队便精力集中地开始演奏,——要知道他那白发婆婆的大脑袋,他脑袋上那对黯淡无光的眼睛,那额头上一道道深重的皱纹,那下巴上长长的胡子,那痛苦地咧开的嘴巴,都使他拥有不容争辩的权威,大伙儿只得乖乖儿地服从他的指示。谁都一声不响,只是含笑瞅着他,等着他,时不时地也有谁冲他点头笑笑,意思是给他鼓励。他于是嗓音低沉地开了口:

"女士们,先生们。——好的。一切都好。行——啦。不过希望各位注意,——哪怕只是一个瞬间,也不能够忽视……不过这点没什么好再讲。我需要讲的不是这个,而主要是也唯一是我们的职责……只是加之于我们的——我一再反复强调这个词——不容推脱的职责……不!不,女士们,先生们,这样不行!这样不行,好像我……想到哪儿去喽,好像我……行——啦,女士们,先生们!完全行啦。我知道咱们意见完全一致,既然如此:言归正传!"

说了半天他什么也没有说。不过他的脑袋显得那么富于思想,他的表情和手势那么果断、深刻和富有表现力,结果是谁都觉得聆听到了金言谠论,包括聚精会神地听着的汉斯·卡斯托普也如此,尽管也意识到他的话前言不搭后语,没有任何实际的内容，然而却不觉得它有什么缺点。我们可以设想，一个聋人处在这样的场合心情如何。也许他会很懊恼，因为他根据表情得出对谈话内容的错误结论，并且会以为，自己由于残疾而显得愚蠢。这样的人往往会丧失自信，陷入自我烦恼。在另一桌有位年轻的中国人却相反，他德语还挺差，虽听不懂却认真地听了、看了，听完为表示高兴和满意竟用英语喊了一声"太好啦！"——甚至还鼓起掌来。

且听荷兰绅士佩佩尔科恩"言归正传"。他挺直身子，扩展了一下宽宽的胸部，扣严了罩在紧身马甲上的花格子礼服，须发雪白的脑袋威严得像位国王。他招招手唤来女侍者——正是那位女侏儒，——她虽然忙得不可开交，却召之即来，他的手势太有权威啦；她站在老爷子的座位旁，一只手端着牛奶壶，一只手端着咖啡壶。就连她也免不了扬着自己大而老气的面孔冲他微笑，点着头表示乐于为他效劳，也免不了被他皱纹深重的额头下那双黯淡无光的眼睛给镇住，被他举起来的那只指甲尖长如同梭镖的手，那只拇指与食指弯成一个圈儿、其他三根指头冲着天空的大手给镇住。

"我的孩子，"老先生说，"……好。一切都很好。您个子小小的，——可对我有啥妨碍？恰恰相反！我看到了好的一面，感谢上帝他让您成为现在的您，而且由于您矮小得出奇……好啦好啦！至于我对您的希望，那也很小很小，也小得出奇。可首先告诉我，您叫什么来看？"

女侍者笑起来，说话变得结结巴巴，最后讲她名叫艾美伦提亚。

"美极啦！"佩佩尔科恩大叫一声，身体靠到了椅背上，冲女侏儒伸出一条胳膊。他喊叫的语气之重，仿佛想说："您还想怎么样哦？一切都太美太美啦！"

"我的孩子，"他极其严肃地，甚至有些严厉地重新拾起话头，"……这超乎我的所有期望，艾美伦提亚……您讲的时候很谦虚，可是这个名字……和您本人配在一起……总而言之，真是再好不过啦。它值得人迷恋，值得人投入胸中的所有情感，以便……用亲昵的爱称……您明白我的意思吗，孩子？它的爱称——可以是伦提亚，不过艾姆欣可能更亲切，——眼下嘛也不用犹豫动摇，我就叫您艾姆欣好啦。我说艾姆欣，我的孩子，注意：一点点'面包'，亲爱的。等等！站住！免得一不留神造成误解！我在您相对大了些的面孔上看见了这种危险——'面包'，伦茨欣，但不是烘烤的面包，——烤面包咱们桌上还有的是，各式各样都有。而是烧的'面包'，我的天使。上帝的面包，清洁透明的面包，样子小小的十分可爱，也就是用来提神的那种。我没有把握，不知这个词的意思对于您……我想建议换个说法，即用来'强心'的那种'面包'；这你不会再误会了吧，按照通常轻率的意思……行——啦，伦提亚。行啦，万事大吉。以我们的义务和神圣职责来说……举例讲也就是我们光荣的责任，你个头儿出奇地小性格却异常坚强……来一杯杜松子酒吧，亲爱的！——为了乐一乐，我想讲。施达梅尔杜松子酒，艾美伦茨欣。快去啊，快去给我拿一杯来！"

"一杯杜松子酒，地道的杜松子酒。"女侏儒重复说，说完转过身，想放下手里的牛奶壶和咖啡壶。最后，她把它们摆到卡斯托普的桌上，在他的刀叉旁边；显然，她不愿意让它们去妨碍佩佩尔科恩先生。她手脚麻利，很快满足了她客人的需要。可杯子斟得太满，"面包"从杯里溢了出来，浸湿了托盘。老先生用拇指和中指拈起酒杯，举起来对着亮光。"这样，"他解释说，"皮特·佩佩尔科恩就来上一杯烧酒，提一提神儿喽。"说完嚼了嚼经过蒸馏的松子儿，一口吞了下去。"现在，"他接着说，"我看你们大家都用的是更清醒的目光。说着他从桌上抓起舒舍夫人的手来，拉到他的嘴唇边吻了一下，然后又送回原处，并让自己的手也在桌上停留了一些时候。

一个奇特的、有身份的怪人哦，尽管有些来历不明。"山庄"疗养院的所有人都兴趣盎然地关注着他。据说他前不久才从殖民地的买卖中抽出身来，过上了安稳舒适的生活。还说他在海牙有一幢漂亮房子，在谢维宁根则是一座真正的别墅。施托尔太太称他是块"吸金子的磁铁"——磁铁者，富豪也！① 她还指得出舒舍夫人回院后穿晚礼服戴的一串珍珠项链，按照她的说法，不能被看作克拉芙迪娅在高加索那边的丈夫感情深笃的证物，而是这一对儿的"共同旅费"的一项开销。她说时挤眉弄眼，还歪一歪脑袋让大家注意旁边的汉斯·卡斯托普，刻意拉下嘴角模仿他苦恼的模样，这个自己也因为病痛而变得粗鲁的娘儿们，硬是肆无忌惮地对他的窘境进行嘲讽。卡斯托普却不动声色，甚至还不无

---

① 在德语里，富豪、大亨（Magnat）与磁铁（Magnet）写法和读音相近。

风趣地纠正她用词的错误。她失言了啊,他说。应该是腰缠万贯的大亨。不过嘛,说是磁铁也不坏,佩佩尔科恩显然是很有吸引力的。还有那位女教员恩格哈特,她也羞红着脸,不正眼瞧卡斯托普,而是笑嘻嘻地瞟着他问,对那位新来的客人感觉怎样,他回答时也异常平静。荷兰老头儿佩佩尔科恩是个"面貌复杂的人物",他说,——人物肯定是人物,只是面貌不清啊。这个准确定性证明卡斯托普不但客观,而且心平气和,女教员一下子就垮了。至于斐迪南·魏萨尔,他小子也转弯抹角地提到舒舍夫人回院来的意外情况,汉斯·卡斯托普仅仅瞪了他两眼,表明在精确达意方面,有时候目光丝毫不比凌厉的言辞逊色。"可怜的家伙!"卡斯托普打量曼海姆人的目光明明白白地说,明白得排除了哪怕是一点点可能的误解;魏萨尔呢,也明白和承受了这目光,是的,他甚至还点了点头,张着他那牙齿缺损的嘴巴;只不过呢,从此在同纳夫塔、塞特姆布里尼和费尔格一起散步时,再也不替汉斯·卡斯托普抱他的双排扣大衣了。

上帝明鉴,大衣他自己也可以抱呀,不,甚至更乐意自己抱;只是出于友好,他才时不时地把它交给了那个可怜的家伙。不过呢我们圈子里的人没有谁看不出来,那些完全未曾料到的情况,着实给了汉斯·卡斯托普不小打击;为与自己在狂欢之夜大胆追求的人儿重逢,他做了许多心理准备,现在让它们完全毁了。说得确切一点儿:所有准备都变得多余,而且还伤害了他的自尊心。

他的考虑原本十分细心,十分周密,绝没有什么冲动狂热。根本没想上车站迎接克拉芙迪娅,——也幸好没有想到啊!再说也完全没把握,一个由于生病而放荡不羁的女人,是不是还会记得老早以前那个戴假面具、说外国语的狂欢之夜,是不是还会乐意重温旧梦。不,可不能唐突,可不能想入非非!即使可以认为,他与那个斜眼女人的关系,从实质上讲已经超出西方的理性和思维的界限,——但在形式上仍然是极为文雅的,眼下看上去甚至好像已经给淡忘了。只是彬彬有礼地隔桌打个招呼,——暂时就如此而已!等以后有机会再礼貌地凑过去,稍微寒暄寒暄,问一问别来无恙什么的……真正的重逢嘛,到时候将成为他坚持不懈的骑士风度的报偿。

所有这些细心考虑,如上所述,都由于他现在完全失去了自由意志,失去了一切用武的可能而泡了汤。荷兰佬佩佩尔科恩的出现,叫他那个原本并不太保守含蓄的策略根本没法实施。他们抵达的那天傍晚,汉斯·卡斯托普从房间的阳台上,眼瞅着雪橇循着弯曲的山路慢慢驶来。只见在高高的御者座上,车夫身边坐着个黄皮肤的小人儿,身穿带毛领的外套,头顶直筒筒的圆帽子,也就是那个马来随从;在背后的橇斗里,傍着克拉芙迪娅,则坐着这个帽子扣在脑门儿上的陌生家伙。当天夜里,汉斯·卡斯托普没怎么睡着。第二天早上,没费多少劲儿便打听清楚了那令人烦恼的伴侣叫什么名字,还顺便得知他俩已住进二楼紧挨在一起的特等房间。接着进第一次早餐,卡斯托普及时地坐到自己的位子上,脸色很是苍白,一心盼着听那玻璃门发出的哐啷啷响声。响声没有了。克拉芙迪娅悄无声息地走了进来,门是由走在后边的荷兰绅士佩佩尔科恩关上的。——只见他高大、魁梧,高高的额头,巨大的头颅,头颅四周白发飘飘,亦步亦趋地跟在自己的旅伴身后走了进来;克拉芙迪娅则轻车熟路,探着脑袋,迈着猫一样轻捷的步子,踅到了自己的座位跟前。是的,她就是这个样子,一点儿没变。汉斯·卡斯托普方寸大乱,忘乎所以,用失眠的眼睛死死盯住她。是她那金色而泛红的秀发,不过发型不再那么讲究,只是简单地辫起来盘在了头上;是她那"草原狼一般闪烁明亮的眼睛",是她浑圆的颈项,是她的嘴唇,眼下显得更加丰满的嘴唇,还有她高高的颧骨;由于这颧骨,她脸颊上便形成了两个迷人的酒窝儿……"克拉芙迪娅!"汉斯·卡斯托普在心中呼唤,同时打了个寒噤。——他打量着那位不速之客,执拗而不屑地扬起脑袋,以此抗拒那人的装腔作势,大模大样;同时在心里要求自己对他因拥有眼前的占有权而表现得志得意满、不可一世,抱一种取笑和嘲弄的态度,因为往昔的某些情况已给他这特权蒙上了阴影:所谓的某些情况事实上并不朦胧含糊,例如就存在于业余作者的油画肖像中,当初卡斯托普自己就曾为此感到不安……还有呐,她入座前冲着大厅嫣然一笑,像是要在观众面前亮亮相似的,这个习惯舒舍夫人也保留了下来。佩佩尔科恩则充当配角,立在她侧后边等着她完成这小小的表演,然后才傍着克拉芙迪娅在桌子边落了座。

完全谈不上"彬彬有礼地隔着桌子致意"喽。在"亮相"那会儿,克拉芙迪娅的目光越过汉斯·卡斯托普,越过整个大厅,不知游移到了更加遥远的什么地方;下一次在餐厅里碰头亦复如此;随后进餐的次数一次次增加,克拉芙迪娅的目光纵然与他相遇却仍旧是无动于衷,仍旧是茫然无所见,那么即使她吃饭时朝他转过头来,再冲她礼貌地以目致意也不合时宜了不是?到了晚上短暂的娱乐社交时间,两位伴侣便让他们的桌友包围着,并肩坐在小沙龙中的长沙发上;佩佩尔科恩一张大脸通红,在飘飘洒洒的白发和长长的胡须映衬下更显得容光焕发,这时候他举起晚餐时要的那瓶红葡萄酒,一口气喝了个精光。每次正餐他都要喝上一瓶,有时还喝上一瓶半甚至两瓶,更别提那所谓的"面包"啦,这玩意儿他第一次进早餐就少不了。很显然,这位大老爷们儿特别需要以吃喝提精神。还有极浓极酽的咖啡,他一天也要来上几次:不只在早上,中午也大杯地喝;——不只饭后喝,吃饭时也喝,边饮葡萄酒边喝。这两种饮料,汉斯·卡斯托普听他讲,都有助于退烧,——提精神完全不用讲,对治他时时发作的疟疾也大有好处;还在上山的第二天,这种病就叫他出不来门,在床上困了好几个钟头。宫廷顾问称其为"四日疟",因为它让荷兰佬每四天病倒一次:他先冷得牙齿磕碰,随后脸烧得像火一般发烫,再后来浑身大汗。医生讲他因此还患了脾肿大。

"二十一点"①

如此过了一段时间,——一些个礼拜,根据我们自己估计大

---

① "二十一点",一种自17世纪以来流行于法国的扑克牌玩法。相传拿破仑喜欢打这种牌。

概是三至四周吧，因为现在已经不可能再相信卡斯托普的判断，不可能再指望他的计量能力。日子就这么溜过去了，没有留下任何新的变化，在我们的主人公方面，只显示出对那些意外情况的习惯性执拗，因为它们迫使他退避旁观，无所作为。它们包括那个一喝起酒来便自称皮特·佩佩尔科恩的家伙，包括这个大模大样的、有身份同时又来历不明的人物讨厌的存在，——他的讨厌事实上更显粗鲁，例如比以往的日子里塞特姆布里尼先生的讨厌，尤有过之。因此在汉斯·卡斯托普的眉宇之间，已竖着刻上了几道执拗加烦恼的皱纹。一日五次，他的目光都不得不在这皱纹底下，观察那两个归来者在一块儿乐乐呵呵，同时心中充满对那位大人物的蔑视，因为他做梦也想不到，往昔之光已将他俩映照得远远离开了光明正大。

可是一天傍晚，跟平常似的也没有什么特别的原因，在大厅和小沙龙里的社交活动进行得比平时热闹。有人奏乐，奏的是吉卜赛曲调，一个匈牙利大学生狂热地用小提琴拉啊拉啊。其时正好贝伦斯顾问又带着克洛可夫斯基博士来例行"待上一刻钟"，他便硬拉出某个人来弹奏《朝圣者合唱曲》的低音部分，自己则站在一旁，用一把刷子富于跳跃性地敲击钢琴的高音琴键，以此模拟同时在拉奏的提琴手的姿态。这便引来了阵阵的笑声。随后，在热烈的掌声中，宫廷顾问看似谦逊实则得意地摇着头，离开了娱乐大厅。可是娱乐仍在继续，音乐仍在演奏，只不过已不再要求集中到一起欣赏；疗养客们边喝饮料边玩儿桥牌和多米诺骨牌，或者摆弄其他有趣的玩具，或者三三两两地坐着聊天。

"好样儿的俄国人席"也分散到了大厅和钢琴室里的群体中,荷兰绅士佩佩尔科恩则无处不在:他那威严的脑袋总是高高突出在周围的脑袋之上,叫你没法子视而不见;他以自己王者般高贵的身价和分量倾倒了众人,如果说那些围着他的人一开始只是为他那传说中的豪富所吸引,那么很快叫他们靠近他的就只是他本身的个性和人格了。人们笑吟吟地站在周围,冲他不住地点脑袋,为他助兴加油,却忘记了自己是谁。他皱纹深重的额头下边那双色彩黯淡的眼睛迷住了他们;他指甲尖尖的双手有力而优雅的手势一直令他们紧张兴奋,一点儿意识不到他随之讲得支离破碎、语无伦次,纯属一通废话,因此也丝毫不感觉失望。

在这种情势下,咱们再回过头来看看汉斯·卡斯托普,就发现他正待在书写室兼阅览室里,也就是那间交际室,当初——这个"当初"含义模糊,作家、作品主人公和读者都不再完全清楚,它所指的过去的程度——正是在这里边,汉斯·卡斯托普获知了有关人类进步的组织的重要信息。这儿眼下比较安静,和他分享这个房间的只有两三个人。一个人俯在吊灯底下的斜面双人写字台上书写着什么。一位太太鼻子上夹着两副眼镜,正在翻阅一卷画报。汉斯·卡斯托普坐在通向钢琴室的门边上,背冲着门帘,手里拿着张报纸。他坐的是一把刚放到那儿的椅子,仔细看看是罩着丝绒套子的文艺复兴样式,靠背直而且高,却没有扶手。年轻人尽管摆出拿着报纸在读的架势,实际上却没有读,而是歪着脑袋在听那让交谈撕扯得零碎、断续的琴声;不过再看他那紧拧着的眉头,你就知道他只是半只耳朵在听音乐,思想走的却是一条条完全与音乐无缘的路，一条条布满荆棘的失望之路；之所以失望，是一个年轻人久久地期待盼望，到头来等到的却是一些使他遭到羞辱、愚弄的情况，——也是一些执拗抗争之路啊，在这些路上肯定走不了多远，他就会下定决心，付诸行动，把报纸扔到那把偶然摆在这里的、怪不舒服的椅子上，冲出通向大厅的房门，回到自己那寂寞、寒冷的阳台上去，单独与他的"玛利亚·曼齐尼"做伴，以便远远离开这帮无聊的人。

"您的表哥呢，先生？"一个声音在他脑顶后边问。这声音听在他耳朵里异常优美，再加上天生有些沙哑，就叫人感觉像罩上了一层轻纱似的极其迷人——迷人一词的含义给推上了巅峰；这是汉斯·卡斯托普熟悉的嗓音，就是它曾经说过："好的。可你千万别把它弄折了哦。"这声音有着巨大的魔力，能决定人的命运；如果他理解正确，它是在打听约阿希姆·齐姆逊来着。

卡斯托普慢慢沉下报纸，把脸伸得出来一点儿，只剩下头顶的发旋处还靠在陡斜的椅背上。他甚至闭了闭眼睛，不过随即又张开来，顺着他脑袋的姿势所决定的方向，目光茫然地朝前凝视。这纯朴的小年轻一副神不守舍的样子，要说真有些像个梦游者或者降神汉。他希望那声音再问一次，然而事与愿违。因此他拿不准人家是否还站在自己身后，拖了老长老长时间，才迟迟地、轻声地给人回答：

"他死了。他在平原上服过役，然后就死了。"

他自己也发现，"死"这个词又在他俩之间说了出来，而且是第一个得到强调的词。他还察觉，由于对他的母语德语不够熟练，站在他脑袋后边的她为表示同情就只能是轻描淡写：

"哦，糟糕。可惜啊。死了？埋了？什么时刻？"

"已经好久了。他母亲已把他运下了山。他跟战时似的长了满脸胡子。下葬时曾鸣枪对他表示敬意。"

"他当之无愧。他是好样的。比其他人，其他某些人好得多。"

"是啊，他是好样的。拉达曼提斯老是说他性子太急。只是他身体不肯配合。肉体的反抗呗，用那些耶稣会士的话说。讲得好听一些，他总是用身体思考。可他的身体里偏偏又钻进一些不好的东西，与他的急性子作对。不过呢，肉体的自我消亡甚至毁灭，也比自我保存更合乎道德不是。"

"我看啊，有的人仍旧是个侈谈哲学的窝囊废。拉达曼提斯？谁呀？"

"贝伦斯呗。塞特姆布里尼这么叫他。"

"噢，塞特姆布里尼，我知道。就是那个意大利人……我不喜欢他。他的想法不近人情。"——头顶的声音懒懒地玩味着"人情"这个词儿，把它拖得长长的。——"他挺傲慢。"——重音又落在了"慢"字上。——"他不在了吗？我真愚蠢，我不知道，拉达曼提斯是什么意思。"

"某种人文主义的说法。塞特姆布里尼走了。这段时间我们广泛地讨论了哲学问题，他，还有纳夫塔和我。"

"谁是纳夫塔？"

"他的对手。"

"要是他的对手，那我倒想结识结识。——可我不是说过吗，令表兄如果企图回到平原上当兵去,那他就死定了。"

"是的,你有预见。"

"你想到哪儿去啦!"

长时间沉默。他毫无反应。他等待着,脑顶靠着椅子背,斜着眼睛准备迎接那嗓音重新出声,再一次没了把握,不知道她是否还在身后,担心那断断续续的琴声会吞没掉她离去的足音。声音终于又响起来:

"这么说,先生连表兄的葬礼也没下山去参加喽?"

卡斯托普回答:

"没有,我在这里跟他道了别,在他入殓之前,当时他脸上已露出微笑①。你不会相信,他的额头有多凉。"

"又来啦!对一个自己几乎不认识的女士,竟用这样的方式讲话!"

"难道你要我用人文主义的方式,代替近乎人情的方式?"——他竟不自禁地拖长着"人情"这个词,声调懒懒的,就跟在伸懒腰、打哈欠差不多。

"别扯啦!——您一直在这儿?"

"是啊。我等着哩。"

"等什么?"

"等你呀。"

随着他头顶响起的笑声,说出来"傻瓜"两个字。

---

① 意即尸体开始腐烂变形。

"等我！是人家不准你出院吧？"

"不，贝伦斯有次也让我出院，在勃然大怒的情况下。不过那只是强行离开罢了。因为除了中学时代留下的老病灶，你知道，贝伦斯又发现一处新的，它引起了我发烧。"

"你仍旧发烧吗？"

"是的，老是有一点儿。几乎总在发烧。时烧时停。但并非疟疾。"

"潜伏的疟疾吧？"

他沉默不语，紧皱着眉头，目光散乱迷茫。过了一会儿，他问道：

"你上哪儿去了？"

一只手拍了拍他的椅背。

"真没有礼貌！——我去哪儿了？哪儿都去过。莫斯科啊，"——那声音说"莫斯科"也拖声拖调，跟刚才的"近乎人情"一样，——"巴库啊，德国的一些温泉疗养地啊，西班牙啊。"

"噢，西班牙。那儿怎么样？"

"马马虎虎。旅途则不行。人都是一半的摩尔血统。卡斯蒂利亚土地贫瘠，风景单调。比起那边山脚下的宫殿和修道院来，克里姆林宫美得多……"

"埃斯科里亚尔宫。"

"不错，费利佩国王的宫殿。一群不近人情的建筑。我更喜欢卡塔罗尼亚的民间舞，萨尔达纳舞，吹着风笛伴奏。我也参加跳过。大家手拉手围成圆圈儿跳轮舞。整个广场全是人。这多么带劲儿。多么有人情味儿。我给自己买了一顶蓝色小便帽,当地老百姓中所有的男人和男孩全都戴的,差不多像菲斯帽,像博伊纳帽①。除了其他场合,我在静卧时也戴。先生可以评判一下,看我戴着合不合适。"

"哪位先生?"

"坐在这把椅子上这位。"

"我想该是荷兰绅士佩佩尔科恩吧。"

"他已经评论过了。他讲,我戴着挺迷人。"

"他这么讲?讲完了?一句话得讲完,好让人听明白不是?"

"唉,看起来,有人不高兴,有人想出气,想尖酸刻薄。有人企图挖苦别人,这人比他自己更大度,更优秀,更富人情味儿,而他……再加上他那出生在地中海边上的爱耍嘴皮子的朋友……可是我不允许有人对我的朋友——"

"你还保存着我内部的肖像吗?"卡斯托普语气忧伤地打断那嗓音。

她笑了。"我得找一找喽。"

"我这儿可带着你的。而且在五斗橱上还立着个小小的相框,夜里好把它……"

他讲不下去了。佩佩尔科恩站在他面前。这老头儿在找他的旅伴,进门以后就站在了椅子跟前,看见坐在上面的人正背着脸

---

① 菲斯帽以产于摩洛哥的菲斯城得名,圆筒形,顶上垂下流苏,流行于北非和阿拉伯地区。博伊纳帽即贝雷帽。

跟她扯淡，——他像座塔似的立着，而且是近在汉斯·卡斯托普的脚边上，叫这位梦游患者也一下子清醒了，觉得该站起来客气客气，然而仅仅夹在前后两个人之间，想从他那椅子上站起来却挺困难，——他只得横着往外挤了一些，这样所有人才得以三角鼎立，中间围着那把椅子。

舒舍夫人按照西方的礼仪要求，把"先生们"彼此作了介绍。一位过去的相识，她介绍汉斯·卡斯托普说，——就是上次住在这里认识的。对佩佩尔科恩先生就无需任何注解，她直呼他的姓名；荷兰人呢，聚精会神得额头和两鬓的深深皱纹变成了阿拉伯花饰，用他那黯淡无色的目光盯住小伙子，向他伸过手来，宽大的手背上生着一块块色斑，——一只船长才有的手，汉斯·卡斯托普想，如果不看那梭镖般的指甲。他是第一次面对面承受着大人物佩佩尔科恩的影响——"人物，人物"，面对着他你意识里总会浮现出这个词；一看见他，你立马明白何谓人物；是啊，更有甚者，你将坚信人物根本不会是别样的，只能是他这个样子，在这位肩膀宽阔、脸颊红润、白发婆婆的六十老翁跟前，面对着他那痛苦皲裂的嘴唇，还有他那长而稀疏地从下巴颏儿垂到牧师紧身马甲上的胡须，他这个缺少定力的小年轻感觉到沉重的压力。还有呐，佩佩尔科恩其人就是礼貌的化身。

"阁下您，"他说，"——绝对。不，请允许在下，——绝对！今晚上在下有幸认识您，——认识一位极其值得信赖的年轻人，——我早存此心，阁下，我全力以赴。您叫我喜欢，阁下；我——诚心请求！行啦！您答应我了。"

还有什么好讲。他那些优雅的手势不容置疑，汉斯·卡斯托普让他喜欢。于是佩佩尔科恩只稍加暗示而无须多说，结论便做出来了；其余嘛就通过他那位旅伴之口，做有益而得体的补充。

"小伙子啊，"他说，"——一切都好。那又怎么样——请正确理解我。生命短暂喽，咱们适应它的要求的能力，它反正是——事实如此啊，小伙子。客观法则。铁—面—无—情。总之，小伙子，总而言之……"他保持着极富表现力的姿势，看样子似乎要讲，如果不听他的劝告而铸成大错，他可是不负责任的。

舒舍夫人显然已经训练有素，能够从他的半拉子话辨别出这老头儿究竟想要什么。她讲：

"干吗不呢？完全可以在一起待一会儿，也许玩一玩牌，喝一瓶葡萄酒什么的。您干吗站着？"她转而冲着汉斯·卡斯托普，"走啊！咱们不能只是三个人，咱们必须找几个伴儿。客厅里还有谁？您找找，找到了就让他来参加！去阳台上叫几个朋友来。我们会邀请咱们那桌的丁富博士。"

佩佩尔科恩搓起手来。

"绝对，"他道，"太好啦。妙不可言。快抓紧，年轻的朋友！听见啦，您！咱们要组成一个小团体。咱们一块儿玩，一块儿吃，一块儿喝。咱们将感觉到，咱们……绝对，年轻的朋友！"

汉斯·卡斯托普乘电梯上了二楼。他敲门叫出来费尔格，费尔格又从楼下的静卧厅里的躺椅上拽起来魏萨尔和阿尔宾先生。在大厅里还找到了帕拉范特检察官和马格努斯夫妇，在小客厅里找到了施托尔太太和克勒费特小姐。也就在这房间中央的枝形吊灯底下，摆上了一张大牌桌，四周用椅子和小搁桌围了起来。荷兰绅士对每一位参加者都表示欢迎，致辞的时候目光黯淡而和悦，神情十分专注，以至于额头上的皱纹又变成了阿拉伯花饰。总共有十二位牌友入座，汉斯·卡斯托普夹在威严的东道主和克拉芙迪娅·舒舍夫人中间；已经摆好牌和筹码，因为大伙儿一致同意玩儿上几把"二十一点"游戏；佩佩尔科恩郑重其事地唤来小个子服务员，向她要了些葡萄酒，一种1906年的夏布里产白葡萄酒，第一次先来个三瓶，再加上些甜食，应时的南方干果儿也好，现成的糕点也好。好吃好喝的全端上了桌子，老头儿惬意快活得直搓手，接着又慷慨陈词，说的话虽仍支离破碎却煞有介事，因此以使大伙儿感受其人格魅力而言，他事实上完全成功了。他把两手抚在左右邻座的小臂上，翘着指甲尖尖的食指，成功地使大家注意到了那高脚玻璃杯里金黄而又清澈的葡萄酒，注意到了那用马拉加葡萄榨制的糖，还有一种面上撒满罂粟籽儿的椒盐面包圈；他称这种面包圈为神赐之物，说时优雅而又果断地一挥手，把任何想反驳他、说他言过其实的想法都扼杀在了萌芽状态。他第一个坐庄，可是不久便把庄让给了阿尔宾先生。如果我们理解得不错的话，他是嫌坐庄妨碍了他随心所欲地享受。

看得出来，赌钱对他是次要的事。对他而言，玩儿牌不是为了赢钱，根据他建议最少下注的五十拉本①对他微不足道，但对

---

① 拉本，瑞士法郎的辅币，价值为法郎的百分之一。

多数的牌友却已经可观。帕拉范特检察官的脸因此一会儿红,一会儿白,施托尔太太也是一样;因为到了十八点是否还继续跟进,对她来说便成为了生死抉择。眼瞅着阿尔宾先生照例又冷冷地甩来一张大牌,施托尔太太更吓得哇哇乱叫,佩佩尔科恩却乐得笑开了怀。

"您叫啊,您叫啊,夫人!"他说,"声音尖厉而充满活力,发自内心深处——您快喝点儿酒,把心滋润滋润,好重新……"说着给她斟上酒,给邻座和他自己也斟上酒,又新要了三瓶酒来,并且跟魏萨尔和内心荒凉的马格努斯太太碰了杯,因为在他看来,这两个人最需要得到提神鼓劲儿。事实上那酒果然显出了奇效,转眼间所有人的脸都通红通红,唯一的例外是丁富博士,他的脸始终保持黄色,一双细眯眯的老鼠眼黑得如同墨玉,而且充满厚颜无耻的喜气。其他人也不示弱。帕拉范特检察官目光迷茫地向命运发起挑战,在并不多么有希望的头张牌上一下押了十法郎,再脸色苍白地跟了一把,结果却赢了钱,因为阿尔宾先生盲目相信自己会摸到一个A,来了个孤注一掷,最后成倍地赔了出去。真叫震撼人心啊,而且不只是对引起震撼的玩家本人。全桌牌友都感同身受,连阿尔宾先生也未能免俗,尽管他自称是蒙特卡罗大赌场的常客,冷静审慎足以与赌台上的操牌手媲美,却也不能完全控制自己的情绪。连汉斯·卡斯托普也玩得很起劲儿;克勒费特小姐同样如此,舒舍夫人同样如此。大伙儿改变了玩法,玩儿起了"修铁路""我的阿姨,你的阿姨"以及危险的"比分差"。幸运之神不断刺激神经,人们爆发出阵阵的欢呼,绝望的喊叫，怒气的宣泄，以及歇斯底里的狂笑，都是那样的真实，那样的发自内心，——在祸福无常的人生中，也只能够如此表现吧。

不过呢，这伙人心灵的高度紧张，面红耳赤，瞳孔涨大，眼睛放光，或者这个小圈子情绪亢奋、呼吸急促和失魂落魄的表现，却并不只是甚至主要不是由赌博和饮酒引起的。这一切的一切，更多得归咎于在座者中间那个天生的统治者的影响，得归咎于他们中这个"大人物"的影响，得归咎于荷兰绅士佩佩尔科恩的影响。他把控制权牢牢掌握在自己那双动作丰富优雅的手中；此时此地，他通过自己威严的表情、黯淡的目光、紧皱的额头、有力的话语，将所有人都拖进了魔障。他说了什么呢？他说的话莫名其妙；而他喝得越多，越莫名其妙。可是人们的注意力都系在了他那两片嘴唇上，都微笑着，高高扬起眉毛，冲着他用拇指和食指弯曲成的圆圈点脑袋；与此同时，他的另一些指头则像矛尖似的直指天空，威严的脸上表情迅速变换，使得人们的情绪都毫无反抗地听其支使，狂热的程度远远超过这伙人通常能容忍的限度和习惯。如此地被支使，叫个别人感到力有不支。至少是马格努斯太太已感觉到不适。她眼看就要昏厥，可却坚持拒绝回房间去，而只同意在沙发上躺一躺，让人在她额头上敷了条湿毛巾，在那里休息了一会儿又重新回到牌桌上。

佩佩尔科恩断定她的不中用是因为营养不足。他高举着食指，用支离破碎的大话，对自己这个见解作了展开发挥。他解释说，人必须吃东西，认真地吃东西，以便适应生活的要求，说完便为大伙儿再要了些饮食，要了些小吃：猪肉，肉片，舌头，鹅胸脯，烤肉，香肠，火腿，——一盆一盆肥美可口的肉食，还配有黄油球、小红萝卜和绿色香菜，真是色香俱全，像一块块迷人的花圃。尽管在此之前已用过不用讲也挺丰盛的晚餐，大伙儿仍旧高高兴兴地享用起来，谁想到佩佩尔科恩还没吃几口，却宣称这简直是"饲料"，而且因此勃然大怒；这勃然大怒，就表明统治者性格的捉摸不定，变化无常，足以吓破人的胆。是啊，他甚至暴跳如雷，有人竟敢出来替食堂辩护；他硕大的脑袋气得膨胀起来，用拳头捶打着桌子，宣布一切一切统统是混账垃圾，——对他的说法大伙儿只有瞠目结舌的份儿，到底他是施舍者和东家，有权利对自己施舍的价值下判断。

不过呢，他的无名怒火尽管不可理解，却极适合他的模样，汉斯·卡斯托普私下里就不得不承认。它一点儿没使他的脸变丑，一点儿没使它变小，相反在他的不可理喻之中——没谁心里把这情况与他喝酒太多联系起来，倒像使他显得更加大模大样，更具有王侯的威严，以致在他面前没谁不低下头，没谁敢再去吃一口桌上的东西。只有舒舍夫人，只有她能安抚自己这位旅伴。她抚摩着老头儿刚捶过桌子停下来的船长般的大手，讨好地对他说，菜不行可以再要嘛，他如果乐意，如果厨子还没走，可以来份热菜。"我的宝贝儿，"老头儿回答，"——好吧。"一点儿没费力气，完全不失体面，只是吻了吻克拉芙迪娅的手，他便下了台，从暴跳如雷恢复到了平和状态。他为自己和他的客人要了包馅儿蛋卷，——一人一份上好的香菜蛋卷，让大家都能适应生活的要求。下订单的同时,给厨房送去了一张一百法郎的大钞,作为员工们加班的酬谢。

当几大盆热气腾腾、黄绿相间的菜肴端上桌子,温软的蛋香味和奶油香味在室内渐渐弥漫开来,舒适享受的气氛便也得到了完全的恢复。大伙儿动起刀叉,开始享用美食,既与佩佩尔科恩一起,也受着他的监视;他呢,打着优雅的手势东拉西扯,要求人人都注意倍加珍惜这神的赏赐。他还为大伙儿要了荷兰的杜松子酒;他要求在座的所有人都怀着极其虔诚的心情,饮用这种清澈透明、混合着杜松子微粒、散发出谷物香味儿的酒水。

汉斯·卡斯托普抽着雪茄。舒舍夫人也跟着抽起来,只不过是用烟嘴儿抽香烟;她的烟卷装在一只描画着三套马车的俄国工艺漆盒里,为了取抽方便,烟盒就放在她面前的牌桌上。佩佩尔科恩没有责备他的邻座染上了这种嗜好;不过他自己却不抽烟,从来也不抽烟。如果我们理解得不错,在他看来抽烟已属于过分讲究享受,染上这样的癖好就意味着剥夺了纯朴的生活乐趣的尊严;而这样的乐趣和赐予,几乎是我们人永远也享受不完的啊。"年轻人,"他对汉斯·卡斯托普说,说时以自己黯淡的目光和优雅的手势镇住对方,"年轻人,——纯朴的!神圣的!好啦,您明白我的意思。一瓶葡萄酒,一盘热腾腾的蛋卷,纯净的谷物,——首先好好享受这个,充分受用它,让它物尽其用,然后才……绝对,我的先生。行了。我认识一些人,一些先生和女士,吸食可卡因的,吸食大麻的,吸食吗啡的……好啦,亲爱的朋友!没有问题!你们爱怎样怎样!咱们不监察,不审判。只是首先应该提倡纯朴的，博大的，上帝最初创造的，可这些人却统统……行了，我的朋友。否定了。抛弃了。您愧对这所有一切！不管您叫什么名字，年轻人，——好啦，我曾经是知道的，可是又忘记掉了，——罪孽不在于可卡因，不在于鸦片，不在于这些罪恶东西本身。不可饶恕的罪孽在于……"

他缄默不言了。高大、魁梧的老头儿面对着身边的年轻人，高高举着食指，扯歪了嘴巴，凸露的、通红的上唇带着剃刀刮伤的痕迹，冰凉的、白发飘飘的额头使劲儿向上皱着，线条更加分明，目光黯淡的小眼睛张得大大的，汉斯·卡斯托普似乎瞅见里面闪烁着对于罪孽的惊惧之火，对于弥天大罪即自暴自弃的惊惧之火；佩佩尔科恩这位来历不明的统治者以其全部的魔力和威慑力，所要暗示和彻底揭露的就是这种十恶不赦的罪孽；他以自己意味深长的沉默，迫使年轻人理解他的苦心孤诣，无声地对他发出命令……可怕，汉斯·卡斯托普想，确实可怕，而且具体牵涉到了个人，不仅对他，对这位威严的长者亦然，——不错，产生了恐惧，但并非小的、微不足道的恐惧，而是看样子顷刻间燃烧起来的惊慌失措；汉斯·卡斯托普天生格外敬重权威，尽管出于舒舍夫人的缘故他有一万条理由敌视眼前这位国王陛下，却仍然不能不被佩佩尔科恩的一番话震动。

他垂下眼睑，点点脑袋，准备对坐在身边的这位权威人士表示心悦诚服。

"确实如此啊，"他道，"可能是罪孽——以及品性缺失的一种表现，纯朴、自然的生活乐趣又多又神圣，不去好好地享受它们，却沉迷于奢侈的享乐。这是您的意见，佩佩尔科恩阁下，如果我正确理解了您；即使我自己尚未考虑到，还是可以凭着本人的信念，同意您所作的指示。再说呢，那些健康而纯朴的生活乐趣，的确是难得受到充分合理的对待和重视。大多数人肯定过分疏懒和漫不经心，他们既缺乏责任感，又心灵麻木，将来仍然如此，不可能端正他们对纯朴生活乐趣的态度。"

权威人士听得满意极了。"年轻人，"他道，"——没的说的。请允许我……一句话也别再讲。我请您跟我一起喝酒，一起干掉这杯，而且是手挽着手。这还不意味着，我已视您为亲密的兄弟，……我正打算这样做，可又考虑有点儿操之过急。非常非常可能，在可以预见的将来，我就会对您……您放心吧！不过您要是希望，而且坚持要咱们马上……"

对于佩佩尔科恩的倡议，汉斯·卡斯托普含蓄地表示了赞同。

"好，我的孩子。好，伙计。品性缺失……好，好，十分可怕！缺乏责任感……非常之好。纯朴的乐趣……不好不好。种种的要求！生活向荣誉，向男人的力量，提出了种种神圣的、女性的要求……"

汉斯·卡斯托普突然不得不认识到，佩佩尔科恩已喝得酩酊大醉了。不过他的醉态也不叫人感到猥琐、丢人，也不显得失去了尊严，相反与他天生的王者气概结合在一起，使这老头儿变得更加不可一世，令人敬畏。罗马神话里的酒神巴克科斯，汉斯·卡斯托普暗忖，他喝醉了不也得由自己热心的侍者搀扶，可并未因此少了神的威严；最主要的还得看喝醉的是谁，是一位大人物呢，还是个织亚麻布的工匠。他内心深处高度警惕着，千万不能哪怕丝毫地减弱对这位旅伴、对这位权势人物的尊重，尽管他漂亮的手势已经疲软乏力，他的舌头已经打嘟噜。

"弟兄般地称叫……"佩佩尔科恩嘟囔着，沉重的身躯醉意十足地随随便便仰着，胳膊伸在桌面上，已握不紧的拳头轻轻捶着桌子，"……可以预见……预见将来……就算先前还考虑……好啦。行了。生活——我说小伙子——像个女人，像个摊脚摊手地仰卧着的女人，两座乳峰紧紧靠在一起，滚圆的臀部之间小腹宽而且白，胳膊细长，大腿丰腴，眼睛微微闭着，她就那么迷人地、含讥带讽地挑战我们男人的本能，刺激、引诱我们的欲念；在她面前咱们要么挺住，要么出丑——出乖露丑，年轻人，您明白，这是啥意思？感情在生活面前败下阵来，这就是品性缺失，没有宽恕，没有同情，没有尊严，只会无情地遭到唾弃，遭到嘲笑，——行——啦，年轻人，吐出来……耻辱和丢脸，毁灭和完蛋的婉转说法，可怕地出乖露丑。这就全完了，就彻底绝望了，世界末日就……"

荷兰人越说沉重的身体越往后仰，同时国王一般的大脑袋却垂在了胸口上，像快要睡着了。可说到最后几个字，他那松弛的拳头却突然抬了起来，重重一下捶打在牌桌上，吓得让赌博、喝酒和眼前的种种奇遇搞得精疲力竭的卡斯托普一下子警醒起来，诚惶诚恐地瞪着那位强者。"世界末日"——这个词儿和他的模样多么相称啊！除了在布道的时候，汉斯·卡斯托普想不起还在什么时候听见过这个词儿，所以也就不偶然啊，他想，须知在他认识的所有人中，又有谁配使用这个雷霆万钧的词儿，又有谁具备这个分量——能够正确地提出这个问题？矮小的纳夫塔兴许使用过它，但那只适用于尖酸刻薄的饶舌，哪儿像从佩佩尔科恩嘴里吐出来似的声似雷鸣，有如吹响了《圣经》预言的末日审判的大号角，令人不寒而栗，令人心灵震撼。"我的主啊，真是个人物哟！"他自己也已有些云里雾里了，一只手转动着他在桌上的酒杯，另一只手藏进了裤子兜里，在从吊在自己嘴角的雪茄冒出的烟雾里眯缝起了眼睛。从权威方面已经说出那力敌万钧的词儿，他还不该沉默吗？要他自己那破嗓子还有何用？可是，他的两位倾向民主的导师使他习惯了讨论——两位生来就倾向民主，尽管其中一位拼命不承认，他便忍不住作了一次真心实意的评价。他说：

"佩佩尔科恩先生，您的看法——这叫个什么词儿：看法！能对'世界末日'扯什么看法吗？——叫我又想起了先前关于罪孽的论述，就是罪孽存在于轻贱纯朴也即您所谓神圣的生活乐趣，或者我说的传统的生活乐趣，有分量的生活乐趣，而偏向于或如咱俩之一所说的沉迷于后来的、放纵奢靡的生活享受；可对于伟大的事物，应抱的态度却是'忘我献身'，是'顶礼膜拜'。可是恰恰在这儿，我似乎也看见了为沉迷于奢侈享受作的辩解——请原谅，我这人生性倾向辩解，尽管辩解得没有力度和分量，我清楚感觉到了，——也就是说为罪孽作的辩解，而且这罪孽正好基于我们所谓的'品性缺失'。关于'品性缺失'引起的恐惧，您说了一些具有分量的话，我真的震动不小。不过我认为，这个罪孽深重的人面对上述的恐惧，也绝对没有表现得迟钝麻木，相反倒承认您完全有道理，承认是对传统生活乐趣丧失感受力，驱使他走向了奢侈的罪孽；也就是讲，这种兼并未包含，也无须包含对于生活的轻贱，因为它同样可以理解为是对生活的顶礼膜拜，如果把奢侈享乐看作是一种提高生活层次、让人陶醉其中的手段，即人们所谓兴奋剂，也就是感受力的支撑和提高；如此一来，生活就成了感受的目的和意义，就成了对感受的热爱，对感受的追求……我认为……"

他胡说些啥哦？在谈到他自己和佩佩尔科恩这位人物时，竟讲什么"咱俩之一"，难道还不够民主、放肆吗？是不是眼下某人的占有权被昔日的一些个老关系蒙上了阴影，他便由此吸取了放肆的勇气呢？还是这位占有者刺激了他，使他禁不住也卷入了对所谓"罪孽"同样恬不知耻的分析来呢？现在他想看看，自己将怎样了结此事；因为他心里明白，这下真捅了马蜂窝啦。

汉斯·卡斯托普讲话的这段时间里，荷兰老头儿佩佩尔科恩一动未动，就是身体始终后仰着，脑袋垂在胸口上，叫人不得不怀疑年轻人的话是否进入了他的意识。谁知卡斯托普说着说着没了把握，他的身体却渐渐离开椅子背，随即越来越直，越来越挺，直至完全恢复到原来的高度，同时硕大的脑袋也涨得通红，扬起并绷紧了额头上的阿拉伯花饰，黯淡的小眼睛更瞪大得来叫人恐惧。眼看就要出事！好像来势汹汹喽，相比起来，刚才的勃然大怒，与即将到来的大发雷霆，只能算是闹点儿小情绪吧。只见荷兰绅士恼怒得下嘴唇紧抵着上嘴唇，嘴角因此咧了下来，下巴伸到了前面，但见他从桌子上慢慢抬起右臂，到了齐头高的空中仍继续往上抬，最后握起拳头来猛地一挥，眼看就要给饶舌的民主分子致命一击。面对着这逐步升级的王者的愤怒，卡斯托普既吓得要命，又感觉到探险家的惊喜，以致好不容易才掩饰住自己的恐惧和仓皇逃走打算。他赶紧抢着说：

"当然，我的表达方式是有缺陷。整个事情只是个档次问题，仅此而已。上了档次的事物就不好称作罪孽。罪孽从来没有档次。奢侈的享乐就没有嘛。不过自古以来，人对感受的追求便获得了一种辅助手段，一种使之陶醉和兴奋的手段；这种手段本身也属于传统的生活乐趣，具有纯朴和神圣的性质，也就是说清白无邪的性质，如果允许我讲，即一种上档次的辅助手段。就说酒吧，乃是上帝给予人的赏赐，也有一些富有人文主义思想的古老民族曾经认为，它是体现上帝博爱精神的创造，甚至与人类文明息息相关，请允许我提一提这个史实。我们不是听说过嘛，多亏有了种植葡萄和酿造葡萄酒的艺术，人类才脱离野蛮状态，获得了文明进化；甚至时至今日，葡萄产地的民族据认为就要文明一些，或者自以为要比不种葡萄的民族，如那些基米利人①文明一些，这个事实肯定值得注意。因为它证明，文明根本不是理智和头脑清醒的产物，而是与兴奋、陶醉和醺醺然的感觉关系密切。——对于这件事情，如果允许我自由地向您提出问题，难道尊意不也是如此吗？"

---

① 基米利人，古代生活在黑海北岸的民族。

好一个滑头，这汉斯·卡斯托普；或者以塞特姆布里尼作家的文雅方式表达，好一个"机灵鬼"！与大人物打交道不检点甚至放肆，随后需要找台阶下，又变得灵活乖巧起来。首先，在十万火急的形势下，他灵机一动，十分得体地为酗酒作了一番辩解，然后顺口把话题进一步引到"文明"上头，而这与眼下荷兰绅士佩佩尔科恩那气势汹汹的架势，正好是风马牛不相及的；这样就瓦解了它，使它变得不合时宜，接着又再给下不来台的大人物提出了一个问题，对这个问题，他可是不能够用举着的拳头进行回答的。荷兰老头儿呢，也缓和了暴怒的千钧一发之势，慢慢把胳膊放下来搁在桌上，脑袋缩小了，"算你运气！"在他那余怒未消的表情中，明明写着这几个字。一场风暴终于散去，加之舒舍夫人这时也插进来，提醒她的旅伴，大伙儿玩得已不那么带劲儿啦。

"亲爱的朋友，瞧您怠慢了您的客人，"她操着法语说，"您只顾着跟这位先生讲话，您无疑有重要的问题与他解决。可是差不多已经停止玩儿牌，大伙儿都无聊了。我看今晚就到此为止吧。"

佩佩尔科恩立刻转而注意一帮子牌友。可不是嘛，一个个没精打采，萎靡不振，麻木迟钝；就像一个班级没有了老师的监督，客人们都爱干什么干什么。有几位已经快睡着了。佩佩尔科恩立刻收紧缰绳，控制局面。"诸位！诸位！"他高举食指，放开嗓门儿。他那指甲尖长的食指既像一把挥动的指挥刀，也像一面旗帜；他的叫声就像一位指挥官为了制止士兵溃逃而发出的呐喊："不是胆小鬼的，跟我冲！"又是他个人的威信马上发挥了警醒和凝聚作用。大伙儿振作起来，麻木的面孔恢复了精神，一个个都冲着威严的主人微笑点头，冲着他那黯淡的目光和偶像似的满额头皱纹微笑点头。他重又镇住众人，逼着他们重新为他服役，以他那食指弯下来与拇指扣成的圆圈，以他那耸峙一旁的指甲尖长的其他指头。他伸开船长般的大手，既似在护卫，又像在阻止，痛苦皲裂的唇间蹦出来一些支离破碎、莫名其妙的话语，它们借助着他的身份威望，牢牢地统治着人们的心灵。

"诸位……好啦。肉卷儿，诸位，反正嘛……解决了。不，请允许我……'软弱无力'，书里这么写着。'软弱无力'，这意味着不能满足要求……可我呼呼你们……干脆讲吧，我呼—吁—你—们。你们会对我说，睡眠……好啊，诸位，毫无问题，实在太好了。我喜欢并尊重睡眠。它深沉、甜蜜并且提精神，我崇敬睡的欲望。睡眠也属于——您怎么说呢，年轻人？——传统的生活乐趣，最原始、最古老的……对不起……最高级的生活乐趣，女士们，先生们。不过请注意，请记住：客西马尼[①]！于是招来了彼得和西庇太的两个儿子，对他们说：'你们等在这里，同我一起苏醒！'诸位还记得吗？随后又来到他们那边，发现他们睡着了，就对彼得讲：'你们不能跟我一块儿清醒一个钟头吗？'打起精神，诸位。透彻喽。感人喽。再去看，发现他们还是睡着了，一个个睡眼蒙眬。便对他们说：'嗨，你们真想睡，真想休息吗？'瞧吧，时候到了……[②]诸位，透彻哦，感人肺腑哦！"

[①] 客西马尼是耶路撒冷郊外的一个地方，相传耶稣和门徒曾在此聚集。
[②] 这一段讲得没头没脑的典故，出自《圣经·新约·马太福音》第26章第36节，说的是耶稣同门徒在客西马尼园祷告的事。

确确实实，大伙儿在内心深处受到了感动，感到了羞耻。荷兰老头儿在胸前挂着的长胡须上面捧起双手，歪斜地耷拉着脑袋。由于他皲裂的嘴唇讲到了孤独地死亡的痛苦，他黯淡的目光也变得散乱了。施托尔太太抽噎起来。马格努斯太太深长地叹了一口气。帕拉范特检察官则感到义不容辞，应该作为代表，也即是以大伙儿的名义讲几句话，便压低了嗓音，向尊敬的东道主做出保证，大伙儿一定追随在他后面。他那方面一定是产生了误解。大伙儿不是都精神爽朗，快快活活，一门心思地在玩儿牌对不对！这是一个美好而充满节庆气氛、无论如何也不平常的夜晚啊，——人人都明白和感觉到了这点，还有谁哪怕会一时半会儿地想到去睡什么觉来着。佩佩尔科恩阁下真可以信赖他的这些客人，信赖他们中的每一个。

"很好很好！好极了！"佩佩尔科恩叫着，身板儿也挺直起来。他放松捧在一起的双手，分开它们，高举过头，斜伸向上，掌心冲外，样子就像异教徒在祈祷。他堂堂的仪表适才还因为神的痛苦而阴云密布，现在一下子重新容光焕发，笑逐颜开，面孔上竟突然间多出来一种西巴里斯人[①]的笑靥。"罪过啊……"他吩咐给他送来了菜单，随后则戴上角质的夹鼻眼镜，中间的夹子高高凸起在他的额头上。他点了香槟酒，三瓶穆姆与其合伙人公司产的"红绳"牌酒，不带甜味的，还上了一些精美的圆锥形小甜点，外面浇注着五颜六色的糖汁儿，皮儿脆脆的，里面有巧克力

---

① 西巴里斯人，意大利南部的一个古老民族，历史上以生活奢侈著称。

和奶油夹心，一个个下边都垫着带花边的小纸碟儿。施托尔太太在享用时舔遍了所有指头。阿尔宾先生则慢条斯理地依照程序开启第一个瓶塞，先掰开了卡住它的铁丝夹子，那蘑菇形的软木塞于是滑出装饰得很好看的瓶颈，像儿童手枪似的啵儿的一声射到天花板上，随后他再遵循着高贵的传统，在给大家斟酒之前先用餐巾裹起了酒瓶。珍贵的泡沫浸湿了小搁桌的亚麻桌布。大肚高脚杯碰出叮当的响声，一口干掉了头一杯酒，喷香、冰凉的刺激感让胃脏有了触电的滋味。眼睛全都闪闪发光。赌博停下来了，可却没谁顾得上收拾桌上的钱和扑克牌。在座的全体都享受着无所事事的惬意闲适，只是你一言我一语，东拉西扯地说着废话；就每一个人而言，谈的内容都是感受提高了的结果，在原始状态下也该是再美妙不过的，只是在说出来的过程中却笨嘴拙舌，支离破碎，杂七杂八，有的出格冒失，有的莫名其妙，让头脑清醒的人听起来只会又羞又恼，当事者们却不以为忤，满不在乎，因为全都已经昏昏然处于不负责任状态。马格努斯太太面红耳赤，不打自招，承认已感觉全身都燃烧着生命之火；马格努斯先生看来却不喜欢她这说法。赫尔米娜·克勒费特小姐背靠在阿尔宾先生的肩上，端着高脚杯让他给她斟酒。佩佩尔科恩以指甲蓄得又尖又长的手打着优雅的手势指挥着酒神祭，关照着美食美酒的源源不断的补充。香槟之后他又叫上咖啡，浓度加大一倍的麦加咖啡，合着一起喝的是"面包"加甜酒，即杏仁白兰地和法国荨麻酒，以及专供太太们享用的香草奶油和樱桃酒。后来还上了酸鱼片和啤酒，最后则上的是茶，而且既有中国茶也有甘菊茶，因为有的人不愿意老喝香槟酒或者利口酒，也不肯再倒回去饮烈性葡萄酒。这些人不像荷兰绅士佩佩尔科恩，半夜以后还拉着舒舍夫人和汉斯·卡斯托普，兴致不减地继续喝一种又纯又烈的瑞士红酒，而且真是酒瘾十足地一杯接一杯往肚里灌。

大伙儿坚持坐到了午夜一点以后，原因嘛，部分是醉得动弹不了啦，部分是确实喜欢像这样子打发掉夜晚的时光，部分是为佩佩尔科恩的个人魅力所吸引，再有就是他以彼得及其师兄弟为例子作了告诫，谁也不愿当那懦弱的孬种了。一般地讲，女士们的表现要好一些。男士们一个个脸红脸白，腿都伸得老远，鼓着腮帮子，只能勉强过一会儿再机械地端一端酒杯，已经失去了真正的兴致，女士们却显然活跃一些。赫尔米娜·克勒费特小姐以两只赤裸的胳膊肘撑着桌面，双手捧着脸颊，笑着咧开了嘴，让丁富博士嘻嘻嘻地欣赏她的假牙。为了让帕拉范特检察官始终打起精神，施托尔太太起劲儿地耸动肩膀，缩紧下巴，对他卖弄风情。马格努斯太太走得更远，她坐在了阿尔宾先生怀里，两手还扯着人家的耳朵，谁知马格努斯先生看样子竟反倒感觉轻松。有人提议安东·卡尔洛维奇·费尔格讲一讲他做胸膜炎手术的遭遇，他呢，舌头已不听使唤，只好老老实实承认失败，于是便众口同声地喊着要罚他的酒。魏萨尔更痛哭流涕，可舌头同样也已经转不动，没法让病友们窥见自己心灵深处的哀伤悲苦，只是在又喝了一些咖啡和白兰地之后才回过神来，不过他那发自胸中的呜咽悲泣，那皱缩的、泪水滴答的下巴的哆嗦颤抖，引起了佩佩尔科恩的极大兴趣；他举起食指，皱着额头，要求在座各位都来关注魏萨尔目前的状态。

"这叫……"他说,"这可真是……不,请允许我:神圣啊!擦干他的下巴,孩子,用我的餐巾!或者,不,就这样更好!他本人也拒绝擦。诸位,诸位……神圣啊!从哪个角度看都神圣,基督教的角度也罢,异教的角度也罢!一个原初现象!最早的现象……至高无上……不,不,简直是……"

这"简直是……""毕竟是……"构成了他用以操控聚会进程、诠释活动意义的发言基调;与此同时,他一边讲,一边打着精确、优雅的手势,尽管它们也显得有些怪诞。例如,他把食指和拇指弯起来扣成一个圆环,高高举在耳朵的上方,同时挺逗地歪起个脑袋,就叫人感觉他活像个上了年纪的异教祭师,正撩起身上穿的法衣,在祭坛前面奇妙而优雅地跳舞哩。随后他又会大模大样地瘫坐着,用胳臂搂着邻座的椅子靠背,讲一则谁都不能不听、谁都不能不为之惊愕的故事:那是一个寒冷、幽暗的冬季的早晨,咱们夜间照明的小灯散射出黄色的光晕,透过玻璃窗照着兀立在野外刺骨的晨雾中的枯枝,乌鸦声声惨叫……这原本是些平淡无奇的日常现象,可他就凭着生动的想象和暗示,让大家的感受强烈得不寒而栗,特别是他竟想到提醒大家,让他们回忆回忆大清早把海绵里冰凉的水挤进脖子是个啥滋味儿,并且讲这就叫神圣。这仅仅是一则题外话,仅仅是一个重视生活感受的例子,仅仅是一首引起幻想的幕间曲;他之所以讲它,不过为了表明尽管夜已深了,他却仍旧精神集中,待客殷勤。对于女性,不管长相如何,只要接触到的他都不加选择,一视同仁地表现出爱慕之情。对餐厅那位女侏儒他也殷勤有加，害得这畸形儿已显老相的特大面孔笑出了一大堆皱褶；他大肆恭维施托尔夫人，这俗不可耐的女人于是肩膀耸得更来劲儿，卖弄风情到了疯狂的地步；他请求克勒费特小姐吻他歪斜的大嘴，甚至与不可救药的马格努斯太太调情——这一切的一切，却又不妨碍他对自己那位旅伴的温柔恭顺，时不时地捧起她的手来诚恳、殷勤地吻一吻。"美酒……"他说，"女人……这可是……这毕竟是……请允许我……世界末日……客西马尼……"

将近两点的时候，突然传来消息：老头子也就是讲宫廷顾问贝伦斯，正大步流星地奔游艺厅来了。神经过敏的赌友们顿时惊慌失措，乱作一团。椅子和冰酒桶纷纷被撞翻倒。一些人穿过阅览室逃走了。佩佩尔科恩生命的佳节被突然冲散了，他因此怒不可遏，用拳头狠狠捶打着桌子，冲着那些逃兵的脊背大骂"胆小鬼""奴仆"什么的，不过，在一定程度上仍然接受了舒舍夫人和卡斯托普的抚慰：他们提醒他宴会已经持续了六个钟头，好歹都得有个结束；他也听从去睡睡觉养养神的劝告，同意了扶他上床去。

"扶住我，宝贝儿！你扶另外一边，年轻人！"他要求舒舍夫人和卡斯托普。于是他俩帮助他从椅子里撑起笨重的身体来，用臂膀把他架住；他呢便吊在两人之间向前迈步，大脑袋歪在高高耸着的一只肩膀上，步子跟跟跄跄，一会儿把这边的搀扶者挤到一旁，一会儿把那边的搀扶者挤到边上。这样让人领着、扶着去睡觉，归根结底是只有他才能享受的国王待遇啊。看样子如果需要，他自个儿也一样可以走；他鄙视这样勉为其难，其意义，是的，小而又小，微乎其微，不过就是怕难为情而掩饰醉态罢啦。他呀显然才没有什么难为情呢，相反倒非常非常喜欢这个样子：能歪歪倒倒地把自己的侍从挤到右挤到左，不正是国王才能玩儿的游戏吗！半道儿上他发起感慨来：

"孩子们……胡来……我自然还一点儿没有……如果这时候……你们会看见的……真可笑……"

"真可笑！"卡斯托普附和着，"不过毫无疑问！咱们享受了传统的生活乐趣，这样随心所欲地歪来倒去，正是对它表示敬意啊。相反，一本正经……我可是也喝多了点儿，不过尽管醉了心里却明白，能扶您这么位大人物上床，真是特别荣幸，所以嘛，醉不醉对我甚至也没有影响，当然啰，要讲档次，我压根儿又比不了……"

"哎，你这个饶舌的小鬼儿。"佩佩尔科恩说着身子一倒，把他挤到了栏杆上，随之却将克拉芙迪娅带到了身边。

显而易见，宫廷顾问到来的传言纯属放空炮。也许是那小不点儿服务生太疲倦，为了赶跑聚会的客人便造了这个谣。考虑到这个情况佩佩尔科恩又站住脚，打算回转身去接着喝；然而左右两边都劝他还是睡觉好一些，这样他方才继续往前挪动脚步。

个子小小的马来仆人上边打着白领带，脚下穿着黑缎子便鞋，站在套间门外的走廊上迎候着自己的主子，一见他到来便一只手按着胸口，深深地鞠了一躬。

"相互亲吻，你们！"佩佩尔科恩命令道。"最后吻吻这可爱的女士吧，年轻人！"他吩咐汉斯·卡斯托普。"她一点儿不会反对，将回答你的吻。吻吧，为了我的安康，也经过我的允许！"他说。可是，汉斯·卡斯托普坚持拒绝吻。

"不，陛下！"他回答，"请原谅，这样不行。"

佩佩尔科恩倚靠着自己的贴身侍从，额头上的皱纹牵得高高的，要求知道为什么不行。

"因为我和您的旅伴不可以相互吻额头呗，"汉斯·卡斯托普回答，"我希望好好睡上一觉！不，这纯粹是胡说，从哪方面看都是胡说。"

然而，由于舒舍夫人也已经回自己房间，佩佩尔科恩便只好放走不听话的青年。生来就统治人的他不习惯别人的忤逆却偏偏遇上忤逆，自然大为惊讶，于是乎皱着额头站在那儿，目光越过自己的肩膀和马来人的肩膀，盯住卡斯托普的背影发呆了好一会儿。

荷兰绅士佩佩尔科恩（续）

整个冬天——就冬季还剩下的天数而言——荷兰绅士佩佩尔科恩都住在"山庄"疗养院，一直住到来年开了春，这样，他就最后还参加了院里的一次集体郊游——塞特姆布里尼和纳夫塔也跟着去了，去弗吕拉山谷观赏瀑布……干吗"最后还"？难道以后他就不在了吗？——是的，不在了。——他走啦？——又对又不对。——什么又对又不对？拜托，别卖关子好不好！人家知道自我克制。约阿希姆·齐姆逊少尉不是死了吗？更别提其他许多不足道的死之舞者啦。面目不清的佩佩尔科恩这么说也让恶性疟疾撂倒了？——不，他没有这样，可干吗这么着急呢？生活和讲故事始终得遵循一个原则，那就是没有什么事情是一蹴而就；人由神所决定的认识事物的形式，永远不可抗拒！至少在咱们故事的性质允许的范围内，让咱们尊重时间的法则吧！事实是已经尊重得很不够，简直到了手忙脚乱的地步！或许这么讲太夸张了，那就改说搞得急急忙忙的吧！一枚小小的指针计量着我们的时间，嘀嘀嗒嗒地仿佛计算着一秒又一秒，它冷冰冰地，永不停息地，跳过一个黑点又一个黑点，每跳一次只有上帝才知道意味着什么。可以肯定的只是，我们在这山上已经待了好几年，待得已经脑袋发晕；因为这里虽然没有鸦片和大麻，却是个罪恶的所在，道德法庭将替我们作这样的宣判，——然而，我们竟有意让清明的理智和严谨的逻辑，去面对最糟糕的迷茫蒙昧状态！应当承认，我们不是偶然挑选了纳夫塔和塞特姆布里尼这样的思想者来打交道；要不然，围绕着我们的恐怕就净是些佩佩尔科恩似的糊里糊涂的人。这样一来，自然会形成一个对比；而对比的结果，在某些方面，尤其是在规格尺寸这一点上，又不能不说对后来的这个人物更有利。甚至就连躺在自己房间阳台上的汉斯·卡斯托普，也作如是观，也不得不对自己承认：那两位热衷于争夺他可怜的灵魂的教育家，在佩佩尔科恩身旁一站几乎变成了侏儒，以致他卡斯托普真想称两位雄辩家作"饶舌的小鬼儿"，就像这位国王在醉醺醺地作弄他时叫过他的那样。真是太好了，太幸运了，通过在山上接受封闭式教育，他也接触了佩佩尔科恩这样一个真正地道的人物。

　　这个人物登上舞台是作为克拉芙迪娅·舒舍夫人的旅伴,也即作为一个巨大的干扰,当然本身就成了问题;不过汉斯·卡斯托普在做出评价时,并未因此头脑迷糊。我们重申一下,当他诚实地尊敬,甚至是勇敢地同情一个有品位的人时,他的确是不迷糊,——何况仅仅因为这人与那个在狂欢之夜曾经借给他一支铅笔的女人,把旅费放在了一起开销。这不合他的脾气,——在此我们完全应该估计到,在咱们的圈子里会有这位先生那位女士反感他的"无动于衷",而宁愿见到他恨佩佩尔科恩,避免与此人接触,在心眼儿里称他为一头老蠢驴,一个连话都讲不清楚的老酒鬼,而不是在他发疟疾的时候去探望他,坐在他病床边和他聊天——"聊天"一词当然只适于形容卡斯托普对谈话的参与,大模大样的佩佩尔科恩则根本说不上,并在一个旅行者的求知欲望驱使下,来接受他人格的熏陶感染。可他就这么干了,而眼下我们据实陈述,也就不在乎有人可能联想到斐迪南·魏萨尔,联想到他曾经可怜巴巴地替卡斯托普抱双排扣的大衣。这样的联想毫无意义,咱们的主人公并非魏萨尔。装可怜相乃至痛彻肺腑不是他的事。他因此成不了"英雄"[①],也就是说:他跟男人的关系不以女人为转移。我们仍旧忠于既不美化也不丑化他的实事求是原则,肯定地指出他没有为众人所左右。他没有在浪漫传奇的影响

[①] Der Held 一词在德语中既有"主人公"也有"英雄"的意思;文中加了引号的英雄,意在讽刺情场上的争风吃醋者。

下对同一性别的人失之公正，失去在爱情方面增加阅历、接受教训的愿望，并非因为他有清楚、自觉的认识，而完全是出自纯朴的天性。他这样做可能叫女士们不高兴。我们相信舒舍夫人心里就禁不住恼火；从她嘴里不经意吐出来的尖刻评语——这句那句的具体内容暂且不表，就可得出如此结论。可也许正是卡斯托普的这一个性，使他成为了很适合教育者争夺的对象。

皮特·佩佩尔科恩经常病得下不了床；因此在那晚上玩儿牌和喝香槟之后马上病倒了，就丝毫不奇怪。那漫长而紧张的吃喝欢聚，叫所有的参加者都感不适，汉斯·卡斯托普也不例外，他头痛得很厉害；可是尽管有这点儿麻烦，仍未能阻止他去探视昨晚的东道主。在二楼的走廊里遇见那个马来仆人，他立刻让他进去向佩佩尔科恩通报，他回来说主人表示欢迎他光临。

他跨进荷兰人住的有两张床的卧室，将它与舒舍夫人的卧室隔开来的是中间的一个客厅。与"山庄"的标准病房比较起来，卡斯托普发现其优越在于更加宽敞，装饰也更华丽。圈椅里配的是缎面软垫，桌子的腿儿都是弯曲的，脚下铺着厚软的地毯，床铺也不是医院那种通常睡过死人但却卫生洁净的标准床，而也堪称豪华：床架是抛过光的樱桃木做成，包裹着黄铜饰件，两张床共有着小小一方蓝天也就是一顶华盖，但旁边却没有帐幔。

佩佩尔科恩仰卧在其中一张床上，红缎羽绒被上面摆着书籍、报纸和信函；老先生正戴着撑得高高的骨质夹鼻眼镜，在那儿读《电讯报》。挨着摆放在灯柜上的药瓶药杯，在他身边的一张椅子上放着咖啡具和半瓶红葡萄酒，也就是昨晚那种自然冒泡泡的酒。令汉斯·卡斯托普略感意外的是他没穿白衬衫,而套着件袖口有扣子扣着的大圆领长袖毛衣,毛衣便紧紧贴在老先生宽宽的肩膀和结实的胸脯上,加之硕大的脑袋又枕得高高的,这身装束就显得有些超凡脱俗,使他看上去既有些像个普通劳动者,又有些像一尊永垂不朽的半身雕像。

"完完全全喽,年轻人,"他说,说时抇着骨质夹鼻眼睛高高的架子,把它取了下来,"请你完全……一点儿没事。相反。"

汉斯·卡斯托普坐到了他的旁边,以亲切的瞎聊掩饰着关切和惊异;而事实上,公正的评价使年轻人对他产生的,甚至是真正的钦佩之情。佩佩尔科恩呢,只能打着给人印象深刻的手势,说着支离破碎的大话,勉强在那里应对。他看上去挺够呛,面色发黄,困倦憔悴,很难受的样子。天快亮的时候突然发高烧,发烧引起浑身无力,与醉酒的后果加在一起令他格外难受。

"昨晚咱们是太……"他说,"不不,请允许我……真是够呛!您还——算好,不过如此……可我这年龄,我这破身体……我的宝贝儿,"他转而朝着正从客厅里走进来的舒舍夫人,既温柔又坚定地道,"……一切都好,可是我对您重申,要是注意一些更好,要是当时坚决阻止了我……"说到这几个字,他的表情和嗓音似乎又蕴含着王者的愤怒。可是要衡量出他刚才的责怪多么没道理,多么不理性,只需设想设想,如果当初真的阻止了他喝酒,那还不知道会暴发一场怎样的风暴啊。这大概就是大人物德性。对此舒舍夫人似乎也听之任之,径直与站起身来的汉斯·卡斯托普打了个招呼;只是并未伸手给他,而仅只微微一笑，点了点头，请"您尽管"坐着好啦，"可千万别"打搅了他跟佩佩尔科恩先生的谈话……她在房里东搞搞西摸摸，吩咐仆人收拾走了咖啡具，自己离开了一会儿，接着又脚步轻轻地踅回来，站着参加了一会儿谈话——或者让我们转述汉斯·卡斯托普的大致印象，监视了一会儿。当然喽！她可以跟一位大人物成双作对地返回"山庄"，一个在这里苦苦等候她的人现在来对大人物表示一点儿应有的敬意，男人对男人的敬意，她就已表现出不安，就说些尖酸刻薄的话，什么"您尽管"啊，"可千万别"啊什么什么的。汉斯·卡斯托普莞尔一笑，埋下脑袋以掩盖笑容，内心却因高兴而感到热乎乎的。

佩佩尔科恩拿灯柜上的葡萄酒给他斟了一杯。在今天这种情况下，荷兰绅士以为最好不过是接着昨天晚上不停地喝下去，这样葡萄酒就会有与苏打水相同的功效。他跟汉斯·卡斯托普碰了一下杯；卡斯托普呢边喝边打量他，看见他在对面抬起布满色斑、指甲尖长的船长大手，手腕上的毛衣袖口紧紧扣着，把酒杯举得高高的，让宽而皲裂的嘴唇靠到杯沿上，然后上下蠕动着那既像劳动者又似雕像的喉结，咕嘟咕嘟地把酒咽下去。他们随后谈到灯柜上放着的药水，即一种褐色的液体，在舒舍夫人的督促下，老先生喝了它满满一勺，——这是一种退烧药，以奎宁为基本成分；佩佩尔科恩给客人尝了一点点，让他也了解了解这种药极特别的、既苦且香的滋味儿，接着发表了好些称赞奎宁的言论，说它不但能抑制细菌的生长，有良好的解热效果，还完全应当视作一剂滋补强身的良药：它能减少蛋白质的代谢，促进营养状况改善，简言之，是一种真正的清凉药，一种富有奇效的滋补剂、醒脑剂和提神剂，——除此而外，还同样是一种麻醉药，人喝了很容易有些个醺醺然，他说。说时又像昨天似的大做手势猛晃脑袋，样子滑稽得像个正在跳神的异教祭师。

是啊，这金鸡纳霜树皮真是一种奇妙的植物！——咱们这个大陆的药物学对它有所了解还不到三百年；化学发现奎宁也即真正构成金鸡纳霜疗效基础的生物碱，还不到一百年——发现并进行了一定程度的分析；因为时至今日，化学还不能说已经完全掌握其结构成分，或者讲可以人工合成奎宁。对奎宁以及其他一些事物，咱们的药物学一直不曾夸大其词，吹嘘自己什么都知道，这样很好；事实上它是了解一些物质的作用，知道它们的这种那种药力，但是要细究药力的基础和根源，又常常会陷它于尴尬状态。年轻人不妨看一看毒物学：谁也没法给他讲清楚，那些决定所谓毒物毒性的基本特性到底怎么样。例如蛇毒吧，人们知道的不过仅仅是，这种动物性物质属于蛋白化合物的系列，由不同的蛋白体组成，但是只有在一定——也就是完全不确定——的组合方式中才能产生剧烈的毒性；人们对于蛇毒侵入血液循环系统造成的破坏性效果感到惊讶，是因为不习惯把蛋白质与毒物联系在一起。殊不知毒物世界，说着佩佩尔科恩从枕头上抬起他那目光黯淡、皱纹如阿拉伯花饰的大脑袋，高高举着我们已经熟悉的指圈和指矛，——殊不知所有物质情况都一个样，就是生命与死亡总是相反相成，物质都同时既是食粮又是毒药；药物学和毒物学完全是同一种学问，治病的可以是毒物；作为生命依托的物质，在一定情况下也能于转瞬之间置人于死地。

关于食粮和毒物，佩佩尔科恩说得既中肯又难得地连贯，汉斯·卡斯托普歪起脑袋听着，不住地点头。他看上去似乎挺关心谈话的内容，其实呢他真正动脑筋的不是这个，而是悄悄地想弄清楚佩佩尔科恩其人究竟魅力何在，因为归根到底，这也跟蛇毒的毒性一样，没法子解释啊。矛盾变化，佩佩尔科恩说，乃物质世界的一切；除此之外，什么都是有条件的。奎宁也是一种可治病的毒物，而且毒性巨大。四克奎宁就会使人耳聋、晕眩、呼吸急促，还会像阿托品似的造成视力障碍，像酒精一样叫人迷醉，因此奎宁生产厂的工人老是眼睛发炎、嘴唇肿胀、皮肤上长疱疹。接着他讲到金鸡纳霜树也就是奎宁树，讲到它的原生地海拔三千米的南美洲冈底斯山原始丛林，说是很晚很晚，它的树皮才传入西班牙，并叫作"耶稣会传教士药粉"；而南美洲的土著民族，却早已熟知这种树皮的巨大效力。老先生描述着荷兰政府在爪哇岛经营的大规模奎宁种植园，说每年都从该岛用船将数百万磅形同肉桂的红色树皮卷，运到了阿姆斯特丹和伦敦……这种木本植物的树皮，也就是从表皮到形成层，整个都一样，拿佩佩尔科恩的话来说，都有着格外强烈巨大的能动性，即既可以是有益的，也可以是有害的，——在谙熟毒物学方面，有色人种远远胜过了我们白种人。在新几内亚东边的一些岛屿上，年轻人会从一种特别的树皮中提炼媚药；这种树多半是一种毒树，就像爪哇岛那种类似曼扎尼蜡树的昂提亚丽斯树，能以散发出的气息毒化周围的空气，致使人和动物昏迷麻木。也就是他们把这种树的皮碾成粉末，混入椰子果核的碎屑，再把混合成的粉屑裹在树叶里进行烘烤。最后，他们得趁着对自己冷淡的意中人正在睡梦之中，把调成了汁的粉末洒在她的脸上，这样一来，她就会春心荡漾，对洒药水的小伙子燃起如火的热情。有些时候，毒性是藏在树根皮里，例如马来群岛有一种攀缘植物，名叫"斯特利西诺斯丢德"，当地人拿它的根皮掺上蛇毒，制成叫"乌帕斯"的毒药，把药涂在（例如）箭头上面，就会有见血封喉似的置人于死地的神速效果；至于为什么这样，就没有谁能给年轻的汉斯·卡斯托普解释清楚喽。清楚的只是，"乌帕斯"跟马钱子碱种属相近……说着佩佩尔科恩在床上完全坐了起来，时不时地用微微颤抖的船长大手端起酒杯，把酒送到皲裂的唇边大口大口地喝，似乎渴得很是厉害。他讲到了印尼南部科罗曼德尔海岸边生长的马钱子树，说从它的橘黄色浆果也就是马钱子里，可以提炼出一种毒性最厉害的生物碱即马钱子碱，——又讲树枝呈炭灰色，树叶亮得耀眼，花则是黄绿黄绿的，说时声音低得如在耳语，额头皱得老高老深，于是年轻的卡斯托普眼前出现了一棵色彩斑驳、性质诡异的怪树形象，心里整个儿充满了阴森恐怖的感觉。

这时候，舒舍夫人也开始进行干预了。她道：谈话使佩佩尔科恩先生疲乏，可能又会发起烧来的，尽管她十分不乐意打断他们的会谈，却仍不得不请汉斯·卡斯托普这次到此为止。卡斯托普自然是从命。不过在随后的几个月中，一当老人间歇性地发过了烧之后，他还是经常坐在这位王者的床边，舒舍夫人呢时去时来，要么稍微监督一下谈话，要么也参与进来说上几句；在佩佩尔科恩不发烧的日子，卡斯托普也跟他和他那珠光宝气的旅伴共度了许多时光。要知道，荷兰老头儿除非实在下不了床，就难得放过机会，不轮换着邀约这帮那帮病友，在晚饭后聚在一块儿赌钱、喝酒或进行种种其他好玩儿的活动，地点要么和上次一样在谈话室，要么就在餐厅；如果在餐厅，那么汉斯·卡斯托普通常都坐在随随便便的女人和大模大样的绅士之间。即使是室外活动，他也总是和他俩在一起，经常一起外出散步，参加散步的多半还有费尔格先生和魏萨尔先生，不久以后塞特姆布里尼和纳夫塔也加入了进来，因为难免不碰上这一对儿精神上的对手，而介绍他俩与佩佩尔科恩认识，同时也最终与克拉芙迪娅·舒舍夫人认识，在汉斯·卡斯托普看来乃是自己的荣幸。卡斯托普完全不用担心这两位论战者是否欢迎与他们结识和交往，心里暗暗相信他们既然需要一个教育对象，就一定不肯放弃各自在他面前阐明立场观点的机会，为此尽管并不情愿当他们的随从，也只好认了。

卡斯托普没有想错，他的朋友圈子色彩驳杂，作为其成员的起码条件就是得容忍异己，习惯于相互之间不习惯：在他们的关系里，自然有够多的隔膜、紧张乃至暗中的敌意，因此我们很奇怪，咱们微不足道的主人公怎么可能把他们聚集在周围。对此，我们的解释是他生来具有某种豁达、圆通的性格，因此觉得谁的话都"值得听听"，这就使他有了所谓凝聚力，不但自己能团结形形色色的人物，甚至还在一定程度上把他们也相互聚合在了一起。

关系错综复杂得令人惊异啊！为了哪怕只是暂时看清全貌，咱们忍不住要来理理这团乱麻，并且是借汉斯·卡斯托普那圆通、豁达的眼睛；在散步途中，他总用自己这双眼睛观察人与人的关系。比如可怜的魏萨尔，他苦苦暗恋着舒舍夫人，对佩佩尔科恩和汉斯·卡斯托普都五体投地，低声下气，因为一个是眼下的国王，一个是昔日的胜利者。又比如克拉芙迪娅·舒舍，这位举止优雅、步履轻盈的女病友和旅游者，而今成了佩佩尔科恩的人，而且肯定是出于自己的考虑，虽说在很久以前的狂欢之夜曾有过一个向她献殷勤的骑士，现在此人却跟她的主宰者相处融洽，叫这女人看在眼里也总有些惴惴不安，心头老感觉酸溜溜的。这样的积郁不安，是否也让人想起决定着她与塞特姆布里尼关系的同一种情绪呢？她受不了这个牛皮大王和人文主义者，骂他傲慢，骂他不近人情。年轻的汉斯·卡斯托普这位好为人师的朋友，她一点儿不懂他的地中海土话，就像他同样不会她的母语俄语，只是所感到的轻蔑肯定要比她少些就是了；她可真想当面质问他，问他在那个狂欢之夜，正当小伙子准备走近她的时候，他在这位懂礼貌的年轻德国人，在这位长相漂亮、出身良好、肺上有个浸润点的小布尔乔亚耳朵背后，究竟嘀咕了些什么？汉斯·卡斯托普像人们形容的"一心一意"地爱着，可却并未享受到爱的快乐，相反倒有违禁之嫌，堕入了不理性的情感旋涡，因此没法用平原上那些和平宁静的小曲儿进行歌唱，——也就是说他爱得很狼狈，因此失去了人格独立，得俯首帖耳，忍气吞声，为他人役使，只不过即使在当奴隶的时候他这人仍保持了足够的圆滑，心里完全清楚自己的忠心耿耿，对于那位脚步滑溜、生着一双鞑靼狐媚眼的女病友，大概有多少价值，可能有多少价值；他自己不管多么忍气吞声，俯首帖耳，也看清了一个事实，就是她本身只注意到这种价值，原因倒可能是塞特姆布里尼先生对她的态度；拿人文主义的礼仪准则来衡量，他的态度只能说是明明白白地拒人于千里之外，要多恶劣有多恶劣，完全证实她对他的猜忌一点儿没错。糟糕的是，或者以汉斯·卡斯托普的眼睛来看不如说幸好是，还有她与列奥·纳夫塔的关系；这女人寄希望于这种关系，但却未能从中得到真正的补偿。尽管在纳夫塔这儿，她并未遇到塞特姆布里尼先生那种对她人格的原则否定，和他交谈的条件也优越得多：克拉芙迪娅和这位尖刻的小矮个儿，他们不时地单独在一起谈，谈书，谈政治哲学问题，在看问题偏激这点倒算志同道合；汉斯·卡斯托普只是忠心耿耿地旁听。不过，像所有暴发户都小心翼翼一样，这位暴发户也小心翼翼地迎合着她，而迎合之中却流露出某种带贵族意味的保留，这很可能让她给察觉出来了；他那源于西班牙的恐怖主义思想，跟她那随手摔门的"近乎人情"的大而化之，也根本风马牛不相及。再加上最后也最微妙的一点，是她以女性的敏锐必然感觉出来——感觉之清楚一如她那个狂欢之夜的"骑士"，塞特姆布里尼和纳夫塔这两个对手竟然都对她暗暗怀着仇恨，而这仇恨的根源，竟然是他们跟他汉斯·卡斯托普的关系：这个女人成了教育者眼中的破坏和干扰因素，因此使他们不快，造成内心深处对她的敌意，而反过来倒让他们沆瀣一气，从而化解了两人在教育观点上的严重分歧。

这样的一种敌意，在两位诡辩学者对佩佩尔科恩的态度中是否也有所流露呢？汉斯·卡斯托普相信有，这也许是因为他正幸灾乐祸地等着出这种事，急不可待地要把这位结巴国王和他的两名"国务顾问"——老头子有时就这样戏称他俩——撮合到一起，以便对效果进行观察研究。到了空旷的所在，荷兰绅士让人觉得已不全像在房子里那么威严。额头上低低扣着顶软毡帽，遮盖了他白色火焰般的银发，一道道犁沟般的皱纹，仿佛使他的面孔整个变小了、萎缩了，甚至让他红红的大鼻子也失去了许多威严。还有他走起路来也远不如站着时神气：他习惯了每跨一小步都把整个沉重的身体，不，甚至连脑袋都偏到迈出的脚一边，结果就成了个慈祥和蔼的老爷爷，不再有王者气派；走着多半也不像站着那样身板挺直，而是个头儿矮了点儿。不过即使这样，他仍比塞特姆布里尼先生高些，比小矮子纳夫塔更是高出了一个头；——不过根据汉斯·卡斯托普推测，他的出现之所以令两位政治家自惭形秽，严重彻底地自惭形秽，原因还不止于此。

这就形成了压力，相比之下自惭形秽的压力。老练的观察者感觉得到，当事人无疑也感觉得到，不只是两位羸弱的辞令家，结巴国王也一个样。佩佩尔科恩对待纳夫塔和塞特姆布里尼格外客气，格外关照，表现出敬重的样子；如果卡斯托普不是充分认识到自己用词有碍国王崇高的身份，他真想称那样子实际上是挖苦讽刺。国王通常不屑于挖苦讽刺，——即使作为修辞艺术一种直截了当的、传统经典的手段也罢，更别提拐弯抹角了。如此这般，荷兰老头儿对待汉斯·卡斯托普的朋友的态度，更恰当的称呼就该是一种既委婉又有气势的嘲讽；它掩藏于略显过头的一本正经之下，或者干脆明明白白地表现了出来。"是——是——是——！"他可能会说，说时气势汹汹地用手指着他们一边，脑袋却转到了别处，皲裂的嘴唇挂着玩笑似的微笑。"这个嘛……这个这个……先生们，我提醒而未注意……脑子，脑子的，您明白！不——不，没有问题，太棒啦，这叫……可不明摆着……"两位对手以牙还牙，办法是彼此交换一下目光，然后一齐抬头望天，做出一副无可奈何的样子；他们把汉斯·卡斯托普拉进来一块儿干，但却让他给拒绝了。

塞特姆布里尼甚至开门见山地要自己学生表态，说明这位教育家已经沉不住气。

"可是，以上帝的名义，工程师，这确实是个愚蠢的老家伙！您认为他怎么样？他能使您长进吗？我简直搞不懂！事情完全明摆着——一点儿没什么值得夸耀，您所以容忍他，您所以与他交往，完全是为了与他眼下的情人交往。但是不可能看不见，您关心他甚至超过对她的关心。我恳求您，帮助我搞明白……"

汉斯·卡斯托普笑了起来。"绝对！"他回答，"毫无问题！反正是——请允许我说——好嘛！"说时甚至还企图模仿荷兰老头儿那些优雅的姿势。"是啊，是啊，"他继续笑着说，"您认为他愚蠢，塞特姆布里尼先生，反正是口齿不清、语无伦次，这在您看来也许更加糟糕吧。唉，愚蠢。世间的愚蠢形形色色，种类繁多，而机灵却算不得其中最好的……哈哈，我这可是个创造，我相信创造了一句名言。您欣赏它吗？"

"很好，我期待着您的第一部箴言集问世！也许现在还能及时向您提个请求：咱们不是时常思考某些谬论的反人类本质吗，希望您的集子中也能反映出咱们的这些思考。"

"遵命，塞特姆布里尼先生。绝对遵命。不过，您完全没看见我上面那句话正是针对着谬论。目的仅在于指出，要给'愚蠢'和'机灵'下定义，将会是……很难很难的啊。即是说：将造成困难。不对吗？两者极难区分开来，常常相互渗透转换……我了解，您憎恨神秘的混合，喜欢价值，喜欢判断，喜欢价值判断；我呢认为您完全正确。只不过这'愚蠢'和'机灵'的问题，它有时候整个都显得神秘，因此就不得不允许人关心神秘的事物，前提是存在对其尽可能穷根究底的真诚追求。我想对您提个问题。我问您：您能否认，他比我们所有人都高出一头吗？这话说得直了点儿，然而依我看，您不可能否认。他的确是比咱们强，而且还不知打哪儿获得了取笑咱们的权利。打哪儿？为什么？在什么范围内？当然不是凭借他的机灵。我承认，他根本说不上机灵。他反倒是个语无伦次、感情用事的家伙，感情正是他的法宝，——请原谅我这通俗的说法！我的意思是：他并非凭借机灵高出咱们一头，也既不是出自精神的原因，——您可别这么想，真的，完全没这回事儿，不过又并非出于身体的原因！不是因为他的肩膀宽得像位船长，不是看他胳膊粗、个头儿大，一拳可以打倒我们中的任何一个，——他压根儿想不到自己有这个能耐；就算想到了，咱们用几句文明的话，就足以使他心平气和……也就是说并非身体原因。当然当然，身体在这里无疑也有一定作用，——不是在胳膊粗、拳头大的意义上，而是在另外一种神秘的意义上，——一当身体掺和了进来，事情立刻就变得神秘了——；于是身体的就转化成精神的，反过来也一样，要想再区分就不可能了；于是就没法区分愚蠢与机灵，可是效果仍然存在，能动转换的效果，因此我们就相形见绌。为说清楚这个问题，我们只掌握着一个词语，它就是Persönlichkeit①。这个词也可以作平常的理解，例如说我们大家都是人物，——道德的人物，司法的人物，以及其他人物。不过呢，这儿所指并非这个，而是一种超越了愚蠢和机灵的神秘现象，对它必须允许人们给予关注，——一则为了尽可能对它穷根究底，再则也为尽可能提高自己的修养。您要重视价值，那归根到底，人格也正是一种正面积极的价值，我想，——比愚蠢和机灵都更积极，极度积极，绝对积极，如同生命；简而言之：人格是一种生命的价值，生命的热烈追求，应该时时受到关注。对于您有关愚蠢的说法，我以为就应该这样加以回答。"

一些时候以来，汉斯·卡斯托普在畅抒胸怀时已不再神情恍惚，语无伦次，甚至半途停顿。他一口气说到底，然后才压低嗓音，打上句号，虽然脸还通红，却已自己走自己的路。他不吭声了，塞特姆布里尼跟着却来个沉默的批评，让他有时间自己感到害臊；对此，卡斯托普原本是有些害怕的。塞特姆布里尼先生坚

---

① Persönlichkeit这个词在德语里通常有"富于个性的人""人物""大人物""名人"和"人格""个性"等多种意思。

持沉默了好一会儿，过后才说：

"您否认，您是在追逐怪异。可是您知道得很清楚，我同样不高兴看见您追逐神秘。您把人格说得神乎其神，就有沦为偶像崇拜的危险。您崇敬的是一个假面具罢了。您所见到的神秘，实质上只是诡诈，只是骗人的空洞形式之一，主宰肉体和容貌的精灵有时就喜欢用它们愚弄我们。您从来不曾跟戏子们打过交道吧？您不了解吧，这些优伶同一张脸孔既可以扮恺撒大帝，又可以扮歌德或者贝多芬；生着这样一张面孔的家伙当然幸运，可是一当张开嘴巴，立刻显出本来面目，不过是世界上一群最可怜的人。"

"好，自然的把戏，"汉斯·卡斯托普应道，"不过也不只是自然的把戏，不只是愚弄。要知道这些人既然成了戏子，那他们就必然有些天赋；天赋超乎愚蠢和机灵之上，甚至也是一种生命价值。荷兰绅士佩佩尔科恩也是有天赋的，不管您愿意讲什么；就凭借天赋，他胜过了我们所有的人。设若您安排纳夫塔先生坐在房里的一个角落，让他作一个极其值得听的报告，讲教皇格里高利一世和上帝之国，——另一个角落则站着佩佩尔科恩，嘴巴模样奇特，额头皱得老高，讲的仅只是'绝对！请允许我……行啦！'什么什么的。您会看见，人们将聚集在佩佩尔科恩周围，全部围绕着他；机灵的纳夫塔和他的上帝之国却完全是孤零零地坐在那里，尽管他口齿伶俐得能把死了的人说活，如像贝伦斯喜欢讲的……"

"真不害臊，竟以成败论优劣！"塞特姆布里尼先生告诫卡斯托普,"世人宁肯受骗上当。我不要求人们去聚集在纳夫塔周围。他是个阴险的煽动家。不过就您想象的场面而言,我却倾向于站到他的那边,并认为您为自己想象喝彩鼓掌很成问题。您这是蔑视明晰、精确和逻辑,蔑视人类连贯一气的言语!您蔑视它,以抬高某个江湖骗子的招摇撞骗,含沙射影,胡言乱语,——魔鬼绝对是已经把您……"

"不过我请您放心,他也经常能逻辑连贯地叙述事情,在他来了兴致的时候,"汉斯·卡斯托普说,"有次他顺便对我讲到一些药性矛盾的药物,讲到有些生长在亚洲的有毒树木,讲得如此生动有趣,简直叫人感到不寒而栗——有趣的事物总是带着点儿惊悚刺激的味道,只是有趣的原因主要不在事情本身,而更多地跟他的个人魅力有关:是这魅力使他的叙述让人同时感觉既惊悚刺激又十分有趣……"

"自然喽,出了名的亚洲迷嘛。确实,我拿不出这类稀奇古怪的东西侍候您。"塞特姆布里尼极其尖刻地回应道,吓得汉斯·卡斯托普赶紧声明:先生的讲话和教导不用说优点很多,只是表现在另外的方面罢了;再说呢,也没谁想到要相提并论,比较优劣,真比较了就会对双方都失之公正。然而意大利人给听岔了,也不再讲什么礼貌,接着就往下说:

"无论如何您得允许我赞赏您的就事论事,心平气和,工程师。您已经走到了荒唐的边沿,这您将会承认。最终一切毕竟都……这个老呆子抢走了您的贝亚特丽丝,——我实话实说吧。您呢?真叫闻所未闻。"

"性情差异啊，塞特姆布里尼先生。激情和血性方面的差异。自然喽，您是个南方人，多半会用毒药和匕首解决问题，反正会搞个轰轰烈烈，满城风雨，一句话，像斗鸡公那样。那肯定很有男子气，很有社交场中的男子气，并且风流潇洒。我的情况可是不一样。我完全没有这样的男子气，也不会把别的男子仅仅看成自己的情敌，——我也许根本不是个男人，但肯定不是这样的男人；我不知道为什么，这样的人我禁不住要称他们为'社交场中的人'。我问自己痛苦的心，我有什么责怪他的吗？他有意伤害我了吗？可是，侮辱必定有意，否则就不成其为侮辱。至于说到'伤害'，我同样坚持以有意为条件，这样我也没有了责备的权利；——特别是针对佩佩尔科恩，我更是根本没这个权利。因为第一，他是位人物，仅此一点就已经对女性们有了吸引力；第二，他不像我仅仅是个老百姓，而在一定意义上跟我的表兄一样，是个军人，意思就是讲他享有荣誉，好似肩章上挂着象征荣誉的流苏，而这，就是感情，就是活力……我胡扯些什么呀；不过，我宁肯胡扯一下，摆出些半生不熟的难以咀嚼的话题，也觉得比四平八稳的老生常谈要好，——而这，要是允许我讲，没准儿也算我个性中的一点儿军人气质吧……"

"您尽管讲好啦，"塞特姆布里尼先生点点头说，"没任何条件，这样的气质值得称道。认识到它并且表达出来，这就是文学，这就是人道主义……"

就这样，他们也算好说好散，结束了讨论；塞特姆布里尼先生最后摆出和解的姿态，自有充分的理由和原因：他的立场并非完全无懈可击，一味地强硬下去绝不是什么上策；争论涉及男女关系的嫉妒，这个话题他可是把握不住；在一定的情况下，他本来不得不回答，鉴于自己的教育者身份，他与男性的关系也不完全是社交场中的斗鸡公类型，因此强有力的佩佩尔科恩对他的朋友圈子的干扰，也就如同纳夫塔和舒舍夫人的干扰；末了儿，他也不能指望谈一谈话，就改变佩佩尔科恩这个人物的自然优势，消除其对自己学生发挥的人格影响，何况连他自己和他精神上的对手，也不是总能拒绝对此人甘拜下风哩。

对于这两位论战对手来说，最春风得意的时候莫过于精神之风轻扬的时候。这时，一道散步的人的注意力完全让他俩的论争给吸引住了，他们真是既辞令华美，又慷慨激昂，话题尽管富有学术性，语气语调却好像涉及国计民生最紧迫的问题，有发言权的几乎就只他们俩，长时间争论的结果，那位在场的"大人物"便在一定程度上减轻了分量，因为他只能在一旁皱皱额头表示惊讶，语无伦次、支离破碎地嘲讽几句，敲敲边鼓罢了。不过，即使在这样的情况下，他仍使他们感到压力，给他俩的谈话蒙上阴影，让它似乎失去了光泽，不知怎么就取走了它的精髓，以某种东西与它抗衡；这种情形不利于他俩的任何一方，使两人的矛盾变得无足轻重，黯然失色，是的，给了它一个——我们说得客气点儿吧——游手好闲、无事生非的判决。佩佩尔科恩的这一影响谁都感觉得出来，尽管他自己肯定并未意识到，或者只有上帝晓得他在多大程度上有所知觉。或者试着换个说法：当有那位大人物走在他俩旁边的时候，他们你死我活的斗嘴斗智像是给磁铁吸引了似的,总会暗暗地,以地下的和不确定的方式牵扯到他的身上,因而也变得神经紧张紊乱。这个秘密完成的、让论战双方讨厌的过程,我们唯有作如此的描述。我们只能讲,如果没有皮特·佩佩尔科恩在场,论战肯定会进行得更加你死我活。例如纳夫塔就会捍卫他教会的本质是坚决、彻底地革命的这一信念,并以它与塞特姆布里尼先生的教条抗衡;后者却视教会这一历史力量为黑暗保守势力的保护神,相反却认为,只有从古典教育复兴的光荣时代诞生的启蒙、科学和进步的原则,能带来热爱生命、面向未来的变革和革新。塞特姆布里尼辞藻华丽,眉飞色舞,努力坚守着自己的信念。纳夫塔呢,则冷峻而尖刻,自称有责任阐明——阐明得也几乎不容人辩驳,教会乃是信仰和禁欲理念的体现,本质决定它远远不会结党营私,充当任何现存事物也就是世俗机构和国家法制的支撑,——相反,倒历来都旗帜鲜明地倡导激进彻底的革命和变革;一切一切自以为值得保存的事物,一切一切软弱的、怯懦的、保守的也即资产阶级企图保留的事物,国家和家庭也好,世俗的艺术与科学也好,所有这一切总是有意识或者无意识地与信仰和宗教背道而驰;宗教与生俱来的倾向和百折不回的目标,就在于瓦解所有现存的世俗机构和秩序,然后以理想的、共产主义的上帝之国为楷模,创建一个全新的社会。

接着又是塞特姆布里尼先生发言。天哪!他该知道从何说起吧。他道,真是可悲,竟把魔鬼撒旦的革命思想跟所有恶劣本能的大反叛搅混在了一起!几个世纪以来,教会的革新爱好仅在于审讯、扼杀富有生命力的思想,用它那火刑堆的浓烟将其窒息;今天,教会通过代言人宣称自己乐于变革,理由是它的目标为以群氓的专政和野蛮,取代自由、教养和民主。唉,真的令人不寒而栗啊,这矛盾重重的推理,这层层推理的矛盾……

纳夫塔反驳道,他的对手在自己的发言中就不乏这样的矛盾和推理。他自封民主主义者,发起言来却少有民主和平等的气息,相反倒流露出该死的贵族老爷的傲慢,竟称负有代表民众实行专政天职的世界无产者为群氓。不过作为真正的民主主义者,他对教会的态度倒不该含含糊糊,必须勇敢地承认,教会是人类历史上最高贵的政治权力——最后的终极意义上的高贵,精神意义上的高贵。须知禁欲精神——要是允许反复使用同一个词,否定现世和毁灭现世的精神就是高贵本身,就是纯文化的贵族主义原则;它永远不可能是大众化的,在任何时代,从根本上讲,教会都不可能大众化。只需稍微研究一下中世纪的文化,塞特姆布里尼先生便会看清这一事实,这一强烈反感,它使得民众——而且是最广泛意义上的民众——站在了教会精神的对立面,例如某些个僧侣,他们发现了民众富有诗人的幻想,就以近乎马丁·路德的方式拿美酒、女人和诗歌对抗禁欲思想。所有世俗的英雄主义本能,整个的好战精神,再加上宫廷的诗歌,统统都或多或少地公开对抗宗教信仰,从而也反对僧侣阶级。因为,这一切与教会所代表的精神贵族相比较,统统都带有"世俗"和群氓的性质。

塞特姆布里尼先生多谢对方提醒。他说，《玫瑰园》①里的那位伊尔散修士，他可比刚才受到赞扬的墓穴贵族主义提神得多；还有刚才遭到影射的那位德国宗教改革家，发言者本人即使还不算是他的朋友，那么大家仍会发现本人热情洋溢地做好了准备，乐意捍卫一切作为新教教义基础的民主个人主义思想，捍卫一切反抗封建教会势力扼杀个性的思想。

"唉！"纳夫塔突然叫了起来。竟指责教会缺少民主精神，缺少尊重人的个性的意识？其实唯有宗教法典对人毫无一点儿偏见，相反罗马法则以是否享有公民权为行使其他权利的条件，日耳曼法则要看你属于哪个民族和是否是自由民，唯有教会和教会法规无视一切国家和社会的属性，主张奴隶、战俘和非自由民统统一样地享有遗嘱权和继承权。

这个主张可是别有所图喽，塞特姆布里尼讥讽道，如果不是每立一份遗嘱都有"教会抽头"，大概早坚持不下去了吧。此外还谈到"教士的伪善"，他称这是无餍权力欲驱使下的伪装亲民，在神都不买账时才拉拢动员下层民众，并且认为，教会重视的显然只是灵魂的数目，而非质量，这就可归结为严重的精神堕落。

精神堕落——教会？塞特姆布里尼先生可别忽略了它毫不含糊的贵族主义，以原罪思想为基础的贵族主义：严重的罪孽——按照民主主义的说法——竟遗传给无辜的后代；例如私生子，就一生蒙受耻辱而又处于无权地位。

---

① 13世纪奥地利的英雄史诗，主人公即文中提到的"那位修士"伊尔散。

可是塞特姆布里尼请他别再讲了——一则他人文主义的情怀对此反感；二则他已厌烦他的诡辩；还有在对方的狡辩伎俩中，他又发现了恬不知耻的、魔鬼般的虚无主义，可纳夫塔呢，却称其为精神，并想让人觉得公认不受欢迎的禁欲原则，是什么合法的、神圣的东西。

听到这儿，纳夫塔不顾一切地哈哈大笑。竟说起教会的虚无主义来啦！说起世界历史上最现实的统治体系的虚无主义来啦！看来塞特姆布里尼先生对教会富有人情味的讽喻全然无所感触喽？教会可就是以这种讽喻的方式对世俗和肉体让了步，用这聪敏的退让掩盖了禁欲原则的最终得以执行，让精神发挥了主导作用，同时却不对人的自然欲望过于严厉苛刻！还有，关于给予神职人员宽容的细致考虑，他同样闻所未闻吧？属于这宽容范畴的甚至有一种圣礼，即结婚的仪式；它跟其他圣礼一样，都不是什么正面积极的东西，而只是对罪恶的防范，设立起来只为节制感官的欲望，避免无限度的放纵；如此一来，既坚持了禁欲的原则和僧侣的贞节理想，又没有对肉体严厉苛刻得丧失政治原则。

对纳夫塔这番话，塞特姆布里尼先生怎么也不能不加驳斥，斥责他竟如此令人恶心地滥用"政治"这个概念，斥责他竟让这儿的所谓精神傲慢地摆出宽容和高明的姿态，去对待所谓罪恶的、须作"政治"处理的对立面即肉体，而事实上肉体并不需要什么宽容；还斥责他对世俗作该死的暧昧解释，将宇宙妖魔化，既魔化了生命也魔化了它想象的对立面即精神：因为既然一个是邪恶的，另一个作为前者的纯粹否定也必然邪恶！接着，意大利人大讲特讲欲望和享乐无罪——听到这话,汉斯·卡斯托普眼前不觉出现了人文主义者那屋顶小阁楼的情景:一张站着读写的斜面书桌,几把铺着草坐垫的椅子,一只装凉水的玻璃瓶。纳夫塔反过来却坚持肉欲永远不可能没有罪孽的性质,面对着精神自然本性总是问心有愧的,宗教的政策和精神的宽容无疑表现着"爱",这样所谓禁欲原则乃虚无主义的说法便不攻自破了——"爱"这个词儿,汉斯·卡斯托普觉得,从刻薄、瘦削、矮小的纳夫塔嘴里吐出来,那味道真是怪怪的……

争论就这么继续着,咱们见惯不惊,汉斯·卡斯托普也是这样。我们跟他一起往下听了一会儿,一边观察例如这一逍遥学派的论战,如何受着走在旁边的那位大人物的悟性影响,以及这个人物在场,如何扰乱了论战双方的神经:也就是说,有什么东西暗暗地强制着他们顾及他的存在,这就扼杀了往来跳跃的思想火花,使人不由得产生出电线短路时了无生气的软弱感觉。好!就这样了。不再有矛盾摩擦产生的爆裂声,不再有火星窜动,不再有电流。大人物的存在,纳夫塔会说让精神给中和淡化了,实际上呢,却更多是它中和淡化了精神;汉斯·卡斯托普惊讶地发现了这个情况,感到很是好奇。

革命和保守——两者都在佩佩尔科恩身上有所体现。只见他步履沉重地走着,姿态不怎么体面,身体重心偏移,帽子低低地扣在额头上;他的嘴唇宽而歪咧,说起话来用脑袋指点着论战双方,像在开玩笑似的:"对,对,对!脑子,脑子的,您明白!这个……这个可就是……"喏,瞧吧:完全短路了!他俩只好另起炉灶，操起更有威力的武器，开始争论"贵族化问题"、民众性问题和品格高尚的问题。毫无电火花。争论再也不吸引人；汉斯·卡斯托普似乎看见克拉芙迪娅的旅伴躺在床上，盖着红缎被，穿着无领的羊毛汗衫，样子既像个普通劳动者，又像一尊王者的半身雕像——争论只轻轻抽搐了一下便没气儿了。加大电压吧！什么否定现世，什么虚无崇拜，什么肯定永恒，什么精神倾向，什么热爱生命！可神经何在，火花何在，电流何在，当人们都望着荷兰绅士佩佩尔科恩，都在神秘的魅力影响下，禁不住这样做？一句话，什么都没有了，拿汉斯·卡斯托普的话来讲，简直是神秘的怪事。在他搜集的警句集里也许该录入这么一条：神秘的事物要么言简意赅地予以表现，要么不予表现。为了表现上述的神秘怪事，可以简单但是直接地讲，皮特·佩佩尔科恩面带王者之相，额头皱纹深重，嘴唇皲裂，既像个劳动者又像座国王雕像，两者都适合他，如果你盯着他看，两者似乎又相互抵消，这个和那个，一个和另一个。是的，这个愚蠢的老头儿，这个有着王者气概的零蛋！他不像纳夫塔似的以混淆概念和强词夺理麻痹对手的神经，不像他似的模棱两可，而完全是相反和正面意义上的神秘。这种捉摸不定的神秘，显然不只超乎愚蠢和机灵，也超乎塞特姆布里尼和纳夫塔为达到教育的目的，为人为地升高电压而呼唤出来的矛盾对立。这位神秘人物不是教育者，可对于一个外出学习的人来说，他又提供了怎样的机会哦！在论战双方纠缠于婚姻与罪孽、圣礼与宽容、肉体享乐是有罪还是无罪这些问题的时候，来观察一位国王的双重形象，是多么有意思啊！他脑袋耷拉在肩头和胸脯上，张开皲裂的嘴唇，松弛而含怨尤地咧着嘴巴，翕动的鼻翼显现出痛苦，额头皱起老高，眼睛睁得大大的，目光更显黯淡无神——一个典型的受苦受难者。可是瞧啊，转瞬之间，受苦受难者的面孔又生气勃勃、容光焕发了！耷拉的脑袋显出来俏皮，微张的嘴唇上挂着嬉笑，一边脸颊上出现了咱们前面已认识的享乐者的酒窝，——那个跳神的异教祭师又回来啦，只见他讥诮地用脑袋对论战双方指指点点，嘴里说道："对，对，对！没有问题。这个这个……这个是……现在看来……肉欲的圣礼哟，您明白……"

尽管如此，我们已经说过，只要他俩还能够争论，汉斯·卡斯托普的朋友和老师虽然地位降低了，可还是意气风发的。他俩如鱼得水，相反那大人物却没辙；无论如何吧，大伙儿对他扮演的角色看法不一样。毫无疑问，一旦不再讲求机智、辞令和精神，而是探究人世间的实际问题，一句话，探究真正须统治者显示出本色本领的事情，这时形势就转而对他们不利了：这下他们一筹莫展，相形见绌；佩佩尔科恩却抓起国王的权杖，发号施令、颐指气使起来……有什么奇怪吗？老头子向往这种状态，拼命要使论战转化成这样的状态？他感到痛苦啊，只要论战者成了主角，论战长时间持续进行；不过他痛苦并非因为虚荣，——汉斯·卡斯托普可以担保。没有一个伟大人物追求虚荣，伟大不是虚荣。不，佩佩尔科恩讲求实际别有原因：它们，直截了当地讲吧，就是"担忧"，就是某种责任心和荣誉感；汉斯·卡斯托普曾试着对塞特姆布里尼提起它们，企图称它们是某种意义的军人品格。

"诸位……"荷兰老头儿举起指甲如同矛尖的船长大手,呼吁道、命令道,"……好哦,诸位,太好啦,妙极啦!禁欲—宽容—肉体享乐……我想要……绝对!太重要啦!太值得争论啦!不过请允许我……我担心我们会严重地……我们会失去,女士们,先生们,会不负责任地失去那最神圣的……"他说着深深吸了一口气,"这空气,诸位,今天这典型的阿尔卑斯山燥热空气,它微微带着令人陶醉、叫人回味无穷的春天气息——我们可不该吸了它又将它变成……我恳求大家:咱们不要这样。这意味着侮辱。我们只能给它以自己的整个的、全部的……哦,我们最崇高的、最现实的……行了,女士们,先生们!只是纯粹为了赞颂它的品质,我们才从胸中再把它……为了尊重……我不再啰嗦……"他停住脚,仰起身子,用帽子遮住直射眼睛的阳光;大伙儿都学习他的榜样。"我要把你们的注意力引向空中,"他说,"引向高高的空中,引向上边那个盘旋着的黑点,在天穹蔚蓝得发黑的地方……那是一只猛禽,很大很大的猛禽。那是,如果我没有一切都……先生们,还有你,我的宝贝儿,那是一头雄鹰。我坚决地要你们……你们瞧!它不是隼,不是秃鹫,……你们如果到了我这么大的年纪一样远视……是啊,孩子,肯定,年纪大了。我头发已经苍白,肯定。那么你们就会跟我一样,看清楚它的翅膀是圆而钝的……一头雄鹰啊,诸位!一头岩鹰,它正好盘旋在我们头顶的蓝天上,翅膀一动不动,在咱们头顶高高的蓝天上……并且肯定用它突出的眉骨底下那双巨大的、犀利的眼睛……这只雄鹰,诸位,这天神朱庇特的鸟儿,这鸟类之王,这太空的雄狮!它腿上长满羽毛,喙似铁一般坚硬,只在尖端突然弯成了钩子;脚爪有力极了,一根根爪子内弯呈钩状,前几根与后面长长的一根合起来,如同铁圈一般牢固。你们看,就这样!"说时举起指甲尖长的船长般的大手,努力模仿着鹰爪的模样。"老兄,干吗老兜着圈子俯瞰大地!"他又仰望着长空,"冲下来呀!用你的铁喙啄它的脑袋,它的眼睛,撕开它的肚子,上帝把这生命赏赐给了你……漂亮!行啦!你的利爪必须掏出它的肚肠,你的铁喙必须滴着它的鲜血……"

佩佩尔科恩兴高采烈;这一来,大伙儿对纳夫塔和塞特姆布里尼争论的兴趣,全都烟消云散啦。在随后由荷兰绅士主导下做出的决定和开展的活动中,那雄鹰的身影仍无声地发挥着影响:他们进了饭店,要了吃的喝的,尽管不是吃饭时间胃口仍然不错,心里想着那雄鹰自然就来劲儿了呗;接着便大吃大喝,荷兰绅士平时没少在"山庄"外边这么干,地点嘛,碰上哪儿就在哪儿,"坪"上也罢"村"里也罢,乘小火车去郊游的格拉利斯也罢,克罗斯特尔斯也罢,在这位国王的率领下,大伙儿享受那传统的生活乐趣:掺奶的咖啡佐以乡村风味的糕点,或者给喷香的阿尔卑斯黄油——名称也叫这个——浇上液状的乳酪,还有炒得油亮诱人的板栗,再加上意大利维尔特林产的红葡萄酒,想要多少就有多少。为给这临时的聚餐助兴,佩佩尔科恩总要大模大样地、语无伦次地即席发表演说,要不就命令安东·卡尔洛维奇·费尔格,命令这个极富忍耐精神的好好先生,这个对任何高深一点儿的东西都全然无知却对俄罗斯橡胶雨鞋的制造十分在行的人，讲述其生产情况。他讲：先要给纯橡胶掺入硫黄和其他添加剂，鞋子成型和上光后还得放进100℃以上的容器中做"真空"处理。他也讲到他多次被派去出差的北极，讲到北极地区的午夜日出和永远不变的冬天。那个地方啊，他的喉结在从下巴垂下来的胡须下面嚅动着，冰山巨大无比，海面呈钢铁般的灰色，相形之下轮船只是个小不点儿。天空呢，像撑开了一面黄而亮的大幕，这就是北极光。一切都让他感觉到，让安东·卡尔洛维奇·费尔格感觉到，充满了鬼魅气息，周围的整个景象是这样，他自个儿也是这样。

费尔格就讲这么多。在眼前的小圈子中，这位先生是唯一一个置身于错综复杂的关系之外的人。至于说到这些关系嘛，就不得不讲讲那两次令人惊异的谈话，两次的时间都不长，都是一个人跟一个人私下的交谈，都是在那段时间，由咱们并无英雄气概的主人公跟克拉芙迪娅·舒舍以及她那位旅伴谈的：两次分别进行，一次是晚上在交谊室中，利用那位"干扰"发烧卧床休息的时机；一次是下午，在荷兰老头儿的病床边上……

那晚上交谊室里灯光晦暗。按期举行的交谊活动索然寡味，马虎了事，疗养客们早早地便回到自己的阳台上，完成当天的最后一次静卧去了，要不然就另辟蹊径，违规下山，有的去跳舞，有的去赌钱。交谊室内冷冷清清，只有天花板上还有某一盏灯亮着，相邻的其他房间一片黑暗。然而汉斯·卡斯托普知道，舒舍夫人进晚餐时没有她的主子陪同，眼下呢也还未曾回二楼去，而是仍独自待在书写兼阅览室里,因此他也就犹豫着没有上楼。他坐在通过几道白色拱门与主厅分隔开来的后厅里,拱门的圆柱包裹着木质护板;后厅的地面稍微高出主厅一些。靠近瓷砖砌成的壁炉,卡斯托普躺在一把逍遥椅里,抽着支雪茄;这个时候,此地无论如何已允许抽烟了。想当初,玛露霞就是躺在这样一张逍遥椅里摇来荡去,听约阿希姆唯一一次对她表露心迹的啊。

她来了,他听见了她的脚步声,还有她衣裙的窸窣声;她已到他身边,手里正捏着一封信的边角当扇子扇来扇去,以她那普希毕斯拉夫嗓音开口说:

"门房下班了。给我一张邮票吧!"

今晚她穿着轻薄的深色绸裙,领子开成了圆形,袖子宽松,手腕扣紧了形似加上去的花边。他喜欢她这装束。她项上戴着一串珍珠,在晦暝之中泛着白光。他瞅着她那吉尔吉斯人的面孔,重复道:

"邮票吗?我没有邮票。"

"怎么,一张也没有?这样可不好。不准备讨好一位女士不是?"她说着一噘嘴巴,耸了耸肩膀,"这可令我失望。您至少该细心和可靠一点儿嘛。我原本想象,您钱包里有一小条一小条地叠着的邮票,各式各样的,面值从大到小。"

"没有,干吗呢?"他回答,"我从来不写信。给谁写呢?充其量偶尔寄张明信片,而且是邮资明信片。叫我给谁写信呢?我跟平原完全不再有联系,失去联系了。在我们的民歌集里有一首歌,名字就叫《我已从世界失落》。我的情况正是如此。"

"喏，那您至少得给我一支烟，失落的人儿！"她说着坐在他对面壁炉旁边一条摆着亚麻布坐垫的长凳子上，跷起二郎腿，伸过一只手来。"看来这您是有的。"边说边懒懒地从他递过来的银色烟罐里抽取一支香烟，也不道声谢，就在他在她探过去的面孔前揿燃的袖珍打火机上点着了烟。在这随便的"得给我！"里，在这连谢都不道的抽取里，既表现了一个养尊处优的女人的娇纵，但同时也意味着在人与人的关系上，或者更确切地说在感情上，她自视跟他已不分彼此，有无共享，所以给与取都随随便便，自自然然了。汉斯·卡斯托普以恋爱者的眼光，暗中品味着这个情况。然后他说：

"是啊，经常都有。确实经常都带着烟。必须这样嘛。不带怎么成？不是吗，有人称这叫狂热，要是问它叫什么。我自己，坦白说，并非一个狂热的人，但是我也有些个热情，冷静的热情。"

"听说您不是个狂热的人，"她一边喷出吸进去的烟圈，一边说，"我格外放心了。不过，怎么可能呢？要这样，您必定脱胎换骨喽。狂热意味着：为了生活而生活。可谁都知道：您生活却是为了增长见识阅历。狂热即忘记自我。而您呢是要丰富自我。就这样子。您不明白，这是危险的利己主义；您做梦也想不到，您抱定这样的主义，有朝一日会变成人类的敌人。"

"打住，打住！一下子就成了人类的敌人？——你这么泛泛而论，克拉芙迪娅，是什么意思？你说我们不是为生活而生活，而是为丰富自己而生活，有什么确切的意思，涉及个人的意思吗？你们女人是爱谈道德，可也不能空口说白话呀。嗨，道德，你知道，这可是纳夫塔和塞特姆布里尼争论的话题哩。它已属于永远扯不清楚的范畴。一个人是为自己而生活还是为生活而生活，他本身可也不知道啊，也没有任何人能够清楚地、肯定地知道。我以为，界限模糊不定。有利己主义的忘我，也有忘我的利己主义……我相信，人生整个如此，爱情也如此。当然喽，我只是高兴咱俩又坐在了一起，像曾经有一次那样，你回院来以后却一次还没有，而不曾认真留意你讲的有关道德的话，这大概是不道德的。我还高兴的是可以告诉你，这窄窄的花边似的袖口套在你手腕上最漂亮不过，还有这裹着你臂膀儿的薄薄的绸子……我可熟悉你的臂膀……"

"我走了。"

"别，我求你，别走！我会顾及眼下的情势，顾及眼下的人。"

"一个失去了热情的人，还有什么好指望的哟。"

"是啊，你瞧！你讽刺我，骂我，因为我……你还要走，因为我……"

"劳驾，说话别吞吞吐吐的，如果希望别人听懂。"

"难道只允许你讲半截话，让别人练习猜谜语，我稍微尝试一下也不行吗？这可不公平，——我想这样讲，是因为我没认识到，这里根本没有什么公平不公平……"

"哈，没有。公平是一种冷静的激情。与此相反的是嫉妒，冷静的人一嫉妒起来，那绝对十分可笑。"

"你这么看？十分可笑。我说，饶了我的冷静吧！我重申一下：要是不冷静，我怎么活得下来？要是不冷静，举例讲吧，叫我怎么，坚持等待到现在？"

"什么什么？"

"等待着你。"

"天哪，瞧瞧吧！您坚持这么疯疯傻傻地跟我讲话，我可是待不下去啦。您这样子自己也已经烦了是不是，我呢毕竟还不拘泥小节，不是个动辄生气的小市民女性……"

"不是，因为你病了嘛。疾病给了你自由。它把你……等等，我现在想起一个词，一个还从来没有用过的词！疾病把你变成了天才！"

"天才不天才下次再谈。今天我不想说这个。我对您有个要求。希望您别做出这个样子，好像我跟您的等待——要是您真等了的话——有什么关系，好像是我鼓励您等，甚或仅仅允许您等了似的。请您马上给我说清楚，事实正好相反……"

"很好，克拉芙迪娅，显然嘛。你没有要求我等，我是自愿等在这里的。我完全明白，你看重的是……"

"您甚至在作让步的时候也显得无礼。您压根儿就是个无礼的人，上帝知道为什么会这样。不仅与我交往如此，其他时候也一样。甚至您对别人表示赞赏，甚至您贬低自己抬举别人，也表现得有些无礼。别以为我看不出来！就为这点我也根本不该和您搭话，还有就是您竟敢讲什么等待不等待。您仍然待在这儿是自己对自己不负责任。您早就该回去上班，在工地上，或者在别的……"

"你现在这么讲可不天才，而是十分保守啊，克拉芙迪娅。

那只是些空话。你可不能学塞特姆布里尼哟,那有什么意思?仅只说说罢了,我不可能当真。我才不会像我可怜的表哥那样强行出院哪,你说中了,他拼命去平原上服役,结果丢了小命儿不是!他大概也明知自己会死,却宁肯死也不愿勉强在这里继续疗养。好,像个军人样子!可我不是军人,我是个平民;对于我这个平民来说,像他那样做,也就是不顾拉达曼提斯的禁令强行下山,去直接投身有益于人类的进步事业,就意味着叛逃是不是?这可有负于我的疾病和天赋,有负于我对你的爱情——我这旧伤未愈又添新痛的爱情哦!还有就是你这两条我熟悉的手膀儿——即使我得承认,我熟悉它们只是在梦里,在一场天才的梦里,因此不言而喻,你用不着对任何后果负责,你的自由也不因此受到任何限制……"

她笑起来,嘴里含着烟卷儿,眯缝着她那鞑靼人斜长的眼睛,背靠着身后的护壁板,两手撑着长凳,跷起二郎腿,一只穿着漆皮鞋的脚在空中摇来摆去。

"多么漂亮大方!哦,是的是的,确实如此!我一直想象的天才人物正是这样,我的小可怜儿啊!"

"好了吧,克拉芙迪娅。我自然并非离家时就是个天才人物,同样也不是什么大人物,亲爱的上帝知道,不是。可是后来,一件偶然的事情——我称之为偶然——驱使我来到这高高的山上,来到这造就天才的地区……一句话,你多半不知道这里存在一种炼金术似的封闭教育,有一种变体现象,而且是向着高处提升变化,如果你愿意明白我的意思。不过当然,得有一种适合的物质来接受外在的影响，以便完成变化提升；人要进入这个境界，本身就必须有点儿什么基本的东西。我所有的是，我清楚知道自己长期以来就与疾病和死亡相处亲密，知道我还是个孩子，就很不理智地从你手里借过一支铅笔，就像在这里的狂欢之夜也向你借了一样。不过失去理智的爱情是天才的表现，因为你知道，死亡乃是天才的法则，乃是二元的法则，是所谓智者之石，也是教育的法则啊，因为热爱死亡便会热爱生命，热爱人类。事情就是这样，我躺在自己房间的阳台上，心里豁然开朗；我异常欣喜，能把这一心得体会告诉你。走向生活有两条道路：一条习以为常的路，直接的路，循规蹈矩的路；另一条路挺糟糕，要越过死亡，可却是条天才之路！"

"你是个呆头傻脑的哲学家，"她说，"我不想说，你这些离奇古怪的德国思想我全部明白，可你讲的话听起来蛮近人情，所以你无疑是个好青年。再者，你的行为也确实像个哲学家，所以也只能让你……"

"按照你的口味，克拉芙迪娅，过分得像哲学家了，是不是？"

"别放肆无礼！这叫人厌烦！你等在这里既愚蠢又违规。可你白等了不恨我吧？"

"喏，这是有些残酷，克拉芙迪娅，即使对一个热情冷却了的人同样残酷，——对我确实是残酷的，而你的残酷在于，你竟跟着他一块儿回来，因为通过贝伦斯你自然知道我还在这里，还在把你等待。不过我已经对你说了，我只把它，把咱们的那个夜晚当作一场梦，我承认你享有自由。毕竟我没有白等啊，因为你回来了,咱俩又像当初似的面对面坐着,耳里响着你略带沙哑的美妙的嗓音,这很久很久以来就觉亲切的嗓音,眼睛看着宽大的绸袖底下的臂膀,我熟悉它们……尽管楼上有你的旅伴,有伟大的佩佩尔科恩躺在床上发烧,尽管这串珍珠项链是他送给你的……"

"而您为了丰富自身的缘故,不也跟他保持着很好的友谊吗?"

"别怪我,克拉芙迪娅!连塞特姆布里尼也因此骂我,可这纯属社会偏见。与此人结交值得,——看在上帝分上,他确实是个人物!是的,他上了年纪,——的确不错。可尽管如此,我完全理解,你身为女人会发疯地爱他。你是不是很爱他呢?"

"向你的哲学推理致敬,你这德国小脑瓜,"她说,同时抚摩着他的头发,"可我觉得不怎么近人情,这样跟你谈我自己对他的爱!"

"唉,克拉芙迪娅,为什么不近人情!我相信,刚好是那些缺少天才的人认为不再近人情的时候,开始近人情。让咱们平心静气地谈论他吧!你狂热地爱着他,对吗?"

她向前探出身子,好把燃完了的烟卷丢进旁边的壁炉,然后坐起来抱起臂膀。

"他爱我,"她回答,"而他的爱令我骄傲,令我感激他,令我对他忠诚。你会理解,要么你不配享有他给你的友情……他的感情迫使我追随他,为他效劳。不这样又能怎样?你自己判断吧!是人能做到的吗,无视他的情感?"

"不可能！"汉斯·卡斯托普肯定地回答，"做不到，不用讲绝对做不到。一个女人怎么可以不顾他的情感，不顾他对情感的担忧，置他于痛苦绝望而不顾呢……"

"你不傻啊，"克拉芙迪娅·舒舍说，斜长的眼睛若有所思地凝视着前方，"你挺聪明，对感情的担忧……"

"用不着有多聪明就能看出，你必须追随他，尽管，或者更确切地说，因为他的爱必定有许多令人担忧的因素。"

"千真万确……令人担忧。和他在一起，你知道，有许多忧虑，许多难处……"说着她抓住他的手，下意识地玩弄着它的关节，玩着玩着突然眉毛一拧，抬起眼睛来瞅着他问：

"等等！咱们这样子谈论他，是不是卑鄙呢？"

"肯定不，克拉芙迪娅。不，远远不。肯定仍旧近乎人情！你喜欢用这个词，说时音调流露着迷恋，我总是怀着兴趣从你嘴里听到它。我表兄不喜欢这个词，出于军人的理由。他认为软绵绵的缺少精神，甚至视之为得过且过，猥琐萎靡，我承认我也有所顾虑。只不过呢，一旦这个词包含了自由、天才、善良这些意思，那它就很了不起啦，那咱们就可以放心大胆地用它来谈论佩佩尔科恩，谈论他的忧虑和他使你遭遇的难处。它们自然是产生自他的荣誉感，产生自他对情感冷却的担忧；就因为担忧，他才酷爱传统的辅助手段和提神手段。谈到这个问题，我们仍旧可以对他充满敬重，因为在他身上一切都具有高贵品格，王者的品格；我们这样合乎人情地谈论这个人，既不会贬损他，也不会贬损我们自己。"

"问题不在我们自己，"她说，同时又抱起双臂，"一个男人，一个你所谓高品格的男人，把感情给了你，而且为能否保持这感情而担忧，那么，如果我还不肯为这个男人也忍受屈辱贬损，那我就不算个女人。"

"绝对正确，克拉芙迪娅。说得非常好。屈辱贬损也有高下之分，因此女人也可以从其遭受贬损的高处，轻蔑地俯视那些没有高贵品格的男人，对他们说话时使用刚才你向我索取邮票那种口气：'您至少该细心和可靠一点儿嘛！'"

"你神经过敏了不是？算啦。咱们让神经过敏见鬼去吧，——你同意吗？我有时候也神经过敏，我承认，当咱俩今晚上这么坐在一起的时候。我气恼你这么冷静，气恼你自私地为丰富个人体验而与他友好相处。尽管如此，你对他表现出尊敬也令我高兴，让我对你心存感激……你的行为包含着极大的忠诚，尽管也夹杂着无礼的成分，我最终还是得谅解你。"

"你真是太好啦。"

她端详着他。"看起来，你无可救药。我要告诉你：你是个很鬼的青年人。我不知道你是否有才华；可你绝对是脑子很鬼的。好啦，你鬼就鬼吧，朋友总还是可以做的。让咱们保持友谊，为了他而结成一个联盟，就像平素大家为反对某个人而结盟一样！愿为此伸过手来吗？我经常担心……我时常害怕单独和他在一起，害怕感情上二人独处，你明白……他叫人担心……我有时害怕他会没有好结果……我有时候心里发怵……我不愿看见自己身边一个好人……最后，如果你愿听，我也许正因为如此才和他一道来这里……"

他俩促膝而坐，汉斯·卡斯托普坐在逍遥椅里，前倾着身子，克拉芙迪娅·舒舍坐在长凳上。在说最后几句话的时候，她握住他的手，举到了他脸面前。他应道：

"来我这里？哦，太好啦！哦，克拉芙迪娅，太棒啦！你带着他来找我？你还想说，我的等待是愚蠢的、不允许的、毫无用处的吗？如果我还不懂得珍惜你对我的情谊，珍惜咱俩为着他而产生的情谊，那我可就太愚蠢……"

突然，她吻了他的嘴唇。这是一种俄国式的吻，在那广袤而基督徒众多的国土上，在隆重的宗教节日里，发誓相爱的男女就这么样亲吻。可由于眼下接吻的一个是心眼儿肯定"很鬼"的年轻男子，一个是同样年纪轻轻且仪态迷人的少妇，我们讲到这里就感觉到没法子不想到克洛可夫斯基博士，不想到他很久以前作的那个尽管并非无懈可击，但确实是很漂亮的有关爱情之暧昧意义的报告，因此眼下谁也说不清楚，这两人的接吻是贞洁虔诚的呢，还是充满肉欲味道的。我们说不清楚，汉斯·卡斯托普和克拉芙迪娅·舒舍在这么接吻时就清楚吗？可如果我们拒绝深究这个问题，那读者又会怎么讲呢？我们认为这问题尽管值得分析，但是在爱情这类事情上太"较真儿"，非分清贞洁与肉欲不可——用汉斯·卡斯托普的话来说，就叫"极端愚蠢"，完全失去了生活乐趣。什么叫较真儿！什么又模棱两可，暧昧不清！对这些问题，坦白地说，我们只觉得好笑。如果从贞洁到肉欲等都只用一个词儿来表示，人爱怎么理解就怎么理解，岂不更妙更好？这样暧昧就包含绝对的单纯，本来嘛，爱情就算贞洁到极点也不能与身体无涉，反过来即使再肉味儿十足也并非就不贞洁，它永远是它，恣情纵乐也好，崇高神圣也好，都总是表现为对有机体的同情，都总是对某个注定要腐烂的物体充满淫欲之情的拥抱，——即使在沉迷陶醉或者狂暴放纵之中，爱怜肯定仍然存在。什么含义暧昧？可人以上帝的名义，给爱情就下了个暧昧的定义！这暧昧就是生活，就是人性；这意味着无可救药地缺少脑子，根本不关心爱情的含义暧昧还是不暧昧。

话说汉斯·卡斯托普和舒舍夫人的嘴唇融合在一起，正进行着俄国式的亲吻，咱们却转暗剧场的灯光，准备切换场面了。眼下要讲的，是我们答应讲的两次谈话中的另一次；灯光又亮了起来，在春季里一个融雪天的傍晚时分，我们看见我们的主人公已经和往常一样地坐在伟大的佩佩尔科恩的床边上，态度尊敬而亲切地与他进行着交谈。已在餐厅里喝过了下午茶；跟前面三次进餐一样，这次舒舍夫人进来时也影只形单，喝完茶就径直去"坪"上采购东西去了。汉斯·卡斯托普趁此机会来对荷兰老头儿作例行的探视，一则对他表示关心，替他稍微解一解闷儿，再则也受点儿他人格的影响熏陶，——总之，动机多变而不单纯。佩佩尔科恩把手里的电报扔在一边，拈着脚架摘下骨质夹鼻眼镜来搁在电报纸上，向客人伸出他船长般的大手，同时嚅动了一下宽阔而皲裂的嘴唇，挺难受的样子。跟往常一样，他手边摆着咖啡和红酒：咖啡具搁在床边的椅子上，已经留有饮用过的褐色斑痕——荷兰老头儿确已喝完午后的咖啡，跟通常似的又浓又烫而且加了糖和炼乳，所以现在出汗了。他通红着白发飘飘的王者面孔，额头和上嘴唇上沁出了小小的汗珠。

"我有点儿出汗了，"他说，"欢迎你，年轻人。相反。您请坐！这是身体虚弱的象征，如果一个人喝了点儿热的东西立刻……请您给我……完全正确。手巾。谢谢您。"然而这位大人物脸上很快失去血色，跟每次发过疟疾一样整个面孔都变得苍白了。今天上午四日疟来得十分凶猛，经历了全部的三个阶段，先发冷，再发烫，最后大汗淋漓；在皱纹多而深重的额头底下，佩佩尔科恩小而黯淡的眼睛目光虚弱失神。他说：

"是的……绝对，年轻人。我非常希望'值得赞赏'这个词儿……绝对。您真好，来对一个生病的老头子……"

"进行探视？"汉斯·卡斯托普以询问的口吻……"不不，佩佩尔科恩阁下。其实是我该感谢您，感谢您允许我在这里坐一坐；比起您来，我的收获大得多，我来有着纯自私的目的动机。什么'一个生病的老头子'！这样称呼您太容易造成误解啦。没有谁会想到这样做。这会造成完全错误的印象。"

"好啦，好啦。"佩佩尔科恩应着，闭了几秒钟眼睛，把额头高高的王者头颅靠回到了枕头上，指甲长长的手指合拢在国王似的宽阔胸脯上，胸脯的轮廓从针织内衣底下凸显了出来。"很好，年轻人，或者准确地说，您的心意很好，我确信无疑。昨天下午很快活——确实，还在昨天下午，在那家餐馆里，我已经忘了它的名字……咱们在那里吃的意大利香肠炒鸡蛋真叫棒，还有这种有益于健康的乡村葡萄酒……"

"真是棒极了！"汉斯·卡斯托普附和道，"我们大家都吃得挺开心——'山庄'的大厨要看见我们那副吃相，有理由感到受了污辱——一句话，大家伙儿全吃得挺带劲儿！那是地地道道的意大利香肠啊，难怪塞特姆布里尼先生大为激动，吃得眼泪汪汪。他可是一位爱国主义者啊，您将会知道，一位民主主义的爱国主义者。他已在人道的祭坛前为自己市民的长矛开了光，为了使将来意大利香肠在运出布伦纳山口①时一律完税。"

"这不重要，"佩佩尔科恩表示，"重要的是此人有骑士风度而且健谈，像个绅士样子，尽管他显然没有条件经常换一换行头穿戴。"

"根本没有！"汉斯·卡斯托普说，"根本没条件！到现在我认识他已经很长时间了，跟他交上了朋友，也就是说，他关照我，令我十分感激，因为他认为，我是个'生活中的问题儿童'——这是我和他之间的惯用语，一个无须任何解说就心领神会的词，并力图帮助我改弦易辙。不过从未见过他另外的打扮，夏天也好，冬天也好，始终是格子花裤和经纬毕现的双排扣外套；只是这些旧行头他穿在身上却显得高雅，绝对的绅士气派，您的看法我坚决赞同。他穿着它们，就意味着对寒酸的胜利；我喜欢他这样的寒酸，甚至超过喜欢那小个子纳夫塔的奢华；后者从来都叫人感到不是滋味儿，是所谓魔鬼的奢华，再说所花的钱来路不明，——我多少窥见了一点儿内幕。"

---

① 布伦纳山口系阿尔卑斯山的重要隘口，位于意大利与奥地利之间的国境线上。

"一位豪爽而快活的男子，"佩佩尔科恩重申，压根儿不提纳夫塔，"尽管——如果允许我加个限定——尽管也并非没有偏见。夫人，就是我的旅伴，觉得他不怎么样，您也许已经发现了；她谈到他时没有好感，无疑是她在对方的态度中，察觉出了对自己的偏见……别说了，年轻人。我远远不会对塞特姆布里尼先生，对您跟他的友好感情……行啦！我怎么也不会认为，在对待女士的绅士风度这点上……完美无缺，亲爱的朋友，无懈可击！得有个分寸，得含蓄一点儿，即一定的容—忍—迁—就，这样，夫人对他极为反感的情绪……"

"就可以理解。就明白易懂。就完全合情合理。请原谅，佩佩尔科恩阁下，我粗鲁地打断了您。我之所以敢这样做，是因为意识到咱俩看法完全一致。特别是考虑到女人对男人的态度——您可能笑话我，年纪轻轻就敢这么泛论女人——是多么从属于男人对她们的态度，就更加没有什么好奇怪的了。女人，我想这么讲，反应灵敏的生物，本身没有独立的主动精神，有的是被动意义的惰性……请允许我继续往下讲，尽管讲起来有些个吃力。女人，就我所见，在恋爱问题上首先是完全视自己为被爱的对象，她等着男人去接近她，不作自由的选择，只是在男人选择的基础上她才变成了选择的主体；可就在这以后，请允许我补充说明，她的选择自由——自由的前提只是男的一方不能太糊涂，可即使如此也不算条件苛刻——仍然严重受着她的被选择这个事实的影响和左右。亲爱的主啊！我所讲的这些确实倒胃口，但是您如果年轻，那您自然觉得一切都很新鲜，又新鲜又令人惊讶。您不妨问一个女人:'你真爱他吗?'她可能抬起眼睑抑或垂下眼帘回答您:'他可是很爱我的呀!'喏,您想象一下,咱们男人谁会这么回答——请原谅我这么联想!也许有某些男人不得不这么回答,可用经典的说法,那只是些地地道道的'趴耳朵''妻管严'啊。我想知道,这样一个女人味十足的回答,究竟体现了多少自尊。这样一个如她似的自认为卑贱的男人爱上一个女人,这女人还会觉得有义务对他无限忠诚吗?或者她还会把他对她的爱,视为他杰出品格的真实表现?时常在一个人的沉思默想中,我都问过自己这个问题。"

"历来如此,亘古不变的事实,年轻人啊,您尽管轻描淡写,却接触到了神圣的话题,"佩佩尔科恩应道,"男人陶醉于自己的欲望,女人却要求和希望被男人的欲望所陶醉。因此咱们就有了责任。因此感情冷漠,因此缺少唤起女人欲望的能力,就可怕而又可耻。跟我一起喝杯红葡萄酒行不?我喝。我渴啦。今天失水太严重。"

"非常感谢,佩佩尔科恩阁下。尽管眼下不到我喝的时间,我总乐意为了您的健康干上一杯。"

"那请端起酒杯。这儿就一只杯子。我用饮水的杯子代替吧。我想用这只普通的杯子喝,也不至于亏待了这几口酸溜溜的……"在客人的帮助下,他那船长般的大手微微颤抖着斟好了酒,然后举起那无脚的玻璃杯,焦渴地一下子把酒倾倒进雕像般的喉咙,完全跟饮凉水一样。

"带劲儿!"他说,"您不再喝了吗?那允许我再来一……"

他斟酒时洒了一些出来,被子的包单上出现了暗红色的斑块。"我重申,"他举起矛尖般的手指道,另一只手里的酒杯不住抖动,"我重申:因此我们负有责任,负有神圣的感情责任。我们的感情,您知道,就是唤醒生命的男人力量。生命处于沉睡之中,须给唤醒转来,完成与神圣感情的幸福结合。须知感情,年轻人啊,是神圣的。人只要还有感情,人也是神圣的。人就是上帝的感情。上帝创造人,就为通过他获得感知。人并非别的什么,而只是一种器官;上帝用这种器官,完成与被唤醒了的、处于陶醉状态的生命的结合。人失去了感情能力,必然带来上帝的耻辱,也就是上帝丧失了男人力量,也就是宇宙的灾难,后果之可怕无法想象……"说着又干了一杯。

"请允许我拿走您的杯子,佩佩尔科恩阁下,"汉斯·卡斯托普说,"我追随着您的思路,深感获益匪浅。您发展出一套神学理论,以它赋予人类一项极其光荣的,但也可能有些个片面的信仰职能。在您观察问题的方式中,如果允许我指出的话,存在某种令人感到压抑的宗教思想,——请原谅!诚然,所有严格的宗教意识都令平庸之辈感到压抑。我无意纠正您的说法,而只是想把您的话题拉回到'某些偏见'上来,也就是您所观察到的塞特姆布里尼先生对夫人,也即对您那位旅伴所表现的偏见。我认识塞特姆布里尼先生已经很久,很久很久,已经有些年月,很有些年月。所以我向您担保,他那些偏见,如果真存在偏见的话,绝不具有狭隘短见的、庸俗市侩的性质,——可笑啊,如果竟抱着这样的想法。只可能是大气的和带有根本意义的偏见,事关普遍的教育原则,在贯彻这些原则的时候塞特姆布里尼先生公开承认,我是一名'生活中的问题儿童'……不过话扯远了。问题牵涉太广,我不可能两三句话……"

"而且您爱着夫人?"荷兰老头儿突然问,同时把自己嘴唇皲裂、目光黯淡、额头上皱纹深而且多的王者面孔转向客人……汉斯·卡斯托普吓了一跳,结结巴巴地回答:

"噢,我……这个这个……我自然敬重舒舍夫人,敬重她的……"

"我请求!"佩佩尔科恩说,说时伸出一只手,做出制止对方继续往下讲的高雅手势。"请让我重申,"在这样为自己要说的话准备好空间之后,他继续说,"我绝对无意指责这位意大利先生,指责他啥时候真的违反了高雅的行为准则……我不对任何人提出这样的指责,不对任何人。我只不过发觉……在眼下我倒有些高兴……好啊,年轻人。绝对好,太好啦。我很高兴,毫无疑问;确实值得我高兴。虽然我对自己说……我干脆对自己说:您认识夫人比我认识她更早。先前您住在这里,已和她共同度过了一些时候。再说呢,她这个女人有许多迷人的品质,而我呢,只是个有病的老头子而已。怎么会……她,她,今天下午,我身体不适,她要买东西,就一个人,没谁陪同,去下边的疗养地了……不是坏事!绝对不是!只是无疑会……要我把这,把您如此的殷勤,归之于——如您说的——塞特姆布里尼先生的教育原则的影响吗?……我请您逐字逐句地理解我……"

"逐字逐句地理解,佩佩尔科恩阁下?哦,不是的。可完完全全不是的。我行事绝对独立。相反，塞特姆布里尼有时候甚至劝阻我……我很遗憾，在您的被单上已经有些酒迹，佩佩尔科恩阁下。要不要叫人……通常我们是撒上些盐，趁印迹还新鲜……"

"这个不重要！"佩佩尔科恩回答，眼睛死死盯住客人。

汉斯·卡斯托普脸色大变。

"事情是，"他强装笑颜，"是跟通常有些不一样。此地的风尚，我想讲，是不合传统。病人都享有特权，不论男女。高雅的行为准则退让到了一边。您眼下身体不适，佩佩尔科恩阁下，——急性的不适，现实的不适。相比之下，您的旅伴却身体健康。现在夫人不在，我代替她来陪您一会儿，相信完全符合她的心意——说到代替嘛，哈哈哈：不是反过来对她代替您，陪她去下边坪上采购。我怎么可能呢，怎么可能把我骑士般的殷勤，强加给您的旅伴呢？对此我既无资格，也无授权啊。我可以讲，我这个人守法意识是很强的。总而言之，我的情况我觉得完全没问题，符合一般的规范，特别是符合我对您本人的真挚情感，佩佩尔科恩阁下；这样，我相信对您的问题——因为您似乎对我提了一个问题——该是已经给了个满意的回答啦。"

"很有趣儿的回答，"佩佩尔科恩应道，"听着您轻松、巧妙的解释，年轻人，我忍不住想乐。坑坑洼洼都跳过去了，结局圆满，令人欣喜。可令人满意吗？——不！您的回答我完全不满意，——请原谅，如果我这么讲叫您失望了。'生硬'，亲爱的朋友，刚才您曾用这个词来形容我发表的某些观点。可眼下在您的言谈中，也有某种生硬，也有某种勉强做作，在我看它与您的天性不协调，纵然您在处理某些关系时，已经让我见识过它。我现在又见到它了。这就是在我们共同的相处中，在一道散步的时候，您对夫人——没对任何别的人——表现出来的勉强做作；对此您有义务，也有责任给我做出解释。我不会错的。观察结果一再给了我证实；这解释的义务和责任可不该强加给别人，即使别人很可能也掌握着解释的秘密。"

这个下午，荷兰老头儿说起话来异常地准确、连贯，尽管他发过疟疾以后精疲力竭。语无伦次的情形几乎不见了影子。他半躺在床上，宽阔的肩膀和硕大的头颅冲着来客，一条胳膊伸展在被盖上面，布满晒斑的船长大手暴露在羊毛内衣的袖口处，拇指食指扣成一个象征精确性的圆环，旁边兀立着长长的矛尖，同时嘴里的措辞既精准又尖刻又形象生动，即使是塞特姆布里尼也巴不得有此口才，而他那在喉咙管儿里打转的弹音 R，则更是独特。

"您面带微笑，"他继续说，"您脑袋转来转去，不住地眨眼睛，看样子您拼命想辙却还是没辙。不管怎么讲，毫无疑问的是您知道我指的是什么，问题在哪里。我的意思不是您没有时不时地对夫人讲讲话，也不是在谈话结果违反您的愿望时，您对她该回答而不回答。不过我要重申，一切都是那样的勉强做作，准确地讲都是企图掩饰，企图回避，而且从旁仔细观察就会发现，是在回避一种形式。至于说到您，我有个印象，似乎事情关系着一个赌赛，似乎您早已迷上了夫人，似乎根据约定，您对她不得使用通常的称呼形式。您始终一贯地，毫无例外地，避免称呼她。

您对她从来不说'您'。"

"可是佩佩尔科恩阁下……到底怎么叫迷上……"

"让我提醒您一个情况,您自己也不该不清楚,您刚才已经脸色苍白,一直到嘴唇里边都白了。"

汉斯·卡斯托普不敢抬头。他往前倾着身子,间或弄一弄被单上的酒迹。"结果必然如此!"他暗忖,"事情就这么发展。我相信是自己这副模样,把事情搞到了这步田地。现在我明白了,自己在一定程度上是有意如此。可我真的如此苍白吗?也可能啊,因为事关成败,对结果又心中无数。我还能撒谎吗?大概能,可我一点儿不愿意。暂且只管这些被单上的酒迹,这些血一样的红斑好啦。"

在他头顶上方也只有沉默。沉默持续了大约两三分钟,——它让人感觉到在当前的情况下,这细小的时间单位也如何大大增加了长度。

是佩佩尔科恩重新开始了谈话。

"在我有幸与您结识的那个晚上,"他以唱歌的音调开了头,结尾时调子却降了下去,就好像一篇长长的小说的第一句,"咱们举行了一个小小的晚会,有吃的,有喝的,高高兴兴地一直玩到夜深了,咱们才无拘无束地手挽着手,走回房间睡觉去。就在这儿,就站在房门外准备告别的时候,我突然灵机一动,向您提出了一个要求,要求您吻一吻夫人的额头,她不是对我介绍您是她上次住院时的一位好朋友吗?也让她自己决定是不是当着我的面,在这愉快的时刻给您这庄重、友善的举动以回应。您一下子拒绝了我的提议，拒绝的理由是觉得与我的旅伴互吻额头有失体统。您大概不会否认，这是一个本身就需要理由的理由，直至目前您还欠着我这个理由。您愿意现在来清理这笔债务吗？"

"原来这样，这个他也记住了。"汉斯·卡斯托普心想，头却更靠近那些酒迹，一边还弯着一根中指头，用指甲去抠其中的一块。"从根本上讲，我当时大概也希望他发现并且记住，否则不会那么讲。可现在怎么办呢？我的心跳得够厉害的。会来一场国王似的大为震怒吗？也许转而盯住他的拳头更加明智，可能它已举在我头上了吧？我眼下的处境真叫荒诞之极，危险之极！"

突然，他感觉自己右手的手腕让佩佩尔科恩给抓住了。

"这下他抓住了我的手腕！"他想，"呸，可笑，我怎么像条落水狗似的坐在这里！难道我做了什么对不起他的事吗？丝毫没有。要抱怨首先该轮到那个达吉斯坦男人。然后才是这个、那个，再后来才是我。据我所知，他根本还没有什么好抱怨。那么我干吗这样心慌呢？是时候了，快挺起胸来，坦然地正视他威严的面孔，即便仍然对他怀着敬意！"

汉斯·卡斯托普这么做了。那威严的面孔颜色黄黄的，蹙着的额头底下目光黯淡，皲裂的嘴唇流露出痛苦。两个人，一个上了年纪的大人物，一个微不足道的年轻小伙子，相互研究着对方的眼神，其中一个仍然抓住另一个的手腕。终于，佩佩尔科恩轻声说：

"您是克拉芙迪娅上次住院时的情人。"

汉斯·卡斯托普再次低下了头，但马上又抬起来，深深叹了一口气，然后说道：

"佩佩尔科恩阁下！要说呢我真是极不愿意欺骗您，也尽可能地避免做这样的事情。真是谈何容易啊。我要证实您的判断吧，那等于吹牛；我要否认它吧，又撒了谎。情况就是这样。和克拉芙迪娅——对不起——和您现在的旅伴，我们曾经一起在这所疗养院里生活了很久，很久很久，可是相互并无交往。在我们的关系里，或者讲在我与她的关系里，完全不存在社交性的成分；而且这关系怎么开的头，至今还仍然不清楚。我在思想里从来都只称呼克拉芙迪娅'你'，在现实生活中也没有两样。要知道直到那天晚上，我才摆脱教育的束缚——关于这种束缚已经简单谈到过，大胆走近了她，所用的借口是我早已试过的。那是一个戴假面具的狂欢之夜，一个不用对后果负责的夜晚，一个相互可以称'你'的夜晚；在这样一个夜晚，梦幻般地，不顾后果地，'你'的含义得到了充分发挥。那同时又是克拉芙迪娅离开疗养院的前一个夜晚。"

"充分发挥，"佩佩尔科恩重复着，"您真会……"他放掉汉斯·卡斯托普，开始用长指甲的大手掌按摩自己的两边面孔，按完眼窝按脸颊，按完脸颊按下巴。然后在让酒迹玷污了的被子上合起手来，头侧向一边，也就冲着客人的左边，等于是把脸转向了他。

"我已尽可能给了您正确的回答，佩佩尔科恩阁下，"汉斯·卡斯托普说，"努力认真做到了既不说多，也不说少。对我说来，重要的是让您看到是否把那个大家全都称'你'的夜晚，那个临别的夜晚当一回事，在一定程度上是灵活自由的；——那是一个打破了所有常规的夜晚，一个几乎从日历脱落了的夜晚，一则所谓的插曲，一个特别的夜晚，一个多余的夜晚，犹如二月份闰月多出来的第二十九天，——这样，如果我否认了您的说法，那也只能算撒了半个谎罢了。"

佩佩尔科恩没有回答。

"我宁愿向您实话实说，"汉斯·卡斯托普在停了一会儿之后又开了口，"哪怕冒着失去您好感的危险；我毫不隐讳，这将对我是一个大损失，我会因此难过，说得明白点儿：将对我是一个真正的打击，一个可以与当时舒舍夫人不是一个人回院来，而是作为您的旅伴一起回来我所受的打击相比的沉重打击。我宁可冒这样的风险，因为我早就希望把我们之间，把我格外敬重的您和我之间的事情说清楚。这在我看来更美好，更合乎人情——您知道，克拉芙迪娅用她略为沙哑的嗓音说出这词儿来时迷人极了，比起缄默和伪装来更美好，更合乎人情；所以当您刚才做出判断的时候，我真像心里的石头终于落了地。"

没有回答。

"还有一点，佩佩尔科恩阁下，"汉斯·卡斯托普接着说，"还有一点促使我希望能跟您开诚布公，就是基于个人的经验，我知道心里不踏实，老是七上八下地犯疑猜，长此下去是多么恼人。您现在清楚了，在确立眼下这合法的关系之前——自然只有真正的疯子才不尊重这种关系，是谁与克拉芙迪娅一起度过了，一起体验了，一起庆祝了一个狂欢节，一个二月二十九。而我呢却永远也没法搞清楚，也别想弄明白，就是处于同样情况的人都会考虑和估计先前的情况，我原本说的是先前的人，尽管我还知道有一位宫廷顾问叫贝伦斯，他您也许知道在业余画画油画，曾让她多次坐着当模特，最后为她画成功一幅挺棒的肖像，皮肤更画得活灵活现的，咱俩私下讲真叫人再惊讶不过。这件事令我痛心又头疼，直到今天还这样。"

"您仍然爱她？"佩佩尔科恩问，姿势却一直未变，也就是说仍旧侧着脑袋……宽敞的房间渐渐没入了暮色。

"请原谅，佩佩尔科恩阁下，"汉斯·卡斯托普回答，"可我对您的感情，我对您极其尊重和钦佩的感情，让我觉得不该对您谈论我对您旅伴的感情。"

"她对您也……"佩佩尔科恩轻轻问，"她今天还对您有这样的感情吗？"

"我不能讲，"汉斯·卡斯托普回答，"我不能讲，什么时候她也对我有过同样的感情。这太难以置信。我们曾经对这个话题做过一点儿肤浅的理论探讨，在谈到女人被动消极的天性的时候。我这个人自然没有多少可爱的地方。什么样的规格品位嘛，——您不妨自己判断！如果说也幸运地有过一次二月二十九的话，那不过是因为女人让男人的首先选择给打动罢了。对此我不妨指出，如果我也自称'男人'，那我觉得只是自夸和乏味的那一类；而克拉芙迪娅不管怎么讲都是个女人。"

"她特重感情。"佩佩尔科恩嚅嚅着皲裂的嘴唇，喃喃道。

"她对您更是百依百顺，"汉斯·卡斯托普说，"而在这之前完全可能对一些个别的人也这样子，——这个情况嘛谁都必须心中有数，如果他也想……"

"住嘴！"佩佩尔科恩大叫一声，脸仍然转到一边，手掌却推向与自己对话的人，"咱们这样子谈论她，难道不卑鄙吗？"

"不不，佩佩尔科恩阁下。不，在这点上我相信完全可以让您放心。这儿谈的只是人性问题嘛——'人性'即意味着自由和天赋，请原谅，这个词儿可能让人感到别扭；可是情势需要，我最近也难免经常使用它。"

"好，您继续讲吧！"佩佩尔科恩轻声发出命令。

汉斯·卡斯托普也压低了嗓音。他坐在床铺旁边的椅子边沿上，上身倾向那位老国王，两手夹在膝头之间。

"要知道，她可是个天才的女人哦，"他说，"高加索那边那位丈夫——您肯定知道，她在高加索那边有位丈夫——也许是迟钝愚昧，也许是聪明过人，反正承认了她的自由和天赋。我不认识这小子；他这么做无论如何都是好的，因为既然疾病给了她自由和天赋，她就得遵循疾病的天才原则，而每一个处境相同的人也最好学习她的榜样，不管是对过去或对将来都不发怨言……"

"您没有怨言？"佩佩尔科恩问卡斯托普，同时把脸转向了他……房里暮色渐浓，在他布满皱纹的威严的额头底下，目光更显得微弱黯淡，皲裂的大嘴半张着，很像一张演出悲剧的面具。

"我想跟我没有关系，"汉斯·卡斯托普谦逊地回答，"我说这些的目的是让您别抱怨，佩佩尔科恩阁下，别让过去的事情破坏了您对我的好感。对我来说，眼下重要的就是这个。"

"尽管如此,我无意间必定也给您造成了巨大痛苦吧?"

"如果这是个问题,"汉斯·卡斯托普回答,"而且如果我回答是,那它一定不意味着,我不懂得珍惜您的友情;须知,这友情与您刚才谈及的失望痛苦,是紧密相联的呀。"

"我感谢您,年轻人,我感谢您。我珍视您这几句简单却得体的话。不过,如果撇开咱们的友谊……"

"难喽,"汉斯·卡斯托普抢过话头,"再说为了对您刚才的问题作肯定的回答,在我看来也根本没必要忽视我们的友谊。要知道,克拉芙迪娅在另一个男人陪伴下回到山上,这本身就令我不快;这个人换成了您这样一位大人物,自然只是增加了我的不快,把事情搞得更复杂了一些而已。是的,我不否认,我因此很恼火,今天仍然恼火;所以,我才尽量多看事情好的一面,也就是多看我对您真诚的敬重之情,佩佩尔科恩阁下,在我的这些情感中,难免也夹杂一点儿对您的旅伴的怨恨;要知道,女人们才叫不乐意啊,如果她们的情人竟和谐相处在一起。"

"事实上也真……"佩佩尔科恩说,说时用手掌抹抹嘴和下巴,偷着笑了笑,好像舒舍夫人有可能看见他微笑似的。汉斯·卡斯托普也暗暗笑了。随后两人心照不宣,都自顾自地点了点头。

"这样我最终得以稍稍报复了一下,"汉斯·卡斯托普接着说,"因为就我而言,也真有些理由好抱怨抱怨,——不是怨克拉芙迪娅,不是怨您佩佩尔科恩阁下,而是整个怨我自己的生活,怨我自己的命运。既然有幸获得您的信赖,加之眼下又是这么一个暮色苍茫的特殊时刻,我便愿意试着哪怕至少是暗示性地发泄发泄。"

"您请您请。"佩佩尔科恩很有礼貌地道。汉斯·卡斯托普于是接着往下讲:

"我在山上已经很久很久,佩佩尔科恩阁下,已经很有些年月,——我说不清楚到底多久,但肯定是一些个有生之年,所以我才提到'生活',才会在一个适当的时刻回顾自己以往的'命运'。我的表兄,我原本只是想来看看他的,是一位军人;他生性诚实而善良,可这对他一点儿没有用,还是死掉了,而我却仍然留在这里。我不是军人,选择的是一种平民职业,您也许听说了,一种理性的、靠得住的职业。这种职业据说甚至能促使各国人民走到一起,可我从来也不特别敬业,我承认。至于不敬业的原因嘛,现在我只想说,它们不清不楚:它们跟我对您旅伴的感情根源纠缠在一起——我坚持这样称呼她,是为了表明我无意于触动目前的权利关系,跟我对克拉芙迪娅·舒舍的感情和特殊关系纠缠在一起;我从来不否认我与她关系特殊,自从我俩四目相遇,我一下子被她迷上的那一刻起,我就称她'你'了,——她叫我完全失去了理智,您明白。因为爱她,也为抗拒塞特姆布里尼先生,我屈就了非理性的原则,疾病的天才原则;当然喽,我早已和从来都处于疾病的影响之下,所以就留在了这山上,——我不再清楚已经多久了,我忘记了一切,和一切断绝了关系,和我的亲属、我在平原上的职业以及我的全部未来,断绝了关系。克拉芙迪娅走了,我却等着她,一直在山上等着她,以致平原彻底丢失了我，把我几乎视为一个已经死了的人。当我谈起'命运'，并斗胆暗示我怎么讲都有理由对当前的状况怀着怨气的时候，我心里想的就是这些。记得有次读到一个故事，不，是在剧院里看过，一位心地善良的青年——而且跟我表哥一样是个军官，跟一个漂亮的吉卜赛姑娘产生了情感。这姑娘迷人极了，耳朵背后夹着一朵花，是那种放荡野性、谁碰上谁倒霉的女子。她迷得年轻人丧魂落魄，为爱她把什么都牺牲了，当了逃兵不说，还跟着她与走私犯混在一起，彻底地自甘堕落。到了这步田地，姑娘从他那里得到的也够了，便勾搭上了一个斗牛士，一个由出色的男中音扮演的堂堂男子汉。结果小军官脸色煞白，衬衫敞着胸口，在马戏棚的门前用匕首刺死了自作自受的女子。我讲这个故事没有什么特别的意思，可是我到底怎么偏偏会想起它来呢？"

在听见"匕首"这个词的时候，荷兰老头儿佩佩尔科恩稍稍改变了坐着的姿势，把身体往旁边挪了一点儿，脸迅速转向客人，眼睛直视着对方的眼睛。这时他坐得更端正了一些，用胳膊肘支着身体，说道：

"年轻人，我听见了，也明白是怎么回事。请允许我就您所讲的老老实实作个声明！我要不是白发苍苍，我要不是疟疾缠身，那您肯定会看见我手握武器，跟您面对着面，来清偿我无意间对您造成的伤害，同时也为我的旅伴清偿她对您造成的伤害；为她做的事我同样要负责。没有问题，我的先生，——您会发现我随时奉陪。不过呢现在情况不行了，请允许我另外提个建议吧。下面我讲。我记得有那么一会儿，就是我们刚认识的时候，——我记得很清楚，虽说当时我喝了很多酒，——就是讲有那么一会儿，我让您纯真的气质大为感动，已经打算对您提出彼此兄弟般地以'你'相称了，可是后来转念一想，这可是操之过急啊。好，我今天提起当初这件事，我回到当初的状态，我宣布当时决定的推迟已经到期。年轻人，我们是兄弟了，我宣布咱俩是兄弟了。您说到过'你'的全部含义，——咱们相互称'你'也就该有全部的含义，情感上的兄弟的含义。年老体衰不容我拿起武器来给您以补偿，我就用这种形式补偿您吧，我就用结为兄弟的方式补偿您吧。通常两人结为兄弟是为了对付第三个人，为了对付世人，对付另外某个人；咱俩则愿意因为对某个人的共同感情结为兄弟。端起您的酒杯，年轻人，我却又该端茶杯了，免得再惹是生非……"

说着，他那船长般的大手哆哆嗦嗦地朝杯里斟酒，汉斯·卡斯托普诚惶诚恐，急急忙忙地去帮忙。

"端起酒杯！"佩佩尔科恩再一次请求，"用您的手臂与我交叉！您得这个样子喝！把杯干了！——漂亮，年轻人。行了。握住我的手。你满意了吗？"

"那还用说，佩佩尔科恩阁下。"汉斯·卡斯托普回答。一口干一杯叫他感到困难，酒洒到了膝头上，他掏出手巾来擦拭。"我快活极了，我宁肯讲，甚至现在还回不过神来，怎么一下子就有了这个荣幸，——我简直像做梦，坦白地说。这在我是极大的荣幸，——我不知道怎么配得上它，只可能是极其被动的吧，其他方式肯定不行。可不能感到奇怪哟,如果我一开始有历险的感觉,如果我的嘴在用这新的称呼时嗫嚅结巴,——特别是当着克拉芙迪娅的面,她以其女人的德行,也许不会完全赞成这样办……"

"让我来处理吧,"佩佩尔科恩回答,"剩下的只是练习和习惯问题!现在你可以走了,年轻人!离开我,孩子!天黑了,夜已经完全降临,咱们亲爱的她随时可能回来,正是这个时候,你俩碰在一起也许不特别合适。"

"请你保重,佩佩尔科恩阁下!"汉斯·卡斯托普道,随即站了起来,"你瞧,我正克服有理由的拘谨,开始练习这大胆冒失的称呼了。不错,天已经黑了!我可以想象,塞特姆布里尼先生突然闯了进来,一下子拧开灯,好让理性和人气占据上风,——他就这臭毛病。明天见!我离开你房间时是如此快乐,如此骄傲,简直连做梦也想不到。祝你早日康复!你至少会有三天不发烧,在这三天一定能满足生活的所有要求。我真高兴,仿佛我真的是你。晚安!"

荷兰绅士佩佩尔科恩(完)

瀑布总是富有吸引力的旅游目的地。对这飞流直下的景观,汉斯·卡斯托普更是格外倾心,所以对他至今从未去观赏过弗吕埃尔峡谷森林中那画一般的瀑布,我们就不知道该做何解释了。对他跟约阿希姆生活在一起的那段时间,还可以拿他严于律己的表哥当挡箭牌，说他到这儿来是为完成疗养任务，不是待在这里玩儿的，所以就实际而又实用地，把他俩的眼界限制在了"山庄"周围和狭窄的范围里。不久表哥去世了——喏，即使在这之后，如果不算那些滑雪活动，汉斯·卡斯托普对游览当地自然风光的态度，仍旧保持着单调、保守的性质，而这与他内心经历之丰富和"执政"①范围之宽广反差明显、强烈；可恰恰正是这个反差，对于年轻的卡斯托普来说，甚至不无某些他自己心中有数的魅力。不过无论怎么讲，当身边这个连他共七个人的小圈子考虑乘车去看瀑布时，他还是热烈地表示了赞成。

又到了五月，也即平原上那些通俗小调所唱的欢乐的月份，——此间山上的空气相当清新，虽说气温还不够多么宜人，可融雪天气毕竟已经结束了。最后一些天甚至飞过几次鹅毛大雪，不过再也积不起来，所剩下的仅仅一点儿潮湿而已；冬天遗留下来的雪堆也点点滴滴地融化了、蒸发了，直至消失得没有了痕迹。这时候，大地青绿，道路干爽，人们想到外边干什么又可以干什么了。

可惜的只是最近几个星期，由于小团体的首脑、伟大的皮特·佩佩尔科恩身体欠安，大伙儿的交往游乐颇受影响；老先生发了四日疟，不管是异常美好的天气，还是像贝伦斯顾问这样的医生开出的特效药，统统都对它没治。他经常卧床不起，不只是

---

① 关于所谓"执政"的特殊含义，请参阅第六章"关于上帝之国和恶的解脱"一节。

在疟疾逞凶的日子；他的脾和肝也出了麻烦，宫廷顾问背后对他亲近的人就这么讲的；还有他的肠胃状态也不特别好，以致贝伦斯不得不做出暗示：这老头儿尽管体质健壮，在当前情况下已不好完全排除出现慢性心力衰竭的可能。

几个星期以来，荷兰绅士佩佩尔科恩仅只到餐厅吃过一顿晚饭，集体散步除了走得不远的一次，其余全没有参加。不过，咱们私下讲吧，小圈子的松散状态倒让汉斯·卡斯托普感到某些轻松，因为他在与舒舍夫人的旅伴喝酒时发的誓言，令他很是头疼；它使他当着众人与佩佩尔科恩交谈变得如情敌之间对话似的"勉强拘束""拐弯抹角"，就跟佩佩尔科恩发现他当初和克拉芙迪娅说话的情形一样：例如称呼总是能省掉就省掉，实在不能省就委婉其词，花样百出。过去当着别人和克拉芙迪娅谈话，也包括当着她的主宰者和她谈话，总让卡斯托普陷入同样的尴尬或者相反的尴尬境地，现在在发出令对方满意的誓言之后，他更觉得加倍的尴尬了。

话说去观赏瀑布的计划已经提上议事日程，——佩佩尔科恩自己确定了这个郊游目的地，并且自我感觉去一下身体也还行。那是发过疟疾后的第三天，老先生让大家知道，他希望充分加以利用。尽管当天前几次进餐，他都没来食堂，而是和最近经常一样地，单独和舒舍夫人一起在小客厅里进了点儿饮食；可是还在吃第一顿早餐的时候，汉斯·卡斯托普就收到了跛脚门房送来的指示：午餐后一小时做好出发郊游的准备，并向费尔格和魏萨尔传达指令，通知院外的塞特姆布里尼先生和纳夫塔先生车会去接他们，最后再负责预订两辆三点钟上路的四座马车。

时候到了，大伙儿在"山庄"疗养院大楼的大门前集合：汉斯·卡斯托普、费尔格和魏萨尔已经聚在那里，等候着大人物们从特等病房里出来；他们一面等，一面拍弄着马玩儿，让马儿们用自己厚实的、湿漉漉的黑色嘴唇，从他们摊开的手里含食糖块儿。游伴们出现在门前的露天台阶顶上，只是稍稍迟了一点儿。佩佩尔科恩站在克拉芙迪娅身旁，身上穿着件有些破旧的双排扣长大衣，帝王的头颅显得消瘦了些，他用手提了提头上的圆形软帽，唇间含含糊糊地挤出几个音来表示招呼大伙儿。三位男士奔到台阶脚下去迎接他俩，他又跟三个人一一地握手。

"年轻人，"他一边用左手拍汉斯·卡斯托普的肩膀，一边问他，"……你好吗，我的孩子？"

"非常感谢！你也好吧？"汉斯·卡斯托普回答。

旭日当空，是一个晴朗、明媚的好天儿；不过恐怕还是穿上春秋季节的外套好些：坐在车上无疑会感觉冷。舒舍夫人也穿了一件暖和的、束腰带的大格子花呢大衣，围着肩膀甚至还镶了毛皮。一条橄榄色的纱巾在她下巴底下打了个结儿，致使头上毡帽两侧的边沿儿俏皮地往下弯，让她看上去更加妩媚迷人，也害得在场的多数先生心头都更加难受，——唯一的例外是费尔格，只有他没爱上克拉芙迪娅·舒舍。正是这不受约束的自由自在，影响住在院外的两位到来之前临时的座位分配，费尔格就坐在了第一辆车里，背靠车夫，面向佩佩尔科恩和克拉芙迪娅；汉斯·卡斯托普反而跟斐迪南·魏萨尔上的是第二辆车，结果引得克拉芙迪娅冲着他在脸上露出了微微的讪笑。佩佩尔科恩的马来仆人也参加郊游,这瘦弱的男子出现在自己的主人身后,随身带着个大提篮,从篮盖底下伸出两只葡萄酒瓶的长脖子;他把篮子放在头一辆车面朝后边的座位底下,自己则坐到车夫身边并把双臂往胸前一抱。这当儿,车夫给马儿发出信号,并且拉开车闸,马车便循着弧形的坡道行驶起来。

魏萨尔也留意到了舒舍夫人的讪笑,于是露出自己的一口烂牙,开始奚落起同车的卡斯托普来。

"瞧见了吗,"他问,"她在取笑您哩,因为您不得不单独跟我坐?是啊是啊,既然倒了霉,就不用在乎别人的挖苦讽刺啦。您这么坐在我身边,是不是感觉气恼和不是滋味儿呢?"

"您给我放尊重点儿,魏萨尔,说话别这么下流!"汉斯·卡斯托普斥责他,"女人一有机会就笑,为了笑而笑;每次见了都动脑筋,纯属无事找事。您干吗老操这个心啊?您跟我们大家一样,有自己的优点,也有自己的缺点。比如说吧,您弹《仲夏夜之梦》弹得很优美,这可不是人人都行的。希望您下次再弹弹好吗。"

"是啊,现在您那么降尊纡贵地和我谈话,却根本不知道您的安抚包含着多少恬不知耻,"可悲的人儿回答,"不知道它只能让人更加感到侮辱。您说起来多么轻松,可以高高在上地对我安慰几句,因为您尽管眼下出乖露丑了,但毕竟尝过天鹅肉,上过七重天,万能的上帝啊;毕竟在您的脖子周围感到过她那玉臂的温暖,那一切一切,万能的上帝啊,我一想起来就喉咙灼痛,心窝燃烧，五内俱焚！——您所享有的一切我全看在了眼里，我却忍受着一无所有的痛苦……"

"您这样讲不好，魏萨尔。这样讲甚至极其讨厌，我不必对您隐瞒，因为您已经骂了我恬不知耻。您这样确实讨厌，您甚至有意叫人讨厌，所以就不断糟蹋自己。未必您真的爱她爱得要命？"

"太要命啦！"魏萨尔摇着脑袋回答，"真是说不出我忍受了怎样的饥渴，怎样的煎熬，我只想讲，我只能讲，我快死了，然而她却叫我既活不成也死不了！她不在的期间，情况好了点儿，我渐渐把她忘了。可自从她回来以后，天天都在我眼前晃，有时搞得我只能咬自己的胳膊，只能在空中乱搂乱抱，没有任何别的法子。这样的情形本不该发生，可是想忍又忍不住，——谁摊上了，谁也没法忍住，除非连命也不要了，可又不能不要命，——真要死了还有什么指望？遂了心愿再死——那很高兴。死在她的怀里——求之不得。可在这之前，纯属胡来，要知道生命就是欲望，欲望就是生命，自己不可能反抗自己，这就叫进退维谷，这就是我承受的上帝的诅咒。我所谓'上帝的诅咒'只是一句套话，好像我变成了另外一个人似的，我自己不会这样想自己。世间存在种种的苦刑，卡斯托普，谁上了这样的刑具，谁就希望逃脱，千方百计地拼命逃脱，逃脱就是他的目标。可是要想逃脱肉欲的苦刑只有一条道路，只有一个前提，那就是使欲望得到满足，——非这样不可，其他通通都白费劲儿！人生来如此，谁无此经历，他不会多想这种事；谁经历了，他才体会得到我主耶稣基督所受的痛苦，因此热泪盈眶。天上的主啊，这到底算什么安排，这到底怎么回事：肉体竟如此渴望接近肉体，仅仅因为后面这肉体不属于自己，而属于一个别的灵魂；——多么奇怪呀，仔细看看这要求也挺含蓄、友善，也一点儿不过分！完全可以讲：如果所欲仅此而已，看在上帝分上，满足他不就完啦！我到底希望什么，卡斯托普？我想杀害她吗？我想叫她流血而死吗？不，我只是想跟她亲热亲热！卡斯托普，亲爱的卡斯托普，原谅我，原谅我哭哭啼啼，可她，上帝保佑，也可以遂遂我的心愿哦！何况这并不贬低辱没她，卡斯托普，我可不是什么畜生，我也是个好端端的人啊！要是肉欲横冲直撞，毫无节制，无固定对象，我们就称其为兽欲。然而它要是固定在某个有特定长相的人身上，那我们马上就要改称其为爱情了。我可迷恋的不只是她丰腴的躯体，而还有她的芳容，设若她的容貌哪怕稍微只有那么一点点改变，你瞧吧，可能我对她的整个肉体都不感兴趣了；由此可见，我爱的是她整个身心，而我呢，也以自己的整个身心爱着她。要知道，对容貌的爱就是对心灵的爱……"

"您怎么了，魏萨尔？您完全丢了魂儿似的，上帝知道您在胡说八道些什么……"

"可确实如此，确实这正是不幸之所在，"可怜的人继续说，"正是因为她也有心灵，她也是一个由肉体和心灵构成的人！由于她的心灵根本不想了解我的心灵，她的肉体根本不愿与我的肉体有任何瓜葛，这样就产生了不幸，产生了巨大的痛苦；如此一来我的欲念遭到诅咒，变成了耻辱，我的身体不得不扭曲挣扎，永无止境！为什么她的肉体和心灵都一点儿不肯了解我，卡斯托普，为什么我的欲念令她感到恐惧？难道我不是一个男人？一个令人讨厌的男人就不是男人？我甚至是个超级男人啊，我向您发誓，只要她对我张开她那温柔的臂膀，那如此美妙的、属于她心灵的容貌的臂膀，我对她的报答将超过这儿的所有男人！我将让她尝到世间所有的快乐，卡斯托普，如果关系到的只是肉体，而与容貌无涉；如果她那该死的心灵不那么厌恶我。可是，没了这心灵，我又完全不会迷恋她的肉体，——这，正是鬼迷心窍似的进退两难，而我呢就只有在里面永远地挣扎下去！"

"魏萨尔，嘘！小声点儿！车夫听得懂！他尽管脑袋一转没转，我却从他的脊背看出，他注意在听。"

"他听得懂并且在注意听，您说对了，卡斯托普！这下您又看见了人的天性，人的本能！如果我讲的是重演性变态或者……流体静力学，那他就听不懂，那他就一窍不通，因此也不再听，因此便一点儿不感兴趣。要知道这些可不通俗。然而，关系到肉体和心灵的事情，既是最高、最后和最隐秘的事情，你瞧，同时又是最最通俗的事情；这事人人懂得，并且喜闻乐见，如果有谁因为此事而白天愁眉苦脸，夜里辗转反侧，那大伙儿就更高兴！卡斯托普，亲爱的卡斯托普，您就让我哭哭哀哀吧，要知道，我熬过的是怎样的夜晚哦！我每天夜里都梦见她，唉，她什么我不曾梦见过哟，一想到这些，我便喉咙冒火，五内俱焚！而最后每次都是她扇我耳光，照准我脸颊上揍，有时还啐我口水，——厌恶得拉长了脸子啐我口水，随后我便大汗淋漓地醒来，既感羞耻又觉销魂……"

"这样,魏萨尔,现在咱们静一静好吗,让咱们闭上嘴坐一会儿,一到香料店就有谁要加入进来了。我这么建议,这么安排。我不想侮辱您,我知道您烦恼大着呢,不过咱们家里有一个故事,讲的是一个人遭到了惩罚,以致他一讲话嘴里就会钻出蛇或癞蛤蟆来,每讲一句话吐出一条蛇或一只癞蛤蟆。书里没讲他对此怎么办,但我总是推测,他最后的对策会是闭上嘴巴。"

"可这是人的需要喽,"魏萨尔可怜巴巴地说,"亲爱的卡斯托普,讲话是人的需要,如果他遇上了我这样的烦恼,必须让心里轻松轻松。"

"这甚至是人的权利,魏萨尔,您要是愿意说。不过按照我的观点,在一定的情况下,有些个权利还是不使用更明智些。"

于是遵照汉斯·卡斯托普的安排,他俩安静了下来;再说马车也很快驶抵香料店爬满葡萄藤的小屋前,在那儿一秒钟也用不着等待,纳夫塔和塞特姆布里尼已经站在路上。塞特姆布里尼仍旧穿着他那件破皮夹克,纳夫塔则身着一件乳黄色的春天穿的外套,全身都收拢得紧巴巴的,很有些花花公子的味道。趁马车掉转方向的机会,大伙儿相互挥手,彼此问候,两位后到的先生随即也上了车:纳夫塔成为前一辆车的第四名乘客,坐在费尔格的旁边;塞特姆布里尼情绪高昂,连珠炮似的说着打趣话,上了汉斯·卡斯托普和魏萨尔那辆车。魏萨尔把自己面朝前的正座让给了塞特姆布里尼,他呢也就像参加花车游行似的,慢条斯理地坐了下去。

他大赞乘车出游是一种享受:身体于舒适平稳之中始终保持

着动感,眼前的场景却随之不断转换。他对汉斯·卡斯托普表现出父亲般的关怀,甚至用手拍了拍可怜的魏萨尔的脸,要他忘掉自己那些不开心的事儿,好好欣赏明媚的大自然,说时伸出他戴着只破皮手套的右手,东点点西指指。

他们一路顺畅。拉车的四匹马油光水滑,健壮结实,额头上全都有漂亮的白斑;路况很好,还没有什么灰尘,马蹄在路面上叩击出坚实而欢快的节奏。路边时不时地有些乱石堆,从石头的裂隙中长出来了草和花;电线杆子一根一根飞速后退,山上的森林则逐渐长高起来,马车向上爬行和驶过的盘山道让沿途的景色一直保持着新鲜;在阳光照耀的远处,一部分积雪未消的群山始终笼罩在雾障之中。已经走出习惯了的峡谷地区,生活场所的更新令人神清气爽,心旷神怡。不久就到了林子边上:从此开始准备徒步前行,直奔目的地;——与这目的地之间,尽管一开始大伙儿未曾察觉,其实早已存在微弱的感官联系;眼下,这联系正越来越强,越来越清晰。一当马车停下,大家全注意到了远远传来时隐时现的声音,嘶叫声、震颤声、咆哮声混成一片,叫人难以分辨,叫人驻足聆听。

"现在不过还显得怯生生的,"常来此地的塞特姆布里尼说,"可到了跟前,在这个季节就暴戾可怕,——各位做好思想准备吧,咱们自己说些什么,都会听不清楚的。"

说着一行人踏上一条撒满湿漉漉的松针的小径,钻进了森林。皮特·佩佩尔科恩由他的女伴挽着走在前面,黑色的软帽扣在额头上,步子有些倾向侧边;在他俩身后,中间走着汉斯·卡斯托普，跟所有其他先生一样没戴帽子，手插在裤兜里，歪着脑袋，嘴里轻轻吹着口哨，两只眼睛东瞅西望；随后是纳夫塔和塞特姆布里尼，再后是费尔格和魏萨尔；还有马来仆人挎着食品篮，独自一人在后边收尾。大伙儿的谈话都与林子有关。

眼前这座林子与其他林子不同，它的景象美妙如画而又奇特，是的，甚至富有异国情调，但是却叫人感到阴森可怕。林中充斥着一种盘来绕去的苔藓植物，一堆一堆，一挂一挂，整座林子几乎都让它给包裹起来了；布满厚厚苔藓的树枝上悬吊着毛茸茸的寄生藤蔓，长长的如同胡须，颜色却极其怪异：几乎看不到松针，到处只见挂着吊着的苔藓，——满眼沉重、怪诞、扭曲的景象，这林子好像着了魔生了病似的。它这个样子当然不好，当然会生病；这些讨厌的苔藓地衣眼看快要把它窒息，大伙儿一致认为。一行人踩着松针小径继续往前走，离目的地越来越近，耳朵里听见的声音也越来越响：唰唰声和哗哗声渐渐变成了咆哮，塞特姆布里尼先生的预言眼看便会得到证实。

再转一个弯，眼前便豁然开朗：呈现在眼前的是一道森林大峡谷，上边架着桥，一挂瀑布飞泻谷底；人们在看见瀑布的当口儿，那咆哮声也震耳欲聋，响到了极点——只有地狱里才会这么闹腾吧。巨大的水帘垂直泻下，到底儿整个只有一级；可这一级的高度足有七八米，宽度也差不多，到底儿后则涌着白沫，从岩石上翻卷而去。它坠落时伴随着疯狂的声响，这声响似乎混合了所有可能的声音的种类和高度，有闪电惊雷，有狂风呼啸，有嚎叫声，有哀鸣声，只听轰隆轰隆，哗啦哗啦，噗嗵噗嗵，哐啷哐啷，各种声音乱成一片——真听得人头昏耳鸣，神经错乱。一行人踏着湿滑的岩石小径，移动到瀑布跟前就近观赏，口鼻吸着湿润的空气，劈头盖脸被水沫儿所喷洒，整个人都罩在了水雾里，耳朵里灌满巨大的声响，结果反倒像死死地塞着棉球似的什么也听不见了；大伙儿只能畏葸地相视而笑，彼此摇一摇脑袋。这持续不断的流泻奔涌、风雷激荡，这疯狂的、无节制的自然闹剧，麻痹了他们的神经，引起了他们的恐惧，造成了他们的听觉紊乱。他们似乎觉得，从头顶上和四面八方，都冲他们发出了威胁和警告的吼声；这吼声犹如无数的大喇叭在狂吹，这喊声犹如一些男人粗粝的嗓音在叫唤。

大伙儿簇拥在荷兰绅士佩佩尔科恩身后——舒舍夫人也混在五位男士中间，跟着他一起观赏那瀑布。他们瞅不着他的脸，却能看见他光着的脑袋银发飘飞，胸脯在新鲜的空气里膨胀开来。他们用目光和手势交流着感受，因为讲话显然是没有用的，即使对着耳朵吼叫也会让如雷的瀑布声淹没。他们噏起嘴唇，以口型做出惊叹的表示，但仍不发出一点儿声音。汉斯·卡斯托普、塞特姆布里尼还有费尔格，他们摇头晃脑地商量好，要从眼下所在的谷底攀登到谷顶去，从那儿的栈桥上更好地观赏瀑布。攀登并不多么艰难：有一道在陡峭的岩壁上凿出来的阶梯，引导着他们仿佛在林子里更上一层楼。他们鱼贯往上爬，到了桥的中间便将身子俯在栏杆上，越过瀑布的弧形水帘向下边的伙伴招手。随后他们完全过了桥，再从另一侧吃力地爬下去，到了瀑布的另外一边，在那里又跨过一道桥，才重新出现在留在底下的人的视线里。

眼下的手势表明该进行野餐了。大伙儿从不同的方向集中过去,想要避一避这闹腾得太厉害的区域,饱口福时耳根可也该清静清静,又聋又哑可是不好。然而请注意了,佩佩尔科恩的意见刚好相反。他摇着脑袋,食指反复地指点着脚下,拼命地张开皲裂的嘴唇,做出来一个"这儿!"的口型。有什么办法呢?在这类导演说了算的问题上,他可是老板,他可是司令啊。即便今天他不像往常总是活动的主持者和东道主吧,他这个人物本身的分量也让他说一不二。他本人的规格就给了他权威,就使他成了独裁者,从来如此,永远如此。伟大的荷兰绅士他希望面对瀑布,在震耳欲聋的水声中野餐,并且固执己见,谁要不想空着肚子上路,谁就必须留下来。多数的人对此心存不满。由于失去了人与人交流的可能,不好再民主而亲切地交谈甚或争论了,塞特姆布里尼便一脸的绝望和无奈,用手蒙住了脑袋。马来仆人却忙不迭地执行着主子的指示。他靠近岩壁支开了两把折叠椅,一把给荷兰绅士,一把给夫人。随后他在他们脚下铺开一块布,把提篮里的饮食器具摆在布上:咖啡具、玻璃杯、热水瓶,以及面包、蛋糕和葡萄酒等等。大伙儿挤在一起分摊了饮食。然后就坐的坐在石块上,倚的倚靠着路旁的栏杆,手里端着热气腾腾的咖啡杯,膝头上放着盛糕点的盘子,在震得人头昏脑胀的巨响中默默地野餐起来。

佩佩尔科恩竖起大衣领子,帽子放在身边的地上,用镌刻着自己签名的银杯喝波尔多葡萄酒,已经一口气干掉了几杯。谁知突然之间,他讲起话来。这个怪老头儿啊!他连自己的声音都不可能听见,更别提其他人了;其他人听不见他发出的任何一个音,要是他还发出了音的话。可是他仍举起食指,右手端着酒杯,伸出左臂,手掌斜着向上摊开;他那王者般的脸孔看得出正在讲话,嘴巴正吐出一些无声的字词,仿佛是在真空里说的一样。大伙儿望着他都笑吟吟的,一脸惊愕,谁都以为他很快会停止这样的白费劲儿,——其实不然!他一个劲儿地冲那吞没一切的巨响讲啊讲啊,还用左手优雅地打着手势,不断打着富有魔力的、迫使人不能不注意听的手势,同时在他紧绷的皱纹深重的额头底下,张大了那双疲惫、黯淡的小眼睛,一会儿瞅瞅这个听讲者,一会儿瞅瞅那个听讲者,害得人家只好扬起眉毛冲他点头,同时张着嘴巴,把手掌挡在耳朵背后,仿佛如此一来这完全没治的事情真可以有一点儿治。现在他甚至站起来啦!只见他伫立在岩壁前,手里端着酒杯,压得皱巴巴的旅行大衣几乎拖到了脚背,竖起了领子,光着个大脑袋,偶像般高高的、皱纹深重的额头周围银发飘飘,脸孔不停地嚅动,为了赋予自己那模糊不清的祝酒词以确凿无疑的含义,他又把用指甲如同矛尖的手指扣成的圆圈儿举到了面前。从他的手势和他嚅动的嘴唇,人们可以辨认出一些习惯于听他讲的词语:"没问题!""行啦!"——如此而已。他歪着脑袋,咧着嘴唇,一脸的苦相。可接着脸上又出现深深的酒窝,一副惯于享乐的德性,样子活像个拎着袍子跳神的淫邪的巫师。他举起酒杯,在客人们的眼前画了个半圆,然后两三口喝完它,直喝了个杯底朝天。随后他伸长手臂,把杯子递给一只手掌按在胸前的马来仆人,又做了个可以动身的手势。

大伙儿对佩佩尔科恩鞠躬表示感谢,同时准备执行他的指示。蹲在地上的人跳了起来,栏杆上坐着的则滑到了地下。戴着硬圆帽子、衣领镶着毛皮的瘦弱爪哇人则忙着收拾吃剩的饮食和餐具。以与来时完全一样的狭长队形,一行人踩着湿漉漉的松针小径,穿过挂满藤萝苔藓的森林,回到了停车的大道上。

汉斯·卡斯托普这回上了东道主和他旅伴的车。他坐在对任何高深问题都一窍不通的老好人费尔格旁边,跟那一对儿面对面。回程中大伙儿几乎什么话也没有讲。荷兰老头儿坐在那里,两只手掌按在盖着他连同克拉芙迪娅双膝的旅行毯上,下巴松弛低垂着。车尚未越过铁轨和饮水管,塞特姆布里尼和纳夫塔便下了车,告了别。魏萨尔独自坐在第二辆车里驶过了弧形的山路,大伙儿在疗养院的大门前分了手。

这一夜汉斯·卡斯托普好似心里有着什么连自己也一点儿不清楚的预感,睡得很是警醒而不踏实,在这疗养院中已经习惯了的宁静之夜,只要稍稍有点儿异动,只要远处有谁奔跑引起几乎察觉不出的大地震颤,就足以将他惊醒,使他坐起在床上。半夜两点过一点儿,在有人来敲他的门之前,事实上他已失眠了很长时间。因此他马上就做出了回答,神志清醒地、嗓音有力地做出了回答。叫门的是院里一位护士音调很高但却有些犹豫的声音,她是受舒舍夫人的委托,来请他马上到二楼去。卡斯托普提高嗓音说谨遵吩咐,跳下床来迅速穿上衣服,用手指梳理了一下额前的头发,然后便既不太慢也不太快地下到了二楼,心里不甚清楚半夜三更怎么出了事,但却清楚出了什么事。

他发现佩佩尔科恩特等病房的大门敞开着,进他卧室的房门同样也开着,房间里边灯火通明。两位医生、米伦冬克护士长、舒舍夫人,以及老先生的爪哇贴身仆人全都在场。这家伙的穿着不似平日,而像穿的是某种民族服装,汗衫一样的宽条子上衣,袖子又长又大,下身不是裤子而是一条彩色的裙子,脑袋上戴着顶球形的黄呢软帽,此外胸口上还垂着个护身符似的饰物,他抱着双手,木呆呆地站在佩佩尔科恩床头的左边,老先生仰卧在床上,两手平伸向前。来人脸色苍白地看清了整个场面。舒舍夫人背对着他,坐在床脚头的一把矮靠背椅上,臂肘撑在被盖上,双手托着腮帮,指头埋在下嘴唇下边,两眼直视着她旅伴的脸孔。

"晚上好,小伙子。"贝伦斯说。他正站在那里跟克洛可夫斯基博士和护士长低声交谈,哀伤地冲卡斯托普点了点头,捻了捻白胡髭。他穿着白大褂,胸前的口袋里伸出来听诊器,脚上套着绣花拖鞋,衣服没有领子。"毫无办法了,"他轻声补充了一句,"能做的全做了。您只管过去。用您行家的眼光看看他。您会承认,再高明的医术也注定没有用喽。"

汉斯·卡斯托普踮起脚尖蹑到床前。那马来人死死监视着他的一举一动,头一转也不转,眼眶里只剩下了眼白。汉斯·卡斯托普瞟了瞟一旁的舒舍夫人,断定她并没有注意他,便以一只腿承受全身重量的典型姿态站在床边,两手相互握着垂在腹部跟前,头微微偏着,显出庄严沉思的样子。佩佩尔科恩穿着卡斯托普常见他穿的羊毛汗衫,躺在红绸面子的被盖底下。他两手呈青紫色,脸孔有些地方也是如此。这使他模样变了不少,虽然王者的特征犹在。白发婆婆的高高额头上,偶像般的皱纹纵横交错,横着的有四至五道,竖着的则在两侧呈直角引向两鬓,这是他一生紧张劳碌的明显标志,即使在他垂下眼睑静静躺着的时候吧,仍鲜明地显现了出来。痛楚皲裂的嘴唇微微张开。脸色青紫说明是突然窒息,生命赖以维系的呼吸循环出现了障碍。

面对眼前的景象,汉斯·卡斯托普一动不动地沉思默想了一会儿;他犹豫着是否该放松放松姿势,同时等着那"未亡人"招呼自己。可是没有招呼,他也就暂时不想打扰她,而是转过身去看在场的其他人。宫廷顾问朝客厅歪歪脑袋,他于是跟了过去。

"是自杀吗?"他压低嗓门,很在行地问……

"嗨!"贝伦斯回答时手一挥,然后补充一句,"百分之百。绝对没错儿。你见过如此精致的玩意儿吗?"他问,同时从白大褂口袋里掏出只形状不规则的小盒子,从盒子里取了点儿小小的东西让年轻人看……"我没见过。可值得一看。见识不完啊!精巧而富于想象力。我从他手里取出来的。当心!滴一滴在你皮肤上立刻会烧起泡。"

汉斯·卡斯托普用手指捻着这神秘的玩意儿转来转去。它是由钢、象牙、黄金和橡胶做成的,看上去非常奇怪:两枚亮晃晃的钢质叉针,前部弯曲却又极为尖利,后边插进一根微呈螺旋状的镶金象牙杆里,由于具有弹性,叉针可以在里边伸缩活动,象牙杆的末端则连着一个不太硬的黑色橡胶球。整个体积不过几英寸。

"这是什么?"汉斯·卡斯托普问。

"这个嘛,"贝伦斯宫廷顾问回答,"是一个结构精巧的注射器。或者反过来说,是一副机械的眼镜蛇牙齿。您明白了吗？——看来您并不明白,"他说,因为发现汉斯·卡斯托普仍然低着头,莫名其妙地盯着那玩意儿在看,"那是两颗毒牙。不完全是实心的,中间各有一根细如发丝的管子,管口在齿尖这上面一点儿清晰可见。自然喽,在齿根这儿也各有一个管口,与跟象牙杆衔接着的空心橡胶球连通了起来。很明显,牙齿借助弹性会向内咬合;一挤压橡胶球就会把里面的液体压入管道,同时针尖便扎进肉中,毒液也立刻渗入血管。说起来真是简单极了,需要的只是想得到。看样子多半是根据他本人的设计定制的喽。"

"肯定!"汉斯·卡斯托普附和道。

"剂量不可能很大,"宫廷顾问接着说,"量既然不大,那就必须用……"

"药力来弥补。"汉斯·卡斯托普替他说完。

"是的是的。至于究竟是什么,咱们会弄清楚的。调查的结果令人好奇,无疑会长见识喽。咱俩打赌吧,里边那个守夜的外国佬,他今晚上这么精心穿戴,肯定能向咱们透露一切!我猜测,这是一种动物毒素和植物毒素的混合液,——无论如何吧,是最最厉害的,因为效果必须如同迅雷闪电。所有迹象都证明是这样,它使他立刻停止了呼吸,您知道,麻痹了他的呼吸中枢,于是猝然窒息而死,很可能既未挣扎,也无痛苦。"

"感谢上帝!"汉斯·卡斯托普虔诚地道,同时把那神秘而精巧的器械递到宫廷顾问手中,叹了口气,回到里边的卧室去了。

房中只剩下了马来仆人和舒舍夫人。这回当年轻人又向床边走去的时候,克拉芙迪娅朝他抬起了头。

"您有权希望我派人通知您。"她说。

"您太好了，"他应道，"您做得对。我们毕竟是彼此称'你'的朋友嘛。我打心眼儿里感到羞愧，我曾经羞于在人前和他以'你'相称，总是转弯抹角力图回避。——他临终时刻您可在场？"

"仆人通知我的时候，一切都过去了。"她回答。

"他真是个人物，"卡斯托普重新提起话头，"他把对生活的感受力的丧失，视为宇宙的灾难，视为对神灵的亵渎。要知道，他把自己看作是上帝合欢的器官啊，您必须清楚。这就是王者的痴迷……人真正感动了，就有胆量用一些听起来不雅和渎神的词儿，而实际上呢，这些词儿比官方选定的那些祈祷词更加神圣。"

"他这是自动弃权，"克拉芙迪娅说，"他知道咱俩干的傻事吗？"

"我不可能对他否认啊，克拉芙迪娅。他已经猜到了，从我拒绝当着他吻你的额头猜到了。眼下他还在这儿，不过只是象征性的而非现实的存在，那就让我吻吻你好吗？"

她向他稍微伸过头去，同时闭上双眼，算是给了个小小的暗示。他让嘴唇贴近她的额头。在一旁监视的马来人骨碌碌地转动褐色的兽眼，目睹着这个场面唯有翻白眼儿的份儿。

麻木不仁

我们又一次听见宫廷顾问贝伦斯的声音——让咱们好好听听它吧！也许是最后一次听见它啦！就连这个故事本身最终也得结

束不是；它拖的时间太长了，或者确切地说：它的内容的时间一滚动起来就没法再停止，就连它的音乐时间也接近了尾声，可能不再有机会让我们聆听贝伦斯顾问，聆听这位妙语连珠的冥王拉达曼提斯的欢快音调了。这当口，他对汉斯·卡斯托普说："卡斯托普，老伙计，您闷闷不乐，拉着个嘴脸，我见您天天这样，无聊烦恼明明白白写在额头上边。你小子给惯坏啦，卡斯托普，每天都得拿特别新奇的事来诓您，如果哪天降了档次，您就使脸子，就抱怨日子难过。我说得对还是不对？"

汉斯·卡斯托普沉默不语，而既然沉默不语，就说明他内心确实充满阴郁。

"我说得对，向来对，"贝伦斯自己做了回答，"得趁您在此地给我散布开消极悲观情绪之前，您这快快不乐的国民啊，我要让您看到，您还没有让上帝和世界给彻底抛弃，上边还有一只眼睛注视着您，一只始终不曾转开的眼睛，我亲爱的，它不倦地想着要使您快活起来。老贝伦斯还在这儿嘛。呐，不开玩笑了，我的孩子！对您的事情我有了一个想法，在一些个不眠之夜，上帝知道，我为您想出了什么。简直可以说是得到了启示——事实上我也由此产生了希望，也就是说不多不少，您将出乎意料地很快清除掉身上的病毒，胜利回家去啦。"

"瞧您瞪大了眼睛。"贝伦斯在稍作停顿后接着说；其实卡斯托普根本没有瞪眼睛，倒是睡眼惺忪地、心不在焉地瞅着他。"您做梦也想不到老贝伦斯的意思是什么。我的意思嘛就是：您有些不对头，卡斯托普，以您可贵的敏感，也不会没有发现吧。

说您不对头是因为，您局部的身体状况无疑已经大有好转，可是一些时候以来您的精神状态却与此不协调——从昨天起我才开始思考这个问题。这儿是您最新的片子……咱们让这奇迹对着亮光吧。您瞧，就算让咱们大皇帝陛下经常讲的最最吹毛求疵、最最悲观绝望的人来找，都再也找不出多少毛病来了。有几个病灶已经完全吸收，那个鸟窝状的阴影变小了，边沿已经清晰，以您的博学，当然知道这意味着痊愈。有鉴于此，您体温仍不稳定就不大好解释了。老弟，作为医生，我感到有必要另外寻找原因。"

汉斯·卡斯托普脑袋动了动，表明他出于礼貌，多少还是有点儿好奇。

"这下您会想，卡斯托普，贝伦斯这老家伙不得不承认治疗失误喽。可您打错了算盘，既看走眼了事情，也看走眼了贝伦斯老头儿。您的治疗没有错，只可能片面了一点儿。我发现了这种可能性，您的症状从一开始就不该仅仅归之于结核病，现在又进一步从可能推导出很可能，就是今天它们根本与结核不再有关系。您必定有别的病根。依照我的看法，您带的是球菌。"

"我深深地坚信，"贝伦斯发现卡斯托普的脑袋动了动，于是加强了语气说，"您带的就是球菌——不过也用不着马上就惊慌失措。"

（根本谈不上什么惊慌失措。汉斯·卡斯托普脸上流露出来的更多是揶揄加无奈，算是承认对方的机灵也好，算是对宫廷顾问再次以推测给予他荣幸的反应也好。）

"没理由慌慌张张！"贝伦斯换了一个说法，"球菌人人身上都有。每头驴子身上都有。您没必要背思想包袱。咱们新近才知道,人血液里尽管带了链球菌,却不一定会表现出受到感染的症状来。我们面对着一种许多同行还一无所知的情况,就是血液中可能会有许多结核菌,但完全不造成任何后果。咱们由此再往前走不上三步,就会得出结核病原本是一种血液病的结论。"

汉斯·卡斯托普觉得挺有意思。

"既然我说到了链球菌,"贝伦斯重新提起话头,"那自然得请您别联想到那种众所周知的严重疾病。至于您身上是否已经有这些小东西安了家,那还得通过对血液做细菌化验来确定。不过发烧——假设您已经发烧——是否由它们引起的,那还得看注射链霉素的结果;在当前的情况下咱们就得采用这种疗法。这就是出路,亲爱的朋友,对它,如已说过的,我期待着意想不到的效果。结核病原本是一种久治不愈之症,可今天这类的病也能迅速治愈了;如果注射真的对您见了效,那您六周之后就会健康得能蹦能跳。您说什么来着?贝伦斯老头儿挺称职,是不是?"

"暂时只不过是个假设嘛。"汉斯·卡斯托普有气无力地回答。

"一个会被证明的假设!一个极其富有成果的假设!"宫廷顾问反驳道,"您会看见的,让链球菌在咱们的培养基上繁殖,那成果是多么巨大。明儿个咱们就来为您开钻,卡斯托普,严格依照江湖郎中给人放血的程序!玩笑归玩笑,可对身体和心灵的神奇疗效那真叫……"

汉斯·卡斯托普答应接受治疗,感激医生对自己的特别关照。他脑袋歪在肩膀上,目送着两条胳膊像划桨似的贝伦斯渐渐远去。主治医生的一席话说得正好在节骨眼儿上；这位拉达曼提斯，这位冥土之王，他对咱们这个"山庄"疗养客脸上的表情和心里的情绪，解读得相当准确，因而他当前的新任务就定下来了——完全定下来了，其意图一点儿没法否认，就是要突破这位客人从不久前开始在心里打下的死结。贝伦斯如此判断的出发点是他的神气和脸色；它们太像已经短命的约阿希姆的神气和脸色了，当初，他在固执地酝酿着中断治疗、强行出院的决定时，就是这副模样。

还有更多情况须讲讲。不只是他自己，不只是汉斯·卡斯托普本人，仿佛觉得已经面对着这样一个死结，而是一切一切，而是整个世界，都处于同样的状态，或者说得更恰当一点儿，他已感觉很难再把这里的特殊与一般相区别了。自打他与那位大人物的关系怪诞地遽然结束以来，自打这怪诞的结束在疗养院里造成了各种各样的骚动以来，自打克拉芙迪娅·舒舍重新离开山上的病友，本着既尊重又体谅的精神，在悲哀而极其无奈的气氛中，跟她主人还在世的以"你"相称的好兄弟互道过珍重以来——自打经历了这个转折，我们年轻的主人公便感觉世界和人生整个都完了；因此他感觉特别不自在，因此他越来越忧心忡忡，好像有一个魔鬼当了道，一个又凶狠又蛮横的魔鬼，这家伙尽管长期以来已在肆虐，可眼下却公开称王称霸、肆无忌惮起来，悄悄在人心中散布神秘的莫名恐惧，叫它产生出逃跑的念头，——这个恶魔，名字就叫麻木不仁。

如此称麻木不仁为恶魔，赋予它以神秘而恐怖的影响，读者可能会批评写小说的人夸大其词，想入非非。其实呢，咱们没有凭空杜撰，而是严格依照着单纯的主人公的经历。他们了解这一经历的方式读者自然无从查考，但我们对它的了解就是如此，它证明在当时的情况下，麻木不仁确实有了我们说的性质，在他心里造成了那样的感受。汉斯·卡斯托普环顾四方……所见到的一切全都可怕，全都凶险；他清楚：他见到的是没有了时间的生活，是无忧无虑然而也毫无希望的生活；生活变成了怠惰放荡，既停滞不前却又忙忙碌碌；生活已经死去。

其中的忙忙碌碌更显眼些，具体表现为形形色色并行不悖的活动；不过有时候其中的一种也会成为众人狂热追求的时髦，叫其他所有活动相形见绌。例如业余摄影，在"山庄"这个世界里历来地位显赫；已经有两次——因为谁要常住山上，谁就有可能遭遇这瘟疫的周期发作——摄影热持续达几个礼拜乃至几个月，最后竟全院都疯狂起来，没有一个人不是一本正经地把脑袋埋在顶着肚子的相机匣子上，小心翼翼地按下快门儿；随后又没完没了地一桌一桌传观照片。突然之间，自行冲洗照片又风光起来。现有的一间暗室远远满足不了需求。于是就给卧室的窗和通阳台的门蒙上黑布；大伙儿在红光之下长时间地捣鼓那些化学药水儿，直至有一天失了火，差一点儿没把"好样儿的俄国人席"那个保加利亚大学生烧成灰，院方终于发布了禁令。很快人们玩腻了普普通通的拍照，闪光摄影和拍彩照便盛行起来。大伙儿把照片欣赏来欣赏去，其实那上边的人让突然一闪的强烈镁光一惊，个个都目光呆滞，脸色煞白，面皮痉挛，活像遭人谋杀后死不瞑目地埋在那里的尸体。汉斯·卡斯托普呢保存着一张用硬纸板框起来的玻璃底片，对着亮光一照，就可以看见一边是施托尔太太，一边是皮肤呈象牙色的莱薇小姐，前者穿着天蓝色的绒线衫，后者的绒线衫血红血红，站在两人中间的他自己则脸呈古铜色，上衣的扣眼儿里插着一朵乳黄色的花，脚下是一片开满同样花朵的、暗绿色的林中草地。

除了摄影还有集邮，这项活动都有一些人在进行，是不是的确也会变成公众的嗜好。只见人人都在贴，都在攒，都在换。集邮杂志订阅了不少，跟国内外的邮商、邮协和邮友保持着联系，甚至有些人花数额惊人的钱去觅取珍邮，尽管他们的家庭经济状况要维持豪华疗养院几个月或几年的开销，都已捉襟见肘。

集邮盛行了一段时间，直至另一种嗜好占了上风，例如接着便风行起了收集和不停地大嚼各式各样的巧克力。结果是满世界都看见棕色嘴巴的男女，害得院里食堂的美味佳肴无人问津，净遭抱怨，原因是客人们的肚子里填满了牛奶核桃仁巧克力、杏仁奶油巧克力、那不勒斯侯爵牌巧克力和金沙猫舌巧克力，胃口全没了。

蒙着眼睛画小猪，曾是最高当局在过去了的狂欢之夜发起的一项活动，自此搞了好长一段时间；接下来的耐力比赛就演变成了画几何图形，在一段时间里耗尽了院里所有疗养客的精力，甚至包括那些垂死者最后剩下的一点点体力和思想。几个礼拜之久，疗养院整个被一种稀奇古怪的图形所风靡，组成它的是大大小小至少八个圆圈和许多个彼此套在一起的三角。要求是只手一笔把这错综复杂的图形画在一个平面上，但最高的境界还是蒙上眼睛把它稳稳当当地画出来，——最后帕拉范特检察官毕竟成功了，成了这一机敏测验的高手，如果美观方面的细微瑕疵暂且忽略不计的话。

我们知道，此公正努力研究数学，听宫廷顾问本人说，再加我们也了解到，他热衷于此的动力是为克制冲动；我们曾听到过对钻研数学的赞美，说它有冷却和抑制肉欲刺激的作用，说要是钻研的人多起来，最近院里被迫采取的某些防范措施看样子就多余了。这些措施主要体现在封闭阳台的所有通道，在靠近栏杆的乳白色玻璃隔断的豁口加装上一道道小门，入夜时再由浴室管理员给门上锁；结果是招来了客人们普遍的冷笑。从此在露天平台顶上的二楼进进出出就更频繁了，因为只要翻上栏杆，爬过玻璃顶棚，就可以来往于一个个卧室之间。只不过对帕拉范特检察官呢，这一整肃风纪的新措施压根儿就无须采取。那位埃及公主对他发出的严重挑战早已经战胜，她已成了给他自然本能造成麻烦的最后一个女人。如今他已怀着双倍的热情，投入明眸的数学缪斯的怀抱，而这个女子镇定心灵的道德力量，贝伦斯顾问是津津乐道的；如今他夜以继日，以他全部的不屈不挠和运动员似的坚韧精神，孜孜不倦地思考的不是别的问题，而是求出圆形的积①，可过去即在他一再地延长休假，养病养得几乎退了休之前，他却以同样的韧劲儿去证明一些个可怜虫有罪。

---

① 这在数学上属于无解的问题。

这位走火入魔的官员在钻研过程中坚持认为，科学界企图用来支持不可能求出圆形之积的证据站不住脚，而上苍有眼，偏偏把他帕拉范特从山下的芸芸众生中挑了出来，让他来到这山上，因为他命定就该在尘世的精确科学里，完成那个超验的使命。他的情况就是如此。他用圆规画画算算，走到哪儿画到哪儿，在无数的纸上画满了图形、字母、数字、代数符号；他面色黝黑得像个精壮的汉子，可脸上的神气却狂热而偏执。他的言谈单调得可怕，题目仅仅一个，总是关于圆周率 π，总是关于这个令人绝望的分数，说什么有个微不足道的心算天才，名字叫查哈里阿斯·达萨，他有一天竟一直算到了小数点下的两百位，——而且是纯粹白费精神，因为即使算到了两千位吧，却仍未穷尽那接近无法达到的完全精确的可能，以致可以宣称无法更加接近。人人都躲避着这位痛苦的思想家，因为他只要逮着谁的前襟，谁就得忍受他火山岩浆般的热烈倾诉，目的是唤醒你的人性，让你感觉出用这可怕的、非理性的神秘分数来污染人的精神，是何等可耻的事情。一次次用直径乘以 π 求圆周长都毫无结果，以半径开二次方求圆的积也毫无结果，令检察官一阵一阵地产生了怀疑，怀疑人类自阿基米德以来就把问题太复杂化了，怀疑它的答案事实上再简单不过，简单得几乎如同儿戏。为什么就不可以把弧线掰直？也就是为什么不可以把任何的直线弯成圆圈？有些时候，帕拉范特相信马上就会豁然开朗了。因此，病友们经常看见他很晚还独自坐在空寂而昏暗的食堂里，坐在自己已经收拾干净的桌子前，小心翼翼地把一段绳子在桌面上摆成个圆圈儿，摆着摆着却突然又把它拽直，然后呢便捧着脑袋苦思苦想。有时候，宫廷顾问也凑过来替他分分忧，解解闷儿，只不过结果总是让他更加想入非非。苦闷的人也曾找汉斯·卡斯托普诉说自己爱的烦恼，因为得到的是对他迷上了圆形的友善理解和同情，所以便找了一次又一次。他向年轻人出示一张精确到了极点的图形，就是在内外两个由无数微小的边组成的多边形之间极其认真地嵌入一个圆形，尽最大的可能接近纯粹的圆，以此向卡斯托普阐明 π 确实是令人绝望。因为剩下的结果也即曲率，可以通过其周围可以计算的多边形理性地以精神意象方式推导出来，——这，检察官帕拉范特下巴哆嗦着告诉年轻人，就是 π 哦！汉斯·卡斯托普尽管生性冲动，但对于 π 并不像他的谈话对手那么热衷。他管这叫瞎折腾，劝帕拉范特先生别对这档子事太热衷太当真，说什么圆本是从既不存在的起点到也不存在的终点的无限循环，跟一个人自寻烦恼，钻进了牛角尖就永远出不来是一个道理。如此从容不迫的一番说教，倒暂时对帕拉范特起到了安抚作用。

本来嘛，汉斯·卡斯托普这人生性善良，所以便赢得不止一位病友的信赖，成为了一些因迷上了某个想法而苦恼，却又不能对多数的乐天派倾诉者的知己。一位从奥地利某州来的前雕塑家，一个上了点儿年纪的白胡子老头儿，鹰钩鼻子加上蓝眼睛，琢磨出来一份类似金融政策的计划，——已经用漂漂亮亮的字体缮写好了，其中的要点还用毛笔蘸上红墨水画了着重线，——内容是：每个报纸订户每天按规定必须交四十克废旧报纸，按月于每个月的一号集中缴纳，这样一年就有一万四千克，二十年则不少于二百八十八公斤，以一公斤二十芬尼计算，总价值就多达五十七点六德国马克。设若有五百万订户吧，备忘录继续写道，二十年的旧报纸总价值就有二亿八千八百万马克之巨；就算其中的三分之二返还给人家继续订报，可省下的三分之一还有将近一个亿，可以用于人道事业，例如资助建立民众肺结核防治所，支持生活贫困的才智之士，等等。该计划已经细致到画出了一支以厘米为刻度的价格尺，收购机构只要用它一量，就可算出每月的废旧报纸价值；还设计好了表格，准备用作收付款的凭证。计划的论证周详全面。漫不经心地浪费和毁弃旧报纸，任由无知的人将其用水冲掉、用火烧毁，都意味着对我们森林的背叛，对我们国民经济的犯罪。爱惜纸张，节约用纸，就是爱惜节约纤维素，爱惜节约森林资源，爱惜节约生产纤维素和纸张所需要的原材料。由于旧报纸还可以通过制成包装纸和纸板轻而易举地提高四倍价值，就成为了一个能为国家和地方提供大量税收的经济门类，如此一来便减轻了作为纳税人的报纸读者的负担。一句话，这个计划确实挺好，根本无懈可击；如果说它还有些无事找事、发傻发昏的味道，那正好仅仅因为这位过了气的艺术家太狂热和偏执，狂热和偏执地追求和捍卫一个经济学的理想，而内心深处呢却又并未真正把它当回事，因此丝毫未作将其付诸实践的尝试……每当他神采飞扬、口若悬河地向卡斯托普宣传自己的济世主张，年轻人都歪着脑袋一边听一边点头，同时剖析着自己对此所抱的轻蔑和反感的本质；这轻蔑和反感，影响了他对那位意欲救治昏聩世界的发明家的同情。

还有些"山庄"疗养客在搞世界语,已经具有了一点儿用这种人造鸟语在席间进行会话的能力。汉斯·卡斯托普冷眼瞧着他们,不过内心里却不认为他们是最最糟糕的。新近院里增加了一群英国人,他们带来一种集体游戏,玩法简单得只是一个人问圈子里旁边的人:"你可曾啥时候见过戴睡帽的魔鬼?"被问的人则回答:"不!我从未见过戴睡帽的魔鬼。"随后又继续问旁边的人,如此这般,周而复始。真叫人受不了!可是,令可怜的汉斯·卡斯托普更受不了的,是院里旮旮旯旯、每时每刻都看见有人独自在玩扑克牌。要知道这样一种消遣,最近真个疯魔到了让整座疗养院变成罪恶渊薮的程度;汉斯·卡斯托普一段时间也成了它——也许是最狂热的——牺牲品,因此有理由倍感其可怕。他迷上了这种一个人玩儿的"永远十一点":就是把惠斯特牌三张一组地翻开摆成三行,两张凑成十一点的牌,还有三张已翻开的人头牌,都可以新翻出牌来盖掉,如此进行到不可能再进行下去,就算大功告成。简直不可能相信,一种如此简单的玩法,会弄得人心醉神迷,神魂颠倒。然而汉斯·卡斯托普也跟许多人一样,偏偏要来试试究竟可能不可能——他之所以要尝试,是因为玩的人总是紧皱眉头,从来没有高兴的样子。人们忍受着牌精的颐指气使,喜怒无常,让人手气顺起来运气好得不能再好,一翻开成对的十一点和国王、王后、杰克便挤挤挨挨地在一起,还翻不到第三轮,就全部顺了——一帆风顺,马到功成,刺激得人心里痒痒,忍不住一试再试;可是，这之后却摆到了第九轮，直至翻出最后一张牌，就是再也抓不着可以覆盖的对子，让眼看已经到手的成功突然受挫，于最后一刻烟消云散。——汉斯·卡斯托普到处翻牌，一天到晚翻牌，夜里在星光下翻，清晨穿着睡衣翻，在餐桌上翻，在睡梦里还翻。他翻得心里发怵，可仍旧翻牌不止。就这样，一天塞特姆布里尼先生来访，便正好碰上他在翻牌，便又一如既往地以"打搅"他为自己的使命。

"真没想到啊！"意大利人说，"您也翻起牌来了，工程师？"

"并不完全如此，"汉斯·卡斯托普回答，"我只是随便摆摆，只是试试运气。它那么反复无常，实在捉摸不定，一会儿对你阿谀奉承，一会儿又桀骜不驯到了极点。今天早上一起床我就接连摆成三盘，其中一盘才摆两轮就成功了，创了一个纪录。您相信吗，我这会儿已经摆到三十二盘，却没有一盘成功到一半？"

塞特姆布里尼先生瞅着他，黑色的眼睛里充满了忧郁，一如近年来经常的样子。

"无论如何我觉得您已经心不在焉了，"他说，"像这个样子，我好像已不可能在这里为我的忧虑找到安慰，为折磨着我的内心矛盾获得慰藉。"

"矛盾？"汉斯·卡斯托普一边重复他的话，一边翻牌……

"世界局势令我心烦，"共济会员叹了口气说，"巴尔干联盟即将建立，工程师，我收到的所有情报都证实了这点。俄国拼命促成此事，而联盟的矛头直指奥匈帝国，不粉碎奥匈帝国，俄国的计划一点儿也不能实现。您理解我的疑虑吗？我恨维也纳恨得要死，这您知道。可是，难道为此我就应该用我的心灵去支持萨马喜阿①吗？他们可正准备在咱们高贵的大陆纵火啊！另一方面，我的国家作为权宜之计，在外交上与奥地利联起手来，又让我深感耻辱。这可是良心问题，这可是……"

"四点加七点，"汉斯·卡斯托普念念有词，"八点加三点。杰克、王后、国王。成功啦！您给我带来了运气，塞特姆布里尼先生。"

意大利人没了声音。汉斯·卡斯托普感到他那一对黑色的眼睛，他那两道饱含理性和道义力量的目光，都落在了自己的身上，而且流露出深沉的忧虑；他继续摆了一会儿牌，最后才手捧脸颊，抬起眼来瞅着自己的导师，跟个坏孩子似的装出一副天真无邪的神气。

"您的眼睛企图掩饰您知道自己已经成了什么样子，"塞特姆布里尼说，"可是完全徒劳。"

"也来玩儿玩儿。"汉斯·卡斯托普厚着脸皮回答。塞特姆布里尼转身走了。

随后，独自留下的年轻人自然没有继续玩牌，而是长时间坐在白色房间中央的桌子边上，手捧着脑袋沉思默想，内心里对眼下七颠八倒的情况感到了恐惧。他看见的是一个魑魅魍魉猖獗肆虐的世界，这些狰狞的魔鬼有一个名字，就叫作"麻木不仁"。

---

① 萨马喜阿系古罗马时代维斯杜拉河与伏尔加河之间的广大地区。此处指的是俄国。

这是个邪恶而不吉利的名字，正好适合引起人心中隐秘的恐惧。汉斯·卡斯托普坐在那里，用双手的手掌揉着额头和心窝，感到不寒而栗。他觉得，"这一切"都不会有好下场，结局将是一场灾难，忍无可忍的大自然终将勃然大怒，一场风暴雷霆将摧毁一切，将解除世界的魔障，拖带着生活越过"死结"，为这死气沉沉的时间准备下末日审判。他巴不得逃走。我们已经说过了，——只是多亏了上边有只眼睛一眨不眨地盯着他，读得懂他脸上的表情，并且深思熟虑，想好了各种新的、有成果的假说替他消遣啦！

上峰以大学生协会会员的腔调宣布，汉斯·卡斯托普体内温度不稳定的根源即将查明；根据他科学的说法，要搞清楚这些原因是不难的，如此一来就突然出现了治愈出院、合法地回到平原上去的希望了。因此在伸出胳膊去抽血的一刹那，年轻人不禁百感交集，心怦怦怦地跳起来。他脸色微微发白，眯缝着眼欣赏自己生命液汁红宝石般美丽的色泽，看着它慢慢注满那透明的小瓶。在克洛可夫斯基博士和一位富有同情心的护士协助下，宫廷顾问亲自施行这小虽说小、然而干系重大的手术。抽血后又过了一些日子；对于汉斯·卡斯托普来说，这些日子里要紧的只有一个问题，就是那从他体内提取的液体在科学的审视下结果怎样呢。

一开始宫廷顾问讲，这么快自然还培养不出什么来。过后他又讲，可惜还是没有培养出什么。然而一天早上进餐的时候，他突然来到眼下坐在"好样儿的俄国人席"的汉斯·卡斯托普跟前，也就是他那位伟大的、以"你"相称的兄长曾经坐过那个上首的座位跟前，妙语连珠地向他表示了一连串的祝贺，说什么在其中一个培养基上终于还是确定无疑地发现了链球菌。如今可能的问题仅仅在于，中毒现象是归咎原本就存在的少量结核菌好呢，还是归咎于数量同样也不多的链球菌好些。他，贝伦斯，还必须对事情做进一步的时间也长一些的研究。再说呢，培养基也发育不够充分嘛。——在"化验室"里，他给卡斯托普看一块红色的凝血，但见里面有许多灰色的小点点儿。这就是链球菌。（链球菌原本每头驴子身上都有嘛，结核菌也是，人要是没发现病征，对它们的存在根本不会重视。）

在汉斯·卡斯托普体外，在科学的审视下，从他身上流出来的血液继续经受着考验。终于到了那个早晨，宫廷顾问妙语连珠、声调激动地宣布：不是只那一个培养基，而是所有其他培养基上后来都发现长了球菌，而且量很大。不清楚的只是是否全属于链球菌；但相当有把握的是，中毒现象系由此引起；——尽管自然也还不清楚，其中有多少应该算在原本无疑已经存在并且没有完全治好的肺结核账上。那么结论呢？注射链霉素治疗！诊断呢？有利极喽——加之没有任何风险，绝不会有任何损害。既然血清是从汉斯·卡斯托普自己的血液提取的，注射就不会再把任何原本没有的病菌带入体内。最糟糕也不过没有用罢了，也即效果等于零——然而这是不是就得叫糟糕呢，病人总归还是病人嘛！

不能，汉斯·卡斯托普不想走这么远。他接受注射治疗，尽管心里觉得它荒唐又可耻。用自己的身上的液汁给自己注射，在他看来是令人恶心的无聊消遣，有自己跟自己乱来的可怕性质，根本不会有什么希望和结果。这就是他这个不学无术的臆想狂的判断，要说正确嘛唯有一点——自然是完完全全正确的一点，就是根本没有任何结果。消遣持续了几个星期。它时而像有害——不言而喻肯定是错觉，时而又像有益，后来结果表明同样是错觉。疗效为零，只不过没有明明白白、干干脆脆地宣布罢了。辛苦忙碌整个白费，汉斯·卡斯托普又继续一个人玩"幸运十一点"——与那个恶魔眼睛直视着眼睛；他感觉到，这恶魔的专制统治最后必将带来恐怖。

妙乐盈耳

汉斯·卡斯托普这多年的老牌友有一天终于获得解脱，原因是他投进了另一种比较高尚的娱乐的怀抱，而且痴迷的程度同样惊人——这对咱们的"山庄"疗养院来说，是怎样的成功、怎样的革新啊！对于新设施的神秘魅力咱们充满好奇，真诚地渴望着讲一讲它，对它进行一番描述。

具体是在主要的娱乐室里增添了一些设备。医院领导出于一贯对病员们的关怀，想到了也办到了这件事，并为此花费了一笔钱；具体多少钱我们不想计算，但不能不讲相当大度就是了——仅此一点，这家疗养院就无论如何该受到赞扬，对不对！

也就不过一台要么像西洋景，要么像万花筒，要么像幻灯放映机的娱乐器材呗？

就算吧——不过也不完全对。因为首先，这不是某天晚上人们——有的高兴得在脑顶上拍着手，有的躬起了身子——在钢琴室里发现安装起来的光学玩意儿，而是一台声学机器；其次，那些小气玩意儿无论档次、品位或是价值，都根本没法和它同日而语。它不是那种单调而孩子气的骗人玩具，一般只要耍上三个礼拜就腻了，就没人愿再碰一碰。它如同一支"丰饶角"，能源源不断地流泻出来愉悦心灵的艺术享受。它是一台音乐机器。它是一架留声机。

说到此，我们确实担心这个名称会让人误以为它是低级的、原始的，并且联想到它早已经过时了的前身，而想不到我们眼前的这件实物，想不到经过乐器技术孜孜不倦的革新改进，它已经制造得何等完美。你们快行行好吧！这可不是从前那可怜寒碜的盒子，旁边伸着只摇柄，面上一个转盘、一支针杆，再加上一个怪模怪样的漏斗形黄铜大喇叭，冲着一帮子低俗的耳朵，从酒店的柜台传来吱吱哇哇的吼叫。院里这台深色无光烤漆，机箱宽而且薄，通过一段缠丝的电线连接墙壁上的插座，清爽雅致地摆放在一个专用小几上，跟先前那架洪荒时代留存下来的老古董一点儿没有相像之处。揭开上面那优雅的圆锥形盖子，箱底便自动伸开一根黄铜杆子，把箱盖像撑伞似的斜斜撑住；但见箱底平躺着一个绷紧绿呢、镍质包边的唱盘，唱盘中央是一小截儿同样为镍质的轴杆儿，刚好可以把硬胶唱片中心的孔套上去。人们还发现，右侧前部还有一个钟表似的带刻度的调速装置，左前部则是一个开机关机的按钮；左后部则是一根收折自如的羊腿形镍质空心唱杆，杆端的唱头呈扁圆状，有个螺丝孔安装唱针。还可以拉开前面的两扇小门,看见里边像百叶窗似的斜斜地排列着的烤漆木板——除此再没有什么机关。

"最新型号啊,"跟病人一起进来的宫廷顾问说,"尖端产品喽,孩子们,啧啧,啧啧,市场上甭想找到更好的。"他大吹特吹,用语跟个缺少教养的小贩在叫卖一般极其可笑。"这不是什么设备,不是什么机器,"他继续说,边说边从小几上的彩色铁盒儿里取出一枚唱针,把它上紧,"这是一件乐器,一件斯特拉迪瓦流斯①的杰作,一件瓜内里②的精品,共鸣和共振都没的说,呱呱叫!牌子叫'珀里希姆尼亚',喏喏喏,这盖子里边写着哩。德国货,您知道。咱们最好的产品仍差一大截。新时代科技的包装,原汁原味儿的音乐。德意志灵魂的时尚体现。您瞧这儿是说明书!"他说,同时手指着一只壁橱,壁橱里立着一排厚本子。"我对诸位开放整个魔宫,诸位爱怎么乐就怎么乐,只是大家也得爱护它才好。让咱们来试放一张好吗?"

病员们求之不得,于是贝伦斯抽出一本无声无息却蕴藏丰富的魔书,掀动厚重的书页,从一个在其中心的圆孔可以看见彩色曲名的厚纸袋里,取出一张唱片来放到唱盘上,然后一揿给它通上电,等待两秒钟让它完全达到了转速,最后再把唱针的针尖儿小心翼翼地放到唱片边沿上。听得见一点儿轻微的吱吱声。贝伦斯扣上机盖,就在同一瞬间,通过前面开着的两扇小门,从那百

---

① 斯特拉迪瓦流斯(1644—1737),意大利著名小提琴制作家。
② 瓜内里是意大利著名的小提琴商店。

叶窗形的缝隙间，不，从整个的机身里，便流泻出一股乐音，一段愉快、响亮、急促的曲调，一部奥芬巴赫①序曲头几个节奏明快的小节。

众人听得眉开眼笑，张大了嘴巴。当木管乐器吹奏的装饰音纯净而自然地响起来的时候，他们简直不能相信自己的耳朵。现在由一把小提琴单独领奏。琴弓拉出的声音、手指拨弦的声音以及换把演奏的甜美滑音，全都听得一清二楚。提琴奏的是一支挺适合的华尔兹:《唉，我已将她失去》。乐队的轻声协奏，和谐地烘托着讨人喜欢的主调；随后又全体一起对主调来了一次音色庄严而洪亮的反复，简直听得人心旷神怡。自然还没有把一个真正的乐团集中安排在室内演出那样真切的效果。留声机的共鸣箱尽管没让声音失真，但毕竟体积大为缩小；如果允许我拿视觉现象来比听觉现象，这就好像把歌剧望远镜倒过头来看一幅油画，画上的清晰度和颜色尽管一点儿没有变化，图像却跑远了、缩小了。正放送着的曲子富有诙谐情趣，奏得也活泼、风趣、欢快，结尾更是热情奔放，既像是赛马比赛刚刚开始，又像是康康舞跳到了兴头上，想象得出大礼帽空中乱抛，膝盖大腿不住摆动，裙子高高地飞了起来，凯旋般的纵情欢歌好似没完没了。接着唱盘一下子自动停止转动。曲子放完了。大伙儿打心眼儿里叫好。

他们大声要求再听，也听到了：从机箱里传来歌声，一个温柔、浑厚的男人嗓音，是一位意大利著名男中音在乐队伴奏下演

---

① 奥芬巴赫（1819—1880），法国歌剧作曲家。

唱,——这下就不再有音色暗淡了、遥远了的问题:机子棒极了,放出来的声音完全达到了自然的广度和力度,就是听的人如果走进隔壁一间开着门的房间而又没见着机子,那他就完全会觉得是歌手本人拿着谱子在音乐厅里演唱。他是用自己的母语意大利语唱一首雄壮的歌剧咏叹调:哦,理发师。好极啦,好极啦!我就是费加罗,我就是费加罗。费加罗,费加罗,费加罗!听着他这憋紧喉咙的歌唱,嗓子一会儿低沉得像老牛叫,一会儿又尖厉如女人的声音,再加上舌头转动得那么麻利,真是笑得人要死。一些有经验的人在欣赏和评论他的吐字发声和换气技巧。这是一位魅力无穷的大师,一位意大利美声唱法的高手,在唱到结束前主旋律最后一个音时,看样子他是走到了台口,一只手伸向空中,将那个音一直拖长拖长,直至全场欢声雷动,才戛然而止。真是精彩到极点。

接着再继续放。一把圆号奏出一支民歌的各种优美变调。一位花腔女高音唱了一首《茶花女》咏叹调,顿音、颤音、圆滑音无不甜美清亮,干净利落。一位富有世界声誉的小提琴家演奏一首鲁宾斯坦①的浪漫曲,琴声悠扬柔婉,如隔着层层纱幕,伴奏的钢琴声则单纯得像用古钢琴奏出来的。从那神奇的万能盒子里,还传出来钟声铛铛,竖琴叮咚,喇叭呜呜,鼓声隆隆。临了儿还放了几张舞曲。甚至试了一两张进口的唱片,例如港口酒吧里那类异国情调的探戈什么的,与之相比,维也纳的华尔兹简直叫老

---

① 鲁宾斯坦(1829—1894),俄国钢琴家、作曲家和指挥家。

掉了牙喽。有两对儿已经掌握这时髦舞步,立刻在地毯上表演起来。贝伦斯准备退场了,临走前告诫大家,一枚唱针只能用一次,唱片必须"跟生鸡蛋似的"轻取轻放,悉心爱惜。

汉斯·卡斯托普操纵着机子。干吗正好是他?事情就是这样。宫廷顾问一走,就有几个人想接管开关电源和换唱针唱片的事,不想他却来了个捷足先登。"让我来吧!"他说着就把人家挤到边上,其他人也就无所谓地让他了,一来他做出一副原本就挺在行的样子,再则他们也不多么在意是否能侍候这供人享乐的玩意儿,而宁可不承担义务地舒舒服服享受,只要不感到无聊就行了。

汉斯·卡斯托普的想法不同。宫廷顾问在演示这新设备的时候,他就静静地待在后边,既不笑也不欢呼,而是紧张而专注,同时依着有时候的习惯用两根手指拧着一边的眉毛。他几次神情不安地调换站在大伙儿背后的位置,甚至退到了阅览室里,从那儿聆听音乐。后来,他倒背着手,沉着脸子,站到了贝伦斯的身旁,眼睛盯住唱机盒子,研究着它简单的使用方法。他心里暗暗道:"等等!注意!划时代!它归我啦!"他心里充满预感,确定无疑的预感:从此有了一种新的狂热,新的癖好,新的爱恋!一个平原上的小伙子,对一个姑娘一见钟情,中了小爱神带倒钩的金箭时的心境与他差不多。嫉妒立刻成了汉斯·卡斯托普行动的主宰。公共财产?单凭好奇心既无权利也没力量据为己有。"让我来吧!"他咬着牙说,别的人于是心满意足。他们伴着他放的几张轻松曲子继续跳了一会儿,再要求放了一张声乐片,一张歌剧《霍夫曼的故事》里甜美悦耳的二重唱《船歌》,当汉斯·卡斯托普合上唱机的盖子,他们也就算尽了兴,便边走边聊,回自己房里静卧去了。他等的就是这一时刻。他们把一切都原封不动地扔下走了,唱针盒子和唱片本子开着,唱片也东一张西一张。他们原本这个德性。汉斯·卡斯托普装着跟他们走,到了楼梯上却悄悄离开队伍,溜回到了游艺厅中,关紧了所有的门,在里边着了迷似的一泡泡了半夜。

他努力熟悉这新玩意儿,把那置于一旁的宝藏,把那些唱片簿子从头至尾翻了个遍。一共十二本,两种大小规格,每本装十二张片子;许多这种密密地刻着圆形弧线的黑色片子是两面都用,不只因为有的曲子要两面才录得完,也因为有的录了两首不同的曲子,所以一开始很难一目了然,要进入这美妙的境地就有个纷繁复杂的过程。他大约听了二十多张。为了不吵扰他人,深更半夜让别的人听见,他用了某种软性唱针以降低音量,——可是他放过的终究只是那诱人的宝藏的八分之一。今晚他不得不满足于浏览它们的标题,只是时时地从这划有纹路的无声圆盘中抽选出一张来,让它与那只盒子融为一体,以便发出音响。这些硬橡胶片只通过中心的彩色标签相互区别,除此便看不出任何特征。这张跟那张一模一样,从边沿到中央,要么完全布满了同心的圆线,要么并未完全布满;可就是这些细密的刻纹,储藏着想象得到的一切音乐,能再现音响艺术所有门类任何的精华。

收藏包含着大量的歌剧序曲和一部部的经典交响乐,演奏的都是著名乐团,指挥更是名闻遐迩。还有一系列钢琴伴奏的声乐片,演唱者都出自大歌剧院;——既有适合于独唱表演的艺术歌曲,也有朴实无华的民歌,最后还有一些介乎两者之间的,即尽管是作曲家的创作,却深刻而虔诚地体验和反映了民众的精神与风格,也可以称作是创作的民歌,只要"创作"一词不损伤民歌的内涵。打小儿汉斯·卡斯托普就熟悉这样一首歌子,至今还怀有一种神秘而意味深长的眷恋,后面我们将会谈到。——还有什么样的呢?或者干脆问,还缺什么样的呢?歌剧唱片应有尽有。一个由有天生的好嗓子又训练有素的男女歌手组成的国际合唱团,在一支含蓄谦逊的乐队伴奏下,演唱了不同地区不同时代的歌剧咏叹调、二重唱和混声大合唱:南方高亢、轻灵、扣人心弦的意大利美声,德意志诙谐、纯朴、怪异的民歌风格,法兰西的大型歌剧和滑稽歌剧。这是不是就完了呢?噢,没有。因为跟着还有成套的室内乐,四重奏和三重奏,小提琴、大提琴和长笛独奏,主要用小提琴或长笛作伴奏的声乐曲,以及纯粹的钢琴曲,——至于那种由开场时凑数的小乐队演奏的曲子,单纯的娱乐曲啊,滑稽小曲啊,舞曲啊,等等,那种需要用粗唱针来放的玩意儿就不用提了。

汉斯·卡斯托普一个人忙忙碌碌地筛选着、整理着,把其中一小部分放进那件设备,以唤醒它们音响的生命。他回去睡觉时已经头昏脑胀,夜半更深,跟第一次与皮特·佩佩尔科恩在一起喝酒,跟这位王者称兄道弟那个值得纪念的晚上一样;从夜里两点到清晨七点,他一直梦见那只神奇的盒子。他在梦中看见唱盘绕着中间的轴头旋转旋转,越转越快,越转越快,直至什么也看不见了，什么也听不见了，而且不再只是平面的旋转，边上更出现了奇特的波涛涌动，害得上面滑过的唱针杆跟长了翅膀似的飞了起来，——如此这般，可以相信，对于再现弦乐家和声乐家的颤音和滑音，倒可能是挺有效的哩。只是他在梦里醒里都同样没法理解，怎么仅仅滑过唱片上面一条细如发丝的纹路，单单借助音箱的共振膜，就能产生如此丰富复杂的音响，让它们灌满了睡梦者心灵的耳朵。

第二天一早，还没有进早餐，汉斯·卡斯托普又抓紧时间来到娱乐厅里，握着两手坐在圈椅里，听一位男高音在竖琴的伴奏下演唱："我在这高雅的人群中举目四望……"除了那男高音歌喉丰满、飘逸而又清亮，留声机传出来的竖琴演奏也音色极其自然，毫无失真和减弱现象。接着又听了一出意大利现代歌剧的二重唱，在世界上恐怕再也听不到更温情脉脉的歌声了：一位乃世界闻名的男高音歌唱家，唱片本子里有他演唱的不少歌曲，对方则是一位嗓音甜美、明亮的年轻女高音，两人抒发着出自内心深处的纯朴真挚感情，当他唱道："把你的手给我吧，宝贝儿。"[①]女的就以纯净、优美、急切的花腔进行回应……

汉斯·卡斯托普猛然一惊，原来是背后的门给推开了。是宫廷顾问朝里面瞅了瞅他；——医生穿着口袋里插着听诊器的白大褂，手抓着门把站了一会儿，冲负责管唱机的小伙子点了点头。这位呢只往肩膀上歪歪脑袋算作回礼，随后脸颊发青、胡子翘到

---

① 出自意大利作曲家普契尼（Puccini，1858—1924）的《蝴蝶夫人》。

一边的疗养院院长便拉紧门,消失得没踪没影了;汉斯·卡斯托普重新又专注地欣赏那一对看不见的情侣甜蜜的对唱。

在接下来的白天,在午饭后,在晚饭后,都有听众参与进来,一会儿换一拨儿,——他自己当然不愿被当作听众,而愿是个给大家提供艺术享受的人。他本人倾向于这样理解自己的作用,病友们也在这个意义上给了他认可,一开始就默许了主动积极的他负责这一公共设施的操纵和管理。这些人不为此付出任何代价;要知道只有当他们崇拜的那个男高音尽情展露滑腻、嘹亮的歌喉,以演唱一些卖弄技巧的高难度歌曲讨好世人时,他们才显得神往陶醉,——除了这点儿装模作样,他们其实并不真正爱好音乐,所以不管谁愿来操这份儿心,他们一概没意见。汉斯·卡斯托普于是着手清理宝藏,在每个唱片本的封里写清楚收藏的内容,因此要哪张片子一喊就能到手;还有操纵唱机,大伙儿也发现他很快便熟门熟路,动作快捷、轻柔。那么别人又怎样呢?别人会糟蹋唱片,会拿用过的唱针再放,会把唱片光光地胡乱扔在椅子上边,会拿唱机闹着玩儿,会以百分之一百一十的超速度和超音高放一张珍贵唱片,或者把唱针定位在零度上,害得机子发出歇斯底里的嘶叫,发出不堪忍受的呻吟声……他们确实一切都已干过了。他们虽说是病人,然而却粗野。正因此没过多久,汉斯·卡斯托普便干脆把藏唱片和唱针的小柜子的钥匙装在自己口袋里,谁要想放就必须来叫他去。

夜里,在晚间的聚会之后,大伙儿都散去了,才是他最好的时间。这时他便留在厅里,或者再悄悄折回去,在那里独自听到深夜。一开始他不能不担心会打扰疗养院的宁静,其实用不着;事实表明,他那神秘音乐的传送力度比他想象的要小得多:挨近发音源固然音量惊人,但很快便越传越没劲儿,就跟任何神神秘秘的东西都软弱无力、貌似强大一样。汉斯·卡斯托普独自与这魔箱中的神奇宝贝待在四壁之内,——它像一具用制作小提琴的木料做成的短棺材,又像一座无光的烤漆的小庙宇,在它正面敞开着的两扇门前,汉斯·卡斯托普两手互握着坐在圈椅里,歪着脑袋,张着嘴巴,沉湎在了从那里面流泻出来的清音妙乐之中。

他听的那些男女歌唱家,他见不着他们的真容;他们本人这时候逗留在美国,在意大利米兰,在维也纳,在圣彼得堡,——他们可能还要继续待在那里,须知他所拥有的,是他们最具价值的东西,是他们的声音;他珍视这样的提纯、这样的抽象,抽象却又现实,可以让他在剔除所有缺点的情况下,很好地一个个检验他们伟大的人格,特别是对他的同胞也就是那些德国歌唱家。艺术家们的发音吐字、方言口音以及所属地区,都可以分辨出来;他们的音质音色都是各自内心气质的一定流露;还有,从其是否注意利用抑或忽视传神效果,看出各人智商的高低来。他们如果缺少这种意识,汉斯·卡斯托普就会生气。要是在放唱片时不经意出现了技术缺陷,他同样感到难受,会羞愧得咬紧嘴唇;要是一张经常放的片子在放送的过程中歌声尖厉刺耳,或者变得瓮声瓮气的——高难度的女声更容易出现这种现象,他更痛苦得如坐针毡。不过这些他都认了,因为既然爱就得忍受。有时候他在那呼吸着不停旋转的唱机上边躬起身子,像俯身在一束丁香花上边似的让脑袋沉浸在音响的芬芳里；有时候他站在敞开小门的唱机前，品尝着手一抬立刻便招来小号声的乐队指挥身为主宰者的幸福。在丰富的收藏中，有一些他特别喜爱；这些声乐和器乐片子，他真百听不厌。我们也不想放弃介绍的机会。

有几张片子灌的是一出场面宏大、才华横溢的歌剧的结尾一场。作曲家是塞特姆布里尼先生的一位伟大同胞，一位南方古典戏剧音乐的大师；19世纪下半叶，为庆祝一项对促进各国人民的团结有重大意义的工程竣工，他受一位东方君主委托，创作了这部歌剧[①]。汉斯·卡斯托普凭着自己的教养，对此也大体有所了解，也基本上清楚拉达梅斯、阿姆内利丝和阿依达这三个人的命运，所以尽管唱机里放出来的是意大利语，他也马马虎虎能听懂。男高音之杰出可谓无与伦比，女中音雍容华贵，在其音域的中部有着优美的变化，女高音的音色清亮得如同银铃，他们唱的他不是每一个字都明白，可是借助对这个那个情节的了解，还有就是反复听这四五张片子而加深了对这些情节的同情，汉斯·卡斯托普很快就真正入了迷。

一开始时拉达梅斯与阿姆内利丝的对唱：公主下令带来了囚徒，她爱他，为她自己的缘故，衷心希望拯救他的性命，尽管他已为一个蛮邦的女奴而丧失了祖国和荣誉，——他呢却回答"在他内心深处，荣誉一点儿未受损伤"。也就是重罪加身仍从容冷

[①] 指19世纪意大利著名作曲家威尔第（Verdi, 1813—1901）于1871年为庆祝苏伊士运河通航创作气势宏大的歌剧《阿依达》。

静，可这对他又会有多少帮助呢！须知昭然若揭的罪行已经使他落入宗教法庭的手中，那儿可是一点儿人性没有的，事到临头他如果仍不思悔改，发誓放弃那个女奴，转而投入公主的怀抱——由女中音演唱的公主单凭她动人的歌喉，就完全应该赢得这样的回报，那法官们绝不会客客气气。阿姆内利丝公主情真意切，仁至义尽，可那嗓音高亢而又悲怆、绝望的男高音老是唱"我不能！"和"白费劲！"，不管她怎么恳求他放弃那个女奴，爱惜自己的生命。"我不能！"——"我再说一遍：放弃她吧！"——"白费劲！"死不悔改的痴迷和激情似火的苦恋，融合成了一段美不胜收的、令听的人断肠的二重唱。随后舞台深处隐隐传来宗教法庭进行审判的询问，听上去既阴森恐怖又老气横秋，同时伴以阿姆内利丝撕心裂肺的呼喊，不幸拉达梅斯却根本不予理睬。

"拉达梅斯，拉达梅斯！"祭师长情绪激烈地唱道，同时向拉达梅斯严厉指出他的叛逆之罪。

"认罪吧！"众祭师以合唱的形式要求。

祭师长斥责拉达梅斯拒不作答，祭师们于是又齐声骂他叛逆。

"拉达梅斯！拉达梅斯！"主审官又唱道，"战役还没开始，你就离开了军营。"

"认罪吧！"再一次合唱。"瞧，他仍旧缄默。"成见很深的主审官又一次抓住了口实，这一来所有审判官便齐声下结论道："叛逆！"

"拉达梅斯！拉达梅斯！"铁面无情的主审官第三次开了口，"你破坏了自己对祖国、对荣誉、对国王的誓言。"——"认罪吧！"重新响起合唱。还有："叛逆！"

祭师们终于明白，拉达梅斯绝对一言不发，因此感到害怕了。于是难免发生的事便不能不发生，声音仍然紧密结合在一起的合唱队便对罪人发出宣判，他已活到头了，将像一个遭受诅咒的人似的死去，也就是活埋在愤怒的神灵的殿堂下面。

对于祭师们的残忍阿姆内利丝是何等愤怒，我们就必须努力想象啦；因为唱片到此结束，汉斯·卡斯托普不得不更换片子。只见他动作无声而敏捷，同时还低垂着眼睑。当他再坐下来听的时候，剧情已经进入最后一幕。他听到的是拉达梅斯与阿依达结尾的二重唱，地点在拉达梅斯的地下墓室中，而在他们头顶上的神殿中，狂热而残忍的祭师们正在做法事，都叉开双臂，嘴里低声地念念有词……

"你……在这地下牢狱里？！"拉达梅斯既惊恐又欣喜，以极其嘹亮、甜美并富有英雄气概的嗓音唱道……是的，是她到他这里来了，是他的爱人来了，为了她的缘故，他牺牲了荣誉和生命；她曾期待着他来在这里与她结合，与她一道死去；他俩以歌声相互表示心迹，或者说为了表示心迹而走到了一起；头顶上沉浊的祷告声不时地干扰他俩的歌声；——而真正在内心深处打动这位深夜的孤独爱乐人的，确实只是他们：这既指他俩的遭遇处境，也指他们歌声的感染力。这歌声可以讲来自天国，所唱的主题本身如此神圣，演唱出来的效果也同样神圣。拉达梅斯和阿依达的嗓音先是独唱后重唱，以其浑厚的歌声画出来一条音乐的曲线，一条既单纯又神圣、以主音和属音交替构成的曲线，它从主音往上升高，至上面一个八度之前的半音开始延长，在匆匆地触一下那高八度音之后又转为五度音，这在我们这位聆听者的耳朵里简直如同仙乐，美妙绝伦。可是，如果没有作为基础的情节，他也不会对这音乐如此着迷；是剧情使他的心灵对这歌声的甜蜜变得敏感了。多么美啊，阿依达找到了自己失踪的爱人，可以和他永远永远地分担这墓穴中的命运啦！被处决者当然有权抗议人家剥夺自己宝贵的生命，但是从他那句温柔而绝望的"不，不！你太美了！"仍感觉得出他最终与原以为永远见不着的爱人团聚在一起，心里是如何充满狂喜；汉斯·卡斯托普无须发挥多少想象力，就能深深体会拉达梅斯既欣喜又感激的心情。只不过，他互握着双手，两眼盯住那从中流泻出一切来的黑色小百叶窗，最终所体会到、理解到和享受到的，却是音乐征服人心的力量，艺术的力量，人类的情感的力量；这种力量，能在庸俗、可怕的现实中化腐朽为神奇，创造出人无法抗拒的美来。只要想象一下这儿发生的事情，冷静地想象想象好啦！一对情侣被双双活埋了，肺部充满着墓坑中的腐朽气——此处是两个一起，更可怕的是一前一后，是给饿得胃肠痉挛死去的，随后躯体无法描述地开始腐烂，直至变成地下的两具骷髅；每一个对自己是单独待着还是二人合葬，都完全无所谓，也完全不会有所知觉。这就是事情现实的一面，实事求是的一面——这一面和这个事实，是理想的心灵根本不屑一顾的，是美的精神和音乐的精神所藐视忽视的。在拉达梅斯和阿依达这两个歌剧角色心中，根本不存在前述可怕的现实。他们的歌声融汇在一起，上升、延长为幸福的高八度音，从而保证天国之门对他们开启,永恒之光如其渴望迎着他们照射过来。这经过美化的结尾给了汉斯·卡斯托普心中极其强烈的抚慰,在很大程度上促使他在自己喜爱的曲目中格外倾心这张片子。

为了舒缓舒缓从上一张片子感受到的恐怖和神圣情绪,他接着总是爱听另一张片子,这张片子很短,但却凝练而富于魅力,——内容比第一张要宁静得多,宁静得如一首田园诗,一首精致优雅的田园诗,描绘的手法既简练又复杂,极富现代艺术的气息。是一部纯器乐曲,不含歌唱,是一首法国风格的交响乐序曲,按照现代标准衡量演奏的乐队很小,但却蕴含着现代音响技术的一切要素,因此以极高超的手法营造出了一个心灵的梦境。[1]

汉斯·卡斯托普其时流连的梦境是这样的:他仰卧在一片阳光灿烂的草地上,四处开放的小花儿把草地装点得如同一片五彩的星空;他头枕一个小土包,一条腿微微弓着,另一条腿搭在这条腿上——可他这么交叉在一起的,却是两条山羊腿[2]。他手指摆弄着一支小小的木管乐器,一支单簧管或是牧笛什么的,这草地上太寂寞了,他为了自娱,便吹奏出一支和平宁静的曲调;他想起什么就吹什么,吹了一支又一支曲子,以致乐声绵延不断,像一支优美而悠长的轮舞舞曲。宁静无忧的乐声袅袅飘上蔚蓝的天空,微风吹来,蓝空下一棵一棵挨着的白桦和秦皮树轻轻摇曳,树梢的叶簇便在他头顶的阳光里熠熠闪亮。可是,没过多久,他

---

[1] 这支器乐曲为法国浪漫主义作曲家德彪西(1862—1918)的《牧神的午后》。
[2] 因为古希腊罗马神话里的农牧之神潘恩长着山羊腿。

在沉思默想中的随意吹奏已不再是这岑寂天地里的唯一声响。一会儿,夏日温暖的草地上昆虫的嗡嗡声,微风拂过原野的声音,树梢摇曳的响声,叶簇闪烁的声音,以及阳光本身发出的声响,——周围整个宁静夏日的微微躁动混合成一片乐声,与他单调的吹奏和谐地汇聚在一起,不断赋予它新的、常常出乎他本人意料的含义。有时候,乐队交响的协奏减弱了,沉寂了,长着山羊腿的汉斯却继续吹着自己的牧笛,以他幼稚而又单纯的吹奏,从大自然中引发出来五光十色的奇妙音响,——交响乐队如此地一次一次减弱、沉寂,再一次一次重新奏响,并同时逐渐增加新的音色和提升音高,直至所有乐器都一件件陆续加入进来,直至早先保留着的音量得到充分发挥,便最后迎来了充分圆满幸福的一瞬;这一瞬虽说匆匆而逝,所包含的却是永恒。我们年轻的牧神潘恩非常幸福地躺在自己夏日的草地上。这儿听不见"认罪吧!"的吼叫;这儿无须承担罪责;这儿没有宗教法庭,没有忘记了、失去了荣誉的人接受法庭的审判。这儿的主宰者是遗忘,是甜美幸福的宁静,是没有时间的天然无邪:在这儿可以放浪形骸而心安理得,毫无内疚;在这儿造就出来一个理想境界,整个儿否定了西方世界的积极进取精神,而从产生的对心灵的抚慰,使我们这位深夜赏乐人对这张唱片的珍惜超过了其他许多片子。

现在轮到第三张……本来又是好几张彼此关联和衔接的片子,总共三张或者四张吧,因为一曲男高音咏叹调便占了其中一张的半面。又是一些法国的曲目,选自一部汉斯·卡斯托普十分熟悉的歌剧;这部歌剧他反复在剧院里听过,看过,有一次在跟人交谈时,在一次关系重大的谈话中,甚至拿剧中的情节做过暗示……唱片录制的是第二幕,在一家西班牙酒馆里,在一个类似过厅的宽敞地下室中,四周装饰着彩色布料,摩尔风格①的建筑已经显得破败。唱机里响起了卡门热情、狂放而微带嘶哑的嗓音,宣称她想要给年轻的士官跳舞,说着已经敲起响板。可就在这个时候,远方传来了军号声;听见反复响起的回营召唤,小军官猛然一惊。"停,停!等一会儿!"他喊道,同时像马似的尖起耳朵倾听。"怎么啦?"卡门不解地问。"你没听见吗?"他高声反问,奇怪她竟不像他似的敏感。他解释说,这可是军营里吹响的军号,是要他回营的命令。"归营的时间到啦!"他唱道。然而吉卜赛女郎不明白是怎么回事,主要也不想明白是怎么回事。那更好啊,她一半装傻一半放肆地说,这下就无须打响板了,老天爷自己送来了跳舞的音乐,所以:"啦—啦—啦—啦!"——小军官急得要死。不仅因为自己感到绝望,更急于想让姑娘明白事理,明摆着世界上没有任何爱情可以跟军号对抗。她竟连这基本的、绝对不容动摇的道理都不懂,这怎么可能呢!"我必须走了!必须回去,回到营房,执行命令!"他吼道,对她的懵懂无知完全绝望了;他心里本来就不好受,现在加倍难受了。可是听听卡门这时怎么讲吧!她生气了,她内心深处怒不可遏,她的嗓音完全表现出了她因爱情遭受欺骗和愚弄所爆发的愤

---

① 摩尔风格即阿拉伯风格,指8至15世纪曾经占领西班牙的阿拉伯人留下的建筑的风格。

怒——或者她只是装得如此。

"回营房去？执行命令？"那她的心呢？那她善良、温柔的心呢？它可是全给了他呀——是的，她承认：全给了他！——她准备好了，要用歌舞替他消遣！"塔拉特拉塔！"她把手圈起来靠在嘴上，模仿着军号的声音，脸上挂着鄙夷不屑。"塔拉特拉塔！"——"够啦！"那傻瓜说着跳起来，像要离开。——好吧，滚就滚吧！这是你的军帽，你的佩剑，你的披风！快滚，快滚，快滚，快滚回营房去！——他开始求起情来。可她仍旧一个劲儿地讥讽他，模仿他听见军号声时丧魂落魄的样子。"塔拉特拉塔！"快执行命令！老天怜鉴，他已经迟到了！赶快跑，号已吹过啦！在卡门她正准备为他跳舞的节骨眼儿上，他竟像个傻子似的站起来要走。这，这，这就是他对她的爱情喽！

多么令人痛心的局面！卡门她不理解。一个女人，一个吉卜赛女人不能理解，也不愿理解。她真的不愿意，——须知，在她的愤怒里，在她的讥讽里，已经蕴含着某种超越了眼前、超越了个人的情绪，亦即一种仇恨，一种敌意；这种仇恨和敌意的对象，就是那个由召唤堕入情网的小军官回营去的法国军号或西班牙军号所代表的原则，而战胜这个原则，乃是卡门她最大的、天生就有的、超越了个人的野心。她有一个非常简单的办法，她宣布，他如果走了，就说明他不爱她；而正是这个，叫机箱里的那位何塞受不了了。他恳求她听他解释。她不愿听。他非要她听——形势严重到了极点。乐队发出狂热的音响，演奏着那个汉斯·卡斯托普熟悉的充满危机的阴暗主题；这个主题贯穿全剧直至其灾难性的结尾,也构成向紧接着的何塞咏叹调的过渡。现在,该换下一张片子了。

"在我忠诚的心里……"何塞动人地唱道。汉斯·卡斯托普经常脱离他所熟悉的情节,把这首咏叹调抽出来单独放,带着感情细细地聆听。从内容上讲,这首曲子并不太像咏叹调,可是它那急切的哀求之情又表现得极其动人。小军官唱到了他俩初次见面时卡门扔给他的那朵花,说在他因为她而被关禁闭的时候,这花就是他唯一的、全部的安慰。他极其不安地承认,他一度曾诅咒命运,因为命运让他看见了卡门。不过马上他就痛苦忏悔自己的罪行,就跪在上帝跟前祈求让他再见到她。这时候——"这时候"又唱成了刚才开始唱"啊,可爱的姑娘"一样高亢的音调,——这时候,伴奏的乐器也各自发挥全部的魅力,尽可能地表现出小军官内心的痛苦、渴慕、失恋和甜蜜绝望。这时候,她正风情万种地站在他面前,让他明明白白地感觉出来,"他已经完了"("完了"一词唱得圆润而带哭音),是的,他是永远完啦。"你是我的幸福,你是我的欢乐!"他以一个循环的小节绝望地唱道,乐队也独自演奏了这个小节,从根音向上升高两个音节,再从那里满怀深情地降回到五度音上来。"你的心和我的心",他唱着这样的陈词滥调,然而嗓音却极其温柔,为此运用了同样的唱法,然后音调又上升到第六音"拉",以便加上一句:"我永远属于你!"接着再下沉十个音,战战兢兢地承认:"卡门,我爱你!"最后的收尾在乐队不断变化的和弦烘托下,痛苦地久久拖延着,直至那个"你"字终于融汇进了基本和弦。

"是啊,是啊!"汉斯·卡斯托普心存感激,语气忧伤地说,说着又放好了结尾的那张唱片。在这张片子上,众人祝贺年轻的何塞,说他既然跟上司谈崩了就没了退路,只能像卡门早先要求他的那样当逃兵啦;当时,她这个要求曾使他惊恐万状。

> 哦,跟我们一起去到大山深谷,
> 那儿虽说荒凉,却有清风吹拂……

众人齐声合唱,歌词的意思明白易懂。

> 世界宽广——无忧又无虑;
> 你的祖国从此无边无际!
> 你的意志就是最高的权威,
> 来吧,来享受幸福欢愉,
> 自由万岁!万岁,万万岁! [①]

"是啊,是啊!"汉斯·卡斯托普又说,同时开始放一组新的片子,一些很动听、很出色的乐曲。

又是法国作品,又同样洋溢着军人气概,前一个情况我们负不了责任,后一个问题也怪不了我们。这是一首插曲,一首独唱

[①] 以上情节均出自法国现实主义作曲家比才(1838—1875)的著名歌剧《卡门》。

曲，是古诺的歌剧《浮士德》中的一段《祈祷》[1]。一个人走上台来，一个挺让人同情的男人，名字叫瓦伦廷，可是汉斯·卡斯托普心里却不这么称呼他，而是给了他一个更亲切、更令人伤感的名字[2]；他把曾经叫这名字的那个人跟唱机里高歌的这个人几乎混为了一个人，尽管这一个的嗓音要漂亮得多。这是一位雄浑、热情的男中音，他演唱了三个唱段：第一段和第三段性质近似，都富有宗教精神，是的，简直就保持着新教赞美诗的格调；中间一段却雄壮豪迈，轻松而富战斗气息，不过同样保持着虔诚；原本就要的是法兰西的军人风采嘛。

隐身在唱机里的瓦伦廷唱道：

如今我就要离开它，

离开我亲爱的祖国……

唱到这里他转而祷告上帝，求上帝在他离开后保佑他善良、纯洁的妹妹！一提起战争立刻加快了节奏，歌声表现出了果敢，烦恼、忧愁通通一扫而光，隐身的歌手发誓去到战斗最残酷、最危险的地方，在那里勇敢而虔诚地、富有法兰西气概地抗击来犯的敌人。可是，一旦上帝把他召唤到了天国，他也要从天上注视

---

[1] 根据德国民间传说浮士德博士的故事写成的作品很多，其中最著名的是歌德的不朽诗剧《浮士德》。法国作曲家古诺（1818—1893）则据此成功地创作出了一部享誉乐坛的同名歌剧。

[2] 指他同样是军人的表哥约阿希姆·齐姆逊。

并保佑"你"。这儿这个"你",指的是瓦伦廷纯洁的妹妹玛格莉特,可尽管如此却深深打动了汉斯·卡斯托普,而且使他把这样的心情一直保持到全曲结尾,当勇敢的战士在混声合唱的有力烘托下唱道:

> 天上的主啊,请听听我的祈祷,
> 保佑玛格莉特吧,让她洁身自好!

这张片子再没别的内容。我们觉得有必要简单讲讲它,因为汉斯·卡斯托普格外喜爱这张片子,而且将来它还会在一个很罕见的情况下发挥某种作用。

现在我们转到他特别珍藏的那组唱片的第五张,也是最后一张,——这张自然完全不再是什么法国的了,而是一首特别地道的德国作品,并且不是什么歌剧的唱段,而是一支歌曲,而是那种歌曲中的一首。这种歌曲兼有民歌的纯朴和大师的风采,正是这兼而有之,使得这首歌特别亲切感人,含义隽永绵长……干吗兜圈子啊?就是舒伯特的《菩提树》[①]呗,就是他再熟悉不过的"在我家门前的井旁"呗!

一位男高音在钢琴伴奏下演唱这首歌。小伙子富有节奏感和艺术趣味,把这首既单纯又高深的曲子处理得很聪明,乐感很

[①] 舒伯特(Schubert, 1797—1828),德国早期浪漫主义作曲家,除了写交响曲,更有影响的是他创作的600多首艺术歌曲。他的许多传世代表作家喻户晓,其中的《菩提树》则抒发了一个浪迹天涯者的怀乡之情。

细腻，吐词也认真而清晰。大家都知道，这首杰作由老百姓和小孩子嘴里唱出来，可就完全不再成其为艺术歌曲喽。他们多半作了简化，只是一段一段地按主调往下唱，而在作曲家的原创曲谱中，这脍炙人口的曲调到了每段八行的第二段，就变成为小调的了，以便在唱到第五句时再异常优美地转回大调，接着便唱出"寒冷的风"富有戏剧性地吹落了头上的帽子，直到第三段的最后四句才回到原调，并且不断地同样反复直至唱完全曲。真正效果强烈的转调出现了三次，也就是在它的后半部分，而第三次则出现在最后半段的反复"如今我时常想念"当中。这样一个妙不可言的神奇转折，都落在"一些个亲切的话语""仿佛它们将我呼唤"和"远远离开那个地方"这样一些短语上；在唱到这些地方的时候，那位音色清亮、温暖的男高音总是聪明地借换气带出一点儿哭音，把那美好的思乡情怀淋漓尽致地表达了出来，出其不意地一下便抓住了听唱者的心，再加上在唱"总是渴望归去"和"在此你得到安息"这两句时，歌唱家聪明地使用了极为含蓄内敛的头腔共鸣，更提高了表现效果。还有最后那反反复复的"在此你会得到安息"，他第一遍时把"会得到"唱得浑厚而满怀渴慕，第二遍才重新变得优美而深情。

对这首歌曲及其演唱就说这么多。我们也许可以自我安慰，在此之前总算取得了成功，让读者们大致了解了汉斯·卡斯托普的夜间音乐会，了解了他内心对这些保留曲目的隐秘感受。只是要说清楚这最后一首曲子，这最后一首歌，这支古老的《菩提树》对于他的意义，则是一件自然极其棘手的事情；对分寸的把握必须小心再小心，不然便会成事不足败事有余。

咱们这么讲吧：一件富于精神的也即有意义的作品之所以"有意义"，正在于它超越了本身，体现和代表了某种普遍存在的人类精神，体现和代表了整个世界的思想感情；在它里面，整个世界的思想感情得到了或多或少是完美的象征，——它富有意义的程度，也由此而得到了衡量。再者，对这一作品的爱本身，同样也有"意义"。它能帮助我们了解怀有爱的这个人，能揭示出他与那普遍的思想情感的关系，与这部作品所代表的世界的关系；自觉也罢，不自觉也罢，他爱这作品也就同时爱这个世界。

是不是可以认为，咱们心地单纯的主人公经过这么些年的教育陶冶，精神生活已经变得如此深刻，足以意识到自己的爱好以及其爱好对象具有的"意义"了呢？我们相信，我们要说，他意识到了。《菩提树》这首歌对他意义重大，对他意味着整个的世界，而且是一个他不能不爱的世界，否则，他就不会对这首歌里的那个象征如此地痴迷了。我们清楚自己讲些什么，当我们补充说，也许有些委婉地说：这首歌深沉而神秘地涵括了一种精神情调，要是汉斯·卡斯托普的气质不是如此极度地倾向这种情调，他的命运可能就是另外一个样子。然而，也正是这样的命运使得他不断提高，不断冒险，不断地内省，不断地在内心中进行"执政"的追问，使他变得成熟起来，能清醒地评判眼前这个世界，评判世界这个绝对值得赞赏的象征，评判他对这个象征的热爱，也使得他能让三者一起接受他良心的怀疑。

谁要是声言这样的怀疑诘问有损于爱，谁肯定对什么是爱一无所知。事实正好相反，怀疑给爱增添了情趣。是它赋予爱激情的芒刺，因此人们才把激情定义为为了怀疑的爱情。那么，他对这首迷人的歌曲及其世界的爱的合理性，又怎样经受汉斯·卡斯托普良心的怀疑和"执政"的追问呢？他在良心上隐隐感到，藏在歌曲背后的是一个爱遭到禁止的世界，那这个世界到底是什么呢？

是死亡。

可别说疯话呀！一首如此美妙绝伦的歌曲！纯粹的大师杰作，诞生于民众心灵深处最神圣的所在；至高无上的珍宝，真挚深情的结晶！多么可恶的污蔑诽谤哟！

噢，对对对，说得太好了，每个老好人恐怕也只能这么说。可是说尽管说，在这甜美的作品背后，还是藏着死亡。这首歌与死亡有着某些人们所爱的关系，但对这种爱的合法性却不会不有意无意地进行怀疑审视。就其本质而言，这首歌不是表现对死亡的同情，而是体现某种民众的、充满活力的情绪；但是与此相联系的精神意向，却又倾向于死亡，——虔诚的宗教情绪，一开始就有的精神性质，是丝毫也否认不了的；而随后出现的结果更是那样阴暗。

听听他在自言自语说些什么吧！——他可不会让你们劝阻喽。结果阴暗，阴暗的结果。只有那些穿着黑衣、戴着大圆领圈的西班牙刑讯室狱吏，只有那些把淫欲当爱情的家伙，才能有这样的意识，才能有这种反人类的思想——反之，结果却是忠实而虔诚的。

不错，塞特姆布里尼这个文学家并非汉斯·卡斯托普完全信赖的人，可是，他想起了这位思维清晰的教师爷曾经给予自己的一些教诲；那是早先在他刚开始过与世隔绝的生活的时候，塞特姆布里尼曾经给他讲过"回归"，讲过在精神上回归某些过去的世界。现在卡斯托普觉得，把当时获得的教诲谨慎小心地用于观察眼前的问题，可能会有好处。塞特姆布里尼先生称那样的回归现象为"病态"，——可能是从教育者的观点来看，他所谓回归所指的时代和精神世界，本身就是"病态"的吧。可那又怎么样！汉斯·卡斯托普甜蜜的怀乡之歌及其所属的情感境界，他对这种境界的倾心，难道也是"病态"的吗？才不呐！须知在这个世界上，没有什么更惬意和健康的啦。只不过它好比一只水果，本身是既新鲜又健康的，但正因此也极容易变质和腐烂，如果你在适当的时间享用它，你的心灵就会得到再纯净不过的滋养；反之，时间一过，它就只会在食用它的人中间散布腐烂与毁灭。这是一只生命之果，它产生于死亡，也孕育着死亡。它是心灵的奇迹，——也许在缺少心肝的美面前是至高无上的奇迹，并受到美的祝福；然而那些尽责地自省的眼睛，那些热爱有机生命的眼睛，却蛮有理由以怀疑的目光将它审视；同时，在经过良心的最终裁决之后，它也是人实现自我超越的对象。

不错，自我超越，这可能就是他克服对那首歌的爱的实质，——它是心灵的奇迹，但却会带来阴暗的结果！汉斯·卡斯托普高高地放飞着头脑里的思想，或者说充满预感的冥思，身体却在孤独的寒夜里坐着，坐在他那短短的音乐棺木跟前；——它的思想越飞越高，高出了理智的范围，就像让点石成金的法术给升华了似的。哦，它多么强大呀，这心灵的魔力！我们大家全是它的孩子，我们也能在这世界上留下伟大的业绩，只要我们为它效力。人不需要多少的天才，只要比那首《菩提树》的作者多一些个才气，就可以成为创造心灵奇迹的艺术家，就可以使一首歌变得伟大非凡，并且用它征服世界。看样子啊，在此基础上甚至可以建立一些帝国，一些纯粹是人间的天国，虽非常粗俗却乐于进步，但完全没患怀乡病，——在这些帝国里，那首歌沦落了，变成了电唱机里的音乐。然而，它最优秀的儿子不改本色，仍旧在自我超越中消耗着生命直至死亡，临死时将从唇间吐出那个表示爱的新词，那个现在他尚不知该怎么讲的词。这首神奇的歌啊，它是如此珍贵，为它而死又有何妨！可知道，谁要为它死去，谁就已经不再只是为它而死，他呀已经成了英雄，就因为从根本上讲他是为那存在于我们心中的新词而死，为那表达爱和未来的新词而死——

汉斯·卡斯托普特别喜欢的唱片，就是上面这些。

疑窦重重

最近几年，埃德欣·克洛可夫斯基博士的报告会发生了一些出乎意料的变化。他的研究原本涉及心灵解析和人的梦境，带有浓重的冥界和坟墓的味道；谁知近来却在公众毫不察觉的情况下悄悄转移了方向，一头钻进极其神秘的魔幻领域中去了。他那些两周一次在餐厅里作的报告,是本疗养院招徕客人的主要项目,是其宣传资料引以自豪的资本,——作这些报告时,博士先生身穿大礼服,脚蹬皮凉鞋,站在铺了台布的小桌子后边,面对着屏神凝息的"山庄"听众,拖长了他那带有异国风情的语调。讲的不再是隐蔽的情欲冲动,不再是疾病向着有意识的激情的转化回归;而是讲催眠术和梦游症的神秘、稀罕表现,讲心灵感应、梦境征兆和第二视觉现象,还讲了歇斯底里型精神病创造的奇迹,说什么通过对它们的讨论大大开阔了哲学的视野,云云。经他这么一讲,这样一些谜便突然在听众的眼里闪闪烁烁,就如同物质与心理的关系之谜,还有生命本身这个谜,它们通通看上去都更有希望通过病态的、神神秘秘的途径求得解答,而通过健康之路则希望渺茫……

我们讲这些,是因为我们觉得有责任提醒某些自诩高明的人士自尊自爱。他们相信,克洛可夫斯基博士只是想避免自己的报告单调乏味,也就是纯粹出于提高听众兴致目的,才转而讲起了神秘现象。这便是哪儿都听得见的亵渎诽谤。不错,在礼拜一的报告会上,男士们比任何时候都更加尖着耳朵;莱薇小姐呢,也比以前更加像一个胸口内装上了发条的蜡像。可是这样的效果挺合理嘛,合理得就像博士先生的思维逻辑推论;这样的效果,他不仅有获得的权利,而且也必须获得。人类心灵这些阴暗而宽广的地带,一直属于他的研究领域;人们称这些地带为潜意识,尽管可能说它们是超意识还更好,因为从这些领域有时会冒出来某个认识,它远远超出个人的意识之上,让人不由得想到:在个别心灵和一个全知的众人心灵的最深层、最阴暗的区域之间，存在着一些关联和联系。下意识领域，按其本来意义讲是"玄妙的"，也很快在这个词的狭义上证实确是玄妙，并且成为了产生那些权且也称作玄妙现象的源泉之一。这还没有完哩。被抑制的、精神化了的情欲表现为有意识的心灵活动，谁要在有机体的病理现象中看见了由此产生的结果，他就会承认精神在物质世界里的创造力，——这种力量，我们不得不称它为神秘现象的第二源泉。研究病理学的唯心主义者，姑且不讲病理学唯心主义者，他会发现自己一开始进行思考，就接触到了一般的存在这个问题，也就是说精神与物质的关系问题。唯物主义者作为一种强壮有力的哲学的儿子，从来都坚持自己宣布精神为物质的磷光闪闪的产物的权利。唯心主义者相反从相信精神创造力的原则出发，倾向于并且很快便决定从完全相反的意义上，来回答什么为第一性的问题。总而言之，这里所出现的，就是那个什么在先什么在后的老大难问题：是先有鸡呢，还是先有蛋。这个争论无法解决，正因为两个方面都是事实：如果没有鸡来下蛋，就没法想象有蛋；如果没有蛋来孵鸡，也没法想象有鸡。

话说克洛可夫斯基博士最近在他的报告中，就探讨了这样一些问题。他是从有机的、合法的、逻辑的途径，走到了这一步，对此我们怎么强调都不为过；相反，如果我们加上一句，说还早在事情由于艾伦·布朗特的出现而进入经验和试验的阶段之前，他就已经开始探讨这样的问题，那就只会显得多余了。

谁是艾伦·布朗特？我们差点儿忘记了，咱们的读者还不知道她，虽说我们对这个名字自然已十分熟悉。她是谁呢？乍一看谁都不是。一个十九岁的小姑娘，名叫艾伦，亚麻般的淡黄色头发，丹麦女孩，但甚至不是来自哥本哈根，而是来自芬宁岛上的荒凉小镇欧登赛，她父亲在那儿开着一家奶油作坊。她自己已经自立，右臂上戴着袖套，在首都一家银行的地方分行当职员，坐着一只可以转动的高脚凳，成天趴在账本上已经好些年，——就这样，她开始发烧了。病情不严重，原本还有些怀疑的性质，何况艾伦自来就弱不禁风，显然还患有贫血，——无论如何都招人爱怜不是，所以谁都忍不住要摸摸她那亚麻色的小脑瓜，宫廷顾问每次在餐厅里和她谈话也总这么做。北方的寒冷包裹着她，使她身上具有一种玉洁冰清的气质，天真无邪的少女气质，真是十分可爱，一双蓝眼睛目光淳厚得像个孩子，说话声音又尖又高又细，讲起德语来微微有些结巴，并且常犯一些典型的语音小错误，如把"肉"念成了"油"之类。五官没有什么值得注意的地方，下巴嫌短。她坐在克勒费特那桌，这位呢像母亲似的关照着她。

就是这个布朗特小姐，就是这个艾莉[①]，就是这个小小的和气的丹麦姑娘，就是这个骑自行车的成天蜷伏在高脚凳上的小女娃，就是这个谁见上一两面连做梦也想不到会出什么事的小人儿，却出了事啦。她刚上山来的几个星期事情就开始暴露，而要全部揭示出这稀罕事儿的奥秘，如今已成了克洛可夫斯基博士的研究课题。

---

① 艾莉是艾伦的昵称。

晚饭后的集体娱乐，最先提供了让咱们学者感到愕然的契机。大伙儿玩儿着各式各样的猜测游戏；接着是借助钢琴声寻找藏匿起来的物件，就是找的人越接近目标，琴声便越响，反之找错了方向，琴声也越来越弱；随后又变为把一个人关在门外，等里边的人商量好了一连串的任务，才放他进来尝试着逐一完成：例如先叫某两个人交换戒指，再三鞠躬邀请某人跳舞，再把图书室里指定的某本书抽出来递给这个那个，如此等等。须指出的是，"山庄"疗养院的女士先生们原本是不习惯玩这类游戏的。是谁造起来的这股风，事后也没法搞清楚了，但可以肯定不是艾伦。只不过人们之入迷上瘾，却又是在她上山以后。

参加者嘛，几乎全是我们的老熟人，汉斯·卡斯托普也在他们里面。他们玩儿起来表现有好有差，也有完全不行的。艾伦·布朗特的能耐却非同一般，出色之极，简直甭提啦。她寻找藏起来的东西十拿九稳，博得了大伙儿的喝彩、惊叹和欢笑；等到她完成了那一连串的动作，人们都一个个目瞪口呆，哑口无言。不管大伙儿悄悄地给她规定些什么，她一样完成，总能完成，而且是脸上带着淡淡的笑意，毫不犹豫踌躇，也无须琴声引导，一进门来就开始行动：她从厨房里抓来一撮盐，把它撒在帕拉范特检察官的头顶上，然后拽着他的手一起走到钢琴前，用他的手指在琴键上弹奏出《飞来一只小鸟儿》的开头。接着她又把检察官领回座位，对他行了一个屈膝礼，再拖过来一只小板凳，最后在他的脚边上坐了下来，——严格按照众人绞尽脑汁为她设想出来的程序。

如此说来她窃听了哦!

艾莉脸颊绯红;看见她害羞了,大伙儿心里真叫轻松,齐声地责骂她,她呢却极力辩解:不,不,不是这样,请别这么想她!她没在外边偷听,没贴着门偷听,肯定真的没有!

没在外面偷听,没贴着门偷听?

"哦,没有,请——原谅!"她是在房里听见的,当她进来的时候,她没有办法,不听不行喽。

不听不行?在房里?

老有谁咬她耳朵,她说,悄悄告诉她该怎么做,声音很轻很轻,但是却再清晰不过。

这就是坦白交代,很显然。小艾伦在一定程度上已经意识到自己的错误,她骗人了嘛。她原本就该声明,她不适合玩这样的游戏,因为有谁把什么都对她讲了。一个参加者如果对其他参加者拥有超自然的优势,竞赛就失去了任何意义。按照体育道德的原则,艾伦突然之间就遭到了淘汰,致使这淘汰的理由,叫不少人在听她承认错误时脊背阵阵发凉。几条嗓子同时呼唤着克洛可夫斯基博士。于是就有人跑去请他,他来了:矮矮壮壮的,笑呵呵的,好像什么全清楚,整个儿一副胸有成竹的德性叫你不能不放心。路上人家已气喘吁吁地向他报告,出了怪事啦,出了一个什么全知道的女的,一个能听到许多声音的小女娃子。——嗯,嗯,还有什么?静一静,朋友们!咱们瞧瞧。这正是他的地盘喽,——所有别的人站上来都东倒西歪,感到脚下空虚,他却四平八稳,行动自如。他提出问题,他侧耳细听。嗯,嗯,这就对啦！"你的情况是这样么，孩子？"他把手抚在小姑娘头上，谁都喜欢把手抚在她头上。有许多理由重视这件事，却毫无理由大惊小怪。他把自己带异国情调的褐色目光沉浸到艾伦的淡蓝色目光中，同时手轻轻从她头顶往下抚摩到了肩膀上、手臂上。艾伦回应他的目光越来越虔诚，也就是慢慢朝胸前和肩膀耷拉下脑袋，眼睛也更仰望着他。这位饱学之士随意地在她的脸面前扬了扬手，小姑娘的目光便开始变得散乱起来，他于是宣布一切都没有问题，激动的疗养客们全都可以静卧去了，只有艾伦·布朗特得留下，他还想跟她"聊聊"。

聊聊！可以想象会怎么聊。在听见愉快、亲切的克洛可夫斯基博士又用这个词的时候，没有谁感觉是滋味儿。每个人心里都凉了一下子，汉斯·卡斯托普也是如此；他一边慢慢撑开他那呱呱叫的躺椅，一边回忆起当艾莉完成着她不可思议的表演，并为此不好意思地作检讨的时候，他脚下的地板动摇了，心里感到阵阵恶心和恐惧，就跟在海上有些个晕船时一样。他从来没经历过地震，但他对自己说，地震的感觉必定也差不多这么可怕，——不同的只是艾伦·布朗特的特异功能还令他产生了好奇，这好奇却又包含着对自身的严重绝望感，意思就是：意识到了精神达不到这个它意欲摸索的领域，所以便产生了怀疑，不知道它是徒劳的呢还是罪恶的，虽说这并未妨碍它仍然是它，也即是好奇心。在自己有生之年，汉斯·卡斯托普跟任何别的人一样，也听见过这个那个有关神秘自然或者超自然现象的传说——是的，比如关于一位能预见未来的太姑妈，就传到他耳里来了一个令人伤感的故事。只不过呢，他虽说不拒绝理论上抽象承认这个神秘世界的存在，但在现实生活中这个世界却从未走近过他，使他有一些亲身的体验；而且对这样的体验怀有反感——如果允许我们在谈我们绝对平凡的主人公时，也用这样一些意义非凡的词语的话，这是一种情趣的反感，审美的反感，出自人类自豪的反感；他这反感与他的强烈好奇，差不多旗鼓相当。他预先感到，清清楚楚地感到，不管将有怎样的体验也永远不可能变成另一个样子，而只会是乏味，只会令人不解，只会有损人的尊严。然而尽管如此，他仍心急火燎，期待着获得对超自然现象的体验。他理解，"徒劳或者罪过"作为一种选择，已经够糟糕的了，甚至根本就不成其为一种选择，而是本来就是一码事，精神的无望本来就是道德犯禁的外在表现而已。他那位必然会强烈反对这些尝试的导师，他对汉斯·卡斯托普的告诫已牢牢扎根在他的思想中；他的道德意识终究跟他的好奇心发生了碰撞，大概一直就在发生碰撞；他这是一个外出游学的人必不可免的好奇心，也许在他对那位王者般的神秘人物着迷的时候，就已经离眼下出现的超自然领域不远了；这好奇心表现出一种军人性格：一旦需要，违禁就违禁。于是，汉斯·卡斯托普决定坚守阵地，不回避逃跑，要是艾伦·布朗特继续冒险的话。

克洛可夫斯基博士颁布了一条严厉的禁令，今后不准外行再拿布朗特小姐的特异功能做实验。他已用科学把这孩子包裹起来，经常和她一起坐在他的心理分析实验室里谈话，据说还对她施过催眠术，拼命地发掘她身上的潜能并使之规范化，还想弄清楚她的心理生活史。最后这件事赫尔米娜·克勒费特小姐,也就是那位像母亲一样关怀她的朋友和保护神,同样也在进行。在保证绝对不外传的前提下,她从小姑娘嘴里套出了这个那个,又在保证绝对不继续传的前提下,传得个全院直到传达室里都无人不知。例如她打听出来,小姑娘在完成任务时咬她耳朵的那人或那物,名字叫霍尔格——就是那个小年轻儿霍尔格,就是一个精灵,她跟他很熟,一个消失了、汽化了的生命,就是小艾伦的保护神什么的。——这么说,就是他告诉她抓盐和拉起帕拉范特的食指的喽?——是的,是他把影影绰绰的嘴唇亲热地凑到她耳边,害得她痒痒得差点儿笑出来,悄悄告诉了她要做的事。——从前在学校里,霍尔格要是提前把她没有准备的考题答案告诉她,那就太美啦。——对这个问题艾伦保持沉默。霍尔格大概不允许这样做,她后来说。考试这样严肃的事情,他不好插手;再说呢,他自个儿恐怕也不真正知道答案哩。

后来又探听出,艾伦打小儿就常看见幻象,尽管其间相隔的时间相当久,——有形的幻象和无形的幻象。——什么叫无形的幻象?——举例说。她十六岁时,一天独自坐在父母家中起居室的圆桌旁做针线,那是一个阳光明媚的下午,她父亲的哈巴狗弗雷亚躺在她脚边的地毯上。圆桌上铺着一条花台布,就像老太太们叠成三角形披在肩上的那种土耳其纱巾:台布呈对角铺在桌子上,使得每一方都短短地垂下来一个角。可是艾伦突然发现,她对面的那个台布角慢慢卷了起来,静静地,仔细地,规则地,朝着圆桌的中央卷了好大一块,最后就形成了一个长长的圆布筒;

与此同时,弗雷亚也蹿了起来,前爪趴在地上,耸起皮毛,蹲坐在后腿上,随即狂吠着冲进隔壁房间,钻到了沙发底下;在接下来的一年多里,再怎么哄它都不肯再踏进起居室一步。

卷台布的是不是霍尔格呢?克勒费特小姐问。——布朗特小姑娘不清楚。——当时,她看见这个情况到底想的什么?——可当时根本不可能产生任何想法,所以艾伦她也就什么也没有想来着。——她有没有告诉她父母?——没有。——这就稀罕啦。尽管在当时的情况下根本什么都不能想,可艾伦她毕竟还是有些感觉,所以嘛才会对此事和类似的经历讳莫如深,羞于启齿,严格保守秘密不是。——那她有没有因此挺难受?——不,不特别难受。一块桌布卷起来了有什么好难受的。倒是另外的情况叫她难受些。例如:

一年前,也是在欧登赛的父母家里,一天清晨还很早很早,她便离开在底层的卧室,穿过前厅登上楼梯准备去到二楼的就餐室,想照老习惯赶在父母到来之前煮好咖啡。差不多走到了楼梯中间转弯的平台,她突然看见在上面的楼梯口上,站着她早已经嫁到美国去了的姐姐索菲——活生生的她本人:一身白色的衣裙,头戴一顶奇怪的用睡莲编成的花冠,双手握在肩膀旁边,冲她点着脑袋。"不错,可真是你吗,索菲?"艾伦脚下生了根,又是欣喜又是害怕地问。索菲再次点了点头,随即就慢慢虚无缥缈。一开始变得透明起来,很快便只能看见一条流动的蒸汽,再往后什么也看不见了,前面的路又给艾伦空了出来。事情很快得到证实,就在那天清早,索菲姐姐在新泽西州患心肌炎死啦。

喏，在克勒费特小姐对他讲完以后，汉斯·卡斯托普表示，这种情况应该比较容易理解，也值得听一听。这边出现幻象，那边人真死了——无论如何，两者之间看得出来某些值得注意的联系。于是，他答应参加她组织的一次显灵活动。这个活动，是悄悄避开克洛可夫斯基博士那带嫉妒味道的禁令，由克勒费特小姐用一只玻璃杯在艾伦·布朗特身上进行试验。

试验在赫尔米娜·克勒费特的卧室里进行，应邀参加的只是某些关系不错的人：除了东道主、汉斯·卡斯托普和小布朗特，就只还有施托尔太太、莱薇小姐以及阿尔宾先生、捷克人文泽尔和丁富博士。入夜，钟已经敲过十点，大伙儿才脚步轻轻地聚到一起，悄声议论着注意看赫尔米娜已进行的准备。准备的情况是，在她房间中央立着一张不大不小的圆桌，桌上没铺台布，而是中间底儿朝天地倒扣着一只葡萄酒杯，酒杯的四周，靠着桌子的边沿，隔着均匀的距离，摆着一张张通常是用来当筹码的骨牌，在牌的背面上用笔和墨水写上了字母表的二十五个字母。首先女主人上了茶，对此大伙儿真是非常感激；因为尽管活动如儿戏一般没什么可虑之处，施托尔和莱薇两位女士还是手脚冰凉，心怦怦乱跳。在享用完热饮以后，大伙儿才坐在桌子边；为了营造气氛，克勒费特还关掉室内的顶灯，给床头柜上的小台灯也罩上了布，使一切都沉浸在暗淡的红光里面。接着，根据要求，每个人都把右手的一根指头轻轻按在酒杯的脚底面上，开始等待酒杯自行移动的时刻到来。

挺容易出现这种情况，因为桌面光滑，杯子边儿又是磨光了的，按在上面索索发抖的手指即使再轻也会产生压力，压力自然不会均匀，这个可能垂直往下按，那个则更多地横着在用力，久而久之就足以使得杯子离开中央的位置。杯子在移动中碰到了周围的骨牌，如果被碰的骨牌背面的字母组合成了有一定意义的词，那就成了表明内心复杂以至龌龊的幻象，它是意识、半意识和无意识等因素混合而成的产物，是个别参与者的欲望——不管其本身是否承认自己这一举动——和集体黑暗心灵的默契以及地下的神秘力量，共同起作用而促成的看似意外的结果；每个人都在潜意识中或多或少地参与并发挥了作用，只是可爱的小艾莉作用可能最突出罢了。这一点，大伙儿事先全都心中有底儿，只不过唯有汉斯·卡斯托普耐不住性子，才把它捅了出来，其他人却都手指哆嗦着坐在那儿等待。还有女士们的手脚冰凉和怦然心悸，还有男士们的沉闷压抑，也正是出于同样的原因，也正是因为心中有数，也正因为都知道，他们之所以深更半夜地聚到这里来，等着出现那个称为魔法的幻想或曰半物质现象，只是为了跟自己的天性玩一个肮脏龌龊的游戏，只是为了对自身一些暧昧不明的部分进行一次好奇而可怕的试验。至于他们遵循传统，企图通过玻璃杯的异动召唤死者对聚会的众人显灵，那差不多只是一种表面形式罢了。阿尔宾先生自告奋勇，愿意充当大伙儿的代表，跟那些据说将出现的亡灵对话，因为他过去已经在这里那里参加过这种招神引鬼的聚会。

二十多分钟过去了。窃窃私语的话题逐渐枯竭，一开始的紧张已趋缓和。众人都用左手支撑着右臂的臂肘。捷克人文泽尔眼看打起瞌睡来了。艾伦·布朗特手指仍按在酒杯底儿上，大而纯洁的孩子般的眼睛却越过面前的物体，注视着床头柜上小灯的灯光。

突然间酒杯翻倒了，从坐在周围的人的手底下蹿了出来。大伙儿拼命用手指追赶它。它却一滑滑到桌沿儿边，顺着边沿滑了一段，随后却又呈直线大致回到了中央的位置上。到那里再蹿了一下，便静静地停住了。

众人大惊失色，心里却既有几分欣喜，又有几分恐惧。施托尔太太哭声哭气地声明，还是别再玩儿了好些；可别人告诉她，她该早些考虑好才是，这会儿只能悄悄儿待着啦。事情看来顺利。大家商定先不要求玻璃杯去碰那些字母，只是以蹿一下和蹿两下来回答"是"或"不是"就够了。

"有个灵魂来了吗？"阿尔宾先生表情严肃，越过众人的脑袋对空发出询问……

跟着出现片刻的犹豫。随后酒杯晃动一下，回答了"是"。

"你姓什么？"阿尔宾先生语气近乎严厉，脑袋一摆加强了问话的力度。

杯子移动起来，果断地划着折线，从一个筹码滑向另一个筹码，在筹码与筹码之间总是要空跑一段，先返回到桌子中央去。它跑到了H，再到了O，再到了L，之后似乎没了劲儿，乱套了，不再知道该怎么办，可接着又成了，又找到了G，找到了E和R。①早想到啦！是霍尔格本人，是霍尔格的灵魂，就是他偷听了

---

① 这几个德语字母刚好凑成霍尔格（Holger）这个姓。

撒盐什么什么的，可是对学校里的考试答案自然不便插手。他就在眼前，就浮荡在空中，浮荡在众人的头顶上。而今该怎样打发他呢？众人发起呆来。然后用手蒙着嘴悄悄商量，看还希望了解他什么。阿尔宾先生做出抉择，问霍尔格生前的地位和职业是什么。他问了，口气仍跟审讯犯人一样，皱着眉头，表情严厉。

玻璃杯沉默了半响。然后歪歪倒倒地移动到了D，退回去以后又到了I。这会是什么？气氛紧张之极。丁富博士担心得嘻嘻地道：霍尔格该不是小偷吧！① 施托尔太太歇斯底里地大笑起来，但并未能使玻璃杯停止活动，只见它尽管磕磕碰碰，却仍滑到了C又滑到H，再触了一下T之后显然错误地落下一个字母，以R作了结束。拼出来就成了Dichtr。②

我的老天，霍尔格是位诗人？——多此一举，看样子纯粹出于骄傲，那玻璃杯竟又蹦又跳，表示人们说得对。

"一位抒情诗人吗？"克勒费特问，说时却把"抒"念成了"虚"，叫汉斯·卡斯托普听得很不是滋味儿……

对这样的刨根问底霍尔格好像不以为然，没作进一步回答；倒是把刚才那个词重新拼了一遍，既快又稳而且清楚，刚才忘记了的E也补上了。

好啊，好啊，却原来是位诗人。气氛越来越尴尬，——某种特别的尴尬，对于自己内心某些无控制地带的展示而言，不过由

---

① 以Di往下拼有可能是Dieb，即小偷，所以丁富博士感到担心。
② 意即诗人，德语应为Dichter。

于这展示具有隐蔽的半实体性质，所以又获得了通往外在的现实的方向。

那么处在他当前的状态，霍尔格是否感到惬意和幸福呢，大伙儿想知道。——玻璃杯梦游似的划出了"从容"一词。原来如此，原来从从容容。是啊是啊，他们自己是不会想到这个词儿的，可玻璃杯却拼出来了，所以也多半只能喝彩叫好了是不是。

霍尔格他处于这样的从容状态，已经有多久了呢？——这时又出现了一点儿谁都料想不到的情况，一个像梦里自然而然地产生的答案，也就是："瞬息匆匆。"——太妙啦！不是还可以反过来说"匆匆瞬息"吗？简直称得上是腹语一般神秘的诗的语言，特别是汉斯·卡斯托普更不能不对其叫绝了。而这"瞬息匆匆"呢，便是霍尔格的时间单位，自然喽，他不得不以近乎警句格言的回答来打发这伙提问者，咱们尘世间的语言和计量单位他无疑已经十分生疏，不可能再使用了呗。——还有谁想了解他什么吗？莱薇小姐承认自己对霍尔格的长相感到好奇，也就是想要知道，他当初长得什么样子。他是不是个帅哥？——阿尔宾先生觉得提这种问题有损他的尊严，因而指示莱薇，她想问就自己问。于是莱薇小姐便与霍尔格的幽灵以"你"相称，问他道，他大概长着一头金色的鬈发吧？

"一头漂亮的褐色、褐色的鬈发。"玻璃杯游动起来，把褐色一词仔仔细细拼写了两遍。在座诸君这才叫兴高采烈呢。女士们公开表现出对霍尔格的爱慕，纷纷冲头顶上的天花板抛着飞吻；丁富博士却嘻嘻嘻地笑道：霍尔格先生看样子还颇有点儿爱虚荣哩。

这一讲玻璃杯真个怒不可遏，气急败坏！它像疯了似的在桌面上东冲西撞，狂翻筋斗，一下子从桌上滚了下去，落进了施托尔太太的怀里，吓得她脸色煞白，伸开双臂，低头死死地把玻璃杯盯住。大伙儿小心翼翼地捧起它来，一边连声道歉一边把它放回原处。那中国人呢则挨了一顿臭骂。他怎么可以信口开河！瞧见啦，这就是他自作聪明的结果！现在霍尔格生气走了，不再吐露一个字，怎么办呢？于是大伙儿只得拼命地求那玻璃杯。它要是乐意，没准儿可以写一首诗来着！在它还没有浮游在"瞬息匆匆"里边之前，它可曾经是一位诗人呀。唉，他们全体都多么渴望感受到一些个诗意哦！他们全都将敞开心扉来体验欣赏它！

　　瞧啊，善良的玻璃杯蹦了一下，"行"。真的，在这一蹦一动里边，的确表现出了一些个善意与和解之意。接着，霍尔格之灵开始作起诗来，而一开了头就已诗兴大发，无须思索便写得洋洋洒洒，一写不知写了多长时间，——看那样子，你是根本别想让它再沉默下来啦！以腹语似的神秘语言写成功的，是一首真真正正令人惊讶莫名的诗，在座的人无不心怀钦佩之情，一字一句跟随着吟诵；题材实在而富有魔力，无涯无际犹如大海，而写的确实也主要就是海；——一座沙岸陡斜的岛屿，环抱着一片蜿蜒宽阔的海湾，从海里升腾起来的一条条雾气，堆积在狭窄的海滩上面。瞧啊，无涯的大海渐渐呈惨绿色，没入远方永恒的虚无；在那远方一条条宽阔的雾带底下，夏日的夕阳泛着暗红色和乳白色的柔光，迟迟不肯沉入大海里去！谁也说不清楚，海水那颤动着的银色反光，何时和怎样化作了纯粹的贝母般的莹莹珠光，化作了月长石般的白色和五颜六色混杂而成的无以言表的梦幻色彩，斑驳陆离……唉，这无声的奇妙幻象神秘地产生，也神秘地消失了。大海已经睡去。然而在远远的海上，仍留有落日余晖的温柔印记。直到深夜，天一直不会黑下来。在海岸高处的松树林中，总是明灭着点点幽光，在它的映照下，海滩上颜色惨淡的沙粒看上去竟如雪一般白。眼前宛若一座寒冬时节的静穆森林，一只猫头鹰振翅掠过，林间便喀嚓喀嚓地响起一片枯枝折断的脆响！我们该是处在这样一个时刻！脚步是如此轻柔，夜是如此高爽，如此平和！而那下边的大海，呼吸是那样的缓慢、深沉，就好像是在梦里说着长长的呓语。你可渴望重新见到这样的景象？要是渴望，那就走到岸边光滑的陡壁边来，踩着细软的沙子往上攀登，让冰凉的沙粒流进你的鞋里。灌木丛生的地面陡斜地向下延伸，直到变成一片石滩，而在浩渺无际的海平线上，残存的白昼仍隐隐约约，似现非现……在这上边的沙地里坐下来吧！它是那样的冰凉，那样的细软，一如丝绸，一如面粉！它将从你捏紧的拳头里流泻出来，如一条没有颜色的细线，流到地上便积成一座小小的山丘。你认出了这条细流吗？它可就是那无声流经装点隐士穸庐的易碎器皿，流经他那玻璃计时器狭小孔眼的细细沙流啊。一部翻开了的书，一个空空如也的骷髅头，再加一具很容易装拼成的框架，架子里摆放着上下衔接的两个薄薄的玻璃球，球里盛着一点儿取自于无穷的沙粒，这沙粒就在里边玩着时间那神秘而又神圣的把戏……

如此这般，霍尔格的幽灵便天马行空似的即兴赋诗，从他故乡的大海一跳跳到了一位隐士和隐士用于静观默想的器物上面，而且还提及其他的种种话题，而且还用梦呓般的大胆语言评说了人性和神性，令在座诸君无不五体投地，随声附和，以至于没有时间插进鼓掌、喝彩；诗人霍尔格的思路真是太敏捷、太曲折蹊跷、太变幻莫测了，它一个劲儿地往前奔进，简直就不想停下来；——整整写了一小时还毫无停笔的迹象，说罢分娩的痛苦再说恋人的初吻，说罢苦难的巅峰极致再说上帝严父般的仁慈，真个是絮絮叨叨，没完没了，还深入探讨造物的奥秘，还忘情地述及不同的时代不同的国度以及宇宙空间，一度甚至连加尔蒂亚人①和黄道十二宫也扯到了，要不是各位欣赏者终于从玻璃杯上缩回了手指，那肯定会闹腾个通宵达旦。大伙儿只能对霍尔格千恩万谢，表明这一次已经够了，真叫做梦也想不到有这么美，永远的遗憾是没有谁边听边作笔录，这下子已写成功的诗肯定会遗忘掉了不是！可不，绝大部分已经给忘掉了，就像做过的梦一样也没着没落，遗憾喽遗憾！下回得及时请上一名速记员，眼看着他白纸黑字地一五一十地，统统保存下来。至于眼下嘛，在霍尔格先生又返回他那"瞬息匆匆"的从容状态之前，最好是不是还惠允他们再劳驾一下他，请他也许能给大伙儿回答这个那个问题，——究竟什么问题还说不准，只不过在眼前的情况下，他是否原则上乐意特别关照一下大伙儿，满足一下大伙儿的心愿呢？

　　回答是："行！"然而这一来却造成了尴尬：问什么好啊？

---

① 相传是长于占星术的古巴比伦人。

情况就像童话里讲的一样，仙女或者小精灵同意了回答一个问题，可却把主人公推到了可能会白白浪费掉宝贵机会的危险境地。有关世界和未来，值得去了解的事情多着呐；要做出一个选择，那责任可是重大。由于谁也下不了决心，汉斯·卡斯托普才用拳头撑着左边腮帮，用一个指头按着玻璃杯，开口道：他原本只打算来山上住三个礼拜，现在想问问结果到底将会待多长时间。

也好，既然提不出任何别的像样的问题，幽灵先生也乐于凑凑合合，就此显示一下自己的博学多识。稍稍踌躇了一会儿，玻璃杯便开始移动起来。它划出一组挺奇特的曲线，线与线好似彼此毫无一点儿关联，没有谁能够窥出其中的奥妙。它先划成一个音节"Geh"，接着又划成一个词"Quer"，一开始让人完全摸不着头脑；随后却划出来一点儿跟汉斯·卡斯托普的卧室有关的图像，这样便简单明了地发出一个指示：提问者应该横着穿过自己的卧室。——横穿过他的卧室？横穿过三十四号房间？这是什么意思呀？大伙儿坐在那儿你一言我一语，不住地摇头摆脑袋，却冷不防传来了拳头猛击房门的咚咚声。

所有人一下全呆住了。一次突然袭击？是克洛可夫斯基博士站在门外，来取缔这违禁的集会来了？大伙儿面面相觑，等待着那阴险狡诈的家伙出现。这当口儿桌子中央又发出一声巨响，同样像是猛地击了一拳，似乎要想表明，那第一声巨响不是外边传来的，而是出自室内。

原来是阿尔宾先生开了一个卑劣的玩笑！——这位自己却发誓赌咒加以否认；再说呢，即使阿尔宾没有信誓旦旦，大伙儿也几乎可以肯定,在他们这个圈子中真的也没谁能够这样子重重击一拳。如此说来又是霍尔格在作祟喽?众人的目光一齐转向小艾莉;她那么静悄悄地待着,让谁都感觉怪异。她坐在靠背椅里,悬垂着手腕,手指头按在桌沿边,脑袋耷拉在肩膀上,耸着双眉,小嘴儿却有些往下咧,因此显得更加小了,嘴角挂着一丝丝笑意,给人一个说阴险也阴险、说无邪也无邪的印象,一双孩子似的蓝眼睛斜视着空中,但却什么也看不见。大伙儿呼唤她,她却没有丝毫清醒的迹象。这当口儿,床头柜上的小灯突然熄灭了。

熄灭了?施托尔太太再也没法忍受,不禁发出嚯嚯嚯的惊呼声,要知道她可是听见啪地响了一下啊。也就是说灯不是自行熄灭,而是被拧熄了,被一只手拧熄了;因为这是一只陌生的手,所以她在提起它时小心翼翼。是霍尔格的手吗?截至目前,他可一直都那么温和,那么守纪律,那么富有诗意哟;可是现在,他露出了原形,开始调皮捣蛋和恶作剧啦!谁能担保,一只猛击过房门和桌子的手,一只拧灭了台灯的手,就不会来卡住某个人的脖子呢?只听黑暗中有人喊拿火柴,有人要手电筒。莱薇小姐更是声嘶力竭地大叫,说有人在扯她额前的刘海儿。施托尔太太惊恐得已顾不上害臊,大声地祈求上帝保佑。"哦,主啊,再宽恕这一次吧!"她尖叫着、呜咽着,求上帝对她发发慈悲,不要给她惩罚,尽管她曾把地狱当儿戏。是丁富博士思维仍然正常,是他揿亮了天花板上的顶灯,让光明立刻充满了整个房间。大伙儿于是终于弄清楚,床头柜上的小灯确实不是偶然自行熄灭,而是给谁拧熄了，因此只需将这暗中使出的手段再重复一遍，就会使灯重放光明。谁知在此期间，汉斯·卡斯托普个人却不声不响地经历了一个意外，让他觉得这是此间显得幼稚的黑暗力量对于自己的特别关照：在他的膝头上摆着一个没有多少分量的物件，就是雅默斯舅舅当初从外甥的五斗橱上拿下来时，曾经把他吓了一跳的那件"纪念品"，也就是那块显示克拉芙迪娅·舒舍内部肖像的玻璃幻灯片。可以肯定，它绝不是汉斯·卡斯托普自己带到这间屋子里来的。

他把幻灯片揣进怀里，一点儿没有大惊小怪。人们都忙着关心艾伦·布朗特；她仍然处于刚才说的状态，双目无神，模样古怪，坐在老地方一动不动。阿尔宾先生冲她吹气，学着克洛可夫斯基博士的样拿手掌在她脸面前向上扇风，最后使她清醒了过来，可是——不清楚为什么——她却在嘤嘤哭泣。大伙儿于是抚摩她、安慰她、吻她的额头，送她上床睡觉。莱薇小姐自告奋勇陪施托尔太太过夜，因为这位吓傻了的妇人已经找不着床在哪里了。汉斯·卡斯托普怀里藏着莫名其妙地飞来的至宝，不反对与其他男士一道去阿尔宾房里喝法国白兰地，以便最后熬过这个不平常的夜晚；因为他觉得，这一类的事件尽管无害于心脏和精神，却难免对胃神经产生不良影响，而且会是持久的影响，就好像一个航海晕船的人，回到陆地上已经好几个钟头，仍旧会感觉得脚下摇晃，胸中恶心。

他的好奇心暂时得到了满足。霍尔格作的那首诗，眼下看来也确实不赖；但是，事实又明明白白摆在眼前叫他无法回避，预先已可感到整个事件内在的无望和无聊,所以他想,既已让地狱之火燎到了自己身上,还是赶快罢手为妙。可以想象,当汉斯·卡斯托普对自己的导师谈起自己的经历,塞特姆布里尼先生尽了全力增强他罢手的决心。"这可糟糕到了极点!"意大利撒旦大声嚷嚷,"该死哟,该死!"至于那位小艾莉,他干脆称她作狡猾的骗子。

对这个判断他的学生既不说是,也不说不,而只是耸了耸肩膀,声言真实情况看来尚未明白无误地得到澄清,因此也就说不清楚何谓欺骗。他讲,也许界限本身便模模糊糊。也许在两者之间尚存在一些过渡状态,在无言的、无价值判断的自然里面尚存在真实性的不同程度,它们未曾经过客观的评判取舍,在他看来附着了强烈的道德性质。拿塞特姆布里尼先生关于"骗术"一词的想法来说吧,这个概念里就混杂着梦幻的因素和现实的因素;这种混杂的情形,在自然界也许并不那么陌生,真正感觉陌生的只是我们平庸的思想。生活的奥秘的的确确是个无底洞,如果洞中时不时地冒出来一些个神秘幻象,比如类似我们作风随和、行事马虎的主人公所遇见的那种,又有什么奇怪呢。

塞特姆布里尼先生尽职尽责地替年轻人洗脑子,也暂时达到了增强其信念的目的,使他近乎做出了承诺,将来绝不再参与那可怕的勾当。"注意啊,"意大利人提出要求,"注意您身上的那个人,工程师!要信赖自己清醒的和人道的思想,唾弃那蛊惑人心的邪说,那精神的垃圾!什么幻象?什么生活的奥秘?亲爱的啊!什么时候做出判别和区分的道德勇气开始瓦解——例如在欺骗和现实之间进行判别和区分，那生活本身就算完了，判断、价值和向善的努力就算完了，相反却开始了道德败坏腐朽的可怕进程。"塞特姆布里尼还讲，人乃世间事物的尺度。他有权区分善恶，有权辨别真理和假象，而且这个权利不容转让；有谁胆敢使人动摇怀疑对自己这一权利的信念，他绝没有好下场！他与其这样，倒不如在脖子上挂个磨盘，一头栽进深深的井中去淹死。

汉斯·卡斯托普点头应诺，一开始也确实远离了那些个勾当。他听人说，克洛可夫斯基博士把艾伦·布朗特叫到他的地下心理分析室里谈过几次话，并且挑选了少数疗养客去旁听。但是卡斯托普本人却不当回事儿地谢绝出席，——自然并未拒绝事后从某些参与者口中，还有克洛可夫斯基博士自己口中，了解有关实验成效的这个那个情况。例如在赫尔米娜·克勒费特卧室里肆无忌惮地表演的那些个特异功能，像什么捶打桌子和墙壁呀，拧熄床头柜上的小灯呀，诸如此类，等等，在医生与患者的聚会中都系统地、尽可能原汁原味地实践和实现了。首先是由克洛可夫斯基博士很在行地对小艾伦实施催眠术，让她进入了梦游状态。实践证明，在音乐伴奏下更容易成功，于是在那些个晚上留声机便搬了家，成了这沉醉于灵异世界的一群的专用品。好在负责现场操纵它的波希米亚人文泽尔是个有音乐修养的人，肯定不会胡乱使用和损坏设备，这样汉斯·卡斯托普在移交出去时便勉强安下了心。从那唱片的丰富库藏中，他提供了适合这特殊用场的厚厚一大本，选的不外乎各式各样的轻音乐、舞曲、小序曲以及其他的欢快曲目，既然艾莉绝对不会要求听高雅的曲调，这些玩意儿就完全能满足要求不是。

话说就是在这样的音响陪伴下，汉斯·卡斯托普听人讲，一块手帕自行地，或者更多是由一只藏在它皱褶里的"爪子"牵引着，从地上冉冉飘了起来；医生的字纸篓则径直飞到了天花板底下；墙壁上的挂钟"没有任何人"碰一碰，钟摆却一会儿停住，一会儿又摆动起来；还有一只铃铛"被抓起来"摇响了，以及诸如此类含义暧昧的琐事。博学的实验组织者真是春风得意呀，竟能准确叫出所有这些特异现象的希腊语学名。他在作报告和私下交谈中解释说，这些都是所谓"遥传力学"现象，即是在远处移动物体。医生将这类现象归于科学界所谓"物化现象"的范畴，而他以艾伦·布朗特为对象进行实验的考虑和追求，也正在乎此。

医生的言谈涉及了潜意识的变态情结向客观事物进行的生物心理投射，而灵媒本人的通神能力和梦游状态，即可视为引发这些现象的根源；这些现象表明自然界确实存在意识有形化的可能，也就是在一定的条件下思维能获得吸引物质的能力，并会短时间地实实在在显现出来，因此也可称作客体化了的梦幻想象。这种物化的思维从灵媒的体内涌流出来，到了体外就会暂时衍变成有生命力的生物末梢器官，如爪子啊，手啊，正是它们，就像大伙儿在克洛可夫斯基博士的实验室里亲身体验到的那样，完成了那些不可见的惊人之举。在特定的情况下，这些个末梢器官，它们也可以被看见和触摸到，也会在石蜡和石膏上留下形状；可除此而外，就别想弄清它们具体的样子。然而，为了跟参加实验者进行特定的有限的交流，有时又会出现一些幻影的脑袋，一些富有个性的面孔，甚而至于整个身体——在这里，克洛可夫斯基博士的理论便开始出现纰漏，便开始东张西望，东倒西歪，便带上了模棱两可的性质，一如他那些关于"爱欲"的说教。因为从这里开始，讲的已是灵媒及其帮手的主观意识如何反射到现实中，便不会再那么明明白白、科学严谨了。如此一来，至少是一半对一半，至少在必要的时候，让外界的自我和彼岸的自我掺和到了游戏中；这便涉及了无生命的意念，涉及了那些利用转瞬之间复杂而神秘的机遇恢复物质形态，以便对召唤者显现出形体的幽灵，长话短说，也就是召唤死者的接灵术。

克洛可夫斯基博士对他的会友们下的那些个功夫，所追求的最终结果无外乎此。他身材敦实，笑容可掬，叫人见着乐于产生信赖；对于眼下这一可疑的、难于见人的勾当，他虽身份低微却十分在行，甚至在圈子里的某些犹豫分子和心存疑虑者眼中也不失为一位好领头人。以汉斯·卡斯托普打听到的所有情况判断，医生似乎已经胜利在望，成功在握，因为他充分发展和培养了艾伦·布朗特的非凡潜能，使其得到了很好的表现。已经发生过个别会友被物化的"末梢器官"触动的情况。例如帕拉范特检察官就自我感觉结结实实地吃过一耳刮子，并以科学的态度高高兴兴地承受了下来，不，岂止承受，简直巴不得把另一边脸伸过去再挨它一耳光，以致不顾自己是一位绅士，一位法学家，一位有身家地位的长者；换一个环境，如果让一个活人捆了一巴掌，那他的反应只能完全另一个样子。就连老实巴交的安东·卡尔洛维奇·费尔格，就连这个逆来顺受的、对一切高深事物敬而远之的家伙，有一天晚上也抓住过那样一只灵异之手，并用触感确认了这手造型的准确性和完整性，随后它便以一种难以细述的方式，抽离了他那既热情又不失尊重的把握。如此每周两次聚会了相当长一段时间，大概有两个半月吧，便有一只来自冥冥中的手——看样子是一位年轻男子的手吧，让一盏蒙着红纸的台灯映照得红红的，活灵活现地呈现在了众目睽睽的桌面上，并在一只装满面粉的陶钵里留下了印记。然而仅仅八天以后，便出了事情：克洛可夫斯基博士的一帮子助手，阿尔宾先生、施托尔太太、马格努斯夫妇，他们半夜三更就心急火燎，兴高采烈，出现在了汉斯·卡斯托普的阳台上，争先恐后地，七嘴八舌地，向这个在刺骨的严寒中昏昏欲睡的病友报告，艾莉的霍尔格显形啦！他的脑袋出现在这位女灵媒的肩膀上，果真生着一头"漂亮的褐色、褐色鬈发"，他在消逝之前，脸上漾起那么温柔而又感伤的微笑，真是令人难忘啊！

霍尔格如此高雅的忧伤表现，汉斯·卡斯托普暗忖，跟他另一些时候的举止，跟他粗鄙的恶作剧和瞎胡闹，跟他给帕拉范特检察官那毫不温柔伤感的耳刮子，怎么合得起拍来哟？显然，这儿不好要求合乎逻辑的性格完整性。也许有不同的心绪作为前提，就像民谣里唱的那个驼背小精灵，他出于自身的苦闷，总是喜欢给人使坏，总想有人去求他。霍尔格的崇拜者们看样子是不考虑这些的。他们一门心思想的只是如何说服汉斯·卡斯托普，让他放弃置身事外的决定。他们讲下一次聚会他必须无条件参加，喏喏，一切真是再好不过啊。要知道，艾莉在睡梦里做出了承诺，下一次任随会友们想见到哪位故人，她都一定把他给接来。

任随哪位故人？尽管如此，卡斯托普还是坚持没有答应。只不过呢，可以见到任随一位故人却让他耿耿于怀，结果没出三天，他便做出了相反的决定。说得准确一些，他走出这一步其实并非经过了三天，而是仅仅用了其中的几分钟。他思想转变在一个孤寂的夜晚，其时他又来到了音乐室里，放送那张凝聚着瓦伦廷人格魅力的唱片，——他坐在自己的扶手椅中，聆听着这位被迫为荣誉而战的勇敢士兵临别前的祈祷，只听瓦伦廷唱道：

> 主召唤我飞升到天堂里去，
> 我愿从天上注视你，护卫你，
> 哦，玛格莉特！①

跟每次听到这里时一样，汉斯·卡斯托普也心潮澎湃，只是这次由于某些特别的原因更加激动，并在心里凝聚成为了一个愿望："不管是不是怠惰，是不是罪孽，反正真正叫稀罕，也开心刺激。他，要是他也牵涉其中，以我对他的了解，大概不会说不的。"这时卡斯托普想起了他曾给予自己善意而随和的回答："请

---

① 士兵瓦伦廷是诗剧和歌剧《浮士德》女主人公玛格莉特的兄长。在歌德的《浮士德》中，他得知妹妹与浮士德私通并怀了孕，迫于当时的道德风尚和习俗，不得不为维护妹妹和家庭的名誉与浮士德决斗，结果被有魔鬼帮助的对手刺死。瓦伦廷的这个临别唱段，取自古诺的同名歌剧。

吧，请吧！"那是有一天晚上在透视室里，卡斯托普曾请求他让自己看一看他的透视图像。①

次日早上，他已报名参加预定在晚间举行的集会；晚饭之后半小时，便与一帮轻松自如、有说有笑的会友结伴，走进了那设在地窖里的密室。在场的全是一些个常客或者说老资格，例如丁富博士和波希米亚人文泽尔，他俩是在台阶上碰到的；随后在克洛可夫斯基博士的诊室里，又见到了费尔格和魏萨尔两位先生，帕拉范特检察官，莱薇小姐和克勒费特小姐，至于来向他报告出现了霍尔格脑袋的那帮子人，还有充当灵媒的艾莉·布朗特本人，就不在话下了。

当汉斯·卡斯托普跨过那嵌有名片的房门的时候，这位来自北方的女孩已经处于克洛可夫斯基博士的监护之下。她立在博士身旁，博士则穿着黑色的工作服，如父亲一般慈爱地用手臂抱着她的肩，领她站在通往这位助理医生住处的台阶脚下，一起在那里迎候客人。客人们也纷纷报之以爽朗愉快、热情亲切的问候。看样子是要营造一种轻松活跃、不拘礼数的气氛喽。人们争着大声讲话、开玩笑，彼此捅肋骨以表鼓励，千方百计显示自己毫无心理负担。克洛可夫斯基博士不断重复着有些发音不清的"欢迎您！欢迎您！"，说时总是从胡须中间露出来一排黄牙，脸上带着那诚挚的、叫你不能不信赖他的表情。一见汉斯·卡斯托普沉默寡言，神色暧昧，医生在对他道欢迎时更是卖劲儿。他狠命握

---

① 这时主人公想到的是他已故的表兄、"好样儿的士兵"约阿希姆·齐姆逊。

住年轻人的手,不住地摇头晃脑,似乎想说:"勇敢点儿,小伙子!"还有:"谁会垂头丧气呢?这儿既没什么遮遮掩掩,也不用假装正经,唯有不带成见地搞科研的坦荡胸怀!"那位被如此以打哑谜的方式说服的对象,心情却并未因此就好一些。我们让他在下决心与会之前回忆了当初透视室里的一幕,但这一联想完全不足以表现他心灵的状态。相反,他此时的心境倒让他生动地回忆起了多年前的一次荒唐经历:在喝得有些醉了以后,伙着一帮子同学,他破天荒第一次壮起胆子去逛了圣保莉的一家窑子,其时的心情真是特别而又难忘,高傲、狂躁、好奇、鄙薄、虔诚等情绪,统统混杂在了一起。

人既然已到齐,克洛可夫斯基博士便带着两位女助手退进了隔壁房间,以便对女灵媒进行搜身检查;这一回选的助手是马格努斯太太和肤色如同象牙的莱薇小姐。汉斯·卡斯托普则跟剩下的九位与会者一起待在医生的办公室兼诊疗室中,等着那反复进行然而照例毫无所获的科学程序的结束。有一段时间,背着约阿希姆,他曾在这间屋子里与那位心理分析专家谈过多次心,对它是相当熟悉的了。室内左侧靠后的窗户边上摆着一张写字台,写字台旁有一张扶手椅和一把给病员坐的转椅;通往邻室的房门两边陈列着医生常用的书籍;在右手靠墙的里面,由一道折叠式的屏风跟办公家具隔开,放着一张铺有漆布的单人沙发床;一个屋角上立着放器械的玻璃柜,另一个角落展示的则是希波克拉底[①]

[①] 希波克拉底(公元前460—前377),古希腊名医,西方近代医学的鼻祖。

的半身塑像；还有右手墙边的煤气壁炉上方，挂着一幅按照伦勃朗的名画《解剖室》作的蚀刻画——平平常常的一间应诊室，跟许多别的医生的应诊室没有什么两样。只不过呢，为满足眼下的特殊需要，室内的布置看得出来稍稍作了一些变动：那张围着一圈扶手椅的桃花心木小圆茶几，原本摆在几乎铺满整个屋子的红地毯中央，正好对着天花板上的枝形电器吊灯，现在已经移到了石膏像的旁边；远离中心，靠近燃烧的壁炉，顶着炉中涌流出来的一股股燥热，放着一张铺有薄薄台布的小桌子，桌上立着一盏用红布蒙住的小台灯；台灯的上方，再从天花板上垂下来一只电灯泡，同样也用红布蒙着，而且外面还罩了一层黑纱。在小桌子上面及其近旁，摆放着几样我们已经熟悉的物件：一只铃铛，不，不如说是结构不同的两只，一只是手摇的，一只是按和拍打的，再就有一盆面粉，一个字纸篓。围着这张小桌子，十来把不同样式的椅子凳子摆放成了一个半圆形，半圆形的一端靠近沙发床的脚头，另一端几乎刚好在房间的中央，头顶上正对枝形吊灯。这里，靠近最后一个座位，离到隔壁房间去的门差不多一半的距离，便摆放着那架留声机。在留声机旁边的一把椅子上面，平躺着那本装有轻松乐曲的唱片夹。会场的布置就是这个样子。红灯还没有亮起来。天花板上的吊灯散射出白晃晃的光线。写字台正对着的窗户拉上了黑色的帘子，黑帘子上面外加一块近似花边的乳白色镂空布幔。

　　十分钟后，医生领着三位女士回到了诊疗室。小艾莉此时已经面目全非。她穿的不再是自己的衣服裙子，换成了某种专用的会服，式样跟睡袍差不多，质地为白绉纱，腰间紧紧束着一条丝绳，细瘦的手臂裸露在外面。她那处女的乳房在衣衫底下显得如此松软，如此缺少拘束，看上去好像没有再穿内衣。

大伙儿热情地招呼她。"哈啰，艾莉！你好迷人啊！简直是个仙女儿！好好干，我的天使！"对大伙儿的欢呼接灵女报以微笑；她的微笑也献给这身衣服，她知道它挺适合她。"事先的检查没有问题。"克洛可夫斯基博士宣布。"趁热打铁吧，伙计们！"他加了一句，以他那带有异国情调的口音。汉斯·卡斯托普觉得他这个称呼不是滋味儿，其他人却在互相打招呼、拍肩膀和瞎胡扯，同时开始在那些围成半圆的椅子上就了座，他也只好跟着寻找自己的座位。这当口儿，博士先生亲自来关照他了。

"我的朋友，"——发音成了"我的庞友"——他说，"在一定意义上您是我们的客人，或者说新来者，所以我希望今晚上赋予您一些特权，以表示对您的敬意。我把对灵媒的监督信托给您。具体做法如下。"说着他已请年轻人走到半圆那紧邻沙发床和屏风的一端，在那里艾莉已经坐在一把转椅上，脸更多地冲着紧接台阶的房门，而不是朝着房间中央。到了跟前博士同样坐上了一把转椅，与艾莉面对着面，同时拉住她的双手，把她的两个膝头紧紧夹在自己双膝之间。"请照样做！"他发出指示，让汉斯·卡斯托普顶替自己。"您得承认，完全控制了起来。您还有个帮手，可是实属多余。我亲爱的克勒费特小姐，那您也请吧！"于是这位受到如此彬彬有礼且又富于异国情调的邀请的女士便加入进来，用双手抓紧了小艾莉脆弱的手腕子。

这便出现了完全无法避免的情形：汉斯·卡斯托普紧紧拽住那位还是处女的灵童的手，望着她近在眼前的面孔。他俩四目相对，可艾莉却低垂下了眼睑，显得害羞的样子；这在目前的情况下原本可以理解。只见她有些做作地微微笑着，歪着个脑袋，稍稍地嘟起嘴唇，跟最近搞玻璃杯显灵那次一个样。目睹着接灵女这无声的表演，她的督察不禁忆起来另外一件往事。他想起有一次，他和约阿希姆带着卡琳·卡尔斯特德站在"村"里公墓一座尚未挖好的墓坑旁，那小姑娘差不多也曾这么微笑来着……

摆成半圆的椅子已经坐满了。总共十三个人，波希米亚人文泽尔不算在内；为了侍弄那台设备，他习惯了自由行动，准备好机器便端来一张矮凳坐到旁边，在面朝房间中央的会友们背后。还有他的吉他也带在身边。克洛可夫斯基博士在半圆的末端，在屋子中央的枝形吊灯底下落座之前，一抬手先拧燃了两盏红灯，再一抬手熄灭了天花板上的白炽灯光。于是整个屋子一下子黑暗弥漫，远处的家什和角落都根本看不见了。只有那张小桌子的桌面及其近旁，还显现在惨淡的红光中。最初几分钟就连邻座的人也彼此不见踪影。在黑暗里眼睛只能慢慢适应过来，习惯利用那留给它们的一点点光亮，以及壁炉中跳动的火苗补充的一些光明。

就照明的问题医生讲了一番话，为其科学方面的欠缺作了一些辩解，希望大家千万别认为这是制造气氛和神秘感觉。遗憾啊，实在爱莫能助，暂时是没法提供更多的光明喽。眼下要探究的那些力量本性如此，在白色的亮光中就是不肯展现出来，就是不肯发挥作用。这是个前提条件，眼下只好服从了。——汉斯·卡斯托普感到满意。黑暗令他觉得舒服，缓和了全局的诡异气氛。再者，为了替眼前的黑暗辩护，他想起在透视室里也是先用黑暗清洗眼睛，然后才好真正地"看"的。

克洛可夫斯基博士继续着显然是特别针对汉斯·卡斯托普的开场白，说灵媒已经无须再由他也就是医生来催眠啦。督察多半该发现她已经自行进入睡眠状态；一经出现这种情况，以她的嘴说话的就已是她的保护神，就已是大家熟悉的霍尔格；大伙儿呢也可以向他——而不是向她——说出自己的愿望。还有，绝对不可将意愿和想法强行集中在眼前的现象上面；这样做是错误的，会导致失败。相反应该抱着闲聊似的松弛心态。请卡斯托普先生首先注意监护好接灵女的四肢，不得出现任何纰漏。

"手拉手组成人链！"克洛可夫斯基博士最后命令；于是全体照办，就有人因在黑暗中一下子找不着邻座的手而笑了起来。丁富博士的座位紧邻赫尔米娜·克勒费特，便把右手搭在她的肩上，左手则递给了挨着他的魏萨尔先生。马格努斯夫妇坐在博士旁边，与这位太太相连接的是安东·卡尔洛维奇·费尔格；汉斯·卡斯托普如果没有弄错，费尔格再握住右边肤色如同象牙的莱薇小姐的手，——如此这般地延伸下去。"音乐！"克洛可夫斯基博士发出指令。等候在他和他邻座背后的波希米亚人文泽尔立刻打开机器，放上了唱针。"聊天！"博士先生再一次命令，这时已响起米略克①一部序曲的头几个小节；同时众人都提起了精

---

① 米略克（Millöcker，1842—1899），奥地利作曲家。

神,开始东拉西扯地闲聊,这边讲今年冬天下雪的情况,那边谈刚才吃那顿饭走菜的顺序,还有的扯到某某人强行出院或者合法出院了,等等等等,让乐声遮蔽着,谈笑声时高时低,时断时续,完全人为地维系着生机。如此过了好几分钟。

突然,一张唱片还没有放完,小艾莉开始剧烈抽搐起来。一阵痉挛传遍她的全身,她大声呻吟,上半身倾倒向前,额头几乎碰着汉斯·卡斯托普的额头;两条胳膊也开始像抽水似的前推后缩,她的监护者汉斯·卡斯托普也被拖累着做这奇怪的往复运动。

"进入状态!"克勒费特用行话报告。乐声戛然而止。交谈顿时停息。在突如其来的静寂中,只听克洛可夫斯基博士以柔软、悠长的男低音问道:

"霍尔格可已就位?"

艾莉重新抽搐起来,身体开始在椅子上东倒西歪。接着,汉斯·卡斯托普感到自己的手被她的双手狠狠捏了一把。

"她捏我的手啦!"年轻人报告。

"是他!"医生纠正卡斯托普。"是他捏了您的手。也就是说他已经来了。——我们欢迎你啊,霍尔格!"医生继续拍马屁,"我们衷心欢迎你,伙计!请你好好想一想!上次你来我们这里的时候,你曾经答应过,只要我们圈子里点到了某个故人,不管是男是女还是兄弟姊妹,你都愿意将此人召唤回来,让其在我们这些凡夫俗子的眼前现形。今天你愿意兑现自己的诺言吗?觉得有能力兑现诺言吗?"

艾莉又浑身哆嗦起来。她呻吟着,迟迟不回答。慢慢地,她把双手连同监护人的手拉到自己的额头上，在那里停了一会儿。随后她凑近汉斯·卡斯托普的耳朵，热乎乎地悄悄道了一声："有！"

灼热的气息径直灌进咱们年轻朋友的耳道里，搞得他有些个毛骨悚然，也就是民间所谓浑身"起鸡皮疙瘩"；这种现象的本质，有一天贝伦斯宫廷顾问曾经给他解释过。我们之所以说毛骨悚然，是想把纯粹的身体反应与心灵反应区分开来；须知这里压根儿谈不上恐惧。他当时想到的大致是："喏，她完全失态了！"可再说呢，一位双手给他握着的年轻姑娘在他耳边悄悄道一声"有！"，确实让他在一瞬间受到了触动甚至震撼，模模糊糊的触动和震撼；那真是一种心醉神迷的感觉，一种由令人神经错乱的境况产生的感觉。

"他说有能力！"汉斯·卡斯托普羞涩地报告。

"那好吧，霍尔格！"克洛可夫斯基博士道，"咱们让你说话算话。咱们全都相信你会说到做到的。咱们希望现形的那些个亲人的名字马上告诉你。会友们！"他转而向在座的人发出呼吁，"请快快吭声！谁已经准备好提出要求？请霍尔格朋友把什么人给咱们领来呀？"

接着是一阵沉默。谁都想等着别人先说话。最近几天，这位那位也许确曾检讨过自己的思路，看它到底通向哪位故人；但是让死去了的亲人归来，也即实现让亡故者回返人世的愿望，毕竟是一件复杂而又棘手的事。归根结底，实话实说，原本并不存在实现这个愿望的可能呀；它只是一个错觉；摆在光天化日下来观察，这个愿望跟眼前要做的事情本身一样，一经大自然抽去其可能性都将表明是完全不可能的。至于说到我们心怀悲痛嘛，倒不是因为我们见不到自己的亲人复生，而是因为我们知道根本就不可能存在这样的希望。

在座的人们全都隐隐有此感觉；这儿呢并不当真存在亡人复生的现实，而纯属一场情感游戏和戏剧表演，能做的最多不过让你看一看故去的亲人，也就是说本是一桩对实际生活并无多大影响的事情，然而呢又谁都害怕和自己所想象的亲人谋面，也因此谁都有理由把提出希望的权利推让给别人。就连汉斯·卡斯托普也畏缩不前，在最后一刻也打算让人家先出头，虽说昨天夜里他还听见过那好心而随和的"请吧，请吧！"。可他又感觉实在拖得太久了，便忍不住把头转向集会主持人，嗓音嘶哑地对他说："我想见一见我已故的表兄约阿希姆·齐姆逊。"

这一来全场都松了口气。在与会的所有人中，只有丁富博士、捷克人文泽尔和接灵女本身，不曾认识这位被要求一见的表兄。其余所有的人，费尔格、魏萨尔、阿尔宾先生、帕拉范特检察官、马格努斯先生和太太、施托尔太太、莱薇小姐、克勒费特小姐，全都兴高采烈地叫起好来，就连克洛可夫斯基博士也满意地点了点头，尽管他与约阿希姆一直关系冷淡，因为这位对他搞的心灵分析颇不以为然。

"很好！"博士先生说，"你听见了吗，霍尔格？被点名的这个人活着时与你素昧平生。在彼岸你是否认识他，是否准备把他给我们领来？"

全场紧张期待。被催眠的女孩身躯晃动，呻唤、哆嗦。她似乎在寻觅，在搏斗，同时左摆右摇，一会儿咬汉斯·卡斯托普的耳朵，一会儿咬克勒费特的耳朵，嘀嘀咕咕的，不知说了些什么。终于，汉斯·卡斯托普感到了她两只手的掐捏，意思是"行啊"，于是做了汇报。接着——

"那就好！"克洛可夫斯基博士提高了嗓音。"干活儿吧，霍尔格！放音乐！"他叫道，"聊天！"接着，他又反反复复叮嘱强调，思想一点儿不要紧张，不要硬去想象所期待出现的情形，只有无所拘束，不当一回事，反倒对事情有帮助。

接下来出现了我们主人公年轻生命中最奇异的时刻；尽管我们不完全清楚他未来的命运，尽管故事讲到一定的地方他将从我们的视线中消失，我们仍不妨推断，这将是他一生所经历的最最奇异的时刻。

这段时间超过了两个钟头，我们马上就会讲，包括霍尔格已开始的"活儿"，或者说原本是小艾莉的"活儿"一个短暂的停顿——这"活儿"拖长得实在可怕，搞得大家终于开始感觉气馁，都开始怀疑它能不能取得结果，再加上出于纯粹的同情，都一次次忍不住想提出来将它缩短，将它放弃；要知道，这"活儿"看上去实在太艰难，实在已超越硬着头皮来完成它的娇弱女孩的能力，实在惨不忍睹。身为男人，只要我们不逃避做人的责任，就会从人生的某个阶段认识这种难以忍受的怜悯同情；它可笑地不被任何人接受，甚至很可能完全不合时宜，却忍不住会从我们胸中迸发出来，化作一声愤怒的"够啦！"，虽然"它"并不会就够，也不允许"它"够，虽然不管怎么样都必须坚持到结束。读者该已明白，这里讲的是咱们如何为人夫为人父，讲的是妻子分娩的情形；事实上，艾莉的痛苦挣扎，真是跟女人分娩像得不能再像，像得不容置疑，因此即使一个从未见过分娩的人，比如咱们年轻的主人公吧，也必定能够看出来；事实也确乎是这位年轻人没有逃避做人的责任，于是就在眼前的状态下见识了有机生命这极其神秘的一幕，——可这又是怎样一种状态！造成这状态的又是怎样的契机！眼前呈现的又是怎样的情景啊！这间红光笼罩中的、情绪激动的产房，它的种种特征和细节，——不论是那位光着手臂、穿着轻飘如水的睡袍的年轻产妇本人，还是其他的所有安排，诸如不停地放送的轻佻乐曲，聚会者们奉命进行并维持着的说说笑笑，以及他们替那位女斗士鼓劲儿的欢呼怪叫："咳，霍尔格，勇敢点儿！快啦快啦！别泄气，霍尔格，坚持往外用劲儿！你一定行！"——所有这一切都只能称为丑恶，除了丑恶还是丑恶。至于这里的"丈夫"个人及其处境，我们也绝不排除在观察之外——既然汉斯·卡斯托普自己乐意充当这个角色，我们也就不妨真的当他是这位丈夫，你看他把产妇的双膝夹牢在自己膝头之间，两手紧握住她的手：这双小手已经汗湿淋淋，就像当初他握过的那双莱拉的手，为了避免它们滑脱出去，他不得不一次次地重新握紧。

要知道，他们背后的壁炉一直在散发热气。

气氛神秘而肃穆吗？唉，才不哩！在惨淡的红光中吵吵嚷嚷，情调全无，已经习惯了的眼睛只勉强看得见房里的情形。乐曲声和呼叫声让人联想到救世军誓师的喧闹场面，就算汉斯·卡斯托普这位从来没有参加过类似狂热宗教仪式的人也一样。眼前的场面虽也神秘、诡异，令敏感的心顿生虔诚，但却绝无装神弄鬼之嫌，却充满自然和生命的意味——至于如何借助人与人间的亲密情感，我们已经讲了。艾莉的挣扎带有阵发性质，时发时停，停下来时脑袋便从椅子上垂向一边，整个处于不省人事状态，克洛可夫斯基博士称之为"深度催眠"。等会儿她又一跃而起，大声呻吟，身体剧烈晃动，跟监护人推推搡搡，拉拉扯扯，凑近他们的耳朵热乎乎地说胡话，手做着往旁边抛甩的动作，似乎想把什么从身体内驱赶出来，牙齿咬得嘎嘣嘎嘣响，有一次甚至咬着了卡斯托普的衣袖。

这样搞了一个多小时。集会主持人考虑到大家的需要，宣布休息一会儿。捷克人文泽尔刚才为了让大家换个口味轻松一下，同时也保护机器，曾抱起吉他来熟练地弹奏，现在也把乐器放到了一旁。大伙儿松开了相互拉着的手。克洛可夫斯基博士走到墙边，揿亮了天花板上的顶灯。白色的灯光顿时亮晃晃地充满室内，习惯了黑暗的眼睛全都傻乎乎地眯缝了起来。艾莉深深地弯着腰继续酣睡，脸几乎埋进怀里。看上去她仍在忙乎着，做着本该另一个人做的事情；汉斯·卡斯托普惊讶地注视着她的一举一动：有好几分钟，她凹着手掌在自己的髋部附近挖来挖去，把手先伸出去再搂回来或者扒拉回来，像是在拖拉或搜集什么东西。——最后她猛地抽搐几下便苏醒了，眨巴眨巴眼睛，虽同样目光呆滞，却面带微笑。

她是在微笑，纤巧而略显拘谨地微笑。适才大伙儿对她受苦受难的同情怜悯，看来事实上都白费了。她样子似乎并不特别疲倦。也许她压根儿忘记了刚才的事情。她坐在医生靠窗的办公桌面前的患者座椅里，在医生本人和隔开长沙发的屏风之间；她让椅子转了一下，好把手臂撑在桌面上，眼睛望着房间。她就这么坐着，接受着众人目光的抚摩，以及来自四面八方的点头鼓励，在长达十五分钟的休息时间里始终一声不吭。

这是一次真正的休息，——心里不再有所牵挂，充溢着干过活儿以后的满足感。只听男士们的香烟盒儿噼啪作响。大伙儿惬意地吞云吐雾，凑拢一堆谈论集会的情况。还早着呢，没有理由丧失信心，一定认为最后不会取得结果。有迹象表明，完全可以排除这样的消极情绪。几位靠近医生坐在半圆末端的人，对此意见完全一致，都声言在酝酿接灵的过程中，朝着一定的方向，有规律地一次接着一次，从灵媒本人身上有一股冷气送出来，他们都清楚地感觉到了。另一位会友则声称看见了光影现象，就是一些白色的光斑，一些游动的凝聚着的力，在屏风前面时隐时现，变幻着形状。一句话，别松劲！别灰心！霍尔格既然答应了，就没有理由怀疑人家不会兑现诺言。

克洛可夫斯基博士发出信号，接灵活动重新开始。他亲自送艾莉走向刑椅，边走边抚摩她的头发；其他人则各就各位。一切如同先前，尽管汉斯·卡斯托普申请辞去首席监督的职位，却遭到了集会主持人断然拒绝。他说，他重视让表示了愿望的人直接获得亲身感受，以证明灵媒确实是搞不了任何的假。于是，汉斯·卡斯托普又进入与艾莉的特殊对峙状态。白炽灯熄灭，红色黑暗降临。音乐重又响起。过了几分钟，艾莉突然重新身体抽搐，双手划动；这一次报告"进入状态"的变成了汉斯·卡斯托普。重又继续着丑恶的分娩过程。

它是多么艰难和可怕哟！简直就像不肯有所进展，——能成吗？胡扯！这儿哪来的怀孕？分娩，——怎么个分娩，娩什么？"救命呀！救命呀！"接灵女孩狂叫不止，阵痛眼看就要转变成有害而危险的持续性痉挛，也即专业助产士所谓的"急痫惊厥"。她呼唤医生，要他把手搭在她身上。他照办了，一边还实实在在地在开导她。磁感应——如果这是磁感应的话——增强了她继续挣扎的力量。

也就是说两个钟头过去了。吉他和留声机轮换着让室内飘荡起轻快的乐曲，久已不见阳光的眼睛又勉勉强强适应了暗淡的光线。突然间出了一点儿意外，肇事者是汉斯·卡斯托普。他提出动议，其实也就是说出自己久已怀有、原本一开始便有的愿望和想法；要是可能，他早一些说出它们就好啦。这时艾莉脑袋耷拉在被他握着的手上，已经"深度催眠"；文泽尔正好在换唱片，或者翻唱片，我们的朋友便下决心开了口，说他想提个建议，——事情不大，但他估计也许会有用处。他有……也就是说院里的唱片室里藏有一张片子：选自古诺的歌剧《玛格莉特》《瓦伦廷的祈祷》，男低音加乐队协奏，异常感人。他个人认为，不妨放一下这张唱片试试。

"为什么呀？"博士在红色的昏暗中问。

"情绪问题，感情问题。"年轻人回答。那张片子的精神情调，他说，很是不一般，很有些特别。不妨试一试嘛。据他看，不能完全排除，这样的精神情调，可能缩短正在这里进行的活动的过程。

"片子在这儿吗？"博士想知道。

不，不在这儿。不过汉斯·卡斯托普一去就能拿来。

"您想到哪儿去啦！"克洛可夫斯基断然拒绝。为什么？汉斯·卡斯托普想去取了再回来，然后重新开始中断了的工作？这真是痴人说梦。不行，压根儿不可能。要那样一切都乱了套，全得从头做起。再说科学的精确性，也禁止跑进跑出，哪怕只是想一想都不行。诊疗室的门锁着呢。钥匙藏在博士他本人的口袋里。一句话，唱片不是一伸手就取得来，他就休想……克洛可夫斯基一个劲儿往下说，捷克人已从留声机那边插进来：

"片子在这儿呢！"

"在这儿？"汉斯·卡斯托普问。

是的，在这儿。《玛格莉特》《瓦伦廷的祈祷》。请吧。它意外地跑到了轻音乐夹子里，没有在按编排插入本该插入的咏叹调绿色封面第二集。偶然地，特殊地，粗心地，可喜地，混到这里边来啦，只要放上机子就万事大吉。

汉斯·卡斯托普有什么好讲啊？他什么也没讲。倒是博士说了句"那更好嘛"，引得不少人随声附和。唱针吱吱作响，机盒关上了。在赞美诗般的伴唱声中，一个男声引吭高歌："我就要离开你……"

没任何人说话。全场凝神倾听。歌声响起，艾莉立刻重新开始她的工作。她打起了精神，又在哆嗦，呻吟，抽缩，把湿滑的双手摁在脑门儿上。唱片继续转动，已经到了曲子当中节奏跳跃、涉及战斗和危险的段落，情调既果敢又虔诚，富有法兰西歌剧的味道。随后是结尾部分，乐队伴奏比开始时更加气势磅礴，雄浑的男低音于是唱道："天上的主啊，请听我祈祷……！"

汉斯·卡斯托普忙着照看艾莉。艾莉僵直着身子，呼吸急促困难，随后长叹一声瘫坐下去，久久不再动弹了。正当卡斯托普躬下身观察她，突然听见施托尔太太从嗓子眼儿里憋出来的呜咽声：

"齐姆——逊——！"

卡斯托普仍然埋着脑袋，口里涌起一股子苦味。他听见另一条嗓子低沉的、冷冷的回应：

"我早看见他了。"

唱片放完了，铜管乐器奏出的最后和弦已音沉响绝。可是没有人去让机器停下。唱针继续在片子中央空转，划出来吱儿吱儿的噪声。这时他才抬起头来，也没有寻找，目光却已投向了正确的方向。

房间里比早先多了一个人。在那儿，在远离众人的后边，在暗淡的红光几乎完全让黑夜吞没、目力勉强还能企及的地方，在医生的办公桌和屏风之间，在那把也就是休息时艾莉刚才坐过的给患者坐的转椅上，正对着集会的房间，坐着约阿希姆·齐姆逊！就是在最后的日子里两颊深陷的齐姆逊，就是蓄起了战时大胡子的齐姆逊，在胡须丛中高傲地噘着厚厚嘴唇的齐姆逊。他仰靠着椅背坐在那里，跷起个二郎腿。他面容憔悴消瘦，虽然头上的帽子投下了阴影，仍可看出他痛苦的表情，看出那赋予这张脸男性美的严肃和坚毅。在两眼之间的额头上，在深深的眼窝中刻着两道皱纹，可这无损他那又大又黑的美眸射出的目光显得温柔；这目光沉静地、友善地瞅着汉斯·卡斯托普，这目光仅仅投向他一个人。生前成了他表兄小小苦闷的那对招风耳，一样也从帽子底下露了出来；真不懂戴这顶奇怪的帽子有什么用。约阿希姆穿的不是便装，他的军刀看样子倚靠在架着的腿上，刀柄则由双手握着；在他的皮带上似乎还看得见像手枪套的东西。不过他穿的又不像是真正的戎装。不见任何闪闪发光的、色彩鲜明的装饰，只有制服的翻领和两侧的大口袋，再就是低低地戴着一枚十字章。约阿希姆的脚显得挺大，腿挺细长，裤腿看来很窄很紧，样子与其说像军人，不如说更像运动员。可那帽子是怎么回事呢？他就像脑袋上扣着只战地野炊用的锅，只是在下巴底下系了根防风的带子罢了。这可让他看上去既像个老古董，又像个乡巴佬，打仗嘛勉强凑合，样子却挺古怪。

汉斯·卡斯托普的手上感到了艾伦·布朗特的呼吸，耳畔则是克勒费特的急促呼吸。除此之外一片死寂，仅仅还剩下那谁都没有去关的留声机，在片子完了以后仍一个劲儿地转动，让唱针不断划出来刺耳的噪声。汉斯·卡斯托普没有掉转头瞅任何一位会友，也根本不想看他们干什么，听他们说什么。他远远探出身子，脑袋斜伸过去，手臂支撑在膝头上，两眼死死盯住坐在患者座位上的来客。一刹那间他像有要反胃的感觉。他喉头发紧，胸口内痉挛了好几下,便忍不住哽咽抽泣起来。"对不起!"他喃喃着,已经热泪盈眶,什么都再也看不见了。

他听见有人咬他的耳朵道:"您快叫他呀!"——他听见克洛可夫斯基博士的男低音既兴奋又庄重地喊他的名字,重复着刚才那个要求。他没有听从他们,而是从艾莉的面孔下边抽出手来,站直了身子。

克洛可夫斯基博士又在叫他的名字,这次用了告诫的语气。谁知汉斯·卡斯托普却几步跨到进门处的台阶旁,一伸手揿亮了头顶上的白炽灯。

艾伦·布朗特立刻惊恐得晕倒,躺在克勒费特小姐怀里剧烈抽搐。来客的座椅空空如也。

汉斯·卡斯托普径直走向站在一旁提抗议的克洛可夫斯基博士,走到他面前想要说点儿什么却只动了动嘴唇,什么也没有说出来。他粗鲁地脑袋一昂,把手伸了过去。要到钥匙以后,他冲医生狠狠点了几下头,便一转身离开了房间。

狂　躁

随着一年一年的更迭,"山庄"疗养院开始有个现象在蔓延,有个精灵在四处游荡;我们曾经呼喊过一个魔鬼邪恶的名字,现在这个精灵,汉斯·卡斯托普隐隐感到,正是那个恶魔的直系后代。他曾带着旅行进修者不负责任的好奇心,对那个恶魔进行研究,是的,甚至在自己身上发现了一些可虑的潜能,就是尽情地参与周围的人们向他提供的无聊消遣。眼下这个精灵完全如同那个老魔一样，在经过萌芽和长时间地四处暗中滋长之后，而今开始肆虐了；只是以他天生的性情，汉斯·卡斯托普不大适合效力于这个新的魔鬼罢了。可尽管如此，他仍然惊恐地发现，只要他稍有顺从便会在表情、言语和行为举止方面受到传染，而在整个疗养院没有谁能够幸免。

到底怎么了？空气里弥漫着什么病菌？——动辄争吵，狂躁不安，无名的焦虑，普遍倾向是彼此粗言恶语，勃然大怒，甚而至于拳脚相向。在个别的疗养客之间，在整个的小集团之间，每天都会爆发激烈的争执，无节制的对骂、争吵；值得注意的是，那些原本无涉的人不但不对正在进行的争吵感到反感，或者站出来居间调解劝说，而反倒从感情上介入进去，任自己的内心同样的狂热陶醉。他们一个个脸色苍白，浑身颤抖，放光的眼睛差点儿没暴出来，嘴巴歪扭难看。他们真羡慕那些正在吵架的人，羡慕人家有大喊大叫的权利和由头。一股想要起而效尤的强烈欲望，折磨着他们的心灵，撕扯着他们的身体；谁不具备逃进孤寂中去的毅力，便无可挽救地被卷进争吵的旋涡。无事生非的矛盾冲突，当着院里的领导相互推诿责任，在"山庄"里司空见惯，层出不穷；而更可怕的，是本欲来调解的院方很容易受到感染，也跟着粗暴地大叫大喊。谁要是离开时还勉强保持着健康的心灵，就没法知道回去之后心态又将如何。

一位"好样儿的俄国人席"的成员，一位来自明斯克的挺时髦的外省太太，年纪还很轻，只是稍微有点儿病——充其量给判了三个月,一天下到"坪"上去法国内衣商店采购,在店里和女店主大吵一架,最后激动得一回到院里就大咯血,后来再怎么治也治不好了。她丈夫接到通知赶来,被告知太太必须一直在山上养着,这辈子休想痊愈出院了。

这只是院里目前状况的一个例子,如此讨厌的事例还多的是。各位也许还想得起那个戴着圆圆眼镜的中学生,或者先前的中学生,他坐在萨洛蒙太太一桌,这可怜样儿的小青年有个习惯,就是把肉跟菜都一律切得小小的堆积在一起,然后才弄进嘴里大口大口地吞咽下去,以致时不时地都得用餐巾去擦拭厚厚的眼镜片。他,这位永远的中学生或者过去的中学生,就一直这么坐在这里,一直这么狼吞虎咽,一直这么擦拭眼镜片,从来不曾提供任何让人家对他特别留意的理由。现在可好,一天早上进第一次早餐的时候,完全突如其来,跟人们所谓晴天霹雳似的,发起疯来,一下子引起普遍的骚动,整个食堂的人都跑来瞧热闹了。他坐的地方一片喧腾;他脸色惨白,嘶声吼叫;被吼的对象是那个站在他身边的女侏儒。

"她撒谎!"他提高了嗓门儿叫道,"茶是冷的!您给我上的茶冰凉,我可不要喝,您在撒谎之前也该尝试一下,看是不是像不冷不热的刷锅水,这样的臭水有身份的人怎么喝得下去!您怎么竟敢给我上冷冰冰的茶,您怎么竟会这么想,这么干,您给我端这样温吞吞的脏水来,未必以为我竟然还会喝吗?!我不会喝!我不想喝!"他声嘶力竭地叫着,开始用双拳擂桌子,擂得桌上的杯盘碗盏全都叮叮当当地跳起舞来。"我要喝热茶！我要喝滚烫滚烫的茶，这是上帝和人类赋予我的权利！我不喝这个，我要喝滚烫的，我宁肯马上就死，也绝不喝一口——该死的侏儒！"他突然狂吼一声，好似一下子挣脱了最后的羁绊，可以痛痛快快地发作撒野了。他冲那残疾女子高举双拳，向她露出了确实浮泛着白沫的牙齿。随后他继续摇桌子，继续跺脚，继续喊叫他的"我要喝""我不想喝"。——这时候，餐厅里的景象一如往常：众人既紧张，又害怕，同情的可都是那个狂怒的中学生。有几位甚至跳了起来，眼睛望着他，也同样握着拳头，咬紧牙关，眼里冒着怒火。另一些人脸色苍白地坐着，眼睑低垂，浑身颤抖。他们一直都是这么个德性，尽管中学生早已经熄了火，精疲力竭地坐在自己换过了但却再也没喝的茶水前。

怎么回事哟？

话说"山庄"的集体又来了个新成员，一位曾经是商人的三十岁男子，多年以前便已开始发烧，所以住了一家疗养院又一家疗养院。这老兄仇视犹太人，是个排犹主义者，而且既固执又狂热，跟那些球迷一个样，——这一病态的仇犹情结，乃是他生活的骄傲和内容。他曾经是位商人，但现在不是了，他在这个世界上什么都不是，但却一如既往，是个排犹主义者。他病很重，咳嗽起来痰多得要命，有时听上去竟像是用肺在打喷嚏，声音高而短促，那么一下子又一下子，真是可虑极了。但可喜的是他并非犹太人，而非犹太人正是他的本钱。他姓魏德曼，一个基督徒的姓氏，不折不扣的基督徒姓氏。他订有一份期刊，名叫《雅利安①明灯》，发表起演说来大致是这么个味道：

"鄙人住进了A地的某家疗养院……正准备在静卧厅里安顿下来，——可谁躺在我左边的躺椅里？希尔施先生！谁躺在我右边？沃尔夫先生！②我理所当然地马上转了院。"如此等等。

"你活该！"汉斯·卡斯托普心存厌恶地想。

魏德曼眼睛近视，目光阴险，看起东西来就像鼻子跟前吊着条流苏，除了恶狠狠地斜着眼睨着它，别的什么都看不见了。固执的反犹心理使他疑心重重，进而成为一个排犹狂，因而总是疑心身边有潜藏或者伪装起来的卑劣种族，一心要将其揭露出来，让其受到污辱。无论走到哪儿，待在哪儿，他都打探，都疑心，都诅咒可能存在的犹太人。一句话，他是唯一一个具有优越血统的人，而揭露一切不具有这种血统的生物，就是他每日每时的使命。

我们刚才讲的那些疗养院的心理状态，让这家伙的毛病变得格外严重；在这里，他难免在生活中碰见一些他魏德曼没有的缺点，于是在院里当时的气氛影响下，演出了丑陋的一幕。汉斯·卡斯托普不幸亲身经历了，我们呢也就只好作为又一个说明院里现状的例子，向读者进行描述。

要知道院里还有一个人，——说到此人倒是没有什么好揭露的，因为情况清清楚楚，他姓索嫩塞恩③；既然不可能再有比这更

---

① 雅利安即日耳曼。
② 希尔施的德语词Hirsch有"鹿"的意思，沃尔夫的德语词Wolf有"狼"的意思；这两个词在魏德曼嘴里一语双关，表示他怀疑这两个人"不纯"，有"问题"。
③ 索嫩塞恩为典型的德国犹太人姓氏。

肮脏的姓氏，索嫩塞恩其人打入院第一天起，自然就变成了魏德曼鼻子跟前那始终被他恶狠狠地瞟着的流苏。他还时时伸手去拨打它，倒不是要把它驱走，而为使它摆动起来，以便它更好地刺激自己。

跟另一位一样，索嫩塞恩出身商人，同样也病得很重，而且敏感得近乎病态。他为人和气，生性不笨甚至诙谐幽默，讨厌魏德曼的挑眼、挑逗和挑衅以至于到痛恨的程度。一天下午，全院的人都朝食堂跑：魏德曼和索嫩塞恩两个在那里你死我活地打起来了，凶得犹如猛兽相斗。

景象极为可怕，极为惨烈。两人像小孩子似的扭打在一起，凶狠却如绝望地拼命的成年人。他俩相互抓脸，揪鼻子，卡喉咙，四只拳头你来我往，一抱住便在地上猛掼狠摔，彼此吐口水，用脚踩用脚蹬，还扯衣服拽头发，只见拳脚飞舞，唾沫四溅。急急忙忙赶来的院方费了好大的劲儿，才把这两个抓扯在一起的死敌分开。魏德曼嘴角流涎，鼻孔流血，面孔气得变了形状，活现了毛发倒竖这个成语所指的现象。汉斯·卡斯托普可是从未见过，也不相信真有这种事情。魏德曼先生的头发确实是直冲冲地向上立着，在气鼓鼓地跑开时仍是这个样子；索嫩塞恩先生一只眼睛青肿，头顶周围的一圈黑色鬈发缺了一块，变得血糊糊的，一被领进办公室就坐下去手捂着脸放声痛哭。

魏德曼跟索嫩塞恩的打斗就这样结束了。只是所有亲眼目睹的人，过了几个小时还心有余悸。同样在这个时期，还发生过一次全然不同于刚才那瞎胡闹的真正名誉之争；而讲讲这个争论，相比起来就该是一件快事了。在争论的过程中双方可谓煞有介事，一丝不苟，不仅配得上名誉之争这个称呼，甚至几乎叫人忍俊不禁。汉斯·卡斯托普无缘亲历它的各个阶段，对于它那错综复杂而富戏剧性的过程，只是通过翻阅文书、声明和备忘录了解到的。这类的文书档案，不仅疗养院内保存的有，院外也有；院外则不仅指达沃斯本地、达沃斯所在的本州和瑞士本国，还指其他国家乃至美洲。在这些地方，上述的文书资料也广为传抄，甚至送到了那些明明知道不可能也不愿意对这一争论感兴趣的人们面前。

这是一个波兰事件，一次荣誉之争，发生在"山庄"刚刚结合起来的波兰集团内部，发生在小而紧凑的波兰殖民地里，也就是如今已被他们占领了的"好样儿的俄国人席"上。顺便插一句，汉斯·卡斯托普现在已不坐在那里，随着时间的推移而由此迁移到了克勒费特小姐桌上，再转移至萨洛蒙太太那一桌，最后则流浪到了与莱薇小姐同席。这帮波兰人是如此高雅和富有骑士风度，只要把眉毛一扬，就有了做一切事情的决心和胆量。——集团里有一对夫妇，外加一位跟某个先生要好的小姐；除此而外，全都是些殷勤骑士。他们名叫封·祖塔夫斯基，策金斯基，封·罗辛斯基，米夏埃尔·罗迪果夫斯基，勒奥·阿萨拉佩提安，等等。一天在"山庄"的餐厅里喝香槟酒，某个叫亚博尔的人当着另外两位骑士的面，谈起了祖塔夫斯基先生的夫人以及那位跟罗迪果夫斯基先生相好的小姐，也就是克利洛夫小姐，说了一些不便在此重述的事情。由此便产生出一系列的步骤、行动和交涉，我们说的那些广为分发、传送的文书档案的内容即以此构成。

现在汉斯·卡斯托普读道：

声明，译自波兰语原文。

一九××年三月二十七日，斯坦尼斯拉夫·封·祖塔夫斯基先生委托安东尼·策金斯基博士先生和斯特凡·罗辛斯基先生，请他们以他的名义约见卡斯米尔·亚博尔先生，要求他循荣誉法规定之途径向祖塔夫斯基先生公开道歉[①]，原因是该卡斯米尔·亚博尔先生在与亚诺什·特奥菲尔·勒纳尔特先生和勒奥·封·阿萨拉佩提安先生的谈话中，严重侮辱和诽谤了他的夫人雅德薇加·祖塔夫斯卡。

上述谈话完成于十一月底，几天前祖塔夫斯基先生得悉之后当即采取了一系列步骤，以彻底弄清其所受侮辱的事实和性质。昨天，一九××年三月二十七日，通过谈话直接参与者勒奥·封·阿萨拉佩提安先生亲口提供的证言，确认了谈话所含有的侮辱和诽谤性质，斯坦尼斯拉夫·封·祖塔夫斯基先生从而感到有必要立即委托两位在本声明上签字者，授权他们对卡斯米尔·亚博尔先生提出名誉权的诉讼。

两位受托人发表声明如下：

1.鉴于一九××年四月九日在勒姆堡由兹斯拉夫·兹古尔斯基和塔多茨·卡迪就拉迪斯拉夫·郭多勒茨基诉卡斯米

[①] 意即要对方接受决斗挑战。

尔·亚博尔一案所作的记录，鉴于一九××年六月十八日勒姆堡荣誉法庭就同一案件所发表的声明，以及这两份文件之一致结论：卡斯米尔·亚博尔先生由于其自身行为一再与荣誉的概念相抵牾，已不宜于视为一位绅士。

2. 受托人充分考虑了上述情节之严重性，确认卡斯米尔·亚博尔先生已完全不能再具有按照要求道歉的能力。

3. 受托人认为，对于一个完全无视名誉的人提起名誉诉讼，或者为此而进行调查，对于他们本身是不可取的。

有鉴于此，受托人提请斯坦尼斯拉夫·封·祖塔夫斯基先生注意，面对卡斯米尔·亚博尔先生这样一个人，循荣誉法之途径维护自己的名誉权将毫无意义，因此建议他提出刑法诉讼，以防止像卡斯米尔·亚博尔先生这样一个完全不可能履行道歉要求的人对他造成进一步伤害。

签字时间：……

受托人签名：安东尼·策金斯基博士 斯特凡·罗辛斯基

汉斯·卡斯托普接着往下读：

证言记录

事件发生时间：一九××年四月二日晚七点半至七点三刻

事件发生地点：D疗养院之酒吧

事件之当事人：斯坦尼斯拉夫·封·祖塔夫斯基先生、米夏埃尔·罗迪果夫斯基先生、卡斯米尔·亚博尔先生基于其委托人安东尼·策金斯基博士先生和斯特凡·罗辛斯基就卡斯米尔·亚博尔先生于一九××年三月十九日的作为所发表之声明，斯坦尼斯拉夫·封·祖塔夫斯基先生考虑再三，最后确信两位受托人所建议之对卡斯米尔·亚博尔先生提起刑法诉讼，已不可能使对方就对他夫人的"严重侮辱和诽谤"做出道歉，原因是：

1.有理由怀疑卡斯米尔·亚博尔先生届时会按规定出庭，加之其系奥地利公民，进一步追究其法律责任不仅困难，甚至几乎是不可能的；

2.再者，对卡斯米尔·亚博尔进行法律惩处，也不足以抵消斯坦尼斯拉夫·封·祖塔夫斯基先生的姓氏和家族由于其夫人雅德薇加·祖塔夫斯卡所受卡斯米尔·亚博尔先生之侮辱、诽谤而蒙受的损害；

加之斯坦尼斯拉夫·封·祖塔夫斯基先生间接获悉，卡斯米尔·亚博尔先生有意于第二天离开此地，所以便选择了最干脆、也是当前情况下他认为最适当和彻底的解决办法——

于是，一九××年四月二日晚七点半至七点三刻，当着他夫人雅德薇加以及米夏埃尔·罗迪果夫斯基和伊格纳兹·封·梅林两位先生的面，斯坦尼斯拉夫·封·祖塔夫斯基先生就在此间疗养院的亚美利加酒吧中，打了正与亚诺什·特奥菲尔·勒纳尔特先生以及两个不认识的姑娘在一起喝酒的卡斯米尔·亚博尔先生几个耳光；

米夏埃尔·罗迪果夫斯基先生随即也扇了卡斯米尔·亚博尔先生几个耳光,并且告诉他,这是惩罚他严重地侮辱了克利洛夫小姐和他本人。

紧接着,米夏埃尔·罗迪果夫斯基又给了亚诺什·特奥菲尔·勒纳尔特先生几耳光,以报复他对祖塔夫斯基夫妇的无理行为。

再接着,一刻也未耽误,斯坦尼斯拉夫·封·祖塔夫斯基先生也一连串地赏了亚诺什·特奥菲尔·勒纳尔特先生好多个耳光,为了他对他夫人和克利洛夫小姐的污辱诽谤。

在整个过程中,卡斯米尔·亚博尔先生和亚诺什·特奥菲尔·勒纳尔特先生始终没有还手。

记录时间:……

记录签名:米夏埃尔·罗迪果夫斯基 伊格纳兹·封·梅林

对于这郑重其事的连珠炮似的打耳光,汉斯·卡斯托普原本会哈哈大笑,但他目前的心境却叫他笑不起来。他边读边哆嗦,当事者一方行事完全得体,另一方却软弱听话,丢尽脸面,其情景对于他来说可谓跃然纸上,两相对照给人印象极为鲜明,令他激动不已。所有人都这个样子。因此远远近近都在起劲儿研究这波兰人内部的名誉之争,都在咬牙切齿地进行讨论。卡斯米尔·亚博尔先生进行辩解的传单显得稍微冷静一点儿;他着眼于指出,封·祖塔夫斯基既然完全清楚,他亚博尔还在勒姆堡就让某些被人操纵的花花公子指证为不能接受决斗,那么他紧跟着采取的挑战步骤就纯属耍猴戏弄人，因为他事先就知道自己并非一定得决斗。再说，封·祖塔夫斯基之所以放弃与他亚博尔对簿公堂，完完全全只有一个原因，就是人人包括他自己都知道得很清楚，他老婆雅德薇加实实在在给他戴上了一大堆绿帽子，他亚博尔轻而易举就拿得出证据来，还有克利洛夫小姐以她的一贯作风，要是上了公堂同样会丢脸的。至于只强调他亚博尔本人的没有决斗能力，而绝口不提他的谈话伙伴勒纳尔特有没有这个能力，也是封·祖塔夫斯基为了拿前者当挡箭牌，免得自己冒与后者决斗的风险罢了。关于阿萨拉佩提安先生在整个事件中所扮演的角色，他就不想讲了。可是涉及疗养院酒吧里的那一幕，那他亚博尔尽管嘴尖舌利，喜欢说笑，身体确实是极为单薄，封·祖塔夫斯基和他的朋友们以及粗壮的祖塔夫斯卡在体力方面自然占尽上风，加上跟他和勒纳尔特在一起的两位小姐虽说生性开朗，却胆小如鼠，所以他就劝原本想奋起自卫的勒纳尔特也静静地待着，以上帝的名义暂时忍受封·祖塔夫斯基和罗迪果夫斯基合乎社交礼仪的拍拍打打，其实也并不叫人感觉得疼痛，只让周围的人视为朋友之间的打打闹闹罢了，结果却避免了不可收拾的斗殴，没有当众演成一场丑剧。

亚博尔如是说，此人自然无可救药啦。对方提出的材料形成一个名誉跟卑劣的鲜明对照，他的辩解只能触动其皮毛，加之又不拥有祖塔夫斯基一方似的印刷手段，只能用拓蓝纸在打字机上打为数不多的几份出来散发。相反，那些个备忘录如已经说过的人手一份，连很遥远的地方也发出去了。例如纳夫塔和塞特姆布里尼也同样各收到一份，——汉斯·卡斯托普看见他们手里拿着，而且意外地发现他俩正埋头读着，紧绷着脸，表情紧张又严肃。他自己的心境使他说不出俏皮话来，却希望至少塞特姆布里尼能来两句。谁知连这位理智清明的共济会成员，据汉斯·卡斯托普观察，似乎也受到了周围蔓延的瘟疫影响，使他收敛了笑容，把那极其令人发噱的扇耳光闹剧真当成了一回事情；除此而外，看着他，看着这位热爱生活的人健康状况虽说时不时地好像有些好转，实际却日渐恶化，无可挽回，最近一段时间更三天两头地卧床不起，因此既无奈又懊恼同时还鄙视自己，也令卡斯托普心情抑郁。

纳夫塔，塞特姆布里尼的邻居和对手，他的情形也不见得好。他肌体内的毛病同样越来越严重；这病成了他在教团里的前程过早终结的身体原因——或者不得不讲：他那优裕而轻薄的生活条件，也没法阻止他病情的发展。他也常常得卧床静养，可说起话来嗓音更清脆，发烧的时候话比以往更多，也更加犀利，更加尖刻。塞特姆布里尼先生那种反抗疾病和死亡的意识，也感觉不到在一个卑劣的自然暴君面前败北所经历的心灵痛苦，对于身体状况的恶化，他承受的方式也非忧伤和懊恼，而是一种绝无仅有的自我解嘲和易怒好斗，是酷嗜精神上的疑忌、否定与惑乱；这种情况极其严重地刺激他那对手多愁善感的神经，使得他俩之间心智的争斗日趋尖锐激烈。汉斯·卡斯托普自然只能讲他经历过的那一些。不过他相当有把握的是，他一次都没错过；也必须他这个教育对象在场，才能引发关系重大的争论。而且，他如果不得不承认纳夫塔的恶毒言论值得一听而引起了塞特姆布里尼先生苦闷，那么，他就必须表明立场，说这些言论已全然和经常地越出了健康的界限。

这位疾病患者不具备超越疾病的力量或者良好意愿，而是视世界为病态的，认为它已病入膏肓。塞特姆布里尼先生恨不得把自己尖起耳朵听着的学生赶出房去，或者把他两只耳朵给塞起来；因此他极其恼怒，当纳夫塔宣称，物质要想作为实现精神的媒介，那可是太太差劲儿啦。想这么干简直就是发傻。结果会怎样呢？丑陋之极！备受颂扬的法国大革命，实际成果却是资本主义的资产阶级国家——多么美好的礼物！有人想改善它，实际却传播了恐怖。世界共和国，这才是福音，肯定！什么进步？嗨，那位不断转院的著名疗养客罢了，因为他以为这样会感觉轻松一点儿。不被承认却暗中广泛传播的战争愿望，就是其表现之一。它会来的，这场战争，而且来了也好，尽管它的情形，不会是发动战争的人希望的那个样子。纳夫塔鄙视四平八稳的资产阶级国家。秋天他们在"坪"上的大街上散步突然遇雨，满世界的人像服从统一号令似的立刻在头顶上撑起了雨伞，他于是借题发挥一通，说在他看来，这乃是怯懦和娇惯的表现，乃是文明的弊病。像泰坦尼克号沉没这样的事故和耸人听闻的事件，虽不新鲜却令人头脑清醒。事后大声疾呼要提高交通"安全"。似乎"安全"一受到威胁，总是立刻群情激奋。这真是可悲，其所表现的人性的软弱，跟资产阶级国家经济战场上的残忍和卑劣正好配得上。战争啊，战争！他赞成战争；在他看来，人们普遍渴望战争，是一个相对而言值得尊重的现象。

可是一当塞特姆布里尼先生把"正义"一词引入谈话，并认为这一高尚原则是内政和外交灾难的重要预防手段时，刚刚才把精神抬上了九霄云外，认为它根本就不可能也不应该在尘世间获得表现的纳夫塔，又马上不遗余力地质疑精神，并且贬损起精神来了。正义！它是个值得人顶礼膜拜的概念吗？是个神圣的概念吗？是个一流的概念吗？上帝和自然一样不公正，一样有自己的宠儿，一样有所选择，可以赐予这个冒险的荣誉，给另一个却只安排轻松而平庸的命运。那么有志者呢？对于有志者来说，正义一方面意味着软弱麻木，意味着怀疑本身——而另一方面，正义又是号召他去冒冒失失行动的号角。也就是说，人想要行为举止始终合乎礼仪规范，就必须经常以前一个意义的"正义"修正后一个意义的"正义"，——如此一来，这个概念的绝对意义和终极意义何在呢？再说，人之"公正"，都是要么对这个观点，要么对另一个观点而言。剩下的就唯有自由主义了，然而当今之世，这可是连狗也不感兴趣啊。正义自然只是资产阶级修辞学里的一句空话；要想行动，首先得弄清楚所指为哪一个意义的正义：是让每个人享有其固有权利的正义呢，还是让人人权利平等的正义。

咱们只是从他漫无边际的扯淡中随意抽取了一个例子，让各位领教领教这位纳夫塔搅乱人的理性的本领。可更加可怕的，还是他有关科学的言论，——他根本不相信科学。他说他不相信它，因为人享有相信它或者不相信的充分自由。他说科学是跟任何其他信仰一样的信仰，只不过比其他任何信仰更糟糕，更愚蠢；

"科学"这个词本身，就是迂腐的现实主义的表征，该主义恬不知耻，竟把人的心智对客观事物大成问题的反映当作现钱加以收取和支付，并从中抽绎出枯燥、僵死的教条，将其强加给人类，真是无耻之尤。这个客观存在的感官世界的概念，未必不是这么自相矛盾，不是这么可笑之极吗？然而现代自然科学作为一种教条，其存在仅仅靠着形而上学这个前提，以致它对我们的肌体的认识形式，对现象世界活动于其中的空间、时间以及因果律的认识形式，都是独立存在于我们认识之外的现实关系。这种一元论的观点，是人强加给精神的最赤裸裸的无耻。空间、时间和因果律，按照一元论都意味着：发展，——而这样便产生了自由思想及无神论的伪信仰的核心教条，并企图以此使得《摩西五经》之第一书①失去效力，而以愚蠢臆造的启蒙知识与之抗衡，好像宇宙诞生时那个海克尔②就在场似的。什么经验！宇宙中的以太可以精确测定吗？原子，这"最小的、不能分割的微粒"是个可爱的数学玩笑——证明了吗？空间和时间无穷尽的学说，肯定是立足于经验的喽？事实上，只要稍微讲一点儿逻辑，用空间时间系无穷尽的和现实的这个教条，就会获得一些可笑的经验和结果，也即虚无的结果，也即会认识到，现实主义即是真正的虚无主义。何以如此？道理很简单，不管多大的数字较之于无穷大，结

---

① 《圣经·旧约》之《摩西五经》第一书即《创世记》，内容为上帝创造世界万物。

② 海克尔（Haeckel, 1834—1919），德国杰出的自然科学家兼哲学家，唯物主义进化论者。

果都等于零。在无穷尽中无所谓大小,在永恒中既无延续也无改变。在无穷尽的空间里,既然任何距离在数学上都等于零,那就根本不存在两个并列的点,更别提物体,更别提运动。他纳夫塔指出这个,为的是驳斥唯物主义天文学肆无忌惮的胡诌,竟空穴来风地发明了有关"宇宙"的理论,并将其作为绝对正确的认识加以兜售。可悲的人类啊,一些夸夸其谈的、毫无意义的数据,就使他们感到自身的卑微虚无,丧失了对自身重要性的热忱信念!须知,倘使人类的理性和认知始终局限于尘世,并在这个范围里将其对主客观事物的体验当作现实来对待,那还算是差强人意。然而它一旦超出这个范围进入永恒之谜,去搞所谓的宇宙起源学、宇宙构成学,那就不是闹着玩儿了,那就放肆到了登峰造极、无法容忍的地步。归根结底,以数百万万亿公里或者甚至光年去测定某颗星星与地球的"距离",用这样的天文数字为人类精神获取窥视无限与永恒的本质的能力,都是亵渎神灵的胡闹,——而事实上,无限与空间大小根本毫无牵连,永恒跟时间的持续和距离完全没有瓜葛,远远不是自然科学概念,相反倒正好意味着它的消解,意味着我们所谓自然的消解!可不是吗,单纯的儿童相信,星星都是天穹上的窟窿,透过这些窟窿射来永恒的光明,在他眼里,这样单纯的想象可比一元论天文学散布的"宇宙"理论,可比那整个空洞、乖谬、放肆的胡说,亲切可爱何止千万倍喽!

塞特姆布里尼问他,在有关星星的问题上,他自己是否也如此想象单纯呢?纳夫塔回答,他保留任何谦卑和悲观的自由。由此又再一次可以看见，他理解的"自由"是什么，"自由"这个概念将引向何处去。只不过呢，塞特姆布里尼先生有理由担心再这么谈下去，汉斯·卡斯托普又会认为这一切都值得一听了！

纳夫塔的阴险就在于时时地窥视着，一有机会抓住征服自然的进步事业的弱点，就来证明其身体力行者和先锋向着人类非理性的倒退。他讲，航空专家和飞行师多半是些糟糕和可疑的人，特别是非常迷信。他们往往把猪和乌鸦之类的吉祥物带上飞机①，一会儿朝这里一会儿向那里啐三口唾沫，或者戴上运气好的驾驶员的手套。如此之类非理性的原始举动，跟作为他们职业基础的那个世界观，怎么能协调得起来呢？——他揭示的这个矛盾叫他开心，令他志得意满，一谈起来就滔滔不绝……可我们在这话语的汪洋中东捞西捞，寻觅纳夫塔仇视科学的论据，结果能说得出来的都太过具体实际。

二月里的一天午后，先生们结伴出游，去一处距疗养院乘一个半小时橇车路程的地方，名叫蒙施泰茵。参加者有纳夫塔、塞特姆布里尼、汉斯·卡斯托普、费尔格和魏萨尔。他们乘坐两辆一匹马拉的雪橇。卡斯托普和人文主义者在一辆车；纳夫塔跟费尔格和魏萨尔在另一辆车，魏萨尔坐在车夫旁边。下午三点，大伙儿裹得厚厚的，从住在院外那两位的领地前出发了，一路上响着清脆悦耳的铃铛，沿着右边的山梁穿越静静的雪野，途经圣母马利亚教堂和格拉利斯，向南行驶。在这个方向上山野很快被大

---

① 德国民间视猪和乌鸦为带来吉祥的生物，口语里的"有一头猪"意即有好运气。

雪覆盖，不一会儿，只是在背后的勒蒂孔山脉上，还看得见一带淡蓝色的天光。天寒地冻，雾迷群山。一条窄窄的车道引向一块没有栏杆的平台，平台夹在峭壁深谷之间，橇车由此向着高处的一片枞林爬去。路窄坡陡，前进慢如步行。常有驾滑橇下山者突然冲到面前，在错车时不得不离开滑橇。在弯道的背后远远传来异样而柔和的铃铛声，一辆由一前一后套着的两匹马拉的橇车驶了过去，在相互避让时真是小心翼翼。离目的地不远了，眼前豁然开朗，一下子出现了祖格施特拉塞山部分岩壁的美丽景色。在蒙施泰茵那家名叫"疗养所"的小客栈前，一行人爬出被子，把雪橇留在原地，继续往前再走几步，就能眺望东南方的施图塞格拉特山了。高达三千米的山体云雾包裹。只在齐天之处的云雾蒸腾中耸峙出一两个峰尖，真如神话里的仙人庙堂似的缥缈、神圣，不可企及。汉斯·卡斯托普看得入了迷，要求其他人也来眺望。也是他怀着谦卑的感情，说出了"不可企及"一词，结果就给了塞特姆布里尼先生机会强调，那座山峰去爬的人自然是很多的。而且从根本上讲几乎不存在不可企及，不存在任何不容人涉足的自然风景。有些个夸大其词了吧，纳夫塔应道。接着他便举出厄非尔士峰[①]，说截至目前，它便冷冷地让好奇的人类吃了闭门羹，而且看样子还将继续这样坚持下去。人文主义者听了大为恼火。先生们走回"疗养所"去，发现自己的雪橇旁边停了几辆人

[①] 正确的称呼应为珠穆朗玛峰，位于我国和尼泊尔边界上，厄非尔士峰是西方对它的习惯叫法。《魔山》成书之时确实尚无人登上这座世界第一高峰。

家已经取了套的橇车。

可以在此下榻。楼上是编了号的客房。那儿还有一间农村风味的餐厅,壁炉烧得很是暖和。郊游者们向殷勤的老板娘订了些小吃:咖啡、蜂蜜、白面包以及此地的特产梨子面包。给两个车夫送去了红葡萄酒。其他桌子坐着瑞士和荷兰游客。

我们很高兴说,在咱们这五位朋友的桌上,由滚热的、喷香的咖啡增加了热量,大伙儿的谈兴已经上来了。不过我们这样讲不准确,因为所谓交谈原本不过纳夫塔的独白,别的人刚刚讲了几句,就让他一个人把话抢过去了,——真正是独白,以一种奇怪的、违反社交礼仪的方式进行的独白。因为这位前耶稣会士一脸的殷勤,然而仅只是冲着汉斯·卡斯托普一个人,坐在他身边的塞特姆布里尼先生吧,他却拿背对着人家,还有其他两位先生他更完全不放在眼里。

很难为纳夫塔的即兴演讲拟一个题目,汉斯·卡斯托普呢也是不置可否地那么边听边点头。纳夫塔的独白原本就没有统一、具体的话题,而只是在精神领域里的随意漫游罢了,蜻蜓点水似的一会儿这一会儿那,归结起来主要是想令人灰心丧气地证明,精神性的生命现象全都性质暧昧,而由其抽绎出的那些大概念全都色彩多变,根本不能用作武器,再有就是揭示出来,所谓"绝对"在地球上也穿着五光十色的外衣,令人眼花缭乱。

不过,我们还是可以把纳夫塔的演讲内容归纳为自由的问题,而讲的结果只能搅乱人的脑子。他提到浪漫主义,阐述了这一兴起于19世纪初的运动令人着迷的双重意义,说在它的面前，什么反动什么革命统统没有意义了，如果这两个概念不合二为一，形成一个更高级的概念的话。因为，如果只准备把革命这个概念与进步和胜利前进的启蒙联系在一起，那显然是极其可笑的。欧洲的浪漫主义首先是一场争自由的运动：反抗古典主义，反对经院学风，反对古法兰西艺术趣味，反对老气横秋的理性学派；这个学派的卫道者，被浪漫派讥为戴着扑了粉的假发的老古董。

纳夫塔也抨击了自由战争，抨击了对此而表现的费希特式的激情，抨击了德国民众因不堪忍受暴政而奋起反抗，慷慨高歌，①——这暴政嘛，嘿，嘿，遗憾，正是所谓自由，也即为其中所体现的革命思想。真有意思：人们高唱着爱国歌曲，举起拳头来打碎革命暴政，得利的却是反动的封建君主统治；人们这么干，就为的是自由啊。

他的年轻听讲者这下该看清内在自由和外在自由之间的区别，或者也可以说矛盾——以及那个棘手的问题了吧。这问题就是，究竟怎样的不自由跟民族的尊严最容易，或者，嘿，嘿，最不容易协调起来呢。

自由，纳夫塔道，原本更多的是一个浪漫的概念，而非启蒙的概念，因为它跟浪漫有一个共同之处，就是都与人类的扩张欲望和个人的自大狂热难分难解地牵扯在一起。个人主义的自由追求表现为对民族主义的怀古—浪漫崇拜，有好战的性质，

---

① "自由战争"指1813—1814年德国人为推翻拿破仑的统治而进行的战争。哲学家费希特（Fichte，1762—1814）像不少著名作家和诗人一样积极号召参战。"慷慨高歌"指诗人和艺术家为此而创作了许多爱国的诗歌和歌曲。

被人道主义的自由主义者斥之为阴暗，尽管他们自己同样也在宣扬个人主义，所不同的只是些枝枝节节罢了。个人主义相信个体无限的、天大的重要，由此而衍生出了灵魂不朽的说教以及地心说和占星术，因而又是浪漫的和中世纪的。可另一方面，个人主义又属于自由主义的人道主义范畴；自由主义的人道主义倾向无政府主义，无论如何都是要保护亲爱的自我，使其不致成为公众的牺牲品的。这就是个人主义的一面和另一面，一个词儿，多种解释。

不过必须承认，为了抗击无所顾忌地瓦解一切的文明进步的战斗，恰恰是自由的狂热培育了最杰出的自由之敌，最机智勇敢的复古骑士。纳夫塔以阿伦特[①]为例，说他诅咒自由主义，颂扬贵族阶级；也提到了格勒斯[②]和他所著的《基督教神秘主义》。那么神秘主义就真跟自由毫无瓜葛吗？或者它并不是反经院哲学的，反教条的，反教会的？人们在等级制度中自然没法不看到一股强大的自由力量，因为毕竟给原本完全不受限制的王权设置了一道障碍。中世纪末期的神秘主义呢，可也证明了自己作为宗教改革先驱的自由倾向，——宗教改革本身嘛，嘿，嘿，却是一团乱麻，自由思想与倒退到中世纪的倾向错综复杂地交织……

马丁·路德的事业……噢，是的，它有个优点，这就是它本

[①] 阿伦特（Arndt，1769—1860），德国反拿破仑战争时期的著名爱国诗人。
[②] 格勒斯（Görres，1776—1848），德国学者和作家，四卷《基督教神秘主义》为其主要著作。

身及其成问题的性质都可谓昭然若揭,触目惊心。可纳夫塔的年轻听讲者,他知不知道什么叫事业呢?一桩事业就是,比如说,大学生团体的成员桑特刺杀了国务顾问科泽布[①]。是什么使年轻的桑特,按照刑事审判的说法,"产生了杀人的动机呢"?是自由的激情,不言而喻。可是细细观察,又根本不是这么回事了,更应该负责的是道德的激进主义和对非德意志的轻薄无耻的憎恨。无论如何科泽布眼下又在替俄国效力,也就是替神圣同盟效力嘛;桑特的那一刀,也就可以认为是为自由而刺的了,——这种说法最近自然又遭到了新的质疑,就是情况表明,在桑特的密友中,有些个耶稣会分子。总之,事实不管怎么样,其本身也无论如何不是容易搞清楚的,要借以澄清精神方面的问题就更难上加难了。

"请允许我问一下,您这东拉西扯是不是快完了?"

提问的是塞特姆布里尼先生,而且口气十分严厉。他坐在那儿,一只手的指头像擂鼓似的敲击着桌子,一只手的指头捻着胡须。现在真受够了。他的忍耐已经到头。他直直地坐着,身子直得不能再直,——他脸色苍白,身体的重点转移到了脚趾上,结果是只有大腿还沾着椅子边儿,两道黑色的目光闪电似的射向他的对手;这一位朝他转过头来,装出一副惊诧莫名的样子。

"尊意是想讲?"纳夫塔反问……

[①] 科泽布(Kotzebue,1761—1819),曾经名噪一时的德国剧作家,曾任驻俄国大使。1819年遭"德意志大学生团"的成员桑特刺杀。该民族主义团体创立于"解放战争"后期即1815年,地点在马丁·路德曾经翻译《圣经》的瓦特堡,所以纳夫塔扯上了16世纪的宗教改革家马丁·路德。

"……鄙意别无其他，就是坚决不准您拿您那些似是而非的谬论，继续毒害缺少抵抗力的青年！"

"我的先生，我要求您注意自己的措辞！"

"这样的要求，我的先生，我用不着。我一向习惯了注意自己的言辞，我措辞精确而符合实际，如果我讲，您的言行污染、损害原本就不坚定的青年的精神，使他们失去道德力量，实乃无耻之尤，光用言语声讨已不足以……"

在说到"无耻之尤"一词时，塞特姆布里尼拍案而起，一下子把座椅推了开去，笔挺着胸脯，——这是给其他人发出信号，要他们学他的样子。其他桌上的游客都朝他们这边望，同时竖起了耳朵，——准确讲只是从另外一桌，瑞士的客人已经走了，只剩下一些荷兰人，在满脸愕然地偷听着这突然爆发的争吵。

我们这桌的所有人还是都呆呆地站在那里：一边是汉斯·卡斯托普和那一对死敌，一边是费尔格和魏萨尔。五个人全脸色刷白，张大着眼睛，嘴唇哆嗦。三位旁观者不可以尝试着劝一劝，开个玩笑缓和一下紧张气氛，或者好言几句扭转局面吗？不，他们没这样做，没有尝试。内心的状态妨碍着他们。他们只是站在那里打哆嗦，还有，他们的手甚至也下意识地握成了拳头。就连费尔格也是如此，他一贯声明对任何高深的事物都一窍不通，这次从一开始也完全拒绝思考争论的意义，——甚至他也确信，眼下是非得整个你死我活了，人人都跟着激动却又一筹莫展，只能任事态自行发展下去。他那两丛好心的胡子着急得剧烈地上下抖动。

四周鸦雀无声，只听见纳夫塔的牙齿咬得嘎嘣嘎嘣响。对于汉斯·卡斯托普来说，这又是一次类似于看见魏德曼真的毛发倒竖的宝贵经历：他原来以为，这只是一句口头禅，现实中并不会出现。可眼下在这寂静里边，纳夫塔真的把牙齿咬得发出阵阵令人不寒而栗的响声，野性的、危险的响声，只不过呢，它仍是一种虽怒不可遏却自我克制的表现，因此他没有吼叫，而只带着某种喘息似的冷笑，低声地说：

"无耻之尤？言语声讨？难道温驯的毛驴也长出了牛角？难道咱们文明的卫道士也野蛮到了白刀子进红刀子出的地步？对于一开始来说，我说这真是一个成功，——来得容易啊，我要轻蔑地补充一句；因为轻描淡写地挑逗挑逗，神经过敏的道德就如临大敌，赶快穿上盔甲啦！接下来有的好看，我的先生。还有'言语声讨'，还有这个。我希望啊，您的文明原则不致妨碍您了解您欠了我多少债，否则，我将被迫采用某种手段，来考验考验您那些原则，来……"

塞特姆布里尼猛一挥手，示意他继续讲下去：

"嗨，我看这没有必要。我挡住了您的路，您对我也一样，——那好，咱们就找个合适的地方解决这小小的分歧。目前嘛只想讲一点。对于雅各宾党革命的经院哲学解释您怀着虔诚的担忧，所以视我让青年对其产生怀疑，抛弃有关的教条，清除他思想中的经院式道德观，为误人子弟，大逆不道。您这担忧太有道理了，因为您的人道主义已经完蛋喽，您可以相信，——完蛋喽，没辙喽。就在今天，它已经仅仅是一条假发辫子，一盘古典主义的馊菜，一篇叫人打瞌睡的无聊文字，而一场新的、我们的革命，我的先生，即将爆发，即将把这一切腐朽过时的东西荡涤干净。如果我们教育青年怀疑一切，其影响的深刻程度连你们最时髦的启蒙主义者也做梦都想不到的话，那么我们对自己的所作所为，是心知肚明的。只有从彻底的怀疑中，从道德的混沌中，才能产生绝对的东西，才能产生符合时代需要的神圣的恐怖。这，就是我替自己的辩护，也是对您的教训。进一步的教训另找机会。您等我的消息吧。"

"鄙人等着呐，我的先生！"纳夫塔离开桌子，快步走到衣架边上取自己的皮大衣，塞特姆布里尼冲着他的背影喊。随后这位共济会员一屁股坐回椅子上，用双手摁住心口。

"坏蛋！疯狗！真恨不得把他杀掉！"他呼吸急促地说。

其他人仍旧站在桌子边上，费尔格的八字胡继续翘上翘下。魏萨尔歪咧着下颌。汉斯·卡斯托普脖子哆嗦，只好学祖父的样子用下巴作为支撑。所有人都在想，出来的时候几乎没有预料到会出这样的事。包括塞特姆布里尼先生在内，大家同时也想，真正叫幸运，他们乘的是两辆而不是挤在同一辆雪橇里。这样回程暂时会轻松些。可是以后呢？

"他向您发出了挑战。"汉斯·卡斯托普心情压抑地道。

"算是吧。"塞特姆布里尼回答，抬起眼来瞟了瞟站在身旁的年轻人，随即就移开视线，用手撑着头。

"您估计他？"魏萨尔想要听……

"您是问？"塞特姆布里尼反问，也打量了他一会儿……

"先生们，"塞特姆布里尼接着说，同时从容不迫地站起身来,"咱们快乐的郊游这样收场,我感到可悲;可是呢,每个人都必须准备在生活中遭遇这样的事变。理论上我不赞成决斗,我有法治观念。不过现实却是另一回事情;会出现某些情况,这时候——一些个矛盾,总而言之,对那位先生我奉陪到底。不错啊,我年轻的时候击过几下子剑。只需练上几个钟头,手腕子又会灵活起来了。咱们走吧!下一步有待协商。我估计,那位先生已经吩咐套车了。"

在回程中和回院以后,汉斯·卡斯托普不乏对即将出现的可怕一幕感到头晕的时刻,因为情况表明,纳夫塔压根儿不考虑劈啊刺啊什么的,而坚持要使用手枪决斗,——而事实上他又有权选择武器,依照名誉法的原则他是被侮辱的一方嘛。同时也有这样的时刻,就是年轻人的精神暂时摆脱了疗养客们的内心普遍受到的缠绕和迷惑,在一定程度上从狂躁恢复到了理性的状态,因此认识到那么搞简直是发疯,必须有谁出来阻止。

"即使真的侮辱了又怎样!"他在跟塞特姆布里尼、费尔格和魏萨尔讨论时大声说。还在回来的路上,纳夫塔已让魏萨尔答应了当他决斗的助手,并负责在双方之间进行联络交涉。"一次平民之间交际性质的争吵罢了!如果一方玷污了另一方的名誉,牵涉到的是一位女士,或者某个生死攸关的、别无选择余地的问题!那好,在这类问题上决斗就是最后的解决办法,决斗了可以使名誉得到补偿,事情得到体面的收场,也就是:双方分手时心平气和,那么我们甚至就可以认为这个办法不错,在某些纠缠不清的争执中快刀斩乱麻,切实可行。可他纳夫塔对您做了什么呢？我并不想袒护他，我只是问，他干了什么侮辱您的事？他只是抛弃了那些价值标准。如他自己所言，他只是剥夺了那些概念的学术尊严。这个让您感到受了侮辱，——有道理，我们假设……"

"假设？"塞特姆布里尼先生重复道，眼睛瞅着他……

"有道理！有道理！他那么侮辱了您。可他并没有辱骂您呀！这就是区别，请允许我说！这儿涉及的只是一些抽象的东西，精神性的东西。用精神性的东西可以构成侮辱，却不能构成辱骂。这是人们名誉法庭都会接受的准则，我以上帝之名向您保证。同样的道理，您回敬他的'无耻之尤'和'言语声讨'也不成其为辱骂，因为同样针对的是精神，一切都限制在精神的领域，跟当事者本人根本没有任何关系，没有任何辱骂性质的东西。精神性的永远不可能是个人的，这便是对上述准则的完善和阐释，所以说……"

"您错啦，我的朋友，"塞特姆布里尼闭着眼睛回答，"首先，您错在推想精神性的不可能具有个人的性质。这您可不好讲啊，"说时他样子特别地笑了笑，既表现文雅又显得凄楚，"您首先在估计精神的能量时就大错而特错了，显然认为精神太虚弱，不可能引发现实生活中那种除了动武就别无解决办法的激烈情感和矛盾！正好相反！抽象的东西，纯粹的东西，意识的东西，它们同时也是绝对的东西，因此就具有严厉的性质，因此较之于社会生活，它引起的仇恨与不可调和的敌意可能要深刻得多，激烈得多。您奇怪吗，它甚至比社会生活更直接、更无情地造成'你或者我'势不两立的情况,激烈冲突的情况,非靠决斗和血肉相拼不能解决的情况?决斗这种办法,我的朋友,没有任何别的办法堪与比拟。它是最后的办法,是回返原始状态,只不过用一些带有骑士风度的、十分表面文章的规则,让它稍稍变缓和一点儿罢了。本质仍然是原始的,仍然是血肉相搏;而每一个男人,不管已经多么远离自然,都应该保持适应这个状态的能力。男人每天都可能落入这种状态。谁不能以他这个人,以他的胳膊、血肉捍卫自己的思想,谁就不配做男人;不管怎样地精神智慧化,男人永远得是男人。"

如此一说,汉斯·卡斯托普只好服帖了。他还有什么好讲呢?他冥思苦想,一言不发。塞特姆布里尼先生的话显得既精辟又富有逻辑性,只不过呢,从他这个人嘴里讲出来,却叫他听着感觉异样和不自然。他的这些思想不是他自己的思想,——正如他自己也没有想到要决斗,而只是接受了那迷恋恐怖的矮子纳夫塔的决斗挑战罢了,——他这些思想表明,那弥漫整个疗养院的狂躁心理也传染上了他;塞特姆布里尼先生美好的理性,已沦为了狂躁这个魔鬼的奴仆和工具。为什么因为精神是严格的,就一定要无情地导致兽性发作,导致血肉相拼呢?汉斯·卡斯托普坚决反对这说法,或者企图反抗它,——然而却惊恐地发现,根本办不到。狂躁心理他自己身上也严重存在,他不是那个能摆脱其控制的人。一想起魏德曼和索嫩塞恩二人滚在一起作野兽斗的那个地方,他便感到迎面刮来一股猛烈、可怕的狂躁之气,并且不寒而栗地突然醒悟:所有事情最终都得比拼身体,都得比拼爪子和牙齿。是啊,是啊,是必须来一场格斗,这样至少可以凭借富有骑士风度的规则,使原始的野性得到一些缓和……汉斯·卡斯托普主动提出给塞特姆布里尼先生当助手。

结果遭到了拒绝。他得到的回答是:不,这不合适,这样要不得。先是塞特姆布里尼先生文雅而凄楚地微笑着,自己这么告诉他;接着,费尔格和魏萨尔在稍加思考以后,也同样未提出任何特别理由,就认为汉斯·卡斯托普以此身份介入这场决斗,是不合适的。在决斗的现场,他倒不如扮演个不偏不倚的角色哩;因为在以骑士风度缓和兽性的规则中,原本就定有也需要见证人这个角色在场一条呗。就连纳夫塔通过自己委托人带来的口信也是这个意思,汉斯·卡斯托普于是满意了。见证人也好,不偏不倚也好,反正他都有了对确定决斗程序施加影响的可能,而这,看来是极有必要的。

要知道,纳夫塔真的是豁出去了,竟要求决斗双方的距离为五步,必要时可以互射三枪。还在决裂的当晚他就让魏萨尔带来这个疯狂的建议;那小子现在已完全成了纳夫塔野蛮要求的应声虫和代表,一方面是受人之托,一方面也由于自己喜好,硬是拼命坚持这些条件。对此塞特姆布里尼自然没什么说的,可是作为助手的费尔格和不偏不倚的汉斯·卡斯托普却忍不住了,或者甚至和可悲的魏萨尔动了粗。难道他这么不要脸吗,汉斯·卡斯托普质问,竟提出如此令人不快的荒唐要求来,原本纯属形式上的决斗不是,也根本不存在事实的合法基础嘛!用手枪已够狠的啦,现在又加上这些要命的细节。哪里还有什么骑士风度,隔条手巾相互开枪得啦！他魏萨尔又不担心有谁在这样的距离内对自己开枪，所以信口开河，巴不得别人流血才好，等等。魏萨尔耸耸肩膀，一言不发地暗示情况就这么严峻，并以此在相当程度上解除了倾向于忽视现实的对手的武装。尽管如此，第二天经过来来去去的交涉，卡斯托普等首先达到了把互开三枪减为一枪的目的，然后距离问题却是这样解决的：决斗双方面对面距离十五步站立，但有权在开枪前朝前走上五步。而为达成这一协议也有个条件，就是保证不谋求妥协和解。剩下来就是去找枪了。

阿尔宾先生有的是枪。除了他爱拿来吓唬太太们的那把亮晃晃的小手枪，他还有一对装在同一个绒枪套里的军官用枪，比利时造的自动白朗宁，褐色的木制枪把，弹夹就藏在把手里边，枪机泛着钢质的青光，枪管擦得锃亮，枪口上面的准星小巧精细。汉斯·卡斯托普曾经在什么时候见过吹牛大王的这些枪，现在尽管对决斗不以为然，仍直率地自己站出来说，他可以去找阿尔宾先生借枪。于是他找到阿尔宾，也不隐瞒真正的用途，只要求这位吹牛大王以本人的名誉担保绝不外传，并吹捧他也富有骑士精神什么什么的，就轻而易举地取得了成功。阿尔宾先生甚至还教会卡斯托普装填子弹，并带他到野外用两支枪进行了试射。

这一切都需要时间，所以又过了两天三夜，决斗才得以进行。地点由汉斯·卡斯托普挑选：他建议的就是那个风景如画，夏日里遍地开满蓝色小花，他曾独自坐在那里"执政"和回忆往昔的所在。在发生争吵后的第三天早上，天一亮就准备在这里把事情了结。一直到了头一天晚上，时间已经很晚了，心情激动的汉斯·卡斯托普才突然想到，需要带个医生上决斗场去才是。

他立刻找费尔格商量这件棘手的事情。拉达曼提斯本人尽管年轻时也参加过德意志大学生团，可作为一院之长，是不可能支持这样的非法决斗的，更何况涉及了自己的患者。在两个病入膏肓的病人之间进行手枪决斗，根本就别指望能找到一位医生乐意介入此事。至于克洛可夫斯基嘛，这位医生满脑瓜子只有精神，连对外科是否在行都没有把握喽。

魏萨尔被找了来，他当即转达纳夫塔的意见：就是他根本不要医生。他上那儿去不是为了让人家给他敷药和包扎，而是为了决斗，你死我活地决斗。至于过后怎么样，他是无所谓的，自然会有结果嘛。看得出来心理很是阴暗；然而汉斯·卡斯托普拼命把它解释为：纳夫塔暗示的是根本用不着医生。塞特姆布里尼不也让去征求意见的费尔格回来说，不用考虑这问题，他对此没兴趣吗？也许两位对手内心深处都一样存着以不流血为好的打算吧，这么希望并非完全想入非非不是？自争吵以来已经睡了两个晚上，眼下将睡第三个晚上。这会使体温下降，头脑清醒，随着时间的推移，一定的心情也不会不发生变化的。到了那天清早，手里握着枪，两个冤家恐怕谁也不会再像刚吵翻那个晚上似的好斗啦。充其量为了面子再机械地敷衍一下，不至于现在仍然自愿决斗，跟当初硬是希望和相信的那样；无论如何都得想办法阻止他们，不能让他们为维护过去的自己的脸面，而真正伤及眼前的自己！

汉斯·卡斯托普的想法没有错——遗憾，只是在他连做梦也想不到的这点上没有错。他甚至完全正确呐，如果只考虑塞特姆布里尼先生的话。可他丝毫想到了吗，在这生死攸关的时刻到来之前，或者临到生死攸关的时刻，列奥·纳夫塔会怎样改变主意吗？如果想到了，那他即使仍处于酿成眼下这一切的狂躁心境，也绝不会容许即将发生的事情发生。

清早七点，太阳还躲在山背后睡大觉，天却吃力地、雾气迷蒙地亮了。汉斯·卡斯托普度过了一个不安的夜晚，这时离开疗养院动身去决斗现场。正在大厅里做清洁的女工们抬起头来惊奇地望着他。他发现疗养院的大门已经开了，费尔格和魏萨尔，要么单独地、要么两人一起，肯定先已经走了；一个去接塞特姆布里尼先生，一个去陪纳夫塔上决斗场。汉斯·卡斯托普单独前往，因为作为不偏不倚的见证人，他不允许跟双方中的任何一方搞在一起。

出于环境的压力，汉斯·卡斯托普机械地，为了顾全脸面而去赴约。他的赴约，显然是不得已的。不可能置身事外，躺在床上等待结果：因为一来——不过他没想完这个"一来"，而是马上就补充上了二来，就是他绝对不能听任事态自行发展。还没有出任何真正的乱子，赞美上帝，也不需要出任何乱子，而且看样子甚至多半已经不会了。这么天不亮就起床，早饭也没吃就冒着严寒去野外碰头，只是已经约好罢了。不过接下来，在他汉斯·卡斯托普的当场斡旋下，无疑事情整个会出现好转，会柳暗花明，——以一种无法预见的方式，而到底怎样的方式最好就别猜了，因为经验表明，甚至最简单的事态发展也会出乎人预先的想象。

话虽如此，这却是他记忆中最不愉快的一个早晨。汉斯·卡斯托普没精打采，睡眠不足，牙齿神经质地磕磕碰碰，心里已很想对他刚才的自我安慰表示怀疑。眼下可是非常时期哟……明斯克来的那位给吵得毁掉了的太太，还有那个狂怒的中学生，还有魏德曼和索嫩塞恩，还有波兰人之间打耳光的纠纷，全都乱纷纷地涌进他的脑海里。他原本没法想象，那两个人会当着他的面相互射击，相互让对方流血。可是，一想到魏德曼和索嫩塞恩事实上已经当着他的面打成那个样子，他又怀疑自己，怀疑世人，身上穿着皮大衣仍感觉冷飕飕的，——不过，面前的形势令他感觉如此异常，如此可悲，加之早晨的空气又如此清新，他仍旧精神抖擞，兴致勃勃。

就这么怀着复杂而多变的思想感情，在朦胧的、慢慢亮起来的晨光中，汉斯·卡斯托普从"村"里的雪橇赛道尽头出发，踏着一条窄窄的小径爬上山梁，走进一座积雪很深的林子，跨过一座架在赛道上边的木桥，来到一条两旁全是粗壮树干的大路上；这路主要是靠脚踩成的，而非铲出来的。年轻人急急地走着，很快就赶上了塞特姆布里尼和费尔格；费尔格用手紧紧按着藏在斗篷底下的枪盒子。汉斯·卡斯托普径直追赶上去，快到他们身边就看见纳夫塔和魏萨尔也在前边不远的地方。

"早晨怪冷的，最多零下18℃，"他存心善良地说，可突然也为自己出语唐突为之一震，连忙补充道，"先生们，我坚信……"

对方缄默不言。费尔格好心的胡子仍旧一翘一翘。过了一会儿，塞特姆布里尼站住脚，一只手拉住汉斯·卡斯托普的手，随后另一只手也搭上去，并且说：

"我的朋友，我不会杀人。我不会的。我只会承受他的子弹，我只会这样，名誉要求我这样。可我不会杀人，您放心好了！"

他放开了手，继续朝前走去。汉斯·卡斯托普深受感动，然而走了几步以后还是说：

"您这样想太好啦，塞特姆布里尼先生，只是，另一方面……要是他那方面……"

塞特姆布里尼先生只是摇头。于是汉斯·卡斯托普就想，如果一方不开枪，另一方也就不可能狠下心来开枪吧，因此便感到会万事大吉，他的估计看来错不了。他心情变得轻松起来。

他们越过横跨在峡谷上的栈道，眼下谷中悄无声息，夏日里却流水潺潺，给此地如画的景致增色不少。纳夫塔和魏萨尔踩着深深的积雪，高一脚低一脚地走到了铺着厚厚雪垫子的长椅前面；当初，汉斯·卡斯托普曾不得不久久坐在这长椅上等鼻血止住，同时异常生动地回忆起了往事。纳夫塔吸着烟卷，汉斯·卡斯托普考虑自己是不是也有兴趣来一支，结果发现自己毫无兴致，便得出结论，那一位抽也必定是装模作样罢了。他怀着对此地一直都有的好感，环顾着这个自己曾大胆暴露内心的所在，觉得它眼下在冰天雪地里仍然如此美丽，跟夏日里开遍蓝花的时候相比并不逊色。突兀在画面中的松树的枝和干，全都压着重重的积雪。

"早上好啊！"他朗声招呼大伙儿，希望以此使气氛变得自然起来，驱散怨毒的情绪，——然而不成功，谁也不搭理他。其他人相互致意只是闷声不响地躬一躬身，而且是板着面孔就像彼此视而不见似的。可尽管如此，他仍决心抓紧利用这初来乍到的时机，这因冬晨快速行走而加快了的心跳和提高了的体温，来实现自己善良的愿望，开口道：

"先生们，我坚信……"

"您坚信什么以后再说，"纳夫塔冷冷地打断了他，"请给我手枪，要是允许！"他仍旧傲慢无礼地加了一句。

汉斯·卡斯托普碰了一鼻子灰，只好眼睁睁地看着费尔格从斗篷底下取出枪盒子来，魏萨尔走上去接过一支枪，把它再转交给纳夫塔。塞特姆布里尼则直接从费尔格手里拿走了另一支。接着就划定场地，费尔格嘟囔着领受了委托，开始跨步子测量距离，并且标出记号：他在两头用鞋后跟在雪地上各划出一条短线表示远端；里边的隔离线则各为一根手杖，一根是他自己的，一根是塞特姆布里尼的。

这逆来顺受的好心人，他现在是怎么搞的哟？汉斯·卡斯托普不相信自己的眼睛。费尔格腿挺长，跨得也认真，至少十五步是足够的了；可还有里边那该死的隔离线呢，它们可真是相距不远啊。诚然，他是老老实实在量。可尽管如此，他认认真真地完成这可怕的差事，不是鬼迷心窍了吗？

纳夫塔已经把皮大衣扔到雪地上，让人看见了内面的黄鼠狼毛皮里子。还没等费尔格做完所有标记，他就握着手枪，站到了一侧刚刚划好的端线上。等他已站好了，塞特姆布里尼也敞开破旧的皮夹克，走上了自己的位置。这时汉斯·卡斯托普才奋力挣脱麻木状态，再一次急急忙忙地挺身而出。

"我说先生们，"他语气急迫地说道，"别急别急！不管怎么讲，我有责任……"

"您给我住嘴！"纳夫塔斩钉截铁地喝道，"发令吧！"

可是没谁来发令。事先根本没商量好。大概应该喊一声"开枪！"。然而发出这可怕命令的本是见证人的任务，但事前既未考虑到也没有提出来。既然汉斯·卡斯托普始终一声不吭，别的人也就没谁来顶替他。

"咱们开始！"纳夫塔宣布，"您先往前走，我的先生，也先开枪！"他冲对手喊，同时自己已开始向前迈步，伸出胳膊举着手枪，枪口正对着塞特姆布里尼的心窝子，——难以置信的一幕！塞特姆布里尼也跟着做。不过他才走到第三步——对方已经到了手杖跟前，不过没有开枪——便把枪高高举起，并且按下了扳机。尖厉的枪声引发阵阵回响，山与山之间再相互回应，山谷也发出了轰鸣，汉斯·卡斯托普想，这下又该奔走相告了。

"您这是对空开枪。"纳夫塔很克制地说，同时把枪口垂了下去。

塞特姆布里尼回答：

"我爱射哪里射哪里。"

"您必须再射一次！"

"我不想再射。轮到您开枪啦。"塞特姆布里尼先生仰起头，眼望着天空，稍微侧着身子，也就是没完全正对纳夫塔；那情景很是动人。看得出来，他听从了旁人的劝告并照着行事，没有把整个胸部暴露在对手面前。

"胆小鬼！"纳夫塔大吼一声。他以这声凄厉的叫喊，对人性的如下表现认了输：对别人开枪，需要比对自己开枪更大的勇气。接着，他又举起枪来，但不再与决斗相干，而是对准自己的脑袋开了一枪。

一个可悲而又难忘的场面！此时群山又由尖厉的枪声引发出阵阵回响轰鸣，他则往后跟跄了几步，两腿朝前一甩，整个身体猛地向右转去，脸冲下扑倒在了雪地里。

所有人一下子全呆住了。塞特姆布里尼把手里的枪扔得老远，第一个冲到了纳夫塔跟前。

"不中用的家伙！"他嚷道，"天啊，你这是干什么呀！"

汉斯·卡斯托普赶过去，帮他把自杀者的身体翻过来。他们看见他的太阳穴边上有个黑红色小洞。他们瞅了瞅纳夫塔的脸，然后赶紧抽出从他胸前的口袋中露了一个角的绸手巾，用它把这难看的脸盖上。

晴天霹雳

汉斯·卡斯托普在这山上的人们中间待了整整七年。对于十进制的拥护者来说，七不是整数，却是个不错的、原本也挺实在的数字，而且作为时间计量单位还有着神话及绘画的魅力①，完全可以讲，例如比起那乏味的、半不拉碴的六来②，就使人心里舒服多了。如今他已坐遍了餐厅里的七张桌子，差不多一年坐一张。最后他坐上了"差劲儿的俄国人席"，跟两个亚美尼亚人、两个芬兰人、一个布哈拉人和一个库尔德人③在一起。他坐在那儿，现在已经蓄起了一撮小胡子，也就是下巴上那么几茎黄黄的、乱草似的山羊胡，只不过呢，却叫我们不得不在一定程度上将其视为他玩世不恭的哲学的象征。是啊，我们必须前进一步，把他这一漠视自己、不修边幅的思想倾向，与外界对他所表现的相同思想倾向联系起来。院方停止了操心他的情绪问题。除了早晨官样文章地应付他一句"睡得好吗"，宫廷顾问也不再经常特别找话和他讲了；还有阿德里亚迪卡·封·米伦冬克护士长——经过了这段时间，她脸上的大疣子更加成熟了，她同样不是每天来看他了。咱们观察得再仔细点儿，那她真是很难得来，或者说根本不来。人家让他一个人清净——有些像个中学生的样子，人家对自己不闻不问，自己也就乐得清闲，什么也用不着再干，因为留级反正已成定局，谁也不再注意得到他了，自由的一种超级形态喽。我们补充说，可是同时又自问，除了这样的形态，自由什么时候是否还可能有另外的形态呢？反正这里有这么个人，院方现在已无须操心他了，因为他心里肯定不会再产生任

---

① 相传上帝创造世界就用了七天，一个礼拜也是七天，等等。
② 一打的一半是六，一年十二个月的一半也是六，等等。
③ 布哈拉为乌兹别克斯坦城市，布哈拉人为中亚的一个民族。库尔德人也是一个中亚民族，现为伊朗、土耳其等国的少数民族。

何狂野的、违规的想法，——已经可靠地扎下了根，早已不知道自己还可以上哪儿去，根本再也想不到要回到平原上去了……单单坐上了"差劲儿的俄国人席"这个事实，不就足以表明他对自己个人已漠不关心了吗？不过这可没有丝毫说"差劲儿的俄国人席"坏话的意思！在所有七席之间，实在没有任何具体的优点和缺点可言。大胆地说吧，这就是荣誉共享的民主。丰盛的饮食在这一桌和其他桌上同样地享受；挨着轮子，拉达曼提斯本人也时不时地坐到这一桌来，在汤盘前捧起他的巨手做餐前祈祷。在这一桌进餐的各民族都是人类值得尊敬的成员，尽管他们一点儿不懂拉丁文，吃起东西来举止不特别文雅讲究。

时间的德性不像火车站的巨钟，大大的指针五分钟一跳五分钟一跳，而像那种很小很小的坤表，指针的走动根本就看不见；或者也像草，肉眼看不见生长，尽管它在不断地悄悄生长，直到有那么一天，再也没法忽视这生长的事实；时间，是一条由纯粹没有长度的点构成的线——对此说法，不幸没了命的纳夫塔多半会问，纯粹没有长度的点怎么成得了线呀？这意味着，时间悄悄地，不露痕迹地，然而却孜孜不倦地持续起作用，促成了一个接一个的变异。只举一个例子吧，男孩特迪有一天——但自然不真是在"一天"，而是在某个完全不确定的日子——已不再是男孩了。有一天他早上起床后用运动装换掉睡衣，走下楼来，女士们就不再能像以前那样把他抱在怀里了。情况无形中翻了个个儿，倒是他瞅准机会时不时地把她们抱在怀里，让双方同样感觉得惬意，而且甚至更加惬意。他已长成个小伙子——咱们不想说茁壮成长，而只能说长成了：汉斯·卡斯托普没见他怎么成长，但见过他长成了的样子。总之，时间和成长都叫特迪这小伙子没法消受，他生来就不适合它们。时间对他不利，——他才二十一岁就死了，死于一种他很容易感染的疾病；他的房间被彻彻底底地消了毒。我们讲起这事来轻言细语，心平气和，因为在他的新老状况之间，其实并没有多大的差别。

不过，也发生了几起重要一些的死亡事件，平原上的死亡事件，它们跟咱们主人公关系更加密切，或者确切地讲本该更加密切。我们说的是前不久迪纳倍尔参议过世了，汉斯几乎已经淡忘的舅公和监护人过世了。老人家小心翼翼地逃避掉了那气候恶劣的环境，让他儿子雅默斯代自己继续丢人现眼；可从长远讲他仍旧没有逃脱中风，于是一纸电报，便简简单单然而措辞委婉地报告了他辞世的消息——委婉更是对逝去者而言，而不是对收电报的人。那一天，电报送到时，汉斯·卡斯托普正在他那呱呱叫的躺椅上躺着。他随即买来框上了黑边的信纸，给他的两位舅舅写信，告诉他们，他原本就父母双亡，现在监护人舅公一走，更成了三重意义上的孤儿啦，而尤其叫他难受的是不能去为舅公奔丧，因为绝对不允许他中断在此间的疗养啊。

要说难过那是言过其实了，不过在随后的日子，汉斯·卡斯托普的眼里毕竟比往常多了几分沉思的表情。舅公之死原本就绝不至于令他大为伤感，经过了这些年的风风雨雨，感情更几乎疏远到了等于零，然而，它却意味着汉斯·卡斯托普又断了一条联系的纽带，又少了一层与平原之间的关系，这就使他有理由称为自由的状态，得到了最后的完善。确实，在我们讲的随后的时间里，他和平原之间全然失去了接触。他不再往山下写信，也不再收到信。他不再从家里订购"玛利亚·曼齐尼"雪茄了。在这儿山上他找到了一种喜欢的牌子，对她保持着忠诚，就跟当初忠诚于她的那位姐妹一样：这种雪茄甚至帮助极地探险家战胜了冰天雪地中最可怕的疲乏，抽起来简直就像躺在海滨，日子十分悠闲好过，——一种特别用茎下部的烟叶精制的雪茄，名叫"吕特里施务尔"，比"玛利亚"粗壮一点儿，呈鼠灰色，身上绕着一道淡蓝色的圈儿，拿着合手，口味温和，烟灰雪白而不易掉，外包烟叶的叶脉尚历历可见，如此均匀地吸着，就可以供汉斯·卡斯托普用作沙漏，而他有时也需要拿它当作计时器，因为他早已不带怀表。有一天他这表从床头柜上摔了下来，结果便停了；而他呢，压根儿不打算让它恢复正常运转，——出于同样的理由，他也早已拒绝拥有日历，不管是用来一天一天地撕也好，还是当备忘录提醒已定下的日期和节日也好：这理由就是"自由"，就是无所拘束的海滨漫步，就是尊重静止不动的永恒，就是这个出世者乐于接受的与世隔绝之魅力；对于他的心灵来说，这就是最根本的历险，就是这一单纯的物质得以千变万化、神秘莫测的基础。

他就这么躺着，就这么一年一年地过去，就这么在他自己不知不觉之间，又到了盛夏，亦即第七次到了他上山来的日子。

突然之间雷声大作——

可是羞涩和恐惧使我们闭住嘴巴，不敢在此大谈那雷声，那事变。这儿可不能吹牛，可不能夸夸其谈啊！得把声音放平和了讲述：确确实实响起了雷声，而且是我们大家都知道的雷声；它乃冷漠和狂躁长期危险聚集而引发的惊天大爆炸，——这是一次历史性的晴天霹雳，让我们怀着一些敬畏讲吧，它震撼了这个世界的根基；但对我们来说，这霹雳也炸开了魔山，把那长睡七年之久的年轻人一下子摔到了大门外面。他傻愣愣地坐在草里，揉着眼睛，像个虽经一再提醒，却耽误了读报的蠢人。

他来自地中海岸边的朋友和导师一直试图帮助他克服这个缺点，耐心地让这个归他教育的问题儿童了解一些山下发生的大事，可遇到这个学生却不大愿意听；这小伙子尽管以内省的方式，对事物的精神影像做过这样那样的玄思冥想，对事物的本身却无心顾及，而且出于内心的自负倾向，常常把影像当作了事物，而在事物中又只看得见影像，——也正因此，人家也不好狠狠地骂他，因为关系最终也没有理清楚。

如今的情况已不像当初，不像汉斯·卡斯托普的房里突然掀亮了电灯，塞特姆布里尼走进来坐在他静卧治疗的床前，企图影响和纠正他对生死问题的看法。现在反过来了，是他把两手夹在膝头中间，坐在人文主义者斗室内的床边上，或者是在他陈设着烧炭党祖父用过的老古董靠椅和饮水瓶，显得独立而又幽静的阁楼书斋里，卡斯托普坐在他的躺椅旁边陪伴他，很有礼貌地聆听他纵论天下大事；要知道，罗多维柯先生眼下已不常走动啦。纳夫塔的遽然死掉，这丧心病狂的论敌的恐怖行径，对于生性敏感的他是沉重的打击，他没法再恢复过来，从此便一蹶不振，身心极度虚弱。他承担的《社会病理学》撰写工作停下来了；那部以人类的痛苦为主题的百科全书，这所有人文科学著作中的精粹之作，也毫无进展，让急欲出这一卷的编委会白白地一等再等；塞特姆布里尼先生出于无奈，已把他对进步事业的支持和参与仅仅局限于口头。在这种情况下，汉斯·卡斯托普的友好来访，对他真是正中下怀、求之不得的了。

他嗓音微弱，但讲话既多而又悦耳；他语重心长地谈道，人类应该通过社会自我完善。他娓娓道来，温文尔雅如鸽子迈着碎步；可是一当说到已获得解放的民族应该团结起来，为争取共同的幸福而斗争，他的语气里——也可能是有意，也可能自己并没意识到——已经混入雄鹰振翅的唰唰声；这无疑显示了他从祖父身上继承下来的政治素质，这素质与他父亲遗传下来的人文主义融合起来，就形成了罗多维柯身上的文学家素质，——正好比人文主义与政治融合成文明崇高而昂扬的思想，这思想一样充满鸽子的温柔和雄鹰的勇敢，它单等着实现自己的一天到来，各民族的清晨到来；到那时，将给予僵化顽固的原则当头一棒，将使市民民主的神圣同盟一路顺畅……总而言之，这儿有一些矛盾。塞特姆布里尼先生信奉人文主义，可与此同时或者说正因此，话已经说了一半，也是个好斗分子。他在跟咄咄逼人的纳夫塔决斗时的表现确实像一个人，可是一遇重大问题，当人类兴致勃勃地结成争取实现文明的胜利和统一的思想政治同盟，市民的枪矛在人类的祭坛前得到祝福的时候，那他的手，非指他本人的手，是否仍旧不让鲜血玷污，就值得怀疑了；——是啊，由于眼下的心境，塞特姆布里尼先生美好的思想中好斗的雄鹰的成分越来越多，越来越厉害地侵蚀掉了鸽子的温和的成分。

不少时候，他对世界两强对峙的态度是矛盾的，是犹豫动摇和尴尬难受的。最近，退回去两年或者一年半吧，他一谈到自己的国家和奥地利在有关阿尔巴尼亚的外交问题上携手合作就心神不安：他一方面感到振奋，因为携起手来是对付非拉丁传统的准亚洲，是反对野蛮的笞刑和专制统治；另一方面他又深感痛苦，因为与之携手的正是意大利的死敌，正是奴役各族人民的顽固封建堡垒。去年秋天，法国大量贷款给俄国，支持俄国在波兰修筑铁路网，在他心里同样唤起了矛盾复杂的感情。塞特姆布里尼先生在国内属于亲法派，这本来没有什么好奇怪的，只要想想他的祖父曾将法国七月革命的那些日子誉为上帝创造世界的七天就行了；但是开明的法兰西共和国竟与拜占庭式的野蛮帝国沆瀣一气，令他在道德上怎么也想不通，心里头实在是憋气；——可转念一想，这个铁路网具有战略上的意义，他又转忧为喜，心里立刻舒畅起来。接着就发生了奥地利皇太子被刺事件[①]，它对每一个人——唯独除了咱们一睡七年的德国小伙子——都是风暴到来的信号，对知情人更是再清楚不过，塞特姆布里尼先生嘛，咱们自然有理由也算作知情人。汉斯·卡斯托普看见他作为普通人让这一恐怖事件吓得发抖，可同时却看见他昂然挺胸，当他想到此乃民族解放的一个壮举，矛头所向是他自己仇恨的封建堡垒，尽管

[①] 1914年6月28日，奥匈帝国皇太子弗朗茨·斐迪南在萨拉热窝遇刺身亡，成为第一次世界大战爆发的导火索。

也可视为莫斯科操纵的结果,又叫他感到憋气;但另一方面,这并未妨碍他在三周之后,称奥匈帝国对塞尔维亚发出的最后通牒是对人类的污辱,是令人发指的罪行;这是因为他能预见到它的后果,并由此而变得呼吸急促……

总而言之,塞特姆布里尼先生的心情自相矛盾,错综复杂,正像他眼看着迅速酿成的那个大灾难,也是各种错综复杂的矛盾聚合起来的一样。他企图擦亮自己学生的眼睛,让他认清这一灾难的本质,但讲究礼仪和富有同情心的民族传统却阻止了他,使他不便将事情和盘托出,而总是只把话讲出一半。在各国发布动员令的日子里,在宣战之初,他养成了一个习惯,总是把双手伸向他这位来访者,把他的两只手紧紧握在自己手里,这样,他讲的话即使不能进入这小笨蛋的脑子,也会进入他的心里。"我的朋友!"意大利人说,"装子弹的火药,还有印刷机——不可否认,曾经是你们发明的!可是如果您相信,我们会为反对革命而进军……亲爱的……"

在欧洲痛苦地绷紧神经、无比焦急地等待的那些日子里,汉斯·卡斯托普没有看见塞特姆布里尼先生。紊乱矛盾的报纸消息从山下一直传到他的阳台上,引起了整个疗养院的震颤,使食堂里弥漫着呛人的火药硝烟味儿,就连那些病入膏肓者和垂死者的病房也未能幸免。也就是此刻,那位躺在草里不知不觉打了七年瞌睡的傻瓜慢慢醒了,坐起来开始揉眼睛……可我们准备把整个情景讲完,好让大家了解他内心的活动。他收拢双腿,站起身来,转头四顾。他发现自己已经解除魔法,得到了拯救,得到了解脱，——不是用自己的力量，他不得不惭愧地承认，而是一些原始而巨大的外力使他呼吸到了新鲜空气，顺带着解放了他。可即使是在人类共同的命运面前他个人的命运渺小得微不足道，——难道这中间不也表现着一点儿个人的愿望，也就是说上帝的仁爱和正义吗？生活再一次接纳了他这有罪的、成问题的孩子，——但不是以轻松、便宜的方式，而是像眼下这样严格而严厉，而是意味着得自行寻觅家园，这也许不是生活，但在眼下却正好意味着为迎接他，为迎接这迷途归来的罪人而放的三响礼炮。想到此，汉斯·卡斯托普双膝跪地，脸和手都冲着天空；这天空虽然硝烟弥漫，却已不再是罪恶的魔山洞窟的穹顶。

塞特姆布里尼先生遇见汉斯·卡斯托普，见他正是这个姿势，——不言而喻，这是极度形象化的说法；事实上，我们清楚，咱们的主人公以其矜持冷峻的性格，是不会这么演戏的。他的导师撞见他时，他正异常冷静地在收拾箱子，——因为汉斯·卡斯托普自从苏醒的一刻起，便发现自己已卷入由那晴天霹雳在山谷中引发的擅自出院的疯狂旋涡。"故乡"变成了一个惊慌万状的蚂蚁窝。这山上的一帮子人，没头没脑地冲向五千英尺下边的平原，为的是寻找自己的家；小小的列车不堪重载，连登车的踏板上都站满了人，必要时没行李照样走，所以站台遍地狼藉，遗弃的行李成排成堆，——车站人满为患，顶棚下淤积着像是从下边飘来的焦臭气，——而汉斯·卡斯托普，也正是仓皇下山的人们中的一个。在混乱的人群中，罗多维柯·塞特姆布里尼先生拥抱了他，真正是把他抱在了怀里，还像个南方人——或者俄国人——似的亲吻了他的两边脸颊,我们的仓皇离去者不管多么激动,仍然感到有些别扭。然而最后一刻,塞特姆布里尼先生竟然叫了他的名字也就是"乔万尼",竟然对他尔汝相称,而不再按讲究礼仪的西方通常那样以姓氏或您相称,真差点儿使卡斯托普乱了方寸!

"就这么下山了,"他说,"终于下山了!再见吧,我的乔万尼!我原本希望看见你离开时是另一个样子,可有什么办法,神们就这么安排定了,没法改变。我希望的是你去就职,你现在却去参加打仗。我的上帝,这事摊上了你,而不是咱们的少尉。生活真会开玩笑……勇敢战斗吧,跟你的同胞在一起!现在谁也干不了更多。可是原谅我,如果我以自己残余之力促使我的国家也来参战,并且站在了那一边,站在了精神和神圣的利己主义所指引的一边。再见了!"

车窗里已经塞满另外十个脑袋,汉斯·卡斯托普仍拼命把脑袋挤了进去。他在脑袋顶上挥手;塞特姆布里尼先生也冲他挥动右手,却用左手的食指轻轻擦拭眼角。

我们在哪里?这是怎么回事?梦境把我们抛到了何处?薄暮、暴雨、泥泞、晦暗的天空燃烧着残霞,沉闷的雷声不断地咆哮,空中充满着湿气,尖厉的啸叫撕裂耳膜,蜂拥奔来的地狱恶犬发出狂吠,其间夹杂着崩裂声、喷溅声、撞击声,熊熊燃烧声,乒乒乓乓,轰轰隆隆,鬼哭狼嚎,鼓点的节奏越来越快,越来越急迫……那边有座森林,林子里蹿出来一群群灰白的人影,奔跑着、扑跌着、跳跃着。那边是一线连绵起伏的丘陵,丘陵背后的远方燃起了大火，火苗不时地聚集成熊熊的烈焰。在我们四周是如波浪起伏的田野，但已给炸得满目疮痍，七零八落。泥泞的公路上撒满折断的树枝，像森林里一样；一条满是沟沟坑坑的小路接着公路，在通往丘陵时划了一个弧形，树木光秃秃地立在冷雨里，枝杈嶙峋……这儿有块路标，——可想凭它找路却白费劲儿；即使它没给炸裂开，字迹也让晦明的光线弄得模模糊糊。到底是东还是西？只知道这是一片平原，而且正在打仗。我们呢，只是路旁一些畏畏缩缩的影子，并且由于享有影子的安全而怀着羞惭；我们压根儿想不到夸夸其谈、自吹自擂，而是本着老老实实讲故事的精神，讲那些从树林中蜂拥而出的灰色的士兵，讲他们如何奔跑、扑跌，如何爬起来擂着战鼓继续前进；讲他们中有一个我们认识，是我们多年的旅伴，他就是那个善良却有罪的青年，我们曾经时常听见他的声音，因此想在他从我们的视线中彻底消失之前，再凝视一下他那单纯的脸。

战斗已经持续一整天，上级调这些兄弟们前来增援，是为重新夺回两天前落到了敌人手里的丘陵阵地，以及背后那些燃烧着的村庄。调来了一个志愿兵团，士兵全都年纪轻轻，多数是大学生，刚上战场不久。他们半夜被集合起来，坐了一通宵火车，天亮后冒雨行军一直走到下午，道路全糟糕透了，有时根本没有路，公路被堵塞起来了，只好穿越田野和沼泽，一走走了七个小时，穿着又重又湿的军大衣，背着突击队的简单行装，这可不像郊游那样轻松喽。要知道谁也不愿意丢掉靴子，所以走一步就必须弯下腰，用手指抠住鞋舌头把靴子跟脚一起从黏黏的烂泥里拔出来。这样过一小块草地就得花一小时。眼下他们却赶到了，一切全仗着血气方刚，尽管激动又疲乏，他们却斗志旺盛，精力充沛，没法睡觉没法进食却照样挺了过来。他们浑身湿漉漉的，溅满了污泥，头上戴着蒙上灰布的钢盔，系钢盔的带子框住了脸庞，年轻的面孔依然红彤彤的。他们这么绯红着脸，是因为行军费劲儿吃力，是因为穿过泥泞的树林时目睹了自己遭受的伤亡。敌人侦察到了他们的行军路线，于是发射来榴霰弹和大口径的榴弹炮弹进行封锁，炮弹穿过林子散落进他们队伍中间，呼啸着、喷溅着、燃烧着，把大片林地狠狠地抽打、翻搅了一遍。

他们必须穿过树林，这三千名热血沸腾的男孩子，他们作为增援部队，必须端起刺刀，去一起向那丘陵前后的战壕和燃烧的村庄发起冲锋，并坚决地冲到一个在命令里已经规定的地点；而这命令正藏在他们指挥官的皮包里。他们多达三千名；之所以这么多，意义就在于夺回了丘陵和村庄之后，他们还能剩下两千。他们是一个整体，一个即使付出了重大代价还有望继续战斗并取得胜利，并千口同声地对胜利发出"乌拉"的欢呼声的整体。至于那些单个地牺牲掉了的人，当然不值一提。还有个别的人在急行军时就掉队了，这说明他太年轻、太脆弱。他脸色惨白，步履踉跄，咬着牙要求自己做个男子汉，可最终还是落下了。他硬撑着在大队伍边上跟了一段，后面的弟兄一群一群超过了他，随后他消失了，躺在了某个糟糕的地方。接着穿过弹片横飞的森林。可从林子里边涌出来的仍旧很多；三千之众足以经受住一次次放血，放血之后仍旧是支人头攒动的大部队。他们已经漫过经受了暴雨冲刷的大地、公路、小径和泥泞的田野，我们这些站在路旁观看的影子，便混迹在他们中间。在森林边上，训练有素地一批一批上好了刺刀，军号吹得哒哒哒响，战鼓擂得跟沉雷一般，于是弟兄们拼命向前冲锋，一边冲一边高声呐喊；不幸的只是双腿像梦里似的沉甸甸的，铅一般的土块粘在了他们的靴子上面。

在呼啸而来的子弹前他们扑倒了，如果未被击中的话，又跳起来再往前冲，并勇敢地发出青春的呐喊。如果被击中了，子弹射进了额头、心脏或者肚肠，便胳膊乱伸两下，倒了下去，脸浸泡在泥污里，不再动弹。他们或者仰面倒下，背让军用背囊拱得老高，后脑勺钻进了泥地里，张开两手往空中乱抓。然而森林中不断涌出来新人，他们扑跌着、奔跑着、呐喊着，或者在死者中间踉跄着，向前冲去。

这些背着背囊、端着刺刀、穿着肮脏的军大衣和皮靴的年轻小伙子！看着他们，你也很容易想象出另一些更合乎人道、更神圣美丽的画面。你可以想象：眼前是一片海湾，他们或者纵马疾驰，或者领着爱人在岸边漫步，嘴唇凑近温柔的姑娘耳畔窃窃私语，或者相互指点着练习张弓射箭。可现实却是另一番景象，却是鼻子掩埋在充满硝烟味儿的污泥里。尽管心中无比恐惧，怀着对母亲和故土的无尽思念，他们仍然乐于捐躯，因为这本身就是一件崇高的事情，即使并没有真正的理由要走到这一步。

瞧，咱们的老相识，瞧，汉斯·卡斯托普！咱们老远就认出了他,从他下巴上那撮小胡子,那撮他在"差劲儿的俄国人席"上蓄起来的山羊胡!他浑身湿透,脸孔通红,跟所有人一样。他粘满泥的脚跑起来十分沉重,手里提着上了刺刀的步枪。瞧,他踩着一个已经牺牲的弟兄的手,——用他掌着铁钉的皮靴,深深地踩进了盖着断树枝的烂泥地里。他才管不了这么多哩。听他嘴里究竟唱的什么!他那么茫然凝视前方,自己也不知道嘴里唱些什么,利用短暂的喘息时间轻声地唱道:

> 我在它的树皮上面,
> 刻下些亲切的话语……[①]

他摔倒了。不,他整个扑倒在地,当那地狱的恶犬嚎叫起来,一枚巨大的烈性炸药炮弹,一颗令人作呕的地狱宝塔糖,落在了他的面前。他匍匐着,脸埋在冰凉的污泥里,叉开两腿,脚掌外翻,脚跟冲着大地。那是科学野蛮化的产物,里面填装着最可恶的粉末,在他面前30米处像魔鬼本身似的深深钻进地里,在那底下力量大得可怕地一下子爆开,往空中掀起一座喷吐着土块、火光、铁块和碎铅的喷泉,跟房子一般高,里边还夹带着人的残破肢体。因为那儿本来躺着两个人,那是一对好朋友,他俩在危急关头聚到一处。这下他们更亲密无间,消失殆尽了。

[①] 这是奥地利作曲家舒伯特著名歌曲《菩提树》的歌词,在此出现表达了主人公深深的怀乡之情,以及作者对战争与死亡问题的思考。请参阅本章"妙乐盈耳"一节的有关片段。

真可耻啊，我们这些安全的影子！离开吧！别讲下去了！咱们的老相识给击中了吗？有一瞬间他自以为被击中了。一个巨大的土块打着了他的小腿骨，这当然很痛，然而也可笑。他挣扎起来，拖着满脚的泥土，一瘸一拐地往前走，嘴里下意识地唱道：

它——的树叶沙——沙响，
像——对我发出——呼唤……

就这样，在混乱喧嚣中，在刷刷冷雨中，在朦胧晦暗中，他从我们的视线里消失了。

再见了，汉斯·卡斯托普，你这生活里心地忠诚的问题儿童！你的故事到此结束。我们已经将它讲完；它既不新鲜有趣，也不枯燥乏味，它是一个自我封闭的故事。我们讲它是因为它本身，而非为了你，因为你太单纯。不过这最终还是你的故事，因为事情出在你的身上，你必定以这样那样的方式铭记着它；我们也不否认在讲述的过程中对你抱有教育的意图，也正是这个意图，使我们在想到将来再也见不着你、听不着你时，不由得举起手指轻轻揉一揉眼角。

别了——多保重，永远保重！你的前景不妙啊；你卷入了群魔乱舞的罪孽，它还要持续许多个罪恶的年头，我们不敢过多地期望你安然无恙。老实说，对这个问题我们漠不关心，听其自然。肉体和精神的冒险将使你不再那么单纯，就算你的肉体挺不过来吧,也会使你在精神上挺过来的。会有这么一些时刻,到那时将从死亡和肉体的糜烂中为你萌生出一个爱之梦,以你充满预感和"执政"自省的方式。从这死神的世界节日里,从这燃烧在雨夜黑暗天空下的狂热里,什么时候是不是也能产生出爱呢?

附　录

我译《魔山》二十年

杨武能

20世纪50年代末,我在南京大学外文系学德语,受叶逢植等老师影响,才上二年级就尝试给报刊做点儿翻译。拿到几笔小稿费后一发不可收拾,竟动真格开始翻译起正儿八经的德语文学来,四年级时即在《世界文学》以笔名和本名接连发表了莱辛的《寓言八则》等习作。从1961年于这份当时全国唯一能发表译品的刊物露脸算起,至今我做文学翻译已经整整45个年头[①];而翻译托马斯·曼的著名长篇小说《魔山》,则是我用工最勤、收获最丰的后20年的一件大事。

20世纪70年代末80年代初,在长达十年的文化浩劫之后,中国遽然迎来自己的"文艺复兴",一批规模空前的外国文学出版工程得以实施,其时正在北京跟冯至先生念研究生的我有幸躬逢其盛。漓江出版社推出的"获诺贝尔文学奖作家丛书"可谓一鸣惊人。主持这套丛书的是记者出身的刘硕良,他之所以能当此

[①] 迄于笔者写作此文的2004年。

大任，使偏居一隅的小小漓江社一时间几乎后来居上，跃升为出版文学翻译作品的品牌名社，一个重要原因就在于他懂得依靠译者，充分调动译者的积极性和挖掘他们的潜力。我虽人微位卑，却待在中国社会科学院外国文学研究所这个重要单位，加之此前又在人民文学出版社出版过译著《少年维特的烦恼》，自然很快便被刘总纳入视野，成了该丛书于1983年最早面世的《特雷庇姑娘》的译者。

其时我年富力强，且能出活儿，当然不会被轻易放过。于是又由刘君的合作者上海的金先生出面，来约我为丛书翻译另一部德语文学名著《魔山》。

《魔山》是托马斯·曼继《布登勃洛克一家》之后又一杰作，于世界文坛的影响比前者有过之而无不及，对作者获得诺贝尔文学奖起了至关重要的作用。在立志非名著杰作不译的我看来，这样一本大书无疑值得付出劳动和心血。尽管如此，我却未当即应承，原因一是我主要研究歌德，对托马斯·曼不甚了了，再则需要一句句读懂并恰如其分地译出的是一部多达千页的巨著，而这位大师有多么难读多么难解，我可是在南大上学时就领教过了。

"先让我读读原著再说吧。"我回答金先生，既不敢贸然应允啃这块特大的硬骨头，又不肯放过明摆着的干成一件大事的机会，须知并非所有翻译家都能碰上这样的机会。

在咱们中国，德语过去算小语种，学德语会德语的人尽管千千万万，做文学翻译且能信得过者却真是不多。面对这"译者难找"的现实，刘硕良们盯上了我自然不会轻易罢休。我呢，一经涉足《魔山》，便不免受其魅力诱惑，想不进去都不行了。于是在1983年的春天，从我们研究生毕业后栖身的北京东郊西八间房，出发去"攀登"瑞士的阿尔卑斯山，并"闯入"了那家坐落在达沃斯地区的"山庄"国际肺结核疗养院……

1912年，为探望患病的妻子卡佳，托马斯·曼曾上达沃斯的这家肺结核疗养院住过几个星期，其间的难忘经历和特异见闻，还有妻子寄回家的书信，便成了作家于次年动笔创作《魔山》的契机和素材。起初他仅只打算以生战胜死为主题，用幽默的笔调写一个中篇小说。1914年第一次世界大战爆发，托马斯·曼中断了创作，直等到1919年大战结束才重新提起笔来。战时的痛苦经历和战后的深刻反思，使原本计划的中篇膨胀为一部上下两卷的大长篇，思想内容更得到了巨大的深化和扩展。

如此写成的德语现代文学经典《魔山》，是大文豪托马斯·曼对自己在大战前后的经历和思想的总结，只不过故事情节并不复杂：

出身富有资产者家庭的青年汉斯·卡斯托普，大学毕业后离开故乡，前往瑞士阿尔卑斯山中的"山庄"肺结核疗养院，探望在那里养病的表兄齐姆逊。他原本打算三周后便返回汉堡当造船工程师，却不料在山上一住七年。原来他闯进了一座"魔山"！

"魔山"中住着来自欧洲乃至世界各国的病人。他们代表着不同的民族种族、文化传统、宗教信仰和政治态度，却有一个共同之处，即都属于不必为生计担忧的有产有闲阶级。与世隔绝而又舒适优越的环境,使"山庄"的居民们自有一套独特的生活方式和人生哲学,一个个都饱食终日,无所用心;都沉溺声色,饕餮成性;都精神空虚,却在尽情地享受着疾病,同时又暗暗地等待着死神的来临。因此,整个"山庄"及其所在的整个地区,就跟中了魔魇一样,始终笼罩着病态和死亡的气氛。

"魔山"的统领是"山庄"疗养院的院长、"宫廷顾问"贝伦斯医生。他和他的助理克洛可夫斯基博士一个绰号叫"拉达曼提斯",一个绰号叫"弥诺斯",意思都是地狱中的鬼王。然而"魔山"的真正主宰,却并非鬼王贝伦斯医生,而是死神。就这样,在死神的统领指挥下,经由贝伦斯这些鬼王精心安排和组织,"山庄"的疗养客们便像《浮士德》中于瓦普几斯之夜聚会在布罗肯山的魔男魔女,夜以继日地纵情狂欢,跳着死的舞蹈。

主人公卡斯托普是个涉世不深、性格和体质都很柔弱的资产阶级少爷,他刚进"山庄"时还有点儿不习惯,但马上被"鬼王"逮住,不久便习惯了不习惯,跟着参加了死的舞蹈。这是因为"山庄"的独特生活方式自有其魅力。这魅力的表现之一就是使人忘记时间,忘记过去和将来,同时也忘记人生的职责和使命。"魔山"成了一个介乎生死之间的无时间境界。

不过,卡斯托普在"魔山"的七年也非完全虚度。他年轻、好奇,日日目睹着疾病和死亡,倾听着以他的导师自居的塞特姆布里尼与纳夫塔的激烈争论,还对爱情的苦乐和生离死别有了切身体验,思想便异常活跃。加之"山庄"无所事事的生活又给了他充裕时间,使他对疾病与健康、欢乐与痛苦、生存与死亡、时间与空间以及音乐与时间的关系等问题,去进行反复思考,沉思默想,直至七年后"魔山"的梦魇终于被第一次世界大战的"晴天霹雳"击破、震醒……

端的是一部大师杰作,其深邃、宽广的意蕴和机智、隽永的语言,令读者有如登临险峰,品尝酽茶,艰难是艰难,苦涩是苦涩,却能从中感受到非同一般的浓烈兴味。在咱们社科院新职工那工棚似的简易单身宿舍里,我全身心投入《魔山》的翻译,初步体会到了《魔山》这部杰作之所以为杰作的原因,也尝到了啃硬骨头的苦辣酸甜。

由春入夏,再经秋冬,一笔笔地书写,一步步地攀登,好不容易译完了引子和第一、二章,谁知这时却不得不放下刚刚变得自如的笔:我的人生再次出现了重大转折。重庆四川外语学院以惜才著名的陈孟汀老院长早盯上我,决定把我破格调回去当学院副院长,我终于不得不离开学习和工作了五年的中国社会科学院。还不止于此,我获得了有着世界声誉的洪堡博士后研究奖学金,终于可以去德国深造。《魔山》的翻译只好终止了。

怎么办?

几经思索,终于想到一位救星,想到我的一位任职于北师大的师兄,他念硕士时不仅正好专攻托马斯·曼,而且富有翻译经验,译笔上佳。我赶紧登门拜访,说明原委,他欣然接受了原本也应该对他很有吸引力的《魔山》的翻译工作,令我如释重负。

在风光旖旎的德国浪漫之都海德堡,我一住一年零三个月,每天面对的都是歌德、席勒等古典作家,托马斯·曼及其杰作完全被我抛诸脑后。归国后再到北京已是1985年初夏，心想《魔山》的翻译进行了快两年，应已完成，便又去北师大拜望我的师兄。不想结果令我大吃一惊，大失所望：师兄他只字未译。理由是师嫂对他讲："这么厚一本书，合同都没签一个，拼着老命译出来了别人不要怎么办？！"师兄自然得听师嫂的不是？于是原物奉还，叫我哭笑不得，有苦难言。

是啊，师嫂师兄也有道理，怎么可以不签合同呢！而且师兄讲不止一次提出过签合同的要求，刘先生在上海的合作者和刘本人都未搭理！不搭理的原因我事后了解到，主要是上海的合作者已与刘分道扬镳，当然没必要再继续管闲事；再者，那时候不管是译者还是出版社，大家对签合同与否都还不大在乎。在这个问题上，咱师嫂真可谓思想超前。

拿到原样退回的《魔山》，我赶紧寻思补救办法。突然间，想到了我的忘年之交傅惟慈先生，想到这位大翻译家不是在多年以前，就已成功译介过托马斯·曼的另一长篇杰作《布登勃洛克一家》么！为什么不可以请他出山，再译一次托马斯·曼呢？

我兴冲冲地往访当时家住北京四根柏胡同的傅先生，稍事寒暄便提出了我的希望。不想他却一口回绝，说自己年纪大啦——其实他那会儿刚刚退休，也就六十出头——没兴趣再揽译托马斯·曼这苦差事，该自个儿随心所欲地活着，爱干什么就干什么，比如旅游旅游，捣鼓捣鼓钱币什么的了。我听了自然失望，现在想来却觉得他是对的：而今已八十多岁的惟慈老哥，不还活得健健康康、潇潇洒洒吗！相反，我在北京翻译界的其他几位老哥们儿，尽管有的如董乐山先生年纪还比他轻，不是已经先后走了吗？[①]

背着厚重如一块砖头的《魔山》原著，我无奈地回到重庆，刘总编的催稿信却接二连三地来了。更有甚者，为了表示事情特重要、特紧急，不少时候干脆就给我发电报。须知，在通信极不发达的二十年前，按字数计费，需要翻着译电本一字一字查出来才读得懂的电报，其神秘、神圣的意味，其十万火急、不容懈怠的性质，一如皇上的圣旨甚至十二道金牌！更何况两年前就答应了待我不薄的刘君，现在又面对他一封封催稿急电，还有什么理由和勇气再推托和拖延呢？

于是铤而走险，我再闯《魔山》。尽管正当着四川外语学院的副院长，尽管除了繁杂的行政事务还要教书，我仍然硬着头皮，于1985年底重新开始翻译工作。不过能用于翻译的时间实在有限而又零碎，加之山中的路越来越曲折、崎岖，越来越幽秘、险峻，我吃力地跋涉了快一年，才差不多完成全书的1/4；能把稿子交给硕良兄的日子遥遥无期。

时间转瞬到了1986年春天，不得已只好考虑请人合译。心急的刘总编和他的副手宋安群君自然求之不得。

真是十分感激母校南京大学的学长洪天富教授和郑寿康教授。两位慨然应允与我结伴完成《魔山》苦旅，并很快商定了分工：由他俩各译全书1/4即小说的第五章和第七章，我在妻子王

[①] 傅先生也已于2014年驾鹤西去。

荫祺的参与和协助下再译1/4即第六章。

六十多年的文学翻译生涯，至今回忆起来最觉辛苦以致难以忘怀的译事不过两次。一次是"文革"刚刚结束的1976年严冬时节，明知既无稿酬又不署名，我这个傻冒儿仍在川外的一幢筒子楼里偷偷翻译明娜·考茨基的《新人与旧人》。为了抵御夜深的酷寒，只得把白天烧饭的小煤炉夹在胯下，借助其余温暖和冻僵的手指跟身体。可叹的是，如此译出的半部书始终未得出版，原因是让我与其合作的叶逢植先生也就是我的恩师，他因故迟迟未完成他本身承担的前半部分。再一次就是翻译《魔山》了。两次时间相隔十年，地点都在重庆歌乐山下的四川外语学院。然而不同之处更多，最大的不同在于：前一次我完全是自觉自愿，翻译起来如饥似渴——被迫搁下译笔整整十年了啊；后一次却完全是被迫提笔，整个儿出于不译不行的无奈。

那是1986年的盛夏——山城重庆又一个难熬的季节。在重庆这座有名的大火炉中，为了抓紧暑假的宝贵时间赶译我们承担的近20万字，一大早就把当书案的活动饭桌搬到靠着歌乐山山麓的阳台上，到了午后又搬进屋里，直接摆在旋转的大吊扇底下；如此这般，才好歹避免了赤裸的身体沁出的汗水打湿面前的稿笺纸。那年头，连我这勉强够上高干资格的副院长家也没装空调，更别提去避暑地、度假村什么的了。至于我那两位身处另一大火炉的合译者，居住和工作的条件想必不如我，攀登险峰时的艰辛更是可想而知……

攀登《魔山》的辛苦更在于，它虽无曲折跌宕的情节，也无惊心动魄的场面，却不乏思想精神范畴的激烈碰撞，乃至你死我活的争斗，因而自始至终充满着离奇、紧张和神秘的气氛，是所谓"智性小说"（intellektueller Roman）或曰形而上的哲理小说（metaphysischer Roman）的典型[1]。这就是说，《魔山》继承了德语文学的一个带本质意义的重要特质，即富于哲理性和思辨性的传统。在小说中，除生与死这个核心问题，举例说吧，也对时间这个构成生命的重要因素，特别做了精到、深入、全面、精彩的分析和论说。只不过，不同的思想、哲理、精神及其相互斗争，并非都以抽象、乏味的思辨或者说教表现出来，而更多地和主要地是通过一个个活生生的人物、一桩桩奇特有趣的事件以及人物间唇枪舌剑的争论，生动地加以体现，并以此赋予了小说引人入胜、摄人心魄的艺术魅力。

说到《魔山》的哲理性和思辨性不能不指出，"魔山"中除了上面讲的那些行尸走肉的活人，还游荡着一些幽灵，过去时代的幽灵以及叔本华、尼采等的幽灵。这些幽灵附着在奥地利耶稣会士纳夫塔和意大利作家塞特姆布里尼等人身上，他们都是那些活死人中的思想者。他俩为了争当年轻主人公的精神导师，一直不知疲倦地在进行论战。

但是，《魔山》之所以能跻身德语乃至整个西方文学的现代经典之列，主要原因不仅在于它很好地继承了德语文学的传统，更在于艺术风格和手法方面的成功创新。《魔山》使用得最多也

---

[1] *Kindlers Neues Literaturlexikon*, Kindler Verlag, München.

最有趣的手法是象征。可以认为，小说的题名"魔山"本身便是个象征。还有明显的"数字象征"：一个"七"字贯穿整个故事反反复复地出现，便使贝伦斯医生经营的肺病疗养院变成了整个世界的象征，因为上帝用于创世的时间据说也是七天……

要读懂《魔山》，翻译《魔山》，除去认清它富有哲理性和思辨性这个内在本质，还需对其独特的表现手法和艺术风格心中有数。再次踏上《魔山》的艰苦旅程，我进一步体会到要追随、再现大师所表达的丰富深刻的思想、精神，感受、再创杰作所散发的巨大而强烈的艺术魅力，深入它的幽秘峡谷，登上它的险峻峰顶，真是谈何容易！

1990年，四人合译、由我统稿的《魔山》，终于在漓江出版社面世了。书出版后引起各方面相当的重视，例如第二年，在德国洪堡基金会举行的文学与社科翻译研讨会上，《魔山》的中译本成为德语文学成功译介到世界各国的重要佐证；大陆著译界的好评就不说了，台湾也很快从漓江出版社买去了出版此译繁体字本的版权。

但与此同时，也有不少朋友和同行表示遗憾：这样一部为数不多的名家杰作我竟只译了一半而不是一气呵成，致使前后风格明显地欠和谐统一，露出了不少的破绽。朋友们说得有理，然而我有苦难言：不只是《魔山》部头大，交稿时间紧迫，还有不同译家的风格差异，凡长期从事文学翻译的人都知道，岂是单靠统稿就能消除得了的！更何况《魔山》又是怎样一部意蕴丰富、深邃，内容庞杂、繁难，风格独特、多变的巨著啊！

因此对《魔山》的出版，我的心情很快便由喜转忧，像面对自己养育的一个有天生缺陷的孩子。我后悔当初不够狠心，没有要么咬咬牙将他孕育到足月再生下来，要么忍痛让他流产掉。亡羊补牢，我很快下定决心，什么时候一定要治好这个孩子身上的毛病。

可是种种的考虑，种种的原因，让我一等等了15年。直到进入21世纪，我研究译介歌德的主业有了勉强交代得过去的建树，我在大学里基本上不再授课了，而且刚好在2004年我又受聘担任欧洲翻译家协会的驻会翻译家（Translator in Residence），有了在其常设机构欧洲译者工作中心整整半年不受任何干扰地干活儿的机会，于是才抛开一切，去了结我十多年来的夙愿，去继续我在《魔山》中的攀登、寻幽、搜奇、览胜！须知，我初探《魔山》时45岁，年富力强，而今却已年近古稀，此时不去还待何时？须知，2005年恰是托马斯·曼（1875—1955）诞生130周年和逝世50周年，此时不出版《魔山》的新译，哪里还有更好的时机？

创立于1978年的欧洲译者工作中心（Europäisches Übersetzer-Kollegium），坐落在德国北莱茵－威斯特法伦州的施特拉伦，拥有联成一气的四幢小楼，30套客房，近40台性能卓越的个人计算机，以及一座藏有275个语种的15万册图书、2.5万部涉及百业千行的各类词典和工具书的图书馆。一踏进中心洁白、明亮的小楼和庭院，在宁静的氛围中举目四顾，但见凡能摆书的地方都摆着书，人好似置身于书林、书海，一股对知识、对文明的神圣敬仰之情顿时涌上心头；一个文学翻译工作者，一个以传播知识、文明为使命,一个一辈子以书为伴、靠书吃饭的人,心中更会像游子回到家中似的感到安稳、宁帖,进而萌生好好干活儿的欲望。

就在这样的环境和氛围里,由妻子陪伴和照料饮食起居,我从早到晚坐在独自使用的微机前,日复一日地在托马斯·曼的《魔山》中攀缘、徜徉、悠游、流连,随着手指不住地轻轻敲击键盘,待译的书页便一点点地减少下去。在这个过程中,我深感知识面狭窄、浅薄,对生理学、心理学、解剖学以及音乐、摄影、赌博和接灵术等,懂得实在太少,如果不是手边有那么多资料和工具书,真会"旬月踟蹰",举步维艰哩。只不过啊,眼下所要克服的困难和障碍,和当年腿夹煤炉,头顶风扇,握着笔一个字一个字地爬格子,以致闹得腰肌劳损、颈椎供血不足、手指痉挛时的艰辛劳苦,完全不可同日而语!

就是在施特拉伦欧洲译者工作中心,我不仅登上了《魔山》最高峻峭拔的险峰,还深入了它那最隐秘阴森的幽谷,知道了小说主要人物几乎个个都有生活中的原型。例如让人怎么也想不到,奥地利耶稣会士纳夫塔这个思想偏激、言语刁钻、行事残忍的怪物,竟然是以著名的匈牙利马克思主义哲学家和文艺理论家卢卡奇(Georg Lukács,1885—1971)作为原型塑造的。还有《魔山》大量运用了成书前后盛行于欧洲的精神分析手法,事实依据却多出自作家自己的经历。还有以"语言魔术师"著称的托马斯·曼善于运用幽默、揶揄、嘲讽以及其他种种的幽微之处,我都是在施特拉伦才有了进一步的领会。可以认为,我是在作者本人的身旁,在浓郁的德意志精神文化氛围里边,最终深入到了《魔山》独特而奇异的世界，完成了德语文学这部现代经典的翻译。

不经意误入"山庄"国际肺结核疗养院这座魔山的小说主人公，用七年的时间完成了他一生的"修养"，在终于走出来时不仅自己变了，世界也变了。我翻译《魔山》前后经历二十载，二十年来通过翻译《魔山》《浮士德》一类作品，进入了一个又一个陌生、奇特而精彩的世界，每译完一部作品眼界和见识都得到极大的开阔和丰富。而在进出《魔山》之间，我和周围的世界同样发生了急剧的变化。有了"魔山"之旅的历练和积累，我便能以不同的眼光观察和认识变化了的自己和世界，这，大概就是文学翻译工作的最大魅力；另一方面，增加了生活、工作的阅历和积累，又会促进我认识、把握其他作品里的新的世界，这便形成一种良性互动、良性循环——只要我不搁下译笔。正是这样的魅力和这样的良性循环，促使真正的翻译家甘于忍受辛劳、寂寞，一生孜孜不倦地从事自己的创造、劳作。

我半个多世纪前就立下做文学翻译家的志愿，并给自己定了条非经典名著不译的原则，但是在我出版的众多译著中，也仅有号称"奇书"和"天书"的《浮士德》，可以同时在文学价值和翻译难度方面与《魔山》媲美。具体讲，《魔山》原著问世于1924年，书中描写的死神统治的"山庄"，实际上也是19、20世纪之交精神空虚、道德沦丧、危机四伏的资本主义欧洲的缩影；奠定托马斯·曼文坛地位的《布登勃洛克一家》的副标题叫"一个家族的没落"，后续之作《魔山》方方面面都前进了一大步，不妨也加上个副标题："一个阶级的没落"。尽管如此，《魔山》的历史意义和文学价值，或许尚离《浮士德》有一些距离，但是其翻译的难度，根据我前后翻译两部杰作的亲身经验，则可能尤有过之。特别是因为《魔山》在国内系我们首译，译界同行格外强调其价值的所谓"原创性翻译"。

拙译《魔山》成书的艰难曲折，不只反映译者个人20年的生命历程，还折射着社会的变迁、时代的前进。一个翻译家能有机会翻译《魔山》这样一部巨著并且顺利出版，哪怕为此折腾20年甚至耗去更多的时间精力，我看仍然是十分幸运。为了这份幸运，我深深感谢自己各个时期和各个领域的众多师友，感谢我的家人特别是我的妻子王荫祺，感谢我的祖国和为我翻译此著提供便利的德国，感谢我的生活和我的时代——苦难与欢乐一样多一样大的伟大时代。

2004年于德国北威州欧洲译者工作中心

补　记

十五年后终于得到机会，来修订、润色这个大部头旧译。花了整整一个月时间，每天上下午各在电脑前坐上约两个小时，八十衰翁几乎只有一只眼睛还勉强管用，所以电脑上的汉字调得大如一分钱的硬币。要说不辛苦，只能是自欺欺人。然而我乐在其中：再细细读一遍托马斯·曼的杰作，一字一句地品味、欣赏自己的文学翻译作品，那可真是莫大的、难以替代的享受！

再想到我亲爱的读者——我等"文化苦力和搬运工"的知音，他们阅读这"名著名译"的修订本会获益更多，在扩大眼界、增长见识、提高精神境界的同时，还会更多地感受阅读的快乐，对此译翁更无比欣慰。

是啊，笔者倚老卖老，在此自号"巴蜀译翁"啦。2018年适逢改革开放四十周年，而我也刚好年届耄耋。前文说我衷心感谢的伟大时代，主要就指的改革开放四十年这一时段。四十年前我已满40岁，却跳出盆地，翻越大巴山，奔到京城的中国社会科学院研究生院当了研究生，得以跻身所谓"黄埔一期"之列。在新时期的"文艺复兴"狂潮中，我积蓄、压抑了近20年的做文学翻译的激情和能力，一下子迸发、喷涌出来。可以讲，没有改革开放，就没有今天的"巴蜀译翁"，在文学文化领域，译翁不只是改革开放的明显受益者，也堪称它典型的、实实在在的成就和果实，虽然它小而又小，又在一个受冷落的行道，不大为人注意。尽管如此，我还是要大声地说：感谢我的时代——苦难与欢乐一样多一样大的伟大时代，感谢改革开放，感谢改革开放的总设计师邓小平！

《魔山》之前出过好几个版本，各出版社的编辑为此付出了大量辛劳，这次修订时我深有所感。在已有版本中，我感觉2006年作家出版社的本子最值得称赞，装帧和插图做得很认真不说，文字编辑更是特邀人民文学出版社一位资深编审完成的，虽然我一时间想不起此君尊姓大名，也要在此一并表示感谢。

硬逼着我翻译《魔山》的刘硕良兄，以及我曾经的合译者南大教授洪天富、郑寿康两位，不用讲我始终心怀感激。还有对始终陪伴在我身边与我甘苦与共的妻子王荫祺教授，她不幸于2015年离我去了，就算说一千个感谢，一万个感激，也道不尽我对她的深深情意！眼前这个也饱含着她的汗水心血的修订本，就让译翁捧到她灵前，权当一份祭礼吧……

2018年仲夏
改订于火炉重庆清凉宜人、美丽如画的武隆仙女山

图书在版编目（CIP）数据

魔山 /（德）托马斯·曼著；杨武能译 . —北京：商务印书馆，2023
（杨武能译德语文学经典）
ISBN 978-7-100-21923-5

Ⅰ.①魔… Ⅱ.①托…②杨… Ⅲ.①长篇小说—德国—现代 Ⅳ.① I516.45

中国版本图书馆 CIP 数据核字（2022）第 249261 号

权利保留，侵权必究。

杨武能译德语文学经典
魔　山
（上、下卷）
〔德〕托马斯·曼　著
　　　杨武能　译

商　务　印　书　馆　出　版
（北京王府井大街 36 号　邮政编码 100710）
商　务　印　书　馆　发　行
北京艺辉伊航图文有限公司印刷
ISBN 978 - 7 - 100 - 21923 - 5

2023 年 3 月第 1 版	开本 880×1230　1/32
2023 年 3 月北京第 1 次印刷	印张 35⅞
定价：148.00 元	